松尾葦江 編
Matsuo, Ashie

文化現象としての
源平盛衰記

松尾葦江
黒田　彰
原田敦史
大谷貞徳
橋本正俊
小助川元太
早川厚一
辻本恭子
セリンジャー・
　ワイジャンティ
平藤　幸
北村昌幸
小秋元段
伊藤慎吾
池田和臣
橋本貴朗
高木浩明
志立正知
吉田永弘
秋田陽哉
石川　透
工藤早弓
出口久徳
山本岳史
宮腰直人
小林健二
伊藤悦子
相田愛子
岩城賢太郎
伊海孝充
玉村　恭
稲田秀雄
後藤博子
田草川みずき
川合　康
曽我良成
松薗　斉
坂井孝一
高橋典幸
岡田三津子

笠間書院

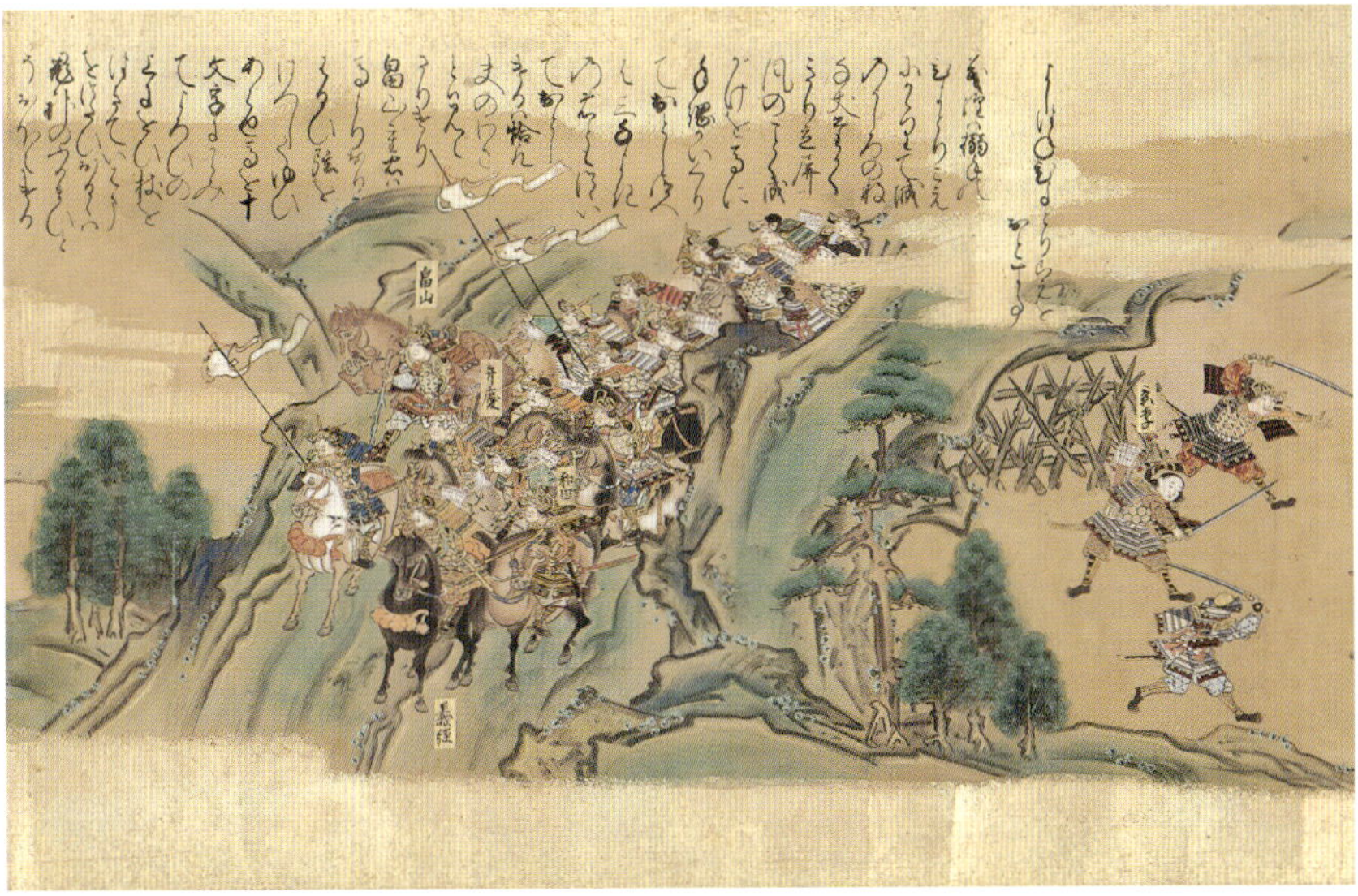

図 1　個人蔵　『源平盛衰記』巻 10「よしつねひよとりこえをおとす事」
義経、馬もろとも急坂を下り、平家軍に奇襲を仕掛ける。（源平盛衰記巻 37「義経落鵯越」）
※解説→ 682 頁

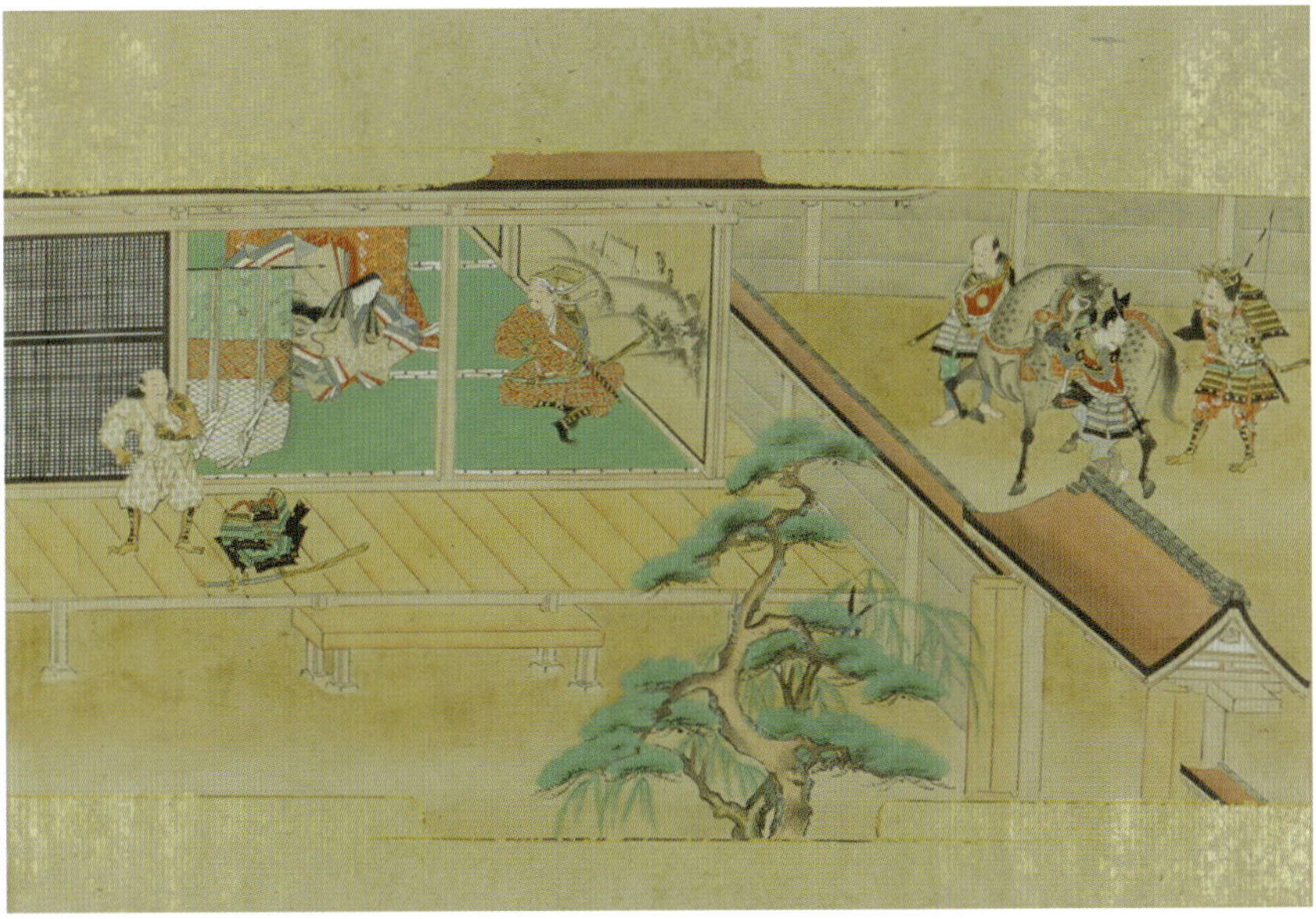

図 2　國學院大學図書館蔵　『木曾物語絵巻』下巻第 4 図
木曽義仲、松殿の娘との別れを惜しむ。（源平盛衰記巻 35「木曾惜貴女遺」）
※解説→ 683 頁

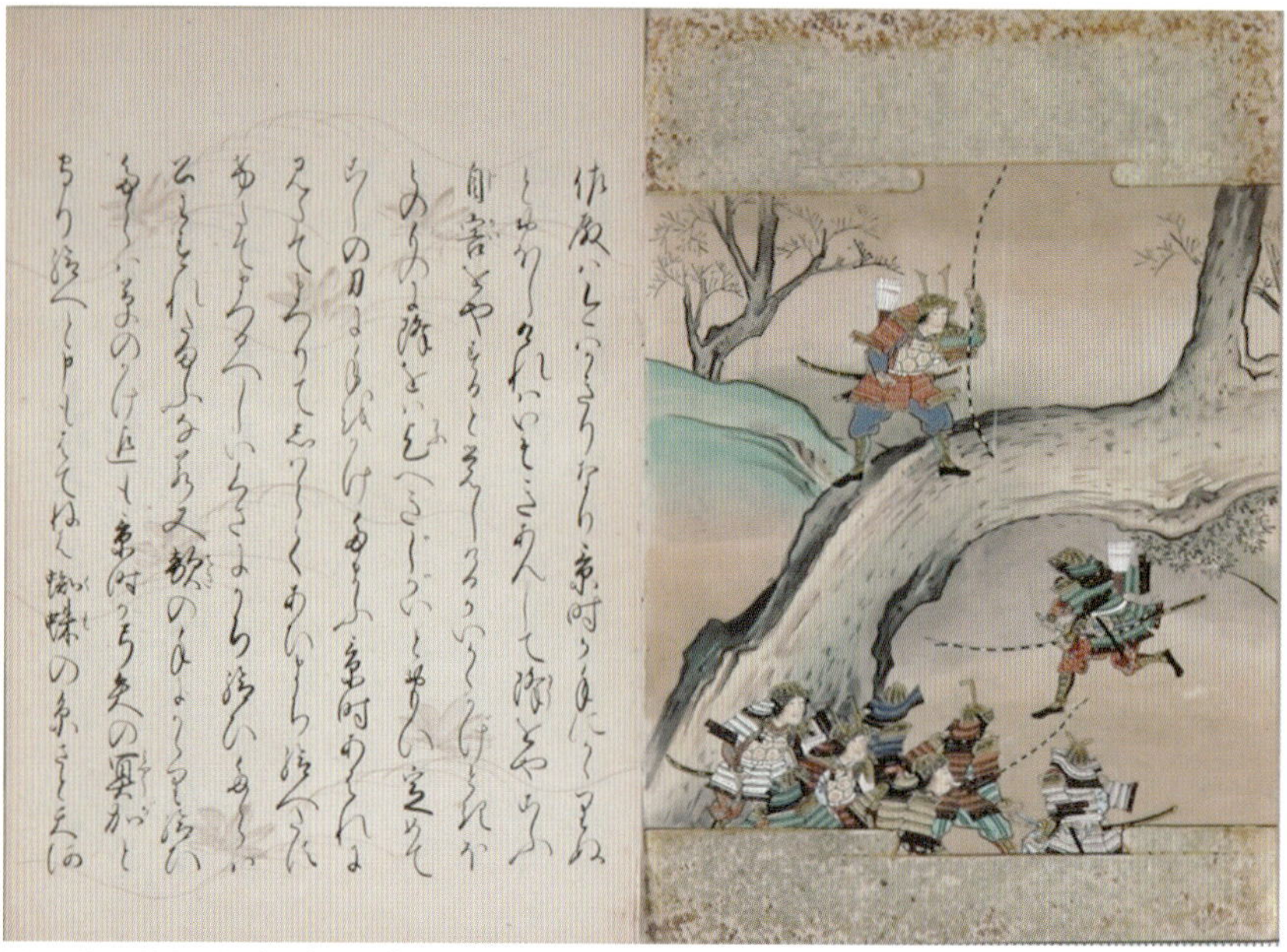

図 3　海の見える杜美術館蔵　『源平盛衰記』第 22 冊「兵衛佐殿伏木に隠るる事」
大庭景親、伏木の上に立ち、頼朝を探索するよう命じる。（源平盛衰記巻 21「兵衛佐殿隠臥木」）
※解説→ 689 頁

図 4　フランス国立図書館蔵『源平盛衰記』
大庭景親、伏木の上に立ち、頼朝を探索するよう命じる。
（源平盛衰記巻 21「兵衛佐殿隠臥木」）
※解説→ 690 頁

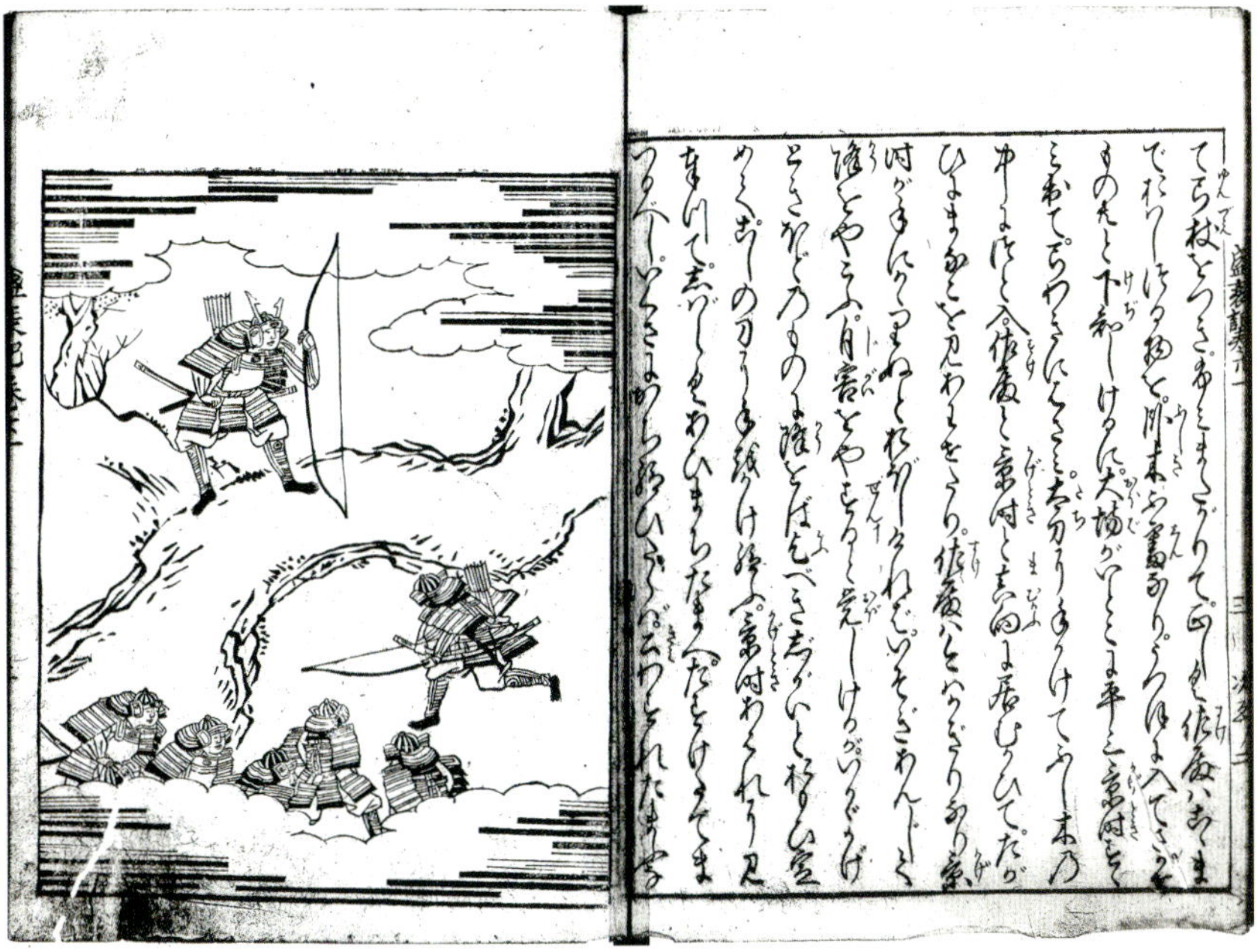

図5　杵築市立図書館蔵　寛文五年版『源平盛衰記』
大庭景親、伏木の上に立ち、頼朝を探索するよう命じる。（源平盛衰記巻21「兵衛佐殿隠臥木」）

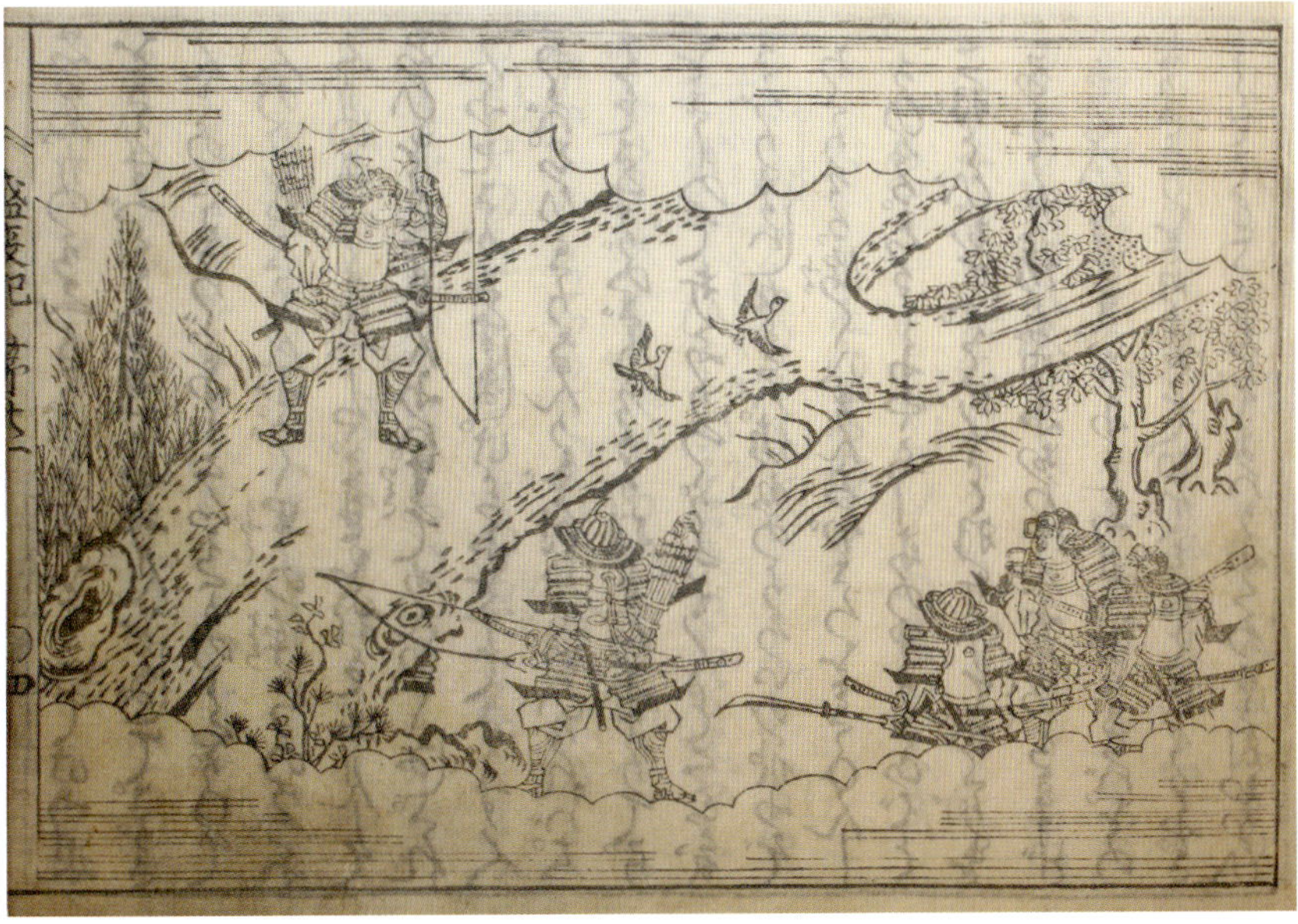

図6　もりおか歴史文化館蔵　元禄一四年版『源平盛衰記』
大庭景親、伏木の上に立ち、頼朝を探索するよう命じる。（源平盛衰記巻21「兵衛佐殿隠臥木」）

図 7　海の見える杜美術館蔵　『源平盛衰記』第 49 冊「女院六道廻り物語の事」
建礼門院、極楽往生を遂げる（源平盛衰記巻 48「女院六道」）
※解説→ 689 頁

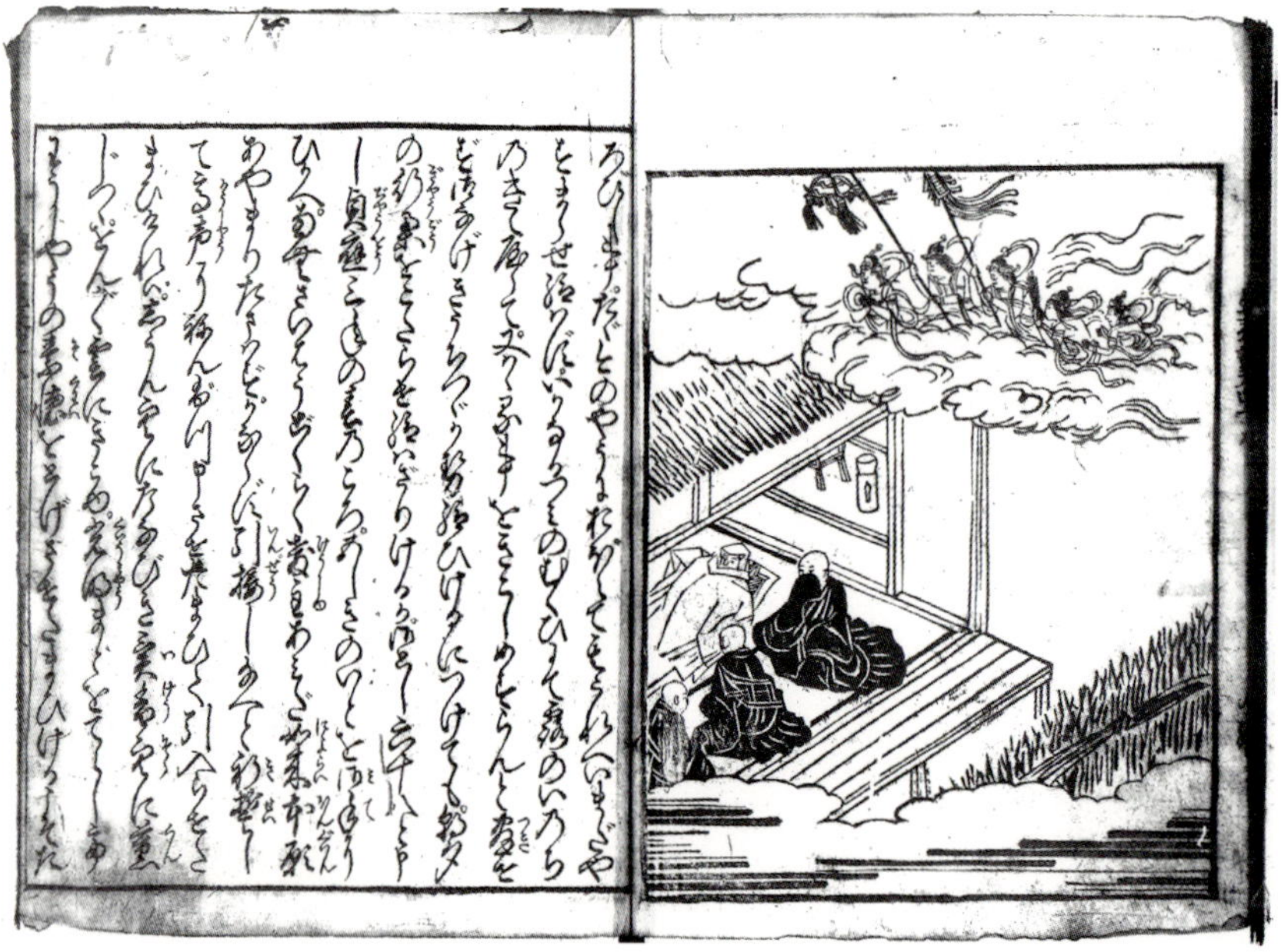

図 8　杵築市立図書館蔵　寛文五年版『源平盛衰記』
建礼門院、極楽往生を遂げる（源平盛衰記巻 48「女院六道」）

図 9　兵庫県立歴史博物館蔵　『源平合戦図屏風（三浦・畠山合戦図）』

頼朝、海上で三浦の舟と遭遇し、
柴の中から這い出る。
（源平盛衰記巻 22「佐殿遭三浦」）

伊東祐親・万寿冠者の勢が押し寄せる。（源平盛衰記巻 22「佐殿遭三浦」）

屏風全体図　※解説→ 693 頁

図 10　神奈川県立歴史博物館蔵 『平家物語』第 17 冊「木曾のさいこの事」
木曾義仲、深田にはまったところを石田次郎為久に討たれる。（平家物語巻 9「木曾最後」）
※解説→ 687 頁

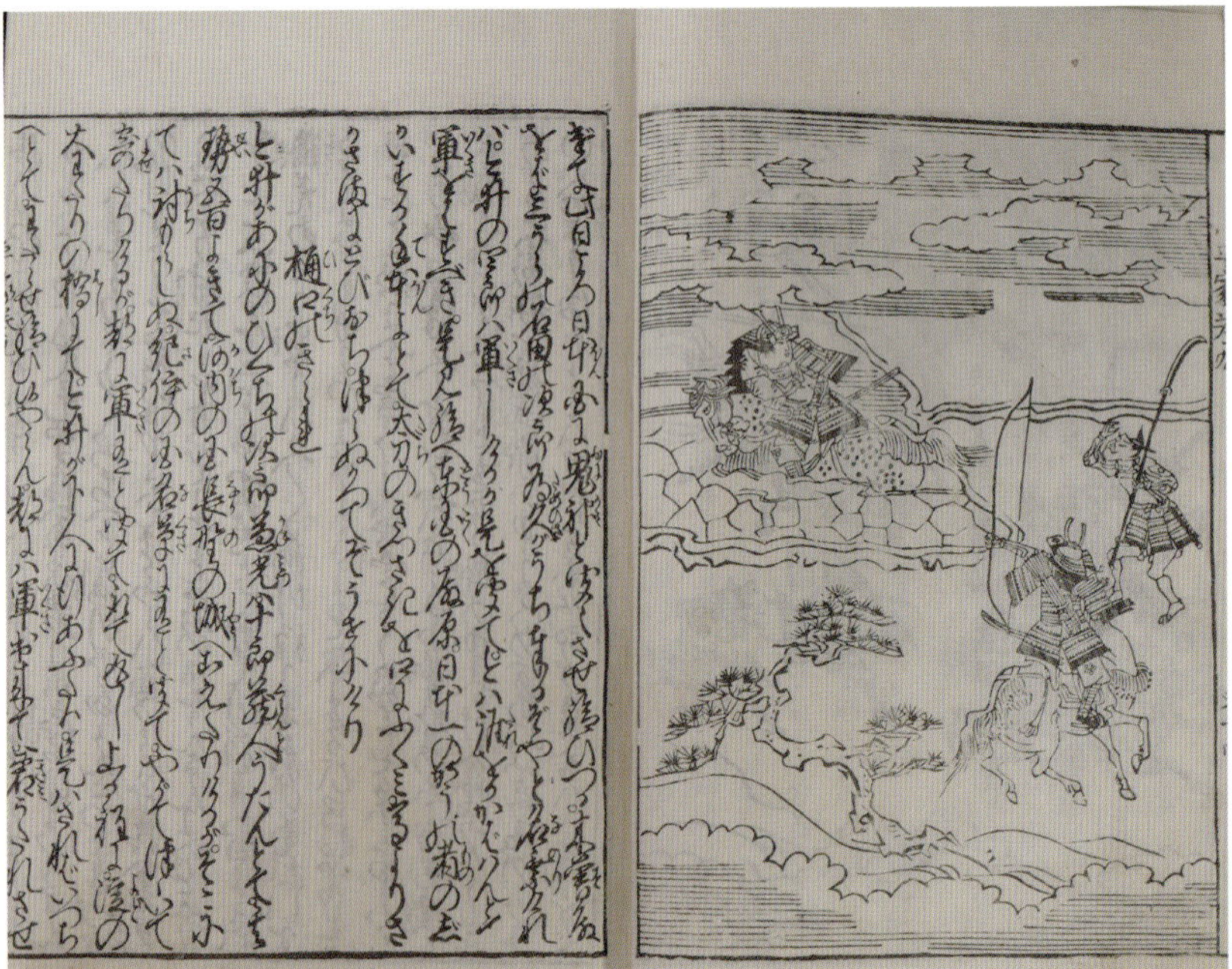

図 11　國學院大學図書館蔵　明暦二年版『平家物語』
木曾義仲、深田にはまったところを石田次郎為久に討たれる。（平家物語巻 9「木曾最後」）

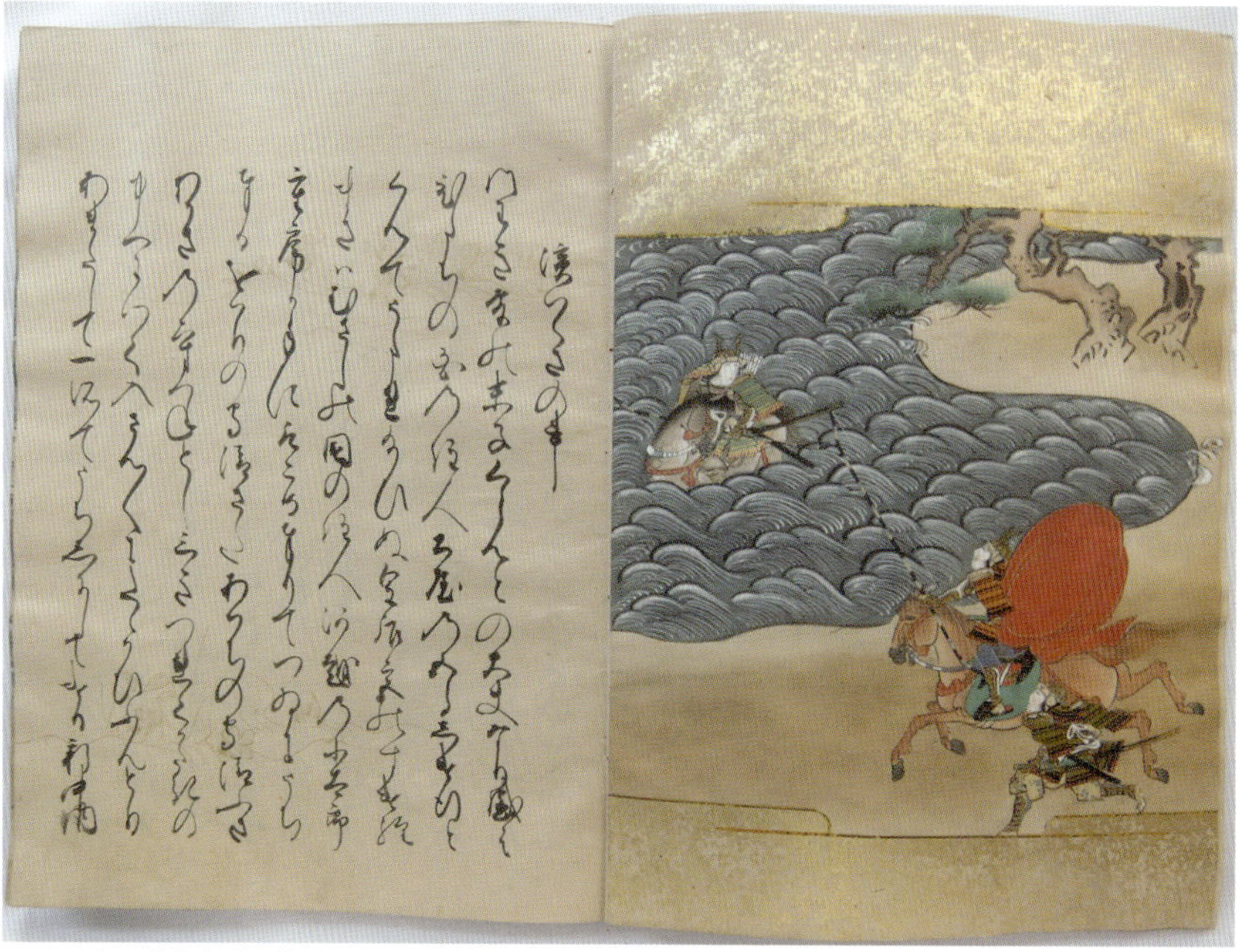

図 12　真田宝物館蔵　『平家物語』第 23 冊「あつもりさいこの事」
熊谷直実、沖の船に向かう平敦盛を呼び返す。（平家物語巻 9「敦盛」）　※解説→ 685 頁

図 13　プリンストン大学ゲスト東洋図書館蔵
『平家物語』第 30 冊「女院御わうじやうの事」
建礼門院、極楽往生を遂げる。
（平家物語巻 12「御往生」）
※解説→ 684 頁

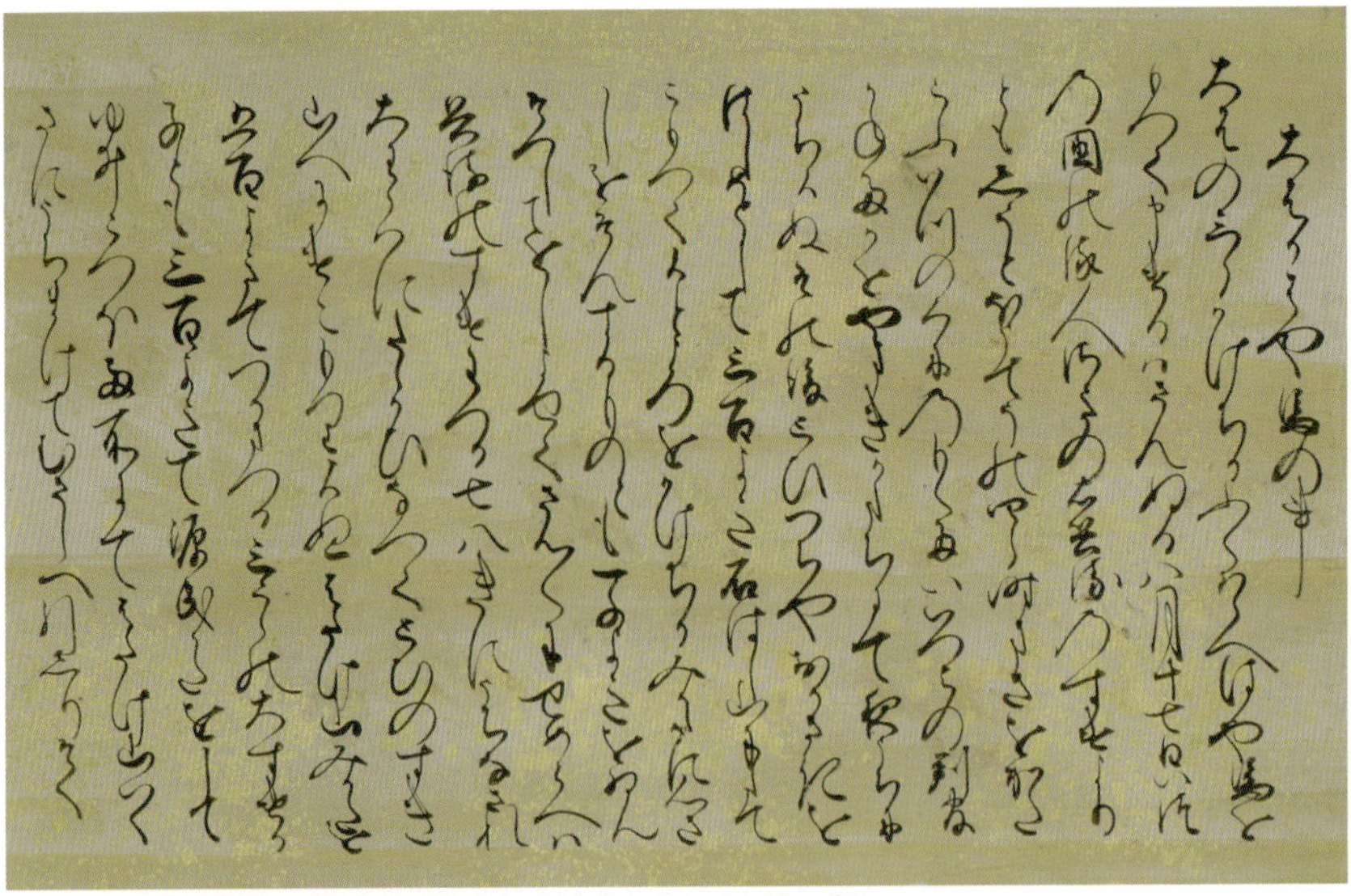

図 14　根津美術館蔵　『平家物語抜書』上帖「大はかはや馬の事」
本文（平家物語巻 5「大庭早馬」）
※解説→ 691 頁

図 15　根津美術館蔵　『平家物語抜書』上帖「大はかはや馬の事」
源頼朝、大庭景親の軍勢に追われ、土肥の杉山に逃げ籠もる。（平家物語巻 5「大庭早馬」）
※解説→ 691 頁

文化現象としての源平盛衰記◉松尾葦江 編……………目次

……Ⅲ 描かれた源平の物語 318

Ⅳ 演じられた源平の物語

……付編 資料調査から新研究へ

源平盛衰記の三百年

松尾葦江

一　はじめに

源平盛衰記は平家物語諸本の集大成的性格を有し、その終着点であったというのが現下の共通理解であろう。それは間違ってはいないが、じつは源平盛衰記（以下、盛衰記と略称する）は平家物語初期の本文からも、さほど遠く離れているわけではないらしい。延慶本古態説が平家物語研究の現場を覆いつくしたかのような昨今だが、現存延慶本に古態と後の改編とが重層的に混在していることは徐々に理解されつつある。程度の差はあれ、兄弟本といわれる長門本も盛衰記も同様の本文を抱えているのである。但し、いま我々が見ている盛衰記は、近世の思想基盤と二重写しになっており、我々はそこに近世武家文化のはしりを大きく認識してしまいがちだ。本稿は、平家物語の流動過程の中に源平盛衰記の位置を据え直す試みである。

二　平家物語の流動過程と源平盛衰記

1　平家物語成立直後の二系統分岐

すでに述べたことがあるが、[注1]原平家物語は成立直後に一気に膨張し、多くの情報を吸い寄せ、[注2]いま我々が分類区分するところの二大系統でいえば読み本系に当たる本文が比較的早期に誕生したと考えるのが妥当である。近時は、平家物語諸本に改編の痕を探っていくとその基には読み本系的本文があったと想定できる、という見解が研究者に共有されつつあるが、[注3]それは言い換えると、さらにその奥にあった原平家物語は隠されてもう見えない、ということであろう。雑多な情報を束ねただけの状態では平家物語の成立とは認めがたく、物語的構想を獲得して治承寿永の内乱を再構成した時点を以て平家物語の成立といえるのだということもかつて述べた。[注4]原平家物語もまた、巨人清盛と重盛の役割分担、頼朝旗挙げのキーマンとなる文覚という人物の存在、寿永二年時点での頼朝の実権獲得等々の基本的枠組みの中で源平争乱時代を描いていたものと想像される。

現在の諸本研究においては、現存諸本のどれが最古態かという議論はあまり意味がなく、それぞれのグループや伝本ごとの古態性と後出性が測られねばならなくなったといえよう。その中で、覚一検校の校訂を経て門外への流出を禁じられた[注5]覚一本本文が、じつは我々の知りうる最も早い確定本文なのである。一般に、校訂を経ると本文流動は止まるか一定の範囲内での揺れとして収まる。校訂を経たことがない本文は、書写性・著述性[注6]を含め不規則な本文変化を繰り広げる。[注7]語り本系の本文は覚一本が制定されたことによって、応安四年（一三七一）の段階で、流動の範囲と方向に歯止めがかかった。それゆえ語り本系本文の流動や相互関係を見るには覚一本がひとつの基準となる。しかし読み本系諸本の場合、校訂は盛衰記の出版（慶長年間）まで待たねばならず、我々の前には（勝手気儘に変化し続けた）本文が、しかも非連続的に残されたのであった。だとすると、語り本系の代表として覚一本を採って、読み本系諸本と比較対照し、本文流動の過程に迫ろうとする方法には限界があるのではないか。確定本文と流動成長中の本文とでは段階が異なるからである。[注8]

つまり、原平家物語から膨大な情報量の読み本系祖本[注9]が生まれたのち、いっぽうで語り本系祖本も覚一本制定までの一世紀近く、流動を繰り返し、読み本系祖本やその改編本文にかかわり、揺さぶられ続けたのであったが、それらの痕跡は覚一本の登場によって見えにくくなってしまったのである。覚一本以後、語り本系諸本は覚一本を意識し、その影響を受けながら変化することになった―亜覚一本、反覚一本、脱覚一本等々のように。語り本系諸本は、何らかのかたちですべて覚一本の傘の下にあると言ってよい。

しかし本稿は語り本系の成立にはこれ以上立ち入らない。読み本系本文が平家物語諸本の根本にある、という幻視は、我々が現存本文を手がかりとして追究できる古態は、右のような想定をした場合の、読み本系祖本にかかわるところまではどうやら認識できる、ということなのではないか。延慶本にはこの共通祖本の多くの要素が遺存しており、長門本もそれに劣らぬ要素を保持している。そして盛衰記もまた、その後の変容にも拘わらず、別途に祖本のすがたを推測させる条件を保っているのである。

2 一四世紀初頭の読み本系本文

今後は、読み本系諸本の原態を考えることが成立論の上でも諸本論の上でも研究者の関心事となってこようが、現存諸本を対照比較して共通部分を抜き出しただけで、原態を復元できるかどうかはわからない。現存諸本は一方向に変化してきたわけではなく、略述、増補、配列替えや本文の書き換え（それらは単一でなく複数の動機によることも多い）を繰り返して現在のすがたになったものだからである。例えば四部合戦状本は延慶本的な広本を略述してできたものだという発見が延慶本古態説の発火点になったことはよく知られているが増補の痕もあり、長門本もまた独自の増補記事を少なからず持ちながら略述・要約の手法をあちこちで使っていて、巻一〇冒頭など編集の中途挫折の痕を残したままになっている。源平闘諍録も増補と抄略によって作られたと思われるが、巻によってその方針を異にしているらしい。[注10]

現存の読み本系諸本の中、分量的にいえば読み本系共通祖本の詞章を最も多く継承しているのはおそらく延慶本であり、次いで長門本、そして盛衰記の順であろう。延慶本の女院記事に殆ど重なる、しかしやや文飾の少ない、平仮名書きの本文が厳島神社に奉納された反故《ほご》紙経《しきよう》の紙背に存しており、厳島断簡と呼ばれる。[注11]この反故紙経の書写が元徳二年（一三三〇）なので、紙背の本文はそれ以前ということになり、延慶本の本奥書にある延慶二〜三年（一三〇九〜一〇）の頃、延慶本的本文は未だ固定しておらず、流動している読み本系諸本のひとつ（例えば、源平闘諍録本奥書は建武四年＝一三三七）であったと思われる。[注12]そしてこの頃、後述する長門切の底本はすでに存在していたと思われ、源平盛衰記に極めて近い、しかし未だ固定していない本文ができていた可能性がある。長門本の成立年代は分かっていないが、室町物語的な志向や語彙を含み、延慶本と分岐して独自の傾向を打ち出したのは一五世紀になってからかも知れない。[注13]長門本の最終改編は盛衰記に後《おく》れる箇所があるとの指摘[注14]もあって、それらを総合すると以下のような見取り図が描けるのではないか。

一三世紀末から一四世紀初頭にかけては読み本系本文は未だ流動的で、離合集散を繰り返しており、その中にはすでに現在の源平盛衰記に近い本文もあった。[注15]それらのうち最も多くは、現在、延慶本の基幹本文として残るが、一部は長門本の方に残り、延慶本が改編した箇所もある。

この頃、京都の町では琵琶法師の語る「平家」が人気を博し、単なる芸能好きだけでなく知識人・文人の間でも、一種の平家ブーム（平家一門の伝記や詠草に関心を寄せる傾向）があったのではないか。[注16]語り本系平家物語の詞章は、覚一らの語りを経てととのえられ、定本の編纂（覚一本の成立）へと向かいつつあった。

一四世紀半ば以降は読み本系本文がそれぞれ特化していった時期である。一方、語り本系の中には覚一本を意識して、それとは異なる平家物語を創ろうとするうごきもあったに違いない。

3　室町期の諸本族生時代

八坂系諸本が必ずしも八坂流平曲の台本ではなく、机上の著述作業によって作られた混態本文が多数を占めるという認識は、研究者の間では受け入れられつつある。八坂系本文の特色は、あくまで語り本系諸本の基本線—平家側に焦点を置いて語る治承寿永の内乱が主題であり、饒舌にならぬ程度の表現の抑制を守っているにも拘わらず、読み本系独特の記事を小さくまとめて取り込み、物語としての関心の拡散性を見せたりする傾向にある。[注17]また覚一本系諸本周辺本文と呼ばれるグループでは、覚一本の本文を取りこみながら、読み本系の影響があちこちに顔を出す。[注18]それらの諸本との近似本文をもつ断簡の存在などから推測すると、一五世紀には八坂系諸本が、[注19]一五世紀後半には覚一本系諸本周辺本文が、さらに一六世紀には巻ごとに性格の異なる本文を取り合わせている混合本が続々生まれた。本文同士の交流は語り本・読み本の別を越えて、重層的に繰り返し行われたであろう。無論、一方系・八坂系の区別も、改作者にとって絶対的なものではなかった。

この頃の読み本系諸本の実態については、よく分かっていない。改編を伴う延慶本の書写が応永二六〜二七年（一四一九〜

二〇）、そして長門本の最終改訂を一五世紀末から一六世紀初頭とする説があること[注20]などを考え合わせると、恐らく盛衰記も、語彙や表現の面で、なお手が加えられ続けていたと思われる。

4　近世の出版・本文校訂

近世になって版本が出されてから盛衰記の流布は圧倒的な様相を示す。平家物語の流布本と並んで、あるいはそれ以上に読者・購入者層が増えたと思われるのだ。各地の文庫を訪ねると、端本ではあっても必ずと言っていいほど盛衰記の版本が蔵書に含まれている。それらは無刊記整版本が最も多く、ときには端本ながら古活字版や乱版《みだればん》、[注21]つまり片仮名交じりの版本が中心である。

古活字版盛衰記の最初は漢字片仮名交じり一一行で、慶長年間のもので[注22]ある。いわゆる低書部（行頭を一字下げて、改元の日付や異説など注釈的記事を記す箇所をこう呼ぶ）が区別されている本文が、盛衰記の中では初期の本文だとされているが、慶長古活字版及びそれに類する写本にはこの形式が守られており、元和寛永古活字版からはごく限られた記事を除き低書部は区別されなくなる。また元和寛永古活字版から本文中に章段が立てられ、各巻目録も整備される。しかし振仮名は未だない。前述の通り、盛衰記の伝本として最も広まっていたのは片仮名無刊記整版本であり、これは江戸期に何回にも亘って刷り増し、覆刻されたと思われるが、この版は附訓、つまり振仮名がある。そしてこれ以降、平仮名交じりの版も含め、低書部は殆ど区別されず、章段名が本文中に明記され、振仮名がつくようになる。乱版には附訓の活字が使用されているので、現存しない附訓の古活字版があったとする説もあるが、その完本は未だ確認されていない。章段を立て、振仮名を振る、低書部を整理するという作業は、盛衰記の普及版を出版するに当たっての校訂作業だったのだろう。附訓がいつ、誰によって行われたか、無刊記整版本の最初の刊行はいつであったか[注23]は分かっていないが、それは盛衰記の享受史の上で一つの画期でもあったと思われる。

このことから遡ってふり返ってみると、古活字版を出版する際に誰が、どの程度の校訂を行ったのか分からないが、それは我々が持つ盛衰記本文のイメージに決定的な影響を与えたといえる。なぜなら古活字版は、一面に詰め込む情報量を増やそうと送り仮名を少なくするためもあって、和漢混淆文でも漢文寄りの表記になり、それが我々の盛衰記の文体についての印象を決定しているからである。漢字片仮名交じり（それも漢字の多い）の文章こそが、近世の歴史愛好家が読む書である盛衰記にふさわしく、儒教的、封建的な思想が盛衰記全体の底流を成しているという通念ができあがっていはしないだろうか。我々の盛衰記観は近世の版本から影響されたところが大きい。

しかし、近世初期には平仮名交じりの写本も複数作られていた。蓬左文庫に所蔵される四十八冊の盛衰記は、慶長一六年（一六一一）の奥書を持ち、中院通勝の弟で多くの書写活動をした玄庵三級なる人物[注24]が一筆で写したという。この三級の兄中院通勝は、八坂系の中院本平家物語古活字版の一部の版の校語に、校訂者として名前の見える人物[注25]である。また、近衛本と呼ばれる殆ど全部平仮名書きの写本（近衛家旧蔵。現在は京都大学図書館に委託）があって、慶長古活字版の本文を平仮名書きにしたものとされている。盛衰記のように大部な写本を仮名書きにするのは、手間も経費もかかったはずで、この本が作られた目的は未だ分かっていない。岡田三津子の調査によれば、蓬左文庫本も、類似本文をもつ静嘉堂文庫本も、片仮名書きを平仮名書きに直した形跡が見えるとのこと[注26]であるが、それは盛衰記が元来片仮名書きであったことを示すというより、平仮名書きに直しても読者たちにさほどの違和感がなかったことを意味していよう。片仮名交じりの方が権威ある史書らしく見えたとしても、表記法として絶対ではなかったのである。

近世初期、盛衰記の本文は未だ完全には固定していなかった。語彙や説話の部分的要素は変更可能と考えられており、例えば平仮名交じりの蓬左文庫本では漢字表記の語をなるべく和文的に訓読しようとし、同義語なら和語の方を用いる傾向がある（院の一人称は蓬左文庫本「丸」、古活字版「朕」）。版行に当たって校訂が行われた結果、盛衰記の文体や用語は、漢文体寄りに引き寄せられて固定したのではなかったか。

三　長門切と源平盛衰記

1　長門切とは何か

平家物語の一部分だけが伝存されてきた、いわゆる平家切《へいけぎれ》の中に、読み本系本文の一部だったと推定され、「長門切」と呼ばれるものがある。近世以来、古筆家によって長門切と呼ばれてきたが、[注27]その由来は判然としない。現在、模写も含めて七二葉以上の存在が報告され、最近は書誌の面からも注目されており、佐々木孝浩・平藤幸の論考が最新の成果である。[注28]世尊寺行俊（生年不明～応永一四年〈一四〇七〉没）筆を意味する極札が付されているものが多く、手鑑などでも珍重されてきた。しかし小松茂美は行俊よりも早く、世尊寺定成（一二八八～一三一二年頃に活躍）周辺の書写を想定し、藤井隆は鎌倉末期、高田信敬は世尊寺行尹（一二八六～一三五〇）頃とみる。[注29]佐々木孝浩は三人以上の寄合書としながらも、一四世紀の世尊寺流の書風であることを肯定している。

　ところが近時、加速器分析法による炭素14年代測定という方法で、料紙の原料となった植物が枯死した時期を推定することができるようになり、池田和臣が架蔵の長門切を使って測定した結果、一二七九～一二九一年頃の確率が高いという。[注30]誤差はあり、下限を最大に取れば一四世紀後半とのことだが、確率の最も高いとされる一二八四年から下限までは、前述の小松茂美・藤井隆・高田信敬の推定に近い年代になる。

　この長門切の本文は現存しているものだけを見れば、大半が盛衰記の本文にかなり近く、一部は延慶本に近いこともあり、また現存平家物語諸本のどれにも一致しない場合もある。[注31]しかももとは大型巻子本（およそ31cm×47cmの一紙に二二行書き、一行一八字～二二字）だったとみられ、天地に墨界がある（模写と思われる切《きれ》には界のないものもある。なお佐々木孝浩によれば、盛衰記巻二六相当部分を書いた料紙には紙背に罫もある）という、佐々木の言を引くなら「平家物語の写本において、とびきり異質な伝本」であった。この資料をどう評価し、平家物語の本文流動の中に位置づけるか、平家物語研究者はとまどっているというのが現状であろう。古態本とされてきた延慶本の本文に近似しているのなら好都合であったろうが、源平盛衰記は平家物語諸本の終着点であったという「常識」に照らせば、一三世紀末という年代は直ちには受け入れがたいからである。

　年代を別にしても、長門切と平家物語の関係にはいささか気になることが多いので、ここで問題を一旦整理しておきたい。長門切本文を読み本系諸本、殊に盛衰記本文と関連づけて考える前に疑問点が二つある。まずはその年代判定であるが、もうひとつは書物としての形態についてである。

　後者については第一に絵巻か否かという議論があった（世尊寺家は絵詞を書く家柄でもあった）が、絵詞の場合、絵の直前で紙面が余った時などによく行われる散らし書きがまったくないことと、天地に界があることから、佐々木孝浩は絵巻の可能性を否定した。そうでなくとも本文全巻が作成されていれば膨大な大型巻子本の山ができる（絵詞は本文を抜粋または抄略して作ることが多いが、長門切本文は抄略の様相を示していないので、巻子本一巻に盛衰記の一巻に当たる分量が収まったか否か疑問である）ことになり、さらに絵巻だったとすると一・五倍以上の分量となるはずで、制作と保存の両面から現実味がうすれる。このような大型巻子本に界を引き、平仮名交じりで写した本として、藤井隆・佐々木孝浩は和歌関係の書の例を挙げ、しかし佐々木は歴史物語の中の「記」の性格をもつ典籍が、こういう形態で制作されるのにふさわしいのではないかという見通しをも述べている。貴族の漢文日記や鏡物など仮名書きの歴史物語の伝本を多く見てこられた方々の示唆を仰ぎたい。近世になると巻子本の平家物語は美装本の一種として作られることがあったようだが、中世にこのような形態で制作された平家物語があるとすれば、当時のジャンル分けに関する認識をひろげて考える必要があるだろう。

2　想定される仮説とその問題点

次に年代の問題を整理する。まず、炭素測定の結果そのものは正しいとした場合に考えられる仮説を、三つ立てる。

①古くからあった料紙を用いて書写した

②炭素測定は長門切すべてを対象に行われたわけではないので、一部の料紙だけ古いものを使用した結果の数値が出た

③読み本系本文は一三世紀末にすでに、このような（現存本にかなりちかい）かたちであった

長門切の料紙は佐々木孝浩の判定によれば楮打紙《うちがみ》だということであるが、①の場合、疑問に思うのは、これだけ大量の紙が素のまま長い間寝かされておくことがあるものなのかということである。前掲平藤論文（注28の書二五三頁）によれば、『新勅撰和歌集』の清書には藤原定家が父俊成の『千載和歌集』撰集に用意した料紙を使用した例があるとのことで、この場合は約五〇年の間があり、事情があれば昔の紙を使用することがないとはいえない。しかし父子や師弟の間で保存される時間を超えて、即ち一世紀以上保存された紙となれば、使用するに当たって何らかの特殊な事情があるのではないだろうか。長門切が制作された動機や場が不明なので、その点は分からないままであるが、①だとすれば一二〇〇年代後半から伝承筆者の行俊没年、

一四〇〇年代初頭くらいまで拡げて、成立を考えることになろうか。

②の場合は、似たような料紙をこれだけ集められるかという疑問が生じる。長門切の現在の状態を見ると、紙の色などは保存条件によるのか一見まちまちで、模写も含まれることから、料紙がすべて同じものかどうかは調査が必要である。しかし大幅に時代の異なる料紙を集めて書写させ、同じ体裁の巻子本に揃えるのは、それ自体大がかりな事業になる。①ほどではなくても、成立時期の幅を拡げ、長期間にわたる制作として考えることになろう。

③を考える前に、偽造の可能性について検討すべきであろう。室町後期から江戸初期に、古い料紙を使って作られたという仮定である。しかし、盛衰記本文に最も似てはいるものの全く同じではなく延慶本にも一部共通し、一部は独自の本文、という長門切の本文は、現代の研究者ならともかく、その頃に捏造できた人物とは誰がいたかという、さらに大きな疑問が浮ぶ。例えば大島本巻一二や松雲本[注32]のように、一部の巻の性格が特異なのではなく、現存する巻七から四三まで(長門切には巻の表示はない。本稿では盛衰記の巻数で該当記事の位置を示す)の本文の性格は一貫している。それゆえ一葉ごとに偽造したとは考えにくく、もしそのような大がかりな作業を行ったとすれば、むしろ集団では難しいだろう。すでにできていた盛衰記の本文を基に改変を加え、ほぼ同質の文体を偽作したのであれば、年代は下がるとしても新しい異文を創出できる改作者がいたことになる。

長門切の本文が読み本系平家物語の流動期本文であり、盛衰記の本文に極めて近いことは否定できない。③の場合は、読み本系諸本の成立年代に関わって問題が拡大するので慎重にならざるを得ないが、読み本系諸本の本文流動が延慶年間に終熄したのではないと同時に、盛衰記的本文も近世間近かになっていきなり成立したわけではないことを記憶しておきたい。

長門切の成立について考えると、大がかりな書写作業のはずなのにそれらしき記録が何もないのは何故か、制作動機は何か(制作の場はどんなところだったのか)という疑問がわく。前掲平藤論文では、切断された時期を二代了栄・了任(一六二九～一六七四)頃かとしているが、切られずに残った巻はないのか、また最初から全巻あったのか否かも問題になる。現存の切は巻七から四三までの部分だが、未だ今後も発見される可能性は大である。

3　長門切の内容と盛衰記本文

ここで、長門切は盛衰記に最も近接しているが流動本文であると判定する理由を、述べておく。第一に、切の本文には僅かながら誤写や訂正を思わせる箇所があり、底本を写す作業をしたのであって著作する作業ではなかったことが分かる。例を挙げる。

例1「源氏あやし」（個人蔵）

一行目「源氏誤と見る所に」の「誤」を朱でミセケチ、墨で「あやしか」と傍書しており、「源氏あやしと見る所に」と校訂したのであろう。同じく七行目「女房やこの」の「や」右下に「これや」を傍書補入、「女房やこれやこの」と訂正している。

例2「こそ候へ加」（『かな研究』37、一九六九所収）

六行目から七行目にかけて「あのあふきあの扇」と書いて、衍字の「あの扇」を斜線で消している。仮名書きの方を選んでいることが分かる。

第二に盛衰記の本文との近さは必ずしも一様ではない。極めて近似している場合と部分的に共通する文節が散見する場合、内容はほぼ同じだが表現は一致しない場合などいろいろで、少ない行数の中で近接度が変化する場合もある。また盛衰記の本文の方がやや簡略な場合もあり、その逆もある。それゆえ、未だ固定していない読み本系本文を底本として書写した巻子本が、その後切断されて残ったものが長門切であると判断されるのである。

また朱の合点らしき記号が行頭に懸けられているものが二葉あり、切断される以前には書籍として読まれ、注記されたのではないかと推測される。

ところで現存盛衰記の初期本文にある、いわゆる低書部のあり方について長門切が何か示唆するところはないのだろうか。低書部は盛衰記の成立当初から本文の中で区別されていたのか否か、あるいは後補部分なのかどうかという問題についてである。巻二七「信乃横田原軍」「周武王誅紂王」（木曾義仲の北国合戦記事）の部分、鶴見大学図書館所蔵「れは木曾は」で始まる長門切六行に該当する盛衰記本文には周武王が太公望の謀計により紂王の大軍を小勢で破る説話があり、「木曾もはかりことかしこくて城太郎をせめおとす」[注33]という評言によって先例として結合されている。この「昔大国に周の武王と云し帝」で始まり、「せめおとす」までの説話部分は、蓬左文庫本では低書部になっているが、慶長古活字版では「昔大国ニ」からは行を替えてはいるものの一字下げはせず、「責落ス。」の後続箇所は行も替えていない。尤も写本では低書部であるかどうかは動きやすく、丁が替わると一字下げを忘れたりすることがしばしばある。また未発表資料ではあるが、盛衰記独自記事、巻十一「金剛力士兄弟」（低書部）の連続する二葉の長門切計六行が、大垣博によって発見されている。[注34]上下に界があり、一行一八〜二〇字で、低書されてはいない。これらを総合すると、低書部は後補された場合もあり、また書写や版行に際して低書部にするかどうかを判断された可能性もあるとみておくべきであろう。[注35]

先に最初から全巻あったのか否かも問題だと書いたが、現存している部分には以仁王関係・文覚関係（頼朝挙兵に絡む説話群）・祇園女御・北国合戦・屋島合戦などの記事があり、冒頭の平氏の栄華や終末の壇浦合戦・女院記事などの部分が見つかっていない（読み本系諸本の指標となる頼朝旗挙話群があるはずの巻二〇〜二五相当部分もない）にも拘わらず、おおよそ平家物語の骨格となる枠組みを備えていることが分かる。結果的に清盛・義仲・義経を中心とする部分が多く残っていることになる。

四　その後の源平盛衰記

原平家物語成立直後から大量の情報を吸い寄せ、抱え込んだ「平家物語」が生まれ、一三〇〇年代の前後から、今でいう二大系統の異なる指向をめざして分岐が進んで行った。当時の享受者たちはそのどちらをも平家物語と認知し、愛したのであろう。読み本系的本文は実録性、倫理的批判性、そして量的大きさに価値を見いだす傾向があった。固有名詞を（虚構であっても）明記し、日付や数字、漢文体の記録的記事を偽装・改編しながら要所要所に配置し、道徳的評言の根拠にできそうな説話を取りこみ、ときには自らの記事をも複写増補したりしながら変容を続けた。大がかりな物語を語るとき、日中・古今など対立項を対比し、解釈を加えたい欲求は、ある程度普遍的なものであって、盛衰記は文芸に携わる人間の欲求の一面を実現したともいえる。折しも注釈的方法によっておびただしい言説が生産される時代でもある。歴史評論、縁起、談義書、抄物、幼学書、往来物、類書などの時代を通って印刷出版の期を迎えるまでに何があったか。もはやその一々を克明に再現することはできないだろうが、盛衰記の成立は、そのような三百年に亘る「道程」として考えられねばならない。

そしてその間、盛衰記は読まれるだけでなく、人々の口伝えや、再話としてさまざまな文化現象の中へ潜り込んでいく。絵画資料（版本挿絵・絵本・絵巻・屏風絵）となり、また芸能との交流を果たす。盛衰記と芸能との関係は単なる素材提供だけでなく相互交流的な面があった。元来、盛衰記の中には近世芸能の「世界」に発展するのに都合のよい、独特の物語ができあがりかけてもいたのである。むつかしい「歴史」ではなく「稗史」として。それは絵画資料や芸能にも助けられて、婦女子にもちょっと背伸びをすれば参入でき、しかも知的な自尊心を満たし、道徳的にも慫慂される文学であった。

源平盛衰記の「盛衰」は、もとは無常観の「盛者必衰」から発したであろうが、到来する新時代に即応した「盛衰」の感慨へと微妙に変化していったのではないか。すべてのものが変化しゆれうごき、一瞬たりとも同じ姿はとどめない、という冷徹な仏教的真理から、あらゆるものには栄えるときがあれば衰えるときも来る、対立者が入れ替わり立ち替わる、それが歴史だ、とのわかりやすい教訓へ。盛衰記は平家物語と一つの根から分岐しながら、平家物語を異化し、いわば対称的に大きくなっていったというべきかもしれない。

盛衰記自身が近世的な嗜好に合う要素を拡大していったことは確かだが、我々はいま我々の近世観を通して現存の盛衰記を見ている。近世へ「発展」していった、中世の根底的な一面を掘り起こし、その由来と経歴を尋ね、文学史の中に平家物語の流動を組み込んでいけるかたちにすることが必要だと考え、本稿では敢えて年代を付しながら論述してみた。

注

（1）松尾葦江『軍記物語原論』（笠間書院、二〇〇八年）。

（2）いわゆる「八帖本」平家物語のことを考え合わせると、原平家物語はやはり増補を伴う（勿論、一部省略や削除も含む）改編によって成長していったのだと思われる。一三世紀後半、六帖から八帖へと書き足していく作業の途中で、切なるご希望により未定稿だがお見せする、というのが正元元年（一二五九）僧深賢書簡の言うところであろう。

横井清「「平家物語」成立過程の一考察―八帖本の存在を示す史料―」（『文学』、一九七四年一二月）参照。

（3）千明守『平家物語屋代本とその周辺』（おうふう、二〇一三年）、櫻井陽子『『平家物語』本文考』（汲古書院、二〇一三年）、原田敦史『平家物語の文学史』（東京大学出版会、二〇一二年）。

（4）松尾葦江『軍記物語原論』（笠間書院、二〇〇八年）八七頁。

（5）覚一本跋文による。しかし何故か覚一本本文は中世以来多く写され、他本に影響を与え続けてきた。禁忌とは破られるためにある、という逆説がここでもまた現実になったのかもしれない。

（6）書写性本文変化・著述性本文変化の概念については犬井善寿「『保元物語』伝本分類私考―康豊本系統と文保本系統の独立―」（『鎌倉本保元物語』三弥井書店、一九七四年）参照。

（7）松尾葦江「はじめに」『汎諸本論構築のための基礎的研究―時代・ジャンル・享受を交差して―』科研費（課題番号16520112）研究成果報告書、二〇〇七年。

（8）現在、殆どあらゆる諸本に「覚一本との混態」が指摘されるのは、この点に関わるのではないかと考えている。

（9）「読み本系祖本」とは、現存読み本系諸本、特に兄弟本とされる延慶本・長門本、及び盛衰記を加えた三本の共通本文を遡って想定される本を指して使われることが多いようだが、曖昧な場合もある。本稿では、読み本系諸本がそれぞれの個性に分岐する以前に存在した本文を仮定していう。

（10）松尾葦江『内閣文庫所蔵史籍叢刊　源平闘諍録』解題（汲古書院、二〇一二年）。

（11）松尾葦江『軍記物語論究』（若草書房、一九九六年）四一二頁、横井孝「厳島神社蔵平家物語断簡　影印と略解題」（『延慶本平家物語考証四』新典社、一九九七年）。

（12）源平闘諍録の祖本が、延慶本・長門本などの共通祖本（いわゆる旧延慶本）とどのくらいの近接度をもつ本であったかは未審である。文体の相違もあって、四部本よりも離れていたように見える。

（13）現在は所在不明であるが、中村直勝が紹介した大嶋奥津嶋神社所蔵焼損断簡（中村は鎌倉末期のものとする）の本文を、長門本に近い流動本文とする説がある。現在我々が見ることのできる伝本では、赤間神宮所蔵旧国宝本以前の本文を示す長門本はない。かつて石田拓也は、原本（長門祖本）が手直しされて旧国宝本（阿弥陀寺本）が成立した時期を、大内政弘の時代、文明九年（一四七七）から、阿弥陀寺が大火に遭った永正一六年（一五一九）の間に想定した（『伊藤家蔵長門本平家物語』解題　汲古書院、一九七七年）。島津忠夫は長門本の語彙は室町時代的なものとし、その編集は阿弥陀寺本の書写年代をそれほど遡らないとみて（『平家物語試論』汲古書院、一九九七年、二七〇頁）、結果的に石田説に近い年代を想定した。

（14）武久堅「長門本平家物語と源平盛衰記の関係」（『長門本平家物語の総合研究第3巻論究篇』勉誠出版、二〇〇〇年）。

（15）落合博志「鎌倉末期における『平家物語』享受資料の二、三について―比叡山・書写山・興福寺その他―」（『軍記と語り物』27、一九八九年三月）。

（16）松尾葦江『軍記物語原論』（笠間書院、二〇〇八年）二九頁。

（17）八坂系諸本が「小規模な増補系」的容貌を持っていることはすでに渥美かをるが指摘したことである（『平家物語の基礎的研究』三省堂、一九六二年）。

（18）その傾向をもっと強くしたのが南都本で、読み本系・語り本系という区別が中世人にはさほど意味を持たなかった証といえるかもしれない。

（19）八坂系諸本の中で最も古い年記は東寺執行本の奥書にある永享九年（一四三七）である。

（20）注13参照。なお四部合戦状本の奥書は文安三～四年（一四六六～六七）だが、最終の改編がいつかは定説を見ていない。

（21）乱版とは一冊の中に整版で刷った丁と古活字版の丁とが混在している版本をいう。制作される理由には諸説がある（本書所収高木浩明論文）。

（22）この古活字版の刊行は慶長一一（一六〇六）年もしくは一〇年以前とされている。本書所収高木浩明論文参照。

（23）無刊記整版本は、一見して字体など古活字を思わせる古風な印象がある。池田敬子は元和寛永版を基に作ったとする（「『源平盛衰記』諸本の基礎的考察」『中研所報』一九九五年三月）。本書付編所収岩城賢太郎論文参照。

（24）岡田三津子「蓬左文庫蔵『源平盛衰記』写本再考―書写者玄庵三級の検討を通して―」（『軍記物語の窓　第3集』和泉書院、二〇〇七年）。但し蓬左文庫本盛衰記は、急いで写さねばならぬ事情があったものか、装幀は美装本でありながら書写は殆ど杜撰ともいえるもので、殊に振仮名は、本文を正しく読んでいたのか疑問が持たれるほどである。岡田は三級が底本を忠実に写したとみて、異文注記や不審箇所の注記も蓬左文庫本の底本にあったとしているが、検討の余地がありそうだ。

（25）『参考源平盛衰記』の凡例に、校訂に用いたとして中御門宣衡手書の盛衰記が挙げられている（所在は不明）が、宣衡も中院通勝と親交があったらしい。これらの知識人の間で、盛衰記も八坂系の中院本平家物語もともに本文の収集・校訂作業が行われていた時期があったのである。

（26）『源平盛衰記の基礎的研究』（和泉書院、二〇〇五年）。

（27）橋本貴朗の整理によれば、承応元年（一六五二）序『明翰抄』の「行俊」の項に「平家物語切　四半大キ成物」とあるので、一七世紀半ばからすでに認知されていたことになる。「長門切」の呼称は弘化四（一八四七）年以来、古筆家了伴によるという（公開シンポジウム「一三〇〇年代の平家物語─長門切をめぐって─」二〇一二年八月三一日、於國學院大学)。
(28) 佐々木孝浩「巻子装の平家物語─「長門切」についての書誌学的考察─」『斯道文庫論集』(47、二〇一三年二月)、平藤幸「新出『平家物語』長門切─紹介と考察」(『国文学叢録─論考と資料』笠間書院、二〇一四年)。以下、両人の見解の引用はこれによる。
(29) 小松茂美『古筆学大成　第二四巻』(講談社、一九九三年)、藤井隆「平家物語古本「平家切」について」(『文学・語学』21、一九六一年)、同「平家物語異本「平家切」管見」(『松村博司先生喜寿記念国語国文学論集』右文書院、一九八六年)、高田信敬「鶴見大学図書館蔵長門切解題」(『古典籍と古筆切─鶴見大学蔵貴重書展解説図録』鶴見大学、一九九四年)。
(30) 池田和臣「長門切の加速器分析法による14C年代測定」(公開シンポジウム「一三〇〇年代の平家物語─長門切をめぐって─」基調講演、二〇一二年八月三一日、於國學院大学)。
(31) 現在確認されている長門切の一覧は平藤幸前掲論文注(28)参照。本文と平家物語諸本の比定については松尾葦江『軍記物語論究』(若草書房、一九九六年)、同『國學院大学で中世文学を学ぶ第2集』(非売品、二〇〇八年)、同『平成二一年度國學院大学文学部共同研究報告』(非売品、二〇〇九年)及び平藤幸前掲論文注(28)参照のこと。
(32) 巻ごとに性格の異なる本文を取り合わせ、一部に盛衰記の本文をもとにしたと思われる増補改訂の書き込みがある写本。慶長一七～一八年(一六一二～一三)の奥書がある。
(33) 松尾葦江『軍記物語論究』(若草書房、一九九六年)五〇三頁以下参照。長門切と対照するには平仮名交じりの蓬左文庫本盛衰記本文を用いる。
(34) 御所蔵資料についてご教示下さった大垣博氏に感謝いたします。
(35) 宮内庁書陵部蔵の名和長高請取状(元応二・一三二〇年)紙背にある片仮名交じりの文章は盛衰記巻三〇「実盛被討」の本文と思われるが、その後半に朱買臣の逸話が続け書きされており、その部分は盛衰記では蓬左文庫本・慶長古活字版ともに低書部になっている。

I 源平の物語世界へ

『源平盛衰記』は『平家物語』のヴァリエーションであるが、従来、文学作品としての『盛衰記』への注目は高いとはいえなかった。だが、近年、『盛衰記』の作品世界が後の芸能や絵画、文学作品に及ぼした影響がかなり大きなものであったことが明らかになってきている。まさに、文学作品としての『盛衰記』の評価や、この作品が誕生したことの意味を問い直す時期が来ているのではないだろうか。そこで本章では、源平の物語としての『盛衰記』の作品世界を、さまざまな角度から読み解いていく。

1の黒田論文は平家物語諸本に共通する冒頭文の「祇園精舎の鐘」に注目したものである。それは従来自明のものとして顧みられなかったものであるが、平家物語作品世界を貫くテーマに関わる問題であろう。

現存する『盛衰記』がいかなる構想のもとに成り立っているのかという問題を考える上で、異本との比較や引用資料および語彙の分析は有効な手立てとなる。2の原田論文は、平忠盛と源頼政の説話が一対のものとして描かれていることに注目し、祖本の段階で胚胎していた構想を継承・発展させる手法に『盛衰記』の個性を見る。3の大谷論文は、本文に見られる「分廻」という語彙を糸口に、現存する『盛衰記』本文の完成時期を推定する。4の橋本論文は、『盛衰記』が一字下げの記事として、中世の山王神道において問題を抱えた説を掲載するところに、『盛衰記』の異説への関心のありようを見る。5の小助川論文は、伊豆に流される文覚の護送経路の独自性に注目し、その構想に『盛衰記』全体の文覚像との関連を見る。

さて、『平家』は平家滅亡の過程を描く物語であると同時に、源頼朝による武家政権樹立の過程を描く物語でもあった。『平家』、ことに『盛衰記』は頼朝をどのような存在として描こうとしたのか。この問題について、6の早川論文は頼朝の伊豆流離説話に注目し、それが「朝家の命によって朝意に背く者たちを追討する頼朝」像の形成に大きく関わっていることを指摘する。7の辻本論文は、『盛衰記』が天武天皇に関する記事を多く引用する背景に、頼朝を天武天皇と重ね合わせて描こうとする作者の構想を読む。8のワイジャンティ・セリンジャー論文は、儀礼としての食事場面の描写に注目し、義仲と頼朝の対照的な描き方が物語の中でどのような意味を持つのかを論じる。また、9の平藤論文は、義仲や平家を滅ぼすことで、兄頼朝の政権樹立に貢献したにも関わらず、後に頼朝によって追われ、討たれてしまう源義経について、頼朝を擁する東国武士団との対立の予兆がすでに屋島合戦の「那須与一」説話に見られることを指摘する。

ところで、『盛衰記』の特徴である説話引用や教訓的言説の多さは、しばしば『太平記』に近いものと認識されてきたが、一方で、この二作品の間には、質的な違いがあるともいわれてきた。つまり、『太平記』との比較は『盛衰記』の歴史叙述の方法や態度を考える上で、かなり有効な方法といえる。10の北村論文は、両作品に共通して登場する「京童部」による批評が質的に異なることを、盛衰記の「ヲカシ」という評言の用いられ方をもとに検証する。11の小秋元論文は、同じように見える両作品における説話引用の仕方の違いに注目し、それがそれぞれの作品が目指した方向性の違いに起因するものであることを論じる。

最後に、『盛衰記』の享受の問題として、近世初期軍記への影響を12の伊藤論文が論じる。伊藤は大正時代に叢書に収録されながらも、注目されることのほとんどなかった『源平軍物語』を取り上げ、『盛衰記』との関係や近世文芸における『盛衰記』享受の問題を指摘する。

（小助川元太）

1　祇園精舎の鐘攷（序章）——祇洹寺図経覚書——

黒田　彰

祇園精舎の鐘とは

平家物語は、「祇園精舎の鐘の声」と語り出されるが、そこに何故、鐘が登場するのだろうか。その理由は、源泉となった祇《ぎ》洹《おん》寺《じ》図経《ずきょう》を見ると判然とする。祇園精舎の諸院（中院を暫く除く）にあっては、鐘——鳴り物が極めて大きな役割を担っていたからである。祇洹寺図経における、諸院の縁起は、その鐘（鳴り物）をめぐって展開する、物語であると言って過言ではない。例えば無常院（無常堂）の縁起は、その鐘と病比丘（病僧）との織り成す、ドラマと見做すことも出来る。このことから、平家物語が「祇園精舎の鐘の声」と語り出されることには、深い理由があり、その鐘には、重要な意義の潜んでいることが想定される。

さて、祇園精舎の鐘は、どのような鐘であったのか。例えばその無常院の鐘は、須弥山のような形、或いは、腰鼓のような形をしていたとされる（祇洹寺図経下）。祇園精舎の鐘と言えば、まず寺の鐘即ち、梵鐘（和鐘）を思い浮かべる、私達日本人にとって、須弥山或いは、腰鼓の形をした鐘というものを、具体的に想像することは、非常に難しい。

唐代の初期、道宣（五九六—六六七）によって撰ばれた、祇洹寺図経（祇園図経。大正新脩大蔵経45、882—896頁所収）には志怪、伝奇的な側面があり、そこに描き出された鐘自体について考えることには、殆ど意味がない。しかし、道宣の描いたその鐘には、必ずモデルがあった筈で、祇洹寺図経に記された、鐘のモデルを考えることには、学術的な意味がある。小稿は、祇園精舎の鐘——無常院（無常堂）の鐘が、一体どのような鐘であったのか、そのモデルを考証しようとするものである。

祇洹寺図経の鐘

祇洹寺図経に見える鐘は、健槌（揵搥。大正蔵884頁上段24、27行目）が、始めらしく、犍稚《かんち》は、梵語 ghaṇṭā の音写で、通常は梵鐘を指すが、本来は木その他、種々の材質から成る、言わば鳴り物の総称とすべき語であって、祇洹寺図経の鐘がまず、健槌と記されていることは、極めて象徴的な事実とすべく、このことは、祇洹寺図経における鐘が、決して一様でないことを物語っている。そこで、無常院（無常堂）の鐘のモデルを考証するに先立って、祇洹寺図経に見える鐘——鳴り物の種類を、通覧しておく必要がある。以下、鐘を中心として、その重立ったものを眺めてみよう。（　）内は、大正新脩大蔵経45所収、当経の頁、段、行数である。

祇洹寺図経における鐘は、単に、

鐘（884頁下段22行目等）

と呼ばれるものの他、

金鐘（885中10等）
銀鐘（893下15）
銅鐘（885上15等）
頗梨鐘（893下15）
石鐘（鍾）（892下18）
竹鐘（885下8）

などと称される、諸鐘が登場している。小稿がモデルを問題とするのは、その内の頗梨鐘（及び、銀鐘）ということになるが、当経における鐘はまず、六朝末から寺院で用いられた、釣鐘（支那鐘、荷葉鐘）をイメージするものと考えて良い。しかし、そ

の鐘のモデルが単純でないのは例えば、鐘（885下22）に関して、

　形如㆓此土晋州出者㆒

とか（晋州は、山西省臨汾県）、銅鐘について、

・形如㆓此土周敬王之所㆑鋳者㆒（895上16）
・鐘（鍾）形如㆓漢地者㆒（890下25）

とか、或いは、石鐘（892下18）に関して、

　形如㆓漢様㆒

などと記される点を見れば明らかである。右の周敬王は、周景王の誤りらしく（敬と景は、音が似る）、共に春秋後期の王名で、敬王は、景王の子であって、周景王が前五二三年、無射《ぶえき》の鐘を鋳たことは有名である（国語周語下、春秋左氏伝昭公二十一年。無射は、十二律の第十一で、ハ（C）の音程に当たる）。無射の鐘は、敬王に伝えられ、その後隋代まで長安に存していた（左氏会箋二十四）。それはまた、編鐘と考えられるが、上記は全て、中国古来の銅器の鐘をイメージするものに外ならず、単なる釣鐘なのではない。すると、祇洹寺図経に登場する鐘は形、大きさ等の点で、銅器の鐘から発展して、釣鐘の成立に至る間の様々な鐘を、モデルとしている可能性がある。つまりそのモデルは、一つとは限らず、伝統的な古来の鐘から新出の釣鐘まで、あらゆる種類の鐘を、モデルとすることが出来た。当経の鐘のイメージを考証するに当たっては、この事実に是非共、注意しておくべきである。それにしても鐘の内、金鐘、銀鐘、銅鐘などは金属製であって、実在も想定し得ようが、頗梨鐘、石鐘に加え、竹鐘となると、そもそも鐘の概念に反し、ミニチュア、玩具としてならともかく、それらの実在を考えることは困難であり、イメージ上の鐘に過ぎないように思われる。

　鐘に類するものとして、鐃《どう》（894上24）がある。鐃も中国古来の楽器で（編鐃もある）、軍鼓を止めたり、武舞を終える際などに用いられた。当経のそれは、無常院の下（北）にある、四天王献仏食坊（四王献仏食院。北第四院）における、食事の終わりに鳴らされている。それはまた、鐃楽（894上23）とも記されるが、鐃楽の語は、短簫鐃楽（短簫鐃歌楽。鐃歌のことで、軍楽の意）から出たものらしい。

祇洹寺図経の鳴り物

祇洹寺図経にはまた、磬《けい》が登場する。磬は、石や玉で作られた、中国古代の楽器で（編磬がある）、への字の形を特徴としている。当経には、

石磬（886下8）
玉磬（885中8）
銅磬（893上23）

などが見える。

鐘の中には、「形相如レ鈴」とされるものがあった（前述、竹鐘）。その鈴には、

金鈴（887上4等）
銀鈴（887中4）
銅鈴（884中2等）

などが上げられる。

最後に、鼓の類を見ておく。鼓に類するものとしては、

天鼓（摩尼天鼓、884中10等）
金鼓（886中11等）
銀鼓（893中8等）
大鼓（885上29）
小鼓（小鼓子、893中3）

などがある。天鼓は、仏教的な鼓で、忉利天の善法堂にあり、打たずして鳴ると言う鼓である。その他、腰鼓（893下24等）も見えるが、「形如二腰鼓一」等、例えとして引かれるのみで、自体が登場する訳ではない。

さて、例えば無常院の銀鐘は、銀人が銀槌で打ち、[▼注1]無常堂の頗梨鐘の鼻には、金師子に乗った金昆侖が居て、その白払が上げられると、鐘が自ずと鳴ったとされる。このような言わば志怪、伝奇的な鐘の様態は、ひとり無常院（無常堂）の鐘に限られるのではない。それどころかむしろ志怪、伝奇的な鐘の様態は、祇洹寺図経を通して看取される、一般的な特徴とすべきである。ここで一、二、そのような鐘の例を見ておく。

居士之院の鐘

次に掲げるのは、先に触れた精舎の東南、「東門之東、自分二九院一」とされる、右（西）から四番目の居士之院の銅鐘の記述である[▼注2]（版本に拠る。簡単な注を付す）。

次北有二一大院一、名[※注一]二居士之院一……有二四銅鐘一、各重三千斤、形如二此土周[※注二]敬王之所レ鋳者一。四辺皆有二白銀隠[※注三]起之像一。又作[※注四]下如来為二太子一時槃[※注五]馬角力諸像上。鐘鼻鋳二銅竜形一、有三仙人騎二背上一。手執二金槌一、向レ下撃（繋）レ鐘。声聞二一閻[※注六]浮提一。四時[※注七]分レ音。春如二天琴一、声中説二声聞[※注八]四諦法一。夏如二天笙一、声中説二菩薩[※注九]六度及菩薩四諦法一、秋冬二時、如二天雷声一、中説二諸仏初成道法一。其鐘大是、四[※注一〇]大天王、各造二一口一。祇洹本院、地下鬼神蔵レ之。有レ縁便現、諸居士等、聞二鐘声一者、即解二如来所レ説法要一。春得[※注一一]二三果一、夏得[※注一二]二地前卌心一。秋冬証二得一[※注一三]地一

注

一、居士《こじ》は、在家の仏教信者。

二、周敬王は、周景王の誤り（敬、景は、音が似る）。敬王は、景王の子で、共に中国の春秋時代後期、周の王の名である。魯昭公二十一（前五二二）年、景王が鐘を鋳たことは有名である（国語周語下、春秋左氏伝昭公二十一年等）。

三、隠起は、彫り込むこと。銅の表面を彫り込んで白銀を埋め込んだ像を言う。

四、釈迦如来が未だ悉陀太子であった時。

五、槃馬《はんめ》は、立ちもとおる馬（槃は、盤に同じ）。角力は、力士。

六、閻浮提《えんぶだい》は、梵語で、世界の中心にある須弥山の南にある洲（島）の意。南瞻部洲《なんせんぶしゅう》などとも言う。
七、四時は、四季のこと。
八、声聞《しょうもん》は、三乗（声聞、縁覚、菩薩）の一で、仏道に至る三種の教法の最下を言う。四諦（苦集滅道）は、その行法。
九、三乗における菩薩の行法が、六度（六波羅蜜〈布施、持戒、忍辱、精進、智慧波羅蜜〉）とされる。
一〇、四大天王は、四天王のこと。須弥山中央の山腹四方に住し、六欲天の第一を成している。
一一、三果は、声聞の行果たる、四果の第三、不還果《ふげんか》（阿那含果《あなごんか》）のこと。
一二、地前《ちぜん》は、菩薩の行位、十地以前を言う。十地の初地以上を、地上《ちじょう》と言うに対する。四十心は、十信、十住、十行、十回向を言う（十住以下を、地前三賢と称する）。菩薩の行位を五十二位と総称するが、それは上記の四者に、十地及び、等覚、妙覚位を加えたものである。
一三、二地は、十地の第二であろう。

右の記述によると、当院の四つの銅鐘を制作したのは、四天王である。その四つの銅鐘の腹には、悉陀太子の四門出遊、出家が描かれ、その図像は、陰刻中に白銀を埋めたものだった。各鐘の鼻の上には、金槌を持つ仙人が、銅竜の背に乗る像があって、その仙人が金槌を振り下ろすと、鐘が鳴ったと言う。そして、鐘の声は、四季毎に異なり、春は「声聞四諦法」、夏は「菩薩六度及菩薩四諦法」、秋冬は、「諸仏初成道法」を説いたとある。さて、当院の鐘の鼻に見る、銅竜や仙人など、言わば鐘周辺の作り物は、無常院（無常堂）のそれと共通し、鐘の鳴ることと関わる点も同じである。無常院（無常堂）のそれが、決して特異なものではないことが知られよう。また、当院の鐘が、仏の教えを説くことなどは、例えば無常堂の鐘が、諸行無常等を説くことと、全く同じい。興味深いのは、例えば春季における鐘の声が、「如㆓天琴㆒」とされ、また、秋季のそれが、「如㆓天笙㆒」などとされている点である。言うまでもなく琴、笙は楽器であって、ここでは、「声聞四諦法」や「菩薩六度及菩薩四諦法」といった仏の教えが、天人の奏でる琴ないし、笙の楽音として明示される。このことは、例えば私達が、「祇園精舎の鐘の声」を考える時、音楽との関係において留意すべき、側面を有することを示している。

他方三乗学人八聖道之院の鐘

次に掲げるのは前述、精舎の西南、「西門之西、自分二六院一」とされる、左（東）から一番目（戒壇図経では三番目）の、他方三乗学人八聖道之院の記述である。

南初東第一院、名(他名)※注一二他方三乗学人八聖道之院一……有二鐘一口一、可レ容二廿石※注二一。形如二此土晋州※注三出者一。身有二八楞※注四一、下有二一百廿角一。角有二一百廿宝珠一。鐘形三分。下分黄金作、口紺瑠璃※注五隠起。中分白銀、頗梨隠起。上分瑪瑙※注六、天金雑(雅)作。鼻上金作二象(像)形二頭一、又作二卅三天※注七形一。其天居二象(像)頭上一。天形五尺、以二緑頗(瑑)梨一作、戴二銀天冠一。天人手中、各執二白払一。至時象(像)便鳴、喚二諸人衆一。挙レ払作レ儛、唱二八聖道曲一。歌詞釈提桓因※注八作レ之。曲即八万四千曲。詞亦有二八万四千詞一。一曲治二衆生煩悩病一。卅三天唱二此歌曲一、及儛一辺。然後挙レ払、唱二奏菩薩六度歌詞一。竟鐘即自鳴、声聞二中千※注九世〔界二〕。声中所レ説、菩薩行二八聖道一、断二煩悩一一一智数。行二八聖道一、菩薩聞レ鐘、皆起二位地※注一〇一。王舎城※注一一及舎衛城、有二八千童子菩薩一、年八歳。日別二三時※注一二一、来二此院中一、聴二仏説法一。説法之時、鐘声変為二天琴一。清如无レ比、諸修二八正一。聞二此声一、聴二仏説法一、自開解。此鐘、拘楼秦仏※注一三時、兜率天王所造。彼仏滅後、須弥山神、収二入金剛窟※注一四中一。釈迦仏出世時、至二祇洹一供養。至二夏三月安居之時※注一五一、廿八天※注一六、天諸童子、有二八百億一、各奏二天楽一、従レ天而下、至二此院中一、聴二仏説法一。毎年不レ絶、至レ今諸天猶至故、奏二天伎楽※注一七一。仏臨二涅槃一、告二天童子一曰、我度二女人一、損二我正法一、五百年。我滅度後、悪比丘尼、不レ行二八敬※注一八一、速滅二我法一。汝当丁来レ此常奏二天楽一令丙我正法久住乙於世甲。諸天童子、聞皆涕泣、不二自勝一レ持咸曰、不二敢命如何一、当下来有二悪比丘尼一致令中嘱累上。我等年年、至レ此供養。不レ欲レ令二法因レ此滅一故

注

一、他方は、他方世界。三乗は、声聞、縁覚、菩薩乗のこと。八聖道は、八正道で、正見、正思惟、正語、正業、正命、正精進、正念、正定の八つの正しい道を言う。

二、石は、容量の単位で、一石は十斗に当たる（一斗は、五・九四四四リットル）。

三、晋州は、山西省臨汾県。

四、楞《りょう》は、かど。

五、瑠璃《るり》は、紺青色の宝石で、七宝の一。
六、瑪瑙《めのう》は、赤、白、緑の縞《しま》のある宝石で、七宝の一。
七、卅三天は、六欲天の第二、忉利天（梵語）のこと。須弥山頂上にあり、帝釈天を主として、四方に各八天が住むので、三十三天と訳される。
八、釈提桓因《しやくだいかんいん》は、梵語で、帝釈天の異称。
九、中千世界は、小千世界が千箇集まったもの（小千世界は、千の世界から成る）。
一〇、位地は、四種の惑体の第三、四位地か（大乗起信論義疏上之下）。
一一、王舎城は、中印度の摩伽陀国の都、ラージャグリハの訳名。舎衛城は、憍薩羅国の都、シラーヴァスティの訳名。
一二、三時は、一日を三分して晨朝、日中、黄昏とすること。
一三、拘楼秦仏《くるしんぶつ》は、拘留孫仏《くるそんぶつ》（梵語）で、過去七仏の第四（釈迦牟尼仏は、第七）また、現在賢劫《げんざいけんごう》の第一仏に当たる（釈迦は第四）。第九減劫、人寿六万歳の時、出世した。
一四、金剛は、金剛山で、須弥山のこと。
一五、夏三箇月の雨期の九十日間、僧徒が外出せず修行することを、安居《あんご》（雨安居）と言う。
一六、廿八天は、欲界の六天、色界の十八天、無色界の四天を合わせた称。
一七、天伎楽は、天人の伎楽（法華経化城喩品等）。天楽とも。
一八、八敬《はちきよう》は、女人の出家に際する、八つの条件。八敬戒、八敬法なども称する。女人の出家を許せば、正法千年の内、五百年を減じるが、八敬により、千年に復すると言う（善見律毘婆沙十八）。

当院の鐘は、一つで、拘楼秦仏の時代に、兜率天王が制作したものである。その容量は、廿石とされるが、これは、一一八八・八リットルに当たり、千リットルが一立方米だから、鼻の天人が五尺（一・五五五米）とされるのに比しても小さ過ぎ、数値に問題があろう。この鐘は、中国古来の鐘の形に似た、八角の荷葉鐘（支那鐘）らしく、「下有㆓一百廿角㆒」と言うのは、縁がW型のギザギザで覆われることで、そこに宝珠が埋め込まれていたらしい。鐘は、三つの素材から成り、下は黄金（口に瑠璃を埋め込む）、中央は白銀（頗梨を埋め込む）、上は瑪瑙（天辺に金を埋め込む）という、豪華なものである。鼻の上には、一頭の金象が居り、その頭の上には、銀冠を被って白払を持つ、緑頗梨製の卅三天が乗っていた。さて、象が鳴き、人々が集まると、その卅三天は、白払を挙げて舞い、帝釈天の作詞、作曲に掛かる、八聖道曲を歌ったと言う。さらにその後、卅三天は、再び白払を挙げ、菩薩六度歌詞を「唱奏」すると、鐘が自ずから鳴って、「菩薩行㆓八聖道㆒」以下を説いたとされる。右を見ると、まずその鐘の贅沢な作り、次いで、鐘の鼻の上の作り物の華麗なこと、その複雑な動作に驚かされる。これらは全て、祇洹寺図経に述べられた、諸院縁起の特徴を、よく表わすものである。加えて、興味深いのは、祇園精舎の鐘と音楽（楽舞）との関係の深さを、はっきりと看て取れることだろう。例えば前掲の居士之院において、「如㆓天琴㆒」「如㆓天笙㆒」などと言われた鐘の声が、当院における釈迦の説法時には、

　鐘声変為㆓天琴㆒

とされ、鐘声が時に天琴そのものの音色を発するとあることは、取り分け注目されて良い。また、釈迦の在世時のみならず入滅の後も、安居の折には三界諸天及び、天童子が「天伎楽」を奏し、天降るとされることなども、当院の鐘と音楽との関わりを示すものである。

祇洹寺図経の楽器

　さらに、鳴り物を楽器という観点から見ると前述、笙（885上5、天笙〈885上20〉。共に例えとして引かれる）の他、螺《ら》（法螺貝）として、

　天螺（884中29）

などがあり、また、琴（893中29）として、

　天琴（886上18等）
　竜琴（886上27）
　人琴（885下9等）

や（共に例え）、箜篌《くご》（ハープ）として、

　天箜篌（885下14）

銀天箜篌（886中27）

などもある。そして、祇洹寺図経における諸院中には、鐘の代わりに楽器を鳴り物とする、諸院も存するのである。

仏病坊、諸仙之院の楽器

次に掲げるのは、無常院の下（北）、三つ目に当たる、仏病坊（仏示病院）の記述である。

次北第三院、名㆓仏病坊㆒……大梵天王[※注一]、施㆓八部楽㆒。一一楽器、有㆓十六種㆒、皆以㆓金銀七宝[※注二]㆒所㆑成。仏為㆓衆生㆒示㆑疾、凡此諸楽出㆑音、以娯㆓楽仏㆒。如来聞㆑音、病即除愈。若病不㆑除、楽音便㆓奏六度神足[※注三]等曲㆒、声遍㆓三千[※注四]㆒。初地十住[※注五]、有㆓現疾㆒者、聞㆑音除愈。如来滅後、経㆓十六年㆒、猶在㆓院中㆒。過㆑此梵収、今在㆓色界[※注六]㆒

注

一、梵天は、四禅から成る色界の初禅のこと。初禅には三天があって、下から第一を梵衆天、第二を梵輔天、第三を大梵天と言い、大梵天王は、その第三天の王。

二、七宝は、金、銀、瑠璃（毘琉璃）、頗梨、硨磲（車渠）、瑪瑙（馬瑙）、赤真珠（大智度論十）。

三、神足は、神足通で、五神通（五通）の第一。神境智証通、身如意通などとも。

四、三千は、三千大千世界のこと。

五、初地十住は、菩薩の五十二位（十信、十住、十行、十回向、十地、等覚、妙覚位）中、十地の初地から降って、十住までであろう。

六、色界は、三界（欲界、色界、無色界）の第二。

右に、八部楽と言う楽は、音楽また、楽器のことであり、それは内容を異にする、八つのオーケストラの如きもので、各々が十六種類の楽器から編成されていたようだ。そして、それらの奏でる音楽は、「六度神足等曲」と呼ばれていることが興味深い。当院の特徴は、大梵天王を施主とする、宝物の楽器を主な鳴り物とし、その周辺の作り物は示されていないことである。

次に掲げるのは、「大門之東、自分㆓七院㆒」の第七（戒壇図経では第六）に当たる、諸仙之院の記述である。

次東一院、名二諸仙之院一……中有二一部天楽三千種一、七宝所レ成。一一皆有二七宝人一、擎二持此楽一。※注一仙人若集、諸楽自鳴、奏二神仙曲一。仏入二仙院一、為説法時、諸七宝人、便奏二六度四諦之曲一。※注二諸五通仙、※注三我慢山崩。或得二三果一、或入二初地一、不可二具説一。其楽声聞二※注四一四天下一。※注五維衛仏時、※注六香山中※注七摩利大仙所レ造。仏去レ世後、文殊持二来※注八清冷山中一。釈迦仏出、持二詣祇洹一。如来滅度、此楽自飛、往二清冷山金剛窟中一

注

一、仙人は、外道にして高徳の者を言う。
二、五通仙は、五神通（五通）を得た仙人。
三、我慢は、我を恃《たの》んで人を慢《あなど》ること。
四、一四天下は、四天下《してんげ》で、四大洲を言う。
五、維衛仏《ゆいえぶつ》は、過去七仏の第一仏で、毘婆尸仏《びばしぶつ》のこと。
六、香山《こうせん》は、香酔山《こうすいせん》とも言い、南贍部洲の雪山の北にある山で、崑崙山とも呼ばれる。南に無熱悩池（阿耨達池《あのくたっち》）がある。
七、摩利大仙は、摩利支大仙（仏母大孔雀明王経下）のことか。
八、清冷山は、清涼山《しょうりょうせん》で、東北方にある、文殊師利菩薩の住む山とされる（六十華厳二十九・二十七）。五台山（山西省五台県）が清涼山に比定された。

当院の鳴り物は、「一部天楽」と記すもので、三千種の楽器を擁していた（「中院東門之左、自分二五院一」〈戒壇図経では七院〉の第七の仏洗衣院のそれも同じく、「天楽一部」「此楽有二三千余器一」とある〈制作者は、釈提桓因即ち、帝釈天〉）。楽器は、七宝から成り、七宝人が捧持していた。制作者は、維衛仏の時代、香山に居た、摩利大仙である。当院は、外道の仙人を収容する施設なので、仙人の来集時には、楽器が自ずと「神仙曲」を奏でたし、釈迦の説法時には、七宝人が「六度四諦之曲」を演奏したと言う（仏洗衣院の上〈南〉の仏経行所の鳴り物も、「両部天楽」で、七宝製の楽器「有二三万余種一」などと記す〈施主は、帝釈天〉。それを天童子が六時〈昼三時、夜三時〉に奏したが、その前には、「諸楽音中、多説二六波羅蜜行一。又説二持戒功徳一。讃二嘆受行者一」、天童子の奏楽時には、「音中所レ説、過去諸仏、行毗尼法。又説下釈迦如来教二勅弟子一行二戒律一事上」とある〈毗尼《びに》は、毘奈耶《びなや》で、戒律のこと〉）。当院も、宝物の楽器を主な鳴り物

とすることは前掲、仏病坊と同様だが、一一の楽器に、七宝人という作り物の添えられる点を、特徴とする。

鐘、作り物と法文

健槌を始めとする、祇園精舎の鐘は、単なる寺院の釣鐘ではない。例えばその種類は、中国古来の伝統的な鐘から、仏教寺院の釣鐘に至る、多様な原型を有していた。また、材質も金、銀その他、多岐に亙る。さらに、鳴り物という観点からそれを見ると、そこには鐃、磬、鈴、鼓なども見え、それら各々の種類もまた、単純ではない。そして、その鳴り物に笙、螺、琴、箜篌等の所謂、楽器が含まれることは、前述の通りである。

無常院（無常堂）の鐘には銀人や昆侖、師子など、言わば作り物が付随する。その作り物が無常院（無常堂）の鐘に限らず、祇洹寺図経の鳴り物の様態において、むしろ一般とすべきことは上掲、金槌を手に銅竜に乗る仙人（居士之院）、白払を手に金象二頭の頭上に乗る、緑頗梨製の卅三天（他方三乗学人八聖道之院）以下の例を見れば、直ちに明らかと言える。

さて、これらの作り物が、単なる鐘の飾りでないことは、例えば無常院の銀鐘が、銀人に打たれることによって鳴り、無常堂の頗梨鐘が、昆侖の挙げる白払を合図として、鳴っていることから、およその想像が付く。果して上掲、居士之院においても、作り物である仙人が、その銅鐘を撃っているし、他方三乗学人八聖道之院にあっても、卅三天が白払を挙げた時に、鐘が鳴っている。また、諸仙之院においては、その鳴り物の七宝の楽器を奏するのが、作り物の七宝人とされている如くである。これらのことから、祇園精舎諸院の銀人、昆侖等の作り物は、鐘ないし、鳴り物と深い関係が認められ、取り分け鐘（鳴り物）が鳴ることに対し、時として大きな役割を期待されていることが知られるのである。即ち、それらの作り物の様態は、諸院の鐘（鳴り物）の、音を発するシステムに不可欠のものとして、組み込まれていることが確認出来る。

祇園精舎の鐘（鳴り物）が、音楽と関わることは、前述の通りだが、ここで、無常院（無常堂）の鐘を中心に、その関係を纏めておく。例えば銀人の撞く銀鐘は、

音中所レ説、諸仏入二涅槃一法

と言われる。これは、縁覚十二因縁之院の金鐘が、「鐘能誦二迦葉仏涅槃経一」（885中28）等とされるのに同じく、鐘の音《ね》が、仏

の教えを説くこと、即ち、言葉となっていることを意味する。さて、例えば无学人問法之院の竹鐘を見ると、「鐘鼻有二金崑崙一、手自提レ槌、至時便扣」（885下8、9）とあって、無常堂の鐘と共通する点が注目されるが、竹鐘の、「音中所レ説、十二部経」（885下10。十二部経は、一切経を十二種に分けることで〈十二分経、十二分教とも〉、一切経の意）とされることも、無常院の銀鐘などに同じい。興味深いのは、竹鐘の音が、「声如二人琴一」と言われていることで（「声中説二声聞四諦法一」とある上掲、居士之院の銅鐘も、「春如二天琴一」と言われる）、鐘の音としての言葉（一切経）が、音楽とされていることである。これは、鐘の音の教えが、常に楽音たり得ることを表わしている（上掲、他方三乗学人八聖道之院の鐘は、「鐘声変為二天琴一」ともされていた）。

無常堂の昆侖は、

口説二无常苦空无我一

と言われる。これは、菩薩十二因縁之院の金猶子（未詳）の、「音中所レ説……无常苦空」（885中17、18）とされる、教えと同じである。ところが、その声は、「如二天箜篌一」（885中17）と記され、こちらは楽音に外ならない（仏洗衣院の天楽は、「楽音之中、但説二无常苦空一」〈893上4〉とある）。そして、中院大仏殿の当陽殿においては、師子に乗り白払を持った天童子が、「歌二无常苦空等曲一」とされ、その教えが曲と称され且つ、歌われている。仏の教えが、曲と呼ばれることは前掲、他方三乗学人八聖道之院に、「八聖道曲」などが登場していた（諸仙之院には、「神仙曲」「六度四諦之曲」、仏病坊には、「六度神足等曲」とも）。さて、同院の「八聖道曲」は、「歌曲」「曲」とも称され、その言葉の部分は、「歌詞」「詞」と呼ばれている。同院の鐘は、「声中所レ説、菩薩行二八正道一」等と言われるもので、「鐘声変為二天琴一」とある所から、それが楽音たり得ることは、先に触れた。また、仏病坊や諸仙之院の鳴り物の記述には音楽、楽器を意味する「楽」と共に、「楽器」「楽音」「楽声」等の語も散見する。時として舞を伴う、それらの語は全て、音楽と関わるものである。祇園精舎の鐘（鳴り物）の音は、音楽としての一面を有することが知られよう。

仏典から

ところで、「天鼓自鳴」の表現は、仏典に頻出するが（大方広仏華厳経十五等）、同様に楽器が仏の教えを説くことも、例えば観無量寿経の第六、宝楼観に、

衆宝国土、一一界上、有二五百億宝楼閣一。其楼閣中、有二無量諸天一作二天伎楽一。又有二楽器一懸二処虚空一如二天宝幢一不レ鼓自鳴。此衆音中、皆説二念レ仏念レ法念二比丘僧一

とか、同第二、水想観に、

於二台両辺一各有二百億華幢無量楽器一以為二荘厳一。八種清風、従二光明一出、鼓二此楽器一演二説苦空無常無我之音一

などとされる通り、特に珍しい話ではない。さらに仏典においては、楽器のみならず、水や光、木や鳥などまでもが、それを説くことは、同第八、像想観に、

此想成時、行者当レ聞、水流光明及諸宝樹鳧鴈鴛鴦、皆説二妙法一

とか、同第十二、普観に、

見二仏菩薩満二虚空中一水鳥樹林及与二諸仏一所レ出音声、皆演二妙法一

などと見える如くである。中で、鳥がそれを説くことは、例えば阿弥陀経にも、

復次、舎利弗、彼国常有二種種奇妙雑色之鳥一。白鵠、孔雀、鸚鵡、舎利、迦陵頻伽、共命之鳥、是諸衆鳥、昼夜六時、出二和雅音一。其音演二暢五根五力七菩提分八聖道分如レ是等法一。其土衆生、聞二是音一已、皆悉念レ仏念レ法念レ僧

とされるが（五根以下は、涅槃に至る、三十七種の道を数えた、三十七道品〈三十七覚支等とも。四念処、四正勤、四如意足、五根、五力、七菩提、八聖道〉の五根以下に当たる）、注目すべきは、その鳥の声について、同経の続きに、

是諸衆鳥、皆是阿弥陀仏、欲レ令二法音宣流一変化所作

（このもろもろの鳥は、皆これ阿弥陀仏の、法音を宣流せしめんと欲したもう変化の所作なり）

と説明されていることで、上記の楽器以下、水や光、木や鳥が仏の教えを説くことは、仏（阿弥陀仏）の法音を流布させようとする、「変化所作」に外ならないことが、明らかとされていることであろう。天界や仏土にあって、仏などの「変化所作」として、かく楽器その他が法音を演説することは、仏典の常とすべきことである。一方、祇洹寺図経においては、法音演説の役割が、取り分け諸院の鐘（鳴り物）に与えられている点に、大きな特徴が認められる。さて、無常院を始めとする、諸院の鐘（鳴り物）が、法音を説くことに関し、注意しておくべきは、天界や仏土でなく、この土の施設である、祇園精舎諸院の鐘（鳴り物）が、

法音を説いていることである。このことは、この土の祇園精舎諸院の鐘（鳴り物）に仏などの「変化所作」による、法音演説が現出したことを意味するからである。そして、この土の祇園精舎に表われる、そのような奇跡を事実と見る時、その事実こそは、正しく中国の伝統的な文学観としての志怪、伝奇に該当していることが、理解されるのである。

鐘の声、鐘の音

さて、祇洹寺図経の鐘（鳴り物）のことを、かく概観すると、ともすれば曖昧模糊とした内容に陥り易い、平家物語の、

　祇園精舎の鐘の声、諸行無常の響あり

の解釈について、今一歩踏み込んだ解釈が、可能となるように思われる。そこで、小稿の目的からは、聊か逸脱するが、最後に、その問題に関する私見を挿んでおきたい。

従来、「祇園精舎の鐘の声」の「鐘の声」については、余り留意されたことがない。しかし、「鐘の声」という表記は、実は往生要集には見えないものである（往生要集には、「鐘音」とあり、栄花物語十七に、「祇園精舎の鐘の音《をと》」〈日本古典文学大系〉とする）。すると、平家物語に言う「鐘の声」は、往生要集の「鐘音」を言い替えたものと見做される。そして、例えば延慶本「鐘《ノ》声」の表記が示唆する如く、その言い替えの元となったのが、仏教語としての「鐘声」であろうと思われる（後に漢語化する。因みに、鐘音は、熟語ではない）。さて、そこで言い替えられた、音と声には、どのような違いがあるのだろうか。

例えば音には、古くから「こえ」の訓もあって（屋代本には、「鐘《ノ》音《ヱ》」とある）、両者を区別することは、極めて難しい。ここで、漢和辞典から音と声の意義を拾ってみると、

音
①おと、声。
②歌、音楽。
③言葉。

声
①こえ、音《おと》。
②歌、音楽。
③言葉。

など、殆どが共通する、区別の設けられていることが面白い。音、声両字を区別することの難しい理由は、何と言っても①に求められようが、①—③全体の意義の似ることにも、一因があろう。その反面、意義上の①—③の分岐の、極めて明瞭なことが注目される。

ここで、平家物語の「鐘の声……響あり」の原拠となった、祇洹寺図経（往生要集）の「音中亦説」について検討しよう。祇洹寺図経の「音中亦説」（無常堂、893下26）は、

・音中所レ説（無常院、893下20）

・声中所説（886上4）

等ともされる、鐘（鳴り物）の発する、法音を導くための定型句とすべきものだが、それらの定型句における、音、声の間に、意味の違いを見出だすことは出来ない。このことから、祇洹寺図経はまず、音と声を原則的に区別していないことが知られる。しかし、次に例えば、

音中所レ説……是病比丘、聞二於鐘声一（無常院）

の音は、上掲①おと、声《こえ》の意味となるが、声の方は、①と共に、③言葉の意味を有し、また、

音中亦説……病僧聞レ音（無常堂）

の音は、同じく①おと、声《こえ》の意味となるが、音の方は、同様に①と共に、③言葉の意味を有するものと考えられる。さらに、

諸楽音中、多説……又説……根不具者、聞レ音得レ具（仏経行所、893上14—16）

の音は、明らかに②歌、音楽のケースの楽音の意味となるが（諸楽の楽は、楽器の意）、音の方は、その②と共に、③言葉の意味を有するものと考えなければならない。このことは、上記の音を、

音中所レ説、十二部経……聞レ法獲レ果（885下10、11）

のように、法と呼んでいる例からも、確認することが出来る。従って、これらの用例から、祇洹寺図経における音と声の意味は、機械的な両字の違いによるのでなく、本文中のコンテキストから、判断すべきことが知られるのである。その音、声が自

在に①―③の意義を纏い得る、具体的な様子は前掲、居士之院以下の記述中に、看取される如くである。

むすび。平家物語の解釈法

一方、日本語の音、声には、明瞭な区別があって、例えば小学館版『日本国語大辞典』第二版の両者の第一義を見ると、

（**音**《おと》）

広義には、聴覚で感ずる感覚全般。狭義には、生物（有情物）の「こえ」以外の物理的音声。

（**声**《こえ》）

人や動物が発音器官を使って出す音

とあることが、参考になる。また、同、「おと」の語誌(1)中に、

古くは「こえ（こゑ）」は生物の声のほか、琴、琵琶、笛など弦・管楽器、また、鼓・鐘・鈴などの打楽器などの音響にも使われた

と説明されていることも、頗る興味深いが、平家物語の「鐘の声」などは、前述の如く、仏教語の鐘声から出たものとすべきである（鼓声、鈴声も仏教語また、漢語）。すると、その「鐘の声」は、

（人の声などのように）鐘の発する声

の意に、解釈されなければならないだろう。さらにその「鐘の声」の声の意味は上掲、漢字の声の意味の③言葉と、密接に関連することも明らかである。平家物語の「鐘の声」については、かく整理出来るが、では、さらに祇洹寺図経において、鐘（鳴り物）の法音を導く、

音中所レ説

等の句自体は、どのように解釈されるのか。

当句に関してはまた、考え併せるべき、

光中所レ説（無常堂、893下29）

などの句もあって、それは、

　光の中に説かれる法文（は）

の意味となるから、「音中所レ説」の句は、

　音《おと》の中に説かれる法文（は）

という意味に解釈されるであろう。この音は上掲、①おと、声の意味であり、そこには、③言葉という意味は、入っていない。しかし、「音中所レ説」の句は、続く法音を導く定型句として、法文の意味を含んでいるだろう。但し、その定型句が、

　鐘能誦二迦葉仏涅槃経一（885中28）

の如く、誦と表記される例もあり、この場合は、鐘が直接、法文を唱えることになる。

　さて、その「音中所レ説」の句の意味を、平家物語の、

　祇園精舎の鐘の声、諸行無常の響あり

に当嵌めてみると、

　祇園精舎の鐘は、音の中に説かれる、「諸行無常」の法文を轟き亙らせる

などと解釈されよう。さらに前述、日本語における声の語の特徴を加味するならば、

　祇園精舎の鐘の発する声は、「諸行無常」の法文を轟き亙らせる

などと解釈され、こちらは前掲、「鐘能誦」（885中28）に近い意味となる。

　祇園精舎の鐘（鳴り物）の音が、音楽と関わりを持つことは、既述の通りだが、思えばそれは、音、声両字における、②歌、音楽の意義へと溯る、出来事であった。徒然草二二〇段には、

　凡鐘の声は黄鐘調なるべし。これ無常の調子、祇園精舎の無常院の声なり

という一説があり（出典未詳。黄鐘《おうしき》は、十二律の第一で、ニ音に当たる〈日本の十二律では、第八のイ音〉）、それによれば、祇園精舎の鐘の音（声）もやはり、両字の②の楽音の意味となる。

付記

小稿は、祇園精舎の鐘をめぐる三部作、

（1）「祇園精舎覚書―鐘はいつ誰が鳴らすのか―」（『京都語文』20、二〇一三年一一月）、

（2）「崑崙と獅子―祇洹寺図経覚書―」（『京都語文』21、二〇一四年一一月）、

（3）「祇園精舎の鐘攷―祇洹寺図経覚書―」

における、（3）の序章に当たるものである（（1）は、二〇一三年度松尾科研「文化現象としての「源平盛衰記」研究」公開研究発表会〈於國學院大學、二〇一三年七月二七日〉における発表を、論文化したものである）。紙幅の関係から今回、その序章のみを寄せることとした。祇洹寺図経の本文については、小稿の注（2）を参照されたい。なお小稿は、二〇一四年度佛教大学特別研究奨励費Aによる成果の一部である。

注

（1）崑崙と同様、銀人にも志怪、伝奇的な要素があることに注意すべきである。例えば玉堂閑話（太平広記四〇一所引）には、孝義を以って聞こえた章乙の許に、一泊を乞うた女性と青衣との、「銀人両頭」と化した話が見えている（関澤こずえ氏教示）。

（2）祇洹寺図経の版本については、「祇洹寺図経　上下巻（影印）」（佛教大学『文学部論集』98、99、二〇一四、二〇一五年三月）を参照されたい。

2 『源平盛衰記』形成過程の一断面

原田敦史

一 忠盛の武勇

多くの『平家物語』諸本と同様に、『源平盛衰記』もまた、平清盛の死を叙したあとに彼の生前を回顧する説話を並べており、父忠盛と白河院との関係から清盛出生の秘密にまで言い及ぶ話も、そこに含まれている。「古人ノ申ケルハ、「清盛ハ忠盛ガ子ニハ非《あらず》、白川院ノ御子也。其故ハ…」」と語り出されるそれらの記事のうち、最初に置かれた白河院の祇園御幸のときのエピソードに、まずは注目したい。煩瑣を避けて全文を掲げることはせず、本文の引用を適宜交えながら、概略を示す。

①白河院は、「祇園女御」と呼ばれる女性を祇園あたりに住ませ、通っていた。
②あるとき院は、北面の忠盛らを連れ、祇園女御のもとへ御幸した。「比《ころ》ハ五月廿日余ノ事」であった。
③一行は、怪異とおぼしき光る物に遭遇する。白河院は忠盛に、「アノ光物ヲ取テ進《まゐらせ》ヨ」と命令する。
④忠盛は恐れ、弓矢で攻撃しようかと悩むが、思い直して相手に近づく。
⑤「得タリヤオフ」の掛け声とともに、忠盛は相手に組み付く。捕らえてみると、それは法師だった。
⑥事の真相が明らかとなり、院は忠盛の行動を、「是ヲ若切《もしきり》モ殺射モ殺タラバ、不便ノ事ナラマシ。弓矢取身《とる》ハサスガ思慮アリ」

と賞賛した。[注1]（以上、巻二十六）

忠盛の行動によって、結果として一人の法師の命が失われずにすんだという大筋に関しては、他の『平家物語』諸本との間に大きな違いはない。だが盛衰記の場合、その結末に至るまでの③〜⑥の展開には、やや不自然な点がある。④を詳しく引用する。

④忠盛ハ、「弓矢取身ノ運ノ尽トハ加様ノ事ニヤ、ヨソニ見《みる》ダニ肝魂ヲ消《けす》鬼ヲ、手取ニセン事難レ叶《かなひがたし》、身近ク寄テ取ハヅシナバ、只今鬼ニ嚼食《かみくらはれ》ン事疑ナシ、遠矢ニマレ射殺サント思テ、矢ヲハゲ弓ヲ引ケルガ、指《さし》ハヅシテ案ケルハ、縦《たとひ》鬼神ニモアレ、勅定限アリ、王事無レ脆《もろきことなし》、宣旨ノ下ニ、資ベキニ非ズ、況《いはんや》ヨモ実ノ鬼ニハアラジ、祇園林ノ古狐ナドガ夜深テ人ヲ誑《たぶらかす》ニコソ在ラメ、無念ニイカガ射殺ベキ、近ヅキ寄テ伺ハント思返シテ…（傍線を付した箇所については次節で触れる）

延慶本などと比べてみれば、差異は明らかである。延慶本では、③における院の命令は、「彼物《かのもの》、射モトヾメ、切モトヾメヨ」[注2]と記されているのだ。それを受けた忠盛は、

④忠盛承テ、少モ憚ル所ナク歩寄ケルガ、サシモ猛カルベキ者トモ思ワズ、「狐狸体ノ者ニテゾ有ラム。射モ殺シ、切モ殺シタラバ念ナカルベシ。手取ニシテ見参ニ入ム」ト思テ、此度光《ひかる》所ヲ懐《いだか》ムト、次第ニ伺ヨル。

と行動した。忠盛は、少しも恐れてなどいない。ゆえに、殺せという命令に対して捕縛することを独断で決め、それが結果として法師の命を救うことになったのである。事態を知った院が、⑥で「是ヲアハテ、射モ殺シ、切モ殺シタラマシカバ、イカニカワユク不便ナラマシ。忠盛ガ仕リ様、思慮深シ。弓矢取者ハ優ナリケリ」と感嘆したという結末も、無理なく読むことができる。長門本や語り本なども、同様である。

これが盛衰記の場合、院の命令は「捕らえてこい」なのだ。それに対して忠盛は、恐れから逡巡する。得体の知れない相手に近づくことを避け、遠矢で攻撃しようと一旦は考える。だが、そこで王命の重さを思って踏みとどまり、意を決して歩み寄るのである。忠盛を翻意させたのは「勅定」への意識だったのであり、結果として、当初の命令通りに捕らえることを得たのだ。ならばその後で院が、射殺したり斬り殺したりしなかったことを弓矢取の「思慮」だと讃えたというのは、ちぐはぐな感想ではないか。「殺さずに捕らえよ」というのは、もともと院自身が命令したことであったはずなのである。

盛衰記の不自然さは、「勅定の重さをわきまえて行動する忠盛」像が、前後の文脈に十分なじんではいないことに由来する

のではないか。以下の論述の足がかりとしてこのことに注目するのは、忠盛像にかかわる如上の表現が、異なる巻に描かれた別の人物への連想を強く喚起するからである。そして、あたかも一対の存在であるかのように造型された両者にまつわる記事や表現を検討することで、盛衰記がいまある形に作られてくるまでにどのような過程があったのか、その一端を垣間見ることができるのではないかと考えるからである。

二　頼政の鵺退治

それは、巻十六における源頼政の姿である。彼の敗死の後には、やはり生前を回顧する説話が並べられており、その中の一つに、二条院の御代に内裏に出現した鵺を頼政が退治したというよく知られた話がある。その叙述内容が、前節で見た忠盛の記事とよく対応するのである。本文引用を交えて概略を示す。

（1）鵺退治のために召された頼政は、「朝敵ヲ鎮ル」出で立ちで内裏に向かう。

（2）頼政は、与えられた使命の難しさに「弓取ノ運ノ極ト覚タリ」と感じるが、「天ノ下ニ住乍《すみながら》 蒙二朝恩一《ちょうおんをかうむる》 器量ノ仁ト被レ撰《えらばる》。非レ可二辞申一《じしまうすべきにあらず》」という意識を持ち、失敗したら自分を推薦した関白を射殺そうと、主従ともに覚悟を決める。

（3）夜に鵺が出現、「天ハ実ニ暗シ、イヅクヲ射ルベシト矢所サダカナラズ」という状況の中、心に八幡を念じて矢を放ち、鵺を射落とす。

（4）落下した鵺を、郎等が「得タリヤ〳〵」と確保。見守っていた一同は感嘆する。

（5）鵺は「清水寺ノ岡ニ」埋められた。

（6）頼政に勧賞。「五月廿日余ノ事ナルニ」、折しもほととぎすが鳴きわたり、関白と頼政が連歌する。

朝廷から召された頼政は、使命の困難さに思い悩むが、「朝恩」ゆえに従おうとする。見事仕留めた後、「得タリヤ」の声とともに獲物を確保する。比は「五月廿日余」であったという。

勅定を重んじる武士の働きで、怪異（と思われた存在）から君主を救うという話柄の類似ももちろんだが、その叙述の中にあらわれる表現までもが似通っていることに、注意しておきたいのである。(2)(4)(6)はそれぞれ、前掲した忠盛の②④⑤とよく類似していることは、一見してわかるはずだ。鵼退治において(4)(6)の表現が見られること自体は、他諸本に比して珍しいわけではないのだが、「与えられた使命の難しさに悩むが、勅定を重んじて行動する」姿を描いた(2)が、「弓取ノ運ノ極」という表現まで含めて、④の忠盛と共通しているという事実を、看過すべきではない。(2)と④とはともに、他の諸本の中に見いだすことのできない記述であり、④における忠盛の姿は、前後の文脈になじまないという無理をしてまで表現されたものでもあったはずだ。そこに、「五月二十日余」や「得たりや」のかけ声といった場面の類似が重なってゆくのである。注意深く読み進めてきた読者なら、これらの記述を通して、離れた巻に登場する二人が、あたかも互いに響き合うかのように描き出されていることを読み取るだろう。

盛衰記の本文がいかにして形成されてきたのかを知ろうとするときに、このことの持つ意味は、決して小さくない。もっとも、右に述べた事例だけを以て、「盛衰記においては忠盛と頼政が一対の存在として造型されている」ことを言おうとするならば、根拠としてはあまりにも薄弱で、飛躍しすぎているということになるだろう。だが、ひとたび両者の照応を認めた目で眺めるならば、巻十六の頼政説話群と巻二十六の忠盛説話群では、他にも数多くの記事や表現が、呼応し、一方が一方を強く想起させるものとして配されていることに気づくのである。双方の構成を整理した表を掲げておく(次頁)。

以下では、この構成を踏まえて、両者の照応関係を確認していく。中でも最も注目すべきものとして、忠盛のbと頼政のEからとりあげたい。

三　忠盛と頼政――女性をめぐる説話――

白河院祇園御幸の一件があった後、忠盛は殿上で、目にとまったある女房の袖を引いたことがあった。ところが、その女房が白河院の思い人であったために、事態は深刻になる。その概要を記せば、

I　あるとき忠盛は、一人の女房が殿上口を通るのを見て、袖を引く。

Ⅱ　女は忠盛に向かって「ヲボツカナ誰杣山ノ人ゾトヨ此暮ニ引《ひく》主ヲシラズヤ」と詠みかける。忠盛も「雲間ヨリ忠盛キヌル月ナレバヲボロケニテハイワジトゾ思」と返し、袖から手をはなした。

Ⅲ　その女房は「兵衛佐ノ局トテ、美形《みめかたち》厳ク、心ノ情フカカリケレバ、白川院ノ類ナク被二思召《おぼしめされ》一ケル上臈女房」で、院の御前に参る途中であった。

Ⅳ　女房は、忠盛の振る舞いを院に報告する。院からそのことを問われた忠盛は、「コハ浅増《あさまし》ト色ヲ失テ、面ヲ地ニ傾ケテ、禁獄流罪ニモヤトテ汗水ニ成テ御返事ニ及バズ、畏リ入」った。

頼政（巻十六）	**忠盛**（巻二十六）
A「人シレヌ」歌によって四位・昇殿。	a 白河院の祇園御幸の際、怪異出現。忠盛が捕らえると正体は承仕法師。
B 初めて殿上を通った際、女房と連歌。	b 忠盛、殿上で白河院愛人の袖を引くが、歌によって許され、身ごもった女を賜る。
C「上ルベキ」歌によって三位。	c 女、男子を産む。
D 鳥羽院の要請により、隠題で詠歌。	d 子の夜泣きに悩んだ忠盛、熊野参詣して託宣を得る。
E 菖蒲前。	e 保安元年（一一二〇）秋、白河院熊野御幸。忠盛と零余子の連歌。
F 石切剣。	f 子の叙爵。清盛と名付ける。
G 鵺。	g 忠盛、「有明の」歌。
(ア) 二条院、鵺におびえる。	
(イ) 公卿僉議、堀河院と義家の先例。	
(ウ) 石川秀廉の辞退。	
(エ) 頼政招集。	
(オ) 水破・兵破・雷上動（低書部）。	
(カ) 鵺退治。	
(キ) 頼政、関白と連歌。	

V　院は、「此女ハ朕シメ思召テ御志深シ」と言って忠盛の罪を責めるが、歌に免じて許し、女を下賜する。女は妊娠しており、生まれた子は男なら忠盛の子に、女なら院に返せと命じる。

Ⅵ　人々は、「歌ヲバ人ノ読習ベキ事也ケリ。只当座ノ罪ヲ遁ルルノミニ非ズ、剰へ希代ノ面目ヲ施ス。君ノ明徳、歌道ノ情、簾中階下、感涙ヲ流ケリ」と讃え、女はやがて男子を産んだ。

となる。忠盛は、とっさに詠んだ和歌のおかげで、罰を受けずにすんだのみならず、女性を下賜される栄誉にあずかったのであり、そうして生まれた子が、後の清盛だった。以上が、忠盛［b］の話である。他諸本では、延慶本や長門本に類似の記事が見え、四部合戦状本には大きく異なる内容のものが収載されている。続いて頼政の［E］、菖蒲前に関する話を、同様に掲げる。

i　頼政の生涯で「殊ニ名ヲアゲ施二面目一《めんもくをほどこし》ケル事」は、菖蒲前と結ばれたことだった。

ii　菖蒲前は、「世ニ勝《すぐれ》タル美人」で、「心ノ色深シテカタチ人ニ越タリケレバ、君ノ御糸惜《いとほしみ》モ類ナカリケリ」という、鳥羽院から愛された女性だった。

iii　あるとき頼政は菖蒲前を一目見てしまい、恋文を送る。返事ももらえないまま文を送り続け、二、三年が経った。

iv　そのことが院の耳に入る。院から問われた頼政は、「大ニ失レ色《いろをうしなひ》恐畏」まった。

v　院は、三人の女性の中から菖蒲前を見分けられるか、頼政の眼力を試そうとする。「其中ニ忍申ス菖蒲侍ル也。朕占思召《しめおぼしめす》女也、有《ある》二御免一ゾ、相具シテ罷出ヨ」と言われた頼政は、「イトド失レ色、額ヲ大地ニ付テ実ニ畏入」った。

vi　進退窮まった頼政は、「五月雨ニ沼ノ石垣水コエテ何カアヤメ引ゾハ（ワ）ヅラフ」と歌を詠む。これに感動した院は、自ら菖蒲前の手を引いて頼政に下賜した。

vii　人々は、「上下男女、「歌ノ道ヲ嗜ン者、尤カクコソ徳ヲバ顕スベケレ」ト、各感涙ヲ流ケリ」と賞賛した。

viii　頼政と菖蒲前の間に生まれた子が、仲綱である。

こちらは、語り本系の竹柏園本を除いて、他諸本には見えない記事であるが、竹柏園本との相違は小さくなく、このことについては後述する。

両者を並べてみれば、ここでも、話柄のみならず細かい表現まで実によく共通していることは明らかだろう。時の院の愛人にアプローチをかけ、そのことが院の耳に届く。問い詰められた本人は大いに恐れおののくが、自らが詠んだ和歌のおかげで危機を脱し、女性まで与えられ、やがて子が生まれる。こうした話の大枠の中で、いくつもの表現が、二つの記事の間で呼応するようにちりばめられているのである。Ⅲとiiではともに女性の美質を述べ、容貌も心根もすぐれていたがゆえに、院から愛されたとする。Ⅳ・Ⅴとiv・vでは、忠盛・頼政の振るまいが院の耳に届き、色を失った彼らは額を地面にすりつけて恐れおののく。院は、自分が「占め思し召す」女に手を出そうとしたのかと問い詰めた。和歌の力によって事態を好転させたことが讃えられるⅥとviiでは、世の人々が涙を流したことまでが共通し、Ⅵとiでは、それが「面目を施す」出来事であったと評している。

これらの表現上の類似が、読者に対して、忠盛・頼政が一対の存在として描かれているという印象を強く与えるものであることは、間違いないだろう。それは、偶然の産物だとか、結果的にそういう描写になったのだなどと見るには、あまりにも言葉が重なりすぎている。特に、Ⅴ・vで用いられる「占め思し召す」という語などは、盛衰記の中でこの二例以外には見出し得ないものなのである。[注3] 双方の記事を照応させようという意図のもとに記されたのでないかぎり、起こりえない一致だといってよい。他諸本では、例えば延慶本に、[注4]

Ⅳ　忠盛色ヲ失テ、トカク申ニ及ズ、「イカナル目ヲミムズラム」ト恐レヲノ、キテ有ケルニ、

Ⅵ　是ヲ漏聞《もれきく》人申ケルハ、「人ハ歌ヲバ読べカリケル物カナ。此歌ヨマズハ、イカナル目ヲカミルベキ。此歌ニヨテ、御感ニ預ル。時ニ取テ希代ノ面目也」。

と、わずかに内容的に通じる記述が見出されるにすぎない。注目してきた盛衰記[b]の表現の多くは、盛衰記に独自のものだといい得るのである。それが、やはり盛衰記独自記事といえる[E]と、これほどまでに緊密な表現上の対応関係を成しているのだ。付け加えるなら、Ⅵ・iで用いられる「面目を施す」という言い回しも、管見では盛衰記に四例しかなく、そのうちの二例が、忠盛と頼政に用いられていることになる。第一・二節で述べた、白河院祇園御幸と鵺退治（前掲表では[a]と[G]（エ）（カ）の例と併せて見るならば、盛衰記が、忠盛と頼政を一対の存在として造型しようとしていることは、もはや疑いないだろう。武士として勅定を重んじるという側面と、和歌に秀でたことで院から女性を賜ったという「文」の側面と、その両方において、巻

二十六まで読み進めてきた者に対して、先立つ頼政の記事を強く喚起させるように仕組まれているのである。

研究史を遡れば、両者の相似を早くに指摘していた論考はあった。阪口玄章の『平家物語の説話的考察』▼注5である。そこに収められた「頼政に関する説話」の中で阪口は、[E]菖蒲前の説話について、それが『沙石集』の翻案であること、および、初めて殿上した頼政が女房と連歌を交わしたという[B]の説話と[E]とが、[b]祇園女房の話に「息がかゝつてゐさうにも感じられる」ことを言い、「恐らく忠盛につけた説話を又、源氏の大将頼政にも附加したかつたのではないかとも思はれるのである」と述べている。「平家の大将忠盛に類似せしめる源家の大将は源頼政であつて、頼政こそ歌人としても武人としても当時に於ける錚々たる一方の大関であつた」とする着眼点は、盛衰記に関して鋭いといい得ようが、ここまでの検証からすれば、両者の関係は「息がかゝつてゐさう」というようなレベルとは異なる緊密なものであり、その背後には明確な表現意図があったと見ておくべきであろう。

阪口が、同様の観点から[D]と[g]にも触れているように、忠盛と頼政をめぐる連関は、如上にとどまるものではない。そのことには次節以降で論及するが、その前に、[E]の菖蒲前について付言しておきたい。先述のように、菖蒲前と頼政をめぐる説話は、盛衰記のほかに竹柏園本『平家物語』に見え、『太平記』諸本にも収載されている。竹柏園本と『太平記』の内容はほぼ等しいが、盛衰記と比べると簡略で、頼政が恋文を送り続ける場面や院の言葉に恐れおののく様などは描かれない。これら諸書の関係については、山下宏明が

> 『太平記』と『源平盛衰記』もしくはその周辺の『平家物語』との関係は、他の事例からも推定できる所であるから、おそらく『源平盛衰記』→（改作）『太平記』→（書承）竹柏園本の過程を想定するのが当っているだろう。▼注6

と述べたことが、現在でも一般的な理解となっているといってよいと思う。だが、本稿の立場からすれば、一概には従えない。盛衰記[E]において、忠盛記事と照応をなすものとして指摘してきた記述は、どれ一つとして竹柏園本や『太平記』の中には出てこない。いわば、忠盛像と頼政像の相関関係において、盛衰記の中でのみ意味を成すものなのだ。菖蒲前が仲綱を生んだとするviiiなどはその最たるもので、無論史実としては確認できず、忠盛説話が清盛の出生を語るものであったこととの照応を目論んだものに他なるまい。これらの記述が、盛衰記の側におけるアレンジである蓋然性は高くとも、それらを全て削ぎ落とし

たのが『太平記』や竹柏園本であることを証する材料は見出し得ない。山下が描いたような過程を想定することには、慎重であるべきだろう。

四　忠盛と頼政──説話の重層──

盛衰記における忠盛・頼政の検討に戻る。盛衰記が、両者を文武の両面から一対の存在として描き出そうとしていることは確かである。そして問題は、これまでに述べてきた範囲にとどまらず、さらに広げることが可能である。そのために、『平家物語』諸本の中でここまで意図的に触れずにきた四部本に、目配りをしておきたい。四部本に関して、『平家物語』における人物造形の方法として、清盛と重盛あるいは重衡と宗盛というような対照的な人物を対置させ、それぞれの人物の個性を浮かび上がらせる方法が知られているが、頼政と忠盛についても、清盛と重盛あるいは重衡と宗盛というような際立った対照性は欠くものの、両者を前時代的人物として物語に位置付けようとする作者の志向あるいは構想が仕組まれていたと考えることはできないだろうか。

ということが、すでに高山利弘によって指摘されているのである。[注7] 高山は、白河院祇園御幸（巻六）と鵼退治（巻四）という、忠盛・頼政にかかわる記事を取り上げ、双方に類似した表現が用いられていることを言う。具体例として指摘されているのは、四カ所である。時がいずれも「五月廿日余り」であったこと、使命を果たそうとするとき、どちらも「君の仰せを重くして、武備の名を挙げん（巻四）」「且つは君の仰せを重くし、且つは武備の家を揚げん（巻六）」と決意していること、相手を確保するとき、いずれの場合も「得たりや喚（巻四）」「得たりや呼（巻六）」という掛け声があったこと、捕らえた物の正体を見るときに「手々に火を燈し（巻四）」「手々に火を燃し（巻六）」たとされていること、以上である。[注8] 盛衰記よりは具体例に乏しいが、巻六の「五月二十日余」や「得たりやおう」など、四部本と盛衰記の間でのみ共通するものも含まれている。これらの表現もまた、高山が指摘するように、両者が一つの「対照性」を持った存在として造型されていることを示すものとして、認めることはできるだろう。その意味は、本稿にとって大きい。「忠盛・頼政を一対の存在として描き出す」構想自体は、必ずしも盛衰記のみの個性だとはいい得ないのではないかという可能性を、示唆するからである。

四部本と盛衰記との間に共通の祖本があっただろうということは、佐伯真一[注9]によって想定されている。確かに、例えば巻六の白河院祇園御幸に関しても、忠盛の心中を四部本が

「汝は重代の武士なれば、早く此の光物を召し取るべし」と云々。仍って骨無しとは思ひけれども、「且つは君の仰せを重くし、且つは武備の家を揚げん」と思ひ切りて、太刀計りを取りて 躵ひ寄り…

と描く場面などは、「捕らえよ」という命令に対して忠盛がひるむ点や、それでも「君の仰せを重くし」て捕らえに行こうとする点で、明らかに盛衰記の前掲③④に近く、延慶本や語り本などとは異なっている。これらのことを踏まえれば、「忠盛・頼政を一対の存在として描き出す」構想そのものは、四部本と盛衰記の共通祖本の段階で、すでに兆していたという可能性が浮上するのは、当然のことであろう。

いまある盛衰記の形は、祖本の段階で胚胎していた構想を、継承・発展させたものだと見ておく必要がある。ならば問うべきは、そのために盛衰記がどのような方法を用いたかということだろう。盛衰記の形成に関わる固有の問題は、その中に見出さなくてはならないのだろう。糸口は、前節までの考察の中にすでに示されている。頼政に関する[E]が、他の諸本に見られない、盛衰記独自といってよい記事であったこと、その内容と表現が、忠盛の[b]の記事と緊密な対応関係を成しており、それは四部本の中にも見いだせない盛衰記のみの特徴であったということである。二人を、対照をなす一対の存在として造型するという構想の中で、新たな説話を増補し機能させる。盛衰記が用いた方法とは、そのようなものであったのではないか。その観点からあらためて巻二十六の忠盛説話群と巻十六の頼政説話群を眺めると、過剰なまでに並べられた説話の数々もまた、同じ文脈のもとに読み取りうるものであることが理解されるのである。

その具体例の第一として、巻十六の[G](ウ)の記事を挙げたい。頼政より先に朝廷から召されて鵺退治を命じられ、辞退した石川秀廉という人物に関わる説話である。「天下ニ媚物アリ。殊ナル朝敵也。深夜ニ及テ明見仕レ」という「綸言」を下されながら、秀廉は辞退した。その言い分は

「勅定謹《つつしんで》承《うけたまはり》候《さうらひ》畢《をはんぬ》。此身旧宅ニ住シテ名字既ニ故人ニ通《かよひ》蒙二勅命一《ちよくめいをかうむる》事、生前ノ面目ニ侍《はべり》。但弓箭年旧テ其手未練也。

先祖ヲ尋送ラルトイヘ共末代尤難叶《もっともかなひがたし》。勅命ヲ承テ不鎮朝敵《ちょうてきをしづめず》ハ弓矢ノ名絶ナン事、当時一身ノ歎ノミニ非《あらず》、先祖ノ将軍ガ威ヲ失ン事、大ナル恥也。然バ蒙《かうむり》御免侍バヤ」

というものであったが、綸言に背いたことが罪科とされ、流罪に処せられる。その次に指名され、見事「朝敵」退治を仕遂げたのが頼政だった。綸言に背いた者をまず登場させる記事が、「弓取ノ運ノ極」とまで悩みながら綸言を重んじて事を成し遂げた頼政を際立たせるためのものであることは、即座に理解されようが、そうして描き出される頼政の姿が、巻二十六[a]の忠盛と照応するものであったことに、あらためて注意したい。換言すれば、(ウ)の説話は、その文脈を支えるものとしてここに配されたと見られるということだ。他諸本に全く見られないこの話は、盛衰記による増補と見て誤るまい。さらに言えば、「石川秀廉」なる人物はその実在からして怪しく、あるいはこの説話自体が盛衰記による創作、悪く言えばでっち上げのようなものであったかもしれないとさえ思わせる。だとすれば、材となったのは『保元物語』で為義が崇徳院側からの招集に対して渋る場面あたりかとも想像されるが、いずれにせよ、そのような説話を増補した盛衰記の視線の先には、巻二十六における忠盛の存在があったにちがいないということを、確認しておきたいのである。

[D]についても同様である。「宇治河・藤鞭・桐火桶・頼政」を同時に詠み込めという和歌の難題に対して、「宇治川ノセゼノ淵々落タギリヒヲケサイカニ寄マサルラン」と見事に応じたという話である。『頼政記』▼注10には見られるが、他諸本にはない説話であり、頼政の文武の二面のうち、文の力を示すものに他ならないが、「名を詠み込んだ」歌であったことに注目すれば、自ずと視野に入ってくるのは、清盛命名の由来となった巻二十六[d]〜[f]の説話だろう。子の夜泣きに悩んだ忠盛は、熊野参詣して祈誓する。その甲斐あってか、「夜泣スト忠盛タテヨミドリ子ハ清サカフル事モコソアレト」という神詠を授かり、これが清盛の名の由来となったということである。ただし、盛衰記の本文は入り組んでいて、[d]で熊野参詣によって夜泣きがやんだとした後に、

[e]此子三歳ノ時、保安元年ノ秋、白川院熊野御参詣アリ。忠盛北面ニテ供奉セリ。

と、今度は白河院の熊野参詣のことを描いて、その折に交わされた「ホフ程ニイモガヌカ子モナリニケリ」「忠盛トリテヤシナヒニセヨ」という院と忠盛の連歌を記す。

f還御ノ後、三歳ト中冬、冠給テ、熊野権現ノ御託宣ナレバトテ、清盛ト名ク。

という一文はその後に続くので、「熊野権現ノ御託宣」がずいぶん離れたところを指すことになってしまうのである。この前後、盛衰記に近似した本文を持つ長門切には、白河院熊野御幸はなく、盛衰記のような問題は生じていない。それが古い形なのだろう。つまり、e記事もまた増補されたものであると見られるのだが、そうして配された記事が頼政のDと呼応するかのように、二人の「文」の側面を補強していることに、ここでも注意しておきたいのである。両者の共鳴がこれだけ重なれば、Dとeとがともに『今物語』に由来する説話であったことすら、偶然とは思えなくなってくる。あるいは、eが「連歌」に関わる説話であることからすれば、頼政初殿上の際のBの説話との繋がりも読んでみたくなる[注11]し、それが殿上での女房とのやりとりであったことは、忠盛のa話をも想起させるだろう。

「忠盛と頼政を一対の存在として描く」という構想の中で、増補された説話の数々もまた、両者の連関を補強するように働くのだ。その造型のために、数多くの説話を集め、時には表現にまで綿密に計算して手を加え、場合によっては創作めいた話さえ付け加える。そうした操作の背後には、広い射程を視野におさめた明確な構想が読み取れるのである。説話の重層の中から、互いに響き合うように、文武に秀でた忠盛と頼政の姿が立ち現れてくる。盛衰記とは、そのようにして形成された本文なのであり、「忠盛と頼政の対照」ということ自体が祖本段階から有していた方向性であるならば、それを独自の形で顕現させるために盛衰記がとった如上の方法にこそ、盛衰記の個性を認めるべきなのだろう。

「増補」ということは、盛衰記の性格をいう時に必ずといっていいほど用いられる言葉ではある。だが、多くの説話を取り込んでゆくそのスタイルを、拡散化などといってすませるべきではないこと、「説話をいわば文学的方法の一つとして盛衰記がつかいこなそうとしていたこと」を、松尾葦江[注12]は論じている。本稿でも、わずかだがその一面を確認したことになるだろうか。

五　清盛へ

ただし、前節までの考察に基づいて、そういう叙述を備えた作品として、盛衰記をいかに読み解くのかという問題にまで及ぼうとするならば、物語の中では直接交わることのない二人の人物像の照応が何のために仕組まれたものなのか、それが盛衰記という歴史文学の中でいかなる意味を担うのかということにまで、踏み込まなければならない。残りの紙幅で踏み込むことは難しい課題だが、それより前に、「忠盛と頼政の対照」が強く連想を喚起する、もう一人の人物がいることを指摘しておくべきだろう。如上の構想における盛衰記の射程は、さらに広いものであったらしいのである。それは、巻一に描かれた清盛の化鳥退治の話である。南殿に出現した化鳥に対処するため、若き清盛が召されたことがあった。「南殿ニ朝敵アリ。罷出テ搦ヨ」とは言われたものの、暗い中で目に見えない鳥を相手にどうすればよいかと悩む。だが、「綸言」であることを思い直して行動し、件の化鳥の捕獲に成功した。「綸言ノ下ニ朝威ヲ重ジテ、怪鳥ヲ取事ヲ得」たのであり、鳥は後に「清水寺ノ岡ニ」埋められたという。

この「綸言ノ下ニ朝威ヲ重ジ」た清盛の姿が、忠盛・頼政の一面と通じるものであることは、間違いない。特に、怪異を「朝敵」と呼ぶ点や暗さを理由にした躊躇、清水寺に埋められた鳥のことなど、巻十六Gの頼政と重なる表現は多い。[注13] つまり、盛衰記を冒頭から読み進めるならば、頼政の描写に至って清盛を想起し、忠盛の記事では頼政、さらに清盛のことを、脳裏に浮かべるというふうに記されているということである。源平双方の一時代を担った武人の三人までもがこのような表現を通して描かれているということ、忠盛・頼政に見られた「文」の側面が、清盛には与えられていないこと、これらの点を踏まえた上でなければ、盛衰記の読解へと進むことはできないのだろう。その照応関係の中に、盛衰記は何を仕掛けたのか。盛衰記の文学としての特質を知るためには不可欠の問いであろうが、全ては後日の課題としなければならない。盛衰記が今ある形に仕上げられるまでにいかなる過程があったのか、その一断面を瞥見したことを以て、ひとまずの成果としたい。

注

（1）盛衰記本文は、『中世の文学　源平盛衰記』（三弥井書店、一九九一年〜）により、一部表記をあらためた。なお、語り本などとは異なり、盛衰記は祇園女御を清盛の母とはしていない。忠盛が殿上で白河院愛人の袖を引いて院の怒りを買うが、詠歌によって許され、身ごもった女を賜るという記事を続けて置き、生まれたのが清盛だったとする。延慶本・長門本・四部合戦状本などの読み本系諸本も、この二つのエピソードを並べるという点では盛衰記に近い。ただし、記事の順序や清盛の母をどの女性とするかといった差異、四部本の独特な内容など、読み本系諸本の中でも相違はあるのだが、本稿では問題にしない。

（2）引用は、『校訂延慶本平家物語（六）』（汲古書院、二〇〇四年）による。

（3）延慶本・長門本・覚一本などには使用例が見いだせない。

（4）延慶本では、記事の順序はb→aと異なる。

（5）昭森社、一九四三年。

（6）『竹柏園本平家物語』解題（八木書店、一九七八年）。

（7）「武勇譚の表現―頼政と忠盛をめぐって―」『軍記物語の生成と表現』（和泉書院、一九九五年）。

（8）四部本の引用は、『訓読四部合戦状本平家物語』（有精堂、一九九五年）による。

（9）佐伯真一『平家物語遡源』第二部第九章（若草書房、一九九六年。初出一九九五年）。

（10）読み本系『平家物語』らしき本文を持つ零本である。現存本の書写年代は江戸後期かとされている。

（11）Bは、『源平闘諍録』巻一之上に類話が見える。

（12）『軍記物語論究』第四章―五（若草書房、一九九六年。初出一九九二年）。

（13）早くに津田左右吉が、化鳥の話は頼政の鵼退治の伝説から生まれたものだと論じている（「平家物語と源平盛衰記」『史学雑誌』第二十六編第七号、一九一五年七月）。羽原彩「『源平盛衰記』における将軍交替の文脈」（『文学』第八巻第六号、二〇〇七年一一月）も、両者が「同じトーンで記されている」ことに注目しつつ、石川秀廉説話にも「「綸言」の重み」という観点から言及しており、本稿にとっても示唆的である。

3　『源平盛衰記』の成立年代の推定——後藤盛長記事をめぐって——

大谷貞徳

一　はじめに

『源平盛衰記』（以下、盛衰記と略す）は、『平家物語』諸本中最も分量が多く、一般的に最後出本文として位置づけられている。しかし、近年「長門切」の研究がすすむことで、盛衰記本文の見直しが迫られている。[▼注1]松尾葦江の報告によると「長門切」の本文は、多くは盛衰記にもっとも近いが、延慶本や長門本に近い時もあったり現存本の何れにも一致しなかったりするということである。[▼注2]さらに、池田和臣によって放射性炭素14年代測定が行われ、料紙は一二七九〜一二九一年の間で一二八四年の可能性が高いとした。[▼注3]

こうした研究結果から盛衰記本文は、必ずしも後次的な本文とはいえないことになった。ただし我々が盛衰記を一読すると、本文中に見られる思想や語彙等から後代的な印象を持つだろう。現存する盛衰記本文というのは、古態本文を有しながら後次的な性格を併せもっているといえる。

では、いったいどの時点で現在見るような盛衰記本文になったのか。現存本に至るまでに数度の改変を経ているだろうが、現存本のような本文が成立した時期は知りたいところである。本稿は、改編され現存本のような盛衰記が完成した時期の推定

を試みるものである。▼注4

二　「分廻」という語彙

盛衰記中には、中世後期以降を思わせる語彙が見られる。そのひとつが「分廻《ぶんまわし》」という語である。まずは盛衰記での使用箇所を以下に挙げておく。▼注5

〈盛衰記〉一年《ひととせ》一院《後白川院》鳥羽ノ御所ニ有㆓御幸㆒テ有㆓御遊㆒キ。比《ころ》ハ五月ノ廿日餘ノ事也。卿相雲客列参アリ。重衡卿モ出仕セントテ出立《いでたち》給ケルガ、卯花ニ郭公《ほととぎす》ヲ書タル扇紙ヲ取出テ、「キト張テ進《まゐらせ》ヨ」トテ守長ニタブ。守長仰奉《おほせうけたまはり》テ、急《いそぎ》張ケル程ニ、分廻ヲアシ様ニ充《あて》テ、郭公ノ中ヲ切、僅ニ尾ト羽サキ計《ばかり》ヲ残シタリ。（巻第三十七・重衡卿虜）

一ノ谷合戦で平重衡の乗り換え用の馬に乗っていた後藤盛長（守長とする表記もあるが以下、混乱を避けるために盛長で統一する）は、重衡を見捨てて一人落ち延びてしまう。その後の記事の中で「分廻」という語が使用されている。盛衰記中に「分廻」の使用例は右に挙げた箇所にしかない。盛衰記以外の『平家物語』諸本でも使用されているか調べてみたが、管見の限りでは見つからなかった。つまり「分廻」という語は『平家物語』諸本中、盛衰記のみの使用ということになる。そこで「分廻」の語を『日本国語大辞典　第二版』で引いてみると、

①円を描くのに用いる具。コンパス②回り舞台をいう③街頭賭博の一種。放射線を描いた紙の中央で指針のついた軸を回転させ、まわり終わったときの針の位置によって景品や金などを客に与えるもの。

とある。『日本国語大辞典　第二版』では①の意味の初出例として盛衰記が、二番目の例には『日葡辞書』が挙げられている。盛衰記を十四世紀前期の語彙資料として扱い、それ以後の用例として慶長九年（一六〇四）刊行の『日葡辞書』が挙げられていることがわかる。

次に『時代別国語大辞典　室町時代編』を引いてみると、

円を描くための器具。コンパス。また、そのようにして円を描くこと「分木」とも。

とあった。用例としては『荘子抄』、『毛詩抄』、『切紙抄』、天正十八年本『節用集』、『日葡辞書』が挙げられている。さらに私に調査をしたところ『四河入海』にも使用されていることがわかった。

「分廻」の使用が確認できた各書の成立年代、「分廻」の記述箇所、使用箇所での意味がわかるように表を作成した。[注6]

作品名	成立年代	本文	意味
『荘子抄』	享禄三〈一五三〇〉講述	天下有――造物者カ物ナスハ円イ者ヲモ分マワシモセス直ナ者ヲモ墨金テセヌ（巻第二）	器具
		工倕旋――倕是堯時工人《王子黄帝ノ時ノ人ト云々》旋ハ転也工倕カマンマルニ分マハシヲ	円を描く
		スルニハ分木《フンキ》ヲモマハサスシテソラニ分マワシヲスレトモウツクシク円ク成テ蓋ノ如ク也自然ト規矩ニ叶ヘリ（巻第三）	円を描く
『四河入海』	天文三年〈一五三四〉	一云聞――勝ニ詳ナソ次公解ニハ坡移廉州ト云カワ／ルイソ牂江ハ嘉州也言通直先是官于嘉州カ今／嘉州ヲ去テ廉州ニ官タル程ニ嘉州ノ牂江ノ抱珥カ如クナルモ此人カ其處ヲ去ハ無曲程ニ空抱珥ト云ソ／珥ハ耳珠ソ珥ハ虹ナントノ如ニ分マワシノ内ニ重々ノ色カアルヲ云ソ（第二四ノ一）	円か
『毛詩抄』	天文四年〈一五三五〉以前講述	○汚水――規ハ番匠ノ分マワシノ器ソ矩ハ四方ニ／スル器ソカネソ人ノ行迹ノ首尾ノアルハマン丸ナヤウ／ナソ行迹ノカナタヲマルウナス處ヲ書ソ是モヨイ方ハ／多テカケタ方ハスクナイ	円を描く
		注　規ハ分マワシソ正円矩／以正方縄ハナワソ（巻十一）	器具
『切紙抄』	天正九年〈一五八一〉	規矩ハ法度也。規ハ円規トテ丸キ定規ヲ云、ブンマワシノ類也	器具
天正十八年本『節用集』	天正十八年〈一五九〇〉	規　矩《ブンマハシ》	器具

『日葡辞書』	慶長八年〈一六〇三〉、慶長九年〈一六〇四〉刊行	Bunmauaxi ブンマワシ　コンパス	器具

表に記した各書の成立年代は、『時代別国語大辞典　室町時代編』で採用されている成立年代に従い、成立年代が古い順に並べた。[注7]

各用例の意味は『時代別国語大辞典　室町時代編』にあるとおり、器具と円を描くの二つの意味で使用されていることがわかる。[注8]

盛衰記の当該箇所は、「分廻ヲアシ様ニ充テ」とあることから円を描く意味ではなく円を描く器具の意味であることがわかる。ただし盛衰記本文がどのような器具を想定していたかはわからない。後代の資料だが『和漢三才図会』（一七一二年成立）に載せられている図を参考に示した。[注9]

『和漢三才図会』巻第二十四

盛衰記本文がどのような器具を想定していたかは確定できないが、ここに室町時代後期の語彙が使用されていることは指摘できよう。用例が確認できた作品は、多くが抄物と呼ばれるジャンルである。抄物の中には既成の聞書（講義を聴き取ったノート）や先行する注釈書等を基に編纂されるものもあるため語彙の初出例として扱う際には慎重になるべきだが、各書の成立年代を考えると一五三〇年代を一応の目安にしておけばよいのではないかと思われる。そのため盛衰記にある「分廻」の語もおおよそ一五三〇年代以降に使用されていた語彙で、その時期の語彙が混入していると考えてよいだろう。

三　盛衰記の後藤盛長後日譚

盛衰記本文中に一五三〇年代以降に頻出する「分廻」という語が使用されていたが、このことは何を意味するのであろうか。ただ単に語彙の書き換えが行われただけで室町時代後期の語彙が混入したのであろうか。そのことを明らかにするためにも、「分廻」の語彙がどのような性格の記事中に見いだせるのかを検証する。まずは、他の『平家物語』諸本の後藤盛長後日譚を確認しておくことにする。

〈延慶本〉盛長ハ息長キ逸物《いちもつ》ニ乗タリケレバ、馳ノビテ命計《ばかり》ハ生ニケリ。後ニハ熊野法師ニ尾中法橋ト申ケル僧ノ後家ノ尼ガ後見《うしろみ》シテゾ有ケル。彼《かの》尼訴詔有テ、後白川法皇ノ伝奏シ給ケル人ノ許《もとへ》参リタリケルニ、盛長共シタリケリ。人是ヲ見テ申ケルハ、「三位中将ノサバカリ糸惜《いとほしく》シ給シニ、一所《いつしよ》ニテ何《いか》ニモナラデ、サシモノ名人ニテ有シ者ノ、思ガケヌ尼公ノ尻前《しりさき》ニ立テ、ハレフルマヒスルコソ無慚ナレ」ト申テ、爪ハジキヲシテ目ヲ付テ見ケレバ、盛長サスガ物ハユゲニ思テカクレケルゾ、アマリニニクカリケル。（第五本・本三位中将被㆓生取㆒給事）

〈覚一本〉後藤兵衛はいきながき究竟の馬にはの（ッ）たりけり、そこをばなく逃《（ママ）にげ》のびて、後には熊野法師、尾中法橋をたのんでゐたりけるが、法橋死て後、後家の尼公訴訟のために京へのぼりたりけるに、盛長ともしてのぼ（ッ）たりければ、三位中将のめのと子にて、上下にはおほく見しられたり。「あなむざんの盛長や、さしも不便にし給ひしに、一所《いつしよ》でいかにもならずして、思ひもかけぬ尼公の共したるにくさよ」とて、つまはじきをしければ、盛長もさすがはづかしげにて、扇をかほにかざしけるとぞ聞えし。（巻第九・重衡生捕）

読み本系諸本を延慶本で、語り本系諸本を覚一本でそれぞれ代表させて本文を挙げた。両系統間に相違はあるが（例えば、覚一本では訴訟のために上京したと記すが、延慶本では訴訟のために伝奏する人の許へ行ったとする点等）盛長が熊野法師の後家の供をして上京し人々に非難されたという基本的な話の展開は同じである。他の諸本もおおよそ同様の記述となっており、後藤盛長が主人である重衡を見捨てて生き延び、後家の尼のために便宜を取りはからっていることへの非難に主眼があるといえる。

しかし、盛衰記は他の諸本と様相を異にする。盛衰記でも盛長が人々に非難される記事を有する点では覚一本や延慶本と同様であるが、その後に相違がある。

〈盛衰記〉又人ノ云ケルハ、甲臆モ賢愚モ、世ヲ治ルハカリコト、命ヲ助ル有様、トリ〴〵ノ心バセ、争《いかで》カ是非ヲ弁《わきまふ》ベシ。弓矢ヲ取身ガ前ニハ、不覚トモ云ベケレ共、命ヲ惜《をしむ》時ハ、臂《ひぢ》ヲ折シ様《ためし》モ有ゾカシ。サレ共此《この》守長ハ、歌ノ道ニハヤサシキ者ニテ、帝マデモ知召《しろしめし》タル事也。（巻第三十七・重衡卿虜）

他本が、盛長の非難で記事を終えているのに対し、盛衰記ではさらに「又人ノ云ケルハ」として記事を続け、盛長の行為を武士としては「不覚」というべきだが、命を惜しむときには「臂ヲ折シ様」もあるとして、『白氏文集』巻三新楽府・「新豊折臂翁」の故事（新豊県の男が戦を恐れて自らの肘を石で打ち折り、故郷に帰れた話）を引用して擁護している。そして盛長は歌道に優れていて、そのことは帝にも知られていたとする。

〈盛衰記〉一年《ひととせ》一院後白川院鳥羽ノ御所ニ有二御幸一テ有二御遊一キ。比《ころ》ハ五月ノ廿日餘ノ事也。卿相雲客列参アリ。重衡卿モ出仕セントテ出立《いでたち》給ケルガ、卯花ニ郭公ヲ書タル扇紙ヲ取出《いだし》テ、「キト張テ進《まゐらせ》ヨ」トテ守長ニタブ。守長仰奉《おほせうけたまはり》テ、急《いそぎ》張ケル程ニ、分廻ヲアシ様ニ充《あて》テ、郭公ノ中ヲ切、僅ニ尾ト羽サキ計《ばかり》ヲ残シタリ。悞《あやまち》シヌト思ヘ共、可二取替一扇モナケレバ、サナガラ是ヲ進《まゐらす》ル。重衡卿角《かく》トモ知ズ出仕シ給テ、御前ニテ披テ仕《つかひ》給ケルヲ、一院叡覧アリテ、重衡ノ扇ヲ被レ召ケリ。三位中将始テ是ヲ見給ツヽ、畏テゾ候ハレケル。御定再三ニ成ケレバ、御前ニ是ヲ閣《さしをか》レタリ。一院ヒラキ御覧ジテ、「無念ニモ名鳥ニ疵ヲバ被レ付タル者哉。何者ガ所為ニテ有ゾ」トテ打咲《わら》ハセ給ケレバ、当座ノ公卿達モ、誠ニオカシキ事ニ思合レタリ。三位中将モ、苦々シク恥恐《はぢおそれ》給ヘル体《てい》也。退出ノ後守長ヲ召テ、深ク勘当シ給ヘリ。守長大ニ歎《なげき》恐テ一首ヲ書進《まゐら》ス。

五月ヤミクラハシ山ノ杜鵑《ほととぎす》姿ヲ人ニミスルモノカハ

ト。三位中将此《この》歌ヲ捧テ御前ニ参《まゐり》、シカ〳〵ト奏聞シ給タリケレバ、君、「サテハ守長ガ此歌ヨマントテ、態《わざ》トノ所為ニヤ」ト有二叡感一。（巻第三十七・重衡卿虜）

重衡は御遊に出仕しようとして「卯花ニ郭公ヲ書タル扇紙」を扇に合うように切って貼るように盛長に命じる。しかし、盛長は誤って「郭公ノ中ヲ切、僅ニ尾ト羽サキ計ヲ残」して切ってしまった。代わりの扇紙もなかったためそのまま重衡に渡すこととなった。結局、重衡は「郭公」が切られた扇の絵を後白河院に見られて笑われてしまうことになる。そのことにより重衡は盛長を勘当することにしたが、盛長は扇紙に郭公の姿が見えない理由を「五月の暗闇」に求めた和歌を詠み勘当を免れた。重衡がその歌を後白河院に披露すると後白河院は盛長がわざとやったことだったのだと感じ入ったのだった。盛衰記は盛長の歌徳説話へと発展していることになる。

その後、盛衰記では類話として能因法師と待建門院加賀の逸話を載せ、「サレバ賢《かしこき》モ賤《いやしき》モ讃《ほむる》モ毀《そしる》モ、トリ〳〵ナルベシトゾ申ケル」と盛長の後日譚を締めくくっている。他本が揃って盛長批判に主眼をおいたのに対し、盛衰記では盛長批判に終始するのではなく、盛長は歌道に優れた人物であったと盛長の優れた点をも示す記事を載せているのである。

四　盛衰記の対象の捉え方

すでに言われていることだが、盛衰記は他の諸本に比べて複数の視点を記載し対象を相対化する傾向がある。ここでは著名な人物に関する記事を例に挙げる。

平重盛は、『平家物語』内では「文章うるはしうして、心に忠を存じ、才芸すぐれて、詞に徳を兼給へり」（覚一本巻第三・医師問答）と評され、理想的な人物として描かれている。追悼話群においても①未来を予知する力があったこと②信仰心が篤かったことが描かれている。[注10] いずれも重盛を讃えるような記事である。しかし、盛衰記ではそれらの記事を掲載した後に、

〈盛衰記〉加様《かやう》ニ事ニ触テ思慮深ク、君父ニ仕ルニ私ナシ。賢キ計《はかりこと》ヲノミシ給ケルニ、小松殿常ニ被レ仰《おほせ》ケルハ、「重盛一期ノ間サシタル不覚ナシ。但《ただし》経俊ヲ失《うしなひ》タリシ事コソ思慮ノ短《みじかき》至リ、永《ながき》不覚ト覚シカ。」（巻第十一・経俊入二布引滝一）

と、重盛自身が家臣の経俊を失ったことを「不覚」であったと語る記事を載せる。重盛は布引の滝を訪れ経俊に滝壺の中を探らせる。その結果、経俊は雷に引き裂かれてしまうのである。この事を受け「智者ノ千慮有二一失一ト云ハ、カヤウノ事ニヤ」と記し重盛追悼話群を締めくくっている。他本では、重盛は落ち度がない理想的な人物として描かれているが、盛衰記では「どんなに優れた者でも一つくらい欠点があるというのはこうしたことをいうのか」と評を付している。部下を悼む重盛の姿は、必ずしも批判の対象となるとはいえないが、完璧な重盛像とは別の評価につながるような評を付している点には注目すべきだ。

また、西光に関しても他本と盛衰記とでは相違が見られる。

〈延慶本〉西光父子切者《きりもの》ニテ、世ヲ世トモ思ハズ、人ヲ人トモセザリシ余ニヤ、指《さし》モヤム事ナクヲハスル人ノ、アヤマチ給ハヌヲサヘ、サマ〴〵讒奏シ奉リケレバ、山王大師ノ神罰冥罰、立所《たちどころ》ニ蒙テ、時尅ヲ廻《めぐら》サズ、カヽル目ニアヘリ。「サミツル事ヨ〳〵」トゾ、人々申シアヘリシ。大方ハ、女ト下臈トハ、サカ〴〵シキ様ナレドモ、思慮ナキ者也。西光モ下臈ノ終《はて》ナリシガ、サバカリノ君ニ召仕《めしつかは》レマヒラセテ、果報ヤ尽タリケム、天下ノ大事引出《ひきいだ》シテ、我《わが》身モカク成ヌ。浅猿《あさまし》カリケル事共也。（第一末・師高尾張国ニテ被レ誅事）

〈覚一本〉是等はいふかひなき物の秀《ひいで》て、いろうまじき事にいろひ、あやまたぬ天台座主流罪に申《まうし》おこなひ、果報やつきにけむ、山王大師の神罰冥罰をたちどころにかうぶ（ッ）て、かゝる目にあへりけり。（巻第二・西光被斬）

延慶本では、世を世とも思わず天台座主を流罪に処したことにより西光自身も処刑されたとし、下臈であり思慮がないのに君に召し使われて「天下ノ大事」を引き起こして亡んでしまったと結んでいる。覚一本では、西光らはたいした器でもないのによけいなことに関わり天台座主を讒奏して処罰されたとしている。

延慶本・覚一本と比べて盛衰記では、西光父子のこれまでの行い等を具体的に記述し、西光が滅んだことに対しては「『不レ在二其位一不レ謀二其政一』ト云事アリ。相構テ人ハ身ノ程ノ分ヲ相計テ可二振舞一トゾ申合ケル」と教訓評を加えるなど相違がある。しかし、現世での西光の振る舞いに対する非難が記されているという点では一致する。この後、盛衰記では西光に関する記事をさらに続ける。

〈盛衰記〉或人ノ云ケルハ、「今生ノ災害ハ、過去ノ宿習ニ報ベシ。貴賤不レ免二其難一、僧俗同ク以テ在レ之。西光モ先世ノ業ニ依テコソ角《かく》ハ有ツラメドモ、後生ハ去《さり》トモ憑《たのも》シキ方アリ。当初《そのかみ》難レ有願ヲ発《おこ》セリ。七道ノ辻ゴトニ六体ノ地蔵菩薩ヲ造奉リ、卒都婆ノ上ニ道場ヲ構テ、大悲ノ尊像ヲ居《すゑ》奉リ、廻リ地蔵ト名《なづけ》テ七箇所ニ安置シテ云、『我在俗不信ノ身トシテ、朝暮世務ノ罪ヲ重ヌ。一期命終ノ刻《きざみ》ニ臨ン時ハ、八大奈落ノ底ニ入ランカ。生前ノ一善ナケレバ、没後ノ出要ニマドヘリ。所レ仰者今世後世ノ誓約ナリ。助レ今助レ後給へ。所レ憑者大慈大悲ノ本願也。与レ慈与レ悲給へ』トナリ。加様ニ発願シテ造立安置ス。四宮川原、木幡ノ里、造道、西七条、蓮台野、ミゾロ池、西坂本、是也。タトヒ今生ニコソ剣ノサキニ懸《かかる》共、後生ハ定テ薩埵《さった》ノ済渡ニ預ラント、イト憑シ」トゾ申ケル。（巻第六・西光卒塔婆）

西光が処罰されたのは「先世ノ業ニ依テコソ」としている。西光の現世での「災害」の原因を「先世ノ業」に求めているのだ。しかし、西光の後生は「憑シキ方アリ」とする。それは、西光が六体の地蔵菩薩を造立し七箇所に安置したことによるとする。これにより「後生ハ定テ薩埵ノ済渡ニ預ラン」というのである。▼注11

他本が、西光の現世での振る舞いを非難するかのような記述で西光処罰記事を終えているのに対して、盛衰記では西光が生前六地蔵を造立していたという記事をも掲載していた。しかも、現世で西光の身にふりかかったことは「先世ノ業」に原因があったとされ西光自身の振る舞いを擁護するかのようでもある。現世での振る舞いを非難される点とはむしろ逆の点を描き出していているといえよう。▼注12

ここまでみてみると、盛衰記の後藤盛長後日譚は重盛や西光の盛衰記独自記事と同質であるということに気が付く。盛長は他本では主人である重衡を見捨てた人物として非難されていた。しかし、盛衰記では彼の歌道に優れていたという記事をも載せていた。

盛衰記においては、他本で評価が固定されている人物について、それとは異なる情報を載せている。これは『平家物語』の世界が読者にとって自明のことになっていたからではないか。物語内における人物の役割が読者に知られているからこそ人物像を相対化してしまうような記事を載せても何ら問題がないのだろう。[注13]

固定した評価とは別の情報が掲載されることで、その人物の評価が相対化されることになり、作品内における各人物の役割にも影響を与える。いっぽう、異なる視点での記事を掲載することで『平家物語』の時代を生きた人物たちは、多面性を帯びて描かれることになる。それぞれの人物の固定した評価とは異なる情報を載せたのは、治承・寿永の内乱を生きた人物への強い関心によるものではないか。物語に登場する人物の役割は役割として理解し、その上で物語の世界を超えて彼らを知りたいという欲求が編者にも享受者にもあったのだろう。

これらの記事が盛衰記の特徴を示す記事であるならば、そういう記事の中に室町時代後期以降に使用が認められる「分廻」という語があることの意味は大きい。すでに存在したであろう『平家物語』を踏まえた改編を思わせる箇所に室町時代後期以降の語彙が確認できることは、その語彙が使用された時期と改編時期とが重なるという可能性が高いと思われるからだ。

五　おわりに

「長門切」本文と最も一致度が高いのは現存本の中では盛衰記である。ただし、現存する「長門切」本文はごく一部であり、全て残っていた場合にその本文全体が、現存本「盛衰記」とどの程度一致するかはわからない。「盛衰記に近似する本文」（「長門切」本文）と現存本「盛衰記」とには距離があるだろう。かつて松尾葦江は「世上流布の『平家物語』とも、また、かなりの共通記事を有する長門本や南部異本や延慶本とも異なる、独特の作品世界を樹立したとき、それが源平盛衰記の成立であったのだろう」と言った。[注14] 対象を相対化する作用をもたらす記事は、盛衰記の独自の作品世界に欠かせないものである。そこに後代の使用を思わせる語彙が確認できた。盛衰記本文の成立時期を室町時代後期と考えておきたい。[注15] まとまった盛衰記の最古写本が室町時代後期の年記をもつということもこれに示唆を与えてくれているのではないか。[注16] 今回は「分廻」の一語のみ取り上げたが、さらに別の語でも検討をしていく必要があるだろう。[注17]

注

（1）「長門切」とは世尊寺行俊を伝称筆者に持つ古筆切のことである。近年、「長門切」の調査が進み平藤幸によってこれまでに発見された「長門切」が一覧化されている（「新出『平家物語』長門切―紹介と考察」『国文学叢録―論考と資料』笠間書院、二〇一四年）。また、佐々木孝浩により書誌学的研究が行われている（「巻子装の平家物語―「長門切」についての書誌学的考察―」『斯道文庫論集』四十七、二〇一三年二月）。

（2）「第四章　読み本系平家物語の成立と表現　三　読み本系断簡の本文」（『軍記物語論究』若草書房、一九九六年）。

（3）本書所収、池田和臣「長門切の加速器分析法による14C年代測定」。

（4）盛衰記の成立年代に関しては渡辺貞麿によって『拾遺古徳伝』、『法然伝（九巻本）』との関係から正安三年（一三〇一）～元亨二年（一三二二）に成立したという見解が示されている（『平家物語の思想』法藏館、一九八九年）。

（5）『平家物語』諸本の引用本文は以下の通りである。なお、一部表記を改め私にルビを付したことを断っておく。

覚一本…『平家物語上　下　日本古典文学大系　32　33』（岩波書店、一九五九・一九六〇年）

延慶本…『校訂延慶本平家物語（一）・（九）』（汲古書院、二〇〇一・二〇〇三年）

源平盛衰記…『源平盛衰記（一）・（二）　中世の文学』（三弥井書店、一九九一・一九九三年）

但し、巻第三十七・重衡卿虜の本文は『源平盛衰記　第五冊』（勉誠社、一九七八年）の影印本に依り私に翻刻し適宜濁点等を付した。

（6）天正十八年本『節用集』、『日葡辞書』、『毛詩抄』、『切紙抄』、『荘子抄』『四河入海』の引用本文は以下の通りである。

天正十八年本『節用集』は『節用集』（貴重圖書影本刊行會、一九三七年）に、『毛詩抄』は『抄物資料集成　第六巻』（清文堂、一九七一年）に、『荘子抄』は『続抄物資料集成　第七巻』（清文堂、一九八一年）に、『四河入海』は『抄物資料集成　第五巻』（清文堂、一九七一年）に依り、一部表記を改め私に翻刻した。『日葡辞書』は『邦訳　日葡辞書』（岩波書店、一九八〇年）に依った。なお『切紙抄』は『時代別国語大辞典　室町時代編』に引用されている本文を使用した。

（7）『四河入海』の成立年代について一言述べておく。この書は笑雲清三が先行する四氏の注を天文三年（一五三四）に集成し成立した書である。「分廻」の語がある箇所は一韓智翃《いっかんちこう》の注を引用した所である。一韓は生没年は未詳であるが永正の頃（一五〇四～二〇）伊勢で経史を講じたらしいので「分廻」の初出例として遡る可能性があるということは断っておく（『抄物資料集成　第七巻解説索引編』参照）。
（8）ただし、『四河入海』の用例は、「珥」（円い玉）の説明の箇所であるから円い形の意で使用されているようにも思われる。
（9）『和漢三才図会』の図版は『和漢三才図会　上』（東京美術、一九七〇年）に依った。
（10）ただし、長門本には追悼話群そのものがない。
（11）浜畑圭吾は、盛衰記の西光には堕地獄が示唆されておりそれを救済するために六地蔵廻説話を掲載していると指摘している。（「西光廻地蔵安置説話の生成」『唱導文学研究』第八集、二〇一一年五月）。
（12）この他に相対的な複数の視点を示す例として松尾葦江は「巻第十七・始皇燕丹」「勾踐夫差事・光武天武即位」、「巻第十六・菖蒲前」を挙げている。また「巻第六・西光父子亡」の箇所中、西光が清盛に対して悪態をついたことに対する評もその一つに挙げている（『平家物語論究』明治書院、一九八五年）。
（13）池田敬子は「まるで『平家』の注釈をするかのように典拠・出典を延々と解説し、説話を鈴なりにするのは、『盛衰記』が厳密な筋の展開を求める文学ではないことを意味し、それは、『平家』がしっかりと基盤に存在すればこそなのであって、『盛衰記』の編者・享受者にとって『平家』は所与の世界であり、暗黙の了解事項であったと思われる」と述べている。（『日本古典文学史の基礎知識』有斐閣ブックス、一九七五年）。
（14）前掲注（2）、「第四章　読み本系平家物語の成立と表現　五　源平盛衰記と説話」。
（15）浜畑圭吾は、前掲注（11）論文で、盛衰記は『五函抄』（一五三三年写）をはじめとする類書を使用して、独自記述を加えていると指摘している。
（16）岡田三津子の調査によると成簣堂文庫蔵の「弘治二年（一五五六）二月日校合」の校合奥書を有した本が現存本中最古写本ということである。（岡田三津子『源平盛衰記の基礎的研究』和泉書院、二〇〇五年）。
（17）『平家物語大事典』（東京書籍、二〇一〇年）によると「盛衰記特有の語彙が、幸若舞曲・お伽草子など中世末期以降の作品と共通することから、そうした語彙の抽出・検討は、盛衰記の成立年代特定に有効な手段となる可能性が高い」（項目：源平盛衰記、執筆者：岡田三津子）という指摘がある。

4 『源平盛衰記』の山王垂迹説話

橋本正俊

一　はじめに

『源平盛衰記』（以下、『盛衰記』）には、神話や伝説を引用する中で多くの神々の活躍が描かれる。その中でも本稿では、これまでさほど注目されてこなかった、巻四に引かれる日吉山王の垂迹説話を取り上げたい。

日吉社は平安時代より信仰されていたが、中世に入って信仰の広まりと共に縁起も形作られ、いわゆる山王神道となって展開してゆく。本稿では、他の資料との比較を通して、『盛衰記』の山王垂迹説話の特徴を明らかにし、それが中世の山王神道をめぐる諸説の中にどのように位置づけられるのか考えてみたい。

二　『盛衰記』の山王垂迹説話

まず、巻四「山王垂迹」から、該当する本文を引く。山門の大衆が神輿を奉じて入洛した後、神輿を祇園社に渡すこととなった際に、祇園社別当である澄憲が山王の神威を語る末尾に当たる。諸本ともに一字下げして記していることから、この部分は

澄憲の発言ではなく、注釈的に挿入された記事として読める。論述の便宜上、四段落に分け、①〜④の番号を付す。▼注1

①凡《およそ》山王権現ト申ハ、磯城嶋金判(刺)宮即位元年、大和国城上郡大三輪神ト天降《あまくだり》給シガ、大津宮即位元年ニ、俗形老翁ノ体ニテ、大比叡大明神ト顕給ヘリ。

②大乗院ノ座主慶命、山王ノ本地ヲ被二祈申一ケルニ、御託宣ニ云、「此ニシテ無量歳仏果ヲ期シ、是ニシテ無量歳群生ヲ利ス」ト仰ケレバ、座主、提婆品ノ「我見釈迦如来、於無量劫、難行苦行、積功累徳、求菩薩道、未曾止息、観三千大千世界、乃至無有、如芥子許、非是菩薩、捨身命処」ト云文ニ思合テ、「大宮権現ハハヤ釈尊ノ示現也ケリ。サレバ「我滅度後於末法中、現大明神広度衆生」トモ仰ラレ、「汝勿啼泣於閻浮提、或復還生現大明神」トモ慰給ケルハ、日本叡岳ノ麓ニ、日吉ノ大明神ト垂跡シ給ベキ事ヲ説給ヒケルニコソ」ト、感涙ヲゾ流サレケル。

③地主権現ト申ハ、豹(狗)留尊仏ノ時、天竺ノ南海ニ、「一切衆生、悉有仏性」ト唱ル波立テ、東北方へ引ケルニ、彼波ニ乗テ留ラン所ニ落附ント思食ケルニ、遙ニ百千万里ノ波路ヲ凌テ、小比叡ノ杉下ニ留ラセ給ケリ。其後天照大神天ノ岩戸ヲ開、天御鉾ヲ以テ海中ヲ捜セ給シニ、鉾ニ当《あたる》人アリ。「誰人ゾ」ト尋給ケレバ、「我ハ是日本国ノ地主也」トゾ答給ヘル。昔天地開闢ノ初メ、国常立ノ尊ノ天降給ヘル也。此神日吉ニ顕給ケルニハ、三津川ノ水五色ノ浪ヲ流シケリ。

④サレバ我朝ハ、大比叡小比叡トテ大宮二宮ノ御国也。迹ヲ叡山ノ麓ニ垂テ、威ヲ一朝ノ間ニ振《ふる》、円宗守護之霊神、王城鎮護之霊社也。依レ之代々ノ帰敬是深、世々ノ崇信不レ浅、四海之甲乙掌ヲ合《あはせ》、諸国之男女歩ヲ運ベリ。

まず、①②は「山王」「山王権現」とあり、また「大比叡大明神」とあるように、大宮をめぐる説である。①は縁起説、②は本地説というべき内容である。③は「地主権現」また「小比叡」とあるように、二宮の縁起説である。そして、④が①〜③をふまえての総説となっている。今、章段名に従って、これらを山王垂跡説話と総称しておく。以下、順にその内容を確認していく。

1　大宮縁起説

①は大宮の縁起説である。

山王神道書は数々の仮託書を引くが、その中でも権威を持って引用されたのが、大江匡房仮託の『扶桑明月集』『神祇宣令』である。『山家要略記』をはじめとする山王神道書に頻繁に引用される。[注2] そしてしばしば『神祇宣令』を典拠として示される大宮の縁起説が、①に類似している。『山家要略記』二―1より引く。[注3]

黄門侍郎大江匡房、宣奉勅、康和元年正月十一日、進官神祇宣令文曰、

大比叡明神（俗形）、人皇第三十代礒城島金刺宮欽明天皇即位元年（庚申）、大和国城上郡大三輪神天降、第三十九代天智天皇大津宮即位元年、大比叡神顕坐。日吉与二三輪大物主神一此国地主也。法号言二法宿菩薩一。但非二僧形一唯俗体也（已上）。

傍線部が①とほぼ一致する。同様の説を『耀天記』「四十、大宮」も引いている。

人皇第三十代礒城島金刺《カナサシ》宮欽明天皇即位元年（庚申）、大和国城上郡大三輪神天降シテ、第三十九代天智天皇大津宮即位元年、大比叡大明神顕給。日吉ト三輪ト大物主神ハ此国地主也（已上日本紀神祇部）。法号言二法宿菩薩一。然而非二僧形一。唯俗人也。

ここでは『神祇宣令』ではなく、途中までを「日本紀神祇部」からの引用としている。『山家要略記』は義源がその編纂に深く関わり、十四世紀に入って整えられたものとされる。一方『耀天記』は正応年間の写本が確認されているように、十三世紀には成立していたと考えられるが、[注4] 正応写本の内容は、現在知られる『耀天記』の一部であり、その成立の全貌は不明である。正応写本には「四十、大宮」条は含まれていないけれども、大江匡房作として広まっていた『神祇宣令』ではなく、「日本紀神祇部」を典拠としている『耀天記』の形の方が古態である可能性が高いのではないか。すると『耀天記』の末尾にある、「日本紀神祇部」に含まれない部分、つまり法号を法宿菩薩とすること、また僧形ではなく俗体であることの二点、すなわち本地垂迹に関わる説明は別に加えられた可能性もあるだろう。そしてこれらに対して、『盛衰記』①では、垂迹に関わる「俗形老翁ノ体ニテ」の一節が加えられていること、逆に『耀天記』『山家要略記』両方に見られる「此国地主也」が省略されていることに注目しておきたい。[注5]

2　大宮本地説

次に②の大宮の本地説である。大宮の本地は釈迦であることが知られるが、そのことを天台座主慶命が託宣により知ったと

いう内容である。この説話については、『耀天記』に含まれる「山王事」に引かれる記事に類似している。なお、「山王事」は『耀天記』とは本来別の書目が取り込まれたと考えられており、その成立については不明だが『耀天記』の他の記事の成立を大きく溯るものではないと思われる。該当する箇所を引く。

夫《それ》ニ日吉大宮権現ヲ、尺迦如来ノ垂迹ト申侍ル事ハ、昔大乗院座主慶命云、「本地ヲ示給へ」ト祈精（請）シ給ケル時ニ、権現託宣シテ言ク、「コ、ニシテ無量歳群生ヲ利ス」トアリケルヲ、法花経提婆品ニ、釈迦如来ノ利他ノ行願ノイミジキ事ヲ、智積菩薩ノホメ給ヘルニ、「我見尺迦如来、於無量劫、難行苦行、積功累徳、求菩薩道、未曾止息、観三千大千世界、乃至無有如芥子許、非菩薩捨身命処」トホムル所ニ思合《あはす》ルニ、誠ニ尺迦如来ノ慈悲ノ様ナル仏菩薩ハヲハシマサズ。無量無辺劫ノ間、仏果ヲモトメテ、億々万劫ノ行末マデモ、衆生ノ利益セント思食ハ、難レ有事也。夫彼御詫（託）宣ノ御詞ニ、法花ノ文ヲ思ヒ合セテ、大宮権現ハ本地ハ釈迦如来ニテ御《おは》ス也ケリト知タテマツリ給テ、披露セラレテ後ハ、本地ノ高キ事ヲ仰テ、垂迹ノ弥《いよい》ヨ止事無《やんごとなき》ヲ知タテマツルナリ。サテ尺迦如来、「我滅度後、於末法中、現大明神、広度衆生」ト仰ラレケルハ、山王トイフ神ニ現ゼントスルナリトイフ金言ナリ。「汝勿啼泣、於焔浮提、或復還生、現大明神」トナグサメ給ケルハ、日本国ノ中ニハ、比叡山ト云山ノフモトニ、遂ニアトヲタレテ、衆生ヲ利益センズルナリト仰ラレタル実語ナリ。

このように②と近い本文を有するけれども、表現に違いもあり、『盛衰記』が「山王事」を参照したとまでは言えないだろう。

3　二宮縁起説

次いで、③二宮の縁起説である。二宮の縁起説にはいくつかバリエーションがあるが、ここでは大昔に仏が天竺より小比叡の地を訪ねてきたという説を引いている。これもやはり『耀天記』「山王事」に類似する本文が見出せる。

又二宮ヲバ古老ノ人ノ伝ニハ、鳩楼孫仏ノ時ヨリ、小比叡ノ椙ノ本サブカゼノ嶽ニ跡ヲ垂テ御《おは》シケルトゾ申伝タル。夫ハ天竺ノ南海群（郡）ト云所ノ海ノ面ニ、一切衆生、悉有仏性ト唱ヘケル波ノ立ケルニ乗テ、トヾマラン所ニハ定テ仏法弘マランズラン、ソコニヲチツカント思食《おぼしめし》テ、ユラサレ（マヽ）アリカセ給ケル程ニ、小比叡ノ椙ノホラニトヾマラセ給ニケリ。其後ニ天照大神ノアマノイハチヲヒラキテ、鉾ヲモテサグラセ給ケルニ、アシノ葉ノサハリテ有ケルヲ、是ハ何ニゾト尋サセ給ケルニ、上件ノ事ヲバ申サセ給ケル。次ニ「我ハ日本国ノ地主ニテ侍也」ト申サセ給タリケルトカヤ。其小比叡ノ椙ノ本ニテ、劫ヲ経テ後ニ大宮権現ノ当時御ス所ニイタリテ御シケルガ、大宮ノ天下テ御シケル日、夫ヲバサリテ今御ス御宝殿ノ地ニ遷ラセ給ヒケル也。

類似するとはいえ、異なる点も多い。例えば「山王事」に「小比叡ノ椙ノ本サブカゼノ嶽ニ跡ヲ垂」れたとあるが、③にはそれがない。▼注6 また天照大神が海中を鉾で探るのは、中世に広まった国土創成説話と関わるものであるが、ここで「山王事」では「アシノ葉ノサハリテ有ケルヲ」とするのを、③では「鋒ニ当人アリ」とするところなどは、「山王事」の方が神話的な印象が強い。これも「山王事」を直接の出典とするのは無理があるだろう。

そして最後の④は総括であるが、ここでは中世に山王信仰の中心となった山王七社ではなく、①〜③を受けて大宮・二宮のみを称揚する内容となっている。『盛衰記』の山王垂迹説話では、終始大宮・二宮のみを問題としているのである。

三　延慶本の山王縁起との比較

平家物語諸本の中でも、延慶本巻一が山王縁起を取り上げることは知られている。そこでは『盛衰記』とは異なり、願立説話の中で、延暦寺の草創を語った後に次のように山王縁起を引く。これも便宜上イ〜ハの三段に分ける。

イ此日吉山王ト申ハ、欽明天皇ノ御時、三輪ノ明神ト顕《あらは》レテ大和国ニ住給キ。天智天皇ノ御時、大和国ヨリ此砌ヘ移給テ、当山草創ニ先立給事百余歳、後ニ一乗円宗ヲ可被弘メ事ヲ鑑《かんがみ》給ケルニヤ。或ハ南海ノ面ニ五色ノ波立ケルガ、「一切衆生悉有仏性」ト唱ケル、其御法ノ声ヲ尋テ、此砌ヘハ移御シタリトモ申キ。始ハ大津ノ東浦ニ現ジ御テ、其ヨリ西ノ浦ニ移セ給テ、田仲ノ常世ガ船ニ召テ、辛崎ノ琴ノ御館牛丸ガ許ヘ入セ給ニケリ。牛丸、非直人ニト思テ、荒薦ヲ敷テ奉居ヘテ、常世、粟ノ御飯ヲ進セタリケレバ、常世ニ託シ給ケルハ、「汝、我氏人ト成テ、毎年出仕ノ時、粟ノ御飯ヲ供御ニ可備フ」トゾ宣ケル。今ノ大津ノ神人ハ、彼ノ常世カ末葉也。其時ノ儀式ニ准《なぞら》ヘテ、卯月ノ御祭ノ時、必ズ粟ノ御々供《ミゴク》ヲ献ルトカヤ。サテ、牛丸ガ船ニ乗給ヘバ、イヅチヘ渡ラセ御スヤラムト怪ミ見タテマツルホドニ、彼ノ庭前ノ大木ノ梢ニゾ、現ゼサセ給ケル。牛丸、不思議ノ瑞相ヲ拝テ、奇異ノ思ヲ成ス処ニ、「是ヨリ西北ニ勝地アリ。汝、我氏人トシテ草ヲ結タラムヲ験ニテ、宝殿ヲ可奉造」ト示シ給ヘリ。牛丸、「サテ、御号ヲハ何ト可奉号シゾ」ト申ケレバ、「竪ニ三点ヲ立、横ニ一点ヲ引、横ニ三点ヲ引テ、竪ニ一点ヲ可立ツ」ト教ヘ給ヘリ。則「山王」ト云文字也。牛丸、神明ノ教ニ任テ、西北ノ方ヘ尋行テ見ニ、封ユヒ給ヘル所アリ。是ヲ験《しるし》トシテ宝殿ヲ造進シ、大木ノ上ニ顕レ給タリシ御影ヲ奉摸テ、被祝給ヘリ。今ノ大宮ト申ハ是也。自爾以降《しかりしより》、大小ノ神祇、年々歳々ニ跡ヲ垂給ヒテ、彼モ此モ眷属ト成給ヘリ。

[ロ]二宮者、拘留尊仏ノ時ヨリ神明ト顕レ給ニケリ。始修禅ノ北、横川ノ西南ニ、大比叡ト云山ノ中ニ御シケルガ、東南ノ麓ニ移住シ給ケルニ、今ノ大宮来リ給ケレバ、其所ヲ避ラセ給テ、樹去《本ノママ》ノ西敷地ニ移住シ給ヘリ。地主権現十禅師ト申ハ、天照大神ノ御子也。惣日域ノ地主ニテゾ渡ラセ給ケル。

[ハ]彼三聖ハ、伝教大師ニ契ヲ結テ、吾山ノ仏法擁護ノ鎮守トシテ学徒ヲ省ミ、円宗ヲ守ント誓ヒ給テ、三聖共出家授戒セサセ御シ、同ク法号ヲ被授給ヘリ。唐ノ天台山ノ麓ニモ、山王垂迹御スト云ヘリ。伝教ハ天台ノ化身ナレバ、権者ノ儀モ合給ケルヤラムト、貴ゾ覚ル。

[イ]が大宮の縁起説、[ロ]が二宮の縁起説、[ハ]が総説となっている。詳しくは報告済みであるが、[注7]延慶本の本奥書の延慶年間は、『山家要略記』に代表されるような山王神道説が整備されつつあったのと同じく、十四世紀に入ってすぐであり、延慶本には流動的であった当時の縁起説の様相が反映されていて重要である。

さて、延慶本と『盛衰記』を比較すると、どちらも大宮と二宮の縁起を取り上げているが、延慶本は[ハ]に「彼三聖」として、当時高まっていた大宮・二宮・聖真子の三聖信仰が表れている。また、[ロ]の二宮縁起説は『盛衰記』③と近いが、[イ]の大宮縁起説は『盛衰記』①と異なり、中世に流布した山王縁起を引いている。すなわち、大津に現れた三輪明神が、田中恒世によって粟御供を受け、次いで琴御館宇志丸によって唐崎から現在の場所に至って鎮座するといった内容であり、山王祭の由来を説く説話ともなっている。この説話は資料によって細部に異同が大きく、いくつかのバリエーションがあるけれども、[注8]大枠に違いはない。これを仮に唐崎渡御説話と呼んでおく。唐崎渡御説話は、『耀天記』『山家要略記』『日吉山王利生記』（以下『利生記』）を始めとする山王神道関係の諸資料に引かれ、中世の山王神道説を代表する一つと位置づけられる縁起である。一見して明らかなように、前掲『神祇宣令』の大宮縁起は、三輪明神の降臨と日吉への来臨を記すのみで、この来臨の過程を説話化して描いたものが唐崎渡御説話と言える。その前後関係についてはともかく、『神祇宣令』や「日本紀神祇部」を典拠とする縁起説は、その典拠名称から推測するに極めて公的な縁起として認識され、物語的な唐崎渡御説話とは一線を画していたように思われる。
このように『盛衰記』の山王垂迹説話は、延慶本の記す山王縁起とは大きく異なる。特に、流布した唐崎渡御説話を引いていないこと、それには関心を示していないことが注目される。

四　中世の山王神道説と『盛衰記』

先に②③について『耀天記』「山王事」と比較したが、これらの説は中世においてそれほど多く見られるわけではない。以下、もう少し詳しく検討したい。

1　大宮

②に登場する第二十七代座主慶命（九六五〜一〇三八）は、中世になって山王神道と密接な関係が築かれることになる人物である。そのことは、慶命が山王権現より一心三観の口決を与えられる説話（『山家要略記』『渓嵐拾葉集』『金剛秘密山王伝授大事』など）や、七社の一つである客人の本地が白山であることを知る説話（『耀天記』『古事談』『日吉山王利生記』など）からもうかがえる。このように、慶命は中世の山王神道説を考える上で重要な人物であり、その一つとして、②の大宮の本地を託宣によって知る説話もあげられる。ただこの説話については、右にあげた他の説話ほど多くの資料に確認されるものではない。
ところで、『耀天記』では前掲の「山王事」とは別に、「四十、大宮」でもこの説話を取り上げている。

御本地云、
大乗院座主慶命云、本地祈精(請)之時、詫(託)宣云、「此無量歳期二仏果一、此無量歳刹那生」文。座主思二念法花提婆品一、「説二尺尊行願文一云、我見二釈迦如来一、於二無量劫一、難行苦行、積レ功二累徳一、求二菩薩道一、未二曽止息一、観二三千大千世界一、乃至無レ有レ如二芥子一許、非二菩薩捨身命処一」云々。即知二今御託宣一、本地尺迦云々。

このように「山王事」に比して簡略な記述ながら、託宣の内容はこちらの方が『盛衰記』に近い部分もある。ただし、『盛衰記』や「山王事」には見られた、後半の「我滅度後於末法中、現大明神広度衆生」以下の託宣は引かれていない。

この「我滅度後於末法中、現大明神広度衆生」「汝勿啼泣於閻浮提、或復還生現大明神」（特に前者）は、『悲華経』や『涅槃経』に典拠を求める形で（実際には見出せない）、中世文学において盛んに引用されており、とりわけ仏菩薩と神とを同体であることを論証する文脈で用いられる。詳しくは先行研究を参照されたいが、[注9] 山王信仰においても同様で、数例挙げれば、『一心妙戒鈔』（十三世紀中頃、恵尋撰か）に、「山王為戒体証拠事」として、

悲華経又云、我滅度後　於末法中　現大明神　広度衆生
涅槃ノ後分云、汝勿啼泣　於閻浮提　或後還生　現大明神

などとし、『山王絵詞』巻一第一段にも、

中にも大宮権現の御本懐は、余社に勝給へり。然に所見を勧に、本地釈尊誓を発して、悲花経に説ての給はく、「我滅度後　於末法中　現大明御　広度衆生」と。或は又「汝勿諦泣　於閻浮提　或復還生　現大明神」と説れたり。此文を解するに、如来出世の素意より起て、入涅槃の後は日域に神とあらはれて、閻浮の群類を救はんと覚しくわたて給けるにこそ。

と見えるように、しばしば引用されている。

改めて『盛衰記』②の構造を見ると、慶命が託宣を受けて、『法華経』提婆品の文句を思い合わせて、大宮の本地が釈迦であることを知り、さらに「我滅度後…」「汝勿啼泣…」の託宣を思い起こし、これも日吉大明神として垂迹したことを示していたのだと思い至る、というようになっている。一方『耀天記』では、「四十、大宮事」でも「山王事」でも、説話の中身は前半の託宣と提婆品の引用のみであり、「山王事」はさらに説話に対して補注的に「我滅度後…」「汝勿啼泣…」を引く形となっている。それに対して『盛衰記』②は、すでに知られていた「我滅度後…」「汝勿啼泣…」の託宣も説話中に取り込んでいるのであり、より説話化が進んでいると言える。

2 二宮

③のような二宮縁起も、中世にそれほど膾炙したものであったとは思われない。前掲「山王事」以外に注目されるものをあげてみると、『厳神鈔』（室町時代に成立したと考えられる山王神道書で、各社の縁起や本地について記す）がある。

二宮権現御事、昔シ天地開闢初、三輪金光海上ニ浮浪ス。一切衆生悉有仏性ト云文ヲ留浪ニ、天竺ヨリ此山ニ至ルマデ、下通リ流ニ来ケルニ、三輪金光北浪ニ乗ジテ、小比叡峰ニ到テ、大岩ノ上ニ住玉フ。其時ハ今大岩ニ浪打ケルアリ。依之小比叡ノ峰ヲバ波母峰ト号ス。

以下、「波母山」について記し、また三輪金光が山王三座（三聖）となるも、大宮・聖真子は一度他所に移り、その結果地主神である二宮が残ったという、二宮の縁起説に三聖の降臨説が交じったような形になっている。③と同様、地主神である二宮が、天竺より「一切衆生…」の波を尋ねて小比叡に渡ったとする説であるが、③のように天照大神は登場しない。また、『金剛秘密山王伝授大事』（鎌倉末から室町にかけて成立したと考えられる、天台教学と深く結びついた山王神道書。以下『金剛伝授大事』）では、「尋云、地主権現ノ一心三観心地如何」に対して、次のように述べられる。

口伝云、地主明神者、久遠実成当体蓮花山王也。我朝天地開闢始、天神第一皇子国常立尊ト、溟涬《メイラウ》ノ滄海ニ下、天ノサカ鉾引挙玉ヘル。葦葉鉾サキニ見タリ。然ニ此葦ノ中三輪宮殿耀リ。其中唱、善治衆病之我、此久遠実成ヨリ地主明神也云々。此鎮本地薬師如来也。（中略）此時三輪金光流ニ滄海一、此即開闢始、陰陽割判《ワカレワカレ》テヨリ已来、高峯五色花開、（後略）

こちらは逆に、③の前半の神が天竺より渡来した話がなく、後半に類似している。ただし、鉾により葦葉を引き上げたのが、天照大神ではなく、二宮の神名ともされる国常立尊となっている。「三輪宮殿」「三輪金光」とするのは、やはり三聖を意識した表現であろう。

実は、天地開闢の時に三輪金光が顕れたとするのは、『渓嵐拾葉集』や『山家要略記』などにも引かれる説である。[注10] 右の説は、それに二宮（地主権現）縁起も合体させて解釈しようとしたものといえる。これに対して、『耀天記』「山王事」や『盛衰記』③は、三輪金光とは結びつけられず、二宮単独の縁起となっていることが分かるだろう。

このような二宮縁起は、広く山王神道書に見られるわけではない。それよりも、『山家要略記』二―20が引くような『神祇宣令』所引のものが知られていたようである。

匡房宣奉勅、進官神祇宣令文曰
小比叡明神僧形。天地開ケ闢メシ之昔、天神第一皇子国常立尊《クニトコタチノミコト》、高峯ニ五色ノ華開《ナサク》トキ二大棍《オホスギ》ニ一、天地開闢初ニ天降マス。故言二地主権現一ト。法号花台菩薩已上。

一例を挙げれば、『諸国一見聖物語』が引く二宮縁起もこれに基づくものである。

サテ、二宮権現ト申奉ルハ、天地開闢ノ昔、天神第一ノ皇子国常立尊、高峯五色花開大枚下ニ天地開闢ノ始ニ天降給フ。故ニ言二地主権現一。法号花台菩薩也。

さらには、山王権現の霊験譚を集成した『利生記』『山王絵詞』においても、大宮縁起については、唐崎渡御説話が語られるのに対して（ただし『山王絵詞』では極めて簡略）、二宮縁起は軽視されている。『山王絵詞』にはまったく触れられていないので、『利生記』より引いておく。

二宮をば小比え（叡）大明神と申す。又地主権現とも申侍り。昔は比叡山横河に御けり。何代誰人社壇を作崇奉るといふ事をしらず。後にいまの大宮の御社の跡に御けるが、其所を大宮にさづけまいらせて、東の椙村へ移らせ給けり。当社には最初の明神にてましします。円宗の教法流布すべき所なりとて、兼て当山に跡を垂給へりとなん。天照大神の第二の御子、日本国の地主とぞ申す。此故に二宮とも申之、地主権現とも申伝とかや。御本地は薬師如来、像法転時の利益、末法の衆生ことにあふぎ奉べし。衆病悉除の誓願、濁悪の我等も返々たのもしき事に侍る。

このように、縁起というよりもいくつかの説を列挙したような形である。他の資料においても、二宮縁起は『神祇宣令』に準ずる内容のものが大勢を占め、『盛衰記』③のような形のものは珍しいといえる。中世に山王縁起として専ら注目され、広まっていたのは大宮縁起であったことに留意しておきたい。

なお、神が「一切衆生…」の波に乗って渡来するモチーフも、むしろ大宮縁起の唐崎渡御説話に多く見られる。『山家要略記』二―1に引く「大比叡明神垂迹縁起文」もその一つである。

「此処有二大乗教法流布之霊地一乎」。宇志丸答曰、「湖上常五色浪起。其声唱二一切衆生、悉有仏性。如来常住。無有変易一云々」。他に『利生記』の唐崎渡御説話にも引かれる。延慶本[イ]にも「或ハ南海ノ面ニ五色ノ波立ケルカ、「一切衆生悉有仏性」ト唱ケル」とあった。二宮縁起は大宮縁起からこのモチーフを借りたのではないか。

また、前述したように二宮縁起を引く『厳神鈔』でも『金剛伝授大事』でも、「三輪」すなわち大宮・二宮・聖真子の三聖の降臨を意識していた。中世に三聖信仰が高まっていく中、▼注11 大宮の唐崎渡御説話は存在感を示す一方で、二宮縁起は一層その存在感を弱めていたと言える。

3 大宮垂迹の姿

二宮縁起に三聖が姿を覗かせるのは、二宮がまず鎮座して地主神となり、後に大宮が鎮座したという説とは別に、三聖が同時に降臨したという説も唱えられたからである。

資料で確認される早い例として知られるのが、『耀天記』「二、大宮御事」に引かれる澄憲の説である。

導師澄憲説法之時、七社中《ニ》二宮《ヲ》地主権現《ト》申事《ハ》不審候。修学《ニ》名懸御《サン》見聞大衆可レ検思食《ス》。全不レ見事也。三聖《ハ》大和国三輪明神也。伝教大師金峯山《ニ》参詣《シテ》、叡山《ニ》仏法弘《メ》候《ハンニ》、鎮守《ト》成給《ト》申御《スニ》、我身《ハ》非二能大乗鎮守一ニ、三輪明神《ニ》祈給《ヘト》詫《(託)》宣《アリ》。仍参《テ》祈給《ニ》、金輪鐶三《ツ》現《テ》、頭上《ヲ》照給。仍勧請《シ》具《シテ》、其光止給所《ニ》、三処《ニ》三聖《ヲ》奉レ崇給《リ》。仍三聖《ハ》同時《ニ》天降給《ヘリ》。取分《テ》地主《ト》申事不審也。（後略）

三聖は三輪明神であり、最澄がこれを叡山に勧請した、すなわち三聖同時勧請説というべき説を主張し、二宮を特別に地主とする説を否定する。▼注12 さらにこの説は三聖が同時に天降ったという、三聖同時降臨説というべき主張にも繋がっている。実際に澄憲らの周辺では、このような説が広まっていったのであろう、『言泉集』などの安居院唱導資料には三聖が頻出し、二宮が特記されることはほとんどない。▼注13 さらに三聖同時降臨説は十四世紀に入る頃になると、『山家要略記』をはじめ、山王神道資料でも盛んに強調されるところとなる。例えば『山家要略記』巻一―4、

厳神霊応章曰山家大師御釈

古ヘ溟潦《メイラウ》ノ滄海ニ有二テ三輪ノ金光一而浮浪ス焉。天地開闢陰陽割《ワカレ》判《ワカレ》シニ、三輪金光同ク三光ノ神聖《カミトナリテ》化二生ス其中一ニ。今三聖神是也。

（後略）

三輪金光は三聖であると明記されていて、先の『厳神鈔』がこの説を基にしているのは明らかである。二宮は地主権現として知られ、そのこと自体は継承されたが、二宮を地主として特別視するような縁起説の展開には限界があった。そのため『厳神鈔』の二宮縁起もこのように三聖同時降臨説に結びつけられることになったのであろう。[注14]

さて、最澄による三聖同時勧請説は、三聖が最澄により受戒したという、三聖受戒説というべき説とも関わってくる。[注15]前掲延慶本[八]に見える他、やはり『耀天記』「二、大宮御事」には、次のようにも記される。

又尋云、世間相伝云、大宮・二宮・聖真子者、奉レ遇二伝教大師一、出家得二法名一、所謂法宿・花台・聖真子也。如何。答云、大宮宝殿所二安置一御尊体、已俗形之上、自二公家一献二御装束一之時、御服ハ俗服也。自レ昔至レ今、其儀無レ改云々。又二宮・聖真子者法服也。以レ之推レ之、伝教大師御時有二御出家一者、何被レ献二俗服一哉ト、常ニ所レ申也云々。

三聖が最澄により出家したという説に対して、大宮の姿形は俗形であり、出家したのならなぜ朝廷から俗服を献上されるのか、としている。このように、大宮が俗形か僧形かということが大きな問題となって浮上することになる。前掲『山家要略記』二―1の『神祇宣令』の引用文では、「但非二僧形一唯俗体也」としていたように、俗形説は広まりを見せるが、僧形説もまま見受けられる。早くは『袖中抄』「シルシノスギ」に「大宮ハ本地ハ釈迦、垂迹ハ法形ナリ」とし、『山家要略記』二―4「大比叡大明神受下灌頂与二円頓戒一伝教大師上事」では、「裏書云、于時三聖皆僧形也。威儀印相等有二別紙口伝一也。山王三聖受戒灌頂事、当流最大事也。別巻記レ之」とする。『二帖抄見聞』巻中に「故ニ山王ノ曼ダラ図絵スル時、大宮権現ヲバ本地垂迹共ニ僧形ニ奉レ書也。」とするように、山王の垂迹神曼荼羅では僧形に描くものが多い。このような背景があるために、『太平記』巻十八「比叡山開闢の事」では、「その光の中に、釈迦・薬師・弥陀の三尊光を並べて座し玉ふ。この三尊、あるいは僧形に現じ、あるいは俗体に変じて、大師を礼し奉りて」と曖昧にした表現となっている。『盛衰記』①が、『神祇宣令』の形を引き継ぎながらも、「俗形老翁ノ体ニテ、大比叡大明神ト顕給ヘリ」と明記していたのは、このような両説の対立があったことによる。①においては、縁起そのものよりも「俗形」であることを主張する方が重要であったのである。[注16]そうすると、三聖の中で唯一俗形である大宮の正体とは一体何なのか、ということが問題となる。そこで必要なのが、大宮が俗形とはいえ本地が釈迦であることを明らかにすることであり、その根拠として注目されたのが、大宮が自ら釈迦であることを慶命に託宣した説話、すなわち②の慶命託宣説話ではなかったか。その点で①と②は深く結びついている。

五　おわりに

以上、『盛衰記』の山王垂迹説話を検討してきた。『盛衰記』は山王縁起としてもっとも知られていたと考えられる唐崎渡御説話を引いていない。著名な説話をここでわざわざ引くつもりはなかったのであろう。それよりもここで示そうとしたのは、中世の天台・日吉において議論となっていた大宮・二宮をめぐる説であった。大宮の①②と二宮の③とは、直接に関わりのある説ではないけれども、それぞれに中世の山王神道において問題を抱えた説であった。

大宮については俗形説を引く。まず示されるべきは、由緒ある『神祇宣令』に引かれることで知られていた①である。そこでは「俗形」であることを明示する一方で、「此国地主也」とする部分は省略している。③の二宮縁起説と齟齬するためである。次いで、俗形説がはらむ大宮の本地説について、本地釈迦の証拠となる②の慶命託宣説話を併せて引いている。

二宮については、三輪金光説や三聖同時降臨説ではなく、二宮が地主権現であることを明確に示す二宮縁起③を引いている。さらにそこでは、「天御鉾」のような神話的イメージを帯びることも重要であったろう。

さて、次に問題となるのは、この一連の山王縁起説は、『盛衰記』編者により構成されたのか、あるいは典拠資料からそのまま引いただけなのかということであるが、今のところ、編者がこのように構成する必然性は見出せない。何らかの典拠によると考える方が自然だろう。ただし、「山王事」とは異同も大きく、「山王事」は①がない上に②と③も繋がっていない。一方で、やはり異同があるものの、『盛衰記』と同じく大宮の姿形説と二宮縁起を併せて引くものに、先にも引用した『厳神鈔』がある。『厳神鈔』は、はじめに「山王権現鎮座御事」として大宮の唐崎渡御説話を記す。次に「十三日」として（この日付については不明）、「大宮権現ハ尺迦垂迹ノ神」であることや「本地天照太神ニテ御座也」、「日吉ト賀茂ハ日天月天ニシテ」といった説、「一児二山王」説などをあげ、次のように大宮俗形説について詳細に述べる。

次ニ大宮権現ハ、俗体ニテ御ス也。奉レテ遇二高祖大師一ニ、受戒灌頂シ玉フ。其時法宿大菩薩ト申菩薩号ヲバ、大師ノ授ケ申セ玉ベキ事也。次智証大師於千手堂、灌頂行ジ玉ヒシ時、即三座御影向玉フ。其時ノ化現ノ御姿ハ、大宮権現モ僧形ニテ、俗体ヲバ恐レ奉テ、彼化現ノ僧形ノ御身体ヲバ、常様ニ垂迹ノ絵像ニ奉ニル書一也。此次第ヲ不心得、大宮権現奉テ遇二大師一、御出家有リナンド申事ハ、大ナル誤也。社中ノ記録、并ニ大□梶井ノ日記ニモ、更ニ御出家トハ不見事也。

そしてこの後、前掲の二宮縁起に移る。このように『盛衰記』の山王垂迹説話と類似した構造の山王縁起説も中世には語られていたのだろう。ただいずれにせよ、こういった大宮・二宮説の捉え方が、中世の山王信仰においてどのように位置づけられるのか、担われていたのかということについては、明らかにし得ていない。

『盛衰記』の山王垂迹説話の引く説は、中世において社会に流布したものではなかったのみならず、山王神道においても定説ではなく、大宮・二宮の神体に関わる微妙な問題を含む説であった。このことは『盛衰記』がこの記事を一字下げで扱っていることとも関わるのではないか。

『盛衰記』の一字下げ記事については、すでに指摘があるように、[注17] しばしば「異説」「或説」「一説」として、一般的には知られていない説を引くことがある。山王垂迹説話にはそのような語句はなく、単なる本文に対する補足・注釈的なものとして位置づけられるものかもしれない。しかし唐崎渡御説話を引かず、本稿で見てきたような説を引いていることは興味深い。単なる注釈や補足ではなく、読者には知られていない「一説」の引用を示す意味での一字下げ記事であるとも捉えられるだろう。

注

（1）引用は慶長古活字版（勉誠社、一九七七年）による。ただし、蓬左文庫本・近衛文庫本・静嘉堂文庫本により、訂すべき異同があるものは傍記した。

（2）佐藤眞人「伝大江匡房撰『扶桑明月集』について」（『神道宗教』118、一九八五年三月）。

（3）『山家要略記』の諸本の関係は複雑であるが、本稿では「続天台宗全書・神道1」所収の叡山文庫天海蔵本を底本とする校訂本文に拠り、巻数と番号を示した。二―1は巻二に（1）の番号が付されていることを示す。また、「神道大系・天台神道（下）」所収の諸本も参照した。

（4）岡田精司「耀天記の一考察―「山王縁起」正応写本の出現をめぐって―」（『国史学』108、一九七九年三月）。

（5）この縁起説に類似するものとして、『耀天記』二をはじめ、『渓嵐拾葉集』『日吉山王利正記』『神道雑々集』などに引かれるように、広く受容されたと考えられる「康和五年愛智庄官符」と称される大宮の縁起説がある。

康和五年十二月愛智庄官符称、御神者大八島金刺朝廷、顕二三輪明神一、大津御宇之時初天下坐云々、尋二本体一、天照大神分身、或日枝《トモ》、或申二日吉《トモ》一、是則垂二迹於叡岳之麓一、施二威於日下一故也、権中納言匡房宣命也 彼明句云、欽明之秋天、三輪月影潔、天智之春候、八柳風音涼云々、

『神祇宣令』と類似するが、やはり『神祇宣令』の方が①に近い。

（6）「小比叡ノ榻」「サブカゼノ嶽」など、二宮縁起の伝承については、山本ひろ子「日吉社二宮縁起と「小比叡ノ杉」―『耀天記』所収縁起をめぐって―」（『月刊百科』324、一九八九年十月）、「説話のトポス―中世叡山をめぐる神話と言説をめぐって―」（『説話の講座　第一巻』勉誠社、一九九一年）、『中世神話』（岩波新書、一九九八年）などに詳しい。

（7）「延慶本平家物語から中世山王縁起を考える」（軍記・語り物研究会例会、二〇一四年四月二〇日）。

（8）佐藤眞人「日吉社大宮縁起の考察」（『國學院大學日本文化研究所紀要』74、一九九四年）。

（9）三崎良周「神仏習合思想と悲華経」（『密教と神祇思想』創文社、一九八八年）、今堀太逸『神祇信仰の展開と仏教』（吉川弘文館、一九九〇年）、野村卓美「『悲華経』と中世文学」（『国語と国文学』一九九三年八月）、同「『悲華経』と説話文学」（『説話文学研究』31、一九九六年八月）参照。

（10）『山家要略記』三―3引用の「扶桑古語霊異集」など。三輪金光説については、小川豊生「神話表象としての〈大海〉」（『中世日本の神話・文字・身体』森話社、二〇一四年）に詳しい。

（11）三聖信仰については、近年では水上文義「山王神道の形成―その問題点と留意点―」（伊藤聡編『中世神話と神祇・神道世界』竹林舎、二〇一一年）に詳しい。

（12）一方で、『袖中抄』「シルシノスギ」のように、最澄が大宮のみを勧請したとする説もある。

（13）その点で、『盛衰記』が一字下げ記事とはいえ、澄憲の弁舌の中で「三聖」を登場させず、③の二宮縁起を引いているのは興味深い。

（14）前掲山本（一九八九年）論文では、「かなり早い時期に叡山では「三聖」の称号と三つの菩薩号が成立したことによって、大宮・二宮・聖真子それぞれの鎮座縁起とは別に、「三聖」を一セットとする縁起・言説の流れが生起し、育まれていった。」「二宮は聖真子とともに「三聖」という名称に埋没させられているにすぎない。」と指摘している。「かなり早い時期」とあるが、稿者は、十三世紀を通してこれらが問題化し、山王神道説が整備されていったと考える。また「埋没」といっても、本稿で見るように命脈を保っていたとみたい。

（15）山王の受戒については、近年では平沢卓也「山王の受戒―中古天台における神祇観の一斑―」（『東洋の思想と宗教』22、二〇〇五年三月）、池田陽平「山王三聖受戒説の形成過程」（『政治経済史学』526、二〇一〇年八月）などで詳細に論じられている。
（16）「老翁」についても、『山家要略記』八―1が『扶桑集』として引く『神祇宣令』型の縁起に、「大比叡明神〈俗形老翁体〉」とある。
（17）日比野和子「源平盛衰記に関する一考察―別記文について―」（『名古屋大学軍記文学研究会会報』2、一九七四年二月）、松尾葦江「源平盛衰記について―伝本と一字下げ箇所の問題から―」（『軍記と語り物』11、一九七四年十月「軍記物談話会研究発表要旨」）、岡田三津子『源平盛衰記の基礎的研究』（和泉書院、二〇〇五年）第三篇第三章「一字下げ記事」。

※注に示さなかった引用文献は次の通り。引用に際しては、適宜句読点・濁点を補い、振り仮名をひらがなで付した。
『耀天記』『厳神鈔』…神道大系・日吉、延慶本『平家物語』…影印（汲古書院、二〇〇八年）、『渓嵐拾葉集』…大正新脩大蔵経、『一心妙戒抄』…続天台宗全書・円戒1、『山王絵詞』…続天台宗全書・神道1、『金剛秘密山王伝授大事』…神道大系・天台神道（下）、『諸国一見聖物語』…京都大学国語国文資料叢書、『日吉山王利生記』…早稲田大学教林文庫蔵「山王縁起」、『袖中抄』…冷泉家時雨亭叢書、『二帖抄見聞』…天台宗全書・第九巻、『太平記』（天正本）…新編日本古典文学全集

付記

本稿は科学研究費助成事業（課題番号25870944）による研究成果の一部である。

5 『源平盛衰記』における文覚流罪――渡辺逗留譚を中心に――

小助川元太

一　はじめに

平家物語における文覚は、伊豆に流されていた頼朝に、後白河院の院宣を取り付けて蜂起を促した僧として、また、平家滅亡後は、清盛嫡流の生き残りである六代の命を救った僧として、重要な役割を与えられている。その一方で、高雄山神護寺再興のために院御所に乗り込んで勧進帳を読み上げて大暴れをしたり、頼朝の気持ちを動かすために義朝のものと称する髑髏を見せたりと、その行動には目的のためには手段を選ばぬ強引さや胡散臭さが付きまとう、いわば怪僧として描かれる。また、読み本系の延慶本と『源平盛衰記』（以下、『盛衰記』とする）、長門本や四部本、南都本には、それぞれ形は異なるものの、横恋慕をした人妻を誤って殺してしまった遠藤盛遠が出家して文覚となるという、有名な発心譚が描かれる。

この平家物語における文覚説話については、物語の成立に関わる重要な問題として、これまで多くの研究者によってさまざまな角度から言及がなされてきた。[注1] とくに、文覚説話を歴史資料と合わせながら読むことにより、平家物語における文覚の役割を明らかにする試み[注2]や、発心譚を渡辺党の物語として読み解く試み[注3]などは注目すべき成果であろう。

さて、『盛衰記』の文覚説話は、比較的延慶本との共通部分が多いが、それとは重ならない独自の記事が多く見られる。文覚の生い立ちを描いたり、流罪の場面の描き方が異なったり、最後の隠岐（佐渡）への配流が描かれなかったりする。また、文覚の人物像の造型においても、怪僧としての要素は持つものの、観音の申し子として、より好意的に描かれるという特徴を持っている。[注4]

これらの特徴は、『盛衰記』が平家物語の一異本というよりは、既成の平家物語の存在を前提とした「語り直し」がなされた作品であることに起因するものと思われる。[注5]稿者も以前、『盛衰記』の俊寛の最期の場面や通盛最期の描き方の分析を通して、『盛衰記』作者が、既成の平家テキストの枠組みに従いつつも、独自の読み換え、語り直しを行っていることを指摘したことがある。[注6]

そこで、本稿では文覚が伊豆に流される〈文覚流罪〉の場面を取り上げ、[注7]とくに、『盛衰記』のみが摂津渡辺での逗留を描くことの意味について、『盛衰記』による既成の平家物語の「語り直し」という視点から、若干の考察を試みたい。

二　諸本の構成

まずは簡単に、〈文覚流罪〉の展開を①〜⑨として次にまとめた。なお、本稿で扱う〈文覚流罪〉とは、慶長古活字本『源平盛衰記』の巻数・章段名でいうところの、巻一八「文覚流罪」「同人清水状・天神金」「龍神守三種心」にあたる。

① 文覚、院御所での狼藉の咎で、逮捕される。
② 文覚、非常の大赦によって赦されるも、都における悪口の咎で伊豆に流されることになる。
③ 途中、賄賂を要求した放免たちに、清水観音宛の無心の手紙を書かせ、笑いものにする。（文覚の悪戯1）
④ 逗留先の渡辺にて、梶取たちに五条天神の鳥居の下に金を埋めたとの嘘の情報を漏らし、掘りに行かせる。（文覚の悪戯2）
⑤ 航海の途中で激しい嵐に遭うも、文覚が龍神を叱りつけると、嵐が止む。
⑥ 文覚、同船の人々に説法をする。
⑦ 文覚の説法によって出家する者もあらわれる。

⑧ 文覚は天狗の法成就の者であった。

⑨ 文覚は、船に乗って伊豆に着くまでの三十一日間、飲食を絶つも、全く顔色が変わらず元気であった。

さて、この〈文覚流罪〉も他のエピソード同様、諸本によって内容に違いが見られる。『盛衰記』〈文覚流罪〉の構成をもとに、諸本の記事内容を比較したのが〈表1〉である。

表1 〈文覚流罪〉の諸本対照表

	事項	盛衰記	延慶本	長門本	四部本	南都本	覚一本
①	文覚逮捕	○	○	○	○	○	○
②	大赦と伊豆への流罪	○	○	○	○	○	○
③	清水観音への無心（文覚の悪戯1）	○	○		○	○	○
④	鳥居での金掘り（文覚の悪戯2）	○	△				
⑤	遭難・龍神への叱責	○	○		○	○	○
⑥	文覚の説法	○	○	○	○		
⑦	人々の改心・出家	○	○	○			
⑧	天狗法成就の者	○	○	○			
⑨	文覚絶食の事	○	○	○	○	○	○

このように見ると、『盛衰記』に最も近いのが延慶本であることがわかる。なお、③④⑤を欠いている長門本も⑥を持っていることから、少なくとも⑤はあったものと思われるが、本来は『盛衰記』や延慶本とほぼ同じ構成であった可能性もある。▼注8

三 伊豆への護送経路

さて、『盛衰記』と延慶本は構成はほぼ同じであるが、その内容にいくつか違いが見られる。中でも大きな違いは、文覚が流される際に辿った流刑地までの護送経路の違いである。

『盛衰記』では、ちょうど「伊豆国住人近藤四郎国澄」という者が年貢運送のために南海道から舟で上京していたので、「戻舟」に文覚を乗せて伊豆まで流せとの命令が下されたということになっている。その経路であるが、南海道からの「戻舟」という設定、本文に「鳥羽ノ南門ヨリ船ヲ出ス」、「渡辺ニ着ヌ」とあること、渡辺での四、五日の逗留後、「住吉住江、和歌吹上、玉津島明神ヲ伏拝ミ、日前国懸ヲヨソニ見テ、由良ノ湊、田部ノ沖、新宮ノ浦ニ船ヲ著ケ、熊野山ヲ伏シ拝ミ、南海道ヨリ漕廻シテ」と道行き文が続くことから、京都から摂津渡辺を経由して紀伊半島を廻るという航路をとっていることがわかる。

一方、延慶本では「東海道ヲ船ニテ下ルベシ」トテ、伊勢国へ将テ下ル」とする。これは、覚一本や南都本の「伊勢国へゐてまかる」「伊勢国阿野の津より舟に乗つて下りける」と同様、伊勢国までは陸路で、伊勢国から航路でという経路をとっているようである。[注9]

管見では、平安末期から鎌倉初期における伊豆への流罪の行程を明確に記述している史料を見出すことはできなかったが、鎌倉時代初期成立と見られる公事の書で、検非違使関係の記事を諸書から抄出した『清獬眼抄』によると、流罪が言い渡された罪人は、検非違使や看督長、そして、その下働きをする「放免」一行に引き立てられ、

追二出京外一了。西国者至二于七條朱雀之辺一。東国北陸道者粟田口之辺也。此近辺領送使自レ先在レ之

（『清獬眼抄』凶事・流人事「配二流公卿殿上人一事」）

として、東国流罪の者については、東海道の入り口である粟田口で領送使に引き渡されるという手はずになっていたという。なお、覚一本などのいうように、阿野津からの乗船の可能性については、当時の伊勢が船所を持っており、検非違使の要請によって、船や船乗りを提供したことがわかっている。[注10]そして、その御厨は、現在の津市周辺であるという。覚一本・南都本のいう阿野津もそのあたりであり、とくに中世に栄えた港であったという。[注11]これらのことから、少なくとも平安末期には、東国配流の罪人は東海道経由で流刑地に向かっていたのであり、船を用いたのであれば、伊勢からであった可能性が高い。すなわち、『盛衰記』以外の諸本が記す護送経路が、当時としては現実的なものであったといえよう。

このことからわかるように、おそらく『盛衰記』の摂津から南海道を廻る航路は本来の東国流罪の護送経路ではないのである。もちろん、これは中世における東国までの海運ルートにこのような航路がなかったと断言するものではない。むしろ『盛

衰記』が書かれた時代には、そういった海運ルートがすでに存在していた可能性はあろう。[注12] 問題は、たとえそうであったとしても、なぜ『盛衰記』があえて他の平家物語とは異なる護送経路を選択したのかということである。

これに関連して、『盛衰記』の文覚渡辺逗留譚が、説話伝承集団としての渡辺党の中から胚胎してきたものである可能性も指摘されている。[注13] だが、『盛衰記』が「伝承的生成のうちの過程的な姿からもっとも遠い所に至ったテキストの姿を持っている」[注14] 作品であるならば、このような独自の設定を在地伝承によるものと判断する前に、作者による作為の可能性についても考える必要があるのではないかと思われる。少なくとも、『盛衰記』には、既成の平家物語の設定や枠組みを巧みに利用して、新たな物語に仕立て上げていく手法が見られるからである。

四　文覚の悪戯1

多くの平家物語テキストでは、源仲綱に預け置かれた文覚が、賄賂を要求する放免に対し、清水寺の観音に無心の手紙を書かせて笑いものにするという悪戯が描かれる〈《表1》③〉が、『盛衰記』と延慶本では、それに加えて、護送の者に、金を神社の鳥居の下に埋めたという嘘の情報を流して掘りに行かせるという、もう一つの悪戯が描かれる〈《表1》④〉。便宜的に前者を〈清水観音への無心〉説話、後者を〈鳥居での金掘り〉説話と名づけ、以下、両方の悪戯を持つ延慶本と『盛衰記』のそれらを比較してみる。

まずは〈清水観音への無心〉の展開を以下に示すと、左のようになる。

a　放免、文覚に賄賂を要求する
b　文覚、東山の知人に頼むとする
c　文覚、上質の紙を求める
d　文覚、人に手紙を代筆させる
e　能書への酒と引き出物の要求（『盛衰記』のみ）

f　文覚の手紙の内容
g　宛名を「清水寺の観音房」とする
h　怒った放免たちに対する反論

まず、大きな違いとしては、延慶本にはeがないことが注目される。eについては、〈清水観音への無心〉を持つ他の諸本にも見られず、『盛衰記』独自の記事であることがわかる。他本においては、放免に手紙を代筆させるという設定で、専門の手書きは出てこないのであるが、ここでの文覚は、放免たちにわざわざ能書の者を雇わせた上で、さらに「能者ヲ請ジテ能ヲ顕ニハ、必酒ヲ進引出物ヲスルハ習也」として、酒と引出物での接待をするように命じる。放免たちは賄賂ほしさに「直垂」を質に入れて費用を捻出し、手書きへの接待をさせられるはめになる。

次に注目すべき違いは、悪戯の動機である。賄賂を求められた文覚の態度について、延慶本はあっさりと「東山」の知人に手紙を書くことを承諾するが、『盛衰記』では、

文覚思ケルハ、法師ハ上下男女ノ勧進僧也、左様ノ仏物スカシトラントテ云ニコソト思ケレバ、返事ニハ、「(中略)法師ハ人ヲ勧進シテ人ニ物ヲ乞ヘバ、ウトム者ハアレドモ親ム者ハナシ。但東山ニコソ、後生マデモト契テ、常ニ行眤事ハ無レドモ朝夕ニ難レ忘思被レ思タル人ハアレ。縦無間ノ底マデモ身ニ代ヌ人也。ヨニ憑甲斐在テ、実ノ詮ニハ叶ヌベキ人ゾ。サラバ実ニ道ノ土産ニモ大切也、殿原ニモ志ヲモ申、吉酒ヲモメサセン。硯紙マウケ給ヘ」ト云。

とする。この部分は、波線部が神護寺再興のために奔走する文覚の勧進僧としてのアイデンティティを強調すると同時に、その後の悪戯が勧進で集めた浄財を狙う放免を懲らしめるためという動機のもとに行われたものであることを強く印象づける効果がある点、かなり重要である。つまり、この叙述があることによって、文覚の悪戯が、諸本に見られるような単なる悪戯から、正当性のある行為へと質的な転換を遂げているのである。

さらに注目すべきは、『盛衰記』では、その弁舌によって相手の反撃をかわす文覚が描かれる点が挙げられる。延慶本では、騙されたことを知った放免に対して「清水ノ観音ヲコソ深タノミタレ。サナクテハ誰ニカハ要事云ベキ」という反論をするに留まるのであるが、『盛衰記』では、「係嗚呼ノ事申条、後悔シ給ナ。思知ベシ」と悪態をつく放免たちに対して、

「サレバ観音ニ利生ヲ申人ハ嗚呼ノ事ニテアル歟、月詣日参、夜モ昼モ踵ヲ継テ参ル上下男女道俗貴賤ハ、皆嗚呼ノ事カハ。文覚ヲバ悪口スルト宣ヘドモ、己等コソ増悪口ノ者ヨ。法師ハ法皇ヲ悪口トテ伊豆国ヘ被レ流、己等ハ観音ヲ悪口スレバ、地獄ノ釜ヘ流サルベキ也。抑観音ノ利生ヲバイカ程ノ事トカ思。法華経八巻ニ、若有人受持六十二億恒河砂菩薩名字、復尽形供養飲食衣服臥具医薬、四種功徳ト、只一時也トモ観音ノ名号ヲ念ジテ礼拝セン功徳ト正等ニシテ異無ト説レタリ。サレバ大悲無窮ノ菩薩也、広大円満ノ利生也。其ニ己等ガ貪欲ニ住シテ物モ、タヌ法師ニ物ヲ乞ヘバ、物持タル観音ニ物乞奉テ己等ニ給ハントテ消息ヤルヲ嗚呼ト云バ、サラバサテ有カシ、嗚呼ノ者共」

と反駁する。『法華経』を引きながらの弁舌は、まさに勧進を行う説法僧を彷彿とさせるものだが、[注15] 自分は「物モモタヌ法師」であるから「物ヲ持タル観音ニ物乞奉」って、放免たちにくれてやろうとしただけだという主張は、それなりに理屈が通っているためか、放免たちも「力及バヌ法師哉」と、それ以上の追及を諦める。このような弁舌巧みな説法僧文覚といった人物造型は、続く「龍神守三種心」において、嵐で船が遭難しそうになった際に、文覚が龍王を叱責して波を鎮め、弁舌によって人々を改心させるという、読み本系に共通する場面で描かれる文覚像に通じるものといえる。

五　文覚の悪戯2

次に、延慶本と『盛衰記』のみに見られる〈鳥居での金掘り〉であるが、これは両者に大きな違いが見られる。説話の構成要素を比較したのが《表2》である。

表２　〈鳥居での金掘り〉の内容比較

	事　項	延慶本	盛衰記
イ	悪戯が仕掛けられた場所	×	渡辺
ロ	悪戯の対象	官人（放免）	梶取
ハ	悪戯の動機	猶此者共謀テ咲バヤト思テ	悪キ奴原哉ト思テ
ニ	金を埋めたとする場所	佐目牛ノ鳥居ノ下	五条天神ノ鳥居ノ左ノ柱ノ根
ホ	掘った結果	何もなかった	鳥居を倒して逃げ帰る
ヘ	渡辺党の登場	×	渡辺党番ニ結テ是ヲ守
ト	渡辺党の愚痴	×	○
チ	悪事の告白	×	○
リ	文覚のからかい	×	○
ヌ	渡辺党への悪態	×	○
ル	騙された者たちによる報復	○	×

一番の問題となるのが、この悪戯が仕掛けられた場所であろう。延慶本が京都逗留中のできごとである可能性が高いのに対して、『盛衰記』は摂津の渡辺逗留中のできごととするのである。これは、文覚流罪の護送経路に関わる問題である。場所を渡辺としない延慶本には渡辺党は登場しないため、ヘ～ヌは存在しない。

次に、ロ「悪戯の対象」が、延慶本では官人、とくに「放免」であったのに対し、『盛衰記』では、「梶取」となっており、前の〈清水観音への無心〉とは、相手が異なっている点が注目される。この違いは、ハ「悪戯の動機」にも大きな影響を及ぼしている。延慶本における文覚の悪戯の動機は〈清水観音への無心〉に引き続いて「猶此者共謀テ咲バヤト思テ」という、前の悪戯との連続性を持つものであった。だが、『盛衰記』では、悪戯の対象が変わるため、その動機に前の悪戯との連続性は認められず、勧進で集めた浄財を騙し取ろうという梶取たちの企みを聞いた文覚が、彼らを懲らしめるために仕組んだものとなっている。

また、ニ「金を埋めたとする場所」は、延慶本は「佐目牛（左女牛）八幡宮」の鳥居であるのに対して、『盛衰記』は五条天神の鳥居とする。この違いについては、なお検討を要するところであるが、前の悪戯が清水寺に関することだったため、それに対応するものとして、中世文芸において清水寺との関わりの深い五条天神社[注16]に変更した可能性もあろう。ちなみに左女牛八

幡宮も五条天神社も、中世においては西洞院川沿いの近い位置にあった。▼注17

なお、この両社が西洞院川沿いにあったことに注目すると、『盛衰記』における二つ目の悪戯の対象が梶取である理由が見えてくる。それは、彼らが船を操る者であるところにある。文覚に騙された者たちが、摂津渡辺から都にある五条天神社の鳥居を掘りに行くためには、船で淀川を遡り、鳥羽を経由して、西洞院川を上る必要があった。とくに、本文にあるとおり「人ニモ知セズ」密かに上京することができる者たちという設定であれば、船を操れる梶取がうってつけであったであろう。もしもこれが延慶本のように、文覚が都に逗留しているときになされた悪戯であり、しかも、伊豆への経路が伊勢阿野津から船に乗るというものであったならば、この場面に梶取が出て来る必要はないのである。

さて、次に、延慶本には存在しない渡辺党が登場する場面へ～ヌであるが、彼らが、うっかり自分たちの悪事を告白してしまう様子を描く。

(ト)(渡辺党)「穴無慙ヤ、少ヨリ不調也ト見シ者ハ終ニ果シテ憂目ヲ見ゾトヨ。故郷ニハ錦ノ袴ヲ著テ帰トコソ云ニ、サマデコソナカラメ、所生ノ所ニ来テ、親類骨肉ニ被二守護一、恥ト思心モナク猶不当ノ悪口振舞シテ、我等ヲサヘ心憂目見スル事ノ口惜サヨ」ト云処ニ、

(チ)有シ梶取ガ進出テ、「惣ジテ不当ノ大虚言ノ御房也、金百両五条ノ天神ノ鳥居ノ下ニ埋タリト宣シ時ニ、人ニモ知セズ、親キ者バカリ少々相連テ、終夜堀共〳〵終ニナシ。結句ハ鳥居ノ柱堀《(ママ)》倒シテ、浅猿サニ逃下タリ」ト云。

(リ)文覚親キ者ニ謗ラレテ大ニ腹立シケル中ニ、梶取メラヲスカシ負タリト嬉テ、「ヤヲレ船流共ヨ、此大地ノ底ハ金輪際トテ金ヲ敷満タリ。ナド其マデハ堀《(ママ)》ザリケルゾ。但法師ガ埋タル金ハ北野天神ノ鳥居ノ事也、五条天神ニハ非ズ。今一度上テ堀《(ママ)》直セ」トテ、フシコロビテゾ咲ケル。

ここは、罪人として故郷に帰ってきて、同族の者たちに護衛されているばかりか、わがまま放題を繰り返す文覚をもてあました渡辺党の愚痴につられて、つい梶取たちが自分たちの悪事を告白してしまい、そのやりとりから悪戯が成功したことを文覚が知るという流れになっている。また、その愚痴の内容は、二重傍線部「少ヨリ不調也ト見シ者」に象徴されるように、幼いころの文覚の「目ニ余タル不用仁」(巻一八「文覚頼朝勧進謀叛」)と合わせて、若かりし遠藤盛遠(文覚)が、いかに渡辺党の持

て余し者であったかということを強調するものとなっている。こういった同族からの評価は、この後に続く文覚発心譚において、一目惚れした女を自分のものにするために、自分の叔母であるその女の母を刀で脅したり、女の夫を殺そうとしたりする、無法者盛遠の姿とも響き合うものであった。つまり、渡辺党の愚痴は、梶取たちに悪事の告白をさせるための、いわば呼び水であると同時に、後の発心譚への橋渡しともいうべき重要な役割を果たしているのである。

最後に注目したいのは、ヌ「騙された者たちによる報復」の有無である。延慶本では、

「此聖ニ度々被レ謀ニケリ。不レ安」トテ、弥ヨ深ク誡ケレドモ、文学少モ痛マズ、特ニ荒言ヲノミ吐ケリ。

と放免たちによる文覚への報復が行われたことが記される。だが、『盛衰記』にはそういった梶取たちの報復は描かれない。むしろ「此大地ノ底ハ金輪際トテ金ヲ敷満タリ。ナド其マデハ堀《(ママ)》ザリケルゾ」と梶取たちをからかい、「フシコロビテゾ咲ケル」として、文覚が一本取ったという形でこの場面を終えるのである。[注18]

このように、〈鳥居での金掘り〉説話については、延慶本に比べ、『盛衰記』のほうが内容が豊富であるだけではなく、コミカルで、しかもそれなりの構想のもとに巧みに組み立てられているものであることがわかる。

六　放免と梶取

さて、これまで二つの悪戯について、『盛衰記』の特徴を見てきたが、それらには共通する要素が見出される。そして、それらに注目すると、次の《表3》に見るように、この二つのエピソードが対になっていることがわかる。

砂川博氏が夙に指摘されたように、『盛衰記』は、対句的手法を好んで用いる。[注19] この場合も、清水寺に対して五条天神社、[注20] 放免に対して梶取という対比が見られるばかりではなく、文覚が彼らに悪戯をしかけた動機も、仏の物を騙し取ろうとした放免・梶取を懲らしめるところにあったのであり、また、翻弄される悪人たち（放免・梶取）が徹底的にコミカルに描かれるところ、さらに、悪戯を咎められたときの反論に用いられた巧みな弁舌なども共通している。つまり、『盛衰記』は意図的に、この二つの悪戯を対の形に揃えたものと考えられる。

表3 『源平盛衰記』における文覚の悪戯の対比

事項	清水観音への無心	鳥居下の金掘り
対象となる場所	清水寺	五条天神
悪戯を仕掛けた相手	放免	梶取
悪戯の動機	文覚が勧進で集めた「仏物」を「スカシトラン」としたこと	文覚の「勧進ノ用途」を「枉惑シ、トラン」と言ったこと
文覚の術中にはまり、翻弄される滑稽さ	能書を雇い、酒と引き出物を準備するため、放免は、直垂を質に入れなければならなくなる	梶取、鳥居を倒して逃げる▼梶取、渡辺党の愚痴につられて、うっかり悪事を告白してしまう
文覚の弁舌・反論	「法師ハ法皇ヲ悪口トテ伊豆国ヘ被レ流、己等ハ観音ヲ悪口スレバ、地獄ノ釜ヘ流サルベキ也、」▼「己等ガ貪欲ニ住シテ物モ、タヌ法師ニ物ヲ乞ヘバ、物持タル観音ニ物乞奉テ己等ニ給ハントテ消息ヤルヲ嗚呼ト云バ、サラバサテ有カシ、嗚呼ノ者共」	「此大地ノ底ハ金輪際トテ金ヲ敷満タリ。ナド其マデハ堀ザリケルゾ」（梶取へ）▼「一門ノ中ニ懸貴キ上人ガ出来テ、院ノ御所マデモサル者有ト被二知召一タルハ、親キ奴原ガ非二面目一乎。是コソ錦袴著テ故郷ニ帰タルニハアレ。」（渡辺党へ）

ところで、『盛衰記』が二つの悪戯話を意図的に対の形に揃えたとする推論には、本来はそうではなかったという前提が必要となる。事実、『盛衰記』の〈鳥居での金掘り〉説話が、本来は延慶本の形であったことを示す痕跡を、本文中に見出すことができるのである。

第二節において、〈文覚流罪〉を①〜⑨の場面に分けたが、⑦の「人々の改心・出家」の場面では、延慶本・長門本・『盛衰記』が、共通して「刑部丞縣明澄（長門本では「明隆」）」という人物の発心出家を描く。その部分について、延慶本では、

放寃ノ中ニ、生年廿三ニナリケル、刑部丞懸ノ明澄ト云ケル男、発心シテ本鳥ヲ切テ、文学ガ弟子ニナリニケリ。

（延慶本巻三本「文学伊豆国被配流事」）

となっている。一方、『盛衰記』では、

金トラントテ五条天神ノ鳥居堀倒タリケル放免ノ中ニ、刑部丞県ノ明澄ト云ケル男、生年卅三歳ニ成ケルガ、サシモノ邪見ヲ改テ菩提心ヲ発シ、本ドリ切テ文覚ガ弟子トナル。

（『源平盛衰記』巻一八「龍神守三種心」）

とする。問題は『盛衰記』が波線部のように、出家をした「明澄」を「五条天神ノ鳥居掘倒タリケル放免」と説明することである。

そもそも延慶本や長門本においては、「放免」の「刑部丞縣ノ明澄（明隆）」が発心出家したと記すのみである。『盛衰記』だけがこの「明澄」を〈鳥居での金掘り〉説話と結びつけるのである。また、文覚の〈鳥居での金掘り〉という悪戯を描くのは、延慶本と『盛衰記』であるが、先述のとおり、延慶本では左女牛八幡の鳥居であるのに対して、『盛衰記』では「五条天神」の鳥居、そして、なによりも、『盛衰記』において文覚に騙されて〈鳥居での金掘り〉をさせられる者は、「梶取」であった。

つまり、『盛衰記』には、この説明以前に「五条天神ノ鳥居」を掘り倒した「放免」は登場しないのである。にもかかわらず、そのような説明がなされた理由は、『盛衰記』の〈鳥居での金掘り〉説話が、本来は延慶本同様「放免」を騙して鳥居を掘りに行かせる話であったからにほかならない。

おそらく『盛衰記』は、出家した文明を文覚の悪戯によって翻弄された人物の一人とするために、「五条天神」における〈鳥居での金掘り〉に参加した人物と説明づけようとしたのだが、文明がもと「放免」であったことと、[注21]改作前の、文覚によって「放免」たちが〈鳥居での金掘り〉をさせられたとする設定をうっかり結びつけてしまったがゆえに、「金トラントテ五条天神ノ鳥居掘倒タリケル放免」という奇妙な説明をしてしまったのであろう。

実は『盛衰記』における同様の矛盾は、同じ文覚説話の他の部分にも見られる。それは、巻一九の〈文覚発心〉において、伯母であり、袈裟の母でもある衣川を脅したときの「此三箇年人シレズ恋ニ迷テ、身ハ蝉ノヌケガラノ如ク成ヌ」という盛遠の台詞である。そもそも『盛衰記』の盛遠が袈裟に一目惚れをして思い悩んだのは、三月半ばから九月一三日の間の、せいぜい半年であった。それを「三箇年」とするのは、盛遠が衣川に自分の切実な思いを伝えるためのでまかせであったと見ることもできるが、実は、改作によるほころびである可能性の高いところである。というのも、盛遠が袈裟に一目惚れをする渡辺の橋供養の場面を持たない長門本では、盛遠が衣川（衣河）を脅す場面がほぼ『盛衰記』と同じ形で描かれ、そこでは盛遠が「むすめ御前を、もりとをが、ことし三年、恋奉るによて、うつせみなどのやうに成て、命ながらふべしともおぼえず」と訴えるのである。二人の出会いを描かない長門本であれば、盛遠が三年ものあいだ恋に悩んだとしても問題はない。また、橋供養の場面を持つ延慶本では、その後三年間、女の母である尼公に仕える設定となっているため、やはり三年間恋に悩むという設定に問題はない。このことから推察するに、『盛衰記』の〈文覚発心〉は、本来長門本のような形であったものに、渡辺の橋供養という、延慶本の持つ、盛遠が女を見初める場面を挿入して作られたものと見ることができよう。ところが、『盛衰記』では延慶本とは異なり、盛遠と袈裟の出会いを事件の半年前と設定したにもかかわらず、衣川を脅す場面では、改作前の長門本と同じ三年間女を思い続けたという設定をそのまま用いてしまったために、齟齬を来してしまったものと考えられるのである。

以上のことから、『盛衰記』の〈鳥居での金掘り〉説話は、本来延慶本の形であったものを、〈清水観音への無心〉というもう一つの悪戯と対の形に揃えるために、作り替えたものであったと判断できる。問題は、その改変に、摂津渡辺における在地伝承が影響を与えたかどうかである。[注22] だが、前節で明らかにしたように、『盛衰記』が文覚を摂津渡辺に逗留させた意味が、文覚を持て余す渡辺党に愚痴を言わせることにこそあったとするならば、この渡辺逗留という設定には、物語の本筋において、それなりの必然性があったことになる。

そもそも流罪にされる文覚が渡辺党が仕えた伊豆守仲綱〔史実は父の頼政〕にその身柄を預けられたことや、文覚が渡辺党出身であることは、平家諸本共通の設定であり、延慶本や『盛衰記』では、渡辺党の源省が護送の任に当たったとするのである。しかも、『盛衰記』においては、〈文覚流罪〉に続く文覚発心譚は渡辺の橋供養の場面から始まるのである。流罪の途中に文覚が摂津渡辺に逗留し、そこで同族の渡辺党に警護されるという『盛衰記』独自の設定が生まれる素地は、在地伝承に依るまでもなく、物語の中にすでに出来上がっていたのである。

このことから考えると、文覚の渡辺逗留という設定は、在地伝承による影響というよりも、むしろ物語の展開上の都合によって、創作されたものであった可能性が高い。そして、そうであるならば、『盛衰記』の摂津渡辺から紀伊半島を廻る独自の護送経路についても、文覚の渡辺逗留を自然に見せるため、いわば物語展開の都合から設定されたものである可能性が高いのである。

七　まとめにかえて

以上、『盛衰記』における〈文覚流罪〉について、その特徴を見てきた。とくにその中でも文覚が護送の者たちを翻弄する二つの悪戯話に注目し、近い展開や設定を持つ延慶本との比較によって、『盛衰記』が文覚の流罪に際して、渡辺での逗留を経て、紀伊半島を廻って伊豆に向かうという護送経路を、物語展開の都合から創作した可能性があることを指摘した。

ところで、『盛衰記』の文覚説話では、文覚が平家嫡流の生き残りである六代の命を救う話で終わっているが、延慶本では、六代が斬られる場面を描き、文覚については、後鳥羽院によって隠岐に流され彼の地で果てた文覚の怨霊が、院に承久の乱を起こさせたとする。『盛衰記』がある程度それまでの平家諸本を踏まえ、しかも、延慶本や長門本に近いテキストをベースに作られたのであれば、怨霊となって承久の乱を引き起こしたという説話を載せないのは、意図的にそれらを切り捨てたためと考えるのが自然であろう。その意味で、『盛衰記』の〈文覚流罪〉における改作も、『盛衰記』なりの文覚像を描く上での意図的な語り直しと見るべきではないかと考える。そこには、いわば正史としての源平盛衰の記録を作るために、それまでの平家物語の誤りを正し、史実を正確に伝えようといった姿勢ではなく、ある一定の倫理コードや思想、文化的な背景のもとで、物語を再編していこうとする姿勢がうかがえよう。▼注23 もちろんそれは至極当たり前のことではあるが、そういう『盛衰記』独自の「語り直し」の方向性を丁寧に検証することによって、『源平盛衰記』という物語の持つ個性がより鮮明となるであろうし、何よりも、なぜ既成の平家物語をあえて語り直す必要があったのか、という作品成立の根本に関わる問題を解明することへと繋がるはずである。今後の課題としたい。

注

（1）赤松俊秀「文覚説話が意味するもの」（『平家物語の研究』法蔵館、一九八〇年）、生方貴重「文覚説話の文脈―延慶本『平家物語』における説話と物語―」（水原一編『平家物語　説話と語り　あなたが読む平家物語2』有精堂、一九九四年）、渡辺貞麿「『平家』における文覚像とその背景―発心譚を中心として―」（『仏教文学の周縁』和泉書院、一九九四年）、同「『平家』文覚譚考―勧進聖と念仏聖―」（『平家物語の思想』

法蔵館、一九八九年）など。
（2）五味文彦『平家物語、史と説話』（平凡社、一九八七年。二〇一一年に平凡社ライブラリーとして再版）、山田昭全「僧文覚略年譜考」（『立教大学日本文学』一二号、一九六四年六月）、同「平家物語における文覚像の造形」（『仏教文学研究第三集』法蔵館、一九六五年四月）、同『文覚』（吉川弘文館、二〇一〇年）など。
（3）近藤喜博「難波の渡辺党（上）（中）（下）」（『国学院雑誌』六二－五・六・八、一九六一年）、「文覚譚の渡辺党」（『南都仏教』一三号、一九六三年）、小林美和『平家物語生成論』（三弥井書店、一九八六年）、「中世文藝と地域伝承――文覚発心の物語をめぐって――」（『帝塚山大学短期大学部紀要』四一号、二〇〇四年）など。砂川博『平家物語の形成と琵琶法師』（おうふう、二〇〇一年）など。
（4）榊原千鶴「『源平盛衰記』に見る観音信仰のはたらき」（『平家物語　創造と享受』三弥井書店、一九九八年）、内山和彦「『源平盛衰記』の文覚―その両義的人物像について―」（関西学院大学日本文学会編『日本文藝研究』五一－二号、一九九九年）。
（5）美濃部重克「『源平盛衰記』の成り立ち」（軍記文学研究叢書5『平家物語の生成』汲古書院、一九九七年）小峯和明「聖地と願文―『平家物語』の厳島参詣」（『中世法会文芸論』笠間書院、二〇〇九年）。
（6）拙論「『源平盛衰記』における俊寛の最期――〈述懐〉に見る滅罪と救済の構想――」（『軍記と語り物』四五号、二〇〇九年三月）「『源平盛衰記』における〈通盛最期〉―剛の者としての通盛像造型の方法―」（『愛媛国文研究』六二、二〇一二年一二月）。
（7）ここでいう〈文覚流罪〉とは、頼朝との邂逅に結びつく、伊豆への流罪のことである。『源平盛衰記』では、文覚が六代を救う場面で終わるため、文覚が晩年、守貞親王擁立を画策したとして隠岐へ流されたという記事（延慶本・長門本・覚一本など）はない。
（8）長門本のこの部分については、すでに高橋伸幸が『長門本平家物語割記』（吉川弘文館、一九七五年）において、『参考源平盛衰記』による指摘を紹介され、分巻の折に脱漏があった可能性を指摘している。
（9）長門本は、巻九において「南海道より伊勢路をそ、くたしける」とする。「南海道」が気になるところであるが、断食の誓いを立てたのが「船に乗ける日より」となっており、次の巻一〇では「伊勢国より」断食を始めたとするため、長門本も伊勢国から舟に乗ったとする立場であったことがわかる。
（10）治承五年（一一八一）に平家が源行家軍に対するため、伊勢神宮・伊勢国司に船・水主の点定を命じたが、二月神宮使・検非違使によって出船注文が出された。（壬生文書）その書状に見る塩浜・石田（岩田）・若松・焼出の各御厨は、現在の津市周辺に比定されるという（角川地名辞典・三重県）。

（11）伊勢国は律令制下に「船所」を持っていたことが確認できる四ヶ国（周防・紀伊・安芸・隠岐）の一つである（新城常三「国衙機構の一考察——船所について——」、森克巳博士還暦記念論集『対外関係と社会経済』塙書房、一九六八年）。

（12）なお、中世後期における京都への流通経路については、西国方面からの財貨が瀬戸内海経由で小船に積み替えられて淀川を遡り、最終的には内港の鳥羽で下ろされたとされている。また、東国方面からの財貨は、琵琶湖を舟で運ばれ、坂本と大津で陸揚げされ、馬借によって粟田口から京へと入ったようである（『京都の歴史3　近世の胎動』学藝書林、一九六八年）。

（13）小林美和「文覚説話の展開—説話の変容—」（『平家物語生成論』三弥井書店、一九八六年）は、渡辺逗留譚が、「物語の本筋とはあまりかかわらないところに用意されている」こと、「渡辺党とのかかわりの中で、しかも渡辺党の立場から語られているという特色を持っている」という点に注目し、この伝承が元来渡辺党の中から胚胎してきたものであることを想定している。

（14）美濃部氏前掲論文（5）。

（15）佐伯真一「勧進聖と説話—或は「説話」と「語り」—」（水原一他編『平家物語　説話と語り　あなたが読む平家物語2』有精堂、一九九四年）は、平家物語における文覚の形象を、「誑惑法師」としての勧進聖の系譜に位置づける。

（16）『源平盛衰記』におけるこの二つの悪戯のエピソードが、並列・対偶の関係にあるとすると、清水寺に対する場が五条天神社であることは示唆的である。というのは、『義経記』における義経・弁慶の対決の場や御伽草子（室町物語）『小男の草子』の背景に、五条天神と清水寺への信仰があることなど、中世の京都において、この二つの場は結びつきやすいものであったからである。すでに先学によって言い尽くされていることであるが、五条天神社が疫神・ケガレを祓う場所として中世の人々の信仰を集めていたことも、『源平盛衰記』のエピソードとの繋がりを感じさせるものである。近藤喜博が指摘している（前掲注（3））が、『源平盛衰記』において、梶取たちが五条天神の鳥居を掘り倒して逃げた後、在地の人々がこの不可解な事件に際し、夢に「物怪」や「鳥」が集まるのを見たと語るのは、彼の地が疫神が集い・清められる場所であったことに由来するパロディと見ることもできよう。

（17）『京都・山城寺院神社大事典』（平凡社、一九九七年）。

（18）阿部泰郎「文覚私註」（『聖者の推参　中世の声とヲコなるもの』名古屋大学出版会、二〇〇一年）は、『盛衰記』における文覚の笑いを、以下のように解釈する。

『盛衰記』の饒舌なまでに詳らかな物語において描かれるのは、自ら仕掛けた悪戯に乗せられて空騒ぎをする人々を笑う文覚である。謀りの成功がその笑いの引金であり、その笑いにより、騙された人々は皆な愚者（ヲコな者）と化してしまうのである。それは、他者を翻弄し、操り、支配する、特権的な笑いでもある。いわば、トリック・スターの笑いといえよう。『今昔物語集』や『宇治拾遺物語』の幾多のヲコ物語には、こうした形で笑いを惹起する存在——笑う聖人——はいまだ殆ど見出されない。それは、ただ笑われるばかりのヲコ者の道化とは異質な、狂言回しの役柄である。やがて芸能の舞台に登場する「推参な奴」太郎冠者たちの先駆けが文覚であった。その一方で、古いヲコ物語と共通する物言いの上手という彼のはたらきは、彼が演出するヲコの一幕の額縁もしくは枠組を成している。罠に掛かった彼の獲者たちが抗議の声をあげるや、自分の嘘が正当なるべき理を秀句を以て言い立てる、その口利きにより止めを刺して掲げる勝利の凱歌が文覚の笑いである。

(19)「源平盛衰記の方法と説話(上)」(『文学』四九 - 六、一九八一年六月)。

(20) 注(16)。

(21) なお、出家する放免の名前が三本ともにほぼ一致するのは、放免明澄(または明隆)が発心出家して「文明」となる、という設定が、本エピソードの中では重要な要素として動かせないものであったということであろう。

(22) 小林前掲注(13)論文。

(23) この語り直しの問題に関連して、鈴木彰は「文覚と頼朝―人物形象を導く力―」(『平家物語の展開と中世社会』汲古書院、二〇〇六年)において、『盛衰記』の歴史叙述としての志向に注目し、『盛衰記』における文覚形象の諸相が、総括的な頼朝形象を支える『盛衰記』の歴史認識との関わりの中から導き出されたものであったことを指摘している。

付記

平家物語諸本の引用については、以下を使用した。

源平盛衰記…『源平盛衰記』(中世の文学、三弥井書店)、延慶本…『校訂　延慶本平家物語』(汲古書院)、長門本…『長門本平家物語の総合研究　第一巻校注編上』(勉誠社)、覚一本…『平家物語』(新日本古典文学大系、岩波書店)、南都本…『南都本　南都異本　平家物語』(古典研究会叢書、汲古書院)

6 頼朝伊豆流離説話の考察

早川厚一

一 「頼朝伊豆流離説話」とは

「頼朝伊豆流離説話」とは、福田晃[注1]により命名された説話で、本稿でもその命名を使用する。本話の内容は次のようなものである。平治の乱で謀叛人となった父義朝の縁座により、永暦元年（一一六〇）春、頼朝は、伊豆に配流となる。伊東祐親の三女と恋仲になり、男子一人（千鶴）を儲けるが、そのことを知った祐親は千鶴を殺害し、娘を他の男に嫁がせる。さらに、祐親が頼朝の命をも狙っていることを、祐親の子伊東九郎から聞き、伊東を逃げ出す。その後、頼朝は、北条時政のもとに身を寄せていたところ、その娘政子とも恋仲となり、そのことを知った時政は、政子を山木判官兼隆と結婚させようとする。しかし、政子は兼隆の宿所から逃げ出し、頼朝のいる伊豆山に籠もった。その後、頼朝のもとに駆けつけた藤九郎盛長の見た夢を、懐島景義が夢解きをするが、この夢は最上の夢で、頼朝が征夷将軍として天下を治めることを示す夢だと言ったとする話である。

さて、頼朝伊豆流離説話は、以下の本に見られる。『平家物語』では、延慶本巻四、三十八「兵衛佐伊豆山ニ籠ル事」、源平盛衰記（以下、盛衰記）巻十八「文覚頼朝勧進謀叛」、源平闘諍録（以下、闘諍録）一上、九「右兵衛佐頼朝嫁伊東三女事」、十「頼朝子息千鶴御前被失事」、十一「頼朝嫁北条嫡女事」、十二「藤九郎盛長夢物語」が、『曽我物語』では、代表的な諸本を示せば、真字本の巻二から巻三にかけての一連の話が、流布本は巻二「頼朝、伊藤にをはせし事」「若君の御事」「頼朝、伊東をいでたまふ事」、「頼朝、北条へいでたまふ事」、「時政が女の事」、「兼隆聟にとる事」、「盛長が夢見の事」「景信が夢あはせ事」が該当する。

二　延慶本・盛衰記の頼朝伊豆流離説話について

先ず、延慶本の頼朝伊豆流離説話について考えてみよう。その前後の目次を示せば、次のようになる。

巻四　三十五　右兵衛佐謀叛発ス事
　　　三十六　燕丹之亡シ事
　　　三十七　大政入道院ノ御所ニ参給事
　　　三十八　兵衛佐伊豆山ニ籠ル事
巻五　一　　兵衛佐頼朝発謀叛一ヲ由来事

三十五話では、治承四年九月二日、東国から早馬が到着し、頼朝の挙兵が告げられる。そのことを聞いた清盛は、平治の乱の折の恩を忘れた忘恩者と頼朝をなじる。それに続けて、三十六話では、昔の恩を忘れて天の責めを蒙り滅びた燕丹の長大な話が引かれ、三十七話では、清盛が院参し、忘恩者頼朝の追討院宣を下すよう新院（高倉院）に申し入れたところ認められたとする。そして当該話を挟んで、巻五の一話では、伊豆に配流されて二十一年、三十三歳となった頼朝が、なぜ挙兵したのか、その理由が記される。挙兵のきっかけは、以仁王の乱で宮が亡くなって後、後白河院の院宣を下されたことだとする。「一院の院宣」については、既に巻四の三十五に、「九月二日、東国ヨリ早馬着テ申ケルハ、「伊豆国流人、前兵衛佐源頼朝、一院ノ々宣、并高倉宮令旨アリトテ」（一二〇オ）と記されていたが、その拝受の詳細は、この後の長大な文覚説話（具体的には、その中の一つ、八「文学京上シテ院宣申賜事」）の中で明かされる。さらに、頼朝が挙兵を思い立った理由として、「其故ハ、年来ノ宿意モサル事ニテ、高雄文学ガ勧トゾ聞ヘシ」（巻五―一ウ）として、二話以降の文覚説話に続くのだが、その中の「年来ノ宿意モサル事ニテ」

に注意したい。その「年来ノ宿意」については、巻四の頼朝伊豆流離話の中で具体的に記されていた。[注2] 当該話の冒頭で先ず次のように記されている。

・前兵衛佐頼朝ハ、去永暦元年、義朝ガ縁坐ニ依テ伊豆国ヘ被流罪タリケルガ、武蔵・相撲（模）・伊豆・駿河ノ武士共、多ハ頼朝ガ父祖重恩ノ輩也。其好ミ忽ニ可忘ナラネバ、当時平家ノ恩顧ノ者ノ外、頼朝ニ心ヲカヨハシテ、軍ヲ発サバ命ヲ可奇（棄）之由シメス者、其数有ケレバ、頼朝モ又心ニ深ク思キザス事有テ、世ノアリサマヲ伺ヒテゾ年月ヲ送ケル（一三七ウ～一三八オ）

頼朝が配流された伊豆ばかりでなく、武蔵・相模・駿河の父祖重恩の武士達も、昔の恩顧を忘れず、頼朝が戦を起こしたならばすぐにでも駆けつけようとする者達であったため、心に深く秘めるものがある頼朝も、世間の様子を窺いながら年月を送っていたとする。さらに、頼朝の思いが、より具体的に記されるのが、次の場面である。

・道スガラモ、「南無帰命頂礼八幡大菩薩、義家朝臣ガ由緒ヲ不被捨者、征夷ノ将軍ニ至テ、朝家ヲ護リ神祇ヲ崇メ奉ベシ。（一四〇ウ）

伊東祐親の三女との間にできた子（千鶴御前）を殺され、命まで狙われていることを祐親の子伊東九郎から聞いた頼朝は、舎人一人を供として、急ぎ伊東の地を抜け出たのだが、その折に祈念した頼朝の言葉である。我が子を殺し自分の命を狙う祐親の討滅を誓う言葉ではない。平家討滅を直接に誓う言葉ではないが、八幡神に頼朝が祈ったのは、自分こそ、征[注3]夷の将軍となり、朝家を護り神祇を崇めようということであった。もちろん、平家に代わって「武士の大将軍」となることを祈ったのであった。

このように、延慶本では、頼朝伊豆流離説話は、頼朝挙兵譚の前に、頼朝の「年来ノ宿意」を示す話として、周到に用意されていることが確認できよう。

次に、盛衰記の説話位置についても見ていこう。その前後の目次を示せば、次のようになる。

巻十七　大場早馬

謀叛不遂素懐

＊栖軽取雷
蔵人取鷺
始皇燕丹勾践夫差
＊光武天武即位
文覚頼朝勧進謀叛
＊孝謙帝愛道鏡
文覚勧進高尾
巻十八

＊は、盛衰記の独自記事。盛衰記の「文覚頼朝勧進謀叛」話は、延慶本の頼朝伊豆流離話に、延慶本の巻五の一「兵衛佐頼朝発謀叛ヲ由来事」が合体した形。延慶本の場合、先に見たように、頼朝伊豆流離説話は、頼朝の「年来ノ宿意」を示す話であったのだが、盛衰記では、そうした側面は、延慶本の巻五の一話に該当する記事では削ぎ落とされている。その冒頭部分は次のようである。

・サテモ廿一年ノ春秋ヲ送テ、年比日比モサテコソ過ケルニ、今年懸ル謀叛ヲ発シケル事、後ニ聞エケルハ、高雄ノ文覚ガ勧ニゾ有ケル。彼文覚ハ渡辺党ニ、遠藤左近将監盛光ガ一男、上西門院ノ北面ノ下﨟也。（勉誠社影印3―九六～九七頁）

頼朝が挙兵に至った理由を問いながら、先の延慶本に見たように、後白河院の院宣に触れることもなく、頼朝の「年来ノ宿意」にも触れず、ひたすら文覚の勧めがあって頼朝は挙兵するに至ったとして、以下の長大な文覚説話の導入部とするばかりである。但し、盛衰記の頼朝伊豆流離説話でも、頼朝の「年来ノ宿意」は記されていた。

・前右兵衛佐頼朝ハ、去永暦元年依義朝縁坐、伊豆国へ被流罪タリケルガ、武蔵相模伊豆駿河ノ武士共、多ハ父祖重恩ノ輩也。其好忽忘ベキナラネバ、当時平家ノ恩顧ノ者ノ外ハ頼朝ニ心ヲ通ハシテ、軍ヲ発サバ命ヲ捨ベキ由、示者其数アリケリ。頼朝又心ニ深ク思萌事也ケレバ、世ノ有様ヲウカヾヒテ年月ヲ送ケルコソ怖シケレ。（勉誠社影印3―八九頁）

盛衰記の頼朝伊豆流離説話は、延慶本本文とほぼ重なる。▼注4 また、頼朝が、伊東の地から逃げ出す時に、心に誓った思いも、延慶本と同じである（注（4）の延慶本本文参照）。そうした頼朝の「年末ノ宿意」や、後白河院の院宣話等の文脈を削ぎ落とし、次に続く文覚話等に収束していく形が、盛衰記と考えられる。

三　『曽我物語』の頼朝伊豆流離説話について

『曽我物語』の場合、真字本・流布本共に、頼朝伊豆流離説話の挿入位置は同じで、祐親が息子河津助通の敵大見小藤太・八幡三郎を、子息の九郎に討たせたという記事に続ける。流布本の冒頭部分は、次のように始まる。

・そも〳〵、兵衛佐殿、御代をとりたまひては、伊東・北條とて、左右の翼にて、いづれ勝劣有べきに、北條の末はさかへ、伊東の末はたへける、由来をくはしくたづぬるに、頼朝十三の歳、伊豆国にながされてをはしけるに、かの両人をうちたのみ、年月をおくりたまひけり。（旧大系一〇三頁）

頼朝の天下平定の折には、伊東も北条も共に左右の翼として並び立っていたはずであるのに、北条の末は栄え、伊東の末は絶え果てたその由来を探るために、頼朝伊豆流離説話を語るのである。

頼朝は、美人の誉れ高い祐親の三女との間に子をなす。その喜びを次のように記す（真字本『曽我物語』・闘諍録にもあり）。

・この物いできたるうれしさよ、十五にならば、秩父・足利の人々、三浦・鎌倉・小山・宇都宮あひかたらひ、平家にかけあわせ、頼朝が果報の程をためさんと、もてなし思ひかしづきたまふ。（旧大系一〇四頁）

しかし、平家への聞こえを恐れた祐親は、孫を殺し頼朝をも殺めようとしたため、頼朝は、北条時政のもとに逃げる。北条でも、頼朝は、長女の政子と恋仲となる。そのことを下洛の折に聞いた時政は、山木兼隆に政子を娶せようとするが、政子は兼隆のもとを飛び出し、伊豆山に籠もり頼朝を呼び寄せたとする。

しかし、

・北條は、しらず顔にて、年月をぞをくりける。伊東がふるまひにはかかはりたるにや、果報のいたすところなり。（旧大系一一七頁）

と、見て見ぬふりをした。時政の祐親とは異なるこうした対応が、のちの北条の繁栄をもたらしたとするのである。

一方、真字本では、先に引いた流布本の冒頭記事の前に、流罪となった頼朝の鬱屈した心情を詳細に記す記事があるため、その意図がやや分かりづらくなっている。それに続く真字本の記事は、流布本に近似した次の記事である。訓読文の形で記

す。▼注5

・世を取り給ひては、伊藤・北条とて左右の翅にて、執権に勝劣はあるまじけれども、北条殿の御末は栄えて𥄢《めでた》けれども、伊藤の末の絶えけるこそ悲しけれ。その由緒をいかにと尋ぬれば、兵衛佐殿、当国に配流せられ給ひて後は伊藤・北条を憑みて過ぎ給ひける程に（九一頁）

さらに、祐親の三女との間に子供が出来たことを喜んだ頼朝が、子供が十五歳になった暁には、伊藤・北条等を相具して、頼朝の果報の程を試そうとする思いは同じである。それに続けて、次の一文がある（流布本にはない）。

・伊藤は末の代のなり行かむ事をば、凡夫の身として争か知るべきなれば（九二頁）

先の世を見通せなかった凡夫たる祐親は、鍾愛すべき孫を殺したばかりか、頼朝の命を狙い、結局、身を破滅させることになったとする。

これに対して、時政は、頼朝を手厚く迎え入れた。子息の義時の宿所を頼朝の宿所とした。北条の運が開け始めた瞬間であった。

・伊藤の荘より寄する事もこそあれとて、結番して佐殿をば守護し奉る。これぞ北条の運の開くる始めなる。（一〇六頁。流布本にはない）

さらに、頼朝が政子のもとに通うようになった時も、父時政から頼朝の世話を託された義時は、そのことを知りながらも、素知らぬ顔をし、むしろ聟としては、「氏と云ひ、形と云ひ、家の面目」（一三五頁。流布本にはない）と思っていたとする。また、娘の聟にと契った山木兼隆と共に下洛途中の時政は、後妻の使いにより頼朝と政子の仲を知り、大いに戸惑いながらも、時政の先祖上野守直方が伊予守頼義を聟に取り子孫繁昌したように、今回頼朝を聟に取ることは、「時政が家に源氏を聟に取て後憑しく繁昌する例ぞかし、と思ひ廻らす時は、強ちに嫌ひ思ふべからず。我が子孫の繁昌すべき先表か」（一三七頁。流布本の類話一一五頁）と思い返したとする。

また、継母の企みにより、不本意にも山木兼隆のもとに行った政子が、その宿所から夜陰に乗じて逃げたことについても、政子を女性ながら日本の皇帝となった神功皇后になぞらえて、「今の北条の妃も女性なれども、日本秋津島、鎌倉の受領仁、将軍家の宝位・玉床に御身を宿し給ふべき御瑞相にや」（一四二頁。流布本になし）と記す。

このように、『曽我物語』の場合、真字本・流布本のいずれも、頼朝の天下平定の折には、左右の翼として並び立つはずの伊東と北条の中、北条の末は栄え、伊東の末は絶え果てることになったその由来を探るために、頼朝伊豆流離説話を語るのである。

四　闘諍録の頼朝伊豆流離説話について

闘諍録の頼朝伊豆流離説話は、延慶本や盛衰記のように、頼朝挙兵譚の冒頭部に置かれ、文覚説話に続く記事として置かれているわけではない。あるいは、『曽我物語』のように、北条の末は栄えたのに、伊東の末が絶え果てることとなった理由を語る話として記されているわけでもない。[注6]

まず、闘諍録の頼朝伊豆流離説話の挿入位置について見てみよう。本文は、訓読文で記す。（　）に、当該話の年月日を記す。

八　高倉天皇御即位の事（仁安三年〔一一六八〕三月二十日）

九　右兵衛佐頼朝、伊東の三女に嫁する事（同じき年の弥生の比）

十　頼朝の子息、千鶴御前失なはるる事（嘉応元年〔一一六九〕七月十一日）

十一　頼朝、北条の嫡女に嫁する事（八月十七日北条へ、十一月下旬の頃政子に通ず）

十二　藤九郎盛長夢物語

十三　太上入道清盛、悪行始めの事（嘉応二年〔一一七〇〕十月十六日）

闘諍録の頼朝伊豆流離説話は、八の高倉天皇の即位記事と、十三の殿下乗合記事との間に位置する。その場所に置かれる理由は、頼朝が祐親三女のもとへ通った時期を、「同じき年の弥生の比」（一九ウ）、つまり前話の高倉天皇が即位した仁安三年三月の頃の話と、闘諍録編者が見なしたことによる。但し、闘諍録の当該記事の編年記事にいくつかの問題が見られることは確かである。闘諍録は、頼朝の伊豆流罪を、「頼朝十三の時、平治元年十二月廿八日、[注7]当国〈伊豆国〉に左遷せられてより以来」（一九ウ）とし、頼朝が祐親三女と結婚したのを頼朝が「廿二」の時（二〇ウ）とする。頼朝は、久安三年（一一四七）生まれであるから（『公卿補任』等による）、頼朝の二十一歳の時とは、仁安二年（一一六七）の時となる。故に、服部幸造は、[注8]「同じき年の弥生の比」とは、高倉天皇即位前年の仁安二年と考えられるとする。そうすれば、千鶴の誕生を喜んだ頼朝が、「此の子十五に成らん時、伊東・北条を相具して先陣に打たせ、定綱・盛長を指し廻らし、東国の勢を招き、頼朝都に馳せ上つて、父の敵清盛を打たん」（二〇ウ）と、その決意を述べたのも、仁安二年[注9]に生まれた千鶴が十五歳になるのは、十四年後の養和元年（一一八一）のことであり、その年の閏二月に清盛が死んでいる。千鶴が「十五[注10]に成らん時」とは、その時を指すとする。さらに、嘉応元年（一一六九）七月十一日、祐親が大番役を終えて下洛した折に見た千鶴は、「三歳計」（二一オ）であったとするが、仁安二年に千鶴が生まれたとすれば、まさしくこの時千鶴は三歳であった。以上のように、初めの「同じき年の弥生の比」を一年遡らせて仁安二年のこととして読めば、頼朝伊豆流離説話内の編年記事は整合するという。但し、そうした読みについては、注の（9）・（10）に記したように、やや微妙な問題は残るものの、頼朝伊豆流離説話を、高倉天皇の即位記事の後に置いたのは、頼朝と祐親三女との結婚を、仁安三年の三月の頃と解したためであろう。さらに、服部幸造は、闘諍録が頼朝伊豆流離説話をこの位置に置くもう一つの理由として、清盛及び平氏一門と頼朝とを対比させようとする意図があると読む。つまり、権力を握り、栄華の絶頂にある清盛、それぞれに幸いを得た八人の娘たち、一方で、流人の身として東国に逼塞する頼朝、やっともうけた一男の惨殺、次いで生まれた姫の予祝と言うように対比して描こうとする構成意図があるとする。そうした読みは十分に可能であろう。さらに、闘諍録が、頼朝伊豆流離説話を巻一上に置く理由として、私はもう一つあると考える。頼朝伊豆流離説話は、延慶本や盛衰記に見るように、頼朝挙兵譚の前に置かれるのが本来の形であったろう。しかし、闘諍録には、現存の巻一上・巻一下・巻五・巻八上・巻八下以外の巻は、成立当初から構想されていなかった可能性が高い。闘諍録が巻四の該当巻を欠くために、巻一上に頼朝伊豆流離説話を取り込んだと考えられる。[注11]その工夫の跡が、先に検討した、必ずしも整合しているとは言いがたいものの、新たに組み込まれた編年記事であろう。あるいは、闘諍録の頼朝伊豆流離説話の中に、諸本では「殿下乗合」記事の前に位置する「近習之人々平家ヲ嫉妬事」（延慶本巻一―五四オ）が、唐突に記されるのもそうした理由によるのであろう。

五　まとめを兼ねて、再び「頼朝伊豆流離説話」とは

私はかつて、延慶本の頼朝伊豆流離説話を検証した。[注12] その時着目したのが、先にも引いた次の一文である。伊東を脱出する時、頼朝は、その道すがら、八幡大菩薩に次のように祈念した。

① 南無帰命頂来八幡大菩薩、義家朝臣ガ由緒ヲ捨テラレズハ、征夷ノ将軍ニ至リテ、朝家ヲ護リ神祇ヲ崇メ奉ルベシ（巻四―一四〇ウ）

頼朝は、伊豆流離中に、早くも先祖義家に倣い、征夷の将軍（武士の大将軍）となり、朝家の固めとなり、神祇を崇めようとの思いを抱いていたとする。[注13] さらに、次の一文にも着目した。藤九郎盛長の夢物語と、懐島平権守景能話の中に見える一文である。

② 景能申シケルハ、「最上ノ吉キ夢ナリ。征夷将軍トシテ、天下ヲ治メタマフベシ。日ハ主上、月ハ上皇トコソ伝へ承ハレ。今左右ノ御脇ヨリ光ヲ並ベタマフハ、是レ国主尚将軍ノ勢ニツ、マレタマフベシ（巻四―一四二オ～一四二ウ）

盛長の夢物語に対する景能の夢合わせによれば、その夢こそ、頼朝が、主上と上皇を守るべく、征夷の将軍として、天下を統治する吉夢だと言うのである。②の夢合わせ譚は、①の頼朝の祈念に対応する形で配置されていることに気づく。

以上からも明らかなように、頼朝の伊豆流離説話とは、伊豆流離中の頼朝が、朝家の守護となるべく征夷の将軍（武士の大将軍）を祈念し、挙兵を前にしたある年に、盛長の夢物語と景能の夢合わせにより、その実現が早くも予祝されていたことを語る物語である。そうした物語を平家物語が必要とした一つの理由として、朝憲を軽んじた平家や義仲は、朝家の命を受けた武士の大将軍、この場合は源頼朝によって追討されねばならないとする歴史理解があったためと考えられる。ところが、平家や義仲を討とうとしたのは、鹿谷事件では、己の大将任官が平家により阻まれたことを恨みとした後白河院側近の成親等であり、山門事件もまた、平家に恨みを持つ後白河院側近の西光親子たちであった。また、次に起きた以仁王の挙兵も、平家に対する私憤を持つ頼政と、王位を望んだ以仁王とが与した事件であった。また、法住寺殿合戦も、鼓判官知康の義仲に対する私憤から後白河法皇を唆し挙兵した事件であった。故に、その義仲と平家とを、朝家の命を受けた征夷の大将軍頼朝が討ったと記すのが、

現存平家物語の歴史叙述と考えられる。▼注14
そうした歴史叙述は、現存平家物語諸本から帰納しうる原態の平家物語にまで遡りうる歴史把握の方法と構想であったであろう。決して延慶本という特定の諸本にのみ特徴的な歴史叙述ではなかった。

例えば、このことを、頼朝伊豆流離説話に具体的に確認してみよう。その検証の方法として、先の延慶本に見た①と②の記事について確認してみよう。

先ず、ほぼ同文的本文を持つ盛衰記については、特に問題にする必要はなかろう。延慶本や盛衰記が、頼朝伊豆流離説話の後に、文覚によってもたらされた後白河院院宣話や、頼朝に征夷大将軍の官宣旨が下されたという物語を置くのは、先に見た景能の夢合わせにより予祝されていた物語の当然の帰結と考えることができよう。

次に闘諍録と真字本『曽我物語』における①と②の記事を検討してみよう。

闘諍録

① 南無帰命頂礼八幡三所聞こし食すべし。…然るべくは、八幡大菩薩日本国を頼朝に打ち随はしめたまへ、頼朝が子の敵伊東の入道を打ち取らんと欲ふ」と言ひ了りて、二所権現に精誠を致されけり。（一三ウ～一四オ）

② 左右の袖を以て月日を懐き御すと見たるは、君武士の大将軍として征夷将軍の宣旨を蒙り御し、大上天皇の御護りと成りたまふべき好相なり。（一五オ）

真字本『曽我物語』

① 仰ぎ願はくは八幡大菩薩の誓約をば頼朝に施したまへ。伏して乞ふ。諸大冥官擁護を垂れて幸徳を授けたまへ。縦ひ広く東国を寃《しへた》げむ事こそ難くとも、当国の土民ばかりを授け給へ。運墳の腹を断て愁苦の悲しみを除かむ。愛子の敵伊藤入道が首を取て我が子の後生の身代りに手向けむ。（一〇六頁）

② 左右の御袂に月日を宿すと見進せ候ひけるは、主上・上皇の御後見とならせ給ひて、日本秋津島の大将軍とならせ給ふべき御示現なり。（一五八頁）

先ず、闘諍録・真字本『曽我物語』共に、頼朝の祈念の①と、夢合わせ譚の②とが、整合していないことに気づく。①では、共に子千鶴の敵伊東祐親の討滅を誓うのである。[注15] その①の記事では、闘諍録は、巻五の「右兵衛佐頼朝既に鎌倉に還り入りて後、伊東の入道祐親《スケチカ》を搦《カラ》め捕《ト》つて、聟《ムコ》の三浦介《ノ》義澄に預け置かれけり。祐親法師、先日の罪科脱《マヌ》がれ難きに依つて、腰刀を抜いて自害す」（一四ウ）と呼応し、真字本『曽我物語』の場合も、同種の祐親自害記事（一六八頁）と呼応している。にもかかわらず、闘諍録や真字本『曽我物語』の②夢合わせ譚では、傍線部に見るように、闘諍録では「武士の大将軍として征夷将軍の宣旨」を蒙る示現とし、真字本『曽我物語』では「日本秋津島の大将軍」となる示現とする点に注目したい。その傍線部は、先の延慶本や盛衰記に見たように、伊豆流離中の頼朝が、朝家の守護となるべく征夷の将軍（武士の大将軍）を祈念し、さらに景能の夢合わせにより、その実現が予祝されていたことを語る物語の痕跡がはしなくも両本に留められたのではなかろうか。[注16]

注

（1）福田晃「頼朝伊豆流離説話の生成―平家物語・曽我物語より―」（『国語と国文学』一九六六年六月）。のち、『軍記物語と民間伝承』（岩崎美術社、一九七二年一月再録）。引用頁は、後者による。

（2）砂川博「頼朝挙兵由来譚の表現構造―延慶本平家物語に即して―」（『日本文学』三三―六、一九八四年六月）。のち、『軍記物語の研究』（桜楓社、一九九〇年三月に再録）。

（3）これまで「征夷の将軍」は、征夷大将軍の意と解されてきたが、「武士の大将軍」の意と解すべき事が櫻井陽子により明らかとなった。従うべきだろう。

櫻井陽子「『平家物語』の征夷大将軍院宣をめぐる物語」（『中世の軍記物語と歴史叙述』竹林舎、二〇一一年四月）。

（4）但し、ほぼ同じ本文ではあるものの、次の二点が大きく異なる。

①頼朝が、伊東から逃げ出す折の祈念の言葉は、延慶本では次のとおり。

・「南無帰命頂礼八幡大菩薩、義家朝臣ガ由緒ヲ不被捨者、征夷ノ将軍ニ至テ朝家ヲ護リ、神祇ヲ崇メ奉ベシ。【其運不ハ至ラ、坂東八ヶ国ノ押領使ト成ベシ。】其レ猶不可叶者、伊豆一国ガ主トシテ、助親法師ヲ召取テ、其怨《アタ》ヲ報ヒ侍ラム。（一四〇ウ）

盛衰記は、【　】の記事を欠く。この記事に続けて、「其レ猶」とあることからも、「べし」の目移り（「崇メ奉ベシ」「成ベシ」）による脱落と考えられる。

②政子が、兼隆の宿所から逃げ出す場面。

・兼隆ガ許ニ行タリケルガ、白地ニ立出ル様ニテ、足ニ任テ、イヅクヲ差トモナク逃出テ、終夜ラ伊豆ノ山ヘ尋行テ、兵衛佐ノ許ヘ「カク」ト告タリケレバ、ヤガテ兵衛佐、伊豆ノ山ヘゾ籠リニケル（延慶本、一四一ウ）

・白地ニ立出ル様ニテ、足ニ任テイヅクヲ指トモナク、兼隆ガ宿所ヲ逃出ニケリ。良程フレドモ見エザリケレバ、佐ヲナシテ尋求ドモ、向後モ知ラズ成ニケリ。彼女ハ終夜伊豆山ヘ尋行テ、兵衛佐ノ許ニ籠ニケリ（盛衰記、慶長古活字版巻一八、三ウ。勉誠社影印3―九四頁）

延慶本では、伊豆山に逃げた政子が、頼朝を伊豆山に呼び寄せたこととなり、盛衰記では、頼朝が籠もっていた伊豆山に政子が逃げたこととなる。『吾妻鏡』の寿永元年（一一八二）二月十五日条によれば、頼朝は、祐親から逃れるため、伊東の地から走湯山（＝伊豆山）に逃れたという。「武衛御二豆州一之時、去安元々年九月之比、祐親法師欲レ奉レ誅二武衛一。九郎聞二此事一、潜告申之間、武衛逃二走湯山一給」。この記事によれば、頼朝は、伊東の地から北条へではなく、先ず伊豆山に逃げているのである。福田晃・注（1）によれば、時の別当密厳院の創始者文陽房覚淵を頼ってのことかとする（一〇一頁）。この記事は、頼朝と伊豆山との密接な関係を示唆することとなり、盛衰記本文の成立がこうした事情を背景としていることが推測できる。一方、『吾妻鏡』の治承四年（一一八〇）八月十八日条によれば、伊豆山には法音という政子の御経師がいたという。「武衛年来之間不レ論二浄不浄一有二毎日御勤行等一。而自今以後令レ交二戦場一給之程、定可レ有二不レ意御怠慢一之由被二歎仰一。爰伊豆山有下号二法音一之尼上。是御台所御経師、為二一生不犯之者一云々。仍可レ被三仰二付日々御所作於件禅尼一之旨、御台所令レ申之給。即被レ遣二目録一、尼申二領状一云々」。さらに、八月十九日条によれば、政子は、その晩に、伊豆山の覚淵の坊に渡っている。このように、政子もまた、伊豆山と密接な関係を持っていたのである。以上からも、頼朝と政子の恋の成就の場として、伊豆山が選ばれたのは、頼朝と政子がそれぞれ伊豆山に拠っていたという史実があったからと考えられる（福田晃九二頁）。ちなみに、闘諍録や曽我物語は、政子が先に伊豆山へ行き頼朝を呼び寄せたとする。そうした形態から、盛衰記的な形が生成したと考えられよう。

（5）『真字本曽我物語1』（平凡社、一九八七年四月）による。

（6）闘諍録では頼朝が伊東の地を逃げ出す際、「頼朝の子の敵伊東の入道を打ち取らん」（二三ウ）と誓っているし、頼朝のもとに逃げた娘政子の勘当を許した時政について、「北条は然るべく催されける果報にや、漸く心和ぎ行き、娘の勘当を赦し畢んぬ」（二五オ～二五ウ）と描く。また、頼朝と時政の連歌の後に、「此の連歌は、実に頼朝父子共に栄へ、北条繁昌すべき奇瑞なりと、此れを聞く人、由有るべきことと謳謌せり」（二五ウ）とは記すが、『曽我物語』のように、明確に北条の繁栄と伊東の衰滅の理由として頼朝伊豆流離説話を記すわけではない。

（7）頼朝が伊豆に流罪となったのは、永暦元年（一一六〇）三月の十四歳の時。

（8）服部幸造「『源平闘諍録』の頼朝伊豆流離説話」（『福井大学国語国文学』二七、一九八八年四月）。『語り物文学叢説―聞く語り・読む語り―』（三弥井書店、二〇〇一年五月）に再録。

（9）仁安二年に千鶴が生まれたとするのは、その年の三月の頃に頼朝と祐親三女との結婚が行われたとすることからの推測だろうが、やや微妙とも言えよう。

（10）確かに、清盛の死は千鶴が生きていたら十五歳の時となる。但し、「伊東・北条を相具して先陣に打たせ…」からは、頼朝が挙兵した治承四年（一一八〇）を指すとも考えられよう。

（11）拙稿「『源平闘諍録』は五冊本で成立したか」（『名古屋学院大学研究年報』一三、二〇〇〇年一二月）。

（12）拙稿「平家物語の成立―頼朝と征夷大将軍―」（『国語と国文学』七四―一一、一九九七年一一月）。のち、『平家物語を読む―成立の謎をさぐる―』（和泉書院、二〇〇〇年三月）に再録。

（13）櫻井陽子は、注（3）に引用した論で、当該部分の解釈として、「助親への復讐を遂げる手段として征夷大将軍があるのだが、押領使、伊豆の主がそれに次ぐ」（一一八頁）とする。そうではなかろう。「其運不ハ至ラ」「其レ猶不可叶者」と次にあるように、さらに②の夢合わせ譚は、①に対応しているように、頼朝は先ず、武士の大将軍となって、朝家の固めとなり、神祇を崇めようとの思いを抱いたのであり、それが叶わなかったら坂東八カ国の押領使に、それもなお叶わないならば、伊豆の主として助親を召し捕り、千鶴の敵を討とうとの思いを抱いたと解するべきだろう。

（14）拙稿「『平家物語』の歴史観」（『名古屋学院大学論集（人文・自然科学篇）』三三―一、一九九五年七月）。改編の上、『平家物語を読む―成立の謎をさぐる―』（和泉書院、二〇〇〇年三月）に再録。

（15）子千鶴の敵伊東祐親の討滅を誓う記事は、各巻冒頭に「本朝報恩合戦謝徳闘諍集」と記す真字本『曽我物語』にはふさわしい。闘諍録もまたそうした記事を共有するのは、真字本『曽我物語』に見る形態を引き継ぐためとも考えられよう。

（16）櫻井陽子は、注（3）に引いた論で、「武士の大将軍」の意で「征夷将軍」を使用する用法は、平家物語においては珍しい用法で、これを平家物語の主張として、全体に敷衍することには慎重でありたいとする。しかし、本論の結論部でも記したように、朝憲を軽んじた平家や義仲は、朝家の命を受けた武士の大将軍、この場合は源頼朝によって追討されねばならないとするのが、平家物語の歴史叙述の方法であったと考えられる。そうした歴史叙述方法を最も明瞭に残しているのが、現存諸本の中では延慶本であろう。後出諸本は、そうした歴史叙述を崩していく傾向を見せる。本論で対象にした頼朝伊豆流離説話でも、同様なことが指摘しうることを確認した。

7 『源平盛衰記』の天武天皇関係記事——頼朝造形の一側面として——

辻本恭子

一 はじめに

『源平盛衰記』には、天武天皇に関する記事が複数収められている。延慶本・長門本との比較においても天武天皇に関する記述は盛衰記に多く、中でも壬申の乱に言及した箇所が目立つ。他の二本も壬申の乱についての記事を持っているが、盛衰記はこの乱について言及の回数が多いだけではなく、長大な独自記事も持っていて、天武天皇が神威によって危機を脱する場面を描くなど特別な関心を寄せていると考えられる。

大海人皇子、後の天武天皇は、天智天皇の弟であり東宮でもあったが、天智天皇が息子の大友皇子を後継に考えていることを察して吉野に退く。天智天皇崩御の後、近江朝廷の後継者となった大友皇子と都を退いていた大海人皇子は皇位をめぐって軍事衝突を起こし、約一か月に及ぶ乱の末に大海人皇子が勝利して即位する。即位後、天武天皇は、法令の整備、国史の編纂、新しい身分秩序の制定、新都造営など様々な事業に着手し、強大な力をもって国を治めた。盛衰記は天武天皇の即位後の姿を具体的には描かないが、天皇が皇位をかけて争った壬申の乱には何度も言及し、これを描くに当たって様々な奇瑞や神仏の擁護を書き加える。

天武天皇の皇位継承を、「東宮であった者が政治的に不利な身となって都を離れ、しかしやがては戦の勝利によって国の主となった」という見方で捉えると、これは源頼朝が平治の乱で伊豆に流され、しかし平家を討って征夷大将軍となるという経緯と大まかに重ね合わせて見ることも可能であろう。また、盛衰記は、天武天皇・頼朝の双方を、追われる身であるときにしばしば神仏の加護によって窮地を逃れ、雌伏の時に協力してくれた者に対して権力の座に就いたのちに報いるという、相通う構成で描く。盛衰記が天武天皇記事を物語中にちりばめるかのごとくに配置するのは、頼朝を描くことを意識してのことであると読むことはできないだろうか。本稿では、盛衰記の天武天皇記事に、「盛衰記の頼朝造形」の一側面を読み解きたい。

二　盛衰記の天武天皇記事

「天武元年」などの年号表記もすべて対象として延慶本・長門本・盛衰記を確認すると、天武天皇に関係する記事は、盛衰記に二十箇所、延慶本・長門本に十箇所である。

表　盛衰記の天武天皇関係記事の所在と、読み本三本の天武天皇関係記事の有無（年号としての「天武」表記も含む）

※表中の●は壬申の乱に言及した記述、○は壬申の乱以外の天武天皇関係の記述があること、―は、天武天皇に関する記述がないことを示す。

	盛衰記の章段名	盛衰記	延慶本	長門本	記事の概要
①	巻第一　五節始	○	○	●	五節の舞の起源
②	巻第八　法皇三井寺灌頂	●	｜	｜	園城寺逸話
③	巻第十三　高倉宮廻宣	●	｜	●	高倉宮以仁王廻文中の文言
④	巻第十三　同宮籠三井寺	●	●	●	高倉宮の三井寺入りを天武の吉野入りに譬える
⑤	巻第十四　三井寺僉議	●	●	●	三井寺僧の語る壬申の乱。盛衰記に大幅な増補
⑥	巻第十六　同寺焼失	○	○	○	三井寺起源
⑦	巻第十六　遷都	○	○	○	浄見原宮へ遷都（年号）
⑧		｜	○	｜	朝敵揃
⑨	巻第十七　光武天武即位	●	｜	｜	朝敵揃・謀叛不遂素懐につづく故事先例譚
⑩	巻第二十一　天武天皇榎木	●	｜	｜	頼朝伏木隠につづく先例譚
⑪	巻第二十四　大嘗会儀式	○	｜	○	五節の起源
⑫	巻第二十四　南都合戦焼失	○	｜	｜	興福寺の移転（年号）
⑬	巻第二十五　鮨奏吉野国栖	●	｜	｜	鮨奏・吉野国栖の由緒
⑭	巻第二十七　大神宮祭文	●	●	●	行家の伊勢願書中の文言
⑮	巻第二十七　大嘗会延引	○	○	○	大嘗会の起源
⑯	巻第二十八　顕真一万部法華経	●	｜	｜	大嘗会延引の先例
⑰	巻第三十二　四宮即位	○	｜	｜	還俗の即位の先例
⑱	巻第三十二　還俗人即位例	●	●	｜	還俗の即位の先例
⑲	巻第三十三　尾形三郎責平家	●	｜	●	緒方三郎の使者への時忠の返事。帝復位の先例
⑳	巻第四十二　勝浦合戦附勝磨	●	｜	｜	勝浦の地名由来、月上寺の由来
㉑	巻第四十四　三種宝剣	○	○	｜	草薙剣を熱田社に送る（年号）

いわゆる「朝敵揃」の記事中、延慶本のみが「大伴真鳥」に「天武天皇討給」という注記を載せるが、[注1] この一件を除くと延慶本・長門本が記す記事を盛衰記は全て持っていることが分かる。なお表⑳に該当する記事は、義経が琵琶湖畔の「勝浦」で現地の者に土地の名を聞く場面であり（巻第四十二「勝浦合戦附勝磨」）、盛衰記は天武天皇、長門本は崇道尽敬天皇、すなわち舎人親王に関連する地名由来譚になっている。舎人親王は天武天皇の子であり、仮に盛衰記がこの部分を長門本に依ったのだとしても、人物を舎人親王のままではなく天武天皇に変更している点から、盛衰記の天武天皇への関心が伺える。

表に示した盛衰記の天武天皇関連記事のうち、「五節の舞」に関するものが①と⑪、「壬申の乱」に関するものが②③④⑤⑨⑩⑬⑭⑯⑱⑲⑳、残りは起源や先例、地名由来、年号表記である。なお、諸本本文中に「壬申の乱」の表記はないが、大海人皇子（天武天皇）と大友皇子の争いに触れた記述を、便宜上「壬申の乱関係記事」と捉えるものとする。

①と⑪でその起源が述べられる五節の舞とは、十一月の大嘗会や新嘗祭などで行われた四～五人の少女による舞で、起源が天武天皇の時代であり、天武天皇が吉野の山中で神女の歌舞を見て作ったという説が広く一般に流布している。表①の本文は次のとおりで、盛衰記も五節の舞の起源として天武天皇時代起源説を記す。延慶本・長門本も同様である。

抑五節ト申ハ、昔浄見原帝御宇ニ、唐土ノ御門ヨリ崑崙山ノ玉ヲ五、進給《まゐらせ》ヘリ。其玉暗《やみ》ヲ照《てらす》事、一玉ノ光遠五十両ノ車ニ至ル。是ヲ豊明ト名付タリ。御秘蔵ノ玉ニテ人是ヲ見《みる》事ナシ。天武天皇芳野河ニ御幸シテ御心ヲ澄シ琴ヲ弾給シニ、神女空ヨリ降下リ、浄見原ノ庭ニテ廻雪ノ袖ヲ翻ケレドモ、天暗《くらく》シテ見エザリケレバ、彼《かの》玉ヲ出サレ、仙女ノ形ヲ御覧ジキ。玉ノ光ニ耀テ、

ヲトメゴガ乙女サビスモカラ玉ヲ乙女サビスモソノカラ玉ヲ

ト、五声歌給ヒツツ五タビ袖ヲ翻ス。五人ノ仙女舞《まふ》事各異《ことなる》節也。サテコソ五節ト名付タレ。（巻第一「五節始」）

この起源説話は、『江談抄』、『十訓抄』、『年中行事秘抄』など他の資料でも確認でき、[注2] いずれも起源譚としてほぼ同様である。⑪の巻二十四「大嘗会儀式」においても、簡略にこのことが繰り返される。

ところで、この部分について、長門本は壬申の乱に言及している（傍線部）。

五節の宴酔と申は昔清見原の天皇の御時より始れり、清見原の天皇と申は天智天皇の御弟也、御門譲りを受させ給ふべきにてましましけるに、大伴の皇子のなんを恐れて、髪を剪て出家と名付て吉野の奥に籠らせたまひけり、清見原と申所に住せ給けるによりて、其所をつかせ給ふ、心を澄せ給ひ、吉野川の水上にして琴をひかせ給ひしに、神女天よりあま下り、

乙女子かおとめさひすもから玉のおとめさひすも其から玉を

五声うたひ五度袖を飜す、是ぞ五節の初めなる（巻第一「五節夜闇撃附五節始事」）

盛衰記や、『江談抄』、『十訓抄』、『年中行事秘抄』などは天武天皇が吉野に赴いた理由を記さないが、長門本はここで、天武

天皇吉野入りを大友の皇子の難を逃れてのことであるとする。つまり、五節の舞の起源というべき神女の舞の奇瑞を、壬申の乱前夜ともいえる、大海人皇子宮中退去・吉野隠棲の時期のこととしている。吉野は天武天皇にゆかりの深い土地で何度も御幸のあった場所であり、盛衰記においても、後に示す表⑤の記事（巻第十四「三井寺僉議」）では五節の起源と思われる神女の記事が壬申の乱関係の記事に組み込まれている（引用文中の傍線A）。

次に、壬申の乱関係記事を確認する。壬申の乱とは、天武天皇元年（六七二）六月二十四日～七月二十三日に起こった内乱で、天智天皇の弟大海人皇子と、天智天皇の長子大友皇子が皇位継承をめぐって争った。大友皇子側の敗北、皇子の自死で乱は収束し、大海人皇子は翌年即位して天皇となった（天武天皇）。この乱のことは『日本書紀』をはじめとする資料も詳細に記しており、『扶桑略記』や『帝王編年記』などによっても経緯を把握することができる。▼注3

何らかの形でこのことに言及する記事は、前述のとおり盛衰記では十二か所にのぼる。これには表③の「仍一院第二皇子、尋㆓天武皇帝之旧儀㆒、追㆓討王位推取之輩㆒、訪㆓上宮太子之古跡㆒、打㆓亡仏法破滅之類㆒也」（巻第十三「高倉宮廻宣」）や、ほぼ同文の⑭の記事（巻第二十七「大神宮祭文」）など文書中の文言も含むが、読み本三本の中で言及回数が多いことは確かである。中でも注目すべきは、⑤（巻第十四「三井寺僉議」）および⑩（巻第二十一「天武天皇榎木」）の記事である。長文であるが、まず⑤の本文を示す。

「…我等ノ本願主浄見原ノ宮ト申ハ、事新《あたらし》ケレドモ天智天皇御弟、大海人王子是《これ》也。天皇我《わが》御子達ニハ譲ㇾ位給ハデ、浄見原宮ニ譲給ヘリシカバ、天智崩御ノ後、皇子大友位ニ洩給ヒヌル事ヲ恨テ、謀叛ヲヲコシ、清見原宮ヲ襲ヒ給シカバ、宮、都ヲ出テ吉野山ニ入給フ。A天神憐ヲ垂給ケルニヤ、天女アマ降リ、天ノ羽衣ニテ廻雪ノ袖ヲカナデシカバ、後憑シクゾ思召ケルニ、猶芳野山ヲ責ベキ聞エアリケレバ、彼《かの》山ヲ出給《たまふ》。伊賀国へ越《こえ》、伊勢ト近江ノ境ナル鈴鹿山ニ入給。深山陰幽《かすか》ニシテ人跡絶《たえ》、更闌《たけ》夜暗シテ月不ㇾ照ケレバ、東西ニ迷給、為方《せんかた》ヲ失ヘリ。前後左右ヲ見廻《まはし》給ヘバ、山中ニ幽《かすか》ニ火ノ光アリ。彼ニタドリ至テ御覧ズレバ、奇《あやし》キ柴庵ニ、夫婦トオボシクテ老翁・老嫗アリ。御宿ヲ借リ給ヘバ、不ㇾ惜奉㆓請入㆒。宮問云《とひていはく》、『在所多ㇾ之、何心在テカ此深山ニ栖《すむ》』ト。翁答曰《こたへていはく》、『此地ハ霊地ニシテ凡境ニ非ズ、此ニ栖《すむ》者王ニ肩ヲ並ル地形アリ、故ニ爰ヲ栖トシ侍《はべり》』ト。浄見原ノ宮奇異ノ思ヲ成給フ。王ニ肩ヲ並ルトハ朕ガ事ヲ示《しめす》ニヤト憑《たのも》シク思召シ、重テ、『汝ニ子アリヤ』ト御尋アリケレバ、『我ニ一人ノ女子アリ。后相ヲ具セル故ニ凡人ニ隠シテ、此山ノ上ニ御所ヲ造テ居置侍《すゑおきはべり》』ト。宮ノ仰《おほせ》ニ云《いはく》、『我ハ是《これ》浄見原ノ宮也、天智ノ譲ヲエタレ共、大友ノ王子ニ襲レテ爰ニ迷来レリ。汝ガ女朕ガ后ニ可レ祝』トテ、即《すなはち》其夜中ニ彼《かの》御所ニ入給。又、宮、翁ニ仰テ云、『大友王子ニ見目《みるめ》・聞耳・カグ鼻トテ、三人ノ不思議ノ者ヲ召仕フ。一旦此ニ隠忍タリトモ、遂ニハ顕ナン、イカガスベキ』ト語給ヘバ、翁畏テ申。『君ノ御先祖ト申ハ、天照太神也。程近《ちかき》伊勢国渡会郡五十鈴ノ川上ニ崇《あがめ》ラレ給テ、御子孫ヲ守護シ奉ラント御誓アリ、御参アリ祈念アラバ、御恙アラジ』ト申ケレバ、即《すなはち》老翁ヲ召具シテ御参詣アリ。折節降《ふる》雨車軸ヲ下シテ、鈴鹿川ニ洪水漲下テ渡リ難カリケルニ、二頭鹿参テ、両人ヲ背ニ乗《のせ》、河ヲ奉レ渡。其ヨリ彼《かの》河ヲ会鹿川ト改名セリ。B 敵兵攻来ルト聞ヱシカバ、翁太神宮ノ御後ニ大ナル岩屋アリ、君ヲ奉レ入、銀ノ盤ノ上ニ金ノ鉢ニ水ヲ入テ御足ヲ指入サセ奉テ、『敵来侍ン時ハ、御足ニテ水ヲガハ〳〵ト鳴サセ給ヘ』ト申テ、忍隠ヌ。敵程ナク責来タレドモ、岩屋ノ口ニテ失二行方一、アキレ立タリ。宮御足ニテ水ヲガハ〳〵ト鳴シ給ニ、大友王子見目《みるめ》ニ仰テ、『イヅクニカオハスル』ト宣ヘバ、『三千界ノ内ニハ見エ給ハズ』ト。次ニ聞《かぐ》鼻承テ、『三千界ノ内ニ其香ナシ』ト。次ニ聞耳承テ、暫ク聞テ、『此君ハ此界ニハ御座《おは》セズ。其故ハ此世界ノ構様《かまへやう》ハ、風輪ノ上ニ水輪アリ、上ニ金輪アリ、上ニ地輪アリ。而ヲ清見原ノ宮、只今金輪ノ上ノ水輪ヲ渡給フ足音ガハ〳〵ト鳴侍ル』トテ、是ヨリ皆々都ヘ帰上ヌ。其後翁来テ、岩屋ノ戸ヲ開テ奉レ出《いだしたてまつる》。君大神宮ノ御宝前ニテ御神楽アリ。C 神明顕現シ給テ御託宣アリ。『君ハ国津神ヲ集、東夷ヲ催シテ禦レ敵給ヘ。大友ハ都西ノ戎ヲ以テ責来ベシ、近江ト美濃トノ境ニ、城構シテ相待給ヘ。我擁護ヲ加テ勝事ヲエシメ、必可レ有二即位一』ト。宮、悦《よろこび》思召テ、近江国ノ山伝《やまづたひ》シテ、百済寺山ヲ通テ美濃国ニ入給ヒ、是彼《ここかしこ》忍隠給ケリ。大友王子聞給テ、勢ヲ催テ美濃国ヘ向ケリ。何《いづれ》ノ所ニカ有ケン、宮ヲ奉二見付一テ追懸タリ。D 危カリケル時、野中ニ大ナル榎木一本アリ。二ニ破テ中開タリ。宮其中ニ入給ヘバ、木又イヘ合ヌ。敵打廻見ケレドモ見エ給ハザリケレバ、陣ニ帰ヌ。其後榎木又破テ、中ヨリ出給ヌ。大童ニ成テ御身ヲ窄《やつ》シ、其辺ニ廻《めぐり》テ、『宮仕セン』ト宣ヘバ、関ノ辺ニ一人ノ長者アリ。招入テ仕《つかひ》試ルニ万《よろづ》ニ賢カリケレバ、只人共不レ覚シテカシヅキ仕ケルニ、夜々夢ニ日月ヲ仕《つかふ》ト見ル。不審ニヨリテ、『抑《そもそも》誰人ゾ。若《もし》大友皇子ニ忍給ナル浄見原ノ宮ニテ御座《おはします》カ。左《さ》ニハアラズト仰アラバ王子ノ軍兵ニ見セ奉ン』ト申セバ、宮、名乗テ憑《たの》マントオボシテ、『丸ハ浄見原ノ宮也。深ク汝ヲ憑《たのむ》』ト宣ヘバ、長者畏テ、婿ニ取奉テ隠シ置奉ル。

年月ヲヘテ、王子二三人出キ給ヘリ。其後長者東夷ヲ催テ、白鳳元年壬午始テ不破関ヲ置テ、美濃国ニテ軍構《いくさかまへ》シ給ヘリ。王子此由聞給テ、西戎ヲ集テ向給フ。両軍山中宿ニテ合戦ス。山中ノ東ナル河ヲ阻《へだて》テ戦ケリ。両陣互ニ白刃ヲ合セケレバ、其川黒キ血ニ流ケリ。サテコソ彼川ヲバ黒血川トハ名付タレ。宮ノ勢ハ東国ヨリ走集テ如二雲霞一、王子ノ軍ハ敗テ終《つひ》ニ亡ニケリ。宮、都ニ上給ヒ、即《つき》レ位給ニケリ。天武天皇トハ是也。浄見原天皇共申《ともまうす》。天皇崩御ノ後、関ノ長者ノ恩ヲ思召ケルニヤ、[E]神ト被レ祝給ヘリ。関明神ト申ハ是也。関所ノ殿原ト云ハ、彼《かの》長者ノ女ニ儲給ヘル末葉也。去《され》バ天皇大和国宇多郡ヲ通給ケルニハ、上下十七騎、遂ニハ軍ニ勝テ、位ニ即《つき》給ヘリ。（巻第十四「三井寺僉議」）

吉野山での神女の奇瑞、霊地鈴鹿山における老夫婦との出会いと后の相を持つ娘との婚姻、伊勢の五十鈴川上での三人の不思議の者の追跡からの逃亡、神意を得た美濃への移動、榎木の奇瑞による避難、関長者の夢見と婿取り、東夷召集と不破の築関、美濃での軍容整備、西戎を率いた大友軍との戦闘、このことによる地名、天武の即位、関明神由来など、多くの要素を含む長大な記述で、これは、該当する延慶本・長門本が「我が寺（三井寺）の本願天武天皇が大友の皇子に襲われ、吉野山を出て大和を過ぎたときは小勢であったが、伊賀伊勢を経て美濃尾張の勢を催し、美濃と近江との境川を隔てて大友軍と合戦し、合戦の際に血が流れたので黒血川という。天武は戦に勝った」とのみ記しているのとは大きく異なる。

三本が共通して記す「黒血川」は藤古川支流の現存する河川である。「黒血川の地名の本縁は、盛衰記に載せ、風土記の逸文と思料せらるれど、壬申の役当時、此辺に戦闘なし、玉倉郡以西に於てこそ戦はあれ、古伝と雖、天武紀に詳細なるに合はねば採り難し」との指摘もあるが、▼注4 地名が壬申の乱に由来することは広く流布していて、現在も周辺には天武天皇や大友皇子を祀る神社などが点在する。天武伝承が広がる中で地名由来譚として定着したものであろう。

盛衰記の記事中、殊に目を引く大友王子の連れていた三人の異形については、管見の限り他資料に手がかりを見つけられない。「見る目」は『枕草子』の「関」を列挙する中に「みるめの関」があり、大系頭注に「所在未詳。八雲御抄に近江国。『みるめ』は海草の名。『見る目』にかけて用いられる」とあって、▼注5 近江や鈴鹿関など近隣の関係地名が出るのが気がかりであるが、異形の者とは結びつきそうにない。また、「聞く耳」については、動物の言葉が分かるようになるといういわゆる「聞き耳」「聞き耳頭巾」の説話は散見するがこのような異形の三人のうちとしての話は未見である。

傍線Dの部分は、表⑩の巻第二十一で再度記される。以下に本文を示す。

天武天皇ハ大伴王子ニ被レ襲テ、吉野ノ奥ヨリ山伝《やまづたひ》シテ伊賀・伊勢ヲ通リ美濃国ニ御座《おはしまし》ケルニ、王子西戎ヲ引卒シテ不破関マデ責給ケリ。天武危ク見エ給ケルニ、傍ニ大ナル榎木アリ。二ニワレテ天武ヲ天河ニ奉レ隠テ、後ニ王子ヲ亡シテ天武位ニツキ給ヘリ。是モ然ベキ兵衛佐ノ世ニ立《たつ》ベキ瑞相ニテ、懸《かかる》伏木ノ空《うつほ》ニモ隠レケルニヤト末憑シ。（巻第二十一「天武天皇榎木」）

これは頼朝の石橋山敗走を描く途中に書かれる天武天皇の故事で、敗走中に伏木の洞に隠れた頼朝を天武天皇になぞらえ、これを「世ニ立ベキ瑞相」と解釈している。

ここに挙げた盛衰記の巻第十四「三井寺僉議」と巻第二十一「天武天皇榎木」について、榎の奇瑞や三人の異形の典拠は未だ明らかにはできないが、物語化した壬申の乱の記事には注目すべきものがある。以下に、『宇治拾遺物語』所収の説話の概要を示す[注6]。

当時東宮であった天武天皇は、皇位をめぐって大友皇子に疎まれていることを察し、恐れ、病になって、吉野に籠って出家する。大友皇子は天武天皇を監視下に置くべく、軍容を整えて迎え取りに赴き、殺害しようと計画する。大友皇子の妻は天武天皇の娘であったので、父にこの計略を知らせようと、鮒の包み焼きの腹に文をしのばせ、吉野に送る。天武天皇は大友皇子の害意を知って、下種の狩衣や藁沓を履いて身をやつし、一人吉野山を出て山城国田原へたどりつく。里人はこの不審者に高貴な気配を感じ、焼き栗やゆで栗を奉る。天武天皇が栗を埋めたのを見た里人は、不審に思ってその場にしるしを指しておく。この地を出て山沿いに志摩にたどりついた天武天皇は、道に迷って土地の者に水を求め、水を与えてくれた者の一族を国の守にしようと告げて美濃へ赴く。墨俣で渡し舟を求めたところ、布を洗っていた女が、大友皇子の使者が船を全て取隠したので渡しは無理だという。大友皇子の兵が迫り、女は湯舟をうつぶせて天武天皇を隠す。女の智略で大友皇子の兵は引き返す。女は天武天皇の求めに応じて二〜三千人の兵を集め、天武天皇はこの兵力で大友皇子を打ち取った。そののち天武天皇は大和に戻って即位した。山城の田原に埋めた栗は木になり、今もその栗を宮中に奉納している。志摩で水を与えた者の子孫は国主になった。墨俣の女は不破の明神であった。

傍線部の本文は「『さらばかくし奉む』といひて、湯舟をうつぶしになして、その下にふせ奉りて、上に布をおほく置きて、水くみかけて、あらひゐたり」で、盛衰記の「榎木」ではないものの、大友皇子軍から逃れようとしている天武天皇が「何かの中に籠められて隠される」という点において共通する。そもそも天武天皇は、盛衰記巻第十四「三井寺僉議」において榎木の前に「岩屋」に隠されてもいる（傍線B）。また、話の末尾に関明神縁起を配することは（傍線E）、『宇治拾遺』が「不破の明神」で話を終えることと通じる。この他、天武天皇を船に隠した女が明神の化身であるという記事は『上宮太子拾遺記』にもあり、[注7] また『宇治拾遺』所収の説話の、大友皇子の妻でもある天武天皇の娘が鮒の腹に文を隠して送ったり、供御に出された調理済みの栗から木が生えたりという特徴的な事柄は、『上宮太子拾遺記』や『平家族伝抄』の天武天皇記事に共通する。[注8]

また、謡曲「国栖」でも老夫婦が天武天皇を舟の下に隠し、[注9] 舞台上では子方の演じる天武天皇が作り物の船の中に隠れる具体的な動きを見ることができる。この「国栖」には、焼いた鮎を水に放つと再び泳ぎだすという場面があり、焼き栗同様、調理されている、つまり確実に死んでいるはずのものが天武天皇に関わって生き返るという要素も持つ。

これらに関して、高橋文二は「こういった天武天皇の吉野への逃避譚や五節舞の説話はさまざまな形で語り継がれていったことであろう。両者を綯い交ぜにしたような文芸世界も生まれる。『源平盛衰記』巻第十四の『浄見原天皇の事』などはその典型であろう」と指摘する。[注10] 確かに、先に挙げた盛衰記の記事は、『宇治拾遺』や『上宮太子拾遺記』、『平家族伝抄』、謡曲「国栖」などと同じく天武天皇吉野逃避譚の一つの形であり、伝承の拡散伝播に伴って生まれたさまざまな説話の一部であろう。ではなぜ読み本三本において、盛衰記だけがそれほど天武天皇にこだわるのか。

三　源頼朝と天武天皇

盛衰記巻第十一「小松殿夢・熊野詣」は、延慶本にもある重盛の夢想譚である。文中に「当国ノ流人源兵衛佐頼朝、此社ニ参テ、千夜通夜シテ祈中旨《いのりまうすむね》アリキ。其御納受ニ依テ、備前国吉備津宮ニ仰テ、入道ヲ討（「紂」か）シテカケタル首也」とあって、頼朝は平家嫡流の重盛の夢想に清盛の首を挙げるという形で現れ、物語は重盛の生前から既に清盛一門が頼朝によって滅びるという予兆を組み込んでいる。夢解きについては、盛衰記が持たず延慶本・長門本が持つものもあるが、総じて頼朝には、諸本においてしばしば神意に関わるような記述がなされる。盛衰記にも、頼朝が神意に適っていると読める描写が各所に見られる。巻十七「蔵人取鷺」や「始皇燕丹・勾践夫差」には平家方による頼朝批判があり、たとえ頼朝が謀叛を起こそうとも神明や仏天がその本懐を遂げさせまいと書かれるが、実際は頼朝にはさまざまな神仏の助けを思わせる記事が配置され、一方の平家には神意に適わぬという記事が随所に差し挟まれる。

しかし頼朝も、盛衰記において、初めから打倒平家に突き進んでいたわけではない。巻十九「文覚頼朝対面付白首」では、文覚による平家打倒の催促に対して「壁ニ耳、石ニ口、人ヤ聞《きく》ラン、恐シ〳〵」と思い、「我身ハ勅勘ヲ蒙リタレバ、日月ノ光ニ当ルダニモ憚アリ。池殿《いけどの》尼御前ニ身ヲ助ケラレ奉テ、タモチ難カリシ命ノ今マデナガラヘルモ併彼《しかしながらかの》御恩也。サレバ争カ弓矢ヲ取テ平家ニ向侍ベキ。（中略）毎日ニ法華経二部転読シテ、父母親属殊ニハ池尼御前ノ菩提ヲ弔奉《とぶらひたてまつる》ヨリ外ハ、営ム事候ハズ。悪事ナド思寄ザル事也」と、平家に弓矢を向けることはないと言う。また、巻十九「文覚入定京上」では「御免ノ院宣ヲ給リ平家追討ノ勅命ヲ蒙ラバ、争《いかでか》思立ザルベシ」と、平家追討には院宣・勅命という確かな根拠が必要であると述べている。

ただし、物語は頼朝が神威に適って本意を遂げるであろうことを「末憑シ」という言葉で強調している。「末憑シ」は、尾張国へ配流となった藤原師長が熱田明神によって「必復二本位一給ベシ」との託宣を受けた場面で「大臣モ、『平家係《かか》ル悪行ヲ致サズハ、今此《この》瑞相ヲ可レ奉レ拝ヤ、災ハ幸ト云事ハ加様《かやう》ノ事ニヤ』ト、感涙ヲ流シ給テモ、又末憑シクゾ覚シケル」とすることや、竹生島参詣の経正が琵琶楽奉納の際に奇瑞を得て、「明神納受シ給ヘバ、霊瑞更ニ新《あらた》ナリ。末憑シクオボシケルニ、夜モ既ニ明《あけ》ナントス」とするように、主に神仏の意に適っていることで宿願成就や先の平安が担保されたり期待されたりする場面に使われる。先に挙げた巻第十四「三井寺僉議」では、天女の舞を見た天武天皇が「後憑シク」思う（引用文傍線Aの四角で囲んだ部分）。また、清盛にもこの言葉が使われている箇所がある。巻二十六、忠盛が清盛を育てることになる場面で「権現ノ御利生ニヤ、末憑シク覚テ、生立《おほしたて》ハゴクマントス」とする部分である。

しかし、この語が集中して使われるのは頼朝である。先に本文を挙げた巻第二十一「天武天皇榎木」の末尾、四角で囲んだ箇所をはじめ、「伊豆国ノ流人前兵衛佐殿コソ思ヘバ末憑シキ人ナレ」（巻十二「高博稲荷社琵琶」）、「イカ様ニモ末憑モシキ事ニコソ」（巻第十五「宮中流矢」）、「御辺ハ後憑シキ人ヤ、目出シ〳〵」（巻十九「文覚頼朝対面付白首」）、「佐殿ハ末憑シキ人ゾ」（巻第廿一「公藤介自害」)、「末憑シク覚シケレバ」(巻第廿二「大太郎烏帽子」)、「末憑シキ人也」(巻第廿二「俵藤太将門中違」)と、少なくとも七例ある。一人にこれだけ「末憑し」が使われている人物は、他にない。

表⑳の琵琶湖畔の場面では、義経が戦の門出に「勝浦」に立ち寄れたことを「末憑」と悦ぶ。先述のとおり、ここは長門本が崇道尽敬天皇(舎人親王)に関係する地名由来譚を載せ、盛衰記が天武天皇関係で描く部分である。読み本三本は共通して、土地の者が「かつら」と呼ぶこの地が「勝浦」と表記するのだという説を記述する。盛衰記・長門本は、「勝浦」の地名由来を書き、延慶本は由来を記さない。ただし、延慶本には「判官、『義経ガ軍ノ門出ニ、勝浦ト云処ニ着テ、先軍ニ勝タルウレシサヨ。末モ憑シ。ナ、殿原』トゾ宣ケル」(第六本「判官勝浦ニ付テ合戦スル事」)とあり、長門本にはない「末モ憑シ」という語を持つ。盛衰記は、「末憑」も地名由来も書き、且つ地名由来を天武天皇関係のものとしている。天武天皇と頼朝を直接関連付ける記事ではないが、頼朝に多用される語を介して天武記事と関わるという点に注目したい。

天武天皇は都を退いた身でありながら神仏の加護も得て大友皇子に打ち勝ち、即位して国を統べる身となったが、「末憑しき頼朝」も伊豆配流の身でありながら神仏に行く末を「保証されて」いる。では、天武天皇と頼朝は他に何らかの関係性を持って描かれていると読めないだろうか。

盛衰記巻第十七「大場早馬」では、頼朝の挙兵が福原新都に知らされる。平家方に動揺が走り、清盛は頼朝に情けをかけたことを後悔する。このことは延慶本・長門本も記載するが、盛衰記は頼朝を生かしたまま東国へ追いやったことを「喩《たとへ》バ盗人ニ鑰《かぎ》ヲ預ケ、千里ノ野ニ虎ヲ放テルガ如シ」という、独自の文言を加えて描いている。これは『日本書紀』において、病床の天智天皇から譲位を示唆された大海人皇子が、これを辞退して吉野に退去する場面で「或《あるひと》の曰はく『虎に翼を着けて放てり』といふ」と評されることと通じる。[注11] この「虎に羽」は、先に説話の概要を示した『宇治拾遺物語』の文中にもあり、そこでは「人申けるは、『春宮を吉野山にこめつるは、虎に羽をつけて、野に放《はなつ》ものなり。おなじ宮に据ゑてこそ、心のまゝにせめ』と申ければ」と書かれている。羽こそないものの「千里の野に虎を放つ」はこれらに通じ、生かされたまま伊豆に流された頼朝に対して盛衰記のみがこの表現を用いるのは、背後に天武天皇説話が想起されてのことだと考える。

巻第二十一「梶原助佐殿」は石橋山敗走途中の頼朝を描く。頼朝は「臥木ノ天河《うつほ》ニ隠レ入」って追手をやり過ごそうとし、洞の中で藤九郎盛長は、頼朝に「昔後朱雀院御宇天喜年中ニ、御先祖伊予守殿、貞任・宗任ヲ被レ責ケルニ官兵多《おほく》討レテ、落給ケルニハ僅ニ七騎ニテ山ニ籠《こもり》給ヘリケリ。王事靡レ盬《もろきことなし》、終ニ逆賊ヲ亡シテ四海ヲ靡シ給ケリト。今日ノ御有様、昔ニ相違ナシ、吉例也」と語る。これを聞いた頼朝は「憑シク」思って、八幡大菩薩を念じる。この章段では、敗走中の山中潜伏そのものが後の逆賊平定の予兆であると読める。わずかな手勢しか引き連れていなかった者が後に形勢逆転して勝利すると読めば、表⑨の巻第十七「光武天武即位」に書かれた「我朝ニハ天武天皇、大友皇子ニヲソハレテ、吉野ノ奥ニ落サセ給ケルニハ纔《わづか》ニ十七騎、是モ位ニ即給《つきたまふ》」とも通じる。特異な数ではないが、「僅ニ七騎」で落ち延びた後に逆賊を滅し、「纔ニ十七騎」で落ち延びた後に即位するという共通性も頼朝と天武天皇の記事の関連を考えさせる。さらに、このときの頼朝が「伏木の洞」に潜んでいたことに注目したい。この章段の後には、先に本文を挙げた巻第二十一「天武天皇榎木」が続き、「是モ然べキ兵衛佐ノ世ニ立《たつ》べキ瑞相ニテ、懸《かかる》伏木ノ空《うつほ》ニモ隠レケルニヤト末憑シ」と結ばれるのである。天武天皇榎木の記事は、先に本文を挙げた巻第十四「三井寺僉議」の傍線部Dに既に記されていて、この巻二十一で繰り返される。

この「頼朝が何かの中に隠される」話は、巻第二十一「小道地蔵堂」や、巻廿二「佐殿漕会三浦」にも見える。「佐殿漕会三浦」には、船中の頼朝を隠そうとする場面があり、これに該当する記事は延慶本・長門本にもあって、延慶本は船板の下に隠したとし、長門本は船底に隠して上に大勢の武士が乗ったとする。盛衰記は「佐殿ヲバ舟底ニ隠シ上ニ柴ヲ積テ」とあり、船中の描写として違和感はないが、一方で『宇治拾遺物語』や『上宮太子拾遺記』で天武天皇を湯舟に隠した女が「上に布をおほく置」いていたことを思い出させる。

「小道地蔵堂」は盛衰記の独自記事で、「『…身ノ用心ノ為ニ仏壇ノ下ニ穴ヲ構テ、人七八人入ヌベキ程ニ用意セリ。暫ク忍入テ御覧ゼヨ』トテ、八人ノ殿原ヲ押入ツツ、上ニ蓋シテ其上ニ雑具取ヒロゲテ、我身ハ仏前ニ座禅ノ由ニテ眠居タリ」と、僧侶が頼朝を隠す。この僧侶は拷問を受け、何度か仮死状態と蘇生を繰り返した後に命を落とす。これは本文に「申ノ時ニハ上人終《つひ》ニ攻殺サル」と記されていて、拷問中の仮死蘇生の場面から続けて読めば、明らかに僧侶が「死亡した」ことが分かる書き方になっている。ところが、続く場面で「堂ノ内外ヲ見廻《まは》レバ、被二責殺一テ庭ニアリ。カクト申ケレバ、佐殿モ人々モ壇ヨリ出テ庭ニ下給テ是ヲ見《みる》。『頼朝ガ命ニ替《かはり》タルコソ不便《ふびん》ナレ。如何セン』ト歎給ヒ、膝ノ上ニ掻載《かきのせ》給ツツ涙グミ給フモ哀ナリ。

七人ノ者共モ面々ニ袖ヲ絞ケリ。佐殿理《ことわり》過テ泣給ケル涙ノ上人ノ口ニ入ケレバ、喉潤テ又ヨミガヘル」とあって、この完全に死亡していたはずの僧侶は頼朝の涙によって生き返るのである。

これは、「田原にうづみ給し焼栗、ゆで栗は、かたちもかはらず生出《おひいで》けり。今に、田原の御栗とて、奉るなり」（『宇治拾遺物語』）、「御肴ノ焼栗七ツ朱盤ニ置キテ進セケレバ、二ツハ御食べ有ッテ残リ五ツハ家ノ主ノ女房ニ預ケ置キケリ。『此ノ五ツノ焼栗竹ノ際ニ殖エ、我来ル時ヲ待ツベシ』ト出御有ル。シカル後、天御掌ニ合ヒテ帝運未ダ尽キズ。此焼栗種失ワズシテ五本ノ木ニ成レバ」（『平家族伝抄』）、あるいは謡曲「国栖」の、天武天皇の御供の残りの鮎を吉野川に放つと生き返ったという話と共通する。つまり調理された栗や鮎といった「完全に死んだもの」が、天武天皇に関わって生き返るという天武伝承との類似が見られるのである。

また、巻第二十三「若宮八幡宮祝」には、「運ヲ東海ニ開キ且々《かつがつ》天下ヲ手ニ把《と》ル事、所々ノ霊夢、折々ノ瑞相、併《しかしながら》八幡大菩薩ノ御利生也」とある。先に挙げた巻第十四「三井寺僉議」の傍線部Cにあるように、天武天皇は東夷を催し、大友皇子は西戎を率いて戦い、東国勢力を率いた天武が勝った。頼朝を中心とする源氏の東国勢力の勝利、清盛ら平氏の西国の兵力の敗北とも符合している。

もちろん、盛衰記における全ての天武天皇関係記事が頼朝と連関しているわけではない。例えば、巻第三十二「還俗人即位例」、巻第三十三「尾形三郎責平家」では、木曾宮や安徳天皇に関して、出家の人が還俗して即位した先例、都を落ちた帝の即位の例として壬申の乱が引かれる。しかし、木曾宮の件で「出家還俗の即位」に否定的な平時忠は、壬申の乱の天武の例を持ち出されて反論され、次に自らが奉じる安徳天皇の正統性に疑いがもたれたとき、今度は時忠自身が壬申の乱を引き合いに出して安徳天皇を擁護するが、ここでは安徳を奉じた平家は結局九州を追い出されるなど、盛衰記の天武・壬申記事はほとんどが頼朝の正統性を補強する方向で機能しているのである。

四　おわりに

盛衰記における神は、激しい神威を持つ存在として描かれている場合がある。独自記事の一部には、記紀の神話を違《たが》えて神により強い力を持たせて描いているものもある。また本筋の平家滅亡の物語に、記紀にはない、あるいは記紀とは姿を違えた神を多数配置して、「非礼を受けない神」、「朝恩に背いたものや朝敵には激しい罰や祟りをなす神」を登場させる。これは、神意に背いた平家が冥罰によって滅亡すること、一度は追われる身となった天武天皇が（神の加護もあって）帝位についたように、伊豆に流された頼朝が（神意に適って）後には国を治めるようになることを描くことに通じる。

佐伯真一は、盛衰記の頼朝描出について「中世的な征夷大将軍の由来を古代との連続性において捉えようという視点の仮構」があると述べた。[注12]この点からも、盛衰記の天武天皇へのこだわりを頼朝造形の一側面と読むことができよう。

また、榊原千鶴は、盛衰記の年号記述を重視し、清盛を破った頼朝が次の清盛に変貌するという、まさしく「源平盛衰」の構造を読み解いた。[注13]本稿は盛衰記における天武天皇記事の描き方に、頼朝の権力掌握を肯定する意図が読めるのではないかと考えるもので、権力掌握後の頼朝までを考察することはできていない。しかし、実は白河院の落胤であるという清盛の出生譚における白河院・忠盛・清盛の関係が、『大鏡』の描く藤原不比等出生譚の天智天皇・藤原鎌足・不比等のそれとほとんど同じであるという点[注14]に加えて頼朝を天武天皇と関連させて描くところに、天智天皇や天武天皇、鎌足など、飛鳥の逸話を下敷きにして清盛・頼朝を描く意図が読めるのではないかとも考えている。今後の課題としたい。

天武天皇が皇位継承を目前にしながら都を離れ、しかし戦に勝って即位したこと、血縁者（甥）である大友皇子を討ったこと、東国勢を率いて西国勢（大友軍）を破ったこと、転換期の天皇といえることなどが、頼朝の伊豆配流から任征夷大将軍、その過程での源氏（東国勢）による平家（西国勢）打倒や、血縁者（弟）義経の討伐、公家から武家、古代から中世への転換期の為政者としての姿などと重なるのは、単なる偶然にすぎない。しかし、延慶本・長門本とは違って、盛衰記はその偶然の符合を巧みに用い、紀を離れた天武伝承も取り込みながら、頼朝の権力掌握を神意に適うものとして描く。延慶本平家は頼朝奉祝で終末となるが、盛衰記もまた神意に適った人物として、国を統べる正当性を持つ者として、頼朝を描こうとしたものと考える。

注

(1) 延慶本の「大伴真鳥」に「天武天皇討給」の注記があるのは、「大伴」という名と「朝敵」、「討たれた」、などから、「大伴真鳥」を「大友皇子」と取り違えたものか。盛衰記、長門本、また覚一本にも真鳥の名は挙がるが、天武天皇に関する記述はない。なお、大友真鳥の誅殺は浄瑠璃や浮世絵の材ともなっているが、『大友真鳥実記』を「種本」とした（横山邦治「『図会もの』補説―山田意斎の読本をめぐって―」『国文学攷』29、一九六二年十一月）江戸後期の読本『大伴金道忠孝図会』は、内容を天武天皇の時代のできごとに脚色し、壬申の乱を絡めて描いている。

(2) 『江談抄』第一　十一（新日本古典文学大系）、『十訓抄』十ノ十八（新編日本古典文学全集）、『年中行事秘抄』十一月（『新校群書類従』第四巻）。

(3) 『扶桑略記』第五　天武天皇。『帝王編年記』巻第十　天武天皇　元年壬申（新訂増補国史大系）。

(4) 『増補大日本地名辞書』5　北国・東国（吉田東伍、冨山房、一九〇二年九月初版。一九七一年三月増補）。

(5) 「関は　逢坂。須磨の関。鈴鹿の関。岫田の関。白河の関。衣の関。ただごえの関は、はばかりの関と、たとしへなくこそおぼゆれ。横はしりの関。清見が関。みるめの関」『枕草子』（日本古典文学大系）。

(6) 『宇治拾遺物語』巻一五ノ一　清見原天皇と大友皇子と合戦の事（日本古典文学大系）。

(7) 「伊賀國ノ阿金ノ山ノ明神。女ニ現シテ船ノ下ニ入レ奉テ。其上ニシテ布ヲ洗フ」『上宮太子拾遺記』第七（『大日本仏教全書』112）。壬申の乱の顛末を記していて、大友皇子の計略を、皇子の妻である天武天皇の娘が吉野の父に密かに文にて知らせたという記述などがある。後半に「扶桑蒙求注云」とあり、女の童を文代わりに、吉野へ急を知らせることなどを記す。

(8) 『平家族伝抄』（十二）八巻分　天武天王焼栗事（斯道文庫編校『四部合戦状本平家物語』付載）。追われる天武天皇を隠すという話はないが、里人が、七星に似たほくろがあることで天武天皇が常人ではないことを悟るなど、他には見られない記述がある。

(9) シテ「(ツレへ向き) いかに姥、少しの程この舟の下に隠し申さうずるにて候」（新編日本古典文学全集『謡曲集』国栖）。

(10) 『日本奇談逸話伝説大事典』天武天皇：項目執筆者　高橋文二（勉誠社、一九九四年）。

(11) 『日本書紀』巻第二十八　天武天皇　上（日本古典文学大系）。

(12) 佐伯真一「源頼朝と軍記・説話・物語」（『説話論集』2、清文堂出版、一九九二年）。

(13) 榊原千鶴「『源平盛衰記』の頼朝」（『日本文学』42、一九九三年六月）。

(14) 平家物語にも、清盛出生譚に関連して「天智天皇が懐妊した女御を鎌足に下賜。生まれた子が女子であれば天皇の子に、男子であれば鎌足の子とすべしといい、生まれたのは男子で後の定恵である」との記事がある。なお、長門本、盛衰記、覚一本などが定恵とする人物を、延慶本は不比等とする。

平家諸本の本文は以下に依った。引用に際し、私に句読点や記号などを付した部分がある。『源平盛衰記』三弥井書店、『延慶本平家物語』勉誠出版、『平家物語長門本』名著刊行会。

付記

本稿は、國學院大學文学部科学研究費補助金・基盤研究（B）「文化現象としての源平盛衰記研究―文芸・絵画・言語・歴史を総合して―」公開研究発表会（二〇一三年七月二十七日　於 國學院大學渋谷キャンパス）及び、関西軍記物語研究会第八十回例会（二〇一四年四月二十日・於 関西学院大学梅田キャンパス）での口頭発表を基にしています。会場にて多くの御教示・御意見をいただきました。深謝申し上げます。

8 『平家物語』に見られる背景としての飢饉

――木曾狼藉と猫間殿供応・頼朝饗宴の場面を通して――

セリンジャー・ワイジャンティ

一　序論　『平家物語』に示唆される養和の飢饉

本論文は、『平家物語』の歴史意識という枠組みの中で、寿永二年（一一八三）八月から一〇月における、義仲と頼朝が朝廷からの使者である貴人に食事を供する場面描写に焦点をおく。この期間に源平内乱が大きな展開を迎えたことが、『平家物語』の諸本に共通してうかがえる。それ以前は地方に限定されていた内乱は国の中心である京に接近した地域でも起こり始め、やがて天下の乱れは、義仲軍の法住寺殿（後白河法皇の住居）襲撃に繋がり、最悪の事態を引き起こす。物語はそれ以前までは、成親、俊寛、清盛など秩序の枠内に収まらない登場人物を京から追放する、あるいはその死という形で物語から排除する。[注1]しかし、京（王権の場）での戦いは、壬申の乱以来なかった天下の重大事である。当然『平家物語』諸本は、政治史におけるこの危機を語りはするが、そこにはその危機が制御されているものとして描こうとする意図が物語の語りを通して透けてみえる。本論文では、物語におけるその工夫方法がいかなるものであるかを明らかにする。

源平争乱の養和年間（一一八一～一一八二）、都は大飢饉に見舞われた。『方丈記』によると、都は日照り、洪水、台風に襲われ、農作物の収穫ができなくなり、餓死者が増え、死骸が山とあふれるという悲惨な状況におかれた。飢饉からの回復ままならない京の都で義仲軍の狼藉が始まり、都の貴族は更に悩まされた。ここに至って、後白河法皇は頼朝と交渉し、頼朝の協力を得て義仲追討を企図することとなった。

『平家物語』諸本はこれらの経過を独特な観点から語る。すなわち、院宣を通しての頼朝勢力の公認は語られるが、その背景にある飢饉はそれほど語られない。『平家物語』は内乱によって起こった京での食料不足の記述を最小限に抑え、その代わりに「征夷大将軍」に任命された頼朝が院使中原康定を歓迎する宴を詳細に語る。[注2] また、ほどなく追討されることになる義仲が猫間中納言と食事をする場面も描く。源平争乱の大きな転換期に、食に関わる独特な記述がある。これは偶然ではない。

結論を先に言えば、『平家物語』の一一八三年一〇月の記述で、食に関わる描写が、物語全体の中で象徴的な機能を果たしているのである。食料は荘園・公領から京都に送られるため、年貢が首都へ搬入されるということは、都の支配権を確立し、中心を中心たらしめる重要な記号であった。[注3] しかし、養和の飢饉のさなか、朝廷は食物の入手が困難になり、これはとりもなおさず、支配権を揺るがす大事態であった。ところが、『平家物語』諸本はこのような危機的政治状況を描くことを避け、あえて食事の作法も知らない義仲を嘲笑する話を語ったり、東国で院使を歓待し、朝廷に奉仕することを約束する頼朝を描いたりする。『平家物語』のこれらの描写は、食事の作法なり習慣なりが、ある社会の人間を規律に従わせる方法であることをよく表している。[注4] つまり、儀礼、作法や形式が保たれる食事の場面は、政治状況の混沌を打ち消す物語の工夫なのである。ここでは、食についての記述が最も多い『源平盛衰記』を他の諸本と比較しながら、分析を進める。

二　木曾義仲の領地蚕食とその討伐

「覚一本」の「木曾の最期」の章段、義仲が最後まで戦い、悲劇的英雄として死ぬ場面は、義仲物語の掉尾を飾る場面として有名である。しかし、読本系の『源平盛衰記』は、その先を語り、義仲の首が獄門にさらされ、その下に落書が見つかるところまで描く。

信濃ナル木曾ノ御料ニ汁懸テ只一口ニ九郎義経

落書において、義経の名前の「九郎」が「食らふ」に掛けられ、信濃育ちの義仲が茶漬けとして義経に喰われると想起されていることがわかる。つまり、お茶漬けという「気取らぬ、体裁ぶらない」食べ物が義仲の朴実な性格を描いていると読める。[注5] 落書の「御料」という表現は極めて重要である。「御料」は『日本国語大辞典』によると、1「天皇や貴族の所有、または使用するもの。飲食物、器物、道具」、2「天皇や貴顕の人、あるいは寺社に付属する所領を言う」と説明されている。水原一によれば、この場面における「御料」という表現は「信濃には御料地（皇室領・神宮領）が多いことからのかけ詞」だと解釈できる。そして、御料は「貴人の子息をいう敬称」で、義仲が家来に「木曾の御料」と呼ばせていたことも語っている。[注6] だが、落書は貴族を気取った義仲を笑っているだけではない。同時に、貴族の「御料」（御領、すなわち領地）を押領した義仲の行為をも示唆しているのである。義仲を笑い者にすることにより、王権が被った危機感を消し去ろうとしているのである。紀田順一郎が、落書で笑われることは「敗北を意味する」と指摘しているように、落書は野蛮な義仲が征伐されたことを正当化している。[注7] 同時に、笑いを利用して、義仲の土地押領が象徴する支配欲を食欲にすりかえているとも言える。[注8]

「長門本」、「延慶本」ではこの笑いは食事の作法に向けられている。[注9]

田畠のつくり物みなかりめして木曾のこれうはたえはてにけり
名にたかききそのこれうはこほれにきよし中々に犬にくれなん

『源平盛衰記』の落書が、義仲が義経によって喰われる（討たれる）ことに焦点を置いているのに対して、この二例は義仲の食事中の無作法を笑いの対象としている。二例とも「御料」と呼ばれたかった義仲の身の程を知らぬ傲り高ぶった振る舞いを嘲笑している。そして、兵糧を調達するために貴族の御領（領地）の青田刈りをも厭わぬ義仲軍と、義仲自身の食事の不調法を同時に描くことにより、義仲の野蛮さをいっそう際立たせようとしているかのようである。

では、義仲の破滅の物語はなぜ「食」を通して語られているのだろうか。三谷邦明が述べているように、日本の古代文学には食の隠喩を通して土地支配を表現する伝統がうかがえる。これは例えば天皇の支配を「めす」という多義語で表現することに見られるし、古代神話における支配闘争が権力者の食を拒否する場面を通して語られたり、紛争後の支配確立が賀宴で描かれたりすることからもわかる。[注10]この観点は『平家物語』に見事に当てはまる。物語の前半には節会のような慣例的公宴の場面が多くある。これは天皇の支配権の強化や、天皇と貴族集団との結束の強調を示唆する描写となっている。しかし、養和年間に天下の乱れが続く中、新帝即位に伴う祭儀を執り行うことが不可能となる。天子即位の年は特別な大嘗祭（即位年の新嘗祭）を行う慣行があった。新嘗祭は天子が稲の初穂を天照大神へ奉り、その象徴的な共食によって天子が神と結ばれることを表す祭祀であった。[注11]『平家物語』諸本は一貫して、内乱によって天皇制の活性化に混乱が生じ、大嘗祭が延期されることを描くが、その政治的空白を埋めるかのように、二通りの食事の場面を描くのである。その一つは、京都で義仲が猫間中納言を接待する場面であり、もう一つは、頼朝が院使を歓待する場面である。いずれの場面でも、朝廷の支配力の衰退は描かれず、礼儀作法とその背景にある整然たる朝廷の権威が強調されるのである。

三　「猫間」章段にみられる食の秩序の小宇宙

寿永二年（一一八三年）夏、義仲は北陸道から京都に入り、平家の都落ちを余儀なくさせるのだが、一旦京都に入った田舎武者らは乱暴狼藉を始める。『玉葉』や『吉記』によると、義仲軍は田畑を刈り取り、運上物もすべて略奪した。[注12]当時略取による食料調達や、狼藉に及んだのは義仲軍に限らなかった。平家軍も頼朝軍も同様で、兵士らが兵糧米を路地追捕し、治安が悪化する中で、強盗らもその中に紛れ込んだはずである。[注13]しかし、『平家物語』諸本は、ひたすら義仲軍に乱暴狼藉の罪を着せる。なによりも、滑稽なまでに無作法な食事作法の描写を通し、貴族の既得権益を侵食した義仲を笑い者にして排除するのである。

ある日、猫間中納言という貴族官人が所用で義仲を訪問する（『源平盛衰記』巻三十三「光隆卿向木曾許」）。義仲は彼に昼食を供するが、中納言はうす汚い茶碗によそわれた粗末な食事を見て箸をつけようともしない。義仲は大きく笑いながら、「猫殿ハ小食ニテオハシケリ」とせかす。愚弄された猫間中納言は悔しがって帰宅する。先行研究ではこの「猫間」の章段で、木曾訛りの言葉で話し、食事を強制する義仲は田舎者だとされてきた。つまり、義仲はこの場面で常識知らずの無礼者として描かれていると言われてきたのである。[注14]

しかし、この場面は、食の政治性という視点から再検討する余地があろう。文化人類学者メアリー・ダグラスが指摘しているように、食べることは生理的行為であるが、社会的行為でもある。氏によると、食文化の基礎的な分類、つまり「食用の禁忌・非禁忌」とは象徴的な意味を持ち、思考カテゴリーとして作用し、社会を秩序づけるのである。山内昶は似たような立場から、食のカテゴリー分類は「人と自然（食）とその関係を整序し、それに基づいて世界像（コスモロジー）を構築する識別操作」だと説明している。[注15]つまり、禁忌にもとづく食文化の基礎的な分類、「食べてもいいもの／だめなもの」は、「食べたら死ぬ／食べても死なない」という生理的なレベルのものではない。食の禁忌が起こった背景に注目し、それが象徴しているものが何であるかに注意を向けたとき、実は、そこに社会の秩序のあるべき理想が投影されていることが分かる。このことから、食文化の規則、つまり、食の禁忌による分類の中に、社会全体の秩序（世界像／コスモロジー）の縮図（小宇宙）を見ることができると言える。[注16]

無論、日本には独自の食文化があり、日本の食習慣は日本の食文化の文脈において意味をなす。しかし、ダグラスの文化記号論は一般化可能な主張であり、氏の理論は見事に平安時代の食事の形式化や儀式化を説明してくれるのである。例えば、平安の貴族はハレ（非日常）の日の食事とケ（日常）の食事を区別していた。その対比は食事そのものの領域を超えて、社会の秩序維持を支える重要な観念的装置だった。食作法に関しても同様なことが言える。熊倉功夫によると、「作法を支える意識」の根底には「秩序維持観」がある。[注17]石毛直道も食事作法の起源を説明する際、似たような社会的役割を見出す。石毛によると、集団生活におこる共食には「相互干渉による軋轢」が起こりうる。その軋轢を「最小限にとどめるための調整、すなわち、食事の秩序を維持するしかけが必要」であった。[注18]作法は共食の際の調和だけでなく、そこから広がり、あらゆる社会場面での和合を保証する習慣だと言える。諸氏の指摘の通り、食事の作法はそれを共有する集団の帰属意識を強める役割をはたしているのである。[注19]

この観点から「猫間」の章段を読み返してみたい。この場面に見られる理解の齟齬は地方で育った人間と京育ちの貴族の間に起こった文化のすれ違いに基づいている。しかし食文化を、社会を秩序づける手段と捉えた場合、食事場面の乱雑な様子は秩序の乱れを象徴的に表す可能性をも秘めている。この立場から考察してみると、「猫間」の章段の「食」の風景は社会の乱れを見事に表していることに気づく。例えば、『源平盛衰記』におけるこの章段は、「けどき」、つまり食事の時間をめぐる混乱から始まっていることに注目したい。義仲は光隆卿に食事を勧めるが、光隆は食べ時（けどき）ではないと躊躇する。この食い違いは武士と貴族の食事の時間の違いだと説明されているが、このような規則のずれは、章段にいくつかあり、後に噴出する社会の混乱を予見させる見事な序曲になっている。[注20] 義仲が中納言に勧める「精進合子」（轆轤細工の木器）は、仏に供える食器であり、義仲なりの敬意表現かもしれない。しかし、これは日常的な場で利用されないものでもある。つまり、義仲の器は「場違い」なのであり、秩序を保つために引かれた境界線を無視したモノとして位置づけられているのである。また、義仲が光隆に出す「ヒラタケ」もこの延長線にある。「ヒラタケ」は毒キノコによく似た食材であるため、この場面では生死の境界を踏み越えさせる象徴的な事物として登場している。[注21] つまり、義仲はその後に法住寺合戦で王権を脅迫することになるが、まずは食をめぐる掟破りの無法者として描かれ、彼が引き起こす社会秩序の混乱はこのように伏線として登場しているのである。

義仲が猫間中納言を「猫」と呼んで、その怒りを買う一節は印象的であるが、これもその深層を考察すれば興味深い。義仲は田舎者で「猫間」という京都の地名を知らないことは十分に想定できる。また、読本系諸本では呼称を間違えたのは彼の召し使いであり、義仲は無礼であるというよりも知識不足だったのだとされている。しかし、彼が承知の上で中納言を侮辱したか、召使いの無礼をゆるしただけなのかは別として、義仲の無作法と見られる行為の数々は食文化の貴重な分類を無視していることで共通している。義仲は、人間の飲食を、本来それとは峻別されるべき動物の猫の飲食になぞらえて猫間殿を侮辱するのである。食文化において人間と動物の違いは根本的であり、その違いは人間が調理して食材を加工するという文化的営みによって成り立っている。食事という、作法や習慣的規則の多い領域で、無鉄砲にまたガサツに自分の価値観を押し通す義仲は、貴族社会に疎い田舎者であることは確かである。同時に、食事の秩序を乱す義仲が社会の秩序に公然と挑戦する存在であることも示唆されているのである。

本論文の序論で言及した「御料」という言葉がこの場面で紹介されていることも見逃せない。『平家物語』諸本では、光隆卿の用事が何であったのかその具体的言及はないが、義仲が当時京都周辺から新潟までの地域を支配しており、京都の貴族も庶民も食料不足で苦しんでいたことは確かである。光隆卿は後白河法皇の使いとして、なんらかの交渉のためにやって来たと推測されるが、これは物語では語られない。[注22] 義仲を笑いのめすことで、食料危機から目をそらそうとするのである。例えば、『源平盛衰記』において義仲の「食《くふ》べキ折ニ不レ食《くはざれ》バ、糧ナキ者ト成也。」という発言は注目すべきである。この「糧」という言葉は戦のさなかの兵糧米の問題を暗示しているのではないだろうか。

すなわち、「猫間」章段における食語りは、二つの大きな枠組みの中でとらえるべきであろう。食事にまつわる諸々の慣習を無視する義仲は、王権秩序に乱れをもたらす人物であるが、その危機を示す直接表現はない。食料難に直接触れるならば、収穫について徴収不能におちいっている王権の危機が露呈してしまうからである。しかし、内乱の混沌を食文化の秩序を語る場面の中に包含することはできる。それを通して、危機をもたらす義仲を王権を脅かす反逆者ではなく、単なる異端者として表現するのである。

『源平盛衰記』では、王権を覆そうとしたもう一人の人物、平将門も同じく食事のマナーを知らない無礼者として描かれている。『源平盛衰記』巻二二（「俵藤太将門中違」）に藤原秀郷と平将門が対面する挿話がある。在地で有力な従者を集めている頼朝を引き立てるために、逆対応する将門の失敗例、つまり同志を遠ざけてしまう将門像が紹介される。秀郷は将門に味方して、日本国を半分ずつ支配しようと思案して将門に会いに行く。将門は来訪を喜び、髪を束ねず、白衣のまま客を迎える。さらに、家来に食事を用意させるが、ご飯をこぼしながら食する。秀郷はこの振る舞いを見て、将門には将軍になる器量のないことを察知し、朝廷と組み、将門を倒すことを決意する。王権を脅かす者を社会法則の外に据えることによって、彼を異端児として排除することができるのである。

四　院使をもてなす源頼朝の饗宴外交

「猫間」の章段にみられる義仲の無作法と田舎者ぶりは、先行研究で指摘されているように、頼朝が礼儀作法正しく院宣を受け取る場面と対照的に読まれるべきである。柳田洋一郎によると、「義仲は頼朝と同じ位格でありながら価値的に対比される存在である。」『平家物語』は「義仲を悪として排除し、獲得した権力を頼朝に与える」のである。[注23] 本論に添った表現で言うならば、朝廷が公認する頼朝は礼儀を重んじる人物として描かれ、法住寺殿を襲撃した乱暴者の義仲は無礼者とされる。すなわち、肯定されるにしろ、否定されるにしろ、どちらも礼儀が保証する規範の構造の中に組み込まれるのである。

歴史資料によると、頼朝が「征夷大将軍」に任命されるのは一一九二年である。『平家物語』では、この事件は一一八三年一〇月のこととして、院使の中原康定が征夷大将軍の院宣を持って関東に行く章段で語られている。院宣を受けた頼朝は、勅使を豪華な饗宴でもてなす。この場面は明敏な頼朝のぬかりのない饗宴外交の見せ場であることは自明である。新任の国司、預所の代官が現地に下向した時に地方の豪族がもてなし、服属関係を確認する慣行があったことは、すでに歴史学者の指摘するところである。[注24] だが、この場面には、辺境の権力者頼朝の、院への服従の確認と同時に、当時既に歴然としていた彼の勢力と関東支配権の誇示も同時に表現されているのである。院宣は関東八か国の大名小名の前で厳かに頼朝に渡され、院宣が入っていた箱は砂金両を入れて返される。院使帰朝の土産は鎌倉で渡されたものだけではなく、近江の鏡が宿まで、宿ごとに米が十石ずつ用意されるのである。

『平家物語』で語られる一一八三年一〇月の「征夷大将軍」任命は虚構であったとしても、当時、院使が重要な宣を頼朝に届けに行ったことは歴史資料によって確認できることである。これはいわゆる「十月宣旨」とされ、頼朝はこの宣旨に従い、東国の荘園・公領からの官物や年貢の納入を保証すると約束した。[注25] その代わりに、彼は東国の行政権を公認されたのである。後白河院と頼朝が最終合意に達するまで、交渉は何度か行き詰まったのであるが、院使の往復と当時の緊迫した状況は、『平家物語』には描かれていない。「征夷大将軍」院宣の受諾のみが語られ、ことさら院使の接待が強調される。すなわち、不安定な歴史展開は饗宴を介して描かれ、そのことによって、権力の移行が儀礼によって保証された安定のもとになされたことを描こうとするのである。招待者である頼朝の財力も当然描かれるが、秩序が整然と保たれていたことを印象づけようとする構造になっている。

『平家物語』が描く饗宴場面のこの両義的な政治性は『今昔物語』の有名な「芋粥」（巻二六第一七「利仁将軍若時従京敦賀将行五位語」）の説話を想起させる。もちろん、『平家物語』の話が『今昔物語』の話を直接の典拠としたとは言えない。だが、両者の共通性を手がかりに、『平家物語』が意図した権力関係の描写をこの説話から読み解くことはできる。

『今昔物語集』のこの説話は『宇治拾遺物語』にも収録され、芥川龍之介の翻案でも有名である。話は次のような内容である。都に摂政家に仕える芋粥好きの五位がいる。ある日、藤原利仁は五位に芋粥を食べさせると約束し、敦賀の家に連れて行く。敦賀では夜中から豪勢な歓待の準備が始まり、一夜明けて、五位は膨大な芋粥の接待を受ける。日頃は芋粥を飽きるほど食べてみたいと思っていた五位は、大きな釜を見て、うんざりして食欲を失うところで話は終わる。『日本古典文学全集』の校訂者も指摘しているように、この話のテーマは「地方豪族の強大な権威と経済力に対する都人士の驚憚と関心」であると言えよう。[注26] 池上洵一もこの作品を分析する際、五位に焦点を当て、「思いがけず遠方に連れて行かれた五位が意外な歓待を受けて富を得た」ことに注目している。[注27] また、保立道久は芋を縦糸に構成される人的支配と、荘園制度における客人歓待に注目する。保立の説によると、この説話の「食物連鎖」は「京都の貴族」と「地方の領主」を結ぶ都鄙の社会関係を正確に表現している。[注28] 本論ではやや別の角度からの指摘を提示したい。「芋粥」説話はそのような中央と地方の従属関係を表面的に維持しながらも、それを逆転させてしまうという視点である。

保立の分析が解明しているように、この説話は京の摂政家の宴で始まり、敦賀の利仁の館での芋粥の宴で終わっている。つまり、説話の発端に摂政大臣からあまった芋粥が「おろしもの」として従者にくだされ、この飲食儀礼を通して、主従の扶持関係が確認される。この上下関係を反映した宴と同時に、芋粥をもっと食べたいという五位の願望が紹介される。芋粥という宴会コースの最後に供される、いわばデザートのようなものへの憧れは、それを思う存分食べられるだけの経済力を持ちたいという、五位の政治的野心を表している。この欲がこの話の縦糸で、田舎への旅を導き出させ、その欲がどのように満たされるかという物語の伏線が用意される。この〈食〉と〈欲〉との比喩的連関の通り、説話の終結では、五位の芋粥に対する欲は霧消するが抱いている野心は満たされる。

明け方から下人が五尺ぐらいの芋を持ちより、巨大な釜でそれを調理しているのを見る五位は肝をつぶすのである。彼の驚きは武士の経済力を見せつけられたことに繋がっている。「京都では貴族の従者であった利仁は、敦賀に帰れば武士団の長として、館を構えて地域に君臨する在地領主である。[注29]」地方の富の発見と同時に、五位自身にも大きな変化が現れる。都を出発する時点ではきちんとした着物も供奉させる家来もなく、欠乏によって形容される五位であったが、地方から帰京の際には、高級な布と服、牛馬などを与えられ、富ある人に変わるのである。豪華な土産は「今後の五位の都での仕事を後見しよう」という、利仁のパトロンとしての贈り物と捉えてよいだろう。[注30]

都で行われる宴会では、地方の食べ物は律令制下の調庸収集政策の成果としての役割を果たしている。しかし、その何百倍の量を利仁が産地で容易に収集してしまうことは、実際の勢力の所在がいずこにあるかを語らずして描いてしまっている。利仁は魚名流藤原氏に属した中央貴族の後裔であったが、この話が語られる時点では、鎮守府将軍として武名を誇る人物として知られていた。[注31]この説話では五位を翻弄し、そのことによって自分の勢力を誇示する、「京都にほど近い敦賀に盤踞している豪族」として登場する。[注32]

もちろん『今昔物語』の「芋粥」説話は、『平家物語』の院使接待章段の原話とは言えない。また、作者や読者がこれらの説話を結びつけたかどうかも確認できない。しかし、芋粥の話が食物を縦糸に語る都鄙勢力図の反転は興味深い。村井康彦によると、都優越・鄙軽視の意識は文学史上『伊勢物語』の頃からはっきりと確認でき、政治的／文化的／経済的差異の表現によって文学作品に紡ぎだされる。村井によると十二世紀にはこの落差は消えないが、大きく変わり始める。『国務条々』（地方に赴いた受領のための国務を執行する上での注意事項）にある「境に入れば、風を問え」という表現からもわかるように、地方は蔑視の対象ではなくなる。[注33]「芋粥」話が示しているように、圧倒的な富を持ち始めた地方豪族達は年貢として中央にさし出す分の何倍もを徴収出来たのである。また、地方の有力者は中央の代表者に過剰なほどの食物を提供することによって地方の力を誇示し、中央集権的制度を揺るがすことこそないものの、鄙の蔑視を許さぬ状況を作り出していった。

『平家物語』の頼朝の院使歓待の場面も、上述の「芋粥」話と同様、地方勢力伸張を想像させるものだが、ここでは、『平家物語』が敢えてこの饗宴を、寿永二年を選んで登場させている点に注目すべきであろう。寿永二年の十月に院の使者が鎌倉に向かった時、天下は西にいる平氏、中央の源義仲、東の源頼朝によって三分されていた。つまり、朝廷の地理的支配が崩壊し、政権の行方定めがたい大危機のときであった。頼朝と義仲の院使対面の場面は、武士の急激な台頭とその威勢を物語るのであるが、ここにおいては、文化的に洗練された頼朝と粗野な義仲の対比が際立っている点が重要である。食事は一つの舞台であり、礼儀作法によって上下関係、内外関係が演出され、社会の秩序が再確認される場である。そして、食事には連綿と受け継がれてきた作法が存在し、その作法が食事に確たる秩序を与えているとも言える。武士の台頭を食事の場面を通して描くことは、勃興した武士勢力を食事の秩序の中に押し込め、制御可能なものとして再構成することにつながる。さてこそ、頼朝は安定性を保証する食事の（社会的）決まりに従っている様に描かれ、猛々しい義仲は行儀が悪い田舎者、忌避される武将として描かれるのである。

五　義仲の形象と戦時の食料不足

佐倉由泰や益田勝実が指摘しているように、『平家物語』（特に覚一本）は『方丈記』などにみえる養和の飢饉の惨状を描かない。佐倉は、軍記物語は身体の表象が物語を遮断することを恐れて避けていると考える。▼注34 益田は源平合戦の最大危機は「主力軍の兵糧欠乏であった」と指摘し、「飢えたる戦士」が見当たらないことは不思議だと述べ、飢饉の描写がないのはおそらく源平合戦が「ようやく忘れられようとしつつある日々」に語られていたからだと説明している。▼注35 これは『太平記』と対照的である。和田琢磨によれば、『太平記』には兵糧の問題の記述はしばしばある。▼注36

とは言え、『平家物語』に兵糧問題の実態が語られていないわけではない。例えば、法住寺殿襲撃の場面で、義仲に青田刈りを中止せよと院の命令が届くが、義仲は兵糧確保のために若い衆が青田刈りするのは当たり前だと大胆な返事をする。この時期、義仲も頼朝も平家側も、戦を続けるために食料を「追捕」していたのはよく知られた史実なのだが、『平家物語』諸本は、これを義仲だけの問題にしていると言える。読本系諸本は特に義仲に対して批判的である。『源平盛衰記』によると、義仲が五万余騎を率いて上洛するやいなや、京都の治安は悪化する。京都の人々は食事を始めようとするかしないかのうちに、箸もろとも奪われる。道を歩いていると服も荷物も奪われる。義仲軍は、食料を、一般庶民からだけでなく、賀茂、八幡、稲荷、祇園、また権門勢家の「御領」からも強奪した。山下が指摘しているように、この四社は王城守護の場所として知られていた。[注37]その四社の領地を青田刈りして馬餌とした義仲は、神聖な場所を犯し、王城を威嚇したも同然だった。義仲がもたらした危機は当時の記録の『玉葉』に明らかに表現されている。寿永二年（一一八三）九月五日の条には、「義仲院の御領已下併せて押領す。日々倍増し、凡そ緇素貴賤涙を拭わざるは無し」とある。つまり、院と権門勢家の「御領」を日々襲い、義仲は貴族を泣かせていた。『平家物語』は王権への危機を直接取り上げるのではなく、「御料」にまつわる落書を取り上げ、義仲への嘲笑に置き換えて、危機を一定の枠内に包み込む形で語るのである。

六　まとめ

本論では一一八三年の食糧危機に焦点をあて、『平家物語』における食事の描写の象徴的意味とその役割を考察した。先行研究では義仲が頼朝と対照的に据えられ、狂言回しの役目を務めることが指摘されてきたが、本論では、義仲に浴びせられた嘲笑を当時の食糧難とむすびつけて検証した。

食文化を記号論的に捉えることは、王権を、実質的な経済的・政治的権力ではなく象徴的な権力とも結びつけて考えることにつながる。吉田孝の指摘通り、平安時代の天皇制は「直接的な政治権力から離れた、文化的・美的な価値の中心として」機能した。[注38]国をしろし「めす」王権の指導者は、食料徴収に基づく経済的支配を通して王権の絶対性も主張した。飢饉の発生は国家存亡の危機であり、権力の主張を揺るがす危機的事態である。儀礼や作法の遵守はその事態に安定性を与える。二つの食事場面は飢饉という実態から物語をそらしつつも、より大きな政治変化を縮約する鋳型として機能する。そのため、読み手の目を巧みにそらしたかに見え、却って背後にある危機的状況を露呈してしまう結果になっている。

紙面に限りがあるため、ここでは取り上げることができないが、『平家物語』の「食語り」の象徴性は多様である。例えば、十郎蔵人行家が死を迎える直前に干し飯をめぐる挿話がある（延慶本巻六末「十郎蔵人行家被搦事」）。頼朝は行家誅伐を命じる。捕らえられた行家を憐れと思った昌命は、糒に水をひたして食べるよう勧める。行家は供された椀を手に取り、取ったところ額の傷から滴り落ちた血がその椀に入ってしまう。このため行家は水もろとも糒を捨てるのだが、なぜか昌命はその糒を飲み込む。後日、昌命は行家の首を斬り、頼朝にそれをみせて行賞をもらう。この挿話は頼朝を死の穢れから遠ざける工夫と読める。血の穢れは水、糒、昌命という順番で吸収され、頼朝の前でおこなわれた首実検は穢れから守られた形で行なわれる。戦のさなかにおける食の描写はこのように多様であり、今後はそうした角度からの考察を進めていきたい。

注

（1）山下宏明はこれらの人物が制度からはみ出る、社会的枠組みに収まらない性格に設定されていることを指摘している。山下宏明『軍記物語の方法』（有精堂、一九八三年）九六頁。また、柳田洋一郎は描写における「正」と「邪」の価値判断を国家の危機を乗り越える方法と見ている。柳田洋一郎「「義仲の位相」——「猫間」を中心に——」（『同志社国文学』二九、一九八七年）。

（2）養和の飢饉の記述は読本系の『源平盛衰記』（巻廿七「天下餓死」）や「延慶本」（第三本「頼朝与隆義合戦事」）に見られる。だが、覚一本にはほとんど見えない。「覚一本」巻第六「横田河原合戦」「同四月廿日、臨時に廿二社に官幣あり。是は飢饉、疫病によって也」のような短い描写だけである。この点については、佐倉由泰「戦争について『平家物語』が語っていないこと（覚一本）」（『日本文学』五三—一、二〇〇四年一月）一七頁参照。

（3）東島誠が指摘しているように、日本は「食国（オスクニ）」、すなわちその土地の食物を供して天皇に食してもらう国」だった。そのため、「食物貢進が王権と密接に関わっていた」。養和年間の年貢の搬入の停止は王権にとって「死活問題」になった。東島誠「都市王権と中世国家」（鈴木正幸編『王と公—天皇の日本史』柏書房、一九九八年）一六九〜一七二頁。

（4）文化人類学者のレヴィ＝ストロースは神話において食事のしきたりは秩序破壊者を作法で縛る役割を果たすと指摘している。「食事のきまりを破り、食卓や身繕いの道具の使い方をないがしろにし、禁じられたおこないをする、こうしたことすべては、宇宙を害し、収穫をだめにし、狩りの獲物を遠ざけ、他者を病気と飢えの危険に曝すことなのである。」クロード・レヴィ＝ストロース『神話論理III 食卓作法の起源』渡辺公三・榎本譲・福田素子・小林真紀子共訳（みすず書房、二〇〇七年）五八四頁。

（5）お茶漬けの文学における描写については、伴野英一「閨中の茶漬け」（『文学に描かれた日本の「食」のすがた—古代から江戸時代まで—』

国文学解釈と鑑賞別冊、二〇〇八年）一九五頁。
（6）水原一『新定源平盛衰記　四』（新人物往来社、一九八九年）三三二頁。
（7）紀田順一郎『落書日本史』（三一書房、一九六五年）一五頁。
（8）落書は京童の世界で醸成されたものとされて来た。京童の世界が軍記物語成立の基盤に大きな影響を及ぼしたことも度々指摘されている。しかし、山下宏明が指摘しているように、『平家物語』の落書は当事者の政道批判という風刺的な性格よりも、編者の視点を表している。つまり、落書は語りの工夫の一つで、物語全体に意味を与える役割を果たしている。義仲をめぐる落書は義仲を笑っているだけではなく、彼の物語をどう読むべきかについての大きな手がかりを与えているのである。山下宏明『いくさ物語の語りと批評』（世界思想社、一九九七年）一〇三頁。
（9）落書は、「長門本」と「延慶本」には他にもいくつあるが、共通する落書だけを取り上げた。例は「長門本」から引用。
（10）三谷邦明「胃袋と文学（一）―試論　日本古代文学と〈味わうこと〉―」（『文芸と批評』三―一、一九六九年六月）七九～八三頁。
（11）原田信男「古代・中世における共食と身分」（『国立歴史民族博物館研究報告』第七一集、一九九七年三月）五〇一～五〇二頁。
（12）『玉葉』寿永二年九月三日条、および寿永二年九月五日条参照。
（13）宮田敬三「十二世紀末の内乱と軍制―兵粮米問題を中心として」（『日本史研究』五〇一、二〇〇四年）。
（14）山下宏明「テキストの読み―義仲の物語」（『日本文学』五六―二、二〇〇七年）。栃木孝惟『軍記と武士の世界』（吉川弘文館、二〇〇一年）二三六頁。
（15）山内昶「食のタブーの記号解読（デコード）」（『講座食の文化　食の思想と行動』財団法人　味の素食の文化センター、一九九九年）三五〇頁。
（16）Mary Douglas, "Deciphering a meal," Daedalus, 101.（一九七二年）。表題和訳はメアリー・ダグラス「料理を暗号解読する」。
（17）熊倉は食事作法を「強者の価値観の維持のために、弱者に従属を要求する」手段だと解釈している。つまり、熊倉は作法を社会の上下関係を調整する道具としているが、本論は彼の論点をより広義に捉えている。熊倉功夫「前近代の食事作法と意識」（井上忠司、石毛直道共編『食事作法の思想』ドメス出版、一九九〇年）一二二～一二四頁。
（18）石毛直道「食事作法と食事様式」（井上忠司、石毛直道共編『食事作法の思想』ドメス出版、一九九〇年）一七八頁。
（19）渡辺実『日本食生活史』（吉川弘文館、二〇〇七年）。小峯和明「古典文学における〈食〉の登場」（『文学に描かれた日本の「食」のすがた―古代から江戸時代まで―』国文学解釈と鑑賞別冊、二〇〇八年）二三頁。
（20）食生活の食い違いについては、注（14）山下前掲論文参照。
（21）平茸が有毒性のキノコに似ていることはよく説話に出てくる。例えば、『今昔物語集』巻二八第一八「金峯山別当食毒茸不酔語」に金峰山の別当が老僧に平茸だと嘘をついて、和太利（ツキヨタケ）を食べさせて、毒殺しようとした話がある。

（22）浅香年木は光隆卿が派遣された理由は食糧調達だったと推測する。浅香年木『治承・寿永の内乱論序説』北陸の古代と中世2（法政大学出版、一九八一年）三二二〜三二五頁。

（23）注（1）柳田前掲論文、二一頁。

（24）村井章介「執権政治の変質」（『日本史研究』二六一、一九八四年）六頁。

（25）松尾葦江は征夷大将軍の任命について、『平家物語』の虚構を寿永二年当時の「政治状況の物語的具象化」とし、寿永二年に頼朝に実際下された、いわゆる「十月宣旨」を文飾したと指摘している。松尾葦江「方法としての延慶本平家物語序説―巻八をめぐる考察―」（水原一編『古文学の流域』新典社、一九九六年）三三二頁。

（26）馬渕和夫・国東文麿・今野達編『今昔物語集』日本古典文学全集23（小学館、一九七四年）六〇五頁。

（27）池上洵一「今昔物語集の芋粥」（『論纂説話と説話文学』笠間書院、一九七九年）。

（28）保立道久「説話「芋粥」と荘園支配―贈与と客人歓待―」（『物語の中の中世』東京大学出版会、一九九八年）第五章。

（29）注（11）原田前掲論文、五一二頁。

（30）注(28)保立前掲論文、一三五頁。五位は都を出る時、急な招待に応じて取るものもとりあえず出かけたとなっている。そのため、彼の服装が整っていなかったことや家来がいなかったのは理解できる。しかし、出発時の彼のだらしない醜悪な姿は（貧しさの形象ではなく）彼の後の変化を際立たせる重要な前置きとも解釈できる。

（31）注（27）池上前掲論文、二〇六頁。

（32）小沢正夫「今昔から平家へ」（『平家物語』日本文学研究資料叢書、有精堂、一九八〇年）一三二頁。

（33）村井康彦「王朝期の都鄙意識」（『日本学』創刊号、一九八三年）一一五頁。

（34）注（2）佐倉前掲論文、一八頁。

（35）益田勝実「飢えたる戦士―現実と文学的把握―」（『益田勝実の仕事』ちくま学芸文庫、二〇〇六年）二五七、二六二頁。

（36）和田琢磨「軍記と食」（『文学に描かれた日本の「食」のすがた―古代から江戸時代まで―』国文学解釈と鑑賞別冊、二〇〇八年）一三四頁。

（37）山下宏明「『平家物語』の義仲を読む」（『樟蔭国文学』四三、二〇〇六年一月）三頁。

（38）吉田孝『律令国家と古代の社会』（岩波書店、一九八三年）四三五頁。

9　与一射扇受諸本文の諸相

平藤　幸

一　はじめに

昭和六〇年（一九八五）二～三月・七～八月、梶原正昭は、「平家物語の魅力」と題した講義を朝日カルチャーセンター横浜校で行った。それを同センターが録音・編集し、前半部を「（上）鹿の谷事件」として同年五月に、後半部を「（下）源平合戦」として翌昭和六一年一〇月に販売した講座のカセットテープがある（使用テキストは梶原校注の桜楓社刊本〈昭和五九年。底本は流布本〉）。

「（下）源平合戦」のうちの「那須与一」で梶原は、源義経と梶原景時との、いわゆる「逆櫓争い」（覚一本では巻十一「逆櫓」）について、以下のように述べる。

双方いきり立って一触即発の状態に陥るわけですね。この時は周りの兵達がそれぞれなだめて事なきを得たわけですけれども、戦いを前にして、源氏の陣営の中に、内部的な分裂の傾向というものが示されている。これは、屋島合戦譚を考える上ではちょっと頭に入れておいていただきたいことなんですね。この後、屋島の合戦、そして、最後の壇浦合戦と展開して参りますけれども、一谷の合戦と、趣が少し違うところがございます。（中略）一谷の合戦の時は、義経が頼朝の代官

郵 便 は が き

料金受取人払郵便

神田局
承認

1330

差出有効期間
平成 28 年 6 月
5 日まで

101-8791

504

東京都千代田区猿楽町 2-2-3

笠間書院 営業部 行

■ 注 文 書 ■

◎お近くに書店がない場合はこのハガキをご利用下さい。送料 380 円にてお送りいたします。

書名 冊数

書名 冊数

書名 冊数

お名前

ご住所 〒

お電話

読　者　は　が　き

●これからのより良い本作りのためにご感想・ご希望などお聞かせ下さい。
●また小社刊行物の資料請求にお使い下さい。

この本の書名＿＿＿＿＿＿＿＿＿＿＿＿＿＿＿＿＿＿＿＿＿＿＿＿＿＿＿＿＿

本はがきのご感想は、お名前をのぞき新聞広告や帯などでご紹介させていただくことがあります。ご了承ください。

■本書を何でお知りになりましたか（複数回答可）

1. 書店で見て　2. 広告を見て（媒体名　　　　　　　　　　　　）
3. 雑誌で見て（媒体名　　　　　　　　　　　　）
4. インターネットで見て（サイト名　　　　　　　　　　　　）
5. 小社目録等で見て　6. 知人から聞いて　7. その他（　　　　　　　　　　　　）

■小社 PR 誌『リポート笠間』（年 2 回刊・無料）をお送りしますか

はい　・　いいえ

◎上記にはいとお答えいただいた方のみご記入下さい。

お名前

ご住所　〒

お電話

ご提供いただいた情報は、個人情報を含まない統計的な資料を作成するためにのみ利用させていただきます。個人情報はその目的以外では利用いたしません。

として、東国の軍勢を率いて、縦横無尽の活躍を示し、そして勝利に導いていくという、めざましい活躍を示したわけです。東国の兵達が手足のように働いた。ところが、この屋島合戦になりますと、（中略）「頼朝との不和」というものが、やはり、源氏の陣営の中に微妙な影響を与えてきています。つまり、代官としての義経の威令が、行き渡らなくなってしまう。麾下の東国勢達は、義経の命に必ずしも従わない、というような有様になって参りますね。（中略）こういう、源氏の陣営の内部の、やや分裂的な、その動きが、物語の中に象徴的に示されていると言っていいかと思います。（施傍線・鉤括弧は稿者。以下同）

梶原は、屋島合戦の前に、源氏の陣営の中に「内部的な分裂の傾向」が示されていることに注意すべきであるとし、それは、一谷合戦後に生じた義経と頼朝との「不和」の影響であり、それによって東国の武士達が必ずしも義経の「威令」に従わなくなっている有様が描出されていると指摘する。

そしてその後の「那須与一」において、古兵《つわもの》後藤兵衛実基に推薦されて義経に射扇を命じられた那須与一が、一度辞退し、義経が激怒する場面では、次のように言う。

「今度《このたび》鎌倉を立って西国へ向かはんずる者共」―配下の軍兵達、東国勢、皆、義経の命令を背いてはならない―「背くべからず」とある。「背いてはならぬものだ」よりもっと強い言い方ですね、「背くべからず」。先ほど言ったように、東国の配下の兵と義経の間に、ややすきま風が吹いている、そういうことを、暗示するような言い方なわけですね。配下の兵が、義経の命に、とかく従わないそぶりがある。那須与一のこの辞退も、義経にとっては、そういう風に映ってくる。そこでもう、烈火のように怒るんですね。この怒り方、やや異常とも思われるように、激しく怒ります。「それに少しも子細を存ぜん人々は」、異存のある人達は、ここから「とうとう」、早く、即座に鎌倉へ帰られよ。「帰らるべし」、敬語が使われている。配下の兵じゃなくて、兄頼朝から預かった東国の御家人達に、一応の敬意というものが示されていると言っていいでしょうね。そういう言い方ではあるけれども、非常に激しい義経の怒りがここに示されている、ということにご注意をいただきたいと思います。「一定仕《いちぢやうつかまつ》らうずる仁に仰せ付けらるべうもや候ふらん」という風に与一は言うけれども、こんな難しい扇の的を「一定仕」り得る人物が他にいようとも思われない。もうここは、とにかく、後藤兵衛が推薦した、この弓の名手那須与一に全て、全軍の運命をかける以外に道はない。義経は、証拠はあるかと尋ねて、そして、この後藤兵衛の進言によって決断を下したわけです。決断を下した以上、それを成し遂げる以外にはない。ここで義経が逡巡すれば、そのためらいは、全軍のためらいにつながる恐れがある。義経は断固として、ここでこの命令を言い張るわけです。こういう、この厳しい義経の叱責、否やを言わせぬ厳しい叱咤が、与一の逡巡を断ち切ります。与一のためらいを断ち切るわけですね。

梶原は、与一の辞退の言を聞いた義経の「今度鎌倉を立つて西国へ向はんずる者共は、皆義経が下知《げち》をば背くべからず。それに少しも子細を存ぜん人々は、是よりとうとう鎌倉へ帰らるべし」という言葉は「烈火のよう」な怒りであり、「やや異常」でもあると指摘する。そしてその「異常」な怒りの背景には、先の景時との逆櫓論争に見た、義経と東国武士との間に生じている「すきま風」があるのであり、少なくとも義経は与一辞退の背景を、自分と彼らとの間に横たわる齟齬として受け取っている、と言うのである。言い換えれば、逆櫓論争が、「那須与一」での与一の辞退と義経の怒りの伏線になっている、と指摘しているわけである。[▼注1]

梶原のこの指摘は流布本に基づいてなされたものであるが、そもそも当該箇所は『平家物語』諸本間の異同が大きく、扇の射者が最終的に与一に決定するまでの経緯が多様であり、松尾葦江が「諸本が趣向を凝らし表現を洗練しようとした痕跡が窺える」と指摘するところでもあった。[▼注2]

本稿では、諸本の本場面の様相を整理しつつ、諸本が「趣向を凝らし表現を洗練しようとし」た結果、それがどのように奏功しているのかあるいはいないのかを考察したい。また、発表された媒体の性格によってか見過ごされてきた感が否めない梶原の指摘の当否を、改めて考えてみたいと思うのである。

二　与一射扇受諾本文の諸本の様相

以下に、『平家』諸本の、与一が射扇を受諾する場面の本文を掲出しておく。[▼注3]射手が与一に決定するまでの経緯が簡略なものから順に挙げる。

①【長門本】巻十八「奈須余一扇射事」

判官、是を見て、「いかゞはすべき。射ざらんも無下なるべし。いはづしたらんもふかくなり。射つべきものや有《ある》」と尋給《たまひ》けるに、後藤兵衛真基《さねもと》が申《まうし》けるは、「下野国住人奈須太郎助高《すけたか》が子に、奈須与一惟宗《これむね》こそ、かけ鳥なんどを三かひなに、二かひなは、つかまつる者にて候へ。小ひやうにてこそ候へ共、与一をめして、つかまつらせ給へ」とぞ申ける。与一、おほせを承《うけたまはり》て、褐衣《かちん》のよろひひたたれに、くろかはをどしのよろひきて、きかはらげなる馬にのりて、渚にむかひてあゆませけり

②【延慶本】第六本・九「余一助高扇射事」

源氏ノ軍兵是ヲミテ、「誰ヲ以《もつて》カイサスベキ」ト評定有《あり》ケルニ、後藤兵衛実基《さねもと》ガ申《まうし》ケルハ、「此勢《このせい》ノ中ニハ、少シ小兵《こひやう》ニテコソ候へドモ、下野国住人那須太郎資宗《すけむね》ガ子息、那須余一資高《すけたか》コソ候ラメ。ソレコソ係取《かけどり》ヲ三度ニ二《ふたつ》射テ取《とる》者ニテ候へ」ト申ケレバ、「サラバ召セ」トテ、余一ヲ召ス。判官「アノ扇仕《つかまつ》レ」ト宣ケレバ、資高辞《じす》ルニ不及、「承候ヌ」トテ、渚ノ方ヘゾ歩《あゆま》セケル

③【四部合戦状本】巻十一「那須与一」

源氏の兵共、之を見て色を失ひ、「誰か承る」と思ふ処に、武蔵坊弁慶、「射よ」と謂はれて射ざらんも無下に思ひて、「和田（「小」脱カ）太郎を以て射さすべし」と申せば、金子十郎が申しけるは、「和田小太郎は強弓精兵、左右《さう》無き事なれども、少《をさな》き者は少し揣《あば》らにや候ふ。鎧甲《よろひかぶと》を立ち重ねては子細には及ばず。那須庄司重隆《しげたか》が子に那須与一宗隆《むねたか》こそ、弓勢少し劣り候へども手細やかにて、定めて物を射つべく候ふ」と申せば、判官、「与一に射させよ」と言へば、与一海の中へ馬を打入れ、一段計り歩ませて寄せて見れば、海上七八段計りに見ゆ

④【源平盛衰記】巻四十二「玉虫立扇」「与一射扇」

「此扇誰射ヨト仰セラレン」ト、肝膾《きもなます》ヲ作リ、堅唾《かたづ》ヲ飲《のめ》ル者モアリ。判官畠山ヲ召《めす》。重忠ハ（中略）判官ノ弓手ノ脇ニ進出《すすみ》テ、畏テ候。「義経ハ女ニメヅル者ト平家ニ云ナルガ、角構《かく》ヘタラバ定テ進出テ興ニ入《いら》ン処ヲ、ヨキ射手ヲ用意シテ、真

中サシ当テ射落サント、タバカリ事ト心得タリ。アノ扇被《い》レ射《られ》ナンヤ」ト宣ヘバ、畠山畏テ、「君ノ仰《おほせ》、家ノ面目ト存ズル上ハ子細ヲ申ニ及バズ。但是ハユ、シキ晴態《はれわざ》也。重忠打物取テハ鬼神ト云共更ニ辞退申マジ。地体《ぢたい》脚気《かつけ》ノ者ナル上ニ、此間馬ニフラレテ、気分ヲサシ手アバラニ覚エ侍リ。射損ジテハ私ノ恥ハサル事ニテ、源氏一族ノ御瑕瑾《かきん》ト存ズ。他人ニ仰《おほせ》ヨ」ト申。畠山角辞《かくじ》シケル間諸人色ヲ失ヘリ。

判官ハ、「偖《さて》誰カ在ベキ」ト尋給ヘバ、畠山、「当時御方ニハ、下野国住人那須太郎助宗《すけむね》ガ子ニ十郎兄弟コソ加様《かやう》ノ小物ハ賢《さかし》ク仕リ候ヘ。彼等ヲ召ルベシ。人ハ免シ候ハズ共、強弓遠矢打物ナドノ時ハ、可レ蒙レ仰」ト深ク申切《きる》。「サラバ十郎」トテ召レタリ。（中略）判官「アノ扇仕《つかまつれ》」ト仰ス。「御諚ノ上ハ子細ヲ申ニ及バネ共、一谷ノ巌石ヲ落《おとし》シ時、馬弱シテ弓手ノ臂ヲ沙《いさご》ニツカセテ侍シガ、灸治モイマダ愈ズ、小振シテ定ノ矢仕《つかまつり》ヌ共不レ存《ぞんぜず》。弟ニテ候与一冠者ハ、小兵ニテ侍レ共、懸鳥《かけどり》・的ナドハ、ヅル、ハ希也。定ノ矢仕ヌベシト存《ぞんず》。可レ被二仰下一」ト、弟ニ譲テ引ヘタリ。「サラバ与一」トテ召レタリ。（中略）進出テ、判官ノ前ニ、弓取直シテ畏レリ。「アノ扇仕レ。晴ノ所作ゾ。不覚スナ」ト宣《のたまふ》。与一仰《おほせ》承リ、子細申サントスル処ニ、伊勢三郎義盛、後藤兵衛尉実基等、与一ヲ判官ノ前ニ引居《ひきすゑ》テ、「面々ノ故障ニ日既暮ナントス。兄ノ十郎指《さし》申《まうす》上ハ子細ヤ有ベキ。疾々《とくとく》急給ヘ〳〵、海上暗成《くらくなり》ナバユ、シキ御方ノ大事也。早々」ト云ケレバ、与一、「誠ニ」ト思《おもひ》、（中略）扇ノ方ヘゾ打向ケル

⑤

【長門切】▼注4

や見まいらせんとぞ招ける。判官此を聞給ひ、義盛を召して「此勢の中にあの扇射つべき器量の者やある」と御尋あり。
船の中にはなりをしづめて是を見る。源氏の軍兵は、「誰か仰せを蒙らん」と、きもをきりかたづをのみてぞありける。判官、
射手を被撰《えらばれ》けり。「彼は射てんや、其はゑかなは（一覧64）
こそ候へ。加様の物はいまだ覚候はず」と申ければ、其後、畠山庄司次郎を召て「これを射よ」とぞの給ける。庄司次郎
畏申けるは、「強弓勢兵遠矢などにて候ば、仰かぶるべし。加様の物は思も不寄《よらず》」と申ければ、義盛御そばに候けるが、「真
塩殿、あのあふぎあそばし候へや」承り候事の候物を一（一覧65）
「ゑ仕候まじ。いかにと申候に、源平御合戦かゝる晴れの軍庭にして此程の仰せを蒙候事は、弓矢取身の望も願ふ所の面

目とは存候へども、あの扇を若《もし》射損じ候ぬる物ならば、君の御為助宗が為、世関《せけん》へもいかゞ候べき。されば御計もや候べかるらむ」と申ければ、「道理なり〳〵」と皆人舌をぞならしける。判官殿もしばしは無音にておはしけるが、「只射給（一覧66）

⑥【覚一本】巻十一「那須与一」

判官、後藤兵衛実基をめして、（中略）「射つべき仁はみかたに誰かある」と宣へば、「上手どもいくらも候ふなかに、下野国の住人、那須太郎資高が子に、与一宗高こそ小兵で候へども手ききで候へ」。（中略）「いかに宗高、あの扇のまゝなか射て、平家に見物せさせよかし」。与一畏まッて申しけるは、「射おほせ候はむ事、不定に候ふ。射損じ候ひなば、ながきみかたの御きずにて候ふべし。一定つかまつらんずる仁に仰せ付けらるべうや候ふらん」と申す。判官大きにいかッて、「鎌倉をたッて西国へおもむかん殿原は、義経が命をそむくべからず。すこしも子細を存ぜん人は、とうとうこれよりかへらるべし」とぞ宣ひける。与一、かさねて辞せばあしかりなんとや思ひけん、「はづれんはしり候はず、御定で候へば、つかまッてこそみ候はめ」とて、御まへを罷り立ち、黒き馬のふとうたくましいに、小ぶさの鞦《しりがい》かけ、まろぼやすッたる鞍おいてそのッたりける

①長門本は、後藤兵衛実（真）基が与一を推薦し、与一は「おほせ」を即座に承る。義経が与一に射扇を命じる言葉はなく、延慶本の「辞ルニ不及」該当本文もない。諸本中もっともスムーズに受諾していると言ってよい。②延慶本は、後藤兵衛実基が与（余）一を推薦し、義経が命じるとすぐに受諾。ただしわざわざ「辞ルニ不及」とあるのは、辞退という選択肢もなかったわけではない（少なくとも与一は辞退をまったく考えないわけではなかった）ことを示唆するものか。③四部本は、まず武蔵坊弁慶が和田（小）太郎（義盛）を推薦するが、金子十郎（家忠）が、与一の方が手が細やかだとして与一を推薦。義経が「与一に射させよ」と言うと、与一は特に承諾の言なく実行に移す。なお、和田小太郎義盛はこの後の壇浦合戦で遠矢を射ている。

一方、④盛衰記では、まず畠山が召されるも、脚気等を理由に辞退する。畠山は代わりに那須兄弟を推薦するが、兄十郎は一谷での馬の故障と自らの負傷を理由に辞退し、代わりに弟与一を推薦する。与一も子細を申そうとするが、伊勢三郎義盛と後藤兵衛実基とに急かされて承諾する。なお、松雲本も似た展開だが、射手を決める際、「伊勢三郎ヲ始トシテ、其レ射テンヤ、

彼レハ叶ハジヤト評定」があった中、畠山は義経に召されるのではなく自ら進み出て弓を取り直す。そこで義経が「アノ扇射ラレナンヤ」と尋ねると「遠矢ナドハ仰ヲ蒙ルベク候」と言い、「サテ誰カアラン」と聞かれて那須太郎「助信父子」を推薦する（ただし「助宗」との混同あり）。「助宗」は一谷で肩を故障したといい、「子」の与一を推薦。命じられた与一は子細を申そうとはせず、「挟テ立タル扇ナレバ、何《イヅク》ヲ射ルトモ手ノ下ナリ」と思う。地の文には「我ト思フ人々ノ中ニ与一勝ラレケルハ、時ニ取テ面目ナリ」ともあり、与一自身に消極的な様子は見られない。⑤長門切本文は、義経はまず義盛（盛衰記を勘案すれば伊勢三郎義盛か。ただし、四部本で弁慶が和田（小）太郎を推薦していることを鑑みると、和田小太郎義盛の可能性もなくはない）に、源氏勢の中に射扇可能な者がいるかを尋ね、おそらくは誰かが断った後、その後畠山が命じられるも辞退し、義盛が真塩（鷲尾（三郎経久）か）に勧めるようである。真塩も断ったのか、その後、「助宗」（盛衰記では与一の父の名だが、父・与一共に諸本間で名の異同が大きく、どちらを指すか不明。兄十郎の可能性もある）が、失敗し面目を失う恐れから辞退の言を述べる。義経は再度「助宗」に命じたのか、他者に命じたのかは不明。

他方、⑥覚一本は、後藤兵衛実基が与一を推薦し、義経が与一に射扇を命じると、一度辞退する。義経が激怒したので、与一は二度の辞退はよろしくないだろうと判断したのか、受諾。南都本・屋代本・中院本も同展開。幸若舞曲『奈須与市』は、源氏勢の中から射手を選ぶ場面はなく、いきなり義経が与一を召す場面から始まる。与一の辞退→義経からの督促→与一の受諾という展開は覚一本に同じ。

以上をまとめたのが次頁の表である。

大きくまとめると、a義経の命令に与一が直ちに服従する（長門本・延慶本・四部本（四部本はaとbの中間に位置付けることもできる））、b義経の命令を与一が受諾するまでに与一以外の人物達のやりとりがある（盛衰記・松雲本・長門切）、c義経の命令を受諾するまでに与一の辞退と義経の忿怒がある（南都本・屋代本・覚一本・中院本。幸若の義経の言は忿怒より督促に近い）、という三つに分類される。bとcの間は、射扇奏功の困難さゆえの武士のおののきを、拝命の人物間の盥回しで表すか、与一一人の逡巡で表すかの異なりだと捉えれば、b・cとaとの間には大きな懸隔があることになる。ここから、当該部分の原態や諸本間の先後を直ちに論じることはできないが、与一の拝命から射扇成功に至るまでの行文の緊張感という点では、覚一本等の語り本系諸本

【一覧表】※与一の表記は「与二」に統一した。

	推薦者	推薦対象	対象者の反応と諾否
長門本	後藤兵衛真（実）基	与一	すぐに承諾
延慶本	後藤兵衛実基	与一	すぐに承諾（ただし「辞ルニ不及二」とある）
四部本	武蔵坊弁慶	和田（小）太郎（義盛）	和田は何も言わないが金子十郎が和田を「少なき者は少し荒ら」だとして、「手細やか」な与一を薦める
	金子十郎（家忠）	与一	何も言わずに海中に馬を進める
盛衰記	義経	畠山重忠	「家ノ面目」「ユ、シキ晴態」ではあるが脚気で気分も悪く手があばらに思われる。射損じたら「私ノ恥」だし「源氏一族ノ御瑕瑾」になると言い辞退。松雲本は、畠山が自ら義経の側に進み出て弓を取り直し、義経に射られるかと尋ねられると「遠矢」ならば受諾するとのみ答えたので（脚気云々とは言わない）、義経は他の射手を探す
松雲本	畠山重忠	那須兄弟（松雲本は那須父子）	与一の兄十郎（松雲本は父の太郎）がまず義経に命じられるが、一谷で馬を弱め自身も故障したとして辞退（松雲本は父の太郎の名に「助信」「助宗」と混乱がある）
	盛—那須十郎（与一の兄） 松—那須太郎（与一の父）	与一	義経に命じられ子細を述べようとするも、伊勢三郎義盛と後藤兵衛実基に急かされて承諾。松雲本は子細を申そうとはせず自信ありげで他人に急かされない
長門切	不明	不明	誰かに一度命じているが辞退している
	義経	畠山庄司次郎（重忠）	「加様の物は思も不寄」と辞退
	義盛	真塩	辞退か
	不明	助宗	「晴れの軍庭」「願ふ所の面目」ではあるが失敗したら君のためにも助宗のためにも「世関」にも「いかゞ候べき」として辞退。皆「道理」と納得。義経はしばし無音。その後与一が命じられて受諾したか
南都本 屋代本 覚一本 中院本	実基	与一	義経から命じられるが一度辞退。義経の怒りを受けて承諾
幸若『奈須与市』	なし（冒頭で与一が義経に召される）	与一	義経に命じられるが一度辞退。「あら、やう〳〵しや。はや、とく〳〵」との（おそらくは義経の）督促を受けて承諾

の趣向が長じていることは認めてよいのであろう。

三　与一辞退理由についての先学の言及

これまでに刊行された諸注釈・諸論攷において、覚一本とそこから派生したと思しい幸若舞曲「扇の的」に拠って、与一が義経の命を一度は辞退した理由に触れ、理由あるいはその意味について述べているものを、以下に挙げてみよう（括弧内は各人の依拠本文）。

イ　山下宏明『軍記物語と語り物文芸』（塙書房、一九七二年九月）Ⅱ―八―（二）（初出は一九六九年）
与一は、その重責におののき、（中略）いったんは辞退する。何よりも、この彼自身のおののきが、その使命・重責を明確に物語っている（覚一本）

ロ　笠栄治「平家物語「那須与一」をめぐって」（『解釈』二一―六、一九七五年六月）
多士済々の源氏方にあって、この扇の的の射手に選ばれた那須与一は、栄誉この上ないものを感じてはいても、それを表に出す事は許されない。（中略）唯一人選ばれた心苦しさと、一度は辞退すべき作法とに従っての辞退（幸若舞曲「扇の的」）

ハ　笠栄治「『平家物語』「那須与一」の主題とその展開」（笹淵友一編『物語と小説』〈明治書院、一九八四年四月〉）
与一の辞退の弁には、己の意図する演出が根底にある。意図する演出を完成させる技術にも自信はある。が、己の期する演出以上の優れた趣向があった場合を想定する遠慮なのである。（中略）実基の推薦を与一が辞退することで一瞬固唾を呑んだ義経主従も、義経の説得に立ちあがる与一を頼もしげに見送る。むしろ、即座に受けなかった遠慮に、却って信頼を生じ、辞退の言辞に既に用意された演出のあるを感得し、謎解きの期待を生じるのである（覚一本）

ニ　杉本圭三郎『平家物語（十一）全訳注』（講談社、一九八八年四月）
「延慶本」では（中略）辞退する与一の言動は述べられず、（中略）ただちに射る場面へ展開するのであるが、一度は辞することばをおくことで後に神々を祈念し決意する与一の行動の悲壮感をいっそう強めることになり、またきびしく命じる義

経のことばが、軍団を統率する武将としての毅然とした態度を表現することになる（覚一本）

ホ　梶原正昭『岩波セミナーブックス　平家物語（古典講読シリーズ）』（岩波書店、一九九二年六月）

（与一には）あの小さな扇の的を射当てる自信はとてもない。（中略）与一が恐れたのは、それが彼一身の不名誉にとどまらず、源氏勢全体の名折れになるであろうというためだったわけですが、扇一つを射ることに彼がこれほどのこだわりとためらいを見せたのは、なぜだったのでしょうか。（中略。盛衰記が、この扇は故高倉院ゆかりの秘宝で平家が都落ちした際に厳島神社の神主から「帝業の御守り」として進ぜられたもので、それを平家は武運を占うために「軍の占形」として立てたと記すことに触れる。先の問いの解答を明確に記してはいないが、鏑矢でいくさの勝負を占う用例や扇を的として弓矢で射ることの先例を挙げ、それが与一の弓技と関連づけて説かれる場合が多かったと指摘しているので、覚一本等でも、そもそもこれは占いであり、それを与一も了解していたためにためらったということか）

判官は、（中略）与一の言葉を聞くと、激怒し、「鎌倉をたッて西国へおもむかん殿原は、義経が命をそむくべからず。すこしも子細を存ぜん人は、とうとう帰らるべし」ときめつけます。（中略）このむずかしい扇の的を前にして、たとえ誰が射ようとも、「一定つかまつらんずる仁」などあり得ようはずはない。全軍の命運を与一に託する決意を固めた判官にとっては、その手腕を信頼し、強い意志と信念でこれを鼓舞してその任務を達成させる以外には道はないのです。（以下、前出の講義内容とほぼ同内容）（覚一本）

イ〜ニは、与一の辞退から受諾に至る武士としての態度と存念、それによって生じる射扇の困難さと裏腹の成功時の誉れ高さ、あるいはそれに対峙する義経の武将としての力量と矜持を読み取ったものであり、総じては当該部分の文学的な奏功を指摘したものと言ってよいであろう。例えばロ笠の、「一度は辞退すべき作法とに従っての辞退」の論拠は何かといったような、細部への疑問はあるものの、そういった読みは大方の認めるところではあろう。▼注5

ホは、平成元年（一九八九年）四月の岩波市民セミナーでの梶原の講義に基づくものなので、先の朝日カルチャーセンターでの講義より後出である。鏑矢での射扇に占いの意味があったことを重要視し、与一辞退の理由にその重みを見ようとしている。

義経激怒の理由は、全軍の命運を与一に託する決意の表れ、与一を鼓舞するためのものという理解なのであろう。ここに逆櫓論争の影響を見てはいないし、東国武士の内部分裂傾向にも触れていない。梶原の真意は今となっては定かではないが、与一の辞退と義経の忿怒の背後に両者間の溝を見ようとする先の梶原の読みを踏まえると、当該部分は俄に異なる相貌を見せ始めるように思われるのである。次節に梶原の指摘する道筋を、梶原の依拠した流布本と大枠では変わらない覚一本本文に即して辿ってみたいと思う。

四　覚一本における一谷合戦から屋島合戦までの義経と頼朝との不和

覚一本の巻十一「逆櫓」において、屋島合戦に臨もうとする決意を後白河院に奏聞した義経は、院から「相構へて、夜を日についで勝負を決すべし」と言われ、東国の武士達に対して、「義経、鎌倉殿の御代官として、院宣を承ッて、平家を追討すべし。陸は駒の足のおよばむをかぎり、海はろかいのとづかん程せめゆくべし。すこしもふた心あらむ人々は、とうとうこれよりかへらるべし」と述べている。自分は「鎌倉殿の御代官」であり「院宣を承」った身であるとわざわざ宣言した上で、「すこしもふた心あらむ人々」は今すぐ帰れと命じるのである。義経の不退転の決意の表明と言えば言えるが、まるで東国武士の中に「ふた心あらむ人々」がいる可能性があるとでも言わんばかりの言いようである。

摂津国渡辺から舟揃えして四国へ渡ろうとする際、梶原景時との間で逆櫓論争が起きる。義経が景時に「猪のしし、鹿のししはしらず、いくさはただひらぜめにせめて、かッたるぞ心地はよき」と言うと、武士達は景時を恐れて高笑いはしないものの、目つきや鼻先で知らせてざわつき、今にも「同士《どし》いくさ」が起こりそうな勢いであった。

暴風雨の中船出することを拒む水夫や舵取り達を脅し、義経はわずか五艘、馬五十余疋で船出する。梶原景時らは渡辺に留まったままであった。三日かかる行程を、義経は暴風雨の追い風にのってわずか六時間ほどで阿波国勝浦に着き、そこから昼夜兼行で「大坂越といふ山」を越え、平家の屋島の城を攻める際には八十余騎となり、しだいに四国の源氏勢も加わって、三百余騎にまでなったのだった。

合戦の勝負がつかぬまま日が暮れて源氏方が勢を引こうとしたところ、平家方が、美女が乗る扇を立てた小舟を沖に向かわせた。後藤兵衛実基は、これが罠であることを義経に注進する。実基は、それでも扇は誰かに射させるのがよいと言い、弓の手利きである与一を推薦する。義経の命を与一が断ると、「鎌倉をたッて西国へおもむかん殿ばらは、義経が命をそむくべからず。すこしも子細を存ぜん人は、とうとうこれよりかへらるべし」と怒る。この言葉は、先の都での東国武士に対する義経の言葉とよく似ている。

この局面に於ける義経の怒りに着目して、その理由を合理的に説明しようとした論は、梶原の講義の指摘以外にはないのである。確かに、「鎌倉殿の御代官」（を自認する）義経の命を「射おほせ候はむ事、不定に候ふ。射損じ候ひなば、ながきみかたの御きずにて候ふべし」という理由でのみ与一が断ることには、違和感がなくもない。与一の辞退には迷う様子さえない。義経の怒りを受けて「はづれんはしり候はず、御定で候へば、つかまッてこそみ候はめ」と承諾するのも、仕方なしの感が否めない。「鎌倉殿の御代官」で「院宣を承」った身であるとの自覚をもつ義経を重んじてはいないことを感じさせる仕掛けになっていると読むべきではないだろうか。そう読む時、義経が自ら宣言しなければならなかったことも、二度も「ふた心」あるいは「子細」ある者は帰れ、と言うことも、了解されてくるのである。視点を変えれば、この場面に於ける義経の怒りは、たとえば与一への督励の振る舞いの趣向などではなく、東国武士間に自己の存在が軽んじられていることを感じ取った怒り、と読めるのではないだろうか。[注6] まさに、梶原の指摘は的を射ていると言ってよい、と考えるのである。

周知のとおり史実では、義経は元暦元年（一一八四）八月に後白河院より左衛門少尉・検非違使に任じられ、頼朝の怒りを買っているようである（『吾妻鏡』同月十七日条）。しかし義経の五位尉任官は『平家』諸本において巻十「大嘗会之沙汰」（覚一本）で記されているけれども、屋島合戦前に頼朝と義経との不和が積極的に明確に描かれることはなく、いわゆる「腰越状」（覚一本では巻十一「腰越」）を書かざるを得ない状況に到るまでは、義経が頼朝の不興を買っているとの明示的な表現も見当たらないのである。だからこそ、「逆櫓」における東国武士達への警告めいた宣言を承けて、この場面でも、義経の同様の宣言が大いなる怒りと共に表出されることは見逃せない。逆櫓論争が与一射扇の際の義経の怒りの伏線となり、さらにそれらが、後の頼朝との不和の伏線になっていると読み得る、と考えるのである。[注7]

五　与一射扇受諾の読み本系諸本と語り本系諸本の意義――むすびに代えて

先に見たとおり、当該部分の諸本本文の位相は、a義経の命令に与一が直ちに服従する（長門本・延慶本・四部本（四部本はaとbの中間に位置付けることもできる））、b義経の命令を与一が受諾するまでに与一以外の人物間でやりとりがある（盛衰記・松雲本・長門切）、c義経の命令を受諾するまでに与一の辞退と義経の忿怒がある（南都本・屋代本・覚一本・中院本）、と大きく三分類される。bは与一受諾に至るまでに以外の何人かを介在させた逡巡があり、cはそれが与一個人の中での逡巡で語られている。多くの武士が辞退するにせよ、弓の名手与一が一度は辞退するにせよ、そこに、この試技をより困難だと知らしめる効果が当然に生じることは共通する。[注8] aはその趣向がない点でb・c両者とは大きく異なり、より原初的な形態であるのかとも疑われるところである。ただし、延慶本では、この後与一が射る時に、「西海ノ鎮守宇佐八幡大菩薩」他に祈念して（多くの他本はまず「八幡大菩薩」を挙げる）、もし失敗したならば「腹カイキリテ此海ニ入テ、毒龍ノ眷属ト成ベシ」と言う。百二十句本等八坂系諸本も「大龍の眷属となって長く武士の仇とならんずるなり」（百二十句本）と言う。自害の覚悟を述べる覚一本等に対して恨みがましいと評することもできようが、それを以て両者間の先後は即断できないであろう。[注9]

より問題なのは、b・cの諸本間に、武士達の辞退に対して命令する義経の怒りが描かれているか否か、という点であることを見逃してはなるまい。なぜ読み本系にはない「義経の怒り」が語り本系にはあるのか。なぜ、盛衰記では畠山や十郎の辞退が義経の怒りを生じさせないのか。その理由は、畠山の脚気や不調、十郎の負傷として明示され、あるいは松雲本では畠山が一応挑むかのような姿勢によって暗示されている。しかし、これら個別の些細な言い訳めいた理由は、むしろ義経の怒りを生じさせるのに十分である、と見ることもできよう。やはり、語り本系諸本の義経の怒りの描写は、突出してそれ自体に意味があるものだと考えるのである。

覚一本等の語り本系諸本でも、与一が一度は射扇の命令に逡巡する振る舞いは、先学が指摘してきたとおり、一面でこの試技の難しさを表し、それと表裏を為す成功する与一の弓芸の技量の高さとその誉れをより効果的に表すものであることは疑いない。しかしその一方、覚一本等で与一が命令を直ちに辞退したことに義経が忿怒した理由は、与一の辞退が病気や負傷や挑戦的姿勢の欠如等といった具体的な事由を伴わないことにある、とのみ見たのでは、この部分の本文の読みとして十分とは言えないであろう。梶原の指摘したとおり、これ以前に生じていた東国武士の内部分裂の様相が、覚一本等では、この局面に於ける義経の怒りという趣向の形で、影を落としているのではないか、と考えるのである。

語り本系諸本に於ける、与一の射的受諾に至るまでの一度の辞退とそれに対する義経の忿怒には、射扇の困難さとそれを成功させる東国武士の技量の高度さとそれを支える武士としての意気地等を表現する文学的な効果を内在させながら、一方で義経と東国武士団の疎遠を表出する意味を潜ませてもいたのではなかったろうか。

注

（1）梶原は、この講義に先だって昭和五七年（一九八二）六月に尚学図書から刊行した『鑑賞日本の古典一一　平家物語』（底本は国立国会図書館蔵波多野流墨譜本）の「那須与一」では、与一の辞退について、「与一のためらいは、もし仕損ずれば、わが身一つの恥辱にとどまらず、「永き御方の御弓箭のきず」となるという恐れのため」だとして、ここに義経と東国武士達との間の「すきま風」の影響を見てはいない。また、与一の辞退を受けての義経の怒りについても、「義経の叱責は否やを云わせぬきびしいもので、与一の逡巡を断ち切る」「居丈高な判官の怒声は、そうした不退転の決意を与一の心に焼きつける」とは言うものの、講義で述べたように、その理由を、東国武士と義経との間に「すきま風」があるゆえと義経が受け取ったため、とはしていない。さらにそれに先立つ「いくさ物語のパターン―「那須与一」の読みを通して考える―」（『日本文学』二八―一〇、一九七九年一〇月）でも、「那須与一」を丹念に読み込んでいるが、やはり与一の辞退と義経の怒りの背景に、東国武士と義経との間に軋轢があるとは記していない。この講義より後に刊行された『岩波セミナーブックス　平家物語（古典講読シリーズ）』（岩波書店、一九九二年六月）については本論第三節参照。なお、このカセットテープの存在は髙橋秀樹氏にご教示いただいた。記して感謝申し上げる。

（2）『軍記物語論究』（若草書房、一九九六年六月）第四章―三。

（3）引用にあたり使用した本文は以下のとおり。長門本―麻原美子・小井土守敏・佐藤智広編勉誠出版刊本、延慶本―北原保雄・小川栄一編勉誠出版刊本（一九九九年再版）、四部本―高山利弘編有精堂刊本（訓読）、盛衰記―勉誠社刊慶長古活字版本、松雲本―弓削繁「大東急記念文庫蔵松雲本平家物語巻十一（翻刻）」（『岐阜大学教育学部研究報告（人文科学）』四七―一、一九九八年一〇月）、長門切―注（4）参照、覚一

本―大津雄一・平藤編武蔵野書院刊本（二〇一四年改訂版）、幸若『奈須与市』―松浪久子「奈須与市　全」（『幸若舞曲研究』四、一九八六年二月、三弥井書店）。ただし、いずれも私に清濁・句読・鉤括弧・ルビ・返り点を施すなどして、表記を改めた箇所がある。

（4）一覧64〜66は、拙稿「新出『平家物語』長門切―紹介と考察」（鶴見大学日本文学会編『国文学叢録―論考と資料』笠間書院、二〇一四年三月）にまとめた「長門切一覧」の番号。所蔵先、影印・翻字の掲載は以下のとおり。64―仁和寺蔵手鑑（影印は小松茂美『古筆学大成　二四』に、翻字は注（2）所掲松尾書に掲載）、65―不明（田中塊堂氏旧蔵か。影印は『かな研究　三七』・公開シンポジウム「1300年代の平家物語―長門切をめぐって―」（於國學院大學　二〇一二年八月）橋本貴朗発表「「長門切」に見る世尊寺家の書法」資料に、翻字も橋本同資料に掲載）、66―鶴見大学図書館（影印・翻字は鶴見大学『古典籍と古筆切』『和歌と物語』に、翻字のみ注（2）所掲松尾書に掲載）。
なお、長門切については、当該箇所の本文が全て確認されているわけではなく、今後の発見次第では、判断を変える可能性も留保しておきたい。

（5）深澤邦弘に拠れば、『新編国語Ⅰ　学習指導の研究』6・古典（二）古文（筑摩書房）では、与一の辞退は「自分の力量をわきまえる謙虚さと、失敗が源氏一門の恥となるのを恐れた慎重さ」ゆえと解説されているという（「教材研究　那須与一」『武蔵野女子大学紀要』三三、一九九八年三月）。深澤は、これは「あしかりなんとや思ひけん」に込められた「与一のためらいとおそれの気持」を落とした説明であり、与一が「美しく様式化された類型的な人物」となってしまうと指摘する。先頃今井正之助も、中学校二年国語学習指導書の「扇の的」の、特に老武者射殺場面の解説について、物語外部から持ち込まれた理解を排除した読み直しを迫りつつ、収録範囲の再考を促している（「「扇の的」考―「とし五十ばかりなる男」の射殺をめぐって―」『日本文学』六三―五、二〇一四年五月）。

（6）『平家物語』では梶原景時は結局、志度合戦の後に二百余艘で屋島に来る。それに対して与一は、義経と一緒に先に来た軍勢の中にいた、とされている。梶原正昭が言うように、逆櫓論争に東国武士に内部分裂があったことが象徴的に表れていて、与一の辞退にもその影響があるというなら、与一は景時と行動を共にしていなければおかしい、といった議論もあり得るであろう。しかし、梶原正昭はあくまで、与一の辞退に「すきま風」の影響があるように義経には「映った」と言っているのであって、与一側の事情の真偽は考慮しなくてもよいであろう。

（7）鈴木彰は、八坂系諸本の第二類本巻第十二の義経関係記事のうち、頼朝と義経の関係に着目し、特に彰考館本では、頼朝・義経の対立が他本に増して色濃く取り扱われていることを考察する中で、巻第十一・十二の梶原景時の言動が義経の滅びや範頼の命運とも関係づけられていることを指摘している（『平家物語の展開と中世社会』〈汲古書院、二〇〇六年二月〉第二部第一編第六章〈初出は一九九六年六月〉）。また大谷貞徳は、語り本系諸本には義経と梶原景時との対立が二度あったこと（覚一本では「逆櫓」と「鶏合　壇浦合戦」）、梶原がその後頼朝に讒言する決定打となったのは後者であることを指摘し、屋代本の記述が不自然であることを考察している（「屋代本『平家物語』における梶原景時の讒言をめぐって」〈千明守編『平家物語の多角的研究　屋代本を拠点として』ひつじ書房、二〇一一年一一月〉)。いずれも傾聴に値する見解であろう。なお、「逆櫓」や「那須与一」における、言わば将として他の東国武士に怒る義経のこのような強気な姿勢と、「鶏合　壇浦合戦」における、大将軍鎌倉殿頼朝の下では奉行(代官)たる義経も他の東国武士も同列であると発言する姿勢とは、一見矛盾する。しかしつまるところ、『平家物語』の義経のこの強気な姿勢は、脆弱さを孕んだ虚勢と見るべきか、と現時点では考えている。本稿は義経の人物造型追究が主眼ではないので、今後の課題としておきたい。

(8) 松尾葦江は、盛衰記では「人が選ばれる時、二人目以下が選手に決まることが多い」として本場面も例に挙げ、「選手決定が偶然でなく必然のなりゆきであるという過程を証明したつもりであろう」と指摘する(『平家物語論究』〈明治書院、一九八五年三月〉第二章―三〈初出は一九八一年二月〉)。なお、池田誠は盛衰記本場面に「辞退するだけの人物」が登場するのは「興味の拡散」であると言うが(「「那須与一」における『平家物語』の構成と表現」〈『論輯』一四、一九八六年二月〉)、これには同意しない。盛衰記全体にそのような傾向があることは認めるが、松雲本・長門切を含めて本場面は、与一受諾に至るまでに何人かの人物の辞退を描くことによって、この弓技が困難であることを知らしめる効果を生じさせていると考えるからである。なおまた、盛衰記の本記事に着目した論には藤田成子「『平家物語』「那須与一　扇の的」考―『源平盛衰記』を中心に―」(東京都立大学大学院国文学専攻中世文学ゼミ報告『伝承文学論(ジャンルをこえて)』一九九二年三月)もある。

(9) 水原一による新潮日本古典集成頭注は、宇佐は龍の棲む瀬戸内海を支配する海神であるので、そこにこそ「大龍の眷属」の悲願が生きてくるとし、そうした「古態」が源氏の氏神としての八幡信仰に変化したと述べる。

10　『源平盛衰記』における京童部――弱者を嗤う「ヲカシ」――

北村昌幸

一　はじめに

軍記物語のなかには、「心あるも心なきも、皆袖をぞぬらしける」（『平家物語』巻二「阿古屋之松」）、「上一人より下万人に至まで、袖をしほらぬはなかりけり」（『保元物語』下巻「為義の北の方身を投げ給ふ事」）といった文言がしばしば見られる。「誰もが」という形で作中に登場する不特定多数の人々は、共同体の総意を示すことで、それこそが当然の受け止め方であるという風向きをつくり出している。過ぎ去りし世の証言者であると同時に、後世の物語享受者を同じ感性の輪のなかに引き込んでいく者たち。それが歴史叙述における「世間」「世の人」であった。[注1]

ところで、軍記物語には時折、「京童部」[注2]と呼ばれる人々が登場する。日記類には「京童雑色等」といった文言が見えることから、[注3]その実体は主として「雑色」と似たような階層の人々だったとみられる。[注4]無名者という点では彼らもまた「世の人」の一角を占めているわけだが、物語において「京童部」と限定されている場合は、共同体の総意を代弁するというよりも、突出した言動を繰り広げることの方が多いようだ。後述するような無頼の性格ゆえであろうか、反骨精神を発揮したり、皮肉めいた佳句を口にしたりしているのである。瞠目の的となるその言動は、「世の人」全般とは違う意味で、われわれ享受者を作品世界に惹きつけるだろう。そうした京童部の存在感が目立つ軍記作品といえば、まずは『太平記』が筆頭に挙げられるが、じつは『源平盛衰記』（以下『盛衰記』と略す）も大いに注目される。他の読み本系や語り本系の『平家物語』と比べて、明らかに『盛衰記』は京童部の言動に筆を費やす回数が多いのである。

そこで、以下の本稿では『盛衰記』に登場する京童部を焦点とし、さらに京童部の本領ともいえる《笑い》の叙述について分析していきたい。それは作品解釈の問題にとどまらず、盛衰記編者自身の創作態度のあり方をも照らし出す試みとなるはずである。

二　京童部の性格

いったい京童部とはどのような人々であったのか、先行研究に依りつつ、その素描を試みたい。▼注5 古いところでは、藤原明衡の『新猿楽記』に「京童之虚左礼《そらざれ》、東人之初京上、（中略）都《すべて》猿楽之態《わざ》、嗚呼《をこ》之詞、莫《なキ》下不《ル》二断《チ（ママ）》レ腹解《カ》一レ頤《おとがひヲ》者上也」とある。京童部の戯れごとは観衆の笑いを誘うような「嗚呼」なる猿楽芸の演目の一つであったようだ。翻ってみるに、そうした演目が人々に受け入れられたのは、京童部といえば戯れごとの担い手であるという共通認識が、十一世紀当時すでに芽生えていたためだと思われる。

一方、『うつほ物語』「藤原の君」には、「博打・京童部、数知らず集まりて、一の車を奪ひとる」という記述がある。ここからは、京童部が博徒と同列に扱われるような無頼の存在であったことや、荒っぽい行動をとる者たちだったことが読み取れる。『今昔物語集』『宇治拾遺物語』の説話にも、血の気の多い京童部が登場する。検非違使忠明といさかいを起こした彼らは、忠明を殺害すべく「手ごとに刀を抜きて」清水寺の本堂まで追いかけていったという（巻十九第四十／九五）。気に入らないことがあれば敢然と立ち上がり、ときには力ずくでも自らの主張を押し通そうとするのが、京童部の一面だったと言えるだろう。

刃傷沙汰に及ぶのは極端であるとしても、もとより京童部は不平不満を溜め込んだりしない人種だったようだ。仲間内では、気にくわない政治権力者を好き放題に扱《こ》き下ろしていたらしい。『保元物語』中巻に登場する京童部は、摂関家の後継者問題をめぐって、「人望にも背《そむき》し御計《はからひ》」などと罵っている。もっとも、歯に衣着せぬ物言いは率直な世論として重んじられることもあったらしい。『古事談』巻二には、彼らの放談をわざわざ聴取しようとした小野宮殿の逸話が収められている。

こうした批評精神と前述の興言利口とが同時に発揮されるのが、歌謡や和歌の形式をとった落書というメディアである。京童部と落書との密接な関わりを顕著に示すものとしては、後醍醐天皇主導の建武新政を揶揄した「二条河原落書」が有名だろう。全篇七五調の歌詞で構成されたこの落書は、最後には「天下一統メヅラシヤ、御代ニ生テサマ〴〵ノ、事ヲミキクゾ不思議トモ、京童ノ口ズサミ、十分一ゾモラスナリ」と結ばれている。京童部は諧謔的な落書や風刺の口ずさみの中心的な伝播者だったようだ。

ところで、十四世紀半ばの世相を批判した落書はさまざまな資料に記録されている。例えば、『細々要記』康永四年（一三四五）九月条には、天龍寺落慶供養をめぐる騒動を揶揄した「近日京都落書」として、「山法師武士ノヨロイニヲドサレテ輿ヲバフラデ舌ヲコソフレ」「コレホドニウラヲモテアル綸旨ヲバ紙一枚ニイカデカクベキ」の二首が見える。[注6] 子細は不明だが、あるいは京童部の朗誦していた歌詞を書き留めたものではなかったか。このほか、貞和五年（一三四九）の田楽桟敷倒壊にまつわる落書（東寺蔵『宇記正決』紙背狂歌七首）も、大事件を笑い飛ばす当時の人々の声を今に伝えるものである。[注7]

南北朝内乱期は落書が大いに脚光を浴びた時代だった。その伝播に京童部が携わっていたことは、『太平記』が面白おかしく描き出すところである。なかでも注意を要するのは、六波羅探題軍の隅田《すだ》と高橋が渡河に失敗して笑われるという巻六の逸話だろう。先駆けの功を立てようとして、かえって醜態をさらしてしまった両名は、翌日掲げられた高札によって嘲笑の的にされている。

其翌日ニ何者カ仕《し》タリケン、六条河原ニ高札ヲ立テ一首ノ歌ヲゾ書タリケル。

渡部ノ水イカ許《ばかり》早ケレバ高橋落テ隅田流ルラン

京童ノ僻《くせ》ナレバ、此落書ヲ歌ニ作テ歌ヒ、或ハ語伝テ笑ヒケル間、隅田・高橋面目ヲ失ヒ、且《しばらく》ハ出仕ヲ逗《とど》メ、虚病シテゾ居タリケル。

落書の作者は不明ながら、これを面白がって語り広めている京童部の反応が、「京童ノ僻（癖）」とされているのは見逃せない。京童部の特性を端的に言い表したものと言えよう。

六波羅方が京童部に揶揄される記事で、さらに滑稽なのが巻八の京中合戦の結びに当たる部分である。敵将赤松円心の首級と称されるものが一度に五つも出現したという。

軍《いくさ》モセヌ六波羅勢ドモ、「我レ高名シタリ」ト云《いは》ントテ、洛中・辺土ノ在家人ナンドノ頸仮首ニシテ、様々ノ名ヲ書付テ出シタリケル頸共也。其中ニ赤松入道円心ト、札ヲ付タル首五アリ。何レモ見知タル人無レバ、同ジヤウニゾ懸タリケル。京童部是ヲ見テ、「頸ヲ借タル人、利子ヲ付テ可《シ》レ返《ス》。赤松入道分身シテ、敵ノ尽ヌ相ナルベシ」ト、口々ニコソ笑ヒケレ。

実際には円心は健在であったから、梟首された五つはいずれも偽物ということになる。真贋を判定できなかったためとはいえ、それらがずらりと並べられている光景は喜劇的としか言いようがない。「借り物の首ならば利子をつけて返せ」という京童部の軽口も、当該場面のおかしさを増幅するだろう。

もう一例、京童部が笑い戯れる場面を『太平記』から取り上げておく。高師直の好色ぶりを描いた巻二十六（古態本では巻二十七）の一節である。

申モ無《キ》二止事《やんごと》一宮腹ナド、其数ヲ不レ知、此彼《ここかしこ》ニ隠置奉テ、毎夜通フ方多カリシカバ、「執事（＝高師直）ノ宮廻ニ、手向ヲ受ヌ神モナシ」ト、京童部ナンドガ咲種《わらひぐさ》ナリ。

この場面における京童部は、「宮腹」の姫君のもとを渡り歩く師直の行為を「宮廻」と言い換え、神社めぐりになぞらえている。聖と俗との落差が滑稽味を引き出すわけである。

以上、『太平記』から二つの記事を引いたが、それぞれのなかで京童部が笑っている対象は、畢竟、道義にもとるという点で一括りにすることができる。高名狙いの自分勝手な抜け駆け、無関係な者の命を犠牲にした勲功捏造、身分秩序を無視した色欲の暴発、いずれも批判されて然るべきものばかりである。その意味で、『太平記』に登場する京童部は、本来作者が行うべき批判を代行していることになるだろう。博徒と同列に扱われる無頼の者たちが、太平記世界のなかでは、倫理の名の下にすっかり飼い慣らされている。換言すれば、世相批判を主眼とする太平記作者は、彼らをあたかも手駒のように自在に操って、印象的かつ効果的な批判記事を創出していると考えられるのである。▼注8

作中には詠者不明の落首（落書狂歌）が数多く載せられているのだが、たとえ京童部の関与が明記されていなくても、それらの落首の周辺には常に「此落書ヲ歌ニ作テ歌ヒ、或ハ語伝テ笑ヒケル」ことを「癖」としていた彼らの存在が透けて見えるのではないだろうか。京童部の影は太平記世界全体に遍在するに至っている。

三　『盛衰記』の京童部

では、『盛衰記』の京童部も同じく世相批判を請け負った存在なのだろうか。彼らの登場する場面を順次確認していきたい。ただし、何らかの発言を伴うもの、笑うという行為が描かれているものに限定する。なお、慶長古活字本を底本とし、該当箇所を巻および丁の番号で示すこととする。

【①巻二・20ウ】　一手ハ山井ノ谷ノ懸橋引落シテ、西ノ大門ニ垣楯カキ、食堂、廻廊、木戸口マデ、一千余騎ニハ過ザリケリ。京童部ガ申ケルハ、「『蟷蜋挙《ゲ》レ手招《ヲキ》二毒蛇《ヲ》一、蜘蛛張《リ》レ網襲《フ》二飛鳥《ヲ》一』ト云《いふ》喩ハ此事ニヤ。山門ノ大勢ニ敵対シテ危々《あやふし〱》」トゾ咲《わらひ》ケル。

①では清水寺の法師たちが笑いの対象となっている。彼らが山門の大衆に立ち向かう姿は、まるで蟷螂が毒蛇に戦いを挑むようなもの、蜘蛛が鳥を捕らえるために網を張るようなものだと評されており、無駄な抵抗を試みることの愚かさが揶揄されている。このときの争いは、額打の先例を無視した延暦寺の横暴に端を発しており、非は明らかに延暦寺側にあるのだが、にもかかわらず、被害者の立場にある清水寺側が冷やかされているのである。憐れな彼らに追い打ちを掛ける京童部のこの発言は、『盛衰記』固有の記載である。

【②巻二・22オ】　去七日ハ山門額ヲ切レテ恥ニ及、今九日ニハ清水煙ト昇テ面ヲ洗《すす》グ。実ニ恥ヲ雪《すすぐ》ト云ベキニヤ。京童部ガ云ケルハ、「山僧ハ田楽法師ニ似タリ。打《うつ》敵ヲバ打返サデ、傍《かたはら》ナル者ヲ打様ニ、興福寺ノ衆徒ニ額ヲキラレテ、清水法師ガ頭ヲハリタリ」トゾ笑ヒケル。

②は①の少し後に現れる記事であり、やはり他の読み本系や語り本系の諸本には見られない。内容は、額打論で興福寺側から恥辱をうけた山門大衆が、「興福寺ノ末寺ナレバ」という理由で清水寺焼き討ちに及んだことを、非道な行為として批判するものである。譬えに用いられている「田楽法師」は、常々「傍ナル者ヲ打」といった行為で観衆を楽しませていたために、

ここで引き合いに出されたものと考えられる。

【③ 巻三・35オ】 其時入道（＝清盛）カホノ色少シ直リテ、「（中略）乱行ノ験者トハ、先《まづ》房覚僧都ガ事ニヤ、其僧コソ、至ル処ゴトニ不覚ヲノミセラルナレバ、京童部ガ『房覚不覚』ト云略頌ヲバ云ナレ」トテ、カラ〳〵ト咲テ、入道内ヘ入ラレケリ。

③は『盛衰記』独自の一字下げ記事の一節であり、澄憲のうたった即興の歌詞を伝え聞いた清盛が、「験者百人皆乱行」の意味を推量するという内容である。「乱行ノ験者」として特定されたのは、失敗ばかりを繰り返す房覚僧都という人物であった。清盛によれば、京童部はこれを揶揄するにあたって「房覚不覚」という語呂合わせを用いていたらしい。

【④ 巻四・22ウ】 但《ただし》三千ノ衆徒、神輿ヲ先立奉リ、頼政尫弱《わうじやく》ノ勢ニテ固テ候《さふらふ》門ヲ推《おし》破リ奉レ入テハ、衆徒御高名候マジ。京童部ガ弱目ノ水トカ笑申サン事ヲバ、争《いかで》カ可レ無ル二御憚リ一。東面ノ北ノ脇陽明門ヲバ、小松内大臣重盛公、三万余騎ニテ固ラル。其ヨリ入セ御座ベクヤ候ラン。

④は地の文ではなく、山門強訴の折、源頼政が渡辺党の唱を使者として大衆に告げさせた言葉である。京童部に侮辱されたくなければ、少数で守っている達智門ではなく、三万余騎が警固している陽明門を突破すべきだといって、頼政は厄介事を巧みに平重盛に押しつけようとしている。ここでの京童部の言動はあくまで想定上の話であるが、彼らのふだんの様子――弱腰を嘲弄する態度――を反映させたものであることに変わりはない。なお、延慶本は当該記事において、噂を立てるであろう主体を単に「人」としている。

【⑤ 巻五・23オ】 （清盛が）朝夕ニ貲《さよみ》ノ直垂ニ縄《なは》絃《を》ノ足駄ハキテ通給ヒシカバ、京童部ハ「高平太」ト云テ咲シゾカシ。其ヲ恥シトヤ思給ケン、扇ニテ顔ヲ隠シ、骨ノ中ヨリ鼻ヲ出シテ閑道ヲ通給シカバ、又童部ガ先ヲ切テ、「高平太殿ガ扇ニテ鼻ヲ挟《はさみ》タルゾヤ」トテ、後ニハ「鼻平太々々」トコソイハレ給シカ。

⑤も地の文ではなく、鹿ヶ谷事件で捕縛された西光が清盛にむかって言い放った言葉である。諸本に見える記事であるが、たいていは「高平太」という渾名に言及したところで話題が変わってしまう。しかしながら、『盛衰記』のみが「其ヲ恥シトヤ思給ケン」以下の台詞を追加し、清盛が「鼻平太」と呼ばれるようになったことまで語っているのである。渾名を恥ずかしがったために、さらに別の渾名を付けられてしまうというのは、『徒然草』第四十五段の「榎木僧正」の話を髣髴とさせる。

【⑥巻一五・24ウ】（十六人連名の異議申し立てを受けて）入道（＝清盛）力及給《ビ》ハデ巳時ニ給タリケル御教書ヲ未刻ニ被二召返一ケリ。午時計《ばかり》ゾ有ケレバ、京童部ガ、「足利又太郎ガ上野ノ大介ハ午介」トゾ笑ケル。

⑥は、以仁王の蜂起を鎮圧した際に武功を立てた足利又太郎忠綱の恩賞に関わる記事である。忠綱は父親の悲願であった上野十六郡の大介の地位を手に入れたが、それを聞いた足利の一族が十六人連盟で異議を申し立てたために、恩賞はわずか二時《ふたとき》で召し返されてしまったという。懸命に戦ったにもかかわらず、結局は報われなかったわけであり、その憐れな運命が京童部によって、「午の刻の間だけ任じられていたのだから、大介ならぬ馬助だ」と笑いものにされている。この一件は延慶本にも記載されているが、「申剋」に御教書が召し返されたとあるだけで、右の傍線部に相当する記述はない。

【⑦巻一六・12オ】是（＝菖蒲前）ヲ賜テ相具シテ仙洞ヲ罷出ケレバ、上下男女、「歌ノ道ヲ嗜《マ》ン者、尤《もつとも》カクコソ徳ヲバ顕スベケレ」ト、各《おのおの》感涙ヲ流ケリ。実ニ頼政ト菖蒲トガ志、水魚ノ如ニシテ無二心中也ケリ。三年ノ程心ナガク思シ情ノ積ニヤト、ヤサシカリシ事共也ケレバ、京童部申ケルハ、「二人ノ志ワリナカリケルコソ理ナレ、中人ガ痛《ク》見苦《みぐるしく》モナケレバ」トゾ咲ケル。伊豆守仲綱ハ、則彼《すなはちかの》菖蒲ガ腹ノ子也。

⑦は、源頼政と菖蒲前の馴れそめ話の末尾部分である。菖蒲前譚は竹柏園本『平家物語』にも採られているが、京童部の笑いを描くのは『盛衰記』のみ。同話を収める『太平記』巻二十一「塩冶判官讒死事」や室町時代物語『玉だすき』にも、傍線部に相当する記述が見られないことから、これは盛衰記編者によって加えられた文言とみてよい。⑦によれば、頼政は鳥羽院から菖蒲前を下賜されて仲睦まじく暮らしたというが、京童部は二人の夫婦愛の強さを「中人」のおかげとし、▼注9本来重要であったはずの「三年ノ程心ナガク思シ情ノ積」の評価を相対化している。よって「ヤサシカリシ事共」に見えていたものが、単に〈未練を引きずっただけのこと〉になってしまうわけである。鳥羽院の心を動かした頼政の歌才も京童部にとってはさして重要でなかったようだ。

【⑧巻一七・12オ】旧都ニハ皇太后宮ノ大宮・八条中納言長方卿バカリゾ残《リ》留《リ》給ヘル。長方卿ハ世ヲ恨ル事御坐テ供奉シ給ハズ、只一人留給タリケレバ、京童部ハ留守ノ中納言トゾ申ケル。

⑧は福原遷都に関連する独自記事である。新都に移った官人たちのなかで、ひとり旧都に居残った長方は、京童部から「留

守ノ中納言」と呼ばれたという。彼らが笑ったとは書かれていないが、からかいの気持ちをこめた呼び名であることは明らかだろう。

以上、八つの場面のうち、⑤以外はすべて『盛衰記』に初めて現れる京童部記事である。盛衰記編者が京童部という存在に着目していたことが窺えよう。しかしながら、その取り上げ方は太平記作者の場合とは様相を異にしている。『太平記』の京童部が、欲心をむき出しにした加害者的対象を告発する形で現れるのに対し、『盛衰記』の京童部は、困窮している被害者的対象をさらに傷つけているといった印象が強い。②の山門大衆の行為については確かに非道といえるが、それ以外の揶揄対象は道義的過ちを犯しておらず、ただ単に不器用であったり、弱腰であったりするだけなのである。なかでも気の毒な被害者は①の清水寺法師や⑥の足利忠綱だろう。例外的に加害者側の非道を暴く②すら、実際に笑いの素《もと》となっているのは、とばっちりを受けている清水寺の不運の方ではなかろうか。

結局のところ、『盛衰記』における京童部の笑いには原則として世相批判の響きが含まれていないと判断される。彼らは理屈抜きで無邪気に笑っているにすぎない。この無邪気さは無神経と言い換えてもよい。被害者を笑いものにするのは、いかにも不謹慎な行為だからである。その反面、平家一門が要職を占めた際に六波羅に落書「伊予讃岐左右ノ大将カキコメテ欲ノ方ニハ一ノ人哉」が掲げられたとする巻一末尾の記事（延慶本および長門本は単に「其時ノ落書歟トヨ」とする）などは、京童部が登場してもおかしくないのだが、意外にもそうなっていない。「世ニハ不敵ノ者モ有ケリ」とのみ片付けられている。盛衰記編者は京童部の登場箇所を増やそうとしているにもかかわらず、『太平記』に通じるような諷刺記事では必ずしも彼らを起用しないのである[▼注10]。

では、なぜ弱者を嗤《わら》う不謹慎な傾向が『盛衰記』の京童部には付与されているのだろうか。『太平記』の京童部の背後には作者の意思が介在していたとみられるが、はたして『盛衰記』でも同じことが言えるのか。以下、盛衰記編者が何を笑い、何を面白がっているのか、その傾向を確認してみよう。

四　『盛衰記』固有の「ヲカシ」

数ある『平家物語』諸本のなかでも、とくに『盛衰記』は作中の出来事にコメントを添えて明確な位置づけを行おうとしているようである。[注11] ここでは、そうしたコメントの一つである「ヲカシ」を取り上げて、その笑いの中身を探ってみたい。周知の通り、この語は「すばらしい」「興味深い」の意を表す誉め言葉としても使われたが、『盛衰記』の用例は概ね「滑稽だ」の意を表していると解される。以下、地の文の用例に限定し、なおかつ延慶本や長門本、語り本系には見られない独自の「ヲカシ」に絞って論を進めていく。[注12]

【⑨巻一・8オ】ワナ、ク〱弱々敷《しき》声ニテ、「忠盛ガ刀ヲ抜テ我ヲキラントシツルガ、身ニハ負タル疵ハナケレ共、臆病ノ自火ニ攻ラレテ絶入タリケルニヤ」ト宣ヘバ、（中略）中宮亮秀成ニテゾ御座ケル。理《ことわり》ヤ此人自《もとより》レ来臆病ノ人ノ末也ケリ。父秀俊卿ハ中納言ニテ歳四十二ト申シ、時、夢想ニ侵レテ死給ヘル人ノ子ナレバニヤ、係ル目ニアヒ給フコソオカシケレ。

⑨は殿上闇討の一節である。『盛衰記』は、忠盛の太刀を見て恐懼し動けなくなってしまった秀成について、親子二代で臆病者だったと指摘し、その醜態を笑っている。じつは秀俊も秀成も実在を確認できない人物であるため、⑨はまったくの虚構である可能性が高い。[注13]『盛衰記』の創作であるとするなら、その趣意は臆病者のぶざまな姿を活写して笑いものにすること、ただそれだけだったということになる。

【⑩巻三・10オ】殿下ノ御伴也ケル田多源三蔵人ト云者ハ、モトヾリキラレタリケルガ、終《よもすがら》レ夜髪結続《つぎ》、絹紋紗ノ狩衣著《き》テ、殊ニ引繕《つくろひ》、院御所ニ参テ申ケルハ、「（中略）所詮不肖ノ身ヲ以テ出仕ヲスレバコソ、左様《さやう》ニ憂名ヲモ流シ候ヘ」トテ、御暇ヲ申テ、出家シテ引籠ケルコソ、賢キ様ニテオカシカリケレ。

⑩は殿下乗合事件に付随して語られる話である。藤原基房の随身であった田多源三蔵人は、むざむざ髻を切られた情けない男だと噂されないように、切られた部分をさりげなく接合し、自ら髪を下ろしたという体裁を取り繕ったという。同じ逸話は延慶本や長門本にも採られているが、それらにおいては「賢カリケルシ態《わざ》ナレ」「賢かりけれ」と結ばれており、この蔵人の知恵が褒め称えられる形で完結している。しかし翻って考えるに、恥辱をみごとに隠しおおせたのなら、⑩の秘話が伝承され

ているはずがない。蔵人の小細工は水泡に帰しているのである。このように「賢カリケルシ態」が見栄っ張りの独り相撲で終わってしまったことを、盛衰記編者は看破したのだろう。だからこそ、蔵人のいじましさに滑稽味を感じ、傍線部の通り「ヲカシ」を添加して嘲笑するに至ったと考えられる。

【⑪巻五・5ウ】廿一日ニ前座主明雲僧正ヲバ、大納言大夫藤原ノ松枝ト名ヲ改テ、伊豆国へ流罪ト定ル。係ケレバ山門ナヲ騒動シテ、又神輿ヲ振奉ベシト聞エケレバ、御輿ヲ下シ奉ラジ（古活字本は「奉ラン」とするが、蓬左文庫本により校訂）トテ、西坂本ノ坂口、此彼松木ヲ切持テ行テ逆木《さかもぎ》ニコソ引タリケレ。最《いと》ヲカシク見エシ。

⑪で描かれるのは、天台座主明雲の流罪をめぐる山門と京都市中の様子である。『源平闘諍録』や延慶本は神輿入洛を阻止するための逆茂木については触れていない。長門本は評語「ヲカシ」を含まない形で取り上げている。『盛衰記』が傍線部を加えたのは、明雲の還俗名「藤原ノ松枝」と逆茂木の「松木」との言葉の取り合わせを面白がったためかもしれないが、しかし「最ヲカシク見エシ」とあるように、逆茂木の設置されている光景自体を笑っていることから、むしろそれが象徴するところの市中の周章狼狽を揶揄していると解釈すべきではないだろうか。強訴におびえる人々の心弱さを『盛衰記』は容赦なく笑いのめしているわけである。

【⑫巻一〇・14ウ】サレバ山門ノ仏法ヲ亡サント思テ、大鼠ト成《なり》、谷々坊々充満テ、聖教ヲゾカブリ食ケル。（中略）円宗ノ教ヲ学シテ可《キ》二成仏《ス》一頼豪ガ、由《よし》ナキ戒壇ダテユヘニ、鼠トナルコソオカシケレ。

⑫は『盛衰記』の「ヲカシ」を考えるうえで、非常に示唆的な事例である。三井寺に戒壇を造営するという悲願を達成できず、怨霊化して鼠になってしまった頼豪の運命は、例えば延慶本では、「頼豪ヨシナキ妄執ニ牽《ひか》レテ、多年ノ行業ヲ捨テ、畜趣ノ報ヲ感ジケルコソ悲ケレ。ヨク慎ムベシ〳〵」と説かれていた（長門本も同様）。生前の妄執にとらわれて魔道に堕ちてしまう人間の業の深さは、本来は嘆きの対象だったのである。ところが、『盛衰記』のみは「ヨシナキ妄執」を「由ナキ戒壇ダテ」に差し替え、これを「オカシケレ」と受けとめている。加えて⑫直後の一字下げ記事のなかにも、「頼豪鼠トナラバ、猫ト成テ降伏スル人モナカリケルヤラン」と茶化すような一節を書き添えている。

【⑬巻一七・3ウ】カタヘノ遊人申ケルハ、「実ヤ祇ト云文字ヲバカミトヨム也、神ハ人ニ翫《もてあそび》シウヤマハル、上、神ニハ人恐ル事ナレバ、吾ラモアヘモノニセン」トテ、祇一・祇二・祇三・祇福・祇徳ナド名ヲ付ケルコソ笑シケレ。

⑬は祇王の幸運にあやかろうとした遊女たちについて述べた記事である。我も我もと験を担いで「祇」の字を名乗りに用いる見苦しさが笑われている。読み本系と語り本系の両方に見られる記事であるが、「ヲカシ」という感想を明記しているのは『盛衰記』のみ。

【⑭ 巻三五・19オ】「鎌倉兵衛佐頼朝ノ使、舎弟九郎冠者義経、宇治路ヲ破テ馳参ゼリ。御奏聞アレヤ」ト申。業忠、嬉サノ余リニ、手ノ舞、足ノ踏所ヲ忘テ、急ギ下ケル程ニ、悪ク飛テ腰ヲ損ジテ、ニガミ入タリケル顔ノ気色、イト咲シクゾ見ケル。

最後に挙げる⑭は、義経の到着を後白河院に報告しようとした大膳大夫成忠の失敗談である。無法者の義仲が戻ってきたのではないかと震え上がっていたところ、案に相違して義経が来てくれたと知り、成忠は狂喜乱舞のあまり転倒して腰を打ってしまったという。延慶本や長門本が「イタサハウレシサニマギレテ、匍々《はふはふ》参テ奏聞シケレバ」としか記さないのに対し、『盛衰記』は底意地悪く、苦痛に耐えている姿を面白がっている。誰でも経験しそうな些細な失敗がことさら笑いものにされているのは、義経という新たな実力者にすがりつこうとする依存心のあさましさが、そこに絡んでいるからではないだろうか。

上記⑨〜⑭は『盛衰記』が独自に付加している「ヲカシ」であるが、逆に削除してしまったとおぼしき「ヲカシ」も存在する。例えば、法住寺合戦の後、舅である藤原基房から諌められた義仲が「子トシテ不レ可レ背」と殊勝に聞き入れたことを、延慶本や長門本が「事ヨゲナルゾヲカシキ」「云ける事こそおかしけれ」と評している箇所が挙げられよう。『盛衰記』はこうした意外性の醸し出すおかしさには関心を示さず、まるで笑おうとはしていない。他方、同じ義仲関連の記事でも猫間中納言とのやりとりなどは、諸本と同様に「オカシカリケリ」と評している。▼注14 はたして編者が滑稽味を感じる決め手はどこにあったのだろうか。その点について考えるにあたって、参考となるのが次の記事である。

【⑮ 巻一・9オ】俄ニ拍子ヲ替テ、「伊勢平氏ハ眇《すがめ》也ケリ」トハヤシタリケリ。目ノスガミタリケレバ、取成シハヤサレケル。最《いと》興アリテゾ聞エシ。忠盛身ノカタワヲ謂レテ、安カラズ思ヘ共、無ク二為方《せんかた》一、

平忠盛の「眇」を嘲弄する囃子に関して、盛衰記編者はわざわざ自らの感想「興アリ」を付記している。これは他本には見

られない。もとより殿上闇討の主人公たる忠盛に寄り添い、彼の機転を讃えるという物語の趣旨からいえば、ここではともに「安カラズ」と憤慨してみせてもよさそうなものである。にもかかわらず、忠盛本人にはどうすることもできない身体上のコンプレックスを攻めるという卑劣なやりくちに、『盛衰記』だけが同調しているわけである。[注15] 思うに、人々が抱える瑕や弱さを滑稽と捉えるのが『盛衰記』の特徴なのではないか。前掲の「ヲカシ」を振り返ってみると、⑨は臆病さ、⑩は見栄やいじまし さ、⑪は慌てぶり、⑫は執着心、⑬は羨望、⑭は依存心や粗忽さという具合に、いずれも人間性の負の部分が表面化したものばかりである。編集過程において作中人物たちの心の弱さを新たに見出したとき、編者はそれをことさら笑いに変えようとしたのだろう。だとすれば、基房の忠告に従う理知的な義仲の振る舞いを笑おうとしないのも合点がいく。不器用さこそ『盛衰記』が真に求める笑いの種だった。

ここで思い出されるのが作中の京童部の笑いである。頼豪の例⑫を別にすれば、⑨〜⑮は道義的に非難されるほどの言動ではなく、単なる失敗や見栄えの悪さが焦点となっているにすぎない。その意味で、笑われる理由が①〜⑧と似通っている。なかでも、山門勢を防ぐための逆茂木を「ヲカシ」と評する⑪の盛衰記編者と、山門勢に立ち向かう清水寺法師を揶揄する①の京童部とが共鳴することは自明である。盛衰記編者は自らの描く京童部の精神を体現するかのように、不謹慎で無節操な哄笑を繰り返している。これはむしろ自らの嗜好を京童部に託したとみるべきであろうか。いずれにせよ両者は相俟って、『盛衰記』特有の《笑い》の世界を築き上げているのである。

五　おわりに

早くに『盛衰記』の落書について論じた山下宏明は、「編者もしくはその周辺の手すさび」のようであり、「南北朝動乱の現実に密着した諷刺の発露としての『太平記』の落書とは、全く異質」と評している。[注16] じつはこうした相違は落書の中身だけではなく、本稿で検証したごとく、それと関わりの深い京童部の生態にも当てはまるものだった。さらにいえば、評語「ヲカシ」の使い方をめぐっても、二作品は明らかな対照を示すようだ。『太平記』は存外この言葉を多用しておらず、時折見られる使用例はやはり世相批判と分かちがたく結びついている。巻十九冒頭章段における揶揄「（持明院統が）軍ノ一度ヲモシ給ハズシテ、将軍ヨリ王位ヲ給ラセ給タリ」に対しての寸評や、巻二十三で語られる土岐頼遠狼藉事件の余波で、武士と雲客が互いに相手を恐れたことに対する総評など、身分秩序崩壊が「ヲカシ」で彩られているのである。「南北朝動乱の現実に密着」して書き継がれた作品だからこそ、『太平記』は批判意識を基調として物語世界を構築したと言えよう。

では、『盛衰記』の落書、京童部、「ヲカシ」はどのように評価すればよいのだろうか。従来『盛衰記』をめぐっては、「スキャンダルを平気で書き込む」傾向や、「嗜虐的とも言うべき暗さ」「人間性の暗い面への興味」があるとする指摘がなされている。▼注17 そうした面と、本稿で論じてきた《笑い》の問題とは、同じところに根ざしているように思われる。興味本位で他者の不幸や不名誉を詮索するというのは、程度の差こそあれ、誰の心にも巣くっている好ましからざる性癖だろうが、盛衰記編者はそれを隠そうとしていない。不謹慎であっても面白ければ気兼ねなく笑おうとする。かかる態度は必然的に、無頼に生きていたとおぼしき実在の京童部の横顔を髣髴とさせるだろう。はたしてこれが、あくまでも物語の手法によってもたらされた印象にすぎないのか、それとも編者の素顔を解き明かすための鍵となり得るのか、今後の『盛衰記』研究の進展を見据えながら、あらためて問い直していきたいと思う。

使用本文

源平盛衰記…慶長古活字本（勉誠社）、延慶本…『校訂延慶本平家物語』（汲古書院）、長門本…『長門本平家物語』（勉誠出版）、太平記（流布本）…日本古典文学大系、保元物語…同上

注

（1）軍記物語における無名の人々については、山下宏明『いくさ物語の語りと批評』「いくさ物語の語り――研究と批評」（世界思想社、初出は一九九六年）参照。

（2）「京童」と表記されることもあるが、以下、古活字本『源平盛衰記』の表記に従って「京童部」とする。なお、「部（べ）」は本来「むれ・集

団」を意味する語である。
（3）『水左記』承暦四年六月十四日条、および『兵範記』久寿三年三月十三日条。
（4）早川厚一・曽我良成・村井宏栄・橋本正俊・志立正知「『源平盛衰記』全釈（七—巻二—3）」（『名古屋学院大学論集 人文・自然科学篇』四八、二〇一二年）は、京童部を「各官庁の雑色より少し上のクラスの下級官人層」とみている。
（5）林屋辰三郎『町衆——京都における「市民」形成史』三章「京童の登場」（中公新書、一九六四年）、守屋毅「京童の風貌——都市民の一系譜」（『國文學』二一—七、一九七六年）、佐藤和彦『太平記の世界 列島の内乱史』「京童ノ口ズサミ——「二条河原の落書」をめぐって——」（新人物往来社および吉川弘文館、初出は一九八六年）など。
（6）『細々要記』には二系統があるが、続史籍集覧所収の「真本」なる系統本は、南北朝時代の記録を抜き書きしたものと思われる。本稿の引用はこの「真本」によった。
（7）田口和夫「『太平記』と落書」（軍記文学研究叢書『太平記の成立』所収、汲古書院、一九九八年）参照。
（8）山下宏明『平家物語の生成』七の3「『源平盛衰記』と『太平記』」（明治書院、初出は一九七四年）は、『太平記』の落書について、「単なる京童一般に還元し切れない、京童の視覚をも汲み上げながら、時にはその京童をも対象にすえ得るような、作者その人の視覚を物語るもの」とする。そのほか、この問題について論じたものに、桜井好朗『中世日本人の思惟と表現』「町衆文化の先駆的形態——太平記と京童と——」（未来社、初出は一九五六年）、中西達治『太平記の論』「太平記と落首——構想論・作者論の立場から——」（おうふう、初出は一九九三年）などがある。
（9）「中人」は鳥羽院を指していると解されるが、尊敬表現になっていないことから、別のものを指している可能性もありそうである。『中世の文学・源平盛衰記』（三弥井書店）の頭注は、「仲人。鳥羽院、また、上出来の歌を指すか」とする。この点も含めて、菖蒲前譚末尾における京童部の笑いの内実については未勘。なお、松尾葦江『平家物語論究』第二章—一「源平盛衰記の意図と方法——中世文学の〈時〉と〈場〉の問題から——」（明治書院、初出は一九七七年）はこれを「皮肉な評言」と捉えている。
（10）『盛衰記』と『太平記』それぞれの批判のあり方については、共通する面も少なくない。榊原千鶴『平家物語 創造と享受』第一部—Ⅲ「『源平盛衰記』の一性格——「政道」をめぐって——」（三弥井書店、初出は一九九一年）参照。
（11）前掲（9）松尾論文参照。
（12）延慶本における「ヲカシ」の用例については、小林美和『平家物語生成論』第一章—四「延慶本平家物語の語りとその位置」（三弥井書店、初出は一九七八年）に取り上げられており、延慶本は「都を視座とする姿勢が濃厚であるが、ことにこうした落書や京童の世界を取り込むことに意欲を示している」と指摘されている。

（13）久保田淳「覚一本『平家物語』からはみ出すもの――『源平盛衰記』を読むにあたって――」（『國文學』三一―七、一九八六年六月）参照。

（14）義仲をめぐる笑いは『盛衰記』に初めて現れるものではないため、本稿では考察の対象としなかった。なお、樋口大祐『「乱世」のエクリチュール　転形期の人と文化』第Ⅰ部第４章「『源平盛衰記』における「改作」について――笑いと複数性」（森話社、初出は二〇〇二年）は、『盛衰記』法住寺合戦記事における笑いの特性について分析している。

（15）早川厚一・曽我良成・橋本正俊・志立正知「『源平盛衰記』全釈（二―巻一―2）」（『名古屋学院大学論集 人文・自然科学篇』四三―二、二〇〇七年）は、「忠盛に寄り添う形で話を進める諸本では、こうした話末評語は考えがたい」とする。

（16）前掲（8）山下論文参照。

（17）渥美かをる『平家物語の基礎的研究』第三章「平家物語諸本の性格」（笠間書院、一九七八年再版、初版は一九六二年）、山下宏明『平家物語の生成』七―2「『源平盛衰記』と『平家物語』」（明治書院、初出は一九七三年）、および榊原千鶴『平家物語 創造と享受』第一部―Ⅱ「『源平盛衰記』の一視点」（三弥井書店、初出は一九八五年）参照。

11 『源平盛衰記』と『太平記』——説話引用のあり方をめぐって——

小秋元段

一　『太平記』と『平家物語』諸本

『太平記』の作者はどのような『平家物語』を読んでいたのか。

武久堅は、『太平記』が『平家物語』を受容しつつも独自の工夫を凝らしていることを説いた大森北義の論考「『太平記』と『平家物語』」[注1]をとりあげ、以下のように評している。[注2]

『太平記』と『平家』を繋ぐ論に大森北義の「『太平記』と『平家物語』」（「古典遺産」42号、三月）がある。そこに関わった『平家』とは、どういう『平家』がどういう享受形態で『太平記』作者に把握されたものであったのか、それは自明のことなのか今後の課題なのか、『平家』享受史の問題として取り組むべきではあるが、受容の側にも注文をつけたいところ。

もとより『太平記』作者がどのような『平家物語』を、どのように享受していたかは自明の問題ではない。『太平記』が引用した『平家物語』の本文系統を析出する試みは、早くよりなされていた。しかし、その実態は不分明なところが多いというのが結論ではなかろうか。

例えば、両作品の関連性を網羅的に究明したことで定評のある後藤丹治の論では、[注3]『太平記』が『平家物語』に依拠した記事には、源平盛衰記、長門本、延慶本、流布本それぞれの内容に酷似・一致する箇所のあることが指摘されている。そして、『太平記』が一種類の本を採用したのか、二種類以上を採用したのかは、容易に決しがたいと述べている。

また、北村昌幸の近年の論でも、[注4]「太平記作者の依拠したテキストを現存『平家物語』諸本のうちの一本に特定することは、とうてい不可能である」と指摘されている。『太平記』には読み本系のみに見られ、語り本系には見られない記事が存在する一方、その逆の事例もある。さらには個々の伝本に固有に存在する記事が、それぞれ踏まえられている箇所もある。北村はそうした事例をあげ、『太平記』の作者が複数の『平家物語』を参照していた可能性と、現存はしていないが、『太平記』に引用された『平家物語』関連記事をすべて満たす本が存在していた可能性の、双方があることを指摘する。

常に座右にあって参照されていた『平家物語』と、座右にはなかったものの、知識としては知っていた「平家物語」の二つがあったと想定することも、この問題を考える場合には有効であろう。[注5]こう考えれば、『太平記』作者が依拠した『平家物語』が一本であったか否かを問うことは、さして重要な問題とはならなくなる。しかし、そのときでも、『太平記』の作者に規範として、あるいは知識の源泉として、より強い影響を与えた『平家物語』とは、どの系統のものであったのかという問題は残る。作品論のうえからも、また文学史上の問題からも、これは避けて通れない課題だといえよう。

そうした観点でいうならば、『太平記』は盛衰記と関連づけて言及されることが多かった。山下宏明は、「増補系」の『平家物語』がもつ、写実そのままではない、浪漫的な誇張に満ちた世界が『太平記』には継承されていると述べている。[注6]ここで山下がいう「増補系」の『平家物語』とは、盛衰記をさすことが後の論考で明らかにされる。[注7]もちろん、山下の論の趣旨は、それでも両者には明らかな差異もあるというところにあるのだが、盛衰記が『平家物語』諸本のなかでも最も関連性のある伝本として注目されていたことは動かない。このように、盛衰記と『太平記』の共通性を前提としながら両者の差異を説くものとしては、このほか、合戦記事の比較という観点による今井正之助の諸論がある。[注8]

説話引用という側面からも両者の関連性は説かれている。松尾葦江は盛衰記と『太平記』との間に「一読後の印象に共通点が多い」として、その共通点のなかに「長大な説話、それも中国種や仏伝類の説話が多いこと」をあげている。しかし、こうした両者であっても、盛衰記が既知の『平家物語』の世界を前提にしているのに対して、『太平記』は未知の同時代史を描こうとしており、そのもとでの説話引用の方法には違いのあることを指摘する。[注9]盛衰記と『太平記』の間に性格・方法の違いのあることは確かである。だが、一見すると両者に類似した雰囲気が漂っているように見えるのは、なぜなのか。それは『太平記』作者が盛衰記に影響され、盛衰記的な世界を志向したことから生じるものなのか、否か。目下の筆者の関心はそこにある。この問題を考えるために、本稿では説話引用という切り口で、盛衰記を含む読み本系『平家物語』と『太平記』の比較を行ってゆきたい。

二　延慶本における説話引用

はじめに、延慶本第一本「新院崩御之御事」のうち、二条院葬送の条を見てみたい。

同八月七日、香隆寺ニ白地《あからさま》ニ宿シ進《まゐら》セテ後、彼寺ノ艮《うしとら》ニ蓮台野ト云所ニ奉納㆒、八条中納言長方卿、其時大弁宰相ニテ御坐ケルガ、御葬ノ御幸ヲ見奉テ、

　ツネニミシ君ガ御幸ヲケサトヘバ帰ラヌ旅ト聞ゾカナシキ

忠胤僧都ガ秀句モ此時事也、七月廿八日、イカナル日ゾヤ、去ヌル人不帰㆒、香隆寺、イカナル所ゾヤ、御出アリテ還御ナキ、哀ナリシ事共ナリ、

長門本も同様の記事をもつ。二条院の葬送の際に長方が詠んだ和歌を紹介し、「忠胤僧都ガ秀句モ此時事也」として、「七月廿八日〜御出アリテ還御ナキ」の句が引用される。長方の和歌に触発されて、「そういえば、あの忠胤僧都の秀句も……」と、蘊蓄を傾けるにおいが傍線部には感じられる。このように、契機さえあれば、知っている情報をすかさず付加する姿勢が、読み本系の『平家物語』にはある。こうした姿勢が、大量で自在な説話引用を可能にしているのだろう。

読み本系における説話引用の頻度を確認してみたい。ここでいう説話とは、一定の分量とストーリーをもつものにひとまず限定し、人物や事蹟の名のみを文飾的にあげるものは除外する。語り本系の巻一に相当する範囲を例にすると、延慶本には以下のような説話が収録されている。

業平「山ノミナ」歌／東大寺供養／五節の由来／季仲・忠雅／王莽／桜町中納言／則天皇后／忠胤秀句／土佐房昌春／児安塔／願立／比叡山開闢、諸堂・諸社の由来／毫雲訴訟／仁王経講読

ちなみに、盛衰記ではその数は倍増する。

鴻門の会／五節の由来／早鬼大臣／兼家・季仲・家継・忠雅／八葉大臣／王莽／花山院兼雅北の方／*郭公、鶏、獅子・狛犬、小鬼／桜町中納言／*則天皇后／*郭公禁獄、雨禁獄／*会稽山／清水寺縁起／*清水寺縁起／*朝覲行幸／*カムエムカシウ、日唯季通／有子内侍／*松ノ前・鶴ノ前／*澄憲三百人舞／山門訴訟の先例／願立／*豪雲訴訟／仁王経講読／比叡山開闢／御輿下落の先例／七歩の詩／*占いの入道（＊は低書形式で引用される説話）

無論、説話引用の頻度は巻によって違いがある。巻一相当部のみの比較では不十分といえるかもしれない。しかし、覚一本の巻一で引用される説話はこのうち、

季仲・忠雅／桜町中納言／願立

だけであるから、読み本系における説話引用の頻度がいかなるものかは、自ずから知られよう。

読み本系『平家物語』には詳細に語られる説話が多い。例えば、一行阿闍梨の説話。延慶本第一末「一行阿闍梨流罪事」では、つぎのような構成になっている。

①楊貴妃、蓬莱宮に帰るにあたり、一行より三摩耶戒を授かることを楊国忠に望む。
②一行、帝の許しなく授戒することを恐れるが、楊貴妃の懇請により授戒する。
③安禄山、楊貴妃と一行の関係を讒言。帝、一行に楊貴妃の姿を描くよう命じる。一行、楊貴妃の臍のそばに誤って墨を付け、帝に関係を疑われて火羅国へ流される。
④一行、闇穴道を行く。天道、九曜の形を現じて一行を守る。
⑤真言の法統。

一行の説話は明雲の流罪の先例として、「時ノ横災ハ権化ノ人モ遁レザリケルニヤ」として引用されるものである。したがって、主筋の先例に該当する部分は右のうち、一行の流罪を語る③④ということになる。しかし、それにもかかわらず、延慶本

では楊貴妃の授戒をめぐる①②の記事を相応の分量で語る。安祿山による、一行と楊貴妃の密通の讒言を語るにあたり、二人の関係をさかのぼり、肉付けしてゆこうとするのだ。語り本系には①②の記事はない。長門本は延慶本と同じ構成である。盛衰記は①②⑤の記事をもたず、代わりに③で一行は弟子の賢鑁の讒により流罪となったと述べ、④のあとで賢鑁の処罰、玄宗・楊貴妃の末路を詳述する。延慶本・長門本とは異なる方向への敷衍であるが、[注10] 主筋とはかかわらない部分を詳しく語る点では、盛衰記も同様の性格を有しているといえる。

　軍記物語における説話は、主筋に現れた事項・事象に対し、その先例・由緒を示す役割を果たす。特に由緒を語る説話は、主筋の記事が一段落したあとで、「抑××ト申ハ」等として注釈的に付加されることが多い。そして、時にいささか丁寧すぎると思われるほど、注釈を付加することをいとわないのが読み本系である。主筋と注釈的記事・説話が複雑に絡みあった例として、延慶本第二本「法皇御灌頂事」をあげたい。

❶後白河院、公顕より真言の三部秘経の伝授を受け、園城寺で灌頂を行おうとする。延暦寺、これに反発する。
②三部経についての解説。
❸灌頂を遂げられなかった後白河院の嘆き。
④欽明天皇の世における仏教伝来、用明天皇の世における仏教流布。
❺後白河院の「智者ハ秋ノ鹿」の詠吟。住吉大明神、後白河院の前に現れ、天魔・波旬・魔縁について説き、灌頂の儀式が遂げられなかったことは、後白河院の慢心によると諭す。後白河院の懺悔。
❻後白河院、四天王寺で伝法灌頂を行う。
❼延暦寺、最勝講に召されぬことを不服とする。
⑧道宣、終南山で韋駄天に対面し、問答すること。大慈恩寺長老となった道宣、ふたたび韋駄天と問答すること。
⑨四天王寺の地形のすばらしさ。
❿山門の学生と堂衆の不和。

白ヌキの番号は主筋の記事であることを示す。長門本は❶❻❿と、主筋のみの構成である。盛衰記は❶が延慶本より詳細である一方、❼〜❿をもたない。その意味で本記事のあり方は延慶本の個性が強く現れているといえるかもしれない。❶で後白河院が真言の三部秘経を伝授されたことを受け、②では法華・大日・鎮護国家・弥勒・浄土それぞれに三部経があり、なかでも院が伝授された大日三部とは大日経・金剛頂経・蘇悉地経をさし、これらの経の大意は……と説いてゆく。実際、②の記事は注釈であって、説話ではない。ただ、主筋の三部秘経の語を契機として、主筋から脱線して記事を付加するあり方は、限りなく説話挿入の型に近い。

❸では、延暦寺の反発により、園城寺での灌頂をとげられなかった後白河院の嘆きが記される。ここで院は、「此ノ法皇ハ百王七十七代ノ御門、鳥羽院第三ノ御子、雅仁天王トゾ申シケル」と紹介される。そしてそれを受け、④は「抑《そもそも》百王ト申ハ、天神七代、地神五代之後、神武天皇ヨリ始テ、御衣濯河《みもすそがは》ノ流スヾシク、龍楼鳳闕ノ月クモリナカリシカドモ」とはじまり、仏法伝来の歴史が語られる。この由来記事は、後白河院の修行の熱心さが仏法伝来以来、歴代天皇のなかで随一であることを導くために置かれたものである。だが、あわせて❸で「百王」の語を用いたことを受け、④で「抑百王ト申ハ」として呼応する関係にもなっている。

④の仏法伝来の記事を経て後白河院の熱心な修行ぶりが語られ、いつしか話題は主筋❺に戻ってゆく。院は日頃より「智者ハ秋ノ鹿」という詠吟を好み、今回の事件でその思いを一層深める。桃桜の咲く季節、院がこの吟詠をしていると、「春来遍是桃花水……」と詠じて住吉明神が現れる。そこで、院と明神との間で天魔・波旬・魔縁にかかわる問答が交わされ、院は自らの慢心に気づき、罪障消滅を祈念する。⑧で道宣と韋駄天の対面の説話が引かれるのは、❺で院が「大唐国ニ一百余家ノ大師先徳、其数多トイヘドモ、韋多天ニ対面シテ物語シ給ケル明徳ハ、終南山ノ道宣律師許《ばかり》也、吾朝ニハ、人王始マテ朕ニ至《いたる》マデ七十余代ノ御門、其数多トイヘドモ、住吉ノ大明神ニ直ニ対面シテ、種々物語シタル御門ハ、丸計《まろばかり》コソ有ラメ」といった驕慢の心を抱き、それを懺悔した記事を受けている。いわば⑧はこの一節の注釈にあたるのだが、それが❻❼の記事を隔てて現れることに注目したい。記事を遠く隔てても注釈を行うことを忘れないのである。この姿勢は❻の注釈に該当する⑨の記事が、❼⑧を隔てて現れるところにも窺える。このように延慶本では、主筋で述べた事柄に対して丹念に注釈する姿勢が強く現れている。

つづいて、説話を連続して引用する顕著な例として、延慶本第二中「前中書王事付元慎之事」「後三条院ノ宮事」を見てゆきたい。当該章段の記事構成は以下のとおりである。

①兼明親王の失脚と籠居。詩賦と音楽の才能。元稹現れ、世上に流布している自らの詩句の修正を願う。

②兼明親王、亀山の邸宅に神を祭り、水を湧出させる。

③輔仁親王、太子に立つことなく、花園に籠居。詩歌管絃に秀でていたため、無官の者、多く集まる。子息花園左大臣の異例の昇進。

④冷泉院の病の時、橘敏延、僧連茂、千晴ら、院の弟、式部卿宮の擁立を画策する。多田満仲の密告により、宮の舅の西宮殿流罪となる。

⑤輔仁親王の護持僧、醍醐の仁寛阿闍梨、千寿丸を使って鳥羽天皇を害そうとする。

これらは以仁王の変の記事のあとに置かれ、政争と皇子の身の処し方に関する先例を語る役割を果たしている。ちなみに長門本にこの記事群はなく、盛衰記は②の記事のみを欠く。①②は栄達を妬まれて失脚した兼明親王が、それを恨みとせず、風雅な生活を愛好した故事。③は皇位継承を約束されながら、それを果たすことのできなかった輔仁親王の故事で、輔仁も籠居し、風雅を愛する生活を送ったと記される。両親王の故事は、出家せず貴族社会で一定の地位を保っていた皇子が、一度は政争に巻き込まれるものの、ついには風雅の世界に生き、その名を高めたことを語るものである。「此宮ノ心トク御出家ダニモアリセバ、能《よか》リナマシ、無由《よしなき》御元服ノ有ケルコソ、返々《かへすがへす》モ心ウケレ」（「高倉宮ノ御子達事」）と評された以仁王の反例となっている。

これに対して、④は橘敏延らが式部卿宮を擁立して謀叛を起こそうとした故事である。政治的緊張と皇子という面では①〜③の説話の要素を維持するが、兼明・輔仁両親王の優れた身の処し方を語る①〜③の説話からは主題が変移している。つづいて⑤は仁寛・千寿丸の謀叛事件を語るもので、謀叛の説話という点で④の類例となっている。一方、皇子と政争を語る①以来の主題を意識してのことか、仁寛が輔仁親王の護持僧であったことを記し、事件の背景に親王の関与があったのではないかということを類推させる内容となっている。このように①から⑤まで列挙された説話は、共通する要素をもちながらも、主題を微妙に変えてゆく。そして、⑤を受けて記事は、「此ヲハ非職ノ輩、オホケナキ事ヲ思企《おもひくはたて》タリケリ、今ノ三位入道ノ思立《おもひたた》レケムハ、是ニハ似ルベキ事ナラネドモ、遂ニ前途ヲ不達セシテ、宮ヲ失ヒ奉リ、我身モ滅ヌル事コソ、返〳〵モアサマシケレ」と結ばれる。これが①～③ではなく、④⑤と関わらせた評語として機能していることはいうまでもあるまい。

三　盛衰記における説話引用

主筋とは直接かかわらない部分を含む長文の説話を引用したり、注釈的な記事の引用を重視したり、説話を連続して引用したりする延慶本の特徴は盛衰記にも見られる。

松尾葦江は、盛衰記が厖大な記事分量をもつにいたった背景に、編者に情報を集大成しようとする意図があったことをあげている。盛衰記は異本や異説を参看し、しばしばそれを引用する。それらは低書形式で引用されることが多く、そこには注釈を施す意図が現れていると指摘する。また、盛衰記には「網羅的に列挙しようとする思想が濃厚」だともいう。編者は盛衰記を通じて「歴史小説の形をとったもの知り百科」を成そうとしたという松尾の指摘は、盛衰記の特徴をよく言い当てているように思われる。[▼注11]

また、別の論考で松尾は、盛衰記の説話の特徴として、説話の長大化と列挙の傾向をあげている。さらに、盛衰記では同類の先例を列挙するだけでなく、説話の一部に注を付けるかのようにしてさらに説話を付加する事例のあることも指摘する。こうして盛衰記の世界は拡散化への道を進むのだが、松尾はこれを否定的にとらえるのではなく、ここにこそ盛衰記の文学的方法があるととらえることの重要性を説いている。[▼注12]

盛衰記における説話引用の特徴とその意義にかかわる考察は、右の松尾の論に尽くされているといってよい。重ねての言及は無用に思われるが、『太平記』と対比するために、ここでは説話の列挙の事例について確認してゆこう。盛衰記は延慶本・長門本以上に、説話の列挙、特に先例・類例となる説話の列挙を好む傾向にある。例えば、巻二「清盛息女」のうち、清盛の息女で、花山院兼雅の御台所となった女性が絵に秀でていたことを示す逸話として、紫宸殿の御障子に鳳凰を描いたところ、その鳳凰が鳴いたという話を引く。そして、その後、低書形式で、

①忠平中将が扇に描いた郭公が鳴いた話。
②円心法師が宇治関白殿の中門に描いた鶏が鳴いた話。
③定朝が制作した金峯山の獅子・狛犬が噛み合った話。
④院賢法橋が制作した芹谷地蔵堂の小鬼が里の女に通じた話。
の四話をあげる（長門本も同じ）。その詞章を見てみると、①は、

昔忠平中将ノ扇ニ書タリケル郭公《ほととぎす》コソ、扇ヲ披《ひら》ク度ゴトニ、郭公《かっこう》トハ啼《なき》ケルナレ、

と、簡略である。同様に②〜④も短文での引用であるが、こうした簡略な説話を含め、盛衰記には同じ形式の説話列挙がいたるところに見られるのである。

巻四「山王垂跡」では、延暦寺の大衆が神輿を下して訴訟に及んだ先例をあげている。

①鳥羽院御宇、嘉承三年三月三十日の例。
②崇徳院御宇、保安四年七月十八日の例。
③同院御宇、保延四年四月二十九日の例。
④近衛院御宇、久安三年六月二十八日の例。
⑤二条院御宇、永暦元年十一月十二日の例。
⑥高倉院御宇、嘉応元年十二月二十二日の例。

以上の六例があげられるが、例えば、①の記事は、

鳥羽院御宇嘉承三年三月三十日、尊勝寺灌頂ノ事ニ依《よっ》テ、二社八王子客人神輿、下松マテ下《くだり》給ヘリ、可ㇾ有㆓裁許㆒之由即時被㆓仰下㆒ケレバ、其夜御帰坐、四月一日、彼寺ノ灌頂被ㇾ付㆓天台両門㆒之旨、被㆓仰下㆒《おほせくだされ》畢《おはんぬ》、

とあり、以下、同様の形式で記録が引用される。説話ではないものの、こうした故実的な記事も同様に列挙される場面が盛衰記には少なくない。知識の集成をめざした、盛衰記らしい傾向といえよう。ちなみに、この部分、延慶本では「凡《およそ》神輿入洛事、其例ヲ勘《かんがふ》ルニ、永久元年ヨリ以来《このかた》既《すでに》六ケ度也」と語られるのみである。長門本も延慶本に同じである。

巻十一「静憲入道問答」では、清盛が説話を列挙する。彼は後白河院の使者として訪れた静憲に向かって、「漢家本朝、明王ノ臣下ヲ憐給事タメシオホシ」として、日本・中国の逸話をつぎのように述べてゆく。

①冷泉院、貞任征伐の戦いで子息頼俊を失った源頼義に、自筆の真言をしたためて与える。
②後三条院、江中納言親信の母が病に伏していた三年間、管絃をやめる。
③白川院、京中の子供が藍婆鬼により多く殺害されたため、親の悲しみを考慮し、子の日の御会をやめる。
④堀川院、落馬して死亡した随身清房の父に所領を与える。
⑤鳥羽院、顕頼民部卿の死去により、八幡参詣をとりやめる。
⑥鳥羽院、隠遁した忠貞宰相に御衣を贈る。
⑦唐太宗、功臣・戦士に自ら手厚い看護を施す。
⑧太宗、魏徴の碑文を自ら書く。

ここでもさきに見た二例と同工の説話列挙が行われている。この部分、延慶本が⑧⑦⑤⑥、長門本が⑦⑤⑥の形態になっていることを思えば、盛衰記が類似の例を収集（創作も含む）し、列挙することにいかに意を注いだかがよくわかる。

盛衰記の説話引用のあり方は、他の読み本系と共通する部分が多い。だが、松尾が盛衰記の説話引用に、「百科全書的啓蒙主義」と「物語世界の、いわば雰囲気作りとでも言うべき役割」を読みとったように、▼注13 その独自性にも注目すべきものがある。そのなかであえて説話の列挙という点をとりあげて盛衰記の特徴を確認してきたのは、この特徴が『太平記』につながるとは必ずしもいえないからだ。無論、『太平記』にも説話を連続させるくだりはある。だが、後述するように、『太平記』の作者は作品の前半において、説話を頻繁に引用することはなかった。後半になるにつれ、説話を連続してあげる箇所が目立ってくるのだが、数を以て知識の集積を図ろうとする盛衰記とは、その意図・方法を異にするように見受けられる。そこで以下、『太平記』における説話引用の特徴を俯瞰し、盛衰記をはじめとする読み本系との差について検討してゆきたい。

四　『太平記』における説話引用

『太平記』における説話を概観する。まずは左に一定の長さをもつ説話の題目を掲げる。登場人物の台詞として説話が引用される場合には、（ ）内にその人物名を傍線を付して示した。また、二話連続・三話連続の説話の場合には、（ ）内にその旨を波線を付して示した。なお本文は神宮徴古館本・玄玖本の系統による。

巻一

1韓愈の流謫

巻二

2波羅奈国の僧のこと

3紀信、偽って楚に降る

巻四

4呉越合戦

巻五

5北条時政の前生

巻八

6谷堂・浄住寺の創建（二話連続）

巻九

7項羽と虞氏の別れ

巻十

8武信君、章邯に敗れる（三浦大多和義勝）

9王陵の母の自害（安東聖秀）

10鮑叔牙、小伯を立て斉を回復（北条泰家）
巻十二
11北野天神の縁起
12解脱上人の伊勢参宮
13空海・守敏、験力を競う
14驪姫と申生
巻十三
15穆王・慈童のこと（洞院公賢）
16漢文帝・後漢光武帝、良馬を退ける（万里小路藤房、二話連続）
17玉樹を愛した諸王、滅びる（藤原孝重）
18干将・莫耶の剣、眉間尺父の敵を討つ
巻十五
19頼豪、園城寺の戒壇設置を許されず憤死
20俵藤太秀郷の蜈蚣《むかで》退治
21黄旗の兵、二万の里人（高駿河守、二話連続）
巻十六
22名草郡の蜘蛛退治、紀友雄の藤原千方討伐（二話連続）
巻十八
23覚鑁、高野山と対立し、大伝法院を創建
24程嬰・智伯、旧主の遺児を守り、趙を再興
25比叡山の開闢（玄恵）

巻十九
26囊沙背水
巻二十
27諸葛孔明の出廬と五丈原の戦い（斎藤道猶）
巻二十一
28頼政、菖蒲の前を賜る（覚一・真性）
巻二十三
29周王の犬、戎王を倒し、犬戎国の主となる
30孫武、闔閭の美女を斬る、立将兵法のこと（四条隆資、二話連続）
巻二十五
31祇園精舎建立、舎利弗・六師外道験力を比べる、摩騰・道士験力を比べる、慈恵・仲算の宗論（源通冬、三話連続）
32護法・清弁の宗論（二条良基）
巻二十六
33天地開闢、スサノオ放逐、八岐大蛇の退治（卜部兼員）
34一炊の夢（坊城経顕）
35秦穆公、馬を殺した兵をいたわる
36日蔵上人の頓死、役行者蔵王権現を祈り出す（二話連続）
巻二十七
37卞和の璧、藺相如趙璧を秦王より取り戻す、廉頗と藺相如の和解
38秦始皇帝蓬萊を求める、趙高の専横（妙吉）
巻二十八

39漢楚合戦（北畠親房）
巻二十九
40金鼠、謀叛人の武器を食い破る（雲暁）
巻三十
41殷紂王の悪政。周文王、太公望を得てこれを討つ（藤原有範）
42殷大戊、妖を恐れて政を正す（伊達三位有雅）
巻三十二
43獅子の子、父を討つ、虞舜至孝のこと（遊和軒亭叟、二話連続）
44鬼丸・鬼切
巻三十四
45曹娥、精衛の孝心（二話連続）
巻三十五
46日蔵上人、地獄で延喜帝に会う、北条泰時の無欲、時頼の回国、青砥左衛門の廉直（遁世者、四話連続。神田本の「時頼の回国、青砥左衛門の廉直」の二話連続形式が本来の姿）
47周大王の徳、玄宗皇帝の史官の忠（雲客、二話連続）
48瑠璃太子、釈迦族を滅ぼす、梨軍支の飢渇（法師、二話連続）
巻三十七
49項羽・高祖、義帝を擁立
50身子声聞の怒り、一角仙人の怒り、志賀寺上人の煩悩（三話連続）
51玄宗皇帝と楊貴妃
巻三十八

52李将軍、陣中の女を殺す
53宋元合戦
巻四十
54蒙古襲来、神功皇后の三韓征伐（二話連続）

『太平記』における説話は、読み本系『平家物語』と同様に大きな存在感を読者に与える。それは長文の説話が目立つことによっているのであろう。例えば、さきに言及した延慶本の一行阿闍梨の説話は、主筋の先例・由緒を説示するためには必要のない事柄まで叙述していた。その傾向は『太平記』にも見られる。例えば、11「北野天神の縁起」は内裏炎上の由緒として語られるもので、その趣旨からすれば、天神が清涼殿に雷電を落とした故事のみを記せば十分である。しかし、ここでは道真が菅原是善の子となるところから、北野天満宮の創建、道真への正一位太政大臣追贈までの、天神縁起のほぼすべての物語を記述する。このような例として、ほかに33「天地開闢、スサノオ放逐、八岐大蛇の退治」、37「卞和の璧、藺相如趙璧を秦王より取り戻す、廉頗と藺相如の和解」、38「秦始皇帝蓬莱を求める、趙高の専横」、39「漢楚合戦」、51「玄宗皇帝と楊貴妃」などがあげられよう。いずれも長い説話が語られるが、主筋の説明に必要な故事はそのうちの一部分でしかない。だが、それにもかかわらず、『太平記』も厖大な分量を費やして説話の全体を語ることをやめないのだ。

一方で、『太平記』が説話を引用する頻度はさほど高くない。巻十二、十三、二十六は全巻のなかでも頻度の高い巻といえるが、これらの巻でさえ、事あるごとに注釈的に説話を挟む読み本系の姿とは距離がある。さきに延慶本第二本「法皇御灌頂事」を例にあげたが、主筋と説話がまさに絡みあうように物語が進展する箇所は、『太平記』には存在しない。また、第一部（巻一～十二）の段階では、多くの巻で説話は一巻に一回か、あるいは全く引かないかという状況である。このことは、『太平記』の作者が、当初は数のうえで説話を多く引用する編集方針をもっていなかったことを示している。つまり、もともと『太平記』は、読み本系『平家物語』の世界を模することを意図していなかったと考えられるのだ。むしろ『太平記』は、一巻に、

季仲・忠雅／桜町中納言／願立（巻一）

といった程度しか説話を引用しない語り本系の『平家物語』により近く、その形式を規範に作品を形成していったのではなかったか。

同様に、『太平記』では説話を列挙する志向も盛衰記ほど強くない。特に、第一部ではこうした箇所は見られないといってよい。6「谷堂・浄住寺の創建」は二つの寺院の縁起を語るものだから、類似話の列挙にはあたらない。説話の列挙という方法も、『太平記』作者が執筆の当初から用いたものではなかったのである。先例を二話以上連続させるのは16「漢文帝・後漢光武帝、良馬を退ける」からで、第二部に入ってからこの傾向は現れる。ただし、『太平記』の説話列挙の方法は個性的で、例えば、31「祇園精舎建立、舎利弗・六師外道験力を比べる、摩騰・道士験力を比べる、慈恵・仲算の宗論」、43「獅子の子、父を討つ、虞舜至孝のこと」、46〜48の「北野通夜物語」などは、梵漢和の三国の説話を並列している。▼注14 このように、『太平記』には独自の趣向も見られるのであって、複数説話の列挙の背景に読み本系『平家物語』の影響があったとは断言できない。

そもそも、『太平記』と読み本系『平家物語』の説話引用には、編者の姿勢に差があるようだ。読み本系が長文の説話を引用したり、説話を列挙したりするのは、いうまでもなく、主筋で描かれた事柄や展開の由緒・先例を述べることにより、主筋の展開を支えるためであった。だが、そこに注釈的姿勢なり、百科全書を形成する意図なりが感じとられるのは、読み本系が主筋と説話とのつながりをあまり強調しなかったからである。つまり、読み本系の説話には、乱暴な言い方をすれば、それがなくても物語の展開には支障を来さないという側面があるのだ。それに対して『太平記』では、説話的記事を主筋につなぎとめようとする意識が強い。例えば、登場人物によって語られる説話が多いことが、それをよく表している。登場人物によって語られる説話は、右に掲出した五十四話のうち、二十三話に及んでいる。約半数に達するこの比率は、『平家物語』のなかでも登場人物の口を借りて説話が語られる傾向のある盛衰記と比べても、差があるといえるだろう。

とはいえ、『太平記』にも主筋とのかかわりのわかりにくい説話引用はある。さきにあげた11「北野天神の縁起」、39「漢楚合戦」、51「玄宗皇帝と楊貴妃」などは、長文であるだけでなく、主筋とのかかわりが明確に示されておらず、引用の趣旨そのものがわかりにくい。そうした側面がある一方で、作者は自らの説話引用の冗長さを自覚してもいた。作者は自らの説話を「長物語」と称したり（25「比叡山の開闢」）、「言長《ことながく》して聞《きく》に可レ懈《おこたりぬべし》といへども、暫《しばらく》譬《たとへ》をとりて愚なる事を述《のぶる》に」と卑下したりする（37「卞和の璧、藺相如趙璧を秦王より取り戻す、廉頗と藺相如の和解」）。冗長さを自覚しながらも説話を引用することをやめないのは、それを語ることが物語全体を語るうえで必要不可欠だという信念があったからだろう。[注15] ちなみに、『太平記』も盛衰記と同様、百科事典的な性格をもつことが夙に指摘されている。[注16] だが、『太平記』作者のこの信念を考えると、『太平記』が百科事典的世界の構築を意図してめざしたとは考えがたい。

『太平記』作者にとって説話は注釈的に付加するものではなかった。確かに、注釈的な付加としか見えない説話もあるのだが、意識のうえでは異なっていた。例えば、1「韓愈の流謫」は、後醍醐天皇側近の討幕グループが玄恵法印の「昌黎赴㆓ク潮州㆒ニ」の一首の談義を不吉だとして、これをやめてしまったことをきっかけに引用される。説話そのものは「此韓昌黎と申は晩唐の末にいでゝ〜」とはじまり、まさに注釈的に引用される。だが、この説話は、主筋で「昌黎赴㆓ク潮州㆒ニ」の名が出てきたから、その詩の内容を注釈的に説明するために引用されたわけではない。さきにあったのは韓愈の流謫を語り、正中の変による後醍醐天皇近臣の流罪を暗示しようとする意図の方であった。そのうえで、主筋で玄恵が「昌黎赴㆓ク潮州㆒ニ」を談義しようとする場面が設定されたと見るべきである。つまり、説話がさきにあって、それにあわせて主筋が創作されているのである。そもそも『太平記』には、4「呉越合戦」、14「驪姫と申生」、18「干将・莫耶の剣、眉間尺父の敵を討つ」、27「諸葛孔明の出廬と五丈原の戦い」等、こうした例が少なくないのだ。

五　むすび

以上、読み本系『平家物語』と『太平記』における説話引用について考察してきた。説話の占める比重が大きいという点で両者には類似するところがあるが、両者のめざしたところはいささか異なっている。それは、注釈を重視するとともに、百科全書的な世界の構築をめざす読み本系（特に盛衰記）と、主筋と説話のかかわりを重視する『太平記』という大雑把な性格分類で表せようか。作者が異なれば志向も異なるのは当然のことで、先学の諸論も盛衰記と『太平記』の差異にこそ、これまで光をあててきた。

その点で本稿は屋上屋を架すような作業に終始したわけだが、説話引用という観点からいうならば、読み本系『平家物語』から『太平記』への連続性を認めるには慎重でありたい、ということを指摘しておく。一見似たように見える両者だが、説話引用のあり方に違いのあることは屢述したとおりであって、むしろその頻度に注目するならば、『太平記』には語り本系にこそ共通点がある。『太平記』により強い影響を与えたのは、語り本系の『平家物語』であるという見とおしを述べて、稿を閉じることとしたい。

注

（1）大森北義「『太平記』と『平家物語』」（『古典遺産』第四十二号、一九九二年）。
（2）武久堅「（平成四年国語国文学界の展望）軍記物語」（『文学・語学』第百四十一号、一九九四年）。
（3）後藤丹治『太平記の研究』（河出書房、一九三八年）。
（4）北村昌幸『太平記世界の形象』第一編第一章「故事としての『平家物語』」（塙書房、二〇一〇年。初出、『古代中世文学論考』第六集、新典社、二〇〇一年）。
（5）この点は北村昌幸注（4）前掲論文も指摘しており、さらに北村は『太平記』作者が座右にしていた文字テキストとして、覚一本の前段階のものがあると推測している。
（6）山下宏明「軍記―南北朝期の平家物語と、太平記―」（『国文学解釈と鑑賞』一九六九年三月号）。
（7）山下宏明『軍記物語と語り物文芸』Ⅲ「南北朝動乱期の軍記物語」（塙書房、一九七二年。初出、『國學院雑誌』一九七一年十一月号）、『平家物語の生成』七―3「『源平盛衰記』と『太平記』」（明治書院、一九八四年。初出、『文学』一九七四年十二月号）。
（8）今井正之助「『平家物語』と『太平記』―合戦叙述の受容と変容―」（『あなたが読む平家物語4平家物語 受容と変容』有精堂出版、一九九三年）、「合戦の情景―『源平盛衰記』と『太平記』との間―」（『日本文学』一九九四年九月号）、「合戦の機構―『源平盛衰記』と『太平記』との間―」（『軍記物語の生成と表現』和泉書院、一九九五年）。
（9）松尾葦江『軍記物語論究』第四章五「源平盛衰記と説話」（若草書房、一九九六年。初出、『説話論集 第二集 説話と軍記物語』清文堂出版、一九九二年）。

（10）砂川博『平家物語新考』第三章第二節「源平盛衰記の方法と説話」（東京美術、一九八二年。初出、『文学』一九八一年六月号、七月号）は、盛衰記の説話叙述の特徴に対句的な発想があることを指摘し、盛衰記が一行阿闍梨説話に加えた、弟子賢鑁の一行讒訴の話における師弟対決というモチーフは、この対句的な発想によるものだとする。

（11）松尾葦江『平家物語論究』第二章一「源平盛衰記の意図と方法―中世文学の〈時〉と〈場〉の問題から」（明治書院、一九八五年。初出、『国語と国文学』一九七七年五月号）。

（12）松尾葦江注（9）前掲論文。

（13）松尾葦江注（9）前掲論文。

（14）黒田彰『中世説話の文学史的環境 続』Ⅱ二2「太平記から三国伝記へ―朴翁天竺震旦物語をめぐって―」（和泉書院、一九九五年。初出、『日本文学』一九九一年六月号）参照。

（15）こうした姿勢に関する論説としては、松尾葦江注（9）前掲書第一章七「太平記の意志」（初出、『太平記とその周辺』新典社、一九九四年）、北村昌幸注（4）前掲書第一編第七章「長恨歌説話の主題と表現」（初出、『古代中世文学論考』第十三集、新典社、二〇〇五年）が参考になる。

（16）大隅和雄『事典の語る日本の歴史』五「『太平記』―人間のすべてを描き出す―」（そしえて、一九八八年）。

使用テキスト

源平盛衰記…『源平盛衰記 慶長古活字版』（勉誠社）、延慶本…大東急記念文庫善本叢刊 中古中世篇『延慶本平家物語』（汲古書院）、太平記（神宮徴古館本）…紙焼写真

12　『源平軍物語』の基礎的考察

伊藤慎吾

一　はじめに

『源平軍物語《げんぺいいくさものがたり》』は明暦二年（一六五六）に刊行された源平合戦の物語である。このタイトルは、序文に「源平の栄枯をまじへしるして。源平軍物語と名づけ侍る」とあるところからすると、源平の栄枯盛衰を描いたことに由来するものである。ジャンルとしては、近世初期軍記の一種であり、また仮名草子の一種と言うこともできる。この領域に関しては阿部一彦『近世初期軍記の研究』（新典社、二〇〇九年）が代表的な成果だが、そこで主に扱われているものは『信長公記』『信長記』『清正記』『太閤記』『武功夜話』である。つまり戦前からよく知られた大作品に限られる。だが、これら近世以来広く流布した作品の背後には、数多くの中小の軍記作品が出版されていたことを忘れてはならないだろう。それらは室町・戦国から大坂の陣、島原の乱に至る局地的な合戦に取材したものも多いが、一方で、院政期の源平合戦を取り上げた作品も幾つか見出される。たとえば貞享二年（一六八五）に刊行された『頼朝軍物語』は『源平盛衰記』に基づきながらも、古浄瑠璃風の生き生きとした文体と挿絵から成っており、古典作品として『平家物語』を読むのとは一味違う、当世風の読み物として受け入れられたことだろう。『頼朝一代記』のように伝記風に仕立てたものもある。また『見聞軍抄《けんもんぐんしょう》』（寛文七年〈一六六七〉刊）や『古老軍物語』（寛文一〇年〈一六七〇〉刊）

のように時代を問わず古今の武家説話を編集したものを含めれば、源平合戦は、当時、物語草子製作の主要な材料であったことが知られる。

さて本稿で取り上げる『源平軍物語』は近世前期の源平合戦の読み物であるが、全一五巻から成る、規模からすれば大作である。残念ながら『信長公記』や『太閤記』とは異なり、ほとんど知られていない。とはいえ、実は既に大正三年（一九一四）に国史叢書に収録されていたのである。しかし、さしたる評価も得られぬまま、現在に至っている。[▼注1] やや長文になるが、黒川《くろかわ》真道《まみち》による「解題」の一部を引用し、本作品の概要説明に代えておきたい（適宜、振り仮名を補う）。

要するに平清盛一家の繁昌より筆を起し、源頼朝平家を討伐し、尋《つい》で弟義経を遂ひ、朝許を得て諸国に守護地頭を置き、茲《ここ》に始めて幕府が政権を掌握するに至るまで、悉く其の事蹟を記して筆を擱《お》きたるなり。されば本書は平家物語と対照せんに、彼の足らざるを補ひ、委しからざるものは更に之を詳載しあれば、是彼互に参観すれば、覚えず読者をして興味津々として尽くる事なからしむべし。憾むらくは作者の詳《つまびらか》ならざることを。

本書に関する言及は極めて少ない。『平家物語大事典』（東京書籍、二〇一〇年）の「近世小説・通俗歴史書」（倉員正江執筆）という項目では次のように説かれている。

『本朝軍記考』などに掲載の書名に「源平軍物語」、「頼朝一代記」がある。「源平軍物語」（一五巻一〇冊）は明暦二年刊だが、後者は存否未詳である。

ここに挙げられている「頼朝一代記」は「頼朝三代記」の誤記だろうと思われるが、如何。『本朝軍記考』（日本書目大成四、所収）には「十五　源平軍物語／十五　頼朝三代記／右同時代」と、同項目中に併記されている。『頼朝一代記』は延宝七年（一六七九）山田市郎兵衛刊行の四巻二冊本が伝世する（加賀市立図書館蔵）。なお、五冊本もあったようだが（貞享二年刊『広益書籍目録』）、存否未詳。『源平軍物語』とは、この解題にみられるように、書名が挙げられる程度のものでしかなかったのである。しかし近世初期における軍記物の実態を把握する上では看過することできないのも確かであると私考する。以下、本作品の基礎的な考察を試みることにしたい。

二　書誌的解説

まず、本書の諸本としては、次に掲げたように、一五巻一五冊本と一五冊一〇冊本とが確認される。

1　明暦二年版一五巻一五冊…西尾市岩瀬文庫・函館市中央図書館
2a　明暦二年版一五巻一〇冊…国立公文書館内閣文庫・学習院大学日語日文研究室
2b　明暦二年風月庄左衛門版一五巻一〇冊…長野県短期大学図書館

このほか、旧彰考館・延岡内藤家（一三冊）蔵なるものが『国書総目録』に記載されている。一五冊本と一〇冊本とでは冊数に違いがあるだけで、本文の構成や表記、刊記をはじめとして、書誌的事項に大きな違いはない。そこで、ここでは学習院大学日本語日本文学科研究室所蔵の一〇冊本（請求番号 913.64-5010）を代表として書誌的事項を示しておく。

書　型　大本。版本。一五巻一〇冊。
　たて二五・五センチ×よこ一八・三センチ。
表　紙　卍繋ぎ牡丹唐草文様（空押）の濃紺表紙。原装と思われる。
題　簽　原題簽（左肩・双辺）。たて一七・五×よこ三・九センチ。
　第一、二冊「源平軍物語　一、二（三）」数字は墨書。もと「一」「二」と摺られていたが、その上から重ね書きをしている。
　第三冊以降「源平軍物語　三（‐十）」
目録題　源平軍物語巻第一（‐巻第十五）
内　題　源平軍物語巻第一（‐巻第十五）
尾　題　第一・二・八・九・一一巻「源平軍物語巻第一（二・八・九・十一）終」
　それ以外の巻はなし。

柱刻　白口。魚尾なし。版心には書名がなく、巻数と丁付だけである。丁付では巻頭目録を第一丁とする（なお、本稿でもこの丁付の丁数に従う）。最終丁の丁付の丁数の下に「終」を付ける巻と付けない巻とがある。すなわち第一・二・三・四・五・六・八・一〇・一二・一三・一四・一五巻は「終」を付け、第七・九・一一巻は付けない。

序「　○　」

目録「　巻一（-十五）　○一　」

本文「　巻一（-十五）　○二　」

匡郭　四周単辺

序　たて二一・一センチ×よこ一五・五センチ。

目録　たて二〇・七センチ×よこ一五・六センチ。

本文　たて二〇・九センチ×よこ一五・七センチ。

字高　本文　二〇・七センチ。

料紙　楮紙。

見返　楮紙。紙質は本文料紙に同じ。原装。ただし第二冊の後見返は改装か。

丁数　第一冊　六一丁（序一丁・第一巻二九丁・第二巻三〇丁）

第二冊　三三丁（第三巻三三丁）

第三冊　六四丁（第四巻二九丁・第五巻三五丁）※第五巻八・九丁錯簡。

第四冊　六三丁（第六巻三〇丁・第七巻三三丁）

第五冊　四一丁（第八巻四一丁）

第六冊　四七丁（第九巻四七丁）

第七冊　七五丁（第一〇巻三九丁・第一一巻三六丁）

第八冊　三五丁（第一二巻三五丁）※一八・一九丁錯簡。

第九冊　七一丁（第一三巻三四丁・第一四巻三八丁）
第一〇冊　三七丁（第一五巻三七丁）
行数　序　一〇行。
　　目録　九行。
　　本文　一二行。
表記　漢字平仮名交じり文。振り仮名・濁点多用。ただし目録には句点を用いていない。
刊記　第一五巻最終丁本文末尾左下に次のように記す。
　「明暦二丙申年孟春吉且（ママ）」

三　構成

次に物語の構成について述べたい。まず、序文では次のように述べている。
治承《じせう》四年の比《ころ》より始《はじめ》て。平家《へいけ》ほろびし後《のち》。源家世《げんけよ》を治《おさむ》るに終《をは》りぬ。
一五巻ごとのあらましは次の通りである。
巻第一　清盛の栄華から頼朝の謀反の準備。
巻第二　頼朝の挙兵から佐々木高綱の忠義。
巻第三　頼朝の逃亡から衣笠合戦。
巻第四　三浦一族の敗退から新院の厳島御幸と還御。
巻第五　頼朝、義経と対面することから義仲の挙兵を経て頼朝追討。
巻第六　信濃・北国での合戦。その間の頼朝と義仲の関係悪化。
巻第七　般若野の戦から実盛の死、平家の宇治勢多発向。

巻第　八　義仲、山門に登ることから平家都落を経て、洛中での義仲の軍勢の狼藉。
巻第　九　義仲追討から義仲の首渡し。
巻第一〇　一の谷の城構えから一の谷合戦での梶原景時の秀句。
巻第一一　鵯越から維盛入水。
巻第一二　義経関東下向から金仙寺観音講。
巻第一三　屋島合戦から知盛の船掃除。
巻第一四　二位禅尼入海から時忠流罪。
巻第一五　宗盛父子の関東下向から北条時政・土肥実平の上洛。

各巻の章段目次は本稿末尾の表に示した。源頼朝が挙兵したのが序文にいう「治承四年」であるから、冒頭の平清盛の栄華の様子は導入部であり、伊豆での頼朝の動向からがこの物語の本題ということができよう。

表で『源平盛衰記』と対照したのは、これをもとに本作品が作られているからである。『源平盛衰記』は一二行片仮名の無刊記整版本（元和寛永古活字版よりも広く流布した）に拠った可能性が高いように思われる。ただし両者の巻数は対応するものではない。表では『源平軍物語』の巻数によって区分したが、それと『源平盛衰記』の巻数に明確な関連性があるとはいえない。とはいえ、『源平軍物語』の第二巻は『源平盛衰記』第二〇巻から始まり、第三巻は第二一巻から、第七巻は第二九巻から、第八巻は第三一巻から、第九巻は第三四巻から、第一〇巻は第三六巻から、第一二巻は第四一巻から、第一五巻は第四五巻からと、規則性は認められないながらも、ある程度、『源平盛衰記』の巻単位で『源平軍物語』各巻をまとめようとした姿勢を読み取ることができるだろう。

整版本『源平盛衰記』の章段名と『源平軍物語』の章段名とを比べてみると、「備考」に示した慶長古活字本のそれよりも近似していることが分かる。また『源平軍物語』の章段名は原則、事書であるのに対して、慶長古活字本は「事」を用いない。さらに第五巻「秀衡方へ下す事」や第六巻「頼朝追討使の事」などに対応する章段が見られないなど、慶長古活字本は整版本に比べて距離がある。

整版本でも総目録と各巻の巻頭目録と本文中の章段名とでは若干異同がある。五例ほど顕著なものを挙げてみる（表中の下線を引いた太字の章段参照）。

①『軍物語』第六巻　「源《げん》氏《じ》燧《ひうち》が城《じやう》を落《をつ》る事」
『盛衰記』第二八巻　「源氏落《ヲトス》㆓燧城《ヒウチノジヤウヲ》㆒事」（巻頭）
○「源氏《ゲンシ》落《ヲツル》㆓燧城《ヒウチノジヤウヲ》㆒事」（本文）※総目録も「オツル」

②『軍物語』第八巻　「平氏《へいじ》屋嶋《やしま》につく事」
『盛衰記』第三三巻　「平氏《シ》九月十三夜歌讀《ヤノウタヨム》平氏著《ジツク》㆓屋嶋《ヤシマニ》㆒事」（巻頭）※総目録も同文
○「平氏《ヘイ》著《ツク》㆓屋嶋《ヤシマニ》㆒事」（本文）

③『軍物語』第一二巻　「親能《ちかよし》搦《からむ》㆓義廣《よしひろを》㆒」
『盛衰記』第四一巻　○「親能《チカヨシ》搦《カラム》㆓義廣《ヨシヒロヲ》㆒」（本文）※巻頭も同文
「親能《チカヨシ》　搦《カラメラル》　㆓義廣《ヨシヒロニ》㆒」（総目録）

④『軍物語』第一二巻　「盛綱《もりつな》渡《わたし》㆓藤戸《ふぢとを》㆒児嶋《こじま》合戦《かせん》」
『盛衰記』第四一巻　○「盛綱《モリツナ》渡《ワタシ》㆓藤戸《フヂトヲ》㆒児嶋《コジマ》合戦《カセン》」（本文）※巻頭も同文
「盛綱《モリツナ》　渡《ワタス》㆓藤戸《フヂトヲ》㆒児嶋《コジマ》合戦《カセン》」（総目録）

⑤『軍物語』第一四巻　「安徳帝《あんとくてい》不《ず》㆓吉瑞《きちずいなら》㆒」
『盛衰記』第四三巻　「安徳帝《アントクテイ》不吉瑞《フキチノズイ》」（巻頭）※総目録も同文
○「安徳帝《アントクテイ》不《ス》㆓吉瑞《キチスイナラ》㆒」（本文）

ここに掲げたように、『源平軍物語』の章段名は本文中のものに近いことが知られ、すなわちそれらを主に参考にして章段名を付けたと考えられる。

また「源平軍物語」の段に網掛けを施した章段があるが、それらは『源平盛衰記』の章段名と著しく異なるものである。第二巻「頼朝落ち給ふ事」の内容は『源平盛衰記』第二〇巻「公藤介自害ノ事」に基づくが、これは内容に即した改変とみられる。たとえば「小道ノ地蔵堂」→「地蔵堂にて頼朝以下仏壇の下に隠るゝ事」（第三巻）、「衣笠合戦ノ事」→「三浦一族落行く事」、「俵藤太将門中違ノ事」→「京都騒動の事」、「真盛京上」→「平家東国へ討手に向ふ事」（以上、第四巻）など、いずれも本文の内容により近づけて命名する配慮を見て取ることができるのではないかと思う。

次に配列については基本的に『源平盛衰記』の順序に等しいが、しかし、微調整も行っている。第一巻では『源平盛衰記』第一九巻に基づく「文覚発心付東帰節女の事」と「頼朝家人を催す評議の事」との間に第一八巻の「文覚流罪の事」を挿入する。これは文覚の一連の動向をまとめるための措置であったと思われる。第四巻では『源平盛衰記』第二三巻の「真盛京上」「新院自厳嶋遷御」の間に同巻冒頭の「新院厳嶋御幸」に基づく「新院厳嶋の御幸」を挿んでいる。これは続く還御の説話と一組にするためであろう。第五巻は『源平盛衰記』第二三巻の「義経軍陣来事」と「頼朝鎌倉入勧賞」との間に第四六巻「義経始終有様事」に基づく「伊勢三郎義経に相随ふ事」が挿んである。これは「頼朝、義経に対面」の使者となった伊勢三郎が義経の家来になった経緯を述べるためのものである。このほか、第五巻「春日垂跡の事」（『源平盛衰記』第二五巻・三）―「大仏造営奉行勧進の事」（二五・二）、第七巻「覚明山門をかたらふ事」（『源平盛衰記』三〇・一二）―「平家の軍兵宇治勢多にむかはるゝ事」（三〇・九）などあるが、いずれにしても関連する章段を独自に入れ替えているものである。

『源平盛衰記』のどの章段を採用しているかは、表の「源平盛衰記」の段に示した通りだが、ここに掲示していない章段、つまり『源平軍物語』では採用していない章段との違いについて、一定の傾向を読み取ることができる。

まず和漢の故事を採らない傾向にある。『源平盛衰記』第二〇巻「楚効荊保ノ事」、第二一巻「韋提希夫人ノ事」、第二三巻「朝敵追討ノ例付駅路ノ鈴ノ事」「貞盛将門合戦付勧賞ノ事」「忠文祝レ神付追二使門出一ノ事」、第二五巻「鄭仁基ノ女ノ事」、第二六巻「馬ノ尾鼠巣フ例」、第二六巻「祇園女御ノ事」「忠盛婦人事」「天智懐妊ノ女賜二大織冠一事」「如無僧都烏帽子同ク母放レ亀付毛宝放レ亀事」第二八巻「天変付踏歌ノ節会ノ事」「役行者縁事」「仙童琵琶ノ事」、第三〇巻「広嗣謀叛并玄昉僧正ノ事」、第三二巻「刈田丸討二恵美大臣一事」「維高維仁位論ノ事」「阿育王即位ノ事」「還俗ノ人即位ノ例ノ事」、第三四巻「象王太子象ノ事」、第三五巻「沛公入二咸陽宮一事」、第三六巻「将門称二平親王一事」、第四〇巻「観賢拝二弘法大師之影像一付弘法入唐ノ事」、第四三巻「神功責二新羅一付住吉諏訪并諸神一階ノ事」などは採られなかった。

次に平家方の説話も採らない傾向にある。第二二巻「大場早馬立ツル事」、第二三巻「平氏清見ガ関ニ下ル事」「小督ノ局ノ事」「前後相違無常ノ事」「入道進㆓乙女㆒事」、第二六巻「福原怪異ノ事」「入道非㆓直人㆒付慈心坊得㆓閻魔ノ請㆒事」「平家東国発向并邦綱卿薨去付邦綱思慮賢キ事」、第二八巻「宗盛補㆓大臣㆒并拝賀ノ事」「経正竹生嶋詣」、第三〇巻「平家延暦寺願書ノ事」「維盛兼言ノ事」、第三一巻「維盛惜㆓妻子ノ遺㆒事」「経正参㆓仁和寺宮㆒事」「頼盛落チ留マル事」「貞能参㆓小松殿ノ墓㆒付小松大臣如法経ノ事」、第三二巻「落チ行ク人々歌付忠度自㆑淀帰リ謁㆓俊成㆒事」「福原管絃講ノ事」、第三三巻「平家太宰府落チ并平氏宇佐宮ノ歌付清経入㆑海事」、第三六巻「福原忌日ノ事」、「清章射㆑鹿」、第三七巻「則綱討㆓盛俊㆒事」「忠度通盛等最後ノ事」、第三八巻「知盛遁㆓戦場㆒乗㆑船事」「平家ノ公達最後并頸共掛㆓一ノ谷㆒事」「平家首掛㆓獄門㆒付維盛北方被㆑見㆑頸事」「重国花方帯㆓院宣㆒西国下向同ク上洛奉㆓返状㆒事」、第三九巻「友時参㆓重衡ノ許㆒付重衡迎㆓内裏女房㆒事」「重衡請㆓法然房㆒事」「重衡関東下向付長光寺ノ事」「重衡酒宴付千寿伊王ノ事」、第四〇巻「法輪寺付中将相㆓見瀧口㆒并高野山ノ事」、第四〇巻「維盛出家ノ事」「中将入道入㆑水事」、第四四巻「屋嶋内府ノ子副将亡ブル事」「女院出家付忠清入道被㆑切事」、第四六巻「女院㆓寂光院㆒事」「尋㆓害平家ノ小児㆒付闕官恩賞ノ人々ノ事」などが採られていない。

次に朝廷や寺社に関する説話も採らない傾向にある。第二五巻「行㆓御斎会㆒并新院崩御付教円入滅ノ事」「此ノ君賢聖并紅葉山葵宿祢」「時光茂光御方違盗人ノ事」「西京座主祈祷ノ事」、第二六巻「御所侍酒盛ノ事」「蓬壺焼失ノ事」「行尊琴絃付静信著ノ事」「法住寺殿御幸付新日吉新熊野ノ事」「源氏追討祈リノ事」「奉幣使定隆死去付覚算寝死ノ事」「実源大元法ノ事」「大嘗会延引ノ事」「皇嘉門院薨御付覚快入滅ノ事」「法住寺殿移徒ノ事」、第二八巻「顕真一万部ノ法華経ノ事」、第三〇巻「太神宮行幸ノ願」「賀茂ノ斎院八幡臨時ノ祭ノ事」「山門僉議牒状ノ事」、第三四巻「明雲八条宮人々被㆑討付信西相明雲事」「法皇御歎并木曽縦逸付四十九人止㆓官職㆒事」「公朝時成関東下向付知康芸能ノ事」、第三六巻「福原除目」、第四一巻「崇徳院遷宮ノ事」、第四三巻「住吉ノ鏑」、第四四巻「宮人ノ曲并内侍所効験ノ事」などである。

このほか際立ったこととして、第五巻「鰚《はらか》の奏吉野《そうよしの》の国栖《くず》の事」の繋ぎとして、わずかに第二四巻の一部が要約的に採用されている程度であることが挙げられる。この巻は全体的に大嘗会・新嘗会のことや南都寺院の動向、平家による南都焼失を主たる内容としているからではないかと思われる。また源氏方の記事であっても、木曽義仲の動向は省く傾向が強く、義経についても、逆落としに代表される一の谷の合戦説話を省きがちである。

序文に「治承《じせう》四年の比《ころ》より始《はじめ》て。平家《へいけ》ほろびし後《のち》。源家《げんけ》世《よ》を治《おさむ》るに終《をは》りぬ」と記されていることは先に述べた。治承四年は様々な出来事が起きた年だが、本物語の首巻は頼朝挙兵を中心に描いている。そして第一五巻最後の段は「北条時政《ほうでうときまさ》土肥実平《といさねひら》上洛《しやうらく》の事」である。すなわち、頼朝の下知によって、時政が諸国に守護・地頭を置くことで終えている。序文にいう「源家世を治るに終りぬ」とはこのことを指す。

こうして見ると、本物語は『源平盛衰記』の本文に依拠しながら、源頼朝の動向を軸として記事を取捨選択して構成したものと考えることができるのではないかと思われる。

四　執筆態度

次に執筆の姿勢を考えてみたい。これについて、まず序文に次のような文言が見える。

今あつむる十五巻は。平家物語にもれたるをひろひ。あるひはのするといへどもくわしからざるはふたゝびしるす。もとよりつまびらかなるは。平家物語《へいけものがたり》にゆづりて。悉《ことごとく》しるすに及《をよ》はず。しかりとてしるさゞれば。事《こと》の始終《しじう》あきらかならざる故《ゆへ》に。大意《い》を取《とり》てしるしぬ。

この文言を見る限りでは、『源平軍物語』全一五巻は、第一に『平家物語』に漏れた事柄を書き記す、第二に『平家物語』で詳述されていない事柄を改めて記す、第三に『平家物語』に詳述されている事柄は記さないが、記さなければ前後の脈絡が不分明になる場合は大意を取って記すという方針があったと思われる。たとえば第五巻「鰚《はらか》の奏《そう》吉野《よしの》の国栖《くず》の事」の冒頭は次のように記されている（振り仮名は省略）。

かくて太政入道清盛のはからひにて。去ぬる六月二日に。都を福原にうつされけれども。山門の訴しきりなりければ。力及ばず十一月二日に俄に都帰り有けり。

これは『源平盛衰記』第二四巻「山門都返ノ奏状ノ事」に続く「都返僉議ノ事」を集約した一文とみることができる（遷都

自体は第一七巻「福原京ノ事」の情報）。右に挙げた方針の通りであろう。ただし一一月二日というのは誤りで、同二一日である（実際の都返りは続く「両院主上還御ノ事」に描かれている）。

さて、「平家物語にゆづりて」とありながら本物語で用いているのは（広い意味では『平家物語』といえなくもないが）、実際は『源平盛衰記』である。依拠した文献が『平家物語』に比べて圧倒的に分量の豊富な『源平盛衰記』を用いているのであるから、「平家物語にもれたるをひろひ」というのは何か新資料をもって補うということではなく、『源平盛衰記』の記述をそのまま用いているだけのことである。だから国史叢書の「解題」に「本書は平家物語と対照せんに、彼の足らざるを補ひ、委しからざるものは更に之を詳載しあれば、是彼互に参観すれば、覚えず読者をして興味津々として尽くる事なからしむべし」と、本物語の史料的価値を説いているが、それはこの序文の文言を素直に受け取りすぎてはいないかと思う。

では具体的な記述の在り方を見ておこう。例として第一五巻「平家《へいけ》生捕《いけどり》の人々流罪《るざい》の事」の一部を取り上げる（振り仮名は省略する）。

去程に八月十七日に改元ありて。文治元年と号す。同じき九月廿三日。平家の生どりのともがら。国々へながしつかはすべきのよし。官府を下されけり。上卿源中納言通親なり。前の大納言時忠卿は。能登の国。追立のつかひは信盛。此時忠の卿は筆とりの平氏なり。のちにむほんなどおこすべき人にあらずとて。流罪にさだめられ給ひけり。子息前の左中将時実は周防の国。追立のつかひは公朝なり。内蔵のかみ信基は。備後の国つかひは章貞なり。兵部の少輔尹明。出雲の国つかひ同じく章貞なり。熊野別当法眼行明は。ひたちの国。つかひは職景なり。二位の僧都全真は。安芸の国。使は経広なり。法勝寺の執行能円は。備中の国。使は同じく経広なり。中納言の律師良弘は。阿波の国。使は久世なり。中納言の律師忠快は。飛騨の国。つかひは同じく久世なり

右の本文は『源平盛衰記』の次の三箇所に基づいている（振り仮名は省略する）。

①第四五巻「虜人々流罪」

同二十一日。平家ノ虜ノ輩。国々へ可二流遣一之由被レ下二官府一ナリ。上卿源中納言通親也。前平大納言時忠卿ハ。能登国。追立使ハ。信盛。此時時忠卿ハ筆執平氏ナリ。後ニ謀叛ナト起ヘキ非レ仁トテ。流罪ニ定ラレ給ケリ。子息前左中将時実ハ周防国。追立使ハ公朝也。内蔵頭信基ハ。備後国使ハ章貞也。兵部少輔尹明。出雲国。使同章貞也。熊野別当法眼行明。常陸国。使ハ職景也。二位僧都全真ハ。安芸国。使ハ経広也法勝寺執行能円ハ備中国。使ハ同経広也。中納言律師良弘。阿波国。使ハ久世也。中納言律師忠快ハ。飛騨国。使ハ同久世也。

②第四五巻「義経任二伊予守一事」

八月十七日。改元有テ文治ト云。

③第四六巻「時忠流罪忠快免事」

同九月二十三日。前平大納言時忠卿ハ。追立使。信盛承テ。能登国。鈴御崎へ遣ス。子息讃岐中将時実ハ。公朝カ沙汰トシテ。周防国へ下ス。平家僧俗ノ虜共。去五月ニ配所ヲ国々ニ被レ定ケル内ナリ。父子後ヲ合セ。西北境ヲ隔ツ、、波路ニ流レ。雪中ニ趣ケルコソ哀ナレ。

まず冒頭の「去程に八月十七日に改元ありて。文治元年と号す」は「義経任二伊予守一事」の文末であり、第四五巻全体の最後の一文でもある「八月十七日。改元有テ文治ト云。」に拠っているであろう。その上で同じ第四五巻の先行する章段である「虜人々流罪」に繋げている。改元の一文自体が内容に何らかの影響を与えるものではないが、この措置は①の出来事を②の改元後のことと判断し、時系列的に整理したものといえる。

『源平軍物語』の本文は基本的に「虜人々流罪」を受けている。「平家の生どりのともがら」の一文、続く「上卿源中納言通親なり」以下も同じである。右の引用文中に示したように、第四六巻「時忠流罪忠快免」でも時忠と子息時実のことが記されているが、その文章は『源平軍物語』に反映されていない（『源平軍物語』と『源平盛衰記』「虜人々流罪」は同文なので——線、「時忠流罪忠快免」は同文ではないので……線で示す）。ところが、日付を見ると、『源平軍物語』は九月二三日としている。すなわち「虜人々流罪」の二一日ではなく、日付だけは「時忠流罪忠快免」のほうを採用しているのである。ただし、ここで注意しておきたいのは、「虜人々流罪」にある「同ジキ二十一日」の「同ジキ」は九月ではなく、五月だということである。すなわち『玉葉』

によると、改元前の元暦二年五月二一日の条に「昨日被行流罪僧俗并九人云々」とあり、時忠・信基・時実・尹明・良弘・全真・忠快・能因・行命の名が挙がる。この五月「二十一日」を改元後の九月「二十一日」と誤って判断した結果、本来ならば『源平盛衰記』の配列通りに①②③とすべきところを、②①③としてしまったわけである。恐らく③と①では官符の一文を除けば同趣旨のことを述べているから、それによって誤読して合成してしまったのであろう。

ともあれ、『源平軍物語』は基本的に『源平盛衰記』の特定の箇所をそのまま引き写しながら、細部に別の箇所の記述を取り入れて加工していることが知られるであろう。

五　出版事情

次に本物語の出版事情について言及しておきたい。本物語の刊行に関する最初の文献は寛文無刊記の『書籍目録《しょじゃくもくろく》』（江戸時代書林書籍目録大成一所収）である。これには「兵法問答」「兵法秘伝書」に続いて、次のように記載されている。

十五冊　源平軍物語

今日、『源平軍物語』には一〇冊本と一五冊本とが伝世するが、当初は一五巻一五冊と巻ごとに分冊されていたことが知られる。また寛文一一年（一六七一）の『書籍目録』にも一五冊として記載されている。この目録では「源平盛衰記」「同仮名絵入」「平家物語」「平家物語仮名絵入」「同評判」に続いて載っている。その後は「東鑑」であるから、源平合戦の時代の軍記物・歴史物として明確に位置づけられているといえるだろう。

元禄九年（一六九六）の『書籍目録大全』（江戸時代書林出版書籍目録大成二所収）には次のように記載されている。

十五風月　源平軍《げんぺいいくさ》物語　十八匁

ここでも一五冊本として記されている。さらに「風月」と、書肆名が明記されている点が注目される。これは京二条通観音町にあった風月庄左衛門（風月宗智）のことである。[注2]文芸書を多く刊行したことで知られる。長野県短期大学図書館所蔵本の刊記にはこの書肆名が記されている。これは初版本ではなく求版本と判断される。この書肆が出した本の主だったものを挙

げると、寛永四年『長恨歌伝』、同一五年『丙辰紀行』、『古今和歌集両度聞書』、『三部抄之抄』、同一九年『伊勢物語闕疑抄』、同二〇年『真字伊勢物語』、『土佐日記』、『新刊音釈校正標類蒙求』、『小学集説』、同二一年『古事記』『文章一貫』、慶安二年『神皇正統記』、同三年『撰集抄』、正保二年『癸未紀行』、同四年『鑑草』、明暦四年『文正草子』（後印）、万治二年『北条五代記』、寛文七年『見聞軍抄』（求版）、寛文頃『虫歌合』『浮世物語』（求板）等刊行などがある。

この中の『見聞軍抄』について付言すると、これは仮名草子作者として著名な三浦浄心の作品で、古今の武家説話を集めたものであり、院政期の源平説話も取り上げられている。全八巻から成り、その巻頭に配された説話が「源頼朝公《みなもとのよりともこう》義兵《ぎへい》をあげ給ふ事」である。『源平軍物語』は清盛の栄華の様子を導入とするが、それに対する頼朝の挙兵が直接的な契機として物語が叙述されていく。その意味で両者は相通じるものがある。おそらく両者ともに武家時代の幕開けとして頼朝挙兵を位置づける歴史観を持っていたのであろう。さらに『書籍目録大全』の「源平軍物語」の二つ前に「見聞軍抄」が挙がっており、その近さは何かしら両者の関連性を窺わせる。

なお、近世後期の出版関連の記録としては、『本朝軍記考』（日本書目大成四所収）に「十五　源平軍物語」、『享和再版増補改正　和漢軍談紀畧考』（同書所収）に「十五　源平軍物語」、『軍書目録』（同書所収）という写本にも「同（源平）軍物語　十五」と見える。したがって、その存在はまったく知られていなかったというわけでもなさそうである。しかし、読まれた事実なり引用された事例なりの受容実態は判然としない。

六　おわりに

本稿では近世初期軍記の一つである『源平軍物語』について、解題風に記述してきた。本物語は大正三年（一九一四）に国史叢書に収録されたものの、さしたる評価も得られぬまま、現在に至っている。そこで本物語の書誌・構成・執筆態度・出版事情について、基礎的な考察を試みることにした次第である。

『源平軍物語』は明暦二年（一六五六）に刊行された。要点をまとめると、書肆は不詳であるが、元禄九年の『書籍目録大全』

には「風月」と見える。構成は全一五巻で、平清盛の栄華から平宗盛父子の関東下向、そして北条時政・土肥実平の上洛に至るまでが通時的に叙述されている。序文に「平家物語にもれたるをひろひ。あるひはのするといへどもくわしからざるはふた、びしるす」と見え、『平家物語』を意識した企画の上で構成されたことが知られる。ただし、本文は『平家物語』ではなく『源平盛衰記』に拠っている。『源平盛衰記』諸本のうちでは元和寛永古活字版以降の整版本に拠ったようである。どの版に拠ったかについては、さらなる検討が必要である。

さて、文学史的な評価については今後の課題と言わざるを得ないが、ある程度の見通しを最後に述べておきたい。

源平合戦に取材した物語として『頼朝一代記』（延宝七年刊）、『頼朝三代記』（延宝八年刊）、『頼朝軍物語』（貞享二年刊）、『和田三浦物語』[注3]などが生まれた。こうした中で、一五巻から成る本物語の規模の大きさは抜きん出ている。序文には『平家物語』を念頭に入れた執筆姿勢を見て取ることができる。『平家物語』に対して新『平家物語』として世に出そうと企図したのではないだろうか。直接用いたのが『源平盛衰記』であることはあえて伏せることで、中世軍記の焼き直しではないという新鮮味を出そうとしたのではないかと想像される。国史叢書の「解題」に「彼の足らざるを補ひ、委しからざるものは更に之を詳載しあれば」と説いていることからすれば、その狙いは成功したと言えるだろう。

近世初期には『信長公記』『信長記』『太閤記』『甲陽軍鑑』といった著名な大作が出たが、その一方で群小の軍記作品も数多く成立した。そうした膨大な作品群の中で『源平軍物語』をどのように位置付けるのかは、同時期の中小の作品群が、十分個別に論じられていない現状からすると、容易ではない。しかしその中で「軍物語」「軍記」と題する作品群（『頼朝軍物語』『古老軍物語』『嶋原軍物語』『結城軍物語』『義貞軍記』『太閤軍記』『保元軍物語』『平治軍物語』など）が出ている点は注目してよいだろう。それらとの出版事情を含めた関連性を今後解明していく必要がある。

また、当該期の物語草子創作には『源平盛衰記』が好んで用いられた。本来、源平合戦を主題としないお伽草子・仮名草子作品の中においても、『俵藤太物語』（寛永頃刊）『弘法大師御本地』（承応三年刊）『石山物語』（明暦二年刊）『賀茂の本地』（明暦頃刊）のように『源平盛衰記』所収の故事説話を利用して作られた物語も散見されるようになった。[注4] 本物語の場合、『源平盛衰記』本文の引き写しと要約的引用を主とするが、その点、『木曽物語絵巻』や『将門純友東西軍記』に通じる受容の在り方を示している。

既成の軍記を改編し、「軍物語」と銘打って、通俗的な仮名書きの軍記物語・仮名草子と同形式で出版された物語が『源平軍物語』であった。本物語については、今後は特に中世軍記、新作軍記の版本の中で、書誌的に類似性をもつ文献を見出していく必要があるだろう。

注

（1）国史叢書第九冊〈第一～一二巻〉、第一〇冊〈第一三～一五巻〉収録。黒川真道編、国史研究会発行。大正三年八月、一一月刊。なお、昭和四九年に防長史料出版社から合冊、復刊されている（『復刻源平軍物語』）。ただし解題もまた国史叢書のものだけで、新たに追加された情報はない。

（2）高橋明彦「風月庄左衛門」（『国文学』一九九七年九月号）。

（3）『和田三浦物語』四巻四冊　明暦三年刊。大本。本文一二行。刊記「明暦三酉丁歳九月吉日　山田市郎兵衛板」甘露堂文庫（尾崎久彌）旧蔵。和田一門の盛衰を描く。未見。尾崎久彌『甘露堂稀覯本攷覧』（名古屋書史会、一九三三年）参照。

（4）拙著『室町戦国期の文芸とその展開』（三弥井書店、二〇一〇年）第二章参照。

付表　『源平軍物語』『源平盛衰記』対照表

【凡例】

○巻は『源平軍物語』の巻数を示す。
○総・頭・本はそれぞれ無刊記片仮名交じり一二行整版本の総目録・巻頭目録・本文章段名を指す。
○古は慶長古活字本を指す。
○章段名に付された振り仮名・送り仮名・返り点は省略した。
○〈　〉は振り仮名を示す。
○中央列章段名の上の数列は巻数・章段番号（‐付・并）を示す。
○独自性のある章段名には網掛けをした。

巻	源平軍物語	源平盛衰記（一二行片仮名本）	備考（古＝慶長古活字本）
1	清盛行大威徳法	1-4 清盛行大威徳法	
	付・行陀天	1-4-2 付・行陀天	古「同人行陀天」
	并・清水寺詣の事	1-4-3 并・清水寺詣事	古「同清水詣」
	頼朝伊豆にて艱難にあふ事	18-3 文覚頼朝勧進謀叛事	古「文覚頼朝勧進謀叛」
	文覚由来の事	18-3 文覚頼朝勧進謀叛事	
	文覚発心	19-1 文覚発心	
	付・東帰節女の事	19-1-2 付・東帰節女事	古「東帰節女」
	文覚流罪の事	18-5 文覚清水状天神金事	＊『盛衰記』「文覚流罪事」は本文に用いられず
	頼朝家人を催す評議の事	19-2 文覚頼朝対面／19-5 兵衛佐催家人事	古「文覚頼朝対面」「兵衛佐催家人」
	佐々木高綱伊豆下向	19-6 佐々木取馬下向事	古「佐々木取馬下向」
	付・馬を取る事	19-6 佐々木取馬下向事	
2	八牧夜討の事	20-1 八牧夜討事	古「八牧夜討」
	小児諷誦をよむ事	20-2 小児読諷誦事	古「小児読諷誦」
	頼朝大場勢そろへの事	20-3 佐殿大場勢汰事	古「佐殿大場勢汰」
	石橋合戦の事	20-4 石橋合戦事	
	頼朝落給ふ事	20-5 公藤介自害事	古「公藤介自害」
	付・工藤の介自害の事	20-5 公藤介自害事	古「公藤介自害」
	高綱姓名給はる事	20-7 高綱賜姓名（頭・本）	＊総「性名」／古「高綱賜姓名」
	付・紀信高祖の名をかる事	20-7-2 付・紀信仮高祖名事	古「紀信仮高祖名」
3	頼朝隠臥木	21-1 兵衛佐隠臥木	古「兵衛佐殿隠臥木」
	付・梶原助頼朝事	21-1-2 付・梶原助佐殿事	古「梶原助佐殿」
	聖徳太子椋木	21-2 聖徳太子椋木	
	付・天武天皇榎木の事	21-2-2 付・天武天皇榎木事	古「天武天皇榎木」
	地蔵堂にて頼朝以下仏壇の下に隠るゝ事	21-3 小道地蔵堂	古「小道地蔵堂」
	大沼三郎遇三浦事	21-4 大沼遇三浦事	古「大沼遇三浦」
	小坪合戦の事	21-5 小坪合戦事	古「小坪合戦」
	三浦の大介衣笠軍評議の事	22-1 衣笠合戦事	古「衣笠合戦」
	衣笠軍の事	22-1 衣笠合戦事	古「衣笠合戦」
4	三浦一族落行事	22-1 衣笠合戦事	古「衣笠合戦」

土肥焼亡舞	22-2 土肥焼亡舞	
同・女房消息	22-2-2 同・女房消息	
付・大太郎烏帽子の事	22-2-3 付・大太郎烏帽子事	古「大太郎烏帽子」
宗遠値小次郎事	22-3 宗遠値小次郎事	古「宗遠値小次郎」
頼朝会三浦事	22-4 佐殿漕会三浦事	古「佐殿漕会三浦」
千葉上総催促	22-6 千葉足利催促事	古「千葉足利催促」
付・俵藤太の事	22-7 俵藤太将門中違事	古「俵藤太将門中違」
京都騒動の事	22-7 俵藤太将門中違事	
入道院宣を請事	22-8 入道申官符事	古「入道申官符」
源氏隅田河原に取陣事	23-5 源氏隅田河原取陣事	古「源氏隅田川原取陣」
畠山推参	23-6 畠山推参	
付・大場降人の事	23-6-2 付・大場降人事	古「大場降人」
平家東国へ討手に向ふ事	23-8 真盛京上（頭・本）／23-8-2 付・平家逃上事	＊総「貞盛」／古「真盛京上」「平家逃上」
新院厳嶋の御幸	23-1 新院厳嶋御幸	
付・清盛奉勧起請事	23-1-2 付・入道奉勧起請事	古「入道奉勧起請」
新院自厳嶋還御	23-9 新院自厳嶋還御	古「自厳島還御」
付・御起請に恐給ふ事	23-9-2 付・新院恐御起請	古「新院恐御起請」
5		
頼朝対面義経	23-10 義経軍陣来事	古「義経軍陣来」
付・伊勢三郎相随義経事	46-6-2 并・義経始終有様事	古「義経始終有様」
頼朝勧賞	23-11 頼朝鎌倉入勧賞	古「頼朝鎌倉入勧賞」
付・平家の方人罪科の事	23-11-2 付・平家方人罪科事	古「平家方人罪科」
祝若宮八幡宮事	23-12 祝若宮八幡宮事	古「若宮八幡言祝」
鮎の奏	24-3 都返僉議事／25-2 鮎奏	古「吉野国栖」
吉野の国栖の事	25-2-2 吉野国栖事	古「吉野国栖」
春日垂跡の事	25-3 春日垂迹事	古「春日垂迹」
大仏造営奉行勧進の事	25-1 大仏造営奉行勧進事	古「大仏造営奉行勧進」
木曽謀叛の事	26-1 木曽謀叛事	古「木曽謀叛」
兼遠起請の事	26-2 兼遠起請事	古「兼遠起請」

	美濃の目代早馬の事	26-3 尾張国目代早馬事	＊美濃－尾張／古「尾張目代早馬」
	平家美濃国発向	26-4 平家東国発向	古「平家東国発向」
	付・知盛所労上洛の事	26-6 知盛所労上洛事	古「知盛所労上洛」
	宇佐公通飛脚	26-7 宇佐公通脚力	古「宇佐公通脚力」
	付・伊与の国飛脚の事	26-7-2 付・伊予国飛脚事	古「伊予国飛脚」
	清盛逝去	26-8 入道得病	古「入道得病」
	付・東国発向の事	26-3 尾張国目代早馬事	古「尾張目代早馬」
	墨俣川合戦	27-1 墨俣川合戦	
	付・矢矯川軍の事	27-1-2 付・矢矯川軍事	古「矢矯川軍」
	行家太神宮へ祭文	27-2 太神宮祭文東国討手帰洛	古「大神宮祭文」
	并・神馬を引く事	27-2 大神宮祭文東国討手帰洛	古「大神宮祭文」
	天下餓死の事	27-2-2 付・天下餓死事	古「天下餓死」
	頼朝追討の庁宣	27-3 頼朝追討庁宣	
	付・秀衡方へ下す事	27-3-2 付・秀衡系図事	古ナシ
6	信濃国横田川原軍の事	27-4 信濃横田川原軍事	古「信濃横田原軍」
	北国の軍兵共木曽にしたがふ事	27-5 周武王誅紂王事	＊故事は引かず／古「周武王誅紂王」
	資永中風して死ぬる事	27-6 資永中風死事	古「資永中風」
	付・永茂早馬を立る事	27-6 資永中風死事	
	頼朝義仲中悪き事	28-5 頼朝義仲中悪事	古「頼朝義仲中悪」
	頼朝追討使の事	28-6 源氏追討使事	古ナシ
	斉明蟇目を射る	28-8 斉明射蟇目事	古「斉明射蟇目」
	付・源氏燧が城を落る事	28-9 源氏落〈ヲツル〉燧城事（総・本）	＊頭「落〈ヲトス〉」／古「源氏落燧城」
	北国所々の軍	28-10 北国所々合戦事	古「北国所々合戦」
	付・安宅合戦の事	28-10 北国所々合戦事	
7	般若野軍の事	29-1 般若野軍事	古「般若野軍」
	平家砺並志雄山二手に配分して寄る事	29-2 平家砺並志雄二手事	古「平家砺並志雄二手」
	義仲軍評議の事	29-3 三箇馬場願書事	古「三箇馬場願書」
	源氏軍配分の事	29-5 源氏軍配分事	古ナシ
	砺並山合戦の事	29-7 砺並山合戦事	古「砺並山合戦」
	源平安宅合戦の事	29-8 平家落上所々軍事	古「平家落所々軍」

成合の軍	29-9 俣野五郎	
付・俣野五郎	29-9 俣野五郎	古「俣野五郎」
并・長綱亡事	29-9-2 并・長綱亡事	古「長綱亡」
妹尾并斉明生どらるゝ事	29-10 妹尾并斉明被虜事	古「妹尾並斉明被虜」
実盛うたるゝ事	30-1 真盛被討	古「真盛被討」
平氏侍共亡る事	30-2 平氏侍共亡事	古「平氏侍共亡」
赤山堂布施論の事	30-3 赤山堂布施論事	古「赤山堂布施論」
貞能西国より上洛の事	30-7 貞能自西国上洛事	古「貞能自西国上洛」
木曽山門牒状の事	30-10 木曽山門牒状事	古「木曽山門牒状」
覚明山門をかたらふ事	30-11 覚明語山門事	古「覚明語山門」
平家の軍兵宇治勢多にむかはるゝ事	30-9 平家兵被向宇治勢多事	古「平家自宇治勢多上洛」
8		
木曽登山	31-1 木曽登山	
付・勢多軍の事	31-1-2 付・勢多軍事	古「勢多軍」
法皇鞍馬御幸の事	31-2 鞍馬御幸事	古「鞍馬御幸」
主上都落の事	31-3 平家都落事	古「平家都落」
畠山兄弟いとまをたまう事	31-5 畠山兄弟賜暇事	古「畠山兄弟賜暇」
平家都落の事	31-5 畠山兄弟賜暇事／31-7 青山琵琶流泉啄木事	古「青山琵琶　流泉啄木」
景家老母并孫を捨行事	31-7 青山琵琶流泉啄木事	
法皇山門へ御幸の事	32-3 円融房御幸事	古「円融房御幸」
義仲行家京入の事	32-4 義仲行家京入事	古「義仲行家京入」
法皇天台山より還御	32-5 法皇自天台山還御事	古「法皇自天台山還御」
付・四宮即位の事	32-7 四宮御位事	古「四宮御位」
緒方の三郎平家をせむる事	32-11 平家著太宰府／33-1-2 付・緒方三郎責平家事（頭・本）／33-2 平家太宰府落	＊総「尾形」／古「平家著尾太宰府」「尾形三郎責平家」「平家太宰府」
平氏屋嶋につく事	33-4 平家著屋嶋事（本）	＊総・頭「平氏九月十三夜歌読平氏著屋嶋事」／古「同著屋嶋」
時光神器の御使をじする事	33-5 時光辞神器御使事	古「時光辞神器御使」
源平水嶋軍の事	33-8 源平水島軍事	古「水嶋軍」
木曽備中下向斉明討る	33-9 木曽備中下向斉明被討	古「斉明被討」

	并・妹尾倉光討事	33-9-2 并・兼康討倉光事	古「兼康討倉光」
	妹尾板蔵の城戦ひの事	33-10 兼康板蔵城戦事	古「同人板蔵城戦」
	行家謀叛によつて木曽上洛の事	33-11 依行家謀叛木曽上洛事	古「行家依謀叛木曽上洛」
	行家と平家と室山合戦の事	33-12 行家与平氏室山合戦事	古「室山合戦」
	木曽洛中らうぜきの事	33-13 木曽洛中狼藉事	古「木曽洛中狼藉」
9	木曽可追討由	34-1 木曽可追討由	
	付・木曽怠状挙山門事	34-1-2 付・木曽怠状挙山門事	古「同人怠状挙山門」
	木曽法皇奉押籠事	34-2 法住寺城郭合戦事	古「法住寺城郭合戦」
	木曽擬与平家	34-7 木曽擬与平家	古ナシ
	并・維盛歎の事	34-7-2 并・維盛歎事	古ナシ
	木曽内裏守護の事	34-8 木曽内裏守護	古「木曽内裏守護」
	京屋嶋朝拝無之	34-9 京屋嶋朝拝無之	古ナシ
	付・義仲将軍宣の事	34-9-2 付・義仲将軍宣事	古「義仲将軍宣」
	範頼義経京入の事	35-1 範頼義経京入事	古「範頼義経京入」
	高綱渡宇治川事	35-1 高綱渡宇治河事	古「高綱渡宇治河」
	東使戦木曽事	35-5 東使戦木曽事	古「東使戦木曽」
	巴信濃下向の事	35-6 巴関東下向事	古「巴関東下向」
	粟津合戦の事	35-7 粟津合戦事	古「粟津合戦」
	木曽頸被渡事	35-8 木曽頸被渡事	古「木曽頸被渡」
10	一の谷城構〈じやうかまへ〉の事	36-1 一谷城構〈シロカマヘ〉事（総）	＊頭・本「城構〈ジヤウカマユル〉」／古「一谷城構」
	能登守所々高名の事	36-2 能登守所々高名事	古「能登守所々高名」
	維盛住吉詣	36-4 維盛住吉詣	
	并・明神垂跡の事	36-4-2 付・明神垂跡事	古「同明神垂跡」
	忠度見名所名所	36-5 忠度見名所々々	
	并・難波浦賤夫婦事	36-5-2 付・難波浦賤夫婦事	古「難波浦賤夫婦」
	維盛北の方歎の事	36-6 維盛北方歎	古「維盛北方歎」
	九郎義経勢汰の事	36-8 源氏勢汰事	古「源氏勢汰」
	義経向三草山事	36-9 義経向三草山事	古「義経三草山」
	平氏嫌手向事	36-10 平氏嫌手向	古ナシ
	熊谷父子寄城戸口	37-1 熊谷父子寄城戸口	

	并・平山成田同所へ来事	37-1-2 并・平山同所来／37-1-3 付・成田来事	古「平山来同所」（「成田来事」ナシ）
	梶原父子入城	37-3 景高景時入城	古「平次景高入城」
	景時秀句の事	37-3-2 并・景時秀句事	古「平三景時歌共」
11	義経落鵯越	37-4 義経落鵯越	
	并・畠山負馬事	37-4-2 并・畠山荷馬／37-4-3 付・馬因縁事	古「馬因縁」（「畠山荷馬」ナシ）
	一の谷落城の事	37-6 一谷落城	古ナシ
	熊谷送敦盛頸	38-3 熊谷送敦盛頸	
	并・返状の事	38-3-2 并・返状事	古ナシ
	頼朝重衡対面の事	39-4 頼朝重衡対面事	古「頼朝重衡対面」
	維盛出屋嶋参詣高野	39-6 維盛出屋嶋参詣高野	古「維盛出八嶋」「同人高野参詣」
	并・粉川寺謁法然房事	39-6-2 付・粉河寺謁法然房事	古「同人於粉河寺謁法然房」
	維盛於高野山出家の事	39-7 時頼横笛事／40-1-2 并・高野山事／40-2-2 付・弘法入唐事／40-3 維盛出家事	＊各段抄録／古「横笛」「法輪寺高野山」「弘法大師入唐」「維盛出家」
	唐皮小鳥抜穴の事	40-4 唐皮小鳥抜丸事	古「唐皮抜丸」
	維盛入道熊野詣最後の事	40-5 維盛入道熊野詣／40-6 中将入道入水事	古「三位入道熊野詣」「中将入道入水」
12	義経関東下向	41-3 義経関東下向	
	付・親能搦〈からむ〉義廣	41-3-2 付・親能搦〈カラム〉義廣（頭・本）	＊総「搦〈カラメラル〉義廣〈ヨシヒロニ〉」／古「親能搦義廣」
	并・除目の事	41-3-3 并・除目事	古ナシ
	三日平氏	41-4 三日平氏	古「平田入道謀叛　三日平氏」
	付・維盛旧室歎夫別	41-4-2 付・維盛旧室歎夫別	
	并・平氏歎の事	41-4-2 并・平氏歎事	古ナシ
	新帝御即位	41-5 新帝御即位	
	付・義経蒙使宣	41-5-2 付・義経蒙使宣	古「義経蒙使宣」
	并・伊勢瀧野軍の事	41-5-3 并・伊勢瀧野軍事	古「伊勢瀧野軍」
	屋嶋八月十五夜	41-6 屋嶋八月十五夜	
	付・範頼西海道下向の事	41-6-2 付・範頼西海道下向事	古「範頼西海道下向」
	盛綱渡〈わたし〉藤戸児嶋合戦	41-7 盛綱渡〈ワタシ〉藤戸児嶋合戦（頭・本）	＊総「渡〈ワタス〉」／古「盛綱渡海小嶋合戦」
	付・海佐介渡海事	41-7-2 付・海佐介渡海事	古「海佐介渡海」

	御禊供奉	41-8 義経拝賀御禊供奉	古「義経拝賀御禊供奉」
	付・実平自西海飛脚の事	41-8-2 付・実平自西海飛脚事	古「実平自西海飛脚」
	被行大嘗会	41-9 被行大嘗會会	
	付・頼朝条々奏聞の事	41-9-2 付・頼朝条々奏聞事	古「頼朝条々奏聞」
	義経院参西国発向	41-10 義経院参西国発向	古「義経院参平氏追討」「義経西国発向」
	付・三社諸寺祈祷の事	41-10-2 付・三社諸寺祈祷事	古「三社諸寺祈祷」
	平家の人々歎	41-11 平家人々歎	古ナシ
	付・梶原逆櫓の事	41-11-2 付・梶原逆櫓事	古「梶原逆櫓」
	義経解纜四国渡	42-1 義経解纜四国渡	古「義経解纜向西国」
	付・資盛清経首可上京都由の事	42-1-2 付・資盛清経頸可上京由事	古ナシ
	勝浦合戦	42-2 勝浦合戦	
	付・勝磨	42-2-2 付・勝磨	古「付勝磨」
	并・親家屋嶋尋承の事	42-2-3 并・親家屋嶋尋承事	古「親家屋嶋尋承」
	金仙寺観音講	42-3 金仙寺観音講（頭・本）	＊総「親音〈クハンヲン〉」
	付・六條北の政所の使逢義経事	42-3-2 付・六條北政所使逢義経事	古ナシ
13	屋島合戦	42-4 屋島合戦	
	付・玉虫立扇与一射扇事	42-4-2 付・玉虫立〈タツ〉扇与一射扇事（総・頭）	＊本「立〈ータリ〉」古「玉虫立扇」
	源平侍軍	42-5 源平侍共軍	古「源平侍共軍」
	付・継信光政孝養の事	42-5-2 付・継信盛政孝養事	古「継信孝養」
	湛増同意源氏	43-1 湛増同意源氏	
	付・平家志度合戦	43-1-2 付・平家志度道場詣	古「平家志度道場詣」
	并・成直降人事	43-1-3 并・成直降人事	古「成直降人」
	壇の浦源平遠矢	43-3 源平侍遠矢	古「源平侍遠矢」
	付・成能返忠の事	43-3-2 付・成良返忠事	古「成良返忠」
	知盛舟掃除	43-4 知盛船掃除	
	付・占海鹿	43-4-2 付・占海鹿	古ナシ
	并・宗盛非実子事	43-4-3 并・宗盛取替子事	古「宗盛取替子」
14	二位禅尼入海	43-5 二位禅尼入海	
	并・平家亡虜人々	43-5-2 并・平家亡虜人々	古「平家亡虜」
	付・京都注進事	43-5-3 付・京都注進事	古ナシ

安徳帝不吉瑞	43-6 安徳帝不〈ス〉吉瑞〈キチスイナラ〉（本）	＊総「不〈フ〉吉瑞〈ズイ〉」頭「不〈フ〉吉〈キツノ〉瑞〈ズイ〉」
并・義経上洛の事	43-6-2 并・義経上洛事	古ナシ
神鏡神璽還幸の事	43-7 神鏡神璽還幸事／44-1 神鏡神璽都入	古「神鏡神璽還向」「神鏡神璽都入」
并・三種宝剣の事	44-1-2 并・三種宝剣事	古「三種宝剣」
老松若松宝剣を尋ぬる事	44-2 老松若松尋剣事	古「老松若松尋剣」
平家虜都入	44-3 平家虜都入	
付・癩人法師口説言	44-3-2 付・癩人法師口説言	古「癩人法師口説言」
并・戒賢論師事	44-3-3 并・戒賢論師事	古「戒賢論師悪病」
大臣殿舎人	44-4 大臣殿舎人	古ナシ
付・女院移吉田	44-4-2 付・女院移吉田	古「女院移吉田」
并・頼朝叙二位事	44-4-3 并・頼朝叙二位事	古ナシ
時忠の卿罪科	44-6 時忠卿罪科	
付・時忠聟取義経事	44-6-2 付・時忠聟義経事	古「同人聟義経」
15		
内大臣関東下向	45-1 内大臣関東下向	
付・池田宿遊君の事	45-1-2 付・池田宿遊君事	古「池田宿遊君歌」
女院御徒然	45-2 女院御徒然	
付・大臣頼朝問答の事	45-2-2 付・大臣頼朝問答事	古「大臣頼朝問答」
宗盛父子	45-3 虜人々流罪／45-4 内大臣京上被斬	古「虜人々流罪」「内大臣京上被斬」
并・重衡被誅事	45-4-2 付・重衡向南都被切	古「重衡向南都被斬」
平家生捕の人々流罪の事	45-5-2 義経任伊予守事／45-3 虜人々流罪／46-1-2 付・時忠流罪仲快免事	＊合成（「虜」21日、「時忠」23日）／古「虜人々流罪」「時忠流罪忠快免」
教盛の子息忠快被赦事	46-1-2 時忠流罪仲快免事	古「時忠流罪忠快免」
頼朝義経中違事	46-3 頼朝義経中違事	古「頼朝義経中違」
土佐房上洛の事	46-4 土佐房上洛事	古「土佐房上雒」
義経申庁下文	46-5-2 并・義経申庁下文	古「義経申庁下文」
付・義経惜女遺事	46-5-3 付・義経惜女遺事	古「同人惜女遺」
義経行家出都	46-6 義経行家出都	
并・義経始終の有様の事	46-6-2 并・義経始終有様事	古「義経始終有様」
北条時政土肥実平上洛の事	46-7 時政実平上洛	古「時政実平上洛」

II 文字と言葉にこだわって

『源平盛衰記』の本文は、どのような性格を持つ本文なのだろうか？　前章に並ぶ論文が『盛衰記』の内容に着目する視点を持つものであるのに対して、本章に並ぶ論文は、『盛衰記』に書かれた文字と言葉に着目する視点を持って、さまざまな角度から『盛衰記』の本文を検討する。

1の池田論文と2の橋本論文は、盛衰記の本文と重なるところのある「長門切」と呼ばれる古筆切を扱っている。長門切は、本書巻頭の松尾論文でも触れられているように、世尊寺行俊（生年不明～一四〇七）を伝称筆者として、現在七〇葉ほどの存在が確認されている『平家物語』の断簡である。池田論文では、和紙の原料となった植物が刈り取られた年代を炭素14の含有率を測定することで推定することができることを利用して、長門切の書写年代を推定する。その結果、一二七三年～一二九九年の間に実年代のある可能性が高く、一二八四年が最も可能性が高いことを示す。橋本論文では、「自然な筆勢によらない、意図したような太線による連綿」が中世の世尊寺家の書法の特徴として指摘できることを示した上で、その特徴が長門切にも見られることを示し、世尊寺家か同家の人々の書法をなし得た人々による書写であると指摘する。

3の高木論文は、盛衰記の古活字版について、（一）慶長中刊本、（二）元和・寛永中刊本、（三）乱版の三種に分けて、それぞれの本文の性格を整理している。このうち、古活字版と整版を取り交ぜて印刷した（三）乱版がなぜこのような形態で存在するのかについて、無刊記整版本をもとにして整版本を覆刻した部分と活字を組んだ部分を作ったと想定する。

4の志立論文は、『盛衰記』巻三に載せる澄憲の「祈雨表白」について、その典拠として指摘されている醍醐寺三宝院本『表白集』と『澄憲作文集』の本文を比較・検討している。両者とも、現存の本文を見る限り『盛衰記』より後次的な特徴を持ち、『盛衰記』の典拠としての可能性は低いことを述べる。

5の吉田論文と6の秋田論文は、語法に着目して盛衰記の本文を分析している。吉田論文では、盛衰記がどの時代の言語事象を反映したものなのか、中世特有の語法に着目して探り、延慶本・覚一本よりも新しい語法が見られることを指摘する。秋田論文では、〈命令〉の意味を表す「べし」に着目し、中古にはほとんど見られなかった〈命令〉を表す「べし」が中世に増加することを指摘した上で、『盛衰記』では延慶本・覚一本に比べて多く用いているところから、吉田論文と同様に、延慶本・覚一本より新しい語法が反映したものと捉える。

『盛衰記』の本文の持つ古さと新しさを示した本章の六論文の成果が、今後の本文研究にとって有益なものとなることを願ってやまない。

（吉田永弘）

1　長門切の加速器分析法による14C年代測定

池田和臣

一　はじめに

古写本の断簡である古筆切には、極札《きわめふだ》が附属している。了佐《りようさ》以来の古筆鑑定家が、筆跡の筆者が誰であるかを鑑定した極《きわめ》である。しかし、古い時代の書写にかかる古筆切ほど、その鑑定は根拠のない推測にすぎず、信憑性はない。むしろ、書の格付けと考えた方がよく、平安時代の筆跡でかつ優秀な筆跡であれば、紀貫之・小野道風・藤原佐理・藤原公任・藤原行成などと極められるのである。しかし、古筆切の中に貫之・道風・佐理・公任・行成の真筆は、ほとんど存在しない。

また、書風・字形・筆勢・墨色・料紙などについての書道史の知見によっても、古筆の書写年代は推定されている。この書風や字形を根拠にする方法は、いわば文字と書の様式変化による推定であり、これより他に年代推定の方法はないのが現状なのであるが、実はこの書風や字形の様式変化そのものが仮説にすぎず、客観的に実証されているわけではない。縄文土器の型式編年や様式変化による考古年代の推定に似ている。型式編年の仮説にズレがあれば、時代判定がすべてズレてしまうことになる。書跡史・書道史における推定も、実は客観的根拠のないものがほとんどである。奥書などの客観的証拠によって書写年代や書写者が判明しているものは、ごくわずかにすぎないのである。書跡史・書道史にとって、古筆切や古写本の本当の書写年代を確定させることは、見果てぬ夢であった。

しかし、十全ではないが、古筆切の書写された本当の年代を、料紙の年代が古くから伝称されてきた筆者の年代と一致しているかどうかを、科学的に検証することが可能になったのである。これが加速器質量分析法による炭素14年代測定である。

二　炭素14年代測定の原理・測定法・化学処理・暦年代較正《れきねんだいこうせい》

1　炭素14年代測定の原理―放射壊変・原子核反応・半減期―

炭素14年代測定の原理は、おおよそ次のとおりである。▼注1

大気中に含まれる二酸化炭素（ＣＯ２）には三種類の同位体12ＣＯ２・13ＣＯ３・14ＣＯ４がある。14ＣＯ４中の14Ｃ（炭素14）は時間とともに14Ｎ（窒素14）に変化し、半減する（14Ｃの半減期は５７３０年）。これを放射壊変という。

一次宇宙線、すなわち宇宙空間に存在する陽子を主成分とする高エネルギーの放射線は、地球大気に入射して大気中の窒素原子（14Ｎ）と天然原子核反応を起こす。この時、ミュー（μ）粒子、電子、中性子（ｎ）などの二次宇宙線が放出される。この中性子（ｎ）と大気中の窒素原子（14Ｎ）とが原子核反応を起こし炭素14（14Ｃ）と陽子（ｐ）が放出される（14Ｎ＋ｎ→14Ｃ＋ｐ）。この炭素14は酸化され、二酸化炭素のかたちで大気中に分散される。

放射壊変と原子核反応によって、大気中の二酸化炭素の炭素14濃度（14Ｃ含有率）は常に一定の値を保つ。ちなみに、炭素12（12Ｃ）、炭素13（13Ｃ）、炭素14（14Ｃ）の存在比は０・９８９０対０・０１１０対１・２×10のマイナス12乗。炭素14の含有率は全炭素原子の一兆分の一程度である。

大気中の二酸化炭素は、光合成に始まる食物連鎖によって植物・動物の生命体内に取り込まれ、大気と生命体の間を循環する。生命体が生命活動を行っている間は、生命体の中の炭素14の含有率は大気中のそれとほぼ同じ値を示す。しかし、生命体が死ぬと、大気中の炭素14が供給されなくなる。そして、生命体の中の炭素14は固有の半減期（５７３０年）にしたがって、時間の経過とともに一定の割合で減少していく。死んでからの経過時間が長い資料ほど炭素14の含有率は低くなる。測定対象物の中の炭素14の含有率を測定することで、その生命体が死んでからの経過時間が算出される。和紙の場合は、紙の原料になっている楮や雁皮などの植物が刈り取られ死んだ時の年代が測られることになる。これが加速器質量分析法炭素14年代測定の原理である。

それゆえ理屈の上では、実際に書写された年代は、植物が刈り取られ製紙され、さらに文字が書かれるまでの時間を加えなければならないことになる。しかし、特別な場合をのぞいて、何十年も何百年も経った古紙に書写することはほとんど考えられない――たとえば、古紙を使って悪意の贋物をつくる場合が想定されよう。しかし、江戸時代の都市生産社会が形成されるより前は、一般人にはたやすく古紙を入手することは難しい。あり得るのは、正倉院に貴重な古代の文物が伝わっているように、王侯貴族のもとに舶来の古紙が伝存することくらいである。天皇や上流貴族のもとに伝わる珍奇な古紙を使って、書写したり臨書したりすることはあり得よう。名高い秋萩帖は、第二紙以下（和歌四六首と王羲之尺牘の臨書）の紙背には唐本とおぼしき淮南字が書写されている。唐時代書写の淮南字の古写巻の紙背に、後世（藤原行成時代から平安時代末期頃か）秋萩帖の第二紙以下が臨書されたのであろう。これなども古紙に書写した一例になるが、墨の載りがよくないようにもみえる。いずれにせよ、何十年も何百年も前の古紙を用いるのは特別な場合に限られようし、またそのような場合は墨の載りの状態などから古紙の使用が察知されるであろう――。楮紙の場合などはとくに劣化が早く、数年内に使用されるのが普通であろう。また、たとえ二、三十年経った古紙の場合であっても、炭素14年代測定の誤差範囲（プラスマイナス20年から30年）のなかに織り込まれてしまうので、実際はほとんど考慮する必要はないといってよい。

2　測定法―放射線計数法・加速器質量分析法（AMS、Accelerator Mass Spectrometry）―

炭素を含む物質の年代測定は、一九四〇年代末にアメリカ・シカゴ大学のリビー（W.F.Libby）によって開発された。放射線計数法と呼ばれる方法である。炭素14は放射壊変をする際、放射線ベーター（β）線を放出する。放出されるベーター線は炭素14の量に比例するので、ベーター線を測定することで間接的に炭素14の量を計算することが出来る。1ミリグラムの炭素中の一兆分の一が炭素14、そこから放出されるベーター線は一分間に約0・014個、一日約20個にすぎない。計数するベーター線が多い程、誤差は小さくなるので、ベータ線を多くするには多量の試料が必要とされた。すなわち、この測定には少なくとも炭素試料1~2グラムが必要であり、1グラムの炭素試料を得るには17センチ×17センチの紙量が必要であった。無論のこと、これでは古典籍や古文書など、和紙資料の測定は不可能であった。

しかし、一九八〇年代、原子核物理学の研究に使われる加速器分析計（AMS）という測定器が開発された。加速器によって直接炭素14のイオンの個数を計量するのである。この測定に必要な炭素試料の量は、それまでの1／1000、すなわち0・001グラムから0・002グラムで済むようになった。[注2] 0・001グラムの炭素中の炭素14は60、000、000（6千万）個もあるので、これを直接測定する加速器質量分析法（AMS）では、ベータ線計量法の1／1000に試料を抑えることが出来るようになったのである。こうして、古典籍・古文書・古美術品などの貴重な資料の、年代測定への道が拓かれたのである。[注3] 古筆切なら、1~2ミリの幅で料紙の余白の縦または横の端を切り出せば、充分測定が可能になったのである。また、測定誤差もプラスマイナス20年から30年と格段に小さくなった。[注4]

3　化学処理

紙資料に含まれる炭素14の量を測るといっても、切り取った紙片を測定器にそのまま投入するわけではない。

資料に含まれる炭素を高純度で抽出し、これを原料として黒鉛（グラファイト）を合成する。すなわち、大気中の二酸化炭素など、資料の周辺に存在する不純な炭素の混入を抑え、製紙の際に含まれた不純物（米糠《こめぬか》、米糊《こめのり》、米粉《こめこ》、木灰《きばい》、石灰、トロロアオイなどのネリ剤など）、表面加工の膠《にかわ》、後世に付着した手垢などの不純物を分離する（超音波洗浄による二次混入物の除去、塩酸や水酸化ナトリウム水溶液による可溶成分の除去）。そして、試料からアルファ（α）セルロース（植物の繊維に含まれる炭水化物の一つで、水や湯に溶けない）を抽出する。このセルロースから高純度の炭素だけを黒鉛（グラファイト）の形で分離するのである。

この調整法によって測定精度は高められた。この過程における化学処理の正確さが重要であり、これが適正に行われていないと大きな誤差を生じさせることになる。化学処理の過程で不純な炭素が混入し、炭素14濃度が1パーセント増加すると、測定値は真の値より約80年新しい年代を示す。この化学処理が正確になされなければならないのである。かつて、測定機関によっては、この化学処理が不完全であったり行わないところもあったと聞く。そのような場合は、当然得られた結果は、想定をまったく裏切る、当てにならないものとなる。いまもってある、炭素14年代測定にたいする無理解や不審の一端は、こういうところに由来しているものとも思われる。炭素14年代測定には正確な化学処理が不可欠であることを、あらためて明言し強調しておきたい。

4　解析

加速器質量分析法（AMS）で測定される物理量は、炭素14の計数値と炭素13の電流値である。これらデータから計算によって炭素14年代と測定誤差を求めるのであるが、これには高度な数学的解析が必要となる。高度で正確な化学処理のみならず、正確で厳密な数学的処理も不可欠なのである。

ちなみに、一標準偏差（1σ（シグマ））によれば、その誤差範囲の中に真の炭素14年代が入る確率は約68・27パーセント、二標準偏差（2σ）によれば、その誤差範囲の中に真の炭素14年代が入る確率は95・45パーセントとされている。また、後世の研究の進歩によって、解析の関係式、誤差の評価法などは改定される可能性があるため、素データのみならず、解析法も記録に残している。

ともあれ、炭素14年代測定には、加速器質量分析計（AMS）を操作する物理学者、試料を合成し計数値を解析する化学者、資料の内容を考証し科学的数値との整合性を評価する文学者・歴史学者が揃わなければ、正確な結果は出せないのである。

5　暦年代へ較正

14C年代は、西暦1950年を0［BP］（BPはbefor presentの略）として、そこからさかのぼった年数で示される（1950−14C年代＝西暦年代）。たとえば14C年代900±50［BP］（誤差範囲は計数された14Cの個数が多いほど小さくなる）を西暦年代に換算すると、1950−900＝1050±50年となり、暦年代は1050年で誤差範囲は1000年から1100年ということになる。

大気中の二酸化炭素の14C濃度が常に一定なら、西暦年代＝1950－14C年代という関係が成り立つが、実際の大気中の14C濃度は変動している（宇宙線強度、地球磁場、太陽活動などの変動による）。そこで、14C年代を暦年代に較正するために、較正曲線（折れ線グラフ）が用いられる。すなわち、暦年代の判明している樹木年輪を採取し（初期は20年ごと現在は10年ごと）、その14Cの濃度を測定することで、14C年代を暦年代に換算するための較正曲線が発表されているのである。INTCAL98（1998年発表）較正曲線は、樹木年輪の測定値の生データによる較正曲である。INTCAL04（2004年発表）較正曲線は、統計的な処理をした較正曲線で、曲線の凸凹が小さく、精度・正確度が高い。2004年以降はこの較正曲線が用いられている。

理想をいえば、日本産の資料を測定する場合には、日本の樹木年輪による較正曲線を完成させることが望まれる。年代の判明している木曽ヒノキなどの年輪を一年ごとに分割し14C年代測定を行い、それに基づく較正曲線を完成させることが望まれる。かつてはこの研究が進められていたが、現在は停滞している。

較正曲線によって、加速器質量分析計（AMS）で測定された炭素14年代を暦年代に換算することが可能になったとは言え、大気中の炭素14濃度の変動が激しく、較正曲線がギザギザ状で横ばいになっているところでは、ひとつの炭素14年代が較正曲線と複数の交点をもつことになる。すなわち、ひとつの炭素14年代に対応する複数の歴年代が得られることとなり、その結果、誤差範囲が広がってしまうのである。

図Ⅰによって、二つの炭素14年代の例を具体的に説明してみよう。まず、炭素14年代1038±32［BP］が暦年代938（1001、1014、1015）1021［calAD］（［calAD］のcalはcalibration（較正）の意）に較正される場合。縦軸の炭素14年代［BP］の1038年から横軸に平行に線を延ばして折れ線グラフとの交点を求めると、ぎざぎざになっているため三つの交点が得られる。三つの交点から横軸の較正年代［calAD］に垂直に線をおろすと、それぞれ1001年、1014年、1015年の三つの地点に到る。これが暦年代［calAD］の（　）の中の三つの数値、1001・1014・1015である。つまり、暦年代の（　）の中の数値は、炭素14年代［BP］に対応する値なのである。次に、炭素14年代［BP］の誤差範囲の上限、つまり縦軸の1038＋32＝1070年であるが、ここから横軸に平行に線を延ばして折れ線グラフとの交点を求めると、一つの交点が得られる。その交点から横軸の較正年代［calAD］に垂直に線をおろすと、983年の地点に到

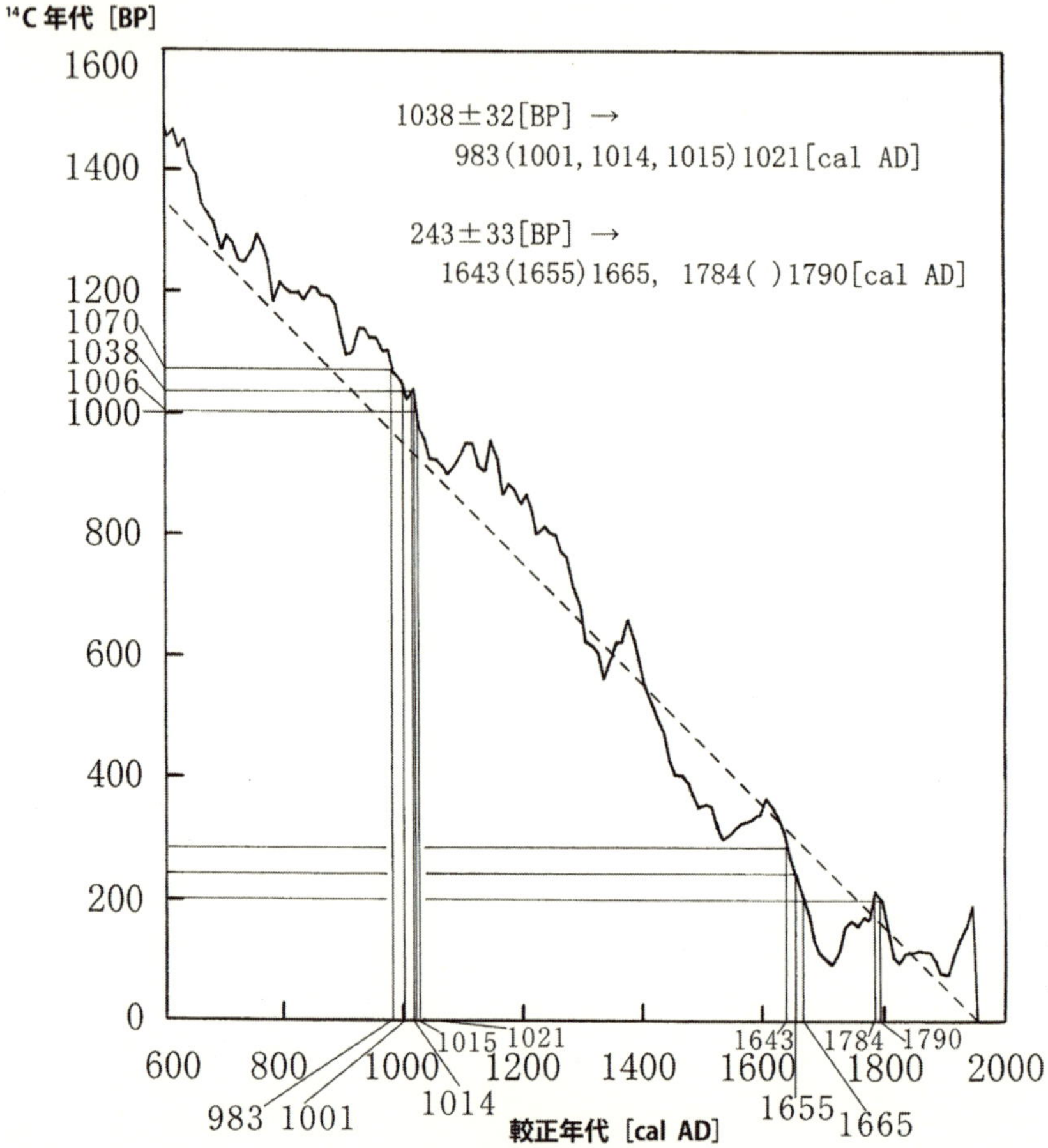

図Ⅰ　暦年代較正の例

る。すなわち、誤差範囲の上限の暦年代は９８３年ということになる。同様に、炭素14年代［ＢＰ］の誤差範囲の下限、つまり縦軸の１０３８-３２＝１００６年であるが、ここから横軸に平行に線を延ばして折れ線グラフとの交点を求めると、一つの交点が得られる。その交点から横軸の較正年代［ｃａｌＡＤ］に垂直に線をおろすと、１０２１年の地点に到る。すなわち、誤差範囲の上限の暦年代は１０２１年ということになる。かくして、炭素14年代１０３８±３２［ＢＰ］が暦年代９３８（１００１、１０１４、１０１５）１０２１［ｃａｌＡＤ］に較正されるのである。

次に、炭素14年代２４３±３３［ＢＰ］が暦年代１６４３（１６５５）１６６５、１７８４（）１７９０［ｃａｌＡＤ］に較正される場合。縦軸の炭素14年代［ＢＰ］の２４３年から横軸に平行に線を延ばして折れ線グラフとの交点を求めると、一つの交点が得られる。この交点から横軸の較正年代［ｃａｌＡＤ］に垂直に線をおろすと、それぞれ１６５５年の地点に到る。これが暦年代［ｃａｌＡＤ］の（　）の中の数値、１６５５である。つまり、炭素14年代［ＢＰ］に対応する値が暦年代の（　）の中の数値なのである。次に、炭素14年代［ＢＰ］の誤差範囲の上限、つまり縦軸の２４３＋３３＝２７６年であるが、ここから横軸に平行に線を延ばして折れ線グラフとの交点を求めると、一つの交点が得られる。その交点から横軸の較正年代［ｃａｌＡＤ］に垂直に線をおろすと、１６４３年の地点に到る。すなわち、誤差範囲の上限の暦年代は１６４３年ということになる。同様に、炭素14年代［ＢＰ］の誤差範囲の下限、つまり縦軸の２４３−３３＝２１０年であるが、ここから横軸に平行に線を延ばして折れ線グラフとの交点を求めると、三つの交点が得られる。その交点から横軸の較正年代［ｃａｌＡＤ］に垂直に線をおろすと、１６６５年、１７８４年、１７９０年の三つの地点に到る。すなわち、誤差範囲の下限の暦年代は１６６５年、１７８４年、１７９０年ということになる。（１６６５）の後に記された１６５５、１７８４（　）１７９０という数値がこれに当たる。１７８４と１７９０の間の（）内に数値が無いのは、そこには炭素14年代２４３［ＢＰ］に対応する値が存在しないからである。かくして、炭素14年代２４３±３３［ＢＰ］が暦年代１６４３（１６５５）１６６５、１７８４（）１７９０［ｃａｌＡＤ］に較正されるのである。

ある年代については、このように誤差範囲がかなり大きくなる場合もあるが、炭素14年代測定の限界として受け容れるより他ないのが現状である。それでも科学的に古典籍や古筆切の年代測定が可能になったことは喜ぶべきことである。

6　その他の留意点

炭素14年代測定における留意点と今後の課題について、いささか述べておく。

まず、留意点であるが、植物が刈り取られた年代と製紙された年代と書写年代の差は考慮しなくてよいということ。楮紙の場合、長期間保存すると粘質性成分のヘミセルロースが変質し、使用に耐えなくなる。原則的には、製紙からほぼ数年以内に消費されたと考えられる。非常に特別な例外的な場合を除いて、書写年代は料紙の年代の誤差範囲の中に含み込まれていると考えて大過ない。

和紙の原料は楮、雁皮、三椏の白皮である。白皮は形成層（年輪）の外側にある靭皮《じんぴ》繊維で、その枝が生えて以来の炭素が濃縮されている。しかし、和紙原料となる白皮を採取する枝は、生えてから数年程度の枝であるため、炭素年代のずれは数年であり、問題はない（老木中の炭素による５０年とか１００年とかのずれは生じない）。

漉き返し紙の場合は、漉き返しの時の炭素が混入し、初めの製紙の年代より新しい年代が出るということ。

裏打ち紙を完全に分離しなければならないこと。裏打ち紙が残ったまま測定すると、本紙と裏打ち紙の中間の値が出てしまう。時代が古い資料で何度も裏打ちを重ねてある場合、修復によって本紙そのものが薄く削られている場合などは、裏打ち紙を残さぬよう注意しなければならない。

１８３０年代の産業革命以来、化石燃料起源の二酸化炭素が放出され続けた結果、炭素14暦年代上では１６５０〜１９５０年の間の資料は、誤差範囲がその広い範囲（１６５０〜１９５０年）を示すので、真の年代を判別出来ない。江戸時代中期以降の資料は同じ誤差範囲になってしまい、測定出来ないのである。

次にこれからの課題であるが、精度、正確度の高い測定器の開発が望まれる。ちなみに、測定精度の高さ低さとは、誤差範囲の大小のことを意味する。正確度の高さ低さとは、測定された炭素14年代と真の14C年代の近さ遠さを意味する。第一世代加速器質量計では、測定精度（誤差範囲）は±80年であったが、第二世代加速器質量分析計では、±20〜30年になった。

化学処理の正確さ、解析の正確さの、さらなる追求が不可欠である。

加速器質量分析法（ＡＭＳ）の和紙資料への有効性と限界を明らかにするため、歴史年代の判明している資料の測定をさらに増やす必要がある。

7　余談―鈴鹿本今昔物語集の紙捻りの年代測定―

私が共同研究する名古屋大学年代測定総合研究センターでは、加速器質量分析計で古写経・古文書・古典籍・古筆切など広く和紙資料の年代測定をおこなってきた。なかでも話題を呼んだのは、京都大学付属図書館蔵国宝鈴鹿本『今昔物語集』の紙捻りの測定であった。[注5] 鈴鹿本九冊はそれぞれ右端の三ヶ所を紙捻りで綴じられていたが、その一部が採取され（一〇点）測定にかけられたのである。最も古い年代は一〇一八―一一五九年であった。筆跡や料紙の状態から鎌倉中期の写本とするのが通説であったが、『今昔物語集』原本が成立したとされる一一二〇年代に重なる年代が得られたのである。すわ鈴鹿本は『今昔物語集』の原本かという議論がもちあがるのも当然であった。

酒井憲二は「平安時代後期、いわゆる院政期の、まさに今昔物語集の成立期と重なる年代である。紙よりだけ前代のものを使用したとは到底考えられない。鈴鹿本は今昔物語集の原本か、もしくは限りなく原本に近い写本と断ぜざるを得ないようである。[注6]」とした。これに対し平林盛得は、炭素14年代の測定値とそれの暦年代への換算については「純粋に理化学の分野であって当方はその数値を尊重するのみである[注7]」としつつ、酒井の測定値の判断については疑念を表された。すなわち、「鈴鹿本が書かれて整えられる段階で用意される紙捻りは、本紙と共紙の可能性もないわけではないが、既存の古紙や反故紙である可能性はないのであろうか。むしろその可能性のほうが大きいと思われるし、そのさかのぼる年代も成立時に近いという限定はできない。紙捻りが本紙と共紙であることが確認されない限り、鈴鹿本にそれを綴じている紙捻りであっても、この紙捻りは鈴鹿本の成立とは何の関わりのないこととして検討すべきものであろう。[注8]」とした。

平林の発言には重要な問題が含まれている。測定結果の数値はまさに科学的分析結果として尊重しなければならないが、文献学・国文学として結果をどのように意味づけるかということはまた別の問題だということである。この鈴鹿本の年代測定の場合は、測定されたのは鈴鹿本の料紙そのものではなく紙捻りなので、平林の言うとおり、結果を鈴鹿本の成立に直結させることには慎重でなければならないであろう。

さらに、平林は「理化学的研究導入の不安と期待」として、次の二点を挙げている。和紙の年代測定の場合、測定されるのは料紙の原料である植物が刈り取られた年代であり、それに文字が書写されるまでのある程度の時間を勘案せねばならないこと。実年代の確定している資料の測定実績をつみ重ねて、加速器質量分析法による炭素14年代測定の精度や限界を認識すべきこと。一点目はすでに述べたように、料紙の原料である植物が刈り取られてからそれに文字が書かれるまでの時間は長くても数年程度であって、それは±20年から30年すなわち少なくとも50年から60年が見込まれている炭素14年代測定の誤差範囲のなかに織り込まれてしまうと考えてよい。二点目についてはまさにそのとおりであり、私も名古屋大学年代測定総合研究センターとの共同研究で、加速器質量分析法による年代測定の正確度・有効性を確かめるべく、書写年代が判明しているあるいは推定される資料の測定を重ねて来ている。その結果、資料の推定される実際の書写年代は、炭素14年代測定によって導き出された2σの誤差範囲内にほぼすべて含まれていた。正確度は百パーセントに近く、この方法の有効性は認知されてしかるべきである。

8　付言

ある時代の資料については、誤差範囲がかなり大きくなる場合もあるが、それでも科学的に古典籍や古筆切の年代測定が可能になったことは歓迎されるべきことである。これまでの書道史・国文学における古典籍・古筆切の時代判定は、ごく僅かな年代の判明している資料との比較による類推であり、書風・字形・筆勢・墨色・料紙などにたいする経験と勘にたよるところが大きかった。感覚的判断というものは、その基準に狂いがあるとすべてにズレを生じさせている可能性が否めない。加速器質量分析法というまったく新しい科学的角度から、これまでの常識・通念を再考する必要があろう。

しかし、炭素14による年代測定は、かつての誤差が大きく試料も多量に必要であった悪い印象、あるいはそれに基づく偏見に、いまだに付きまとわれているように思われる。慎重さと偏見は似て非なるものである。偏見は、取り除かねばならない。加速器質量分析計による炭素14年代測定についての反響には、たとえば次のようなものがある。曰く、測定は破壊検査であり文化財保護の観点から認められない。「破壊」という言葉のイメージによって実情に対する客観的認識が阻害されているように思われる。すでに述べたように、加速器質量分析計は0・001グラム（料紙の縦あるいは横の1から2ミリ幅の切り出し）の分量で測定が出来る。そもそも古筆切の場合は、すでにばらばらに切断され剥離された断簡である。さらに、軸に仕立てられる場合は、体裁を整える化粧裁ちによって四辺を数ミリ裁断することが少なくない。余白を1～2ミリ切断して科学的な年代がえられることを、「破壊検査」という一言のレッテルによって葬ることのほうにこそ問題があるのではないか。むろん、わずかであれ、切り出さないで済む方法が開発されるに越したことはないが。

また曰く、測定結果の信頼性が未知数である。しかし、これまで世界的に広い分野で多くの測定が行われており、その正確度・精度は認知されている。測定結果に疑問のある場合は、試料の化学的調整法が適正におこなわれなかったためと考えられる。また曰く、測定法そのものが国文学会ではいまだ認められていない。これはたんなる感情的な反発でしかなく、ひとえにこれまでに述べたこの測定法の実体に対する無知・無理解によっていると言わざるを得ない。確かに年代によっては誤差範囲がかなり大きくなる場合があるが、それがこの測定法を排除する理由にはなるまい。二〇〇三年六月一六日朝日新聞夕刊、小林紘一「揺れる年代　AMSショック　上」のことばを反芻したい。「AMSは『最新の年代測定法』などではない。欧米では既に精密分析技術として認知され、貴重な資料であっても科学的に必要であれば一部を破壊してでも測定するのはごく自然なことになっている」。

三　古筆切の年代測定

長門切だけでなく、加速器質量分析法による炭素14年代測定の正確度・有効性を認識してもらうため、以下にこれまでに年代測定をした資料から、主なものの測定結果を示し、後に簡略なまとめを付す。

1　書写年代の明らかな資料

1「書写年代の明らかな資料」では、研究や奥書などから判明している書写年代と炭素14年代を暦年代に較正した結果を示した。一標準偏差（1σ《シグマ》）によれば、その誤差範囲の中に真の炭素14年代が入る確率は約68・27パーセント、二標準偏差（2σ）によれば、その誤差範囲の中に真の炭素14年代が入る確率は95・45パーセントであるが、ここには2σの数値を示した。なお、書写年代が西暦1000年より前のもの、1200年より前のもの、1200年以降のもので、太線によって区切った。なお、1195（　）1195のように、誤差範囲の上限と下限に同じ数値が示される場合は誤記ではなく、小数点以下を切り捨てたためである。

資料名	書写年代	較正年代（2σ）
1　東大寺二月堂焼経	天平16年（744）	670（709、747、766）777
2　大般若経	天長3年（826）奥書	777（883）897、922（）94
3　三摩地儀略次第	天暦10年（956）奥書	723（）739、770（781、791、807）889
4　十巻本歌合	治暦4年（1068）以前10年間	1024（1048、1099、1119、1142、1147）1160
5　東大寺切三宝絵	保安元年（1120）	1030（1053、1079、1153）1176
6　二十巻本歌合	大治元年～2年（1126～1127）	1023（1042、1107、1117）1158
7　中尊寺金銀交書経	永久5年～天治元年（1117～1124）	1019（1028）1047、1090（）1121、1139（）1149
8　今城切古今集	治承元年（1177）奥書	1028（1049、1084、1124、1137、1151）1165
9　伝西行筆郭公切（五首切）	治承2年（1178）成立	1029（1049、1084、1124、1137、1151）1164
10　伝平業兼筆春日切実頼集	元久2年～承元3年（1205～1209）	1209（1223）1267
11　明月記	建暦元年（1211）	1157（1210）1224
12　東大寺円親筆奥書切	天福2年（1234）	1169（1219）1263
13　春日本万葉集切	寛元元年～2年（1243～1244）奥書	1195（）1195、1208（1223）1267
14　伏見天皇筆筑後切拾遺集	永仁2年（1294）奥書	1263（1279）1293
15　奈良懐紙	文永末年（1275）頃	1276（1287）1303、1366（）1383
16　西園寺実兼自筆詠草切	正応3年（1290）頃	1279（1291）1309、1361（）1386
17　権少僧都信懐筆因明問答	正和4年（1315）	1282（1296）1318、1352（）1390
18　清原俊宣申文案	延慶2年（1309）12月19日	1285（1300）1323、1346（1368、381）1393
19　中院宣胤筆奥書切	文亀元年（1501）	1465（1513）1530、1539（1600、1616）1635
20　冷泉政為（暁覚）懐紙	永正10年（1513）～大永3年（1523）	1464（1516、1596、1618）1640
21　後奈良天皇詠草	大永7年（1527）	1477（1523、1560、1561、1572、1630）1643

2　書写年代不明の資料

2「書写年代不明の資料」では、1から3の三点は二標準偏差（2σ）の炭素14年代とそれを暦年代に較正した結果を示し、それ以外は二標準偏差（2σ）の炭素14年代を暦年代に較正した結果のみを示した。ただし、長門切については、一標準偏差（1σ）と二標準偏差（2σ）それぞれの炭素14年代とそれを暦年代に較正した結果を示した。

また、較正年代の上限が西暦1000年より前のもの、較正年代の上限が1000年より後で下限が1200年より前のもの、較正年代の上限が１０００年より後で下限が１２５０年より前のもの、較正年代の上限が１１００年から１２００年までで較正年代の下限が１２５０年より後のもの、較正年代の上限が１２００年より後のもの、この順に太線によって区切った。

	資料名	14C年代	較正年代（2σ）
1	伝藤原行成筆佚名本朝佳句切	１１０４±４１（２σ）	８８９（９０３、９１５、９６８）９９１
2	草がち未詳歌切	１０４３±４７（２σ）	９１０（）９１０、９７２（９９６、１００５、１０１２）１０２４
3	伝小野道風筆詩書切	１００４±４０（２σ）	９９３（１０２２）１０３５
4	伝藤原佐理筆敦忠集切		１０１６（１０２５）１０４４、１０９８（）１１１９、１１４２（）１１４７
5	伝源俊頼筆（推定藤原定実筆）巻子本古今集切		１０２０（１０３２）１０５２、１０８０（）１１２９、１１３２（）１１５３
6	伝宗尊親王筆如意宝集切		１０２８（１０４８、１０８７、１１２２、１１３８、１１５０）１１６２
7	伝小大君筆香紙切麗花集		１０２９（１０４９、１０８４、１１２４、１１３７、１１５１）１１６４
8	伝西行筆未詳歌集切（二首切）	長寛３年（１１６５）頃	１０２０（１０３４）１０５８、１０７５（）１１５４
9	伝西行筆歌苑抄切	承安４年（１１７４）以前成立	１０２９（１０４９、１０８４、１１２４、１１３７、１１５１）１１６３
10	藤原俊成筆了佐切古今集		１０２９（１０５２、１０８１、１１２７、１１３４、１１５２）１１７４
11	伝飛鳥井雅経筆金銀切箔朗詠集切	藤原教長筆	１０３２（１０５４、１０７８、１１５３）１１７７
12	伝源通親筆狭衣物語切		１０４１（）１１０８、１１１６（１１５１）１２０９
13	伝資経筆堀河院百首切		１０４１（）１１０８、１１１７（１１５９）１２１３
14	伝寂然筆村雲切貫之集		１０４５（）１０９５、１１２０（）１１４１、１１４７（１１６０）１２１４
15	伝寂蓮筆新古今集切		１０４６（）１０９２、１１２０（）１１４０、１１４８（１１６０）１２１３
16	伝藤原定頼筆山城切和漢朗詠集		１０４９（）１０８４、１１２４（）１１３７、１１５１（１１６４）１２１６
17	伝藤原俊成筆御家切古今集		１０５２（）１０８１、１１２８（）１１３３、１１５２（１１７１）１２１９
18	伝飛鳥井雅経筆古今集切		１１６２（１２１６）１２５９

19	伝藤原家隆筆中院切千載集		1163（1215）1257
20	伝藤原秀能筆三宅切新勅撰集（1232頃成立）		1165（1217）1262
21	伝藤原定家筆大弐高遠集切		1183（1221）1265
22	伝藤原家隆筆升底切金葉集		1213（1255）1272
23	伝慈円筆円山切新古今集		1215（1257）1274
24	伝九条道家筆備中切新古今集		1219（1264）1280
25	伝世尊寺経朝筆玉津切蜻蛉日記絵巻		1225（1270）1282
26	伝藤原家隆筆柘枝切万葉集		1271（1283）1296
27	伝後鳥羽院筆水無瀬切新古今集		1271（1284）1298、1370（）1379
28	伝藤原顕輔筆鶉切古今集		1272（1284）1299、1369（）1381
29	伝世尊寺行俊筆長門切	694±21（1σ）	1279（1284）1291
		694±42（2σ）	1273（1284）1299、1370（）1380
30	伝亀山天皇筆金剛院類切		1282（1296）1318、1352（）1390
31	伝尊円親王筆金沢文庫切万葉集		1291（1311、1359、1387）1402
32	伝俊寛筆三輪切古今集		1297（1313）1331、1338（1357）1375、1375（1388）1397
33	伝藤原行能筆源氏物語切		1298（1319、1351）1371、1378（1390）1405
34	伝西行筆塙正切源氏物語		1300（1323、1346）1368、1381（1392）1409
35	伝藤原俊成筆顕広切古今集		1309（）1361、1386（1399）1425

3 結語

二〇一二年三月までに私が直接的に関わった炭素14年代測定の資料は八五点。[注9] そのうちの五六点（長門切を含む）の測定結果を示した。これらから言えることを簡略にまとめておく。

＊書写年代の明らかな資料は、書写年代がほぼ誤差範囲に含まれており、年代測定の精度の高さが保証される。I―3三摩地儀略次第・8今城切古今集・9伝西行筆郭公切（五首切）・14伏見天皇筆筑後切拾遺集は古紙に書かれているのであろうと推察される。特に3三摩地儀略次第はかなりの古紙で、紙背を用いた仏書などにはかかる例のあることを留意しておき

たい。また、Ⅰ—8今城切古今集・9伝西行筆郭公切（五首切）、Ⅱ—8伝西行筆未詳歌集切（二首切）・9伝西行筆歌苑抄切などから、平安最末期の動乱期には紙の調達が難しく、いささか古い紙が少なからず使用されたことがうかがえる。

＊Ⅱ—1伝藤原行成筆佚名本朝佳句切・2草がち未詳歌切・3伝小野道風筆詩書切などは、1050年頃（高野切）より古い時代の希少な古筆資料であることが科学的に証された。

＊1050年頃から1180年頃までに書写された資料は、ほぼ同じ誤差範囲（1020年頃〜1170年頃）が出てしまう。平安かな古筆のほとんどが高野切（1050年頃）以降院政期頃（1150年頃）までに書写されたと推定されるので、炭素14年代測定はそれらの前後関係を測れないことになる。炭素14年代測定の限界である。たとえば、同じ誤差範囲のものでも、国文学や書跡史の知見によりⅡ—4伝藤原佐理筆敦忠集切・5伝源俊頼筆（推定藤原定実筆）巻子本古今集切・6伝宗尊親王筆如意宝集切・7伝小大君筆香紙切麗花集は誤差範囲の前半に、Ⅱ—8伝西行筆未詳歌集切（二首切）・9伝西行筆歌苑抄切・10藤原俊成筆了佐切古今集・11伝飛鳥井雅経筆金銀切箔朗詠集切は後方にあると判断できる。同じ誤差範囲でも、資料によってその真の年代は区々の結果となる。

＊誤差範囲の上限が1040年頃までさかのぼるが、下限が1200年代初めまで下がってしまう一群（Ⅱ—12伝源通親筆狭衣物語切〜17伝藤原俊成筆御家切古今集）がある。これらは、誤差範囲の下限、1180年頃から1200年頃に真の年代があると推測される。そうではあっても、12伝源通親筆狭衣物語切は最古の狭衣物語の断簡といえる貴重な資料である。

＊1100年代半ば以降から1200年代中頃までの誤差範囲をもつ一群（Ⅱ—18伝飛鳥井雅経筆古今集切〜21伝藤原定家筆大弐高遠集切）がある。それらは、Ⅱ—20伝藤原秀能筆三宅切新勅撰集の例から、（）内の炭素14年代の近辺に真の年代がある確率が高い。

＊従来考えられていた書写年代を訂正しなければならない名筆がいくらかある。Ⅱ—27伝後鳥羽院筆水無瀬切新古今集・28伝藤原顕輔筆鶉切古今集・32伝俊寛筆三輪切古今集・33伝藤原行能筆源氏物語切・34伝西行筆塙正切源氏物語・35伝藤原俊成筆顕広切古今集は、これまでの書道史の通念と異なる結果である。それぞれが、考えられていた程古いものではなかった。35顕広切は俊成若書きではない。27水無瀬切・28鶉切・32三輪切・34塙正切も、伝承筆者の時代より後の筆跡である

ことが科学的に証された。

四　長門切の炭素14年代測定の結果

長門切は、世尊寺行俊（生年不明～一四〇七）を伝称筆者とする平家物語の断簡。もとは巻子本、天地にそれぞれ一条の界線が引かれている。平家物語の異本のひとつ源平盛衰記に近い本文をもつが、長門本や延慶本に近いところもあり、また現存諸本のいずれにも一致しないところもある。特異な本文をもつ平家物語の異本であり、読み本系の本文が現存の源平盛衰記の本文に固定化するより前の本文と考えられている。▼注10

炭素14年代測定にかけた断簡は、料紙雁皮紙、縦30・5センチ、横4・5センチで、次の二行が記されている。

親王をは二條皇太后宮とそ申ける鳥羽
院は康和五年正月十六日御誕生同八月十七日

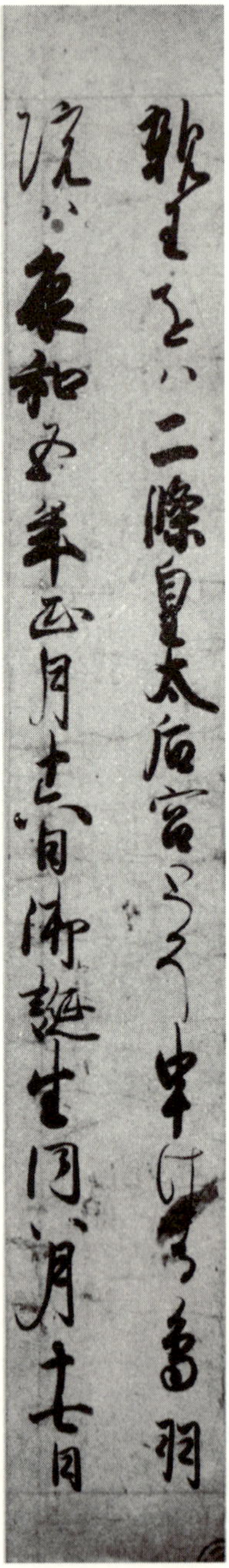

これは源平盛衰記巻十六「仁寛流罪事」にまったく一致している。「白川院ノ御子全子内親王ヲバ、二条皇太后トゾ申ケル。鳥羽院ハ康和五年正月十六日ニ御誕生、同八月十七日……。▼注11」ちなみに、延慶本は「白川院ノ御子ノ全子ノ内親王ヲバ、二条

ノ大宮トゾ申ケル。鳥羽院ノ位ニ即セ給ケルニ……」[注12]である。

炭素14年代は694［BP］で、1σの誤差範囲694±21［BP］を暦年代に較正した値が、1279（1284）1291［cal AD］。2σの誤差範囲694±42を暦年代に較正した値が、1273（1284）1299、1370（）1380［cal AD］である。炭素14年代である694［BP］を暦年代に較正した値が1284年であるから、この1284年が最も可能性の高い数値である。また、2σの誤差範囲を暦年代に換算した1273年から1299年の範囲に実年代がある可能性が高い。世尊寺行俊の生存時期よりむしろ早い、鎌倉末期の可能性が高い。2σのもう一つの誤差範囲1370年から1380年の範囲であっても、南北朝期の筆跡である。長門切は鎌倉末期にさかのぼる可能性が高い、読み本系の本文として、貴重な古筆切である。

ちなみに、小松茂美は長門切の筆者を世尊寺定成周辺の人物と推定している。[注13]

……定成は、後宇多・伏見・後伏見・後二条・花園朝の五朝にわたって能書を謳われた人であった。この「長門切」が、定成の「願文」や「和歌懐紙」の書風に酷似するのである。が、子細に吟味すると、若干の相違がある。定成の書風に私淑した近親者か弟子の筆にちがいない。となると、「長門切」は、定成の生存年代たる十三世紀末から十四世紀初頭にまで、遡らせる必要がある。当然ながら、この「長門切」は、世尊寺行俊ならざる同時代の能書の一人が清書したものと推定される。ともあれ、この書写年代の導き出しによって、『源平盛衰記』の成立が、十三世紀末のころにまで遡及し得る可能性を見出すのである。

定成やその近親者ということは措くとして、十三世紀末から十四世紀初頭という想定は、炭素14年代の誤差範囲とみごとに重なっている。この年代は科学的に裏付けられた、もはや動かしがたいものである。

科学的研究と筆跡研究によって、その書写年代が確定できた長門切は、平家物語の本文研究の基準となるべきである。正体の明らかでない後代の本文によって、長門切の本文の善し悪しを評価すべきではない。本末転倒というべきである。

五　おわりに

1〜2ミリ程度の余白を切り出すことにも、文化財保護の立場からは「あってはならぬ破壊検査」という批判があるらしい。「文化財を私物化して破壊行為をしている」と考える人もいるらしい。破壊検査ということについては、Iの8「付言」でいささか述べた。ここにくどくど繰り返すことはしない。また、私物化ということも不当な中傷にすぎない。結果を公表し、資料を公表しているのだから。公私の博物館・美術館が所蔵し研究することとなんら変らない。個人で購入するのは、公的機関による資料提供が望めないからであり、個人の物にしたいからではない。ただ、書写年代や筆跡史の真実を知りたいだけだ。国や公的機関が書跡史・書道史を本気で科学的に確定しようと決断されるための、捨て石になれば本望である。また、個人の限られた測定でも、これまでの書跡史・書道史の誤りを明らかにし、新出資料の時代を確定することが、いくらかは出来た。これは無意味なことではあるまい。研究の実情を知ろうともせずに、ただ破壊検査だと批判をむけるのは、文化財保護を金科玉条にして研究の進展を考えない怠慢であり、文化財保護の名を借りたいわれなき中傷としか思えない。年代測定に対する真の理解が広がることを期待したい。

小林紘一の言葉を今一度繰り返しておく。「AMSは『最新の年代測定法』などではない。欧米では既に精密分析技術として認知され、貴重な資料であっても科学的に必要であれば一部を破壊してでも測定するのはごく自然なことになっている」(二〇〇三年六月一六日朝日新聞夕刊「揺れる年代　AMSショック　上」)。

注

(1) 小田寛貴・中村俊夫・古川路明「鈴鹿本今昔物語集の年代測定」(安田章編『鈴鹿本今昔物語集―影印考証―』京都大学学術出版会、一九九七年)、小田寛貴「測定の原理と古文書への適用」(『いま、歴史資料を考える　名古屋大学文学部創設50周年記念公開シンポジウム報告集』一九九九年一一月)による。

(2) 中村俊夫・中井信之「放射性炭素年代測定法の基礎―加速器質量分析法に重点をおいて―」(『地質学論集』第二九号、一九八八年)。

(3) 小田寛貴「測定の原理と古文書への適用」(『いま、歴史資料を考える 名古屋大学文学部創設50周年記念公開シンポジウム報告集』一九九九年一一月)。
(4) 注(2)に同じ。
(5) 注(1)の小田寛貴・中村俊夫・古川路明「鈴鹿本今昔物語集の年代測定」(安田章編『鈴鹿本今昔物語集―影印と考証―』京都大学学術出版会、一九九七年)。
(6) 酒井憲二「国宝鈴鹿本今昔物語集の書写状況」(『国語国文』、一九九八年一月)。
(7) 平林盛得「鈴鹿本今昔物語集の紙捻りの実年代について」(『汲古』汲古書院、一九九八年六月)。
(8) 注(7)に同じ。
(9) 池田和臣・小田寛貴「加速器質量分析法による古筆切および古文書の14C年代測定」(『名古屋大学加速器質量分析計業績報告書(XⅡ)』名古屋大学年代測定総合研究センター、二〇〇一年三月)、池田和臣「加速器質量分析法による古筆切および古文書の14C年代測定」(『中央大学文学部紀要』二〇〇二年二月)、小田寛貴・池田和臣・増田孝「古筆切・古文書のAMS14C年代測定―鎌倉時代の古筆切を中心に―」(『名古屋大学加速器質量分析計業績報告書(XⅤ)』名古屋大学年代測定総合研究センター、二〇〇四年三月)、池田和臣「古筆切の年代測定について―加速器質量分析法による炭素14年代測定―」(久下裕利・久保木秀夫編『平安文学の新研究物語絵と古筆切を考える』新典社、二〇〇六年)。池田和臣・小田寛貴「古筆切の年代測定―加速器質量分析法による炭素14年代測定―」(『中央大学文学部紀要』二〇〇九年三月)、池田和臣・小田寛貴「続古筆切の年代測定―加速器質量分析法による炭素14年代測定―」(『中央大学文学部紀要』二〇一〇年三月)、池田和臣・小田寛貴「古筆切の年代測定Ⅲ―加速器質量分析法による炭素14年代測定―」(『中央大学文学部紀要』二〇一一年三月)など。
(10) 松尾葦江『軍記物語論究』(若草書房、一九九六年)。
(11)『源平盛衰記慶長古活字版(一~六)』(汲古書院、一九七七~一九七八年)。
(12)『延慶本平家物語(一~六)』(汲古書院、一九八二~一九八三年)。
(13) 小松茂美『古筆学大成24』(講談社、一九九三年)。

2　中世世尊寺家の書法とその周辺——「長門切」一葉の紹介を兼ねて——

橋本貴朗

一　はじめに

世尊寺《せそんじ》家《け》は、初代・藤原行成《ゆきなり》（九七二～一〇二七）から十七代・行季《ゆきすえ》（一四六七～一五三二）に至る、代々朝廷の書き役を務めた能書の家である。中世の世尊寺家については、まず多賀宗隼の先駆的な業績が挙げられよう。七代・伊経《これつね》（一〇二～一〇五〇）から十二代・行尹《これただ》（一二八六～一三五〇）までと尊円《そんえん》親王（一二九八～一三五六）の事績をまとめている。▼注1 近年では、宮崎肇が六代・伊行《これゆき》（?～一一四九～一一七五）の『夜鶴庭訓抄《やかくていきんしょう》』以下、世尊寺家によって編まれた書論書《しょろんしょ》をある種の「家記《かき》」と捉えて同家の成立を論じ、また高橋秀樹が説話・古記録等に詳細な検討を加えて、ともに八代・行能《ゆきよし》（一一七九～一二五三?）の時代を世尊寺家における画期と見ている。▼注2 高橋は世尊寺家の能書としての職能の解明を進めるとともに、家名としての「世尊寺」の成立についても一五世紀前半、十四代・行俊《ゆきとし》（?～一四〇七）以降であることを明らかにした。▼注3 例えば、一四世紀前半に成った兼好の『徒然草』二三七段では、世尊寺家の人々は「勘解由少路《かでのこうぢ》の家の能筆の人々」▼注4 と称されている。

長らく王朝文化の一方を担い、名声の高い世尊寺家であるが、中世における同家の人々の確実な遺墨として知られるものは決して多くはない。そのため当該期の世尊寺家の書そのものについては、なお解明すべき余地を残している。そうした中、近時、佐々木孝浩が世尊寺家による変体仮名「乃《の》」に焦点をあてて踏み込んだ検討・考察を行い、伝世尊寺行俊筆「長門切」（『平家物語』断簡）の書風に関して種々の成果を挙げている。[注5] 稿者も「南北朝・室町時代における世尊寺家の書法継承―絵巻物・古筆切を中心として―」[注6]（以下、前稿）において、世尊寺家の書写になる絵巻物や古筆切に見られる、自然な筆勢によらない、意図したような太線による連綿《れんめん》（字を続けて書くこと）に着目、それを同家に継承された家の書法と認めて、かつ「長門切」にも看取できることを指摘した。その連綿書法の確立時期についても、およそ鎌倉時代かとの見通しを得ている。

本稿では、前稿で家の書法と認めた太線による連綿について、新たに少しく丁寧に検討を加えて、中世世尊寺家の書法の一端をより具体的に明示したい。あわせて、同家周辺の人々の書も視野に入れて、その書法の影響圏について考察するものである。以下、第二節では、世尊寺家の書写にかかる絵巻物・古筆切のうち、十三代・行忠《ゆきただ》（一三一二～一三八二）による「後三年合戦絵巻」（東京国立博物館蔵）の下巻詞書を取り上げて、その連綿の特徴について検討する。第三節では、それが「長門切」にも見て取れることを改めて跡付けたい。また従来、本文の翻刻・集成のなされていない断簡一葉の紹介にも及ぶ。第四節では、世尊寺家との交友の認められる飛鳥《あすか》井《い》雅有《まさあり》（一二四一～一三〇一）に注目して、同家の書法の広がりについて若干の考察を試みる。

二　「後三年合戦絵巻」に見る世尊寺家書法の特徴

「後三年合戦絵巻」は、一一世紀後半の奥羽における清原氏の内紛に、源義家《よしいえ》（一〇三九～一一〇六）が介入して最終的に勝利するに至る、いわゆる後三年合戦（後三年の役）を題材とした絵巻である。付属する序文によれば貞和三年（一三四七）の成立で、元は六巻からなり、後半の三巻が現存している。[注7] 承安元年（一一七一）、後白河院（一一二七～一一九二）の院宣をもって制作された同じく後三年合戦に取材したと思しき四巻本の絵巻（承安本。散逸）、また軍記『奥州後三年記』との関係をめぐって、近年、日本文学、日本史、美術史等の諸分野から高い関心が寄せられている。[注8]

その元の第六巻、現在の下巻の詞書の筆者は、巻末の奥書から、世尊寺行忠であることが知られる。行忠は世尊寺家十三代。十二代・行尹の嫡男とされるが、実はその兄・有能の子で、正二位・参議に至った。延文四年（一三五九）の後光厳天皇（一三三八

～一三七四）勅命による征夷大将軍・足利義詮《よしあきら》（一三三〇～一三六七）のための錦の御旗の揮毫、貞治三年（一三六四）撰進の『新拾遺和歌集』奏覧本の清書の他、能書として多くの事績を残している。▼注9

中世の世尊寺家の人々にとって、絵巻の詞書の書写は重要なものであった。前稿でも述べたように、十一代・行房《ゆきふさ》（?～一三三七）が祖父の九代・経朝《つねとも》（一二一五～一二七六）の秘説を記した『右筆条々《ゆうひつじょうじょう》』に「書二絵ノ詞一事」▼注10の項目があり、十六代・行高《ゆきたか》（のち行康。一四一二～一四七八）の『世尊寺侍従行季二十ケ条追加《せそんじじじゅうゆきすえにじゅうかじょうついか》』にも「絵詞事」▼注11の項目が確認できる。▼注12さらに、行房・行尹兄弟から伝授された内容を録した尊円親王の『入木口伝抄《じゅぼくくでんしょう》』にも「絵詞事」▼注13の項目が見えている。能書の職能に準ずるものであったことが窺えよう。

この行忠筆「後三年合戦絵巻」下巻詞書【図1】は、全体に行間を広くとり、ゆったりと丁寧な筆致で、豊かな量感を示している。単に右から左へと順次書き進むのではなく、一定の紙幅を「面」として捉える意識が強いのであろう。この量感をもたらす要素の一つに、前稿で世尊寺家の書法と認めた、自然な筆勢によらない、意図したような太線による連綿があると思われる。太線による連綿は多く確認できるが、それはどのようなところに見られるのであろうか。通覧すると、以下のような点を指摘することができる。

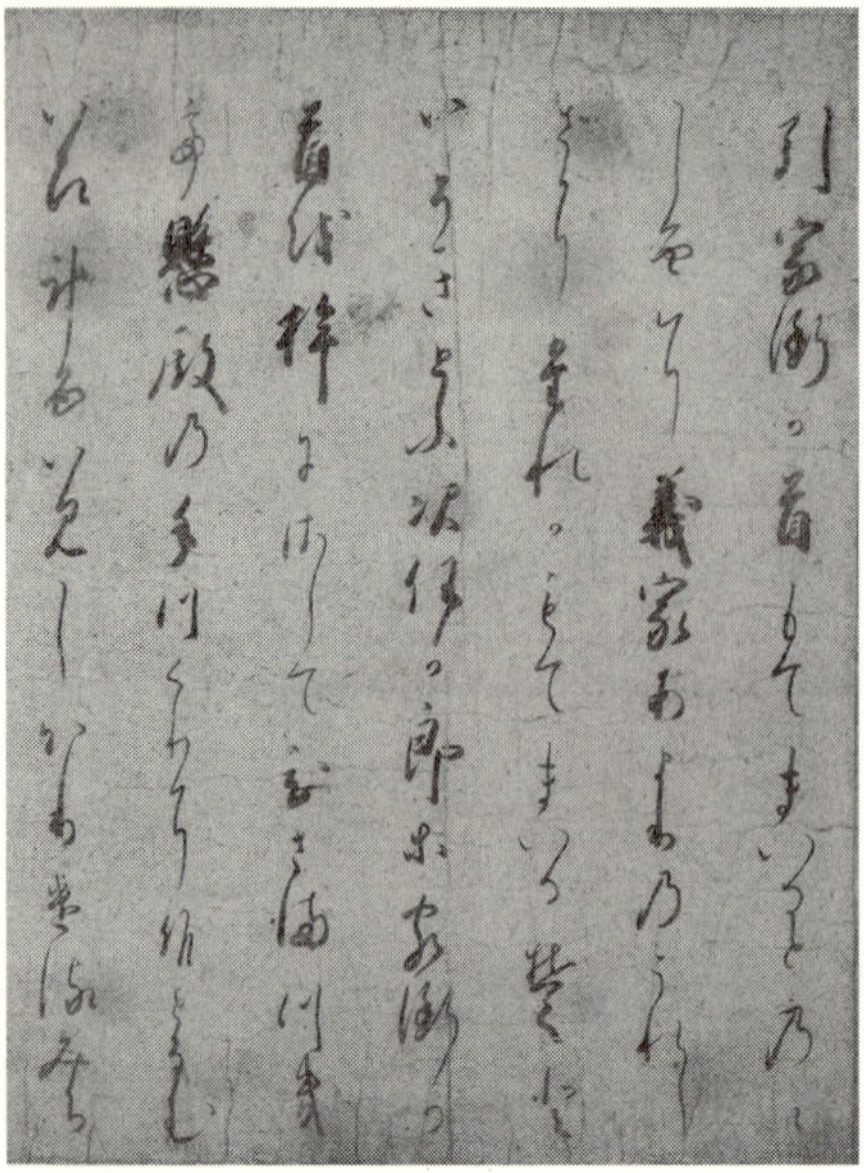
図1　後三年合戦絵巻　下巻詞書　部分　東京国立博物館蔵

まず、連綿の上の字の終筆と下の字の始筆との間で、左右に振幅の少ない場合に、太線による連綿は多く現れている【表1～3】。この場合、当然ながら、連綿線そのものは短い。およそ近代以前においては、今日いう平仮名・変体仮名の区別はなく、▼注14書写にあたってその置き換えは原則自由であるから、連綿の上・下の字の組み合わせ自体が筆者の（ここでは世尊寺家に継承された）選択であると言える。よって、そこに何らかの傾向を見出すことができよう。上述の組み合わせの中では、連綿の下に変体仮名「利《り》」を配する場合【表2】、同じく平仮名「ふ」を配する場合【表3】に、太線による連綿の出現する頻度が高い。この他、連綿の下に平仮名「ひ」「む」「れ」等を配する場合にも、比較的多く現れている。

逆に、連綿の上の字の終筆と下の字の始筆との間で、左右に振幅が大きい場合にも、太線による連綿を確認することができる【表4】。ただし、数は少ない。この場合、連綿の上に配されるのは平仮名「い」「か」「む」が多いようである。

なお、左右への振幅の程度によらず、どちらの場合においても、これらの連綿線にうねりは少なく、字と字との最短距離を結ぶかのように書かれている。また、変体仮名「越《を》」は、必ずしも太線によるものではないが、下に配されて、ほぼ全てが連綿している【表5】。特徴の一つとして挙げておきたい。

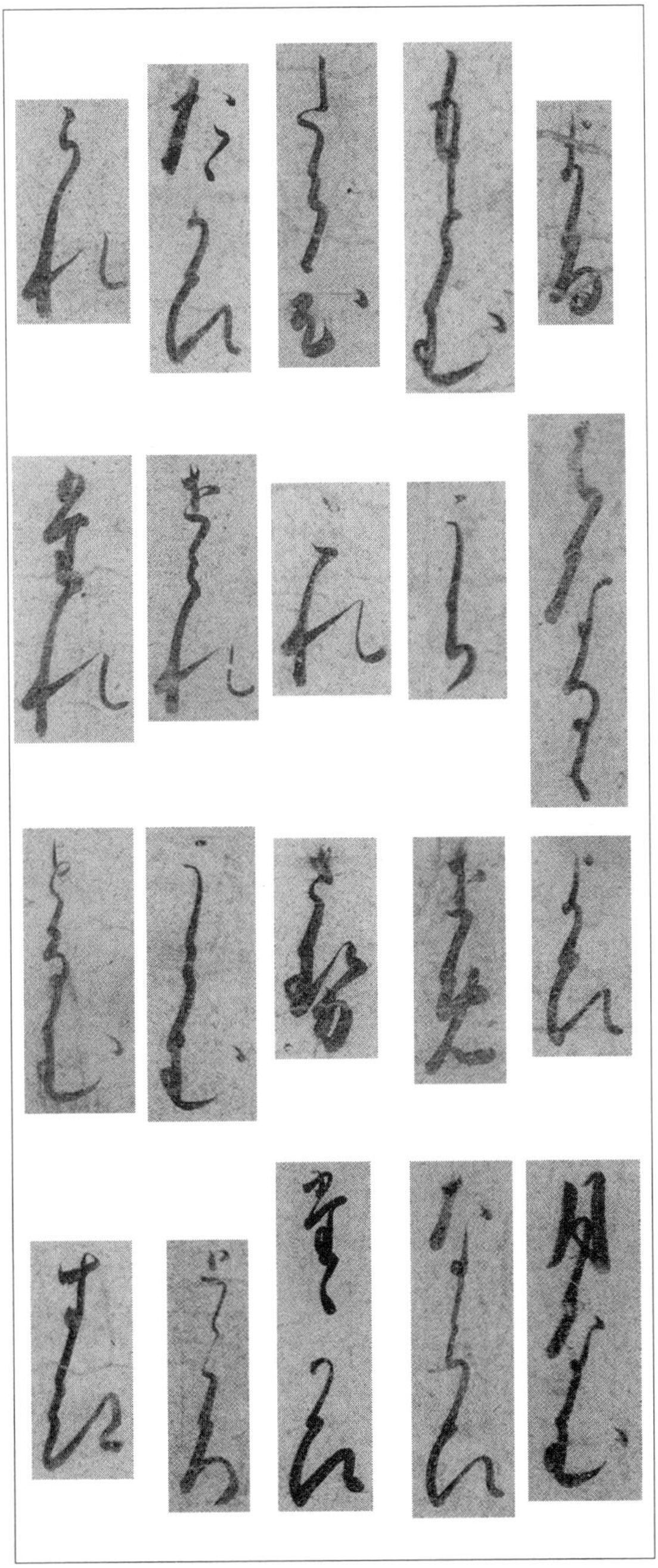

表1　後三年合戦絵巻に見える太線による連綿　左右への振幅が少ないもの（一部）

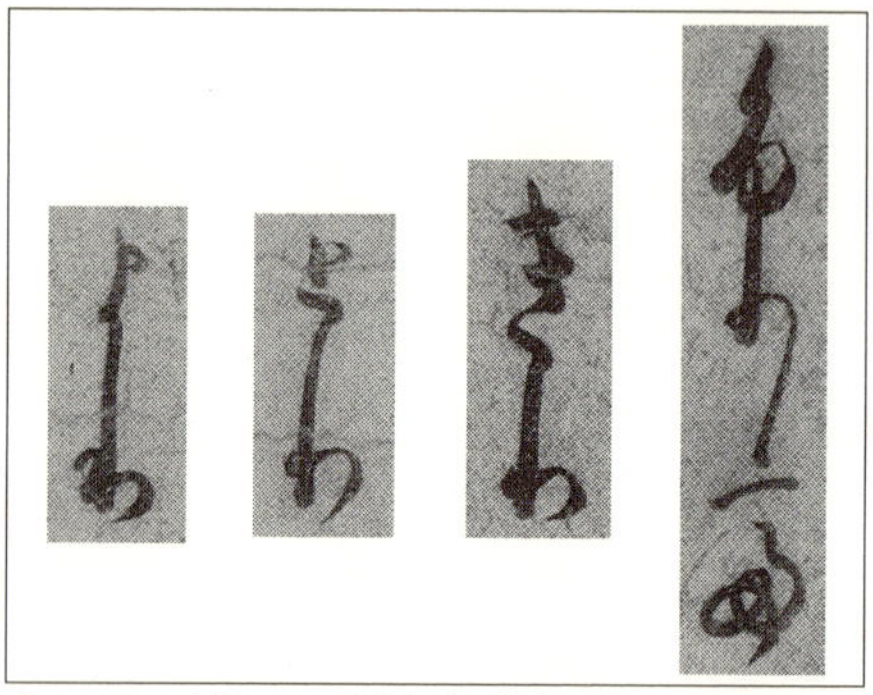
表２　同　連綿の下に変体仮名「利」を配するもの（一部）

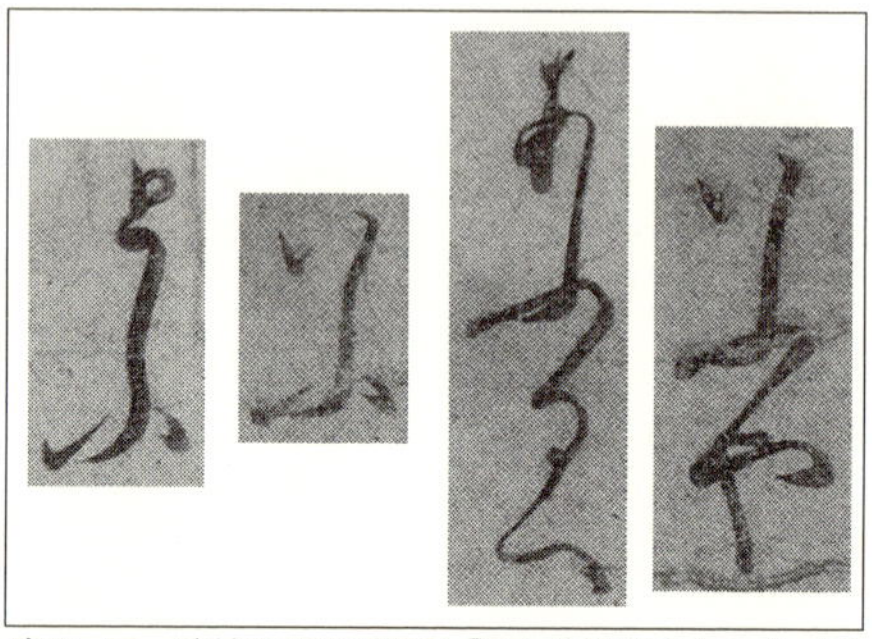
表３　同　連綿の下に平仮名「ふ」を配するもの（一部）

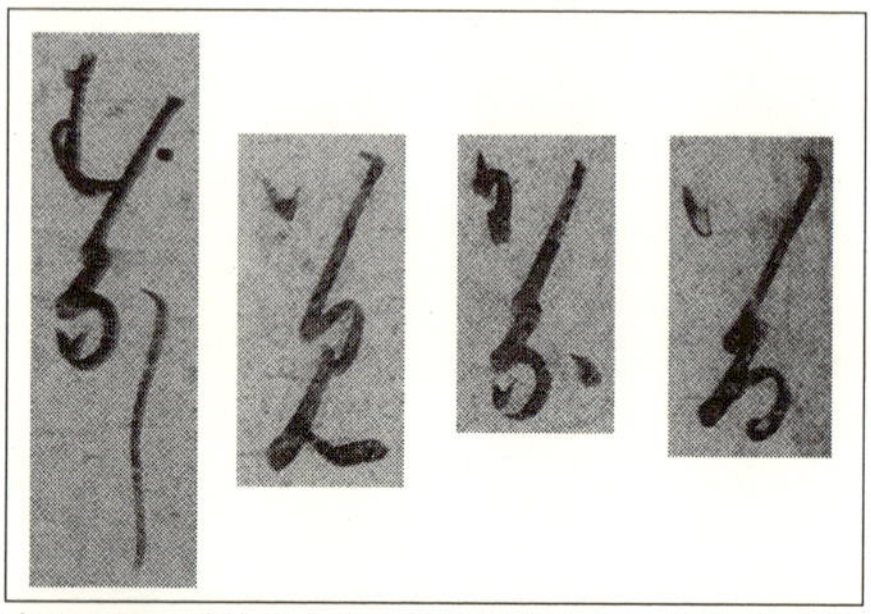
表４　同　連綿の左右への振幅が大きいもの（一部）

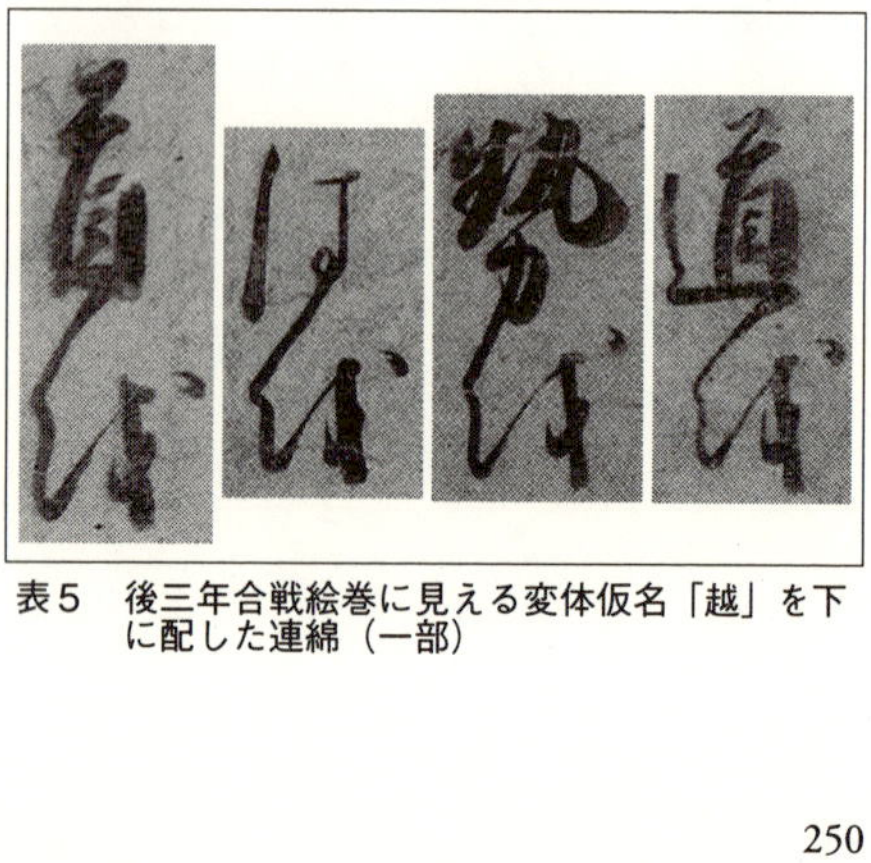
表５　後三年合戦絵巻に見える変体仮名「越」を下に配した連綿（一部）

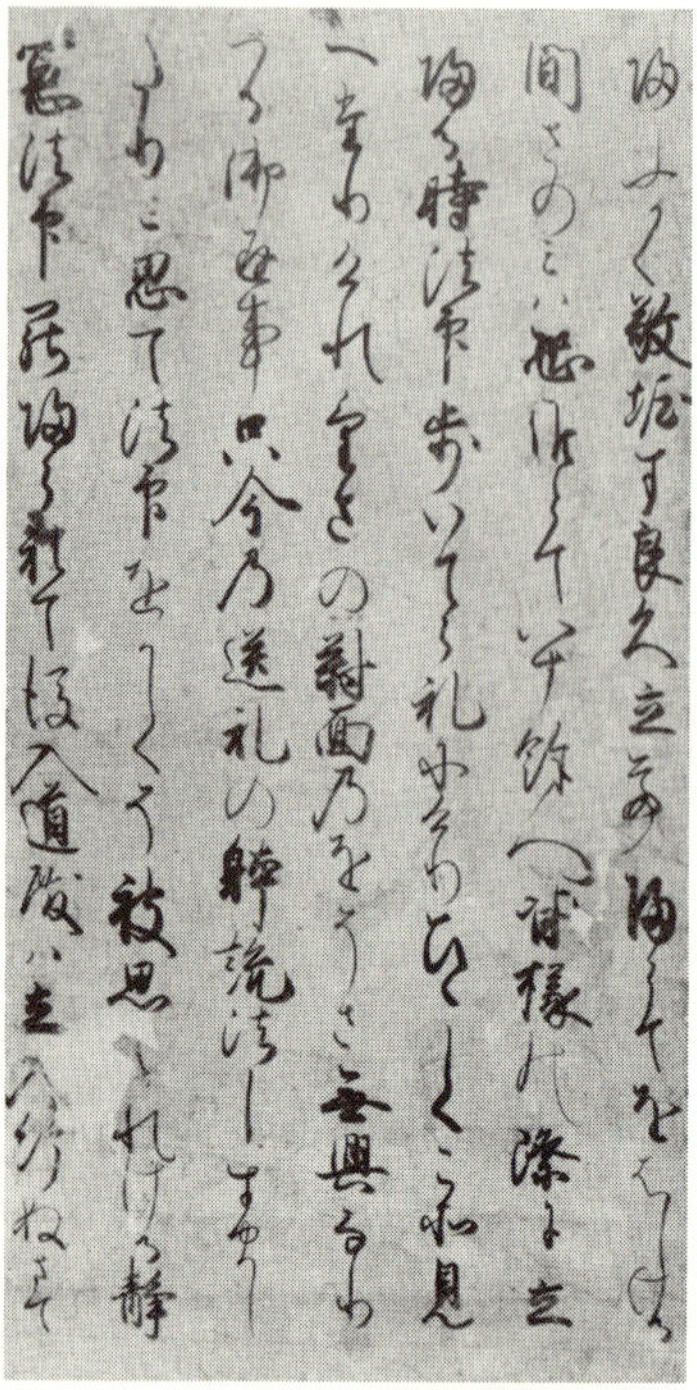
図２　長門切　徳川美術館蔵

前稿、また、第一節で述べたように、中世の世尊寺家においては家の書法が継承されていたと考えられる。よって、個人差もあり得るところであろうが、以下これらを同家の連綿書法の特徴と見なして、稿を進めていくこととする。

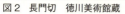

三　「長門切」再考——断簡一葉の紹介を兼ねて——

「長門切」（「平家切」とも）は、『源平盛衰記』に近い本文を有する一方で、古態を示すとされる延慶本《えんぎょうぼん》『平家物語』にも一部近く、『平家物語』、特にいわゆる読み本系の成立論とも関わって、近年とみに関心が高い。現在、模写も含めて七〇葉の伝存が確認され、書写年代については鎌倉時代末期との見解が有力視されつつある。これまでの研究史については、近時、平藤幸により整理がなされている。[注15]

版本・写本いずれの古筆名葉集類においても、世尊寺行俊の項に該当する記載があることは前稿で述べた通りである。加えて、松本文子により新たに紹介された『切伝授』（名古屋市鶴舞中央図書館久野文庫蔵）にも、「行俊　巻物切　平家物語」[注16]と見えている。このように「長門切」は一般に世尊寺行俊を伝称筆者とするものであるが、近世の古筆鑑定は筆者の鑑定のみならず（あるいはそれ以上に）、格付け・書写年代・様式等の指標として、多面的な意義・性格を備えるものである。[注17] 前稿では、この行俊との伝称筆者を、世尊寺家の書法が看取できるという様式の指標としての性格を有するものと評価した。本節では、第二節を踏まえて、改めて「長門切」に世尊寺家の書法を跡付けてみたい。

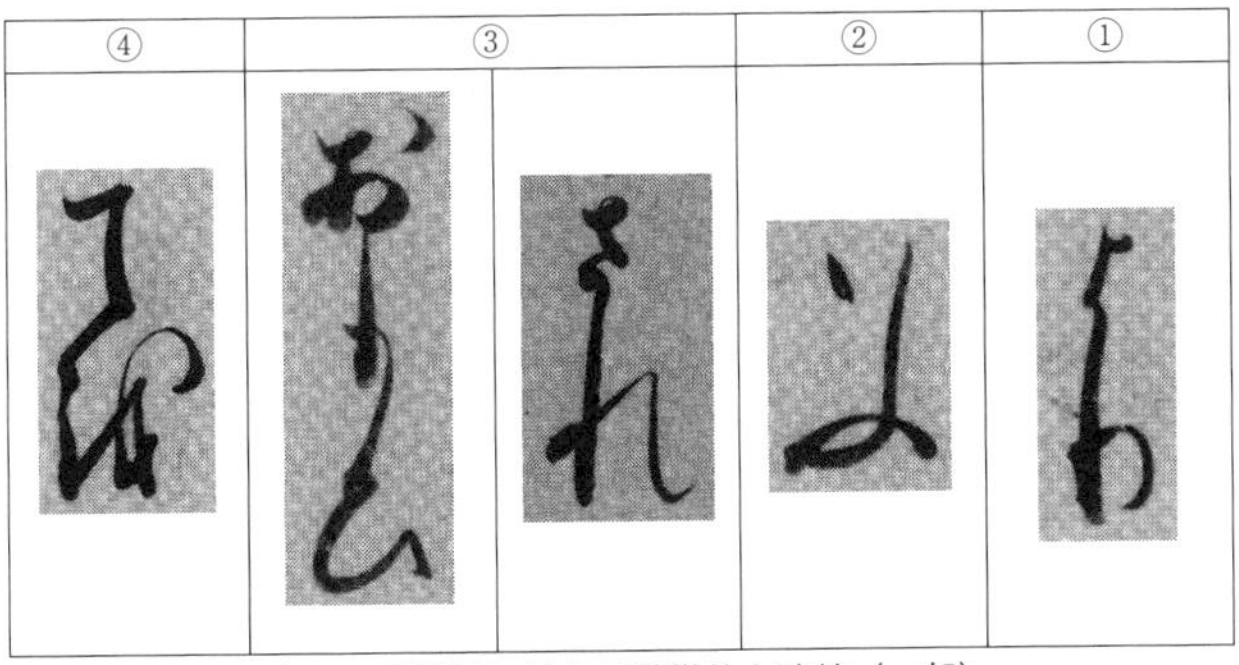

表6　長門切に見える特徴的な連綿（一部）

「長門切」【図2】にも、「後三年合戦絵巻」下巻詞書に頻出する、①下に変体仮名「利《り》」あるいは②平仮名「ふ」を配した太線による連綿を見て取ることできる。また、③これら以外の、連綿の上の字の終筆と下の字の始筆との間で左右に振幅の少ない場合についても、同じく太線による連綿の出現を確認することができる。さらに、先に特徴の一つとして挙げた④変体仮名「越《を》」を下に配した連綿についても、「長門切」にまま見ることできる【表6】。ただし、「越《を》」は「後三年合戦絵巻」の場合と異なり、連綿しないものも多いようである。

以上、相違点もあるが、第二節で指摘した世尊寺家の連綿書法の特徴は、「長門切」においても概ね看取することが可能と言えよう。ただし、これは「長門切」が世尊寺家の人々によって書写されたと限定するものではない。想起されるのは、一条兼良《いちじょうかねら》（一四〇二～一四八一）の撰かとされる往来物『尺素往来《せきそおうらい》』の次のような記述である（傍線、稿者）。

行能・定成・経朝以来、彼一流尤繁昌。公界之書役一円領掌焉。遣二異国一之牒状・大嘗会之屏風、弁賢聖ノ障子等是也。色紙形・寺社ノ額及諷誦・願文等、就レ不レ接二他家之筆一、世挙《コソッテ》号二家様一ト。諸人競テ求学フ者也。[注18]

八代・行能以降の世尊寺家の隆盛に関する部分である。朝廷の書き役としての職能が列挙され、世尊寺家に独自の書法のあることが語られるが、ここで特に留意したいのは、一方でそれは多くの人々が競って学ぶものであったということである。

そうであるとすれば、世尊寺家の人々以外にも、その書法をなし得た人々が多くいたことであろう。平凡な結論であるが、「長門切」は世尊寺家、あるいはそうした同家以外のその書法をなし得た人々の書写によるものと考えられる。連綿書法における「後三年合戦絵巻」下巻詞書との相違も、後者ゆえと見ることもできよう。従来、「長門切」には複数の筆者が指摘されるところであるが、佐々木孝浩は書風を三種に大別するとともに、そのいずれもが世尊寺家風であるとする。[注19]『尺素往来』の一節は、複数の人々がともに世尊寺家の書法をよくすることの背景を窺う一助となろう。

ここで、なぜ「長門切」は伝称筆者を世尊寺家歴代の中でも行俊とするのか、[注20]前稿を補足しておきたい。「長門切」と同じく行俊を伝称筆者とするものに、「伏見宮本文机談《ぶんきだん》」（宮内庁書陵部蔵）がある。『文机談』は鎌倉時代の僧・隆円《りゅうえん》による楽書で、伏見宮本はその名の通り、伏見宮家伝来である。その書写年代は、紙背の具注暦により文和四年（一三五五）以降、南北朝時代末期～室町時代初期の書写と考えられ、「長門切」とほぼ同筆（同一人物の筆跡）と見る指摘もある。[注21]同筆説については今後の課題とし、注目したいのは、伏見宮家三代・貞成《さだふさ》親王（後崇光院。一三七二～一四五六）の『椿葉記《ちんようき》』に見える次の一節である。

又行資は、祖父宰相行俊卿故院に仕しその例にまかせて、不断祇候《しこう》の物にてあり。[注22]

行俊は、「故院」すなわち伏見宮家の祖である崇光院《すこう》（一三三四～一三九八）に仕えていたのである。「伏見宮本文机談」における行俊との伝称筆者は、このことと関わるものかとも推察される。「長門切」における伝称筆者の性格も、それと同様の場合もあるのではないか。憶測ではあるが、伝来に関する何らかの情報を示唆する可能性もあるのではないか、ということである。[注23]

おわりに、大阪かな研究会発行の『かな研究』三七号（一九六九年）に掲載された「長門切」【図3】を紹介したい。[注24]同会を主宰していたのは、書家で、古筆・古写経研究でも知られた田中塊堂《かいどう》（一八九六～一九七六）である。なお、その蒐集にかかる古筆切の影印を収めた『つちくれ帖』[注25]に本断簡の掲載はない。ただし、その「安登賀記《あとがき》」によれば同帖掲載分が蒐集品の全てではなく、本断簡が塊堂旧蔵の可能性もあろう。

本断簡にも、世尊寺家の連綿書法の特徴を看取することができる。例えば、平仮名「ふ」を下に配する連綿が挙げられよう【図4】。本文は『源平盛衰記』巻四十二「与一射扇」の一部に相当するもので、翻刻は次の通り。重複する「あの扇」は墨線で消されている。

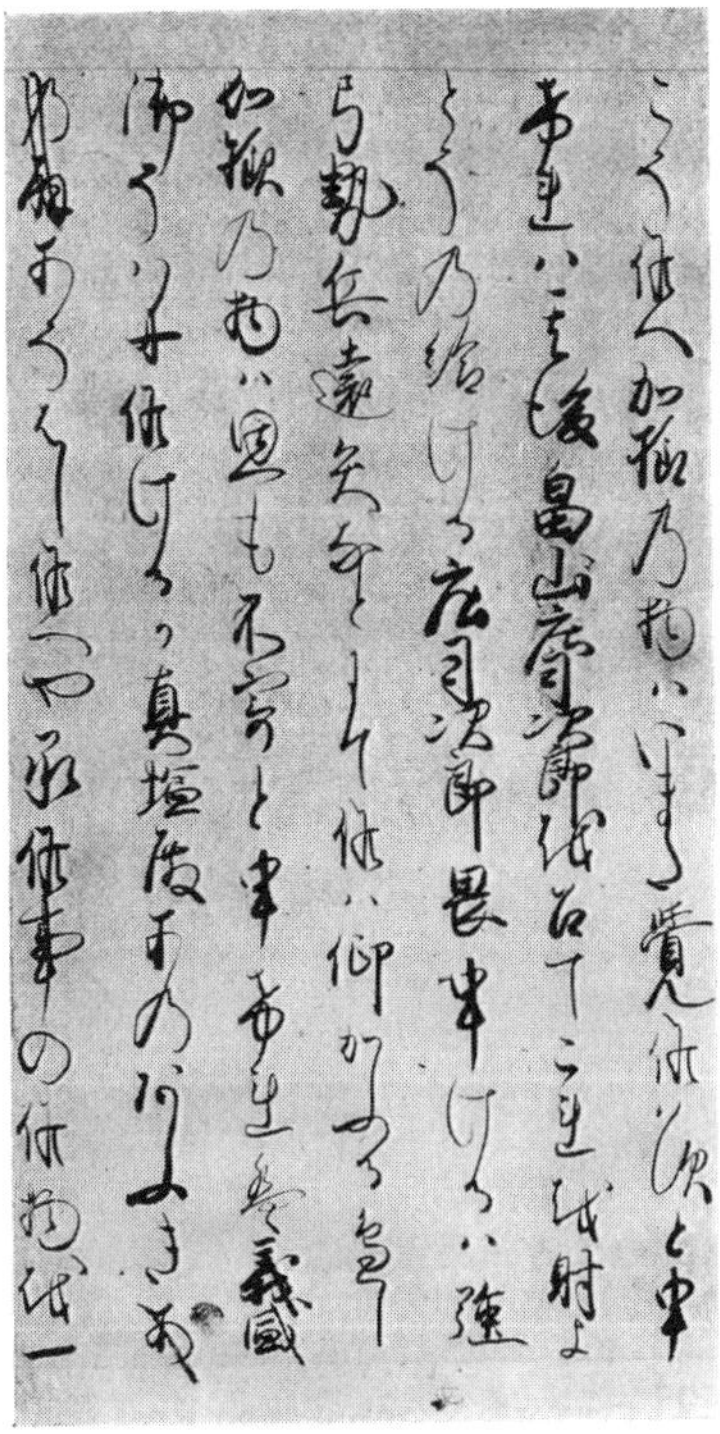
図３　長門切

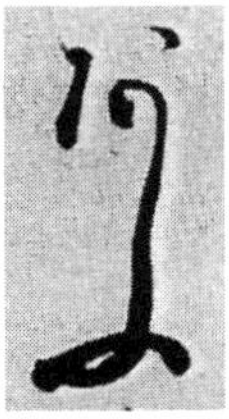
図４　長門切　図３より部分拡大

こそ候へか様の物はいまた覚候はすと申
けれは其後畠山庄司次郎を召てこれを射よ
とその給ける庄司次郎畏申けるは強
弓勢兵遠矢なとにて候は仰かふるへし
か様の物は思も不寄と申けれは義盛
御そはに候けるか真塩殿あのあふきあ
の扇あそはし候へや承候事の候物を一

四　世尊寺家書法の影響圏

「諸人競求学者也」と評される世尊寺家の書法の影響は広範囲に及んでいたことであろう。青蓮院流《しょうれんいんりゅう》（尊円流とも。のちの御家流）の祖と仰がれる尊円親王が、世尊寺家十一代・行房、十二代・行尹兄弟から伝授を受けたことは上述の通りで、つとに知られている。▼注26 また、九代・経朝が鎌倉幕府の最有力者の一人・安達泰盛《あだちやすもり》（一二三一～一二八五）に故実・秘説を伝授して以降、関東にも影響を与えたことも指摘されるところである。▼注27 書論書『心底抄《しんていしょう》』は経朝から泰盛への伝授の内容をまとめたものであり、上掲の『右筆条々』は孫の行房が同書に漏れた項目を拾遺したものである。

本節ではいささか見方を変え、第二節・第三節を踏まえて、世尊寺家書法の特徴は同家以外のどのような人々の書に見出せるのかという観点から、その影響圏について考えてみたい。注目したいのは、飛鳥井雅有である。雅有は、蹴鞠の家・飛鳥井家三代。参議、兵部卿、民部卿を歴任して、正二位に至る。関東祗候の廷臣として鎌倉と京都をたびたび往復、家業の蹴鞠の他、和歌、古典学をもって仕えた。▼注28 世尊寺家とは、経朝の次男で、十代・経尹《つねただ》（一二四七～一三一一）の弟、定成《さだなり》（～一二七八～一二九八）との間に交友が認められる。

弘安元年（一二七八）の一年を記した、雅有の仮名日記『春《はる》の深山路《みやまじ》』を見てみよう（以下、傍線及び（ ）内、稿者）。

今日《けふ》は正月の朔日《ついたち》なり。顕官栄職《けんくわんえいしよく》の身にならねば、元三出仕《ぐわんさんしゆつし》思ひ立たれずして籠《こも》り居《ゐ》たり。雲居《くもゐ》に近き宿のしるしには、出仕の人人をぞ見出しつつ慰みぬる。故宰相《さいしやう》の時より、和歌所《わかどころ》とて、その代《よ》にはことに花やかなりし歌の沙汰なりしを、故柏木《かしはぎ》の代にも、初めつ方は歌詠《うたよ》み多くて、盛りなりしぞかし。末《すゑ》つ方《かた》見給へりし頃は、次第に昔の好き者どもも、言《こと》の葉《は》ばかり残し置きて、なかば泉のもとに帰りしにより、ことの外《ほか》に人なくなり行きしが、又我が代となりては、和歌の浦浪《うらなみ》立ち寄る海人《あま》もなくなりて、心一つに嘆き悲しめども甲斐《かひ》なし。大方《おほかた》の世にも今は好《す》ける者なし。さりながら、少々語らひ寄せて、今日よりぞ着到《ちやくたう》の番の歌も、少し昔に返る心地《ここち》する。初めて入りぬる人々、頭兵衛督為世朝臣《とうのひやうゑのかみためよあそん》、弟《おとと》の少将為実《ためざね》朝臣、故土御門宰相中将《つちみかどさいしやうちゆうじやう》の子息に侍従具顕《ともあき》朝臣、昔の手書き歌詠みの行成《ゆきなり》大納言の末に経朝三位《つねともさんみ》の二男前石見守《さきのいはみのかみ》定成、頭督《とうのかみ》一つ腹の律師定為《りつしじやうゐ》、又玄覚律師《げんがくりつし》など加はりて、柿本《かきのもと》も光添《ひかりそ》ひぬ。▼注29

雅有が少数の知友に声をかけて、元日より始められた着到《ちやくとう》和歌《わか》の新たな参加者の中に、行成の子孫、経朝の次男として定成の名前も挙げられている。

（正月）廿九日、東宮の御祈《いのり》とて年毎に伯三位松尾社《はくのさんみまつのをしや》にて、石の塔一日に八万四千基を建て供養《くやう》すとて、今日といひて誘《いざな》へば、定成と一つ車にて、松の尾河原へ参りぬ。▼注30（以下、略）

同じく正月二十九日には、東宮・熙仁《ひろひと》親王（一二六五～一三一七。後の伏見天皇）のために、白川伯家《しらかわはくけ》・資緒《すけお》王（一二五〇～一二九七～）が松尾神社で営んでいる石塔建立の供養に、雅有と定成は一つの車に同乗して向かっている。

（五月）廿七日、昨日今日は内裏の御物忌《ものいみ》なれば、一昨日《をととひ》より参り籠りたるに、本院御如法経《によほふきやう》のため、昨日亀山殿へ御幸。御留守の間、東宮の御方に祇候の人々番を折らる。明日より祇候すべき由催さるる間、暇《いとま》を申して、今朝より参りぬ。三番に折れる、一番、管絃《くわんげん》の人数なり。二番は風月衆《ふげつしゆ》なり。三番は歌の衆なり。番は五日五夜《いつよ》づつなり。探《さぐ》り題《だい》は日毎に百首あるべしとて、今日より始められる。人数、御所、長相《ながすけ》朝臣、具顕朝臣、定成、顕世なり。予十五首これを詠む。宿直に候ふ。▼注31

東宮御所祇候の組分けでは、定成は雅有と同じく和歌の人々からなる三番となっている。この日、五月二十七日より五日間の当番では、東宮らとあわせて毎日、探題和歌を百首詠むという。

六月　探り題今日結願《けちぐわん》なり。既《すで》に五百首なり。今残る五百首は、この度の番の時終らるべき由沙汰あり。今日は十七首詠み侍りぬ。ことのついでに「背面《そとも》」といふこと。日本紀《にほんぎ》の説を申し入るれば、御興あり。よりて明日より忍びて古今《こきん》の御談義《だんぎ》あるべしとて、人数定めらる。予、具顕朝臣、定成なり。▼注32

その探題和歌の最終日六月一日、東宮御所では、『古今和歌集』の談義が明日より始まる仕儀となった。雅有を除き、「忍びて」行われるこの談義に列するのはわずか二人で、そのうちの一人が定成である。

（六月）二日、未《ひつじ》ばかりに参りたれば、定成まづ釣殿辺に待ち設けてあり。今日よりは弟子になるべき由思ひ給ふる、古今の真名序《まなじよ》授《さづ》くべき由頻《しき》りに申すによりて、一反《いつぺん》読み聞かせ終りぬ。その後、具顕朝臣参りたれば、御談義を始めらる。古今は仰せによりて、秘本を参らせ入る。講師《かうじ》具顕朝臣、書き手定成、細かに子細を申せば、殊《こと》に御興あり。この両人の聞くこと憚《はばか》りありといへど、公平を思ひて私《わたくし》を顧みず。富士の山の煙の所にて、人々集れば、みな取り隠されぬ。その後、内裏へ参る。[注33]

翌二日、定成は談義に先だって雅有を待ちかまえ、弟子入りを乞い、『古今和歌集』真名序の伝授を願う。それに対して、雅有は一通り読み聞かせている。以上のように、定成は雅有と大変親しい間柄であったことがわかる。また、この『古今和歌集』の談義で定成は「書き役」すなわち筆録係を務めているが、それは能書の家の出身ゆえであろうか。定成の書写に関する記事には、次のようなものもある。

（六月）廿二日、日暮し千首の次第を重ねらる。清書《きよが》きせらるべき故なり。その人数、資経《すけつね》卿、予、長相朝臣、具顕朝臣、資顕《すけあき》、定成、為方《ためかた》、顕家《あきいへ》、顕世《あきよ》、女房大蔵卿《おほくらきやう》の局《つぼね》なり。端作《はしつく》りのやう藤大納言《とうだいなごん》に尋ぬべき由仰せある間、状を遣《つかは》す所に、「続《つぎ》百首和歌五月」書くべき由申して、すなはち参らる。庭に蔀《しとみ》の下《もと》を敷きて候ふ。予同じく候ふ。八月十五夜に御歌合あるべき由申して行ひて、人数を定めらる。[注34]

五月二十七日よりの五日間に続き、六月十一日より五日間、連日百首の採題和歌が詠まれ、その合計千首が清書されることになった。その担当者十名の中に、雅有とともに定成も名前を連ねている。翌六月二十三日には、それぞれ百首ずつ取り分けて、みな清書されている。これらによれば、雅有は、定成の書く姿、書写したものをきっと見ていよう。

この他『春の深山路』では、上述の八月十五夜の歌合等、定成と雅有とが同じ歌会に参集していることが知られる。同年十月六日に催された『源氏物語』の難義に関する問答「弘安《こうあん》源氏《げんじ》論議《ろんぎ》」にも、雅有、定成ともに参加している。また、伏見天皇即位後の歌合への両者の参会も認められる。[注35]

以上、いささか長くなったが、雅有と定成の親しい交友を確認した。では、その雅有の書は、どのようなものであったのであろうか。従来、雅有の自筆本と目されるものに「別本《べっぽん》隣女《りんじょ》和歌集」（天理大学附属天理図書館蔵。以下、天理本）[注36]がある。『隣女和歌集』は雅有の家集で、伏見天皇による永仁元年（一二九三）の勅撰集編纂の下命、いわゆる永仁勅撰の議において撰者の一人に任じられたのを契機として成ったものと考えられる。天理本は一九五一年、『弘文荘待賈古書目』二〇号により紹介された。同古書目及び植谷元[注37]は、散見する加除訂正の跡から、天理本を雅有自筆と見ている。この天理本と同筆とされるものに、高松宮家旧蔵の「隣女和歌集」（国立歴史民俗博物館蔵。以下、歴博本）がある。[注38] また、田中登は、天理本と同筆として、伝飛鳥井雅有筆「八幡切《やわたぎれ》」（『後拾遺和歌集』・『千載和歌集』断簡）も雅有の真跡であるとする。[注39] ただし、天理本及び歴博本を雅有自筆と見ること、「八幡切」と天理本とを同筆とすることには異論もある（後述）。なお、雅有のものとして紹介される和歌懐紙もあるが、[注40] これについては中川博夫が指摘するように雅有筆とする根拠が必ずしも明らかでなく、[注41] 存疑としておきたい。

　これらのうち、天理本と歴博本を取り上げて、定成の書との比較を試みたい。定成は従四位上・侍従・右京権大夫に至り、世尊寺家庶流ながら、弘安十一年（一二八八）の関白・二条師忠《にじょうもろただ》（一二五四～一三四一）左大臣辞任の上表文の清書、『玉葉和歌集』奏覧本の清書等、能書として多くの事績を残している。[注42] その書としては自筆書状が知られるが、[注43] 書状ゆえ倉卒に書かれたもので、歌集を書写したものである天理本・歴博本・「八幡切」の書との比較は難しい。また、貞成親王自筆『看聞日記』（宮内庁書陵部蔵）の巻五紙背の和歌懐紙も知られるが、[注44] これもやや倉卒な筆致で、加除訂正も上から重ねて書き込まれており、にわかに判じがたい。なお、しばしば定成筆として紹介される願文[注45]については、筆者の同定の根拠に挙げられる自筆書状と丁寧な行書による本願文とでは比較が難しく、なお慎重な検討を要するものと考える。

　このように、定成の書を比較の対象とすることは困難な現状にあるが、上述の通り、当該期の世尊寺家においては家の書法が継承されていたと考えられる。よって、第二節で指摘した連綿書法の特徴に着目して、雅有の書とされる天理本【図5】・歴博本【図6】を検討してみよう。

　まず、天理本について。世尊寺家の連綿書法の特徴と考える、①下に変体仮名「利《り》」あるいは②平仮名「ふ」を配した太線による連綿を看取することができる。③これら以外の、連綿の上の字の終筆と下の字の始筆との間で左右に振幅の少ない場合にも、同じく太線による連綿の出現を確認できる。また、④変体仮名「越《を》」を下に配した連綿も見ることができる【表7】。これらは、歴博本も同様である【表8】。ただ、天理本・歴博本ともに、「後三年合戦絵巻」下巻詞書に比して、連綿線が、やや曲線的である点、持続性は窺えるが若干太細の変化が見受けられる点等、相違が認められる。

　以上、相違点もあるが、世尊寺家の連綿書法の特徴は、天理本・歴博本においても概ね看取することが可能と言えよう。天理本・歴博本を飛鳥井雅有筆とすれば、世尊寺家と親しい交友のある人物に、同家の書法を確認することができたことになる。

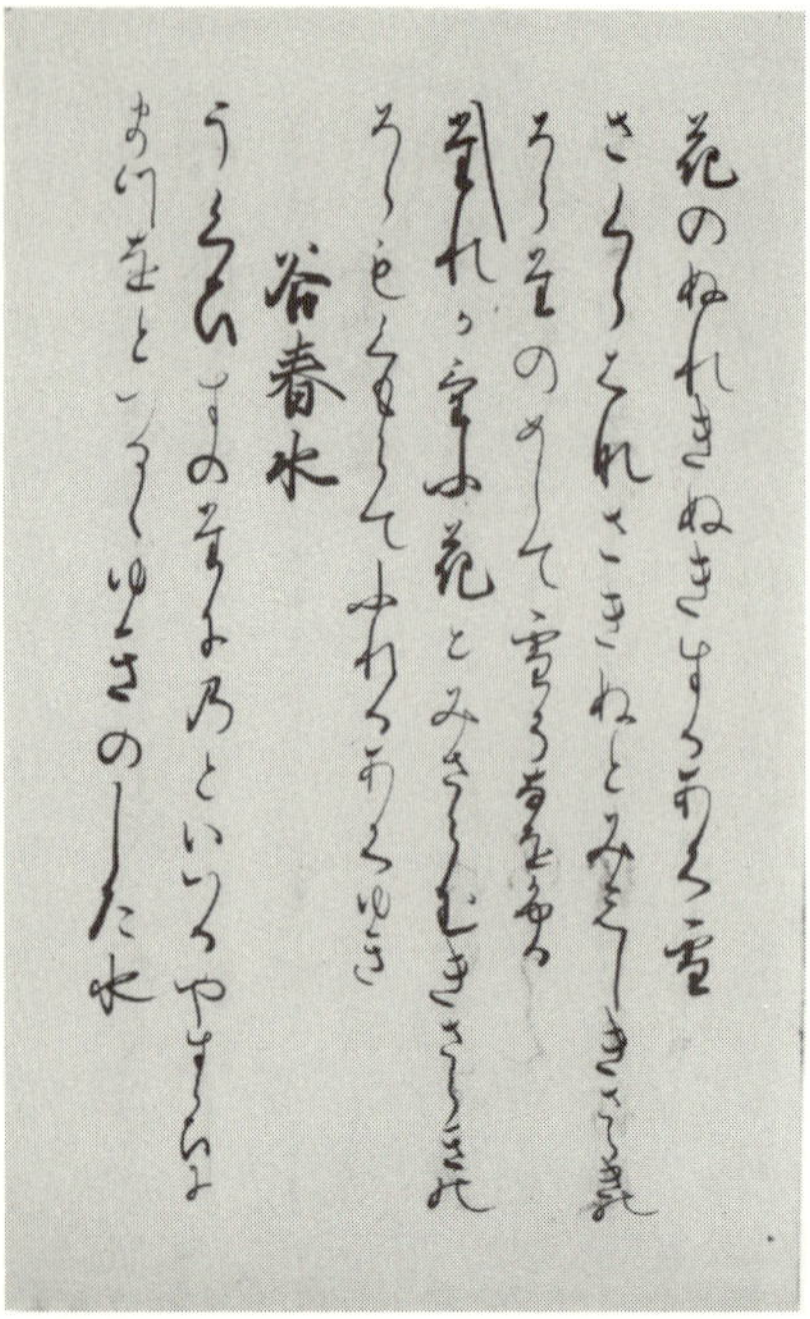

図6　隣女和歌集　部分　国立歴史民俗博物館蔵

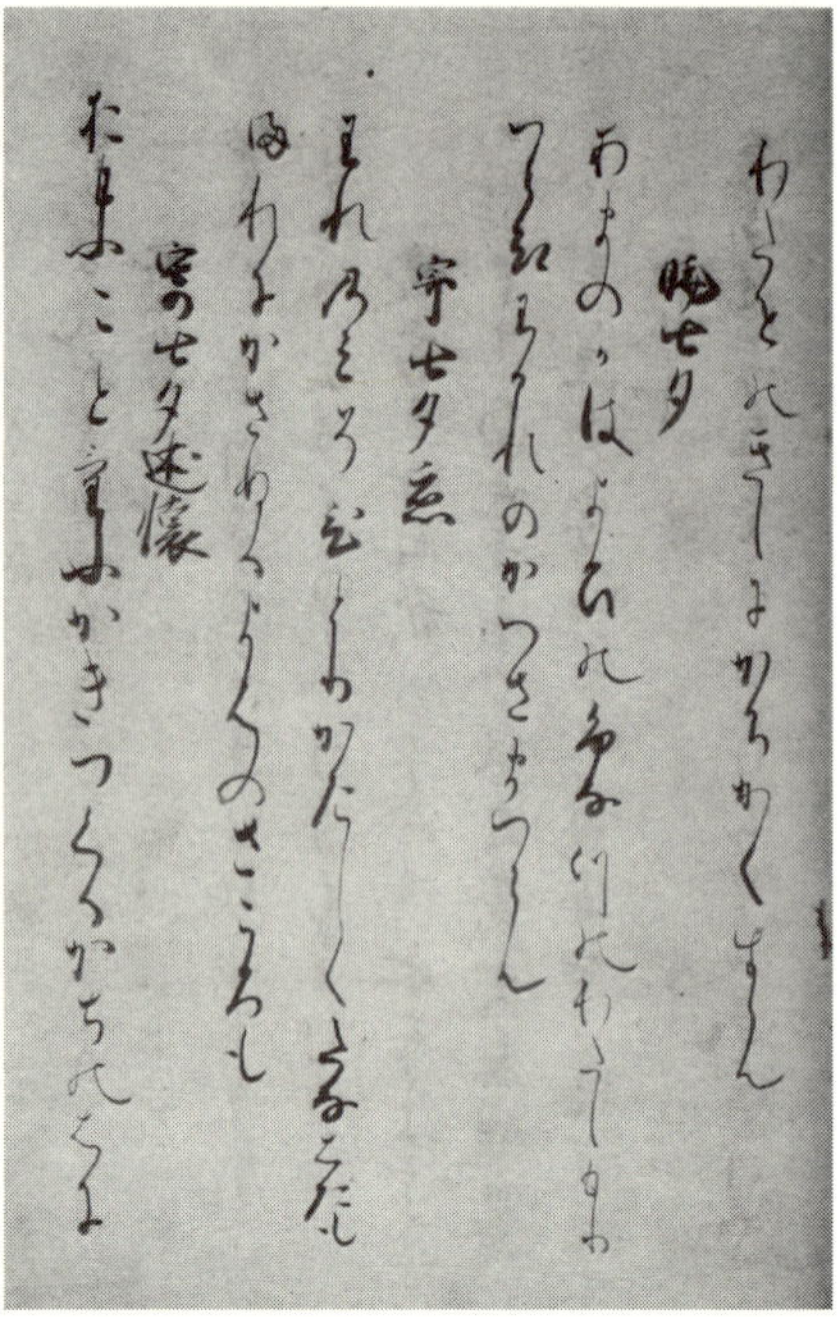

図5　別本隣女和歌集　部分　天理大学附属天理図書館

④	③		②	①
		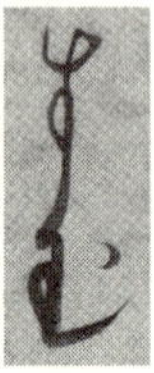		

表7　天理本に見える特徴的な連綿（一部）

④	③		②	①

表8　歴博本に見える特徴的な連綿（一部）

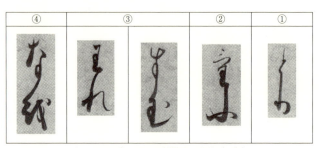

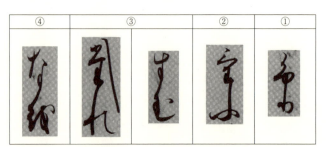

ここで、雅有の書に関する異論について触れておきたい。まず、福田秀一が、天理本について、書風・墨色等の違いから本文と加除訂正の書き入れとを別人のものと見て、本文は雅有が別人に書写を依頼したものと推測する。[注46]また、中川博夫が、歴博本は目移りによる誤写とその訂正等、作者本人によるものとは考え難い書写状況にあること、天理本も同様であることを指摘、歴博本は雅有自筆とは認めがたいが、その書写は雅有の極めて近辺で成ったこと、天理本も同じ機会に書写されたものと推測している。かつ、中川は、天理本・歴博本と「八幡切」とを同筆とは見ていない。[注47]

これらの見解に従い、天理本・歴博本を雅有自筆でないとしても、その筆者は雅有にごく近い人物と考えられる。この場合、雅有と親しい定成の交友圏とも重なってこよう。そうであるとすれば、両本の筆者は、定成周辺の人物と見てよいのではないだろうか。ただし、この雅有にごく近い筆者とは、定成自身の可能性もある。なお、本節の主題は世尊寺家書法の影響圏の考察にあり、飛鳥井雅有筆とされる書そのものについては、十分な検討ができていない。今後の課題としたい。

五　むすびにかえて

本稿の検討・考察の結果をまとめれば、次のようになる。

・「後三年合戦絵巻」下巻詞書では、太線による連綿は、連綿の上の字の終筆と下の字の始筆との間で、左右に振幅の少ない場合に多く現れている。連綿の下に変体仮名「利《り》」・平仮名「ふ」を配する等、その出現には特定の傾向を見出すこともできる。本稿では、それらを、世尊寺家の連綿書法の特徴と考える。

・「長門切」にも、世尊寺家の連綿書法の特徴を看取することができ、その書写は世尊寺家あるいは同家の人々の書法をなし得た人々によるものと考えられる。新たに紹介した『かな研究』三七号所載の「長門切」にも、世尊寺家の連綿書法の特徴は看取できる。その本文は『源平盛衰記』巻四十二の一部に相当する。

・世尊寺定成と親しい関係にあった飛鳥井雅有筆とされる天理本「別本隣女和歌集」、歴博本「隣女和歌集」には、世尊寺家の連綿書法の特徴を見て取ることができる。すなわち、同家と交友のある公家の書にその影響圏の一斑が確認された。

ただし、雅有の真跡の認定に関しては後考に委ねる点も多い。

以上は、「長門切」の筆者像に迫る試みでもあった。この点、小松茂美が、世尊寺定成の近親者あるいは弟子との見方を示している。[注48] 世尊寺家周辺の人物が同家の書法の影響を受けるであろうことは大いに想像されるところである。しかし、そうした人物の全てが影響を受けているとは限らない。そこで、世尊寺家の書法とその影響について、順を追っての確認・検証が必要となる。現時点での成果としては、「長門切」は世尊寺家と交友のある公家に筆者の一部を求められるのではないかと言うにとどまるが、さらなる精査を重ねたい。

中世の世尊寺家の人々は、上述のように絵巻の詞書の書写に携わっていた他、勅撰和歌集の奏覧本の清書をしばしば務めていたことも知られる。[注49] 同家の書法の解明は、単に日本書道史上のみならず、日本文学史や日本美術史等の近接する諸分野においても意義のあることと言えよう。また、筆者不明の中世の古筆切・絵巻物は数多いが、それらを考える上でも、一つの基軸となろう。世尊寺家の人々の書、その周辺の人々の書について、いっそうの幅広い調査と詳細な分析に取り組んでいきたい。

中世の日本書道史はしばしば書流をもって語られるが、この書流について、本稿ではほとんど触れてこなかった。最後に、自戒を込めて一言に及びたい。実は、書流系譜・系図類のうち、以下のものが飛鳥井雅有を「世尊寺流」に分類している。

・「流儀集《りゅうぎしゅう》」（『明翰抄』巻二十九所収。承応元年（一六五二））
・古筆了仲《こひつりょうちゅう》（一八二〇～一八九一）編「筆蹟流儀系図《ひっせきりゅうぎけいず》」（安政五年（一八五八））
・「古筆流儀別《こひつりゅうぎわけ》」[注50]

本稿の結論の一部と合致する面もあり、その分類にうなずくところである。しかし、書流には概念上の問題がないわけではない。笠嶋忠幸が、次のように的確に指摘している。

> 書の表現を造形面、あるいは家系などにしたがって流儀に分類し考察する方法は、一九世紀半ば、古筆了仲により編まれた『筆道流儀分』ほかによるところが多く、今日の日本書道史研究においても、なおその分類方法が援用されている。古来、書表現の特徴を分類する語としては、「書流」あるいは「書様」と呼ぶような、「流」や「様」の語を用いてきた。そもそも「流」や「様」の語は、どちらも同義に使われ、それらに明確な区別もなく使われてきたが、詳細には「流」は、書法

伝授、継承の姿勢や立場を明らかにするものであり、「様」は書の造形と表情に即した印象を述べる語として認められる。▼注51
つまり、書流はおよそ近世の分類であること、そして、その分類は必ずしも様式・書風を反映するものでないということである。取り扱いには注意を要しよう。先人の業績に深く学ぶとともに、一方で、先入観のない公平な眼で対象と向き合いたい。

注

（1）多賀宗隼「世尊寺家書道と尊円流の成立」一～三（『画説』五二・五三・五五号、一九四四年。同『鎌倉時代の思想と文化』（目黒書店、一九四六年）に再録。のち、同『論集中世文化史』上（法蔵館、一九八五年）所収）。この他、世尊寺家については、田中塊堂「世尊寺書流系譜勘校」上・下（『史迹と美術』六九・七〇号、一九三六年）、同「世尊寺書流考」一～四三（『かな研究』一～四三号、一九六〇年～一九七一年。三四・四三未見）、小松茂美『日本書流全史』上・下（講談社、一九七〇年。『小松茂美著作集』一五～一七（旺文社、一九九九年）に再録）、古谷稔「「後三年合戦絵詞」の詞書筆者と書風」（小松茂美編『後三年合戦絵詞』日本絵巻大成一五、中央公論社、一九七七年）、渡部清「書流を考える」一二一～一三〇（『日本古書通信』四一九～四二七号、一九七九年。同『影印　日本の書流』（柏書房、一九八二年）に再録）、久保木彰一「合戦絵巻の詞書」（小松茂美編『前九年合戦絵詞　平治物語絵巻　結城合戦絵詞』続日本絵巻大成一七、中央公論社、一九八三年）等がある（後掲を除く）。また、下坂守『公家の書』日本の美術五〇一（至文堂、二〇〇八年）でも取り上げられる。

（2）宮﨑肇「中世書流の成立―世尊寺家と世尊寺流―」（『青山杉雨記念賞第四回学術奨励論文選』、二〇〇一年。のち、鎌倉遺文研究会編『鎌倉期社会と史料論』Ⅲ、東京堂出版、二〇〇二年）、高橋秀樹「能書の家」（浅田徹他編『和歌が書かれるとき』和歌をひらく二、岩波書店、二〇〇五年）。なお「家記」及びその機能については、松薗斉『日記の家』（吉川弘文館、一九九七年）、同『王朝日記論』（法政大学出版局、二〇〇六年）参照。

（3）前掲注（2）高橋「能書の家」。なお、『親長卿記』文明十一年（一四七八）六月十一日条に見える「筆公事」（『増補史料大成』四二、臨川書店、一九六五年、四六頁）について、高橋は筆を用いる公務、就中、世尊寺家の「能書の家」としての家職と捉えるが、井原今朝男はこれを筆屋からの公事銭と解する。井原「甘露寺親長による次第書・家記の書写活動と文正～明応期廷臣の職掌について―室町期公家の禁裏小番と家産経済―」（科学研究費補助金 基盤研究（C）『高松宮家蔵書群の形成とその性格に関する総合的研究』研究成果報告書、吉岡眞之、二〇〇八年。井原『室町廷臣社会論』（塙書房、二〇一四年）に改稿・改題の上、再録）。

（4）佐竹昭広他校注『方丈記　徒然草』新日本古典文学大系三九（岩波書店、一九八九年）、久保田淳校注、三〇五頁。
（5）佐々木孝浩「巻子装の平家物語―「長門切」についての書誌学的考察―」（『斯道文庫論集』四七輯、二〇一三年）。同論考に、本稿は多く学んでいる。
（6）『鹿島美術研究』年報三一号別冊（二〇一四年）。それに先立って、科学研究費補助金 基盤研究（B）「「文化現象としての源平盛衰記」研究―文芸・絵画・言語・歴史を総合して―」（研究代表者：松尾葦江）による公開シンポジウム「一三〇〇年代の平家物語―長門切をめぐって―」（二〇一三年八月、於：國學院大學）において、「「長門切」に見る世尊寺家の書法」と題する報告を行った。「書法」の語は、古谷稔「書法」（『二玄社版日本書道辞典』二玄社、一九八七年）の定義、「文字を書くときの筆順、点画、結構などの一定の方式。筆法。（中略）わが国では、この筆法を師資相承する習慣が生まれ、貴族階層において多くの秘事口伝が発案され、故実がつくられた」（同書、二三〇頁）に基づく。
（7）前掲注（1）『後三年合戦絵詞』日本絵巻大成一五、小松茂美編『後三年合戦絵詞』日本の絵巻一四（中央公論社、一九八八年）に、詞書を含む影印を収める。
（8）例えば、『軍記と語り物』四七号（二〇一一年）では「『後三年記』をめぐる諸問題」の特集が組まれ、野中哲照「中世の黎明と〈後三年トラウマ〉」、樋口知志「『奥州後三年記』と後三年合戦」、高岸輝「「後三年合戦絵巻」の絵画化をめぐる諸問題」を収める。関連して、樋口『前九年・後三年合戦と奥州藤原氏』（高志書院、二〇一一年）、小川剛生・高岸「室町時代の文化」（『岩波講座　日本歴史』八　中世三、岩波書店、二〇一四年）もある。
（9）古谷稔「世尊寺行忠」（前掲注（6）『二玄社版　日本書道辞典』）。
（10）『群書類従』九（続群書類従完成会、訂正三版一九六〇年）五一〇頁。
（11）『続群書類従』三一下（続群書類従完成会、訂正三版一九五八年）二六三頁。
（12）拙稿「南北朝・室町」（名児耶明監修『決定版　日本書道史』芸術新聞社、二〇〇九年）、同「室町時代」（名児耶明監修『日本の書』別冊太陽一九一、平凡社、二〇一一年）もあわせて参照。なお、『世尊寺侍従行季二十ケ条追加』が行季でなく行高の著であることは、春名好重「世尊寺侍従行季二十ケ条追加」（『群書解題』八　雑部、続群書類従完成会、再版一九七六年）。
（13）和田英松『皇室御撰之研究』（明治書院、一九三三年）六八〇頁。前掲注（1）多賀「世尊寺家書道と尊円流の成立」三、『日本書流全史』上でも項目を列挙している。ただし、掲げる項目数・内容には異同がある。
（14）法令による平仮名の規定は、明治三十三年（一九〇〇）の小学校令施行規則第十六条（第一号表）。平仮名・変体仮名については、森岡隆『図

説　かなの成り立ち事典』（教育出版、二〇〇六年）を参照。

(15) 平藤幸「新出『平家物語』長門切―紹介と考察」（鶴見大学日本文学会編『国文学叢録―論考と資料』笠間書院、二〇一四年）。

(16) 松本文子「『切伝授』（名古屋市鶴舞中央図書館蔵、久野文庫）」（『鶴見日本文学』一五号、二〇一一年）、二七頁。

(17) この点、前稿で従来の見解をまとめるとともに、留意すべき点を述べた。伝称筆者・行俊及び古筆鑑定については、近時、中村健太郎「古筆切資料としての伝世尊寺行俊筆「長門切」―伝称筆者と名物切の名称について―」（『國學院雑誌』一一四巻一一号、二〇一三年）が、古筆名葉集類の記載を起点にして検討を加えている。

(18) 『群書類従』九（続群書類従完成会、訂正三版一九六〇年）五一〇頁。句読点は一部、私に改めた。

(19) 前掲注（5）佐々木「巻子装の平家物語―「長門切」についての書誌学的考察―」。

(20) 津守国冬また周興を伝称筆者とする事例も紹介されている。前掲注（15）平藤「新出『平家物語』長門切―紹介と考察」及び前稿参照。

(21) 宮内庁書陵部編『伏見宮本　文机談』（吉川弘文館、一九七一年）解題。

(22) 村田正志『証註椿葉記』（宝文社、一九五四年。『村田正志著作集』四（思文閣出版、一九八四年）に再録）、二二五頁。

(23) 古筆鑑定と伝称筆者、さらにそれらと伝来との関係について、積極的に意義を見出そうとするものに、久保木秀夫「高野切の伝来と由来」（横井孝・久下裕利編『王朝文学の古筆切を考える―残欠の映発』武蔵野書院、二〇一四年）がある。

(24) 書道関係の雑誌には、資料的価値の高い古筆切がまだ多く掲載されている可能性もあろう。松本文子「「香紙切」一葉」（『国文鶴見』三八号、二〇〇四年）、同「神郡晩秋が紹介した資料―「さほひめの」の香紙切など―」（『墨』一六九号、二〇〇四年）は、昭和戦前期の書道雑誌に掲載された古筆切関連資料を紹介している。近時、宮澤昇編著『書道雑誌文献目録』（木耳社、二〇一四年）が刊行されたが、こうした観点からの活用も期待される。

(25) 千草会、一九七二年。同帖は、手鑑風に仕立てられている。

(26) 前掲注（13）『皇室御撰之研究』他。なお、青蓮院流に関する近年の論考に、田中潤「江戸時代の青蓮院門跡と入木道」（『学習院史学』四八号、二〇一〇年）がある。

(27) 前掲注（1）多賀「世尊寺家書道と尊円流の成立」二他。経朝については、田中塊堂「世尊寺経朝の書道的地位」（『史迹と美術』二三二号、一九五三年）、川勝政太郎「世尊寺経朝の扁額」（同二三四号、一九五三年）、宮﨑肇「鎌倉時代の書と世尊寺家―世尊寺経朝を中心に―」（『史観』一五一冊、二〇〇四年）がある。関東の変化の様相については、宮﨑及び前田元重「武家の文化―金沢文庫第三代金沢貞顕を中心にして」『神奈川県史』各論編三　文化、神奈川県、一九八〇年）に詳しい。なお、経朝の養父・行能も関東へ下向していることが確認できる（『続古今和歌集』巻十・羈旅歌九一〇）。

（28）佐藤恒雄「飛鳥井雅有」（『日本古典文学大辞典』一、岩波書店、一九八三年）。飛鳥井家に関する近年の論考に、小川剛生「飛鳥井家の家学と蔵書―新続古今集まで」（前田雅之編『中世の学芸と古典注釈』中世文学と隣接諸学五、竹林舎、二〇一一年）がある。

（29）長崎健他校注・訳『中世日記紀行集』新編日本古典文学全集四八（小学館、一九九四年）所収、外村南都子校注・訳、三〇八～三〇九頁。水口喜夫『飛鳥井雅有日記全釈』（風間書房、一九八五年）、濱口博章『飛鳥井雅有『春のみやまぢ』注釈』（桜楓社、一九九三年）、藤田一尊他『源家長日記　飛鳥井雅有卿記事　春のみやまぢ』中世日記紀行文学全評釈集成三（勉誠出版、二〇〇四年）も参照。

（30）前掲注（29）『中世日記紀行集』、三一五頁。

（31）前掲注（29）『中世日記紀行集』、三四二頁。

（32）前掲注（29）『中世日記紀行集』、三四三頁。

（33）前掲注（29）『中世日記紀行集』、三四三～三四四頁。

（34）前掲注（29）『中世日記紀行集』、三四七頁。

（35）定成の文学史上の事績については、鹿目俊彦「藤原定成について―特に伏見院春宮時代の歌壇を背景とした文学活動をめぐって―」（日本大学『語文』三四輯、一九七一年）、同「藤原定成に就いて―特に伏見天皇即位後の歌壇を背景にした文学活動を中心に―」（『和歌文学研究』二七集、一九七一年）に詳しい。

（36）『天理図書館善本叢書』四四　平安鎌倉歌書集（八木書店、一九七八年）に影印所収。

（37）植谷元「飛鳥井雅有「別本隣女和歌集」について」（『ビブリア』一四号、一九五九年）。

（38）鹿目俊彦・濱口博章「三六～三七　雅有」（『私家集大成』四　中世Ⅱ、明治書院、一九七五年）他。影印は、『国立歴史民俗博物館蔵貴重典籍叢書』文学篇一〇　私家集四（臨川書店、二〇〇一年）に収める。

（39）田中登「三四　飛鳥井雅有　八幡切（後拾遺集）」（『平成新修古筆資料集』一、思文閣出版、二〇〇〇年）。なお、同名の伝小野道風筆の『麗花集』断簡があるが、以下、本稿で「八幡切」と称するのは、全て伝飛鳥井雅有筆のそれである。

（40）小松茂美編『日本書蹟大鑑』五（講談社、一九七九年）。

（41）中川博夫「解題」（前掲注（38）『国立歴史民俗博物館蔵貴重典籍叢書』文学篇一〇　私家集四）。

（42）古谷稔「世尊寺定成」（前掲注（6）『二玄社版　日本書道辞典』）。この『玉葉和歌集』奏覧本の清書については、永仁勅撰の時の京極為兼撰定本の清書と推測されている。岩佐美代子「二十一代集各巻の巻頭・巻軸歌作者とその玉葉集における特色　附・「定成朝臣筆玉葉集正本」考」（『和歌文学研究』四四号、一九八一年）、同『玉葉和歌集全注釈』別巻（笠間書院、一九九六年）。
（43）前掲注（40）『日本書蹟大鑑』五、小松茂美編『日本の書』九　書流（中央公論社、一九八二年）に影印所収。
（44）複製に、宮内庁書陵部編『看聞日記巻五紙背文書』（吉川弘文館、一九八七年）がある。なお、同じく貞成親王自筆『看聞日記』の巻六紙背にも定成の詠草があり、『看聞日記紙背文書・看聞日記別記』図書寮叢刊（養徳社、一九六五年）に翻刻を収める。原本・影印未見。課題としたい。
（45）小松茂美監修『鎌倉　世尊寺経尹　西園寺実氏夫人願文　世尊寺定成　平行政願文』日本名跡叢刊四四（二玄社、一九八〇年）に全容の影印を収める。
（46）福田秀一「解題　隣女和歌集別本」（前掲注（36）『天理図書館善本叢書』四四　平安鎌倉歌書集）。
（47）前掲注（41）中川「解題」。
（48）小松茂美『古筆学大成』二四　物語注釈二・物語・歌論・歌謡（講談社、一九九三年）。
（49）福田秀一「勅撰和歌集の成立過程―主として十三代集について―」（『成城学園五十周年記念論文集』文学、成城学園、一九六七年、同『中世和歌史の研究』続篇（岩波出版サービスセンター、二〇〇七年）に再録）。
（50）以上、前掲注（1）『日本書流全史』上に翻刻を収める。
（51）笠嶋忠幸「御家流」（『日本・中国・朝鮮　書道史年表事典』萱原書房、二〇〇五年）、三七八頁。

図版出典

図1、表1～5　小松茂美編『後三年合戦絵詞』日本の絵巻一四（中央公論社、一九八八年）
図2、表6　小松茂美『古筆学大成』二四　物語注釈二・物語・歌論・歌謡（講談社、一九九三年）
図3、4　『かな研究』三七号（一九六九年）
図5、表7　『天理図書館善本叢書』四四　平安鎌倉歌書集（八木書店、一九七八年）
図6、表8　『国立歴史民俗博物館蔵貴重典籍叢書』文学篇一〇　私家集四（臨川書店、二〇〇一年）

付記

・本稿は、鹿島美術財団の二〇一二年度「美術に関する調査研究」助成による研究成果の一部を含むものである。
・二〇一四年一一月発行の『京都古書組合総合目録』二七号に、「長門切」の新出断簡二葉が掲載された。同目録によれば、伝称筆者は、一葉が「世尊寺」、もう一葉が「世尊寺行尹」とある。ともに『源平盛衰記』巻十一の一部に相当し、後者から前者へと接続するものと見られる。詳しい報告が俟たれる。

3　古活字版『源平盛衰記』の諸版について

高木浩明

一　はじめに

川瀬一馬の『増補古活字版之研究』（A・B・A・J、一九六七年）には、古活字版『源平盛衰記』の版種として、(一) 慶長中刊本、(二) 元和・寛永中刊本、(三) 乱版の三種の古活字版が著録されている。これら三種は、順次先行本によって翻印されたものとされる。本稿では、現存する古活字版『源平盛衰記』の所在を版種ごとに明らかにすることに加え、諸版の本文的性格を先学の見解に拠りながら整理をして、特に乱版について若干の私見を加えたいと思う。

二　慶長中刊本

(一) 慶長中刊本は、四十八冊または二十四冊仕立。各巻巻頭に目録一丁を付し、内題「源平盛衰記巻第一（―巻第二・巻第四十八）」、「源平盛衰記波巻第三（―須巻第四十七）」。尾題は巻六と巻十五に「終」とあるのみである。双辺無界、字詰は漢字片仮名交一一行、一行二〇字内外。通常の本文から記事全体を一字分下げて記す「一字下げ記事」（低書部ともいう）が全巻で百箇所以上見受けられる。記事の詳細は岡田三津子の論考に譲るが、記事の内容は異本異説や注釈的記事など様々である。

　なお、刊行年時については、左記の伝本一覧に挙げた財団法人阪本龍門文庫蔵本に、「慶長十一年（丙／午）暦八月廿七日（以下墨消）」という墨識語が見られることから、慶長十一年以前に限定できるが、さらに川瀬一馬によると、本書の摺遺りが、慶長十年刊夢梅本倭玉篇の一伝本（安田文庫蔵）の原表紙裏張りに使用してあるという。残念ながら該書は現在所在不明で確かめられないが、それが確かであれば、刊行年時はさらに限定を加えることもできる。

　これまでに稿者が把握している伝本は以下の通りである。

1　市立米沢図書館蔵本【米沢善本／一九四】四十八冊。
2　国立公文書館内閣文庫蔵本【特一二六―一】四十八冊。
3　静嘉堂文庫蔵本【五〇二―一四―二〇一七二】巻三十三・三十四補写、二四冊。
4　大東急記念文庫蔵本【七―二〇―一九二四】巻一・二欠、目録補写、二十四冊。
5　石川武美記念図書館（旧お茶の水図書館）成簣堂文庫蔵本　十二冊。
6　青山学院大学日本文学科研究室蔵本【〇九三：G三―七―一～四八】四十八冊。
7　駒沢大学図書館【沼―T―四四】　存巻第五―十・十三―二十、七冊。
8　名古屋市蓬左文庫蔵本【一〇四―七九】二十四冊。
9　財団法人阪本龍門文庫蔵本【四二六／五―一六】二十四冊。
10　龍谷大学大宮図書館蔵本【〇二一／三三四／二二】二十二冊（巻一―四欠）。
（以下未見）
11　宮城県図書館伊達文庫蔵本【伊二一〇・三／ケ二】
12　函館市立図書館蔵本　十四冊。原本別置保管、閲覧不可。国文研の紙焼本で確認。
13　日光山輪王寺天海蔵本【一七二一―八〇・二】二十四冊。

〔備考〕原装。巻四十一及び四十三の過半は江戸初期の補写であるが、料紙は活字版と同じ匡郭印刷紙を用ひてゐる（『日光山「天海」蔵主要古書解題』）。

以下、慶長中刊本を代表して、参考までに市立米沢図書館蔵本の書誌を挙げておく。

〔所蔵〕市立米沢図書館
〔請求番号〕米沢善本／一九四
〔体裁〕大本、四十八巻四十八冊。

〔表紙〕原装（押八双有）薄茶色空押雷文繋蓮華唐草文様表紙。二六・八×一九・九糎。四針袋綴。

〔題簽〕左肩に後補の書題簽（一七・五×四・一糎）、「源平盛衰記　一（―四十八終）」と書す。

〔内題〕「源平盛衰記巻第一（―巻第二・巻第四十八）」、「源平盛衰記波巻第三（―須巻第四十七）」。

〔尾題〕無。ただし、巻六と巻十五は「終」。

〔本文〕毎半葉一一行、毎行二〇字内外。漢字片仮名交。

〔匡郭〕四周双辺（二一・六×一六・二糎）、無界。

〔版心〕黒口双花口魚尾、中縫、「盛衰記（巻数）（丁付）」。

〔丁数〕第一冊、二五丁（目録一丁・本文二四丁）、第二冊、二八丁（目録一丁・本文二七丁）、第三冊、三八丁（波巻第三、目録一丁・本文三七丁）、第四冊、三八丁（尒巻第四、目録一丁・本文三七丁）、第五冊、三三丁（保巻第五、目録一丁・本文三二丁）、第六冊、三二丁（辺巻第六、目録一丁・本文三一丁）、第七冊、二九丁（登巻七、目録一丁・本文二八丁）、第八冊、二八丁（智巻第八、目録一丁・本文二七丁）、第九冊、三三丁（理巻第九、目録一丁・本文三二丁）、第一〇冊、三三丁（奴巻第十、目録一丁・本文三二丁）、第一一冊、四〇丁（留巻第十一、目録一丁・本文三九丁）、第一二冊、三〇丁（遠巻第十二、目録一丁・本文二九丁）、第一三冊、一八丁（和巻第十三、目録一丁・本文一七丁）、第一四冊、二八丁（佳巻第十四、目録一丁・本文二七丁）、第一五冊、三二丁（世巻第十五、目録一丁・本文三一丁）、第一六冊、三〇丁（陀巻第十六、目録一丁・本文二九丁）、第一七冊、三九丁（礼巻第十七、目録一丁・本文三八丁）、第一八冊、三四丁（曽巻第十八、目録一丁・本文三三丁）、第一九冊、一七丁（津巻第十九、目録一丁・本文一六丁）、第二〇冊、三一丁（祢巻第二十、目録一丁・本文三〇丁）、第二一冊、二三丁（那巻第廿一、目録一丁・本文二二丁）、第二二冊、二四丁（羅巻第廿二、目録一丁・本文二三丁）、第二三冊、一八丁（牟巻第廿三、目録一丁・本文一七丁）、第二四冊、三一丁（宇巻第廿四、目録一丁・本文三〇丁）、第二五冊、一八丁（井巻第廿五、目録一丁・本文一七丁）、第二六冊、三五丁（濃第巻廿六、目録一丁・本文三四丁）、第二七冊、一八丁（於巻第廿七、目録一丁・本文一七丁）、第二八冊、三四丁（倶巻第廿八、目録一丁・本文三三丁）、第二九冊、一七丁（屋巻第廿九、目録一丁・本文一六丁）、第三〇冊、二九丁（摩巻第三十、目録一丁・本文二八丁）、第三一冊、一八丁（希巻第三十一、目録一丁・本文一七丁）、第三二冊、三四丁（賦巻第三十二、目録一丁・本文三三丁）、第三三冊、三七丁（古巻第三十三、目録一丁・本文三六丁）、第三四冊、四〇丁（榎巻第三十四、目録一丁・本文三九丁）、第三五冊、四一丁（伝巻第三十五、目録一丁・本文四〇丁、十七丁目、後人の補写）、第三六冊、三三丁（阿巻第三十六、目録一丁・本文三二丁）、第三七冊、三四丁（佐巻第三十七、目録一丁・本文三三丁）、第三八冊、三二丁（幾巻三十八、目録一丁・本文三一丁）、第三九冊、三五丁（遊巻第三十九、目録一丁・本文三四丁）、第四〇冊、三三丁（目巻第四十、目録一丁・本文三二丁）、第四一冊、二八丁（弥巻第四十一、目録一丁・本文二七丁）、第四二冊、三一丁（資巻第四十二、目録一丁・本文三〇丁）、第四三冊、三〇丁（衛巻第四十三、目録一丁・本文二九丁）、第四四冊、二九丁（緋巻第四十四、目録一丁・本文二八丁）、第四五冊、三二丁（裳巻第四十五、目録一丁・本文三一丁）、第四六冊、三二丁（勢巻第四十六、目録一丁・本文三一丁）、第四七冊、一七丁（須巻第四十七、目録一丁・本文一六丁）、第四八冊、三三丁（巻第四十八、目録一丁・本文三二丁）。本文中に章段名立てず。

〔刊記〕　無。

〔印記〕　「米澤蔵書」（朱長方印）。

〔備考〕　無書入。巻一前表紙右肩に「二十八番」、巻三十・三十一、巻三十三〜巻三十九の前表紙右肩に「和／五十四」（巻三十九のみ「和／五十四番」）と墨書。新しい桐箱に二十四冊ずつ入。

三　元和・寛永中刊本

（二）元和・寛永中刊本は、惣目録が一冊付いて二十五冊仕立。各巻巻頭に目録一丁を付し、内題「源平盛衰記以巻第一（〜須巻第四十七）」「源平盛衰記巻第四十八」。尾題は「源平盛衰記巻第一（〜四十八）終」。単辺無界、字詰は漢字片仮名交一二行、一行二三字内外。慶長中刊本に見られた、通常の本文から記事全体を一字分下げて記す「一字下げ記事」が殆ど姿を消し、字詰を全体に詰める傾向がある。その一方で本文中に章段名を記すようになり、以後の版本はこれを踏襲する。使用される活字は稍小型で、寛永期の古活字版によく用いられている活字のように見受けられ、元和というより寛永になっての刊行の可能性もある。

また、天理大学付属天理図書館には、寛永十六年（一六三九）の刊記がある古活字版と同種の活字を用いているという古活字版の『撰集抄』[注3]（請求番号、〇二一−イ一一−五二）が所蔵されているが、その原表紙裏には、元和・寛永中刊本の巻第二目録の刷反古が用いられている。このことも刊行年時を考える手がかりの一つになろう。

これまでに稿者が把握している伝本は以下の通りである。

1　東洋文庫蔵本【三Ａｄ−一五】二十五冊。
2　國學院大學図書館蔵本【貴八六三〜八八七】二十五冊。
3　國學院大學図書館蔵本【佐／五三五】　存巻三−四、十七−十八、二冊。他巻無刊記整版補配。
4　天理大学付属天理図書館蔵本【二一〇・三−イ三】巻一−二、十九−二十、二十七−二十八、四十七−四十八の四冊欠、二十一冊。

5　金光図書館蔵本【古六一三】存巻十三・十四、一冊。

（以下未見）

6　東京芸術大学蔵本【三〇六】二十五冊。

7　尊経閣文庫蔵本【三―四六】二十五冊。

8　藤井隆氏蔵本　存巻十七・十八、一冊。

以下、元和・寛永中刊本を代表して、参考までに東洋文庫蔵本の書誌を挙げておく。

〔所蔵〕　東洋文庫

〔請求番号〕　三―Ａｄ―15

〔体裁〕　大本、四十八巻二十五冊。

〔表紙〕　藍色表紙（押八双のある冊あり、原装か）。見返し改装。二七・七×二〇・五糎。四針袋綴。

〔題簽〕　左肩に後補の書題簽（一八・四×三・六糎）、「盛衰記一目録（―自四十五至四十六）」と書す。

〔内題〕　「源平盛衰記以巻第一（―須巻第四十七）」「源平盛衰記巻第十（四十八）」。

〔尾題〕　「源平盛衰記巻第一（―巻第四十八）終」、「源源平盛衰記巻第四終」、「平盛衰記巻第二十五終」。

〔本文〕　毎半葉一二行、毎行二三字内外。漢字片仮名交。本文中に章段名、二字下げ。

〔匡郭〕　四周単辺（二二・九×一六・七糎）、無界。

〔版心〕　黒口双花口魚尾、中縫、「盛衰記目録（巻一―四十・四十一―四十八）（丁付）」。

〔丁数〕　第一冊、二二丁（惣目録）、第二冊、四三丁（以巻第一、目録一丁・本文二〇丁／呂巻第二、目録一丁・本文二二丁）、第三冊、六四丁（波巻第三、目録一丁・本文三一丁／尒巻第四、目録一丁・本文三一丁）、第四冊、五五丁（保巻第五、目録一丁・本文二七丁／辺巻第六、目録一丁・本文二六丁）、第五冊、四八丁（登巻第七、目録一丁・本文二三丁／智巻第八、目録一丁・本文二三丁）、第六冊、五五丁（理巻第九、目録一丁・本文二六丁／巻第十、目録一丁・本文二七丁）、第七冊、五八丁（留巻第十一、目録一丁・本文三二丁／遠巻第十二、目録一丁・本文二四丁）、第八冊、四七丁（和巻第十三、目録一丁・本文二三丁／佳巻第十四、目録一丁・本文二二丁）、第九冊、五三丁（世巻第十五、目録一丁・本文二六丁／陀巻第十六、目録一丁・本文二五丁）、第一〇冊、六二丁（礼巻第十七、目録一丁・本文三二丁／曽巻第十八、目録一丁・本文二八丁）、第一一冊、四九丁（津巻第十九、目録一丁・本文二二丁／祢巻第二十、目録一丁・本文二五丁）、第一二冊、四一丁（那巻第二十一、目録一丁・本文一九丁／羅巻第二十二、目録一丁・本文二〇丁）、第一三冊、五〇丁（牟巻第二十三、目録一丁・本文二三丁／宇巻第二十四、目録一丁・本文二五丁）、第一四冊、五四丁（井巻第二十五、目録一丁・本文二三丁／濃第巻二十六、目録一丁・本文二九丁）、第一五冊、五三丁（於巻第二十七、目録一丁・本文二三丁／倶巻第二十八、目録一丁・本文二八丁）、第一六冊、四七丁（屋巻第二十九、目録一丁・本文二二丁／摩巻第三十、目録一丁・本文二三丁）、第一七冊、五二丁（希巻第三十一、目録一丁・本文二三丁／賦巻第三十二、目録一丁・本文二七丁）、第一八冊、六六丁（古巻第三十三、目録一丁・本文三二丁／榎巻第三十四、目録一丁・本文三三丁）、第一九冊、六二丁（伝巻第三十五、目録一丁・本文三三丁／阿巻第三十六、目録一丁・本文二七丁）、第二〇冊、五六丁（佐巻第三十七、目録一丁・本文二八丁／幾巻三十八、目録一丁・本文二六丁）、第二一冊、五八丁（遊巻第三十九、目録一丁・本文二九丁／目巻第四十、目録一丁・本文二七丁）、第二二冊、五〇丁（弥巻第四十一、目録一丁・本文二三丁／資巻第四十二、目録一丁・本文二五丁）、第二三冊、五〇丁（衛巻第四十三、目録一丁・本文二四丁／緋巻第四十四、目録一丁・本文二四丁）、第二四冊、五四丁（裳巻第四十五、目録一丁・本文二六丁／勢巻第四十六、目録一丁・本文二六丁）、第二五冊、五一丁（須巻第四十七、目録一丁・本文二二丁／巻第四十八、目録一丁・本文二七丁）。

〔刊記〕　無。

〔印記〕　無。

〔備考〕　無書入。川瀬著[注2]（五三八頁）、（二）元和寛永中刊。「前記慶長中刊本に拠つて現れたもの、東洋文庫に一本を見るのみである」。

四　乱版

乱版は、古活字版と整版を取り交ぜて印刷、製本した物で、付訓活字が用いられているのが特徴である。惣目録が一冊付いて二十五冊仕立。各巻巻頭に目録一丁を付し、内題「源平盛衰記以巻第一（—須巻第四十七）」「源平盛衰記巻第四十八」。尾題は「源平盛衰記巻第一（—四十八）終」。双辺無界、字詰は漢字片仮名交一二行、一行二三字内外。刊記は基本的にないが、国立国会図書館蔵【WA七—二七四】本にのみ、「藤本久兵衛開版」（「家重」の黒印）の刊記が押捺されているのが注目される。藤本久兵衛は伝不詳。

これまでに稿者が把握している伝本は以下の通りである。

1　国立国会図書館蔵本【WA七—二五八】二十五冊。
2　国立国会図書館蔵本【WA七—二七二】十八冊　存巻十三—四十八。
3　国立国会図書館蔵本【WA七—二七四】存巻九—十・十三・十四・二十三—二十八・三十一—四十八、十四冊。
4　石川武美記念図書館（旧お茶の水図書館）成簣堂文庫蔵本　存巻三十五・三十六、一冊。
5　石川武美記念図書館（旧お茶の水図書館）成簣堂文庫蔵本　存巻三十七・三十八、一冊。
6　印刷博物館蔵本【三六七八五・三六七八六】存目録・巻一・二、二冊。
〔備考〕天理図書館蔵【二一〇・三—イ一四九】本と同じ「□（未勘）雲／書屋」「河邊／氏印」「神宮教／院育材／課之印」の三印が押されていることから、天理本と印博本は僚巻の可能性がある。ただし印博本は、表紙が丹空《たんから》押雷文《おしらいもん》繫《つなぎ》蓮華《れんげ》唐草《からくさ》文様表紙であるのに対して、天理本は紺色表紙（題簽は剥落）である。同じ印の押された乱版が二セットあったというのも考えにくいので、僚巻と考えるのが自然か。表紙には押八双があるが改装か。
7　名古屋市鶴舞図書館蔵本【河ケ—七】巻四十三・四十四補写、巻四十五・四十六は別種の整版補配、二十五冊。

8　財団法人阪本龍門文庫蔵本【四二七／五―一七】存巻十九―二十二・三十一―三十二、三冊。天理図書館蔵【二一〇・三―イ一三五】本の僚巻。

9　天理大学付属天理図書館蔵本【二一〇・三―イ一三五】　存巻三十九・四十、巻四十一・四十二、二冊。財団法人阪本龍門文庫蔵【四二七／五―一七】本の僚巻。

10　天理大学付属天理図書館蔵本【二一〇・三―イ一四九】存巻四十一―四十八、四冊。

11　天理大学付属天理図書館蔵本【二一〇・三―イ一六三】、二十二冊（巻三十五―三十八・巻四十一―四十二欠）。

12　天理大学付属天理図書館蔵本【二一〇・三―イ一六五】二十一冊（巻一―四・巻四十一・四十二欠）。

（以下未見）

13　静嘉堂文庫蔵本【松二五】　巻一・二、一冊。目録・巻三―四十八、二十四冊は無刊記整版。

14　栗田文庫蔵本　巻一―八欠、二十一冊。

15　藤井隆氏蔵本　存巻三十七・三十八、一冊。

16　神宮文庫蔵本【五―七一四】存巻四十七・四十八、一冊。目録・巻一―四十六、二十四冊は無刊記整版。

古活字版と整版の取り合わせは以下の通りである。一覧表は現存本を基に作成したが、安田甲本・安田乙本・堀田本（以上三本、現在所在不明）は、川瀬一馬の『増補古活字版之研究』（A・B・A・J、一九六七年）の一覧表（4）を参考にして記載した。ゴチックは古活字版の丁を示す。

目録　一―六丁　整版、**七丁**　**古活字版**、八―二十一丁　整版

巻一　**古活字版**

巻二　**古活字版**

巻三　**目録・一―十九丁**　**古活字版**、二十―二十五丁　整版、**二十六―三十一丁**　**古活字版**

巻四　天理【二一〇・三―イ一六三】本は六丁目　整版
目録・一―五丁　古活字版、六―九丁　整版、十―十二丁　古活字版、十三丁　整版、十四―二十六丁　古活字版、二十七丁　整版、二十八丁　古活字版、二十九丁　整版、三十丁　古活字版
巻五　目録・一―三丁　整版、四丁　古活字版、五―十六丁　整版、十七丁　古活字版、十八―二十七丁　整版
巻六　目録・一―十丁　整版、十一丁　古活字版、十二―二十六丁　整版
巻七　整版
巻八　目録・一・二丁　整版、三―四丁　古活字版、五・六丁　整版、七丁　古活字版、八―十七丁　整版、十八丁　古活字版、十九―二十三丁　整版
巻九　整版
巻十　目録・一―十四丁　整版、十五丁　古活字版、十六―二十七丁　整版
国会【WA七―二七四】本・天理【二一〇・三―イ一六三】本は二十・二十三丁目　古活字版
巻十一　目録・一―十二丁　整版、十三丁　古活字版、十四―二十三　整版、二十四丁　古活字版、二十五―三十二　整版
天理【二一〇・三―イ一六三】本は二十丁目　古活字版
巻十二　整版
巻十三　目録・一・二丁　古活字版、三丁　整版、四丁　古活字版、五―六丁　整版、七丁　古活字版、八・九丁　整版、十丁　古活字版、十一丁　整版、十二―二十三丁　古活字版
巻十四　目録・一―十五丁　整版、十六丁　古活字版、十七―二十二丁　整版
安田甲本は十六丁目　整版
巻十五　目録・一―十二丁　整版、十三丁　古活字版、十四―十六丁　整版、十七丁　古活字版、十八―二十六丁　整版

安田甲本は十七丁目　整版

巻十六　整版

巻十七　目録・一―二十丁　古活字版、二十一・二十二丁　整版、二十三―三十二丁　古活字版

堀田本・安田乙本は二十二丁目　古活字版

巻十八　目録・一―七丁　古活字版、八丁　整版、九―二十八丁　古活字版

巻十九　整版

巻二十　整版

巻二十一　整版

巻二十二　目録・一―三丁　整版、四―七丁　古活字版、八・九丁　整版、十丁　古活字版、十一―二十丁　整版

巻二十三　目録・一―四丁　整版、五―九丁　古活字版、十―十四丁　整版、十五・十六丁　古活字版　十七丁　整版

十八―二十一丁　古活字版、二十二・二十三丁整版

巻二十四　目録・一―六丁　整版、七丁　古活字版、八―二十二丁　整版、二十三丁　古活字版、二十四・二十五丁　整版

巻二十五　整版

巻二十六　整版

巻二十七　目録　整版、一―三丁　古活字版、四―二十三丁　整版

巻二十八　整版

鶴舞本は二十丁目　古活字版

巻二十九　整版

巻三十　目録　整版、一丁　古活字版、二―二十三丁　整版

安田甲本・安田乙本・堀田本は一丁目　整版

巻三十一　目録　整版、一丁　古活字版、二—二十三丁　整版
巻三十二　整版
巻三十三　目録・一—十一丁　古活字版、十二丁　整版、十三・十四丁　古活字版、十五丁　整版、十六—三十一　古活字版
天理【二一〇・三—イ一六五】本・鶴舞本・堀田本・安田乙本は三十一丁目　整版
巻三十四　目録・一丁　古活字版、二丁　整版、三—十八丁　古活字版、十九—二十丁整版、二十一—三十三丁　古活字版
天理【二一〇・三—イ一六三】本・鶴舞本・堀田本・安田乙本は目録　整版、国会【WA七—二五八】本・国会【WA七—二七二】本は三十三丁目　整版
巻三十五　目録　古活字版、一丁　整版、二—十五丁　古活字版、十六丁　整版、十七—三十三丁　古活字版
天理【二一〇・三—イ一六五】本・鶴舞本・堀田本は三十三丁目　整版
巻三十六　目録・一—十一丁　古活字版、十二丁　整版、十三—二十七丁　古活字版
安田甲本は十二丁目　古活字版、十七丁目　整版、成簣堂本は二十七丁目　整版
巻三十七　古活字版
鶴舞本・堀田本・安田乙本は二十八丁目　整版
巻三十八　目録・一—七丁　古活字版、八・九丁　整版、十—十七丁　古活字版、十八丁整版、十九—二十二丁　古活字版、二十三丁　整版、二十四丁　古活字版、二十五・二十六丁　整版
巻三十九　古活字版
巻四十　目録　古活字版、一丁　整版、二—二十七丁　古活字版
巻四十一　古活字版
巻四十二　古活字版

鶴舞本・堀田本・安田乙本は目録　整版

巻四十三　目録・一—十九丁　古活字版、二十—二十二丁　整版、二十三・二十四丁　古活字版

巻四十四　目録・一—十五丁　古活字版、十六・十七丁　整版、十八—二十四丁　古活字版

堀田本は十六・十七丁目　古活字版、国会【WA七—二七四】本・堀田本は二十四丁目　整版

巻四十五　目録・一—十丁　古活字版、十一丁　整版　十二—十五丁　古活字版、十六丁整版、十七—二十六丁　古活字版

国会【WA七—二七四】本は二十六丁目　整版

巻四十六　目録・一—十丁　古活字版、十一丁　整版　十二—十八丁　古活字版、十九丁整版、二十—二十六丁　古活字版

巻四十七　古活字版。天理【二一〇・三—イ一六三】本・鶴舞本・堀田本・安田乙本は目録　整版

巻四十八　古活字版。天理【二一〇・三—イ一六三】本は目録　整版

ところで、なぜこのような形態の本ができたのだろうか。堀田葦男[注5]は、活字部分と整版部分の墨付の濃淡に着目し、活字部分は整版部分に比べて印刷面の墨付が淡いことから、両者の摺刷時の違いがあるとする。そして他に付訓片仮名の古活字版が一種存在するのではないかと推測し、乱版の活字部分はその残葉で、それを利用して整版を作り足し、欠丁部分を補ってできたのが乱版とする。この考えに川瀬一馬[注6]も同調するが、ここに想定される付訓片仮名の古活字版は、現在までに見い出されておらず、これ以上の言及は避けるべきだと思うが、この考えは、活字部分と整版部分の墨付の濃淡によるもので、見方を変えればその逆、すなわち先に付訓の施された整版があり、後で活字部分を作り足したという考え方も成り立つ。整版→活字ではなく、活字→整版と考えたのは、墨付の濃淡の判定にもよろうが、古活字先行、整版後出という先入観によるところも大きいような気がする。

そしてもう一つの説が、反町茂雄[注7]と藤井隆[注8]によるもので、振り仮名、送り仮名、返り点など活字による配植が難しい箇所に

整版を使用したというものであるが、これは一部の漢文体多出の丁を見ての見解にすぎない。大内田貞郎[注9]によれば、全丁で見ると、古活字版の丁と整版の丁はほぼ同じ割合（全丁数一二九九丁。うち古活字版・六三〇丁、四八・五％、整版・六六九丁、五一・五五％）であり、整版主体巻に必ずしも漢文体多出の丁が多いわけではないという。古活字版の丁と、整版の丁は同じレベルで見るべきものであり、整版主体巻に特別な意味を付与すべきではない。このことは、伝本により、同じ巻の同じ丁が、ある本では古活字版で作られ、ある本では整版で作られている（前掲一覧参照）のを見れば了解されよう。大内田は、元和・寛永中刊本を底本にして、植字工が作業効率を優先して古活字版と整版を適宜選択しながら使い分けた結果生み出されたものが乱版と考える。

しかし、無訓本の元和・寛永中刊本から直ちに付訓本の乱版が作られたりするものだろうか。この間にはもう一段階あったのではないだろうか。そこで堀田葦男と川瀬一馬は付訓片仮名の古活字版を想定したわけだが、無刊記整版本を間に挟むことで問題は解決するように思う。やはり元和・寛永中刊本を乱版の底本におくことは、古活字先行、整版後出という先入観によるところが大きいような気がする。無刊記整版本は、元和・寛永中刊本を座右に置き、それにならって版下が起こされたものという池田敬子の指摘[注10]がある通り、版式は元和・寛永中刊本と同じである。乱版の底本に元和・寛永中刊本を想定するならば、無刊記整版本を乱版の底本に考えることも可能であろうし、むしろ訓が施されている無刊記整版本を底本にしたと考える方が自然である。整版をもとに古活字版が作られることはあるし、実際、『源平盛衰記』の乱版と同種活字を襲用しているとされる[注11]『平家物語』の付訓片仮名古活字本や[注12]、『太平記』の乱版[注13]は、それぞれ整版本を底本にしている。このことを考えると、同じ環境下にある『源平盛衰記』の乱版もまた無刊記整版本を基にして作成されたと考えても不思議はない。稿者は、『源平盛衰記』の乱版もまた『太平記』の乱版同様に、無刊記整版本を覆刻した整版部分と、同本を底本にして活字を組んだ部分から成り、植字工が作業効率を優先して古活字版と整版を適宜選択しながら使い分けた結果生み出されたものと考えるべきだと思う。そして乱版には、伝本によって同じ巻の同じ丁が、ある本では古活字版で作られ、ある本では整版で作られているということが一部に見られるが、これは製本する際、不足が生じた丁を新たに作って補足した結果生まれた現象ではないだろうか。不足が生じた丁を新たに作り直すとしたら、整版で追刻して後に半端な版木が残ってしまう整版より、活字を用いて必要な数だけ摺刷し、植字版はすぐにばらして処分ができる古活字版の方が合理的であるように思えるが、その時々に応じて古活字版の時もあれば、整版で補うこともあったのだろう。その結果、同じ巻の同じ丁であるにもかかわらず、ある本では古活字版、またある本では整版になっているというような本が生まれたのではないかと思われる。

以上、現存する古活字版『源平盛衰記』の所在を版種ごとに一覧するとともに、諸版の本文的性格を先学の見解と稿者の調査に基づいて整理し、乱版については若干の仮説を提示した。

注

(1)岡田三津子『源平盛衰記の基礎的研究』(和泉書院、二〇〇五年)、第一部・第三篇第三章「一字下げ記事」。

(2)川瀬一馬『増補古活字版の研究』(A・B・A・J、一九六七年)、八九六頁。

(3)川瀬注(2)前掲書、五二〇頁。寛永中の印行に係る無刊記本。「本書に用ひられてゐる活字は寛永十六年の刊記ある諸本の其れと同種のものであるが、活字の摩滅が殆ど現れてゐない點等から見て、或は、この種の活字印本としては新雕の際に初めて植版せられた部類に属するものではあるまいかと思ふ」。

(4)川瀬注(2)前掲書、六五八頁。

(5)堀田葦男「源平盛衰記乱版考」(『書誌学』二―五、一九三四年)。

(6)川瀬注(2)前掲書、五三八頁。

(7)反町茂雄『古活字版聚芳』(一九六五年)。

(8)藤井隆「古活字版及び乱版に関する二・三の考察」(『帝塚山短大紀要』六、一九六九年三月)。

(9)大内田貞郎「古活字本乱版考―源平盛衰記の場合―」(『ビブリア』第八一号、一九八三年)、「源平盛衰記整版本について」(『ビブリア』第八二号、一九八四年)。

(10)池田敬子「『源平盛衰記』諸本の基礎的研究」(大阪工業大学『中研所報』二六巻二号、一九九三年)。

(11)川瀬注(2)前掲書、五三五頁。

(12)『平家物語』の付訓片仮名古活字本と元和九年整版本には、極く稀に本文の異同が見受けられるものの、それは異同と言うに値しないくらいの極めて僅かな相違に過ぎず、全体的に本文はぴたりと一致している。一見して両本の先後関係を見極めることが難しいくらいであるが、付訓片仮名古活字本の巻四の四丁裏から五丁表の丁の変わり目には、丁変わりによる目移りが原因の二行分の本文の誤脱が見受けられ、これが、付訓片仮名古活字本が元和九年整版本を底本にして印行された証拠となる。

(13) 小秋元段『太平記と古活字版の時代』(新典社、二〇〇六年)、第一部・第五章「古活字版『太平記』の諸版について」、一三三頁。「乱版は元和八年刊整版本を覆刻した部分と、同本を底本にして活字を組んだ部分とからなる。(中略) ちなみに、乱版の古活字相当部をさらに元和八年刊本により覆刻し、乱版の整版部と合わせてすべて整版で刊行したのが寛永八年刊本である。従って、乱版は元和八年以後、寛永八年以前の刊行ということになる」。

4 『源平盛衰記』巻第三に収められた澄憲の「祈雨表白」をめぐって

——三宝院本『表白集』、実蔵坊真如蔵『澄憲作文集』との関係——

志立正知

一 はじめに

承安四年（一一七四）五月に行なわれた宮中最勝講の二日目、第四座の講師を務めた澄憲が、祈雨の表白《ひょうびゃく》によって雨を降らせ、その功によって権少僧都から権大僧都へと昇任を果たした事件は、『古事談』や『古今著聞集』にも記され、当時の人々の間でも大きな驚きをもって受け止められたことが知られる。また、『源平盛衰記』に記された、澄憲の昇任を祝福した俊恵の歌「雲ノ上ニ響《ひびく》ヲ聞《きけ》バ君ガ名ノ雨ト降ヌル音ニゾ有ケル」は、素俊の撰による『楢葉和歌集』（嘉禎三年（一二三七）六月成立）に、「承安四年最勝講に、権少僧都澄憲講師つとめ侍りけるついでに、当座にあめふらして大僧都に任じて侍りけるよろこびに申遣しける」▼注1との詞書と共に収められ、後に『玉葉和歌集』（正和二年（一三一三））にも採録されており、▼注2十三〜十四世紀には広く流布していた逸話であった。事件の詳細については『玉葉』に詳しく記されており、▼注3表白の内容や澄憲へ当座に下された勧賞の問題については、これまでにも安東大隆、大島薫、矢口郁子らによって指摘がなされてきた。▼注4

二 醍醐寺三宝院本『表白集』との関係――後藤丹治の指摘――

このいわゆる「祈雨説話」が、他の『平家物語』諸本には見られない独自本文として、『源平盛衰記』の巻第三に表白の全文と共に記されていることは広く知られている。物語の流れからみると聊《いささ》か必然性の薄い挿話ではあるが、古くは、後藤丹治が『平家物語』の出典の問題としてこの表白を取り上げ、それが醍醐寺三宝院本『表白集』を典拠としている可能性を、次のように指摘した（傍線は稿者による）。

> 表白集のこの所が特に古体を存する事は既述の如くである。文中に寛弘、承安など四声の点あり、また漢字に傍訓がある。例せば倫《トモカラ》、穎川星内《エイセンノホシノウチ》の如くである。仮名及び漢字に異体のものもある。且つ所々にイ本の校合があるが、そのイ本は大体に於て盛衰記に一致するやうである。本文は全く盛衰記に同じであるが、一二の誤脱があつて盛衰記の文の方がよいと思はれる所がないではない。がそのために、盛衰記の文を先出とする事は勿論出来ない。…（中略）…一体、この澄憲が雨を祈つた一条は玉葉・百錬抄・古事談等にもある。盛衰記祈雨の条の全体としての出典は他にあるとしても、啓白の詞及び御請文は澄憲表白集から転載したものと看做したい。かくて平家盛衰記の作者の机上、必ず一部の表白集あつて、作者の詩嚢を肥やした事であらうと思ふ。（啓白の詞及び御請文の件は澄憲作文集にも載つてゐる。しかし澄憲表白集の方は啓白の詞や御請文の件以外にも平家物語と関係があるから、今は平家の出典を作文集とせずして表白集とするのである。）[注5]

後藤丹治が、『澄憲作文集』にも「祈雨表白」があることを承知した上で、三宝院本『表白集』を『源平盛衰記』の典拠としたのは、『表白集』の表現が『源平盛衰記』やそれ以外の『平家物語』と密接な関係にあることによる。この後藤の指摘は、一部批判を受けながらも大きく見直されないままに今日に至っている。[注6]

しかしながら、三宝院本『表白集』が『平家物語』と密接な関係にあるのと同様、『澄憲作文集』もまた延慶本を中心に『平家物語』と深く関わっていることについては、小林美和をはじめとした指摘がなされている。[注7]『源平盛衰記』の典拠を『澄憲作文集』とする大曽根章介の指摘もある。[注8] したがって、三宝院本『表白集』が、「啓白の詞や御請文の件以外にも平家物語と関係があるから」という後藤の論拠は、もう一度検討し直す必要があろう。

また、『澄憲作文集』や三宝院本『表白集』を典拠としたとされる『平家物語』の表現は、あくまでも長文の表白等の部分を利用したものであり、表白文を表白文として全文を引用した「祈雨表白」とは本質的に活用方法が異なっている。『源平盛衰記』の「祈雨表白」については、これらとは別の視点から検討を加える必要があるように思われる。

三　『源平盛衰記』から三宝院本『表白集』へという可能性——清水宥聖の指摘——

澄憲の「祈雨表白」のほぼ全文を伝える資料としては、『源平盛衰記』巻第三「澄憲祈雨三百人舞」、醍醐寺三宝院本『表白集』下「最勝講第四座啓白詞但除釈教之詞」、実蔵坊真如蔵『澄憲作文集』「第七十二　最勝講第四座啓白両御祈也　澄憲依勧賞当座任大僧都承安四年五月」の他に、東寺宝菩提院本『公請表白』「同講　承安四年第四座」が知られている。ただし『公請表白』は最初と最後の二行分が欠けており、また本文的にも異同が大きい。また貞慶『表白集』下「十二、請雨啓白」にも「祈雨表白」のかなりの部分が収められているが、これはあくまでも抜粋であり全文ではない。今のところ、『源平盛衰記』の典拠本文として比較検討の対象となりうるのは、後藤丹治が指摘した三宝院本『表白集』と『澄憲作文集』の二つということになる。

醍醐寺三宝院本『表白集』については、清水宥聖が、「表題に「元久三年五月四日書写了」という奥書を併記しているところから元久三年以後の転写本であることがうかがえるのであるが、書体などから鎌倉をあまり下るものではないようである。また上下巻は一見して書体も形も異なり、後世便宜的に一冊に纏められたもののようである」[注9]と解説している。この三宝院本『表白集』「祈雨表白」の異本注記が『源平盛衰記』の本文とほぼ一致することについては、後藤丹治が先に引いた論文で指摘するところであるが、この問題について、清水宥聖は東寺宝菩提院本『公請表白』との関係を検討するなかで、次のように述べている。

> なお誤解を恐れずに言うならば、承安四年の祈雨の際の表白および注進文であるが、三宝院本『表白集』に後世の作為が感じられないでもなく、『公請表白』が資料的に優先するものと思われるのである。すなわち、三宝院本『表白集』、『源平盛衰記』における祈雨の表白、注進文は一致し、『公請表白』のそれは前二者とは表白も多少異なり、注進文に至って

は全く異なったものなのであるが、前二者の注進文が「最勝講啓白之詞。謹以令註進候」とあるように、いわゆる候文となっているのであるが、『転法輪鈔』をはじめとする澄憲の文案には一つも候文がないのである。三宝院本『表白集』を見る時、所々に異本の校合があるが、この校合はほぼ『源平盛衰記』と一致し、三宝院本『表白集』の書写者の机上に『源平盛衰記』のあったことは容易に想像のつくところである。あるいは三宝院本『表白集』のこの注進文は『源平盛衰記』からの引用とも考えられるものであり、これに対して『公請表白』には、澄憲自身のものと思われる長文の注進文が収められている。このことは『公請表白』の資料的価値を高めるものであろう。[注10]

この清水の指摘は、『源平盛衰記』の成立を考える上できわめて重要な問題を含んでいる。三宝院本『表白集』が鎌倉期の写本であり、その書写に際して『源平盛衰記』を参照したのであるならば、すくなくとも「祈雨表白」記事を含んだ『源平盛衰記』ないしはその前身が、鎌倉期には既に成立していたことになる。[注11]しかも、それが三宝院本『表白集』の注進文部分の典拠となった可能性があるというのである。[注12]

四　三宝院本『表白集』典拠説の見直し——欠文の問題から——

ここで、『源平盛衰記』の「祈雨表白」と、その典拠としての可能性をもつ三宝院本『表白集』および『澄憲作文集』の本文について、詳しく検討してみたい。なお、醍醐寺三宝院本『表白集』の本文については東京大学史料編纂所蔵の謄写本を、実蔵坊真如蔵『澄憲作文集』の本文については東京大学国語研究室蔵の謄写本を使用した。

子細に両者を比較してみると、三宝院本『表白集』を典拠とするには、いくつかの問題点が浮かび上がってくる。たとえば、以下に示す三宝院本『表白集』欠文の問題である。

①『盛衰記』　本朝貞観旱、永祚風、承平煙塵、正暦疾疫、朝有善政、代多賢臣、天然之災気、実不能遁
『表白集』　本朝貞観旱、永祚風、承平煙（この間欠文）災気、実不遁
『作文集』　我朝貞元旱、永祚風、承平煙塵、正暦之疾疫、朝有善政、代多賢臣、天然之災○気イ、実不能遁

②『盛衰記』国風俗習、久積深馴、近自畿内、遠及七道、摂州上宮太子、立四天王寺
『表白集』国風俗習、久積深馴、（この間欠文）、摂州上宮太子、立四天王寺
『作文集』国風俗習、久積深馴、○（近自畿内遠及七道）、摂州上宮太子、立四天王寺

①②の箇所ともに、『源平盛衰記』や『澄憲作文集』に対する三宝院本『表白集』の欠文が、書写に際した脱文である可能性が高いことは明らかであろう。大島薫は「所収テキストによって、文字単位に生じた細かな異同を確認できるが、唱導文献は親本に忠実であることが意識されずに書写されている場合が多いため、これらに確認される異同についても、そういった書写を経て生じたものと考えられる」▼注13と述べる。しかし、この二箇所に関しては『表白集』の明らかな脱文であり、『源平盛衰記』から三宝院本『表白集』への誤写はありえても、その逆である可能性はきわめて低いとみてよいだろう。したがって、現存三宝院本『表白集』を対象とする限り、これが『源平盛衰記』の典拠となった可能性はほとんどないことになる。

五　『澄憲作文集』との関係――異本注記、傍記補入、文字表記――

『澄憲作文集』の場合はどうか。

『澄憲作文集』は、大曽根章介によれば「文章の内容や形式から考えて、「第一国王」から「第六十現在後世」までが本来のもので、「第六十一和歌」から後の十三篇は後から附随せしめたものである。この十三篇の中には他人の作が混入しているので澄憲以外の人が収録したものと思われる。そして巻末の「建久二年十二月十五日被修之矣」の跋文は、恐らく本書の成立を物語るとみてよかろう」▼注14という。

『澄憲作文集』は、本文的には三宝院本『表白集』以上に『源平盛衰記』に近似する。問題は②「○（近自畿内遠及七道）」に見られるような補入本文である。東京大学国語研究室蔵の謄写本では、「深馴」「摂州」の間は通常の文字間隔で、そこに「○」を挿入して「近《ク》自《ヨリ》二畿内一、遠《ク》及《ハ》二テ七道一」と傍記している。これが謄写に際しての脱文補入であるのか、実蔵坊真如蔵の原本にあるとおりなのか。原本どおりとするならば、その補入が実蔵坊真如蔵本の書写に際して生じた脱文を見直しによって補ったものであ

るのか、異本との校合結果を傍記したものであるのかが大きな問題となる。この点については原本を未見であるため確実なことは言えないが、可能な範囲で推論を試みてみたい。

『澄憲作文集』では、「天然之災○《気イ》実不能遁」のように、「○」の傍記として異本注記を記している場合もあるが、②の場合は「イ」の表記は見られないので、これが異本注記であるのかは不明である。文字間隔からみても、これが実蔵坊真如蔵の原本にもあったものなのか、謄写に際して脱文に気づいて書き入れたものなのかは判断が出来ない。

そこで、もう少しわかりやすい別の例を見てみよう。

③『盛衰記』　天人竜神、過勿憚改、速降甘露雨、怱除災旱憂
『表白集』　天人龍神、過勿憚改、速降甘露雨、怱除災旱之愁
『作文集』　天人竜神、○《過勿憚改》、速降甘露雨、怱除災旱憂

④『盛衰記』　難陀跋難何衛此朝、雨沢不階時徒雨、八十億諸大龍王、雨惜何不降我国
『表白集』　難陀跋難何守此朝、不雨沢叶時徒雨、八十億諸大龍王、雨惜何不降我国
『作文集』　難陀跋難何来衛此朝、雨沢不楷時○《徒雨》、八十億諸大龍王、雨○《惜》何不降我国

『澄憲作文集』の③および④の「徒雨」の傍記のある「○」表記は、ほぼ一文字分のスペースが取られている。つまり、②のように書き上げられた文字の間に○を書き込んだのではなく、書写に際して最初から書き込まれているのである。謄写に際しての脱文補入ではなく、真如蔵原本に既に傍記があったものを忠実に書き写したものということになる。ちなみに、『澄憲作文集』に収められた全七十三の作文中、「○」の傍記による補入がなされているのは、「第七十一　最勝講第四座啓白両御祈也」の八箇所の他には、「第十九　蜜宗有職」に一箇所見られるのみである。謄写段階での脱文等の補入であれば、当然他の作文にももっと多く見られてもよいはずである。したがって、これらの補入傍記は実蔵坊真如蔵本段階ですでにあったものであると見てよかろう。また、実蔵坊真如蔵本でも、傍記や異本注記があるのは上記のみであるということになる。謄写の姿勢から考えて、他にもこうした傍記があれば、それを忠実に写したと考えられるからである。実蔵坊真如蔵本の傍記が、親本からの書写に際しての脱文を補入したものではなく（そのような傍記であれば、「第七十一」以外にも、同様の修正箇所がある可能性が高い）、「祈

雨表白」に限って、実蔵坊真如蔵本書写の段階、ないしは親本以前の段階で、何らかの異本との校合した結果を記したものである可能性が高い。

注目すべきは、異本注記や傍記のほとんどが『源平盛衰記』と一致する点である。現存の『澄憲作文集』は、その原本と『源平盛衰記』に近い本文との校合本文ということになる。ただし、これだけでは『澄憲作文集』を『源平盛衰記』の典拠とみる大曽根章介の指摘を否定することにはならない。異本注記や傍記のある『澄憲作文集』をもとに、その注記・傍記を取り込んで『源平盛衰記』が作られた可能性も残るからである。

そこで、この問題について文字表記の異同という角度から、少し検討を試みたい。

⑤『盛衰記』　百穀悉枯尽、兆民併失計、責帰一人、恨残諸天
　『作文集』　百穀悉枯尽、兆民併失計、貴帰一人、恨残諸天
⑥『盛衰記』　伝教大師點江州比叡嶺、
　『作文集』　伝教大師黙江州比叡嶺
⑦『盛衰記』　此外七道諸国、九州卒土
　『作文集』　此外七道諸国、九州平《卒イ》土

文脈から見て、⑤『澄憲作文集』の「貴」は「責」の、⑥「黙」は「點」の、⑦「平」は「卒」の誤記であろう。基本的には『源平盛衰記』の表記が正しく、『澄憲作文集』を典拠本文として『源平盛衰記』が書写された可能性はきわめて低い。この文字表記の異同問題を、異本注記、傍記補入の問題とあわせて考えるならば、現存の実蔵坊真如蔵『澄憲作文集』が『源平盛衰記』「祈雨表白」の直接的な典拠となったとは見なしがたい。

ただし、これは現存する実蔵坊真如蔵の『澄憲作文集』を検討対象としての結論に過ぎない。文字の誤記がどの段階で生じたものであるのかは不明だからである。

『澄憲作文集』については、大曽根章介の見解によれば鎌倉初期の成立ということになるが、実蔵坊真如蔵本がこの時成立した原本ではなく、後代の写本であるのは、校合本文の傍記からみても明らかであろう。さらに、異本注記という点からする

と、傍記とは別に異本との校合がなされたのは、時代的にかなり下ると見られる。

現存の『澄憲作文集』には、「第七十二　最勝講第四座啓白両御祈也」の他にも、「第二十四　堂舎」、「第二十五　塔婆」、「第二十六　舎利」、「第二十八　灌頂」、「第三十二　彼岸功徳」などに異本注記が見られる。こうした校合がどのようなテキストに依ったのかは不明であるが、「第七十二」、いわゆる「祈雨表白」に関していえば、古活字版『源平盛衰記』に近いテキストに依った可能性がある。というのは、異本注記の中に「玄宗秘蹟(頤・頭注)」、「我朝貞元旱、永《求イ》祚風」、「仏界皆絶《施イ》供養」という記載が見えるからである。「秘蹟」を「秘頤」と表記しているのは、管見の限りでは古活字本『源平盛衰記』のみで、『源平盛衰記』でも近衛本や静嘉堂文庫本、蓬左文庫本などは、いずれも「秘蹟」と表記している。また、平安中期の一条朝の元号「永祚」を「求祚」と誤記しているテキストについても同様で、近衛本や静嘉堂文庫本、蓬左文庫本は、いずれも「永祚」と正しく表記している。「絶供養」を古活字本は「施供養」としているが、これでは意味が逆転してしまい、蓬左文庫本、静嘉堂文庫本はいずれも「絶」となっている。これらの点から、現存『澄憲作文集』が異本校合を行なったテキストは、古活字本『源平盛衰記』ないしはこれに類似したテキストということになる。したがって書写年代もそれなりに下ると考えるべきであろう。[注15]『源平盛衰記』「祈雨表白」と『澄憲作文集』との関係については、今の段階で言えるのは、あくまでも現存テキストとの関係のみであって、より古態の『澄憲作文集』との関係については、とりあえず結論を保留しておきたい。

六　注進文の異同をめぐって

以上、『源平盛衰記』「祈雨表白」本文をめぐって、三宝院本『表白集』、『澄憲作文集』の関係を見てきた。結論的には、三宝院本『表白集』も、実蔵坊真如蔵『澄憲作文集』も、『源平盛衰記』の「祈雨表白」本文よりも後次的な特徴を有しており、いずれかが直接的な典拠である可能性は低い。『源平盛衰記』は、現存する両本以外の何らかのテキストから「祈雨表白」を摂取したと考えるのが妥当であろう。ただし、それが東寺宝菩提院本『公請表白』でもないことは、異同の大きさから見ても明らかである。[注16]

ここで、清水宥聖が、『源平盛衰記』から三宝院本『表白集』へという可能性を示唆した注進文部分についても、検討を加えてみたい。

後藤丹治、清水宥聖がほぼ同文と指摘する注進文についても、①②同様の欠文を三宝院本『表白集』に確認できる。

⑧『盛衰記』謹以令注進候、一驚叡聴忽蒙異賞、再及叡覧永留後代、実是一道之光栄、万代之美談者歟…（中略）…喜懼之至、啓而有余而已、澄憲恐惶頓首謹言

『表白集』謹以令注重候、一驚叡聞忽蒙異賞、再及叡覧（欠　文）一道□光栄、万代之美談也…（中略）…喜懼之至、啓而有余而也、澄憲恐懼謹言

『作文集』粗以令注進候、此事生涯之面目候、驚叡聴忽蒙異賞、再及叡覧永留後代、実是一道之光栄、万代之美談也…（中略）…喜曜之、啓白有余矣、澄憲恐惶頓首謹言矣

まず、三宝院本『表白集』との関係から見てみたい。『源平盛衰記』の「一驚叡聴忽蒙異賞、再及叡覧永留後代」が、一種の対句仕立てとなっていることからすると、「再及叡覧」の後の三宝院本『表白集』の欠文は、書写に際しての脱文である可能性が高い。したがって、現存テキストに限定すれば、三宝院本『表白集』のほうが後次的テキストということになる。

一方、『澄憲作文集』の場合はどうか。『源平盛衰記』、三宝院本『表白集』の「一驚」が「再及」との対であることからすると、二重傍線部の空白は「一」の脱字であると考えるべきだろう。波線部「喜曜」は、語彙から考えて「喜懼」の誤写と考えられる。したがって、この注進文についても、『澄憲作文集』は『源平盛衰記』に比べて、後次的な本文とみてよい。なお、『澄憲作文集』のみにみられる傍線部「此事生涯之面目候」は、独自の増補と解するのが妥当であろう。

七　三宝院本『表白集』の異本注記

最後に、三宝院本『表白集』の異本注記について、少しだけ触れてみたい。

三宝院本『表白集』の異本注記が、『源平盛衰記』とほぼ一致することについては、後藤丹治が指摘し、清水宥聖もこれを

支持するところである。しかし、この異本注記については、必ずしも校合本文を『源平盛衰記』に特定することは出来ないように思われる。というのも、その多くが『澄憲作文集』とも一致するからである。

そのいくつかを確認してみよう。

『表白集』殊撰才弁之英駿《傑イ》（『盛衰記』『作文集』ともに「英傑」）
『表白集』肪尚光基之輩《類イ》（『盛衰記』『作文集』ともに「類」）
『表白集』群卿《臣イ本》列法莚（『盛衰記』『作文集』ともに「群臣」）
『表白集』実《寔イ》是鎮護国家（『盛衰記』『作文集』ともに「寔」）
『表白集』但《抑イ本》当家重御願莚（『盛衰記』『作文集』ともに「抑」）

以上のように、三宝院本『表白集』の異本注記の多くは、『澄憲作文集』とも一致している。『澄憲作文集』の異本注記が、古活字本『源平盛衰記』の表記と一致するというのとは、いささか事情が異なっており、これをもって三宝院本『表白集』が『源平盛衰記』を用いて異本校合したと断定することは難しいだろう。

八　まとめ

以上、従来『源平盛衰記』の「祈雨表白」と、その典拠と指摘されてきた三宝院本『表白集』、実蔵坊真如蔵『澄憲作文集』との関係について検討を加えてきた。

ここまでで明らかになったのは、澄憲の「祈雨表白」に関しては、三宝院本『表白集』や、実蔵坊真如蔵『澄憲作文集』に比べ、『源平盛衰記』に比較的古い形態が認められる、という点であろう。現存テキストのなかでは、対句などが比較的整っている『源平盛衰記』の本文に元の姿を見る可能性があり、現存の三宝院本『表白集』や実蔵坊真如蔵『澄憲作文集』が『源平盛衰記』の典拠となったとは考えにくい、ということになる。この点は、注進文に関しても同様である。清水宥聖の、注進文に関しては『盛衰記』から『表白集』へという可能性の指摘が注目される所以である。しかしながら現段階では三宝院本『表白集』が『源平盛衰記』を参照したと断定するのは難しいだろう。ほぼ同じ本文が『澄憲作文集』にも含まれており、しかも現存テキストをさかのぼる祖本の存在が十分に想定できるからである。ただ、それが『源平盛衰記』に比較的近いものであった可能性は十分に認められよう。『源平盛衰記』の本文形成過程を探る上でも、後藤丹治や清水宥聖の提示した、三宝院本『表白集』書写の場（これがいつであるのかが大きな問題である）で『源平盛衰記』が参照されていた可能性は、さらに追求してみる必要があるだろう。

一方、実蔵坊真如蔵『澄憲作文集』の傍記は、基本的には『源平盛衰記』と一致するもので、殊に異本注記は古活字本の表記と一致する面が多い。『源平盛衰記』が、単に軍記として享受されただけではなく、こうした澄憲に関わる聖教類の書写の場において、資料として参照された可能性が高い点は、成立を探る上からも、享受の諸相を探る面からも、今後とも検討を続ける必要があるだろう。

本論稿では、三宝院本『表白集』として東京大学史料編纂所蔵の謄写本を、実蔵坊真如蔵『澄憲作文集』としては、東京大学国語研究室蔵の謄写本を使用せざるを得なかった。醍醐寺三宝院、実蔵坊真如蔵の原本調査を含め、なお今後の課題としておきたい。

注

（1）引用は『国歌大観』による。
（2）詞書には、「高倉院御時ひさしく雨ふり侍らざりける夏、法印澄憲最勝講の講師にまゐりて雨ふるべきよしの説法めでたくして高座よりおるるままに、やがて雨ふりて世の中ののしり侍りければ、よろこびいひつかはすとて」（『国歌大観』による）と記される。
（3）承安四年五月二十六日条、二十八日条。
（4）安東大隆「祈雨説法—理に責めて—」（『別府大学国語国文学』三四、一九九二年一二月）。大島薫「安居院澄憲の〈説法〉—承安四年宮中最勝講における勧賞をめぐって—」（『仏教文学』二四、二〇〇〇年三月）。矢口郁子「『公請表白』・『玉葉』から見る安居院澄憲—安元以前—」（『芸文研究』八〇、二〇〇一年六月）。

（5）後藤丹治『改訂増補　戦記物語の研究』（磯部甲陽堂、一九四四年二月）第三章第一節「澄憲表白集」四九～五一頁。なお、稿者が確認したかぎりでは、声点があるのは「承安」のみで、「寛弘」には確認できなかった。

（6）清水宥聖「安居院流の唱導書について」（『仏教文学研究』一〇、法蔵館、一九七一年一月）、同「澄憲と説法道」（『櫛田博士頌寿記念　高僧傳の研究』山喜房仏書林、一九七三年六月）は、三宝院本『表白集』と『源平盛衰記』にはかなりの異同があることから、直接的な典拠とするのには慎重な態度を表明している。

（7）小林美和「延慶本平家物語の編纂意図と形成圏」（『国語と国文学』一九七六年一月）、「寿祝と唱導の文芸」（『伝承文学研究』二〇、一九七七年五月）、「『平家物語』と唱導―延慶本巻二を中心に―」（『伝承文学研究』二九、一九八三年八月）など。いずれも『平家物語生成論』（三弥井書店、一九八六年五月）所収。

（8）大曽根章介「澄憲作文集　解題」（『中世文学の研究』東京大学出版会、一九八二年。後に『大曽根章介　日本漢文学論集』第二巻、汲古書院、一九九八年八月に再録）は、「第七十二の最勝会表白は、前述した『源平盛衰記』の素材となったものと考えられる」（引用は再録本による）と指摘する。

（9）前掲注（6）「安居院流の唱導書について」一二三頁。ただし、元久三年（一二〇六）は四月二十七日に建永に改元しており、「元久三年五月四日書写了」という奥書には不審が残る。

（10）前掲注（6）「澄憲と説法道」三八二頁。

（11）『源平盛衰記』ないしはその前身ともいうべきテキストが、鎌倉期には成立していた可能性については、落合博志「鎌倉末期における『平家物語』享受資料の二、三について―比叡山・書写山・興福寺その他―」（『軍記と語り物』二七、一九九一年三月）でも、『入木口伝抄』にみられる「こぞの秋建春門院」の一節に該当する本文が、『平家物語』諸本では『源平盛衰記』にしか見られないことに基づく指摘がある。また、いわゆる「長門切」にも、『源平盛衰記』に類似した本文が見られることはよく知られている。

（12）清水宥聖が、を「澄憲自身のものと思われる」とする『公請表白』の注進文は、次のとおり。山崎誠「刊謬『公請表白』翻刻並びに解題」（国文学研究資料館文献資料部編『調査報告』一七、一九九六年）による。

今年炎旱事、民挙而雖有憂、朝家沙汰不レ急、最勝講之間、別無祈雨之　勅命、少僧兼懐報国之忠節、推企当座之啓白、即夜及暁天降微雨、漸及夕、雨脚滂沱、月卿雲客皆以嘆伏、摂禄被執奏、可有勧賞之由、法皇有御承之気、先以職事光雅、於講座、被仰叡感之由、翌日逐被仰勧賞事、儀尤厳重也、仍依法皇勅命、注進此説法詞、先｜最勝講当座賞、延暦静照、園城源泉等也、其例尤希、彼不必感応歟

清水がこれを「澄憲自身のもの」と推定したのは、「少僧」の語によるか。この注進文について、清水「安居院流の唱導書について」は、「このように三宝院本『表白集』あるいは『源平盛衰記』ではわからない表白作成前後の事情が、この『公請表白』からは察することができ、澄憲自身もこの祈雨の表白を述べたことを非常に得意になっていることがうかがえるのである。また『表白集』においては、他のものにはなくこの「最勝講第四座啓白詞」のみに注進文が存し、しかもそれが『源平盛衰記』と同一のものであるということは、そこに何らかの作為が感じられないでもない」と述べている。

(13) 前掲注(4)大島論文、三〇頁。

(14) 前掲注(8)大曽根論文、六三二頁。

(15) 慶長古活字版、元和寛永古活字版とも同。ただし、『源平盛衰記』の異本については、見落としも多いと思われる。なおご教示を願いたい。

(16) 前掲注(6)「澄憲と説法道」で、「『公請表白』の「最勝講第四座」と『源平盛衰記』、三宝院本『表白集』のそれとはかなりの出入がある。前者では冒頭と末尾がそれぞれ三十字程度省略されているのをはじめ、後者に数ヶ所の省略が見え、語句にも相当の異同がある」(三八一頁)と指摘している。

5　『源平盛衰記』語法研究の視点

吉田永弘

一　はじめに

源平盛衰記は十四世紀前半の成立とされるが、現存の伝本は十六世紀中頃以降の成立である（岡田三津子［二〇〇五］）。平家物語諸本の本文の揺れの大きさを踏まえると、「目の前にある盛衰記本文を、成立当初のものとしてそのまま受け取ってよいのか、という疑問はなかなか払拭できない」（岡田三津子［二〇〇五・1頁］）との指摘は尤もである。源平盛衰記を言語資料として扱う場合には一層慎重であるべきで、十四世紀前半の言語資料として扱うことはできないだろう。そうは言うものの、それではどの部分が後世の言語事象が反映したところかと問われたとしても、具体的に指摘することは難しい。本稿では、慶長古活字版『源平盛衰記』を対象として、そこに見られる後代的な言語事象を探ることを目的とする。

二　考察の前提と方法

中世語（語法）を出現年代の観点から分類すると、既に中古に見られる「既存語（語法）」と中世になって現れる「新出語（語法）」

とに分類できる。中世語資料としての価値は、「既存語（語法）」のみから成る資料にはほとんどなく、「新出語（語法）」が多く観察できる資料にある。当然のことながら、これまでも「新出語（語法）」に着目して中世語研究は行われてきた。ただし、大抵の資料は成立時の姿のまま残っていないため、「新出語（語法）」に着目する際には、成立時の本文と現存の本文という二つの本文を想定しておかなければならない。[注1] その上で、それぞれの本文ができた時に含まれた「新出語（語法）」があることを峻別する必要がある。成立時の本文にある「新出語（語法）」を「新出語（語法）A」、現存の本文ができた時に新たに含まれた「新出語（語法）」を「新出語（語法）B」と呼ぶとすると、源平盛衰記の場合、次のようなモデルになる。

［原本・源平盛衰記］
既存語（語法）＋新出語（語法）A

［慶長古活字版］
既存語（語法）＋新出語（語法）A＋新出語（語法）B

慶長古活字版には、源平盛衰記成立時からある「新出語（語法）A」に加えて、「新出語（語法）B」があると想定する。仮に、慶長古活字版が原本・源平盛衰記をそのまま引き継いだ本文である場合は、「新出語（語法）B」はない。また、慶長古活字版の成立時に、新たに加えられる可能性のある語（語法）は、「既存語」「新出語（語法）A」と同じ語（語法）である場合もある。しかし、それらが混入してもわからないので、「新出語（語法）B」に着目することになる。

このように、「新出語（語法）A」と「新出語（語法）B」は、理念としては分けられるけれども、実際に判別することは困難なので、「新出語（語法）」には二種あることを念頭に置いて「新出語（語法）」を検討し、その出現年代の降る事例を探っていくという手続きになる。[注2] 以下、「新出語」「新出語法」の順に検討し、それがいつ頃の言語事象を反映したものなのか探っていく。その際、成立年代の明らかな、延慶本平家物語（一三〇九～一〇本奥書、一四一九～二〇書写奥書）と覚一本平家物語（一三七一跋文）に現れない語（語法）であることを目安にして検討していく。

三　「新出語」の検討

「新出語」の調査には、まず、語・意味の初出例を掲載するという方針で編集されている小学館『日本国語大辞典』（第二版）を参照する。▼注3　同辞典のオンライン版（『日国オンライン』）で、源平盛衰記を出典として用いている数を検索すると、二七〇四件が該当する（そのうち『参考源平盛衰記』二件、蓬左本六件、松井本一件）。そのなかから、源平盛衰記を初出とし、延慶本・覚一本に使用例のない語は、後代的な語である可能性があるものと考えられる。例えば、

……武士モ袂ヲ絞ケリ。若公此有様ヲ見給テ浅増ゲニゾ覚シテ、ミロ〳〵トカイヲ造給ゾ糸惜キ。（巻四十四、二四三）

のように、泣く様子を表す際に用いられる「みろみろ」は、源平盛衰記の例だけが挙げられている。延慶本・覚一本には対応する箇所はあるが、「みろみろ」は用いられていない。このように、延慶本と覚一本に用いられていない語は、源平盛衰記の後出性を示す事例となる可能性がある。しかし、源平盛衰記が語彙量の多い資料であることに起因するのかもしれず、当該の語が十四世紀に出現し得ないことを証明するのは難しい。単語レベルで出現年代を探るには限界がある。そのなかで、前の時代に代わりとなる語が存在していた場合には、その語は後出の語であると言うことができそうである。

「夜部ヨリ世間ノ物騒キ様ニ聞ユレバ、例ノ山大衆ノ下ヤラント、徐ガマシク思侍レバ、カカル身ノ上ノ事ニ聞ナセリ。（巻六、一・一八九）

この例は「よそがましく」とよむ例と見られるが、延慶本と覚一本の対応箇所は、次のように「よそに」が用いられている。

夜部ヨリ世間物サハガシト承レバ、例ノ山ノ大衆ノ下ルヤランナムド、余所ニ思テ候ヘバ、身ノ上ニテ候ケリ。（延慶本、一末31ウ）

夜部何となう世の物さはがしう候しを、例の山法師の下るかなど、よそに思ひて候へば、はや成経が身の上にて候けり。（覚一本、巻二、一・八八）

「よそに」は中古でも次のように用いられており、「よそがましく」に先行する表現だったと考えられる。

（夕霧→雲居雁）「……。などて、少し隙ありぬべかりつる日ごろ、よそに隔てつらむ」（源氏物語・少女、六九三）

したがって、「よそに」を用いている延慶本・覚一本のほうが古い形を留めていると見ることができ、源平盛衰記は新しく生まれた「よそがましく」という表現を取り入れている点で延慶本・覚一本よりも新しいと言うことができる。

四　「新出語法」の検討

前節で見たように、単語レベルで通時的な変化を記述できるケースは限られており、後代的な言語事象を指摘することは難しい。そこで語法に着目すると、「既存語」であっても用法に変化が見られる場合があり、単語に比べて通時的な考察を行いやすく、後代的な言語事象を考察するのに有効である。以下六つの事例を挙げる。

1　二段活用の一段化

二段活用の一段化は、少数ながら鎌倉時代から見られるけれども、飛躍的に増加するのは近世に入ってからである。延慶本（山田孝雄［一九一四］）・覚一本には見られない。源平盛衰記には次のように四語八例見られる。

日数程ヲヘルナラバ（巻十四、三・五九、他四例）

音ニ聞エル幡磨大道ノ渚ニ下テ（巻三十六、六・二四六、近衛本・蓬左本「きこゆる」）

タモチ難カリシ命ノ今マデナガラヘルモ併彼御恩也。（巻十九、四・二四）

我帝位ニツキテ乞食スベキニアラズ、備ヘル相又難遁歟。（巻二十五、五・一四）

少音節動詞「へる」は「経　ヘル／ヘタリ」（前田本色葉字類抄、上52オ）のように古くから見られる。源平盛衰記にはもちろん二段活用の例もある。「聞える」には異文があるので、明らかに慶長古活字版時点での「新出語法B」である。「ながらへる」「そなへる」は存続・完了のリが二段活用の未然・連用形に承接した擬一段化（山内洋一郎［二〇〇三］）の例かもしれないが、延慶本に対応箇所のないところでもあり、後代的な一段化の例の可能性がある。

このように、源平盛衰記は延慶本・覚一本より後代的な語法を反映していると言える。ちなみに、天草版平家物語（一五九二）

に至っても、一段化例は「へる」２例だけである（江口正弘［一九九四［注4］］）。

２　「連体形＋の＋名詞」構文

源平盛衰記には「連体形＋の＋名詞」の例がある。

殿上ヨリ「国栖」ト召ルルノ時ハ、声ニテ御答ヲ申サズ、笛ヲ吹テ参ルナリ。（巻二十五、五・一四）

入道上洛ノ後、武士家々ニ充満テ京中ノ貴賤安堵セザルノ由、其聞アリ。（巻十一、二・一七一）

この語法は「連体形＋之＋名詞」の「之」字を訓読するようになって生じたもので（小林芳規［一九五九］）、十六世紀初めに見える例がはやい。

漢皓《カウ》避《サケルノ》レ秦ヲ之朝《テウ》（永正五年〈一五〇八〉写、東洋文庫蔵『倭漢朗詠集私注』下５オ）

源平盛衰記の語法は、十六世紀以降の言語事象が反映していると考えられる。

３　「周章死ニ失給キ」をめぐって

（１）「周章」

源平盛衰記では、清盛の死去を「周章死に」と表現する。

悶絶僻地シテ、周章死ニ失給キ。（巻二十六、五・五五）

普通、「周章」は「周章　アハツ　又サハク」（前田本色葉字類抄、下39ウ）とよむ。源平盛衰記でも「周章フタメキテ」（巻三十一、六・一三）や「周章騒ケリ」（巻十八、三・二一一）の箇所は、「あわて」とよむと思われる。この箇所の平家物語諸本の対応箇所を見ると、次のようになる。

〔覚一本〕あつち死にぞしたまひける。（巻六、上三四七）

〔延慶本〕アツチ死ニ死ニケリ。（三本39オ）

〔長門本〕あつちしにヽしヽ給けり。（岡山大学本、三・一八二）

〔四部合戦状本〕熱《アツ》池《チ》死々下（熱池死にに死にたまふ）（上二四七）
〔百二十句本〕熱〈アツケ〉死ニゾ死玉ヒケル。（巻六、五十五句）
〔平松家本〕熱〈アツケ〉死〈ニゾ〉々〈ニ〉給〈イケル〉。（巻六、12ウ）
〔屋代本〕アツタ死ニゾ死給ケル。（巻六、15オ）
〔竹柏園本〕曙于死ニゾ死給ヒケル。（巻六、13ウ）

覚一本などに見られる動詞「あつつ」の例については、これまでに次の例が報告されている（岩淵悦太郎［一九七七］、築島裕［二〇〇七］）。

①「跳〈アツチ〉爆〈ハタラク〉」（大慈恩寺三蔵法師伝・承徳三〈一〇九九〉年点）
②「跳　アツチハタラク」（観智院本類聚名義抄、法上41オ、院政期頃成）
③結句ハ去治承四年十二月二十二日に七寺の内、東大寺・興福寺の両寺を焼はらいてありしかば、其大重罪、入道の身にかゝりて、かへるとし養和元年閏二月四日、身ハすみのごとく、血は火のごとく、すみのをこれるがやうにて、結句ハ炎身より出て、あつちしにゝ死にゝき。（日蓮聖人遺文・盂蘭盆御書・弘安二〈一二七九〉年）
④蝎虫ヲ人々ニアテ、オホクトラセテ、コブネニトリ入レテ、ムシトシハ念ナシトヤオモハレケン、人ヲハダカニナシテ、ソノフネノ中ニイレラレケレバ、其ノ人毒虫ニサヽレテ、ヲメキ、サケビ、カナシビ、ノビ、カヾマリ、アツチテ死ニケリ。（塵袋、十三世紀後成、永正五〈一五〇八〉年写）

③にあるように、十三世紀後半には清盛の死は「あつち死に」と捉えられていた。①〜④は一一〇〇〜一三〇〇年の約二〇〇年間の資料なので、「あつつ」の使用期間が限定できる。したがって、「アッチ」とあるのが原形で、「アッケ・アッタ」は「あつつ」の語義がわからなくなった後に、「アッチ」という片仮名書きを元に新たに生まれた語形だと考えられる。源平盛衰記の「周章」も同様に、類似した片仮名の語形で「アワテ」と解釈して「周章」の字を当てたものと思われる。このように文字を媒介とした変化と捉えると、源平盛衰記は後出的な本文を有していると言うことができる。[▼注5]

なお、「周章」には三拍目が濁点の「アハヅ」（観智院本類聚名義抄、仏上45ウ）という例もあり、「あはづ」は「澆　アハヅ　衰也」

（前田本色葉字類抄、下30オ）とあるように「衰える」意なので、「周章死」は衰弱死の意と解することもできそうである。

（2）「―死にに」構文

さて、平家物語諸本の構文を見ると、次のように類型化することができる。

A「―死にに死に給」型　〔延〕〔四〕〔百〕〔平〕〔屋〕〔竹〕・〔長〕
B「―死に（に）し給」型　〔覚〕
C「―死にに失給」型　〔盛〕

同様の表現を院政期から近世初頭までの資料で探すと、次のような例が見いだせる。

〔今昔物語集〕A型
此ノ女来タリシ日ヨリ七日ト云フニ、思ヒ死ニ死ケリ。（巻二九・二五）
其ノ夜ノ宿ニシテ寝死ニ死ケリ。（巻二七・四五）
此ノ御前ニシテ干死ニ死ナム。（巻一六・二八）
〔宇治拾遺物語〕A型
この御前にて、干死に死なん。（巻七・五）
〔沙石集〕A型
ツイニ思ヒ死ニ死ヌ。（巻七・二）
種々ノ事ドモ云テ、狂ヒ死ニ死ニケリ。（巻七・五）
〔愚管抄〕A型の変種とB型
コノ内大臣ネ死ニ頓死ヲシテケリ。（巻六、A型の変種）
三月七日ヤウモナクネ死ニセラレニケリ。（巻六、B型）
〔史記抄〕A型

酒ヲ飲死ニ死タソ。（三・二七九）

〔室町物語〕B型

狂ひ死ににこそせられけれ。（岩屋草子、上二六五）

〔三河物語〕A型・B型・C型

切死に、死可申ト云ケレバ（第一、四三、A型）

火花ヲチラシテ切死にシ給ヱ。（第一、四三、B型）

思ひ死（シニ）ニゾ、ウせ給ひける。（第一、八、C型）

〔近松世話物〕C型の変種

思ひじに、ころされん（丹波与作待夜のこむろぶし、C型の変種）

これらを見ると、「A→B→C」の順に出現していると言える。延慶本には、A型しか見られず、覚一本には、A型とB型が見られる。

〔延慶本〕

ヤセ衰テ思死ニ死給タリトモ聞ユ。（一末106オ）

ヤガテ宿所ニ帰テ、思死ニ死テ、悪霊トゾ成ニケル。（二末88オ）

分取八人シテ、打死ニ死ニケリ。（二末62ウ）

恥ヲモ知ル程ノ者、皆打死ニ死ニケリ。（四55ウ）

俄ニ寝死ニ死ニケリ。（三本88オ）

サラバ出シテハセ死ニ死ネヤ。（六本8ウ）

頼豪ハ七日ト申ケルニ、持仏堂ニテ終ニヒ死ニ死ニケリ。（二本40オ）

〔覚一本〕

矢七つ八射たてられて立じににこそ死にけれ。（巻七、下二三、A型）

大行事の彼岸所にしてね死に死ぬ（巻六、上三六五、A型）
つゐになげき死にぞ死ににける。（巻七、下二七、A型）
風こはくは、たゞはせ死に死ねや、物共。（巻十一、下二六三、A型）
頼豪はやがて干死に死にけり。（巻三、上一五四、A型）
三井寺に帰て干死にせんとす。（巻三、上一五四、B型）
ひじににこそし給ひけれ。（巻五、上三二二、B型、高野本「ひにに」）

それに対して、源平盛衰記には、A型・B型も用いられているが、C型が多いことが注目される。

行死ニ死テ（巻十、二・一二一、A型）
敵ヨセズハ干死ニモ彼ニテコソ死ナメ。（巻二十二、四・一〇四、A型）
大行事ノ彼岸所ニテ寝死ニ死ケリ。（巻二十七、五・一〇六、A型）
法師ハ己等ガ手ニ懸テ干死ニシテ無ナサン。（巻十八、三・二一九、B型）
サラバ出シテ馳死ニセヨ。（巻四十二、六八、B型）
悶絶僻地シテ、周章死ニ失候畢ヌ。（巻二十七、五・一〇四、C型）
持仏堂ニシテ干死ニ失ニケリ。（巻十、二・一二四、C型）
ヤガテ宿所ニ帰リ、飲食ヲ断、思死ニ失ニケリ。（巻二十三、四・一四〇、C型）
乳母ハ終ニ思死ニ失ニケリ。（巻四十七、四〇三、C型）
頼豪思死ニ死失ナバ、（巻十、二・一二一、C型の変種）
思死ニ隠サセ給シカバ、（巻十二、二・二〇四、C型の変種）

以上のように、源平盛衰記は、延慶本・覚一本より新しい語法を取り入れていると言うことができる。

4　「たとひ」構文

副詞「たとひ（＝たとへ・縦・仮令）」と呼応する形式に着目すると、源平盛衰記には次のように「已然形＋ばとて」「名詞＋までも」と呼応した例がある。

仮令勅定ナレバトテ、ヒタ頭直面ニテハ争カ僉議仕ベキ。（巻四、一・一三六）

縦無間ノ底マデモ、身ニ代ヌ人也。（巻十八、三・二〇六）

このような例は、延慶本・覚一本には見られない。他の資料を探してみると、「已然形＋ばとて」と呼応する例は狂言六義（一七世紀中頃）や好色一代女（一六八六）、「名詞＋までも」と呼応する例は日本永代蔵（一六八八）など、近世期に成立した資料に見られる。

たといさうあればとて、師匠に対して、そのやうな慮外をぬかす物か（狂言六義・忠　喜、六九五）

たとへ流れを立たればとて、心は濁りぬべきや。（好色一代女、四五四）

たとへ無僕のさぶらひまでも、風義常にしておもはしからず。（日本永代蔵、四七）

源平盛衰記の「已然形＋ばとて」「名詞＋までも」と呼応する例は、慶長古活字版の成立に近い頃の言語状況を反映した可能性が高い。

5 「活用語＋ならば」

「ならば」は体言に下接するのが本来の用法で、中世後期に一語の接続助詞となり、上接語の範囲を拡大していく。小林賢次［一九九六］では、応永二十七年本論語抄（一四二〇）以降の資料に、活用語を承ける例が見られるようになることが示されている。そこで、源平盛衰記の状況を延慶本・覚一本と対照して示すと次のようになる。

「ならば」に上接する活用語

	動詞	ルル	形容詞	ム	ベキ	マジキ
盛衰記	43	2	1	1	3	
延慶本	10	1			5	1
覚一本	6					

覚一本は動詞承接例のみで、最も古い語法を留めていると言える。延慶本には「べし」「まじ」に下接した例がある。延慶本の応永書写時における言語事象が反映したものかもしれない。源平盛衰記には「べし」の他に、形容詞や「む」に下接した例もある。

文覚佐殿ニ申ケルハ「……我必神護寺ヲ造営成就スベキ願望ヲトゲンナラバ、配所ヘ下着マデ断食センニ死スベカラズ。其事難叶ナラバ、途中ニ骸ヲサラスベシト誓タリシガ、……」（巻十九、四・二七）

源平盛衰記は、形容詞とムを承ける点で十五世紀以降の資料と共通する。

6　「めさる」

源平盛衰記には「めさる」を「する」意の尊敬語として用いた例がある。

法皇此供養ヲメサレテ、末代行者ノ為ニトテ、宝珠ヲバ岩屋ノ中ニ納ラレ、（巻三、一・七三）

このような「めさる」は、『日本国語大辞典』では史記抄（一四七七）を初出としている。延慶本・覚一本にはこの箇所（「法皇熊野御参詣」）に対応する箇所はなく、他の箇所でも、「めさる」を「する」意の尊敬語として用いた例はない。他の平家物語諸本では室町後期の写本とされる、百二十句本（斯道文庫本）や一五九二年刊の天草版平家物語など中世後期成立のテキストに見られる。

「御頸只今玉ハルヘシトモ覚ヘスサウラウ。御自害ヲダニ召レ候ハヽ」ト申ケレハ、（百二十句本、三十八句、二八四）

さて退屈も召されぬお人ぢゃ。（天草版平家物語、一〇九）

中世後期の語法が源平盛衰記に反映した事例と考えられる。延慶本・覚一本と対応箇所のないところに見られる点が注目される。

五　おわりに

源平盛衰記を十四世紀前半の資料と見た場合、延慶本の延慶書写時点と同じ頃、覚一本の成立以前の言語状況を反映している資料ということになる。本稿では、延慶本・覚一本より後の時代、中世後期の言語状況が反映した箇所があり、少なくともそのまま十四世紀に遡る本文ではないことを「新出語（語法）」を示して指摘した。その「新出語（語法）」が「新出語（語法）A」なのか、「新出語（語法）B」なのかは今のところ不明である。仮に「新出語A」だとしたら、源平盛衰記の成立そのものが十四世紀前半からかなり降ることになる。

注

（1）佐伯真一［一九九六］の言う〈異本〉と〈伝本〉の二つのレベルに相当すると思われる。

（2）複数の書写を経ている場合にはそれぞれの段階で「新出語（語法）」が含まれうるが、「新出語（語法）」を探り、その下限を考えるという点では変わらないので考慮する必要はない。

（3）この辞典は、「正確な年次のわからないものについては、大まかな時代区分で示したものもある。また、成立年に関して諸説あるものについては、一般に通用しているものを一つだけ示す。」（凡例）とあるので、出典の資料性にはばらつきがあり、示されている年次について慎重に取り扱う必要がある。源平盛衰記は「寛永板本」を底本とし、十四世紀前半の資料として扱われている。ただし、「寛永」の刊記のあるテキストは確認できず、何を指すのか不明である（本書所収高木論文参照）。ちなみに平家物語（覚一本〈龍大本・覚一本〉・屋代本・平松家本）は十三世紀前半の資料、延慶本は一三〇九～一〇の年次の示された資料として扱われている。これによると、延慶本と源平盛衰記はともに十四世紀前半の資料として扱っていることになる。同じ例が両者に見られ、それが初出例となる場合、延慶本が掲載されることもあるし（例えば「濡れ鼠」）、源平盛衰記が掲載されることもある（例えば「尻舞」）。

（4）長門本には、上二段の一段化例1例（生きる）、下二段の一段化例4例（思ひつける・へる・埋もれる・乱れる）があり、長門本の本文の新しさが指摘されている（小川栄一［二〇一〇］）。

（5）ただし、源平盛衰記に二例現れる「周章死に」に、成簣堂本には二箇所とも「アッチ」の訓がある由（岡田三津子［二〇〇五・194頁］）なので、これをどのように考えるか、問題は残る。

使用テキスト

源平盛衰記……『源平盛衰記（一～六）』（三弥井書店）、巻三十七以降は『源平盛衰記慶長古活字版』（勉誠社）による。今昔物語集・宇治拾遺物語・沙石集・愚管抄・好色一代女・日本永代蔵……日本古典文学大系（岩波書店）、覚一本平家物語・室町物語……新日本古典文学大系（岩波書店）、長門本……『岡山大学本平家物語　二十巻』（福武書店）、『延慶本平家物語　本文篇』（勉誠社）、『平家物語　四部合戦状本』（汲古書院）、『百二十句本平家物語』（＝斯道文庫本、汲古書院）、『平松家本平家物語』（清文堂）、『屋代本平家物語』（角川書店）、『平家物語竹柏園本』（八木書店）、『天草版平家物語語彙用例総索引』（勉誠出版）、『源氏物語大成』（中央公論社）、『史記桃源抄の研究』（日本学術振興会）、『原本三河物語』（勉誠社）、『近松全集』（岩波書店）、『尊経閣蔵三巻本色葉字類抄』（勉誠社）、『類聚名義抄観智院本』（八木書店）、『日蓮大聖人御真蹟対照録』（立正安国会）、『塵袋』（日本古典全集）、『狂言六義全注』（勉誠社）

参考文献

岩淵悦太郎［一九七七］『国語史論集』筑摩書房

江口正弘［一九九四］『天草版平家物語の語彙と語法』笠間書院

岡田三津子［二〇〇五］『源平盛衰記の基礎的研究』和泉書院

小川栄一［二〇一〇］「日本語史料としての長門本平家物語」（『武蔵大学人文学会雑誌』41巻3・4号）

小林賢次［一九九六］『日本語条件表現史の研究』ひつじ書房

小林芳規［一九五九］「『花を見るの記』の言い方の成立追考」（東洋大学『文学論藻』14）

佐伯真一［一九九六］『平家物語遡源』若草書房

築島裕［二〇〇七］『訓点語彙集成 第一巻』汲古書院

山内洋一郎［二〇〇三］『活用と活用形の通時的研究』清文堂

山田孝雄［一九一四］『平家物語の語法』宝文館、一九五四再刊

6　源平盛衰記に見られる命令を表す「べし」

秋田陽哉

一　はじめに

「べし」が様々な意味を表すことは知られているが、〈命令〉については、どのように位置づけるのか難しい。「べし」の意味・用法を扱った先行研究では、「べし」の意味を大きく二つに分けて捉えた上で、その下位に〈命令〉を位置づけることが多い。例えば、中西宇一（一九六九）では「様相的推定」と「論理的推定」に分け、「様相的推定」の中に、「〈命令〉系の意志」として「スルガヨイハズダ」といった訳語をあてて〈命令〉を位置づけている。[注1] 動詞の命令形が表す行為要求の〈命令〉とは異なるものと捉えているようである。

一方、次の小田勝（二〇一〇）のように、〈命令〉自体を認めない立場もある。

男二人来ッて、「はやはや参らるべし」とすすむるあひだ（平家６・慈心房）

「べし」に勧誘・命令の意があるとされることがありますが、当然・適当と判断される行為が、二人称の行為である場合に、結果として出る意であって、基本的に当然・適当の意と同質のものです。「べし」に勧誘や命令の意を積極的に認めない方がよいと思います。（一九五頁）

このように、先行研究では〈命令〉を認めなかったり、認めても行為要求とは異なった表現を表すものとしている。これらの研究は主に中古の資料の分析に基づいているが、中世の「べし」の例を見ると、中古とは異なった〈命令〉があるように思われる。そこで、本稿では中古・中世の「べし」を調査して〈命令〉と考えられる例が増加していくことを示す。その結果を踏まえた上で「べし」の用法から源平盛衰記を語法史上に位置付けることを目的とする。

本稿で調査・引用した資料は稿末にあげた。なお、表記を私意により改めた箇所がある。

二　中古の〈命令〉を表す「べし」

まずは、中古の「べし」に〈命令〉が存在するか否かを検証することにする。次のように、「仰す」は「命じる」意を表すので、直前の会話文には〈命令〉を表す語が現れることがある。

（1）「月を弓張といふは何の心ぞ。其のよしつかうまつれ」とおほせたまうければ、（大和物語、二九九⑪）

（2）「憚る所なく、例あらむにまかせて、なだむることなく、きびしう行へ」と仰せ給へば、（源氏物語・少女、六七〇④）

そこで、「仰す」の直前の会話文に「べし」が現れるかどうか、見ていくことにしたい。次の［表一］[注2]は「仰す」の直前の会話文に現れた動詞の命令形と「べし」の用例数を示したものである。「べし」は終止形に用いられたもののみを対象とした。

	竹取	大和	かげ	枕	源氏	栄花	浜松	更級	堤
例数	3	7	1	66	13	50	13	3	2
命令形		3		21	7	9	3	2	
べし				2		3			

［表一］

「べし」が現れたのは、枕草子の二例と栄花物語の三例だけである。

（3）「など、かう音もせぬ。物言へ。さうざうしきに」と仰せらるれば、「ただ秋の月の心を見はべるなり」と申せば、「さも言ひつべし」と仰せらる。（枕草子、九六⑩）

（4）童に教へられし事などを啓すれば、いみじう笑はせたまひて、「さる事ぞある。あまりあなづる古ごとなどは、さもありぬべし」と仰せらるるついでに、（枕草子、一三六⑤）

（5）摂政殿御覧じて、「まづ祝の和歌ひとつ仕うまつるべし」と仰せらるるままに、「宵のまに」とうちあげ申したれば、（栄花物語、上、一一六①）

（6）かの信解品の窮子のやうなる召し集めては、「今おのおのなどにぞ給はすべき。まめに仕ふまつるべし」など、召し仰せらるるも、（栄花物語、下、九五④）

このうち、枕草子の（3）（4）は「つべし・ぬべし」の形で〈推定〉を表したものなので、〈命令〉ではない。栄花物語の（5）（6）は、行為要求の例で〈命令〉と考えられる。ただし、この場合も、〈当然〉〈適当〉で解釈することもできる。いずれにせよ、〈命令〉が期待される箇所に「べし」がほとんど現れないということは注目される。

三　中世の〈命令〉を表す「べし」

1　調査対象

次に、慶長古活字版源平盛衰記を主な資料として、「べし」を見ていくことにする。なお、行為要求としての〈命令〉の意味を観察するため会話文で用いられた終止形の「べし」のみを対象とした。その結果、対象となるのは六九二例である。その中で、「べし」が〈命令〉を表すと考えられる例を見ていくことにする。

2　〈命令〉を表す構文中の「べし」

中世では「仰す」は「仰せらる」の形で一語化し、尊敬の意を表すようになる。そこで、一節で扱った「仰す」に類似する形式に着目することにする。「仰下ス」「下知ス」「申遣ス」という形式は中世以降に発達し（後の［表二］参照）、直前の会話文には〈命令〉を表す語が現れることがある。

「……命令形」ト仰下ス・下知ス・申遣ス

(7) 累代ノ名ヲクタシ果《はて》ン事心憂カルベキニコソト歎入タル景色顕《あらは》也ケレバ、重テ勅定ニ、「菖蒲ハ実ニ侍ルナリ、疾《とく》給《たまはり》テ出ヨ」トゾ被二仰下一ケル。（源平盛衰記、巻一六、三、一二〇⑫）

(8) 博士判官、「コハイカニ、此御所ナラデハ何《いづ》所ニ渡ラセ給ベキゾ。虚言《そらごと》ゾ、足ガルドモ乱入テサガシ奉レ」ト下知ス。下知ニ随ヒテ下部等乱入テ、狼藉不斜。信連腹ヲ立テ、「奇怪ナル田舎検非違使共ガ申様哉。我君今コソ勅勘ナランカラニ、一院第二王子ニテ御座。馬ニ乗ナガラ門内ニ打入ヲダニ不思議ト見処ニ、サガセト下知スル事コソ狼藉ナレ。（源平盛衰記、巻一三、三、三一⑨⑫）

(9) 「八条殿ヨリ、『少将相具シテ来レ』ト被二申遣一タリ。急ギ先《まづ》是へ入給へ。イカナル事ニカ、浅猿《あさまし》ト云モ疎《おろそか》也」ト被レ申タレバ、肝魂モ消ハテ、ウツ、心ナシ。（源平盛衰記、巻六、一、一八九⑦）

この〈命令〉を表す語が期待できる位置に、「べし」が用いられた例を見ていくことにする。

「……べし」ト仰下ス・下知ス・申遣ス

(10) 重《かさね》タル院宣ニハ、「門徒ノ僧中ニ器量ノ仁アリヤ。挙シ申ベシ」ト仰下ス。（源平盛衰記、巻二五、五、一二一⑤）

(11) 「江戸・葛西ニ仰テ浮橋渡スベシ」ト下知セラル。江戸・葛西ハ石橋ニシテ佐殿ヲ奉レ射シ事恐思ケルニ、此仰《おほせ》ヲ蒙テ悦ヲナシテ、在家ヲコボチテ浮橋尋常《よのつね》ニ渡《わたし》タリ。（源平盛衰記、巻二三、四、一四三⑤）

(12) 御曹子ハ、雑色《ざふしき》、歩走《かちはしり》ノ者共ヲ集テ、家々ノ資材雑具《ざふぐ》、一々ニ取出《とりいだ》サセテ、河端ノ在家ヲ悉《ことごとく》焼払《やきはらひ》、大勢ヲ一所ニ集《あつむ》ベシ、ト下知シ給《たまふ》。此《この》由、走散《ちつ》テ訇《ののしり》ケレ共、兼《かね》テ山林ニ逃隠《にげかくれ》タリケレバ、家々ニハ人モナシ。（源平盛衰記、巻三五、六、一七三⑭）

(13) 源氏ハ木曾殿へ早馬ヲ立《たて》、「……安宅城ニテ御方ノ兵多《おほく》討レテ、林・富樫ガ党類モ被二打落一ヌ。急《いそぎ》勢ヲ付《つけ》ラルベシ」

トゾ申遣ケル。（源平盛衰記、巻二八、五、一四五⑭）

⑽は「仰下ス」、⑾⑿は「下知ス」、⒀は「申遣ス」の例である。⑽「申ベシ」、⑾「浮橋渡スベシ」、⑿「集ベシ」、⒀「付ラルベシ」のように、〈命令〉を表す語が期待できる位置に「べし」が用いられており、これらの「べし」は〈命令〉を表していると考えられる。

「仰下ス」「下知ス」「申遣ス」の三形式について、〈命令〉を表す語が期待できる位置を見ていくと次の［表二］▼注3のようになる。なお例数を確保するため、［表二］では三形式の直後に会話文が存在する例（下知シケルハ「……」など）も含めた。

		今昔	延慶本	覚一本	盛衰記
仰下ス	命令形	1	9	7	3
	べし	4	6	2	5
下知ス	命令形		15	10	53
	べし		5		17
申遣ス	命令形				1
	べし				1

［表二］

これらの形式は、今昔物語集の頃から用いられ始め、平家物語で多く使われるようになる。盛衰記には、延慶本・覚一本よりも「べし」を承けた例が多く見られることが注目される。

3　覚一本平家物語との対照

盛衰記の例を覚一本と対照すると、盛衰記の「べし」と覚一本の命令形が対応する例が見られる。

（14a）六波羅ニハ公卿殿上人ヒシト並居給タリケルニ、入道宣ケルハ、「大方発《おこ》スマジキハ弓取ノ青道心ニテ有ケリ、永暦元年ニ切ベカリシ頼朝ヲ宥《なだめ》ヲキ、今係《かかる》大事ヲ被二仰下一コソ安カラネ。所詮東国ノ勢ノ馳上ラヌ前ニ宮ヲ取奉テ、土佐ノ畑ヘ流シ奉ルベシ」トゾ被レ定ケル。（源平盛衰記、巻一三、三、二七⑩）

（14b）か丶りけるところに、熊野別当湛増、飛脚をもッて、高倉宮の御謀反のよし、宮こへ申たりければ、前右大将宗盛卿大にさはいで、入道相国折《をり》ふし福原におはしけるに、此《この》よし申されたりければ、聞《き》きもあへず、やがて宮こへはせのぼり、「是非に及《およぶ》べからず、高倉宮からめとッて、土佐の畑《はた》へ流せ」とこそのたまひけれ。（覚一本平家物語、巻四、上、二一四⑧）

（15ａ）三位入道仲綱ヲ呼テ、「イカニ其馬ヲバ遣サヌゾ、アノ人ノ乞カケタランニハ金銀ノ馬也トテモ進《まゐらす》ベシ、縦《たとひ》乞給ハズトテモ、世ニ随《したがふ》習ナレバ追従ニモ進《まゐらす》ベキニコソ。増テ左程《さほど》ニ乞給ハンヲバ惜ムベキニ非ズ。況《いはんや》馬ト云ハ、ノラン為也。家内ニ隠置テハ何ノ詮カ有ベキ。トク〳〵其馬進《まゐら》スベシ」ト宣ケレバ、仲綱力及バズ、父ノ命ニ随テ木下ヲ右大将ノ許ヘ遣テケリ。……（略）……其ニ宗盛ガ詞ノニクカリシカバ、木下ヲバ惜遂ント存ゼシヲ、御命ニ背キガタサニ馬ヲバ遣シ候ヌ。（源平盛衰記、巻一四、三、四二⑨）

（15ｂ）三位入道これを聞き、伊豆守よびよせ、「たとひこがねをまろめたる馬なりとも、それほどに人のこわう物を、おしむべき様（やう）やある。すみやかにその馬、六波羅へつかはせ」とこそ給ひけれ。伊豆守力およばで、一首の歌をかきそへて、六波羅へつかはす。（覚一本平家物語、巻四、上、二二二⑤）

（14ａ）（14ｂ）は、清盛が謀反を企てた以仁王を配流するように命じる場面である。盛衰記の「べし」と覚一本の「流せ」が対応する。（15ａ）（15ｂ）は、頼政が仲綱に宗盛の要求を受け入れるように命じる場面である。盛衰記の「べし」と覚一本の「つかはせ」が対応している。このように、盛衰記と覚一本を対照すると、盛衰記の「べし」と覚一本の命令形が対応する箇所が存在し、盛衰記の「べし」が〈命令〉を表していることが確認できる。

また、覚一本よりも盛衰記の方が用例数が多い上に、右の例とは逆に、覚一本の「べし」と盛衰記の命令形が対応した箇所はないことから、盛衰記の語法が覚一本よりも新しいことを示している可能性がある。

4　〈命令〉だと判断できる表現の共起

前節の（15ａ）の「父ノ命ニ随テ」「御命ニ背キガタサニ」といった表現からも、頼政の発話が〈命令〉であることが確認できる。本節では、これに類似する例を見ていくことにする。

次の今昔物語集の例は、命令形「付ヨ」と、発話内容を〈命令〉と判断できる表現「命ニ随テ」が共起している。

（16）武則、馬ヨリ下《オリ》テ岸ノ辺《ホトリ》ヲ廻《メグ》リ見テ、久清《ヒサキヨ》ト云兵《イフツハモノ》ヲ召《メシ》テ云《イハ》ク、「両《フタツノ》岸ニ曲《マタガリ》タル木有リ。其ノ枝、川ノ面ニ覆ヘリ。汝ヂ身軽クシテ飛ビ超《コユ》ル事ヲ好ム。彼《カノ》岸ニ伝ヒ渡《ワタリ》テ、蜜《ヒソカ》ニ敵《カタキ》ノ方《カタ》ニ超入《コエイリ》テ、其ノ楯《タテ》ノ本ニ火ヲ付《ツケ》ヨ。敵《カタキ》其ノ火ヲ驚カムトス、其《ソノ》時ニ我レ必ズ関ヲ破ラム」ト。久清、武則ガ命《メイ》ニ随《シタガヒ》テ、猿《マシ》ノ如ク彼《カノ》岸ノ曲レル木ニ着《ツキ》テ縄《ツナ》ヲ付《ツケ》テ、卅余人ノ兵《ツハモノ》此ノ縄《ツナ》ニ着《ツキ》テ超《コ》ヘ渡《ワタリ》ヌ。蜜《ヒソカ》ニ藤原《ノ》業道ガ楯《タテ》ニ至《イタリ》テ、火ヲ放《ハナチ》テ焼ク。（今昔物語集、巻二五、四、四〇〇⑤）

（16）は武則が敵陣に火をつけるよう命じる場面である。命令形「付ヨ」からも明らかだが、「久清、武則ガ命ニ随テ」という表現からも武則の発話を〈命令〉だと判断できる。また「火を付ヨ」という要求を受けて、「火ヲ放テ焼ク」と記されており、武則の要求に従う様子が確認できる。

この形式で、命令形「付ヨ」の位置に「べし」が用いられる例を見ていく。

（17）木曽ハ「各《おのおの》参上ノ条、神妙く。但《ただし》召サヌニ参《まゐる》事、大ニ不審、平家ノ方人シテ義仲ヲ計ラン為ニモヤ有ラン。誠ノ志御《お》坐《はせ》バ、義仲ニ腹黒アラジト起請文ヲ書《かく》ベシ」ト宣ケレバ、命ニ随テ起請文ヲ注《しる》シ判形添テ奉ル。（源平盛衰記、巻二七、五、一〇二⑤）

（18）座上ノ人ノ赤衣ノ官人ヲ召テ仰ケルハ、「下野守源義朝ニ被㆓預置㆒御剣、イサ、カ朝家ニ背ク心アリシカバ召返シテ清盛法師ニ被㆑預給タレ共、朝政ヲ忽緒シ天命ヲ悩乱ス。滅亡ノ期既ニ至レリ。子孫相続《つぐ》事難《かたし》。彼《かの》御剣ヲ召返《めしかへす》ナリ。汝行テ剣ヲ取テ故義朝ガ子息前右兵衛権佐頼朝ニ預置ベシ」ト有ケレバ、官人仰《おほせ》ニ随テ、赤衣ニ矢負テ滋藤弓脇ニ挟《はさみ》、御前ヲ罷立ケルガ、無㆑程錦ノ袋ニ裹《つつみ》タル太刀ヲ持参テ座上ヘ進上スル処ニ、（源平盛衰記、巻一七、三、一六三⑧）

（19）平家大《おほき》ニ驚キ、中三権頭ヲ召上テ、「イカニ兼遠ハ、木曽冠者義仲ヲ扶持シ置《おき》、謀叛ヲ起シ朝家ヲ乱ラントハ企ツナルゾ。速《すみやか》ニ義仲ヲ搦進《からめまゐら》スベシ。命ヲ背カバ汝ガ首ヲ刎《はね》ラルベシ」ト被《せられ》㆓下知㆒ケレバ、（源平盛衰記、巻二六、五、四五⑭⑮）

（17）は義仲が武士達に起請文を書くように命じる場面である。「命ニ随テ起請文ヲ注シ判形添テ奉ル」とあるので、義仲の発話を〈命令〉だと判断できる。「起請文ヲ書クベシ」という要求を受けて「起請文ヲ注シ」と従っていることからも、「べし」が〈命令〉を表していると考えられる。（18）は雅頼が見た夢に関する記述である。「官人仰ニ随テ」とあるので、天照大神の発話を〈命令〉だと判断できる。「頼朝ニ預置ベシ」という要求を受けて「進上スル」と従っていることからも、「べし」は〈命令〉を表していると考えられる。(19)は平家が兼遠に義仲を連れてくるように命じる場面である。発話者である宗盛自身が「命ヲ背カバ」と述べているため、発話者自身が〈命令〉であることに自覚的である。また引用句直後に「下知」が共起していることからも、〈命令〉であることが確認できる。

5　調査のまとめ

右の調査から、次の三点が明らかとなった。

Ⅰ　活用語命令形が期待される構文中に「べし」が現れる

Ⅱ　盛衰記の「べし」と覚一本の活用語命令形が対応する例がある

Ⅲ　「べし」が〈命令〉を表すことを、他の表現から確認できる例がある

これらのことから、盛衰記の頃の「べし」には活用語命令形に近似した〈命令〉が存在したと考えられる。また資料の分量差はあるものの、覚一本に比べて盛衰記は〈命令〉が多用されている。このことは、盛衰記の語法が覚一本よりも新しいことを示している可能性がある。

四　おわりに

本稿では次の二点について述べた。

ⅰ　中古の和文で「べし」の〈命令〉はほとんど見られないが、中世になって多く見られるようになる。

ⅱ　盛衰記には〈命令〉の「べし」が多く用いられ、覚一本・延慶本より新しい語法を取り入れていると考えられる。

本稿では通時的な観点から「べし」の〈命令〉について見てきた。和文資料に例が少ないことを踏まえると、延慶本・盛衰記よりも覚一本の例数が少ないのは、時代差や語彙量の差だけではなく、文体差も影響している可能性がある。「べし」の〈命

令〉と文体との関係については、今後の課題としたい。

調査資料

源平盛衰記（市古貞次、大曽根章介、久保田淳、松尾葦江、美濃部重克、榊原千鶴『源平盛衰記（一〜六）』三弥井書店・巻三七以降は渥美かをる『源平盛衰記慶長古活字版』勉誠社による）／延慶本平家物語（北原保雄、小川栄一『延慶本平家物語 本文篇』勉誠出版）／覚一本平家物語（新日本古典文学大系）／源氏物語（『源氏物語大成』中央公論社）／竹取物語・土左日記・伊勢物語・大和物語・和泉式部日記・紫式部日記・栄花物語・浜松中納言物語・更級日記・大鏡・今昔物語集（日本古典文学大系）／かげろふ日記（佐伯梅友、伊牟田経久『改訂新版かげろふ日記総索引 本文篇』風間書房）／枕草子（榊原邦彦『枕草子本文及び総索引』和泉書院）

参考文献

大鹿薫久「「べし」の文法的意味について」『森重先生喜寿記念ことばとことのは』和泉書院、一九九九年

小田勝『古典文法詳説』おうふう、二〇一〇年

川村大「ベシの諸用法の位置関係」『築島裕博士古稀記念国語学論集』汲古書院、一九九五年

川村大「事態の妥当性を述べるベシをめぐって」『山口明穂教授還暦記念国語学論集』明治書院、一九九六年

北原保雄『日本語助動詞の研究』大修館書店、一九八一年

中西宇一「「べし」の推定性——様相と推定と意志——」『萬葉』七一号、一九六九年

注

（1）「べし」の意味を二つに分けて捉えている先行研究は多い。北原保雄（一九八一）、川村大（一九九五・一九九六）、大鹿薫久（一九九九）など。川村大は、事態の妥当性を巡る表現性を帯びる用法群（B群）の下位分類として〈命令〉を位置付ける。また、大鹿薫久は、「天皇が臣下に向かって宣る、という構制においてそのほとんどが結果的に命令になる。しかし、文法的には「義務」であろう」と述べる（七〇頁）。

（2）伊勢、土左、和泉式部、紫式部には用例がなかった。

（3）同一引用句内に同一の形式が複数例見られた場合、一例として数えた。なお、竹取・伊勢・土左・大和・平中・かげろふ・枕草子・源氏・和泉式部・紫式部・栄花・浜松中納言・更級・堤中納言・大鏡には用例がなかった。

III 描かれた源平の物語

『源平盛衰記』を始めとする源平の合戦の物語を絵画にする作業は、古くから行われていたと考えられる。そして、現存している江戸時代以前の作品に限ったとしたならば、その調査・研究は簡単に進むと思われがちである。しかしながら、その作品の全貌を記した本や論文はまだ現れていない。

だいたい、源平合戦の絵画には、どのようなものが存在しているのであろうか。一般的には、絵巻物や絵本を思い浮かべるであろうが、屏風や掛け軸、さらには、絵馬や扇子に描かれた作品等を含めたら、おそらく大変な数に上るであろう。実は、これは軍記物語に限ることではなく、さまざまなジャンルでも同じ現象が見られるのであるが、古い説話や物語の絵画化は多岐にわたっているのである。

たとえば、著名な『源氏物語』であっても、絵巻や絵本についての作例は少ないが、屏風だけを取り上げても枚挙にいとまがなく、とても数え上げることはできない。源平合戦についても、それと同じことが言える。おまけに、源平合戦については、出典の本文の違いがあり、直接的に何を元に描いたかという問題も存在し、簡単に『源平盛衰記』の絵画だけを研究するというわけにはいかないのである。描かれたものは、極端な場合には、在地の伝承を元にしたことも考えられるのである。

このような状況の中で、比較的整理しやすい絵巻と奈良絵本の調査・研究は、今後進むことになるであろう。しかし、『源平盛衰記』に限れば数に限りがあると思うが、『平家物語』ということになると、現代においても次々と新たな作品の情報が報告されている状況である。最近の研究によって、奈良絵本・絵巻の制作は十七世紀に集中していることが分かってきたが、それらと類似する屏風類や、それらの元になった絵入り版本も十七世紀に制作されたと考えるべきであることがわかってきた。現存する本格的な源平合戦の絵画の多くが十七世紀の制作であり、それらを受けて、浮世絵や草双紙、絵馬等の作品群が作られているようなのである。

本章で取り上げる、1石川透／2工藤早弓／3出口久徳／4山本岳史／5宮腰直人／6小林健二／7伊藤悦子／8相田愛子の各論文は、まさにそのような事実を明らかにすると共に、それぞれの関心による、源平合戦の絵画についての試論というべきものである。取り上げるべき作品がまだまだ出現している以上、本格的に全てを網羅するような源平合戦絵画研究はできるはずもないが、本書は現時点での研究推進の力となり得るであろう。

（石川　透）

1 軍記物語の奈良絵本・絵巻

石川 透

一 はじめに

四年間の共同研究（本書「あとがき」参照）の最終年度報告書が出た後の二〇一四年三月に、たまたま、アメリカのプリンストン大学を訪れる機会を得た。直接の理由は、『相模川絵巻』という、同大大学院生のパトリック・シュエーマー氏により最近報告された絵巻の調査をするためであった。

この『相模川絵巻』は、いちおう、御伽草子に分類されているが、きわめて幸若舞曲の色彩の濃い『相模川』という作品を絵巻化した作品で、内容的には源頼朝を始めとする源平合戦の登場人物たちが活躍するユニークなものであった。その絵画資料は、岩国徴古館が所蔵する版本があるのは知っていたが、その絵巻、しかも朝倉重賢が詞書を書いたと推測しうる美しい絵巻が存在していたのに驚き、京都の草紙屋における版本から奈良絵本・絵巻への制作過程の問題を考察する上で重要な資料と考えていたのである。これについては、いずれどこかに報告するとして、私が行く直前にプリンストン大学へ調査へ行っていた佐々木孝浩氏から、既に知られている『平家物語』の奈良絵本以外に、『保元・平治物語』の奈良絵本が存在することも教えられていたので、短い時間であったが、その調査も行った。

これもたまたま、『保元・平治物語』の奈良絵本については、磯水絵氏を中心に、二松学舎大学が近年所蔵することになった奈良絵本の共同の調査研究を行い、最近、『源平の時代を視る』（思文閣出版、二〇一四年二月）が出版され、私も一文を記していたのである。そこでも触れたが、近年、『平家物語』とともに、『保元・平治物語』の奈良絵本・絵巻も次々と登場し、報告が行われていたのであるが、プリンストン大学に『保元・平治物語』の奈良絵本が存在することは知らなかった。これは、半紙本縦型の奈良絵本で、それこそ、二松学舎大学本・彦根城博物館本・エジンバラ市立図書館本・架蔵断簡等と同じ体裁であった。

それらを見終わった後に、既に紹介もされ、インターネットにも掲載されている、奈良絵本『平家物語』を見たのであるが、実は、一番驚いたのは、この奈良絵本『平家物語』であった。以前、本書が紹介されているのを見た時には、半葉十行の普通の奈良絵本、すなわち、これも『平家物語』の奈良絵本として近年多く報告されるようになった半紙本型の奈良絵本であると思い込んでいたのであるが、実際には、一回り大きい特大縦型、しかも、詞書筆者は、私が以前は『太平記絵巻』筆と呼んでいた、高級な奈良絵本・絵巻にのみ出てくる筆者であったのである。

となると、これも近年出現した、海の見える杜美術館蔵奈良絵本『舞の本』と同じ体裁、同じ詞書筆者であることになる。奈良絵本『舞の本』は四十冊を超える大作であるが、このプリンストン大学蔵奈良絵本『平家物語』も三十冊の大冊である。ということは、海の見える杜美術館蔵『保元・平治物語絵巻』十二軸、個人蔵『源平盛衰記絵巻』十二軸、各機関蔵『太平記絵巻』十二軸、各機関蔵『舞の本絵巻』十軸以上、等と同じ詞書筆者ということになる。奈良絵本・絵巻は、十冊、あるいは十軸を超える作品はきわめて珍しい。その珍しい奈良絵本・絵巻の大作群を、同じ筆者、さらに言えば同じグループが制作していたことがわかってきたのである。そして、その内容は、軍記物語であったのである。これには、明らかに制作上の意図がある。そのような問題意識を持ちながら、軍記物語の奈良絵本・絵巻について、考察を行いたい。

二　プリンストン大学蔵『平家物語』の書誌

最初に、プリンストン大学蔵奈良絵本『平家物語』の、私の取った書誌を簡略に記したい。

所蔵、プリンストン大学
形態、奈良絵本、三〇冊
時代、［江戸時代前期］写
寸法、縦三〇・〇糎　横二二・六糎
表紙、鶯色地金繍模様表紙
外題、「平家物語」
内題、「平家物語」
字高、約二四・〇糎
料紙、斐紙
印記、なし

また、この奈良絵本『平家物語』と同じ大冊の奈良絵本『舞の本』の書誌を記してみると、以下の通りである。

所蔵、海の見える杜美術館
形態、奈良絵本、四七冊
時代、［江戸時代前期］写
寸法、縦三〇・〇糎　横二二・五糎
表紙、紺色地金泥模様表紙
外題、「いるか」等
内題、なし
字高、約二三・五糎
料紙、斐紙
印記、「游焉館図書」

この海の見える杜美術館蔵奈良絵本『舞の本』については、その絵画部分のカラー写真を中心とした本を、星瑞穂氏と私の共著で三弥井書店から、二〇一四年一〇月に出版している。その解説に記したが、奈良絵本『舞の本』は、一部欠けており、なおかつ、おそらく制作直後に絵も詞書も別の筆者が、同じ体裁に作って補ったと考えられる部分があり、中心となるのは、三十三作品四十四冊である。その奈良絵本『舞の本』四十四冊と、奈良絵本『平家物語』三十冊が、少なくとも詞書筆者は同一であり、本としては、『保元・平治物語絵巻』等の体裁とも酷似しているのである。

奈良絵本『舞の本』は、「游焉館図書」の印記があるように、大分府内藩の旧蔵であった。当主の松平家は、著名な岩佐又兵衛絵巻群や林原美術館蔵『平家物語絵巻』とも関わる、江戸前期絵巻の制作や収集を行っていたと考えられる越前松平家の子孫である。林原美術館蔵『平家物語絵巻』は、現在、『平家物語』の絵画資料の代表として、さまざまな教科書や図録に登場しているが、絵入り本としての形から考えると、上記の奈良絵本や絵巻とはタイプが異なる。しかしながら、おそらくは、制作の時代はかなり近いであろうと考えている。

三　豪華奈良絵本・絵巻の筆者

この奈良絵本の『平家物語』と『舞の本』の詞書筆者は、『奈良絵本・絵巻の生成』（三弥井書店、二〇〇三年八月）、『奈良絵本・絵巻の展開』（三弥井書店、二〇〇九年五月）、さらには、『保元・平治物語絵巻をよむ』（三弥井書店、二〇一二年八月）にも（その一覧を含めて）記したように、大量の奈良絵本・絵巻の詞書を制作している。ただし、その名前はいまだに判明していない。おそらくは、豪華奈良絵本・絵巻専門の筆耕であったのであろう。

奈良絵本・絵巻の筆耕についても前掲書等に記したが、近年では、仮名草子作家として著名な浅井了意や、人物像は不明であるが朝倉重賢、さらに女性で絵も描いた居初つな等、名前の判明する者が出てきた。これは、大量に存在する奈良絵本・絵巻の筆跡を分類することから明らかになってきたものである。この研究方法はきわめて有効で、奈良で作られたと考えられていた奈良絵本・絵巻が、実際には、江戸時代前期に京都で作られていたことも推測できるようになった。ともかくも、ある程度伝記の知られた筆者がわかれば、とうぜん、それまで、さまざまに言われてきた奈良絵本・絵巻の制作年代もわかってくるのである。

この奈良絵本『平家物語』の筆者の作った奈良絵本・絵巻群は、いずれも、朝倉重賢・浅井了意が筆耕を担当した奈良絵本・絵巻群の体裁と近似している。朝倉重賢の生没年は分からないが、浅井了意は没年が判明しており、その奈良絵本・絵巻の制作時期は、十七世紀の半ばから後半であることは確実である。その浅井了意の作る奈良絵本・絵巻と近似する奈良絵本・絵巻を、この奈良絵本『平家物語』の筆者が作っている以上、時代もほぼ同じであるということになる。

朝倉重賢については、近時紹介された、サントリー美術館に納入された『徒然草絵巻』二十軸が、署名はないものの、朝倉重賢の筆跡であった。この『徒然草絵巻』の絵画部分には署名があり、絵屋で活躍した海北友雪であった。彼は、詞書はプリンストン大学蔵奈良絵本『平家物語』と同じ筆者である、『太平記絵巻』の絵画を担当したと推測されている。このことから、朝倉重賢も、浅井了意とほぼ同じ時期、すなわち、十七世紀の半ばから後半にかけて活躍していたことがはっきりしている。

さらには、プリンストン大学蔵奈良絵本『平家物語』の筆者と朝倉重賢が、同じ題名の奈良絵本・絵巻を同じような体裁で作っていることも判明している。ちなみに、この奈良絵本『平家物語』は、大きさは一回り小さくなるが、半紙本型の真田宝物館蔵奈良絵本『平家物語』と、絵画部分を含めてよく似ている。その真田宝物館蔵奈良絵本『平家物語』は、朝倉重賢の筆跡であり、しかも同じ三十冊なのである。

どうしてこのような、ほぼ同じタイプの奈良絵本・絵巻が同じ作品で複数存在するのかについてであるが、結論は単純で、制作する場が同じか、かなり近かったということしか考えられない。同じ工房、あるいは、同じ絵草紙屋で作られたと考えるべきであろう。浅井了意、海北友雪、居初つな等は、京都に住んでいたことがはっきりしている。となると、これらは、京都の絵草紙屋で制作されたと考えるのが穏当であろう。朝倉重賢の制作した絵巻には、城殿や小泉といった、京都の街中に存在した絵草紙屋の印鑑が押されていることも多いのである。

では、誰が制作を命じたのであろうか。おそらく、この大作の奈良絵本・絵巻の筆耕や、浅井了意、朝倉重賢等は、絵草紙屋から依頼を受けて、筆耕を担当していたに過ぎないであろう。後に、浅井了意は、この経験を元に本の内容を作る仮名草子作家になったと考えられるが、多くの筆耕は、絵草紙屋に命じられるままに、忠実に豪華本の本文を写していたのであろう。この奈良絵本・絵巻は、大量に作られたといっても、版本に比べれば、その数は知れている。しかも、豪華なものとなれば、それを担当できる人間は限られている。本としての数や、筆耕の人数に限りがあるので、筆跡の分類ができるのである。

四　注文者の問題

では、江戸時代前期、すなわち、十七世紀中盤から後半にかけて、これらの奈良絵本・絵巻を誰が注文したのであろうか。プリンストン大学蔵奈良絵本『平家物語』と同じレベルの海の見える杜美術館蔵奈良絵本『舞の本』は、大分府内藩の松平家に所蔵されていた。また、プリンストン大学蔵奈良絵本『平家物語』と構成が近似している真田宝物館蔵奈良絵本『平家物語』は、もちろん、真田家旧蔵である。さらには、熊本大学図書館蔵奈良絵本『平家物語』は、細川家の旧蔵である。これだけ見ても、これらの軍記物語関係の奈良絵本・絵巻は、大名家が所蔵していたことが分かる。もし、これらが嫁入りによってもたらされたとしても、その嫁の実家は大名家であろうから、注文主は、大名と考えるべきであろう。

こうした中で、特記すべきなのは、近年紹介された『源平盛衰記絵巻』である。これは、以前に述べたように、絵巻としての形は、各機関が所蔵する『太平記絵巻』とよく似ている。少なくとも、その両者の詞書は同筆である。だいたい、絵巻といえば、絵画の部分と詞書の部分が交互に貼られているのが普通であるが、この二つは、基本的に金をふんだんに使用した絵画が中心で、詞書は、周りの霞の部分に小さく書かれている。とうぜん、本文は全文を記すのではなく、いわゆる抜粋である。これまで、半端にしか存在していなかった『太平記絵巻』が美術史を中心に頻繁に論じられてきたのであるから、同レベルの完本が出てきた衝撃は大きかった。しかも、この『源平盛衰記絵巻』は、売り立て目録の存在から、水戸徳川家旧蔵であったことがはっきりしているのである。『太平記絵巻』は、今はばらばらになっているが、その旧蔵者には水戸徳川家と関わる家もあることや、何より全く同じ体裁であることから、『太平記絵巻』も水戸徳川家旧蔵と考えるべきであろう。

とくに江戸時代には、版本の世界でも、写本の世界でも、『源平盛衰記』と『太平記』とがセットになっていることが多い。

版本の本文の冊数で言えば、『源平盛衰記』は四十八冊、『太平記』は四十冊であるから、量的な意味でも、ちょうどよい組み合わせである。その両者を同時に頼むのはいたって普通の発想である。

その絵巻を注文したのは、江戸時代半ばから後半にかけての水戸徳川家の当主である水戸光圀ということが考えられる。歴史に興味があった徳川光圀が注文主であるならば、このような豪華な絵巻を作らせても何らおかしいことではない。ともかくも、この二つの絵巻の豪華さは、水戸徳川家の注文であったからこそできたのであると考えられるのである。

そして、御三家に準じる松平家もこれらの絵巻を注文していた。とうぜん、徳川家・松平家が注文するのであるから、周りの大名家も競って注文したものと思われる。基本的には、江戸に住んでいた大名家の注文は、江戸時代前期までは文化の中心であり、奈良絵本・絵巻の制作業者、すなわち、絵草紙屋があった京都に出されたのである。もちろん、仲介する者がいくつもあって絵草紙屋を中心にして、これらの奈良絵本・絵巻が作られたのであろう。絵草紙屋は、絵画は絵師に、詞書は筆耕に書かせ、表紙を付ける等、分担作業の末に、奈良絵本・絵巻を完成させた。

そのさい、よく注文主の意向が反映されたということが言われるが、少なくとも、本文を変えるのは難しいであろうし、絵画も注文主の先祖ばかりを出すわけにもいかないであろうから、行われても、かなり、限定的であったろうと考えている。もし、そのようなことが行われたとすると、例えば、絵本・絵巻を収める漆箱には、家紋を入れるといったことができると思うが、本体そのものにまで注文が行われることはほとんどなかったであろう。

ただし、注文がなくなれば、とうぜん、制作することもなくなる。大名家は元禄年間頃から、少なくとも経済的には苦しくなっている。それと軌を一にするように、大名家と関わりの深い軍記の作品群の注文はなくなっていたろう。そして、裕福な庶民が台頭し、彼らの一部は、奈良絵本・絵巻の注文もしたと思うが、基本的には、奈良絵本・絵巻は作られなくなり、とうぜんのことながら、それを制作する場所もなくなっていったのである。

五　おわりに

文学や美術の研究からすると、奈良絵本・絵巻の本文や絵画は、どのように書かれたり描かれたのかが問題になるが、最近では、版本を元にすることが多いことがわかっている。そのさい、本文は（版本と写本で書き方のルールの違い、例えば、版本には句点濁点を多く記すが、写本には少ない、といったこともあるが）基本的には、ほぼそのままの本文を書くことがわかっている。その点、絵画の方は、構図としては似ているが、絵そのものはかなり違うことが多い。そもそも、奈良絵本・絵巻の方が絵画場面の数が多いので、版本にない絵も描く必要が出てくる。ということは、本文よりも絵の方が個性が出ることになる。絵画と本文の研究は、まだまだ不十分で、研究の必要な分野なのである（石川透編『中世の物語と絵画』竹林舎、二〇一三年五月）。

プリンストン大学蔵奈良絵本『平家物語』の本文筆者は、豪華な軍記物語奈良絵本・絵巻群を制作していた。その名前や人生はわからなくとも、大量に存在する奈良絵本・絵巻の中に位置付けてみれば、さまざまなことが分かってくるのである。

2　水戸徳川家旧蔵『源平盛衰記絵巻』について

工藤早弓

一　はじめに

四十八巻もある『源平盛衰記』。めっぽう面白く知識も増えるし読みたいのだけれど如何にせん長過ぎる。登場人物が大勢で記憶しておくのが大変。つぼを外さずにコンパクトに楽しく読む事はできないだろうか。そういった思いを持つ人の願いを叶えたような『源平盛衰記』を絵巻物にした作品がある。どのような人がどのような感慨を持ってこの絵巻を繙いたのだろうか。そうしてどのように鑑賞したのだろう。世に知られたのは数年前の事。まだ研究途上の『源平盛衰記絵巻』のもつ特色や魅力を探っていこうと思う。

奈良絵本や奈良絵巻に描かれたのは短編の室町物語が主であった。絵所の専門の絵師によるものや町絵師によるもの、さらには素人の素朴な手遊びらしき作品など　画風はさまざまで、江戸時代の前期になると平安朝の物語とともに軍記物語も制作されるようになった。しかし『源平盛衰記』は『平家物語』にくらべてもより大部のためか作品化が困難だったと思われる。これまで全巻にわたって絵画化され完本として知られているものは、海の見える杜美術館所蔵の大型奈良絵本五十冊が唯一のものだった。

図1　箱写真
旧大名家の伝本を納得させる四段の塗箱。

本稿で取り上げる『源平盛衰記絵巻』十二巻（個人蔵）の出現はそれまでに知られていた軍記物絵巻や奈良絵本を考察する上で様々な可能性を広げることになった。今では『源平盛衰記絵巻』（青幻舎、二〇〇八年五月）により全巻を俯瞰することができるのである。加美宏による解説によれば旧所蔵者は水戸徳川家であったらしい。絵巻十二巻はそれのために特別に誂えられたと思われる四段の塗り箱に入っており、格式高く伝来して来たことを偲ばせる（図1）。伝来が明確で、その上作成された時そのままの姿を保っているというのは希有で貴重なことである。その絵巻は「源平盛衰記」四十八巻を四巻ずつ十二軸に構成し、各巻二十から二十七程の章段に分けた場面が描かれている。そしてその場面それぞれの上部に解説文を添えるという極めて珍しい体裁をとっている。

石川透はその形式が埼玉県立博物館、アメリカのスペンサーコレクション、国立歴史民族博物館などが所蔵する『太平記絵巻』との類似を指摘し、さらに解説文の筆跡も同筆であるとした（『奈良絵本・絵巻研究』第九号・二〇一一年九月）。石川は七十をこえる絵巻や奈良絵本が同筆であると報告しているが、その多くは寛文・延宝頃に制作されたとおもわれる大型の絵巻であり、大型の奈良絵本であって、特別誂えの絵巻の本文の書写を専門に担った人物の存在を推察している。なかでも海の見える杜美術館所蔵の『保元・平治物語絵巻』十二軸は先の『太平記絵巻』・『源平盛衰記絵巻』（以下『盛衰記絵巻』とする）のように絵の上下部分に詞書を書かず、本文と絵とが交互に書かれている形式のものであるが、十二軸という体裁や、詞書が同筆ということを考えると、この三つの絵巻はその豪華さや格式の高さから考えて、それを所有するにふさわしい注文主の要請に応え、同じ環境の中で制作されたと考えてもよいと思われるのである。『源平盛衰記絵巻』の所有者が水戸の徳川家であることがほぼ明確になったことで、残り二つの絵巻についてもその来歴や所有者について

図2　巻十一の20図
捕らわれ人となった平家の都入り。由縁の人々の悲しみだけでなく、口さがなく悪口を言う癩人法師一行も見える。

いくつかの想像をすることができそうである。例えば、歴博本『太平記絵巻』三軸は、近世はじめ頃禁裏で収集された一部が、有栖川宮家を経て「高松宮禁裏本」として継承されたもののなかにあった。杉山正司は合戦絵巻でありながら戦さを形式化し優美に描く傾向や、武士よりも公家の立場を優位に置く傾向などから、この絵巻が武家からの注文ではなく公家（御所ないしはその周辺）の注文によるものではないかと想像している（特別展図録『太平記絵巻の世界』埼玉県立博物館、一九九六年八月）。十二巻という同じ形式で、さらに同筆の絵巻が三種ということになると、注文主と所有者は同一なのだろうか、それとも別々なのだろうか。

二　『源平盛衰記絵巻』の特色

冊子本に比べると巻子本は手軽には見難いものである。時間を追って話が動いて行くので、前へ戻るには巻き戻しが必要であり、簡単には話の流れをさかのぼり確かめる事ができにくい。その形式をもつ高価な絵巻物は個人が一人で開き鑑賞する事はほとんどなかったと考えてよいだろう。『実隆公記』には、参内した実隆が御前で物語や縁起絵巻などの絵詞を読む記事が散見されるが、しばしば読み手を交代した事も記されている（長享二年（一四八八）八月十三日・延徳二年（一四九〇）七月二十二日）。見る人、詞書を読む人、広げたり巻き戻しをする人など、集団で絵巻や物語を楽しむ文学の場が存在していたのである。そこでは当然、その場面についての感想や批評が飛び出したり、前後の話を知った人が解説を付け加えることもあっただろう。『盛衰記絵巻』はまさにそのような場で絵を見るためのものとして制作されたと

図３　『源平盛衰記』延宝八年版巻十
（京都府立総合資料館蔵）
硫黄島に着いた有王と俊寛の再会

図４　巻三の11図
変わり果てた主人に会い、ショックで倒れ伏す有王。間もなくその死を見ることになる。

思われる。『平家物語』などで広く知られた場面を継承し絵画化する傾向があり、本文解説は要領よく最低限に押さえられている。また場面ごとに変化を持たせ、飽きずに最後まで見せる工夫がされている。例えば『盛衰記』巻一・五節夜闇討では五節の舞姫の起源が語られ、奈良絵本『盛衰記』や版本には舞姫の図が描かれているのだが、『盛衰記絵巻』では雅な乙女舞は省かれ、次に続く殿上の闇討ちという緊迫した場面に主眼がおかれているのである。行事の起源など公家的な知識には関心が薄かったのかもしれない。その代わりに『盛衰記絵巻』巻七で福原での質素な新嘗会でその起源を述べている。また巻三・旋風の事では、辻風で家や人々が倒れる場面を入れるが、その少し後の地震の図は省き、大地震のエピソードは巻十二・大地震の事で描くなど、画面の重複するものは取捨選択し調整している事が窺える。

合戦物、室町物語などの絵巻に往来を行く行列を描く例は多くあるが、『盛衰記絵巻』は、都遷りや帰還、勝者凱旋、敗者の大路渡しなど行粧細かに王者・王権を表現している。絵画の道行文ともいうべき行列を描く場合は、見物人も含め長大な絵巻の特色を生かした華やかなシーンとなるのだが、巻一・日向太郎通良首を懸くる事、巻四・都遷り、巻六・主上両院還御の事、巻八・貞能西国より上洛の事、巻十一・平家の生けどり都入り、癩人口説き事（巻十一の20図）、巻十二・法皇大原入御の事（巻十二の20図）と十二巻のうちにバランスよく配分されている（図２）。

また記事の主題を的確に把握し、最も効果的な場面を設定している。

図５　巻五の14図
人妻袈裟に懸想した男は女をその夫と思い手にかける。奥に夫が寝ている。

絵巻三・有王硫黄島に渡る事では、島に一人取り残された俊寛を訪ねてはるばるやってきた有王が変わり果てた主人を見つけ、ショックで地に倒れ泣き伏す図を描いている。寛文・延宝の版本（図３）は、有王の行動を本文に即して描き、十図に渡る説明的な変化の少ない挿絵が続いているが、絵巻の作者は僅か一シーンで見事に悲劇性を表している（図４）。そのシーンを前にして人々があれこれと解説を付け加え、物語の場が膨らんで行く様子が想像されるではないか。同じく巻五・文覚発心の事は人妻袈裟を懸想した遠藤盛遠が袈裟を夫の渡と間違えて狙う場、次いで間違いに気付き夫に袈裟の首を届けようとする盛遠、と版本にある十図分を二図に圧縮し、話を知る人々にとっては十分な絵画情報となっている（図５）。

合戦の場面も横に時間軸をずらして行く絵巻の特色を生かした構図が繰り広げられ、貼り紙によって特定される英雄の、その戦での活躍を見ることができる様になっていて臨場感がある。そこには武士たちの活躍とともに、主従や親子の情愛などのエピソードもしっかり描かれている。しかしながら岩佐又兵衛風の絵巻のように、血が飛び散る酷たらしい場面は避ける工夫がなされ、切腹なら刀を構えて今まさに、という直前で留められ表現は抑制的である。戦国の名残の又兵衛風からもう少し後、世が太平に近づいている時代の傾向と思われるし、注文主の意向や立場にも配慮した結果と受け止める事ができよう。

皇室や貴族に対する配慮もこの絵巻の特色の一つである。先の帝や院の往還の行き届いた描き方のほか、保元の乱の崇徳院の描かれ方に注目してみると、巻二・讃岐院の事では、崇徳院が配流先で大乗経を書写する図となっているが、これが版本となると髪も爪も切らぬおどろおどろしい院の姿として表されているのである（図

6)。巻三・教盛夢の事では、忠正・為義に囲まれ天狗になった崇徳院を乗せた輿が黒雲の中に浮かんでいるが、崇徳院そのもののすがたは描かれてはいない（図7）。『盛衰記絵巻』が水戸徳川家の伝来を持つ事を思うと、元和二年（一六二〇）後水尾天皇に嫁し、後に東福門院と呼ばれた徳川和子以来、皇室と徳川政権との融和が図られたことも影響しているのかもしれない。

殺伐とした合戦の合間には女性を巡るエピソードも適度に挟まれている。平曲で言えば、祇王や小督など女性説話に当たる挿話（図8）のほか、女房たちの登場する行事や管弦の場など華やかな画面は見る人の目をたのしませたと思われ、その一方で、家族との別れ（図9）や死の悲劇に直面する母や妻、乳母などの姿が繰り返し出てくる。いわゆる絵になる話を積極的に画面化していると思われるのであるが、それを全巻通してバランスよく配置し、見手の興味を引きつける工夫をしているのである。

家の悲劇を丁寧に描くのと同じように、『盛衰記』各所に記されている中国の故事についても、よく知られたドラマチックな場面を

←図6　『源平盛衰記』延宝八年版巻八（京都府立総合資料館蔵）天下を乱す大魔にならんとする崇徳院。髪も爪ものびたままである。

↓図7　巻三の21図
鬼や天狗とともに保元の乱で亡ぼされた軍勢に担がれた崇徳院の輿。

図８　巻五の２図
清盛と仏の前で舞う祇王。嵯峨野の奥、出家した祇王たちの庵を訪れる仏。

図９　巻八の16図
妻子と別れ後髪ひかれながら都落ちする維盛。残された家族には厳しい運命が待っている。

持つ話題のみを選択し採用している。絵巻二には後白河法皇の御所を攻めようとする入道清盛を諫めた重盛が自ら軍勢の招集を試み、万が一の時にも主従の契約を怠らないようにと告げる図（図10）のすぐ後、周の幽王と妃褒姒のエピソードが続く（図11）。峰々に烽火をあげて戦に兵を招集する時のみ笑う妃の顔見たさに、幽王がたびたびあげた烽火に翻弄された兵士たちは、本当の呼び出しに応ぜず、遂に国が滅びてしまったという故事である。また絵巻五には燕丹・始皇帝の事（図12）、咸陽宮と二場面が続き、情けをかけた相手に反逆される例を挙げて、頼朝に挙兵を促す文覚の活躍へと話の流れを繋いでゆく。

　先の石川の調査により江戸時代前期に制作された大型奈良絵巻に『盛衰記絵巻』と同筆のものが多数報告されたが、なかでも『咸陽宮』始め『蓬莱山』・『舟の威徳』・『張良』など異国情緒あふれる中国の宮廷の有様を描いたものも多い。この事は大型絵巻を所有する一定の階層の、当時の知的興味や好みを反映していると思

図10　巻二の11図
後白河法皇を攻めようとする父を諌めに来た重盛は平服のまま。あわてて鎧の上に衣を羽織る清盛。

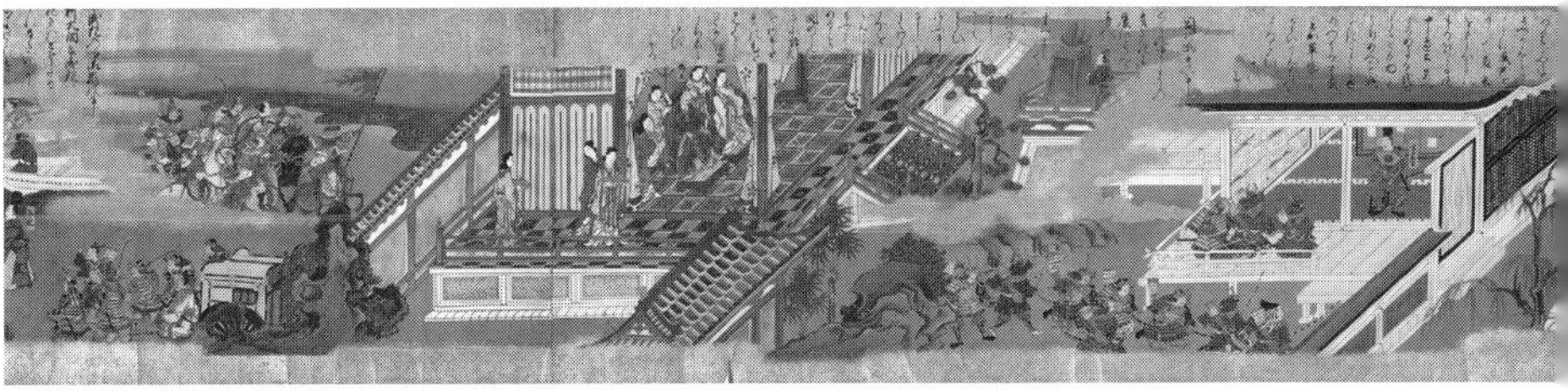

図11　巻二の13図
右は軍勢を招集する重盛。左は烽火が上がるのを眺める幽王と妃。軍勢が駆けつけている。

図12　巻五の7図
始皇帝を殺そうとする二人の刺客。隣室の皇后の琴の音に心乱れ暗殺は失敗する。

われるが、『盛衰記』の中国種で『盛衰記絵巻』に選ばれているのは、周王と始皇帝のほかは、敵に降る事をよしとせず雁の翼に手紙を託して十九年後に救出される忠臣蘇武の故事巻二のみである（図13）。源氏と平氏の動向に主眼を置いて、支配者や忠臣のあるべき姿を、百科全書的な記述の箇所を省いて、簡潔に、しかもインパクトをもって絵で見せるための選択がされているのである。注文主の意向がどのように伝えられ、汲み取られたのだろうか、興味は尽きない。

三　『源平盛衰記絵巻』の制作

『盛衰記絵巻』・『太平記絵巻』・『保元・平治物語絵巻』十二軸はいずれも同筆と指摘されているが、『盛衰記絵巻』と『保元・平治物語絵巻』は文字だけでなく絵にもよく似た特徴を見る事ができる。保元の乱に敗れて都落ちした左大臣藤原頼長が、首に流れ矢を受けて落馬する場面（『保元・平治物語絵巻をよむ』

図13　巻二の21図
雁を捕らえて文を結ぶ蘇武。

図14　落馬する高倉宮。
同図ながら『保元・平治物語絵巻』では史実通り頼長の首に矢が当たっている。

三弥井書店、二〇一二年八月）と、『盛衰記絵巻』巻四の、平氏に攻められ宇治を落ちて行く途中に、やはり矢を受けて落馬する高倉宮の図とを比較してみると、同じ落馬のシーンとは言いながらそのたたずまいは瓜二つである（図14）。周の幽王の場面では、烽火台が反転しているほかは幽王の衣装の表現なども実によく似ているのである。『平治物語』の平清盛の描きかたをみると、戦場の武者姿以外は、捕えた源頼朝に対面する場面や六波羅へ出頭した常盤に会う場面など、物語や史実とは異なり既に出家した姿である。この二つの絵巻は描かれた人物の頭部を比較的大きく描くなどの共通点もあり、同じ粉本を参考にする事ができた絵師グループの存在を想像することができると思われるのだが、清盛については、ほとんどが法体姿である『盛衰記絵巻』に引きずられて、『保元・平治物語絵巻』の清盛もそのスタイルになってしまったと考えられる。『盛衰記絵巻』が先に制作されたのではないだろうか。

　大谷貞徳は盛衰記絵巻と近似の絵画の報告を試み（科研報告書「文化現象としての源平盛衰記」研究・第

四集、二〇一四年三月）、『盛衰記絵巻』における寛文版本挿絵の参照を推測し、その上で同じ記事でも場面構成に違いがあり、盛衰記絵巻独自の絵画化場面は臣下が主君のために活躍するものが多い傾向を指摘した。また『盛衰記絵巻』と『太平記絵巻』の比較では、『盛衰記絵巻』が説話を、『太平記絵巻』が合戦を絵画化する傾向があるとし、二つの絵巻の話題や場面の選択に趣向の違いを指摘している。この二つの絵巻は、絵のすやり霞の上部に本文のタイトルとダイジェストした解説文を書くという同じ形態ではあるが、『太平記絵巻』がしばしば本文を書ききれず絵の余白部分や下部のすやり霞まではみだしてしまう事があるのに対して、『盛衰記絵巻』の形式は非常によく整っている。新しい形の絵巻を制作した工房の学習の結果だろうか。『太平記絵巻』が先行したと考えてみたい。

狩野博幸は盛衰記絵巻の画家を狩野派に属すると想定し、絵画史の視点からその制作時期の下限を寛文年間とみている（『源平盛衰記絵巻』青幻社、解説）。石川透が寛文・延宝期に大型奈良絵巻や絵本の制作の流行期があったと指摘している事と考え合わせ、その時代背景を考えてみたい。

四　『源平盛衰記絵巻』の時代

江戸時代前期の寛永文化、元禄文化のように時代精神を表すイメージを持たないけれども、寛文（一六六一～七三）・延宝（一六七三～八一）年間は江戸時代を通じて社会が最も安定していた時期だったようである。三代将軍家光の後を継いだ少年将軍家綱を老臣達が支えて、殉死の禁止や諸大名のいわゆる人質政策をやめるなど統治に自信を示した政策が行われ、幕藩体制の安定がはかられた。また河村瑞軒によって江戸と大阪間の西廻り航路と東廻り航路が開かれ、商品の流通が活発化したのもこの時期だった。

戦国時代から続いた武断政治から文治政策への転換にあたり、徳川政権の権威付けと正統性を示す様々な工作がなされた。そのひとつに、日本通史『資治通鑑』編集の試みがあった。林羅山らの編纂した『本朝編年録』を継続・編入するかたちで寛文四年に書名が決定し、幕府の指示のもと林家一門による公家・大名家の所蔵する諸記録や書籍の閲覧、借入、書写が行われ大量の資料が集められ、同十年に成立する。

水戸徳川家では明暦三年（一六五七）、後に二代藩主になる光圀が日本通史編纂の事業を志した。寛文十二年には江戸小石川の史局を彰考館と命名し、各地から学者を集めて作業が行われ天和三年（一六八三）には神武天皇から後醍醐天皇までの紀伝が完成する。それと平行して延宝四年（一六七六）、後小松天皇までの改訂版の修史編纂に合わせ、『源平盛衰記』・『太平記』・『保元物語』・『平治物語』の諸本を資料として収集した。その成果は元禄二年（一六八九）『参考源平盛衰記』・『参考太平記』・『参考保元平治物語』として成立、『参考太平記』と『参考保元平治物語』は同六年刊行された。

このように寛文・延宝期の修史事業は、安定した体制のもと源氏将軍家の流れに連なるとする徳川武家政権の歴史的必然を意味付けるものだった。松島仁は徳川将軍家が京都の朝廷に並ぶに相応しい者として天皇家の血統を受け継ぐだけでなく、文化的権威をも獲得するために膨大な古典の書物を収集し、絵画の分野においても江戸狩野派による新しい古典様式がそれを担ったと指摘している（『徳川将軍権力と狩野派絵画　徳川王権の樹立と王朝絵画の創生』ブリュッケ、二〇一一年）。

水戸徳川家の修史事業を背景に生まれた三つの参考本と同じ題名を持つ『源平盛衰記絵巻』・『太平記絵巻』・『保元平治物語絵巻』について、十二軸の体裁や同等の詞書、絵の近似性などを考えると、いずれもが同一の工房、もしくは近しい制作集団によってこの時期に完成したと見てよいだろう。そこにはそれぞれの作品に通じ、何らかの意図を以て話題を取捨選択し、場面を決定していったコーディネーターがいたのではないだろうか、そしてそれはまた水戸家やその修史事業と関わりのある人物と仮定することが出来るように思われるのである。

以上のように『源平盛衰記絵巻』の紹介と、そこから読み解けることの一端を述べてみた。

3　寛文・延宝期の源平合戦イメージをめぐって

――延宝五年版『平家物語』の挿絵を中心に――

出口久徳

一　はじめに

『平家物語』（以下『平家』）や『源平盛衰記』（以下『盛衰記』）をめぐる研究が多様化する中で、物語の再生や受容をめぐる論が増えているように思う。そうした状況の中で今後注目されるべきは絵入り整版本の延宝五年（一六七七）版『平家』[注1]だと考えている。延宝版は繰り返し覆刻されたこともあり、近代以前では最も流布した『平家』となっていった。

私はこれまでも延宝版について論じてきたが、[注2]本稿ではこれまでの指摘をふまえ、さらにいくつかの問題に言及したい。その中で、版本だけでなく屛風絵や奈良絵本等、他のメディアにも関連づけていく。寛文・延宝頃は奈良絵本や屛風絵の類が多く制作された時期である。また、出版文化が隆盛を迎えた時期でもある。寛永頃に刊行された版本が寛文・延宝頃には挿絵等を新たにして刊行されたことも少なくない。前の時代とは異なるものが求められた時代でもあり、後の時代につながる文化的な基盤が作られた時代でもある。[注3]寛文・延宝頃の時代状況の中で延宝版（主に挿絵）を読み解くことを通して、他のメディアもふくめた源平合戦のイメージの問題へと広げて行きたいと考えている。

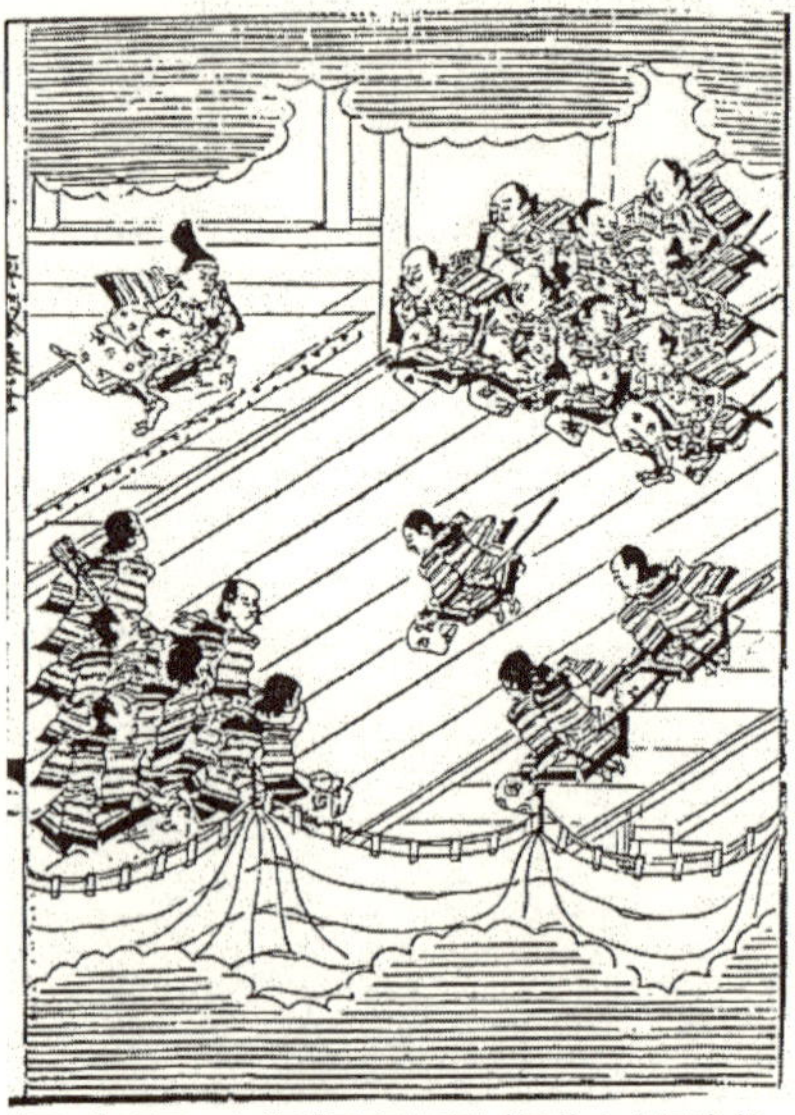
【図1】明暦二年版『平家物語』（福井市立図書館・国文学研究資料館マイクロ資料）

【図2】天和二年版『平家物語』（寛文十二年版の覆刻版・架蔵本）

二　延宝版の挿絵の表現—明暦・寛文版との関係をめぐって—

延宝版の挿絵を考える際に、先行した絵入り版本（明暦二年版・寛文十二年版）との関係を見ていく必要がある。本節では明暦版・寛文版との関係を見ていこう。▼注4

まず、巻七「清水冠者の事」の挿絵。明暦版【図1】は板敷きの上に上畳を敷き頼朝が座る。右膝を立ててやや左側に体を傾ける。柱と壁があり、右上から左下への斜めの線で表現される板敷きの上に、臣下達が左右に配置される。中央で頭を下げるのが清水冠者。その右下の縁に控える二人は、清水冠者についてきた海野・望月・諏訪・藤沢の四人のうちの二人だろう。寛文版【図2】は畳の上に上畳を敷き、その上に頼朝が左膝を立てて座る。清水冠者は畳の上で頭を下げる。縁に二人が控えている。壁には木目の模様が描かれる。延宝版【図3】は明暦版と同様に頼朝が上畳の上で右膝を立て体を左に傾ける。上畳が畳の上に敷かれるのは寛文版と同様。頼朝の臣下が左右に座り、清水冠者が中央に座る。清水冠者と従者が板敷きにすわるのは明暦版と同様。清水冠者の頭は黒髪の中で白く丸くなる部分があるが、これは寛文版と同様。清水冠者の右に控える二人に加え、馬の側に二人の人物がいるが、物語本文に対応する形で四人にしたのだろう。明暦版と寛文版を参照しつつ、さらに物語本文

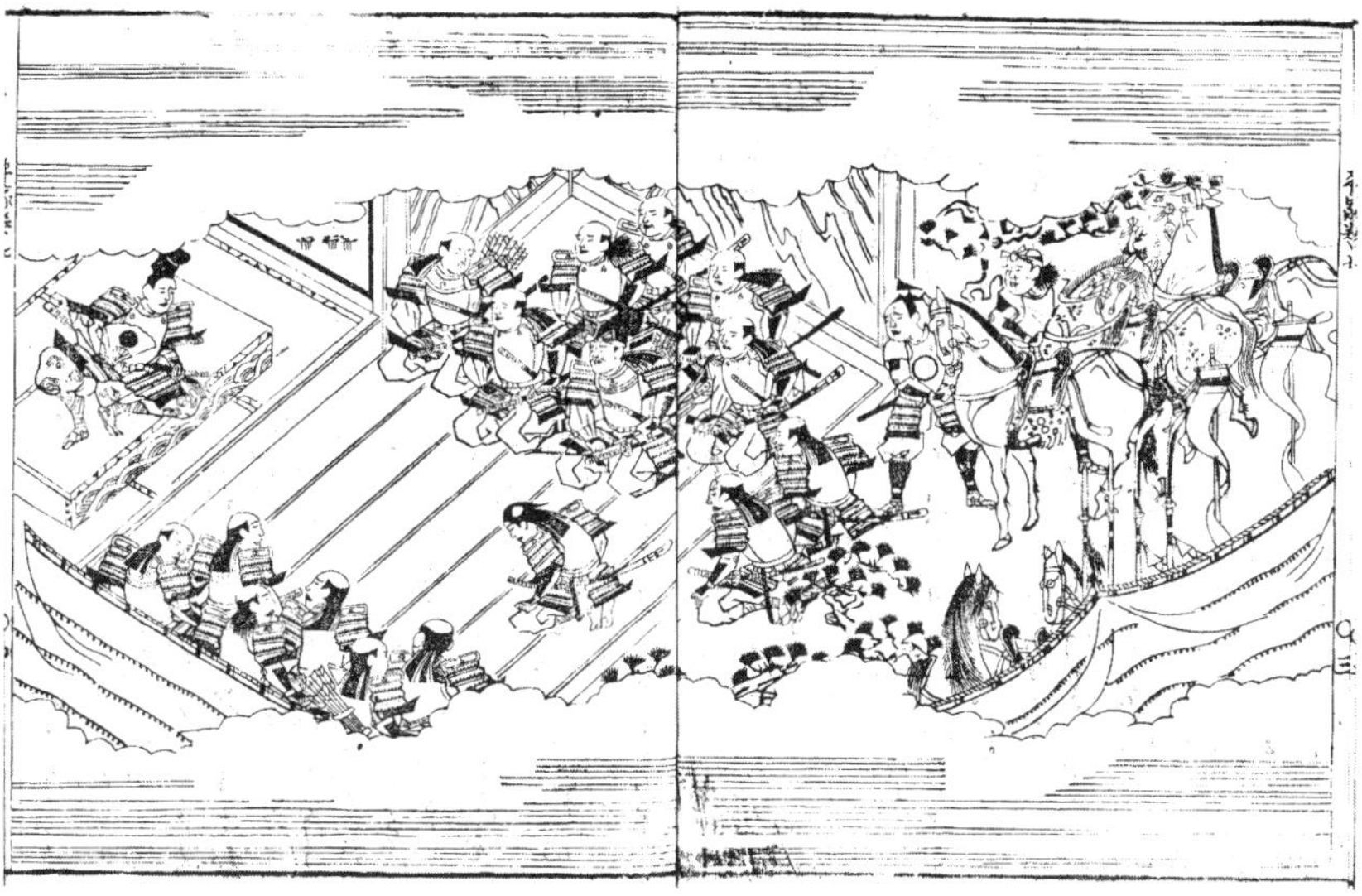

【図3】宝永七年版『平家物語』（延宝五年版の覆刻版・架蔵本）

に対応するように描かれたのだろうか。

巻六「入道死去の事」の絵。明暦版は板敷きの上に清盛が座り、女房達が水をかけている。寛文版では板敷きの上に「石の舟」（石で作った湯船のこと）が置かれ、その中に清盛が入り水をかけられる。板敷きは縁のようになり柵が設けられる。延宝版は、ここでも明暦版と寛文版を融合したような表現となる。建物の構図、板敷きの間の右側に畳の部屋があり男二人が立つ点、清盛に水をかけるのが女房である点などは明暦版と同様である。板敷きの間が縁のような位置にあり、そこに清盛がいて柵が設けられる点、「石の舟」に清盛が入る点、壁が木目調で描かれる点などは、寛文版と同様である。これも明暦版と寛文版を参照しつつなされたような表現である。

巻三「大臣流罪の事」は藤原師長が流されるところ。延宝版と明暦版を比較する（延宝版は見開き図で明暦版は丁のオモテ・ウラで連続する図）と、「右（オモテ）の丁で輿が中央に描かれる点」「左（ウラ）の丁で馬が中央に描かれる点」「画面の上下に山を描く点」「一行の上側に木と水辺（川か海）が描かれる点」などが一致する。明暦版との関係でいうと、巻一の「我が身の栄花」も両者は類似した表現をとる。物語本文では、平家の繁栄ぶりが「男女」に分けて語られるのだが、両方の挿絵ともに物語本文に対応する形で男女がそれぞれ別々に集まり語らう様子を描く。画面に平家一門を繁栄に導いた清盛の姿を描かない点も共通し[▼注5]、同じ発想の絵といえよう。巻八「宇佐行幸の事」では寛文版と延宝版で、平宗盛が宇佐八幡に参籠する場面が描かれる。寛文版では門の外に従者が二人描かれ、内側に宗盛が階《きざはし》の下で眠っている。延宝版では宗盛は階の上にいるが、構図やその他の部分も寛文版と近い表現をとる。

このように、延宝版は明暦版や寛文版を参照したと考えられる絵が少なくない。その際には両本を融合させたり、物語本文に立ち戻ったりなど様々な様相を見せていた。▼注6

三　挿絵と物語本文との関係

本節では、延宝版の挿絵の性格を明らかにするために、さらに、いくつかの例を取り上げてみよう。巻三「足摺の事」は、明暦版・寛文版・延宝版で共通して俊寛が足摺りをする場面である。明暦・寛文版では体育座りのような形だが、延宝版はうつぶせになり這うような動作である。佐伯真一▼注7は絵で示すならば延宝版のような形になるのではないかとした。明暦版や寛文版のように描かれたのは、絵師等が物語本文の厳密な読解よりも「幼児の泣く姿」（本文には、幼児が乳母や母を求めるようにとある）のイメージで描いたためではないかとしている。▼注8佐伯は、「『平家物語』本文を素直に読む限りは、絵柄は延宝五年版のようになるはずだが」「（他の絵入り版本や絵入り写本などが…稿者注）各々絵柄を異にしながら、座った俊寛を描くという点では共通しているのに比べると、延宝五年版系統の絵が孤立している印象は否めない」としている。延宝版は流通するイメージによらず、本文に立ち戻り表現していたといえよう。そうしたあり方は巻三「大塔建立の事」にも見られる。この章段では清盛は高野山の奥院で怪しげな老僧と出会う。老僧は清盛に厳島社を修理することを勧めてどこかに消えてしまった。本話は「抑も平家安芸の厳島を信じ始められける事はいかにといふに」で始まる挿話的なもので、時間的には清盛が出家する前の安芸守在任時の話であった。しかし、明暦・寛文版は清盛を法体で描く。清盛には法体イメージがあり、前後の挿絵の清盛の姿もそうであるから、そこに引きずられて描いたのだろう。それに対して延宝版【図4】は出家以前の姿で描く（中央の人物が清盛）。延宝版では「大塔建立」の話を清盛出家以前と判断し、清盛イメージや前後の挿絵での姿に左右されることなく描いたということであろう。▼注9

次に、巻三「有王の事」の絵。ここでは、有王と俊寛の再会が語られ、明暦・寛文・延宝版ともに二人の再会した様子を描

【図4】宝永七年版『平家物語』（延宝五年版の覆刻版・架蔵本）

く。明暦版は丁のオモテで二人が再会を果たしウラで俊寛が倒れ込む展開を異時同時法的な手法で描く。寛文版と延宝版は、二人が再会を果たした場面となる。ここでは挿絵の細部にわたる表現に注目したい。俊寛が魚を右手に持つのは三本とも確認できる。左手に持つのは「あらめ」（黒褐色の細長い海藻のこと）だが、明暦・寛文版は「あらめ」を持つのか、自身の衣をつかんでいるのか判断できない。延宝版は「あらめ」らしき黒いものを手にするのが確認できる。また、俊寛の頭の表現だが、明暦・寛文版は、通常の僧形（髪の毛を描かない）だが、延宝版は「髪は空さまへおひあがり、よろづの藻くづとりついて、おどろをいただいたるがごとし」との本文に対応して、髪の毛が伸び放題の上に藻屑などがついた様子が表現される。延宝版は本文をより「正確」に読み取ったり個々の描写を再現しようとする志向がある。[注10]

一方で、延宝版には「故実」をふまえるあり方も見られた。ここでは、畳の繧繝縁《うんげんべり》をめぐる表現に注目したい。繧繝縁とは繧繝錦を用いた畳のへりで、赤・紫・紺などの色で段替わりに濃淡をつけて区切った配色が用いられる。例えば、『海人藻屑《あまのもくず》』（元禄七年刊の版本あり）によると、繧繝縁は天皇・上皇や神仏が用いるものだとしている（『有識故実大事典』〈吉川弘文館〉、小泉和子『家具（日本史小百科）』〈東京堂出版〉等参照）。巻七「清水冠者の事」では頼朝の対面場面が描かれる。いずれも上畳の上に頼朝が座るが、寛文版【図2】の頼朝は繧繝縁の上畳の上に座る。[注11] 延宝版【図3】はそうではなく、ここでは繧繝縁を避けたのでは無いかと思われる。[注12] 延宝版で繧繝縁の上畳が用いられる例は、基本的には天皇や法皇、親王である。巻四「還御の事」の高倉上皇、巻七「青山の沙汰の事」の村上天皇、巻八「名虎の事」の惟喬親王と惟仁親王、巻九「いけづきの沙汰の事」での後白河法皇（義経との対面場面）である。巻八「征夷大将軍院宣の事」で、頼朝と対面する使者の中原泰定の座る畳に用いられるのが例外であるが、[注13] 頼朝が繧繝縁に座る例はない。他作品に目を向けると、寛文三年版『曾我物語』では、巻一「惟喬惟仁の位争ひの事」

では競馬を見る親王（どちらか不明。文徳天皇の可能性も）が繧繝縁の上畳に座るが、それ以降は頼朝が多くの場面で座っている。寛文四年版『義経記』でも多くの場面で頼朝が繧繝縁の上畳に座る。寛文版『平家』も含めて、頼朝が繧繝縁の上畳に座るのは寛文頃の版本の挿絵ではよく見られた。後に将軍となる「高貴な」人というイメージが働いたからなのだろうが、延宝版は頼朝には用いるべきではないと意識したのではないか。「故実」をめぐる問題は今後さらに調査を重ねた上で改めて考えなくてはならないが、ここではそうした問題があることを指摘しておきたい。▼注14

このように、延宝版の挿絵には、物語本文の再現や、「故実」をふまえる点に特徴が見られた。物語本文の個々の描写を挿絵に表現していくあり方は、寛文・延宝頃の他作品にも見られる。近世初期の版本の挿絵においては、同じような場面であれば多少の差異は問題とせず作品を超えて図像がさまざまに利用されたこともあった。▼注15 寛文・延宝頃では、より個別の物語場面に対応した挿絵が求められるようになったのだろう。延宝版は他の同時代の本と比べてもそうした傾向が強いように思われる。

四　物語の状況と挿絵の表現

本節ではさらに別の角度から延宝版の挿絵を見ていこう。巻七「維盛都落の事」では平維盛が妻子や従者を残し都落をする。維盛は名残惜しく別れがたく思っていたが、弟の資盛等が呼びに来たこともあり、ようやく別れを決意する。維盛都落について、梶原正昭は、▼注16 語り手が視点を移しながら語る手法を指摘する。すなわち、「座敷」での北方との別れ、「中門の廊」での若君姫君との別れ、「門ぎは」での斎藤五・斎藤六の従者との別れなどと、場所を移動しつつ連続する別れの経緯をたどる構成をとることで断ち切りがたい維盛の愛別離苦の苦しみと悲しみがより深く感じられると分析する。延宝版【図5】は縁に立つ維盛の周りを、左上に北方、左下に若君姫君、右上に斎藤五・斎藤六、右下に資盛等弟達と、四方を取り囲む構成になる。中央の維盛は体は外に向きながら、頭は内に向き悩む様子である。延宝版は、一画面で、妻・子・従者・兄弟の四者の間で揺れ動く維盛の心情を効果的に表現している。室内から門外へと移動しつつ断ち切りがたい思いを表現する物語本文に対して、延宝版はそれぞれの「別れ」を一画面に凝縮して描き、四者の間で「悩む」維盛が表現されるのである。

【図5】宝永七年版『平家物語』（延宝五年版の覆刻版・架蔵本）

【図6】宝永七年版『平家物語』（延宝五年版の覆刻版・架蔵本）

巻五「南都炎上の事」は、平重衡の南都炎上の事件が描かれる。明暦版は丁のオモテに僧兵と平家軍が争う図、ウラに火が起こり逃げまどう図である。明暦版には重衡の姿は確認できない（特定できない）。寛文版は焼ける堂舎を目の前にする重衡と思われる主従が描かれる。炎上の結果とそれを引き起こした原因となる人物を同時に描きこむが、逃げまどう人々は描かれない。それに対し、延宝版は見開き図で右の丁に重衡一行を配し、左の丁に焼ける堂舎と逃げまどう人々を描く。明暦版と寛文版を融合させるような形で、事件の張本人（重衡）、炎上する堂舎、逃げまどう人々を描き、炎上事件の顛末が一画面で把握できる構成となっている。

巻十一「壇ノ浦合戦の事」では義経と梶原が言い争う場面が描かれる。延宝版【図6】は義経が太刀に手を掛けて弁慶が長刀を握りしめ、二人がそろって今にも斬りかかろうとするところを人々が止めている様子である。物語本文では言い争いがあり、義経と梶原がともに刀の束に手をかけたとして、義経の従者たち（奥州佐藤四郎兵衛忠信、伊勢三郎義盛ら）が梶原を討ち取ろうと進んだとある。延宝版の挿絵では義経と弁慶がならび、弁慶が義経の従者を代表して描かれる。二人の「同調」した動きは主従の結びつきの強さを表現している。▼[注17]

このように、延宝版には「物語の状況」や人物の関係性や心情といった一歩踏み込んだ表現もある。個々の挿絵に即してどのような物語世界を描いているのかがさらに検討されるべきだろう。

五　延宝版の挿絵と近世メディア

前稿[注18]では延宝版の挿絵と同時代の他のメディアで展開された絵との関係を論じた。特に見開き図に注目した。冊子を開いた状態で左右二面に展開する見開き図は版本のセールスポイントといえる。絵巻や屏風絵、絵馬など別のメディアで展開された場面が見開き図で描かれるようになっていた。前稿ではこの問題を屏風絵から絵入り版本へといったメディアの転換[注19]の問題に絡めて論じた。メディアの転換とは、例えば、かつて合戦図屏風や絵馬などで見ていた図像を出版が盛んになるにつれて、版本の挿絵として見るようになることをいう。本節では前稿に引き続き見開き図に注目し、中でも合戦関連の絵をいくつか取り上げることとする。

巻四の「橋合戦の事」の延宝版の挿絵は一来法師が浄妙を躍り越えるといったアクロバティックな動きを見開き図として描く。この場面は、絵入り版本諸本でも共通して描かれ、屏風絵等にも作例がある（林原美術館蔵『橋合戦図屏風』等）。また、祇園祭の山鉾になっていたりするなど様々な形で視覚化されていた。[注20]

巻十一「嗣信最期の事」では佐藤嗣信が源義経をかばい討たれる場面を見開き図で描くが、この場面は舞の本『八島』（版本）や『八島』の絵巻類などにも描かれる。また、『屋島合戦図屏風』でも定番の場面の一つであり、菱川師宣筆の貞享二年刊（一六八五）『古今武士道絵づくし』などにも描かれている。敦盛最期等とともに、『平家物語』を題材とした絵画では描かれることが多かった。さらに、主君・義経のために命を投げ出した嗣信の忠義は武士の手本とするべき行為とも見られていた。屋島の地を治めた初代高松藩主の松平頼重は嗣信の行為を顕彰するために、石碑を作らせている。忠臣としての姿が重視される時代状況であったことにも注意したい。[注21]巻五の「富士川の事」では水鳥が飛び立つ音を聞いて平家軍が逃げ出す場面である。背景となる富士山が存在感を持ち描かれる。名所である富士山の存在が見開き図で描いた要因であろう。このように合戦場面においても他のメディアで展開されていた図を延宝版が見開き図にする動きは確認できる。[注22]

見開き図以外の片面図においても他のメディアとの関係において注目すべきものがある。それは巻五「物怪の事」の絵である。

【図7】宝永七年版『平家物語』（延宝五年版の覆刻版・架蔵本）

【図8】永青文庫蔵『平家物語』（国文学研究資料館マイクロ資料）

本段では都遷にともない不可思議なことが次々と起こった。A「清盛のもとにも巨大な顔が出現した」、B「天狗の仕業（二三十人くらい笑う声）があった」、C「ある朝、妻戸を開くと、中庭には死人の髑髏が数多くあり、髑髏がぶつかり合ったり離れたりして、その内に髑髏が固まって一つになった」、D「厩で大事にしていた馬の尾に一晩のうちに鼠が巣をつくり子どもを生んだ」などである。これらの中で、明暦版はDのみを描く。寛文・延宝版はCDの怪異を描く。絵の数が最も多い明暦版がDしか描いていないのに、寛文版や延宝版では、一つの章段で複数の絵を用いて[注23]、表現している点に注目したい。

近世期に入ると、怪異譚が流行するようになる。太刀川清[注24]は、万治、寛文、延宝頃に怪談集が小説の一ジャンルとして現れて以来、仮名草子、浮世草子、読本と怪異小説の出版は連綿として絶えることなく続いたと述べる。万治二年刊（一六五九）『百物語』の刊行以降、延宝五年刊（一六七七）『諸国百物語』、貞享三年刊（一六八六）『百物語評判』等と続く「百物語」を冠したテキストや、寛文六年刊（一六六六）『伽婢子』以来、寛文十一年刊（一六七一）『続伽婢子』、天和三年刊（一六八三）『新御伽婢子』等と続く「伽婢子」と書名を冠したテキストの刊行が相次いだ。寛文・延宝版で怪異譚をめぐる挿絵が増えたのもこうした時代背景と無縁ではないだろう。寛文版『平家』を論じた際に、金平浄瑠璃の流行（豪傑の金平の姿が弁慶と重なる）や『弁慶物語』の刊行などの文化状況の中で、物語の中の「弁慶」に光が当てられていき、それが挿絵の表現に投影された様相を論じたことがあるが、ここでも怪異譚が流行した時代状況の中で、『平家』の中の怪異譚的な要素が挿絵を媒介にして浮かび上がってきたととらえられるのではないか。さらに描き方に注目してみると、寛文版では小さい髑髏を数多く描いているが、延宝版【図7】では髑髏が結びつき、巨大な髑髏と化すところまでを描き出して表現が一歩進んでいるように思われる。この場面は後に武者絵（浮世絵）の画題にもなっていく。[注25]

絵入り写本に目を向けると、真田宝物館蔵本では、明暦版をもとにしたようなDのみを描く。[注26] それに比べ、永青文庫蔵本は、ABDと次々に描いていく。両本には怪異譚にむける関心の度合いの差異があるようだ。永青本のA【図8】では巨大な入道の顔が描かれるが、物語本文では「一間にはばかる程のものの面出来て」とあるだけで、どのような人物であるか具体的な描写はない。永青本と同様に巨大な入道の顔が挿絵で描かれる例としては、貞享四年刊（一六八七）『奇異雑談集』巻三（仮名草子集成二一巻）に海の上に現れた巨大な顔をした黒入道が出てきた話があり、挿絵でも描かれる。具体的な描写がないものの、巨大な顔といえば入道イメージがあり、描かれたのだろう。[注27] 永青本には天狗（B）も描かれるが、天狗をめぐる話も他作品の怪異譚の中には数多くある。それらの挿絵では怪異の張本人として、事態を見届ける姿が描かれることもある。[注28] 永青本はさまざまな怪異譚テキストやイメージの広がりの中でなされた表現であろう。怪異へのまなざしという点でそれぞれの挿絵を見直すこともできる。ある要素の描き方にこだわると見えてくるものもあると思う。

六 おわりに

ここまで延宝版の挿絵の特徴をいくつかの角度から述べてきた。先行した挿絵をふまえつつも物語本文の個々との対応をはかったり、場面や状況を挿絵に表現したりと、より「優れた」挿絵を作り出そうとしていたことがうかがえる。それは巻末の識語にある「類版世に流布すといえども、或は絵を略し、或は紙数を縮め、猶ほ仮名の誤りなどあるにより、今更に吟味を加へ改正せしめしものなり」の文言に通じているように思う。常套句的な表現ではあるが、他の版本を意識して差別化を図る意図が読み取れるだろう。
挿絵の表現における物語本文等への意識は、当時の『平家』の読まれ方が要因の一つであったのではないか。慶安三年（一六五〇）に『平家物語評判秘伝抄』が刊行されるなど、『平家』を個々の描写にこだわり、注釈的に読むあり方が広まってきた。武士たちの間では「侍読」も盛んに行われ、記録を見ると、日々、数章段ごとに細かく読んでいた様子が伝わってくる。[注29] そうした本文を詳細に読むあり方と延宝版の挿絵は対応していると考えている。
また、版本の本文や挿絵を見つつ、屏風絵を見る場合もあったはずである。屏風絵には本文はなく、それを補うために版本（本文・挿絵）を補助的に読むこともあったはずである。[注30] これまでは制作者側（絵の典拠など）から考えられることが多かったが、これからは受容者側の視点も必要であろう。さらに、『平家』を媒介にして、名所や怪異譚的なものを享受する場合もあったのではないか。仮名草子や浮世草子、名所案内などとの関連も考えるべきである。[注31]
さらに、近代以降も延宝版の挿絵は、英語版に利用されたり、[注32] 絵本にも利用されていた。[注33] 版本の挿絵の汎用性が感じられる。延宝版が『平家』の流布に果たした役割は大きい。『平家』の再生や受容の問題が多岐にわたり論じられている現在、延宝版こそが見直されるべきである。

注

（1）信太周「流布本平家物語をめぐって（一）～（八）」（『新版絵入　平家物語（延宝五年版）』（和泉書院、一九八二～九二年）に詳しい。櫻井陽子は林原美術館蔵『平家物語絵巻』の本文の典拠の一つとして延宝版を指摘している（『平家物語の形成と変容』汲古書院、二〇〇一年）。延宝五年版の覆刻版等については『平家物語大事典』（東京書籍）の「絵画」の項目参照。
（2）平成二十五年度説話文学会大会シンポジウム「寛文・延宝期の文化的動態―再編される文と武―」（於南山大学）において、「寛文・延宝期の軍記物語をめぐって―延宝五年版『平家物語』を中心に―」と題した報告を行った。その報告をふまえて「寛文・延宝期の『平家物語』―延宝五年版『平家物語』と近世メディア―」（『立教大学日本文学』一一一号、二〇一四年一月）、「寛文・延宝期の軍記物語―延宝五年版『平家物語』から考える―」（『説話文学研究』四九号、二〇一四年十月）の拙論がある。

（3）注（2）の説話文学会のシンポジウムでは寛文・延宝期の時代状況を問題とした。鈴木健一「十七世紀の文学―その多様性（特集・十七世紀の文学）」（『文学』一一巻三号、二〇一〇年五月）は寛永・寛文・元禄の各時代について述べている。また、それぞれの時代の文化的な状況は、物語本文よりも挿絵に反映される（出口「寛文期の『平家物語』―寛文十二年版『平家物語』をめぐって―」『日本文学』五一巻一〇号、二〇〇二年一〇月、出口「絵入り版本『義経記』の挿絵をめぐって―近世前期の出版をめぐる一考察―」『日本の文字文化を探る　日仏の視点から』勉誠出版、二〇一〇年など）。

（4）ここでは明暦版と寛文版との比較を行うが、他の要素も考える必要がある。注（2）の信太の解説では延宝版は寛文版の本文を使用している点を指摘している。

（5）元禄七年（一六九四）刊の古浄瑠璃正本『平家物語』（『古浄瑠璃正本集　第七』角川書店）の挿絵では、清盛のもとに男・女の人々が控える様子を描く。

（6）例えば、元禄十一年版『平家物語』は明暦版の挿絵を簡略化した表現をとる絵が多く両者の関係は明らかである。延宝版は元禄版のようなあり方とは異なる。

（7）佐伯真一「足摺考」（『平家物語遡源』若草書房、一九九六年）。

（8）延宝版制作の段階ではなく、延宝版が典拠とした絵がそうした表現であった可能性もある。

（9）例えば、花岳寺蔵『高野山参詣曼荼羅』（『社寺参詣曼荼羅』平凡社、一九八七年）では、同様の場面で清盛は出家前の姿で描かれている。

（10）物語本文の個々を再現するように描く傾向は『平家物語』だけでなく、寛文・延宝頃および版本の絵入り写本の挿絵に広く見られる（出口「描かれた『保元物語』『平治物語』の世界―二松本を中心に―」〈『源平の時代を視る　二松學舍大学附属図書館所蔵 奈良絵本『保元物語』『平治物語』を中心に』思文閣出版、二〇一四年〉等）。

（11）縦の縞模様は繧繝縁を表す版本の方法と思われる。

（12）繧繝縁をめぐる問題は久保勇氏からのご指摘を受けて考察した。

（13）巻八「征夷大将軍院宣の事」本文では、頼朝が座る上畳は「高麗縁」で、泰定は「紫縁」であったとする。あるいは、泰定が院の使者だということによるのか。

（14）延宝版『平家』には寛文版『平家』『曾我』『義経記』等とは別な意識があることは確かであろう。なお、元禄七年刊の古浄瑠璃正本『平家物語』（『古浄瑠璃正本集　第七』）の挿絵では、繧繝縁の上畳に座るのは後白河院のみである。

(15)小林健二『中世劇文学の研究―能と幸若舞曲』(三弥井書店、二〇〇一年)
(16)梶原正昭『頼政挙兵』(武蔵野書院、一九九八年)一四頁の指摘による。
(17)絵入り版本諸本における義経と弁慶の描き方については、出口「絵入り版本『平家物語』考―挿絵の中の義経・弁慶の物語について―」(『学芸大学国語国文学』二九号、一九九七年三月)で論じたことがある。
(18)注(2)の拙論(『説話文学研究』四九号)参照。見開き図に注目する理由や、巻の冒頭の決まった位置に配置する点、前半の巻に見開き図が多いこと(商業的な目的か)などを述べた。
(19)注(2)の拙論(『立教大学日本文学』一一一号)。なお、メディアの転換の件は太田昌子、大西廣「絵の居場所論」(『朝日百科　日本の国宝　別冊国宝と歴史の旅』一~一二号、一九九九年八月~二〇〇一年六月)の指摘をふまえている。
(20)佐伯真一「「いくさがたり」をめぐって」(『平家物語遡源』若草書房、一九九六年)
(21)出口「屋島合戦図屏風の世界」(小峯和明編『平家物語の転生と再生』笠間書院、二〇〇三年)。
(22)ここで挙げた以外の合戦場面(横田河原合戦〈巻六〉、法住寺合戦〈巻八〉)や、屏風絵と絵入り版本の関係等については改めて考えてみたい。一方で一の谷合戦や壇ノ浦合戦は見開き図にはならず、その意味も考えたい。
(23)挿絵の数は平均すると、寛文版・延宝版ともに一つの章段に約一図が対応する。
(24)太刀川清『近世怪異小説研究』(笠間書院、一九七九年)。
(25)葛飾北為「福原殿舎怪異之図」(町田市立国際版画美術館編『浮世絵　大武者絵展』二〇〇三年)など。この場面は『平家物語図会』等にも描かれる。なお、幕末には「物怪之沙汰」をテーマとしたスペンサーコレクション『百鬼夜行絵巻』が制作されている(小峯和明「スペンサー本『百鬼夜行絵巻』と幕末の『平家物語』」『文学』七巻三号、二〇〇六年五月)。怪異については『西鶴と浮世草子研究　二号[特集]怪異』(笠間書院、二〇〇七年)等参照。
(26)出口「絵画化された「平家物語」―真田宝物館蔵『平家物語』解説」(『図説　平家物語』河出書房新社、二〇〇四年)
(27)巨大な入道が出てくる怪異は、延宝五年刊『諸国百物語』巻二「小笠原殿家に大坊主ばけ物の事」、明和四年刊(一七六七)『新説百物語』巻三「疱瘡の神の事」等にある。なお、元禄七年刊『平家物語』(『古浄瑠璃正本集　第七』)の挿絵では、女の顔である。
(28)例えば『諸国百物語』巻三「賭づくをして我が子の首を切られし事」でも、天狗の仕業かどうかは本文には語られないものの、挿絵では怪異の仕掛け人として描かれている。

（29）一方で、『本朝通鑑』や『大日本史』など「歴史」を記す際に軍記物語が利用されていた（榊原千鶴『平家物語　創造と享受』三弥井書店など）。また、延宝版は、目録にそれぞれの章段が始まる丁数を付すのだが、それは寛文三年刊『日本王代一覧』や寛文四年刊『太平記』に見られた形式であり（『王代一覧』の目録ではそれぞれの天皇の記事について「〇葉」と示される）、延宝版を「歴史書」として作り出そうとしたことの表れであり（出口『説話文学研究』四九号）、歴史書としての意識が本文に詳細に対応した挿絵の表現とも関連していると考えている（出口「寛文期の『源平盛衰記』―寛文五年版『源平盛衰記』の挿絵の方法―」『日本文学』五八巻一〇号、二〇〇九年一〇月）。

（30）例えば、屏風絵と延宝版などの版本が同時に所蔵されていた例など、所蔵先の他の蔵書（屏風なども含めて）との関係も考えてみたい。

（31）合瀬純華『天和長久四季あそび』と『世諺問答』」（『大妻国文』二九号、一九九六年三月）は、吉田半兵衛風の挿絵を持つと思われる本を列挙するが、その中に、延宝版『平家』も挙げている。吉田半兵衛は、江戸の菱川師宣とならび評される実力派の絵師である（『寛濶平家物語』巻四、合瀬論の指摘による）。今後は、画風の問題等、さらに広い視野で延宝版を見ていく必要があるだろう。

（32）出口「絵入り版本と英語版『平家物語』」（『平家物語の転生と再生』笠間書院）。

（33）延宝版の挿絵を利用した近代以降の本としては『繪巻平家物語』（新聞同人社、一九六〇年）などがある。冒頭の頁に「浩宮徳仁親王殿下御誕生　記念出版」とある。延宝版を利用した本は他にもいくつかの例があるようである（鈴木彰氏のご教示による）。

付記

画像の掲載許可をいただいた福井市立図書館・永青文庫に深謝申し上げます。

4　寛文五年版『源平盛衰記』と絵入無刊記整版『太平記』の挿絵

――巻四十四「三種宝剣」と『太平記』「剣巻」の挿絵の転用をめぐって――

山本岳史

一　はじめに

近世は、出版文化の時代である。江戸時代に入り中世以前のさまざまな古典作品が出版され、出版が読者の拡大に大きく寄与したといわれる。『源平盛衰記』と『太平記』は、古活字版や整版でたびたび開板され、現在も多くの版本が現存していることから、時代を通してたくさんの読者があったようである。『源平盛衰記』と『太平記』は、江戸時代には一種の歴史書として認識されていたらしい。徳川光圀の命による『大日本史』編纂に伴う史料の検討作業の一環として『参考源平盛衰記』と『参考太平記』が作られたことがそのことを端的に示しているといえるだろう。

本稿は、ともに初めて出版された絵入平仮名整版の寛文五年版『源平盛衰記』と絵入無刊記整版『太平記』の間で挿絵の転用が行われたことを明らかにする。さらに、挿絵の転用を根拠として絵入無刊記整版『太平記』の出版時期の限定を試みる。

二　『源平盛衰記』・『太平記』の整版本

挿絵の比較に入る前に、まずはそれぞれの絵入整版本の種類を確認しておきたい。

はじめに『源平盛衰記』の絵入整版本の種類について確認することにする。『源平盛衰記』の絵入整版本については、松尾葦江の分類がある。▼注1

1 絵入整版本 a 寛文五年（一六六五）版（平仮名交り）

b 延宝八年（一六八〇）版（aの最終巻の末尾一丁のみをさしかえ、刊記を変えたもの。）

2 横本　a 元禄十四年（一七〇一）版（傍注・絵入、平仮名交り。1の絵とは相違。）

b 宝永四年（一七〇七）版（aの後刷。但し刊記により三種以上の刷がある。）

松尾は寛文五年版『源平盛衰記』の特徴について、

寛文五年版は、東京大学史料編纂所・宮城県立図書館伊達文庫などにあり、惣目録とも四十九冊。平仮名交り十二行。絵は本文とは丁付が別になっていて、挿入されたものらしい。延宝八年版はこれの覆刻である。（以下略）

と指摘する。寛文五年版には見開きの挿絵はなく、丁の表裏にそれぞれ一図ずつ入る。挿絵の入る前丁の版心に「次ゑの一」などの指示があり、挿絵の入る箇所が決まっている。出口久徳は、寛文五年版『源平盛衰記』の挿絵について、本文の個々の表現を逐語訳していくかのように挿絵を描くこと、複数の挿絵を連続することで物語の展開を表すこと、一図の中に二つの場面を描き、同時進行の出来事であることを表現すること、源頼朝が他の登場人物とは描き分けられており、江戸幕府につらなる鎌倉幕府成立の歴史を記したテキストという認識がうかがえること等の特徴があることを明らかにしている。▼注2

続けて、『太平記』の絵入整版本の種類を確認する。『太平記』の絵入整版本は、これまで次の三種の現存が確認されている。▼注3

①無刊記整版

②元禄十年（一六九七）版（横本）

③元禄十一年（一六九八）版（横本。元禄十年版とは異版。）

①の無刊記整版は、挿絵は寛文五年版『源平盛衰記』と同じように、見開きの図はなく、丁の表裏にそれぞれ一図ずつ入る。絵入無刊記整版は、従来その版式から寛文頃の出版と推定されてきた。[注4] その出版時期をさらに限定したのが小秋元段である。小秋元は絵入無刊記整版について、

> 『太平記』絵入版本の祖。寛文九年の成立といわれる『書籍覚書』（書誌学月報別冊九所収）に「太平記繪入ヒラガナ」と見えることから、寛文頃の開板と認めてよい。

と指摘する。[注5] 小秋元が絵入無刊記整版『太平記』の出版時期推定の根拠として用いた『書籍覚書』については、市古夏生による一連の研究がある。[注6] 市古は、『書籍覚書』の記主は京都在住の人物で、松永家と交渉がある知識人であると推定している。さらに『書籍覚書』の性格、位置づけについては、

> さて該書の成立時期はやはり表紙に墨書で「寛文九年四月」とあり、これに従っていい。十丁目ウラに「一二三年之内ト、ノヘル覚」に寛文九年から寛文十五年までの購入予定の書物が列挙されていることで、まず寛文九年の成立は間違いなかろう。ただし、書名などを線によって消している箇所も見受けられるので、後に修訂を施してはいる。そうすると該書は寛文九年四月の時点における書物の購入予定の備忘録と考えていい。

と指摘する。[注7] その『書籍覚書』に『太平記』の名前が出てくるのは寛文十四年の項である。そこには「太平記繪入ヒラガナ」「源平盛衰記繪入ヒラガナ百三十匁」と、『太平記』『源平盛衰記』の名前が並んで記されている。ともに「繪入ヒラガナ」と記されていることから、絵入無刊記整版『太平記』、寛文五年版『源平盛衰記』を指していることは疑いない。寛文は十二年までしかないため、「寛文十四年」の項に記された『太平記』と『源平盛衰記』は、実際に購入したものというよりも、「購入予定の備忘録」として記されたものであろう。

この『書籍覚書』を根拠として、これまで絵入無刊記整版『太平記』は寛文九年（一六六九）以前の出版と推定されてきた。

絵入無刊記整版『太平記』には年記がないが、巻末に「此一部之筆者里兵衛書之」と「筆者」に関する一文が刻されている。「里兵衛」という人物がいつ頃の人で、他にどのような作品に携わっていたかということについては未詳と言わざるを得ない。一方、寛文五年版『源平盛衰記』の刊記には「寛文五稔乙巳八月吉旦／開板之／二條通玉屋町村上平樂寺」とあり、寛文五年版『源平盛衰記』は、「村上平楽寺」こと、村上勘兵衛が京都で開板したことがわかる。[注8] ただ、これらの情報からでは寛文五年版『源平盛衰記』と絵入無刊記整版『太平記』両者の出版環境が近いかどうかは分からない。

三　『源平盛衰記』・『太平記』の挿絵の比較

寛文五年版『源平盛衰記』と絵入無刊記整版『太平記』の間で挿絵の転用が認められるのは、『源平盛衰記』の巻四十四「三種宝剣」と『太平記』に別冊として付されている「剣巻」の三種神器譚の挿絵である。「剣巻」は、源氏重代の太刀「鬚切」・「膝丸」の相伝を通して源氏の歴史を語る物語と、草薙剣を中心とした三種神器の来歴を語る物語の二つの主題を持つ作品である。「剣巻」の諸本は、屋代本『平家物語』の別冊や長禄四年（一四六〇）の奥書を有する長禄本など、単行のものがいくつか現存している。[注9] また、「剣巻」は『太平記』版本の別冊として付されるようになる。その最初は慶長十五年（一六一〇）刊の古活字版で、その後出版されたほとんどの『太平記』版本に別冊として付されるようになり、「剣巻」は『太平記』の版本とともに広く享受されていた。[注10]

『源平盛衰記』巻四十四「三種宝剣」と「剣巻」とは、ともに宝剣の由緒と来歴を語ることを主眼としているが、両者の間には記事の異同がある。[注11] 記事構成の違いを明らかにするために、『源平盛衰記』巻四十四「三種宝剣」と「剣巻」の記事構成一覧を挙げる（表1）。

『源平盛衰記』「三種宝剣」	『太平記』「剣巻」
①×	①神璽の霊威
②×	②神璽の由来（天地開闢を含む）
③宝剣の由来とその所在	③宝剣の由来とその所在
④素戔烏尊八岐大蛇退治	④素戔烏尊八岐大蛇退治
⑤湯津爪櫛の語義と由来	⑤×
⑥投櫛の由来	⑥×
⑦×	⑦内侍所の由来
⑧崇神朝宝剣宝鏡改鋳	⑧崇神朝宝剣宝鏡改鋳
⑨日本武尊東征	⑨日本武尊東征
×	a風水竜王（伊富貴明神）との遭遇
×	b岩戸姫との契り
凶徒の退治・草薙剣の命名	c凶徒の退治・草薙剣の命名
燧袋の由来	×
武蔵国から船で上総国へ向かう途中、龍神と対峙する。	×
吾妻の地名起源説	×
×	d火石水石の霊験
×	e岩戸姫との再会
×	f風水竜王の退治
醒ヶ井ノ水の由来	g醒ヶ井ノ水の由来
×	h吾妻の地名起源説
日本武尊薨去	i薨去と白鳥塚の由来
×	j幡屋の由来と頼朝の誕生
×	k焼田・熱田の地名起源説
×	l熱田大明神の由来
⑩道行による宝剣盗難未遂事件	⑩道行による宝剣盗難未遂事件
追磯森の由来	×
龍神、熱田社に宝剣を返納	×
宝剣を四振り新造する	×
⑪天武朝における草薙剣の熱田返納	⑪天武朝における草薙剣の熱田返納
⑫×	⑫生不動の退治と八剣大明神の由来
⑬×	⑬宝剣喪失に対する解釈
⑭天智・天武朝記事に関する評言	×
	（以下略）

表１　『源平盛衰記』巻四十四「三種宝剣」・「剣巻」三種神器譚記事構成一覧

⑤、⑥、⑨、⑩のように、『源平盛衰記』と「剣巻」の間には記事の異同が確認できる。なかでも、⑤湯津爪櫛の語義と由来、⑥投櫛の由来、⑨日本武尊の東征記事中の武蔵国から船で上総国へ向かう途中、龍神と対峙すること、⑩道行による宝剣盗難未遂事件中の追磯森の由来は、他の『源平盛衰記』『平家物語』諸本にはない、『源平盛衰記』の独自記事である。

一方、「剣巻」は①や②、⑦のように、宝剣だけではなく、神璽や内侍所を含めて、三種神器すべての由来や来歴に言及しており、「三種神器の物語」を意図していることがうかがえる。さらに「剣巻」の特徴として注目されるのは、『平家物語』の宝剣の由来を語る章段（十二巻本の場合巻十一にある）と比べて、⑨日本武尊の東征記事が大きく膨らんでいる点である。この日本武尊の東征記事をめぐっては、はやく伊藤正義が「これは平家物語の中で増補を繰り返した結果として生まれて来たというようなものではなく、その部分をそっくり熱田系テキストを借用した結果であると考える方が自然であろう」と指摘し、「剣巻」の成立背景を考えるひとつの拠りどころになってきた。▼注12 近年は、「熱田系テキスト」と「剣巻」の比較検討が行われ、両者の間には一定の開きがあり、「剣巻」の熱田社関連記事が「熱田系テキストの借用」によって成立したわけではないということが定説になりつつある。▼注13

　このように、『源平盛衰記』と「剣巻」は、宝剣の由来を語るという点で大筋は一致しているが、それぞれに独自記事があり、話の展開や表現に少なからず違いが認められる。

　次に、寛文五年版『源平盛衰記』と絵入無刊記整版の挿絵の分析に移る。寛文五年版『源平盛衰記』巻四十四「三種宝剣」には四図、『太平記』「剣巻」には十二図の挿絵がある。それぞれの挿絵の内容を配置順に示すと次のようになる（表2）。

『源平盛衰記』「三種宝剣」		『太平記』「剣巻」	
		第一図	素戔嗚尊、手摩乳・脚摩乳、稲田姫と対面する。
		第二図	素戔嗚尊、手摩乳・脚摩乳とともに酒を用意する。
第一図	**素戔嗚尊、八岐大蛇を退治する。**	**第三図**	**素戔嗚尊、八岐大蛇を退治する。**
第二図	**素戔嗚尊、手摩乳・脚摩乳・稲田姫と対面する。**	**第四図**	**手摩乳・脚摩乳、素戔嗚尊に引出物の鏡を授ける。**
		第五図	日本武尊、風水竜王と遭遇する。
		第六図	日本武尊、岩戸姫と契りを結ぶ。
第三図	**日本武尊、凶徒を退治する。**	**第七図**	**日本武尊、凶徒を退治する。**
		第八図	火石水石の験で、田作りの紀太夫の土地が豊かになる。
		第九図	日本武尊薨去。
		第十図	白鳥となった日本武尊、白幡を落とす。
		第十一図	新羅御門、道行に宝剣を盗み出すよう命じる。
第四図	**道行、宝剣の奪取を試みる。**	**第十二図**	**道行、宝剣の奪取を試みる。**

表2

　同じ場面の挿絵は上下が対応するように示したが、『源平盛衰記』の全四図は、『太平記』「剣巻」の第三図、第四図、第七図、第十二図と一致する（表2の網掛けで示した部分である）。共通する四図の挿絵を並べて比較してみる。▼注14

『太平記』「剣巻」第三図

『源平盛衰記』「三種宝剣」第一図

『太平記』「剣巻」第四図

『源平盛衰記』「三種宝剣」第二図

『太平記』「剣巻」第七図

『源平盛衰記』「三種宝剣」第三図

『太平記』「剣巻」第十二図

『源平盛衰記』「三種宝剣」第四図

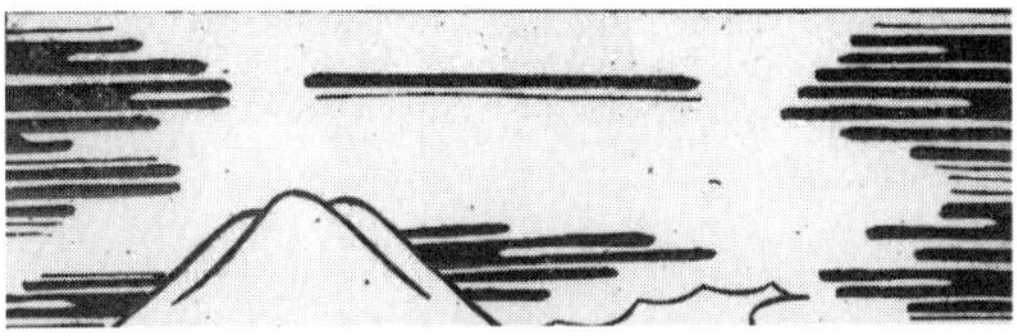

『源平盛衰記』「三種宝剣」第三図

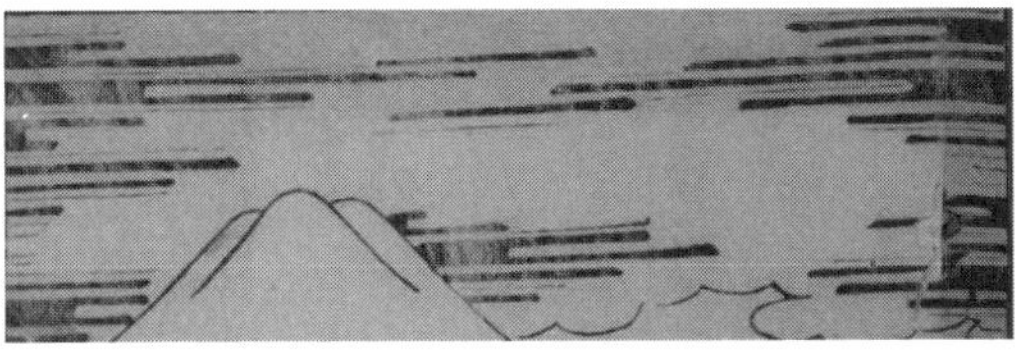

『太平記』「剣巻」第七図

一見して明らかなように、『源平盛衰記』の四図と、それに該当する『太平記』「剣巻」の挿絵は、まったく同じ構図をとっている。ただし、細部まで見比べると二つの挿絵は必ずしもぴったり一致するというわけではない。例えば、『源平盛衰記』第三図と『太平記』「剣巻」第七図の雲の文様は、『源平盛衰記』は黒い太線が真ん中に一筋あるだけなのに対して、『太平記』「剣巻」は複数引かれているといった違いが見られる（上図）。よって両者が同じ版木を利用したということではなく、覆刻と見るべきだろう。

ここで、『源平盛衰記』と『太平記』「剣巻」との間で構図が一致する四図の挿絵に該当する本文を比較する。▼注15 はじめに『源平盛衰記』第一図・『太平記』「剣巻」第三図の場面に対応する本文を挙げる。

【源平盛衰記】第一図

尊《みこと》、彼《かの》酒ヲ八ノ槽ニ湛テ、后ヲ大蛇ノ居タル東ノ山ノ頂ニ立テ、朝日ノ光ニ后ノ御影ヲ槽ノ底ニ移シ給タリケルニ、大蛇匍匐《はらばひして》来レリ。尾頭共ニ八アリ。背ニハ諸ノ木生《おひ》苔ムセリ。眼ハ日月ノ如シテ、年々呑《のむ》人幾千万ト云事ヲ不ㇾ知《しらず》。大蛇ノ八尾八頭、八岡八谷ニハビコレリ。大蛇此酒ヲ見《みる》ニ、八ノ槽中ニ、八人ノ美人アリ。実ノ人ト思《おもひ》、頭ヲ八ノ槽ニ浸シテ、人ヲ呑ント思テ、其酒ヲ飲干《のみほす》。大蛇頭ヲ低《たれ》テ酔臥《ゑひふす》。尊《みこと》著給ヘル十握剣ヲ抜テ、大蛇ヲ寸々ニ斬給フ。故ニ十把ヲ羽々斬ト名《なつ》ク。蛇ノ尾不ㇾ切《きらず》、十把剣ノ刃少《すこし》欠タリ。恠テ割破《さきやぶりて》見ㇾ之一ノ剣アリ。明《あきらかなる》コト瑩《みがけ》ル鏡ノ如シ。素戔嗚尊是ヲ取テ、定テ是神剣ナラン、我私ニ安カンヤトテ、即《すなはち》天照太神ニ奉。

【「剣巻」】第三図

国中の人種皆取り失はれて、今は山神の夫婦、手摩乳・脚摩乳ばかり残れり。一人の娘あり。稲田姫と名付けて、生年八歳なり。是を中に置きつゝ、泣き悲しむる事限りなし。尊あはれみ給ひて、由をいかにと問ひ給ふ。手摩乳答へて曰く、「我に最愛の娘あり。稲田姫と申すを、今夜八岐の大蛇の為にのまれん事を悲しむなり」と申ければ、尊不便に思召し、「娘を我に得させば、大蛇を討てとらせむ事はいかに」とのたまへば、手摩乳・脚摩乳、大きに喜ぶ色見えて、「大蛇をだにも討給はゞ、娘をまいらせ候べし」と申ければ、尊大蛇を討給べきはかりごとをぞなし給ひける。床を高くかき、稲田姫をうつくしげに装束させて髪に湯津の爪櫛を差して立てられたり。四方には火をたきまはして、火よりほかに甕に酒を入て、八方に置く。夜半に及んで、八岐の大蛇来りつゝ、稲田姫をのまんとする。床の上に有と見れ共、四方に火をたきまはしたれば、寄るべきやうなかりけり。時うつるまでよく見れば、稲田姫の影、甕の酒にうつり見たりけり。大蛇これをよろこび、八の甕に八の頭を打ひたして、飽くまで酒をのみてげり。あまりにのみ酔て、前後を知らず臥したりける。尊、剣を抜き持ちて、大蛇を寸々に斬り給ふ。其八の尾に至りて、剣のかゝわる処あり。あやしんでこれを見給へば、剣の刃白みたり。尾を裂きのけてこれを見るに、中に一の剣あり。これ最上の剣なりとて、天照太神に奉り、天の叢雲の剣と名付く。此剣大蛇の尾にありし時、黒雲つねに覆ふ故に天の叢雲の剣と名付けたり。此大蛇は尾より風を出し、頭より雨を降らす。風水龍王の天下りける也。

この挿絵は、酒を入れた甕を置き、稲田姫を高床に据え、火を焚いて準備した素盞嗚尊の前に八岐大蛇が現れる場面である。『源平盛衰記』の本文は、挿絵の中に描かれている八岐大蛇を迎える準備の様子に言及しておらず、極めて簡略である。この挿絵は、『太平記』「剣巻」の傍線部に近い。

続けて『源平盛衰記』第二図・『太平記』「剣巻」第四図に移る。この挿絵は、素盞嗚尊が八岐大蛇を退治した後、手摩乳・脚摩乳、娘の稲田姫が対座している場面である。『源平盛衰記』の本文は、素盞嗚尊が八岐大蛇を退治した後、

大神、大ニ悦マシくテ、「吾天岩戸ニ閉籠《とぢこもり》シ時、近江國膽吹嶺《いぶきだけ》ニ落タリシ劔也」トソ仰ケル。彼《かの》大蛇ト云ハ、膽吹大明神ノ法躰也。此劔、大蛇尾ニ有ケル時、常ニ黒雲聳《たなびき》テ覆ケル故ニ、天藂雲劔《あまのむらくものつるぎ》トハ名付タリ。

と続いており、宝剣の来歴と天叢雲剣の命名の由来を述べて、次の場面へと移る。すなわち、『源平盛衰記』には、素盞嗚尊

が大蛇を退治した後、第二図の素戔嗚尊と手摩乳・脚摩乳、稲田姫が対座する場面に該当する本文はないということになる。

この場面、『太平記』「剣巻」の本文では、先の第三図の本文の引用箇所に続けて、

手摩乳は姫の助かりたる事をよろこび、尊を婿に取り奉る時、円さ三尺六寸の鏡を引物に奉る。（中略）かの婿引物の鏡は今の内侍所、これ也。

とある。この本文によって、素戔嗚尊と手摩乳・脚摩乳、稲田姫が一堂に会するこの場面を解釈することができる。

さらに続けて『源平盛衰記』第三図・『太平記』「剣巻」第七図の本文を挙げる。

【源平盛衰記】第三図

駿河国浮嶋原ニ着給。其所ノ凶徒等、尊欺ンガ為ニ、「此野ニハ麋《くじか》多シ。狩シテ遊給ヘ」ト申。尊《みこと》野ニ出テ、枯野ノ荻掻分々々狩シ給ハバ、凶徒枯野ニ火ヲ放チ尊ヲ焼殺《やきころさん》トス。野火四方ヨリ燃来テ、尊難レ遁《のがれがた》カリケレバ、佩給ヘル叢雲ノ剣ヲ抜テ、打振給ヘバ、刃向草一里マデコソ切レタリケレ。爰ニテ野火ハ止リヌ。又其後剣ニ付タル錦袋ヲ披見《ひらきみる》ニ、燧アリ。尊自《おのづから》石ノカドヲ取テ、火ヲ打出シ、是ヨリ野ニ付タレバ、風忽ニ起テ、猛火夷賊ニ吹覆、凶徒悉ニ焼亡ヌ。偖《さて》コソ其所ヲバ焼詰ノ里トハ申ナレバ、此ヨリシテ天叢雲剣ヲバ、草薙剣ト名《なづけ》タリ。

【「剣巻」】第七図

駿河の国富士の裾野に至る。其国の凶徒、「この野に鹿多く候。狩りして遊ばせ給へ」と申ければ、尊即ち出て遊び給ふに、凶徒等野に火をつけて、尊を焼き殺し奉らんとしける時、はき給へる天の叢雲の剣を抜いて草を薙ぎ給ふに、刈草に火付て、をびやかしたりけるに、尊は火石水石とて、二の石を持ち給へるが、まづ水石を投げかけ給ひたりければ、即ち石より水出て、消えてけり。又火石を投げかけ給ひければ、石中より火出て、凶徒多く焼け死にけり。それよりしてぞ其野をば天の焼けそめ野とぞ名付けける。叢雲の剣をば、草薙の剣とぞ申ける。

この挿絵は、日本武尊が凶徒に囲まれ火をつけられるが、宝剣で草を薙ぎ、危機を脱する場面である。挿絵に該当する本文にそれぞれ傍線を付したが、両者の間に表現の違いは見られるものの、内容はほとんど同じで、この挿絵がどちらの本文に基づ

いて絵画化したかは容易に判断できない。この挿絵は先の二図とは異なり、『源平盛衰記』、『太平記』「剣巻」どちらの本文に照らし合わせても、本文と挿絵の間に齟齬が見られない。

最後に『源平盛衰記』第四図・『太平記』「剣巻」第十二図の本文を挙げる。

【源平盛衰記】第四図

天智天皇七年ニ沙門道行ト云《いふ》僧アリ。本《もと》新羅国者也。草薙剣ノ霊験ヲ聞テ、熱田社ニ三七日籠テ、剣ノ秘法ヲ行テ、社壇ニ入盗出シテ、五帖ノ袈裟ニ裹《つつみ》テ出《いづ》。即《すなはち》社頭ニシテ黒雲聳来テ、剣ヲ巻取テ社壇ニ送入《おくりいる》。道行身毛竪《よだち》テ弥霊験ヲ貴ミ、重テ百日行テ、九帖袈裟ニ裹《つつみ》テ近江国マデ帰処《かへるところ》ニ、又黒雲空ヨリ下、剣ヲ取テ東ヲ指テ行《いく》。道行取返ントテ追テ行《いく》。（中略）行業ノ功日浅ケレハコソ角《かく》ハアレトテ、道行又千日行テ、二十五帖ノ袈裟ニ裹テ出。筑紫ニ下《くだり》、舟ニ乗テ海上ニ浮《うかみ》、望《のぞみ》既ニ足ヌ、新羅国ノ重宝ト悦程ニ、俄ニ波風荒シテ、不㆓渡得《わたりえざり》㆒ケレバ、イカニモ難㆑叶《かなひがたし》トテ、海中ニ抛入《なげいる》。龍王コレヲ潜上《かづきあげ》テ、熱田社へ送進《おくりまいら》ス。

【「剣巻」】第十二図

尾張の熱田に詣でつゝ、彼剣を七日行ふて、盗み取て五条の袈裟につゝんで逃げける程に、剣、袈裟をつき破りて本の宝殿に返り入。二七日行ふて剣を取り、七条の袈裟につゝんで逃げけるに、剣、又七条をもつき破つて、宝殿に返る。道行なほ立返つて、三七日行ひて、この度は九条につゝみて出ける間、袈裟をも破る事得ずして、筑紫の博多まで逃げ帰りたりけるを、熱田明神、安からぬ事と思召、住吉大明神を討手に下し、道行を蹴殺して、草薙の剣を奪ひ取る。

この挿絵は、道行が宝剣の奪取を試みる場面である。『源平盛衰記』、『太平記』「剣巻」ともに本文の異同はあるが、話の展開はおおむね一致する。また、傍線部のように両者は道行が三度に亘って宝剣の奪取を試みている。この挿絵が、三度の宝剣奪取のうち、どの回を絵画化したものかははっきりしない。とはいえ、この場面も先述の『源平盛衰記』第三図・『太平記』「剣巻」第七図と同じく、両者の本文の一致度が高いことにより、挿絵と本文の間に目立った矛盾はない。

以上、四場面の挿絵に対応する『源平盛衰記』と『太平記』「剣巻」の本文の関係について確認してきた。後半の二図は、『源平盛衰記』と『太平記』「剣巻」の該当本文の一致度が高いことから、挿絵と本文の間に齟齬がなく、どちらの作品に当てはめても挿絵としてまったく違和感がない。

しかし、前半の二図は、少なからず挿絵と本文の間にずれが生じている。第一図は、単に『源平盛衰記』の本文が簡略なだけで、挿絵と本文の間に決定的な矛盾があるわけではない。しかし、挿絵の中に描かれている酒の入った甕、高床に据えた稲田姫、焚いた火は『太平記』「剣巻」の本文にのみ一致する。

一方、第二図は挿絵と本文の間に決定的な齟齬が認められる。この第二図の挿絵と本文の齟齬が、寛文五年版『源平盛衰記』と無刊記整版『太平記』の先後関係、つまりどちらが挿絵の転用を行ったのかということを明らかにする根拠となる。この挿絵については、先に本文を引用して確認したように、『源平盛衰記』には素戔嗚尊が大蛇を退治した後、手摩乳・脚摩乳、稲田姫と対座する場面に該当する本文はない。よって、この挿絵は『太平記』「剣巻」の本文に基づいていると断定できる。さらに、それは挿絵中央、登場人物の目の前に描かれる円が何を示しているかを明らかにすることで裏付けられる。『太平記』「剣巻」の本文によれば、この円は手摩乳が素戔嗚尊に贈った「引物の鏡」ということになる。手摩乳が素戔嗚尊に「引物の鏡」を贈るという一節は、『源平盛衰記』はもちろん、その他の『平家物語』諸本にもない、「剣巻」の独自記事である。

以上のことから、寛文五年版『源平盛衰記』の全四図の挿絵は、絵入無刊記整版『太平記』「剣巻」の挿絵を利用しているということになる。それはつまり、絵入無刊記整版『太平記』は寛文五年版『源平盛衰記』に先行することを意味する。

なお、『源平盛衰記』第二図・『太平記』「剣巻」第四図の場面中央に描かれた円が鏡であるということは、『太平記』巻二十五「伊勢より宝剣をたてまつる事」の挿絵によって証明される。

挿絵に対応する本文は次の通りである。

> さて嶋根見尊、一千の神達を語ひて、大和国天の香具山に庭火を焼き、一面の鏡を鋳させ給ふ。此鏡は思ふ様にもなしとて捨てられぬ。今の紀州日前宮の神躰也。

傍線部のように、この挿絵は嶋根見尊が庭火を焚いて鏡を鋳造している場面である。この本文に拠れば、神々の前に描かれた円は、鏡であることは疑いない。この例を根拠として、先に示した、素戔嗚尊等の前に描かれる円も鏡であると断定すること

『太平記』巻二十五「伊勢より宝剣をたてまつる事」挿絵

ができるだろう。

　寛文五年版『源平盛衰記』を基にして制作されたと推定されている海の見える杜美術館蔵奈良絵本『源平盛衰記』（以下、「奈良絵本」と略す）にも、『源平盛衰記』第二図・『太平記』「剣巻」第四図と同じ挿絵がある。[注16]奈良絵本は、寛文五年版『源平盛衰記』の四図のうち、この挿絵しか採っていない。星瑞穂は、奈良絵本は寛文五年版の表裏二図のうち一方を採用することを基準としており、場面の選択に必然性はないと指摘する。[注17]松尾葦江は、場面の選択について「場面に連続性があり、殊に一丁の表裏では時間的に連続している絵が多いので、続けて採ると構図に変化がなく、ストーリーの進捗性に乏しくなるので避けたものであろう」と推測している。[注18]素戔嗚尊の八岐大蛇退治や日本武尊が宝剣で草を薙いで危機を脱する場面は、さまざまな作品で度々絵画化される名場面ではあるが、奈良絵本では採られていない。

　さて、奈良絵本も『源平盛衰記』第二図・『太平記』「剣巻」第四図とまったく同じ構図をとっている。強いて言えば、奈良絵本では鏡の中に渦形の文様が描かれている点が違うくらいである。[注19]先述の通り、『源平盛衰記』でもこの場面は『太平記』「剣巻」の本文に基づいて作られている。『源平盛衰記』と『太平記』「剣巻」に話の展開に大きな違いがないとはいえ、『源平盛衰記』の本文にない挿絵を、構図をまったく変えずにそのまま奈良絵本の挿絵にしているところをみると、奈良絵本の制作者は、『太平記』を利用した寛文五年版の挿絵を文字通りそのまま踏襲して制作していたといえるだろう。

四　まとめ

以上、寛文五年版『源平盛衰記』と絵入無刊記整版『太平記』の挿絵の転用について考察してきた。寛文五年版『源平盛衰記』巻四十四「三種宝剣」の四図は、すべて絵入無刊記整版『太平記』「剣巻」の挿絵を利用している。挿絵の転用が認められる四図のうち、後半二図は『源平盛衰記』と『太平記』「剣巻」の本文に大きな異同がないため、挿絵と本文の間に目立った矛盾がない。しかし、前半の二図については、『源平盛衰記』と『太平記』「剣巻」の本文に大きな隔たりがあり、それが挿絵と本文の間にずれを生んでいる。とりわけ『源平盛衰記』第二図・『太平記』「剣巻」第四図は、『太平記』「剣巻」の本文にしかない「引物の鏡」が描かれており、明らかに『太平記』「剣巻」の本文に基づいて絵画化されている。この挿絵によって、『源平盛衰記』が『太平記』「剣巻」の挿絵を利用したことがわかる。よって絵入無刊記整版『太平記』が寛文五年版『源平盛衰記』に先行すると断定することができる。絵入無刊記整版『太平記』には年記がないが、これまで外部徴証により寛文九年（一六六九）以前の開板と推測されていた。今回明らかになった挿絵の転用例により、絵入無刊記整版『太平記』の出版は、寛文五年版『源平盛衰記』が刊行された寛文五年（一六六五）以前ということになり、従来の寛文九年以前という推定よりも四年遡らせることができる。

なお、寛文五年版『源平盛衰記』が絵入無刊記整版『太平記』の挿絵を利用した例は、管見の限り、今回取り上げた四図の他にない。例えば、『源平盛衰記』巻四十六「土佐房上洛」と『太平記』「剣巻」には、それぞれ土佐坊昌俊斬首の場面の挿絵があるが、話の展開は共通するものの、その構図はまったく異なる。また、『源平盛衰記』巻十六「三位入道芸等」の源頼政鵺退治と『太平記』巻十二「広有怪鳥を射る事」、『源平盛衰記』巻四十三「源平侍遠矢」の遠矢と『太平記』巻十六「本間孫四郎とを矢の事」など、『太平記』が『平家物語』の章段を基にして構成したと推測されている章段や、『源平盛衰記』巻四十五「大地震」と『太平記』巻三十六「大地震」など、同じ構図になりそうな章段でも挿絵の転用は確認できない。なぜ巻四十四「三種宝剣」だけ『太平記』「剣巻」の挿絵を利用したのか、その理由はわからない。

版本の挿絵の転用は決して珍しいことではない。たとえば松本智子と横井孝は、『絵入栄花物語』と須原茂兵衛版『古今和歌集』に挿絵の転用があることを報告している。[注20] これは関係のない二つの作品の間で挿絵の転用が行われているという例である。転用が認められる挿絵は『絵入栄花物語』の本文に合うよう作られたもので、須原茂兵衛版『古今和歌集』では『古今和歌集』の本文内容と挿絵とが合っていないという。とすれば、須原茂兵衛版『古今和歌集』は、挿絵の転用を行う際にもはや挿絵と本文との連関などということは意識していないことになる。

また小林健二は、江戸時代初期に揃い物として刊行された幸若舞曲の絵入り版本、いわゆる「舞の本」が、先行する絵入り古活字版や嵯峨本『伊勢物語』の挿絵を覆刻して利用していることを考証している。そして、このような制作状況について「要するに「舞の本」の挿絵は、新たな出版構想のもとに一気に挿絵を新刻したものではなく、利用できるものはなるべく利用する方針で作られ、刊行されたものであることがわかるのである。そして、このことは「舞の本」の成立事情を知らせてくれるだけではなく、寛永時代の版元の内実をも垣間見せることになるのである」と指摘している。[注21] おそらく寛文五年版『源平盛衰記』も「舞の本」と同じように、巻四十四「三種宝剣」が絵入無刊記整版『太平記』「剣巻」と同じ題材であること、話の展開がほとんど変わらないことを考慮した上で、「利用できるものはなるべく利用する方針」に基いて先行する挿絵を利用したのだろう。ともかく、この挿絵の転用によって、寛文五年版『源平盛衰記』と絵入無刊記整版『太平記』とが、ほぼ同時期に、しかも極めて近い環境で制作・出版されたことは明白である。本稿では一つの事例を提示するに留まってしまったが、同じような挿絵の転用例を集めた上で、寛文五年版『源平盛衰記』と絵入無刊記整版『太平記』の関係を出版文化史の中にどう位置づけるかということを改めて考える必要があるだろう。

注

（1）松尾葦江『軍記物語論究』「源平盛衰記の伝本」（若草書房、一九九六年）。

（2）出口久徳「寛文期の『源平盛衰記』―寛文五年版『源平盛衰記』の挿絵の方法―」（『日本文学』五八―一〇、二〇〇九年一〇月）。

（3）『太平記』絵入整版本の解題については、武田昌憲「『太平記』整版本―刊記本と絵入本、重量、厚さ等についての覚え書き―」（『茨城女子短期大学紀要』一八、一九九一年三月）、日東寺慶治「太平記整版の研究」（長谷川端編『新典社研究叢書七一　太平記とその周辺』新典社、一九九四年）、小秋元段「国文学研究資料館蔵『太平記』および関連書マイクロ資料書誌解題稿」（『調査研究報告』二六、二〇〇六年三月）を参照した。

（4）武田昌憲は「明暦寛文頃無刊記絵入整版本」、日東寺慶治は「寛文頃刊無刊記本」と称して、書誌情報を掲げている（前掲武田・日東寺論文参照）。

（5）小秋元段「国文学研究資料館蔵『太平記』および関連書マイクロ資料書誌解題稿」（『調査研究報告』二六、二〇〇六年三月）。

（6）『書籍覚書』については、市古夏生「『書籍覚書』解題」（『書誌学月報　別冊』九、青裳堂書店、二〇〇〇年一一月）、市古夏生「寛文期における書物の蒐集―『書籍覚書』における報告」（冨士昭雄編『江戸文学と出版メディア―近世前期小説を中心に―』笠間書院、二〇〇一年）、市古夏生「『書籍覚書』（翻刻と解説）」（『国文』一〇四、二〇〇五年一二月）、市古夏生「『書籍覚書』（翻刻と解説）下」（『国文』一〇六、二〇〇六年一二月）などの参考文献がある。

（7）市古夏生「『書籍覚書』解題」（『書誌学月報　別冊』九、青裳堂書店、二〇〇〇年一一月）。

（8）村上平楽寺は、日蓮宗の仏書を中心に、さまざまな分野の書物を扱っていた。宗政五十緒『近世京都出版文化の研究』（同朋舎、一九八二年）、冠賢一『近世日蓮宗出版史研究』（平楽寺書店、一九八三年）参照。軍記物語は、寛文五年版『源平盛衰記』の他に、寛永七年版『平家物語』を出版している（寛永七年版『平家物語』刊記「惟旹寛永第七庚午孟夏甲子／於二条玉屋町村上平楽寺雕開」）。

（9）松尾葦江「平家物語剣巻　解説」（『完訳日本の古典四五　平家物語』四、小学館、一九八七年三月）、松尾葦江「剣巻の意味するもの」（『日本古典文学会会報』一一二、一九八七年七月）参照。「剣巻」の本文については、麻原美子・春田宣・松尾葦江編『屋代本高野本対照平家物語』三（新典社、一九九三年。底本は屋代本。）、『完訳日本の古典四五　平家物語』四（小学館、一九八七年三月。底本は長禄本。）、伊藤正義監修『磯馴帖　村雨篇』（和泉書院、二〇〇二年。黒田彰・角田美穂「校訂剣巻」。）を参照されたい。

（10）「剣巻」は、後に『参考源平盛衰記』にも付される。『参考源平盛衰記』の凡例には、「剣巻」について「剣巻旧誤附二于太平記一矣。有下称二古本剣巻一者上。南都一乗院候人二条寺主所蔵也。題目二平家物語剣巻一。参下考之所レ行二于世一剣巻上。改附二于本書惣目下一。」とある。

（11）稿者は以前、『源平盛衰記』巻四十四「三種宝剣」と「剣巻」の宝剣説話には、宝剣喪失に関わる出来事を龍神の宝剣に対する執念と関連させて解釈しようとする共通点があることを論じたことがある。拙稿「『源平盛衰記』宝剣説話考―龍神の登場場面を中心に―」（『伝承文学研究』六〇、二〇一一年八月）参照。

（12）伊藤正義「熱田の深秘―中世日本紀私注―」（『人文研究』三一―九、一九七九年三月）。

（13）原克昭「「源大夫説話」とその周辺―熱田系神話をめぐる中世日本紀の一齣―」（『説話文学研究』三二、一九九七年六月）、渡瀬淳子「剣巻の成立背景―熱田系神話の再検討と刀剣伝書の世界」（『国文学研究』一三八、二〇〇二年一〇月）、拙稿「「平家剣巻」の構想―道行・生不動説話の位置づけをめぐって」（千明守編『ひつじ研究叢書〈文学編〉三　平家物語の多角的研究　屋代本を拠点として』ひつじ書房、二〇一一年）。

(14) 使用した写真は次の通りである。
・寛文五年版『源平盛衰記』…杵築市立図書館蔵本【和一五〇―一～一〇】国文学研究資料館蔵マイクロ資料を使用)
・絵入無刊記整版『太平記』…國學院大學図書館蔵本(九一三・四六／／Ta二二)

(15)『源平盛衰記』の本文の引用は、渥美かをる『源平盛衰記慶長古活字版　六』(勉誠社、一九七八年)により、私に振仮名・句読点・「　」を補った。『太平記』「剣巻」の本文の引用は、絵入無刊記整版『太平記』により、私に漢字を宛て、振仮名・句読点・「　」を補った。

(16) 石川透・星瑞穂編『源平盛衰記絵本をよむ　源氏と平家合戦の物語』(三弥井書店、二〇一三年)。二〇一頁に当該挿絵が掲載されている。書誌については、『源平盛衰記絵本をよむ　源氏と平家合戦の物語』所収の石川透「解説　海の見える杜美術館蔵奈良絵本『源平盛衰記』について」を参照されたい。

(17) 星瑞穂「解説　奈良絵本『源平盛衰記』と版本の挿絵の関係性」(石川透・星瑞穂編『源平盛衰記絵本をよむ　源氏と平家合戦の物語』三弥井書店、二〇一三年)

(18) 松尾葦江「源平盛衰記と絵画資料―フランス国立図書館蔵「源平盛衰記画帖」をめぐって―」(磯水絵・小井土守敏・小山聡子編『二松學舎大学学術叢書　源平の時代を視る　二松學舎大学附属図書館所蔵　奈良絵本『保元物語』『平治物語』を中心に』思文閣出版、二〇一四年)。

(19) 石川透・星瑞穂編『源平盛衰記絵本をよむ　源氏と平家合戦の物語』二〇一頁には、この円を円座と推定している。そもそも奈良絵本の制作者が寛文五年版『源平盛衰記』の円を鏡と解釈出来ていたかどうかわからない。管見の限り、奈良絵本の中でこの場面の他に円座が描かれている箇所がないため、今のところ奈良絵本のこの円が円座であると断定できないし、この場面には円座が描かれる必然性はない。

(20) 松本智子「フルテキストデータベースの検索と画像データベース検索―絵入りの和歌集について―」(『古典籍原本データベースにおけるテキストと絵図の構造的検索の研究』平成一〇年度～平成一三年度科学研究費基盤研究研究成果報告書　研究代表者：中村康夫　二〇〇二年三月)。横井孝「物語版本の挿絵の転用・流用―『源氏物語』『伊勢物語』などを通して―」(『実践女子大学文学部紀要』四七、二〇〇四年三月)。横井孝には、挿絵の転用に関する論考として、「物語文学整版本の挿絵における転用・流用の問題―山本春正『絵入源氏』を通して―」(『実践国文』六八、二〇〇五年一〇月)もある。

(21) 小林健二『中世劇文学の研究―能と幸若舞曲―』「第二部　幸若舞曲　第四編　幸若舞曲―絵画的展開」(三弥井書店、二〇〇一年)。「第二部　幸若舞曲　第四編　幸若舞曲―絵画的展開」では、「舞の本」の挿絵が寛永無刊記整版『いはやのさうし』の挿絵に利用されていることも論じている。

付記　写真の掲載をお許し頂いた杵築市立図書館、國學院大學図書館に御礼申し上げます。

5　舞の本『敦盛』挿絵考——明暦版と本問屋版を中心にして——

宮腰直人

一　問題の所在

熊谷次郎直実が平敦盛を討った物語（以下、本稿では直実・敦盛譚と略す）は、『平家物語』諸本や『源平盛衰記』といったテクスト群で広く読み継がれていた。その一方で、直実・敦盛譚は、幸若舞曲や古浄瑠璃、説経といった語り物文芸にも題材を提供し、相応に親しまれていたとみられる。[注1]

語り物文芸がその名称に齟齬するかのように、絵巻や絵入本の形態で伝えられ、多くの読者を得ていたことは、もはや周知の事実といってよいだろう。直実・敦盛譚もまた例外ではない。『平家物語』はむろんのこと、舞の本や古浄瑠璃や説経の正本の挿絵を通じて各時代の読者たちは、この物語を享受していたのである。

舞曲のテクストである「舞の本」の版本については、寛永期の三十六番揃（以下、寛永版と略す）を主な対象に研究が重ねられている。麻原美子の先駆的な論考や、[注2]小林健二による古活字版から寛永版への形成を探る論考によって、[注3]寛永版の概要は、ほぼ明らかになったといってよい。

まずは麻原、小林の論考によって寛永版の概要を確認しておこう。寛永版は、おそくとも寛永五、六年には、揃い物の基幹部分は確立していた可能性が高く、ほどなく三十六番の揃い物が刊行された。そして早くも寛永十二年には、曲の一部をあらためた新刻版も刊行されるに至る。寛永期には旧刻と新刻、二種の「舞の本」が刊行されていたことになる。寛永版の本文は、大頭系の諸伝本に基づく十行古活字版を踏襲し、漢字を平仮名にするなどの表記の改訂が施されている。すでに古活字版において挿絵を有する曲目の場合は、それらを参照しつつ、さらに効率的に物語内容を伝えられるように、挿絵を整えて刊行されたのである。

ここであらためて注目すべきは、すでに古活字版の時点で「舞の本」の挿絵は、本文に対して相当数入れられ、それが寛永版の成立の母体となっている点である。語り物文芸である舞曲が、近世初期に早くも絵入本の体裁で意識的に刊行されたという事実は、物語絵としての「舞の本」の需要を象徴的に示す事象であると考えられる。[注4]

麻原美子は、寛永期の二度の刊行という近世前期の出版文化における「舞の本」需要の高まりを指摘しつつ、寛文期を最後に舞の本の刊行が途絶え、終焉をむかえたことを示唆する。[注5] 首肯すべき見解だが、別の見方をすれば、寛文期までは「舞の本」の需要があったと解釈することもできるだろう。寛文期まで書物としての命脈を保っていた「舞の本」の魅力や価値とはいったい何であったのか。[注6]

本稿では、右の問題認識に基づき、直実・敦盛譚を題材とする『敦盛』を対象にして、寛永版以降の「舞の本」挿絵の展開の一端とその意義を明らかにすることを目的とする。絵入り整版本『敦盛』の読解を起点にして、近世前期の出版文化における語り物文芸の諸問題を考えてみたい。

二　寛永版『敦盛』以降の展開――明暦版と本問屋版を中心に

寛永期以降、「舞の本」は揃いで刊行された形跡は認められないものの、人気曲は個別で刊行され続けていた。[注7]『敦盛』は、寛文期まで命脈を保っていた人気曲の代表格にほかならない。すでに報告が備わる伝本を整理すると、次のようになる。

① 国立国会図書館他蔵『敦盛』一冊　寛永頃刊《新日本古典文学大系『舞の本』、『寛永版　舞の本』》

②　岩瀬文庫蔵『敦盛』一冊　寛永十二年刊《西尾市岩瀬文庫古典籍書誌データベース》
③　天理図書館蔵『敦盛』二冊　慶安四年刊　山屋治右衛門板《『幸若舞曲考』》
④　国立国会図書館蔵『敦盛』二冊　明暦四年刊　山田市郎兵衛板《国会図書館マイクロフィルム》
⑤　所在不明『敦盛』万治二年刊《『幸若舞曲集』》
⑥　神宮文庫蔵『敦盛』寛文頃刊か《『幸若舞曲考』》
⑦　国立国会図書館蔵『敦盛』一冊　刊年未詳　本問屋板《貴重書データベースにて公開》

じつに七種もの版が『敦盛』には確認できる。①から⑦への展開で、最も目を惹くのが、④山田市郎兵衛板と、⑦本問屋板の刊行である。前者は、同時期にお伽草子を刊行していたことが知られ、後者は近世前期の、いわゆる江戸版の版元として知られている。両書肆とも寛文期前後の出版文化を代表する書肆であり、『敦盛』もまた読者の需要が見込まれる絵入り版本として扱われ、一定の評価を得ていたことがわかる。

挿絵を含めた「舞の本」の寛永版の成立については、前述した小林健二氏の考察があるものの、以降の版本の挿絵に関してはほとんど研究は進展していないのが現状である。

本稿では、①寛永版の挿絵との比較を基軸にして、④明暦四年刊の山田市郎兵衛板『敦盛』の挿絵（以下、明暦版と略記）と、⑦本問屋板『敦盛』の挿絵（以下、本問屋版と略記）を取り上げ、寛永期以降の絵入整版本としての『敦盛』の挿絵の様相を見ていくことにしたい。

まずは、寛永版と明暦版、本問屋版の本文と挿絵の関係についての概略を述べておく。いずれも所見本は、国立国会図書館蔵本である。寛永版は一冊で丁数は三十九丁、本文は一面十行、挿絵は十二図である。明暦版は上下二冊で丁数は三十三丁半（上巻十二丁、下巻十二丁半）、本文は一面十四行、挿絵は五図（見開き二図）である。本問屋版は、上下一冊で丁数は十七丁、本文は一面十四行、挿絵は五図（見開き三図）である。

一見して、本文の行数と挿絵の数から、寛永版に対して明暦版と本問屋版が一類をなすことが知られる。次に三者の関係を、より具体的に把握するために、諸版の物語内容と挿絵の対照表を掲げておこう（表）。便宜上、物語の進展をⅠからⅤに区分し、挿絵との関係を示した。

表　絵入り整版本『敦盛』の挿絵の展開―寛永版本を基準にして

	物語の進展	寛永版	明暦版	本問屋版
Ⅰ	敦盛、笛を忘れ内裏に戻る	①	×	×
Ⅱ	敦盛、平家一門の船に乗り遅れ追跡する	②	見開き1	見開き1
	直実、敦盛を見つけ、討ちあう	③		
	直実、敦盛を組み伏せる	④		
Ⅲ	直実、やむなく敦盛の首を討つ	⑤	見開き2	見開き2
	義経、敦盛の首実検をする	⑥		
Ⅳ	直実、敦盛の遺骸を届ける	⑦	半丁	見開き3
	（平家一門の船上での嘆き）	⑧	×	
Ⅴ	直実の出家譚（敦盛の首を盗む）	⑨	半丁	半丁
	（直実、法然によって剃髪）	⑩	半丁	半丁
	（蓮生、高野山に向かう）	⑪	×	×
	（蓮生往生する）	⑫	×	×

寛永版の挿絵が半丁ながら、ⅠからⅤまでを万遍なく丁寧に描いているのに対し、明暦版と本問屋版の挿絵は、直実と敦盛の一連の対面場面を重視し、絵画化をはかっている。特筆すべきは見開き画面の活用であろう。明暦版では二場面、本問屋版では三場面を見開き画面を用いて、直実・敦盛譚の要所を描いているのである。寛永版には見られなかった見開き画面の検討は、絵本としての「舞の本」を論じる際の大きな課題となってくる。

加えて、明暦版と本問屋版では、画面に本文にそくした人名の注記や「―所」など、場面の説明の文言を挿絵に加える。これも寛永版には見られない手法で、読者に挿絵を通じて場面の理解をうながす工夫であると解される。こうした手法についても積極的な意義を考えることが本稿の課題となる。

対照表をみると、明暦版と本問屋版は、二つの見開き画面が対応しており、影響関係を想定することも可能であろう。だが両者を比較すると直接的な関係は見出し難い点もある。さらに他の諸本を含めた考察を要することをお断りしておく。本稿では、明暦版と本問屋版の、まずは影響関係ではなく、両者の挿絵の表現志向の相違を読み取り、個々のテクストの性格を明らかにすることを目標としたい。なお、寛永版以降の挿絵を理解するうえで示唆的な見解が柏崎順子から出されている。▼注8

柏崎は、江戸の書肆が京都の書肆と提携して、江戸版を制作する様相を考察し、江戸版が意図的に、元の書物の挿絵を改変する点を指摘する。これは明暦版と本問屋版の相違点を把握する際にも重要な視点になる。江戸版の版元たる本問屋と、山田市郎兵衛との直接的な関連や他の書肆との関連は未詳だが、いずれか先行する書肆の刊行した『敦盛』を、江戸版に改訂して刊行している可能性が高い。他方、明暦版の書肆、山田市郎兵衛も柏崎によると、江戸版の代表格の一つ、松会版とのつながりが見いだせるという。両書肆とも書物の流通に積極的に関与していたことがうかがわれる。本稿ではこれ以上ふれる余裕はないが、挿絵の検討は、書肆の販売戦略を解明する上でも留意すべき領域であることを確認しておきたい。

三　明暦版の表現志向をめぐって――敦盛の物語へ

直実・敦盛譚は、『平家物語』諸本や『源平盛衰記』におさめられ、舞曲『敦盛』は、語り本系『平家物語』に依拠し、改変を施したと考えられている。ここでは、明暦版の表現志向を考える手がかりとして、岩瀬博の解説をひいておく。▼注9

敦盛と直実の出会いの場面、『平家物語』は二人の言動に焦点を絞って描くが、幸若舞曲は海上の平家をドラマに参加させる。その転化の小道具に用いられたのが、「紅に日を出したる扇」である。語り系平家物語に直実が敦盛を呼び返すのに用いた扇を幸若舞曲では敦盛が沖の船を招く用に転化させ、その扇を御座船の人々が認めるところから平家一門の側を描き、源平闘諍の一齣を鳥瞰する。『平家物語』にはない視界である。扇をいち早く認めたのが他ならぬ父経盛であったとし、悲劇性を強調するのが、幸若舞曲らしい趣向である。

『平家物語』では扇の担い手は直実であったのが、舞曲では敦盛になっており、それが舞曲の趣向であるという。明暦版の本文を引いておく。

あらいたはしや、あつもり。くまがへときこしめし、のがれがたくはおほしめされけれ共、こまにまかせてをちさせ給ふ。かかりけるところに、はるかのおきを御らんずれば、御ざぶねまぢかくうかんであり。あのふねをまねきよせのらふずものとおぼしめし、こしよりもくれなゐの日いだしたるあふぎぬきいで、はらりとひらかせたまひて、おきなるふねをめにかけて、ひらり〳〵とまねかるゝ。

（国会図書館蔵本）

佐谷眞木人は『平家物語』諸本の直実・敦盛譚と舞曲『敦盛』を比較して、舞曲による敦盛の人物形象の深化を指摘する。[注10] 扇で招く敦盛は、直実に匹敵する人物として敦盛を構想する舞曲の工夫を端的にあらわしているとみて大過ないだろう。明暦版の挿絵には、本文と対応して扇を持つ敦盛の姿が描かれている（図1）。寛永版の挿絵では、敦盛が馬に乗り、海辺を走る様子を連続性を持たせて描かれていた。それに対し、明暦版の挿絵では、寛永版の敦盛を活かしつつ、直実を加え、両者が出会う場面として画面を構成する。見開き画面で描かれる直実と敦盛の対面場面が、読者に二人の出会いを強く印象づけたことは間違いない。

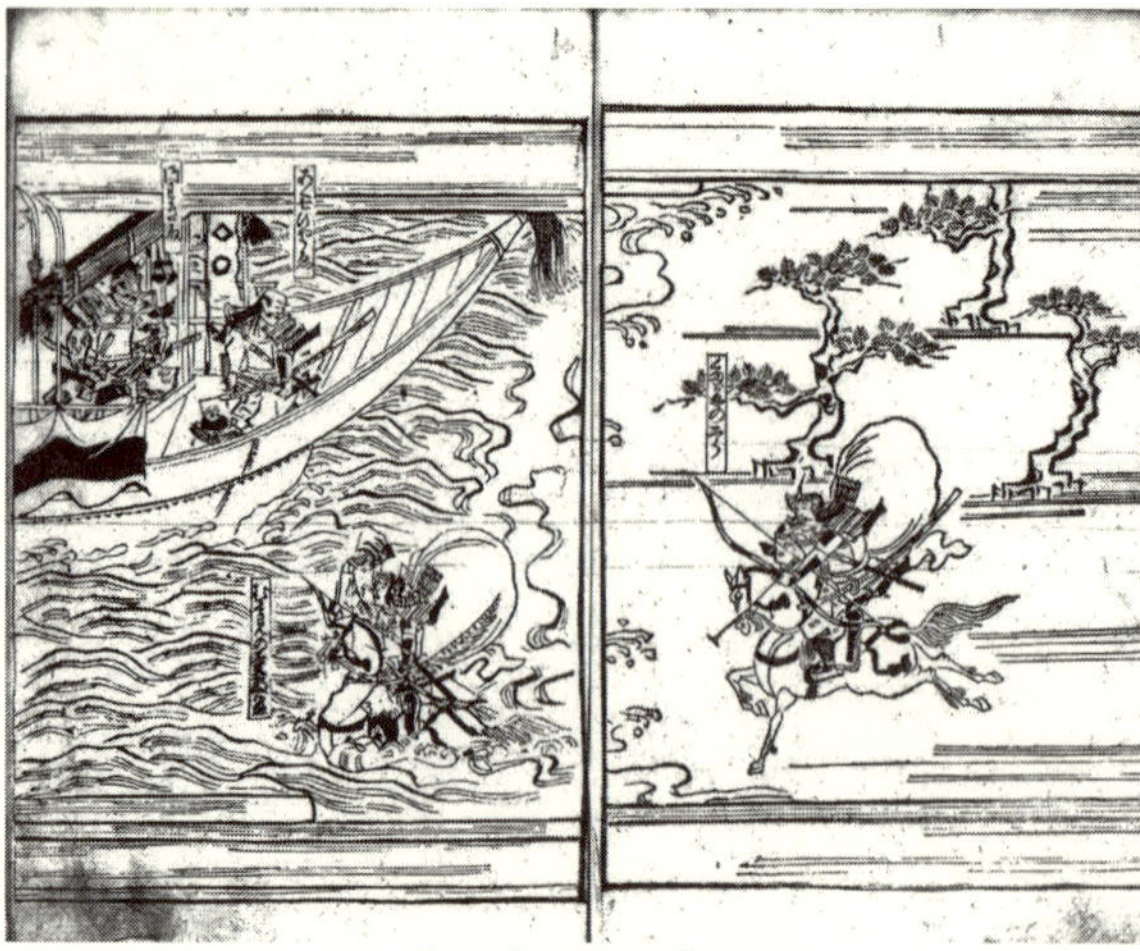

【図1】明暦版『敦盛』
扇を手にする敦盛を熊谷直実が追う

こうした見開き画面が描かれる際には、適宜先行する図像が参照されたとおぼしい。図1では、寛永版の⑤（図2）を基盤に、新たに直実の図像を加えたとみられる。「舞の本」の挿絵が先行する図像を用いて、新たな場面を制作する手法は、すでに小林健二が古活字版の挿絵から寛永版本の挿絵への展開にそくして指摘する。[注11] 図1の場合にもこの手法の適応が考えられる。

先に言及したように、明暦版も本問屋版も、直実と敦盛の出会いを見開き画面で描いている点は共通する。ただし、明暦版と比較すると興味深い相違が認められる。続いて本問屋版の挿絵を掲出する（図3）。一見、同構図だが、本問屋版では、扇を持つのは、直実になっている。ただし、本文は本問屋版

【図２】 寛永版『敦盛』
敦盛は扇で平家一門の船に合図をおくる

【図３】 本問屋版『敦盛』
本問屋版では、熊谷直実が扇をもつ

でも明暦版と同じく舞曲『敦盛』のテクストなのである。じつは直実が扇を持つという記述は、『平家物語』諸本における直実・敦盛譚に見え、[注12]どうやら本問屋版の挿絵はそれらに対応するようなのである。

直実・敦盛譚が、遅くとも十六世紀には様々な絵画メディアの題材になっていたことは、川本桂子や辻野正人が論じている。[注13]その際の定型が《扇で招く直実》《振り返る敦盛》の図像であった。年代の確認できる早い事例としては、『厳島絵馬鑑』におさめられた天正五年十一月の年記を有す絵馬をあげることができる。以降、海北友雪の「一の谷合戦図屏風」や探幽縮図（東京芸術大学資料館蔵本）をはじめとする様々な事例をみいだすことができ、絵師によって継承された伝統的な図像であることがわかる。

また、辻野の指摘にあるごとく、お伽草子『小敦盛』の挿絵にも《扇で招く直実》の図像が散見する。本問屋版の挿絵は、平家物語絵の図像伝統に則った事例として解されるのである。

図像の流布状況を勘案すると、扇で招く敦盛を描いた明暦版の挿絵は、むしろ本文をふまえたからこそ生まれ得た新図像であることが確認される。この点で興味深いのは、明暦版のもう一つの見開き画面（図４）もまた、本文との照応が志向されていることであろう。援軍である義経軍が迫り来るなか、直実が敦盛の首を打ち、その後、四季の帳を発見するという一連の場面を、明暦版では、直実と義経を中心に配しつつ、直実が四季の帳を読む姿を描き加える。これは寛永版にも本問屋版にも見られない図像で、本文をふまえ、より具体的に場面を描きだそうとする明暦版の表現志向を示していると判断される。また、本文

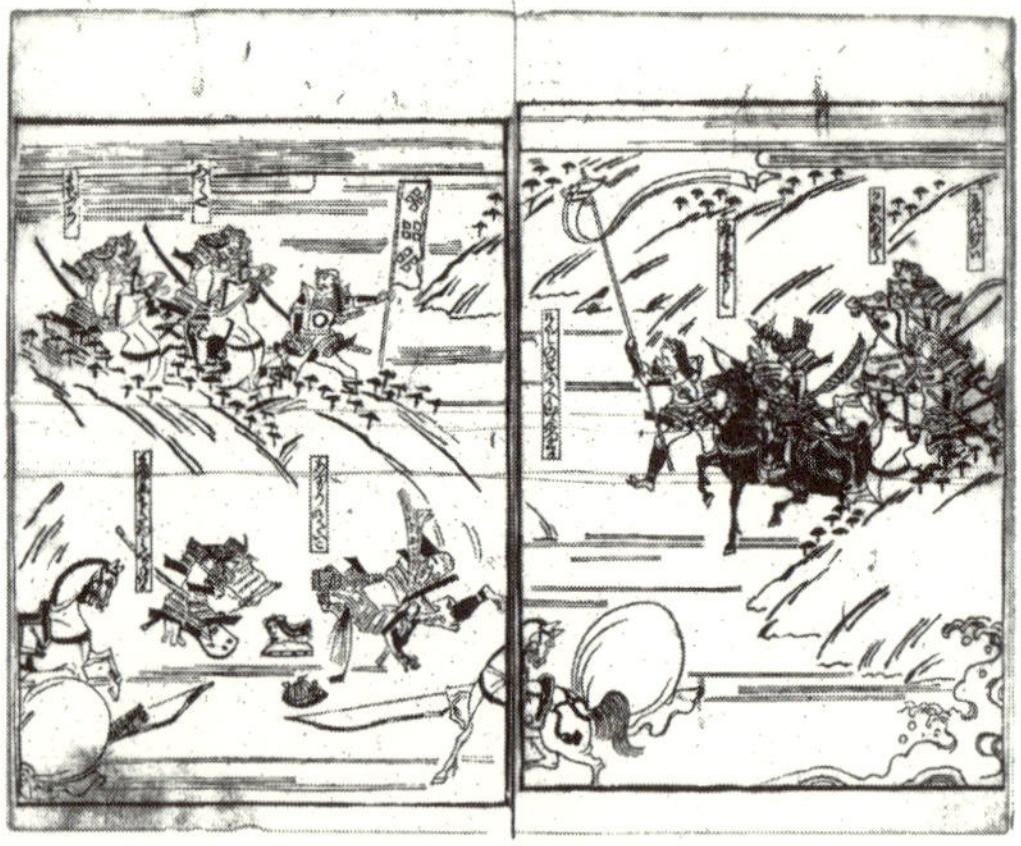

【図4】明暦版『敦盛』
直実、敦盛の首を前に四季の巻物を読む

【図5】明暦版『敦盛』部分

との照応という点では、義経らとともに、近江源氏の一党が目印の四つ目結の旗を掲げて現場に駆けつける様子を描いていることも見逃せない。画中には「あかた」「まぶち」の人名が付される（図5）。これは本文の「めかだ」「まぶち」に対応し、本文との対応が確認できる。近江源氏の一党は寛永版にもそれらしき軍勢は描かれるものの、挿絵から個別の人物は読み取れず、明暦版によって「再発見」された人物たちであるといってよい。彼らが舞曲『敦盛』にとって重要な役割をになっていたことは、次の『醒睡笑』巻七の記述から確認できる。

江州めかだの館にて、敦盛を舞ふ時、近江源氏の大将にといひしが、やれ、目賀田は禁句よと思ひ、これのめかだは余のめかだと。

（岩波文庫）

明暦版の「再発見」の基盤には、舞曲としての『敦盛』理解が確かにあったことが察せられる。鈴木博子がすでに明らかにしたように、▼注14「めかだ」「まぶち」は、後に古浄瑠璃の世界の脇役として定着していく。『一切記』（寛文元年刊）、『山《やま》名《な》神名《かうない》合戦《かっせん》』（寛文九年刊）『多田満仲』（寛文初年頃刊か）などには、「めかだ」「まぶち」が登場し、主人公たちの活躍に彩りを添える。鈴木の指摘によれば、両名は『太平記』にも散見するという。舞曲『敦盛』のみが古浄瑠璃や金平浄瑠璃の世界観形成の基盤をなしたとは言いがたいものの、挿絵の次元で「めかだ」「まぶち」を捉え、顕在化させた明暦版の志向は注目に値する。

神谷勝広は、近松門左衛門の作劇の基盤に、『絵本故事談』による知識の摂取を指摘し、▼注15浄瑠璃作者の文化環境の一端を絵本が担っていた可能性を示唆する。この指摘は、近松のみならず、無名の作者がほとんどを占める古浄瑠璃正本の場合にも検討すべき視座であろう。舞曲から古浄瑠璃へという展開は、しばしば自明のこととして論じられる。だが、本文引用の次元にとどまらず、挿絵を通した享受やそれに基づく再創造も有り得たはずで、▼注16 ここでは明暦版の事例から挿絵による知識基盤の形成という問題の射程を強調しておきたい。

四　本問屋版の位相——直実から平家一門の物語へ

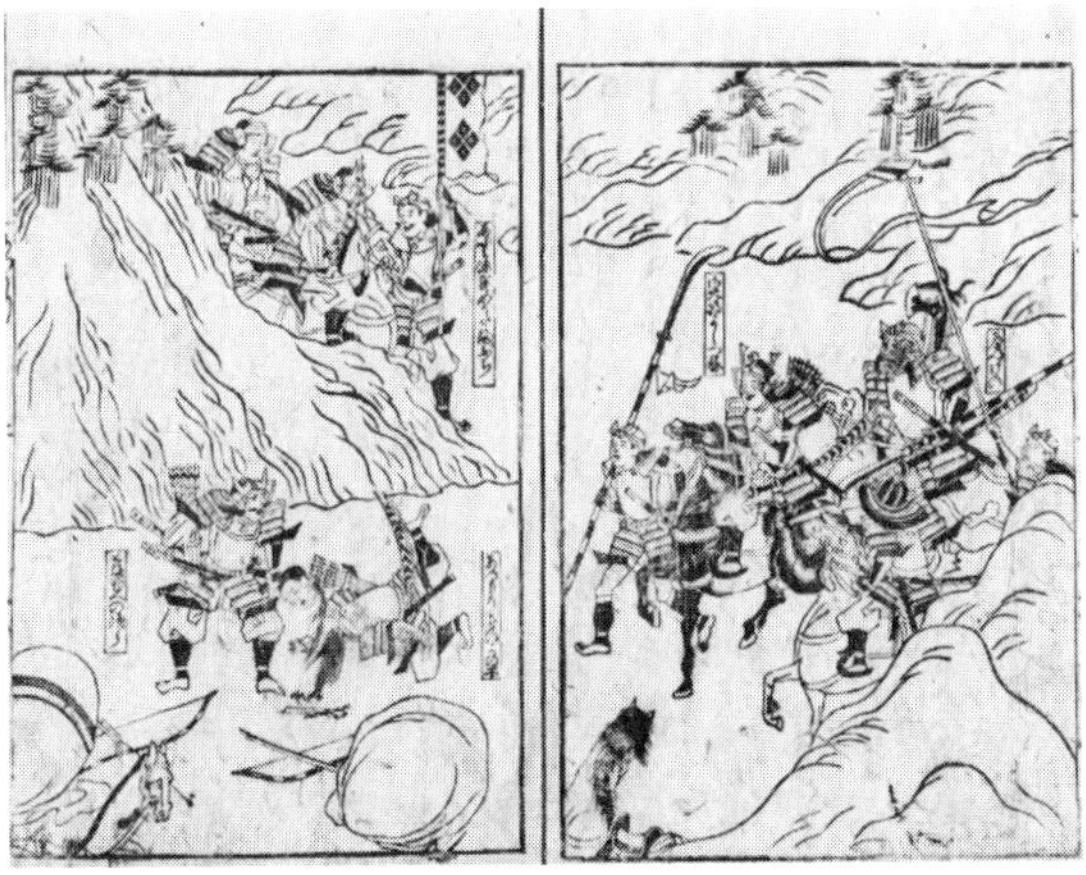
【図6】本問屋版『敦盛』
明暦版の基本構図を継承しつつ、直実の武勇を強調する

本問屋版の挿絵は、基本的に明暦版の見開き画面の路線を継承しつつ、さらに一図見開き画面を増やしている。まずは明暦版との比較から本問屋版の表現志向を考えてみたい。

先に述べたように、本問屋版では『敦盛』の重要場面である、直実と敦盛の対面の様子を平家物語絵の図像伝統にそくして描いていた（図3）。こうした事象が生まれる背景の一つに、柏崎順子が指摘した江戸版の挿絵が元版の挿絵を改訂するという動向がある可能性が高い。まずは元版に対する、目新しさを求めた本問屋版の改訂を想定できる。

この特徴は、直実・敦盛譚の要所である直実が敦盛を討つ場面の見開きの挿絵にも認められる（図6）。明暦版では、敦盛の所持していた巻物を読む直実を描くことで、その複雑な胸中をあらわしていたのに対し、本問屋版では直実が荒々しくも敦盛の首を討ち取る様子が描かれるのである。菱川師宣の『古今武者道絵づくし』（貞享二年刊）でも、同様に直実が敦盛の首を討ち取る姿が描かれ、▼注17 勇ましい坂東武者としての直実の一面を強調する図像の系譜があったこと

【図7】本問屋版『敦盛』
画面左手に建礼門院ら平家一門の女性が描かれている。

がうかがわれる。

本問屋版の挿絵の改訂を確認した上で、この本に特徴的な見開き画面をみておこう（図7）。直実が敦盛を討ち、その遺骸を父親・経盛ら平家一門に届ける様子が描かれている。画面右手には、直実に派遣された侍と二人の雑色が、左手には大将の経盛らが遺骸を前に嘆く様子が描かれる。経盛の傍らには、平家を示す揚羽蝶の幕とともに女院・建礼門院と女房たちも描き込まれ、敦盛の死を悲しむ人びとが強調されている。本問屋版の本文を引いておこう。

> 女房たちにとりては、女院を始め奉り、宗徒の女官百六十人も袴のそばを取り、皆船端に立ち出でて、御死骸に抱きつき、是は夢かや、現かと、一度にわつと叫ばれしを、物によく〳〵たとふれば、これやこの、釈尊の御入滅の如月や、十大弟子、十六羅漢、五十二類に至るまで、別れの道の御嘆き、かくやと思ひ知られたり。（国会図書館蔵本）

寛永版と明暦版にも、経盛をはじめとする平家一門の人びとの嘆きの場面は描かれるが、建礼門院の姿を明確に描くのは、本問屋版の特徴といってよい。本問屋版は、見開き画面の対照を活かして、直実の船と経盛ら敦盛の死を嘆き悲しむ船が交錯する場面として描き出していることになる。

本来、敦盛死後の一連の場面は、直実と経盛の書状の往還に眼目がある。立場を異にする二人の父親の心の共振がこの場面の主題であろう。その意味で平家一門に敦盛の遺骸と書状を届ける場面に、建礼門院がいたことは主題を支える一要素に過ぎない。だが、本問屋版では、ここで建礼門院の存在感を際立たせるのである。これは先の見開き画面の平家物語絵の図像伝統への参照と考えあわせるに、『平家物語』における建礼門院の重要性をふまえた意図的な図像選択であったと解される。▼注18

柏崎による江戸版の挿絵の指摘を、本問屋版の『敦盛』にそくしてあらためて検討すると、本問屋版の挿絵とは、既存の『敦盛』

の挿絵を『平家物語』や平家物語絵への摂取によって刷新したと考えられるのではないか。本文こそ舞曲『敦盛』だが、挿絵においては『平家物語』を目指すという、新機軸を打ち出した絵入本として本問屋版を理解することができるように思われる。

こうした事例を考えるうえで興味深いのは、舞曲と同題材を主題とする軍記物語の絵入本の挿絵においては、しばしば両者の間に利用関係が認められるという事実である。たとえば絵入版本『曾我物語』（寛文三年刊）の場合、挿絵の改変にあたって、舞曲『和田酒盛』の挿絵を参照し、刷新をはかっている。[注19] 本文の上からは区別される舞曲と軍記物語だが、挿絵の次元では互換性を有するという事象は、自ずと近世前期の読者における物語の享受と関わってくるだろう。

本問屋版では荒々しい直実の姿が描かれ、敦盛の遺骸を前に嘆き悲しむ平家一門の姿が強調される。これを明暦版の挿絵の表現志向と比較すると、同じ直実・敦盛譚ながら、物語の場面の提示の手法に相違がみられる。すなわち、明暦版では、本文に忠実な挿絵であくまで敦盛の哀話と直実の出家譚に力点がおかれる。それに対し、本問屋版では直実の武勇に力点があり、その結果として敦盛の死が強調される展開になっている。本問屋版は敦盛を中心に据えながらも、挿絵の刷新によって直実の武勇を際立たせ、平家一門の悲嘆へと哀話を劇的に深化させたことになる。本問屋版の事例からは、挿絵の改訂によって物語を新生させる、出版文化における語り物文芸の新たな展開の一端が浮かび上がる。

五　まとめにかえて

近年、平家物語研究の立場から、物語の受容や再生の諸相の追究への関心が高まっている。[注20] 能や幸若舞といった芸能、屏風、絵巻、絵入版本といった様々な物語メディアへの展開が俎上に載せられつつある。舞曲の場合、従来、源平合戦を題材とする曲は、程度の差こそあれ、『平家物語』に依拠する改作として位置づけられてきた。

だが、右の挿絵の改変からは、両者の依拠関係で捉えきれない、享受の場における多様性が導かれる。書物の挿絵を通して舞曲と『平家物語』との重層的な享受を照射する可能性が見定められてくるように思われる。語り物文芸の絵入版本の場合、多くの場合、本文には大きな相違がなく、挿絵の数はもとより、見開きの有無、図像や画風の変化が指標になる。諸伝本の時系列的な変化を理解しつつ、大局的に同時代の文化的な脈絡と個別テクストの表現志向の関係を見極めることが課題になるだろう。「舞の本」の源平合戦物は、『伊吹』『夢合わせ』『馬揃』『築島』『硫黄が島』『文学』『木曽願書』『那須与一』『景清』などが確認できる。これらを題材を同じくする軍記物語の絵入本と比較し、対照することによって、語り物文芸と出版文化の相関はさらに具体的に明らかになるのに違いない。語り物文芸は、中世から近世へ様々に読み継がれてきた。その営みをできる限り多様に理解しようとする際に近世前期の物語絵の考察は重要な視座を提供するように思われる。

注

（1）岩瀬博「幸若舞曲の継承と創造─「敦盛」をめぐって」（『伝承文芸の研究─口語りと語り物』三弥井書店、一九八八年）、北川忠彦「舞曲「敦盛」まで」（『軍記物論考』三弥井書店、一九八九年）、佐谷眞木人「幸若舞曲『「敦盛」の成立』『平家物語から浄瑠璃へ─敦盛説話の変容』（慶應義塾大学出版会、二〇〇二年）、藤井奈都子「舞曲の物語構築手法「敦盛」を通して」（『神女大国文』十二号、二〇〇一年三月）、須田悦生「幸若舞曲の時代性と普遍性─「敦盛」にそくして─」（中世文学と隣接諸学7『中世の芸能と文芸』竹林舎、二〇一二年）。

（2）麻原美子「舞の本」（『幸若舞曲考』新典社、一九八〇年）。

（3）小林健二「舞曲の絵入り本一覧稿」及び、同「絵入り版本「舞の本」の挿絵の形成」（『中世劇文学の研究』三弥井書店、二〇〇一年）。

（4）古活字版の挿絵については、前掲注3小林論文に詳論がある。今後は、小林論を基盤にして、古活字版の挿絵のもつ意義を舞曲の絵巻や絵入本はむろん、同時代の文芸や絵画メディアに照らして理解することが課題になる。なお、古活字版については、村上学「毛利家本『舞の本』解題　版本」（『毛利家本　舞の本』角川書店、一九八一年）も参照。

（5）前掲注2麻原論文参照。

（6）拙稿「語り物と絵画の交錯─絵入本『烏帽子折』小考」（『国文学　解釈と鑑賞』七十四巻十号、二〇〇九年十月）では、出版文化における絵入本としての「舞の本」に言及し、物語絵としての意義を論じた。

（7）前掲注2麻原論文参照。

（8）柏崎順子「江戸版考　其三」（『人文・自然研究』（一橋大学）四号、二〇一〇年三月）参照。

（9）岩瀬博「敦盛」（『幸若舞曲研究事典』三弥井書店、二〇〇四年）。

（10）前掲注1佐谷論文参照。

（11）前掲注3小林論文参照。

（12）明暦二年刊『平家物語』巻九「敦盛最期」を掲出する。

さる程に一谷の軍破れしかば、武蔵国の住人、熊谷次郎直実、平家の君達の助船に乗らんとて、汀の方へや落ち行き給ふらん、（中略）熊谷、あれは如何に好き大将軍とこそ見参らせて候へ。まさなうも敵に後を見せ給ふものかな。返させ給へ返させ給へと、扇を挙げて招きければ、招かれて取つて返し、渚に打ち上らんとし給ふ所に、熊谷浪打際にて押並べ、むずと組んで、どうど落ち、取つて押へて頸を掻かんとて、甲を押し仰けて見たりければ、

（国会図書館蔵本）

（13）川本桂子「「平家物語」に取材した合戦図の諸相とその成立について」（『日本屏風絵集成』五、講談社一九七九年）、辻野正人「子敦盛譚と御影堂—敦盛伝承における扇のイメージ」（『日本研究』六号、一九九二年三月）。

（14）鈴木博子「元禄期和泉太夫座について」（『文学史研究』四十四号、二〇〇四年三月）。

（15）神谷勝広「近松と『絵本宝鑑』」（『近世文学と和製類書』若草書房、一九九九年）。

（16）日野原健司「『大和絵つくし』にみる菱川師宣の「大和絵」学習について」（『美術史』一六二号、二〇〇七年三月）では、師宣の絵本の前提に、舞の本や古浄瑠璃の挿絵が想定されることを具体的に指摘し、示唆に富む。

（17）千葉市美術館編『「菱川師宣」展図録』（千葉市美術館、二〇〇〇年）所収。当該書が舞の本『敦盛』を参照していることは、頭書の記述から確認できる。

（18）拙稿「和田酒盛譚考—『曾我物語』・舞の本・古浄瑠璃正本の挿絵をめぐって」（『国文学研究資料館紀要　文学研究篇』三十九号、二〇一三年三月）。

（19）『御伽物語』巻二第十一「小宰相の局幽霊の事」など、仮名草子や近世の仏教説話における平家の女性にまつわる言説とともにあらためて考えてみたい。

（20）広義の〈平家物語〉の再生や新生については、鈴木彰『平家物語の展開と中世社会』（汲古書院、二〇〇六年）の問題提起が示唆的である。平家物語の絵画メディアへの展開は、出口久徳「平家物語絵画資料・参考文献一覧」（『「平家物語」の転生と再生』笠間書院、二〇〇三年）同「絵画史料」『平家物語大事典』（東京堂出版、二〇一〇年）や、松尾葦江編『文化現象としての源平盛衰記』（一）～（四）（二〇一一年～二〇一四年）を参照。

付記

本稿は、二〇一二年度の「文化現象としての源平盛衰記」主催の公開シンポジウムでの口頭発表を基に改訂を加えた。掲載図版は、国立国会図書館の所蔵資料である。本文の引用は私意で改めた箇所がある。資料の掲載を許可頂いた国立国会図書館に篤く御礼申し上げる。

6 屏風絵を読み解く——香川県立ミュージアム「源平合戦図屏風」の制作をめぐって——

小林健二

一 はじめに

『平家物語』を題材とした屏風絵はかなりの数が現存しており、今回の科研費による共同研究（本書「あとがき」参照）の期間中にも幾つか調査する機会を得たが、その中に注目すべき作例があった。香川県立ミュージアムが所蔵する「源平合戦図屏風」二曲一双（紙本著色、各縦一五〇・三×横一六八・六糎）がそれで、左隻に珍しく藤戸合戦が描かれているのである。しかも、『平家物語』巻十で語られる佐々木三郎盛綱が見事に藤戸の海を騎馬で渡り高名をあげた物語ではなく、能の《藤戸》に拠って描写されている。能を題材に物語絵を描く屏風絵の作例は、今のところこの他に例を知らない。右隻には「源平合戦図屏風」で定番の画題である一の谷合戦が描かれるが、これも他の作例と比べるとかなりの違いを見せている。そもそも一の谷合戦と藤戸合戦が一対となっている理由が判然としないのである。

本屏風については、すでに美術史研究の松岡明子による解説があるので、その要点を次にあげよう。[注1]

1 一の谷合戦とそれに続く藤戸の場面を二曲一双の屏風に描いた珍しい作例である。

2 本屏風の左隻は能《藤戸》の内容が絵画化されたものである。

3　画風から長谷川派の絵師が描いた可能性が考えられ、制作時期は慶長から元和年間と推定される。

4　両隻に佐々木の家紋である四つ目紋が描かれており、制作背景などを考える上で注目される。

以上の四点であるが、本屏風の特徴と問題点が要を得て示されていよう。本稿では、この指摘を踏まえて本屏風が制作された背景の読み解きをはかってみたい。

二　能《藤戸》を描いた屏風絵

合戦絵は、大画面に俯瞰した景観や物語の複数場面を描き込める屏風絵の題材として恰好の題材であり、室町中期頃から作例が見られるようになる。中でも源平合戦図は、『平家物語』の人気を背景としてよく制作されたが、その構成は六曲一双で一の谷合戦と屋島合戦が左右一対に描かれる場合が多く、他に壇の浦合戦・宇治川先陣などが画題に採られることもあるが、藤戸合戦を画題としたものは、出口久徳の労作である「『平家物語』関連絵画一覧」▼注2を見ても他に例がない。

しかし、「藤戸合戦」を画題とした屏風がまったくなかったわけではなく、正徳元年（一七一一）に朝鮮通信使の来日に際して幕府より朝鮮王朝に贈られた屏風中に、中橋狩野の永叔《えいしゅく》主信《もりのぶ》が描いた「藤戸之渡」があったことが『古画備考』などによって認められる▼注3。残念ながら作品は残っていないが、深見新左衛門玄岱《げんたい》による題賛が付され、新井白石の『白《はく》雉帖《ちじょう》』におさめられた題辞「源盛綱渡藤戸海図」によって内容を知ることができる。それによると『平家物語』巻十の「藤戸合戦」の内容を一双に展開させたようで、題辞中に「時佐佐木三郎盛綱、入夜賺得土人、問之、有可用馬渡否、土人曰、可、試効導之、廼二人相輿齊、探其深浅、且廻、盛綱慮其泄計、不専功於身、立殺之」▼注4の文辞があって、佐々木盛綱の藤戸渡海や合戦場面だけでなく、合戦前に地元の漁師に馬で渡れる浅瀬を教えてもらいながら、他の武将に漏らすことを恐れて殺害したことも描かれていたようである。

右の例のように藤戸合戦を描いた屏風がなかったわけではないが、本屏風は合戦の模様を描いたものではなく、『平家物語』でも語られる、盛綱が漁師に浅瀬を教えてもらいながら他言されるのを恐れて殺してしまう場面とともに、盛綱が合戦後に拝

【図 1】陣内で佐々木盛綱が漁師と語らう場面。陣幕には四つ目結紋が染められ、中央上部には四つ目結紋を染めた旗が見られる。

領した児島に入部して、訴訟があれば何なりと申し出よと触れたところ、殺害した漁師の母が盛綱を怨嗟して我が子を返せと訴えるという、能だけに見られる訴訟の場面が右扇上段に大きく描かれていることに特徴がある。

この左隻の図柄については、能の前場を題材に物語絵として描かれており、しかも、単に謡本の内容を絵画化したのではなく、漁師の妻（ツレ）や子供（子方）が登場する、当時上演されていた舞台の反映がうかがわれることを考証し、また、その舞台が金春流の演能であろうことも別稿で考察したので参照願いたい。▼注5

さて、この画中で注目されるのが、右扇下段の夜中に盛綱が漁師をかたらって浅瀬があるかどうかを聞き出す場面【図1】で、張り巡らした陣幕に大きく四つ目結《ゆい》の紋が染められていることである。幸若舞曲の「夜討曽我」で曽我十郎が富士の牧狩りに参加した武士の家々の幕紋を見る段に「四つ目結は佐々木殿」と語られるように、四つ目結は佐々木の家紋で、そこが佐々木の陣であることを明らかに示していよう。陣中には四つ目結紋の白旗も立てられているが、この旗は右隻の一の谷合戦の場にも見られ、両隻をつなぐモチーフともなっている。また、右扇上段の訴訟の場面でも、館に張られた幕に四つ目結紋が見られ、この屏風絵が佐々木氏の物語を描くことを否が応でも知らしめているのである。

三　能《藤戸》が屏風に描かれた意図

源氏の武将である佐々木盛綱が藤戸合戦の先陣を果たして名誉を得たことは、『平家物語』巻十に、

昔より今にいたるまで、馬にて河をわたすつは物はありといへども、馬にて海をわたす事、天竺・震旦はしらず、我朝には希代のためしなりとて、備前の小嶋を佐々木に給はりける。鎌倉殿の御教書にも載せられけり。▼注6

と語られている。この頼朝の御教書については『吾妻鏡』元暦元年（一一八四）十二月二十六日の条に「佐々木三郎盛綱、馬により備前の国児島に渡て、左馬頭平行盛朝臣を追伐の事、今日御書を以て御感の仰せを蒙る」と記されることからも広く知られたことであったろう。藤戸の先陣は、佐々木氏にとってたいへん名誉なことで、おそらくは、佐々木氏が先祖の功績を顕彰するために、この屏風を作らせた意図が知られるのである。

佐々木氏の後裔が盛綱の藤戸渡海を名誉としていたことは、鈴木彰の紹介した佐々木三郎長綱「庭中言上」からもうかがえる。▼注7この資料は、盛綱流を自称する長綱が、応永二十一年（一四一四）室町四代将軍の足利義持に提訴したもので、先祖（盛綱）が与えられた領地をすべて失い、すでに餓死におよぼうとする窮状を述べ、僅かでも新恩を賜りたいと言上したものである。その文言中に「抑三郎盛綱藤戸高名・一流之文書如先度言上仕、領置或仁之処、焼失云々」と、先祖盛綱の藤戸の高名と盛綱流相伝の文書を焼失して整えられないのは残念であることを述べるが、ここで注目すべきは「一流之文書」とともに「藤戸高名」をあげていることで、これが頼朝から賜った御教書の可能性もあろう。盛綱流を自称する長綱にとって盛綱の藤戸渡海は家の誇るべき名誉であったが、これは盛綱を先祖とあおぐ佐々木氏にとっても同じ思いであったろう。この屏風が制作された根底には、こうした家の意識があったに違いない。

四　盛綱の行為は名誉か、不名誉か

しかしながら、『平家物語』において盛綱が漁師に浅瀬を教えてもらいながら、他の武将に情報を漏らすことを恐れて口封じに殺してしまうのは、盛綱にとって名誉の話ではないとの見方もあろう。実際、江戸初期の慶安三年（一六五〇）に刊行された『平家物語評判秘伝抄』巻十之下には、

今守綱も藤戸にて末代の名をあげたりけるも此智をさきとする処にあらずや。然といへども守綱。其案内者の男を害したる事。正義とは心得がたし。いかんとなれば。天下の大事を心とせず。己一人の利を貪が故に。又人にもらさん事を恐て。恩有所の者を害する事。豈是仁心となすべけんや。尤此名利を貪事。よのつねの名利とは各別なりといへども。大人君子の道をもつて云時は。真実とはすべからず。身命をすて、忠義を存時は。諸万人にしらしめて。汝は諸人に下知を加て。其処をわたさせ。終に其軍を勝しめ。天下を我君の代となしたるこそ忠臣の道とは云べきものなれ。されどもかやうの事味方と云ともみだりにしらしむべき事にはあらず。先いかにも隠密して。此男をも弥たばかり。他所へもらさぬやうに守番をも付置。其時刻を待べきものならん歟。但又彼男他にもらすべきしるし見えて。其事他にもらしなば。味方の軍の害と成べき時は。縦我には恩有とも諸人の為と云。主君の為と成時は。是を殺とも免べき者也。故に守綱が志。君子の道にあらざる事を評す。[注8]

と、微妙な言い回しではあるが、盛綱の行為を君子の道に外れると評している。大方の見解も右評と同じようなものであろう。能の《藤戸》は、そのような批判を基盤として作られた劇であり、しかも盛綱に殺された男の母親が非道を訴えるのであるから、なおさら盛綱の立場は悪くなる。近代における評価であるが、佐成謙太郎が、

われ一人抜群の武功を立てたい為に、人を欺き人を陥れるのも、武士の習はしであつたかも知れないが、心ある者の見て以て潔しとする所ではあるまい。我々はこの裡に隠れてゐる犠牲者の歎きを聞かなければならない。平家物語には、たゞ盛綱の武功を詳述するだけで、彼の為に犠牲となつた者に対して何等同情の筆を執つてゐないのであるが、本曲作者がこの武功を背景として、彼の為に果敢ない犠牲となつた一賤夫、それにとり残された母老婆の悲嘆を主想としたのは、脚色の趣向といふよりも、作者の高潔な心情に対して、満腔の敬意を払はなければならない。作者が盛綱に「あゝ、音高し、何と何と」といはしめてゐる一句は、武士の卑劣なる功名を罵倒し去つて、余りあるものといへよう。[注9]

と手厳しく評するのは、諸説を代表するものと言えよう。

となると、何故に佐々木家にとって不名誉となるこの話を屏風に描いたのであろうか。その解明にはもう少し描かれた内容、すなわち能の内容を読み込んでみる必要があろう。

五　能に描かれた盛綱の後悔と補償

能では殺した男の母に糾弾された盛綱が、はじめは白を切るものの、母親の命をかけた訴えに心を動かされ、

あら不便や候、今は恨てもかひなき事にて有ぞ、彼者の跡をもとぶらひ、又妻子をも世に立ふずるにてあるぞ、まづわがやにかへり候へ、如何に誰かある、余に彼者不便に候ほどに、さま〴〵の弔ひをなし、又今の母をも世に立てふずるにて有ぞ、其よし申付候へ▼注10

と、残された男の母や妻子を取り立てることを申し述べる。さらに従者（アイ狂言）を呼びつけて、

ちかごろめんぼくなき事にて候。あまりにあわれ成る事にて候間、かの者の跡をくわげんかうにて弔申さうズルにて候間、一七日の間、浦〳〵のあミヲモとめ、くわげんのやクしや相ふれ候得▼注11

と、殺した男の菩提を弔うために管弦講の実施を申し付けるのである。自分の行いを悔いて遺族を手厚く処遇するこのような盛綱の態度は、決して貶められるものではなく、むしろ賞賛に価する行為と言えるのであり、佐々木氏の武功を示す画題ともなり得たのではなかろうか。

また、後場で現れる漁師の亡霊も「藤戸のみなそこの、悪竜の、水神となつて、恨をなさむ」と盛綱に恨みを訴えるが、その後で、

思はざるに御弔ひの、御法のみ船にのりを得て、即ぐぜひの船にうかべば水馴ざほ、さしひきて行程に、生死の海をわたりて、ねがひのまゝにやすく〳〵と、彼岸にいたり〳〵て、彼岸に至りいたりて、成仏とくだつの身と成ぬ、成仏の身とぞなりにける

と、盛綱の思いがけない厚い弔いにより、最後には成仏得脱できたことを語って一曲を終えるのである。

『平家物語』の中で語られる内容であれば、漁師を殺してでも武功をあげたことになるが、能の《藤戸》では盛綱は手厚く漁師の菩提を弔い、残された母や妻子の面倒を見ることを補償するのであるから、大いに面目をほどこすことになろう。

この屏風に《藤戸》の後場は一切描かれていないが、制作の意図を考えると、敢えて後ジテの漁師の幽霊を登場させて、盛綱に対して恨みを述べさせ、供養されて成仏までを描く必要はなかったと考えられる。盛綱が己の犯した罪を懺悔し、漁師への供養と残された家族の保護を約束する場面を描くことで、この屏風絵を描く意図、つまり佐々木盛綱の藤戸合戦の功績を顕彰する意図は達せられたと読めるのではなかろうか。

六　一の谷合戦を描く理由

左隻が佐々木盛綱の高名を顕彰しているならば、右隻にも佐々木家に関する事績が描き込まれていなければなるまい。その右隻には一の谷合戦が描かれる。一の谷合戦は屋島合戦と並んで人気の高い画題であり、屏風絵では両者が一双（一対）となって描かれる場合が多く、その構図は、平家の館を中央に置き、前半の生田合戦での「梶原父子の二度のかけ」「河原兄弟の奮戦」を右側に描き、左側に後半の一の谷合戦における平家公達の戦死や逃亡を描くのが一般的である。[注12] ところが本屏風は生田での源氏方の梶原父子、河原兄弟の奮戦は描かずに、一の谷で平家公達が次々と討たれ、あるいは囚われる様子が描かれる。これは本屏風が二曲（通常は六曲）と他の作例と比して幅が狭く、スペース上の問題で多くのエピソードを描き入れられなかったこともあろうが、この図柄で描かれるにはそれなりの理由が考えられよう。

『平家物語』を題材とした屏風絵は、人物や事件に焦点を当てて数人単位で当該エピソードを描き込むものと、大人数の合戦場面をダイナミックに描く俯瞰的な構図を持つものに大別できるが、本屏風は明らかに前者の方法をとっている。流布本の展開によって右隻【図2】に描かれたエピソードを順番に見て行くと次のようである。

①右上隅。源義経とその軍勢が鵯越を逆落して平家の陣を急襲する場面。
②左下隅。海上の平家方の大船に大勢の軍兵が逃げ寄せたために船が沈没し、人々が溺れる場面。
③左下隅。平家の船上で、軍兵が雑人達を乗せまいと太刀や櫂で打ち払う場面。
④左上隅。平教経が戦場を捨てて西へ指して落ちていく場面。

【図 2】「源平合戦図屏風」右隻。二枚の扇に①から⑭のエピソードが描き込まれる。

⑤左上。田の中で越中前司盛俊が猪俣則綱を組み敷く場面。

⑥左上。岡部六弥太とその童が短冊に書かれた平忠度の和歌を読む場面。

⑦左中。甲冑を脱いで腹を切ろうとする平重衡を庄高家が馬から飛び降りてとめる場面。

⑧中央上。海上を逃げる平敦盛を熊谷直実が呼びとめる場面。

⑨中央左。児玉党の武将を組み伏して首を取ろうとする平知章を児玉党の童が後ろから斬りつける場面。

⑩左上。平知盛が海上を逃れ大船にたどり着いた場面。

⑪中央下。海上で溺れる平師盛を本田次郎が熊手で引き上げる場面。

以上が、画面上の図柄から確認できる一の谷合戦における各エピソードである[▼注13]。主要なものはほぼ描かれているが、確認できないのが平通盛、平経正、平業盛の最期と、経俊・清房・清定の三騎が一緒に討ち死にする話である。そこで注目されるのが、中央左に位置する⑫の馬上で組み合う二人の武者の姿である。画面のほぼ中央に位置し、しかも左側の若武者は前立てに鍬形をうった兜をかぶっているのである【図3】。屏風に描かれる多くの武者の中から、平家の公達を探す手がかりとなるのが兜の前立《まえだて》である。これは平家の公達に限るわけではなく、大将を描く場合は、源平を問わずにその印（記号）として前立は鍬形を打った兜姿で描かれるのであるが、この屏風の場合も、①源義経、④平教経、⑧平敦盛、⑨平知章、⑩平知盛、⑪平師盛が鍬形を打った兜をかぶっており、⑦の平重衡も脱いだ兜に鍬形が認められる。⑤の越中前司盛俊も平家の一門なので鍬形をあしらった兜をかぶっていると見てよい。つまり、この騎馬の若武者も平家の公達の一人であり、右側の白糸縅の鎧をまとった騎馬武者は源氏の武将と見られる。

⑫の図柄を物語に照らすと、この二人は物語内での相対的な重要度から見て、平通盛と佐々木の木村三郎成綱、もしくは、平経正と河越小太郎重房ということになろう。はたしてどちらが相応しいかという問題になるが、通盛が七騎の敵に囲まれて成綱に討ち取られたとするのに対して、経正は河越重房に討たれたと記されるだけなので、図柄からは経正の方が相応しいかもしれない。ただし、物語での扱いは小宰相の最期と繋がる通盛の方が比重が高く、しかも、佐々木家との関わりを考えると、通盛の方が相応しいと言えよう。なぜなら、通盛を討ったのが近江国佐々木の木村三郎成綱であり、佐々木氏の祖先に繋がるからである。▼注14　とすると右隻にも先祖顕彰のエピソードが描かれていることになろう。

【図3】馬上で組み合う二人の武者。左の若武者は鍬形をした前立の兜をかぶる。

七　本屏風の制作と佐々木氏

さらに右隻のモチーフの中で注目されるのが、⑬の右扇中段に見られる木戸口から疾走する二騎の騎馬武者で、前の武者が四つ目結紋を染めた旗を持っていることである【図4】。第二章で述べたように四つ目結紋は佐々木氏の家紋であり、この二騎は佐々木の一統であることが知られる。

佐々木氏は近江国蒲生郡佐々木庄を本貫の地とした宇多源氏の名門で、頼朝挙兵の時から秀義と息子達が参陣し、定綱ら兄弟五人で十七ヶ国の守護に補せられるなど大きく発展した。盛綱は秀義の三男にあたり、その子孫は前に触れた長綱が知られるものの室町末には途絶えていたようである。『寛永諸家譜』によると、正統な流は定綱の子である信綱と続き、その次代に康綱（六角氏）と氏信（京極氏）の二流に別れて続く。

【図4】木戸口から疾走する二騎の騎馬武者。前の武者は四つ目結紋の旗を持つ。

ここで屏風が制作された時期（慶長から元和頃）と佐々木氏の歴代とを重ね合わせてみると、六角氏はすでに織田信長に滅ぼされているので、京極氏の高次（一五六三〜一六〇九）と高知（一五七二〜一六二二）の兄弟が浮上してくる。

京極高次は浅井氏に近江を追われ、信長に仕えて湖北に戻ったものの、本能寺の変の後に明智光秀に従ったために豊臣秀吉の追及をうける。しかし、妹の竜子《たつこ》が秀吉の側室となって寵愛をうけたことにより大津六万石を与えられ、秀吉没後は妻が徳川秀忠室の姉であることから家康にも取り立てられて、若狭国小浜八万石の大名となり、慶長十四年（一六〇九）に没した。一方、弟の高知は秀吉より近江国蒲生郡内に五千石を与えられ、以降、信濃国飯田城主となり、秀吉の没後は家康にくみして丹後国宮津十二万石を与えられ、元和八年（一六二二）に生涯を終えている。[▼注15] このように、両人ともに波乱の時期を乗り越えて十七世紀初頭には一家を成しており、この屏風を制作する条件を十分に有していたといえよう。

以上、佐々木氏の流れを汲む京極氏が先祖を顕彰する目的で制作したと結んで、この考証を終えてもよいのだが、もう少し画面の図柄を読み込ん

【図5】剣花菱の紋を背中に染めた陣羽織を着て走る武者。

で制作の事情に迫ってみたい。

八　京極氏と若狭武田氏

右隻の画面をよく見ると、四つ目結の紋の旗を掲げた騎馬武者とともに、⑭の剣花菱《けんはなびし》を背に染めた陣羽織を着た武者が目に付く【図5】が、この花菱は武田氏の紋と思われる。

武田氏といえば武田菱と呼ばれる四割菱紋が有名だが、この花菱は裏紋（替わり紋）とされる。この屏風で他に見られる家紋は、坂落に見られる源氏の紋である笹竜胆《ささりんどう》と、館にかかる幕や赤旗に印された平家の蝶紋が認められるだけであり、花菱の家紋を背負った武士が描かれるのはきわめて異例である。ここで四つ目結とともに花菱の紋が描かれる意味を考えて見る必要が出てこよう。

近江の佐々木氏と若狭の武田氏は隣国なだけに関係が深かった。たとえば武田家の七代当主である信豊（一五一四～?）は南近江の六角定頼（一四九五～一五五二）の娘を妻に迎えている。そして、信豊の孫に当たる九代元明（一五五二～一五八二）は北近江の京極高吉の娘を妻とした。この女が高次と高知の妹竜子である。元明は越前朝倉氏が若狭を領した時に拉致される憂き目にあい、織田信長が朝倉氏を破ると帰国がかなったものの、本能寺の変で明智光秀に加担して丹羽長秀の居城である佐和山城を攻めたために自害を強いられ、ここに名門であった若狭武田氏は亡びてしまう。ところが、妻の竜子は豊臣秀吉の側室となって松丸《まつのまる》殿と称され、その美貌から醍醐の花見では淀殿と杯の順番を争うほどの権勢を振るった。京極兄弟が秀吉に厚遇された一因はこの松丸殿の縁によるといわれる。

一方、当主を失い断絶した武田家であるが、元明の弟が京極高次の家老として仕えていたとする説がある。史実ならば兄が自刃した後に義兄である高次を頼ったのであろう。武田性をはばかってか、はじめ津川内記を名乗り、後に佐々加賀守義勝と改名していることも断片的な史料から知られる。[注16] 高次が関ヶ原の戦いの功により若狭一国の主となると、佐々義勝は大飯郡高浜城五千石を与えられて、京極家の重臣に列したとされる。[注17] これらの情報は、佐々木氏と武田氏の両家が縁戚として、さらに主従として強く結ばれていたことをうかがわせていよう。

その両氏の浅からぬ関係を踏まえてこの画面を読み解くと、右扇中央の四つ目結紋の旗を持って疾走する騎馬武者の下方に剣花菱の武者が描かれているのは偶然とは思われず、この図柄から屏風の依頼主は高次と推測されるのである。

九　むすび――共有する栄光の記憶として

これまで本屏風が制作された意図や背景について考察してきた。前章で述べたごとく、京極家は戦国時代末期から本貫の地である北近江を追われ、織田・豊臣・徳川という権力者の間で翻弄され、関ヶ原の合戦以降にようやく新領地を得て落ち着くことができたのである。それは源平合戦以来の名門である佐々木家の再興も意味していよう。

十七世紀の初頭は、新しい視覚文化の波が押し寄せた時代で、沢山の豪華な絵巻や絵本が作られたが、その多くは新時代に家を確立した大名達によって制作されたものと考えられる。幕藩体制下の大名達にとって絵巻や絵本は、家の歴史や存在意義を象徴する重要なアイテムであったのだ。

そして、絵巻・絵本が個人的に楽しむメディアであるのに対して、屏風は寄り合いの場で大勢が享受できる媒体であった。本屏風は、金銀を贅沢に使った長谷川派の絵師による豪華な作例で、大名家の室礼に相応しい調度品である。京極高次の一統はこの屏風を見ることで、佐々木氏が共有する栄光の記憶を思い出し、新たな一族の絆を確かめ合っていたのであろう。

注

（1）『特別展源平合戦とその時代』（香川県歴史博物館、二〇〇三年）図録解題。

(2) 出口久徳「周縁編―絵画」「『平家物語』関連絵画一覧」（『平家物語大事典』東京書籍、二〇一〇年）。
(3) 橋村愛子「近世における『平家物語』の絵画化とその享受について」（『国文学』四十七巻十二号、二〇〇二年十二月）。
(4) 『新井白石全集』（吉川半七、一九〇六年）。
(5) 「屏風絵に描かれた能―香川県立ミュージアム「源平合戦図屏風」をめぐって―」（『能と狂言』十一、二〇一三年五月）。
(6) 日本古典文学大系『平家物語』下（岩波書店、一九六〇年）。
(7) 鈴木彰「佐々木三郎長綱の「庭中言上」」（『平家物語の展開と中世社会』汲古書院、二〇〇六年）。
(8) 国文学研究資料館蔵本（田中庄兵衛・梅村彌右衛門刊）による。
(9) 『謡曲大観』第四巻「藤戸」概評（明治書院、一九六四年）。
(10) 能の詞章は元和卯月本（観世流）により、適宜、句読点・濁点を施した。
(11) 謡本にはこの問答が記されないので、伊藤正義編『福王流古伝書集成』（和泉書院、一九九三年）に所収された古型付（慶長期前後の福王盛忠流のワキ型付）によった。
(12) 川本桂子「『平家物語』に取材した合戦屏風の諸相とその成立について」（『日本屏風絵集成　五』講談社、一九七九年）、田沢裕賀「平家物語　一の谷・屋島合戦図屏風の諸相と展開」（『秘蔵日本美術大観　二』講談社、一九九二年）。
(13) 覚一本と流布本の一の谷合戦の各エピソードを比較するとほとんどかわらないが、⑧の重衡の姿を流布本では「海へざつと打入れ給ふ。身を投げんとし給へども、そこしも遠浅にて、沈むべき様も無かりければ、腹を切らんとし給ふ処に……」とあるのを、覚一本では「海へうちいれ給ひけれども、そこしも遠浅にて沈むべき様もなかりければ、馬よりおり、鎧の上帯きり、高紐はづし、物具ぬぎすて、腹をきらんとし給ふところに……」と、鎧を脱ぐ描写となっており、本屏風絵の図柄と近いと言えよう。
(14) 通盛を討ち取った源氏の武将を平家諸本では、近江国住人佐々木の木村三郎成綱（覚一本）、近江国の住人佐々木次郎成綱（四部本）、近江国住人佐々木ノ三郎盛綱（闘争録）、近江国住人佐々木源三盛綱（延慶本）、近江国佐々木庄住人木村源三成綱（盛衰記）、近江国ノ住人木村ノ源三盛成（南都本）、また長門本は「小宰相」の段で「佐々木四郎高綱」とするなど定まっていない。闘争録・延慶本では盛綱とするが、要するにこの屏風絵を描く上では近江国の佐々木氏が討ったことが重要だったのである。
(15) 京極高次・高知の事績については『寛政重修諸家譜』四一九・四二〇（続群書類従完成会、一九八〇年）を参照した。
(16) 元明の弟、佐々加賀守義勝の事績については、福井県立一乗谷朝倉氏遺跡資料館の宮永一美氏より種々ご教示を得た。すなわち、「佐々木京極記録」という資料に、京極家の家臣、佐々加賀が慶長十六年に津軽配流になった記事があり、佐々加賀に「武田孫八郎弟、佐々木香集養子也云々」という注が付いているとのことである。孫八郎とは元明のことであるから、佐々加賀はその弟ということになろう。さらに、『福井県史』資料編9「組屋文書19」慶長十一年九月二十八日付け連署状にみえる筆頭家老の津川内記が、同じく慶長十四年の「組屋文書」によって佐々加賀守義勝と改名していることも知られ、ここに津川内記と佐々義勝は繋がる。確証は得られないものの元明の弟が、津川内記から佐々義勝と名前を替えて高次に仕えたとする説があったことがうかがえよう。

（17）『福井県史』通史編3近世一（福井県、一九九四年）を参照した。

付記

『源平合戦図屏風』の図版を掲載するにあたって、所蔵者の香川県立ミュージアムにご許可をいただいたことを明記し、深謝する次第である。

7　久留米市文化財収蔵館収蔵「平家物語図」・「源平合戦図」について

伊藤悦子

一　はじめに

福岡県内には、久留米藩御用絵師であった三谷家が残した膨大な数の絵画資料が現存し、主に大川市立清力美術館と久留米市文化財収蔵館に収められている。[注1]三谷家は、雲谷派である等哲（一六三〇没）を初代とし、子の等悦（一六七五没）が、久留米藩主有馬忠頼の御用絵師となっている。等悦の子である安俊（一六三四〜一六七一）・安常（一七二四没）兄弟が狩野安信に師事して以来、狩野派を名乗ることになる。[注2]左に略系図を掲げておく。

三谷家祖 等哲――等悦
- 本家 安俊――永伯（邑信）
- 第一別家 永玄（安常・仁右衛門）

三谷家ゆかりの資料については久留米市教育委員会が調査を行い、『久留米市文化財調査報告書　久留米藩御用絵師絵画資料目録（一）～（四）』[注3]（以下『目録』あるいは『目録（一）～（四）』等と記す）に纏められている。膨大な数ということもあり、少なくとも軍記物語を題材にした資料に関しては、綿密な調査はまだ行われていないようである。

久留米市文化財収蔵館には、源平合戦をはじめ義経・弁慶など、『平家物語』やその登場人物を題材にしている資料が保管されており、稿者は関連のありそうな資料を約六十点ほど調査したが、大半は粉本・下絵などの大小様々な断簡であった。資料名が「源平合戦図」とあっても、場面の特定が困難であったり、あるいは単に「合戦図」と題されていても源平関連と思われるものがあるが、保元・平治の乱や戦国時代を描いていたり、題材が分からないものもある。おそらく資料名は正式名ではなく、調査時に便宜的に命名されたと考えられ、今後、あらためて個々の作品に対する綿密な調査・研究を行っていく必要があるだろう。

これらのうち本稿で取り上げるのは、「平家物語図」六点（資料番号 B1986-001-1876 ～ 1881）および「源平合戦図」四点（資料番号 B1986-001-0414 ～ 0416、0419）である。いずれも下絵（もしくは粉本）の断簡で、内題・外題は無い。紙質は、やや厚めの楮紙と思われるが、サイズが大きいことから破損などの損傷が激しい資料もある。

二　「平家物語図」（紙本墨画淡彩）について

「平家物語図」六点すべてに、署名（「六枚之内／三谷仁右衛門」）と各場面の内容を表す見出しの書入れがあり、いずれも同筆と考えられる【図1】【図2】。また、人物の装束や建物など細部にわたって「白」「コン」「キンテイ」「チヤ」などの色注がある。作者の三谷仁右衛門は、等悦の次男安常のことで、初代三谷第一別家である。『目録』によると、現存する安常作の資料はかなりの数にのぼり、絵の内容は花鳥風月、中国関連、神仏など様々なジャンルに及ぶが、日本の人物や物語を題材にした作品は比較的少ない（ただし作者未詳の資料も多く、断定はできない）。

以下資料番号順に寸法（縦cm×横cm）・見出しを記載する（寸法については、資料の損傷が激しく正確な測定が不可能であるため、『目録（三）』

から引用した）。見出しは『平家物語』の章段に匹敵するもので、（　）内に覚一本『平家物語』の巻と章段名を記しておく。

①B1986–001–1876　113.0 × 61.5
「教訓《クン》」「徳大寺いつくしま／詣」（巻二「教訓状」「徳大寺之沙汰」）

②B1986–001–1877　105.5 × 61.5
「少将都帰」「辻風」（巻三「少将都帰」「飈」）

③B1986–001–1878　162.5 × 61.5
「月見」「勧進帳」「富士川ノ内／忠度女房之／局被参ル所」（巻五「月見」「勧進帳」「富士川」）

④B1986–001–1879　158.0 × 61.5
「小督」「紅葉」（巻六「小督」「紅葉」）

⑤B1986–001–1880　161.0 × 61.0
「橋合戦」「鵺」（巻四「橋合戦」「鵼」）

⑥B1986–001–1881　160.0 × 61.0
「祇園精舎」「鱸」「鵜川合戦」（巻一「祇園精舎」「鱸」「鵜川軍」）

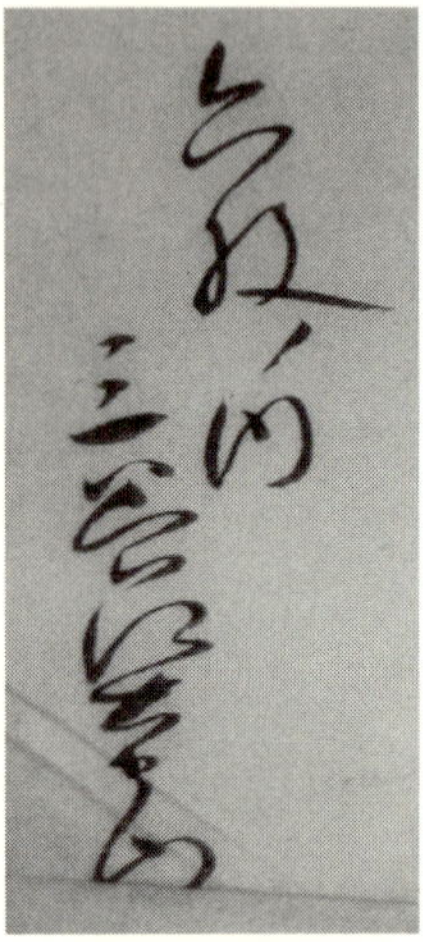
【図1】①書入れ

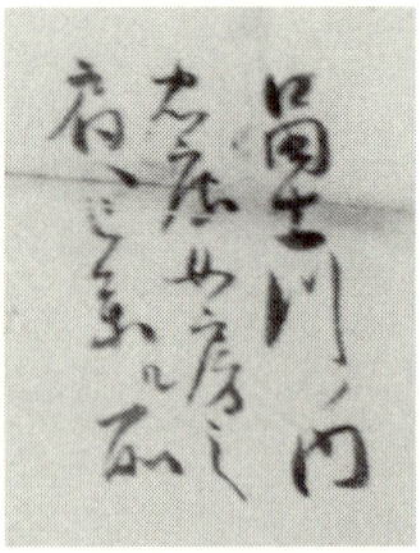
【図2】③書入れ

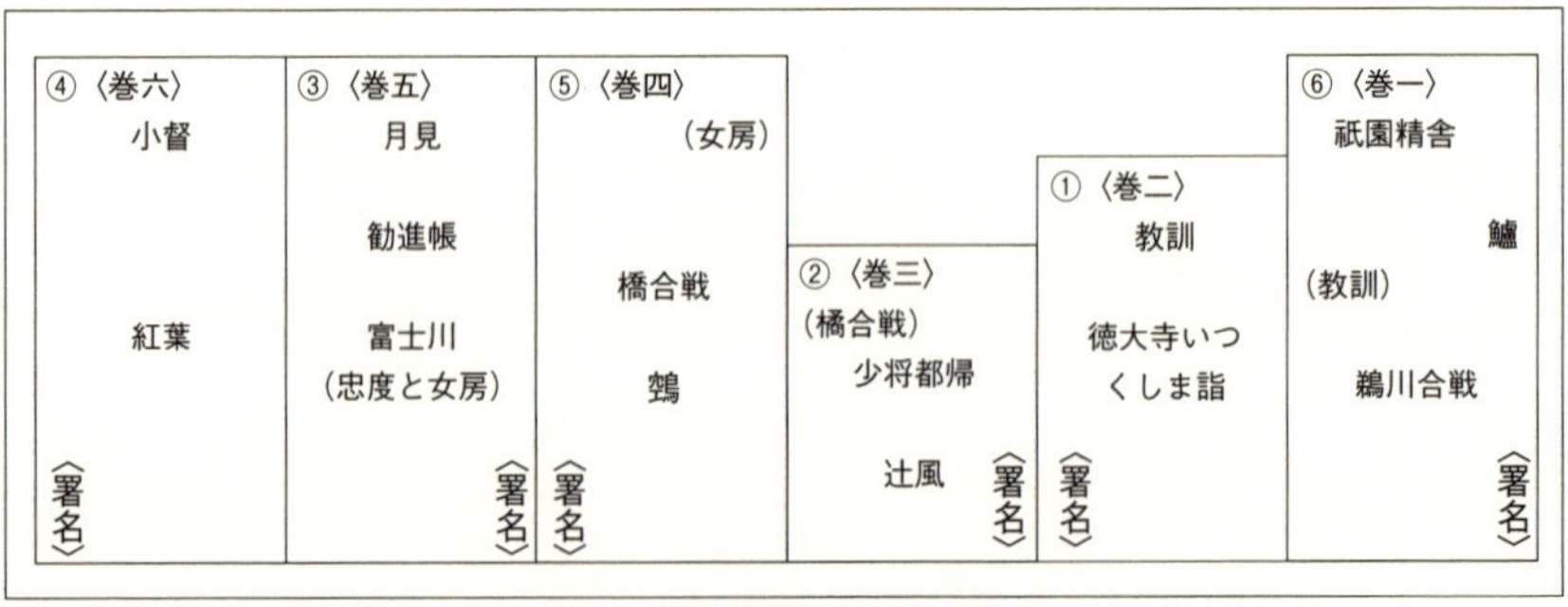

【図5】「平家物語図」全体図

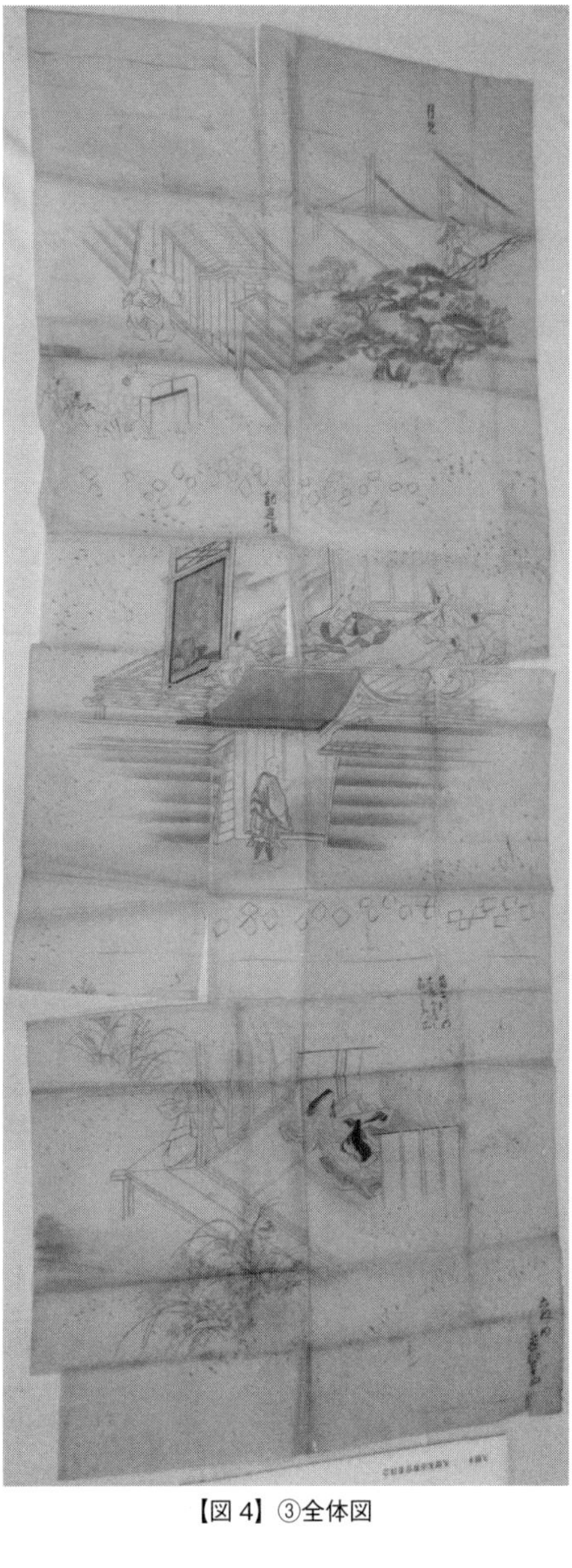

【図 4】③全体図

【図 3】①全体図

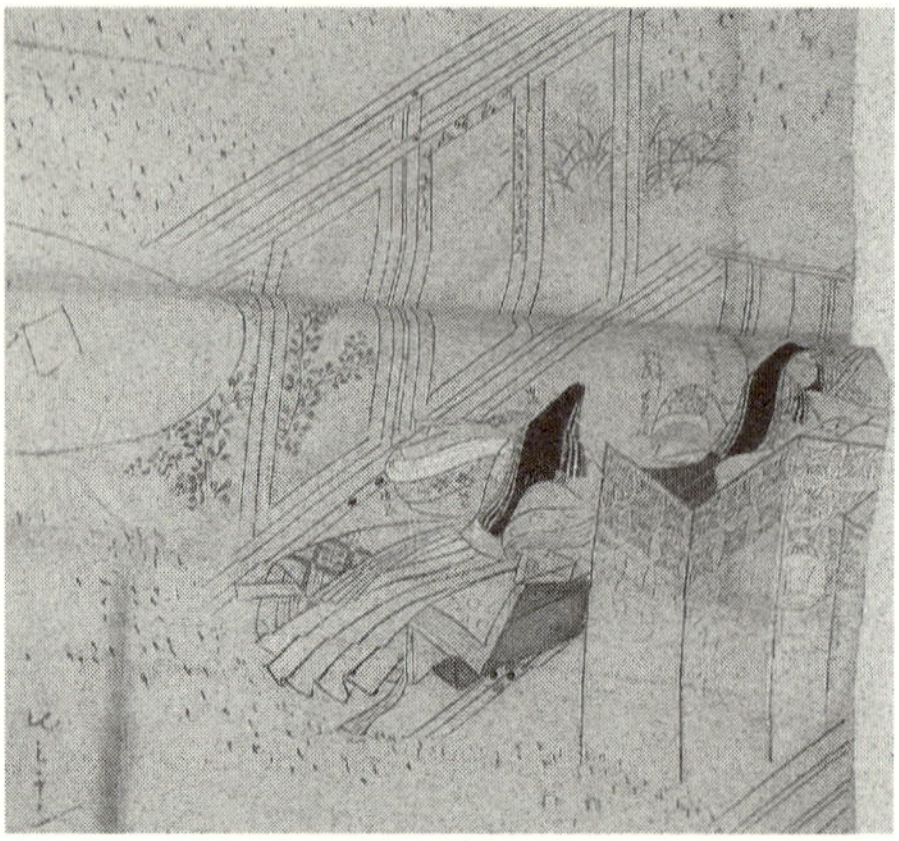
【図6】⑤上段右部

『目録(三)』は六枚が「組」であるとし、安常自筆と思われる書入れに「六枚之内」とあることからも、本来は六枚一組で一連の大きな絵である。

【図5】に大まかな全体図を表したが、一枚ごとに『平家物語』の各巻(巻一〜六)の二、三場面が描かれており、②には「橋合戦」の連続する絵の一部、⑥には「教訓」の一部が描かれていることから、②と⑤、⑥と①が連続していることは確認できる。また③〜⑥により、もともとの縦のサイズは約一六〇cmと考えられ、署名の位置から見ても①と②は上部が破損していることが分かる。⑤の右上には、館内に二人の女房が描かれており(【図6】)、②の破損部にはこれに連続する、おそらく巻三のいずれかの場面(と見出し)が描かれていたはずである。①は②よりも破損部分が小さく、断片的な場面が⑥の上部に無いことから、①の破損部に別の場面が描かれていた可能性は低い。破損部は、或いは膨大な資料の中に紛れている可能性もあるが、見出しが記されていれば、調査時に『平家物語』の一部であることが分かる可能性が高く、久留米市文化財収蔵館に保管された時点で、すでに紛失していたのかもしれない。金雲や箔などは点線や小さな四角(菱形)で表現されており、それらを繋げていくと、右から巻一〜六の順序(⑥①②⑤③④)で結合できそうである。また、署名の位置は巻一(⑥)は右下、巻二(①)は左下、と六枚目まで規則的に交互になる。

では、この絵は何の下絵なのだろうか。巻一〜六の巻順で並ぶ六枚が一セットであれば、当然ながら、もう一セットとして巻七〜十二の巻順で並ぶ絵が存在していた可能性が高まる。一六〇cmほどの高さであること、⑥の右端と④の左端に余白部があることなどから考えると、これが六曲一双の「平家物語図屏風」の下絵もしくは粉本(約一六〇×三六七cm程度)と想定して、まず間違いなかろう(少なくとも『平家物語』関連の屏風は、高さが一六〇cm前後のものが多い)。『平家物語』関連の屏風の下絵・粉本の全体図が、一曲とはいえ、ほぼ完全な姿で現存しているのは珍しく、管見では、まだ他に確認できていない。

それでは現存する屏風には同じ構図のものがあるのだろうか。

まず、久留米市には有馬記念館に三谷邑信（安俊の養子）作「源平合戦図屏風」が存在する。しかし、この作品は一の谷・屋島合戦を描いた、いわゆる「一の谷・屋島合戦図屏風」であり本資料（「平家物語図」）とは異なる。

『平家物語』の様々な場面を取り上げて描く、いわゆる「平家物語図屏風」[注4]は、合戦場面を中心に描く「源平合戦図屏風」や「宇治川合戦（先陣）図屏風」に比べて現存数が少ない。また、『平家物語』全体から様々な場面を抽出するという性格も影響してか、押絵貼り屏風が目立つ。神奈川歴博本（六曲一隻）、大阪市美術館本（六曲一隻）、兵庫歴博本（六曲一双）などがこれにあたるが、いずれも構図や選択場面は本資料とは異なっている。ちなみに巻六までの場面では、神奈川歴博本は「神輿振」「教訓状」「信連」「橋合戦」、大阪市美術館本は「祇園女御」「物怪之沙汰」「富士川」「嗄声」、兵庫歴博本は巻九以降の場面が描かれている。屏風に直接描かれたものとしては、岡田美術館本（六曲一双）の他、個人所蔵（八曲）[注5]のものなどがある。岡田美術館本は「我身栄花」「烽火沙汰」「御産」「橋合戦」「富士川」「横田河原合戦」を描く。個人所蔵本は一隻のみで、巻一「殿上闇討」から巻六「祇園女御」までの十八場面を描き、右から左へストーリーを展開させようとする意図が感じられるが、水辺の場面を左に集めるなどの工夫が見られる。本資料との共通場面は「鵼」「月見」「紅葉」「小督」だが、構図はまったく異なっている。

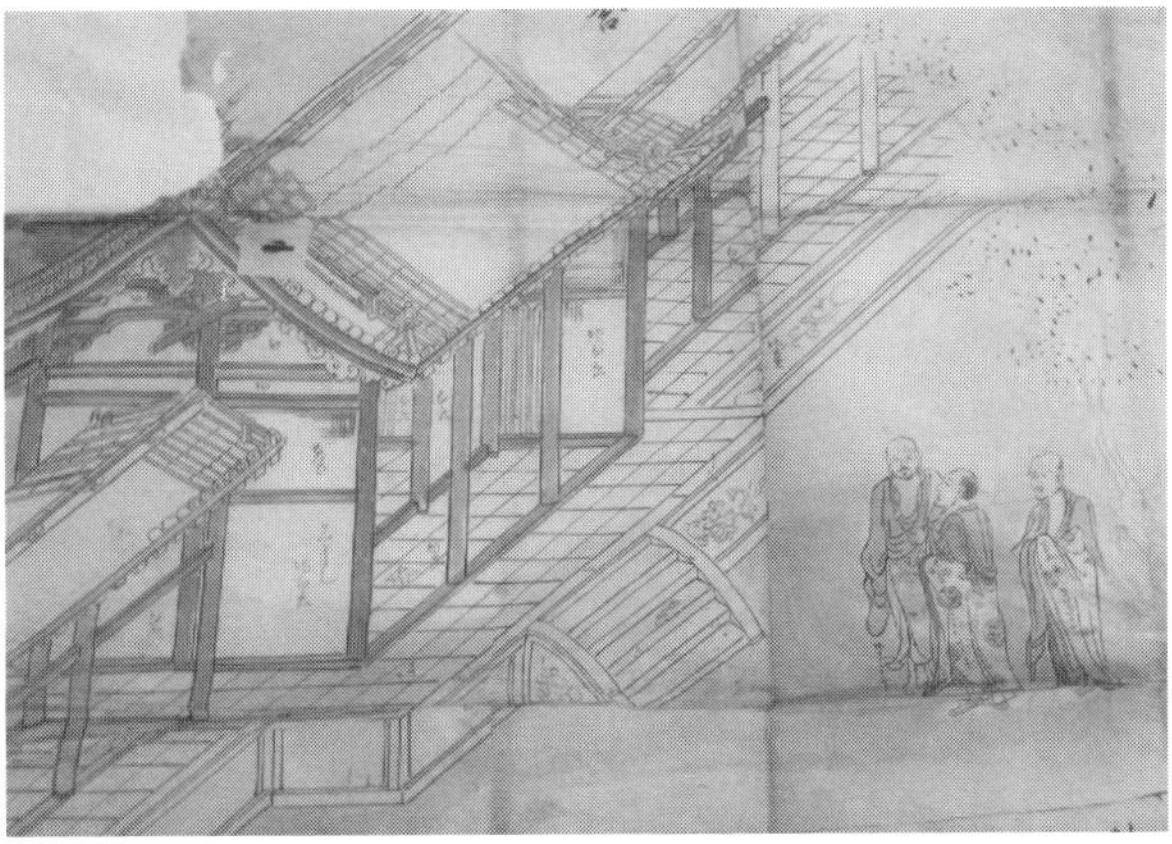

【図7】⑥上段部「祇園精舎」

本資料の選択場面は独特で、そもそも「祇園精舎」が描かれるのも珍しい。場面特定には至っていないが、中門と思われる場所で三人の僧侶が会話をしている（【図7】）。重盛の教訓譚や橋合戦、富士川合戦、小督説話は絵画に取り上げられることの多い場面であるが、「鵜川軍」や「辻風」、或いは「富士川」では合戦場面ではなく忠度説話を選択するなど、屏風のような大型の絵画資料ではあまり取り上げられ

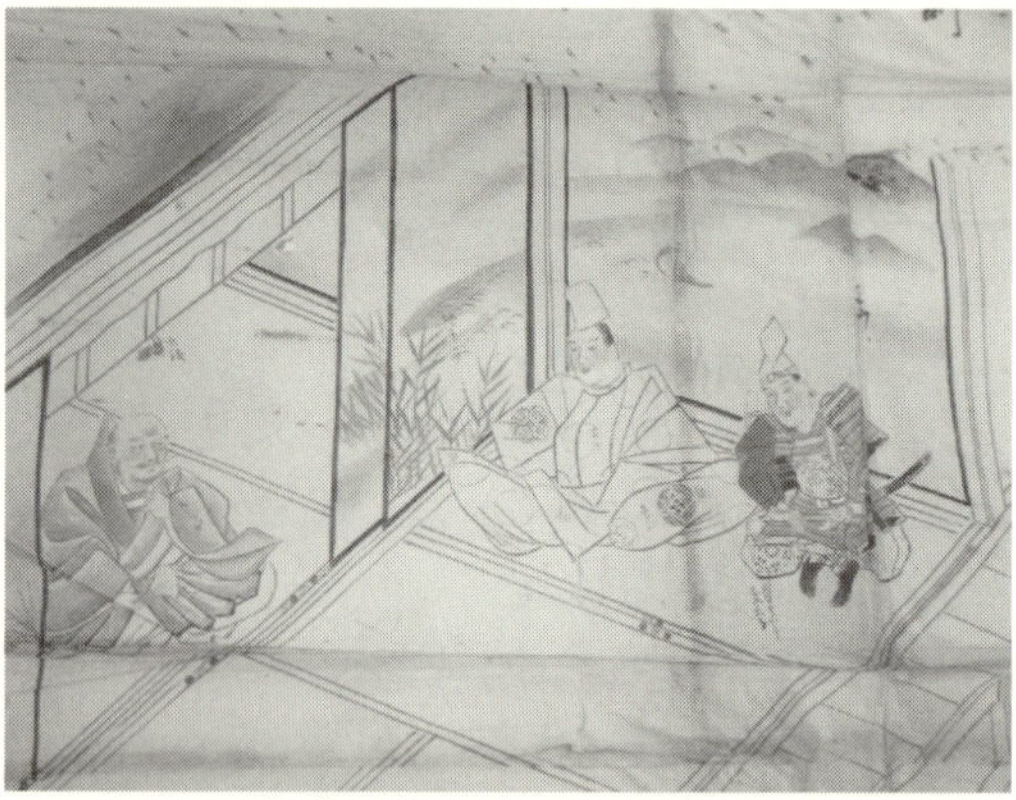
【図8】①上段部「教訓」

【図9】③中段部「勧進帳」

【図10】⑤下段部「鵜川合戦」（部分）

ない場面もある。

各場面の構図にも注目すべき点がある。「教訓状」（【図8】）には左側に、僧衣の下からのぞく鎧の金具を気にする清盛がおり、襖を隔てた隣室には、はす向かいに座る平服の重盛と鎧姿の人物がいる。『平家物語』には、重盛は武装した公達の中に平服姿で現れ、宗盛の上座に座ったとあり、鎧姿の人物は宗盛と考えられる。二人が並んで座るのは珍しく、同場面を描く神奈川歴博本では隣室に重盛のみが描かれ、鎧武者達は別室に控えている。

「橋合戦」は一来が浄妙房を飛び越えるといった、多くの絵画資料が取り上げる名場面が描かれているものの、「勧進帳」では文覚は門外で勧進帳を読み上げ（【図9】）、「徳大寺いつくしま詣」では、牛車で移動中の実定（【図3】下段）が描かれているなど、他の絵画資料ではあまり見かけない場面が描かれている。

では屏風以外の絵画資料はどうであろうか。絵入『平家物語』版本（明暦二年版、寛文十二年版、延宝五年版）、奈良絵本『平家物語』（真田宝物館本、國學院本、明星大学本）、絵巻（林原美術館本）、扇面絵（根津美術館本、ベルリン国立アジア美術館本）などをはじめ、『源平盛衰記』の絵画資料も確認したが、本資料と近い構図は見当たらなかった。「鵜川合戦」では、本資料は師経の雑人達が湯で馬の足を洗っている場面（【図10】）と、寺僧達との乱闘場面が描かれており、林原美術館本がやや近似しているが、関連性はないと思われる。「源平合戦図屏風」は、ある程度構図のパターンが決まっており、特に「一の谷・屋島合戦図屏風」や「宇治川先陣図屏風」は、細部はともかく、全体的な構図は近似したものが多い（「一の谷・屋島合戦図屏風」は智積院本に見られる室町期の構図が基本となっている）。それに対し「平家物語図屏風」は作品によって選択場面も構図も独自性が強いものが多く、「源平合戦図屏風」のような基本構図があまり流布されていなかったと考えられる。本資料も例外ではなく、近似するものは見受けられなかった。近似資料の存在有無の調査はもとより、この下絵の完成品となる屏風、あるいは対になるはずの巻七～十二の場面が描かれた下絵か屏風が現れることを期待したい。

三　「源平合戦図」（紙本墨画淡彩）について

久留米市文化財収蔵館には「源平合戦図」と名付けられている資料が約二十点ほど保管されているが、本稿ではそのうちの四点を取り上げる。まずは、先程の「平家物語図」と同様に簡単な書誌を記す。

①B1986–001–0414　133.0 × 88.5
　裏面「ひ印」（墨滅）・「な印」
②B1986–001–0415　133.5 × 88.0
　裏面「な印」
③B1986–001–0416　130.0 × 88.5
　裏面「な印」

④ B1986–001–0419　132.5 × 87.0
裏面「な印」

【図11】①全体図

『目録（三）』は①と②が「組」としている。「平家物語図」とは異なり絵の中に作者名や書入れは無いが、ある程度の場面特定が可能であり、【図12】のような場面となる。船軍《いくさ》（おそらく壇の浦合戦）の場面が①と②で連続する絵となっており、覚一本『平家物語』では巻十一「逆櫓」「鶏合　壇浦合戦」「先帝身投」にあたると考えられる。いっぽう③と④は、巻九「老馬」「坂落」

②	①	③	④
船軍（左） 鶏合	船軍（右） 八艘飛び 逆櫓	知盛と知章 平家館（右） 敦盛と直実	坂落 平家館（左） 休む武士 鷲尾父子との対面

【図12】「源平合戦図」全体図

「敦盛最期」「知章最期」にあたり、中央付近の平家館が連続することから、③と④も組である。さらに、四枚とも画面の上下に余白を示す横線が引かれており、裏面には作業上の符号だと思われる「な印」という文字が書かれている。これら四枚は寸法も概ね一致しており、四枚二組のセットであると考えられる。寸法は、「平家物語図」よりも高さ（縦幅）は低く、横幅は広めである。これらのことから、①と②、③と④で対となる二曲一双の屏風の下絵か粉本である可能性が高い（もしくは襖絵などの可能性もある）。二曲一双の屏風では、香川県立ミュージアム所蔵「一谷・藤戸合戦図屏風」（一隻）が一五〇・三×一六八・六cm[注6]、大倉集古館蔵「平家物語図扇面散らし屏風」（一隻）が一五四・五×一七五・〇cm[注7]であり、高さは一定していないが平均的に六曲一双よりも低めで、横幅は一七〇cm前後が多い[注8]。本資料（「源平合戦図」）も一隻分が約一七七cmとなり、二曲一双の屏風としては標準サイズに位置付けられる。

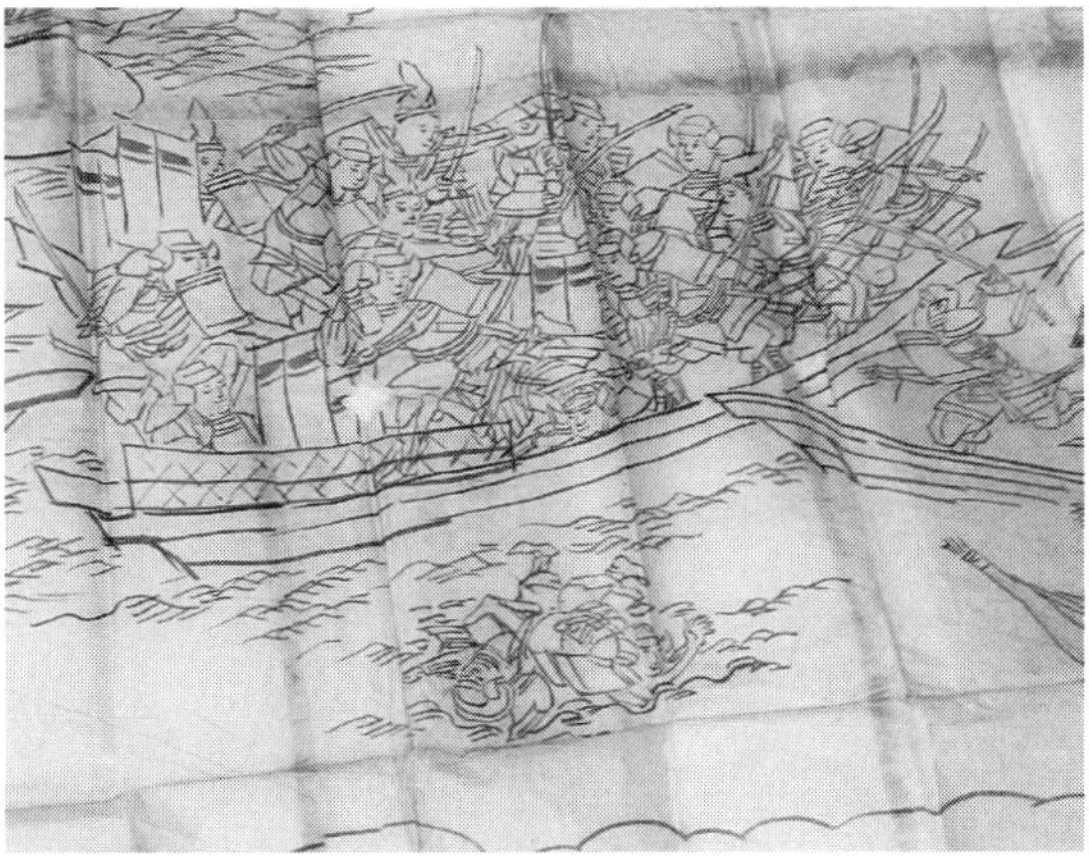
【図13】②上段部「壇浦合戦」（部分）

「源平合戦図屏風」には、一の谷と屋島、もしくは壇の浦合戦までを含めて描く屏風は多いが、本資料のように、一の谷合戦と壇の浦合戦を対に描いた屏風はほとんど無い。「逆櫓」（①）の場面を取り入れたり、通常は坂落しの向かって右側付近に位置付けられることが多い鷲尾父子との対面が、④の下段に位置しているのも珍しく、全体構図は他に類を見ない。特に二曲一双の屏風は、一つの場面を取り上げて一隻に大きく描くことが多く（先陣争いや扇の的など）、複数の場面を描くのは希なケースである。

各場面を確認すると、①・②の船軍の場面は、源氏軍が源氏船から平家船に乗り移って戦う場面であると考えられ、巻十一「先帝身投」の冒頭の記述と一致する。海上には二人の兵が重なるように落ちている（【図13】）。この図様とほぼ一致するのは、『平家物語』明暦二年版本の挿絵である。他にも①の八艘飛び、②の鶏合、③の知盛と知章、④の鷲尾父子との対面も、多少のアレンジは加わっているものの、明暦二年版本の挿絵と概ね一致している。だが、「坂落」（【図14】）と「敦盛最

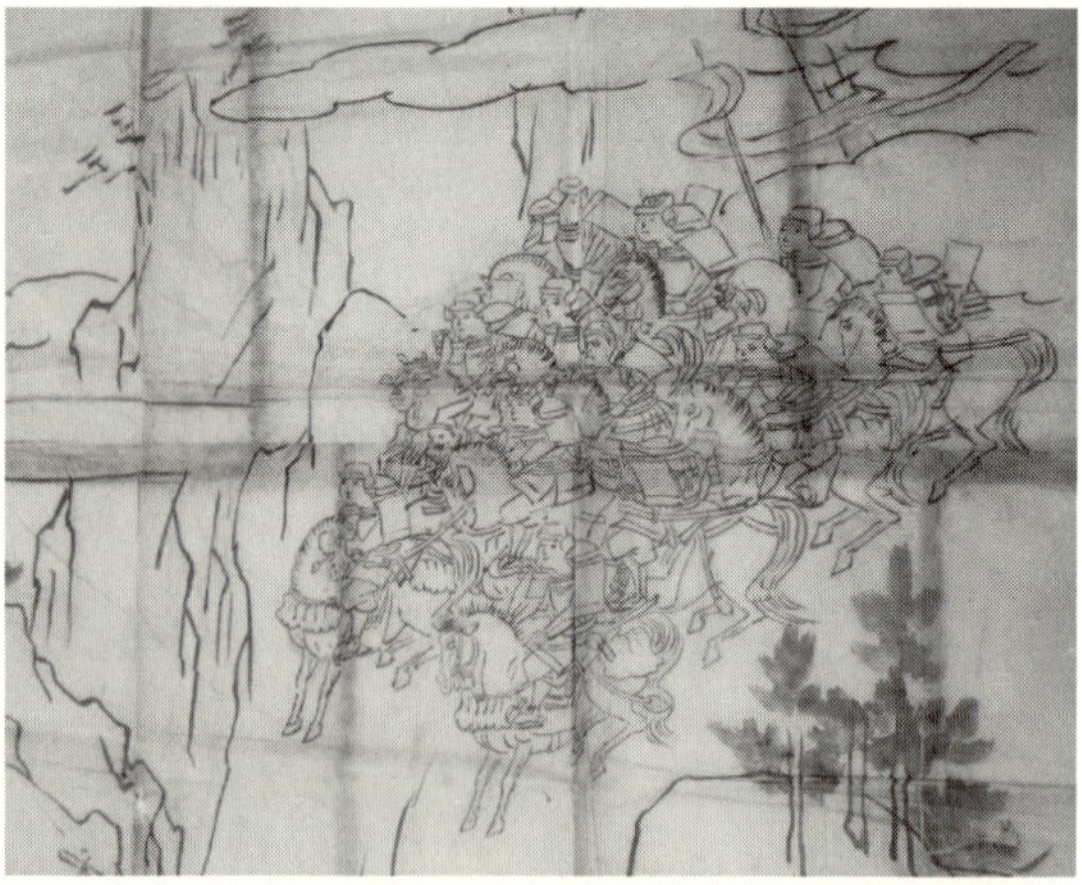

【図14】④上段部「坂落」

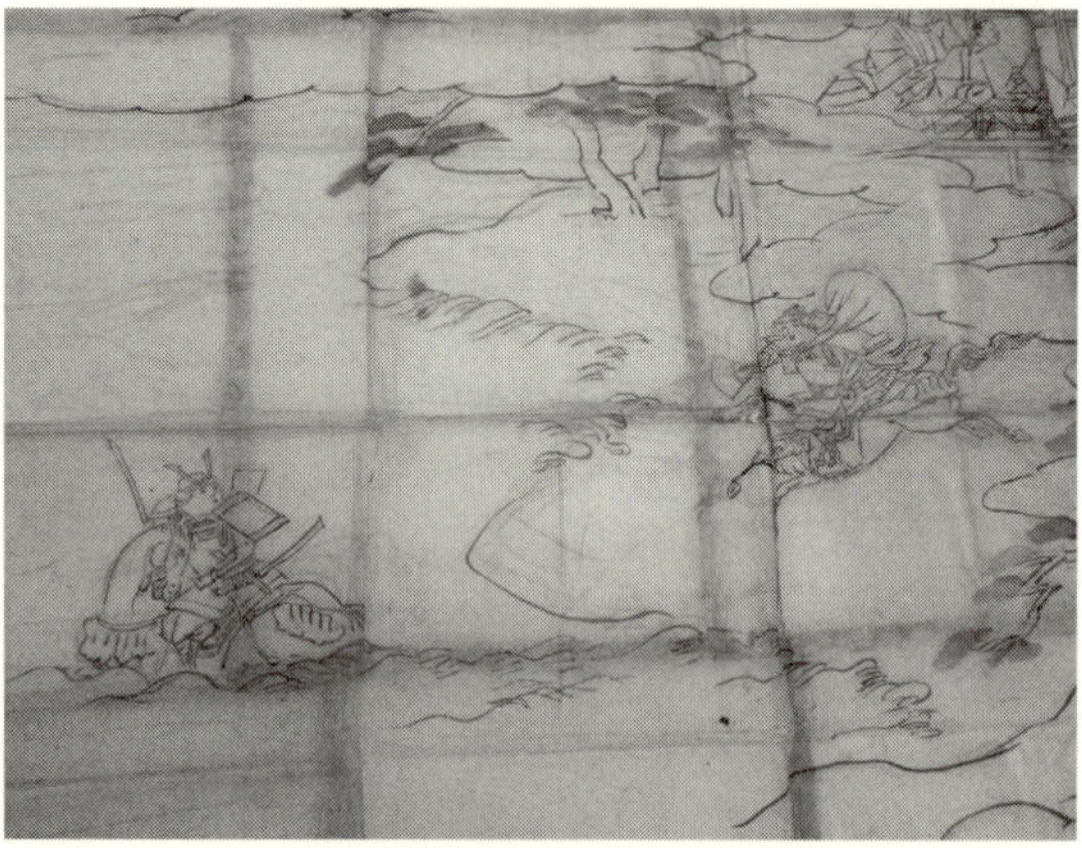

【図15】③下段部「敦盛最期」

期」（【図15】）は明暦二年版本とは異なる。「敦盛最期」は、本資料では馬に乗った直実が海上の敦盛を扇で招いているが、明暦二年版本では直実は扇を持たずに敦盛を指差している。延宝五年版本では直実は弓を引き、二人の位置も敦盛の方が直実よりやや上段に描かれており、やや下段に描かれる本資料とは異なる。最も近似しているのは寛文十二年版本であるが、二人とも左手で弓を握り、敦盛が母衣を背負っている点は本資料と異なる。ただし本資料でも二人の左手は何かを握る形で描かれており、もともとの粉本には弓が描かれていたと考えられる。また、本資料では、敦盛はおそらく右手に太刀を持っており（馬の頭で隠れている）、太刀の先が描かれている。このように版本とは依拠関係を示すことが出来ないのだが、版本以外では本資料の図様と一致する作品が少なからず存在する。たとえば、仙台市博物館所蔵「平家物語図屏風」や滋賀県立琵琶湖文化館所蔵「源平合戦図屏風」（いずれも六曲一双。「敦盛最期」と「那須与一」が一隻ずつに描かれる）などであり、多くの絵画資料に描かれている、もっともポピュラーな図様である。母衣を背負う直実と背負わない敦盛、二人の間の後方に描かれた松と海岸線、二人の乗る馬の姿勢なども一致している。合戦全体を描く「一の谷・屋島合戦図屏風」も概ね二人の図様は一致しているが、決定的に異なるのは後方の松が描かれないことである。

いっぽう「坂落」では、先頭に二人の武者がおり、二人の間のやや後方に義経、その後ろに七つ道具を背負う弁慶が描かれている。他の絵画資料では先頭に佐原十郎が描かれていることが多く、本資料と一致する図様は今のところ見出せていない。人馬の集団であり、さほど定型化していないため、アレンジを加えているのかもしれない。

以上のように、本資料は明暦二年版本の挿絵を粉本としながら、「敦盛最期」のような、定型化したポピュラーな図様がある場面においては、版本ではなく定型化した図様を用いるなどの特徴を見出すことが出来る。

三谷家の絵師達は、これらの他にも源平関連の絵を描いているが、ある場面（たとえば「敦盛最期」）を描く場合、常に同じ図様にするなど三谷家特有の描き方があるわけではない。先述した有馬記念館本は、いわゆる「一の谷・屋島合戦図屏風」の基本構図をそのまま引き継いでいる。また、今回調査した資料のうち、本稿で取り上げなかった資料の中にも、「坂落」や「知章最期」と考えられる絵の断簡が存在しているが、「坂落」については、本資料（【図14】）とは図様が異なっている。いっぽう「源平合戦図」断簡の「知章最期」（【図17】）は、③の「知章最期」（【図16】）と比較すると、酷似していることが分かる。しかし細部を見ると、監物太郎と思われる右側から走り寄る武士の顔が、断簡では横向きではないなどの違いがある（明暦二年版本は横向きだが、童の位置など異なる箇所がある）。つ

【図 16】③上段部「知章最期」

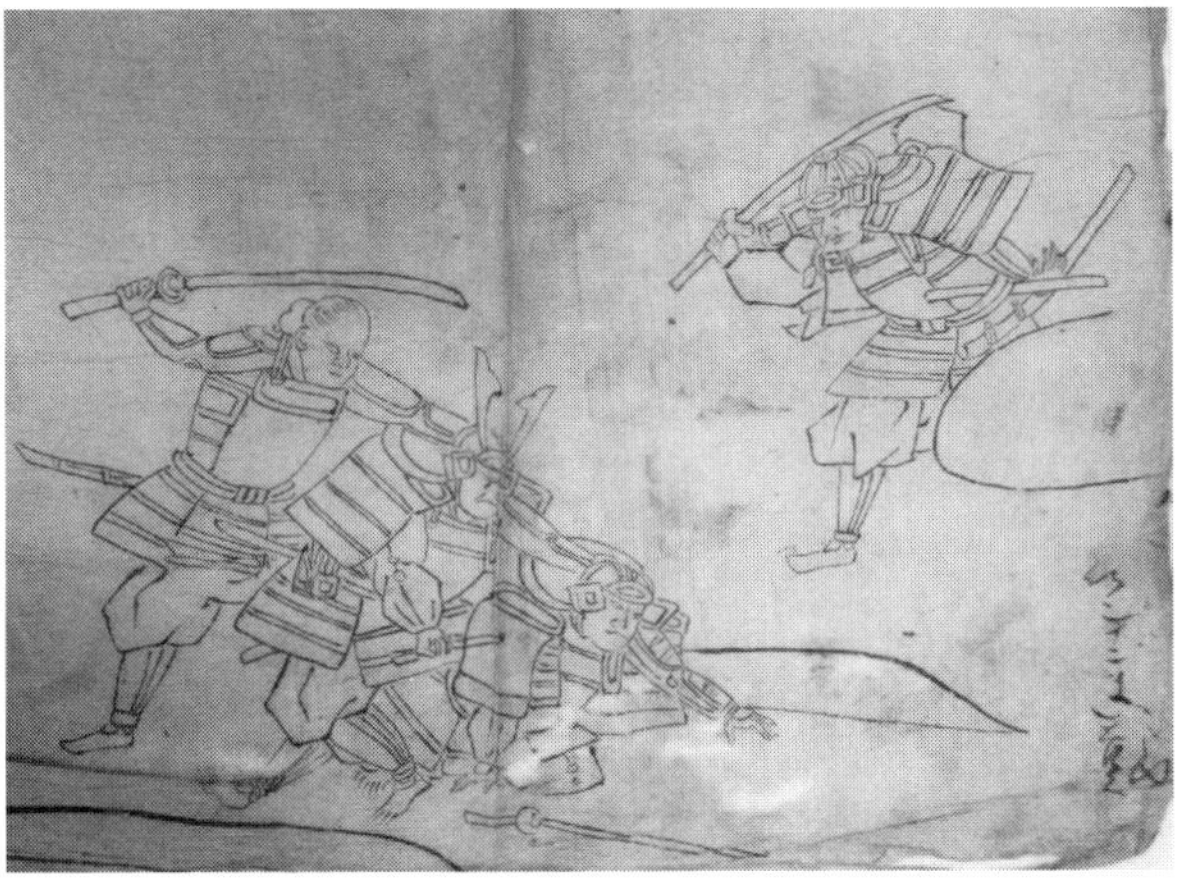

【図 17】資料番号 :B1986-001-2989
「源平合戦図」（部分）

まり、版本を粉本とする際には、図様を丸写しするのではなく、その都度異なるアレンジを加えているのである。大型絵画では、個々の場面の描写のみならず、一画面で全場面を見渡した際の全体構図や背景描写を考慮した場面配置などを意識する必要がある。よって、小型で頁ごとに場面が分かれている版本の挿絵を利用する際は、作品全体の構図に最も有効的な図様になるよう、その都度アレンジする必要があったのではないかと考えられる。

四　まとめ

本稿では、久留米市文化財収蔵館に保管された三谷家絵画資料の中から十点を取り上げて考察を行い、「平家物語図」六点、「源平合戦図」四点が、それぞれ屏風の下絵・粉本である可能性を指摘した。全体的な構図は、いずれも現存する屏風と同じものは確認できなかった。現存する「平家物語図屏風」は、基本構図が概ね同じである「源平合戦図屏風」とは異なり、それぞれに個性的な構図が多いが、本資料も例外ではなかった。いっぽう「源平合戦図」は、一の谷・壇の浦合戦を対とする極めて希な組合せであり、取り上げられる場面も屏風としては珍しいものがあった。明暦二年版本の図様を踏まえながらも随所にアレンジを加え、「敦盛最期」では、定型化されたポピュラーな図様を用いるといった工夫が見られた。

源平関連の屏風（あるいは大型絵画）の下絵や粉本についての先行研究はほとんど無く、三谷家以外の絵師達の下絵や粉本が、どの程度存在しているのかすら把握できていない状況である。現存する下絵や粉本の調査を進めることは、『平家物語』関連の大型絵画資料を研究する上での大きな一歩となるだろう。

注

（1）大川市立清力美術館には、三谷第一別家の有信が姻戚関係にあった清力酒造を営む中村家に託した資料が、久留米市文化財収蔵館には、三谷家一族による寄贈・委託資料がそれぞれ保管されている

（2）『久留米藩御用絵師絵画資料目録（久留米市文化財調査報告書 第三十集）』（久留米市教育委員会、一九八一年）、野田正明編『福岡県日本画

古今画人名鑑』(古今画人名鑑刊行会、一九八七年)、篠原正一『久留米人物誌』(菊竹金文堂、一九八一年)。
(3)『久留米藩御用絵師絵画資料目録1〜4(久留米市文化財調査報告書 第三十・三十一・三十七・三十八集)』(久留米市教育委員会、一九八一〜一九八四年)。
(4)「平家物語図屏風」「源平合戦図屏風」などの呼称と、その内容との関係には明確な区別は無いが、本稿では便宜上『平家物語』全体を描く屏風を前者、一の谷・屋島合戦など特定の合戦場面を中心に描く屏風を後者としておく。
(5)NHKプロモーション編『義経展 源氏・平氏・奥州藤原氏の至宝』(NHK、二〇〇五年)。
(6)香川県歴史博物館編『源平合戦とその時代』(香川県歴史博物館、二〇〇三年)。
(7)サントリー美術館編『源平の美学『平家物語』の時代』(サントリー美術館、二〇〇二年)。
(8)個人蔵の二曲一双の屏風では、「宇治川先陣図屏風」・「源平合戦図(嗣信最期)屏風」(白畑よし(他)『時代屏風聚花』しこうしゃ図書販売、一九九〇年)、「宇治川先陣図屏風」(狩野博幸(他)『時代屏風聚花 続編』しこうしゃ図書販売、一九九三年)、「一谷合戦図屏風(二度之懸)」(『国華』九八六、一九七六年一月)などがあり、概ね一七〇cm台である。

付記

本資料の閲覧・撮影・掲載許可を賜りました久留米市教育委員会に厚く御礼申し上げます。

8　平家納経涌出品・観普賢経の見返絵と『源平盛衰記』の交差

―「銀ニテ蛭巻シタル小長刀」の説話から貴女の漂流譚へ―

相田愛子

一　はじめに

日本では一一世紀末ごろから、写経を飾るものとして、当世風俗の人物を本紙や表紙・見返しに描くことが急速に流行しはじめた。それまでは仏・菩薩を中心とした聖なる世界が写経を荘厳していたにもかかわらず、まるで歌集の下絵や物語絵さながらの風体で、一見しただけでは仏教経典とのつながりはみいだしがたいものもある。長寛二年（一一六四）九月奉納の、平清盛を筆頭とする三二人で結縁《けちえん》された「平家納経」にも、当時の服飾を身に着けた貴族女性が多く描かれた。

ただしこの時代、東アジアのほとんどを覆う広範な地域ですこぶる大量に制作されたのは紺紙金銀字の写経であった。当時の日本は、こうした写経事情をふまえたうえで他地域とは異なる方向性を意識的に選択していたという。▼注1 過剰化する装飾は、材質を金銀から七宝（顔料・有機染料）を含んだものへ、染紙を藍の単色から多色併用へと転換していった。この背景には経巻を舎利とみなす信仰と、自国の美術工芸への価値認識があったと推測され、▼注2 モチーフをも自国のものへ変えていった。

本稿はこうした営みのなかでも、裳唐衣《もからぎぬ》をつけた十二単《ひとえ》の女性を単独で表現する見返絵として「平家納経」涌出品《ゆじゅっぽん》・観普賢《かんふげん》経《きょう》の見返絵を取りあげ、解釈の深化を試みるものである。▼注3 どちらの見返絵でも、女性は、そらまめ型の顔の輪郭に、引目《ひきめ》鉤鼻《かぎはな》による目鼻立ちを特徴とする、つくり絵の様式で描かれている。経典の装飾であるにもかかわらず、「やまと絵」のモチーフを主体としたところに、仏教絵画をしのぐほどの自国の絵画への自負を読みとれる。この絵画を、イメージ（仏画・世俗画）とテクスト（文芸・仏教学）の双方から分析することで、その図像を表現するにいたった意識の深層に迫りたい。

テクストでは、『平家物語』諸本のなかでも、とくに『源平盛衰記』などの読み本系諸本に、厳島社にまつわる言説が豊富に記載される。それゆえ、図像と説話の交差が読み解きの手がかりとなるものと期待される。厳島社の神仏についての、中世に共有された意識が、平安時代末期から『源平盛衰記』成立期まで、どのように変化したのかを注視しながら、長寛二年に「平家納経」が奉納された背景を丁寧にすくい取ってみたい。

二　涌出品・観普賢経の見返絵

1　図様の記述

（1）涌出品

「平家納経」涌出品の見返絵（図1）は、銀砂子《すなご》を密に蒔いた銀地の料紙に、女房装束を着用した女性の姿を描画するものである。[▼注4] 天保一二年（一八四二）の跋文のある太田清編『芸州厳島図会』所収の涌出品（図2）によれば、銀地には雲形が空摺《からずり》されていたようである。[▼注5]

女性は、画面左奥から右手前へと斜め向きに坐して、右膝を立て、左脚を後ろへ折りたたんでいる。顔をうつむけてやや前かがみになり、切りそろえた額髪《ひたいがみ》を胸前に、残りの長い黒髪を背中に垂らす。装束を着用した時の姿態の参考に、場面の再現を試みた写真（図3）を掲げておく。[▼注6]

持物《じもつ》は、右手を前方斜め下にさしだし、上から握りこむようにして太刀の柄を持ち、左手も前にのばして水瓶《すいびょう》を持っている。女性は太刀をさしだすため、やや前かがみとなっており、水瓶の注ぎ口を外側に向けている。

服制は、白の単衣《ひとえ》、銀・白・緑・白・紅の五重の袿《うちき》、黄色地に朱色の唐草文様をほどこした表着《おもてぎ》を重ねる。そのうえに、ゆっ

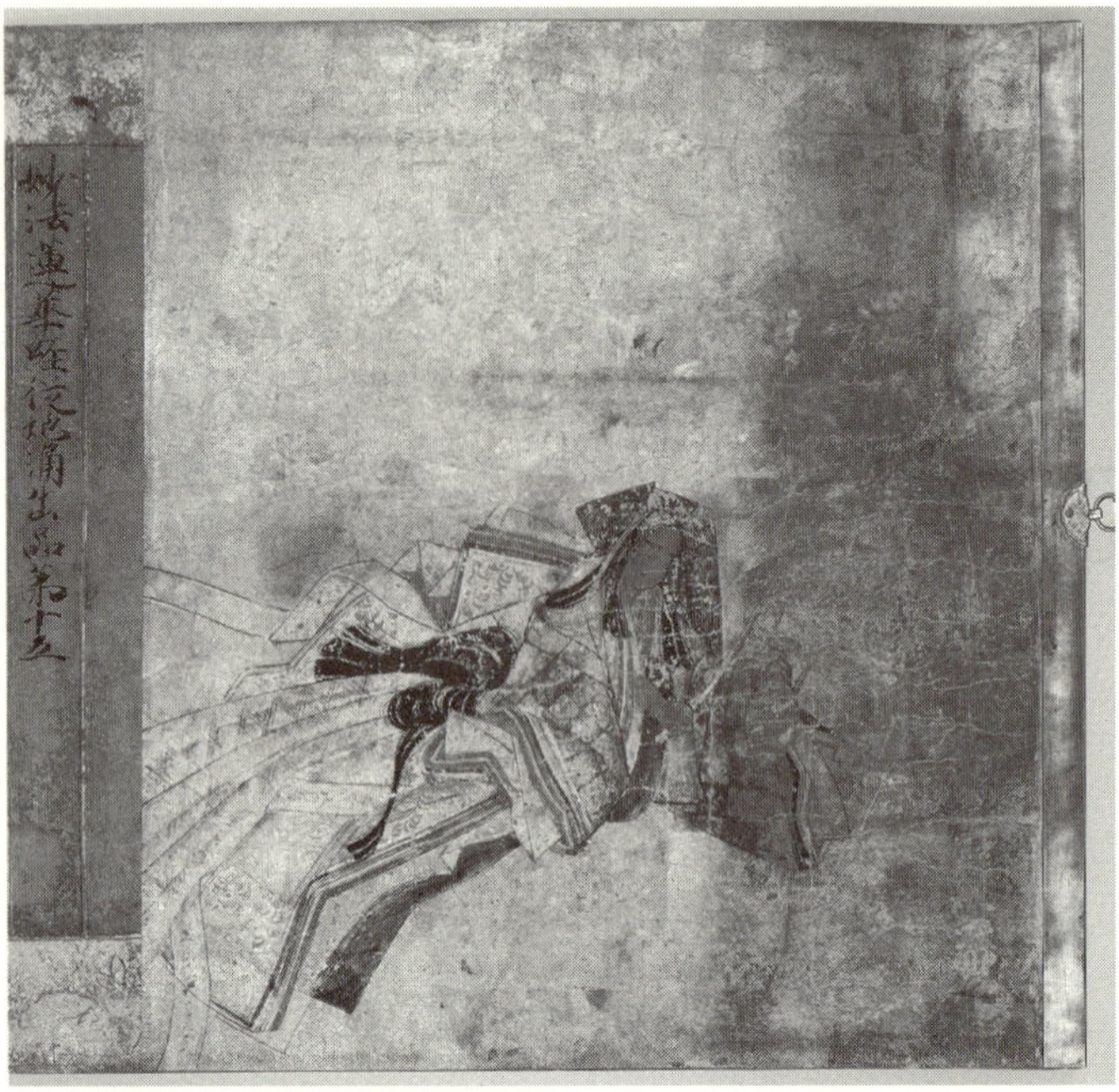

【図 1】 平家納経涌出品見返絵（厳島神社蔵）

【図 3】 平家納経涌出品見返絵の再現

【図 2】 芸州厳島図会下巻　涌出品

たりと打ちかけた唐衣は、銀地に明るい青色の四ツ目入石畳文様をほどこしたもので、腰に結んだ裳は、銀地に深い青色による四点花入斜格子文様をほどこしたものである。右袖は、袿から上の衣類を片肌脱《かたはだぬ》ぎしており、左の胸元が露出している。下半身には、緋色の袴をはき、裾を長く左右に広げるように引き出している。

（2）観普賢経

「平家納経」観普賢経の見返絵（図4）は、数種の有機染料で村濃《むらご》に染めた料紙に、金の切箔《きりはく》（約一センチ四方のものを最大として等比数列状に四段階）と銀の切箔（金切箔と同じく四種）・銀野毛《のげ》・銀砂子をまだらになるようにして蒔き、彩色で女房装束の女性を描くものである。女性は斜めに座すが、涌出品とは反対に、画面の右奥から左手前に向かう。両膝を折りたたんで正座し、顎をあげて前を向き、胸をそらし気味にしている。黒髪は左右に振り分けて、耳挟《みみばさ》みをし、右側の額髪を前に、残りの髪を後ろにすっきりと長く垂らしている。

持物は、右手を胸前にあげて、抜き身の剣をかかげ持ち、左手に蓋付きの注ぎ口のない水瓶を持つ。この剣は左右対称の直刀で、鋒《きっさき》のほうが幅広くなっている。

服制は、紅絹《もみ》の単衣に、白緑《びゃくろく》と紅による五重の袿、そのうえに銀地の表着を重ねている。このうえに明るい青色の唐衣と、銀地の裳をつける。『芸州厳島図会』所収の観普賢経（図5）によると、観普賢経の表着には、五弁花が散らされていたようである。▼注7 両膝のあいだに裳を装着した紐が下がっている。裳とともに、幅広の引腰《ひきごし》も波打ちながら後ろに引かれている。緋色の袴をはき、長い裾は、左右に長く引き出している。参考のために、再現場面（図6）を掲げる。

2　儀礼のイメージ

「平家納経」涌出品・観普賢経の見返絵では、右手に刀剣、左手に水瓶をもつ、十二単姿の女性が描かれることを確認した。抜き身の太刀や剣を手にする女性というのは、尋常ではない恐ろしさを感じさせる。弓矢による戦闘を基本とした当時、たとえ戦場でも想定しがたい。しかしながら、もしもこれが錦などに刀剣を包んだ状態であれば、宮廷行事において宝剣を捧持

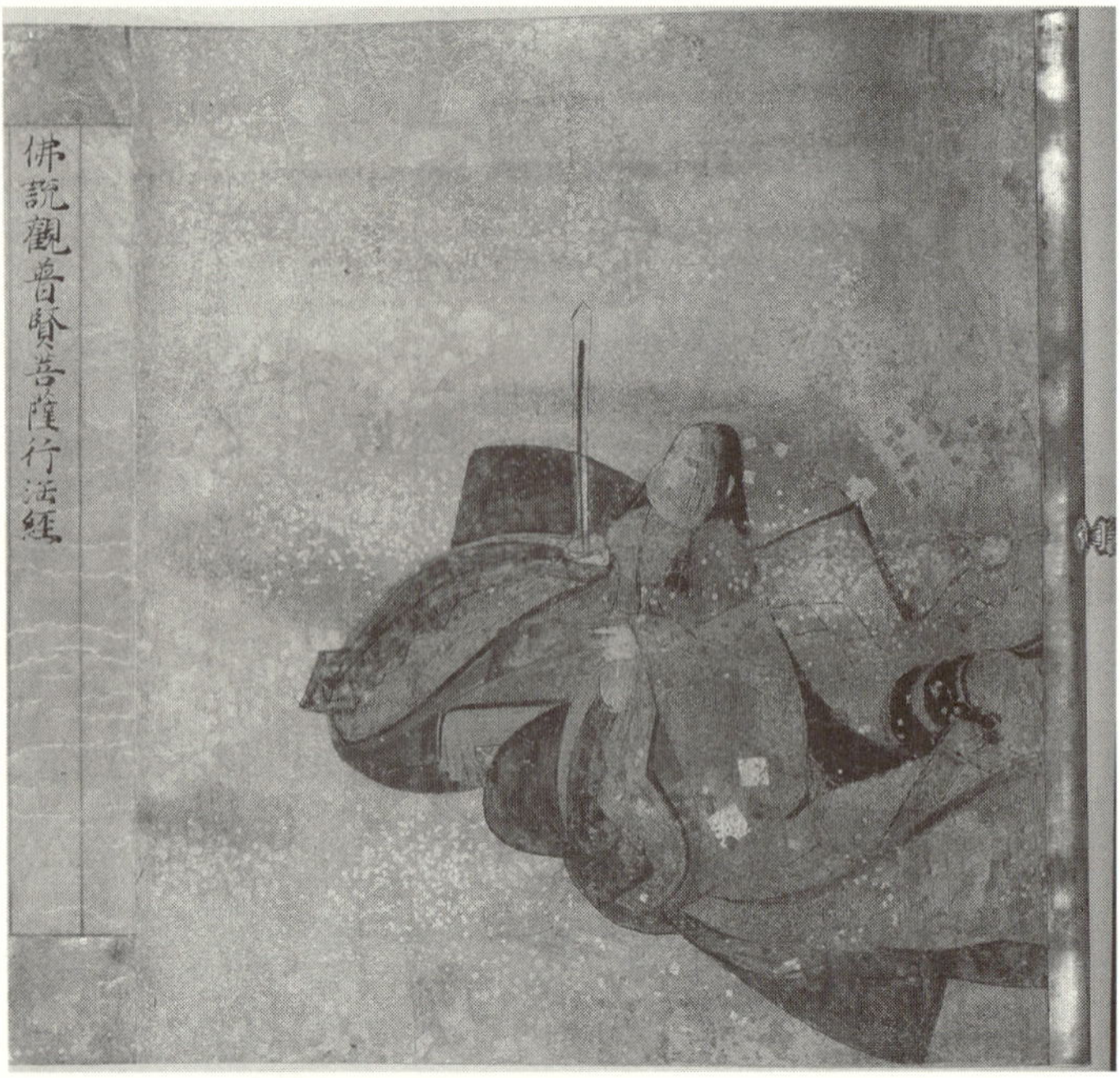

【図 4】平家納経観普賢経見返絵（厳島神社蔵）

【図 6】観普賢経見返絵の再現

【図 5】芸州厳島図会下巻　観普賢経

【図7】年中行事絵巻　一巻　朝覲行幸（東京国立博物館蔵）　画像提供：東京国立博物館

した剣璽《けんじ》の内侍《ないし》という女官が想起される。たとえば剣璽渡御《とぎょ》という天皇の代替わりごとに行われる儀礼や、朝覲行幸《ちょうきんぎょうこう》という、年始に天皇が上皇・母后を拝覲《はいぎん》する儀礼がある。後白河法皇による「年中行事絵巻」は近世に焼失しているが、諸家に残された模本から朝覲行幸の場面を確認することができる。▼注8

この「模本年中行事絵巻」巻一（東京国立博物館所蔵）の巻頭（図7）では、出御する天皇を間にして、二人の女官がそれぞれ草薙剣《くさなぎのつるぎ》・八坂瓊勾玉《やさかにのまがたま》を持って、霞がかかった紫宸殿《ししんでん》の奥から現れている。どちらの女官も、十二単を着用し、裳唐衣はつけていないようである。またいずれも剣璽とは反対の手で、檜扇《ひおうぎ》を持ち顔を隠している。この朝覲行幸の儀礼において、草薙剣が天皇の権力を象徴するものであることは言うまでもないが、それを天皇が直接取り扱うのではなく、十二単姿の女官が供奉することにより、発現している点に注目される。

「平家納経」涌出品・観普賢経の女性像もまた、十二単に裳唐衣を加えた正装をまとうため、女官としての性格を暗示している。立ち姿か座る姿かの違いはあるが、この「平家納経」の女性像は、「年中行事絵巻」などに残された宮廷儀礼での女官を意識している可能性があろう。先にあげた「模本年中行事絵巻」巻一の朝覲行幸は、応保三年（一一六三）正月二日、二条天皇による後白河院の法住寺殿への行幸にあたる、という説が有力視されており、▼注9「平家納経」の結縁者たちがこうした宮中の年中行事を目していたことも十分にありえる。

しばしば「平家納経」涌出品・観普賢経と関連づけられる「普賢十羅刹女像《ふげんじゅうらせつにょぞう》」でも、儀軌《ぎき》には記されない檜扇（典拠不明）を持物とする十羅刹女を描くものがある。日野原家旧蔵の「普賢十羅刹女像」や、その写しの東京国立博物館蔵「普

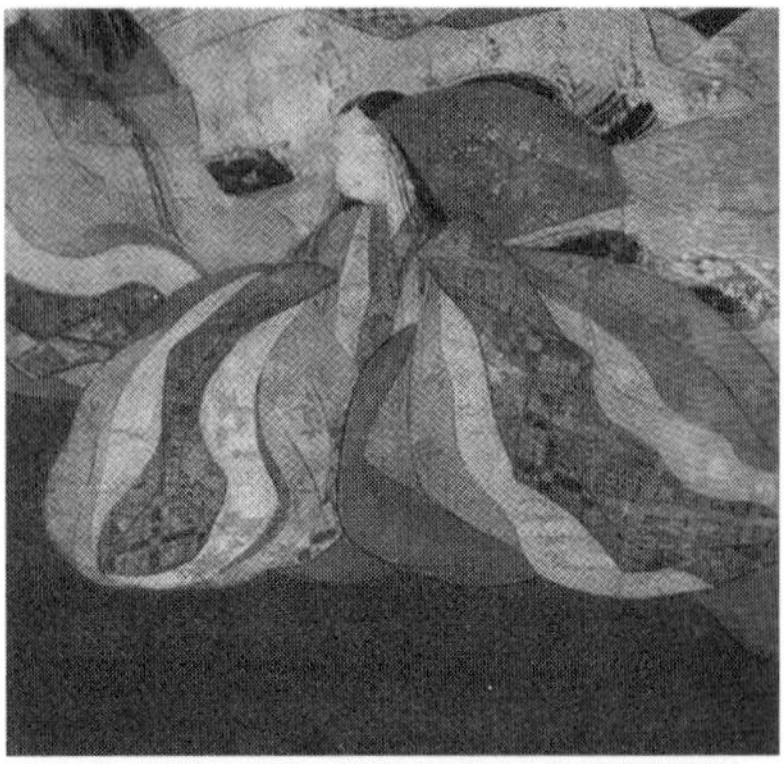

【図 9】普賢十羅刹女像（東京国立博物館蔵）
藍婆羅刹女　画像提供：東京国立博物館

【図 8】普賢十羅刹女像（東京国立博物館蔵）
画像提供：東京国立博物館

【図 12】平家納経化城喩品
（厳島神社蔵）

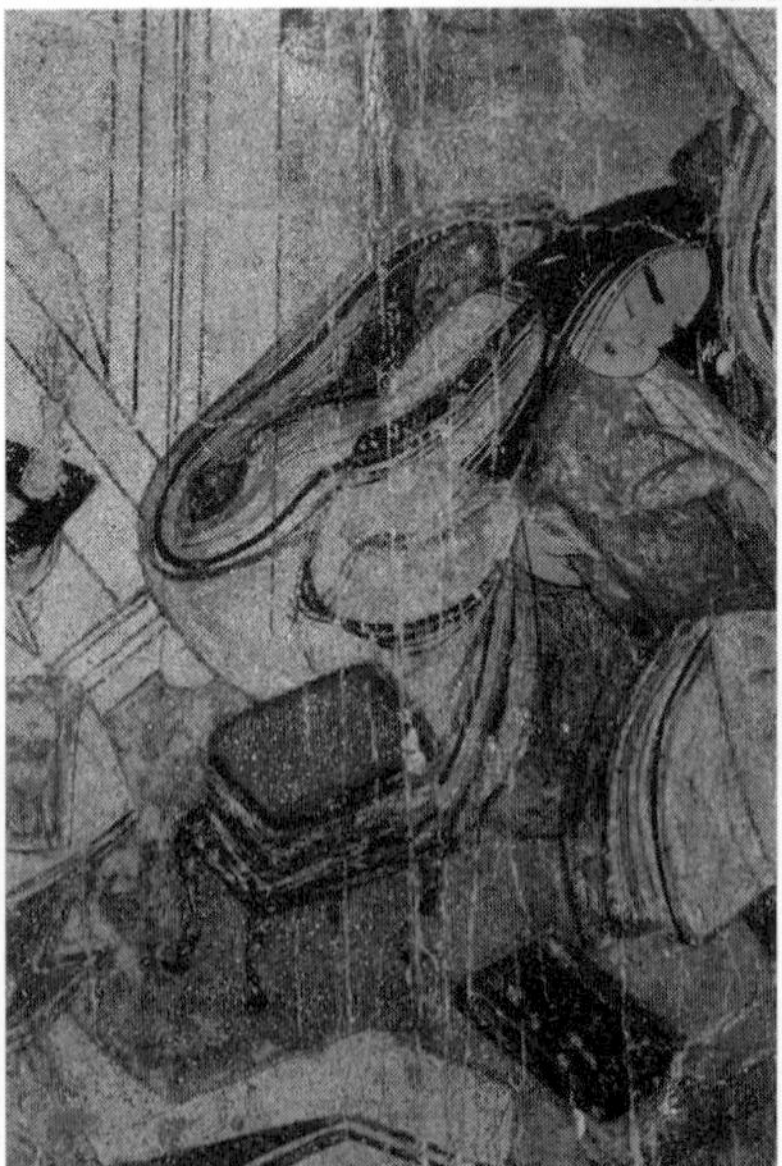

【図 11】平家納経序品見返絵（厳島神社蔵）

【図 10】キジル石窟第三八窟
窟頂壁画
スダーナ太子本生譚二子布施
場面

賢十羅刹女像」（図8）などが有名である。その場合の作例では、いずれも十羅刹女が裳唐衣をつけた十二単姿である（図9）ことを鑑みれば、同様に宮廷儀礼でのしぐさを意識したものと推定されるだろう。[注10]

そして、もし儀礼と関係するならば、女性たちがたずさえた刀剣は、戦闘に使用するための武器ではなく、なんらかの力の象徴と解釈されるのではなかろうか。十二単姿の女性を描く「平家納経」の七巻の見返絵のうち、背景を無地としたものは、この涌出品と観普賢経に限られる。この二巻では、素材を金銀箔に限定することにより、場や時の具体性を排除し、清浄な時空を演出している。それゆえ、この銀地や金銀地の上の女性が持つ刀剣は、世俗の権力というよりも、むしろ神聖な力と関係するものと推測される。

ひるがえって女性の左手の水瓶は、観音菩薩（後述するように厳島社の本地仏）の左手のアトリビュートの一つであり、仏教の図像学では聖者や修行者的イメージと長く結びついてきた。[注11]とくに涌出品見返絵では、女性はこの水瓶を、注ぎ口を外に向けて持っているため、水を注ぐべき相手、すなわち灌水《かんすい》をほどこすべき相手が、注ぎ口の先に想定されている。再び図像学を援用するが、灌水（通常は清浄な右手で）をほどこすことは、布施を与えることと一般に同義である[注12]（図10）。それゆえ水瓶とは反対の手に持った太刀が、布施の対象とみなせよう。

「平家納経」涌出品の女性は片膝を立て、片肌脱ぎをしており、観普賢経と比較してもよりくつろいだ様子である。同じ「平家納経」の序品見返絵にも、やはり十二単を着た若い女性の、邸内で『法華経』を読誦する様が、左袖を片肌脱ぎした状態に描かれている[注13]（図11）。片肌脱ぎは、くだけた雰囲気の表現と理解されるが、あるいは、自らが上位者である場合の着装方法なのかもしれない。女性の持つ刀剣は神聖な力と結びつくと推測されたが、「平家納経」一具が伊都伎嶋社（現・厳島神社、以下では厳島社と統一表記する）に奉納されたことを勘案すれば、この片袖を脱いだ姿で太刀を持つ女性は、厳島社の祭神の示現した姿と、無理なく解釈される。

したがって「平家納経」涌出品・観普賢経の見返絵は、宮中儀礼での女官のしぐさや、観音菩薩、仏教説話画の図像などを意識し、特異な伊都伎嶋神大明神のイメージを成立させたものだと見定められる。

三　「銀ニテ蛭巻シタル小長刀」の説話

それでは、「平家納経」涌出品・観普賢経の見返絵で、祭神が手にした刀剣類は、なにを意味しているのであろうか。

厳島社は、もともとは島の主峰としてそびえる弥山《みせん》を畏敬する原始信仰にはじまり、今見るような海上社殿は、平清盛の時代になって創建された。▼注14 島全体が聖域であり、陸地側には、外宮と称された地御前社《じごぜん》（現・地御前神社）が遙拝所とされていた。

この厳島社にまつわる縁起はいくつか知られているが、なかでも「平家納経」涌出品・観普賢経の見返絵を連想させるような太刀や剣の説話が興味深い。『平家物語』諸本には、清盛の霊夢の中で授けられる小長刀の説話（小長刀系の説話）と、源雅頼の侍の夢の中で召し返される太刀の説話（太刀系の説話）を載せている。これらでは、中心となるモチーフが、小長刀や手《て》鉾《ぼこ》、あるいは太刀や節刀とそれぞれ異なる形状の武器であることから、個別に成立したものと推測される。それが太刀系の説話において、小長刀、手鉾、太刀はいずれも「節刀」であるとして、両説話は関連づけられるにいたった。

これらの説話では、小長刀や太刀を厳島神から授かったとされ、刀剣を持つ女神を描いた「平家納経」見返絵とも関係がうかがわれる。

1　小長刀系の説話

まず小長刀や手鉾と表記する説話について確認したい。

『源平盛衰記』では巻第五「行綱中言」に、治承元年（一一七七）のこととして、多田行綱の密告を聞こうとする清盛が、「銀ニテ蛭巻シタル小長刀」を郎等の盛国に持たせて、中門の廊に出たことが記される。

「子息重衡ヲ相具シ、銀ニテ蛭巻シタル小長刀盛国ニ持セテ、中門ノ廊ニ出合レタリ。」（『源平盛衰記』巻第五「行綱中言」▼注15）

この「銀ニテ蛭巻シタル小長刀」は、「銀を柄に蛭が巻き付くように、間隔を空けて斜めに巻き付けた小長刀」だと語釈されるが（注15に同じ）、本文中にはどのような謂われのあるものなのかは、語られない。この場面は、他の読み本系統には登場しないことから後代の増補とみられる。

つづいて『源平盛衰記』巻第六「入道院参企」には、同年のこととして、後白河院を監禁しようとする清盛が、自ら「銀ノ蛭巻シタル手鉾」をたずさえて、中門の廊に出たことが記される。

「当初安芸守ト申時《まうしし》、厳島社ノ神拝ノ次《ついで》ニ、蒙二霊夢一賜ルト見タリケルガ、ウツ、ニモ実ニ有ケル銀ノ蛭巻シタル手鉾ノ、秘蔵シテ常枕ヲ不レ放《はなたず》被レ立《たてられ》タル、鞘ハヅシ左ノ脇ニ挟テ、中門ノ廊ニ被レ出タリ。」（『源平盛衰記』巻第六「入道院参企」）[注16]

「手鉾」とは「小さな薙刀の類」と理解されている（注16に同じ）。同じ読み本系『平家物語』諸本でも、延慶本に「白金ノ蛭巻シタル秘蔵ノ手鉾」（巻第二―一八「重盛父教訓之事」）[注17]、長門本に「白がねのひる巻したる秘蔵の手ほこ」（巻第三「入道相国可押寄院御所事」）[注18]と、主要モチーフについて「手鉾」の呼称で一致して記し、これを清盛が安芸守と呼ばれていたころ神拝《じんぱい》につづいて霊夢にて授かったという同型の話を載せている。神拝とは、「新任の国司が任国内の神社に初めて参詣すること」と理解されているので（注16に同じ）、仁平三年（一一五三）三月一三日から久寿元年（一一五四）一二月三〇日までのあいだをさす[注19]。先行研究では、この巻第六「入道院参企」の「手鉾」の方が、「小長刀」よりも古く、やがて覚一本などでは「大塔建立」「物怪」の章にも記され、「小長刀」として語り変えられていったことが指摘されている[注20]。

さて、「小長刀」の呼称をもつ関連する説話は、これ以上『源平盛衰記』にはないが、他の読み本系統の諸本では、『源平盛衰記』巻第一三「入道厳島を信ず并垂迹事」にあたる章に記される。たとえば延慶本では、安芸守に重任《ちょうにん》され厳島社の社殿造営を完了した直後に、清盛が「厳島大明神」より「銀ノ蛭巻シタル小長刀」を賜り、枕もとに立てた夢を見たことが語られる（巻第四―五「入道厳嶋ヲ崇奉由来事」）[注21]。長門本では、同じく安芸守重任のあいだで社殿造営後に、清盛が厳島社本殿で通夜していたところ、宝殿のうちより「しろかねのひる巻したる小長刀」を賜る夢を見たことが述べられる（巻第五「厳島社の造進」）[注22]。

諸本で採録されたこの説話は、清盛による厳島の中興縁起のなかに収められたもので、安芸守重任や社殿の造営完了後の話としての位置づけである。ここでは霊夢にて授かった小長刀が、厳島社の海上社殿の造営と連結されたために、小長刀を授かる正当な理由付けが得られている。ただ、清盛の安芸守重任は、久寿元年一二月三〇日から保元元年（一一五六）七月一一日までであるので（注19に同じ）、厳島社への参詣もこの期間のこととなり、「銀ノ蛭巻シタル手鉾」を授かった神拝の時期（『源平盛衰記』巻第六「入道院参企」）とは差異が生じている。本来の小長刀系の説話とは、諸本で一致している神拝の折に授かった「銀ノ蛭巻シタル手鉾」の説話（『源平盛衰記』巻第六「入道院参企」）であり、ここから延慶本巻第四-五「入道厳嶋ヲ崇奉由来事」や長門本巻第五「厳島の造進」での、厳島の社殿造営と結びついた「銀ノ蛭巻シタル小長刀」へと展開したのであろう。

このように小長刀系の説話が、『平家物語』のなかで繰りかえし、語りの対象となったことこそ重視されてよい。そこでは、まずは平清盛に秘蔵される刀剣類の説話として語られ、さらにはこの説話を清盛による厳島縁起のなかに収めることで、「銀ニテ蛭巻シタル小長刀」は厳島社造営と結びつき、清盛を起点とするイエの象徴として機能したはずである。[注23]この点で、同じ伊勢平氏の宝刀でも、忠盛から引き継がれた小烏《こがらす》や抜丸《ぬけまる》とは、一線を画しているといえよう。それゆえに「銀ニテ蛭巻シタル小長刀」は、清盛流の平氏諸氏から希求された、一族にとってのレガリアを役割として、叙述されていたことが読みとれるのではなかろうか。

2　太刀系の説話

太刀系の説話は、さらに物語が進行した先で登場し、福原遷都後の不穏な風聞と結びつけられる。『源平盛衰記』巻第一七「源中納言侍の夢の事」では、治承四年八月ごろ、ある侍が、議定をおこなう神々の夢をみたことと、その後日談が記される。[注24]

前半の夢の内容は、次のとおりである。気高い衣冠束帯《いかんそくたい》の人々が集うなかで、上座の人（伊勢天照太神）が、「源義朝に預け置いた『御剣』は召し返し、その『御剣』は清盛に預けられたが、清盛は朝政をないがしろにし、天命を乱した。『御剣』を召し返し、源頼朝に預けよ」と、赤衣の官人（赤山大明神）に命じた。しばらくして赤衣の官人が戻り、錦の袋に包んだ太刀を座上へ進上した。そのところ中座の上臈（春日大明神）が、「頼朝一期ののちは、わたしの子孫に」と所望した。すると紅の袴を着た女房（厳島ノ明神）が、縁の際で三尺ほど虚空に立って、「清盛は深くわたしを信仰しており、毎日大般若経を転読していますので、『御剣』はしばらく清盛に預けおいてください」と、言った。しかし上座から二番目の上臈（日吉山王）が、ひどく険しい声で「清盛は朝威を背いた」と怒り、赤衣の官人が、その女房を容赦なく門外に突きだした。夢のなかで侍は、それぞれの人物がどの神にあたるかを知った、というものである。

この神々の言葉の中で、太刀は朝政や朝威と連結されているが、伊勢天照太神に「その『御剣』は清盛に預けられた」と言わせることで、清盛の家宝であるはずの「銀ニテ蛭巻シタル小長刀」や「銀ノ蛭巻シタル手鉾」までがその太刀に包摂されている。その上、夢の直後には、太刀を厳島社と切り離すための装置として、太刀を節刀とみなす独自の理論が示されることとなる。

「朝敵誅伐ノ大将軍ニハ、節刀ト云御剣ヲ給《たまふ》習也。太政入道、日比ハ四威ヲ退ケシ将軍ナリシカ共、今ハ勅宣ヲ背《そむく》ニ依テ、神明節刀ヲ被㆓召返㆒ケリ。」（『源平盛衰記』巻第一七「源中納言侍の夢の事」）[注25]

ここでは大将軍が「節刀」を天皇より賜る習いが記され、清盛はこれまで大将軍として朝敵を退けてきたが、勅命に背いたため、神々が「節刀」を召し返した、という説明が加わっている。侍が夢に見た太刀と節刀とが関連づけられて、王家を守護し、天皇・院の意思に寄りそう大将軍の象徴として、太刀／節刀は表現されている。

同様に、延慶本でのこの箇所は、上座に位置する八幡大菩薩が、末座の厳島明神を呼んで、清盛に預けおいた太刀を召返させる話となっている（巻第四―三四「雅頼卿ノ侍夢見ル事」）[注26]。神々の言葉のなかにその理由は説明されないが、直後にこの「節刀」の理論が示されている。

これは大将軍に選ばれた平維盛にちなみ、古今の例を詳述する「朝敵ヲ平グル儀式」での「節刀」とも対応するのであろう。

「抑朝敵追悼ノタメニ外土へ向《むかふ》先例ヲ尋《たづぬる》ニ、大将軍先《まづ》参内シテ節刀ヲ給ルニ、宸儀ハ南殿ニ出御シ、近衛司ハ階下ニ陣ヲ引、内弁外弁ノ公卿参列シテ、中儀ノ節会ヲ被㆑行《おこなはるる》。大将軍・副将軍、各《おのおの》礼儀ヲ正シクシテ是ヲ給《たまはる》。」（『源平盛衰記』巻第廿三「駅路鈴」）[注27]。

この段は、延慶本巻第五―廿一「頼朝可追討之由被下官符事」[注28]とも内容を同じくし、節刀はまさしく天皇に寄りそった権力を象徴している。

このように太刀系の説話では、清盛のもとにある太刀を他の神が召し返した、という夢を核にして、太刀をすなわち節刀とみなしてイメージを増幅させることにより、太刀に天皇・院の権力とより強く結びついた性格を付与させている。

以上では、読み本系統の諸本から、小長刀系の説話と太刀系の説話を確認した。ここでは両説話は関連しながらも、小長刀や手鉾、また太刀や節刀と、視覚的イメージは不統一のままである。[注29] これは、清盛のイエの象徴であり、厳島神から授けられた「銀ニテ蛭巻シタル小長刀」「銀ノ蛭巻シタル手鉾」のイメージが、侍が夢に見た太刀よりも古く、変容しがたいほど強固であったことを示唆している。ひるがえって考えてみれば、「平家納経」涌出品・観普賢経で、太刀と剣の二種類が、右手の持物となっているのは、長寛二年の当時には、なんらかの形状にさだまった刀剣と厳島神がまだ結びついてはおらず、厳島神のアトリヴュートは刀剣類としてフレキシブルな結合をなしていたからと考えられる。

ただ、小長刀系の説話にしても治承元年の出来事とされるため、伝承の成立はさほど遡るとは思われないきらいがある。それでも清盛をはじめとする伊勢平氏が、彼らにとってのレガリアとしての刀剣類を欲していた可能性は残される。たとえば『平治物語』上巻「待賢門の軍の事」などで語られる、平頼盛が継承した抜丸の説話は、そうした宝刀を持たない重盛を強調しており、間接的にこのことを示唆してはいまいか。[注30] 宝刀を授ける神として厳島神が伝承されることも、すべてが創作なのではなく、比較的古くから、刀剣類と厳島神が結びつきやすいものとして、共通認識が形成されていた結果なのであろう。『平家物語』諸本と「平家納経」見返絵を交差させてみると、こうした中世の人々の心に堆積した、イメージの大掴みな骨格を看取できるのである。

四　厳島社の本地垂迹

1　神宝奉納

さて、「平家納経」の厳島社への奉納という行為は、いいかえれば大乗経典である『法華経』等を神々に捧げる行為であり、そのころすでに神仏習合《しんぶつしゅうごう》がはじまっていたことを意味している。厳島社と仏教（おそらくは天台宗）との習合が進展するにつれて、仏教のほとけと神道の神々とを結びつけた本地垂迹《ほんじすいじゃく》の思想が持ちこまれた。しかし平安時代末ごろまではまだ、説が一定しておらず、厳島社の本地垂迹は「現地ではいまだ多分に観念的領域にとどまるもの」だったと指摘されている。[注31]

平清盛自筆といわれる「平家納経」の願文（長寛二年九月日）が、この厳島社の本地説を明記した史上初出のテクストである。

この願文には清盛が厳島社を崇拝してきた歴史が記される。清盛は「安芸国伊都伎嶋大明神」の名を常に戴くことや、言伝えに「当社はこれ観世音菩薩の化現」とあることを述べている。▼注32「観世音菩薩」の垂迹が厳島社だと、清盛は理解していた。

弟の頼盛も同様である。治承二年（一一七八）一一月、姪の建礼門院（平徳子）が安徳天皇を出産する際に、「伊津岐島御正体《みしょうたい》」（厳島社の本地仏）として、「等身十一面」を造仏させた。

「被奉造御佛等、於中門南釣殿廊有供養、件所為御読経所也、御所無其所之故成、等身十一面、号伊津岐島御正躰、右兵衛督沙汰、仏師行命於常光院造之、御衣木加持幷供養御導師権少僧都良好暫出簾中勤之、右中弁経房朝臣取被物、中務少輔季信裹物、」（『山槐記』治承二年一一月一二条▼注33）

十一面観音とは、密教による造形の多面多臂化のなかで生まれた観世音菩薩の一バリエーションで、一一の顔をもつ、みほとけである。観世音から十一面観音へという変化を経たものの、長寛二年から一四年後にも、伊勢平氏である清盛・頼盛兄弟は、厳島社の本地を観音菩薩として理解しつづけていたことに注目される。

この一方で、堂上平氏の出身である建春門院（平滋子）は、厳島社の祭神を三所とみなして、あらたに大日如来と毘沙門天を本地説に持ちこむ。承安元年（一一七一）、建春門院は、厳島社への神宝を朝廷の御倉から準備させた。

「御正躰鏡参面　大日　十一面　毗沙門
真言参栢返　大日　十一面　毗沙門　各百返
法花経壹部
心経参拾参巻」（「伊津岐嶋社神寶調進状」（野坂文書三二五）▼注34）

ここに御正体として鏡三面がふくまれている。

さらに建春門院は後白河院と共に、承安四（一一七四）年三月に厳島社へ参詣し、御正体鏡三面をはじめとする神宝を奉納した。

「（前略）迺《すなは》ち大明神の本地正体の御鏡三面を鋳顕《あらは》し奉る。書し奉るは金字紺紙の妙法蓮華経一部八巻・無量義経一巻・観普賢経一巻・般若心経三十三巻・大日経一部十巻・理趣経一巻・大日真言百遍・十一面真言百返・毘沙門真言百返なり。（中略）それ当社は、内証を尋ぬれば則ち大日なり、日域の皇胤を祈るに便あり。外現を思へば貴女なり、女人の丹心に答ふるに疑ふことなし。我既に本朝の国母たり。旁《かたがた》当社の神恩を蒙るに足れり。」（『源平盛衰記』巻三「一院女院厳島御幸事」▼注35）

しかもこの願文の後半には、厳島社の本地は大日如来で「日域の皇胤」祈願に効験がある、祭神の示現する姿は「貴女」で「女人の丹心」に必ず答える、と述べている。[注36] 国母となった神恩への感謝を、ことのほか大日如来に捧げているのは、大日如来に天皇の身体（玉体）を重ねる思想から生じたものということは想像に難くない。大日如来に玉体を思いえがいた建春門院が、皇胤懐妊、皇子出産を経験し、その思いをさらに強めたことは、自然と察せられる。

「大明神の本地正体」という「御鏡像三面」については尊名を明記していないが、大日と十一面、毘沙門の真言が一〇〇返ずつ唱えられているので、厳島社の本地は、大日如来、十一面観音、毘沙門天と理解されていたことがわかる。

この折の神宝を別の史料から確かめると、建春門院は、大宮《おおみや》には密教経典を、中御前《なかごぜん》には公家装束を、客宮《まろうどのみや》には弓矢や剣などの武具を奉納している。

「大宮
　大日経　理趣経　已上納銀筥
中御前
　公家御装束一具
　蒔絵手筥一合　在物具
客宮
　弓　箭　釼
　金銅馬　在鞍
　承安四年甲午三月廿六日癸丑御参着」（「建春門院神寳注文」野坂文書三一六）[注37]

よって大宮が大日如来、中御前が十一面観音、客宮が毘沙門天のそれぞれ垂迹神とみなされていたことが、判明する。

この本地を大日如来とする大宮は、厳島神社殿の本殿のうちに、中御前とともに当時より今日まで相祀されている。大宮とは弥山か、あるいは海上社殿が建てられる前から祀られていた地主神（現・大元神社）を意味していよう。

かつて筆者は、清盛・頼盛が、仏舎利および『法華経』経巻を二重舎利として、厳島社へと奉納したことを指摘した。[注38] この二重舎利の奉納は、奉納された場所を塔に見立て、聖地化する意味合いがあった。この行為から彼ら兄弟がいかに、舎利を籠めおいた厳島社に執心していたかが察せられる。清盛・頼盛が一貫してたのんだ観音菩薩は、中御前の本地とされた。中御前という呼称からは、外宮が地御前社と呼称されたことを勘案すると、本来の神体である弥山と外宮とのあいだ（中）の、厳島社の本殿のある場所を意味するようである。これは彼らの世代から実現した、今見るような海底を掘削して中州に造営された海上社殿と関連する可能性が高く、中宮との別称から考えれば大宮の娘や配偶神的イメージをも有するのかもしれない。

2　貴女の漂流譚

さらに想像をたくましくすれば、観世音菩薩から大日・十一面・毘沙門の三尊への展開過程には、『法華経』を重んじた天台系の三尊形式、すなわち不動・観世音・毘沙門（ただし延暦寺横川中堂では中尊が聖観音となる）が中間に存在していたのではなかろうか。これを傍証するように、「平家納経」には不動明王を象徴する倶利伽羅龍剣《くりからりゅうけん》が、化城喩品《けじょうゆほん》（図12）と随喜功徳品《ずいきくどくほん》の発《はっ》装《そう》金具として意匠されており、化城喩品のそれは同章の経句にある「不動」にかけた表現であることが指摘されている。▼注39 建春門院は大宮を信仰し、密教の中心尊である大日如来を、その本地とみなした。この大日如来が、ちょうど大日如来を教令輪身《きょうりょうりんじん》とする不動明王とさし替えられたものと推定される。

「平家納経」涌出品・観普賢経に描かれた女性は、疑いなく厳島社の女神である。左手に持つ水瓶には、灌水を想起させるとともに、伊都伎嶋大明神の本地・観世音菩薩が左手に持つ水瓶が反映されていると推察された。ではもう一方の持物である右手の刀や剣はいかがか。そこには、かつての本地仏としての不動明王が右手に持つ利剣が重ね合わされているのではなかろうか。このののち厳島社では平安時代末ごろまで、伊勢平氏による『法華経』信仰と結びついた観音を主とする本地説と、建春門院による密教主・大日如来を中心とする本地説とがせめぎ合ったため、本地垂迹の主尊が一定しなかったとみなされる。

この厳島社の祭神が鎮座した縁起は、『源平盛衰記』や長門本に記される。

「抑厳島明神ト申ハ、推古天皇御宇癸丑端正五年一一月一二日、内舎人佐伯鞍職ト云者、為二網鈎一恩賀島ノ辺ニ経回シケルニ、西方ヨリ紅ノ帆挙タル舟見エ来ル。舟中に瓶アリ。瓶ノ内ニ鋒ヲ立テ赤幣ヲ付タリ。瓶内ニ三人ノ貴女アリ。其形端厳ニ

シテ、人類ニ不ㇾ同。」（『源平盛衰記』巻第一三「入道厳島ヲ信ズ并ニ垂迹事」）注40

推古天皇癸丑端正五年（五九三）、佐伯鞍職は海上で赤い帆を上げた舟を見る。舟には鉾《ほこ》を立て、赤幣を付けた瓶があり、この瓶の中に三人の貴女がいた。その貴女を島に祀ったのが厳島社のはじまりだという。

この説話の年号は、仁安三年（一一六七）一一月日の「伊都岐島社神主佐伯景弘解」（史料通信叢誌第壱編厳島誌所収文書一）にみる、鎮座の年と同じ年を選択している。この「伊都岐島社神主佐伯景弘解」によれば、厳島社は「推古天皇癸丑之年」にはじまる安芸国一の霊社で、「御垂迹之時、御託宣状云」として佐伯鞍職の子孫を歴代神主職となすべきと主張される。注41 ここでは御託宣状を介して、鎮座縁起が、佐伯氏の神祇権と結びつけられており、仁安三年時においてすでに、厳島社にまつわる貴女漂流譚が鎮座縁起として創作されていると見てよい。

長門本『平家物語』巻第五「厳島縁起」もほぼ同話である。ただ貴女の漂流譚の前半で、推古天皇端政《ママ》五年に、播磨国印南野の九色の鹿を射殺した罪で佐伯蔵本が安芸国に流罪となる。注42 長門本の本説話は『日本書紀』仁徳天皇三八年秋七月の佐伯部にかんする記事をもとに創作されたものであろうことが、夙に指摘されている。注43 佐伯氏の祖の流罪と貴女の漂流譚はべつべつのルーツをもつのだろうが、これらで推古天皇の端正五年という鎮座の年が一致し、海上を漂う瓶の中に「貴女」という身分の高い女性の姿をとって漂流していたことに注目される。

『源平盛衰記』巻第一三「入道厳島ヲ信ズ并ニ垂迹」でみた、漂流する貴女は、なぜ舟のなかで「鉾」を立てた「瓶」の中に坐していたのだろう。「鉾」は、「銀ニテ蛭巻シタル小長刀」の古様なかたち、「銀ニテ蛭巻シタル手鉾」を、そのイメージに内包するものではないか。また「瓶」は伊都伎嶋大明神が左手に持つ「水瓶」と重なるのではないか。この鎮座縁起は、仁安三年「伊都岐島社神主佐伯景弘解」まで遡るのであれば、そのわずか三年前である長寛二年九月日、「平家納経」の奉納においても、作用していたに違いない。厳島社の祭神が鉾を瓶を手にした理由には、本地仏としての不動と観音のイメージが源泉にあったと推定されよう。

五　おわりに——「平家納経」涌出品・観普賢経の解釈——

以上のように、「平家納経」涌出品・観普賢経では、刀剣と水瓶を持つ女房装束の若い女性を描いているが、そこには、現実世界での儀礼における女官の姿やしぐさと共有されるイメージが重ねられていた。とくに持物としての刀剣には、『源平盛衰記』等の小長刀系の説話や太刀系の説話の分析から、イエの権威や王権が象徴され、厳島神が授けるものとされたことが読みとれた。言い換えれば、これは厳島神のアトリビュートが刀剣類だと、中世の集合的なイメージや知識体系のなかで、位置づけられていたことを暗示している。またこの剣や太刀には、かつての本地仏としての不動明王が右手に持つ利剣が重ね合わされ、一方の水瓶には、伊都伎嶋大明神の本地・観世音菩薩が左手に持つ水瓶が反映されているものと、貴女の漂流譚の分析から推測された。

平清盛・頼盛は、観音の垂迹である中御前を、一貫して信仰した。それに対し建春門院は、本殿に相祀された大宮と中御前を信仰し、大宮の本地を大日如来とみなした。この大日如来が、不動明王と差し替えられたものと推定される。もともとの本地である観音と不動をイメージの源泉として、伊都伎嶋大明神は、儀礼との関わりも踏まえながら、裳唐衣をつけた十二単姿の女性像として「平家納経」涌出品・観普賢経の見返絵に表現されたわけである。くわえて日本の風俗による神像としては初発の造形ながらも、この二巻の見返絵では、仏教絵画の伝統や図像を巧みに取り入れながら、やまと絵に相応しく料紙装飾と調和する形にまとめあげられており、この点でも高く評価される。つまり自国の絵画が、東アジアに普遍的な仏教絵画を凌ぐという意識は、決して遊びや傲慢なものではなく、自国の神に仏教経典を捧げる行為において、必然的な敬虔な手段を選択していたのである。この現象を、東アジアと日本の写経における方向性に対比してみると、奇しくもベクトルの差は際立つものとなり、平清盛らの生きた平安時代後期・日本の独自性が歴然と示される。なお、こうした人為的に合成された祭神の姿と、和装の普賢十羅刹女像の成立との関係は、涌出品・観普賢経の経意や儀礼とあわせ、今後丁寧に分析すべき課題としたい。

注

（1）須藤弘敏「經繪に映る宋と日本」（『國華』第一三七六號、二〇一〇年六月）。

（2）橋村愛子「平家納経とその経箱　呉越国、宋、契丹の仏塔に納められた法華経と日本より」（『美学美術史研究論集』第二六号、二〇一二年一一月）。
（3）十二単の貴族女性を描いた「平家納経」見返絵のうち残りの五巻（序品・勧持品・分別功徳品・薬王品・厳王品）には、画中文字（葦手、字音絵、音標文字など）が配されており、別稿に期す予定である。
（4）京都国立博物館編『平家納経』（光琳社出版、一九七四年）二五～二六頁、四〇頁。以下、「平家納経」にかんする現状の確認は同書に基づく。
（5）福田直記編『藝州嚴島圖會　下巻』（宮島町、一九七三年）一七一～一七二頁。
（6）再現場面での装束は、白の糯袢、萌葱色の単衣、五衣、打衣、表着、唐衣、裳を重ね、紫色の袴を着用した。
（7）注（5）書、二〇一～二〇三頁。
（8）小松茂美編『日本絵巻大成8　年中行事絵巻』（中央公論社、一九七七年）二頁。
（9）毎日新聞社、至宝委員会事務局編『皇室の至宝2　御物　絵画Ⅱ』（毎日新聞社、一九九一年）二三九～二四一頁。
（10）奈良国立博物館『（展覧会図録）女性と仏教　いのりとほほえみ』（奈良国立博物館、二〇〇三年四月）九九頁。九州国立博物館『（展覧会図録）未来への贈りもの　中国泰山石経と浄土教美術』（読売新聞西部本社、二〇〇七年四月）一一七、二一八～二一九頁。松下隆章「普賢十羅刹女像について」（『仏教芸術』第六号、一九五〇年二月）。十羅刹女の本身については、次を参照した。坂本幸男、岩本裕訳注『岩波文庫　法華経　下』（岩波書店、一九六七年）三七八頁。増記隆介「奈良国立博物館所蔵普賢十羅刹女像について」（『鹿園雜集』第五号、二〇〇三年三月）。次の論考では、従来説で鎌倉時代初期とされた和装の普賢十羅刹女像の制作時期が見直されている。中村暢子「益田家旧蔵「普賢十羅刹女像」の和装本成立史上の意義—源氏一品経供養との関わりから」（『美術史』第一六八冊、二〇一〇年三月）。
（11）大聖院所蔵の十一面観音立像（もと厳島社の観音堂本尊）は、右手の第一指と第三指を念じ、左手に水瓶を持つ。三浦正幸『平清盛と宮島』（南々社、二〇一一年）一一二頁に写真が掲載されている。また、図像については次を参照。宮治昭他『観音菩薩像の成立と展開—変化観音を中心にとインドから日本まで—（シルクロード学研究11）』（シルクロード学研究センター、二〇〇一年）。佐久間留理子『インド密教の観自在研究』（山喜佛書林、二〇一一年）。橋村愛子「ポスト・グプタ朝時代における四臂観音について」（『金沢大学文化資源学研究』第一二号、二〇一三年二月）六二一～六九頁。
（12）『中国石窟　キジル石窟第三巻』（平凡社、一九八五年）図版一八四。橋村愛子「平家納経普門品表紙絵・見返し絵の図像学的再検討—東漸するスダーナ太子本生譚とシンハラ物語—」（宮治昭先生献呈論文集編集委員会編『汎アジアの仏教美術』中央公論美術出版、二〇〇七年）。

（13）注（10）書、『（展覧会図録）女性と仏教　いのりとほほえみ』、九一頁。
（14）注（10）書、『平清盛と宮島』。
（15）市古貞次、大曽根章介、久保田淳、松尾葦江校注『源平盛衰記（一）』（三弥井書店、一九九一年）一七一～一七二頁。
（16）注（15）書、二〇三頁。
（17）高山利弘編『校訂延慶本平家物語（二）』（汲古書院、二〇〇一年）五一頁。
（18）麻原美子、小井土守敏、佐藤智広編『長門本平家物語一』（勉誠出版、二〇〇四年）一六五頁。
（19）児玉幸多監修、小西四郎、竹内理三『日本史総覧Ⅱ　古代二　中世一』（新人物往来社、一九八四年）一九四頁。
（20）冨倉徳次郎『（日本古典評釈・全注釈叢書）平家物語全注釈　上巻』（角川書店、一九六六年）四二三～四二四頁。
（21）櫻井陽子編『校訂延慶本平家物語（四）』（汲古書院、二〇〇二年）一四頁。
（22）注（18）書、二八六～二八九頁。
（23）長門本の巻第五「厳島の造進」では、このあとに延慶本にはない厳島創始の縁起が続けられており、しだいに佐伯鞍職を祖とする厳島社宮司職の佐伯氏の伝承をも取りこんでいったことを示唆している。注（22）に同じ。
（24）黒田彰、松尾葦江校注『源平盛衰記（三）』（三弥井書店、一九九四年）一六一～一六二頁。
（25）注（24）書、一六三頁。
（26）注（21）書、一五三頁。
（27）美濃部重克、松尾葦江校注『源平盛衰記（四）』（三弥井書店、一九九四年）一三六頁。
（28）松尾葦江編『校訂延慶本平家物語（五）』（汲古書院、二〇〇四年）一二五頁。
（29）一方、覚一本『平家物語』巻五「物怪」では、この太刀系の説話である侍の夢に、太刀や御剣ではなく小長刀という呼称を用い、ある夜に清盛のもとから「銀の蛭巻したる小長刀」が消失した後日談を添える。双方の説話を取り込み、「小長刀」による一定した視覚的イメージで小長刀系・太刀系の両説話が合成されている。冨倉徳次郎『（日本古典評釈・全注釈叢書）平家物語全注釈　中巻』（角川書店、一九六七年）四五〇～五一頁。
（30）栃木孝惟、日下力、益田宗、久保田淳校注『新日本古典文学大系四三　保元物語、平治物語、承久記』（岩波書店、一九九二年、『平治物語』）一九六～一九七頁。

（31）松岡久人『安芸厳島社』（法蔵館、一九八六年）。とくに「一　古代社会と厳島」を参照。
（32）奈良国立博物館編『（展覧会図録）厳島神社国宝展』（読売新聞大阪本社、二〇〇五年一月）七〇頁上段七行～七一頁上段二行、一二行～一三行。
（33）増補「史料大成」刊行会編『増補史料大成第二七巻　山槐記二』（臨川書店、一九六五年）一六七頁。
（34）広島県（編）『広島県史　古代中世資料編Ⅲ』（広島県、一九七八年）一〇〇四～一〇〇六頁。
（35）注（15）書、九三～九五頁、二二三～二二四頁。
（36）早川厚一、曽我良成、近藤泉、村井宏栄、橋本正俊、志立正知「『源平盛衰記』全釈（一〇-巻三-3）」（『名古屋学院大学論集　人文・自然科学篇』第五一巻第二号、二〇一五年一月）。
（37）注（34）書、一〇〇六頁。
（38）注（2）論文。
（39）梶谷亮治「平家納経と平安文化」『（展覧会図録）厳島神社国宝展』（注（32）書）、二四九～二六一頁。
（40）注（24）書、一三頁。
（41）注（34）書、一五二四～一五三一頁。
（42）注（18）書、二八九～二九二頁。
（43）注（31）書。

図版出典

図1・4・11は注（32）書、図2・5は注（5）書、図10は注（12）書『中国石窟　キジル石窟第三巻』、図12は注（4）書よりそれぞれ転載した。

8 平家納経涌出品・観普賢経の見返絵と『源平盛衰記』の交差——「銀ニテ蛭巻シタル小長刀」の説話から貴女の漂流譚へ——

◉相田愛子

IV 演じられた源平の物語

「生」への執着や「死」に対する恐れ、人間同士の対立や葛藤をテーマにドラマを作るとすれば、いくさにまつわる物語は恰好の題材となろう。したがって中世や近世において古典となっていた源平の合戦譚は、芸能作品に沢山の材料を提供することとなった。

今回の共同研究（「あとがき」参照）では、『源平盛衰記』を中心として、『平家物語』が能や狂言、さらに近世の浄瑠璃・歌舞伎などの中世・近世の芸能にいかに摂取され、芸能作品として作られたかについて多角的に分析し、新たな方向性を示すことを目的として、主に若手の研究者に報告をしてもらった。ここではその成果の中の六本を掲載する。

まず、1の岩城論文であるが、『平家物語』の中でも平忠度に焦点をあてて、その都落と最期がどのように芸能に取り入れられ再生したかを、世阿弥作の「忠度」を基点として通史的に論じたもの。作品単位ではなく、一人物の文芸的描写を追っていくことは、時代的な嗜好や社会的な捉え方を点検する上で有効であろう。ところで、能における『平家物語』摂取の在り方は、世阿弥が伝書中に、「軍体の能姿……平家のままに書くべし」と述べていることから、『平家物語』を取り入れていることは間違いない。しかし、『平家物語』のテキストが固定するまでには長い流動期間があったわけで、その間に当時の人気芸能であった能の影響をうけていることもあり得たはずである。2の伊海論文は「巴」を取り上げてその点を論じたもので、今後の本説研究に一つの問題提起をなすものとなろう。一方、3の玉村論文は、テキストによる描写の一義性と映像の多義性という観点から、「巴」が『盛衰記』など『平家物語』のテキストを利用しながらも、リアルな演出を施すことで観客の想像力を喚起するチカラを持ち得なかったことのジレンマについて論じた、今までにないアプローチの作品研究である。4の稲田論文は、狂言の「文蔵」の語りについて、諸流のテキストを比較し、『盛衰記』とは異なる「石橋山の草子」なる独自の石橋山合戦物語が存した可能性について論じる。

次に、近世演劇ではテキストの利用と音曲の摂取についてを取り上げた。5の後藤論文は、土佐少掾の軍記物古浄瑠璃において、軍記物で語られる「故事来歴」を利用しながら新しい趣向を創出していく方法について論じたもの。また、6の田草川論文は、古浄瑠璃から近松門左衛門にかけての浄瑠璃正本における平曲の節付け摂取について、文字譜〈平家〉に注目して基礎的な研究を行った労作である。この他、研究会では、『人形浄瑠璃のドラマツルギー近松以降の浄瑠璃作者と平家物語』（早稲田大学学術叢書）の著書がある伊藤りさ氏に、浄瑠璃と『盛衰記』の関係について基本的な問題を提起してもらったことを付記しておく。

（小林健二）

1　「平家物語」の「忠度都落・忠度最期」から展開した芸能・絵画

──能〈俊成忠度〉の変遷と忠度・俊成・六弥太の造型に注目して──

岩城賢太郎

一　『平家物語』『源平盛衰記』を典拠とする芸能・絵画

平氏都落ちの際の平忠度と藤原俊成との対面場面は、平成期の高等学校の古典の教科書にも覚一本系『平家物語』の「忠度都落」本文が採録されている例があり、時代を経てなおもひろく知られている挿話である。また、近世期成立の『平家物語』『源平盛衰記』関連の絵入り版行本等においても、当該場面が絵画化される例は多い。芸能においても、能〈忠度〉は現代も度々演じられる人気曲であり、忠度・俊成の対面場面が作品の構想に影響を与えていると考えられる人形浄瑠璃『一谷嫩軍記《いちのたにふたばぐんき》』は、歌舞伎においても人気演目として度々演じられており、鑑賞する機会も多い。

稿者は、「文化現象としての『源平盛衰記』」という研究テーマを、絵画や芸能といった、いわば視覚化された、或いは立体化されたジャンルの文芸作品における数多の『源平盛衰記』関連作品の様相にも目を配りつつ、考察を重ねて来た。本稿では、この四年間の共同研究（本書「あとがき」参照）において調査・閲覧する機会を得た絵画資料や研究成果をもとに、『平家物語』『源平盛衰記』

の平忠度関連話に注目し、当該話を典拠として中世・近世期に展開した芸能と絵画の作品について分析し、その上で、各作品・ジャンル間に通底する視覚化の特徴と問題とについても検討を加えたい。なお以下本稿では、『平家物語』諸本の平忠度関連話を『源平盛衰記』本文を例に分析を進め、特定の伝本本文を参照する場合を除いては、「平家物語」一般と捉えて考察を進める。

二　「平家物語」の平忠度関連話

平氏都落ちのさなかにおける忠度と俊成の対面の様は、『源平盛衰記』では以下のようなものである。▼注1

淀《ヨド》ノ河尻《カハジリ》マデ下《リ》タリケルガ、郎等《ラウドウ》六‐騎相具《キアヒグ》シテ、忍《シノビ》テ都へ帰上《リ》ル。如‐法夜半《ヤハン》ノ事ナルニ、五‐條ノ三‐位俊成卿《シユンゼイノキヤウ》ノ宿所《シユクシヨ》ニ行《ユキ》テ、門《モン》ヲ扣《タヽ》ク。内ニハ是《レ》ヲ聞《キヽ》ケレ共、懸《カヽ》ル乱《ミダ》ノ世《ヨ》ナル上《ヘ》、イブセキ夜‐半ノ事ナレバ、敲《タヽケ》共々‐々開《ヒラカ》ザリケリ。余《アマリ》ニ強《ツヨク》敲《キ》ケレバ、良久《ヤヽヒサシク》有テ青侍《アヲサブラヒ》ヲ出《イダシ》、戸《ト》ヲヒラカセテ是《コレ》ヲ問《トフ》。忠度《タヾノリ》ト申者《モノ》見参《ゲンザン》ニ申入《シ》度《レタキ》事アリテ参《マイリ》タリト答《コタヘ》ケレバ、三‐位大庭《ヲホニワ》ニ下《リ》、世《ヨ》ニ恐《ヲソレ》テ内へハ入ザリケレ共、門《モン》ヲバ細目《ホソメ》ニ開《キ》テ対面《タイメン》アリ。（賦巻第三十二「落行人《ヲチユク》々々ノ歌。付忠度《タヾノリ》自《ヨリ》レ淀《ヨド》帰《カヘリ》謁《エツスル》二俊成《トシナリニ》一事」）

長門本に「五条京極の宿所」とある俊成邸は、現在の俊成社辺とも新玉津島神社辺とも言われるが、俊成は安元二年（一一七六）九月に六十三歳で病により出家して法名釈阿を名乗っており、この時は七十歳を越えた老齢の出家者であったはずである。「忠度都落」の作中場面としては、争乱の最中で緊迫した雰囲気の夜半の京の邸の門前で、突然の落人の来訪に恐る恐る人目を憚って対面する、法体の俊成が想起されるものであろうか。

争乱後の撰集への入集を望む忠度は、「是《レ》ゾ年比読集《トシゴロヨミアツメ》タリシ、愚詠《グエイ》共ニテ侍ル。身ト共ニ波《ナミ》ノ下《シタ》ニミクヅトナサン事遺恨《イコン》ニ侍リ。是《レ》ヲ砌下《ゼイカ》ニ進置《マイラセヲキ》候。勅‐撰之《ノ》時ハ、必《ズ》思《シ》召《シ》出《セ》ヨトテ、巻物《マキモノ》一‐巻泣《クハンナク》‐々鎧《ヨロヒ》ノ引合《ヒキアハセ》ヨリ取《リ》出《シ》タリ」と自歌を収めた巻物を託す。これが、伝存する寿永百首歌集の一つと見られている私家集『忠度集（平忠度朝臣集）』に関連すると考えられているが、忠度と俊恵の歌林苑を介して交流のあった俊成は感涙を流し、「是永代秀逸《コレエイタイシウイツ》ノ御形見《カタミ》。未来歌仙《ミライカセン》ノ為《タメ》二指南《シナン》ノ一歟《カ》」と忠度を歌人として高く評価し、今後の撰集の際には必ず撰歌の資料とすることを約す。忠度は、安心して再び都を落ちて行き、二人の対面は終わる。

その後、元暦二年（一一八五）三月の壇浦合戦をもって源平の争乱は終息し、文治元年（一一八八）四月には『千載集』が奏覧される。俊成が、忠度が「朝敵《テウテキ》」であることを憚って、「故郷《コキヤウ》ノ花《ハナ》ト云題《イフダイ》ニ、読人《ヨミビト》シラズトテ、一首被《シユラレ》レ入《イレ》タ」のが、次の詠歌であった。

サヾ浪《ナミ》ヤ志賀《シガ》ノ都《ミヤコ》ハ荒《アレ》ニシヲ。昔《ムカシ》ナガラノ山桜《ヤマザクラ》カナ

やがて忠度は、寿永三年（一一八四）二月の一谷合戦で、「武蔵《ムサシ》ノ国ノ住《ヂウ》人岡部《オカベ》六弥太《ヤタ》忠澄《タヾスミ》」とその郎等に討たれるが、『源平盛衰記』は「生《シヤウ》年四十一。色白《イロ》クシテ鬚黒《ヒゲクロ》ク生《ヲヒ》給ヘリ」と、壮年の容貌の公達としている。

六弥《ヤ》太進寄《ス、ミヨツ》テ頸《クビ》ヲ取《トリ》。脱捨《ヌギステ》給ヘル物具《モノヽグ》トラセケルニ。一巻《クハン》ノ巻物《マキモノ》アリ。取具《トリグ》シテ頸《クビ》ヲバ太刀《チ》ノ切鋒《キツサキ》ニ貫《ツラヌキ》テ指《サシ》上ツ、。陣《ヂン》ニ帰《カヘリ》テ是ハ誰人頸《タレヒトノクビ》ナラン名乗《ナノレ》ト云ツレ共《ドモ》シカ〳〵トテ名乗《ナノラ》ザリツレバ。如何《イカ》ナル人《ヒト》共見《ミ》シラザリケルニ。巻物《マキモノ》ヲ披見《ヒラキミ》レバ。歌共多《ウタドモオホ》ク有ケル中《ナカ》ニ。旅宿花《リヨシユクノハナ》ト云題《フダイ》ニテ一首《シユ》アリ

行暮《ユキクレ》テ木下陰《コノシタカゲ》ヲ宿《ヤド》トセバ。花ヤ今夜《コヨイ》ノアルジナラマシ

忠度《タヾノリ》ト書《カヽ》レタリケルニコソ。薩摩守《サツマノカミ》トハ知《シリ》タリケリ。（佐巻第三十七「忠度通盛等最後《タヾノリミチモリラサイゴ》ノ事」）

六弥太が見つけた巻物は、語り本系等では「ゑびらにむすびつけられたるふみ」（覚一本）ともあるが、果たしてこの巻物や文が俊成に託した巻物と関係するものなのかは判然としない。「行き暮れて」歌は、本来的には『忠度集』所載歌ではなかったと考えられているが、近世期書写の『忠度集』の中には同歌を積極的に忠度詠として位置づけた伝本があることも報告されている。▼注2 巻物に数々の歌が収載されていたとすれば六弥太の目に当該歌が留まったのは何故か、当該歌は巻軸歌であったため名が傍記されていたのか、さなくは文の方が妥当であろうか等と、不審な点も多い本文ではある。『源平盛衰記』は当該話を、「此ノ人《ヒト》ハ入道ノ弟《オトウト》公達《キンダチ》ノ中ニハ。心モ剛《カウ》ニ身《ミ》モ健《スコヤカ》ニ御座《オハシマシ》ケレドモ。運《ウン》ノ極《キハメ》ニ成《ナリ》ヌレバ。六弥《ヤ》太ニモ討《タ》レニケリ。勧賞《ケンジヤウ》ノ時《トキ》ハ。六弥太神妙《シンベウ》ナリトテ。薩摩守《サツマノカミ》ノ知行《チギヤウ》ノ庄園《シヤウエン》五箇所《カショ》ヲ給テ。勲功《クンコウ》ニ誇《ホコリ》ケリ」と結ぶ。忠度知行地を恩賞として賜った六弥太の勲功に触れて閉じられるが、語り本系では、六弥太は「太刀のさきにつらぬき、たかくさしあげ、大音声をあげて」忠度を討った名乗りをあげて自ら武勲を誇ってもいる。一方の忠度は、六弥太の身分や格の違いを感じたのであろう。名乗ることさえ拒んでおり、また語り手も、忠度の心身の気高さに触れ、武運が尽きることがなければ、六弥太程度の武者に討たれるこ

とはなかったとしている。語り本では六弥太の名乗りを聞いた敵味方の武者が「武芸にも歌道にも達者にておはしつる」忠度の死を悼んだとしているが、何れの「平家物語」本文にしても、討ち取った六弥太その人から忠度への憐憫や追悼の情を読み取ることは出来ない。

以上のごとき忠度関連話から、いかなる芸能や絵画作品が展開したのか。まずは室町期の能の作品から検討して行きたい。

三 「忠度都落」「忠度最期」に関連する能の作品

「忠度都落」の俊成・忠度対面場面の影響を受けた室町期成立の能の作品としては、能〈忠度〉〈俊成忠度〉〈志賀忠則〉〈現在忠度〉等があるが、このうち最もはやく成立していたのは、世阿弥がその能楽論『申楽談儀』で自作の修羅能のうち「忠度《たゞのり》上花《くわ》歟」と高く評価した〈忠度〉である。この〈忠度〉九段では、平忠度の霊（後シテ）が一谷合戦における自身の最期を以下のように語る。[注3]

［哥］地謡 六弥太が郎等、おんうしろより立ち回り、上にまします忠度の、右の腕を打ち落とせば、左のおん手にて、六弥太を取つて投げ除け、今はかなはじと思しめして、そこ退き給へ人びとよ、西拝まんと宣ひて、光明遍照十方世界念仏衆生、摂取不捨と宣ひし、おん声の下よりも、痛はしやあへなくも、六弥太太刀を抜き持ち、終におん首を打ち落とす。

シテ 六弥太心に思ふやう、地謡 痛はしやかの人の、おん死骸を見奉れば、その年もまだしき、長月ごろの薄曇り、降りみ降らずみ定めなき、時雨ぞ通ふ斑紅葉の、錦の直垂は、ただ世の常にもあらじ。いかさまこれは公達の、おん中にこそあるらめと、おん名ゆかしきところに、箙を見れば不思議やな、短冊を付けられたり、見れば旅宿の題を据ゑ……

右のごとく、その内容は「平家物語」の「忠度最期」と大きく変わるところはないのであるが、忠度を討った際の源氏方の岡部六弥太その人の心情にまで語り及び、「痛はしやかの人の、おん死骸を見奉れば」と、六弥太が忠度の死を悼み、「その年もまだしき」という比較的年若く見える敵方平氏の公達の名を、哀惜の思いから求めたところ短冊を見出した、と語るのである。短冊から「忠度」の名を見出した六弥太は、「さては疑ひ嵐の音に、聞こえし薩摩の、守にてますぞ痛はしき」と、再び忠度を悼む。重ねて敵将忠度の死を悼む六弥太像は、「忠度最期」に見えた武勲を誇った六弥太像とは大きな隔たりがあるわけであり、忠度を若年の公達と語る点と併せ、情ある武者六弥太像は、能〈忠度〉において創作が加えられた人物像として注目される。

また〈忠度〉では、箙に「行き暮れて」歌の短冊が結び付けられていたとする。例えば、永正頃の演能の様が記されているとされる装束付『舞芸六輪次第』には、「して、後ハかつせう・長絹。こしに、たんざくをやにそへてさす也」とあり、[注4] 現代の演能と同じく、室町期から後シテは短冊を付けた矢を携えて舞台に登場していた。〈忠度〉は、室町期から「たんじやく忠のり」（松井文庫蔵妙菴玄又手沢本）とも称されていたように、「平家物語」とは異なり、巻物や文ではなく、短冊であることを明示する。

この世阿弥の〈忠度〉の影響下に成立したと見られるのが、大永四年（一五二四）奥書の作者付『能本作者註文』が「内藤藤左衛門作、後には河内守ト云」とする能〈俊成忠度〉である。〈俊成忠度〉はまず、以下の岡部六弥太（ワキ）の［名ノリ］から始まる。なお〈俊成忠度〉の詞章は、次項の検討との関連から江戸後期写の清親元章本による[注5]（取消線は見せ消ち。以下同）。

ワキ詞　か様に候者ハ。武蔵国の住人。岡部の六弥太忠澄~~と申~~者にて候。扨も西海の合戦に。薩摩守忠度をバ。某が手に懸失ひ申て候。御最期の後しこ《矢篭》を見奉れば。短冊の御座候。又承候へバ。~~五條三~~位俊成卿と。浅からぬ和歌の御値遇《師弟》の由申候間。此短冊《タンザク》を持て参り。俊成卿の御目にかけばやと存候。いかに案内申候

能〈俊成忠度〉は、忠度を討った岡部六弥太が、一谷合戦後に京の俊成邸を訪れ、俊成に対面して忠度の形見とも言える「行き暮れて」の歌の記された短冊を届け、そこに討たれた忠度霊（シテ）が現れて俊成に歌物語や修羅道に墜ちた様を語るが、やがて「さざ波や」歌に忉利天の帝釈も感じ入り、その歌徳によって修羅の苦患を免れ消えて行くという筋である。「平家物語」の俊成・忠度の対面場面に想を得た〈俊成忠度〉作者が、六弥太の仲介によって、忠度討ち死後に、再び俊成・忠度の対面が叶うという設定を創出したものと考えられる。この設定は、六弥太が「痛はしや」と忠度の死を悼んだと語る、能〈忠度〉においてて創出された、情ある武者六弥太像を継承した上でこそ成し得たものである。和歌短冊を届けるという、風雅を解する心のある岡部六弥太をワキとして登場させるところから、能〈俊成忠度〉は始まるのである。

六弥太による［名ノリ］に続き、『源平盛衰記』では青侍が取り次いだごとく、〈俊成忠度〉でも「トモ／誰にて渡候ぞ《か》」と、俊成邸の家臣（トモ）が俊成（現今の演能ではツレ）に取り次ぐという構成になっている。この家臣は、現今の演能では太刀を携える太刀持として登場する。家臣を介して六弥太と対面した俊成は、「此方へ給ハり候へ。実や聞及びし東の武士を今見る事の不思議さよ。」と短冊を受け取るのであるが、清親元章本で見せ消ちとなっている、東国武士を初めて見たかのごとき俊成の独白の一句は、観世流大成版にはないものの、松井文庫蔵妙菴玄又手沢本ほか、室町期の〈俊成忠度〉謡本にも見える。東国武士と京の公家とが対面するという特異な設定を、〈俊成忠度〉作者は意図的に設け、作品展開の端緒としていたことが窺われる。いわば能〈忠度〉を前提とした上で「平家物語」の「忠度都落」「忠度最期」両章段を混合・加味したところに、能〈俊成忠度〉の構想は生み出されたと言えるのである。

忠度の詠歌を手にした俊成は、以下のごとく忠度を悼む。

上哥同　痛ハしや忠度ハ。〳〵。破戒無慚の罪を恐れ。仁儀礼智信五つの道もたゞしくて。歌道にも達者《し》たり弓矢に。名をあげ給へば。文武二道の忠度の。舟をえて彼岸の。台に至り給へや〳〵

ここで忠度を歌道にも武道にも長けた「文武二道」の人物と語るのも、〈忠度〉を承けてのものである。シテ忠度を儒教的徳目をも備えた人物とするのは、この後五段に登場する忠度霊によって『古今和歌集』仮名序を引いて歌物語がなされるという構成に繋がるよう、歌道の始原を語るに足る人徳を具備する者として称揚しているのであろう。

なお、金剛流の現行曲である能〈現在忠度〉は、室町期の資料に記述が見出されておらず成立の不明な作品ではあるが、都落ちの際に俊成邸を訪れた忠度が、対面後に名残を惜しんで共に相舞するという構成になっている。［クセ］に仮名序を踏まえて歌道を説く点などに〈俊成忠度〉との関連が窺える作品であるが、〈現在忠度〉のシテは俊成であり、ツレの忠度は都落時の忠度なので幽霊ではない。訪れた忠度に応対する俊成邸の太刀持や従者も登場するようであるから、修羅能〈俊成忠度〉を踏まえつつ、「忠度都落」をそのまま現在能として再構成した能と言えよう。

以上に見るごとく、忠度・俊成の対面場面に関連する能の作品は幾つもあるのだが、忠度と対面したその人、俊成の装束や容貌に注目してみると、能〈忠度〉〈俊成忠度〉〈現在忠度〉いずれも、「平家物語」本文と同様、その装束・容貌に繋がる詞章が見出せないため、それぞれの能で俊成像がいかに解されていたか、或いは〈俊成忠度〉〈現在忠度〉では俊成役がどのような出立で登場していたのか不明である。だが、同じく「忠度都落」に関連する戦語《いくさがた》りを構成する能〈志賀忠則〉は例外である。〈志賀忠則〉は、『舞芸六輪次第』に「たゞのり・しがたゞのり・しゅん忠則」と〈忠度〉〈俊成忠度〉と併記されシテの装束も記されている、室町期の成立が確認される修羅能であるが、その後シテ忠度霊は、「猶敷嶋の道にひかれて。五条の三位俊《ン》成卿に。哥の望を。歎しかば」の［サシ］に続いて、［クセ］で撰集に当たった俊成について、次のごとく語る。▼注6

クセ／六十に余る俊成《トシナリ》が。其身も老の波をよせ。霜雪積る鬢の髪に。冠をいたゞき、かたぶく月の山の端に。かゝる老後の身なれ共、猶和哥の道にたづさはり。此集を撰ずるに、かく乱世の折なれば。書集めたる藻塩草。又かきみだす心ちして。
筆を捨て身をいだき、こは何とゑらびはつべき……

冠を着け、出家こそはしていないものの、既に老齢で白髪の俊成が、戦乱時でもあり『千載集』撰集に苦心した様を語っている。そして以下の勅撰集の来歴に及ぶ歌物語が続く。

上／抑、醍醐の天皇の。同／古今を撰じ給ひしに。友則貫之、躬恒忠岑に仰て千哥廿巻《チウタハタマキ》をゑらびて。悦びをのべし時とかや。其後、村上の後撰集、さはりも。梨壺の五人なるに。此集はいかなれば。かくさはがしき時しもに。たま〳〵読哥迄も。読人しらぬ身と成て。おもひを志賀の山ざくらの、さけば散る共執心の、心の花は散果ず

〈志賀忠則〉は、歌道の大御所俊成による撰集に触れること、忠度の名を隠した入集に関する話題との関連から『古今集』以下の勅撰集に関する歌物語に及ぶこと等、［クセ］の語りにおいても〈俊成忠度〉との関連が窺える。次項では引き続き、俊成の描写や出立に注意しつつ、能〈俊成忠度〉の変遷に関する問題について検討したい。

四　能〈俊成忠度〉から能〈五條忠度〉へ――明和改正謡本の指向したもの――

一五世観世大夫元章を中心に、明和二年（一七六五）に版行されたいわゆる、明和改正謡本では（以下、明和本と記す）、現行〈俊成忠度〉の詞章に比して大小数々な相違点があるが、ここでは、ツレ俊成の造型と［クセ］の詞章について見ておきたい。

1　「俊成」から「釈阿」へ―ツレの役造型の改正―

明和本の〈俊成忠度〉に当たる謡を収める当該冊には、表紙刷題簽に「敦盛　五條忠度　箙梅　生田敦盛　知章」と五つの修羅能の作品名が記されている。各作品ごとの内題はないが、明和本と同年の四月に揃って版行された『二百拾番謡目録』の「外百番之部」にも、「五條忠度作者未詳」と見えており、明和本は〈俊成忠度〉ではなく、〈五條忠度〉をその作品名として採用していた。その意図は、冒頭の［名ノリ］に端的にあらわれている。▼注7

ワキ詞╲加様《カヤウ》に候者《モノ》ハ。武蔵《ムサシ》の国《クニ》の住人《ヂウニン》。岡部《オカベ》の六弥太《ロクヤタ》忠澄《タヾズミ》にて候。さても今度《コンド》西海《サイカイ》の合戦《カセン》に忠度《タヾノリ》を手《テ》にかけ申て候。御《ゴ》最期《サイゴ》の後箙《ノチエビラ》を見候へ《エ》バ短策《タンザク》の御座《ゴザ》候。又忠度《マタタヾノリ》は五條殿《ゴデウドノ》と和哥《ワカ》の御友《オントモ》のよし承《ウケタマハリ》候間《アヒダ》。此短策《コノタンザク》を持《モチ》て五条殿《ゴデウドノ》の御目《オンメ》にかけばやと存《ゾンジ》候。いかに案内《アンナイ》申候。

「しこ《矢籠》」（清親元章本）を「箙」と改めたのは能〈忠度〉によるのだろうが、▼注8 右のごとく、明和本はツレに「俊成卿」の字句を避け、代わりに「五條殿」の称を採用する。続くワキとツレの［問答］のくだりにおける役表記も同様である。

ツレ╲いかに忠澄。扨唯今何の為に来り給ひて候ぞ《やらん》。（清親元章本）

釈阿╲如何《イカ》に忠澄《タヾズミ》。只今《タヾイマ》は何《ナニ》のために来《キタ》られて候ぞ。（明和本）

明和本は、平忠度没後を作中時間とする〈五條忠度〉において、ワキ六弥太と対面するツレの俊成は既に剃髪している筈であるとして、従前の〈俊成忠度〉作品名や詞章を改正することを意図しているのであり、その出家名「釈阿」を一貫して役表記に用い、詞章においても役表記においても「俊成」の字句は一切用いていない。では、舞台上のツレ釈阿はどのような出立であったのだろうか。例えば、現行観世流大成版謡本〈俊成忠度〉の前付の装束に関しては、以下のごとく二様が示されている。

ツレ　藤原俊成　直面　風折烏帽子　襟―浅黄　著附―紅入厚板 白大口（色大口ニモ）長絹
又ハ花帽子（角帽子ニモ）　襟―浅黄　著附―無紅厚板又ハ白色大口又ハ指貫込大口　絓水衣　緞子腰帯
繍紋腰帯　神扇

無紅扇　水晶数珠

トモ　俊成ノ従者　直面　襟―萌黄　著附―無地熨斗目　素袍上下　小刀　鎮扇　持太刀

ツレの装束は、出家前の烏帽子姿の俊成と、替装束として出家後の釈阿に相応しい花帽子姿、又は角帽子姿が示されている。現在の演能でも目にすることが多いのは、上図の通り、出家以前の俊成の出立であり、太刀持の従者も従えているのであるが、花帽子姿の俊成の登場する演能も行われている。

恐らく、出家後の俊成の出立というのは、明和本の影響下に生まれたものであり、元章没後に明和本が廃止され、詞章は元に戻ったものの装束等の演出にはその影響が留められた例であると思われる。

元章の父である一四世観世大夫清親が、享保六年（一七二一）七月に幕府に提出した「享保六年書上」[注9]の観世座所演曲目に関する名寄には、「俊成忠則……右三拾八番、謡斗私家ニ仕候。能ハ決而不レ仕候」と見え、〈俊成忠度〉は清親の時代に、既に謡ばかりが伝わり、演じられる作品ではなかったはずだが、その「外百番之部」である〈五條忠度〉が、舞台上での演能をどれだけ想定されていたかは不明であるものの、元章の弟子家筋に伝わった型付に、俊成役の装束に関する記述が見える。鴻山文庫蔵「浅井家本観世流型付」[注10]（全九冊のうち修羅能収録の冊）には、「九　俊成忠度五條忠度トモ佑葛桶切戸より出る」と「五條忠度」の名が割注に記され、ツレ（佑）に関して「裏頭浅黄　襟一　着附白厚板　白大口浅ギにても　水衣腰帯繍文　水晶念珠持」とある。裏頭は僧などが着す目だけを出すかしらづつみであるが、同型付の〈大原御幸〉の登場人物であるシテ建礼門院、ツレ大納言局・阿波の内侍、後ツレ後白河法皇の装束についても、白や浅黄色の「裏頭」で水晶の念珠を持つとあるから、現行の〈大原御幸〉演能に見える花帽子のようなものを着けることを意味するものであろう。明和本〈五條忠度〉では、ツレ俊成には、建礼門院や後白河法皇のごとき、格式ある出家者の出立が想定されていたと見て良いだろう。明和本〈五條忠度〉の改正における着眼点の一つは、ツレを藤原俊成出家後の老練な歌人釈阿として舞台上に登場させ

観世流大成版謡本
「俊成忠度」前付・檜書店刊

ることにあったわけである。

なお明和本の「内百番之部」に含まれる〈忠度〉の詞章にも、俊成の字句に関する配慮は窺える。明和本〈忠度〉では、[注11]「これは俊成のみ内にありし者にて候」を「五條《ゴデウ》の御内《ミウチ》に」（一段［名ノリ］）と、「されどもそれを撰じ給ひし、俊成さへ空しくなり給へば」を「ぬしさへ《エ》」（七段［(クドキ)］）と、「俊成の家に行き」を「五條《ゴデウ》の家《イヘ》」（八段［上ゲ哥］）と、それぞれ字句を改めており、「俊成」の字句を避ける〈五條忠度〉と傾向を一にする。但し、八段［サシ］中の「千載集を撰はる、五条の三位俊成の公卿、承つてこれを撰ず」については「藤原俊成公卿《フヂハラノトシナリノキヤウ》」と改めており、俊成に後白河院より勅撰集撰進の院宣が下ったのは寿永二年（一一八三）二月のことであるから、俊成は既に出家していたが、当該箇所の改訂意図はよく分からない。

また、前の三の項で触れた〈現在忠度〉は、田中允により現行金剛流とは異なる二系統の謡本が伝存することが指摘されているが、このうち樋口本系の本文では、[注12]「三位の入道釈阿」「三位殿の館」「入道三位殿」と、明和本と同様に、「俊成」の字句が避けられている。こうした異同にも、明和本が関与しているのかも知れない。

なお、三の項冒頭に掲げた〈忠度〉九段［哥］の詞章には、シテ忠度霊が自らの最期を語るのに破線を付した詞章のごとく、敬語を交えながら第三人称的な文体を交える特徴が窺えるが、明和本はそれぞれ、「早後《ハヤウシロ》より」「左《ヒダリ》の手《テ》を以《モツ》て」「上《ウヘ》にありつる」「思《オモ》ひしかば」「唱《トナエ》へつる。其声《ソノコヱ》のうちよりも。忠澄《タヾズミ》は立《タチ》まは《ワ》り。其《ソノ》まゝ太刀《タチ》をぬきもち。終《ツキ》にかうべ《ヲ》を。うちおとす」と、忠度に対する敬語表現を除いてシテによる第一人称的語りになるように詞章を整えている。すぐ次の詞章では六弥太の視点を通しての語りとなり、六弥太から忠度への敬語表現を交えた語りに接続するわけであるから、明和本の方が、忠度の死を悼む六弥太の心中に焦点を合わせた詞章となっていると言えよう。

2　歌物語から戦物語へ―［クセ］の改変―

〈俊成忠度〉五段［クセ］にも明和本は改変を加える。〈俊成忠度〉の［クセ］は、『古今集』仮名序の本文を引用しつつ、部分的には真名序の字句も交えているが、まず清親元章本に従い、［サシ］［クセ］の詞章を掲げる。

サシ／凡哥に八六儀有。是六道の衢に詠じ。《夫歌の道といつぱ》同　千早振神代の哥ハ。文字の数も定な《ら》し《ず》。下シテ／其後天照太神の御《オホン》兄。

同　素盞嗚尊より三十一文字《ミソジヒトモジ》に定め置《り》て。末世末代《にのこる》の。例しとかや。

クセ　其故は。素盞尊の。女と住給ハんとて。出雲国にゐまして。大宮造りせし処に。八色の雲の立を。御覧じて尊の。一首の御《神》詠かくバかり。八雲立……扨も我須磨の浦に。旅寝して詠めやる。明石の浦の朝霧と。読しも思ひ知れたり　上／人丸世になく成て《なりにたれど》。　同　哥のことゝまりぬと《れるかな》。紀の貫之も躬恒も《眺これを》かくこそ。書置しか共《ごとく》。松の葉の散失せず。正木のかづら。長く伝ハり鳥の跡あらん其程は。よも尽せじな敷島の。哥《道》には神も納受の。男女。夫婦のなかだち共此《らひハげに》哥の情なるべし。……

清親元章本は右の［サシ］の直前に、「俊詞／いかに申候。忠度にてましまさバ。猶々和哥の御物語候へ」の一句が見せ消ちとなっており、室町期書写の松井本にも「ワキ／忠度にてましまさば。和歌の道なを〳〵御物語候へ」とあるから（松井本では俊成の役表記が「ワキ」である）、忠度の霊による歌物語を導く一句は室町期からあったであろう。〈俊成忠度〉の［クセ］は、忠度霊が自らの師匠格である俊成に歌道の来歴を説くがごとき構成であるとして、しばしば〈俊成忠度〉が高い評価を得られない原因ともなっている。清親元章本が［サシ］冒頭句を消して「夫歌の道といつぱ」と補入するのも、［クセ］を歌道一般を話題とする語りとして位置づけ直したかったのであろう。細かな書き入れには、仮名序の本文により近づけるべく字句を改める傾向が窺える。

だが一方、明和本では［クセ］全体の詞章を入れ替え、「釈阿詞／まこと忠度《タヾノリ》にてましまさば。ひなにさすらひ給《タマイ》ひし程《ホド》の御《オン》物語《モノガタリ》候へ」と、出家後の俊成が、忠度霊に都落ち後の戦物語を促すかたちに改変されている。

クリシテ　かたらんとすれバ先《マヅ》浮《ウカ》む。泪《ナミダ》の雨《アメ》にうつろふ花《ハナ》の。　同　過《スギ》し寿永《ジユヱイ》の秋《アキ》の空《ソラ》。月《ツキ》の都《ミヤコ》を離《ハナ》れゆく。雲居《クモヰ》をよそに天《アマ》離《ザカル》。夷《ヒナ》のうきねのかぢ枕《マクラ》。よにたよりなき此身《コノミ》かな

シテサシ／さしも栄《サカエ》し福原《フクハラ》の。都《ミヤコ》の様《サマ》も三《ミ》とせが程《ホド》におもかげもなくあれ果《ハテ》ぬ　シテ下／春《ハル》ハはなミしをかの殿《トノ》　同　秋《アキ》は月《ツキ》みし濱《ハマ》の館《タチ》。雪見《ユキミ》舩見《フナミ》や馬場《ウマバ》の殿《トノ》。道《ミチ》は苔《コケ》むし軒《ノキ》ばには名《ナ》のらでしるき忍《シノブ》ぐさ　シテ下／是《コレ》を見かれをみるごとに。衣手《コロモデ》かわくひまもなし

クセ下　さる程《ホド》に。爰《コヽ》も敵《カタキ》の近《チカ》きとて。立《タツ》や煙《ケムリ》の雲《クモ》の浪《ナミ》。八重《ヤヘ》のしほ路《ヲヂ》を凌《シノ》ぎつゝ。心《コヽロ》づくしやいでましの。御殿《ゴテン》もいまは黒《ワクロ》木《ギ》もて。つくりまつれば是《コレ》も又《マタ》。木《キ》の丸殿《マロドノ》と申べし……（同）さわぐ追《オヒ》てもいちはやき。矢嶋《ヤシマ》のかりの御住居《オンスマヰ》。それよりうつり須磨《スマ》の浦《ウラ》。都《ミヤコ》にちかくなりにしと。よろこびし心《コヽロ》こそ末《スヱ》しら浪《ナミ》のあはれなれ

寿永二年七月の都落から翌三年二月の一谷合戦までの平氏一門の彷徨を語る戦語りは、能〈敦盛〉〈清経〉の［クセ］と同様であり、詞章内容に特に注目される点はないが、破線部の詞章等には、「平家物語」の巻第七「福原落」本文等が関係していよう。明和本［クセ］における歌物語から戦物語へという転換は、もはや〈俊成忠度〉の改作とも言うべき大きな改変であり、明和本〈五條忠度〉は、忠度の歌道への執心を取り上げつつも、『古今集』仮名序の引用等による安直な歌道の強調は嫌ったのであり、シテの戦物語を核とする、いわば定型的な修羅能として構成し直されたと言えよう。

但し明和本は、従前の〈俊成忠度〉［クセ］の詞章内容を評価していなかったわけではない。明和本に付随して版行された謡物「独吟八十五番」の内には（外題「独吟巻第三」の冊）、〈八雲《ヤクモ》〉という謡が含まれており、これが〈俊成忠度〉［クセ］と字句に小異はあるものの同内容の謡物作品である。つまり明和本は、和歌の起こりに関する歌物語［クセ］が、忠度から俊成に向けて語られるという設定を、妥当でないとして改めたわけである。

右に見た通り、明和本の〈五條忠度〉には、六弥太の対面した俊成は、出家後の老練の大御所歌人「釈阿」であるという、明和二年時の能〈俊成忠度〉についての疑義、及び従前の〈俊成忠度〉詞章や解釈、演出に対する疑義が反映されているのであり、それを改正したことが作品名に明示されているわけである。一般に〈五條忠度〉は、〈俊成忠度〉の古名や別名とも言われるが、明和本以前に〈五條忠度〉という能の作品名は見出せない。

但し、明和本に改正の指向が確認される以上、明和二年以前、或いは室町期の作品成立当初にまで遡っても、俊成の出立は、現代の一般的な〈俊成忠度〉の演能に近い、出家以前の姿を想起させる拵えや装束であったと考えて差し支えないと考えるが、俊成がツレという役柄である事情もあり、管見では室町期から近世初期の装束附等の資料に、ツレ俊成の出立について記した例は確認出来ていないが、元禄十年（一六九七）版行の『舞楽秘曲（能之図式）』巻四「百廿六　俊成忠度」に「六弥太　すわうばかま　小刀　矢ニたんざくヲ付持」「脇　黒風折　長けん　大口　腰帯　扇」とあることから、明和本以前に俊成が黒の風折帽子を着け

た出家前の姿で出ていた例があったろうことは知れる。

また例えば、慶長期筆とされている上掛系謡本である伝松平伊豆守旧蔵謡本[注13]『俊成忠度』の表紙には、背景は笹や植栽といった感じの自然の風景が描かれているが中央に、僧綱襟の法衣に袈裟を着し剃髪した俊成と覚しき人物が着座して、近世武士風の頭部に髷を結って着座した人物と対面している場面が描かれている。その人物の手には短冊にしてはやや大きめの少し反った紙が見え、俊成に見せている様である。これをそのまま、江戸初期の〈俊成忠度〉演能のシテやワキの装束の実際を反映した図様であると見る必要はなかろうが、江戸初期の時点で、六弥太に対面した俊成は法体であったと認識していた例が能関連資料に見出せる点には、留意しておきたい。

五　平忠度関連話に取材する絵画作品

国立国会図書館蔵延宝五年版『平家物語』
「忠のり都おちの事」

忠度・俊成の対面は、絵画化される例の多い場面であるが、まず絵入り版行本の例としては、延宝五年（一六七七）版『平家物語』巻第七の「忠度都落」の場面では、巻物を手に対面する忠度は、床下に自らの甲《かぶと》を持たせ、鎧を着している童を従えているが、俊成は冠を着けた衣冠姿で、下手には垂髪の童風の従者が控えている。内側の畳に座す俊成と縁側の簀子に座す忠度と、公家と武者の身分差が意識された構図と言えよう。類似の絵は多いが、例えば林原美術館蔵『平家物語絵巻』は同様の構図をとるものの、俊成・忠度共に従者は従えておらず、門外に立ち忠度一行を見送る俊成の姿が異時同図風に連続して描かれている。但し、延宝版に描かれる俊成は若い感じであるが、こちらの俊成は少し鬚をたくわえており壮年風である。老人として俊成を描く例もある。明星大学図書館蔵奈良絵本『平家物語』は、壮年より初老といった表情の黒の袍を着けた衣冠姿で俊成を描いている。なおこの奈良絵本では、忠度は縁側ではなく畳上に俊成と同座しており、赤地の錦直垂を着けた若年風の忠度が、短冊にも見える紙片を手渡す様に描かれている。明らかに白髪交りの老年として俊成を描いている例としては、根津美術館蔵『平家物語抜書（平家物語画帖）』があり、この画帖では俊成は、壮年風の忠度の面前で巻物を開き見る様で描かれている。先に触れたとおり、平氏都落の歳の俊成は、七十歳を過ぎていたはずであり、老年風に描かれる方が物語により忠実であるとは言えよう。だが注意されるのは、座した対面の場面にせよ立って忠度一行を見送る姿にせよ、大半の俊成は冠を着けた衣冠姿で描かれており、法体の出家者姿で描かれている例は、管見に入った近世期絵画資料には見当たらない点である。しかも版行本に限らず、例えば、海の見える杜美術館蔵奈良絵本『源平盛衰記』では門戸を少し開けて見送る俊成を描いているが、近世前期の極彩色の奈良絵本や絵巻の資料においても、俊成は色白で、忠度よりも若年の公家姿に描かれている例が多く、出家姿の俊成の例が見当たらない。

国立国会図書館蔵
『集古十種』古画類・肖像

一方で周知の通り、俊成は『千載集』の撰集から六年ほどの元久元年（一二〇四）に九十一歳という長命で没するわけだが、例えば上掲『集古十種』のごとく（右肩に「五條藤原俊成卿像 模本 或曰青蓮院蔵」とある）、脇息に花帽子様の布をまとった出家後の老齢の俊成の絵様も、「平家物語」以外の近世期絵画資料にはしばしば見える。前項に見た明和本〈五條忠度〉の出家者「釈阿」に注目した改正方向は、こうした近世期絵画資料が流布していた背景を踏まえるとすれば、演能の枠にとどまらない問題をも示唆しよう。

次に「忠度最期」を素材とする絵画資料について検討する。明暦二年（一六五六）版『平家物語』巻第九「忠度最期」の場面は、忠度の骸の傍に、忠度の首級を手にする郎等と細長い紙片のようなものを手に取る六弥太が描かれている。紙片は巻物とは見えないが、文か短冊様のものである（語り本系『平家物語』の多くは「箙に結付られたる文」）。同様の図様は、例えば、兵庫県立歴史博物館蔵『源平合戦図屏風』（江戸前期作。一谷

国立国会図書館蔵明暦二年版『平家物語』
「忠度のさいごの事」

合戦を描く六曲一隻の第六扇）にも見える。他の屏風の例でも、宇和島伊達文化保存会蔵『八嶋合戦図屏風』（狩野興甫筆。六曲一双の一谷合戦を描く隻の第五扇）は、忠度の骸の傍で短冊の結い付けられた矢を手にする六弥太と郎等を描いており、今治市河野美術館蔵『源平合戦図屏風』（伝土佐光起筆。六曲一双の一谷合戦を描く右隻の第六扇）には、郎等に右腕を斬られる前の忠度が六弥太を組み敷いている場面が描かれているが、その忠度の左脇後背には、三本の矢と矢に結い付けられ靡く短冊が見える。一谷合戦を扱った屏風については他にも忠度が討たれる場面に短冊を描き込んでいる作品が幾つもあり、能と同じく、短冊を「忠度最期」場面の表徴とする絵画は、近世前期以降の資料に確認出来る。

物語の視覚化である絵画と、いわば物語の立体化、三次元化とも言える芸能との関係は容易に説明できるものではないが、装束や小道具といった小さな要素の分析から、人物造型という大きな要素に至るまで、分析すべき点や方法を探って行かねばなるまい。

六　平忠度・岡部六弥太らが活躍する浄瑠璃・歌舞伎の作品

貞享三年（一六八六）十月大坂竹本座初演の近松門左衛門作の浄瑠璃『薩摩守忠度』は（宇治座では加賀掾により同工異曲の『千載集』が語られていた）、近世期芸能における六弥太の基本的性格や活躍、忠度（及び六弥太）と恋仲の娘という基本的な人物設定を成したと言え、以降の浄瑠璃・歌舞伎作品の大半は『薩摩守忠度』の構想や設定に拠っていると言えよう。初段では、忠度は俊成とではなく、俊成邸の留守を預かる俊成娘の菊の前と対面するが、「行き暮れて」詠を恋の歌として、同歌を記した短冊を、忠度・菊の前、また須磨の愛人三日月と、三者の恋愛関係の象徴として多用する。能〈忠度〉をはじめ、本文に能の詞章の引用・影響が顕著な浄瑠璃である。▼注14

享保十五年（一七三〇）竹本座初演の文耕堂・長谷川千四合作の浄瑠璃『須磨都源平躑躅《すまのみやこげんぺいつつじ》』四段では、一谷の戦場で忠度に組み敷かれた六弥太のところに、俊成より亡き娘・菊の前のかわりとして寵愛を受けている六弥太の妹・裡菊《うらぎく》が駆けつける。討たれることを覚悟した忠度は、六弥太・裡菊兄妹に以下のごとく語る。▼注15

（詞）今忠度が一つの願ひを聞てたべ六弥太。俊成卿に深く嘆き。地色ウ 何中々の千載集《せんざいしゅ》の歌の品《しな》には入ぬれ共。勅勘《ちよくかん》の身の悲しさは読《よみ》人しらずとか、れんこと。此世の残念迷《まよ》ひの一つ。みらいの妄執《もうしう》思ひやる。御身は源氏の武士なれば御咎《とがめ》よも有まじ。忠度になりかはり然るべくは作者を付て給はれと。詞 裡菊迚も共々にひたすら願ふてたべ。都にのぼり此わけを俊成卿にいひつたへ。我妄執をはらさん者兄弟ならではなきぞとよ。地色ウ 心余りて詞には。たらぬ思ひを知レやとてかこち給へる御涙。さしも猛《たけ》き六弥太も心を和《やは》らぐ和歌の道。ふうふの情裡菊も。恨みを何と夕浪の打しほれてぞ泣キゐたる。

破線部には、能〈忠度〉の詞章を忠実に踏まえるが、忠度が俊成への伝言を六弥太に託している点に加え、『古今集』仮名序「男女の中をも和らげ、猛き武士の心をも慰むるは歌なり」「在原業平は、その心余りて、詞たらず」等の字句を踏まえる点には、〈俊成忠度〉の強い影響が窺えよう。また「第五」切は、源範頼・義経が都に凱陣して三種の神器が無事、内裏に納められたことを寿ぎ、「千をかさねて万々年。文武（ぶんぶ）に富る源氏の御代すぐなる。みちこそひさしけれ」と結ばれる。『須磨都源平躑躅』では、敦盛・熊谷や重衡・千手をめぐる章段も重要な位置を占めているが、初段より義経の近臣であることが語られている源氏方の六弥太が、平氏の公達と交渉を持ったことにより和歌の道へと教化されたとされている。そうした六弥太の忠度との交渉は、「文武」共に具備した源氏の治世の永続を寿ぐという本浄瑠璃の構想に連なっているものと言える。

宝暦元年（一七五一）豊竹座初演の並木宗輔ら合作の浄瑠璃『一谷嫩軍記』も、近松『薩摩守忠度』が設定した六弥太と俊成娘・菊の前という設定や展開は受け継いでいるが、忠度よりも六弥太の活躍を華々しくさせ、近松『薩摩守忠度』は触れなかった「さざ波や」詠に注目した点において、〈俊成忠度〉の影響は大きかったと言える。なお、内山美樹子「「一谷嫩軍記」二段目考」が、「作者は自由な創作態度で、謡曲「忠度」の情趣を生かしつつ、謡曲とも先行浄瑠璃作品とも別の人間像を描いている」として、二段目における並木宗輔独自の「平家物語」や能の摂取の手法や特徴について、詳細に分析している。[注16]

歌舞伎『一谷武者画土産《いちのたにむしやゑのいえづと》』は、嘉永二年（一八四九）に江戸の河原崎座で初演された作品であり、八代目市川團十郎が六弥太を演じて好評を得たことで知られる。次の破線部のごとく、『一谷嫩軍記』四段目から詞章をそのまま引いている箇所も見え、人物や筋の展開の大半は『一谷嫩軍記』に拠っている。[注17]

六弥　漣《さゞなみ》や志賀《しが》の都《みやこ》は荒《あ》れにしを、昔《むかし》ながらの山桜《やまざくら》かなとは、この程須磨《ほどすま》の戦《たゝか》ひに、わが手《て》にかけ奉《たてまつ》りし、薩摩守忠度卿《さつまのかみたゞのりきやう》、先年白髭神社《せんねんしらひげじんじや》へ社参《しやさん》の折柄《をりから》、志賀《しが》の里《さと》にて詠《よ》まれし歌《うた》とは、犬打《いぬう》つ童《わらべ》も知《し》る所《ところ》、今《いま》を盛《さか》りの桜花《さくらばな》、見《み》るに附《つ》けても思《おも》ひやる、天上人《てんじやうびと》の心《こゝろ》は格別《かくべつ》、猛《たけ》き心《こゝろ》も和《やは》らげて、目《め》に見《み》えぬ鬼神《きじん》さへ、感《かん》ずるは和歌《わか》の徳《とく》。ハテ、風雅《ふうが》の道《みち》は、又格別《またかくべつ》な物《もの》ぢやなア。

『一谷武者画土産』は、忠度が義経により助命され、六弥太に「漣太夫《さざなみだゆう》」という傾城として匿われているという筋であり、『傾城忠度』とも通称される。人物の設定から本文に至るまで、先行浄瑠璃や能、「平家物語」を承けていることが明確な作品であり、傍線部の『古今集』仮名序を踏まえた科白には、能〈俊成忠度〉から歌道を解する武者六弥太という人物像が受け継がれていると言えよう。『一谷凱歌小謡曲《いちのたにがいかのこうたひ》』『一谷凱歌六弥太』ほか、同工異曲の筋であったとみえる歌舞伎が様々な名題で、明治末期に至るまで繰り返し演じられていた。紙数の関係で今は詳細な分析はしないが、浄瑠璃・歌舞伎の作品における六弥太の活躍は、忠度を凌ぐものがある。

七　「平家物語」の視覚化を追究するために――能が示唆するもの――

寛政三年（一七九一）以前に原型が成立したとされる劇書『世界綱目』は、版行されたわけではなく、狂言作者達が書写しながら増補・改訂しながら受け継いでいたらしい資料であり、伝存本も多くはないが、時代物の歌舞伎狂言作品の「世界」や「役名」を考察する上で有効な資料である。[注18]「曽我」「和田合戦」等、軍記に関する「世界」の名称が数多く立項されており、各「世界」

に登場する「役名」、参考となる「引書」、先行の関連浄瑠璃作品が「義太夫」として掲げられているが、「平家物語」の項目の「役名」の中には「薩摩守忠度」「五条三位俊成卿」の名が見え、「源平軍並に頼朝治世」の項目の「役名」には「熊谷次郎直実」や「岡部六弥太忠澄」の名が見え、「義太夫」には近松の「薩摩守忠度」や前項で触れた「一谷嫩軍記」「須磨都源氏《〔平カ〕》つゝじ」等の浄瑠璃が掲げられている。「平家物語」の項目には平氏に関連する人物が「役名」に多く挙げられる傾向があり、「源平軍並に頼朝治世」の項目には源氏やその家臣の名が多く挙げられているようである。

　藤原俊成が源平合戦関連の作品に現れるのは、『平家物語』の「忠度都落」章段ぐらいであるが、その俊成や娘たちが、義経・頼朝礼賛が基調となる源氏関連の近世期の浄瑠璃作品に多く登場し活躍する。平忠度についても、説話集等に逸話は見えてもその活躍が知られるのは、専ら「忠度都落」「忠度最期」の両章段によるであろう。だが忠度もまた、その妻や愛妾が、近世期の浄瑠璃に登場している。こうしたいわば忠度や俊成といった平氏方関連の人物らが、浄瑠璃や歌舞伎の作品に多く出てくるのは、やはり源氏方の岡部六弥太と接点を持ったことの意義が大きいと言えよう。そして、その近世期浄瑠璃に顕著となる源氏方の重臣としての六弥太の活躍の端緒は、中世期の能において語られた忠度や俊成との関係にあると言えよう。能〈忠度〉の六弥太に情愛の武士像の萌芽が認められ、〈俊成忠度〉がその六弥太を俊成と対面させたことにより、近世期浄瑠璃作品における忠度・俊成・六弥太とその関係人物の活躍の道が拓かれたわけである。

　本稿で検討してきた中世・近世期の文学・芸能・絵画の作品の展開を考えると、人物とその事蹟について能という芸能が創作を加えた点は、浄瑠璃作品ほどには顕著でも明確なものでもないが、後代や他ジャンルの作品に与えた影響は甚だ大きかったと言える。伝存する源平合戦関連の絵画資料の大半は近世期に制作されたものである。対して能には、絵画資料に先行して成立した作品が多く残されている。「平家物語」を舞台上に立体化し、視覚的に提示した早い例は能に多いといえよう。こうした観点からも、能の関連作品は、改めて詞章の分析をはじめ、各役の装束・出立、舞台上の作り物等も含めて検討されるべきではなかろうか。

注

(1)『源平盛衰記』は無刊記整版本の本文により、一部私に校訂する。無刊記整版本については、本書付編を参照のこと。

(2)犬井善壽「『忠度集』諸本の奥書識語に見える自筆本伝承と俊成対面伝承―『平家物語』・謡曲「忠度」「俊成忠度」との関連において―」(『中世軍記の展望台』和泉書院、二〇〇六年)。

(3)室町期上掛系謡本である小宮山元政識語本を底本とする『日本古典文学大系 謡曲集上』(岩波書店)所収の本文による。

(4)『増補国語国文学研究史大成8 謡曲狂言』(三省堂)所収の本文による。

(5)WEB「観世アーカイブ」(http://gazo.dl.itc.u-tokyo.ac.jp/kanzegazo/)に公開の「享保~宝暦頃観世清親、元章書入淡紺表紙黄題簽・五番綴謡本(100/17/2)」を参照し、本文は一部私に校訂する。中尾薫によると同本は、「詞章を部分的に胡粉で抹消し、新たな詞章が書き込まれる。元章筆らしい書き入れも数ヶ所ある」というが(「元章年譜と研究資料目録」『観世元章の世界』檜書店、二〇一四年)、本稿では書き入れのうち朱の部分については採用していない。

(6)『未刊謡曲集 続五』(古典文庫)所収の樋口本の本文、及び解題による。

(7)国文学研究資料館蔵五番綴本(タ7/6/35)の本文により、墨譜や一部の文字譜は省略する。

(8)柳瀬千穂「舞う宗武を見つめる清親―田安邸関連書付に窺う明和改正前夜―」(前掲『観世元章の世界』)に翻刻・考察されている観世文庫蔵「型付(64/29/0)」には、「忠度改正之形矢ニ短冊ヲ付る事なし」「たをれたる人の箙に付たる短冊なれバ」と見え、語り本系『平家物語』の「箙に結び付けられたる文」(覚一本)等の本文が参照されているのかも知れない。なお本稿は一部、シテ方喜多流粟谷明生を講師に招き柳瀬が報告を行った「いま読み解く能〈俊成忠度〉」(能楽学会東京例会、二〇一三年二月)で、稿者が司会・コメンテーターを務めた際に調査検討した資料に基づいている。

(9)『日本庶民文化史料集成第三巻 能』(三一書房)所収の本文による。当該資料の翻刻・解題は表章担当。

(10)法政大学能楽研究所鴻山文庫蔵「浅井家旧蔵「大本観世流型付」」(四一シテ方付16)『鴻山文庫蔵能楽資料解題下―第三部付・狂言・史料、他―』(野上記念法政大学能楽研究所、二〇一四年)。当該本解題は山中玲子担当。

(11)国文学研究資料館蔵五番綴本(タ7/6/3)の本文により、墨譜や一部の文字譜は省略する。

(12)『未刊謡曲集 一』(古典文庫)所収の樋口本番外謡曲の本文、及び解題による。

(13)当該謡本について、宮本圭造「能・狂言と絵画―描かれた能・狂言の系譜―」(『能楽研究』第三十七号、二〇一三年三月)は、「近世初頭の謡本には同種の表紙絵を伴うものが多いが、その大半は風景描写であり、本謡本のように人物画を大きく描くものは珍しい。能の物語絵の早い例として注目される」と指摘する。

(14)拙稿「近松門左衛門の初期時代物浄瑠璃と謡曲—浄瑠璃『薩摩守忠度』と『千載集』を通して—」(『翰林日本学 第13輯』、二〇〇八年一二月)。

(15)『義太夫節浄瑠璃未翻刻作品集成10 須磨都源平躑躅』(玉川大学出版部、二〇〇七年)所収の本文によるが、本稿は音曲面には考察が至らないため一部の文字譜は省略する。

(16)『早稲田大学大学院文学研究科紀要 第39輯(文学・芸術学編)』(一九九四年二月)。

(17)『日本戯曲全集第四十五巻 一幕物狂言集』(春陽堂)所収の本文による。

(18)『歌舞伎の文献6 狂言作者資料集(一)』(国立劇場調査養成部・芸能調査室、一九七四年)所収の本文による。なお同書は、国立国会図書館蔵本を底本とするが、筑波大学附属図書館蔵本とは本文に大小様々な異同がある。

2　小袖を被く巴の造型――『源平盛衰記』における能摂取の可能性をめぐって――

伊海孝充

一　はじめに

能は多くの文芸作品から作品の素材を得ているが、『平家物語』との関係はとりわけ深い。世阿弥は、修羅の物まねをする場合、源平の武将を風流な趣きと関係づけるよう主張しているし（『花伝』第二物学条々）、『平家物語』をそのまま能にするよう説いてもいる（『三道』）。能においては『平家物語』は、特に重要な本説（典拠）であった。

ただし、両者の関係は単純ではない。これまで多くの先行研究が能作者はどのような『平家物語』を手許に置き、能を作っていたかを究明しようとしているが、判然としない場合が多い。平家諸本研究が大きく進んだため、その恩恵を受け、能楽研究者もより多くの平家諸本と能を比較できるようになったが、能一曲に対して『平家物語』一伝本というような対応関係を見出せることは皆無に等しい。現状では、能作者は多くの『平家物語』（テキストだけでなく、いわゆる〝語り〟も含めて）に触れることができる環境にいたと考えておくしかない。

能作者は能の詞章にそのまま引用できる語り本系諸本だけを利用していたわけではない。「盛久《もりひさ》」が長門本と、「七騎落《しちきおち》」が四部合戦状本と密接な関係があるように、能作者は読み本系の様々の諸本からも能の素材を見出していた。そのなかで、『源平盛衰記』（以下、「盛衰記」と表記）と能の関係は、他の平家諸本との関係とは聊か異なる印象を受ける。

他の平家諸本よりも盛衰記と密接な関係がある能には、大きく分けて二つの種類があるといえる。一つは盛衰記に挿入されている関連説話と密接な関係がある能である。具体的に挙げるのなら、藤原実方《ふじわらのさねかた》と塩竈明神《しおがまみょうじん》の交流を描いた「阿古屋松《あこやのまつ》」と巻第七「日本国広狭」、女神が剣の威徳を語る「布留《ふる》」と巻第四十四「三種宝剣」などであり、いずれも盛衰記だけが載せる説話ではないが、能との密接な関係が看取される。この二曲は世阿弥の自筆能本が現存する曲であり、成立が比較的古い。他にも「芦刈《あしかり》」「泰山府君《たいざんぶくん》」といった世阿弥時代には成立していた古曲が盛衰記所収の説話と関連があるというのは興味深い現象である。

もう一つは修羅能のように一人の武将に焦点を当てるのではなく、ある合戦自体への興味の上に立脚した能である。例えば、石橋山合戦を素材とした「真田」、橋合戦を素材とした「浄妙坊《じょうみょうぼう》（一来法師《いちらいほっし》）」、勝浦合戦を素材とした「桜間」などであり、いずれも室町後期成立と目される曲で、能の演技では表現しにくいような視覚的に派手な合戦場面をもつ点に共通点がある。

こうした能と盛衰記との関係は、平家諸本よりも『太平記』と能との関係に近い印象を受ける。多くの物語を含んだ長大なテキストと能がどのような関係にあるのかを考える上では、これらの曲を俎上にあげて考察すべきだろうが、本稿では別な点で盛衰記との影響関係が指摘されている「巴」を通して、能と盛衰記の関係を考えてみたい。この曲は木曾義仲の従者の女武者・巴を主人公としており、平家諸本が語る巴像とはかなり相違するが、物語の内容には重要な点において盛衰記と類似性もある。この相違点と類似点の分析を通して、能「巴」の特質について考えるだけでなく、能と盛衰記の関係の考え方について、一つの可能性を示してみたいのである。▼注1

二　能「巴」の問題点

能「巴」の構成は次のとおりである（以下、「巴」の内容・詞章の引用は法政大学能楽研究所蔵江戸初期十番綴本に、適宜漢字・句読点・濁点などを補ったものを用いる）。

①木曾の僧（ワキ）が粟津まで赴く。
②女（前シテ）が現れる。
③松陰で涙を流す女は、僧に木曾義仲の回向を請う。
④女は草陰に姿を消す。
⑤所の男（アイ）が義仲の最期を語る。
⑥僧は回向をする。
⑦巴の霊（後シテ）が現れ、回向に礼を述べる。
⑧巴は、女であるがため最後まで合戦に加われなかった無念を語る。
⑨巴は義仲の最期を語り、再び弔いを求める。
⑩巴は最後の合戦の様を語り、「うしろめたさの執心」の弔いを求め、消える。

「巴」はいわゆる修羅能の一つであるが、女性をシテとする点、シテが死した場所に出現しない点、修羅としての苦患が描かれていない点など、他の修羅能とは異なる要素がいくつも存在する。

さらに本説の扱いも特異である。ほとんどの修羅能は本説に基づく合戦の語りを中核とするが、巴にはそれに当たる箇所がない。⑨⑩の義仲の描写に『平家物語』に重なるところもあるが、何かの本に拠っているというよりは『平家物語』の要約のような本文になっており、他曲とは趣を異にしている。

これらも看過できない問題であるが、能「巴」の最大の特色は、巴の造型が『平家物語』が語るそれとは乖離しているという点であろう。具体的に挙げると、心情描写（能の巴は義仲への恋慕が中心）、合戦描写（能の巴は長刀を持つ点）、戦場からの離脱描写（能は小袖を用いる）の三点である。以下、この三点に注目し、「巴」の作意を考えてみたい。

三　巴の恋慕

修羅能は、生前戦いの世界に身を置いたため、死後に修羅の苦しみに苛まれている者を主人公とする能である。シテはその苦しみからの救済を求めるために出現するのだが、女武者であるはずの巴はそうした苦患を吐露することはない。代わりに、主君である義仲への思いを述べ続けているのである。

・いにしへの、是こそ君よ名は今も、〱、有明月の義仲の、仏と現じ神となり、世を守り給へる、誓ひぞ有り難かりける（三段［上ゲ歌］）

・…信楽笠を木曾の里に、涙を巴は唯ひとり、落ち行きしうしろめたさの、執心を弔ひてたび給へ、〱（十段［歌］）

前場で、ワキの僧は神前で涙を流す女性（前シテ）に声をかけるが、女性は傍線部のようにその神が義仲であることを説く。また後場の最後では、義仲と共に死ぬことができなかったことを波線部のように「うしろめたさの執心」と表現し、その思いからの救済をもとめて消えるのである。このように、シテは一貫して義仲への思いに囚われている。

先行研究でも、この巴の心情について指摘されている。伊藤正義は、幽霊として現れる巴が義仲と一所に死ぬことができなかった「うしろめたさの執心」を訴えるために幽霊となって現れるのであり、その思いはひたすら義仲への恋慕に向いていることを指摘している（「巴―うしろめたさの執心」『謡曲雑記』和泉書院、一九八九年）。この論を踏まえ、大谷節子は、巴が修羅道の苦患はおろか、合戦と修羅の苦患とを同質とする修羅能の通念からも開放されていると指摘し、「巴」が修羅能ではなく四番目物というべき能であると論じている（「作品研究　巴」『観世』五八―四、一九九一年四月）。さらに、源健一郎が盛衰記の巴には〈弔う女〉〈産む女〉という二つの側面が描かれ、前者が能「巴」に継承されていくとも論じている（「巴の変貌―大力伝承の共鳴―」（『日本文藝研究』五六―四、二〇〇五年三月）。能の巴は修羅としてではなく、義仲を弔う女として出現するのである。

このような巴像はいかに造型されたのだろうか。大谷稿が指摘するように、読み本系統には巴の心理がほとんど描かれていない。覚一本は、なかなか義仲の許を去らない巴の姿を描出しているが、「あつぱれ、よからうかたきがな。最後のいくさしてみせ奉らん」と最後の戦いに臨み、戦場を離脱する。その姿はやはり義仲への恋慕でなく、勇猛な女武者の強調なのである。

しかし、巴の恋慕を描く諸本もある。例えば城方本では「輙涙をながして、去年信濃を出しより、以来大小事合戦にあふ事廿餘度、片時はなれ参らする事もさぶらはざりしに、今主の最後を見捨て、いづくをさして落行べきぞやとて、さしもたけき鞆なれ共、す、む涙はせきあへず…」と義仲と離別する重苦が「涙」とともに語られている。盛衰記もこの描写と類似する。戦場から離れるよう説く義仲に対して、「我幼少ノ時ヨリ、君ノ御内ニ召仕レ進《まゐらせ》テ、野ノ末山ノ奥マデモ、一ツ道ニト思切侍《はべり》。今懸ル仰《おほせ》ヲ承ルコソ、心ウケレ。君ノ、イカニモ成給ハン処ニテ、首ヲ一所ニ並ベン」と反論するが、義仲に説き伏せられ「巴、遺《なごり》ハ様々惜ケレ共、随主命《しゅめいにしたがひ》、落涙ヲ拭ツツ、上ノ山ヘゾ忍ケル」と離脱する。

これらの描写だけで、能「巴」が城方本や盛衰記に拠ったと断定できるわけではないが、これらの〈涙〉の系譜に能の巴像が連なっているのである。

四　長刀を持つ巴をめぐって

能に登場する巴の最大の特徴は、長刀を持つことであると言われることが多い。「女らしい薙刀さばきを見せるところに特色がある」（西野春雄・羽田昶編『新版能・狂言事典』平凡社、二〇一一年）「後場では長刀さばきを見せる女武者を描く」（小林責・西哲生・羽田昶編『能楽大事典』筑摩書房、二〇一二年）と説明されているように、現在能「巴」における長刀芸の比重は非常に大きい。江戸時代以降、巴に限らず女武者を描くとき、長刀は欠かせない武具のようになっているので、現在の舞台を見ても何ら違和感を抱かないが、『平家物語』の巴像と比べると、能における造型は奇異である。

平家諸本は組む相手や描写に差異があるにしろ、恩田八郎の「頸ねぢきつてすててんげり」（覚一本）のように、大力で組み手に勝つ様子が描かれている。唯一、『源平闘諍録』のみに太刀を持ち戦う姿も描かれているが、最終的に大力を発揮する点は他の諸本と相違ない。

盛衰記のこの場面も他の平家諸本と大差ない。遠江国の内田三郎家吉と組んだ巴は、最終的に腰刀で内田の頸を掻いているが、この時の描写は「鞍ノ前輪ニ攻付ツツ、内甲ニ手ヲ入テ、七寸五分ノ腰刀ヲ抜出シ、引アヲノケテ首ヲ掻《かく》。刀モ究竟ノ刀也、水ヲ掻ヨリモ尚安シ」と形容されているので、やはり巴の怪力が際立った描写となっている。

「巴」のシテは、こうした平家諸本の巴像から大きく乖離しているのだが、組み手の首をねじ切るほどの大力の女武者から、長刀を操る華麗な女武者への変奏がなぜ起こったのだろうか。大谷稿では、平家諸本で巴が「力色兼備」の稀有な女性として理想的に造型されていき、能「巴」にもっとも近いのが盛衰記だと説明されている。また、源稿では巴が長刀を持つことは室町後期から長刀が女性の教養となっていったことの反映であり、盛衰記が語る〈弔う女〉としての女性性の側面を補強するものであると述べられている。両者が言うように、「巴」と盛衰記の近似性には注意する必要があるだろうが、なぜ巴に長刀を持たせる必要があったのか、という説明としては十分ではないだろう。

この問題は「巴」全体の詩情と併せて考える必要がある。前述のとおり、「巴」は修羅としての苦患を見せない、義仲への恋慕を専らとする執心物のような風情がある。しかし、長刀捌きを見せる場面はその全体の情趣と均衡がとれていないのである。

［(ロンギ)］さて此原の合戦にて、討たれ給ひし、義仲の、最期を語りおはしませ
［(中ノリ地)］頃は睦月の空なれば、雪は村消えに残るを、ただ通路と汀をさして、駒をしるべに落ち給ふが、薄氷の深田にかけこみ、弓手も馬手も鐙はしづんで、下り立たん便りもなくて、手綱にすがつて鞭を打てども、引くかたもなぎさの濱波、前後を忘じてひかへ給へり、こはいかに浅ましや
［歌］かかりし所にみづから、かけよせて見奉れば、重手は負ひ給ひぬ、乗り替にめさせ乗らせ、此松がねに御供し、はや御自害候へ、巴も供と申せば、其時義仲の仰せには、汝は女なり、忍ぶ便りもあるべし、是なる守に小袖を、木曾に届よこの旨を、そむかば主従、三世の盟《ちぎ》り絶え果て、ながく不興とのたまへば、巴はともかくも涙にむせぶばかりなり
［中ノリ地］かくて御前を立ちあがり、見れば敵の大勢、あれは巴か女武者、あますなもらすなと、敵手しげくかかれば、今は引けどものがるまじ、いで一軍《ひといくさ》うれしやと、巴すこしもさはがず、わざと敵を近くなさんと、長刀ひきそばめ、すこしおそるる気色なれば、敵はえたりときつてかくれば、長刀柄ながくをつ取りのべて、四方をまくり八方ばらひ、一所にまくる木の葉がへし、嵐もおつるや花の瀧浪、枕をたたんで戦ひければ、皆一方にきりたてられて、跡も遥かに見えざりけり、跡も遥かに見えざりけり
［歌］今は是までなりと立ち返り我君を見奉れば痛はしや はや御自害候ひて…

傍線部のように、巴は僧の求めに応じて、「義仲の最期」を語る。その語りは「涙にむせぶばかり」として留められ、自らの合戦を語る［中ノリ地］を挟み、義仲の最期を看取る場面となっている。このように全体は、〈涙〉とともに恋慕の情で彩られているのだが、［中ノリ地］の巴の合戦描写と性質を異にしている。涙にむせぶ姿から一転して、波線部のように剛者として巴が強調されており、この場面だけ巴が豹変したような印象を受ける。しかしこの後は、また義仲に恋慕する巴に戻ってしまうので、やはり違和感を覚えるのである。

またこの場面は構成的にも問題がある。すなわち［中ノリ地］の始めと終わりの二重傍線部が、前後の小段と吻合していないのである。涙を流していた巴が、［中ノリ地］で急に「かくて御前を立あがり」となっており、合戦へ臨む展開が明らかにぎこちない。覚一本では義仲の説得に負け、「最後のいくさしてみせ奉らん」と戦場に出陣する。巴が恋慕を見せない剛者として描かれているので、何の不自然さもない。城方本では、恋慕の姿を見せるが、義仲の説得は巴の戦いの後に配置されているので、「巴」より展開が自然である。

さらに［中ノリ地］の最後も、「跡もはるかに見えざりけり」と巴が戦場を離れる描写があるが、［歌］になると「今は是までなりと　立ち返り我が君を」とまた戦場の義仲の許に戻ってくる展開になっており、「はるかに」という描写が浮いてしまっているのである。能では本説の展開を入れ替えて曲を構成する例は散見できるが、それは何らかの劇的効果を狙っての工夫である。「巴」はその技法が失敗した例であるか、もともと合戦場面がなかったところに（もしくは別な合戦場面があったか）、この［中ノリ地］を挿入したと考えられるのではないだろうか。

五　能「巴」の改作の可能性

後者の仮説、すなわち本来「巴」は巴が長刀を持って戦う場面はなかったという推測を支える傍証もある。まず後シテが登場した後のワキの台詞に注目したい。

［掛ヶ合］ワキ╲不思議やな、粟津か原の草枕を見ればありつる女性なるが、甲冑を帯する不思議さよ、シテ╲中々に、巴と

いつし女武者、女とて御最後にめし具せざりしその恨《うらみ》　執心に残つて今までも、君邊に仕へ申せども　恨みはなをもあり
その海の…

多くの夢幻能では、ワキが登場した幽霊の容姿を説明する一節が入る。修羅能では後シテが甲冑姿であることをワキが説明するが、その点は「巴」も同じである。しかし、その後シテが長刀を持っているのなら、ここでその姿も説明するのが自然だと思われる。「実盛」「頼政」などの能では「甲冑を帯する」しか語られていないが、「巴」にとって長刀は重要な小道具であることを踏まえるのなら、ここで言及されてしかるべきだと思う。そもそも、この後シテ登場の場面に限らず、「巴」に長刀の描写があるのは先の［中ノリ地］だけなのである。

さらに演出資料にも、この推測を裏付ける傍証がある。永正年間（一五〇四〜一五二〇）ごろの演出を伝えると考えられる装束付『舞芸六輪次第《ぶげいろくりんしだい》』の「巴」の項は次のように記されている。

一、ともゑ。してハ学、常女のいてたち也。後ハかつせうなり。大くち・袖なし・なしうちゑほし。きりに、ぬりかさ・小袖を着也。太刀をはく也。（国語国文学研究史大成『謡曲 狂言』（増補版）による）

傍線部のところは誤写・誤伝などがあり、意味が通じないが、ここから室町期の演出の一端を知ることができる。「巴」は長刀捌きと後述する小袖を被《かず》く場面が見どころとなる能であるが、波線部のように小袖被きに必要な小道具については記述してある。しかし、この装束には長刀を持つことは記されていないのである。他の長刀捌きを見せる能は長刀を持つことが記されているのに、「巴」だけにそれがないのは不可解である。記事に脱がある可能性もないわけではないが、ここから永正期の「巴」は長刀捌きを見せる［中ノリ地］はなかったと考えられるのではないだろうか。

以前、稿者は「巴」のシテについて幸若舞曲《こうわかぶきょく》や切合能の女武者と比較しながら論じたことがある（『切合能の研究』檜書店、二〇一一年）。文芸作品のなかで、女武者は大力から華麗な女武者へと変容していった。巴も長刀を持つことで本説のような大力の女武者から逸脱していったと考えられる。「巴」のシテは義仲へ恋慕を抱く女性として造型されているので、それが怪力を発揮し、相手の首をねじ切るような戦いをしては、その恋慕が色褪せてしまう可能性がある。そのため巴は、能において華麗な女武者に変容する必要があったと考えられる。しかし、その巴像は「巴」が成立した当初から意図されたものではなかっ

たのではないだろうか。巴の謡本は江戸時代以降のものしか残っておらず、室町時代も現在と同じかたちであったという確証はない。「巴」は、華麗な女武者が生まれ、室町末期に能の長刀芸が隆盛を迎えるなかで、シテの長刀捌きを見せる能へと変化していったと考えたい。

六　戦場からの離脱と小袖被き

長刀捌きを見せる場面が後代に挿入されたものだとすると、成立当初、「巴」はどのような表現に主眼が置かれていたのだろうか。それはもう一つの『平家物語』と乖離している要素であり、義仲への恋慕と相関性がある戦場を離脱する場面である。『平家物語』の中で巴が登場するのは粟津合戦だけであるが、巴の最後は諸本によって異なる。延慶本では逃げ延びたか死んだかわからないと記し、長門本では「逢坂よりうせにけり」とのみ記している。覚一本では「其後物具ぬぎすて東国の方へ落ちゆく」と語られているように、読み本系は義仲に促され、武装を解き、戦場から離脱する。能「巴」も同様の最後を語るが、その内容には距離がある。

能の巴は、義仲の形見として小袖を受け取る。これは八坂系諸本が「義仲が後世とぶらうと得させよ」（城方本）と弔いを託される描写と類似するが、「形見」についての言及はない。また「巴」には覚一本と同じく武具を脱ぐ場面があるか、その後に形見の小袖を被き、戦場から離れるという展開になっている。こうした描写は平家諸本にはない。唯一、盛衰記には「粟津ノ軍、終後《をはりてのち》、物具脱捨《ぬぎすて》、小袖装束シテ信濃へ下リ、女房公達ニ角《かく》ト語リ、互ニ袖ヲゾ絞ケル」とあり、「巴」ともっとも近似するこの点も能と盛衰記の影響関係が想定される根拠となっているのだが、なぜ能がこのような設定を必要としたのかを考えてみなければならない。

「巴」のこの場面は次のようになっている。

今は是までなりと、立ち返り我が君を、見奉れば痛しや、はや御自害候ひて、此松がねに伏し給ひ、御枕のほどに御小袖、はだの守りを置き給ふを、巴泣く泣く給りて、死骸に御暇申しつつ、行けどもかなしや行きやらぬ、君の名残をいかにせん、とは思へどもくれぐれの、御遺言のかなしさに、粟津の汀に立つより、うは帯切り物の具、心静にぬぎ置き、梨打烏帽子同じく、かしこにぬぎ捨て、御小袖を引かづき、その際までのはきそへの、小太刀をきぬに引かづき、所はここぞ近江なる、信楽笠を木曾の里に、涙を巴は唯ひとり、落ち行きしうしろめたさの、執心をとひてたび給へ（十段〔歌〕）

傍線部で小袖を受け取り、波線部では武装を解いて小袖を被くという〈変身〉を行なう。現在、観世流では笠・小袖を用いず、長鬘《ながかづら》に翼元結《つばもとゆい》で出て、謡に合わせて太刀と烏帽子を外すだけで、物着をしない。外した太刀を持ち、笠の代わりに扇で頭を指すという演技を行なっている。他流派では笠・小袖を用い、物着で烏帽子・太刀を外し、白小袖を身につけ、笠と太刀を持つという演出となっている（山中玲子「『巴』演出の歴史」『観世』一九九五年五月）。観世流以外は非常に事多い演技となっているが、観世流も「替装束」という笠・小袖を用いる小書があるので、こうした写実的な〈変身〉を行なうのが、この場面の眼目であったと思われる。

それは古い演出資料からも確認できる。江戸初期に書写された岡家蔵仕舞付（『岡家本江戸初期能型附』藤岡道子編、和泉書院、二〇〇七年）では、この箇所が次のような演技となっている。

「今は是迄なり」と長刀を右ノ方へ捨、「立かへり」と最前つくバふたる所へ行て見て、つくばふ。「はだの守を置給ふを」と云時、小袖と太刀とを地謡頭の方より出し置、「なく〳〵」と少はやく泣て、泣きながら立て寄、小袖と太刀を両手に持て、「御いとま」とうつむき、立て、うしろへ二足三足行て、面へ向、本の所を見て、「いかにせん」と小袖かほにあて泣《なく》。「御遺言のかなしさに」より地謡の際へ行、つくバひて、えぼしぬぎ、小袖をつぼ折、前をはさみ、太刀を左に持、笠を右に持て、立て、面へ少出《すこしでる》。「所は爰ぞ」と向ひミる。出る。「しがらき笠を木曾の里に」と笠をきる。うしろへ向、「涙を巴ハ」と泣ながらシテ柱のきわへ行、「うしろめたきの、執心をとひて」と脇を見て、仕留る。脇をみる時、笠を右の手にてとらへて見る也。又、「とひてたび給へ」と右の手を脇へさしてもよし。手をさしてから、笠を持て見てもよし。笠は地謡の中へ出し置て、右のごとくきる。留の拍子、ふまぬもよし。

この当時はまだ地謡が囃子方の後方にいたと考えられるが、傍線部のようにシテはいったん地謡の後ろにさがり、そこで小袖などを受け取る演出となっている。その後は波線部のように、詞章に合わせてかなり写実的な演技を行なっている。この甲冑姿から女性の姿への〈変身〉は女武者にしかできない演出であり、巴をシテにすることの大きな利点であったはずである。

　この〈変身〉は、能における巴の代名詞のようになっている。能には巴物というべき作品群がある。ほとんどが近世以降の成立であるが、「巴」も入れると巴をシテとする能が八曲も現存し、そのうちの四曲が衣を被く場面があるのである。たとえば「衣潜巴《きぬかづきともえ》」は、僧のもとに修羅道の苦しみから逃れられない巴の霊が出現し、義仲の最期や自らの奮戦の様を語って消えるといった夢幻能であるが、終曲部は次のような詞章になっている。


　巴は是迄とて、鎧ぬぎ捨て薄衣かづき、敵陣を忍び出で、信濃に落行き世しづまって、秩父三浦に年を歴《へ》て、其後此国の、土中にうづもれ奈落にしづみ…（田中允編『未刊謡曲集　続三』古典文庫、一九八八年）

「巴」ほど描写が詳細ではないが、傍線部のように最後はやはり〈変身〉の様を語るのである。

また義仲や巴の合戦の後日談的内容で、義仲の妻に形見を届けた巴の許に追手が襲来するという「形見巴《かたみともえ》」も、終曲部は次のようになっている。

　シテ／其時巴は　同／〳〵、嬉しや敵の引たるぞとて、長刀几帳によせ掛て、いまだ巴も有よしを、敵に見せつゝくげじより、御台に御笠参らせ、衣引かづき御供し、行方知らず成にけり、〳〵（田中允編『未刊謡曲集　十六』古典文庫、一九七七年）

この曲では、義仲の妻に笠をかぶせ、巴が衣被《きぬかずき》をするという描写になっている。やはり、能の巴にはこの〈変身〉が欠かせなかったことがわかる。

　以上の二曲は、あきらかに「巴」の影響下に作られた能である。二曲とも巴は長刀を持つ女武者として描かれているので、その要素も重要であったわけだが、それと同じように衣を被く場面も欠かせないプロットであった。この影響力を踏まえるのであれば、「巴」は衣を被くことによる〈変身〉の能であったといえるのではないだろうか。

七　「小袖」をめぐる能と『源平盛衰記』の関係

　以上、長刀・恋慕・小袖の三点から能「巴」の構想を考えてみた。作者は、女武者が義仲へ恋慕する女へと〈変身〉する様を物まね的に表現する能としてこの曲を作ったが、後代長刀芸の隆盛を受けて、その要素が「巴」に摂取されたと推測した。長刀芸の挿入については異論があるところだろうが、恋慕―小袖がこの曲の骨子となっているという把握は大方認められるだろう。

このように「巴」の構想を捉えると、重要となるのは盛衰記との関係であろう。恋慕の要素も小袖の要素も、平家諸本の中では盛衰記が最も「巴」に近く、先行研究でも指摘されているように、何らかの影響関係が想定できるからである。最後にこの両者の影響関係について私見を述べてみたい。

本稿冒頭で、能と盛衰記との関係には二つのタイプがあると述べたが、作品の構想に関わらないが詞章レベルで類似が認められる曲は他にもある。例えば「清経《きよつね》」六段［サシ］の「そもそも宇佐八幡に参籠し…」の詞章が、平家諸本の中では盛衰記と近似する。他にも「実盛《さねもり》」の「赤地の錦の、直垂を下し賜はりぬ」、「箙《えびら》」の「さるほどに平家は去年…」以下の詞章などが盛衰記と一致し、「敦盛《あつもり》」の名笛の名として挙げられている「蝉折《せみおれ》」が盛衰記にもその名が見える点など、細かい類似は散見できる。

先行研究で指摘されている「巴」と盛衰記の類似は、こうした詞章レベルのそれだと把握されてきたように思う。しかし、「巴」の小袖はこうした詞章の類似と同じように扱うことはできない。「清経」「実盛」などは幽霊が昔語りをする中で見える一節が盛衰記と一致しているのであり、その表現がたとえば覚一本の文句に入れ替ったとしても作品の構想が大きく変化することはない。しかし、これまで論じたように、小袖は「巴」にとっての中心的要素であり、これを用いた〈変身〉を見せるための能であると言っても過言ではないのである。盛衰記に記されている「小袖」は、単なる表現の一致に終始しない重要な類似なのである。

ただし注意すべきなのは、「巴」と盛衰記は「小袖」という言葉があることは共通しているが、その描写にはかなりの差異があることである。盛衰記での巴の戦場からの離脱を再掲する。

巴、遺《なごり》ハ様々惜ケレ共、随主命《しゅめいにしたがひ》、落涙ヲ拭《のごひ》ツツ、上ノ山ヘゾ忍ケル。粟津ノ軍《いくさ》、終後《をはりてのち》、物具脱捨、小袖装束シテ信濃ヘ下リ、女房公達ニ角ト語リ、互ニ袖ヲゾ絞ケル。

「落涙ヲ拭」い、「小袖」に着替え、「信濃へ下リ、女房公達ニ角ト語」る巴は、義仲から死後の弔いを求められ、戦場を離脱する能の巴像と一致する。しかし、両者には三つの差異がある。

一つは戦場を離れる〝時〟である。「巴」では合戦に加わり、義仲の最期を見届け、戦場を離脱する。その時はまだそこは戦のただ中であり、だからこそ小袖に着替えるのではなく、それを被くのであろう。それに対して盛衰記では、「粟津ノ軍、終後」と記されており、合戦の雌雄が決した後、旅支度をするかのように、粟津を離れるような描写になっているのである。

二つ目は小袖に与えられた意味である。「巴」ではこの小袖は義仲の形見として与えられたものであったが、盛衰記ではそうした記述は見られないので、彼女自身の持ち物と考えるしかない。源稿は、中世を通して小袖は形見としての象徴性があることに注目し、本来盛衰記も「かつて義仲と交わした形見」であった可能性について言及している（前掲論文）。興味深い指摘であるが、盛衰記にそうした記述がない以上、推測の域を出ないのではないだろうか。

そして三つ目は、その小袖の使い方である。「巴」では小袖に着替えるのではなく、被くことで〈変身〉する。それに対して盛衰記は、「小袖装束」をするとあるので、それをしっかりと身につけることになっている。小袖を用いる点では同じだが、その差異は大きいだろう。

八　『源平盛衰記』における能摂取の可能性

以上三つの差異を踏まえて、戦場の離脱場面で小袖が用いられる必然性は、盛衰記と能のどちらにあるのか、という点を考える必要があるだろう。

盛衰記研究には巴が小袖に着替える意味を読み解く研究がある。水原一は盛衰記と「巴」との共通点から、女武者巴と瞽女との接点が見出せるという指摘をしている（「巴の伝説・説話」『平家物語の形成』加藤中道館、一九七一年）。また細川涼一は戦場の象徴である甲冑から小袖に着替えることで、女性の性に戻ることを強調していると論じている（「巴小論—中世女武者の伝説—」『女の中世—小野小町・巴・その他—』日本エディタースクール出版部、一九八九年）。盛衰記の巴は粟津から離れると、義仲の最期を伝え、大力の血を継承する女となる。この場面で小袖に着替えるということは僅かな記述だが、物語の展開上、必要な変化だと言える。

一方能「巴」は、これまで論じたように義仲の恋慕を下敷きとした〈変身〉を見せる能であり、小袖の重要性は大きい。さらに、小袖を被くという行為は小袖を身につけること以上に女性性を強調するしぐさであったといえる。これは「衣被」と呼ばれる行為の一種で、古代より外出する女性の姿としてよく見られるものであった。この文化的な意味を考える余裕はないが、中世において上流階級だけでなく広い階層の女性が外出時に小袖を頻繁に用いていた。増田美子は中流以下の女性達が被衣をするのは顔を隠すのではなく、女性の象徴である髪を隠すことで、女性であるということを隠していたのではないか、と推測している（『花嫁はなぜ顔を隠すのか』悠書館、二〇一〇年）。この説に従うと、盛衰記は女性の日常を描くことで女性性を強調し、「巴」は女性であることを隠す行為で、逆にその性を強調しているといえるだろうか。そもそも、能はここで物着をして小袖に着替えることは演出上不可能なので、女性を象徴するしぐさを真似ることで、戦場から離脱する巴を描いたといえる。しかし、比較的短い時間で武者から女へと〈変身〉することは、演出効果として絶大であったと考えられる。

以上のことを踏まえると、この場面での小袖は「巴」のほうがより重要な意味を帯びているといえるのではないだろうか。盛衰記は、物語の読み方として巴の転換点としての意味を見出すことができるが、「巴」のように小袖の「義仲の形見」などの意味が見出せないため、ここで急に小袖が登場するのにはやはり唐突感がある。そうすると、盛衰記が「小袖」を書き込むことには、何らかの典拠があったと考えるのが妥当ではないだろうか。すなわち、盛衰記が「巴」の記述を摂取したということである。小袖がもつ重要性を鑑みれば、その可能性も十分にあると思える。

これは一つの推測であり、その逆の可能性がまったくないわけではない。その場合、能作者は平家諸本が語る巴の物語から大きく離れ、盛衰記の僅かな記述を基点とし、衣被というしぐさを応用しながら独自の世界を作り上げたことになる。修羅能〈夢幻能〉は本説世界の再現が主眼となることが多いが、「巴」の場合はそうした手法とも大きく異なる能だといえ、能作者の創造力を考える上でも貴重な例となる。

この二つの推測の虚実を判ずることは難しいのだが、現段階では盛衰記が能を摂取した可能性があるという指摘にとどめておきたい。この推測を裏付けるためには、例えば長門切との関係に基づく盛衰記成立をめぐる研究などを踏まえる必要があるだろう。[注2]しかし、たとえ盛衰記の本文が鎌倉時代にすでに生成していたとしても、現存の盛衰記の本文が完成するまでには、様々な要素を吸収し続けたはずである。その要素の一つとして能があったとしても不思議ではないのではないだろうか。従来の研究では盛衰記が能より先行するということが当たり前のように考えられてきたと思う。その逆を考えてみることに、能楽研究と盛衰記研究双方の新たな可能性がある。

注

（1）以下の考察で用いた平家諸本は以下の通り。覚一本（日本古典文学大系『平家物語』高木市之助・小沢正夫・金田一春彦・渥美かをる校注、岩波書店、一九五九年）、城方本（『平家物語　附・承久記』古谷知新校訂、国民文庫刊行会、一九一三年）、延慶本（『延慶本　平家物語　本文編』北原保雄・小川栄一編、勉誠出版、一九九〇年）、長門本（『平家物語 長門本』国書刊行会、一九〇六年）、源平闘諍録（『源平闘諍録　板東で生まれた平家物語　下』福田豊彦・服部幸造校注、講談社、一九九九〜二〇〇〇年）、盛衰記（『源平盛衰記（六）』美濃部重克・榊原千鶴校注、三弥井書店、二〇〇一年）。

（2）長門切の研究には多くの蓄積があるが、それらに拠ると、盛衰記に近似した本文が鎌倉時代末期には成立していたことになる。ここにすべてを掲出しないが、平藤幸「新出『平家物語』長門切―紹介と考察」（『国文学叢録』笠間書院、二〇一四年）に、長門切研究の現状がまとめられているので参照されたい。

3　君の名残をいかにせん──能《巴》「うしろめたさ」のナラトロジー──

玉村　恭

一　はじめに

源平の合戦とそれをめぐる人間模様を素材とする能は多く、能作者たちにとって平家物語は重要な着想源の一つであった。一般的に平家物語を本説とする能では、どちらかと言えば語り本との関係が深い場合が多く、[注1]『源平盛衰記』と直接つながりの見出される作品は多くはない。そうした中にあって、『盛衰記』との密接な関係が指摘される能が存在する。《巴》である。[注2]

《巴》は、いわゆる二番目、修羅物に分類される能である。[注3]ともすれば「軍記のある場面をただ切り取って」[注4]、「合戦場面の単なる再現」[注5]になってしまいがちな修羅能にあって、本作は、女武者を主人公に選び、かつ、「敵人の頸をねじ切った巴の剛の姿」[注6]のみならず、「武者としての主君への恩」、ならびに「女性としての義仲への思慕」[注7]の情をも描こうする、意欲的な作品である。

ところでこの能、今日の舞台でもよく上演される人気曲の一つなのだが、作品としての出来ということになると、必ずしも高い評価が与えられてきた曲ではない。例えばある論者によれば、《巴》は、女武者をシテとする設定は珍しいものであるが、「脚色の様式には特異な点がない」ため、同じ話材を基に作られた《兼平》などが面白い工夫を凝らしているのに比べると、「余りにも平凡な曲柄である」[注8]。また、別の論者は、「直ちに能としての優劣を決めるものではない」と断りつつも、「同じ平家物語を本説とする世阿弥の修羅能に比べるとき、率直に言って《巴》が見劣りすることは否めない」と言っている[注9]。

似た感想は、演じる立場の者からも聞かれる。ある演者は、《巴》をめぐってのある対談の中で、対談相手の「何度も拝見してはいるのですが、もうひとつ強く印象に残ったのがないのです」という指摘に、「そうなりやすい曲です」と応じている。「そんなにつまらない能」ではないが、あくまで「小品」なのだという[注10]。別の演者は、この能には「やるところが今もひとつなく」、曲としても「味」がない、むしろ「初心者の稽古能というところ」に近いとさえ言う[注11]。

好みの問題、と言ってしまえばそれまでである。曲の印象などというものは、ちょっとした演じ方の違いですぐに変わってしまう、というのも本当だろう。だが実際のところ、この能は、室町後期に作られてから江戸初期まで舞台にかかることがあまり多くなく、上演記録があまり残っていない。江戸期に入っていちおう通行曲の仲間入りをするも、上演するにあたってさほど大きな工夫がなされた形跡が見つからず、「演出の歴史」を考えてみたとしても「述べるべきことがあまり見つからない」のが実情だという[注12]。杜撰なつくりになっているというのではもちろんないが、この能が、見る者／演じる者にいまひとつい印象を与えられていないことも事実であるらしい。

これは、私見では、人々の漠然とした好みや単なる印象といったものではなく、むしろ能の表現の本質に関わる問題である。本稿はいささかの紙幅を費やして、また従来の研究とはやや異なるアプローチから、この問題に迫ってみようとするものである。この試みはまた、しばしば語りの芸能の一種とも評される能の表現の特質を[注13]、当の語り芸との対比によって浮き彫りにすることにもつながるであろう。

二　《巴》と平家物語

まず、この能の梗概を、舞台の流れに合わせて記しておこう[注14]。信濃の国から都へ向かう旅僧（ワキ）の一行が近江の粟津の原に着くと、手を合わせ涙を流す女（前シテ）に出会う（第1、2段）。僧が言葉をかけると、女はここが木曽義仲ゆかりの場所であることを告げ、僧にも回向をすすめるが、話すうちに夕闇の中へと消え去る（第3、4段）。

里人（アイ）が僧たちに、義仲と巴の物語を語る（第5段）。

僧が弔っていると、甲冑姿の巴の霊（後シテ）が現れ、死の際に義仲に捨てられた執心が残っているのだと言う（第6、7、8、9段）。僧は義仲の最期のようすを語るよう促し、巴は語り始める（第10段）。義仲軍は破竹の勢いで進軍していたが、粟津の原で深田にはまりこみ、身動きがとれなくなってしまう（同）。敵の襲撃にあい、重傷を負った義仲は、自害を決意し、巴に落ち延びるよう命じる（同）。思いのほかの主命に巴は愕然とするが、長刀を持って立ち上がり、これが最後のひと軍と獅子奮迅の戦いを行う（同［中ノリ地］）。主が息絶えているのを見届けた巴は、形見の小袖を羽織り、太刀・笠を手に木曽へとひとり落ちていく（同）。

右のまとめからもわかるように、後場第10段、巴の語りがこの能の中心で、かなり長い物語になっている（対照的に、前場はごく短い）。舞はなく、ほとんど地謡が謡い通しの状態で進められる。強吟・弱吟をまじえて陰影に富んだ表現を行うが、ノリ型はほぼ平ノリもしくは中ノリ一辺倒で、コトバ・問答の部分（それも前場と後場の冒頭部にしかない）を除けば、サシ調の謡がほとんどないのもこの能の特徴である。

平家物語の巴は、怪力・剛胆のさまばかりが一面的に強調されるきらいがあったのが、しだいに恋慕や忠義といった情の側面も含めて語られるようになる。▼注15 また、戦後の巴について、「落ヤシヌラム、被打《（ママ）》シヌラム、行方ヲ不知ナリニケリ」（延慶本）と、いつの間にかいなくなってしまったという印象の本がある一方で、百二十句本では義仲に後世の供養を託され、▼注16『源平盛衰記』では木曽に帰り最期のようすを人に語り伝えるよう命じられるなど、いくつかの本で巴は、ひじょうに重い使命を負って退場する。能の巴も、ただ荒々しく立ち働くのではなく、義仲から「これなる守り小袖を木曽に届けよ」との命を受け、「女とてご最期に召し具せざりしその恨み」を、死後もかこつ。大谷が言うように、「いくつかの潤色が加えられている」ものの、《巴》はおおむね「『平家物語』の成長と共に造型された巴像を下敷」としており、その限りで「『平家物語』に依拠する」能である、▼注17 と言ってよいだろう。

そうした筋立てや人物造形の面にとどまらず、使われる語彙や字句のレベルでも、《巴》は平家の物語との親近性を示している。すなわち、（どの本かを問わず）平家物語でしばしば目にする文言が《巴》にはふんだんに使われており、作品に一定の雰囲気ないし情調、格のようなものが付与されているのである。

いくつかの場面を抜き出してみよう。例えば、巴が義仲軍の進軍の様子を語る、第9段［クセ］の場面。

さても義仲の、信濃を出でさせ給ひしは、五万余騎のおん勢、くつばみを並べ攻め上る、礪波山や倶利伽羅、志保の合戦においても、分取り高名のその数、誰に面を越され誰に劣るふるまひの、なき世語りに、名をし思ふ心かな

「礪波山」「倶利伽羅（谷）」そして「志保（の山）」という、絶頂期の義仲を象徴する地名が三つ、立て続けに並べられている。加えて、「五万余騎」は、木曽軍を形容する時の常套句。▼注18「くつばみを並べ」「分取り／高名（功名）」は、木曽軍に対してだけ使われるものではないが、戦場の様子を伝えるのに、ある種の高揚感とともにしばしば用いられる言葉。▼注19いずれも、諸本の随所に用例が見出され、平家物語に通じた者にとっては目慣れた文言である。

あるいは、第10段［（中ノリ地）］、粟津の原にさしかかった義仲軍が深田に足を取られ追い詰められる場面。

頃は睦月の空なれば、雪は斑《むら》消えに残るを、ただ通ひ路と汀をさして、駒を知るべに落ち給ふが、薄氷の深田に駆け込み、弓手も馬手も鐙は沈んで、下り立たん便りもなくて、手綱に縋って鞭を打てども、引くかたもなきさの浜なり、前後を忘じて控へ給へり、こはいかにあさましや

覚一本で言えば、巻第九「木曾最期」の次の部分に該当する。

木曾殿は只一騎、粟津の松原へ駆け給ふが、正月廿一日入あひばかりの事なるに、うす氷は（ツ）たりけり、ふか田ありともしらずして、馬をざ（ツ）とうち入たれば、馬のかしらも見えざりけり。あおれどもあおれども、うてどもうてどもはたらかず。

この場面の記述は、『盛衰記』巻第三十五の次の文に近いとの指摘もある。

比ハ元暦元年正月廿日ノ事ナレバ、峰ノ白雪深シテ、谷ノ氷モ不解ケリ。向岡《むかひの》へ筋違ニト志、ツララムスベル田ヲ横《よこさま》ニ打程ニ、深田ニ馬ヲ馳《はせ》入テ、打共〳〵不行ケリ。馬モ弱リ、主モ疲タリケレバ、兎角スレ共甲斐ゾナキ。

いずれにしても、全体的にもとの文をよく踏まえていると言えよう。より微細なところでも、「頃は〇〇月のことなれば〜」

といった言い方は、一まとまりの部分を語り出す際の定型表現であるし、[注20]「弓手／馬手」も、セットで頻繁に登場する一種の常套句である。[注21]鈴木孝庸はこの種の定型的表現を「〈平家〉的表現」と呼んでいるが、[注22]《巴》は〈平家〉的表現を散りばめ、それらをいわばつづり合わせて曲が構成されている。

このように、《巴》の作者は、平家物語諸本の表現を踏まえ、比較的その世界に忠実な態度で本作品を創作したことがうかがえる。世阿弥『三道』の、「源平の名将の人体の本説ならば、ことに〳〵平家のまゝに書べし」[注23]という言葉が意識されていたかどうかはわからないが、平家の世界に寄り添うようにして作られているわけである。だが、前節で見たように、この能では、そうすることが必ずしも能としての成功に結び付かなかった。それはなぜなのだろうか。

様々な解釈が可能であろう。私見では、忠実に寄り添ったというまさにそのことに、理由の一端がある。つまり、平家の物語に「寄り添う」その寄り添い方に、問題が潜んでいるように思うのである。この点を、節を改めて詳しく検討しよう。

三　描写と物語

《巴》は、平家物語をもとに創作された能である。言い換えれば、ここでは、平家物語という文学作品を、修羅能という舞台作品に仕立て直す作業、文学の劇化という事態が生じている。ジャンルの変換においては、それぞれのジャンルの表現特性の差異が、必然的に作品の出来に影響することになるだろう。そうである以上、劇化すなわちジャンル変換の過程が、ここで問われねばなるまい。

芸術諸ジャンルがそれぞれいかなる表現の特性を持っているかは、美学ないし芸術学において古くから論じられてきた古典的主題の一つである。[注24]現代日本の美学研究の泰斗、西村清和は、大著『イメージの修辞学』[注25]の中で、古今のパラゴーネ論（詩と絵画を比較して表現の優劣を競う議論）を集約・総括して、小説の映画化の問題を扱っている。文学作品が映画化された時に多くの人が感じる失望感の内実を、メディア（ジャンル）の変換による美的経験の変質という視点から分析したわけである。本稿では西村の議論を参照しつつ、その理路を軍記物語から能への変換の過程に援用してみたい。

いささか乱暴ながら、西村の議論の大筋を概括すれば、次のようになる。小説（文学）と映画、それぞれのメディア特性を物語論（narratology）の観点から考えれば、文学が「物語 narrative」のメディアであるのに対し、映画は「描写 description」のメディアである、と言うことができる。前者は、物事の継起的な推移を因果関係によって叙述すること、すなわち「物語」ることを得意とするのに対して、後者は物事の特性、超時間的な様相を、共時的・並列的に記述し提示すること、すなわち「描写」に本領がある。文字テクストの供する情報は、確かに、映像・画像の示すような視覚的イメージには乏しいが、しかし当該の事物の意味や、それぞれの事物どうしが持つ関係は、きわめて明瞭に規定することができる。他方、映像・画像は、事物の像を細部に至るまで克明に提示することができるが、それらのものが持つ多くの意味を、未規定で多義的なままにとどめおくほかない。言葉が指し示す物事の意味の一義性と、映像が提示するそれの多義性、この相違が、小説から映画へのメディア変換を困難にする要因である。

もう少し噛み砕いて説明しておこう。ここで言う「描写」「物語」は、物語論で言われるところの、言説テクストを機能によって分類した時の二つのタイプである。例えば、「部屋は暗かった。ジョンはドアを開け、入った」という文。[注26]「部屋は暗かった」は、部屋のようすを記述している文、それだけをしている文である。ここには、誰がどうしたとかいう行為や、どうしてそのようにしたかという因果関係は、いっさい含まれていない。いわばこれは、純粋な「描写」の文である。いっぽう、「ジョンはドアを開け、入った」は、ジョンの行動（だけ）を叙述している。どんなドアかとか、どういうふうに開けたかといったことは、書いていない。こちらはいわば、純粋な「物語」の文である。あらゆる文は、このようないくつかのタイプに分類でき、人々は用途に応じてその都度それらのタイプを使い分け、文をつづっている。[注27]

文字テクストによって形成される表象ジャンルはいくつかあるが、文学作品が本領とするのは「物語」であり、「描写」はむしろ苦手である。小説中で「部屋は暗かった」という描写を提示されたら、我々は、差し当たり納得することはできる。だが少し立ち止まって考えれば、ただちにいくつもの問いに捕われるだろう。具体的にどのように暗いのか、明かりはあるのかないのか、どのようなものが、いくつあるのか、部屋のつくりはどうなっているか、窓はあるのかないのか、いくつあるのか、カーテンやブラインドは…。このように、言葉による描写は、具体的な細部を十分な形で示すことができず、示そうと思ったら、膨大な語句と、それをつづり、読むための時間を費やさねばならない。費やしていけないわけではもちろんないが（紀行文や記録文などの場合はむしろ必要であろう）、文学作品の場合、そうすることは、円滑な情報伝達の妨げとなり、統一的・有機的な作品享受を阻害することになるだろう。具体的な細部の描写を得意とするのは、言葉よりも映像である。映像ならば、動画であれ静止画であれ、その部屋の様子をきわめて短時間で見せ、伝えることが可能である。しかも、言葉の選択や誤解等による偏差が生じないぶん、細かな部分に至るまでより正確な伝達が期待できる。

むろん、映像も万能ではない。例えば、部屋が暗いことがジョンにとってどのような意味を持つのか、その後の筋の展開に影響があるのかないのか、あるとすればどのような影響かといったことを、映像は「物語」ることができない。文字テクストならば、例えば「ジョンはドアを開け、部屋に入った。だが何やらただならぬものを感じ、すぐに出てしまった」、と言うことができる。さらに、「その行動が後にたいへん重要な意味を持つことになることを、その時のジョンは知る由もなかった」というような、いささか錯綜した時間の流れや事象の間の因果をも、言葉は叙述することができる。こうした意味で、文学は「物語」のメディアなのである。

文学で「描写」を行うことはもちろんあり得るし、実際に「描写」の多い小説作品というものは存在する。例えば、華麗な描写を連ねることで知られる作家と言えば、三島由紀夫の名などがすぐに浮かぶであろう。

春日宮妃は三十そこそこのお年頃で、お美しさといひ、気品といひ、堂々としたお体つきといひ、花の咲き誇つたやうなお姿だつた。〔……〕妃殿下のお髪は漆黒で、濡羽いろに光ってゐたが、結い上げたお髪のうしろからは、次第にその髪の名残が、ゆたかな白いおん項に融け入つてゆき、ローブ・デコルテのつややかなお肩につらなるのが窺はれた。姿勢を正して、まつすぐに果断にお歩きになるから、御身の揺れがお裾に伝はつてくるやうなことはないのだが、清顕の目には、その末広がりの匂ひやかな白さが、奏楽の音につれて、あたかも頂きの根雪が定めない雲に見えかくれするやうに、浮いつ沈みつして感じられ、そのとき、生まれてはじめて、そこに女人の美の目のくらむやうな優雅の核心を発見してゐた。（三島由紀夫『春の雪』▼注28）

饒舌すぎるこの種の描写を、好まない人も多い。確かに、この間、ストーリーは先に進まないわけで、見事な叙述ではあるが、度が過ぎれば冗長の感を免れない。だが、問題はそこだけにあるのではない。何より、文字による描写は、同じ描写であっても、映像によるそれとはもたらす効果がかなり違うのである。

先に、文字による描写は具体的なことを示せない（示すのに限界がある）、と述べた。裏を返せば、文字は具体的なことを曖昧にしたままで、描写を行うことが可能だ、ということである。これは、欠点ではなくむしろ利点である。逆説的なことだが、細部が曖昧な方が描写が正確になる、ということが往々にしてある。この点について、西村は次のように言う（【　】は、本論で引いた例に合わせて改変した部分）。

小説の描写にとって、選択は不可欠である。〔…そして…〕選択された細部にはかぎりがあり、実際の彼女の知覚可能な外見という点では、そのイメージはどこまでも希薄で、視覚的には貧しい。しかし一方で、ことばはこうして選択された細部を、【妃殿下】が【三十そこそこ】の【堂々とした気品の持ち主】で、【花の咲き誇ったような、目の眩むような優雅なお姿】の女性だというように、はっきりと「名指す」のであり、こうして小説の描写は、描写される人物の人となりを、また事物やできごとがになう意味を、〔……〕それらがことばによって「〈名指されて〉いるだけに正確」に一義的に呈示することができる。〔……〕そのように選択し名指すテクストに統御されて、読者は【春日宮妃】が知覚的にどうきれいなのかはべつにして、ともかくも美しく、【花の咲き誇ったような姿の女性】であることをうたがうことはできない。[注29]

小説の映画化が困難なのも、すべてこの点に由来する。文字テクストがどんなに言葉を尽くしても描写できない細部を、映像は瞬時に提示することができる。だが、逆に言えば、映像は、見たくもない（見なかったことにしたい）どのような細部をも、明瞭に呈示せずにはおかない。そして、やはり逆説的なことだが、このような場合、しばしば、細部が鮮明になるほど描写は曖昧もしくは不正確になる。

〈映像の〉描写は細部の知覚が充足しているにしても、小説におけるようにその意味は固定していない。小説で【「春日宮妃は三十そこそこのお年頃で、お美しさといひ、気品といひ、堂々としたお体つきといひ、花の咲き誇つたやうなお姿だつた」】ということばによって一義的に名指され固定される人物も、映画において呈示され見せられる映像では、彼女が【三十そこそこ】だと観客に理解させることは保証できないし、【「お体つき」】にしても、ある観客には【肉づきがよく艶めかしい】と映るかもしれず、別の観客には【肩が張り過ぎ】かもしれない。映画に望みうるのは、観客がなにかそれに近いことを感じてくれることだけである。[注30]

文字テクストにおける描写は、言葉による名指しによって一義性を保持される。他方、映像メディアによる描写は、知覚映像が細部まで示されることできわめて多義的なものとなる。右の例からもわかるように、文字による描写の一義性と映像によるそれの多義性は、折り合いがよくない。小説の映画化、すなわち文字から映像へのメディア変換の成否は、ひとえに、このギャップをどう処理するかにかかっている。

四　《巴》の描写

能の作品には多くの場合「本説」がある。作者は言葉でつづられた「本説」[注31]をもとに、舞台化するのにふさわしい脚色を施して、作品を創作する。その意味で、能作品は、「本説」たる文字テクストの視覚化・映像化であると言える。ゆえに、上に記した小説の映画化、文学作品の映像化に伴うのと同種の危険を、能もまぬがれていないはずである。この危険に、能はどう対処しているだろうか。

能では、文字テクストを映像化する際、独特の仕方を用いることで、一義性と多義性とのギャップを回避しているように見える。例えば、《井筒》の前場の一場面。前シテが登場すると、その姿を見てワキ僧が次のような言葉を発する。

われこの寺に休らひ心を澄ます折節、いとなまめける女性、庭の板井を掬び上げ花水とし、これなる塚に回向の気色見え給ふは、いかなる人にてましますぞ

現われたのが「優美・上品な女性」[注32]なのかどうかは、本来微妙なところである。というのも、シテの出で立ちは、普通の意味で美しくは決してない。それでも、能の観客は、舞台に現れたのが「いとなまめける女性」だということを即座に了解するし、それを疑うことはない。それは、テクストがそのようにはっきりと名指すし、その名指しが、この場合はワキの発話によって、やはりはっきりと観客の耳に届けられるからである。《安宅》の勧進帳は、どれほどか細い声であっても「天も響けと」読み

上げられるし、《羽衣》の天女は、一粒の涙も流しはしないが、「天人の五衰も目の前に見え」るような「痛はし」さを漂わせる。能の表現を構成する要素として、文字テクストを欠くことはできない。

名指される側、つまり演技や舞台演出にも、仕掛けがある。能の登場人物は、細部が省略され極度に抽象化された装身具（能面と能装束）を身にまとい、かつ、具体的な意味を欠いた動き（様式化された所作）で運動を行う。例えば、面。ある評者が言ったように、「人の顔面に於いて通例に見られる筋肉の生動がここ〔能面〕では注意深く洗い去られている」。「笑っている伎楽面は泣くことはできない」が、「尉や姥は泣くことも笑うこともできる」[注33]。あるいは、舞台。そこは文字通り「なにもない空間」[注34]である。大がかりな装置やセットは用いられない。別の評者が言ったように、「右手と左手、新鮮なバター色をした板の上には緑色の竹が描かれており、舞台奥の板には大きな松が一本描かれている。自然がこの場に存在するためにはそれだけで充分なのである」[注35]。これらの仕掛けにより、テクストによって指定されるどのような一義的な意味をも受け入れ、かつ、よい意味での多義性を損なわないままに、物語内容を視覚化することが可能になる。映画では不可能で、演劇でも多分に困難な細部を伴わない映像化を、能はこのような措置によって実現したのである。

このように見ると、能においては「視覚化のギャップ」がむしろメリットとして機能しているように感じられる。文字で書かれたテクストである印象的な描写に出会った時、読者はそれを視覚化したい欲望にかられる。その視覚化が実現されると、たいていの場合ひとは失望する。それは、見てきたように、文字テクストの描写が一義性を保持しつつ細部を未規定のままにとどめておけるのに対して、映像の描写は多義的でありつつ細部を無視することができないからである。しかし能においては、様々なものを抽象化・様式化することで、視覚化の欲望を満たしつつ、同時に、過度な意味の縮減を回避することができる。しかも、視覚化がいわば不完全であることで、観客の細部への欲望はさらに促進されるだろう。「想像力をかきたてること」は、能役者の本質的な課題である。[注36]「視覚化のギャップ」は、能にとっては、処理すべき障害であるよりも、表現の核心にあるものなのである。[注37]

《巴》でも、この措置が効果的に働いている場面がある。例えば、後場冒頭、巴の亡霊が登場する場面。

粟津の汀にて、波の討ち死に末までも、おん供申すべかりしを、女とてご最後に、捨られ参らせし恨めしや。身は恩のた

め、命は義による理、たれか白真弓取の身の、最期に臨んで功名を惜しまぬ者やある

後シテ巴（そもそも彼女はここで甲冑を身に付けないが、ワキが「不思議やな粟津が原の草枕を見ればありつる女性なるが　甲冑を帯する不思議さよ」と言うので、観客はそのように受け取る）の胸中は、複雑である。「女とてご最後に召し具せざりしその恨み」と「命は義による理」、また、「功名を惜しむ」気持ち。相乗しつつせめぎ合うこれらの思いは安易な表象を許さないが、それが「恨めしや」のただ一言と、やや前傾し顔の前に手を当てる（シオリと呼ばれる）それだけの仕草に集約される。観客はそれにより、虚ろな観念（「理」）にいわば生命が充溢し、そこから万感の思いが湧き出るのを感じずにはいられまい。

同じく後場、第10段［中ノリ地］の巴の武者ぶりを示す場面は、シテの長刀さばきもあいまって、見る者に強い印象を残す。

かくて御前を立ち上り、見れば敵《かたき》の大勢、あれは巴か女武者、余すな漏らすなと、敵手繁く掛かれば、今は引くとも逃がるまじ、いでひと戦嬉しやと、巴すこしも騒がず、わざと敵を近くなさんと、薙刀引きそばめ、すこし恐るる気色なれば、敵は得たりと斬って掛かれば、薙刀柄長くおっ取り伸べて、四方を払ふ八方払ひ、一所に当たる木の葉返し、嵐も落つるや花の瀧波、枕をたたんで戦ひければ、皆一方に斬りたてられて、跡も遥かに見えざりけり

「木の葉返し」というのがどのようなわざなのか、実際に目にしたことのある者は観客の中にほとんどいないだろうが、シテが飛び上がりグルリとまわって着座すると、それが「嵐も落つる」がごとくの「枕をたたむ」戦いぶりであることを、見る者は即座に了解する。それが様式化された動きであり、抽象化された表現であることを観客は見てとるし、そうすることを演者も期待しているからである。

だが、《巴》の場合、いくつかの箇所で、そうした措置がうまく機能していないように見える。キリの部分、第10段［哥］の終曲の場面を見てみよう。

立ち帰りわが君を、見奉れば痛はしや、はやおん自害候ひて、この松が根に伏し給ひ、御枕の程におん小袖、肌の守りを置き給ふを、巴泣く泣く賜はりて、死骸におん暇申しつつ、行けども悲しや行きやらぬ、君の名残をいかにせん、とは思へどもくれぐれの、ご遺言の悲しさに、粟津の汀に立ち寄り、上帯切り、物の具心静かに脱ぎ置き、梨子打烏帽子同じく、かしこに脱ぎ捨て、おん小袖を引き被《かつ》き、その際までの佩《は》き添への、小太刀を衣にひき隠し、所はここぞ近江なる、信楽

笠を木曽の里に、涙と巴はただひとり、落ち行きしうしろめたさの、執心を弔ひて賜び給へ

ある評者は、「『平家物語』の文章を引いた部分〔引用者注：第10段〔(中ノリ地)〕「頃は睦月の…」の部分〕はなかなか印象的だけれども、それ以外は、どうも単なる叙述や描写に流れるだけでなく、しばしば説明にさえ傾きがちである」と指摘する。特に、いま引いた部分を含め、後場第10段の後半は「まったく事実の叙述と説明にすぎないのであって」[注38]、ただでさえ「かなり長い物語」で、巧く演じないと「ただ場面の変化を眺めるだけ」になりかねない[注39]。

確かに、ここに引いたキリの場面の文辞はいささか特異である。第一に、この部分全体が、ほぼ行為の叙述、つまり物語の叙法で埋め尽くされている。巴の具体的な行動（というより動作）――「立ち帰り」「見奉り」「賜はり」「死骸におん暇申し」「上帯切り」「物の具脱ぎ置き」……――が逐次記述され、地謡によって淡々と謡われる。「君の名残をいかにせん」という思い、この能の最も中心の主題である「うしろめたさの執心」が語られるべき場面であるが、七五調の文がやや単調に続くのもあいまって、「事実の叙述と説明」を受けているような感が強い。

第二に、ここには、いくつか（いくつも）小物類が登場する。すなわち、「小袖」「物の具」「小太刀」「笠」といったものである。これらは出鱈目に選ばれたのではなく、それぞれ平家物語諸本のどこかに出典を見いだすことができるものである。「小袖」は『源平盛衰記』とこの能にのみ見られ、このことが《巴》の本説を『源平盛衰記』とする説の根拠の一つになっている[注40]。「物の具」を脱ぐということに関しては、『源平盛衰記』[注41]や百二十句本等[注42]に記述がある。さらに「太刀」を持つというのは、文言としては城方本に見える[注43]。「信楽笠」については未詳だが、これもおそらく巴や義仲と関連する何らかの説話や伝承があるのだろう。このように、それぞれの小物類はそれぞれにそれなりの存在理由を持っているのだが、小袖以外はここ一度きりの登場で、何か散漫に並べられている印象がぬぐえない。

かつてホメロスは『イーリアス』で、アキレウスの楯について詳細に描写する際に、完成品としてスタティックに叙述するのではなく、その楯が製作されるプロセスを記述することで、読む者の関心を放さない描写を達成し、賞賛された。退屈な形容詞の羅列を避け、行為の叙述、つまり物語を通じて描写を行うという手法を編み出したのである[注44]。また、小物類の引用については、何らかの景物を本説から引き入れることは、観客の想像を引き寄せる焦点を形成することとして[注45]、能作者にとって有

効な手立てであった。よく知られているように、この手法に特に長じていたのが世阿弥である。[注46] 行為の叙述（＝物語）による描写、本説からの景物の引用はともに、詩学的には正統なものである。

　世阿弥も確かに景物を引用する。だがそれらは、例えば、月（《融》）、笛（《敦盛》）、扇（《班女》）などのように、いずれもそれ自体が豊かな情趣をはらむもの、いわばイメージ価（image value）の高いものである。一方、《巴》で登場する「小袖」「物の具」「小太刀」「信楽笠」はどれも、月や笛、扇といったものに比べると風情に乏しく、[注47] そのままでは観客の視覚化の欲望を喚起しづらい。演者の側で押して視覚化を行うことはできるが、たとえそうされたとしても、観客の側では、その「描写」が実現する事象の「意味」ということに関して、多義性とのギャップが生じにくい。加えて、この能では、それらの小物を「置」いたり、「賜は」ったり、「脱ぎ置」いたり、「引き隠し」たりする行為（それらもまた、それ自体として風情のある態のものではない）が、能では珍しいほどに具体的・即物的な所作によって演じられる。[注48] 端的に言えば、想像力の行き場がないのである。

　《巴》の作者は、『源平盛衰記』をはじめとする平家の物語諸本に忠実なるべく、本説から様々な文章、語句を引きこんで作品を構成した。しかしそれらのうちのいくつかは、観客の視覚化の欲望を喚起する類のものではなかった。加えて、演技として視覚化する際に、様式化・抽象化の度合いがあまり高くないような仕方で演じる演出法が採用された。[注49] それは、言葉による描写の一義性と映像によるそれの多義性との間に生じる緊張関係を、良くも悪くも、弛緩させることである。このことが、結果として、能の生命力の一つである想像力を働かせる余地を観客と演者との双方から奪い、舞台芸術としての表現の密度を減じることにつながったのではないだろうか。

注

（1）表きよし「語り本と能の詞章」（『国文学 解釈と教材の研究』四〇巻五号、一九九五年）七一頁。ただし、表も注記するように、「語り本と近い詞章を持つ作品でも、読み本系諸本と近い部分が見受けられることも［あるので］注意が必要である」。

（2）「能《巴》の本説としての平家物語は、『源平盛衰記』である可能性が高い」（伊藤正義「巴―うしろめたさの執心」『謡曲雑記』和泉書院、一九八九年、九二頁）。ほかに、大谷節子「作品研究「巴」」（『観世』五八巻四号、一九九一年）、水原一「義仲説話の形成」（『平家物語の形成』、

加藤中道館、一九七一年)、源健一郎「巴の変貌」(『日本文藝研究』五六巻四号、二〇〇五年)など。
(3)《巴》を二番目物に分類することには異論もあるが、今はこの点に立ち入らない。
(4) 山中玲子「あの世から振り返って見る戦物語」(国文学研究資料館編『軍記物語とその劇化―『平家物語』から『太平記』まで』臨川書店、二〇〇〇年)一三五頁。
(5) 同右、一五二頁。
(6) 大谷節子、前掲書、二九頁。
(7) 同右、二八頁。
(8) 佐成謙太郎『謡曲大観』第四巻(明治書院、一九三一年)二二七六頁。
(9) 伊藤正義、前掲書、九三頁。
(10) 片山慶次郎(シテ方観世流)「座談会「巴」をめぐって」(『観世』五八巻五号、一九九一年)二六頁。
(11) 杉浦義朗(シテ方観世流)「『巴』をめぐって」(『観世』三四巻一号、一九六七年)二二頁。
(12) 山中玲子「『巴』演出の歴史」(『観世』五八巻五号、一九九一年)四六頁。
(13) 小林保治編『能楽ハンドブック』(第三版、三省堂、二〇〇八年)は、「能の芸術的性格」の根底に「語りの発想」があることを指摘し、能を「語りの舞台化」と規定する(八〜一〇頁)。
(14) 段の区分と小段名は横道萬里雄・表章校注『謡曲集 下』(日本古典文学大系、岩波書店、一九六三年)による。本文の引用も同書によるが、他に法政大学能楽研究所蔵江戸初期筆上掛り十番綴本も参照した。また、通読の便を考え、漢字をあて句読点と送り仮名を補うなど適宜表記を改めた。
(15) 本論で参照した平家物語諸本のテキストは、以下の通り。市古貞次他校注『源平盛衰記』(三弥井書店、一九九一〜二〇〇一年)、高木市之助他校注『平家物語』[覚一本](日本古典文学大系、岩波書店、一九五九〜一九六〇年)、福田豊彦他注『源平闘諍録』(講談社学術文庫、一九九九〜二〇〇〇年)、水原一校注『平家物語』[平仮名百二十句本](新潮日本古典集成、一九七九〜一九八一年)、『平家物語 附承久記』[城方本](国民文庫刊行会、一九一一年)、北原保雄他編『延慶本平家物語』(勉誠社、一九九〇〜一九九六年)。
(16)「義仲は、ただいま討死せんずるにてあるぞ。〔……〕これよりいづちへも落ちゆき、義仲が後世をもとぶらひなんや」(巻第九、第八十三句)。
(17) 大谷節子、前掲書、二八頁。

(18)「木曾、五万余騎ヲ引卒シテ、上洛シテ、武士京中ニ充満テ」(『源平盛衰記』巻第三十三)、「木曾北陸道ヲ上シニハ、五万余騎ト聞シニ、今、四宮河原ヲ落ケルニハ、只七騎ニハ不過ケリ」(同巻第三十五)。
(19)「平家ノ軍兵ハ東ノ爪ニ轡ヲ並テ如雲霞」(『源平盛衰記』巻第十五)。「其後打物ぬいてあれにはせあひ、これに馳あひ、き(ッ)てまはるに、面をあはするものぞなき。分どりあまたしたりけり」(覚一本巻第九)。
(20)「比はむ月廿日あまりの事なれば、比良のたかね、志賀の山、むかしながらの雪もきえ」(覚一本巻第九)。
(21)「義仲、馬ノ頭ヲ八文字ニ立寄テ、声ヲ揚、鞭ヲ打テ懸入バ、重忠ガ郎等、中ヲ開テ入組々々、妻手《めて》ニ違ヒ弓手ニ合、又弓手ニ違、妻手ニ相闘テ」(『源平盛衰記』巻第三十五)。
(22)鈴木孝庸「〈平家〉的表現の成立に関する一私論—「比は○月」をめぐって」(村上學編『平家物語と語り』三弥井書店、一九九二年)。他にこの種の表現を扱ったものとして、小林美和「語り本の類型表現—合戦叙述をめぐって」(『国文学 解釈と教材の研究』四〇巻五号、一九九五年)、村上學「語り本『平家物語』の定型表現—屋代本巻第十を手懸りとして」(『名古屋大学文学部研究論集』一二七、文学四三、一九九七年、村上『語り物文学の表現構造』所収)など。
(23)表章校訂『世阿弥・禅竹』(日本思想大系新装版、一九九五年)一三八頁。
(24)学問としての美学は一八世紀に成立したが、有名な格言「詩は絵のごとく」(ホラティウス)などからもうかがえるように、詩や絵画の表現特性をめぐる議論の萌芽は、遠く紀元前にまで遡る(ちなみに、「芸術」の概念も一八世紀に成立したものである)。
(25)西村清和『イメージの修辞学』(三元社、二〇〇九年)。
(26)西村が参照する、シーモア・チャットマン(Seymour Chatman)が挙げた例。
(27)具体的にどのような、あるいはいくつのタイプを挙げるかは、論者によって異なる。例えば、『小説と映画の修辞学』等の著書で知られるチャットマンは、古典修辞学を踏まえつつ、言説のタイプを「物語(narrative)」「議論(argument)」「解説(exposition)」「描写(description)」の四つに分類する。いずれにしても、それらの言説タイプは適宜組み合わされ、混ぜ合わされて使用される。従って当然、一文の中にも複数の言説タイプが含まれ得る(その方が普通であろう)。
(28)『決定版 三島由紀夫全集』第十三巻(新潮社、二〇〇一年)一七頁。
(29)西村清和、前掲書、一五一~一五二頁。
(30)同右、一五三頁。

（31）それが「書かれた」ものか「読まれた」（声に出して語られた）ものかは、判然としない。大まかには「語りと読みとが、つねに並行してあった（語り本、読み本の別に拘らず）」（松尾葦江「語りとは何か」『軍記物語論究』若草書房、一九九六年、一四三頁）というのが実情であったろう。本論ではさしあたり両者を区別せず論を進めることとし、平家物語における「語り」と「読み」の問題には立ち入らない。
（32）伊藤正義校注『謡曲集 上』（新潮日本古典集成、一九八三年）一〇五頁。
（33）和辻哲郎「面とペルソナ」（『和辻哲郎全集 第十七巻』岩波書店、一九六三年）二九二頁。
（34）「どこでもいい、なにもない空間―それを指して、わたしは裸の舞台と呼ぼう。ひとりの人間がこのなにもない空間を歩いて横切る、もうひとりの人間がそれを見つめる―演劇行為が成り立つためには、これだけで足りるはずだ」（ピーター・ブルック『なにもない空間』高橋康也他訳、晶文社、一九七一年、七頁）。改めて問いたい。本当にそうなのか。あるいは、なぜそうなのか。
（35）ポール・クローデル「能」（『朝日の中の黒い鳥』講談社学術文庫、一九八八年）一一八頁。
（36）「一切は演者の動きで描かれる。月を仰ぎ、山を眺め、鳥の行く姿を追う。草に目を注ぎ、波に戯れる。その演技につれて、観客の心に詩的自然が映し出される。能は、観客に豊かな幻想力を要求するのだ」（横道萬里雄「能への視座」『能楽全書』第六巻、総合新訂版、一九八一年、一七八頁）。「われわれ観客に対して、演者たちは側面から、そして二つの面の上を歩み、その動きを繰り広げていくのであり、演者たちとともに、席に居る者一人一人も自らの占める位置によって、自分の目や耳と相応ずる角度に従って、己れ自身の幾何学を作ることになるのである。すべては観客の内部で展開していく」（ポール・クローデル、前掲書、一一八頁）。
（37）能の大成者たる世阿弥の功績の一つは、「表意の所作をごく少なく限定的に用いることによって、かえってその部分を印象づけ、定型的な動きを活用して、あからさまではないけれども、象徴的に表現した作詞法」を創出したことにある、とする見方がある。三宅晶子『歌舞能の確立と展開』（ぺりかん社、二〇〇一年）二三三頁。
（38）小西甚一「作品研究『巴』」（『観世』三四巻一号、一九六七年）一五頁。なお本論で見たように、第10段後半以降も「本説に無い」ものとは言えない。
（39）清田弘「『巴』の舞台」（『観世』五八巻五号、一九九一年）四四頁。
（40）「巴、遺ハ様々惜ケレ共、随主命、落涙ヲ拭ツツ、上ノ山ヘゾ忍ケル。粟津ノ軍、終後、物具脱捨、小袖装束シテ信濃ヘ下リ、女房公達ニ角ト語リ、互ニ袖ヲゾ絞ケル」（巻第三十五）
（41）前注。

(42)「物の具脱ぎ捨てて、泣く泣くいとま申して、東国の方へぞ落ち行きける」(巻第九、第八十三句)。

(43)「鞆(ともゑ)力及ばず、粟津の国分寺の御堂の前に物具ぬぎおき、太刀脇ばさみ、東をさして落るとぞ見えしが、行がたしらずぞ成にける」(巻第九)。『源平闘諍録』では巴が落ちのびるところは描かれないが、巴の戦いの場面で太刀が用いられている。「爰に鞆絵《ともゑ》申しけるは、「暫く静かに物を御覧ぜよ。童最後の戦仕つて見参に入れん」とて、弓を腋に攪き挟み、太刀を抜いて額に当て、大勢の中に懸け入り、蜘手・十文字に係け破つて」(巻八之上、十七)。

(44)チャットマンの言う「描写に奉仕する物語」に該当する。

(45)認知心理学者アラン・ペイヴィオ(Allan Paivio)の言う「ペグ」効果に相当する。

(46)小西甚一・草深清「世阿弥の作品と芸術論」(『文学』三一巻一号、一九六三年)。

(47)「中心イメイジとして役に立つのは、昔から詩歌のなかでしばしば用いられ、ゆたかな連想を導き出すような事物なのである。〔……〕小袖では、どうも抒情的な連想に乏しい」(小西甚一、前掲書、一三頁)。

(48)現行の型付によれば、役者はこの場面で実際に小袖をかずき、烏帽子を脱ぎ捨て、小太刀を衣に引き隠し、信楽笠を着る(参考:「《巴》型付」、『観世』五八巻五号、一九九一年、ほか)。観世流は小袖や笠を出さないなどの小異はあるが、各流だいたい同じ演出形態である。また、例えば寛政三年の『観世舞曲秘書』(能楽研究所蔵)などにも同様の動きを指示する記述が見られ、演じ方としては割に早い時期から固まっていたようである。ちなみに山中は、「詞章通りに律儀に着替える演出」には「古さが感じられる」と言っている(山中玲子、前掲「『巴』演出の歴史」、四九頁)。

(49)なぜそうしたのかが、本当はさらに問われねばならない。この能がある程度の人気曲として今日まで演じられ、一定の支持を集めてきたからには、「視覚化のギャップ」とは別の戦略が働いていた可能性は十分にある。

4　狂言「文蔵《ぶんぞう》」のいくさ語り——もう一つの石橋山合戦物語——

稲田秀雄

一　狂言「文蔵」のあらまし

登場人物が劇中でいくさ語り（合戦の物語）を演じる狂言がいくつかある。狂言のいくさ語りは、当事者による直接体験の語り（「朝比奈」—和田合戦）と、当事者によらない伝承（伝聞）の語り（「文蔵」—石橋山合戦、「青海苔《あおのり》」「姫糊《ひめのり》」—一ノ谷合戦）の二つに分類することができる。

このうち本稿では、『源平盛衰記』と関連し、しかも最も長大ないくさ語りを含む「文蔵」をとりあげる。その粗筋は以下の通りである。

太郎冠者の無断外出を主人が叱りに行くと、冠者は都へ行っていたと言う。主人は都の様子が聞きたいので冠者を許し、土産話を聞くことにする。冠者は、都の伯父のところで珍しい物を食べたが、その名を忘れたと言う。いつも主人の読む石橋山合戦物語の草子の中にあると言うので、主人はその食べ物の名を思い出させるために、草子を暗誦するかたちで、石橋山合戦の物語を長々と語る。語りの中に佐奈多与一《さなだ》の乳人《めのと》・文蔵の名が出てきたところで、冠者は「その文蔵を食べた」と言う。主人は思案して、それは昔、釈尊が師走八日、苦行していた雪山《せっせん》から出られた際に召し上がった温糟粥《うんぞうがゆ》（酒の糟を入れた粥という。

その由来については『庭訓往来抄《ていきんおうらいしょう》』（旧注）・『百丈清規抄《ひゃくじょうしんぎしょう》』四・狂言「酒講式《さけこうのしき》」等を参照）のことであろうと言い、つまらない物を食べて主人に骨を折らせた、と冠者を叱って終わる。

中世狂言の内容を書き留めた天正狂言本の目録に「石橋山のかつせん」とあるのは、本曲のことらしい（本文はなし）。最古の上演記録としては、『言経《ときつね》卿記』文禄三年（一五九四）七月二十三日条に「フンサウ　鷺」と見える。つまり、本曲は遅くとも十六世紀には形成されていたことが明らかである。江戸初期以降の諸流台本にあり、大蔵流・和泉流ともに現行曲となっている。

「文蔵」は、先に述べたように、主人が太郎冠者の無断外出を叱りに行くという設定、いわゆる無奉公物▼注1の枠組みをもつ。その枠組みの中に、例えば昔話「団子聟《だんごむこ》」のような、自分が食べた物の名を忘れ、他者がそれを詮索するという説話のパターンが取り込まれ、基本的な筋（プロット）が形成されたと考えられる。▼注2 その筋と語りの接点になっているのは、ブンゾウ（文蔵）―ウンゾウ（温糟）の語呂合わせ（秀句）である。この秀句を契機として、石橋山合戦の語りが「食べた物の名の詮索」という筋に組み込まれた（語りと筋が組み合わされた）のである。

以下、その語りを主に『源平盛衰記』と比較しつつ、狂言のいくさ語りとしての特質を考えてみることにしたい。

二　「文蔵」の語りにおける武装表現（一）（大蔵流・和泉流）

狂言「文蔵」では、主人が石橋山合戦のことを語るが、これはすでに指摘されるように、内容・表現ともに『平家物語』諸本（延慶本・長門本・源平盛衰記）の石橋山合戦記事とはかなり異なる部分が多い。▼注3 語りは、①源氏方の佐奈多与一（佐奈多義忠、佐奈田・真田とも。「義貞」とする台本もある）の出陣、②平家方の俣野五郎（俣野景久）の出陣、③佐奈多と俣野の一騎打ち（組み討ち）、の三場面からおおむね成り立つといえるが、まずは①②の多くを占める武装表現（装束の描写）を『源平盛衰記』▼注4（以下、『盛衰記』とする）と比較してみることにしたい。『盛衰記』巻二十「石橋合戦」では、佐奈多の装束を次のように描く。

与一其日ノ装束ニハ、青地錦直垂ニ赤威肩白冑《よろひ》ノスソ金物打タルヲ著テ、ツマ黒ノ箭負《おひ》、長覆輪ノ剣ヲ帯《はき》ケリ。折烏帽子ヲ引立テ、弓ヲ平メ、ヒザマヅキテ、将軍ノ前ニ平伏セリ。白葦毛ナル馬（後に「夕皃ト云、東国一ノ強馬也」とある）ヲゾ引セタル。

『盛衰記』に見えるのは、この佐奈多の装束描写のみである。直垂・鎧・矢・太刀の順であり、まずは尋常な表現といえよう。

ところが、「文蔵」の語りでは、装束の描写はさらに詳細かつ装飾的なものになっている。また佐奈多のみならず、俣野の装束についても語られるので、その両方を示すことにしよう。狂言台本は、時代・流儀によって異同があることが多いので、以下に諸流の主要な古台本を掲げ、順次見ていくことにしたい。

まず、大蔵流最古の虎明本《とらあきら》（寛永十九年〈一六四二〉成立）では、以下の通りである（江戸後期の虎寛本《とらひろ》もほぼ同じ。ただし、俣野の「副将軍を給はれば」なし。大蔵八右衛門派の伊藤源之丞本、虎光本《とらみつ》も大略虎寛本と同じ）。

①佐奈多与一

与市が其日のしやうぞくには、はだにはみなじろおつて一かさね、せいがうの大口に、ふくしやうぐんを給はれは、にしきのよろひ直垂を、始てこそはきたりけれ、一尺三寸の、さめざやまきの刀をさし、こがねづくりの太刀をば、かもめやうにむすびさげ、廿四さいたるきりうのそや、かしらだかにとつて付、楊梅桃李の左右の小手、白旦みがきのすねあてに、ひおどしの大鎧、おなじけの、五まいかぶとに、くわがたうつてぞきたりける、しげどうの弓のまん中にぎり、馬は名をえしひぐらし（ゆふがほとも）と云馬に、金復輪の鞍おかせ、わが身かるげにゆらりとのり、木戸をひらかせしづ〳〵とうつて出る

②俣野五郎

またのが其日の装束には、はだにはみなじろおつて一かさね、せいがうの大口に、福（ママ）将軍を給はれは、かちんの鎧直垂を始てこそはきたりけれ、一尺八寸の、金《コガネ》作りの刀をさし、いかもの作りの太刀をはき、廿四さいたる大中黒のそや、かしら高にとつて付、やうばいたうりのさうのこて、白だんみがきのすねあてに、黒糸威の大鎧、おなじけの五枚甲に、高づのうつてぞきたりける、ぬりごめどうの弓のまんなかにぎり、馬は名をえし連銭葦毛と云馬に、ひやうの皮のはりくらに、虎の皮の切付、熊のあをりさし、わが身かろげにゆらりと乗り、太刀ぬきはなしまつかうにかざし、もみにもふでかけあ

わせ…

傍線部は佐奈多・俣野の両者に共通する表現である。また、網掛けの箇所は、以下にも引く諸流台本にほぼ共通して見られる表現である。俣野の方にも「副将軍を給はれば」という文句や籠手・脛当ての表現が重複して用いられている。佐奈多の馬の名を「ひぐらし」とするのは、『盛衰記』と相違する（「ゆふがほとも」という注記は、『盛衰記』に拠ったものか）。

和泉流の最古本である天理本（正保頃〈一六四六～四七〉成立）には、

①佐奈多与一

与市がその日のしやうぞくには、はだにはみなじろおつて一重、せいがうの大口に、ふくしやうぐんのたまわれは、あかぢのにしきのひたゝれを、初てこそはきたりけれ、やうばいたうりの左右のこ手、びやくだんみがきのすねあてに、ひおどしの大よろひ、おなじけの五まいじころのかぶとに、くわがた打てぞきたりける、一しやく三寸のさめざやまきの刀をさし、金作りの太刀をばかもめやうにむすびさげ、廿四さいたるそめばの矢、かしらだかにとつてつけ、しげどうの弓のまん中にぎり、馬は名をえししらあしげなる馬に乗、木戸をひらかせうつて出る

②俣野五郎

またのがその日のしやうぞくには、みなじろおつて一重、せいがうの大口に、かちんのよろひびたゝれの、四つのくゝりをがんじとしめ、黒皮おどしの大よろひ、おなじけの五まいかぶとに、高角打てぞきたりける、一しやく八寸の金づくりの刀をさし、大なかぐろのそやをば、しまのごとくにとつて付、ぬりごめどうの弓のまん中にぎり、馬は日ぐらしといふ馬に、ひようの皮のはりくら、とらの皮のきつつけ、くまの皮のあをりさし、その身かろげにのつたりけり、五しやく三寸をするりとぬき、まつかうにさしかざし、もみにもうでぞかけあわせける

とある。傍線を施したように、やはり両者に共通する文句が目立つ。虎明本とは異なり、佐奈多の馬の名は出さないが、俣野の馬を「日ぐらし」とする。また、直垂の「四つのくゝりをがんじとしめ」という表現は虎明本に見えない。

俣野が身に付けた征矢の形容である「しまのごとく」（二重傍線部）も虎明本には見えない独自の表現で、意味が今一つ不分明であるが、江戸末期の和泉流台本にも、「大中黒の征矢をばしまの如くにとつてつけ」（古典文庫本）、「大中黒の征矢を。縞

の如くに取てつけ」(三百番集本)などと見える。これは、『太平記』巻十七「隆資卿自二八幡一被レ寄事」(慶長古活字本)にある、

悪源太此太刀ヲ給テ、ナドカ心ノ勇マザラン。洗皮ノ鎧ニ、白星ノ甲ノ緒ヲ縮テ、只今給リタル金作リノ太刀ノ上ニ、三尺八寸ノ黒塗ノ太刀帯副、三十六差タル山鳥ノ引尾ノ征矢、森ノ如ニトキミダシ、三人張ノ弓ニセキ弦カケテ噛シメシ、態《ワザト》臑当ヲバセザリケリ。(※西源院本の傍線部は、「森ノ如クニ負成シ」)

のような表現と関係するか。多くの矢を背負う様の形容であるとしても、見立てがあまり明確なイメージを結ばない感がある。あるいは大中黒の矢羽が連なる様が「縞」模様のように見えるからか(辻本恭子氏のご教示による)。

三　「文蔵」の語りにおける武装表現(二)(鷺流・狂言記)

現在は廃絶している鷺流の台本は、仁右衛門派と伝右衛門派の二系統がある。まずは仁右衛門派の寛政有江《ありえ》本(寛政二年〈一七九〇〉書写)を示そう(江戸末期の安政賢通本もほぼ同じ)。

①佐奈多与一

与市カ其日ノ装束ニハ　膚《ハタ》ニハ皆白織テ一重　精好ノ大口ニ　副将軍ヲ給ハレハ赤地ノ錦ノ直垂ヲ始テコソハ着タリケレ
楊梅桃李ノ左右ノ釬《コテ》　白檀ミカキノ臑楯《スネアテ》ニ　緋威《ヒヲトシ》ノ大鎧五枚錣《シコロ》ニ鍬形打テソ着タリケル　一尺三寸ノ鮫鞘巻ノ刀ヲサシ　金
作ノ太刀ヲハ鴎《カモメ》ヤウニムスヒ下　馬ハ日クラシト云馬ニ金覆輪ノ鞍ヲカセ　我身カロケニユラリト乗　二十四サシタル
切生《キリウ》ノ征矢ヲ頭高ニトツテ付　重藤ノ弓ノ真中拳リ　虎口《キト》ヲ開カセ切テ出ル

②俣野五郎

俣野カ其日ノ装束ニハ　膚ニハ皆白織テ一重　精好ノ大口ニ　掲布《カチン》ノ鎧直垂ノ四ツノク、リヲシツカトアケ　黒革縅《ヲトシ》ノ大
鎧　同毛ノ五枚錣《シコロ》ニ高角打テソキタリケル　金作ノ太刀ヲ佩《ハキ》　五尺三寸ノイカモノ作リノ刀ヲ真向ニサシカサシ　二十四
サシタル大中黒ノ征矢　頭高ニトツテツケ　塗籠弓ノ真中ニキリ　連銭葦毛《レンセンアシケ》ト云馬ニ　豹ノ皮ノ張鞍　虎ノ皮ノ切付　熊
ノ皮ノ泥障《あおり》ヲサシ　我身カロケニユラリトノリ　モミニモフテ掛合ケル

佐奈多の馬の名は虎明本と同じ。俣野の方の直垂の「四ツノク、リ」に言い及ぶ点は、和泉流天理本に同じ。なお、同じ仁右衛門派の系統に属する杭全《くまた》本（安永〜文政頃書写）・安永森本（安永六年〈一七七七〉頃書写）には、俣野の征矢について、天理本以下の和泉流諸本にあるように、「嶋ノことく」「四魔《ママ》の如くに」という特徴的な形容が見られる。これは和泉流の影響であるようだが、このような他の仁右衛門派台本に見えない表現を有することから、これらの台本は仁右衛門派の中でも別系統をなすものと見てよかろう。▼注5

一方、鷺伝右衛門派の享保保教《やすのり》本（享保九年〈一七二四〉以前成立）は以下の通りである（享保保教本に次ぐ宝暦名女川《なめかわ》本もほぼ同じ。ただし俣野は「塗籠《ヌリゴメ》の弓」を持つ）。

①佐奈多与一

与一カ其日ノ装束ニハ　膚ニハミナシロヲツテ一重　精好ノ大口ニ　副将軍ヲ給レハ赤地ノ錦ノ直垂ヲ始メテコソハ着タリケレ　楊梅桃李ノ左右ノ臂単《コテ》　白担磨ノ臑当ニ火威ノ大鎧　同毛ノ五枚甲ニ鍬形打テソキタリケル　金作ノ太刀ヲ白鴎様《カモメヤウ》ニ結下ゲ　一尺三寸ノ鮫鞘巻ノ刀ヲ指　廿四サイタル切生ノ矢　カシラ高ニ取ツテ付　馬ハ日暮ト云馬ニ金覆輪ノ鞍ヲカセ　我身カロゲニユラリト乗　塗籠ノ弓ノ真中弣《ニギリ》　木戸ヲヒラカセ切ツテ出ル

②俣野五郎

俣野カ其日ノ装束ニハ　是モ膚ニハミナシロヲツテ一重　セイガウノ大口ニ　褐ノ鎧直垂ノ四ツノク、リヲシツカトアゲ　黒革威ノ大鎧　同毛ノ五枚甲ニ高角打ツテソキタリケル　金作ノ刀ヲサシ　五尺三寸ノ唼《イカ》物作リノ太刀ヲ正面《マツカウ》ニサシ挿頭《カザシ》　廿四サイタル大中黒ノ征矢　頭高ニ取ツテ付　重藤ノ弓ノ真中弣《ニギリ》　連銭驄《アシゲ》ノ馬ニ豹ノ皮ノハリ鞍　虎ノ皮ノ切付　熊ノ皮ノ障泥ヲサシ　揉々《モミニマウデ》ゾカケアイケル

寛政有江本と比べると、太刀と刀の順序の違いがある程度で、さほど大きな相違はない。鷺流両派も大蔵・和泉両流と同じく、佐奈多・俣野両者の武装表現がほぼ同じパターンによって語られていることがわかる。

最後に、大蔵・和泉・鷺のいずれでもない群小流派の台本とされる狂言記（万治三年〈一六六〇〉刊）を示す。

①佐奈多与一

与一がその日の装束は、いつにすぐれて花やかなり、肌には皆白織つて一重ね、精好の大口に、副将軍より賜つたる赤地の錦の直垂を、始てこそは着たりけり、紫裾濃の鎧を着、同じ毛の五枚兜に高角打つてぞ着たりけり、太刀は三尺三寸の、いか物作りの太刀をはき、二十四さいたる大中黒の征矢、筈高に取つて付け、重籐の弓のまん中握り、馬は坂東に隠れもなき、ひぐらしといふ名馬に金覆輪の鞍置かせ、豹の皮の張り鞍に、虎の皮の切つ付けに、熊の皮のあおりをさし、引き寄せゆらりとうち乗て、大木戸開かせ切つて出づる

②俣野五郎

又野の其日の装束は、いつにすぐれて結構なり、肌には白き帷子に、白檀磨きの脛当てに、緋縅の鎧を着、同じ毛の五枚兜に高角打つてぞ着たりける、黄金作りの太刀をはき、二十四さいたる小鳥羽の征矢、筈高に取つて付け、塗籠籐の弓のまん中握り、これも川原毛の馬に、金覆輪の鞍置かせ、引き寄せゆらりとうち乗て、もみにもうでぞ駆け合せ、…

大蔵・和泉・鷺にはない独自の表現も見えるが、網掛け部分のように、共通する表現も存することがわかる（佐奈多の「豹の皮の張り鞍に…あおりをさし」は、他の台本では俣野の武装表現。俣野の「白檀磨きの脛当てに」は、虎明本以外は佐奈多の装束）。武装表現については、狂言記を含めた諸流台本に共通する、何らかの原拠があったことをうかがわせる。

四 「文蔵」の語りにおける武装表現（三）――幸若舞曲との近似

「文蔵」の語りにおける佐奈多・俣野の武装表現は、以上のように、諸流台本において多少のゆれがあるものの、概して『盛衰記』より詳細であるといえよう。まず両者ともに、同じパターンで語られ、整然とした対称性が認められる。後に組み討ちに至る二人の装束がほぼ同等・同量の表現によって語られているのである。このことは、いくつかの定型句を活用して本文（詞章）を形成する手法により、いずれか一方（佐奈多か）の武装表現をベースにして、もう一方が形成された経緯を示唆しているのかもしれない（それは狂言の語りの段階でのことなのか、原拠のレベルでのことなのかは定かでない）。

さらに、両者ともに、通常描写される直垂・甲・鎧・弓矢・太刀のみならず、肌着・袴・籠手・脛当までも挙げるところが

特徴的である。こうした詳細な武装表現は、『平家』諸本よりも時代的に下る幸若《こうわか》舞曲の中に類例が見出される。

○（平内左衛門）其日の装束は花やかにこそみえにけれ　はたたには白きかたひら　みなしろおつて引ちかへ　かちんの鎧直垂の四つのくゝりをゆる〳〵とよせさせ　やうはいたうりの左右のこて　ひやくたんみかきのすねあてに　しゝにほたんのはいたてし糸ひおとしのよろひの巳の時とかゝやくを　わたかみとつて引立　草すりなかにさつくとき　ゆつて上帯ちやうとしめ　九寸五分のよろひとをしをめてのわきにさいたりけり　一尺八寸の打刀を十文字にさすまゝに　三尺八寸さうらひけるしやく銅作の太刀はいて　なし打ゑほしにはつちまきし《（ママ）》　白えの長刀をつえにつき（下略）（「敦盛」▼注6）

○たいしやうとおぼしき人の。はだには何をかめされけん。せいがうの大くちの。そばたからかにおつとつて。（下略）（「屋嶋軍」▼注7）

傍線を施したように、舞曲「敦盛《あつもり》」には、狂言記以外の諸流台本に共通する「楊梅桃李の左右の籠手」、また狂言記を含むすべての台本に共有される「皆白織つて（一重ね）」「白檀磨きの臑当」が見えることは注目される。天理本・寛政有江本・享保保教本にある「四つのくくり」も見えるのである。舞曲「屋嶋軍《やしまいくさ》」には、これも諸本に共通する「精好の大口」が見える。舞曲と狂言の語りの武装表現における近似性は明らかである。ここに狂言の語りの時代性が示唆されているといえよう。

五　『源平盛衰記』との相違点

この他、狂言「文蔵」の語りと『盛衰記』の相違点を、同じく石橋山合戦を扱った能「真田」（番外曲）、題目立《だいもくだて》（奈良市上深川《かみふかわ》町の八柱神社に伝わる中世芸能。語り物と劇の中間的な形態をもつ）の「石橋山」も参照しつつ、以下に箇条書き的に列挙してみる。

1【副将軍のこと】

・『盛衰記』　佐奈多与一、副将軍を賜ることとなし。

・「文蔵」　佐奈多は副将軍を賜り、錦の鎧直垂を初めて着る。

※能「真田」でも、佐奈多は「ふく将軍」に任じられ、「精好の大口」「錦の直垂」を賜る。

2【文蔵の登場】

・『盛衰記』　佐奈多は頼朝に対面のあと、乳人の文三家安を呼んで、母や妻へ言い置くことを伝える。

・「文蔵」　文蔵は、佐奈多が討たれた直後に初めて登場する。

※能「真田」では、佐奈多は俣野の首を切ろうとして、刀が折れた後、「ふんさう〳〵。いかにめのとのふんさうや有」と呼ぶが、文蔵は聞き付けず、行き過ぎる。題目立「石橋山」も同様。

3【真田出陣の状況】

・『盛衰記』「弓手《ゆんで》ハ海、妻手《めて》ハ山、暗サハクラシ、雨ハイニイテ（土砂降りに）降《ふる》」「廿三日ノ誰彼時《たそがれ》ノ事ナレバ、敵モ味方モ見ヘ分ズ」とある。

・「文蔵」「比《ころ》は八月廿日あまり、まだよひの間はやみなるに、暁がたのそらはれて、すはや敵の近付共、目にはさだかに見えねども、おぎの上葉を吹風の、そよとばかりに音信《おとづれ》て、秋の夜のかたはれ月のかた〳〵も、おちてぞ水の底にすむと云、歌の心をもつて、とゐの杉山の高根を出る月かげに、与一がかぶとのくわがたの、ひらり〳〵とひらめくにぞ、さなだなるとはしられたり…」（虎明本）とある。

※傍線部のうち、「秋の夜の…」は和歌の引用であり、狂言「文蔵」の語りにのみ見られる文飾である。この和歌は、『菅家金玉集《かんけきんぎょくしゅう》』四に「秋の夜のかたわれ月のかた〳〵はをちても水の底に有りけり」、『和歌集心躰抄抽肝要《わかしゅうしんていしょうちゅうかんよう》』秋分に「秋ノ夜ノ行離月《かたわれ》ノ方々ハ落テソ水ノ底ニ在ケル」とあり、『扇の草子』（東洋文庫本）にも「秋の夜のかたわれ月のかた〳〵はありける物を池のみきはに」と、やや変形して見えるものであった。▼注8

4【岡部を討つこと】

・『盛衰記』　佐奈多は俣野と組む前に、岡部弥次郎を討つ。この時岡部の首を切って、刀を拭わず鞘に差したため、俣野を組み伏せた時に、刀が血詰まりして抜けなかったとする。

・「文蔵」　佐奈多は俣野と組む前に、岡部を討つことなし。したがって血詰まりのことは言わない。俣野の首を切ろうとすると、刀が鞘ながら抜けたとある。

※能「真田」も、「さやなからぬけたる刀」とあるのみ。延慶本・長門本も同じ。

5【組み討ちの表現】

・『盛衰記』「上ニ成リ下ニナリ、駻《はね》返持返」とある。

・「文蔵」「ゑいやとはぬれはころりところび、〳〵」という特徴的な表現がある。

※能「真田」にも「ゑいやとはぬれはころりところひ」とある。

6【長尾新五の扱い】

・『盛衰記』佐奈多が俣野と組んだ時、長尾新五が落ち合う。佐奈多は（斜面にいる）新五を蹴落とす。

・「文蔵」新五・新六落ち合うが、佐奈多が新五を蹴ることとなし。

※能「真田」も「文蔵」と同様。題目立「石橋山」は長尾を蹴落とす。

7【抜けない刀】

・『盛衰記』佐奈多は俣野の首を切ろうとするが、血詰まりのため刀が抜けないでいるところに、長尾新六落ち合い、佐奈多に乗りかかって、その首を切る。

・「文蔵」真田の刀は鞘詰まりして抜けず、冠の板に押し当てて打つと、目釘穴の辺りで刀は折れてしまう。

※能「真田」は、甲《かぶと》に当てて打つと折れる。題目立「石橋山」は、「そばなる岩」で打つと折れる。

以上のように、『盛衰記』とは異なる部分が多い。その相違点は、能や題目立のような中世芸能と共通する場合もある。中世芸能の世界では、明らかに『盛衰記』とは異なる、独自の石橋山合戦物語が展開していたのである。

六「石橋山の草子」

狂言「文蔵」における主人のいくさ語りは、日頃愛読している草子をそらんじる（暗誦する）ものであった。諸流台本は、次のようにいう。

○（太郎冠者）「いつもつれ〳〵の折ふし、ちがひだなにあらふずる、石橋山のさうしをとてこひと仰られて、それをよませらるゝ、その中に有物をたべてござ有　（主人）「何とつれ〳〵の折ふしようでなぐさむ、石橋山のさうしの中に有物をたべたといふか（虎明本）

○太郎「…殿様、いつも雨中などにおたかまくらにてあそばす、さうしの中に御ざるかと存る」と云也、主「中〳〵、さうしをすいていろ〳〵よむ、中にも石橋山のさうしをすいてよむが、若《もし》、其内にあらふか」と云（天理本）

○（太郎冠者）こなたにハつね〳〵石橋山の草子をあそはしまするか其内に有かと覚ました（主人）其義ならは半巻斗ハちうに覚て居ルほとに云て聞かせう…（寛政有江本）

○アト（太郎冠者）…イツモ徒然《ツレヅレ》ニ遊《アソバサ》ル、石橋山ノ双紙ノ内ニ有ルカト覚マシテ御座ル　シテ（主人）何ト云　徒然ニ読《ヨム》石橋山ノ双紙ノ内ニ有ル　ソレナラバ内ノ違棚《チカイ》ニ有ル　イテ取テコイ（享保保教本）

○冠者「…殿様の四畳半座敷へ取り籠らつしやれまして、読まつしやれまする物之本の内に、しかとあるかと存じまする
殿「それがしが好いて読むのは盛衰記を好ひて読む、紙二三枚読もふずる間、あらばあると、やがて答へ…（狂言記）

諸流の主要な古台本では、「石橋山の草子」とするが、狂言記のみは「盛衰記」とする。いずれにせよ、草子とある以上は読み物であり、それを主人は常々好んで「読む」というのである。

「文蔵」のいくさ語りは、このように読み物（草子）を暗誦するかたちでの語りとして設定されていることに注目したい（「青海苔」「姫糊」の語りも同様）。『蔗《しゃ》軒《けん》日録』文明十八年（一四八六）三月十三日条に、『太平記』と『明徳記』を諳《そら》んじていた人物のことが出ているが、これはいわゆる物語僧のような芸能者的存在と認められる。▼注9 それと同じく、「文蔵」の主人も「石橋山の草子」または「盛衰記」といった読み物の存在を前提とした語りを演じているのである。つまり、「文蔵」に代表される（当事者によらない）狂言のいくさ語りは、口承によって伝えられた語り（口語り）というより、物語僧による（ある種の）「太平記読み」のような、文字テキストを前提としてそれを暗誦する語り（読み）の形態を反映したものといえよう。

「石橋山の草子」なるテキストは現存していない。作者の空想から出た幻のテキストという可能性も否定できないが、あえ

て想像すれば、例えば『小枝《さえだ》の笛の物語』（『室町時代物語大成』五所収）のような、『盛衰記』からの記事抄出によって成り立つ室町物語的なテキストが想定されるかもしれない。「石橋山の草子」とは、やはり「文蔵」の語りの原拠となった何らかの物語（書かれた本文）の存在を暗示しているのではなかろうか。

狂言の作者は、少なくとも、そのような草子（文字テキスト）による石橋山合戦物語の享受を主人の語りの背景にイメージしていたのである。

七　劇中芸としての語り――原拠からの加工

「文蔵」の他に、劇中でいくさ語りをする狂言に「青海苔」がある。この曲では、主人が一ノ谷の合戦を語るが、享保保教本には、次のような注記がある。

此語《かたり》委ク念入リ過、仕方《しかた》ノ心持無之《これなく》作リタルト相見へ、文句盛衰記抔《など》ニ少モ相違無之《これなし》。乍然《さりながら》、間《あい》（間狂言の語りのこと。通常所作は伴わない）抔トチガイ、ケ様ノ類ハ語斗ニテナク、仕方有之《これある》故、文句クドク長過《ながすぎ》候テハ、仕方出来ガタキ間《あいだ》、仕《つかまつり》能《よ》ク候様ニ随分《ずいぶん》改テ記《しるす》。（下略）

仕方、つまり所作を伴うために、語りの文句を切りつめるべきことを述べている。狂言のいくさ語りは、ただ語るだけではなく、文句に合わせた所作を伴っており、いわば「見せる」語りなのである。そのために、文句（右の「青海苔」では、『盛衰記』に少しも違わないとする）がくどく長すぎては所作ができない（文句に当てるべき所作が多くなるので、所作が語りに追い付かない）ので、文句を適宜改めたというのである。「文蔵」の語りも、そのような事情により、原拠（何らかの「石橋山合戦物語」）に比して、その文句がかなり切りつめられている可能性があろう。

また一方、狂言「文蔵」における石橋山合戦の語りは、太郎冠者が食べた物の名を引き出すというはたらき（機能）をもつ。そうしたはたらきに合わせるかたちでも、原拠となった合戦物語にさらなる加工が施されているのは明らかであろう。

例えば、先に見たように、乳人の文蔵の名を組み討ちの後に初めて出すのは、狂言の筋に沿った整理が加えられているためである。太郎冠者が、自分が食べた物の名（温糟《うんぞう》）を「文蔵」と思い込んでいることが、この狂言を成り立たせている（つまり、食べた物の名の詮索という筋に石橋山合戦の語りを接合させている）構想上の重要なポイントである。そうである以上、文蔵の名が、『盛衰記』のように、語りの山場である組み討ちの場面より早く出てくることはあり得ないのである。文蔵の名が出れば、太郎冠者の「その文蔵を食べました」という気付きのせりふによって、その箇所で語りは中断され、そのまま終わってしまうことになる（それ以上語る必要がなくなる）はずである。現に「文蔵」の語りではそうなっている。

このように、「文蔵」の語りは、狂言の劇中に置かれた語りとして、必然的に、原拠となる石橋山合戦物語からのさらなる加工がなされている可能性が高いのである。狂言のいくさ語りは、あくまで劇中芸（狂言劇の中で行われる芸能というほどの意）として、その特質を考えるべきものであろう。

とはいえ、狂言「文蔵」の語りには、『源平盛衰記』を始めとする『平家』諸本とは異なるいくさ語りの面影がうかがえるのも、また事実である。本稿でとりあげた石橋山合戦の語りは、狂言「文蔵」のみならず、能「真田」や題目立「石橋山」の内容にも部分的に重なるところがあり、それらは少しずつ相違しながらも、『盛衰記』その他の『平家』諸本とはまた異なる合戦の物語を作り上げている。そうしたいくさ語りが、能・狂言・語り物のような芸能の世界で独自に伝承されていたのである。『盛衰記』本文の生成とその背景を考えるためにも、こうした伝承の残存は、はなはだ貴重なことといえるであろう。

注

（1）北川忠彦「狂言、無奉公物考（上）（下）」（『国語国文』59―4・5、一九九〇年）。
（2）このことは、稲田秀雄「狂言「名取川」考」（『山口県立大学国際文化学部紀要』14、二〇〇八年）でも言及している。
（3）北川忠彦「「文蔵」・「青海苔」・語り」（『観世』54―4、一九八七年）。
（4）松尾葦江・美濃部重克校注『源平盛衰記』（四）（三弥井書店、一九九四年）所収の慶長古活字本による。以下同じ。
（5）このことは、「棒縛」のような曲についてもいえる。稲田秀雄「鷺流の「古態」―天正狂言本との関連を中心に―」（『藝能史研究』195、二〇一一年）参照。

（6）天理図書館善本叢書『舞の本　文禄本上』（八木書店、一九七九年）所収の文禄本による。
（7）横山重・村上学編『毛利家本　舞の本』（角川書店、一九八〇年）所収の毛利家本により、仮名の表記を統一した。
（8）以上の出典は、安原眞琴『『扇の草子』の研究』（ぺりかん社、二〇〇三年）による。それ以外にも、『六花和歌集』三（『八雲御抄』六）、猪苗代兼載『景感道』に類歌が見える。北川忠彦他校注『天理本狂言六義（上巻）』（三弥井書店、一九九四年）「文蔵」頭注参照。
（9）加美宏『太平記享受史論考』第二章「中世における『太平記』の「読み」と享受」（桜楓社、一九八五年）。

参考文献

網本尚子「狂言「文蔵」における二つの趣向―食べ物名列挙と軍語り」（『富士論叢』50―2、二〇〇六年）。

北川忠彦「「文蔵」・「青海苔」・語り」（『観世』54―4、一九八七年）。

須田悦生「石橋山の合戦と狂言「文蔵」」（『たちばな』3、一九九〇年）。

田口和夫「〈文蔵〉の「いくさ物がたり」―狂言の仕方話―」（『能楽タイムズ』495、一九九三年）。

橋本朝生「〈文蔵〉の語り」（『華泉』32、一九七九年。『狂言の形成と展開』みづき書房、一九九六年所収）。

服部幸造「幸若舞曲の武装表現」（『藝能史研究』108、一九九〇年。『語り物文学叢説―聞く語り・読む語り―』三弥井書店、二〇〇一年所収）。

5　土佐少掾の浄瑠璃における軍記の利用方法――「故事来歴」の趣向化――

後藤博子

一　はじめに

近世初期、舞台芸能として人形浄瑠璃が成立し、京や大坂、江戸の芝居町で人気を集めた。人形浄瑠璃は、軍記や舞曲、能などの先行文芸を取り込むことによって、上演のレパートリーを増やしていった。寛永期（一六二四～一六四四）の浄瑠璃は、周辺ジャンルから本文詞藻を積極的に導入することで、当代化を目指したと指摘[注1]されている。

寛文頃（一六六一～一六七三）、金平浄瑠璃の流行により、浄瑠璃が創作期に入ってからも、軍記をはじめとする先行作品への依拠が基盤となっていた。『世界綱目』筑波大本に引用された三代目瀬川如皐本の序文[注2]には、次のように記されている。

> 凡《およそ》歌舞妓狂言時代者、上古中昔近代其時々ニ寄リ世界ヲ立レトモ、時代ニヨリ遠近アリ。所謂謡曲ニ内外三百番アルガ如シ。古代江戸節浄瑠理、土佐・外記・和泉・肥前・虎屋源太夫・半太夫等ニ用タル時代有。近代用ユルト用ヒザルアリ。

寛文から元禄期、おおよそ十七世紀に江戸で活躍していた古浄瑠璃の太夫たちの作品には、時代が用いられていたとする。古い時代に設定し、内容を構成する際には、それぞれの時代によって「世界」が立てられていた。同書によれば、「世界」には「四天王」「平家物語」「木曽」などがあり、それぞれ引書として、『前太平記』『平家物語』『源平盛衰記』といった軍記が挙げられている。江戸の古浄瑠璃において、作品の「世界」に基づいて、それぞれ関連する軍記を利用することは基本であった。

一方で、金平浄瑠璃の作者岡清兵衛について、貞享四年（一六八七）刊『古郷帰《こきょうがえり》の江戸咄』[注3]第六巻第二の記述が知られている。

　扨又、和泉太夫が浄瑠理は岡清兵衛《おかせいひやうへ》と云もの作る。いつぞの程にか、金時が子を金平也と云広め……金平と云事をば、三才のわらべ迄もしりて、日本国へひろまりたり。彼金平作りの清兵衛は、生れつき才発にして、物覚つよく、太平記、盛衰記、あづまかゞみなどを、そらにおぼへ、儒釈歌道をも、少づゝ、はこゝろみければ、古事来暦（ママ）を引事、得もの也とかや。

寛文期に一世を風靡した金平浄瑠璃では、四天王の世界を踏まえながら、四天王の子どもにあたる金平や武綱といった架空の人物が生み出された。この新たな設定により、自由な創作が可能となり、オリジナルのストーリー展開が観客を魅了した。この金平ブームの中心となったのが、江戸の和泉太夫と作者岡清兵衛のコンビである。『古郷帰の江戸咄』によれば、岡清兵衛は『太平記』や『源平盛衰記』などを暗記していて、故事来歴を引用することが得意であったという。つまり、浄瑠璃の制作にあたって、軍記の豊富な知識により、故事来歴を自在に使いこなせたという点が高く評価されているのである。

古浄瑠璃において、作品が扱う「世界」に関わる先行文芸に依拠しながら、そこからどのように展開させるかが課題であった。それと同時に、「世界」には直接関係しないレベルで、軍記に所載の故事来歴を利用することも、浄瑠璃の創作方法として重視されていたことが窺える。

本稿では、元禄期（一六八八〜一七〇四）の江戸を代表する浄瑠璃太夫土佐少掾の正本を取り上げ、「世界」を離れたところで軍記がどのように利用されたのか考証する。軍記の故事来歴に基づいて、趣向化する具体的な方法についても考察したい。

二　『大職冠二代玉取』——主人公の人物造型と「恋」への利用——

『大職冠二代玉取』は土佐座の人気演目の一つであったと推定される。『松平大和守日記』元禄五年（一六九二）九月五日条に、土佐少掾による「大職冠」六段上演の記事があるのをはじめ、七件[注4]の上演記録が確認できる。土佐少掾正本としても、宝永五年（一七〇八）木下甚右衛門板の八行本の他に、鱗形屋三左衛門板の九行本と、山形屋板の絵入本が知られる。

また、絵入本『二代の玉とり』[注5]の終丁裏本文末には「土佐少掾橘正勝直傳」であることと並記して、「作者 中津忠四郎」という署名が記載されている。土佐少掾正本の中で、作者署名が認められる貴重な例である。

『大職冠二代玉取』は、「大職冠」の世界の後日談のような設定であり、房前を主人公とする。初段において新しく付け加えられた趣向として、原道生「『大職冠』ノート―近松以前―」[注6]（『近松論集』六、一九七二年三月）では、「『平家物語』巻第六「紅葉」や『源平盛衰記』巻第二十五「此君賢聖并紅葉山葵宿禰附鄭仁基女事」に伝えられる高倉天皇の事蹟に依拠して構想された、庭に散り敷く紅葉を焚いて酒を暖めたことを咎められている六位達を、逆に房前が「林間暖酒焼紅葉」の詩句を引いて賞すること」が指摘されている。

どのような趣向となっているか、確認しておく。『大職冠二代玉取』初段では、房前が三笠山の山荘で面向不背の玉を守護している。九行本の本文には、房前について「生年は十六さい。はくがくゆふびにまします」[注7]とあり、博学優美な貴公子として造型される。その優美な人柄を表現するため、高倉天皇の紅葉の話が使われている。房前が山荘の庭に植えて愛でていた紅葉の落葉や枝を、六位たちが酒を暖めるために焚いてしまう。しかし房前は咎めず、詩句を引いて風流を喜ぶという展開で、ほぼ原拠そのままの内容である。

次に、門外で泣いている女性の声を聞きつけた房前がわけを尋ねさせると、衣を盗まれたという。哀れんで呼び寄せ、代わりの衣を与えようとすると、実はその女性は大伴家持の娘もなかの前であり、恋しい房前に近づくための手段であったことが明かされる。ここでも、高倉天皇が主の衣を盗まれた女童に代わりの衣を下賜した話が使われている。本作のヒロインであるもなかの前が房前に恋して、「思ひのたけをかきくどき。いかにもならん」と山荘まで忍んで来て、「御門へいらむたよりなくかくははからい申せし也」というように、恋のための「忍び」の手段として趣向化されている。

これら二つの趣向は、本文も『平家物語』から襲用していることが確認できる。[注8]

（平家）　然るを有夜。野わきはしたなうふきて　こうえう皆ふきちらし

（盛衰記）〈該当本文ナシ〉

（絵入本）　然るに其夜　のわけはしたなふ吹おちて　こうようあらしにさそはれしは

（鱗形屋板）然　に其夜。あらしはげしく　ふき落て。こうようあらしにさそはれしは
（木下板）　然　に其夜。あらしはげしく　　落て。こうようあらしにさそわれしは

『平家物語』の本文を引き写しながら、浄瑠璃本文を創出している。また、次のような箇所からは、『源平盛衰記』も併せて参照していたのではないかと推測される。傍線部「心をすまし」は、『平家物語』ではなく、『源平盛衰記』のみと一致する。

（平）御なげき有ける。やゝしんかうにおよんで。　程とおく　人のさけぶこゑしけり
（盛）御心をすましてわたらせたまひけるに。はるかなるほどゝおほしくて女の泣くこゑしけり
（絵）心をすましおはします　かゝる所にほと遠く　人のさけぶこゑ聞へけり
（鱗）心をすましおはします　かゝる所にほと遠く　人のさけぶこゑぞせり
（木）心をすましおはします　かゝる所にほと遠く　人のさけぶこゑぞせり

このように、土佐少掾の『大職冠二代玉取』では、『平家物語』や『源平盛衰記』の故事を、作品の「世界」とは関係ないところで用いている。主人公の房前が初めて登場する初段で、博学優美な人物として描き出すため、高倉天皇のイメージを利用したものと捉えられるだろう。

また、浄瑠璃の段構成において、初段の見せ場は「恋」であり、一般的に男女の出会いの場面が設定される。さらに、本作のような、女性が男性のもとへ忍んでくるという趣向は、元禄期に歌舞伎と浄瑠璃の双方で好まれていた。謡曲や故事を下敷きにする事例も多い。元禄六、七（一六九三、四）年頃初演の土佐少掾座『薄雪』でも、ヒロイン薄雪が園部のもとへ忍んでくる場面で、謡曲『小督』によって、小督を園部に、仲国を薄雪に置き換えた趣向が見られる。『大職冠二代玉取』でも、高倉天皇の故事を典拠とする、いわばパロディとして、観客や読者にも受け取られていたと推測される。

ただし、土佐少掾正本の先行本文の襲用に関しては、刊行時期によって、意識が変化していたことが窺われる。

（平）きんこくるざいにもおよび。我身も　いかなるげきりんにかあつからんすらんと
（盛）禁獄　流罪にもやと
（絵）きんこくるざいにも及　わが身にもいか成　御ふけうにかあつからんと

いか成るうきめやみもせんと（鱗）
いかなるうきめやみもせんと（木）

『大職冠二代玉取』の初演に近い、元禄前期に刊行された絵入本では、詞章レベルでも『平家物語』本文と重なる部分が多い。しかし、宝永期（一七〇四～一七一一）刊行の鱗形屋板と木下板では、『平家物語』の本文から離れているのが見てとれる。前掲の対照箇所でも、絵入本が『平家物語』によって、「のわけはしたなふ」としているのに対して、鱗形屋板、木下板では「あらしはげしく」と改変している。

おそらくこれは、絵入本に署名が記載されている作者「中津忠四郎」が、鱗形屋板、木下板の出版には関与しなかったことを示しているのではないかと思われる。絵入本においては、『平家物語』の故事のイメージを本文においても濃く重ね合わせようという作者の意図が反映されていた。初演時の語りにおいてもその意図は認識されていたのだろう。しかし、そうした認識が鱗形屋板、木下板の刊行に至るまでの、どこかの時点で忘れられ、むしろ、古文調の本文から、わかりやすい表現へ改変しようとする意識が強くなったと考えられる。それは出版された本文の問題だけではなく、土佐少掾の語りにおいても同様の変化があったと推測される。

三　『土佐日記』――「身代わり」への利用――

『土佐日記』については、土佐少掾による上演記録が、加賀藩『御用番方留帳』宝永四年（一七〇七）十一月六日条で確認できる。[注9]宝永五年（一七〇八）木下甚右衛門板の八行本が出版されている。

本作は上方浄瑠璃の改作であり、他にも先行文芸に依拠する点が多い。若月保治『古浄瑠璃の研究』第四巻（一九四四年、櫻井書店）の江戸土佐浄瑠璃解題「土佐日記」の項で、「全体は加賀掾の正本『伊勢物語』の改作である。……文敵討の点では『曾我物語』から、引いては、正保頃の『小篠』にもより、業平の幽霊の出現の点では謡曲『井筒』に負ふ所がある」と指摘されている。

本稿で注目したいのは、『曽我物語』に依った三段目の「身代わり」の場面である。土佐少掾正本『土佐日記』は、加賀掾正本『伊勢物語』の改作で、全体的に依拠した構成になっているが、三段目の身代わりの悲劇は、土佐少掾正本で独自に設定されている。

加賀掾正本『伊勢物語』では継陰がとね太郎に殺され、息子たちが敵討ちを目指すというストーリーである。これに対して、土佐少掾正本『土佐日記』では、継陰から都鳥巻を奪って伊勢守に出世した「ちかぬ」が、悪事隠蔽のために継陰の嫡子多門丸を探索するという展開で、三段目では、多門丸を守る清秀・浜荻夫婦が我が子松若を身代わりにする場面が描かれる。いわゆる三段目悲劇ともいうべきクライマックスとして、壮絶な身代わりの話が構想されている。ここで典拠として取り込まれたのが、『曽我物語』巻第一に所載の「杵臼・程嬰が事」である。

趙氏の若君を敵から守るため、程嬰が我が子を身代わりにすることを決意し、杵臼が程嬰の息子とともに敵に討たれるという故事である。『太平記』巻十八にも引かれているが、土佐少掾正本は『曽我物語』に依拠している。土佐少掾正本『土佐日記』では、杵臼と程嬰を、清秀と浜荻という夫婦に置き換えた。敵の探索の厳しさに危機感を覚えた清秀と浜荻夫婦は、息子松若を若君多門丸の身代わりにすることを決意する。浜荻が敵に寝返ったと見せかけて清秀たちのありかを敵に知らせ、多門丸の身代わりとなった松若と清秀が敵に攻められ、自害する。浜荻は多門丸を息子松若であると偽って守りきる、という内容である。それぞれの本文の一部を対照して示す。▼注10

『曽我物語』巻一	『土佐日記』第三
二人かうち。一人かたきのわうにいでつかへんといはんときさるものとて。心をゆるす事あらじ。ときにわが子きくわくといひて。十一さいになる子を一人もちたり。さいわい我きみとどうねんなり……しよきう申けるは。いのちながらへて。のちに事をなすべきこらへのせいは。とをくしてかたし。今太しとおなじくしせん事はちかくしてやすし。……	二人がうち一人は。かたきちかぬにかうさんせん。さりながらわれ〳〵が。心ざしをさつしつゝ。きをゆるす事あらじ。しからは我子のまつわかは。生年は十一さい。多門きみは十二さい。ふうふがちうをみがくべき。天のあたへこれなるべし……さればいのちながらへて。のちに事をとぐべきは。遠ふしてかたし。今しゆくんといつわり。ともにしなんは。ちかふしてやすかるべし。……

『曽我物語』の本文を襲用しながら、人物を置き換えて、巧みに構成し直している。浜荻の目の前で清秀と松若は自害し、浜

荻が二人の首を打つことになる。夫と息子を妻が討つという設定に変換したことで、杵臼・程嬰の故事よりもさらに壮絶な悲劇となっている。上方浄瑠璃『伊勢物語』を改作するにあたり、土佐少掾座が新たに創出した場面が、こうした激しい合戦展開する身代わりの趣向であったことに注目される。土佐座がこのような改変を行ったのは、やはり、江戸の観客がこれを「杵臼・程嬰」の故事によった趣向であると認識し、歓迎することを想定したからと考えてよいだろう。

『土佐日記』のケースも、前節の『大職冠二代玉取』の事例と同様に、軍記で知られた故事来歴を利用して趣向化したものと捉えられる。観客が典拠を認識していることを前提とし、あの故事がこのような趣向になるのか、という興を喚起することを意図したと推測される。

四 『源氏花鳥大全』――合戦場面への利用――

見てきたように、土佐少掾正本の『大職冠二代玉取』や『土佐日記』では、『平家物語』や『曽我物語』といったよく知られた軍記の故事が取り込まれ、趣向化されている。これらの事例からは、人口に膾炙した典拠を、人物を置き換えたり、状況設定を変換したりすることで、趣向としてのおもしろみを生み出す意図が窺える。

土佐少掾座の演目としては後期のものと推定される『源氏花鳥大全』においても、軍記の利用が認められるが、前述の二作の場合とは異なった方法になっている。

土佐少掾正本『源氏花鳥大全』は、宝永五年（一七〇八）木下甚右衛門板の八行本と、宝永六年（一七〇九）木下甚右衛門板の絵入本が知られる。記録としては、香取神社の祭礼で享保五年（一七二〇）と享保十八年（一七三三）に上演されたことが指摘されている。▼注11

『源氏花鳥大全』は四天王の世界を描き、藤壺と弘徽殿の后争いを扱った作品である。第一では、道満が花山天皇の女御弘徽殿を不吉だとするが、晴明に偽計を看破されて捕らえられる。第二で、花山天皇は道満の偽計が藤壺女御の陰謀によるものだと悟るが、表沙汰にはせず、道満を流罪とする。景方と重茂は陰謀の露顕を恐れ、道満の口封じのため、道満の身柄を預かっている頼光の館を襲撃する。しかし、保昌の活躍により撃退される。

古浄瑠璃の二段目では「修羅」と呼ばれる合戦場面が設定されるのが一般的で、『源氏花鳥大全』第二においても、景方らの軍勢と、それを撃退する保昌の戦いが眼目となっている。この場面で、『前太平記』巻第十六「満仲京都宿所強盗事」が利用されている。両作の本文の一部を対照して示す。▼注12

『前太平記』巻十六	『源氏花鳥大全』第二
物馴れたる忍の者二人、築地より飛び昇つて門内に忍び入つて、門を守る下部等……無下に能く寝入りたるを引き寄せ、是非なく刺し殺して門を開きたれば、盗人等は残りなく内に入りぬ。され共中門密しく固めたりければ左右無く入り得ず、広場に少し猶予しけるに、満仲朝臣は未だ寝所にも入り給はず、近習の人々三四輩、万の事語らせて坐しけるが……中門に余多人声の聞こゆるは…溢れ者なるべし。其々用意すべしとて……始めの程は忍びたる体なりしが次第に声高く……満仲朝臣は少しも騒ぎ給はず……中門を押し開いて……指し取り引き詰め射給ひける。	物になれたる忍びの者。二人塀地を飛こへて。ねいりし下部を指ころし、門をひらけば三百よき。皆広庭へはせ入しが。され共中門きびしくして。内へ入べきやうもなく少ゆうよをしたりける。され共平井の保昌。いまだいねもやらずして。近じゆのぶしをかたらひて。物語などしいたりしが。中門のひろ庭にて大勢の人声は。まさしく夜盗かしれものか。かた〳〵用意いたされよと。弓と矢つがひ立ければ。始はそゝやくぐんぜいの。今は思はず大音上け門を破れときぎしめくを。保昌少もさはがずして。中門を押抜き。指取引つめいたまへは。はやりをの兵共たふれかさなり射ふせらる。

『前太平記』では、満仲が館を襲ってきた強盗を迎え撃つという話である。『源氏花鳥大全』では、襲撃されるのは頼光の館であり、なお、頼光は宮中に宿直のため、軍勢を迎え撃つのは保昌に置き換えられている。

忍びの者が塀を跳び越えて内側から門を開くが、中門を破れず、広庭でしばらく時を過ごす。まだ起きていた保昌が襲撃に気づき、敵を待ち受けて射るという展開である。傍線で示したように、『前太平記』の本文をほとんどそのまま使っていることが見てとれる。

この事例では、先の二例のように、軍記所載の故事来歴を利用して趣向化するというのではなく、軍記の本文そのままを利用する方法がとられている。『前太平記』は『源氏花鳥大全』が扱う四天王の世界の軍書として知られていたが、「世界」のイメージを踏襲するという利用方法とも異なる印象を受ける。

『源氏花鳥大全』のこの場面の典拠として、観客や読者が『前太平記』の満仲のエピソードを思い浮かべることを、作者側は想定していたのだろうか。『平家物語』の高倉天皇の逸話や、『曽我物語』所載の杵臼・程嬰の故事と比較して、『前太平記』の満仲の武勇譚の世間への浸透度は低かったのではないかと推測される。また、満仲の活躍を、同じ四天王の世界の保昌に置き換えることによって、何らかの面白みを意図する趣向として成り立つかどうかを考えた場合、その意図は認めがたいようにも思われる。宝永期（一七〇四〜一七一一）の江戸において、『前太平記』がどのように享受されていたかの検証も必要であるが、今のところその用意がないため、『源氏花鳥大全』の当該場面にパロディのような意図はなかったものと捉えておいて、論を進めたい。

『前太平記』は刊記のない版本が多く、成立や刊年について、ほとんど明らかになっていない。元禄五年（一六九二）以前の成立が想定[注13]されているにとどまる。ただし、土佐少掾の四天王物においては、『前太平記』に基づく設定が基本になっている。たとえば、土佐少掾正本『源氏六条通』や『東海道兵揃』での、坂田金時の人物設定やキャラクターは、『前太平記』巻十六「頼光朝臣上洛事符坂田公時事」や巻二十三「四天王等向後事」によって造型されていることが知られる。

一方で、『源氏花鳥大全』第二の事例は、「世界」を踏襲するのとは別の次元でも、軍記が利用されていたことを示している。作者が合戦場面の本文を構成するため、切り貼りするような形で『前太平記』を利用したものと位置付けられるだろう。「修羅」という、人形の見せ場でもあり、勇壮な語りの聞かせどころでもあった合戦場面で、『前太平記』をそのまま写すような本文利用が見られることからは、軍記を基盤として成り立ってきた江戸古浄瑠璃の特色が窺える。

五　おわりに

土佐少掾正本の三作品を取り上げ、それぞれに見られる軍記の利用について検証してきた。江戸の古浄瑠璃において、『平家物語』や『曽我物語』などの軍記の知識をもとに、「故事来歴」を利用することは、新しい趣向を創出する上で、重要な方法であったと考えられる。

元禄期の江戸では、浄瑠璃座が大名家の藩邸に呼ばれて上演するという機会が多く、土佐少掾についても江戸屋敷における上演記録が多数確認されている。藩邸での上演の際には、大名家の家族をはじめ、藩士や小者に至るまで、幅広い階層の武家の人々が観客となった。土佐少掾座の演目における、軍記の故事来歴による趣向化は、こうした軍記の知識を有する武士層を想定していた可能性も考えられるだろう。

また、『源氏花鳥大全』における『前太平記』の利用のような、本文をそのまま写して合戦場面を構成するという手法は、江戸古浄瑠璃の作者にとって、いかに軍記が参考文献として重要であり、創作の拠り所となっていたかを窺わせる。江戸古浄瑠璃の観客や正本の読者といった受け手側が、作品の「世界」を離れた、このような細かいレベルでの軍記の利用をどのように受け止めていたのかについては、推測の域を出ない。当時、軍記がどのように享受されていたのか、その実態について具体的な検証が課題になると考える。

注

(1) 阪口弘之「寛永期の浄瑠璃―「鎌田」の周辺」(『浄瑠璃の世界』世界思想社、一九九二年)。
(2) 引用は、加藤次直「『世界網目』の諸本―その位置づけと転写の経緯―」(『学習院大学国語国文学会誌』四〇号、一九九七年三月)による。
(3) 引用は『古郷帰の江戸咄』(『近世文学資料類従』古板地誌編一〇、勉誠社、一九八〇年)による。
(4)『弘前藩庁日記』元禄七年三月十一日条に土佐太夫「大職冠」、『榊原文書』元禄十年七月五日条に「大職冠」、『日乗上人日記』元禄十四年四月二十一日「玉とり二代め」、七月九日条「二代玉とり」、九月六日条「玉とり二代目」、元禄十五年五月十一日条「玉とり」と見える。
(5) 引用は国立国会図書館所蔵本による。
(6) 原道生『近松浄瑠璃の作劇法』(八木書店、二〇一三年)所収。
(7) 引用は鳥居フミ子校訂『土佐浄瑠璃正本集』第一(角川書店、一九七二年)による。

（8）『平家物語』（平家）の引用は、延宝五年板絵入整版本（弘前図書館所蔵本・国文学研究資料館所蔵紙焼き）による。『源平盛衰記』の引用は、延宝八年板絵入整版本（国文学研究資料館所蔵本）による。絵入本『二代の玉とり』（絵入本）の引用は、国立国会図書館所蔵本による。鱗形屋板『大職冠二代玉取』（鱗形屋板）の引用は、早稲田大学図書館所蔵本（注（7）前掲書）による。木下板『大職冠二代玉取』（木下板）の引用は、鳥居フミ子所蔵本（『鳥居文庫浄瑠璃稀本集』第二、勉誠社、一九九六年）による。

（9）他に、『家乗』元禄九年十一月二十八日条には「歌浄瑠理」として「土佐日記」の上演記録があり、『日乗上人日記』元禄十五年四月十日条には、「あやつり始る。土佐日記とやらん也。始て有し上るりとかや」と見えている。

（10）『曽我物語』の引用は、寛文三年板絵入整版本（国文学研究資料館所蔵）による。『土佐日記』の引用は、注（7）前掲書による。

（11）浦山政雄「江戸人形浄瑠璃史の資料としての恵明寺文書」（『日本演劇学会紀要』二、一九五八年）。

（12）『前太平記』の引用は、叢書江戸文庫3（一九八八年、国書刊行会）『前太平記』上（無刊記片仮名交り本）による。『源氏花鳥大全』の引用は、注（7）前掲書による。

（13）注（12）前掲書『前太平記』板垣俊一解題による。

注記

本稿は、公開シンポジウム「芸能・絵画と軍記物語─中世から近世へ」（平成二十四年七月二十一日、於國學院大學）での報告に基づくものです。ご教示を賜りました方々に心よりお礼申し上げます。

6　浄瑠璃正本における〈平家〉考——文字譜〈平家〉の摂取と変遷をめぐって——

田草川みずき

一　はじめに

延享四年（一七四七）十一月、竹本座初演の義太夫節人形浄瑠璃「義経千本桜《よしつねせんぼんざくら》」の二段目・渡海屋の段は、壇ノ浦の戦いで海中に沈んだはずの、幼い安徳天皇と平家の大将平知盛が実は生きていたという虚構のもと、平家再興を志す知盛が、西国へ落ちてゆく義経主従を滅ぼそうとする計略を描いたドラマである。しかし、命運を賭けた知盛の計略は、義経方に見破られていた。海上での船軍に敗れ、追い詰められた安徳天皇や知盛の最期の有様が、「平家物語」の本文を利用しつつ、史実の再現として観客に提示される。[注1]この「義経千本桜」初演時の浄瑠璃正本をみると、安徳天皇が今まさに入水せんとする場面、「天てらす太神へ御暇乞と。東に向はせまいらすれば。美しき御手を合せ。伏拝給ふ御有ﾘ様。見奉れば気も消々。ヲ、よふお暇乞なされたのふ。仏の御国はこなたぞと。」という、「平家物語」からの詞章引用部分の、「美しき御手を合せ。」の文頭右上に、〈平家ウ〉との注記がある（【図一】）。

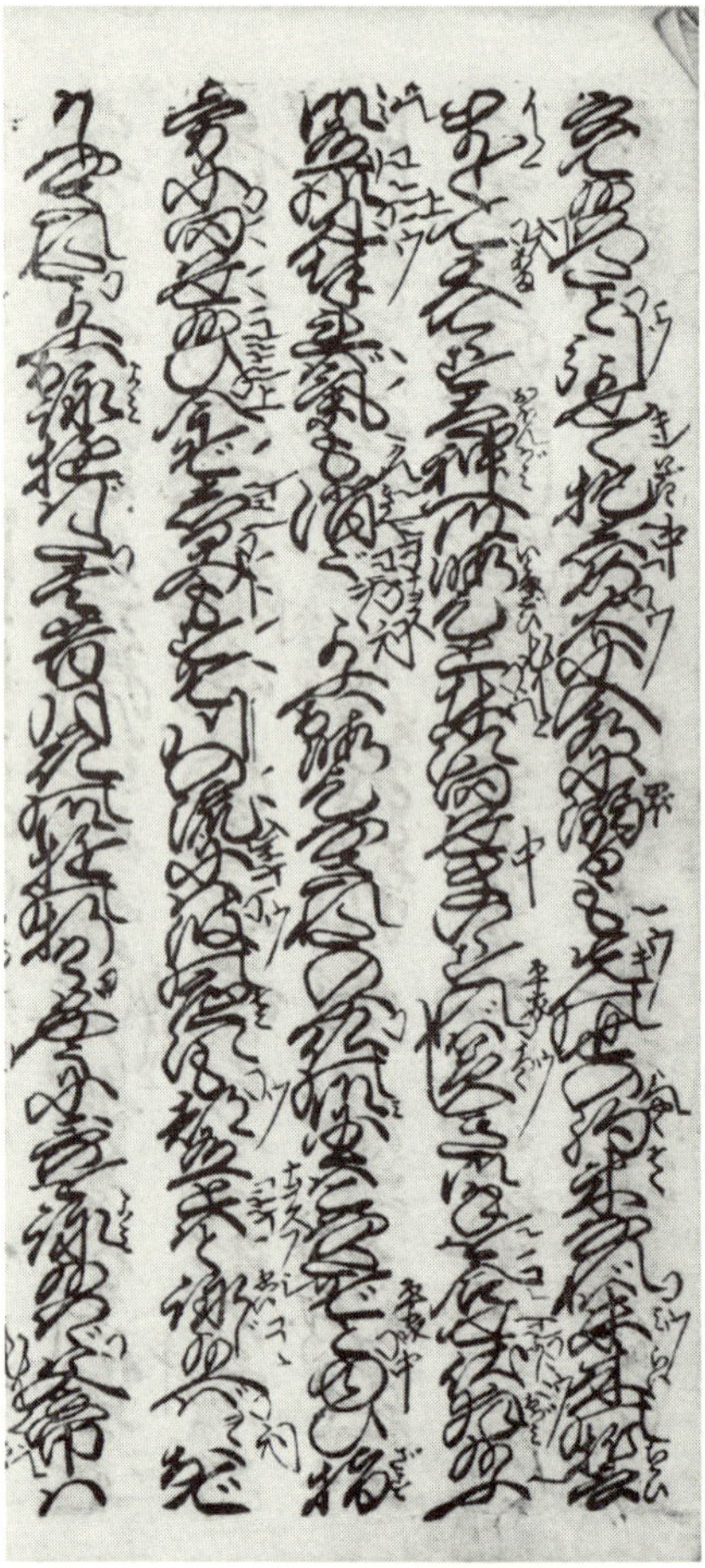

【図二】「義経千本桜」渡海屋の段〈平家ウ〉記譜箇所[注2]

〈平家ウ〉記譜箇所・拡大

義太夫節成立前後の人形浄瑠璃は、独自の節廻しを確立すると同時に、先行芸能や他流派の浄瑠璃から、〈ウタイ〉〈舞〉〈文弥〉等、多くの旋律を自流へと摂り入れてきた。「平家（平曲）」から摂取した、〈平家〉もそのひとつで、これらの節付記号は「文《も》字《じ》譜《ふ》」と呼ばれる。

現行義太夫節の〈平家〉は、「太夫は産地とカンの音の扱いに、また三味線は美しく荘重な旋律に特色があり、悲壮感を強調する所によく用いる。」[注3]と解説される。近世演劇としての義太夫節人形浄瑠璃が、作品中で、近世以前の「時代」や「歴史」を感じさせたい場面――渡海屋の段でいえば、ドラマの中での安徳天皇の入水が、歴史上のそれと重ね合わされる場面――で、効果的に用いられる。

しかし、この〈平家〉という印象深い節付に焦点をあてた研究は、これまで殆ど行われていない。そこで本稿では、浄瑠璃正本に記された文字譜〈平家〉が、いつ発生し、作品の中でどう用いられてきたのかを、古浄瑠璃から近松時代を対象に考察する。そして、浄瑠璃という媒体を経た「平家（平曲）」は、当時の作者や演者、あるいは観客に、どのように捉えられていたのかを明らかにしたい。

二　浄瑠璃の節付について

浄瑠璃正本の節付は、「胡麻章《ごましょう》」と「文字譜」の二種に大別される。前者は、一音節にひとつ付される「－（直章）」「／（上章）」「＼（下章）」「┐（廻し）」等々の記号である。後者には、片仮名や漢字で記され、〈ハル〉〈入〉〈三重〉など、日本の古典演劇が長い間使用してきた音楽用語によって音高や節廻しを示すものや、〈平家〉〈ウタイ〉〈網戸〉のように、他の芸能から取り入れた旋律を指すものがある。

以下に、現在の義太夫節の節付についての、詳細かつ簡潔な解説を掲げる。▼注4

①現行の義太夫節の曲節構造も、初世義太夫当時と本質的な相違はないといってもよい。（中略）現行義太夫節の曲節は、㈠広義の「地」、㈡「詞」、㈢「色」の三種を基本的要素として成り立っている。そして㈠はさらに、(イ)狭義の「地」、(ロ)節、(ハ)地色の三種に大別される。広義の「地」は地合ともいい、三味線の伴奏を伴うのが普通で、旋律をつけて語る曲節である。そのなかで②義太夫節が独自に生み出した曲節が狭義の地であり、義太夫節以外の各種の音楽からとり入れた旋律が節である。節の出自は、先行芸能の平曲（平家）、謡、舞、説経などのほか、土佐、外記、文弥、表具、宮薗、江戸など他流の諸浄瑠璃、そして網戸、相の山、タタキ、祭文などの巷間芸能、さらに馬子唄、浜唄をはじめ多種多様の流行歌や民謡など、きわめて多岐にわたっている。もちろん、これらは原曲のままではなく、程度の差はあるが、義太夫節の地合らしくアレンジされている。（中略）義太夫節オリジナルの狭義の地は、きわめて複雑で、（中略）浄瑠璃の詞章の、叙事的・劇的内容の表現に応じて曲節付がなされ、（中略）これを伴奏する三味線も、（中略）太夫とともに詞章の内容を表現するところに大きな特色が認められる。こうした狭義の地を、文字譜によって類別してみると、音声の高低を示すもの（「上」「ハル」「ウ」「中」「下」など）、発声の技法や間拍子に関するもの（「クル」「トル」「入」「ノル（ノリ）」「ハヅミ」「ヒロイ」「ユリ」など）、一定の旋律型や段落のつけ方に関するもの（「ソナヘ」「ヲロシ」「ハルフシ」「本フシ」「長地」「ヲクリ」「三重」「スヱ（スヱテ）」「フシ」など）

（中略）の五種類に大別される。（項目執筆者・景山正隆、『日本音楽大事典』[注5]・「義太夫節」の項）

傍線部①にある通り、義太夫節の節付体系は、浄瑠璃の体系化を進め、近松や義太夫にも影響を与えた古浄瑠璃太夫・宇治加賀掾《かがのじょう》から、義太夫節を確立した竹本義太夫の時代にかけてほぼ完成しており、演奏の実際は措くとしても、浄瑠璃正本上の記譜については、現在まで基本的な構造が維持されている。

また、傍線部②の「義太夫節以外の各種の音楽からとり入れた」節は様々あるが、これらが浄瑠璃正本に記譜される場合、〈ナヲス〉という文字譜と対で用いられることが多い。〈ナヲス〉とは、他の音曲から取り入れた節を、義太夫節オリジナルの地に戻す（直す）際の文字譜である。

去《ウタイ》程に。御船《クル》を始《メ》て《引》。一《チ》門《ン》皆々舟にうかめば乗《クル》おくれじと。汀に打寄《ス》れば御座船も兵《下》船も。遙《トルハル》にのび給《ナヲス》ふ。無官《地ハル》の大夫敦盛は道にて敵を見失《中》ひ。

右は、宝暦元年（一七五一）十二月十一日豊竹座初演「一谷嫩軍記《いちのたにふたばぐんき》」二段目、組打の段の冒頭部分である。謡曲「敦盛」の詞章「さる程に、み舟を始めて一門皆々、舟に浮かめば、乗り遅れじと、汀にうち寄れば、御座舟も兵船も、遙かに延び給ふ。」[注6]を利用した箇所で、〈ウタイ〉が付された「去程に」から、義太夫節向けにアレンジされた謡の節が続く。ここに記された〈クル〉や〈引〉などの文字譜は、「敦盛」の謡本にみえる記譜に因んだものである。そして、〈ナヲス〉が付される「給ふ」で謡曲からの詞章引用が終わり、同時に、義太夫節の独自の詞章と地に直る。「平家物語」を本説とする謡曲「敦盛」の詞章と〈ウタイ〉の節で、「平家物語」の世界や時代性を表現し、謡曲詞章引用部分の末尾に付された〈ナヲス〉から、次文の冒頭にかけて、ゆるやかに浄瑠璃独自の地へと移り変わることで、近世的な世界での新たなドラマが始まる――という、先行芸能に由来する旋律と〈ナヲス〉を用いた、典型的・代表的な名場面である。

筆者はこれまで、こうした他流派・芸能から摂取された節のうち、文字譜〈ウタイ〉〈文弥〉〈表具〉の発生と展開について調査し、義太夫節の節付のあり方や他流派との関係を探ってきた。[注7] このうち、〈ウタイ〉についての論考「浄瑠璃太夫たちの〈ウタイ〉考 ―作者・作曲者の意図をめぐって」[注8]を例に、筆者が行った浄瑠璃作品における文字譜の考察方法の詳細を、次節に記したい。

三　文字譜〈ウタイ〉の場合

拙論「浄瑠璃太夫たちの〈ウタイ〉考　―作者・作曲者の意図をめぐって」は、山根爲雄編『「近松全集」文字譜索引』[注9]を手掛かりに、近松作品中の謡関係文字譜の記譜箇所を時代毎に分析し、浄瑠璃という新しい芸能ジャンルの作者と作曲者が、優れた先行芸能としての謡曲を、どのように捉え、活かしていったのかを考察したものである。調査の対象としたのは、存疑作[注10]を含む近松作品一一三作品で、『近松全集』全十七巻[注11]と、『「近松全集」文字譜索引』を用いた。

実際の作業としては、まず『「近松全集」文字譜索引』から、謡関係文字譜を全て抜き出し、記譜箇所を確認した。これをまとめると、『近松全集』所収作品に記譜された謡関係文字譜は、次に記す三十五種であった。

【謡関係文字譜】三十五種

うたひかゝり／うたひきん／ウタイ／ウタイウ／ウタイカ、リ／ウタイサシ／ウタイノット／ウタイハル／ウタイ詞／ウタイ中／ウタヒ／ウタヒクセ／ウタヒ地／下歌／次第／序うたひクセ／上歌／惣地謡／謡／謡ウ／謡カ、リ／謡キン／謡クセ／謡クル／謡サシカ、リ／謡ハル／謡フシ／謡一セイ／謡下／謡詞／謡次第／謡地／謡中／謡中ウ／謡同音

さらに、これらが記譜されている箇所の詞章を抜粋し、大谷篤蔵編『謡曲二百五十番集索引』[注12]によって、元になる謡曲詞章があるか否かを調査した。

結果、近松作品における謡関係文字譜摂取箇所には、明らかな変遷があることがわかった。まず、竹本義太夫が、先輩である古浄瑠璃太夫・宇治加賀掾と競合していた貞享期（一六八四〜七）には、謡曲関係の節付が思いのほか少ない。貞享四年（一六八七）の加賀掾正本「盛久」・義太夫正本「主馬判官盛久」は、能「盛久」を主要な題材とする作品だが、謡関係の節付をしているのはそれぞれ三箇所、該当する謡曲詞章も、「敦盛」「羅生門」「盛久」（加賀掾「盛久」）、「鉢木」「清経」「敦盛」（義太夫「主馬判官盛久」）からの引用で、あえて能「盛久」には寄りかからないという自主性が感じられる。

しかし、近松が一時期浄瑠璃から遠ざかり、主として歌舞伎作品を執筆していた元禄期に、謡関係記譜の数が急増する。義

太夫正本「悦賀楽平太《えがらのへいた》」・「融の大臣」には、能「卒都婆小町」と「融」の詞章引用が集中し、加賀掾正本で、正本に「近松門左衛門添削」との記載がある作品「猫魔達」に至っては、調査した一一三作品中、最も謡関係文字譜が多く、しかもその摂取元の謡曲は、巷で良く知られる人気曲ばかりであった。義太夫・加賀掾正本ともに、貞享期の、いわば緊張感をもった節付とは打って変わり、やや安易な〈ウタイ〉記譜が横行していたといえる。

その後、竹本座が近松を座付作者に迎え、独走態勢に入ると、浄瑠璃一作品中にみられる謡関係記譜箇所の摂取元である謡曲も、一曲に偏らずまんべんなく採用されるようになる。「吉野都女楠《よしののみやこおんなくすのき》」（宝永七年・一七一〇）では、謡関係記譜箇所の摂取元謡曲名が、「実盛」「兼平」「柏崎」「屋島」「富士太鼓」と、バラエティーに富む。作者による同一の謡曲からの偏った詞章引用、または太夫による謡曲詞章への安易な謡関係記譜の、いずれか一方、または両方が慎まれるようになった結果であろうか。

そして義太夫没後、第二世代の太夫たちが活躍するようになると、謡関係文字譜の摂取状況は一変する。これまでの時期、謡曲関係記譜箇所の詞章を『謡曲二百五十番集索引』で調査し、摂取元の謡曲に辿り着けなかった確率は、約一五％であった。それに対し、この時期の不明率は三四％で、全体の三割にのぼる。▼注13 例えば、「浦島年代記」（享保七年・一七二二）の「縁はつきせぬよるへの水に入よと見へし俤は波に。残してうせにけり」という詞章は、いかにも謡曲風の文章だが摂取元不明である。他にも、謡曲によくある言い回しを真似た「善光寺御堂供養」（享保三年・一七一八）の「抑天竺まかた国。月かい長者が館室は。五々のろうかく三十の宝蔵。」等がある。義太夫没後の第二世代の太夫たちは、従来の謡曲詞章引用部分を謡風に語っていた単純ともいえる節付法から脱却し、謡関係の節付を、より効果的に応用していたことが明らかになった。

前節において、義太夫節節付の基本構造は、加賀掾・義太夫時代から変わっていないと記した。しかし、本節で扱った文字譜〈ウタイ〉のような、個別の節の変遷を追うことで、義太夫節という芸能の成熟の過程を、目に見える形で提示することが出来るのである。

四　文字譜〈平家〉の記譜状況

以上、浄瑠璃における重要な先行芸能、「謡」に関係する文字譜の摂取と変遷について紹介した。では、本稿が主題とする文字譜〈平家〉ではどうであろうか。

仮名草子作家の浅井了意が記した『東海道名所記』には、浄瑠璃太夫の掾号受領が相次いだ明暦期の上方浄瑠璃界について述懐した、著名な一文がある。

めん〳〵受領して、がたらつく中に、喜太夫といふもの上総の掾になりて、太平記をかたるその曲節、平家とも舞とも謡ともしれぬ鳥物なり。（万治元年（一六五八）刊『東海道名所記』）

傍線部にみえる、「平家」「舞（幸若舞曲）」「謡」という当時良く知られた芸能に対して、浄瑠璃の曲節を「鳥物」と断じている点が興味深い。竹本義太夫が登場する、およそ三十年前のことである。

一方、加賀掾や義太夫の浄瑠璃芸論には、[注14]「平家」についての以下のような記述がある。

○宇治加賀掾段物集『紫竹集（門弟教訓）』・加賀掾自序

我十七歳の春あはれ世上に名を発する芸をあたへたべと三十番神へ祈誓をかけ年来諸芸の家に出入し其道々を見聞に丹誠をつくす者にも其家の子ならねば秘事を伝へず然ば望たりぬべき頼もなし迚（とても）心をつくし修行するならばたとひいか体の芸にてなりともと浄瑠璃に心をよせぬれどもならふべき師なしたとひ師なくとも音曲の法を守りうすきをあつくしをもきをかろくしみがくに甲斐のなからんやと思ひ謡狂言或は平家舞小歌迄の音勢を窺ひたゆむをすゝめそゝるを引しめ終に我一流の浄瑠璃とす（元禄十年（一六九七）八月序『紫竹集（門弟教訓）』）

○竹本義太夫段物集『千尋集』・義太夫自序

此頃いつの夜にかありけん。常にしたしき人の来りて。浄るりの伝授をゆるせよといへり。われこたへていはく、もとより近代の物なれば。誰よりつたへたるといふならひさらになし。しかし。音曲はもとひとつにて。五音十二調子の外を出ず。さか木うたふ神楽。梁塵秘抄のうたひもの。舞。謡。平家なんどの伝授を。浄るりにあづかりて。伝授とはする事也

（貞享三年（一六八六）刊『千尋集』）

○竹本筑後掾（ちくごのじょう）（義太夫）門弟教訓

浄瑠璃とて薬師如来の宝号を申事浄瑠璃御前の事よりおこりたるのみにもあらす平判官康頼入道平家物語を作りて正仏におしゑしふし付は台家の称名より出たり故に称名に二重三重有平家に又二重三重有滝野沢住の語り初し十二段の古きふしも三十計そ今世には残りける（宝永七年（一七一〇）筆写『竹本筑後掾門弟教訓並連盟状』）

これらの記述からは、「平家」が浄瑠璃にとって、「謡」や「舞」とともに、規範とすべき先行芸能であったことが窺える。そもそも、『竹本筑後掾門弟教訓並連盟状』の傍線部に「滝野沢住の語り初し十二段の古きふしも」とある通り、浄瑠璃草創期の「十二段（浄瑠璃御前物語）」の節付や流布は、琵琶法師によるとの言い伝えがあり、次に引用する『竹豊故事』等の浄瑠璃関係書にも、この説が取り上げられている。

後鳥羽院の御宇ニ信濃前司行長入道と云し人、「平家物語」を作り、生仏と云盲眼法師ニ此物語りを教へ、節を付、琵琶ニ合せて語らせけり。彼生仏が生れ質の声の風を今の琵琶法師は学びたる由、「徒然草」ニ見へたり。是ニ例して岩舟検校と云し琵琶法師、音曲に達せし名人なるが、此「十二段」に節を付たり。又滝野検校・角沢（沢角・沢住とも）検校の両法師、三味線に合せて曲節を語り弘ける。（「浄瑠璃操之来由並太夫受領之事」・宝暦六年（一七五六）刊『竹豊故事』巻之上）▼注15

それでは、節付として浄瑠璃に摂り入れられた文字譜〈平家〉は、作品中でどのように用いられていたのか。先に述べた〈ウタイ〉についての調査方法を用いて、その実態に迫った。

調査対象とした浄瑠璃作品は六五〇作品。▼注16 数多い異版本までカバーするものではないものの、可能な限りの善本を選んで刊行された、①〜⑧の全集類を調査に用いた。⑥の『近松全集』に関しては、『「近松全集」文字譜索引』を使用し、その他は、解題の文字譜一覧がある場合はこれを確認、ない場合は、本文にあたって文字譜の有無を調べた。

【調査対象】 浄瑠璃作品六五〇作品

①『古浄瑠璃正本集』全十巻・二二四作品（角川書店、一九六四〜八二年。解題の大半に文字譜一覧あり。）

②『金平浄瑠璃正本集』全三巻・八〇作品（角川書店、一九六六〜六九年。解題の大半に文字譜一覧あり。）

③『説経正本集』全三巻・四六作品（角川書店、一九六八年。解題の一部に文字譜一覧あり。）
④『古浄瑠璃正本集　加賀掾編』全五巻・八五作品（大学堂書店、一九八八～九三年。解題に文字譜一覧あり。）
⑤『古浄瑠璃正本集　角太夫編』全三巻・五六作品（大学堂書店、一九九〇～四年。解題に文字譜一覧あり。）
⑥『近松全集』全十七巻・一一三作品（岩波書店、一九八五～九四年。山根爲雄編『「近松全集」文字譜索引』あり。）
⑦『竹本義太夫浄瑠璃正本集』上下巻・三六作品（大学堂書店、一九九五年。解題に文字譜一覧あり。）
⑧『錦文流全集　浄瑠璃編』上下巻・一〇作品（古典文庫、一九九一年。文字譜索引なし。古浄瑠璃・竹本座作品のみ調査。）

調査の結果、確認できた「平家関係文字譜」は、九種であった。[注17]そこで、これらが付された詞章を抜粋し、近藤政美・武山隆昭・近藤三佐子編『平家物語〈高野本〉語彙用例総索引』[注18]自立語編と新日本古典文学大系44・45『平家物語』上下巻、[注19]および北原保雄・小川栄一編『延慶本平家物語』[注20]の索引編を用いて、「平家物語」本文との関連性を探った。その上で、これらの結果を十六種のデータ項目にまとめた。

なお、近世期における「平家物語」受容を考えた場合、本来であれば延慶本や覚一本よりも、流布本や「源平盛衰記」を調査対象とするのが妥当であろう。しかし、残念ながらそれらには語句索引が備わっていないため、右の索引二種で調査を行った上で、該当箇所を流布本（元和九年刊片仮名交り附訓十二行整版本）[注21]で確認した。

【〈平家〉関係文字譜】九種

平家ぶし／平家／平家下／へいけ上ふし／平家ウ／平家中／平家中下／平家中ウ／平家ハル

【使用索引・本文】

近藤政美・武山隆昭・近藤三佐子編『平家物語〈高野本〉語彙用例総索引』自立語編、上中下巻
北原保雄・小川栄一編『延慶本平家物語』本文・索引篇、各上下巻
高橋貞一校注『平家物語』上下巻

【データ項目】十六種

①　番号　浄瑠璃作品の通し番号。

②　浄瑠璃作品名
③　作品名よみ
④　座　　　　　　座を代表する太夫名。
⑤　太夫
⑥　上演年
⑦　西暦
⑧　月
⑨　譜名　　　　　文字譜名。
⑩　譜名よみ
⑪　浄瑠璃本文
⑫　関連作品名　　⑨が記譜された箇所の詞章から、特定の当て込みが推定される場合の関連作品名。該当するものがない場合は、「?・」を記入した。
⑬　関連作品名よみ
⑭　関連個所本文　⑨が記譜された箇所の本文を一部抜粋。
⑮　調査対象本　　【調査対象】で示した①から⑧までの全集名。
⑯　備考

【表二】「平家関係文字譜」記譜作品一覧

No.	浄瑠璃作品名	座	太夫	初演年月	西暦	譜名
①	為義産宮詣	宇治座	加賀掾	延宝三年十月	1675	平家ぶし
②	江州石山寺源氏供養	宇治座	加賀掾	延宝四年五月	1676	平家
③	うしわか虎之巻	宇治座	加賀掾	延宝四年十一月	1676	平家
④	石山後日れんげ上人	角太夫座	角太夫	延宝六年～天和頃（推定）		へいけ上ふし
⑤	和気清麿	宇治座	加賀掾	延宝九年以前（推定）	1681	平家
⑥	暦	宇治座	加賀掾	貞享二年一月	1685	平家下
⑦	薩摩守忠度	竹本座	義太夫	貞享三年十月	1686	平家中
⑧	千載集	宇治座	加賀掾	貞享三年頃（推定）	1686	平家
⑨	扇の芝	宇治座	加賀掾	貞享三年頃（推定）	1686	平家
⑩	盛久	宇治座	加賀掾	貞享三～四年頃（推定）	1687	平家
⑪	津戸三郎	竹本座	義太夫	元禄二年五月以前（推定）	1689	平家中下
⑫	悦賀楽平太	竹本座	義太夫	元禄五年一月以前（推定）	1692	平家中ウ
⑬	天智天皇	竹本座	義太夫	元禄五年三月以前（推定）	1692	平家ウ
⑭	せみ丸	竹本座	義太夫	元禄六年二月以前（推定）	1693	平家下
⑮	弱法師	竹本座	義太夫	元禄七年九月（推定）	1694	平家
⑯	南大門秋彼岸	宇治座	加賀掾	元禄十二年五月以前（推定）	1699	平家ハル
⑰	大友真鳥	竹本座	義太夫	元禄十三～五年頃（推定）	1698	平家ウ
⑱	東山殿追善能	宇治座	加賀掾	元禄頃（推定）		平家
⑲	石山寺開帳	宇治座	加賀掾	宝永初年頃（推定）	1704	平家下
⑳	松風村雨束帯鑑	竹本座	義太夫	宝永四年以前（推定）	1707	平家
㉑	相模入道千疋犬	竹本座	義太夫	正徳四年以前（推定）	1714	平家
㉒	国性爺合戦	竹本座	政太夫	正徳五年十一月	1715	平家中
㉓	津国女夫池	竹本座	政太夫	享保六年二月	1721	平家

【表二】は、平家関係文字譜が記譜された作品の一覧である。[注22] 調査対象の六五〇作品中、二三作品に、「平家関係文字譜」の記譜が認められた。記譜初出は、延宝三年（一六七五）十月宇治座初演「為義産宮詣《ためよしうぶすなもうで》」の〈平家〉であった。逆説的にいえば、

宇治加賀掾以前の浄瑠璃正本に、平家関係文字譜の記譜はなかった、という結果である。

「為義産宮詣」は、現存する最も古い加賀掾の語り物でもある。[注23] 加賀掾の登場以前から活躍していた古浄瑠璃太夫・井上播磨掾《はりまのじょう》が語った「いかつちろん」の本文を大幅に流用しながらも、四段目に独自性を打ち出して節事「とうろうの四き」を加え、加賀掾自身の語り物とした。[注24]「為義産宮詣」中の〈平家〉記譜は、この「とうろうの四き」部分に付されたものである。ちなみに、『古浄瑠璃正本集　加賀掾編』に収録された同作の底本は、貞享に入ってからの再刊本であり、東京大学図書館旧蔵の延宝三年初演本は焼失している。しかし、早稲田大学演劇博物館が所蔵する初演本の写本、および延宝六年（一六七八）刊の加賀掾段物集『竹子集』に収められた「為義産宮詣」の同箇所にも、〈平家〉の文字譜が記されていることから、同作を、最初の平家関係文字譜記譜作品として取り上げた。[注25]

なお、加賀掾以前の浄瑠璃正本に平家関係文字譜が確認されなかったとはいえ、平家（平曲）を摂り入れた旋律がそれまでなかった、とは言い切れない。そもそも、加賀掾以前の浄瑠璃正本の記譜は、詳細には記されないものであったからである。しかしながら同種の節付〈ウタイ〉は、加賀掾以前の浄瑠璃正本にも頻繁に使用されており、それと単純比較すると、平家関係文字譜の方が、かなり遅い時期の登場であることは確かで、不可解な現象にも思われる。ただし、語り物である浄瑠璃は、謡と元々の性質が異なるのに対し、平家（平曲）は、同じ語り物として、浄瑠璃とより近しい関係にあるといえる。先述の通り、浄瑠璃という芸能の草創期には、琵琶法師が関わっていたという説があり、三味線の伝来以前の浄瑠璃の伴奏楽器には、琵琶も使用されていた。一方で、浄瑠璃正本上に、はじめて文字譜〈平家〉を記譜した宇治加賀掾は、初めての浄瑠璃芸論を著して、浄瑠璃の品位向上と体系化を目指した人物である。浄瑠璃が、一個の芸能として自らのアイデンティティーを確立し、平家（平曲）を客観的に捉え、異なる節廻しとして浄瑠璃の地の中で際立たせることができたのは、宇治加賀掾が活躍したこの時期からということだったのではないか、と考えるが如何であろうか。大方の教示を俟ちたい。

五　〈平家〉記譜箇所の詞章

前節で確認された二十三点の平家関係文字譜記譜箇所については、記譜がなされた箇所の詞章を抜き出し、特定の当て込み等がないかどうかを確認した。先に記した通り、まずは『平家物語』索引類によって、平家物語の当て込みがないかを調査している。さらにこの調査の過程で、謡曲の詞章に平家関係文字譜が記譜される例が多く見られたため、『謡曲二百五十番集索引』を併用した。これらの結果を受け、平家関係文字譜が記譜された二三箇所を、次の（A）～（C）の三つに区分し、それぞれ【表二】～【表四】に示した。▼注26 なお、表中の浄瑠璃本文には、平家関係文字譜と〈ナヲス〉の文字譜を、実際の記譜箇所の直前に山括弧〈 〉付きで記入し、これ以外の文字譜は省略した。

（A）関連作未詳箇所・・・九作品【表二】
（B）「平家物語」関連箇所・・・六作品【表三】
（C）謡曲関連箇所・・・八作品【表四】

【表二】

No.	作品名	太夫	上演年月	譜名	詞章
①	為義産宮詣	加賀掾	延宝三年十月	平家ぶし	〈平家ぶし〉是はびわの左大しん中平と申せし人の心かはりをうらみつゝやまとの国へおもむく時よみてをくりし歌なれば〈かんふし〉さてこそところも。三わの山
②	石山後日れんげ上人	角太夫	延宝六～天和頃（推定）	へいけ上ふし	ゆけはほどなく天わうじ〈へいけ上ふし〉しやうとくたいしと。申せしはほんぢは大ひくはんぜをん。
③	暦	加賀掾	貞享二年一月	平家下	西にかたふきいるまがは。〈平家下〉水にをとあり松にこゑ。たびのねざめと名付たる。びはかきならしてうたひける。はくじつせいてんもたのまれず。おぼろのよるの山見えぬは。人の心のくも。さくらにあらし。月に雨。世にや〈ナヲスウ〉あはれの。まさるらん。

④	扇の芝	加賀掾	貞享三年頃（推定）	平家	〈平家〉〈ハル〉あしたはほしをいたゞき。夕は今に。至る迄。うき世。わたりに。かる草の。さまたげをなし給ひそ。
⑤	津戸三郎	義太夫	元禄二年五月以前（推定）	平家中下	いそうつなみに。引かへて。〈平家中下〉うつりかはれるきやうがいは。あすの身のうへ。思はせし。あはれもよほす。おきつかぜ。
⑥	悦賀楽平太	義太夫	元禄五年十一月以前（推定）	平家中ウ	此田子のうらなみの。〈平家中ウ〉ふじおろしにさそはれて。みほがさきの。松風は。ばんしきてうの。もなかにて。毎年中秋。月の望を〈ナヲス〉はかせとす。
⑦	せみ丸	義太夫	元禄六年二月以前（推定）	平家下	宮はかくともしらいとの。〈平家下〉びは取出し。ばんしきをへうでうにしらへかへやよやまて。あまつかりがね。ことづてん。
⑧	大友真鳥	義太夫	元禄十三～十五年頃（推定）	平家ウ	〈平家ウ〉みるにしたがひ。きくに。したがつて。みなさんりつ。此秋ひとりわが身〈ナヲス〉の秋となる。
⑨	東山殿追善能	加賀掾	元禄頃（推定）	平家	西にかたふきいるま川。〈平家〉水にをとあり松にこゑ。たびのねざめと名付たる。びはかきならしてうたひける。白日青天も頼まれず。おぼろのよるの山見えぬは。人の心の雲。さくらにあらし。月にあめ。世にや〈ナヲスウ〉あはれの。まさるらん。

【表二】に示した九作品は、「平家物語」および謡曲からの詞章引用が確認されなかったものである。これらのうち、平家関係文字譜が記譜された理由が明確に読み取れるのは、以下の五作品である。

A「為義産宮詣」延宝三年十月治座初演
B「暦」貞享二年一月宇治座初演
C「悦賀楽平太」元禄五年一月以前（推定）竹本座初演
D「せみ丸」元禄六年二月以前（推定）竹本座初演

E「東山殿追善能」元禄年間（推定）宇治座初演

A・B・Eは宇治加賀掾の正本で、Bの「暦」は、井原西鶴が加賀掾に書き与えた作品である。E「東山殿追善能」の同箇所は、「暦」の詞章を、節付もそのままに再利用したものと考えられる。

これら三点は、いずれも「琵琶」をキーワードとしている。「為義産宮詣」では「びはの左大臣」の登場箇所で、「暦」と「東山殿追善能」は、「びはかきならしてうた」っている前後の詞章に平家関係文字譜が付されている。一方、C「悦賀楽平太」とD「せみ丸」は竹本義太夫の正本で、「悦賀楽平太」は「ばんしきてう」に関連して平家関係文字譜が採用されたようである。実際、「せみ丸」の方では、「びは取出し」の後、「ばんしきをへうでうにしらへかへ…」との詞章が続いている。これらのうち、「暦」「せみ丸」「東山殿追善能」では、おそらく実際の舞台上でも、人形が琵琶を奏しているはずである。平家関係文字譜のわかりやすい使用例であり、舞台演出上の工夫のひとつであるといってよいだろう。

【表三】

No.	作品名	太夫	上演年月	浄瑠璃本文	関連作品	関連個所本文
①	うしわか虎之巻	加賀掾	延宝四年五月	是もろこしぎのさうそうか弟をいさめし詩の心を思召し出されて〈平家〉君として君〳〵たらずしんはさいふにあつてなくもと是むじつのさん	流布本「平家物語」二・烽火	君君たらずといへども、臣以て臣たらずんばあるべからず。父父たらずといへども、子以て子たらずんばあるべからず。
②	和気清麿	加賀掾	延宝九年以前（推定）	あしたの日も海より出。夕も海にいるなれは。〈上平家〉月の出へき。山もなし。草木たにも。まれにして。沙頭に印を。きざむかもめ。沖の。しらすに。友よぶちどり。こゑそへてふねよなふ。ふねよといへと。なみの。をとのみ。ひやう〳〵と。	流布本「平家物語」三・有王島下	山にては遂に尋ねも逢はず。海の辺（ほとり）について尋ぬるに、沙頭に印を刻む鴎、沖の白洲にすだく浜千鳥の外は、跡問ふ者も無かりけり。
③	薩摩守忠度	義太夫	貞享三年十月	〈平家中〉きやうごたちまちにほろびてこそたいの露。けいきよくにうつるとは。かゝる事をや。いひつらん。	流布本「平家物語」七・聖主臨幸	強呉忽ちに亡びて、姑蘇台の露荊棘に移り、暴秦既に衰へて、咸陽宮の烟、睥睨を隠しけんも、かくやとぞ覚えける。
④	千載集	加賀掾	貞享三年頃（推定）	あしのすだれに。〈平家〉くさむしろ。きやうごたちまちにほろびてこそたいの露。けいきよくにうつるとは。かゝる事をやいひつらん。	流布本「平家物語」七・聖主臨幸	強呉忽ちに亡びて、姑蘇台の露荊棘に移り、暴秦既に衰へて、咸陽宮の烟、睥睨を隠しけんも、かくやとぞ覚えける。

⑤	盛久	加賀掾	貞享三～四年頃（推定）	一うの庵室物さびて。花をあるじと岩つゝじ。庭にしげれる山吹垣。かけひの沢になくかはづ。心ぼそくもすみなせり。障子をあくれば。〈平家〉あるじもなく。中尊に観世音。五色のいとを。御手に掛。八ぢくのめうでん。九でうの御書。くゆるしやうかう。しん〳〵と。茶をにるかまど。竹〈ナヲス〉のさほかのこの。しゆきんかけすて、。	延慶本「平家物語」六末・法皇小原へ御幸成ル事	北ノ山際ニ一（ひとつ）ノ庵室アリ。女院御棲（にようゐんのおんすみか）ニヤト被御覧（ごらんぜらる）。香煙細ク昇テ、片々トシテ消安ク、深窓幽（はるか）ニ閉テ、悄然トシテ人モナシ。比ハ卯月半ノ事ナレバ、夏草ノシゲミガ末ヲ別過ギ、旧苔可払（はらふべき）人モ無。人跡絶タル程モ、思知レテ哀也。散残ル山桜、峰ニ連ル岩鴇（いはつつじ）モ、池汀（いけのみぎは）ノ藤並
					流布本「平家物語」灌頂巻・小原御幸	花筐臂にかけ、岩躑躅取具して、持たせ給ひて候は、女院にて渡らせ給ひ候。
					流布本「平家物語」灌頂巻・小原御幸	さて女院の御庵室へ入らせおはしまし、障子を引き開けて叡覧あるに、一間には来迎の三尊おはします。中尊の御手には、五色の糸を懸けられたり。左に普賢の絵像、右に善導和尚、並びに先帝の御影をかけ、八軸の妙文、九帖の御書も置かれたり。蘭麝の薫ひに引替へて、香の煙ぞ立ち上る。
⑥	南大門秋彼岸	加賀掾	元禄十二年五月以前（推定）	後撰集のぶだてにも。をはりにはあいしやうのわかをえらひて人間の。生死無常をしらせたり。〈平家ハル〉かんきうばんりのよそほひも。つゐにばぐはいが。露ときへ。長生。りさんの。たのしみも。せんきうの月。かげむなし。ひよくも。ともをこひ。ひとりつばさをかたしき。〈ナヲスキン〉れんりもたちまちえだくつるぼだいもとうへきにあらず。	延慶本「平家物語」一末・漢王ノ使ニ蘇武ヲ胡国へ被遣事	サテモ生死無常ノ悲サハ、刹利ヲモキラハヌ山風ニ、日ノ色薄クナリハテ、、思ハヌ外ノ浮雲ニ、武帝隠レ給ヌ。
					延慶本「平家物語」二中・前中書王事付元慎之事	自ラ一乗円頓ノ真文ヲ書写シ、閑ニ生死無常ノ哀傷ヲ観ジ給テ、只仏ヲノミゾ念ジ奉リ給ケル。
					延慶本「平家物語」二末・文学ガ道念之由緒事	ケサヨリ違例ノ心地キデキテ、世間モアヂキナシ。老タル、若キ、キラワズ、生死無常ノ習ナレバ、イカヾ有ベカルラム。
					延慶本「平家物語」六末・法皇小原へ御幸成ル事	忉利天上ノ憶千歳ノ楽、大梵王宮ノ深禅定ノ栄ヲ願ワセ給トモ、御行無シテ（キ）ハ争カ候ベキ。生死無常ノ習、一仏浄土ニ往生ノ望ヲ懸サセ給ニモ、ナニノ勤ノ力ヲカ憑セ給ベキ。
					謡曲「土車」	悲しきかなや生死無常の世の習。一人に限りたる事はなけれども。
					謡曲「楊貴妃」	有りし教に随つて蓬莱宮に来て見れば。空殿盤々として更に辺際もなく。荘厳巍々としてさながら七宝をちりばめたり。漢宮万里の粧。長生驪山のありさまも。これにはさらになぞらふべからず。

次に、本来の「平家物語」からの引用詞章に平家関係文字譜が付された【表三】の例を確認したい。ここで注目されるのは、六例中四例までが、宇治加賀掾の正本中にみられる記譜であることである。唯一の義太夫正本は③の「薩摩守忠度」であるが、これは、義太夫の竹本座と加賀掾の宇治座間で、外題を替え、節付や文辞をわずかに改変し、ほぼ同時期に上演された近松門左衛門の作品である。宇治座での上演外題が④の「千載集」であり、「薩摩守忠度」と同じ詞章に平家関係文字譜が付されている。竹本座と宇治座のどちらが先にこの作品を上演したのかについては諸説あるが、[注27] 作品の流用時に、【表三】の詞章部分では、文字譜も共に継承されたということになるだろう。

実は、⑤の「盛久」にも同様の経緯があり、義太夫の方は、同作を「主馬判官盛久」として上演している。しかし、義太夫の「主馬判官盛久」では、加賀掾が文字譜〈平家〉を付した箇所に、平家関係文字譜を付していない。さらに、⑥の加賀掾正本「南大門秋彼岸」は、のちに「天鼓」の外題で竹本座でも上演される。この際、義太夫の浄瑠璃正本「天鼓」は「南大門秋彼岸」の版木を大幅に利用し、一部を改作して刊行された。「南大門秋彼岸」の〈平家〉記譜箇所は、義太夫版の「天鼓」では、改作された箇所にあたり、詞章そのものが削除されている。

なお、「南大門秋彼岸」の〈平家ハル〉は、『長恨歌』や『和漢朗詠集』の文辞を組み込んだ、謡曲「楊貴妃」の一文とも似た詞章に付されている。しかし、漢宮万里・馬嵬・長生驪山・比翼・連理等の語句で「平家物語」の語句索引を引いてみても、内容が一致する箇所は見当たらなかった。一方、記譜直前の「生死無常」の言葉は、流布本にはないものの、延慶本「平家物語」に頻出することから、参考までに【表三】に含めている。当時の庶民が親しんでいた「平家物語」は、まず流布本や「源平盛衰記」であったと思われるが、加賀掾は謡曲の分野に関し、これまで想定されていたよりも格段に入手の難しい資料を参照し得ていたことが明らかになっている。伝本も少なく、庶民から遠い位置にあった延慶本はともかくとして、貴族との交流もあったらしい加賀掾や近松といった浄瑠璃関係者が、流布本・源平盛衰記以外の「平家物語」に触れる機会が全くなかったとは言い切れないことに留意しておきたい。いずれにせよ、加賀掾は「平家物語」にかなり親しんでいたのか、「和気清麿」や「盛久」の例などは、「平家物語」からの引用部分を、作曲者である加賀掾が正確に認識できたからこそ、適切な節付が行えたのだと考えられる。

このように、義太夫よりも加賀掾の方が、「平家物語」の本文に敏感に反応し、そこに平家関係文字譜を付していることは興味深い事実である。一方で、義太夫は平家関係文字譜を、どのように使用していたのであろうか。

【表四】

No.	作品名	太夫	上演年月	浄瑠璃本文	関連作品	関連個所本文
①	江州石山寺源氏供養	加賀掾	延宝四年五月	ときはやよひなかばとみへ〈平家〉やなきさくらをうへまぜてにしきにつゝむみやこありろうながくもんたかく御てん〱。つき〱しく。何れの御代の。大うちぞや。	古今集・春下・素性	見渡せば柳桜をこき交ぜて都ぞ春の錦なりける
					謡曲「雲林院」	柳桜をこき交ぜて、都ぞ春の錦なる、都ぞ春の錦なる。
					謡曲「盛久」	見渡せば柳桜をこき交ぜて、錦と見ゆる故郷の空、またいつかはと思ひ出の、限りなるべき東路に、思ひ立つこそ名残なれ。
					謡曲「遊行柳」	柳桜をこき交ぜて、錦を飾る諸人の、花やかなるや小簾の隙
					謡曲「右近」	見渡せば柳桜をこきまぜて。錦をかざる。花車。
					謡曲「賀茂物狂」	柳桜をこきまぜて。錦をさらす縦緯の。
②	天智天皇	義太夫	元禄五年三月以前	四所明神の宝前に。〈平家ウ〉かう〱たる。灯火も。共に。あはれむしんやの月。おぼろ〱と杉の木のまをもりくるはねぎの。娘か。	謡曲「采女」	四書明神の宝前に。耿々たる燈も。世を背けたる影かとて。共に憐む深夜の月。朧々と杉の木の間を洩りくれば。
					謡曲「俊成忠則」	暗やみとなりしかば。燈火を背けては。共に憐む深夜の月。花を踏んでは同じく惜む。少年の春の夜も。
					謡曲「経正」	あのともし火を消し給へとよ　燭を背けては、燭を背けては、共に憐む深夜の月をも、
③	弱法師	義太夫	元禄七年九月（推定）	人間うゐの身と成て。〈平家〉うき年月の。ながれては。いもせの山の。中におつる。よしのゝ川の。よしやよと思ひも。はてぬ心哉。	謡曲「弱法師」	人間有為の身となりて、憂き年月の流れては、妹背の山の中に落つる、吉野の川のよしや世と。思ひも果てぬ心かな
④	石山寺開帳	加賀掾	宝永初年頃（推定）	時は弥生半と見へ。〈平家下〉柳桜を植まぜて。錦につゝむ。都あり。ろうながく。門高く。御殿〱。つき〲敷。何れの御代の。大内ぞや。	古今集・春下・素性	見渡せば柳桜をこき交ぜて都ぞ春の錦なりける
					謡曲「雲林院」	柳桜をこき交ぜて、都ぞ春の錦なる、都ぞ春の錦なる。
					謡曲「盛久」	見渡せば柳桜をこき交ぜて、錦と見ゆる故郷の空、またいつかはと思ひ出の、限りなるべき東路に、思ひ立つこそ名残なれ。
					謡曲「遊行柳」	柳桜をこき交ぜて、錦を飾る諸人の、花やかなるや小簾の隙
					謡曲「賀茂物狂」	柳桜をこきまぜて。錦をさらす縦緯の。

⑤	松風村雨束帯鑑	義太夫	宝永四年以前（推定）	不老の桜らんまんと不死の柳をこきまぜて。錦をたゝむ木々の色せんだん木やはんごん樹。〈平家〉ときはのもりの。はつもみぢ。千代をちしほと。そめなして。葉がへぬ梧桐。玉かしは。みつば四つばに。さかふらん。	古今集・春下・素性	見渡せば柳桜をこき交ぜて都ぞ春の錦なりける
					謡曲「雲林院」	柳桜をこき交ぜて、都ぞ春の錦なる、都ぞ春の錦なる。
					謡曲「盛久」	見渡せば柳桜をこき交ぜて、錦と見ゆる故郷の空、またいつかはと思ひ出の、限りなるべき東路に、思ひ立つこそ名残なれ。
					謡曲「遊行柳」	柳桜をこき交ぜて、錦を飾る諸人の、花やかなるや小簾の隙
					謡曲「右近」	見渡せば柳桜をこきまぜて。錦をかざる。花車。
					謡曲「賀茂物狂」	柳桜をこきまぜて。錦をさらす縦緯の。
⑥	相模入道千疋犬	義太夫	正徳四年以前（推定）	びは取出し一声一曲かなでける。〈平家〉しかるに平家。代を取て。廿余年。保元の春の花。寿永の秋のもみぢ葉の。ちり〴〵になるぞあはれなる。此一曲に親王驚き給ひ。ヤア〳〵鶴沢。今汝がうたひしは。いにしへ平判官やすよりが作りし平家と云物よな。今の時に合すれば氏も同じ平家にて。入道も同し入道奢も悪行も皆清盛にかはらねは。滅亡も同しく遠かるましとあやうくも笑止也。去ながら相模入道かくと伝へ聞れなば。丸が所望したるかとうたがはれ又此上のうきめや見ん。只鎌倉は千代万歳。天に口有地に耳有。重ねて平家無用ぞと	流布本「平家物語」四・大衆揃	近来は源氏の運傾き、平家世を取つて二十余年、天下に靡かぬ草木も候はず。
					謡曲「敦盛」	しかるに平家、世を取つて二十余年、まことにひと昔の過ぐるは夢のうちなれや、寿永の秋の葉の、四方の嵐に誘はれ、散りぢりになる一葉の、舟に浮き波に臥して、夢にだにも帰らず。
					謡曲「清経」	げにや世の中の、移る夢こそまことなれ、保元の春の花、寿永の秋の紅葉とて、散りぢりになり浮かむ、一葉の舟なれや
⑦	国性爺合戦	義太夫	正徳五年十一月	空は弥生のなかばなる。〈平家中〉柳桜をこきまぜて。にしきにつゝむ。城廓の。あり〳〵とこそ。見えにけれ。いづくの誰がこもりしぞ。門たかく。堀ふかく。とり出〳〵にかい楯つき。要がい嶮岨を。帯たりし。こう〳〵たる。高櫓。	古今集・春下・素性	見渡せば柳桜をこき交ぜて都ぞ春の錦なりける
					謡曲「雲林院」	柳桜をこき交ぜて、都ぞ春の錦なる、都ぞ春の錦なる。
					謡曲「盛久」	見渡せば柳桜をこき交ぜて、錦と見ゆる故郷の空、またいつかはと思ひ出の、限りなるべき東路に、思ひ立つこそ名残なれ。
					謡曲「遊行柳」	柳桜をこき交ぜて、錦を飾る諸人の、花やかなるや小簾の隙
					謡曲「右近」	見渡せば柳桜をこきまぜて。錦をかざる。花車。
					謡曲「賀茂物狂」	柳桜をこきまぜて。錦をさらす縦緯の。

⑧	津国女夫池	義太夫	享保六年二月	きけんじやうの。たのしみもかくやと思ふ計のけしきかな。〈平家〉西に。三十余間にこかねのふすま立させて。東に三十余間に。白かねのふすま立させて。通天のもみぢかゝれしは。長生殿の内に秋ふけず。不老門のまへには。日もかたふかず上もなき。ふじにまさりし。〈ナヲスキン〉色の山情の。たにの戸を出て。	謡曲「邯鄲」	東に三十余丈に、銀の山を築かせては、金の日輪を出だされたり、西に三十余丈に、金の山を築かせては、銀の月輪を出だされたり、例へばこれは、長生殿の裏には、春秋をとどめたり、不老門の前には、日月遅しと、いふ心をまなばれたり。
					流布本「平家物語」五・咸陽宮	咸陽宮は、都の廻り、一万八千三百八十里に積れり。内裏をば地より三里高く築き上げて、その上にぞ建てられたる。長生殿あり。不老門あり。金（こがね）を以て日を作り、銀（しろがね）を以て月を作れり。
					流布本「平家物語」十一・先帝御入水	殿をば長生と名づけて、長き住家と定め、門をば不老と号して、老いせぬ関（とざし）とは書たれども、未だ十歳の内にして、底の水屑とならせおはします。

【表四】は、謡曲の詞章に平家関係文字譜が付された作品の一覧である。八作品のうち、加賀掾正本は①と②の二作品のみ、しかも、②の「石山寺開帳」の平家関係文字譜記譜箇所は、①の「江州石山寺源氏供養」から、詞章と節付を再利用したものである。つまり、加賀掾が謡曲詞章に平家関係文字譜を付すのは、稀な例であることがわかる。加賀掾は謡曲を好み、尊重した太夫であるため、明らかに謡曲由来とわかる詞章に、別の芸能の節付をすることに抵抗があったのではないかとも考えられる。

それに対し義太夫は、謡曲詞章への、自在な平家関係文字譜の活用を行っているといえよう。④「弱法師」と⑤「天智天皇」では、それぞれの作品のモチーフとなっている謡曲「弱法師」・「采女」からの引用詞章に、〈ウタイ〉ではなく平家関係文字譜を付す。また、⑥「相模入道千疋犬」では、「平家物語」を本説とする謡曲「敦盛」・「清経」の、特に聞かせどころとなる小段「クセ」の部分からの引用詞章に文字譜〈平家〉が付されている。劇中の敵役・相模入道に幽閉されている成良親王が、座頭鶴沢（実は新田義貞の郎等名張八郎）が語る「平家」に対して、「ヤア〳〵鶴沢。今汝がうたひしは。いにしへ平判官やすよりが作りし平家と云物よな。今の時に合すれは氏も同じ平家にて。入道も同し入道奢も悪行も皆清盛にかはらねは。滅亡も同しく遠かるましとあやうくも笑止也。去ながら相模入道かくと伝へ聞れなば。丸が所望したるかとうたがはれ又此上のうきめや見ん。只鎌倉は千代万歳。天に口有地に耳有。重ねて平家無用」と言い付けるという、劇の展開にも深く関わる部分である。舞台演出上、平家関係文字譜を使用せざるを得ないような箇所となっており、この事例に関しては、節付する側ではなく、作者の作意が重視されるべきであろう。

平家（平曲）が、浄瑠璃の濫觴にも関わる先行芸能として尊重されていたことは先に述べた通りだが、当時の人形浄瑠璃の観客たちにとっては、平家（平曲）よりも謡の方が、格段に身近な芸能であったことは想像に難くない。素人が趣味として謡曲を稽古する謡文化は、元禄期に頂点を迎えたと考えられている。[注28] それからほど近い近松門左衛門作「相模入道千疋犬」の上演時、むしろ「敦盛」や「清経」といった謡曲を介する形で「平家物語」の内容に親しんでいた観客は、相当数いたと思われる。長年に亘る劇作によって「平家物語」そのものを知り尽していながらも、あえて著名な謡曲詞章と組み合わせて「平家（平曲）」を表現したという点に、竹本座を支える座付作者としての近松の意識をみることもできるのではないだろうか。

＊

さて、【表四】に関しては、もうひとつ気になる点がある。表を一見してわかる通り、①「江州石山寺源氏供養」（【図二】）②「石山寺開帳」⑤「松風村雨束帯鑑」⑥「国性爺合戦《こくせんやかっせん》」（【図三】）に、ほぼ同じ詞章と、平家関係文字譜の組合せが見られる点である。

延宝四年（一六七六）宇治座初演「江州石山寺源氏供養」（【図二】参照）

ときはやよひなかばとみへ〈平家〉やなきさくらをうへまぜてにしきにつゝむみやこありろうながくもんたかく御てん〳〵。つき〳〵しく。何れの御代の。大うちぞや。

↓

宝永初年（一七〇四）頃宇治座初演「石山寺開帳」

時は弥生半と見へ。〈平家下〉柳桜を植まぜて。錦につゝむ。都あり。ろうながく。門高く。御殿〳〵。つき〴〵敷。何れの御代の。大内ぞや。

↓

宝永四年（一七〇七）竹本座初演「松風村雨束帯鑑」

不老の桜らんまんと不死の柳をこきまぜて。錦をたゝむ木々の色せんだん木やはんごん樹。〈平家〉ときはのもりの。はつもみぢ。千代をちしほと。そめなして。葉がへぬ梧桐。玉かしは。みつば四つばに。さかふらん。

←正徳五年（一七一五）竹本座初演「国性爺合戦」（【図三】参照）

空は弥生のなかばなる。〈平家中〉柳桜をこきまぜて。にしきにつゝむ。城廓の。あり〳〵こそ。見えにけれ。いづくの誰がこもりしぞ。門たかく。堀ふかく。とり出〳〵にかい楯つき。要がい嶮岨を。帯たりし。こう〳〵たる。高櫓。

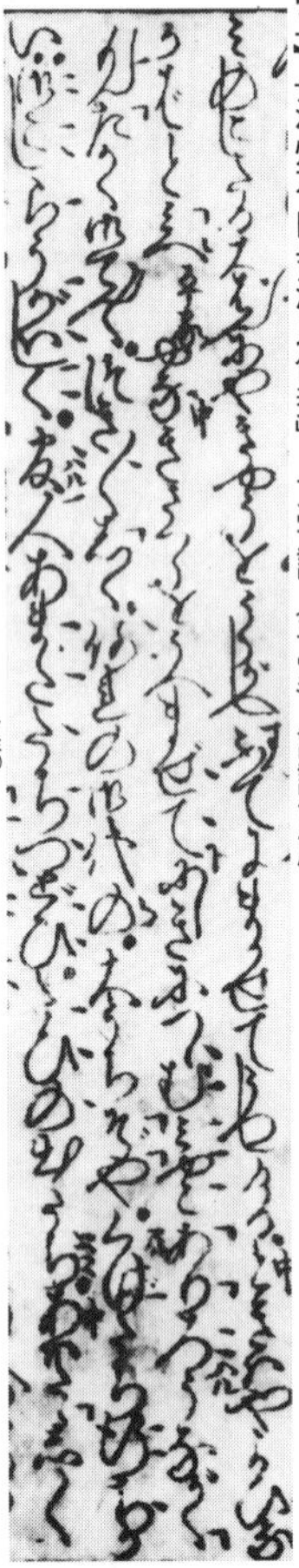

【図二】「江州石山寺源氏供養」文字譜〈平家〉記譜箇所[注29]

〈平家〉記譜箇所・拡大

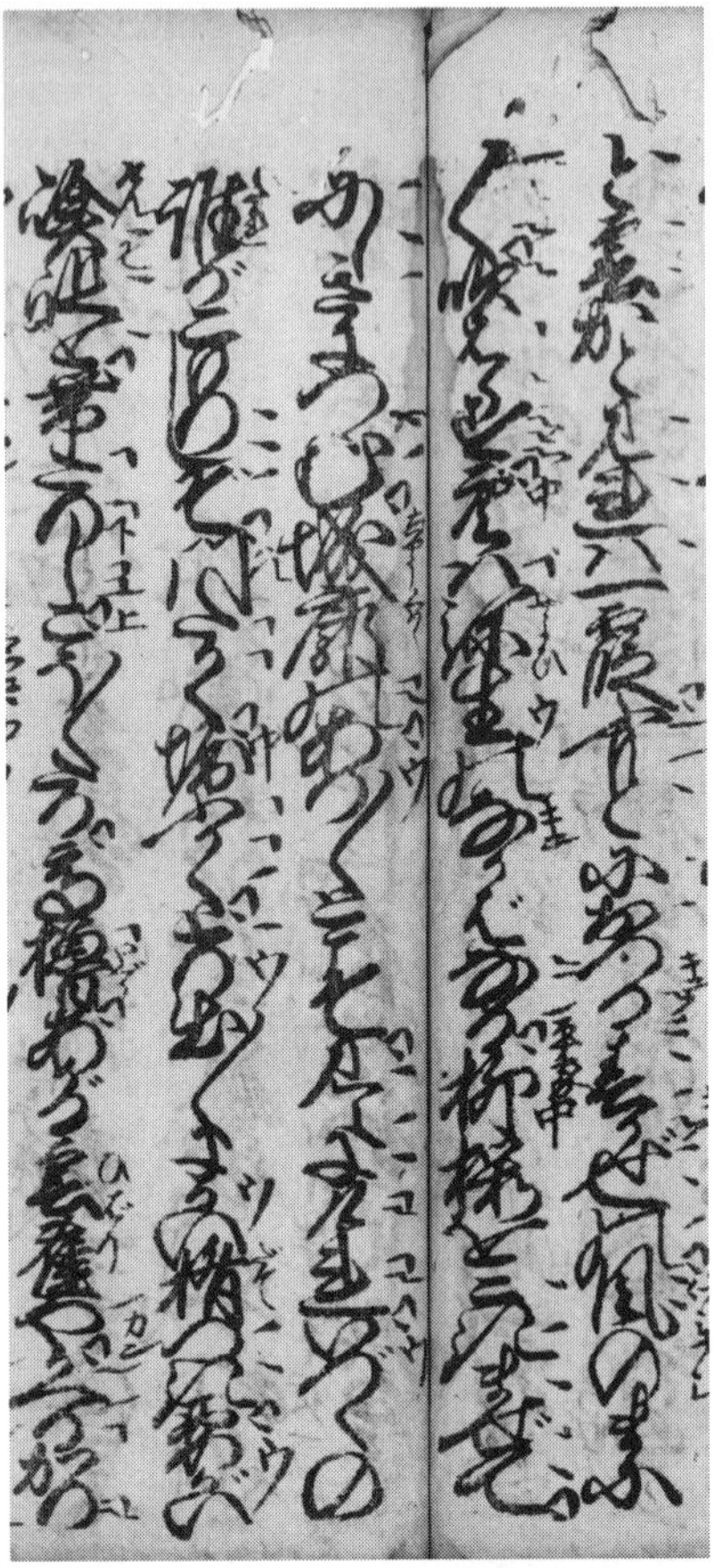

【図三】「国性爺合戦」文字譜〈平家中〉記譜箇所[注30]

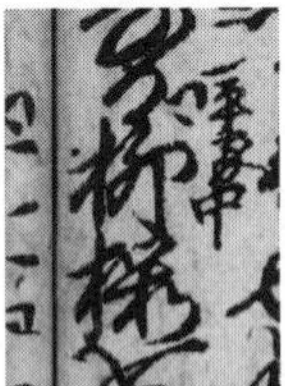

〈平家中〉記譜箇所・拡大

これらの四作品のうち、竹本座初演の「松風村雨束帯鑑」と「国性爺合戦」は、正本に作者署名がある、近松門左衛門の確実作である。それに対し、四作品中、最も早く上演された宇治座初演「江州石山寺源氏供養」は、「近松存疑作《そんぎさく》」とされている。

> （近松は）加賀掾のために書いたには違いないが、彼はその語り本に作者名を書かせなかったから、「その内容・首尾結構、それに近松作と断定する史料（河竹繁俊博士）が明確にならない限り、その断定は困難であるということから、義太夫（筑後掾）のために書いた近松署名作品を疑いなき近松作品とし、その他はすべて一応存疑作とするのが今日の通説である。そして強いていえば、その存疑作品に、一級品・二級品等と段階をつけて、真作からの遠近の差を想定してみるのである。（中略）本曲（「江州石山寺源氏供養」のこと・筆者注）第三の『竹子集』にいう「あかしのまき」の全段は、『源氏物語』の須磨・明石の二巻によるものであるが、原作の読みの確かさと嘉太夫（加賀掾のこと・筆者注）の芸風に合わせた行文の巧みさには、近松ならではと思わせるものがある。（近石泰秋「江州石山寺源氏供養」解題（『正本近松全集』第二十四巻）[注31]）

②の「石山寺開帳」は、加賀掾率いる宇治座で度々再演されていた「江州石山寺源氏供養」の改作である。宝永二年（一七〇五）、坂田藤十郎の息子・兵七郎が座本を勤める京の布袋屋座で、この作品を書き替えた歌舞伎が上演されており、加賀掾一座も客演している。こうした「石山寺開帳」の正本が、近松の目に触れたか否かは不明であるが、その後、近松作の「松風村雨束帯鑑」（宝永四年・一七〇七）と「国性爺合戦」（正徳五年・一七一五）に、平家関係文字譜を伴う「江州石山寺源氏供養」との類似詞章が登場する。前者は「江州石山寺源氏供養」と一致する部分がやや少なく、〈平家〉の記譜箇所も、類似詞章の直後となっている。しかし後者の「国性爺合戦」では、詞章そのものや、立派な城郭を表現するという内容までが近似しており、平家関係文字譜の記譜箇所も同じである。「国性爺合戦」の同箇所は、節付を含め、加賀掾正本からの流用とみて間違いなかろう。なお、加賀掾が没したのは宝永八年（一七一一）一月で、「松風村雨束帯鑑」は加賀掾生前、「国性爺合戦」は加賀掾没後の作品ということになる。

作者と作曲者とがほぼ同一である謡曲と異なり、浄瑠璃、特に義太夫節に関しては、原則として作者と作曲者は別人物である。そうした中で、「江州石山寺源氏供養」に用いられた特定の詞章と、平家関係文字譜との結びつきが保持されたまま受け継がれていたことは、浄瑠璃研究の上でも重要な事例である。また、近松存疑作の作者問題については、作者に関するはっきりした外部徴証が新たに発見されない限り、作品の内容や文辞など、内部徴証による研究を積み重ねていくより手段がない。つまり、「国性爺合戦」で、近松存疑作である「江州石山寺源氏供養」の詞章と平家関係文字譜の記譜が、ほぼそのままに利用されているという事例は、「江州石山寺源氏供養」が近松作であることの傍証にもなり得るのである。平家関係文字譜についての調査研究の余滴として、ここに記しておきたい。

六　おわりに

義太夫節の成立前後には、謡曲からの詞章引用箇所にそのまま付されることが多かった文字譜〈ウタイ〉とは異なり、本稿で考察した文字譜〈平家〉は、摂取の当初から柔軟な記譜が行われていた。「平家物語」の本文と、平家関係文字譜の記譜は必ずしもイコールではなく、むしろ、作中で琵琶が登場する場面や、「平家（平曲）」そのものが演じられる場面など、劇展開とも関わる箇所での利用がみられた。さらに注目されるのは、謡曲の詞章に平家関係文字譜が付される形式が、今回明らかになった平家関係文字譜の記譜箇所中、最も多かった点である。このことは、一般庶民に謡文化が浸透する中で、謡曲を通しての「平家物語」受容が顕著であったことの証左といえるのではないだろうか。

しかし、浄瑠璃における平家関係文字譜利用の真骨頂は、本稿で扱った古浄瑠璃から近松時代より後、「はじめに」で紹介した「義経千本桜」が初演された、いわゆる黄金時代やそれ以降の浄瑠璃[注32]にあると筆者は考える。ところが、当該時期の平家関係文字譜の実態を調査するのは、現時点では非常に難しい。近松没後に初演された浄瑠璃作品には未翻刻のものが多く、必然的に節付索引も作られていないからである。近松と同時代に豊竹座の座付作者として活躍した紀海音の作品についても、全八巻の『紀海音全集』[注33]が刊行されているものの、節付索引はなく、今回の調査では割愛している。こうした浄瑠璃研究側の事情と同じく、近世期に広く読まれた「平家物語」であるところの、流布本や「源平盛衰記」にも、未だ語句索引が備わっていない。

未翻刻浄瑠璃作品の翻刻は、『義太夫節浄瑠璃未翻刻作品集成』（第一〜四期・全四二作品、玉川大学出版部）[注34]等で、徐々にではあるが進められている。筆者もこの作品集成を刊行する義太夫節正本刊行会の一員であり、今後、この集成を元にした節付索引作成作業にも着手する予定である。近松以後の浄瑠璃正本における平家関係文字譜の実態を知り、浄瑠璃史を通しての「平家〈平曲〉」の受容と変遷を明らかにするためにも、「平家物語」流布本や「源平盛衰記」の語句索引の完成を期待しつつ、基礎資料の作成を続けたい。

本稿は、シンポジウム「芸能・絵画と軍記物語―中世から近世へ―」（二〇一二年七月二十一日（土）於・國學院大学）での口頭発表「浄瑠璃作品における〈平家〉考―文字譜〈平家〉の摂取と変遷をめぐって」を元にまとめたものです。席上ご意見を賜った皆様、資料閲覧へのご配慮をいただいた諸機関に心より御礼申し上げます。

なお、本稿は科学研究費補助金（特別研究員奨励費・課題番号24・40191）による成果の一部である。

注

（1）内山美樹子「「義経千本桜」論」（内山美樹子『浄瑠璃史の十八世紀』勉誠社、一九九九年）参照。

（2）早稲田大学演劇博物館・千葉胤男（辻町）文庫所蔵。所蔵番号［イ14-2-842］

（3）高木浩志「文楽用語解説」（日本古典文学大系『文楽浄瑠璃集』岩波書店、一九六五年）より引用。

（4）引用文への傍線は筆者による。以下同。

（5）平野健次・上参郷祐康・蒲生郷昭監修、平凡社、一九八九年。

（6）謡曲「敦盛」の詞章は、日本古典文学大系『謡曲集上』（横道萬里雄・表章校注、岩波書店、一九六〇年）より引用。なお、これ以後の引用文中では、難読漢字に丸括弧（　）を用いて、適宜読み方を注記し、旧字は新字に改めた。

（7）田草川みずき「〈表具節〉についての一考察　―段物集『道行きぬ表具』を手掛かりとして―」（『神戸女子大学古典芸能研究センター紀要』第五号、二〇一二年三月）・「義太夫節における〈文弥節〉の発生と展開―「最明寺殿百人上臈」から「北条時頼記」へ―」（『演劇映像学2007』第三集、二〇〇八年三月。二〇一二年に、田草川みずき『浄瑠璃と謡文化―宇治加賀掾から近松・義太夫へ』（早稲田大学出版部）に、加筆・訂正の上再録）。

（8）『文学研究科紀要』第三分冊第五十二号、二〇〇七年二月。

（9）和泉書院、一九九五年。
（10）近松存疑作については、本稿第五節で後述する。
（11）近松全集刊行会編、岩波書店、一九八五～九四年。
（12）赤尾照文堂、一九七八年。
（13）ただし、番外曲からの摂取もあり得る。現時点では番外曲に至るまでの調査は出来ていないが、番外曲からの引用詞章に謡関係文字譜の記譜があるとすれば、それもまた新たな謡関係文字譜の利用方法であるといえる。なお、浄瑠璃の番外曲利用については、番外曲から題材を得た古浄瑠璃や、近松以後の浄瑠璃で、番外曲の詞章を摂り入れた例が確認されている。
（14）それぞれの詳細な書誌事項等については、藝能史研究會編『日本庶民文化史料集成　第七巻 人形浄瑠璃』（三一書房、一九七五年）を参照のこと。
（15）『日本庶民文化史料集成』より引用。
（16）『古浄瑠璃正本集』等に、付録として収められている作品のうち、奈良絵本・絵巻・草子等については、平家関係文字譜がないか本文を確認の上、調査対象数から除外した。
（17）これらの文字譜中、例えば〈平家中下〉については、〈平家中〉ではじまり、すぐ〈下〉に下がる、つまり〈平家中〉〈下〉という連続した記譜である可能性も高い。義太夫節の節付体系からしても、この方が妥当な解釈であるともいえる。しかし、浄瑠璃正本上で、「平家」と「中下」は、本文右横の限られた空間に、押し込められる形で二行に記されており、これのみではその意図が判別し難い。そのため、今回は恣意的な解釈を避け、〈平家中下〉のまま採用した。
（18）勉誠社、一九九六年。
（19）梶原正昭・山下宏明校注、岩波書店、一九九一～三年。
（20）本文・索引編、各上下巻、勉誠社、一九九〇～六年。
（21）高橋貞一校注『平家物語』上下巻（講談社文庫、一九七二年）を用い、表への本文引用も同書より行った。
（22）作品の初演年月については、正本奥付や番付で年月が確定しているものは、これを採用した。外部徴証がない作品に関しては、原則として、調査対象とした全集類の解題で推定された年月に従ったが、一部、改めたり補ったりしたものもある。角太夫正本「石山後日れんげ上人」は、『義太夫年表近世篇』での推定を用い、義太夫正本「大友真鳥」については、和田修「元禄期の宇治座と竹本座」（『演劇研究会会報』第二十一号、一九九五年六月）による、元禄十三年～十五年との推定を採用した。

（23）加賀掾は、延宝三年の京都での旗揚げ時に、「虎遁世記」という新作を語ったとされるが、この作品は現存しない。「為義産宮詣」は、「虎遁世記」の次に知られる作品である。
（24）『古浄瑠璃正本集　加賀掾編』の同作解題参照。
（25）【表二】中の「為義産宮詣」の本文と節付は、演劇博物館所蔵の筆写本「景正雷論」（内題。原本の題簽「為義産宮詣」の写しあり）・所蔵番号［ニ 7-276］より引用。筆写本では〈平家ぶし〉との記譜であるが、再刊本では〈平家〉となり、〈ナヲス〉も付されている。
（26）表中の浄瑠璃本文は、調査対象とした全集類から、延慶本「平家物語」本文は、『延慶本平家物語』から引用した。謡曲詞章については、日本古典文学大系『謡曲集』上下巻（横道萬里雄・表章校注、岩波書店、一九六〇～三年）に収録されている曲は同書から引用し、それ以外については、野々村戒三編、大谷篤蔵補訂『謡曲二百五十番集』（赤尾照文堂、一九七八年）より引用を行った。
（27）詳細については、『近松全集』の同作解題を参照のこと。
（28）表章『鴻山文庫本の研究―謡本の部』（わんや書店、一九六五年）等参照。
（29）国立国会図書館所蔵。所蔵番号［辰-47］。
（30）早稲田大学演劇博物館所蔵。所蔵番号［ニ 10-2361］
（31）勉誠社、一九八四年。
（32）浄瑠璃の黄金時代については、岩波講座歌舞伎文楽第九巻『黄金時代の浄瑠璃とその後』の主題説明において、「「黄金時代」とは、狭義には竹本座で『菅原伝授手習鑑』『義経千本桜』『仮名手本忠臣蔵』などの名作が初演され、人形浄瑠璃が上方演劇界の主導権を持ち、「歌舞伎は無きが如し」とまでいわれた延享・寛延期（実質的には一七四五―五一年）をさす。しかし人形浄瑠璃の隆盛期は、『国性爺合戦』の大成功（一七一五―一七年）からはじまっており、とくに竹本座・豊竹座が、作風、太夫の芸風、人形の演出や興行方法などに、それぞれ特色をあらわし、鎬を削った享保後期・元文・寛保期（一七二五―四四年）は、黄金時代を導き出す活気に満ちた時代であった。」とされている。
（33）海音研究会編、清文堂出版、一九七七～八〇年。
（34）鳥越文蔵監修、義太夫節正本刊行会編。二〇〇七～一五年。

V 時の流れを見さだめて

時の流れの中に事象や人物を位置づけてその意味を考え、評価するのが歴史学である。本章はこうした歴史学の立場から、治承・寿永内乱期の様々な事象の意味、源氏・平氏および両氏に関わる人々の盛衰について考察する。用いる史料は『源平盛衰記』『延慶本平家物語』などの『平家物語』諸本、「真名本」「仮名本」の『曽我物語』、『玉葉』『吉記』のような貴族の日記、『愚管抄』『吾妻鏡』といった著作・編纂物、中世後期の記録『山田聖栄自記』、さらには近世の注釈書『参考源平盛衰記』など多岐に及ぶ。

1の川合論文は、従来あまり正面から追究されてこなかった治承・寿永内乱期の和平の動向、すなわち源頼朝の和平提案に始まり、小松家の人々による交渉、鎌倉軍入京後の交渉、生田の森・一の谷合戦後の頼朝による交渉打ち切りに至る動向に着目し、内乱期政治史におけるその位置づけを探る。

2の曽我論文は、殿下乗合事件は激怒した平重盛による松殿基房への報復であった、とみなす歴史学の「通説」を痛烈に批判する。そして、『盛衰記』の記述が『平家物語』諸本の中で最も史実に近いと評価する。史料としての『盛衰記』をまさに正面から追究した論考である。

3の松薗論文は夢について論じる。中世の人々にとって夢は現代人とは異なる意味・機能を持っており、実に多くの夢の話が社会に流通していた。その中で『延慶本平家物語』『盛衰記』に見える夢の記事を析出し、藤原邦綱の母の夢・源雅頼の青侍の夢という二つの夢に焦点を当てる。

4の坂井論文は、鎌倉初期の代表的な東国武士とされる和田義盛とその一族について論じる。『吾妻鏡』『盛衰記』『曽我物語』だけでなく、能・狂言・風流といった芸能にも視野を広げ、和田合戦に対する考察の重要性を指摘する。

5の高橋論文は、十五世紀の島津物領家に仕えた武士山田聖栄の体験記『山田聖栄自記』に見える『平家物語』関連の記述を分析し、史料の乏しさ故に考察が困難とされる、地方武士の『平家物語』受容・享受の問題に一石を投じる。

6の岡田論文は、『大日本史』編纂の一環として編まれた『盛衰記』の注釈書『参考源平盛衰記』の伝本を検討し、静嘉堂文庫蔵賜蘆本の注釈姿勢から、〈奈佐本〉と称される現在は失われたテキストの存在に注目する。

以上の六篇は、各論者が豊富な研究実績に基づき、独自の研究手法を駆使して、治承・寿永内乱期の事象の意味や人物の盛衰を考察した論考である。視点・論点の多種多様さに、歴史学という学問の豊かさ・奥行きの深さがうかがえる。そうした点も感じ取りつつお読みいただければ幸いである。

（坂井孝一）

1　治承・寿永内乱期における和平の動向と『平家物語』

川合　康

一　はじめに

本稿の目的は、治承・寿永内乱期において、軍事勢力間で直接、あるいは朝廷を介在させて模索された和平の動向について検討することである。従来、治承・寿永内乱期の戦争をめぐっては「殲滅戦」として理解されることが多く[注1]、また、平氏軍と鎌倉軍の和平が結果的に実現しなかったこともあって、内乱の過程で模索された和平の動向を正面から追究した研究はきわめて少ない。しかし、治承四年（一一八〇）の内乱勃発後、寿永三年（一一八四）二月の生田《いくた》の森《もり》・一《いち》の谷《たに》合戦前後の時期までは、様々な和平交渉が実際になされており、内乱期政治史にそれを位置づけることは重要な課題であろう。

もちろん、これまでの研究が和平を模索する動きに全く関心を向けなかったわけではない。例えば、上横手雅敬は平氏都落ちから独自の動きを見せる平資盛・維盛ら「小松殿《こまつどの》の公達」に注目し、主戦論を唱える平氏一門主流派とは異なり、彼らが和平を進めようとしていたことを興味深く論じているし[注2]、また文学研究者の武久堅は、『平家物語』を中心に、『吾妻鏡』や古記録に見られる和平の発想・表現を詳細に分析している[注3]。本稿はこれらの成果に学びながら[注4]、和平交渉の展開とその打ち切りを検討することによって、治承・寿永内乱期の政治過程を見直すとともに、院政期武士社会の特質と鎌倉期への変容を考えることにしたい。

二　源頼朝の和平提案

よく知られているように、養和元年（一一八一）七月頃、鎌倉を拠点に反乱を続ける源頼朝は、後白河院に対して次のような平氏軍との和平提案を行っている。[注5]

又聞、去比、頼朝密々奏レ院云、全無二謀反之心一、偏為レ伐二君之御敵一也、而若猶不レ可レ被レ滅-二亡平家一者、如二古昔一源氏平氏相並可二召仕一也、関東為二源氏之進止一、海西為二平氏之任意一、共於二国宰一者自レ上可レ被レ補、只為レ鎮二東西之乱一、被レ仰-二付両氏一天暫可レ有二御試一也、且両氏孰守二王化一誰恐二君命一哉、尤可レ御-二覧両人之翔一也云々、

ここで頼朝は、朝廷に対して謀叛を起こす意思は全くないことを表明するとともに、もし平家を滅ぼすべきでないのであれば、昔のように「源氏平氏」両氏を起用して東西の乱の鎮圧にあたらせ、どちらが王化を守り君命に忠実にしたがうか、試してみてはどうかと申し入れている。この提案は、院から「内々」に平宗盛に示されたが、清盛の遺言を理由に宗盛から拒否されている。

養和元年段階は、頼朝は南関東を軍事的に制圧しているものの、常陸国では奥州藤原氏と連携する佐竹氏の勢力が執拗に頼朝に抵抗を続けており、[注6]また甲斐・駿河・遠江では甲斐源氏、信濃では木曾義仲が勢力圏を拡大するなど、自立的な反乱勢力が各地に割拠していた。この密奏は、官兵である平氏軍に対してはもちろんのこと、反乱諸勢力のなかでも優越した立場を築けていない頼朝が、後白河院に対して自らの政治的立場をアピールした対朝廷工作として理解できよう。

ところで、いま注目したいのは、頼朝による平氏軍との和平提案が、「古昔」のように「源氏平氏」を「相並べて召し仕ふ」という発想に基づいていることである。[注7]その後の内乱の結末を知っている者にとっては、単なる政治交渉上のレトリックのように思われるが、例えば、後白河院の院宣に「但白河・鳥羽院御時も、源氏平氏等相並為二追捕官人一」と記されているように、[注8]「源氏平氏」の軍事貴族が相並ぶ状態は、白河・鳥羽院政期以来の都を中心とする伝統的な武士社会の在り方であった。[注9]並存する

「源氏平氏」の軍事貴族は「京武者《きょうむしゃ》」とも呼ばれており、[注10]近年の中世史研究は、院政期に特徴的な軍事貴族の存在形態を「京武者」という概念でとらえようとしている。[注11]この段階の頼朝が、関東における実効支配の維持を意図しながらも、一方で「京武者」として平氏一門と共存する発想をもっていたことは注意されるべきであろう。

翌養和二年（一一八二）二月、頼朝は伊勢神宮に奉納した願文において、「縦雖二平家一毛、雖二源氏一毛、不義遠波罰志、忠臣遠波賞志賜倍」と述べ、[注12]ここでも「源氏平氏」が共存する武士社会を強調している。また、治承五年（一一八一）三月に美濃・尾張国境の墨俣川合戦で平氏軍に敗れた源行家も、同年五月に三河国から伊勢神宮に送った告文に、「雖二平家一於下順二王化一之輩上者、可レ施二神恩一、雖二源氏一、於下蔑二朝威一之族上者、可レ蒙二冥罰一之由所二書載一也」と記しており、[注13]同様の発想がうかがえる。反乱軍を率いているとはいえ、頼朝・行家がともに白河・鳥羽院政期に京武者として活動した義家流河内源氏の出身である以上、朝廷のもとで平氏一門と和平して共存する途を、その後の選択肢の一つとしてもっていたことは当然といえよう。

一方、平氏権力の側も、保元・平治の乱によって平清盛に対抗しうる京武者は存在しなくなるものの、清盛が「源氏平氏者我国之堅也」として仲政流摂津源氏の源頼政を従三位に推挙するなど、[注14]「源氏平氏」が共存する武士社会を決して否定していない。[注15]宗盛が頼朝の和平提案を拒絶したのは、この段階では東国の反乱を遠からず鎮圧できるという自信があったからに違いない。しかし、養和の大飢饉による戦線の膠着化を経て、寿永二年（一一八三）五月の平氏軍による北陸道遠征の失敗を契機に軍事情勢はいっきに流動化するのである。

三　平氏都落ち後の和平の模索

1　平氏都落ちと小松家・池家

寿永二年（一一八三）七月二十五日の平氏都落ちにおける一門の動向ついて、最も詳しい分析を行っているのは上横手雅敬である。[注16]上横手の研究によれば、都落ちに際して平氏一門は、①清盛の後家時子と家督宗盛を中心とする一門主流派、②平資盛の小松家、③平頼盛の池家に分裂し、それぞれが異なる動向を示した。

まず①は、宗盛・時子・時忠をはじめ、知盛・重衡ら一門の中心的なメンバーで構成される主流派である。知盛・重衡らは宗盛の命を受けて、七月二十二日に木曾義仲らの反乱勢力を近江国勢多で迎撃するために出陣したが、二十四日になって作戦が都落ちに変更されると宗盛から都に呼び戻され、翌二十五日の巳の刻に都落ちした。[注17]

②は、故重盛の子息である資盛・維盛らと、譜代相伝の平氏家人であった平貞能《さだよし》・伊《い》藤忠清《とうただきよ》らで構成される小松家である。資盛らは、七月二十一日に後白河院が密かに見物するなか宣旨を携えて宇治に出陣しており、[注18]一門の宗盛ではなく院の直接指揮下にあったことが知られる。上横手が指摘したように、この段階においては、資盛は院の「親衛軍的な役割」を果たしていたのである。[注19]その後、摂津国の多田行綱が叛旗を翻したことが伝わったため、小松家の軍勢は宇治一之坂から八幡南を廻り摂津国河尻に向かったが、二十四日に都落ちが決定されると、宗盛は院に対して「於二資盛卿一者、給二宣旨一人也、自レ院可レ被二召遣一」と述べ、[注20]宣旨を発給して後白河院が派遣した資盛の軍勢に対しては、院から帰京命令を出してほしいと要請した。同日、院司高階泰経を奉行として「資盛卿相二具貞能一可二帰参一」という院の命が伝えられたが、資盛や家人貞能らが山崎辺から都に戻ってきたのは翌二十五日の夕方であり、[注21]すでに主流派が安徳天皇をともなって都落ちした後のことであった。

積翠園（しゃくすいえん）京都市東山区。
平重盛の邸宅小松殿の庭園遺構と伝えられる。

なお、吉田経房の日記『吉記』七月二十五日条によれば、都の人々の間では小松家の軍勢が帰京した理由について、源氏と合戦する、然るべき公卿を捕えて都落ちに同行させる、「小松内府（平重盛）子息」らが帰降する、京中を焼き払うなど、様々な憶説が流れていたという。都に戻った資盛らは蓮華王院に入り、同日未明に法住寺殿を出て密かに比叡山に逃れた後白河院の指令を仰ごうとするものの、不運にも院に取り次ぐ者がおらず、連絡がとれないまま翌日早朝に再び都を出て、宗盛率いる平氏軍本隊に合流していく。[注22]

最後の③は、故清盛の異母弟頼盛の池家である。『愚管抄』によると、頼盛は七月二十四日に宗盛から説得されて山科に出陣したものの、都落ちの連絡がなく、それを知ってあわてて使者を鳥羽まで下向した宗盛のもとに遣すが、明確な返答がなかったので、迷った末に都に戻り資盛と同様に蓮華王院に入った。そしてその後、頼盛には比叡山の後白河院から八条院のもとに身を寄せるように指示があったため、頼盛は仁和寺の八条院御所（常盤殿《ときわどの》・蓮華心院）に入り、[注23]池家はこの時点で平氏軍から離脱することとなる。

以上のような経緯を踏まえると、軍勢派遣の在り方は異なるものの、平頼盛の池家も小松家と同じく、後白河院に直属する軍団であったと判断される。ただし、宗盛は小松家に対しては、都落ちのための帰京命令を出すように院に要請したのに対して、池家には全く連絡しておらず、宗盛ら一門主流派の両家に対する意識の違いがうかがえよう。[注24]宗盛は都落ちに際して小松家とは連携しようとしていたのであり、都落ちに遅れて合流した資盛らもそれに応じようとしたと考えられる。それでは、院に直属しながらも、一門主流派と密接な関係をもち続けた小松家は、内乱のなかでどのような役割を果たそうとしたのであろうか。次節以降では、小松家に属した譜代の有力家人平貞能と伊藤忠清の行動に注目してみたい。

2　都落ちにしたがった平貞能の役割

七月二十五日夕方、後白河院の帰京命令を受けて小松家の軍勢が都に戻った際、様々な憶説が流れたことは前節で述べた通りであるが、そのなかで興味深いのは「或説、小松内府子息等可㆓帰降㆒之由云々」という記事である。[注25]というのも、木曾義仲をはじめとする反乱諸勢力が近江国に入った六月以降、延暦寺衆徒は「源平両氏可㆑有㆓和平㆒之由」を後白河院に働きかけようとしており、[注26]比叡山が源氏勢力に占拠された七月二十三日には天台座主明雲が下山し、合戦に及べば天台仏法が破滅するとして「可㆑被㆓和平㆒之由、可㆑被㆓仰下㆒之旨」を院奏している。[注27]院の「親衛軍」として存在していた資盛らの小松家が、源氏勢力に帰降するのではないかという噂が都で流れたのも、院を介した源平両軍の和平を模索する動きが実際に存在したからであると思われる。

一方、比叡山に逃れていた後白河院は、平氏一門が三種の神器を携えて都落ちしたことを考慮して、ただちに平氏追討を強行するのではなく、まずは神器の安全を図るべきだとする前権中納言源雅頼の意見にしたがって、二十六日に摂津国の多田行綱に対して平氏一門を攻撃しないように命じるとともに、神器を取り戻すために女院（建礼門院）もしくは平時忠と交渉することとした。[注28] 二十七日、比叡山から下山して蓮華王院に入った院は、二十八日に入京した木曾義仲・源行家に平氏追討を命じる一方、三十日には、「三種霊宝事」について「成範卿奉二院宣一、仰二遣時忠卿許一、又内々有下仰二遣貞能許一之旨等上云々」とあるように、[注29] 平時忠のもとに神器返還を求める院宣を発給するとともに、小松家の有力家人平貞能にも内々にそれを伝えている。八月六日、平氏一門とその関係者が一斉に解官されるなか、権大納言平時忠だけが解官されなかったのは、神器返還交渉の正式な窓口として時忠が朝廷から位置づけられていたからであったが、[注30] もう一つの内密の交渉窓口として小松家家人の貞能が期待されていたことに注意したい。都落ちした平氏軍に対して、無条件に三種の神器の返還だけを交渉することはありえないので、この動きは、院による神器返還を条件とした平氏軍と官兵（木曾義仲・源行家らの軍事勢力）の和平交渉であったと理解されよう。

しかし、この和平交渉は平氏側の拒絶にあって頓挫した。八月十日夜に備前国児島から都に届いた時忠の返札は、「京中落居之後可レ有二還幸一、剣璽已下宝物等事、可レ被レ仰二前内府一歟云々」と、交渉を門前払いするものであり、九条兼実は日記『玉葉』に「事体頗似レ有二嘲哢之気一」と記している。[注31] ただ、同時に届けられた「貞能請文」には「能様可二計沙汰一云々」とあり、[注32] 上横手が述べたように、一門主流派とは異なり、院の意向を受けて平氏軍のなかで和平工作を何とか進めようとする貞能の姿勢がうかがえる。[注33]

ちなみに、延慶本『平家物語』は一日早い八月九日のこととして、

同九日、西海道ノ返報到来ス。至上（主）還御、如ハ二当時一難レ叶之趣ナリ。女房ノ返事、是非不二分明一。貞能私ノ申状ニハ、秘計ヲ廻テ、追テ左右ヲ可二言上一トゾ申タリケル。

と記している。[注34] ここに見られる「貞能私ノ申状」は、他の『平家物語』諸本には全く見当たらないものであるが、先の『玉葉』の記事の「貞能請文」と一致しており、和平交渉における貞能の立場をより明瞭に伝えているといえよう。少なくともこの段階においては、貞能は和平の可能性を決して捨てていなかったのである。なお、延慶本では時忠からの「西海道ノ返報」と「貞

能私ノ申状」のほかに、「女房ノ返事」もあったことが知られるが、詳細は不明である。後白河院と朝廷の側も、三種の神器を取り戻すために、様々なルートを使って交渉を進めようとしていたことがうかがえる。

3　都に留まった伊藤忠清の動向

一門主流派の都落ちに資盛らとともに合流した平貞能が、このような和平工作を担う一方で、都落ちにしたがわず、そのまま都に留まった小松家の有力家人たちもいる。『吉記』寿永二年七月二十九日条は次のように記している。

上総介忠清・検非違使貞頼等出家、忠清在二能盛許一、貞頼在二兼毫法印許一云々、可レ然輩等多不レ付之由、有二其聞一、

この記事によれば、平貞能と並ぶ譜代の平氏家人であった伊藤忠清と、貞能の子息貞頼《さだより》が出家して都に留まり、都落ちにしたがわなかった家人たちが多く存在したという。この忠清・貞頼の出家について、従来の研究のなかには、「都落ち時点で小松殿の公達は有力郎等に見放された」とする見解もあるが、[注35]はたしてその理解は正しいのであろうか。資盛らとともに都落ちに合流した貞能と、都に留まった忠清・貞頼の間で、全く相談はなかったのであろうか。覚一本『平家物語』は、駿河国富士川合戦で敗走した伊藤忠清に清盛が死罪を言い渡した際、「平家の侍ども老少参会して、忠清が死罪の事いかゞあらんと評定す」と、[注36]平氏家人が集まる評定の様子を描いている。おそらくこのような家人集団の評定は実際に存在し、都落ちの時点でも何らかの議論が交わされたのではないだろうか。ともに譜代相伝の平氏家人の代表格で、長年にわたり清盛・重盛の側近として仕えてきた貞能と忠清、あるいは貞能・貞頼父子の間において、都落ちに際して意思の疎通がなかったと考える方が、むしろ不自然であるように思われるのである。

それでは、なぜ忠清と貞頼は都に留まったのであろうか。そこで注目したいのは、二人が出家して身を寄せたとされる人物である。右に引用した『吉記』の記事によれば、忠清が身を寄せたのは能盛《よしもり》のもとであったが、この能盛は後白河院北面の藤原能盛と考えられる。[注37]能盛は、院の御幸の供奉や今様朗詠・双六の相手などを頻繁に務めた院の近習で、治承三年（一一七九）十一月の清盛のクーデタにより周防守を解官されたが、出家したのちも院に近侍し、蓮華王院領丹波国一宮出雲社や仁和寺法金剛院領筑前国怡土荘《いとのしょう》の預所職などを院から与えられ、[注38]建久三年（一一九二）三月十三日の後白河院の死去に際しては、入棺

役を務めている。[注39] こうした能盛のもとに伊藤忠清が身を寄せたのは、七月二十七日に比叡山から下山した後白河院の指示によるものか、あるいは院から篤い信任を得ていた能盛を忠清自ら頼ったものかは不明であるが、いずれにせよ能盛と院との親密な関係に基づくものであろう。

一方、貞頼が出家して身を寄せたのは、仁和寺相承院《そうしょういん》の兼毫《けんごう》（兼豪）法印であった。兼豪は、白河院・鳥羽院の寵臣藤原為忠の子息で、仁平四年（一一五四）に仁和寺の寛遍より伝法灌頂を受けて忍辱山《にんにくせん》流を相伝し、また治承四年（一一八〇）には、のちに鎌倉の鶴岡八幡宮別当となる定豪に伝法灌頂を授けている。[注40] 兼豪は、後白河院御願の御祈や中宮徳子の御産御祈、高倉院御願の五壇法を修するなど、貴族社会において重用され、[注41] 文治元年（一一八五）十一月には、源義経・行家が後白河院を九州に連行しようとしたことに対して祈禱を行い、その効験があったとして賞を得ている。[注42] 貞頼が身を寄せた仁和寺僧の兼豪もまた、院と親密な人物であったと判断されよう。なお、延慶本『平家物語』には、出家した貞頼は源行家に預けられ、その後、院北面で寵臣の大夫尉平知康のもとに迎えられて、種々の饗応を受けていたことが描かれている。[注43] 詳しい事情は不明であるが、兼豪からいったん源行家のもとに身柄を移され、尋問などを受けたのち、平知康に預けられ保護されたとも考えられよう。

以上のことを踏まえると、小松家家人であった伊藤忠清と平貞頼は、木曾義仲をはじめとする敵方軍勢が入京する情勢のなか、後白河院からの保護を前提に都に留まったと理解される。そして彼らは、都落ちに同行した平貞能と気脈を通じて、院・朝廷と平氏軍との交渉を進めようとしたのではないだろうか。前述の通り、平氏都落ちの五日後の七月三十日には、神器返還を求める院宣が平時忠に発給されるとともに、貞能にも内旨が伝えられているが、このように貞能が内密の交渉の窓口となった背景には、都に留まった伊藤忠清らの意思が働いていたと思われる。

ところで、延慶本『平家物語』には、「能盛ガ許」にあった伊藤忠清について、木曾義仲が後白河院に「今度降人等、不レ被レ預事、不レ得二其意一ヲ」と主張したため、[注44] 八月七日に「上総介忠清師弁男忠綱、法皇ヨリ義仲之許へ被レ遣ケリ」と、忠清父子が義仲に引き渡される場面が描かれている。[注45] その場面で延慶本は「忠清、忠綱ハ平家ノ羽翼ナリト人思ヘリ。降人ニナリタリトテモ、助ルベキニアラズ」と記し、あたかも忠清が義仲によって処刑されたかのように描いているが、史実は決してそうではない。その後も忠清は生存し、都周辺で活動しているのである。『玉葉』寿永二年十二月二十九日条は次のように記している。

大夫史隆職（小槻）来談㆓世上事㆒、平氏・義仲和平一定之由、以㆓忠清法師説㆒聞㆑之云々、

ここで小槻隆職《おづきのたかもと》は九条兼実に対して、平氏軍と義仲軍との和平が成立したことを伊藤忠清の説として聞いたと語っている。十一月十九日の法住寺合戦以後、都で孤立を深めた義仲は、伊勢・美濃両国まで進軍していた鎌倉軍と戦うために、西国の平氏軍との和平を模索していたと推定され、寿永二年十二月から翌三年一月にかけて、『玉葉』や『吉記』などに義仲軍と平氏軍の和平についての風聞が頻出する。[注46]もちろん、この和平は実現することはなかったが、右の小槻隆職の発言は、忠清がそうした和平交渉に直接に関わっていたことを証言するものといえよう。延慶本の記事に見える、忠清の身柄がいったん義仲のもとに預けられたことも、おそらく事実であり、忠清が義仲軍と平氏軍の交渉を担うことになった背景としてごく自然に理解できるように思われる。[注47]

なお伊藤忠清は、覚一本系統の高野本などでは、清盛が死去した際にすでに出家し、寿永二年五月の北陸道遠征で子息忠綱が討死したため、間もなく嘆き死んだと描かれている。[注48]読み本系の長門本などでは、忠清は北陸道遠征以降登場しないが、『源平盛衰記』では、寿永二年十一月の播磨国室山合戦に平氏方武将として「上総五郎兵衛忠清」が登場し、[注49]さらに壇の浦合戦後の元暦二年（一一八五）五月十日に、どの時点かは明記していないが「命ヲ惜テ降人」となった上総入道忠清が、姉小路河原で処刑されたことを記している。[注50]「上総五郎兵衛忠清」が室山合戦に参加したことは、子息の「上総五郎兵衛忠光」を書き改めたもので史実を反映していないが、元暦二年五月に忠清が処刑されたことは史実である。[注51]いずれにしても、「盛者必衰のことはり」から平氏一門の必然的滅亡を説く『平家物語』諸本は、平氏都落ちに参加せずにそのまま都に留まり、和平工作に関与した有力家人伊藤忠清の生き様を描くことはできなかったである。

四　小松家の脱落と新たな和平交渉の展開

1　平氏軍からの小松家の離脱

『玉葉』寿永二年（一一八三）十一月十二日条には、平資盛の使者が院近臣の平知康のもとに到着し、次のように伝えたこと

が記されている。

　資盛朝臣送二使於大夫尉知康之許一、奉レ別レ君悲歎無レ限、今一度帰二華洛一、再欲レ拝二竜顔一云々、人々所レ疑、若奉レ具二神鏡剣璽一歟云々、

　この史料から、資盛は西国に下ってからも、都に戻り再び後白河院に拝謁する意思を明確にもっていたことが知られるが、以下に述べるような状況を踏まえると、むしろそのことを院に積極的に伝えようとする意図があったものと思われる。というのは、八月末に鎮西の大宰府に入った平氏軍は、十月下旬に豊後国の緒方惟栄《おがたこれよし》らに追われて大宰府から退却し、讃岐国屋島に向かったが、[注52]ちょうどその時期に、小松家の人々が平氏軍から離脱し始めているからである。十一月四日、安芸国志芳荘《しわのしょう》の脚力が領家藤原経房に「平氏十月廿日一定被レ逐二出鎮西一了、事已必然也、可レ哀々々、又出家人有二其数一云々」と述べ、[注53]十月二十日に平氏軍が鎮西を追われた際に、出家して鎮西に留まる武士が多くいたことを伝えているが、閏十月二日に「貞能ハ出家シ天留二西国一了云々」という情報が都に入っており、[注54]小松家家人の中心人物であった平貞能が出家して鎮西に留まったことが知られるのである。翌寿永三年（一一八四）二月には、

　又維盛卿三十艘許相率、指二南海一去了云々、又聞、資盛・貞能等為二豊後住人等一乍レ生被レ取了云々、

という説が、都で「実説」として流れているが、[注55]これに基づけば、資盛はすでに寿永二年十月の段階で貞能とともに豊後国の緒方氏のもとに降伏し、平氏軍から離脱したことになる。資盛が使者を平知康に送り、院に帰京の希望を伝えたのはこの頃と推測されよう。

　こうして三種の神器の返還を条件に、院と連絡をとりながら和平を進めようとした小松家は、平氏軍のなかで少数派として孤立し脱落していった。[注56]のちに、平貞能は姻戚関係にある下野国の宇都宮朝綱を頼って関東にあらわれるが、[注57]資盛については、『平家物語』諸本や『吾妻鏡』は壇の浦で討死したと記し、[注58]『源平盛衰記』はそれ以前に豊後国住人等によって殺害されたと伝えている。[注59]資盛の最期は当時から種々の風聞が存在したのであり、『平家物語』や『吾妻鏡』の記事をただちに信用することはできない。[注60]前述したように、資盛・貞能離脱後においても、伊藤忠清は都で木曾義仲軍と平氏軍との和平を進めようとしたが、寿永三年一月二十日、源範頼・義経率いる鎌倉軍が木曾義仲軍を破って入京し、小松家を中心とする和平の模索は実現し

ないまま潰えたのである。

2 鎌倉軍入京後の和平交渉

さて、鎌倉軍が入京すると、再び後白河院が中心となって平氏軍との和平が検討されることになる。[注61] 平氏軍は二月四日に清盛命日の仏事を修するため、東の生田の森と西の一の谷に大規模な「城郭」を築いて摂津国福原に集結していたが、一月二十六日の時点で朝廷内には、「或云、猶被レ止二平氏追討之議一、以二静賢法印一為二御使一、可レ被レ仰二-含子細一云々」と、和平交渉の使者として静賢《じょうけん》法印を平氏のもとに派遣するべきだという意見があり、九条兼実も「此儀愚心所二庶幾一也」と述べている。[注62] しかし、院近臣たちの主張によって同日中に「平氏事猶止下遣二御使一事上、偏可レ被二征伐一」という結論となり、[注63] 平氏追討を命じる宣旨が発給された。[注64] 二十九日には、鎌倉軍が続々と摂津国に向けて出陣するなか、静賢にも使者として赴くように院の仰せがあったが、道理に合わないとして静賢は断っている。[注65] このような追討か和平かという政策の動揺は、出陣した鎌倉軍の動向にも影響を与えた。次の『玉葉』同年二月二日条に注目したい。

> 或人云、向二西国一追討使等暫不レ遂二前途一、猶逗二-留大江山辺一云々、平氏其勢非二尫弱一、鎮西少々付了云々、下向之武士殊不レ好二合戦一云々、土肥二郎実平・次官親能等此両人頼朝代官也、相副武士等所令上洛也、或御使被二誘仰一之儀、甚甘心申云々、而近臣小人等朝方、親信、親宗等□少弁北面下臈等云々、一口同音勧二-申追討之儀一、是則法皇之御素懐也、仍流掉、無二左右一事歟、此上左大臣又被レ執二-申追討之儀一云々、

この記事によれば、丹波路を迂回して一の谷に進もうとしていた鎌倉軍（搦手の源義経軍）は、山城・丹波国境の大江山（大枝山）付近で進軍を止めていたという。その理由は、平氏軍の勢力が決して弱小ではなかったこと、追討のため下向する武士たちがとりわけ合戦を好まなかったこと、「頼朝代官」として上洛した土肥実平・中原親能が院から和平の使者を平氏軍のもとに送ることに賛同していたことである。別稿において指摘したように、上洛前に伊勢国に駐留していた源義経・中原親能軍には、貞季流伊勢平氏の平信兼一族や平氏一門と親密な伊勢の在地武士団が加勢していたから、[注66] 平氏軍との和平に期待したのはむしろ当然であった。

しかし、『玉葉』の記事に見られるように、院近臣の藤原朝方・藤原親信・平親宗らの強硬な主張により、平氏追討は実行され、

二月七日に生田の森・一の谷合戦が行われた。[注67] のちに平宗盛が訴えたところによれば、二月六日に院近臣の修理権大夫藤原親信から送られてきた書状には、「依レ可レ有二和平之儀一、来八日出京、為二御使一可レ下向一、奉二勅答一不レ帰参一之以前、不レ可レ有二狼藉一之由、被レ仰二関東武士等一畢」と記され、[注68] 八日に和平の使者として下向する予定を知らせてきたという。後白河院は一月二十九日に追討軍を派遣する一方で、静賢を和平の使者として送ろうとする矛盾した行動をとっていたが、主戦派の親信の書状が宗盛に届いたことが事実だとすれば、和平提案は追討を成功させるための策略とも考えられ、[注69] この段階で院が真に和平の実現を望んでいたのかは疑問である。

一方、「頼朝代官」として生田の森・一の谷合戦前から和平を望んでいた土肥実平は、二月九日に、この合戦で捕虜となった平重衡の預かり人となっているが、[注70] それは実平が豊富な在京経験をもち、内乱以前にすでに重衡と面識があったためと思われる。[注71] そして早速翌十日に、重衡が神器返還を求める書状を宗盛に送ることを朝廷に申し出ている事実を見ると、[注72] そこに平氏軍との和平を実現させようとする実平の関与を想定することは容易であろう。この時点までは、実平は頼朝の命に基づいて、神器の返還を条件に平氏軍との和平を推進する立場にあったと思われる。この重衡の書状に対して、二月下旬に讃岐国屋島の宗盛から返事が伝えられた。[注73]

重衡所レ遣二前内大臣許一之使者、此両三日帰参、大臣申云、畏承了、於二三ヶ宝物并主上・女院・八条殿一者、如レ仰可レ令二入洛一、於二宗盛一ハ不レ能二参入一、賜二讃岐国一可二安堵一、御共等ハ清宗ヲ可レ令二上洛一云々、此事実、若因レ茲追討有二猶予一歟、

ここで宗盛は、三種の神器ならびに安徳天皇・建礼門院徳子・八条殿（平時子）については子息清宗とともに上洛させ、自らは讃岐国を知行国として賜りそのまま在国したいと返答したのである。数日後、院司藤原定長は九条兼実のもとを訪れ、宗盛の返事について「中状大略庶二幾和親一之趣也、所詮源平相並可レ被二召仕一之由歟」と述べている。[注74] 生田の森・一の谷合戦によって、諸勢力のなかで頼朝権力の優勢が確定するなか、宗盛は「源平相並」状態に復する和平交渉にようやく積極的に応じる態度を見せたのである。

ところが三月に入ると、土肥実平は備前・備中・備後三国の惣追捕使に補任されて山陽道に下向し、[注75] また平重衡も関東に護送されて、[注76] この和平交渉は宙に浮いたまま打ち切られることになる。この段階から、頼朝の終戦構想は平氏軍との和平ではな

く、平氏軍を軍事的に包囲して降伏を求めるものに変わっていくのである。[注77]

五　おわりに――元暦元年の政治的意味――

以上、本稿では治承・寿永内乱期における和平の動向について検討してきた。それでは、頼朝権力による和平交渉の打ち切りは、一体何を意味していたのだろうか。もちろん、この交渉打ち切りによって、ただちに翌元暦二年（一一八五）三月の壇の浦合戦における平氏一門の滅亡が必然化されたわけではなく、源義経の屋島出陣までは平氏軍の降伏もありえたことは、近年の研究が指摘する通りである。[注78]いまここで注意したいのは、和平交渉が打ち切られたこの寿永三年（元暦元年に改元）は、従来、頼朝の家人統制が異例の厳しさで展開した時期として理解されてきたことである。[注79]その統制の対象となっているのは、内乱当初から独自の行動をとってきた甲斐源氏一族をはじめ、貞季流伊勢平氏・摂津国多田源氏など、独立性の高い軍事貴族たちであり、それまで同盟軍的関係にあった彼ら「京武者」を一般の御家人と同列に編成しようとする政策であった。[注80]頼朝は、こうした軍事貴族の「混成軍団」を統制できないまま滅んだ木曾義仲[注81]とは異なる権力を目指したのであり、「源氏平氏」諸流の軍事貴族が相並ぶ白河・鳥羽院政期以来の武士社会の克服を志向したのである。[注82]とすれば、この段階で頼朝が平氏軍との和平交渉を打ち切ったことも自然に理解できよう。

平氏軍との和平交渉が打ち切られ、右のような頼朝による一元的な家人統制が始まった元暦元年の七月七日、平貞能の兄平《ひら》田家継《たいえつぐ》を張本として、平氏権力の基盤であった伊勢・伊賀両国で大規模な反乱が勃発した。この反乱には平田家継・伊藤忠清・平家資《いえすけ》をはじめとして、都落ちに参加しなかった小松家家人が多く参加し、七月十九日の近江国大原荘《おおはらのしょう》における合戦では、反乱軍の平田家継と追討軍の佐々木秀義がともに討死するという激戦ののち、鎮圧された。[注83]元暦元年の乱は、治承・寿永の内乱が新たな段階に入ったことを象徴的に示す事件だったのである。

注

（1）石井紫郎「合戦と追捕」（『日本人の国家生活』東京大学出版会、一九八六年、初出一九七八年）など。
（2）上横手雅敬「小松殿の公達について」（『和歌山地方史の研究』安藤精一先生退官記念会、一九八七年）。
（3）武久堅「軍記において「和平」ということ」（『中世軍記の展望台』和泉書院、二〇〇六年）。
（4）なお、源頼朝は治承四年十月の武蔵入国にあたり、石橋山合戦や衣笠城合戦で敵対関係にあった秩父平氏の武士団と和平を結んでいる。この和平の政治的意義については、拙稿「秩父平氏と葛西氏」（『秩父平氏の盛衰』勉誠出版、二〇一二年）で論じた。
（5）『玉葉』養和元年八月一日条。
（6）高橋修「内海世界をめぐる武士勢力の連携と競合」（『中世東国の内海世界』高志書院、二〇〇七年）。
（7）武久堅前掲注（3）論文。
（8）『吾妻鏡』文治三年十月三日条。
（9）拙稿「治承・寿永の内乱と鎌倉幕府の成立」（『岩波講座日本歴史　第6巻　中世1』岩波書店、二〇一三年）。
（10）『中右記』天永四年四月三十日条。井上満郎「源氏と平氏」（『平安時代軍事制度の研究』吉川弘文館、一九八〇年）参照。
（11）元木泰雄「摂津源氏一門」（『史林』六七巻六号、一九八四年）、同「院政期政治構造の展開」（『院政期政治史研究』思文閣出版、一九九六年、初出一九八六年）。
（12）『吾妻鏡』養和二年二月八日条。
（13）『玉葉』養和元年九月七日条。石井進「鎌倉幕府と国衙との関係の研究」（『日本中世国家史の研究』岩波書店、一九七〇年）三三一頁注（25）、山本幸司「『平家物語』か『吾妻鏡』か」（『歴史民俗資料学研究』四号、一九九九年）参照。
（14）『玉葉』治承二年十二月二十四日条。
（15）拙稿「平清盛」（『中世の人物　京・鎌倉の時代編　第一巻　保元・平治の乱と平氏の栄華』清文堂、二〇一四年）。
（16）上横手前掲注（2）論文。同『平家物語の虚像と真実』（塙書房、一九八五年、初出一九七三年）、同「『平家都落ち』の真実」（京都女子大学宗教・文化研究所『研究紀要』一六号、二〇〇三年）。なお、拙稿「治承・寿永の内乱と伊勢・伊賀平氏」（『鎌倉幕府成立史の研究』校倉書房、二〇〇四年）も参照。
（17）『吉記』寿永二年七月二十二日・二十四日条、『玉葉』寿永二年七月二十五日条。
（18）『吉記』寿永二年七月二十一日条。

(19) 上横手雅敬前掲注（2）論文。
(20)『吉記』寿永二年七月二十四日条。
(21)『吉記』寿永二年七月二十五日条。
(22) 同右、『愚管抄』巻第五「安徳」。
(23)『愚管抄』巻第五「安徳」、『歴代皇紀』巻四（『改定　史籍集覧』十八冊）。
(24) 池家については、田中大喜「平頼盛小考」（『中世武士団構造の研究』校倉書房、二〇一一年、初出二〇〇三年）などを参照。
(25) 前掲注（21）史料。
(26)『吉記』寿永二年六月二十九日条。
(27)『吉記』寿永二年七月二十三日条。浅香年木「義仲軍団と北陸道の「兵僧連合」」（『治承・寿永の内乱論序説』法政大学出版局、一九八一年）参照。
(28)『玉葉』寿永二年七月二十六日条。
(29)『吉記』寿永二年七月三十日条。
(30)『玉葉』寿永二年八月九日条。
(31)『玉葉』寿永二年八月十二日条。なお、平時忠は八月十六日になって解官された（『公卿補任』）。
(32) 同右。
(33) 上横手前掲注（2）論文。
(34) 延慶本『平家物語』第四「平家一類百八十余人解官セラル、事」。なお、本稿では延慶本『平家物語』は、北原保雄・小川栄一編『延慶本平家物語　本文篇　上・下』（勉誠社）を使用した。
(35) 髙橋昌明「平家都落ちの諸相」（『文化史学』六五号、二〇〇九年）五四頁。
(36) 覚一本『平家物語』巻第五「五節之沙汰」。なお、本稿では覚一本『平家物語』は、高木市之助・小澤正夫・渥美かをる・金田一春彦校注『日本古典文学大系　平家物語　上・下』（岩波書店）を使用した。
(37) 藤原能盛については、米谷豊之祐「後白河院北面下﨟」（『院政期軍事・警察史拾遺』近代文藝社、一九九三年、初出一九七六年）参照。
(38)『玉葉』治承三年十一月十七日条、『吾妻鏡』元暦元年九月二十日条、文治六年三月九日条。
(39)『明月記』建久三年三月十四日条。

（40）「血脈類集記」第五・第六（『真言宗全書』第三十九）。
（41）兼毫（兼豪）については、上田敍代「鎌倉住僧定豪について」（『学習院史学』三三号、一九九五年）参照。
（42）『玉葉』文治元年十一月二十日条。
（43）延慶本『平家物語』第四「高倉院第四宮可位付給之由事」。
（44）同右。
（45）延慶本『平家物語』第四「平家一類百八十余人解官セラル、事」。
（46）武久堅前掲注（3）論文参照。
（47）延慶本注釈の会編『延慶本平家物語全注釈　第四（巻八）』（汲古書院、二〇一四年）三七頁参照。
（48）高野本『平家物語』巻第七「還亡」。なお、本稿では高野本『平家物語』は、梶原正昭・山下宏明校注『新日本古典文学大系　平家物語　上・下』（岩波書店）を使用した。
（49）『源平盛衰記』巻三十三「室山合戦」。なお、本稿では盛衰記は、渥美かをる解説『源平盛衰記　慶長古活字版　全六巻』（勉誠社）を使用した。
（50）『源平盛衰記』巻四十四「忠清入道被切」。
（51）『吾妻鏡』元暦二年五月十日・十六日条、『吉記』元暦二年五月十四日条。
（52）工藤敬一「鎮西養和内乱試論」（『荘園公領制の成立と内乱』思文閣出版、一九九二年、初出一九七八年）参照。
（53）『吉記』寿永二年十一月四日条。
（54）『玉葉』寿永二年閏十月二日条。
（55）『玉葉』寿永三年二月十九日条。
（56）上横手前掲注（2）論文。
（57）『吾妻鏡』元暦二年七月七日条。平貞能と宇都宮朝綱については、拙稿「中世武士の移動の諸相」（『歴史のなかの移動とネットワーク』桜井書店、二〇〇七年）参照。
（58）延慶本『平家物語』第六「檀浦合戦事付平家滅事」、覚一本『平家物語』巻第十一「能登殿最期」、『吾妻鏡』元暦二年四月十一日条など。
（59）『源平盛衰記』第四十二「資盛清経被討」。
（60）従来の研究は、『建礼門院右京大夫集』に平維盛・清経の死後、右京大夫と平資盛との間に和歌の贈答があったことが記されていることから、資盛が平氏軍とともに屋島にあったことを認めてきたが、資盛が院に帰京の希望を伝えた時期に後生の弔いを右京大夫に依頼するなど、不自然な点も多い。『右京大夫集』における虚構の問題についてはすでに指摘があるが、『平家物語』に結実するような平氏一門の滅亡に関する定型的な理解が、同書が成立した鎌倉前期にすでに形成されていた可能性もある。今後の課題としたい。

(61) 鎌倉軍入京後の平氏軍との和平交渉については、日下力『いくさ物語の世界』（岩波書店、二〇〇八年）、武久堅前掲注（3）論文、拙稿前掲注（57）論文参照。

(62)『玉葉』寿永三年一月二十六日条。

(63)『玉葉』寿永三年一月二十七日条。

(64)『玉葉』寿永三年二月二十三日条。

(65)『玉葉』寿永三年一月二十九日条。

(66) 拙稿前掲注（16）論文。

(67) 生田の森・一の谷合戦については、拙稿「生田森・一の谷合戦と地域社会」（『地域社会からみた「源平合戦」』岩田書院、二〇〇七年）参照。

(68)『吾妻鏡』寿永三年二月二十日条。

(69) 日下力前掲注（61）著書。

(70)『玉葉』寿永三年二月九日条、『吾妻鏡』寿永三年二月十四日条。

(71) 土肥実平については、拙稿前掲注（57）論文参照。

(72)『玉葉』寿永三年二月十日条。

(73)『玉葉』寿永三年二月二十九日条。

(74)『玉葉』寿永三年三月一日条。

(75)『吾妻鏡』寿永三年二月十八日・三月二日条。

(76)『玉葉』寿永三年三月十日条、『吾妻鏡』寿永三年三月十日条。

(77) 宮田敬三「元暦西海合戦試論」（『立命館文学』五五四号、一九九八年）。

(78) 同右。

(79) 永原慶二『源頼朝』（岩波書店、一九五八年）。

（80）元木泰雄「頼朝軍の上洛」（『中世公武権力の構造と展開』吉川弘文館、二〇〇一年）。
（81）浅香年木前掲注（27）論文参照。
（82）最終的にそれが達成されるのは承久の乱であった。拙稿「鎌倉幕府研究の現状と課題」（『日本史研究』五三一号、二〇〇六年）参照。
（83）元暦元年の乱については、拙稿前掲注（16）論文参照。

2　『源平盛衰記』の史実性——殿下乗合事件の平重盛像再考——

曽我良成

一　はじめに

『源平盛衰記』や『平家物語』はかなり史実に沿った文学作品といわれ、それがために物語でありながら、高校日本史教科書の「平氏政権」の項の囲い込み「史料」としても用いられることが多い。しかし、一方で、物語の作者の意図を史実との違い＝虚構性に求めることも多い。その典型的な例が殿下乗合事件における平重盛の描写である。

歴史学の「通説」的理解は以下のごとくである。

基房はその下手人を処罰して謝罪したのであるが、重盛はひじょうに立腹してこれをゆるさず、報復の機会をねらっていた。（中略）重盛は執念深く、その（基房の）部下の過失をとがめて、何故か恨みをいだきつづけた。そこには平氏一門の思い上がった一面がのぞかれる。（中略）三ヶ月後の一〇月二一日、参内しようとする基房の行列が、多数の武士に狼藉を受けるという事件がついにおこった、明らかに重盛の意思による報復である。[注1]

つまり、歴史研究の通説的理解によれば、「重盛はひじょうに立腹」し「明らかに重盛の意思による報復である」と述べ、報復の主体は平重盛だと断定している。

一方、物語では、重盛は資盛の非礼を叱責する冷静な人物であると描かれている。つまり、物語は平清盛の悪行を際立たせるため、報復の首謀者を清盛に書き換え、その対比のために実際には報復の主体であった重盛を冷静な人物として描き出した、と説明されているようである。

最新の平重盛論においても以上のような理解は継承されており、

基房は同日中に、乱行に及んだ舎人と居飼とを重盛の許に遣わし、彼らを勘当する。しかし重盛はこれを拒否する。五日、噂ではなお重盛の怒りはおさまらないらしく、基房は随身や前駆七人を勘当し、随身を厩政所に、舎人と居飼を検非違使に下して処罰した。十五日、法成寺に向かおうとしていた基房は、二条京極辺に武士が群集して基房の外出を窺っていることを知って外出を止めた。『玉葉』ではこれを、重盛の報復の企てであるとする。▼注2

と事件の流れをまとめたあと、後日報復を行い高倉の元服定を延引させたことにより、

重盛は高倉帝の乳父であり、その元服定を延引させたことで、重盛の信望は少なからず失墜したと見てよいであろう。

と述べ、その後の貴族社会における重盛の「信望」の失墜にまで言及しているが、これには史料的根拠はない。

このように半世紀近く疑われることもなかったこの事件の説明は、はたして「史実」なのであろうか？　本論は、通説に潜む史料解釈の誤りと『源平盛衰記』など物語の中に描かれている史実について、この殿下乗合事件を素材として考えようとするものである。▼注3

二　平重盛の「激怒」

以上のように永くこの通説は揺るぎないものであった。なぜなら、次のような当時の一級史料『玉葉』の記事が正しく解釈されていると信じられてきたからである。

摂政帰レ家之後、以二右少弁兼光一為レ使、相二具舎人・居飼等一、遣重盛卿之許、任レ法可レ被二勘当一云々、亜相返上云々（嘉応二年七月三日条）

基房が自発的に送ってきた下手人を突っ返したのだから、常識的に考えて、重盛は「ひじょうに立腹」していたはずだと、理解してしまったのである。また、基房が早速下手人を送ってきたのは、平氏の権勢を恐れた迅速な対応であるはずだと、思い込んでしまったのである。たしかに、この記事のみを単独で解釈するのであれば、一見、それは誰もが納得できる妥当な解釈のように思われる。

しかし、貴族社会における紛争解決についての歴史学の先行研究を踏まえると、解釈はだいぶ変わってくる。当時の貴族同士のこのような紛争解決について、前田禎彦は、

①加害者側の本主が被害者側に下手人を引き渡すこと、
②被害者側も下手人を返送するのが一般的であること、
③事件の処理は当事者間の交渉によって進められ、使庁の役割は下手人の禁獄だけに限定されていること、

を指摘している。▼注4 今回の事件もこの一連の流れに沿って解決が図られていることがわかる。基房が下手人を重盛に引き渡したのは、平氏の権勢を恐れたからではなかった。また、同様に、重盛が下手人を「返送」したのも、「ひじょうに立腹」したからなどでなく、むしろ当時の貴族の慣習通りの穏当なものであったのである。さらに、

人々云、乗逢事、大納言殊鬱云々、但摂政、上臈随身并前駈七人勘当、随身被レ下ニ厩・政所等一云々、又舎人・居飼給ニ検非違使一云々（七月五日条）

という記事があり、前田の指摘する③検非違使庁による下手人の禁獄も確認でき、まったく慣習通りの手続きで処理されているのである。

もう一つ、重盛が「ひじょうに立腹」したという通説の根拠になっているのは、五日条の「殊鬱」という記述である。下手人「返上」を激怒の故だと理解すると、自動的に連動して「殊鬱」も激怒の別の表現と安易に理解してしまうのも無理はない。しかし、その解釈の前提となっている「返上」が当時の貴族の慣習に沿った処理の一環だとすると、ここの「鬱」＝激怒と自動的に解釈するわけにはいかなくなってくる。

この場合は、すなおに「鬱」そのものとして理解することが自然ではなかろうか。その事件発生前の『玉葉』の記事には公

卿として儀式・行事に参加する重盛の記述が散見される。高倉天皇の元服を控えたこの時期に、摂関家と平家との間に起こった紛争をやっかいな障害・問題として「鬱」ととらえていたのであろう。あるいは、後に述べるように自分は貴族社会の慣習での処理に納得したとしても、実際事件に遭遇した平氏の家人やその朋輩は、その貴族的解決に納得がいかず不満を持っていたであろうから、そのような状況も貴族社会の一員として穏便に事件を処理したい重盛には「鬱」な状況であっただろう。

以上のような歴史学の成果に立脚し、先入観による憶測を挟まず慎重に『玉葉』を見る限り、重盛が「激怒」し報復を命じたなどという従来の通説は、何の史料的根拠もなく、重盛が主体であると考えられなくもないという程度の一つの可能性を示したにすぎないということになる。

なお、前掲引用部において平藤は十五日「二条京極辺に武士が群集して基房の外出を窺っていることを知って外出を止めた」ことを「『玉葉』ではこれを、重盛の報復の企てであるとする」と説明しているが、『玉葉』本文には「是乗逢之意趣云々」とあるだけで「重盛の報復の企てである」とは、どこにも記述されていない。重盛が「激怒」しており報復を計画していたという先入観をもって読めばその「意趣」は自動的に重盛のものだと読めてしまうのであろうが、少なくとも意趣の主体が重盛とは『玉葉』本文には記述されていない。

またこの出来事について、慈円はほぼ半世紀後『愚管抄』に「サル不思議アリシカド世ニ沙汰モナシ」と、その後の処分などがなかったことを訝しんでいるが、同時代の九条兼実の『玉葉』にはそのような疑問は記されておらず、何も無かったかのように日記は書き進められている。事件当時は平氏の権勢に遠慮して書けなかったとしても、平氏滅亡後は何の遠慮もないはずであり、後日「実はあの報復の首謀者は重盛であった…」と記しても良いはずなのに、けっきょく何も記さなかった。報復後の基房と重盛の協議によって、家人同士の紛争は処理されたのであり、そのように処理されたのであれば、従者の私闘に国家的な「沙汰」が行われないのはむしろ当然であった。故に兼実の『玉葉』には何も記されなかったのである。『愚管抄』と『玉葉』の記述の違いは、通説のように重盛を首謀者と考える立場では説明できないものである。

三　平重盛像

『玉葉』を史料に即して解釈すると、重盛の激怒などということではなく、むしろ冷静に事態の収拾を願っていたことさえ推測されるのである。

平氏公卿に関しては、議定にほとんど参加しないなど、公卿としての活動についての評価は低い。[注5] そのこと自体を否定するつもりはなく筆者も賛意を表するものではあるが、しかし、あまりにそのことを強調するあまり平氏の公卿としての活動の全体像を見誤ってはならない。

平重盛は「可レ追二帰衆徒一之由、被レ仰二重盛卿一」（『玉葉』嘉応元年十二月廿四日条）と内裏に押し寄せた延暦寺の衆徒への対応を命じられたり、院御所火災の際に延焼防止のため御所の中廊破壊を行う（『玉葉』承安三年四月十二日条）など、「累葉武士之家」の「長嫡」（『玉葉』治承五年閏二月五日条）らしい行動も見せてはいるが、平時において貴族社会の一員としてふさわしい活動の姿が見える。

重盛は仁安三年（一一六八）十二月に権大納言をいったん辞している（『公卿補任』）。その理由は「脚病」であるとされている。辞任の頃には上卿の役割を交代している事例が見られる。たとえば、「法勝寺三十講始如レ例、上卿権大納言平朝臣〈重盛〉日来所労、権大納言公保仮奉行」（『兵範記』仁安三年五月一日条）、「法勝寺千僧読経、午剋御幸、其儀如レ例、摂政殿、左大臣〈経〉、権大納言定房〈上卿権大納言重盛所労、仍仮上卿云々〉」（『兵範記』仁安三年五月廿日）などであるが、いずれも法勝寺に関する上卿である。重盛の所労に際し、仮の上卿が立てられなければならなかったということ自体が、平常時には重盛が上卿として機能していたことを示している。

以前、薬師寺別当上卿源俊房の事例を紹介したことがあるが、[注6] 大寺には公卿の中からそれぞれ別当上卿（行事上卿）が選ばれ、その寺院に関する各種行事・政務などの上卿を担当していた。平重盛は法勝寺の別当上卿に任じられていたのであるが、『兵範記』同年六月十八日条には「代々奉行并弁官等」として、歴代の奉行＝行事上卿＝別当上卿とその事務担当の弁官が一覧されている。

九条太政大臣（彼時内大臣右大将）、春宮大夫公実、民部卿俊明、民部卿宗通、右衛門督顕（中納言）、民部卿忠教、左大臣実能、内大臣公教（自大納言至于内大臣）、左大臣経宗（中納言）、大納言重通、内大臣忠雅、大納言公通、入道太相国清盛（自中納言至于内大臣）、大納言雅通、権大納言重盛、大納言師長、弁官、通俊、公定、為房、重資、顕隆、伊通、為隆、顕頼、公行、朝隆、光頼、範家、惟方、俊憲、貞憲、成頼、親範、朝方、時忠、信範、

さすがに六勝寺の筆頭寺院だけあって重盛の父清盛など有力な公卿が顔をそろえる。また、弁官もそれぞれの時期の有能な弁官ばかりである。重盛が「日来脚病」でこの上卿を辞した後の後任には、重盛よりも上席の「第二大納言」藤原師長が院の仰せによって選ばれた。

このような有力寺院の上卿の役割を果たすには、それ相当の知識とその元となる前例が必要になると思われるが、重盛にはその蓄積はない。父清盛在任時の分の前例は有ったにしても、おそらく十分ではなかったはずであるが、記録上、失態を非難されている記事はみえないので、協力者の支援・教示によって大きな失敗をしない程度には役割を果たしていたのであろう。それが誰によるものであるのかここでは明確にする証拠を持たないが、重盛は法勝寺行事上卿など公卿としての役割を果たすなかで、好むと好まざるとに関わらず、貴族社会の慣習に組み込まれていっていたのであろう。そして、乗合事件程度の些末な紛争によって、摂関家との関係が崩れ、担当する行事の遅延、貴族社会における平家の立ち位置の不安定が引き起こされることについての恐れを持ったことは十分想定でき、それが前掲『玉葉』の「乗逢事、大納言殊欝云々」の「欝」の正体ではなかったかと私は推測している。もちろん、確証はないが、自分の息子側の非礼に端を発した事件についていわば逆ギレ「激怒」して、自分の一族にとって重要な要となるであろう高倉天皇の元服定の予定をつぶしてしまう重盛像より、同じ推測であったとしても他の記録類の重盛像と遙かに整合的な姿ではないだろうか？

四　『源平盛衰記』の史実性

さて、殿下乗合事件や平重盛について、通説が必ずしも適当ではなく、本稿で述べたように考えられるとすると、注目すべきは次の『源平盛衰記』の記述である。

殿下此事ヲ聞給テ、居飼御厩舎人等、平大納言重盛ノ許ヘ被召渡ケリ。其上蔵人右少弁兼光ヲ御使トシテ、事ノ由ヲ被謝仰ケレバ、大納言大ニ畏申サレテ居飼舎人等ヲバ則返進タリケレドモ、ナヲ居飼御舎人各三人、検非違使基広ニ預給。

このような事情を記すのは『平家物語』諸本中『源平盛衰記』のみであるが、ここに描かれていることは、すべて先の『玉葉』と一致している。『玉葉』の記事の下手人の「返上」は、ここでは「返進」となっているが示す状況は同じであり、この部分の『源平盛衰記』の史実性には目を見張るものがある。

この殿下乗合事件に関しての『源平盛衰記』の史実性を示すのはこの部分だけではない。

筆者も参加する「『源平盛衰記』全釈」▼注7の当該部分に、『源平盛衰記』・『平家物語』諸本・『玉葉』の記述を比較した表があるので、ここで再掲しておくことにする。

第1表　「殿下乗合事件」平家物語諸本比較

	〈盛〉	諸本	玉葉
事件発生の日付	嘉応二年七月三日	嘉応二年十月十六日〈四・闘・延・長・屋・覚〉、嘉応元年十月十六日〈南〉、嘉応三年十月十六日〈中〉	嘉応二年七月三日（『百練抄』も同）
遭遇場所	三条京極・三条面から六角京極にかけて	六角京極〈四・延・長・南〉、大炊御門大宮〈闘〉、大炊御門猪隈〈覚〉、大炊御門〈屋〉、堀河猪隈〈中〉	記載なし（『愚管抄』『百練抄』も同）
時刻	夕刻	夕刻（諸本同）	記載なし
基房の外出先	法勝寺	法住寺〈四・延・長・南〉、内裏〈闘・屋・覚・中〉	法勝寺
基房の外出の目的	記載なし	記載なし〈四・延・長・南・屋・覚・中〉、高倉帝御元服の議定〈闘〉	八講参加
遭遇の状況	還御の途中	還御の途中〈四・延・長・南〉、参内の途中〈闘・屋・覚・中〉	「被レ参法勝寺一之間、於二途中一」

基房の邸宅	記載なし	中御門東洞院〈四・闘・延・南・屋・覚〉 中御門東洞院〈四・闘・延・南・屋・覚〉、中の御かどの御宿所〈中〉・ 記載なし	記載なし。この時期は三条 万里小路第か。注解「号松殿」参照。
資盛の外出先	式部太輔雅盛宅	蓮台野〈闘・延・長・南〉・内野〈四〉、紫野・右近馬場〈屋〉、 蓮台野・紫野・右近馬場〈覚〉、うこんのばゞむらさきの北野へ ん〈中〉	記載なし

四＝四部合戦状本、闘＝源平闘諍録、延＝延慶本、長＝長門本、屋＝屋代本、覚＝覚一本、南＝南都本、中＝中院本

もちろん、すべて『玉葉』と一致しているわけではないが、「事件発生の日付」、「基房の外出先」、「資盛の乗り物」等の点で『玉葉』の記事と一致している。

「事件発生の日付」は、他の諸本が報復が行われた同年十月二一日に引きつけられて十月十六日としているのに対し、『源平盛衰記』だけが史実通りの七月三日としている。また、「基房の外出先」も史実では法勝寺であるが、他の諸本は法住寺や内裏などとしており、史実と食い違っている。

1 事件の発生・遭遇場所

また、事件の現場となった遭遇場所も、『源平盛衰記』は三条京極・三条面から六角京極にかけてとしているのに対し、〈四・延・長・南〉は六角京極としているものの、その他は「大炊御門大宮」〈闘〉、「大炊御門猪隈」〈覚〉、「大炊御門堀河猪隈」〈屋〉、「堀河猪隈」〈中〉と異なっている。

犬井善寿は、諸本の遭遇場所の異同について、

〈盛〉については「法勝寺から内裏あるいは基房邸の中御門南東洞院西への帰途の事件なのであるから、「三条京極」を過ぎた辺が「乗合」事件の場であることは、不自然である…（中略）…このように、『源平盛衰記』の「乗合」事件の作中場所は、史料に記された事件の場所に近い所に設定されているという点で注目されるが、京都の地理として少々無理のある

設定であることも注意されてよい。

と指摘している。▼注8

しかし、これは松殿藤原基房の事件当時の居宅が邸宅としての「松殿」であるという先入観から来る誤解である。詳細は「『源平盛衰記』全釈」に譲るが、邸宅としての「松殿」に基房が移り住むのは承安三（一一七三）年のことであり、事件当時の基房の邸宅は三条万里小路第であった可能性が高い。だとすれば、法勝寺からの帰り途に三条京極を通過したとしても不自然ではない。

また、〈闘〉、〈覚〉、〈屋〉、〈中〉などの諸本は、事件を内裏への途中と設定するので、「大炊御門大宮」〈闘〉、「大炊御門猪隈」〈覚〉、「大炊御門堀河」〈屋〉、「堀河猪隈」〈中〉となっているが、これは邸宅としての「松殿」から大内裏への道筋になる。しかし、史実では基房の邸宅は三条万里小路第、内裏は閑院であるため、方向違いとなっている。これは、諸本の場面設定時に松殿基房の邸宅が「松殿」と認識され、里内裏としての閑院の使用期間に考慮がなされないなど、全く史実を踏まえないものとなっている。そもそも、基房の外出先が法勝寺ではなく参内途中という設定の段階で史実とは異なっているのではあるが。

2　報復

遭遇と並んでもう一つの事件のヤマ場は報復の場面である。その場所について『源平盛衰記』は

中御門東洞院ノ御宿所ヨリ、大炊御門ヲ西へ御出ナル。堀川猪熊ノ辺ニテ、兵具シタル者三十騎計走出テ、前駈等ヲ搦捕ケリ。

と記している。

報復が行われたの嘉応二年十月二十一日の『玉葉』は以下のように記している。

此日、依レ可レ有二御元服議定一、申刻、着二束帯一参二大内一。源中納言雅頼来、会二陽明門下一、相共経二花徳門・南殿御後等一、参二殿上方一、余参二御前一、暫候之間、或人云、摂政参給之間、於二途中一有レ事帰給了云々、余驚遣レ人令レ見之処、事已実、摂政参給之間、於二大炊御門堀川辺一、武勇者数多出来、前駆等悉引二落自馬一了云々、神心不レ覚、是非不レ弁。此間、其説甚多、

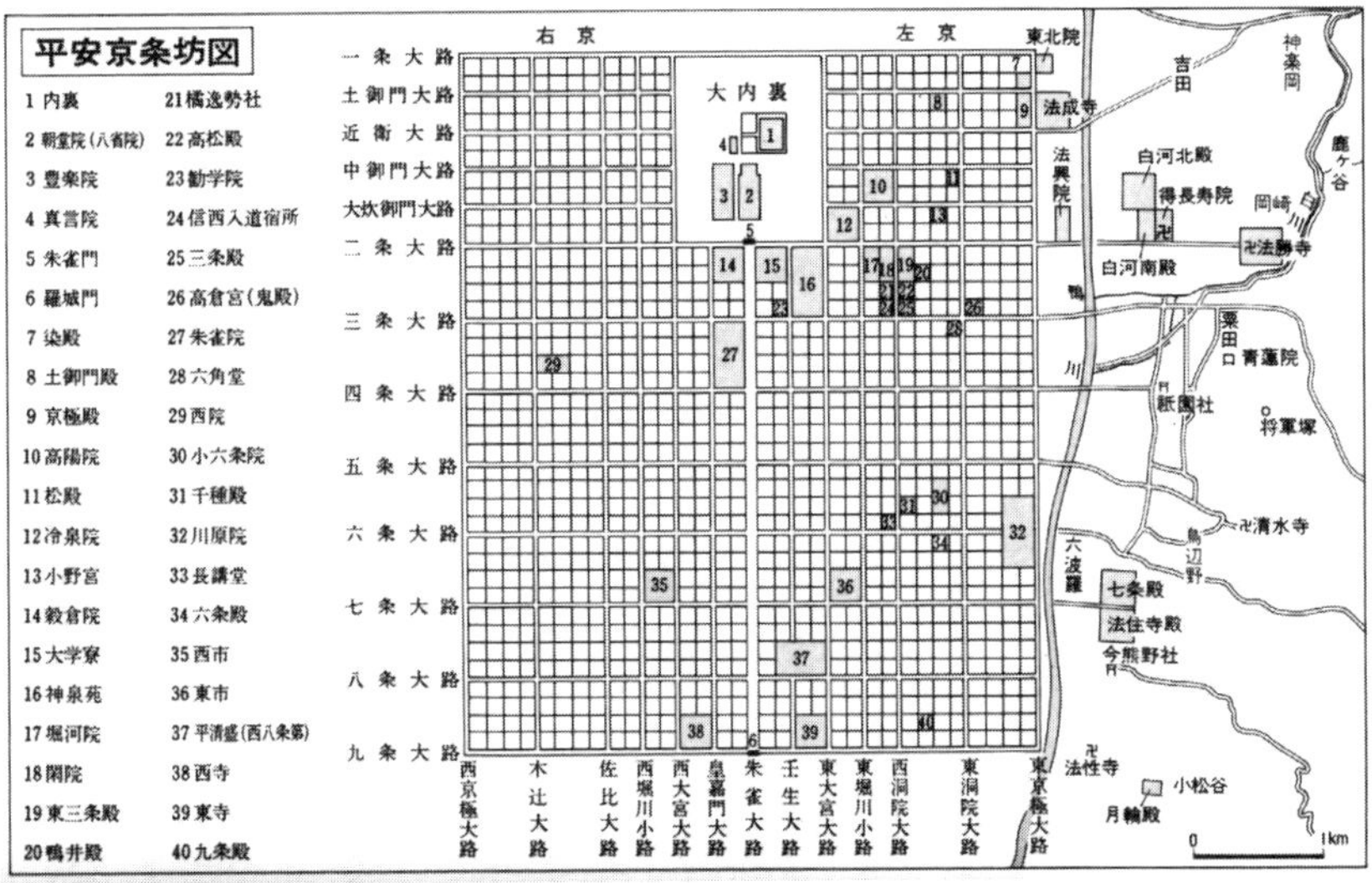

平安京条坊図
1 内裏
2 朝堂院（八省院）
3 豊楽院
4 真言院
5 朱雀門
6 羅城門
7 染殿
8 土御門殿
9 京極殿
10 高陽院
11 松殿
12 冷泉院
13 小野宮
14 穀倉院
15 大学寮
16 神泉苑
17 堀河院
18 閑院
19 東三条殿
20 鴨井殿
21 橘逸勢社
22 高松殿
23 勧学院
24 信西入道宿所
25 三条殿
26 高倉宮（鬼殿）
27 朱雀院
28 六角堂
29 西院
30 小六条院
31 千種殿
32 川原院
33 長講堂
34 六条殿
35 西市
36 東市
37 平清盛（西八条第）
38 西寺
39 東寺
40 九条殿
右京
左京
大内裏
一条大路
土御門大路
近衛大路
中御門大路
大炊御門大路
二条大路
三条大路
四条大路
五条大路
六条大路
七条大路
八条大路
九条大路
西京極大路
木辻大路
佐比大路
西堀川小路
西大宮大路
皇嘉門大路
朱雀大路
壬生大路
東大宮大路
東堀川小路
西洞院大路
東洞院大路
東京極大路
東北院
吉田
神楽岡
法成寺
法興院
白河北殿
得長寿院
岡崎
鹿ヶ谷
白川
法勝寺
白河南殿
鴨川
粟田口
青蓮院
祇園社
将軍塚
清水寺
鳥辺野
六波羅
七条殿
法住寺殿
今熊野社
法性寺
小松谷
月輪殿
0
1km

第１図　「平安京条坊図」（小学館「新編日本古典文学全集」41『将門記　陸奥話記　保元物語　平治物語』より引用）平安京内の大路小路と法成寺・法勝寺・法住寺殿などの位置関係が示されている。

依㆓摂政殿不㆑被㆑参、今日議定延引之由、光雅来示、上皇御下向之後、可㆑被㆑定㆑日云々、人々退出、余退出之次、参㆓摂政御許㆒（閑院第）。資長卿外敢無㆑人、以㆓兼光㆒申入、不㆑被㆑逢。則余帰㆑家。凡今日事不㆑能㆓左右㆒、不㆑如㆓道路以㆑目、只恨㆑生㆓五濁之世㆒、悲哉々々、

報復当時、天皇は里内裏である閑院から本来の内裏に移っていたことが『源平盛衰記全釈』ですでに指摘されている。また、『玉葉』には当日兼実が駆けつけた「摂政御許」は「閑院第」とあるので、基房の出発点は『源平盛衰記』のいう「中御門東洞院」（＝松殿）ではなく「閑院第」であった。平家物語諸本は、松殿から基房が出発したことを想定しているので、この時点で史実とは異なっている。

当時の閑院から内裏へのおもな経路を当時の記録で見てみよう。永暦元年十一月十三日に閑院から内裏への「遷宮」の時の二条天皇の移動経路は以下のとおりである。

出㆓御西門㆒、大炊御門西行、大宮北行、入㆓御陽明建春門㆒（『山槐記』同日条）

また、永暦元年十二月廿七日の閑院から内裏への「大内行幸」の経路も同じである（『山槐記』同日条）。閑院西門から大炊御門大路への経路が省略されているが、西門が堀河小路に面していることから考えて堀河小路を北行したと考えてよい。元暦元年七月五日の閑院からの遷幸の際は、閑院東門からの出発であったが、「出㆓御東門北行㆒、二条西行、堀河北行、大炊御門西行、大宮北行」（『山槐記』同日条）とあるので、

東西どちらの門から出ても、最終的には堀河小路を北行し大炊御門大路に入る経路が用いられていたことがわかる。とすれば、報復の襲撃場所の「大炊御門堀川」は北行してきた行列が西に曲がって大炊御門大路に入る曲がり角に当たり、大炊御門大路の曲がった先で待ち伏せすれば堀河小路を北行してきた基房の行列からは発見されにくい。

基房は大内裏のどの門を目指していたのだろうか。襲撃当日、『玉葉』の記主九条兼実は、「会二陽明門下一」とあるように陽明門から内裏にはいったようである。基房が、どの門から内裏に入ろうとしていたかは定かではないが、（覚）などは「中御門東洞院の御所より、御参内ありけり。郁芳門より入御あるべきにて、東洞院を南へ、大炊御門を西へ御出なる」と郁芳門を目指したとしている。しかし、中御門東洞院の邸宅「松殿」から大内裏の内裏に向かうのであれば、中御門大路を直進してそのまま待賢門から入るか、さらに大宮大路を北上して陽明門から入るのが自然である。わざわざ、遠回りをして郁芳門まで回る必然性はない。当日、兼実と雅頼は陽明門から入っており、また、先に示したように天皇が閑院から大内裏に向かうときも陽明門か待賢門も使用することが多い。物語が郁芳門を目指したとするのは、邸宅「松殿」から報復の現場となった「大炊御門堀川」を通り大内裏へと動線を引くには郁芳門を目指すしかないからではないかと推測される。通常、天皇や貴族が内裏に向かうために使用する陽明・待賢門に向かうことにすると「大炊御門堀川」は経路にならないのである。

この日、基房が兼実と同じく陽明門を目指したのか、待賢門を目指したのかは、確定することができない。しかし、以上見てきたように、報復当日、史実では基房は閑院を出て堀河小路を北行し、大炊御門大路を西行し、大宮大路を北行し、陽明門か待賢門を目指しており、その途中の曲がり角「大炊御門堀川」あたりで襲撃されたのである。

『平家物語』諸本を整理すると、松殿が北面する中御門を西へ進み猪熊堀川辺りで報復に遭ったとするのが（延・長・南・屋・覚・中）で、松殿の南にある大炊御門を西へ進み猪熊堀河の辺りで報復に遭ったとするのが（四・闘・盛）ということになる。そもそも中御門大路では史実と異なるし、また、邸宅「松殿」から東洞院大路か烏丸小路を南行して大炊御門大路に入ったとしても、そこから堀河までは直進となり、前方が見通せてしまい、襲撃のために待ち受けている武士も早めに発見できてしまう。これらはやはり当時の松殿基房の邸宅を、史実の閑院ではなく中御門南・東洞院西の邸宅「松殿」であるとしてしまった誤りから来ている。ただし、中御門大路とした（延・長・南・屋・覚・中）よりも、大炊御門大路としている（四・闘・盛）の方がより史実に近い断片を残していると言ってよい。

五　おわりに

以上述べてきたように、殿下乗合事件に関する部分では『源平盛衰記』は諸本のなかで一番史実に近い記述をしている。もちろん、報復襲撃当時の基房の邸宅を閑院ではなく松殿とするなど、史実と全く一致しているわけではない。また、その記述は『玉葉』の記述とかなり一致しているが、だからといって作者が『玉葉』を資料として参考にしたなどと即断もできない。『玉葉』には見られない記述も多く、それが作者の創作なのか、『玉葉』とは別の現存しない同時代の資料に拠ったものかも不明である。

この部分の『源平盛衰記』の史実性の高さは、その成立ばかりでなく、『平家物語』の成立全体にも関わる問題になってくるものと思われるが、現在の私の手に余る大きな問題であるため、ここではその指摘のみにとどめておきたい。

注

（1）安田元久『院政と平氏』日本の歴史第七巻、小学館、一九七四年、二七八頁

（2）平藤幸「平重盛」（『保元・平治の乱と平氏の栄華』清文堂、二〇一四年、三七七・八頁）

（3）曽我良成「殿下乗合事件―「物語」に秘めた真実と「日記」に潜む誤解―」（倉本一宏編『日記の総合的研究』思文閣、二〇一五年刊行予定）において、『玉葉』の記事の解釈の問題については論じているのでご参照願いたい。

（4）前田禎彦「摂関期の闘乱・濫行事件―平安京の秩序構造―」（『日本史研究』四三三、一九九八年）。

（5）松薗斉「武家平氏の公卿化について」（『九州史学』一一八・一一九、一九九七年）。

（6）曽我良成「王朝国家期における太政官政務処理手続について」（坂本賞三編『王朝国家国政史の研究』吉川弘文館、一九八七年）。

（7）早川厚一・曽我良成・村井宏栄・橋本正俊・志立正知「『源平盛衰記』全釈」八―巻三―1（『名古屋学院大学論集』人文・自然科学篇四九巻二号、

二〇一三年)。

(8) 犬井善寿「内裏への途―『平家物語』巻一「殿下乗合」の作中場所の本文流伝」(『文芸言語研究・文芸篇』一九、一九九一年)。

3 『平家物語』にみえる夢の記事はどこからきたのか

松薗 斉

一 はじめに

『平家物語』には多くの夢が登場する。これは別に『平家物語』に限らず中世以前の文学作品には共通した特徴であり、さらに言えば、同時代の日記や歴史書にもたくさんの夢の記事が採録されている。すでにこれらを素材とした夢やそれにまつわる信仰の研究もかなり行なわれているし、▼注1 それぞれの作品ごとにおいてもそこに記されている夢とその作品との関係が論じられている。しかし、それらの夢の内容が作品の展開や構造とどのように関係しているかを論じることが中心のようで、作者がそれらの夢をどのように収集したのかについてはあまり論じられていないようである。

原作者（及び諸本を成立させていった人々）はそれらの夢を創作したのだろうか。

たしかにその可能性もなくはない。平安中期の『小右記』には、記主藤原実資のもとに「虚夢」を売り歩く僧が登場するし、▼注2 一五世紀の『看聞日記』にも、夢を見たので申し出て記主貞成の子貞常に剣を進上してきた安祥寺昌空という僧のことが記されているが（永享八・一二・八）、「不義」で寺を追い出されたことのある人物だったので、「虚言申人」の夢想は「信用」できないと貞成たちから不審に思われている。彼らが貴顕に持ち込んだ夢が、まったくの創作かどうかは不明であるが、都合よく夢を見て持ってくる人物が結構多かったことを示している。しかし、それも当時、夢というものを人々が信じ、かつ話題となり、そのやり取りがなされていた社会だからこそ、このような者たちが現われることになるのであろう。

今日の私たちにとって、社会的に夢というものはそれ程大きな比重をもつものではない上に（要は夢を信じない社会に生きている）、文学作品の一つとして扱われる『平家物語』に素材として（都合よく）使われている夢だから、それ程重視されていないように感じられる。ただ周知のように前近代の人々にとっては、事実かどうかという点についても、『平家物語』と史書の間に大きな境目があるとは信じておらず、それは日記などの記録との間もそうであった。特にこれらに共通に含まれている「夢」「夢想」というものをこれらを通してみた場合、見られた夢が本人もしくは他人に解釈（夢解き・夢占）された後、どのように本人から離れ、口頭でもしくは文字化されて流通し、さらにどの時点で日記や史書や物語に定着するのか。さらにそこから変容していく場合もあろうが、どのような意識によって変容させられていくのか。当時の人びとにとって、夢で見たことと起きている際に見聞したことの間は連続的なものであり、不確かなものという認識を持ってはいたものの、[注3]そこには現代人ほど社会的な価値に落差は生じていない。夢が持つ機能は、文学においてももう少し慎重に取り扱う必要があるのではないだろうか。ここでは、『平家物語』、特に『延慶本平家物語』[注4]（以下、延慶本と略す）と『源平盛衰記』[注5]（以下、盛衰記と略す）を中心に、それらに見える夢の記事を比較しながら、この問題を検討してみたい。

二 『平家物語』にみえる夢

まず両書に見える夢の記事の全体像をつかんでおこう。

表1は、延慶本に見える夢の記事について、その内容がわかるものを中心に採取して整理したものである。二六個の夢を析出したが、盛衰記と対比した場合、延慶本のみにみえるのは八個である。表2は、盛衰記のみに見える夢を整理したもので一八個ある。単純計算で、盛衰記の方が夢を多く収載していることがわかる。

表1『平家物語（延慶本）』に見える夢

	章段（巻）	夢を見た者	内容	源平盛衰記の状況
1	清盛繁昌之事（第一本）	平清盛	天より声があり、「武士ノ精ト云物」を飲み込む。	なし（A）
2	成親卿八幡賀茂ニ僧籠事（第一本）	藤原成親	近衛大将への任官を望んで賀茂社にて百度詣を行ない、女房の声で、それがかなわないという歌を聞く。	ほぼ同じ内容。
3	後二条関白殿滅給事（第一本）	人	日吉社の八王子御殿より鏑矢が京に向けて放たれる。	師通が死後、八王子権現に岩の下に閉じ込められ苦しむ夢（B・C）。
4	豪雲事付山王効験之事付神輿祇園へ入給事	仁明天皇	澄憲の引勘した山王の霊験として、飢饉・疫病に際し、天皇が比叡山から天童が下って鬼神を打ち払った夢を見、それを天皇が書き記して衆徒に下されたという。	醍醐天皇の夢想とし、それを書き記したことは見えない。
5	京中多焼失スル事（第一本）	人	比叡山から猿が松に火をつけて京を焼く。	ほぼ同じ内容。
6	成親卿流罪事付鳥羽殿ニテ御遊事、成親卿備前国へ着事（第一末）	一条左大臣正親	御遊に源少将正賢が吹いた名笛紅葉の由来。住吉明神が内裏で落としたものを正賢の先祖正親が拾い、明神より返却を求められた。	内容はほぼ同じであるが、盛衰記の方が人名が正確なうえに、話もわかりやすい。
7	式部大夫章綱事（第一末）	藤原章綱	明石の増位寺の薬師如来に一〇〇日間参籠し、一〇〇日目に歌を聞く。	なし
8	基康ガ清水寺ニ籠事、付康頼ガ夢ノ事（第一末）	平康頼	子息基康が帆に「妙法蓮花経信解品」と書いた白い船（馬）に乗っている夢。	白い帆の舟に乗っているのは、子息ではなく「紅ノ袴着タル女房三人」。（E）
9	小松殿熊野詣ノ由来事（第二本）	平重盛・妹尾兼康	重盛・兼康が同時に、三嶋社において繋がれた父清盛の首の夢を見る。	ほぼ同じであるが、『盛衰記』では、吉備津宮に命じて切らせている。
10	入道相国雲客四十余人解官事（第二本）	人	頼長・為義らを引き連れた崇徳院の怨霊が、後白河院の御所には入れず、清盛邸に向う。	ほぼ同じであるが、教盛の見た夢となっていること、崇徳院が天狗の姿で表現されている。
11	入道厳島ヲ崇奉由来事（第二中）	平清盛	厳島大明神より「銀ノ蛭巻シタル小長刀」を賜わる。	ほぼ同じ内容。
12	都遷事（第二中）	藤原隆季	大神宮が遷都を認めないという夢。	なし

13	雅頼卿ノ侍夢見ル事（第二中）	源雅頼の侍	大内裏の神祇官らしきところに神々が集まり、清盛に預けた御剣を取り返して頼朝に与え、その後は藤原氏に与えるという夢。	構成はほぼ一緒であるが、細部には違いが多い。
14	兵衛佐伊豆山ニ籠ル事（第二中）	安達盛長	頼朝が足柄の館に腰かけて、左足で外ヶ浜を、右足で鬼海（界）ヶ島をふみ、左右ノ脇から日月が光を発するという夢。	ほぼ同じ内容。
15	文学兵衛佐ニ相奉ル事（第二末）	源頼朝	三嶋社で通夜した際、東へ一町ほど離れた王子社の前の机木とさらにそこから東へ一町離れたところにある柞木の間に鉄の縄が張られ、そこに平家の首が懸け並べられた夢。	なし（I・J）
16	南都ヲ焼払事付左少弁行隆事	藤原行隆	八幡宮に参籠した際、「夜ノ示現」に東大寺造営の奉行をする際はこれを持てと笏を与えられる。	ほぼ同じ内容（K・M）。
17	大政入道他界事、付様々ノ怪異共有事（第三本）	清盛に仕える女房	赤鬼青鬼が、清盛を捕えに、火車を引いて福原の御所にやってきた夢	ほぼ同じ内容。
18	大政入道慈恵僧正ノ再誕ノ事（第三本）	摂津国清澄寺の慈真房	閻魔羅城の十万部法花経転読に招かれ参勤、閻魔法王より清盛が慈恵僧正の化身であることを知らされる。	ほぼ同じ内容。共に夢とははっきり言っていない。
19	大政入道白河院ノ御子ナル事（第三本）	祇園女御	夜泣きして周りを困らせていた清盛が、将来出世するという歌を聞く夢。	『盛衰記』では、忠盛が熊野で見た夢となっている。
20	安楽寺由来事、付霊験無双事（第四）	小野好古	天神が、衆合地獄にいた小野道風を呼び出し、贈太政大臣の宣命に対する請文を書かせた。	なし
21	義経鞍馬へ参ル事（第五本）	源義経・貴船社の神主	夢で老僧より与えられた白鞘巻が目覚めると実際にあった。貴船社の神主から夢想の告げとして白羽の鏑矢を授けられる。	なし
22	天台山七宝ノ塔婆事（第六末）	延暦寺の衆徒	惣持院の七宝塔婆に納められた仏舎利を取ったのは伊勢の海の龍であり、私ではないと近江の龍神たちが弁明（文治元年の大地震の原因）。	なし

23	阿波民部并中納言忠快之事（第六末）	源頼朝	夢に大日如来が現われて、忠快（教盛子）の首を切ったらお前を殺すと脅された。	『盛衰記』では、大日如来が地蔵菩薩に変っている。
24	六代御前被召取事（第六末）	六代の母	六代御前が白い馬に乗り、暇乞いに戻ってきた夢。	ほぼ同じ内容。
25	法皇小原へ御幸成ル事（第六末）	建礼門院	夢に龍宮城で龍王の眷属となっている宗盛・知盛らを見る。	ほぼ同じ内容だが、『盛衰記』には「竜軸経」が見えている。
26	肥後守貞能預観音利生事（第六末）	源頼朝・清水寺僧	夢に観音の化身である老僧が現われ、平貞能の命乞いをする。貞能が納めた観音像の首が2度落ちたことを不思議がる清水寺の寺僧にも現われ、自分が貞能の身代わりとなったことを告げる。	なし

表2 『源平盛衰記』のみに現れる夢

		人物	内容
A	清盛行大威徳法附行陀天並清水寺詣事	清盛	清水寺に千日詣を行ない、その満願に日に「両眼抜テ中ニ廻テ失ヌ」夢を見た。
B	白山神輿登山事	比叡辻の神主	白山権現の神輿を山王権現が迎えに出た夢。
C	白山神輿登山事	余多人	亡くなった関白師通が八王子権現におって、盤石に籠め置かれている夢。
D	頼豪祈出王子事	関白師実	三井寺に戒壇を立てることに対し、赤山明神が鏑矢を放とうとしているという夢。
E	康頼熊野詣	平康頼	沖から船に乗って三人の女房が現われ、千手観音の功徳を歌い、都への帰還を告げる。
F	宮中流矢事	律浄房	日印（胤）八幡宮に参籠し、千日大般若経を読経する中、七百日目に金の鎧を賜る示現を得て、頼朝に知らせた。
G	待宵侍従附優蔵人事	待宵小侍従（阿波局）	広隆寺の薬師如来に参籠、御帳の中から白い衣を賜る夢を見る。
H	文学頼朝勧進謀叛事	文覚の母	長谷寺の参籠して、左の袖に鳶の羽を賜る夢を見て懐妊、生まれた子が文覚。
I	文覚発心附東帰節女事	文覚	遠藤盛遠が誤って殺した袈裟御前が、墓所の上に花開いた蓮に座する夢。
J	大仏造営奉行勧進事	重源と貞慶	同じ夜に、重源は貞慶が観音であるという夢を、貞慶は重源が釈迦であるという夢を見た。
K	大仏造営奉行勧進事	貞慶	重源が「娑婆の化縁」は尽きて霊山に帰ったという夢を見た。

L	平家東国発向并邦綱卿薨去同思慮賢事	藤原邦綱母	賀茂社に邦綱が蔵人となれるように祈った際、賀茂社の神人が檳榔毛の車を家の車宿に立てた夢を見た。
M	如無僧都烏帽子同母放亀附毛宝放亀事	藤原山蔭	山蔭が大宰大弐として赴任の際、乳母が誤って2歳の子息を海に落としてしまうが、山蔭の夢に、子の亡き母に命を救われた亀が現われ、子を助けることを告げる。
N	貞能参小松殿墓付小松大臣如法経事	平貞能	重盛の墓に詣でて、その夜、兜率天に生まれ変わろうとしながら、鬼神に引き落とされている重盛に如法経を書写して後世を救ってくれるように頼まれる夢を見る。
O	一谷落城並重衡卿虜事	重源	大仏が敵を打つために急ぎ右手を鋳造してくれるように夢に現れ、出来上がった日に重衡が捕えられた。
P	重衡請法然房事	法然の母	神仏に祈り、髪剃を飲み込む夢を見て懐妊。
Q	知盛船掃除附占海鹿並宗盛取替子事	平基盛の女房	夢に、宇治川で亡くなった基盛が現われ、頼長の怨霊のために死んだので、法華経提婆品を書写して供養してくれるように頼まれる。
R	老松若松尋剣事	後白河院	海中に沈んだ宝剣の発見を祈請して、賀茂社に参籠した院は、七日目に宝剣の事は、長門国壇浦の老松若松という海士に命じて捜せとの霊夢を見た。

内容的には、すでに指摘されているように、[▼注6]全般に神仏・寺社関係が多く、ほとんどと言っても過言ではない。比叡山・日吉社関係が一番多く（3・4・5・22・B・C・D）、賀茂社（2・M・R）・清水寺（26・A）・三島社（9・15）などが続き、観音信仰（26・E・I・K）を清水寺に含めれば、比較的関連の記事が多いことになるが、全体として京・畿内周辺のメジャーな寺社や信仰が万遍なく現われている印象である。

夢を見た人物については、清盛など具体的な人名がわかる者と、ただ「人」とのみ記される場合があり、前者の方が多いが、誰か特定のものに集中するわけではない。あえて言えば、前半の主人公清盛（1・11・A）、後半の頼朝（15・23・26）にやや集中する程度であり、これらにおいても両書に共通して見えるのは、清盛の11・頼朝の23と各一つずつだけである。さらにそれらを階層及び関係者別に整理したものが、表3である。天皇以下広い階層に亘っていることが知られるが、延慶本は源氏関係者の夢が多く、盛衰記の方は平家関係者と女性のそれが若干多いことがやや特徴的である。

表3　夢を見た人々（整理）　※注（　）内は表1・2の番号。

	延慶本	盛衰記
平氏	清盛（1・11）・重盛（9）	清盛（10・A）・重盛（9）・忠盛（19）
平氏関係の武士	妹尾兼康（9）	妹尾兼康（9）・平貞能（N）
源氏の棟梁	頼朝（15・23・26）・義経（21）	頼朝（23）
源氏関係の武士	安達盛長（14）	安達盛長（14）
天皇・院	仁明天皇（4）	醍醐天皇（4）・後白河院（N）
公家	藤原成親（2）・一条左大臣正親（6）・藤原隆季（12）・藤原行隆（16）・小野好古（20）	藤原成親（2）・一条左大臣雅信（6）・藤原行隆（16）・関白師実（D）・藤原山蔭（M）
下級官人・侍	藤原章綱（7）・平康頼（8）・源雅頼の侍（13）	平康頼（8・E）・源雅頼の侍（13）
僧侶	慈真房（18）・延暦寺の衆徒（22）・清水寺僧（26）	慈真房（18）・律浄房（F）・文覚（I）重源（J・O）・貞慶（J・K）
神官	貴船社の神主（21）	比叡辻の神主（B）
女性	清盛に仕える女房（17）・祇園女御（19）・六代の母（24）・建礼門院（25）	清盛に仕える女房（17）・六代の母（24）・建礼門院（25）・待宵小侍従（G）・文覚の母（H）・藤原邦綱母（L）・法然の母（P）・平基盛の女房（Q）
その他	人（3・5・10）	人（3・5・10・C）

ちなみに、鎌倉後期に編纂された『吾妻鏡』からも夢の記事を六〇弱ほど採集できるが、[注7]不思議とここで提示した『平家物語』にみえる夢と共通するものは一つもない。表4は『吾妻鏡』に見える頼朝関係の夢を一覧したものであるが、この表に見る通り、義経ら兄弟や清盛ら平家関係者の夢がまったく載せられていない点は注意すべきであろう。『吾妻鏡』の冒頭部分、つまり治承・寿永期については、『平家物語』が素材の一つであったことはすでに指摘されており、[注8]『吾妻鏡』の編纂時期と『平家物語』の諸本の形成期は重なると思うが、夢に関しては『平家物語』系統から採用されたものはないようである。

表4『吾妻鏡』にみえる頼朝関係の夢

	年月日	夢を見た者	内　容
1	治承四年八月二四日	頼朝の乳母	石橋山の戦いに敗れた頼朝が隠れた「巌窟」の中で安置した「二寸の銀の正観音像」は、頼朝の乳母が昔、清水寺の観音に参籠して頼朝のことを祈った際、「霊夢之告」を得て突然に得たものという。
2	治承四年九月一〇日	諏訪上宮大祝篤光	甲斐源氏の武田信義や一条忠頼らが信濃国に入った際、一条忠頼の陣に諏訪上宮大祝篤光の妻が現われ、夫が「着二梶葉文直垂一、駕二葦毛馬一之勇士一騎、称二源氏方人一、指レ西揚レ鞭畢」の夢想を得たことを伝える（一〇月一八日条にも関係記事）。
3	治承五年正月二一日	「都鄙貴賤」	この二三年、清盛とその一門が敗北するという「夢想」を「都鄙貴賤」皆見ている。
4	治承五年五月八日	園城寺律静房日胤	日胤（千葉介常胤子息、前武衛御祈祷師）が「去年五月」、伊豆国より頼朝の御願書を届けられ、「一千日」石清水宮寺に参籠して、無言で大般若経を読んだところ、「六百ヶ日之夜」に「自二宝殿一賜二金甲一之由」霊夢を感じ、所願成就を感じたところ、翌朝聞高倉宮（以仁王）が三井寺に入られたことを聞いたという。
5	治承五年七月五日	岡崎義実	石橋合戦の時、佐奈田義忠を討った長尾定景を義忠父義実に預けたが、定景が法華経を持して毎日読経を怠らなかったため、義実から頼朝に「去夜有夢告」と赦免を訴えてきたので、宥免された。
6	養和元年七月二一日	頼朝	頼朝を討とうとした安房国長佐六郎郎等の左中太常澄が処刑された夜の「御夢想」に、僧が枕上に参って申すには、この左中太は頼朝「先世之讐敵」であり、今、鶴岡若宮造営によって「露顕」したという。
7	養和元年一〇月二〇日	頼朝	伊勢神宮の祢宜度会光倫と対面した際、「去永暦元年出京之時」に「夢想告」があった後、伊勢への信仰を厚くしたことを語り、「所願」を達成した際に必ず「新御厨」を寄進することを約束した。
8	寿永三年正月二三日	常陸国鹿島社の社僧	鹿島社の禰宜より、去十九日社僧に、鹿島神が「義仲并平家」を追罰のために京都に赴くとの夢想があり、同廿日に同社に奇瑞があったことを報告。
9	元暦二年四月二一日	梶原景時郎従海太成光	梶原景時からの報告に、「先三月廿日」にその郎従海太成光が、石清水御使と思われる浄衣の者による平家が「未ノ日可レ死」と予言された夢想を得、その後に起きた奇瑞を報告。
10	文治元年一二月四日	生倫神主	生倫神主が、「去月御願書」を捧げて安房国東条御厨寺に参籠し、懇ろに祈ったところ、今月二日「霊夢之告」があったという。
11	文治元年一二月二八日	御台所女房下野局	政子に祗候する女房下野局が、景政と号する老人が来て頼朝に申上げるには、讃岐院（崇徳院）が世の中に祟りをなしており、私には制止できないので、若宮別当に申上げてほしいという夢を見た。
12	文治二年二月四日	頼朝	頼朝に「御夢想」があり、貴僧一人が頼朝の枕もとに現われ、射山（後白河院）の事をもっと大事にするように、でなければ身を慎む必要があるという。

13	文治五年二月二二日	後白河院	頼朝、「上皇御夢想」によって「僧并時実・信基等朝臣」など「平家縁坐流人可レ被二召返一事」を上奏。
14	文治五年八月八日	専光房？	専光房、「二品之芳契」によって奥州進発の日より二〇日後に「御亭之後山」に観音堂を造営することになっていたが、「夢想告」によってこの日行ったところ、時刻が阿津賀志山の「箭合」と同時となった。
15	建久元年一〇月二日	頼朝	上洛の先陣を、「御夢想」によって畠山重忠に決定する。

これは一つには、『吾妻鏡』は史書としての性格上、年紀が明確なものが採用されたであろうから、『平家物語』に見えるそれらのようにはっきりとした年紀が記されていないものは取り上げられなかったのかもしれない。また、『平家物語』が形成される段階で、『吾妻鏡』に含まれている夢の記事はあまり流通していなかったのかもしれない。この点は延慶本・盛衰記以外の他の諸本全体を含めて検討すべき問題であるが、『吾妻鏡』の夢が早く何らかの記録に文字化されて伝来した夢の記事を利用していると考えることも可能であろう。▼注9

両書において、夢がどのような役割・機能を持たせられているかという点で見てみると、解釈が微妙なものもあるが、第一に、人界でなされたこと、もしくはなされようとしていることに対する神仏の意志を示す夢（2・3・4・5・7・12・13・17・23・26・D・F・L・N・R・S）が一番多く、それに準ずるものとしてこれから起きることの予兆を示す夢（8・9・10・14・15・16・19・24・E・G・H・J・P）が続く。また優れた人物や特異な人物がそうなった原因を示す夢（1・6・11・18・21・A・I・K・M・Q）も大きな割合を占めている。特徴的なのは、登場人物が亡くなってあの世でどうなっているのかを示す夢が、延慶本では一個（25）なのに対し、盛衰記では、五個（C・J・L・O・R）所載されているのは、何らかの理由を考えなければならるまい。

三　藤原邦綱の母の夢

次に『平家物語』の中に夢の記事がどのように採用されていくのか考えてみよう。事例として取り上げるのは、表2にLとしてあげた藤原邦綱の母が見たとされる夢の記事である。

五条大納言藤原邦綱については、すでに別稿▼注10で論じたので参照してほしいが、摂関家の中心的な家司として、基実亡き後の摂関家領をその室盛子（清盛女）との関係から清盛の支配に帰することに協力したとされる人物であり、その破格の昇進と清盛との姻戚関係、そしてほぼ同じ頃に相次いで亡くなったことから、『平家物語』でも清盛に極めて近い人物として描かれている。

『平家物語』では、彼に関する記事は邦綱が大納言に昇進した際と彼の薨去の部分に集中して載せられており、表5は諸本についてそれらを整理したものである。

表5　『平家物語』に見える邦綱関係記事（諸本の比較）

諸本	記事の内容	延慶本	長門本	四部合戦状本	百二十句本	源平盛衰記	覚一本	備考
1	邦綱、権大納言に昇進	○	○	○	？	○	○	
2	邦綱の父祖	○	○	○	×	○	×	
3	近衛天皇の蔵人所雑色より久安四年正月七日に蔵人（頭）となる	○	○	○	×	○	×	『蔵人補任』によれば、六位蔵人に補任される。
4	忠通死後、清盛に取り入り、毎日一種献じる	○	○	○	○	○	○	
5	邦綱が心が広く人望があったこと	×	×	×	×	○	×	
6	治承四年、福原における五節の際に、禁忌の朗詠を聞くまいと避けようとしたこと	×	○	○	○	○	○	
7	邦綱の母が、邦綱が蔵人になることを賀茂明神に祈願した際に、賀茂社の氏人が檳榔毛の車を我が家の車宿に立てる夢を見たこと	×	○	○	○	○	○※	※「蔵人頭」になることを祈願。
8	清盛と契りが深いため、清盛と同月に邦綱が死去した	○	○	○	○	○	○	
9	近衛天皇の雑色時代に内裏の火事の際のエピソード	○	○	○	○	○	○	
10	忠通に使えていた時代、石清水行幸の際のエピソード	○	○	○	○	○	○	

11	先祖の山蔭中納言が大宰府に下向の折、二才の子（如無僧都）が継母から海へ落とされたが、実母が以前天王寺に参詣の際、鵜飼から救った亀に助けられたこと	○	○	○	○	○※	○	※夢で亀がその因縁を語っている。
12	斉国毛宝が入水した亀に助けられた話	×	×	×	×	○	×	
13	宇多法皇の大井川御幸の際の如無僧都のエピソード	○	○	○	○	○	○	
14	一条朝の御遊における平等院の行尊のエピソード	○	○	×	×	○	×	
15	法会に遅刻した静信法印が箸を持参していたこと	×	×	×	×	○	×	
16	鞍馬を信仰していたこと	×	×	○	×	×	×	
17	**山蔭の孫粟田大臣在衡の鞍馬詣でに見た夢のこと**	×	×	○	×	×	×	

諸本を通じて、7（盛衰記のみ）・11・17（四部合戦状本のみ）の三つの夢が確認されるが、ほぼ共通して見えるのは、7つまり邦綱の母が邦綱が「蔵人」となる事を賀茂社に祈願して見た夢（表2のL）のみである。[注11]ただし、この夢は延慶本のみ確認されない（この理由は後述する）。まず盛衰記にみえるこのLの夢の部分を掲出しておこう。

「此人の母は、賀茂大明神に志ぞ運奉て、我子の邦綱に、一日成共蔵人を経させ給はんと祈申けるに、夢に賀茂社の神人、檳榔毛の車を将て来て、我家の車宿に立と見たりけるを、不得心思ひて、物知たりける人に語ければ、公卿の北方にこそ成給はんずらめと合せたり。母思ひけるは、我身年闌《たけ》たり、今更夫すべきに非、さては妄想にやとて過しける程に、子息の邦綱、蔵人は事も疎也、夕郎貫首を経て正二位大納言に至り給へり。是偏に母、賀茂大明神に志運給ひける故也。」

邦綱の母は息子を蔵人に任官させようと賀茂社に祈ったところ、賀茂社の神人が檳榔毛の車でやってきて自宅の車宿に車を立てたとの夢を得た。それを夢解きしてもらったところ、公卿の北の方になられるでしょうと解釈されたが、自分はもういい年なので妄想（虚夢）なのかと思っていたら、邦綱は蔵人どころか蔵人頭を経て正二位大納言に昇ってしまったというのである。

邦綱の経歴における蔵人任官についてはどの諸本にも触れられており、その重要性を認識してこの母の夢を挿入しているようであるが、母の方の吉相となってしまっており、邦綱の将来を告げる夢としては何とも中途半端で、物語として効果的な使われ方がなされていないように感じる。この夢に続く、邦綱の破格の出世を可能にした彼の機転を示す表5の9・10のエピソードは、蔵人以前の雑色時代の話となっており、そのような彼の能力が蔵人任官を可能にしたと理解できないことはない。しかし、実際の9の内裏焼亡は、仁平元（一一五一）年六月の四条内裏焼亡に、[注12] 10の石清水行幸は、同年八月の近衛天皇の行幸に比定されており、[注13] 久安四（一一四八）年正月七日より同七年正月六日までの邦綱の六位蔵人在任[注14]以後のことであって、結局は彼の蔵人任官とは無関係なエピソードなのである。

次に邦綱の母の夢を載せなかった延慶本の邦綱関係の記事を抄出して掲示してみよう。

①　此邦綱卿ハ中納言兼輔卿第八代ノ末葉、式部大夫盛綱ガ孫、前右馬助成綱ガ子也、然而三代ハ蔵人ニダニモ不成、受領、諸司助ナドニテ有ケルガ、進士ノ雑色トテ近衛院ノ御時、近ク被召仕ケルガ、去久安四年正月七日、家ヲ発シテ蔵人頭《ママ》ニ成ニケリ、其後次第ニ成上テ、中宮亮ナドマデハ法性寺殿御推挙ニテ有シ程ニ、法性寺殿隠レサセ給テ後、太政入道ニ執入テ…（第一本）。

②　廿三日ニハ五条大納言邦綱卿失給ヌ、太政入道ト契深ク、志不浅シ人ナリシ上ニ、頭中将重衡ノ舅ニテオワシケレバ、殊甚深ナリケリ、此邦綱卿、近衛院御時ハ進士ノ雑色デ御ワシケルガ、仁平三年六月六日、四条内裏焼亡アリケリ、…下臈ナレドモサカ〵シキ者カナト思召テ、法住（性）寺殿御対面ノ時、御感ノ余リニ御物語有ケレバ、其ヨリシテ殿下殊ニ召仕テ、御領アマタ給ハリナドシテ候ワレケルニ、同御門ノ御時、八月十七日、石清水行幸有ケルニ、イカヾシタリケム、人長ガ淀河ニ落入テ、ヌレネズミノ如シテ、片方ニ隠レヲリテ、御神楽ニ参ラザリケルニ、…カヤウニ思カケヌ用意モタメシ多リケリ（第二本）。

③　ヤガテ此ノ人ノ先祖、山陰中納言ト申人オワシキ。大宰大弐ニテ鎮西へ被下ケルニ、道ニテ継母誤ノヤウニテ、二オナリケル継子ヲ海へ落入テケリ。…昌泰元年之比、寛平法皇、大井河ニ御幸有ケルニ、此僧都モ候ワレケリ、…此人々ハ用意モ深ク智恵モ賢カリケレバ、申ニ不及、此邦綱ハサシモ賢カルベキ家ニテモナキニ、度々ノ高名ノミセラレケルコソ難有ケレ、太政入道トセメテ志ノ深キニヤ、同日ニ病付テ、同月ニ遂ニ失給ヌ、哀ナリケル契カナトゾ人申ケル（第三本）。

資料①は邦綱大納言任官の部分にあり、②・③は邦綱薨去の部分にあたり、②の邦綱の蔵人所雑色時代のエピソードの部分の後に藤原山蔭たちの説話③が続く形となっている。

資料③の冒頭で、邦綱の先祖は「山陰中納言」つまり藤原山蔭と述べている点は、①で「中納言兼輔卿第八代ノ末葉」と言っていることと、一見矛盾しているように見える。[注15] しかし、別稿で明らかにしたように、大嘗会等の御湯殿の役（天皇の装束に関わること）に山蔭流子孫が勤仕する伝統が形成されていたが、一二世紀段階で子孫が減少したため、儀式においてその役を勤める「子孫」の範囲が、先祖の誰かが山蔭流と姻戚関係がある者にまで拡大されていた。つまり、父祖の誰かが山蔭流出身の女性と結婚して少しでもその血が流れていれば、「子孫」と称してよい時代があったのである。実際、邦綱の場合、曽祖父貞職の母が山蔭流の貞仲の娘であり、邦綱はまさしく山蔭子孫に該当するのであった。また別稿では、邦綱が公卿となってからも天皇の装束に関わっており、その知識は蔵人時代に天皇に近侍していた頃に身に付けたと考え、さらに天皇装束に伝統を持つとされる山蔭子孫であったことが彼の蔵人任官への可能性を生み出したと推測したのである。

延慶本では、「三代ハ蔵人ニダニモ不成」る存在であった邦綱が、天皇に近侍しさらに摂関家の忠通に気に入られて出世していくそのスタートを蔵人任官と認識し、それを強調するために「先祖」山蔭関係説話以下を展開していったが、それで十分と認識していたのではないだろうか。そして延慶本以外の諸本は、邦綱―蔵人―山蔭流という文脈の意味がわからなくなっていたからこそ、その補強のために邦綱の母の夢を挿入したのではないだろうか。この類の夢は、当時の社会に数多く浮遊していたのであろう。本来の文脈が時間の経過と共に意味が分かりにくくなる中で、夢が補強材として取り込まれていったという理解も可能ではないだろうか。

四　源雅頼の青侍の夢

表1の13に示した源雅頼の青侍が見た夢は、神々が剣に象徴される覇権を清盛から召し返して頼朝に与えるというもので、物語全体の真ん中辺りに配置され、前半の清盛を中心とする平家栄華の話から後半の頼朝・義経ら源氏による平家滅亡の話へと場面切り替えの役割を果たしている『平家物語』においても大事な夢の一つであろう。そのためかこの夢は延慶本・盛衰記

のみならず諸本に共通して載せられている。

ここでは延慶本の該当箇所をそのまま提示しよう。

④　源中納言雅頼卿ノ家ナリケル侍、夢ニ見ケルハ、イヅクトモ其所ハ慥ニハ不覚、大内裏ノ内、神祇官ナドニテ有ケルヤラム。衣冠正クシタル人々並居給タリケルガ、末座ニ御坐ケル人ヲ呼奉テ、一座ニ御坐ケル人ノユヽシク気高ゲナルガ、宣ケルハ、「日来清盛入道ノ預リタリツル御剣ヲバ被召返ズルニヤ、速可被召返、彼御剣ハ鎌倉ノ右兵衛佐源頼朝ニ可被預也」ト被仰、「是ハ八幡大菩薩也」ト申。又座ノ中ノ程ニテ、其モ以外ニ気高ク宿老ナリケル人ノ宣ケルハ、「其後ハ我孫ノ其御剣ヲバ給ハランズル也」ト宣ヒケルヲ、是ヲバ「誰ソ」ト問ケレバ、「春日大明神ニテ御坐ス」ト申。先ニ末座ニ御坐ケル人ヲ、「是ハ誰人ゾ」ト尋レバ、「太政入道ノ方人、安芸厳島明神ナリ」トゾ申ケル。思フ量モ無ク、カヽル怖シキ夢コソミタレ、ト云タリケレバ、次第ニ人々聞伝テ、披露シケリ。太政入道此事ヲ聞給テ、憤リ深シテ、蔵人左少弁行隆ニ仰テ被尋ケレバ、雅頼卿ハ「サル事不承」トゾ被申ケル。彼夢ミタル者ハ失ニケリ。

⑤　此夢ヲ高野宰相入道成頼伝聞テ宣ケルハ、「厳嶋ノ明神ハ女体トコソ聞ケ、僻事ニヤ。又春日大明神、「我孫太刀ヲバ預ラム」ト被仰ケルモ不心得。但世ノ末ニ源平共ニ子孫尽テ、藤原氏ノ大将軍ニ可出ニヤ。一ノ人ノ御子ナドノ、大将軍トシテ天下ヲ可静給歟」トゾ宣ケル。深キ山ニ籠リニシ後ニハ、往生極楽ノ営ノ外ハ、他念ヲハスマジカリシカドモ、能キ務ヲ聞テハ悦ビ、悪事ヲ聞テハ歎キ給ケリ。世ノ成行カム有様ヲ兼テ宣ヒケルハ、少シモタガハザリケリ。

この夢の記事は、前半の夢の内容を記した部分④と後半のこの夢に対して藤原成頼という貴族が疑問を投げかける部分⑤の二つの部分から構成されている。

他の諸本と比べてみた場合、④の方には大きな違いはないが、⑤の方は諸本によってかなり変化を生じている。それを整理してみると、基本型は、延慶本及び四部合戦状本と考えられ、青侍の夢に対し、夢に出てくる厳島明神が女体でないこと、頼朝の後、剣が春日大明神の子孫に渡り藤原氏の将軍が現われることへの二つの疑問を呈すること、それに成頼についての人物評（仏道への精進、事の善悪を判断し未来を予見する力をもつ人）がなされるという形になっている。この型では疑問は呈するだけで、それに対する回答はないままで終わっている。

次にこの二つの疑問の一つ、厳島明神が女体でないことへの疑問を「ある僧」つまり他者が説明するタイプがあり、これを発展型Ⅰとする。百二十句本・覚一本がこれにあたる。[注16] 発展型Ⅱａとして、二つの疑問を自ら説明し、二つ目の疑問に関連して摂家将軍のことにまで言及するタイプで、長門本がこれにあたる。

長門本では、「其後、頼朝世を取て日本将軍といはれ給ひ、一天四海を掌に握りて、代を保ち給、頼家・実朝、頼朝の跡をつぎ、三代将軍の後、義時、代を取てありけるが、天子の恐れを思ひ公家に仔細を申て、車内納言なにがしの将軍とて、関東に下し給ひし時にこそ、青侍が見たりし夢はまことなりけりと、万人かんじ申けり」と以後の歴史を提示し、雅頼の青侍の夢を未来を予兆した「正夢」として強調する。

発展型Ⅱｂは盛衰記で、すでに前半（④）に見える青侍の夢の中の厳島明神が「紅の袴著たる女房」で現れ、疑問の入る余地が無くなっており、藤原氏に将軍が誕生することだけ自ら説明し摂家将軍にまで言及しており、Ⅱａ型をより整理したタイプである。④から⑤への話の筋を通すために、夢の方を改変してしまったパターンであるといえよう。

ここでの疑問は、後半部分（⑤）がなぜ必要かという点である。特に藤原成頼になぜ疑問を呈させなければならなかったのかがわかりにくい。成頼は、前章の邦綱に比べて物語の中でまったく存在感がない人物である。たしかに人物評が付け加えられて、彼が物事の善悪を判断し未来を予見する力をもつ人であることを説明されているが、そうしなければ彼の登場が読者に理解されにくいと原作者自身が考えていたことの証左であろう。

成頼のことを調べてみると、勧修寺流藤原氏（顕隆流）として順調な出世を遂げた人物で、弁官を経歴していた頃に、その上司にこの夢の前半の主役の一人源雅頼がおり、[注17] 彼と近い人物であったことが知られる。また、彼の兄弟や姉妹を通じた姻戚には、保元・平治の乱以後に活躍した人物がそろっているので、[注18] 確かにこの夢を判ずる人物としては申し分ないように思えるのだが、多分病気がちで早く出家してしまったからであろう、[注19] 成頼自身の公卿としての活動に目立つものはなく、物語におけるキャラクターも影がうすいものとなってしまっている。諸本においても、成頼の名前が正頼（長門本）と表現されたり、俊憲（四部合戦状本）に変ってしまっているのもそのためであろう。実のところ、私自身がこの夢に疑問を思ったのも、成頼が前章で問題となった邦綱の婿の一人であったからなのだが、そのこともここでは意味を持たせられていない。

ではなぜ成頼をここで登場させなければならないのか。想像をたくましくすれば、元々前半の夢（④）は後半の部分と切り離せない形で存在していたからではないだろうか。恐らくこの夢を記した記録（夢記）もしくは、誰かの日記に記されていた記事のまま、ひとまず『平家物語』に採用されたのではないだろうか。そう考えるとこの記録の作者として、成頼自身の可能性が浮上するように思われる。

源雅頼の邸宅が平家の武士に捜索されたのは事実であり、『玉葉』治承四年一二月六日条に記されているように貴族社会では誰もが知っていた事件であろう。現代の我々もこの夢をその事件と関連付けて理解しようとする傾向があるがそれでよいのだろうか。盛衰記などでは、青侍の夢に腹を立てた清盛が「行隆行向て件の男を相尋ぬるに、逐電して人なし。家内追捕して主の雅頼に相尋ければ、其事努々承及ず、彼夢見て侍らん奴に付て、御尋有べきとぞ被申ける」と、雅頼の邸を「追捕」したように描いているのはこれは実際の追捕事件の記録を参照しての脚色ではないかと思われる。しかし、延慶本（資料④）では、清盛は行隆を通じて雅頼に青侍の所在を聞いただけであり、追捕に至るような事件としては描かれていない。

この時代の人々は誰もが常にアンテナを立てて夢という情報を集めており、貴族たちの場合、日記の紙面に載せられる前の段階の夢の情報やそれらを記録化したものがかなり手元にストックされていた。[注20]「日記の家」として有名な勧修寺流の出身であるから成頼自身も出家以前には日記をつけていたことは確かであるが、承安四（一一七四）年に出家してしまっているのでこの時期には日次記を付けていなかった可能性が強いものの、[注21]伝え聞いた（もしかしたら雅頼自身から?）この夢に興味を持ち、何かに書きとめておいたのであろう。そしてその夢の内容に対する素直な疑念も書き込んでおいたのであろう。恐らく春日明神が頼朝の後は自分の子孫に剣を賜りたいと願ったことは、元々の成頼の日記に記主の感じた疑問と共に記されていたのであり、この部分を後の歴史を知った人間の創作と考える必要はないのではないだろうか。さらに推測を逞しくすると、夢を見たのは、雅頼の青侍ではなく、雅頼もしくは成頼自身であったとも考えられなくはない。

五 おわりに

『平家物語』に限らず、平安中期から中世にかけての文学が、夢というものを信じていた時代の作品であることをもう少し強調してもいいのかもしれない。そこに採用されている夢は、『平家物語』のように諸本が形成されていく過程で、時代の風潮を受けて改変されていくことはあるが、元々の夢は作者がその時代に流通している夢を拾い上げて載せたのではないかと思われ、物語のためにまったく創作するものではなかったと考える。

『吾妻鏡』には、治承五年正月に、この二三年、清盛とその一門が敗北するという「夢想」を「都鄙貴賤」皆見ているという記事があり[注22]、また寛喜三年には、「去月之比」に「或僧」が「祇園示現」と称し、「夢記」を記し洛中に披露し、それを関白道家より将軍頼経のもとに送ってきたことが見えている[注23]。夢は、個人が見て家族や関係者が共有するばかりでなく、都の人々全体で共有する夢が存在し、それを意図的に公開する者たちも数多くいたのであろう。

我々の想像以上に大量の夢が当時の社会に流通しており、それを拾い上げることはそれほど難しいことではなかったのであろう。ここで論じた『平家物語』自体が、夢を時代を超えて人々に流通させる媒介の一つと考えることも可能である。

本論では『平家物語』に見える二つの夢しか取り上げることができなかったが、この物語の他の夢、その他の作品の中に見える数多くの夢にもそれぞれの来歴やその当時理解されていた意味がまだまだ隠されているはずである。当時の夢を理解する回路やその流通ルートの解明はまだ十分であるとはいえない。それらの理解が進み、この時代の文学の読みがさらに深まることを期待したい。

注

（1）近年のまとまったもののみ紹介すれば、酒井紀美『夢語り・夢解きの中世』（朝日新聞社、二〇〇一年）、河東仁『日本の夢信仰—宗教学から見た日本精神史—』（玉川大学出版部、二〇〇二年）、酒井紀美『夢から探る中世』（角川書店、二〇〇五年）、倉本一宏『平安貴族の夢分析』（吉川弘文館、二〇〇八年）、上野勝之『夢とモノノケの精神史—平安貴族の信仰世界』（京都大学学術出版会、二〇一三年）など。

（2）『小右記』正暦四・三・一八（以下、このように年月日を省略する）。この記事に見える円賢という法師は「以㆓虚夢㆒来㆓告処々㆒、以㆓其事㆒為㆑使者云々」とあり、倉本氏は「虚夢」の夢解きをして世間を渡っている者と解釈されているが（注（1）書、倉本二〇〇八、一八九頁）、さらに言えば、勝手に人が喜びそうな夢を捏造して売り歩いている者と考えられよう。
(3) 一二世紀の『台記』の記主藤原頼長は「余素より夢を信じず」(久安三・一二・六)と記しており、一三世紀の『平戸記』の記主平経高は「夢想虚貨に通ずといえども」(寛元二・一〇・二)と記している。
(4) テキストは北原保雄・小川栄一編『延慶本平家物語 本文編』上・下(勉誠出版、一九九〇年)を使用。
(5) テキストは、『源平盛衰記』(一)～(六)(三弥井書店、一九九一～二〇〇七年)及び国民文庫本を使用。
(6) 土肥映子「平家物語の夢の記事をめぐって」(『文学・史学』一二、一九九〇年)。
(7) 『吾妻鏡』を通じて、やはり神仏がらみの夢が多いが、関係する寺社は、『吾妻鏡』では伊勢神宮関係が多いのが特徴的で、それに鶴岡八幡宮をはじめとする鎌倉や関東の寺社が相対的に多く登場するようである。
(8) 五味文彦『吾妻鏡の方法』(吉川弘文館、一九九〇年)、川合康「生田森・一の谷合戦と地域社会」(歴史資料ネットワーク編『地域社会からみた「源平合戦」―福原京と生田森・一の谷合戦』岩田書院、二〇〇七年)など。
(9) 『吾妻鏡』建暦二・一〇・一一には、三善康信が実朝に対して語った建久九年十二月の頃に見た夢想や文屋康秀の故事について語り合った内容を、側近に命じて記録させた「夢記」のことが見えており、単独の夢の記録が鎌倉周辺に伝来していたことをうかがわせる。
(10) 松薗「藤原邦綱考―物語と古記録のはざまにて―」(『国学院雑誌』一一四―一一、二〇一三年)。以下、別稿とする。
(11) この夢は大体、邦綱薨去のところに載せられているが、長門本だけは物語の初めの方である邦綱大納言任官の部分に載せられている。
(12) 『本朝世紀』仁平一・六・六、早川厚一他『四部合戦状本平家物語全釈』巻六(和泉書院、二〇〇〇年)、延慶本や長門本などでは仁平三年、百二十句本は「仁平のころ」、盛衰記は仁平元年となっている。
(13) 『本朝世紀』仁平一・八・一七。注(12)早川厚一他。
(14) 市川久編『蔵人補任』(続群書類従完成会、一九八九年)。
(15) 藤原兼輔は、同じ北家でも良門子孫で、魚名流の山蔭とはすでに房前(北家の祖)の子の代で別れたかなり遠い一門である。
(16) 百二十句本では「ある僧の申しけるは、それ和光垂迹の方便まちまちなれば、三明六通の明神にて、あるときは俗体とも現じ給はんこと、かたかるべきにあらず、とぞ申されける」と説明する。
(17) 飯倉晴武校訂『弁官補任』第一(続群書類従完成会、一九八二年)。
(18) 成瀬の同母兄弟に二条天皇の近臣惟方がおり、数多い姉妹の中には、平時信妻で、建春門院母となった女性、藤原忠隆の室で平治の乱に敗死した信頼の母となった女性、その信頼の妻となり離別された女性、保元の乱で敗死した頼長の子師長の室となり離別された女性、藤原信西の子俊憲の室となった女性など、勝った側負けた側両方に姻戚関係が張り巡らされている。

(19)『玉葉』嘉応二・七・一三、同三・二・二、承安四・三・一九など。

(20) 松薗「日記に見える夢の記事の構造」(荒木浩編『夢みる日本文化のパラダイム』、法蔵館より二〇一五年四月出版予定)。

(21) 松薗『王朝日記論』(法政大学出版局、二〇〇六年)第七章。

(22)『吾妻鏡』治承五・一・二一。

(23) 同前寛喜三・五・四。

4　和田義盛と和田一族――歴史・文学・芸能におけるその位置づけ――

坂井孝一

一　はじめに

鎌倉初期の代表的な東国武士に、治承四年（一一八〇）の源頼朝の挙兵を支えた相模の大武士団三浦氏の和田義盛がいる。『吾妻鏡』[注1]は義盛を、鎌倉幕府の侍所別当を務めた有力御家人、頼朝没後も幕政を支えた宿老として描いている。

その義盛の三男には朝比奈義秀がいる。朝比奈は建暦三年（一二一三）の和田合戦で将軍御所の惣門を押し倒して多数の武士を死傷させるなど、鬼神のごとき強さをみせた豪傑である。また、義盛の孫には三代将軍源実朝と、和歌を通じて熱く固い主従関係を結んだ和田朝盛がいる。朝盛は実朝の側近として将軍と和田一族を結びつける重要な役割を果たした。義盛のみならず和田一族全体が、鎌倉初期の幕府および東国の武士社会において大きな影響力を発揮する存在であったと考えられるのである。

では、文学作品たとえば『平家物語』『源平盛衰記』『曽我物語』[注2]などの軍記物語は、義盛や和田一族をどのように描いているのか。また、能・狂言・風流などの芸能の場合はどうなのか。そこから中世の人々の義盛や和田一族に対するどのような思いを読み取ることができるのか。本稿はこうした問題を追究する小論である。

二　和田義盛および和田一族の基本情報

まず、義盛および和田一族の基本情報を確認しておこう。和田合戦について記す『吾妻鏡』建暦三年（一二一三）五月三日条には、この日義盛が数え年六七歳で討死したとある。ここから没年が建暦三年、生年は久安三年（一一四七）であったことがわかる。

父親は三浦義明の長男杉本義宗、叔父に三浦義澄・佐原義連らがいる。子息には嫡男の常盛、三男の朝比奈義秀、義盛「鍾愛」の四男義直らがいる。先の五月三日条と同四日条に、常盛が四二歳で自害、三八歳の義秀は生き延び、義直は三七歳で討死とあることから、生年はそれぞれ承安二年（一一七二）、安元二年（一一七六）、治承元年（一一七七）となる。また、常盛の嫡男に朝盛がいる。朝盛の生没年は不明である。

義盛の父の義宗は平治元年（一一五九）の秋頃、安房国長狭城を攻めて傷を負い、ほどなく三九歳で死去したという。時に義盛は一三歳の少年であった。一方、叔父の義澄は『吾妻鏡』正治二年（一二〇〇）一月二三日条に七四歳で没したとあることから、大治二年（一一二七）の生まれだったことがわかる。義盛の二〇歳年長で、治承四年（一一八〇）に惣領の義明が討死すると、三浦氏の嫡流は義澄の流れに移った。ただ、義澄の嫡男義村は義盛より二〇歳近く年少であったため、義澄の死後は、逆に義盛が「三浦ノ長者」（『愚管抄』巻第六「順徳」）[注3]として振舞った。ここに一族内で確執が生まれる一因があった。

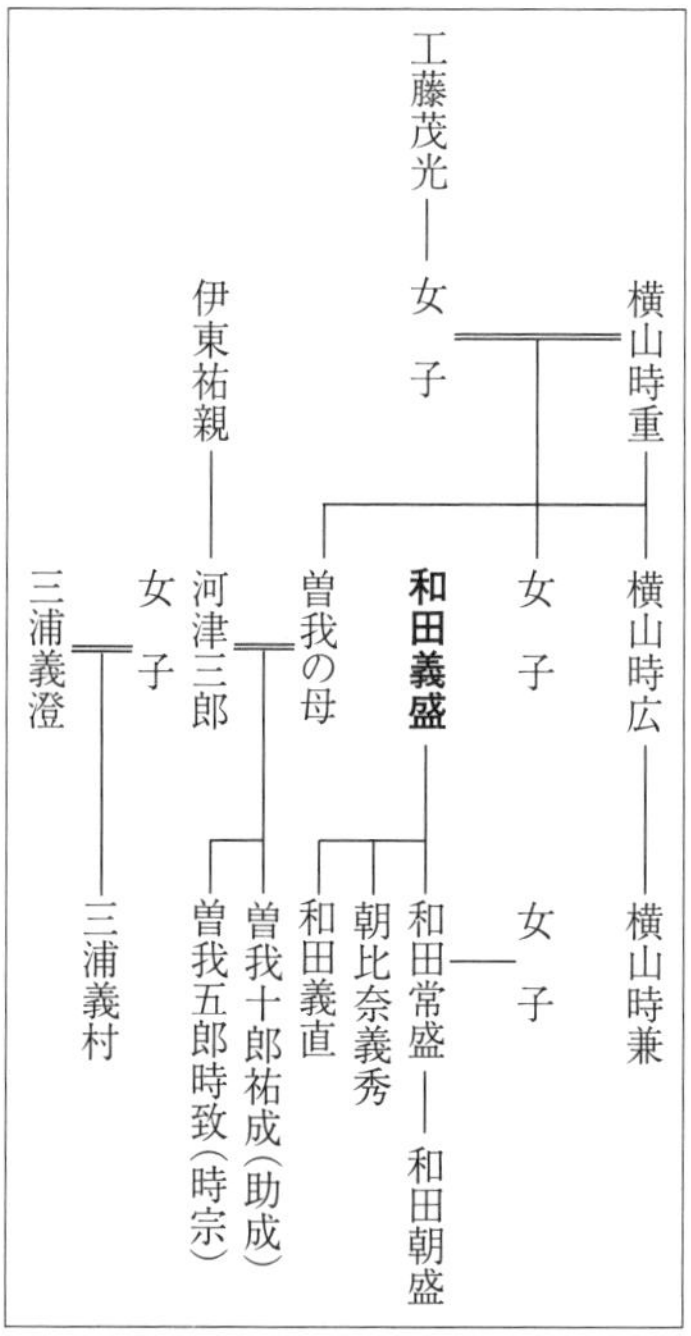

姻戚関係は「小野氏系図横山」「海老名荻野系図」『真名本曽我物語』から復元できる。義盛は曽我兄弟の母方の伯母聟、義澄は父方の伯母聟である。兄弟は三浦氏と親しい関係にあった。また、義盛は父子二代にわたって南武蔵の横山氏と姻戚関係を結んでいた。

三　『吾妻鏡』の義盛像―弓射の名手として

では次に、『吾妻鏡』が描く義盛像を具体的に追ってみたい。

①治承四年（一一八〇）一二月二〇日条

於二新造御亭一、三浦介義澄献二椀飯一。其後有二御弓始一。此事兼雖レ無二其沙汰一、公長両息為二殊達者一之由、被二聞食一之間、令レ試二件芸一給。以二酒宴次一、於二当座一被レ仰云々。

射手

一番　下河辺庄司行平　　愛甲三郎季隆
二番　橘太公忠　　橘次公成
三番　和田太郎義盛　　工藤小二郎行光

①は鎌倉入りした頼朝が「新造御亭」で「御弓始」を催した際の記事である。新たに参向した「公長両息」橘太公忠・橘次公成の弓射の「芸」を試すため「於二当座一」すなわちその場で急に行われたもので、公忠・公成以外の射手は名手の声望のある武士、下河辺行平・愛甲季隆・工藤行光が選ばれた。「和田太郎義盛」も含まれており、既に弓射の名手という誉を得ていたことがわかる。以後も義盛・常盛・胤長など和田一族の面々は御弓始・御的始といった行事の射手に選ばれていく。つまり、和田一族は東国武士が最も価値を置く武芸、弓射の芸に秀でており、義盛はその代表格だったのである。

四　『吾妻鏡』の義盛像――侍所別当として

また、幕府内の位置づけという点で重要なのが侍所別当である。治承四年一一月一七日条や正治二年（一二〇〇）二月五日条などによれば、義盛は治承四年に侍所別当に補任され、所司梶原景時の奸謀により職務を行えない時期もあったが、建暦三年五月三日に和田合戦で討死するまで別当の職にあったという。それは次のような職であった。

②元暦二年（一一八五）四月二一日条

凡和田小太郎義盛与二梶原平三景時一者、侍所別当・所司也。仍被レ発二遣舎弟両将於西海一之時、軍士等事為レ令二奉行一、被レ付二義盛於参州一、被レ付二景時於廷尉一（下略）

③建久四年（一一九三）五月二八日条

子剋、故伊東次郎祐親法師孫子、曽我十郎祐成・同五郎時致、致レ推二参于富士野神野御旅館一、殺二戮工藤左衛門尉祐経一。（中略）其後静謐。義盛・景時奉レ仰、見二知祐経死骸一云々。

まず②から、侍所別当と所司が「軍士等事為レ令二奉行一」、すなわち軍事遠征に際し御家人統率の実務を担当したことがわかる。それは有事だけでなく平時でも同様であった。頼朝は、建久元年（一一九〇）に上洛する際、義盛に「先陣随兵記」を、景時に「後陣随兵記」を与えたが、これは「各依レ可レ令二奉行一」であったという。

また③は、曽我兄弟が富士野で実父の敵《かたき》工藤祐経を討った曽我事件の記事である。記事の大半が文学的・説話的な作品を原史料に作成されたと考えられるが、本文の最後の部分、③の中略後は実録的と評価できる部分である。これによれば、騒動が静謐に帰した後、「義盛・景時奉レ仰」すなわち義盛と景時が頼朝の命を受けて「見二知祐経死骸一」したという。ここから侍所別当・所司が警察・治安維持活動である検断を業務としたことがわかる。

五　『吾妻鏡』の義盛像――人間味のある東国武士として

一方で義盛は、人間味のある東国武士としての一面をみせることもあった。元暦二年（一一八五）一月一二日条によれば、源範頼に従って平氏追討のため周防国赤間関に下った際、糧食や渡海の船が不足すると、他の武士と同様義盛も「恋二本国一」い、あまつさえ「潜擬レ帰二参鎌倉一」したという。また、検断を行うべき事案でも人間味のある面をみせる。

④承元三年（一二〇九）一二月一一日条

美作蔵人朝親与二小鹿島橘左衛門尉公業一、欲レ致二楚忽合戦一、相互縁者競馳。三浦一族称二方人一、来二加公業之許一、武田・小笠原之輩、又為レ扶二朝親一奔集。将軍家聞食驚之処、於二侍所別当義盛一者、早在二公業方一。

④によれば、美作蔵人朝親と小鹿島橘公業が軽はずみに合戦に及ぼうとして、双方の縁者が走り集まるという騒動が起きたが、義盛は「三浦一族」の一員として早々に公業の側に加わっていたという。治安維持という侍所別当の業務よりも、血縁・姻戚関係に基づいて武力行使に出るという東国武士らしい行動を優先したわけである。

⑤建暦二年（一二一二）八月一八日条

伊賀前司朝光・和田左衛門尉義盛、可レ候二北面三間所一之由、今日武州被二伝仰一。彼所者、撰二近習壮士等一、令二結番祗候一云々。而件両人、雖レ為二宿老一、為レ被レ聞二食古物語一、所レ被レ加レ之也。

⑤によれば、将軍実朝が、義盛・伊賀朝光という「宿老」二人から「古物語」を聞くため、若い「近習」が結番祗候する御所の「北面三間所」に祗候するよう命じたという。義盛が実朝から人間的に信頼される年長者であったことがわかる。

以上の『吾妻鏡』の義盛像をそのまますべて真の姿と断定できるかどうかわからないが、客観的・実録的な記事が多いことからみて、史実を大きくはずれるものではないと考える。

六 『源平盛衰記』の義盛像

では、軍記物語などの文学作品は、この義盛をどのように描いているのか。まず、治承・寿永の乱における義盛を最も詳しく描く『源平盛衰記』をみてみよう。

⑥大介小太郎を招て、あの家忠射留よと云。仰承ぬとて立にけり。三人張に十三束三伏をぞ射ける。荒木の弓のいまだ削治ざるを押張て、すびきしたりければ、ちと強きやらんと思けるに、かね能《よき》征矢二つ把具し、櫓に上て見れば、十郎二段ばかり隔て水車を廻し、次第々々に責寄て櫓の内へはね入らんとする処を、和田小太郎義盛、十三束三伏しばし固て落《おとし》矢に兵《ひやう》ど放つ。金子が甲に懸たりける腹巻の一の板、甲の鉢かけてがらと射貫き、額の方により頷《おとがひ》の下をつと通り、冑の胸板

のはた覆輪にぞ射付たる。痛手なれば少しもたまらずどうど倒る。

⑥は、衣笠城に立てこもる三浦勢と武蔵の武士団との激闘を描く「衣笠合戦事」（巻第二十二）である。見せ場のひとつに、三浦の「大介」義明から「和田小太郎義盛」が、櫓に攻め寄せる金子十郎家忠を射よと命じられる場面がある。「三人張に十三束三伏」という強弓によって放たれた義盛の矢は、見事に家忠の甲を射貫き、「額の方より頷の下」を通って「冑の胸板のはた覆輪」に刺さった。敵に痛手を与えるに十分な技量と威力である。

同じく義盛の強弓を描く場面に壇ノ浦合戦の「源平侍遠矢」（巻第四十三）がある。

⑦三浦平太郎義盛、船には不レ乗浦路を歩せ、敵の舟をさしつめ〳〵射けるこそ物に当るも健《よ》く、遠《とほく》も行けれ。前権中納言知盛卿乗給へる船、三町余を隔て澳に浮ぶ。三浦義盛十三束二伏の白篦に、山鳥の尾を以《もつて》矧《はぎ》たりけるを、羽本一寸ばかり置て、三浦小太郎義盛と焼絵したりけるを、能引《よつぴい》て兵《ひやう》ど放つ。知盛卿の舷に立て動けり。

船に乗らず、浦路から沖の船に矢を放っていた義盛は、「三町余」も隔てた沖に浮かぶ「前権中納言知盛卿」の船の舷に「三浦小太郎義盛と焼絵した」矢を射立てたのである。

ところが、強弓ぶりを誇って油断した義盛は、この後すぐに恥をかかされる。

⑧黒塗の箭の十四束なるを、只今漆をちと削のけ、新居紀四郎宗長と書付て、舳屋形の前ほばしらの下に立て、暫固て兵《ひやう》ど放つ。三浦義盛が弓杖に懸けて居たりける甲の鉢射削《いけづり》、後四段計《ばかり》に引《ひか》へたる三浦石左近と云ふ者が、弓手の小かひな射通す。源氏軍兵等、嗚呼、義盛無益して遠矢射て、源氏の名折ぞ〳〵と云ければ、（中略）三浦義盛遠矢射劣て、此恥を雪《すすが》んと思、小船に乗、楯突向て漕廻々々、面に立平家の侍共、差詰々々射倒す。元来精兵の手だりなれば、簇《やじり》に廻《めぐる》者なし。

阿波国の武士で四国第一の強弓の新居宗長に「黒塗の箭の十四束なるを」射返され、「義盛無益して遠矢射て、源氏の名折ぞ」と批判されたのである。その後この「恥を雪んと思」った義盛は小船に乗って平家軍を射倒し、何とか「精兵の手だり」の面目を保った。ここでの義盛は、強弓で勇猛な豪傑ではあるが、時には武芸を誇る余り失態を演じる人間味のある東国武士である。ただ、『源平盛衰記』には別の側面をうかがわせる叙述もある。

⑨和田小太郎は、藤平実国を使に副て返事しけるは、御使の中条委《くはし》く承りぬ、畠山殿は三浦大介には正き聟、和田殿は大介

には孫にて御座す、但不ㇾ成中《ならぬ》と申さんからに、母方の祖父に向て、弓引給はん事如何が侍るべき、又謀叛人に与する由事、いまだ存知給はずや、平家の一門を追討して、天下の乱逆を鎮べき由、院宣を兵衛佐殿に被ㇾ下間、三浦の一門勅定の趣と云ひ、主君の催と云ひ、命に随ふ処なり、若《もし》敵対し給はば、後悔如何が有べき、能々《よくよく》思慮を廻《めぐら》さるべきをやと云たりければ

⑨は「小坪合戦事」（巻第二十二）で、合戦直前に畠山重忠が寄越した牒使に対し、義盛が藤平実国を使者に立てて答えさせた言葉である。ここで義盛は、重忠と義盛が三浦義明にとって「聟」「孫」という姻戚関係・血縁関係にあること、「兵衛佐殿」源頼朝に「院宣」が下されたことを述べ、重忠に思慮をめぐらすよう理路整然と促している。

以上にみた『源平盛衰記』の義盛像は、『延慶本 平家物語』など平家物語諸本でもほぼ同じであり、治承・寿永の乱を描く軍記物語の一般的な義盛像とみて大過ない。

七　『真名本 曽我物語』の義盛像

内乱終結後の義盛を描く軍記物語に『曽我物語』がある。『曽我物語』のテキストには鎌倉末期成立の「真名本」と南北朝・室町期成立の「仮名本」があるが、いずれにおいても義盛は曽我兄弟を陰ながら支援する思慮深い有力者として登場する。

⑩文治三年戊申正月十五日には鎌倉殿の御二所詣とぞ聞えし。（中略）この僧も鎌倉の案内者にてありければ、大名をも小名をも多く見知りたりければ、指を折りつつ次第を追てぞ名帳を数へつつ筥王に語り聞かせけるは、「鎌倉殿の左の一座に御在《おは》すは和田左衛門尉義盛、次は早良十郎義連、（中略）次は伊豆の国の住人鹿野介宗茂、右の一座は畠山次郎重忠（中略）中座の一番は梶原平三景時（下略）」

⑩は文治三年（一一八七）の頼朝の二所詣の際、筥根権現の別当坊で修行する筥王に「鎌倉の案内者」の僧が御家人たちの説明をする場面（巻第四）である。義盛は「鎌倉殿の左の一座」に座る最有力者として紹介される。また「和田酒盛」（巻第五）では、

⑪かかりし程に、建久四年癸丑四月中旬のころ、和田左衛門尉義盛、子息たちを引き具して伊豆の安多美の湯より下向せられけるが、早河・湯本の湯に詣でて三浦へ帰り給ひけるが、その日は朝夷三郎義秀が雑掌にて先様に大磯の宿に付きて、昼の息なれば和田殿も来給へり。義盛云ひけるは、「音に聞ゆる虎を呼びて見ばや」とぞありける。折節、朝夷、「十郎殿もこれに御在し候」と申されければ、「さらばともに呼べ」とて二人ながら呼び出して御酒宴あり。和田殿つくづくと虎を見給ひて、「よき傾城にてあるや。義盛が年も寄らず、十郎だにも憑まずは、心も移りぬべく」と思はれける。和田殿、「いかに、身に副ふ影の如くなる五郎殿は」と尋ねられければ、「曽我の留主に候ふか」と申されける。その詞も未だ了《は》てざるに、五郎は門の内へ樋《つ》と入る。和田殿これを見給ひて、涙を流しつつ、「哀れ、契は違はざりけるものかな。これへ、これへ」とて、酒宴ぞせられける。

建久四年（一一九三）の四月中旬、義盛は「朝夷三郎義秀」すなわち三男の朝比奈義秀らとともに、「伊豆の安多美（熱海）」から三浦に帰る途中、大磯の宿で酒宴を開いた。ここには十郎祐成の恋人「音に聞ゆる」遊女「虎」がいる。虎を召した義盛は来合せていた十郎も呼び出すと、自分が年配者ではなく、虎が十郎の思い人でなければ心を寄せたであろうと考える。そして、いつも「身に副ふ影の如くなる五郎」時致のことを十郎に尋ねる。と、その言葉も終わらぬうちに五郎が門の内に入ってきた。これをみて義盛は「涙を流しつつ」兄弟の結束の固さに感心し、五郎を交えて酒宴を続けたのであった。

『真名本 曽我物語』の義盛は、侍所別当と明記はしないものの、鎌倉殿に仕える最有力者であり、年齢相応の落ち着きと思慮深さを持った人情味あふれる人物である。無論、兄弟の近い親族ということも関係していよう。しかし、内乱終結後の義盛を単に勇猛な弓射の名手ではなく、思慮と人情を兼ね備えた有力者とする捉え方があったことは間違いない。

以上のことから、軍記物語が描く義盛像は、『吾妻鏡』が描く、恐らくは歴史上の義盛の人物像とほぼ一致するとみることができよう。

八　『仮名本 曽我物語』の義盛像

ところが、『仮名本 曽我物語』には、別人のような義盛が登場する場面が一箇所ある。先の⑪に相当する「大磯にて盃論の事」（巻第六）である。

⑫「何とて、虎は遅きやらむ」と座敷も興を失へり。母も、座敷に居かねて申しけるは、「曽我十郎殿の内にまし〳〵候ふ。その情けに絆《ほだ》されて、出でかねて候」と申す。和田、是を聞きて、「心得ぬ十郎が振舞いかな。我こそ出でて対面せずとも、遊君を塞ぐべきか。誠に僻事なり。四郎左衛門尉、朝比奈は無きか。御迎いに参れ」と宣ひければ、九十余人の人々は、事出で来ぬと、色めきてぞ見えし。

虎を座敷に連れてこいと強要する義盛は、虎が来ないのは一緒にいる十郎に気をつかっているからだと聞くと、「心得ぬ十郎が振舞いかな」と激怒し、「四郎左衛門尉」義直、「朝比奈」義秀に虎を迎えに行けと命じる。⑫の後、朝比奈が知恵をめぐらして虎と十郎をともに連れてくる。すると、そこに五郎が現れる。朝比奈は「此方へ入らせ給へ」と、

⑬草摺一二間取って引きけれども、少しも働かず。たとい、いかなる磐石なりとも、義秀が手をかけなば、動かぬものやあるべきと思ひ、ゑいや〳〵と引きけれども、五郎は物とも思はず、嘲笑つてぞ立ちたりける。大力に引かれて、横縫堪へず、草摺切れて、朝比奈は後ろへ転べども、五郎は少しも働かず。さてこそ、曽我時宗は、朝比奈三郎には、汀優《みぎわまさ》りの大力とは、国の人々、知られけれ。

五郎の草摺を「大力」で引いたが、五郎は微動だにしない。つまり、「仮名本」の「盃論」における義盛は直情的で思慮のない権力者、三男の朝比奈は知恵と大力を兼ね備えたひとかどの人物、そして五郎はその朝比奈をさえ凌駕する怪力無双の若者なのである。

とはいえ、⑫のような義盛像は「仮名本」の中でも「盃論」一箇所である。曽我五郎を称揚するための造型に他ならない。ただ、その際に注目したいのは朝比奈の造型である。「真名本」の⑪では「雑掌」として大磯の宿に先乗りし、座敷で「十郎殿もこれに御在《おは》し候」という言葉を発していただけの朝比奈が、重要な役割を担う人物に変わってきている。義盛と朝比奈の位置づ

けの逆転が起きているのである。これは「仮名本」が南北朝・室町期の成立であること、さらに芸能の作品に朝比奈が取り上げられるようになったことと関連していると思われる。そこで、次に芸能の分野に目を向けてみたい。

九　狂言『朝比奈』

室町期には能・狂言、風流などの芸能諸作品に義盛や和田一族が取り上げられた。代表的な作品は番外曲の能『朝比奈』と現行曲の狂言『朝比奈』[注4]である。番外曲とは現在は上演されていない作品の総称である。ただ、詞章は『未刊謡曲集』などを通じて読むことができる。無論、現行曲の方が内容や演出の在り方をより詳しく明らかにし得る。そこで、現行曲の狂言『朝比奈』からみていきたい。

シテは朝比奈三郎義秀、閻魔王がアドである。まず閻魔王が、近頃の人間は種々の宗旨に帰依して極楽に行ってしまうので地獄も飢饉になったと語り、罪人を地獄に責め落とすため自ら六道の辻に出向く。そこに来たのが朝比奈である。閻魔王は必死に責めたてるが効果がない。名を尋ねると「朝比奈三郎義秀」と答える。閻魔王はここでやめては「地獄の名折れ」と責め続けるが、逆に朝比奈の大竹にはねとばされる。あきらめた閻魔王は「和田軍の起こり」を尋ねる。朝比奈が自身の活躍を語る後半の見どころである。

⑭**朝比奈**〽されば古郡が筒抜き・さえ切り数を知らず かう申す朝比奈が人礫 目を驚かすところに 親にて候義盛　使者を立て『何とて朝比奈には門破らぬぞ 急ぎ破れ』とありしかば『畏まって候』とてやがて馬より飛んで降り ゆらりゆらりと立ち越ゆる。門の内には『すは朝比奈こそ門破れ 破られては叶はじ』とて八本の虹梁を掛け 大釘・大鎹を打ち抜き打ち抜きしたりしは 剣の山の如くなり。**閻魔**〽ホーン。（中略）**朝比奈**〽その後金剛力士の力を出だし エイヤと押せば内よりもエイヤとかかゆ。（中略）**閻魔**〽ホーン。朝比奈〽されども朝比奈が力や勝りけん 八本の虹梁も折れ 閂・扉押し落とし 内なる武者三十騎ばかり 圧に打たれて死したりしは たださながら鮓押したる如くにてありしよな。**閻魔**〽オオ その鮓一頬張り 頬張りたいな。（下略）

⑭からも明らかなように、狂言『朝比奈』は「和田軍」、すなわち建暦三年五月二日・三日の和田合戦で和田方が将軍御所を包囲した際、朝比奈が怪力をふるって惣門を押し倒し、御所内に乱入した逸話を狂言に仕立てたものである。圧死した「武者三十騎ばかり」を「さながら鮓押したるごとく」と表現し、閻魔王が「その鮓一頬張り、頬張りたいな」と応じるところなどはいかにも狂言らしい。輿に乗った朝比奈は閻魔王をつかまえて右に左に投げ飛ばす。そして、これ以上聞きたくないという閻魔王に、「それならば浄土への道しるべをするか」と迫り、七つ道具まで閻魔王に持たせて悠々と浄土へ向かうのである。

狂言としての面白さは、地獄の王である閻魔が怪力無双の朝比奈に手玉に取られる逆転の構図である。と同時に、義盛と朝比奈の位置づけが逆転している点も注目に値する。主役の朝比奈に対し、「親にて候義盛」は、ただ門を破れと命ずるだけなのである。

一〇　風流と能の『朝比奈』

狂言『朝比奈』は寛正五年（一四六四）四月、糺河原勧進猿楽で上演されたことが確認できる。その四十年ほど前、『看聞日記』応永三十年（一四二三）七月十五日条▼注5には、

⑮次舟津、浅井名門破風情也。門ヲ作浅井名乗レ馬着鎧付七具足、武者二騎相従。（中略）種々風流其興千万也。

という記事がみえる。これは『看聞日記』の記主伏見宮貞成《さだふさ》親王の所領山城国伏見荘で行われた祭礼の様子を記した史料である。荘内の舟津村の村民が「浅井名門破」、すなわち朝比奈が和田合戦で将軍御所の門を破った「風情」を、「風流《ふりゅう》」つまり祭礼の山車に作ったのである。「乗レ馬」って「着レ鎧」た「浅井名」は「付二七具足一」けていたという。七つ道具を閻魔王に持たせて浄土へ向かった狂言『朝比奈』に相通ずる。狂言成立以前に朝比奈の門破りの逸話が芸能化されていたことを示すものである。とすれば、番外曲の能『朝比奈』も、この逸話が狂言としてパロディー化される以前に作られたと考えられよう。

能『朝比奈』は前場・後場から成る現在能で、前シテは義盛、後シテが朝比奈、後場にワキの北条義時が出る。義盛は前場のクセで「義盛酌をとり、人々に勧め此度の、軍に、討勝則、命の恩を報ぜんと、言葉ばかりはいさめども」、中入り前に「早

うつたてや人々と、義盛下知をなしければ」とあるように、前シテらしい役回りを務めている。

しかし、後シテ朝比奈の後場に入ってからの活躍には目をみはるものがある。曲の最後では、

⑯上同〽残りの兵 是を見て〳〵 肝をうしなひ 御門ッの内に 走り入ッて 扉をひつしと立にけり シテ上〽其時義秀 遁すまじと
同〽〳〵 御門を既に 破らんとするを 御所の兵 扉の内に 大勢集りか、へけれ共 朝比奈は聞ゆる 大力ラなれば ゑいや〳〵
と おすとぞ見えしが 忽ち御門を 押倒し多くの兵を 打ひしゐで 味方の陣にぞ 帰りける。

怪力で門を「押倒し、多くの兵を、打ひしゐで」悠々と味方の陣に帰ったと描かれる。一曲のクライマックスは朝比奈の門破りなのである。義盛と朝比奈の逆転の構図は狂言や「大磯の盃論」ほど明確ではないが、朝比奈の存在感が増す傾向にあることは明らかである。室町期には怪力を称賛する風潮があり、その風潮に乗って、和田合戦の門破り逸話を持つ朝比奈が、親の義盛を凌いで伝説化・芸能化されていったといえよう。

一一　和田合戦にまつわる能と伝承

能・狂言の『朝比奈』以外にも、和田合戦そのものや合戦に至る過程に材を得た作品は複数ある。番外曲の能『鶴次郎』『朝盛』『親衡』▼注6である。『鶴次郎《つるじろう》』は寛正六年（一四六五）九月、興福寺一乗院における四座立合の多武峰様《とうのみねよう》猿楽で演能されたことが確認できる。内容は、健気に戦って討死した少年武者鶴次郎（子方）の敵《かたき》を、親の古郡兼忠（シテ）が合戦の中で討つというものである。シテの「古郡」は、⑭で「古郡が筒抜き・さえ切り数を知らず」すなわち数え切れぬほど敵の首を、筒を抜くようにもぎ取り切り落としたと描かれる豪傑、古郡保忠に着想を得た人物である。実際、曲中には鶴次郎が、

⑰子方詞〽其時鶴次郎は駒の手綱をかいとつて つつ立上り名乗けり 只今名のる初冠をば 誰とか思ふ和田が孫 古郡が三男鶴
次郎生年十三也

と名乗る場面がある。歴史的にみれば、古郡保忠が和田の孫というのは正確ではない。しかし、横山氏との姻戚関係により和田方として戦ったことは史実である。

ちなみに、応永七年（一四〇〇）に信濃国で起きた国人同士の合戦を描いた軍記物語『大塔物語』[注7]にも、少年武者「鶴次郎」の武勇を称揚する場面がある。

⑱去る建保年中、和田の義盛謀叛之其の闘ひに、古郡兼忠が三男に鶴次郎、十三にして花園の又四郎を射落としたり。

ここではいっそう明瞭に和田合戦との関係がみてとれる。ただ、能の『鶴次郎』と軍記物語の『大塔物語』との間には確たる影響関係は認められないという。むしろ、和田合戦で義盛に味方して滅んだ豪傑古郡保忠に対する同情・共感の念が何らかの伝承を生み、室町期にそうした伝承が能や軍記物語の形を取って結実した[注8]というのである。

一方『朝盛』は、義盛の孫で、将軍実朝の側近であった朝盛が、和田合戦の直前、主君と一族の間で苦悩し出家を遂げたものの、兄義重に連れ戻されるという曲である。また『親衡《ちかひら》』は、和田合戦の引き金となった泉親衡の乱に取材した籠破《ろうやぶ》り物である。

こうした能・狂言・風流・伝承などの存在は、和田合戦が中世の人々の心に深く強く刻みつけられた事件であったことを意味していよう。義盛や和田一族の位置づけについても、和田合戦を通じた捉え方がこれまで以上に必要であると考える。

一二　和田合戦が与えた衝撃と影響

和田合戦は、建暦三年五月二日に起きた鎌倉初期最大の武力抗争である。建久一〇年＝正治元年（一一九九）の頼朝急死後、梶原景時・畠山重忠・比企能員ら有力御家人が滅ぼされ、三代将軍の実朝期には、政所別当の北条義時を中心とした北条氏の勢力が増大していた。これに対抗できるのは孫の朝盛が実朝側近となり、自身も実朝と良好な関係を保つ「宿老」「三浦ノ長者」和田義盛だけであった。こうした中、次第に強まる北条氏の相模支配に対し、相模・南武蔵の御家人らが義盛とともに決起した武力抵抗が和田合戦である。

戦闘は鎌倉を舞台に丸二日続いた。侍所別当の義盛が率いる軍と、政所別当の義時を中心とする軍との合戦であり、遅れて戦場に到着した西相模の武士たちがどちらに味方すればいいのか迷うほどの激闘であった。

中でも鬼神のごとき強さをみせて恐れられたのが朝比奈義秀である。将軍御所の惣門を、内側からの支えを物ともせずに押し倒して御所内に乱入し、火を放ったのである。『吾妻鏡』建暦三年五月二日条は、朝比奈義秀の戦いぶりを次のように記している。

⑲就レ中義秀振二猛威一。彰二壮力一、既以如レ神。敵二于彼一之軍士等無レ免レ死。

猛威を振るう力は神の如きであり、彼を敵に回して死を免れた武士はいなかったという。

また、翌三日条には朝比奈義秀と並んで古郡保忠・土屋義清の活躍もみえる。

⑳義清・保忠・義秀等並二三騎轡一、攻二四方之兵一。御方之軍士退散及二度々一。

「保忠」は狂言『朝比奈』や能『鶴次郎』、軍記物語の『大塔物語』に出てくる「古郡」、「義清」は三浦氏の岡崎義実の実子で、土屋宗遠の養子となった相模の武士である。

しかし、和田側より一瞬早く将軍実朝の身柄を確保した北条氏側が次第に優勢となる。そして、義盛・義直・義重、土屋義清ら和田方の武将が討死もしくは逐電し、三日の夕刻、北条氏側が勝利した。二代にわたって和田氏と姻戚関係を結んでいた横山時兼と、和田常盛・古郡保忠は、翌四日、逐電先で自害した。同日、片瀬川の川辺に梟首された和田方の首は二三四に及んだ。合戦の凄まじさと人々に与えた衝撃の大きさを如実に示す数字である。合戦後、政務の中心機関政所の別当に加え、侍所別当を兼務することになった義時は執権政治の土台を築いていく。和田合戦は明らかに時代の画期となる事件であった。

その中で朝比奈は命を全うし、五月三日条によれば「五百騎、船六艘」で安房国に向かったという。幕府はこの後、和田方残党の情報に悩まされることになる。人々の心に最も強く刻みつけられたのは、間違いなく朝比奈義秀の豪傑ぶりであった。

一三　おわりに――朝比奈の伝説化と和田義盛――

和田合戦の激闘の記憶は朝比奈を称揚する風潮を育むことになった。

㉑『吾妻鏡』仁治二年（一二四一）一二月二七日条

建暦年中、和田左衛門尉義盛謀叛之時、諸人以二防戦一雖レ為レ事、怖二朝夷名三郎義秀武威一、或違二于彼発向之方一、或雖二見逢一遁二傍路一、以レ逢二義秀一為二自之凶一。（下略）

㉑は、三〇年ほど後に武田信忠が語った和田合戦の記憶である。諸人が朝比奈の「武威」を怖れて道を違え傍らに逃れ、彼に遭遇することを「凶」となしたとまで評している。ここに伝説化の萌芽をみてとることができよう。

ただ、鎌倉期には、「三浦ノ長者」「宿老」の義盛に対する人々の思い入れも強かったのではないか。北条氏に対し、敢然と「謀叛」を挑んだのは義盛だったからである。鎌倉期成立の『真名本 曽我物語』の義盛像は、そうした思いを背景としたものであろう。

しかし、最後の得宗北条高時とともに鎌倉幕府が滅びると、当然、北条氏に戦いを挑んだという事実の重みは失われていくことになる。かくして、遭遇すること自体が「凶」であると怖れられた「武威」の持ち主、「門破り」という怪力の逸話の持ち主である朝比奈義秀が義盛と立場を逆転させ、『仮名本 曽我物語』の「盃論」、風流の「浅井名門破」、能や狂言の『朝比奈』にみえる主役の座を勝ち取ることになったのであろう。

注

（1）新訂増補 国史大系（吉川弘文館、一九三二年・一九三三年）。

（2）引用本文は以下の通り。『延慶本 平家物語』（北原保雄・小川栄一編、勉誠出版、一九九〇年）。『源平盛衰記』（古谷知新編、国民文庫刊行会、一九一〇年）。『真名本 曽我物語』（青木晃・池田敬子・北川忠彦 他編、平凡社、一九八七・八年）。『太山寺本 曽我物語』（村上美登志校注、和泉書院、一九九九年）。

（3）日本古典文学大系（赤松俊秀・岡見正雄校注、岩波書店、一九六七年）。

（4）能『朝比奈』（『未刊謡曲集』一、田中允編、古典文庫、一九六三年）。狂言『朝比奈』（新編日本古典文学全集、北川忠彦・安田章校注、小学館、二〇〇一年）。

（5）宮内庁書陵部編、明治書院、二〇〇四年。

（6）いずれも『未刊謡曲集』（田中允編、古典文庫、一九六四年）。
（7）嘉永四年刊本。佐倉由泰「『大塔物語』試論」（『中世文学』二〇〇七年、六月）。
（8）鵜沢瑞希「多武峰様具足能『鶴次郎』—武装の稚児の登場—」（『能と狂言』一一号、二〇一三年）。

5　『山田聖栄自記』と平家物語——平家物語享受の一齣——

高橋典幸

一　はじめに

平家物語の研究にとって、その受容や享受の問題は重要な論点の一つであろう。数多く存在する平家物語諸本はそれぞれが独自の構想をもつ作品であることが明らかにされつつあるが、その一方で、現行の延慶本のテキストには覚一本による改作が施されていることが明らかにされるなど〔櫻井二〇〇二〕、なお新たな本文研究の必要性が提起されている。そうしたテキストレベルの受要・享受の問題のみならず、文化現象としての受容・享受の諸相も見逃せない。平家物語を素材に能や浄瑠璃、歌舞伎の演目や絵画など、さまざまな作品が生み出されてきたことはあらためて言挙げするまでもなかろう。近年は、平家物語が中世の人々の営みや認識に及ぼした影響にも関心が向けられるようになっている〔鈴木二〇〇六〕。

本稿もこうした平家物語の受容と享受に関心を寄せるものであるが、問題をより限定して、中世の人々による具体的な享受のあり方をさぐりたい。この点について、櫻井陽子が『看聞日記』を素材として、琵琶法師の演唱とその鑑賞にとどまらない、さまざまな享受のあり方を指摘しているのが注目される〔櫻井二〇一三〕。おそらく、室町期の禁裏や武家（室町幕府）周辺を探っていけば、さまざまな事例が積み重ねられることと推測される。

その一方で、平家物語の社会的な広がりを考える場合に注目されるのが、地方の武士や寺社において平家物語がどのように受容・享受されていたかという問題である。この点について、本稿では『山田聖栄自記』なる史料を取り上げたいと考えている。これは一五世紀後半の地方の一武士による著作で、中世における歴史叙述として注目されているものであるが〔柳原二〇一三〕、その中に平家物語に関する記述も見られるのである。地方の武士や寺社による平家物語の受容・享受については関係史料の乏しさから、研究の困難が予想されるが、これに一石を投じることができればと考えている。

なお『山田聖栄自記』の概要については第二章第二節で後述するが、本文中でそのテキストを引用する場合は『鹿児島県史料集Ⅶ』に拠ることとし、その頁数を付した。

二　山田聖栄と『山田聖栄自記』

1　山田聖栄

まず『山田聖栄自記』の記主山田聖栄について、その概要にふれておきたい。

山田聖栄は南九州の雄族島津氏の一族山田家に生まれた。山田家は島津氏二代忠時の庶子忠継に始まり、薩摩国谷山郡山田・上別府地頭職を相伝したことから、「山田」を家名とする。島津一族といっても惣領家との関係は様々であるが、山田家は南九州の南北朝内乱を戦う中で島津惣領家との結びつきを強め、「御一家」として惣領家[注1]に仕えるようになる。正平一三年（一三五八）に山田忠経（聖栄の祖父）が島津氏久から薩摩国鹿児島郡内上伊敷村地頭職を充行《あてが》われている[注2]のが、島津惣領家と山田家の関係の画期とみなせよう。

山田聖栄の生年は応永五年（一三九八）である。聖栄は『山田聖栄自記』以外にも著作等を残しているが、それらの中には執筆（書写）時の年齢と日付を注記しているものがある。「文明二年三月五日沙弥聖栄　歳七十三是書訖」（『山田聖栄自記』四八頁下段）、「文明七年乙未八月吉日　沙弥聖栄　歳七十八」（『山田聖栄自記』五二頁下段）、「文明十四年二月三日本任写畢、筆者八十五歳聖栄（花押）」（山田聖栄書写『帝王年代記[注3]』）などとするそれらの注記から、聖栄の生年が判明するのである。没年は明らかではないが、

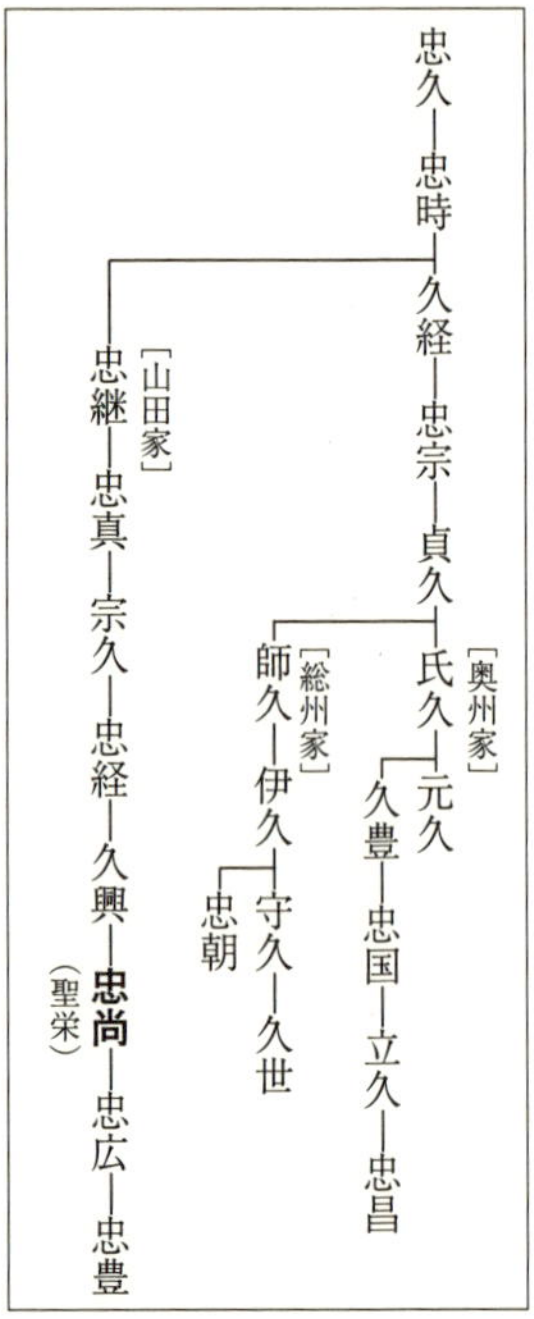

島津氏略系図

右の注記より、文明一四年（一四八二）、八五歳までは健在であったことがわかる。ほぼ一五世紀を生きた人物である。

「聖栄」とは出家後の法名で、実名ははじめ忠豊、のちに忠尚を名乗っている。最初の実名「忠豊」は惣領家の島津久豊の偏諱を受けたもので、応永二二年（一四一五）八月二二日付で島津百王丸（聖栄のこと）に「三郎四郎忠豊」の名乗りを許す久豊の加冠状▼注4が知られている。ちなみに『山田聖栄自記』中で聖栄自身の記すところによれば、「陸奥守元久之御時ハ十三之比程ニて、いまた御奉公及宮もナシ、久豊之御代にハ十四五之比より御一期之間、人数ニ御宮仕申候」（五一頁上段）とあり、「十四五之比」すなわち応永一八・一九年ごろから久豊に仕えたとするのは、右の加冠状にほぼ対応すると見てよかろう。

以後、聖栄は忠国・立久・忠昌と惣領家の歴代に仕えていくことになるが、その間、息子の忠広（山田忠広）に家督を譲っていたようである。文明六年（一四七四）八月の島津忠昌の元服と惣領家継承および翌年の矢口開祭▼注5について、「当御代（島津忠昌）之始、国御祝之時も、加賀守談合仕候、其後御矢口開之時も、我々法躰之事候、依而忠広宮仕御奉公仕候、弥弓箭御繁昌成就仕候事、是又無レ紛次第ニ候、盛なる忠広か頼に聖栄居候而心安実之道を願計候」（『山田聖栄自記』五一頁上段）とあるように、忠広の出仕と前後して聖栄は出家していたことが窺われる。

2 『山田聖栄自記』

以上のように惣領家に仕える中で、すなわち合戦に従軍したり、惣領家の儀式や行事に参列したりする中で、聖栄が見聞した出来事、とりわけ島津氏の歴史に関わる出来事を書きとめ、まとめたものが『山田聖栄自記』である。先に見たように自分に代わって惣領家に仕えるようになった息子の忠広や孫たちに、島津氏の歴史を中心とした自らの知識を伝えることが執筆の動機であったと考えられている［五味一九六七、松薗二〇一一］。

『山田聖栄自記』に記されているのは、聖栄みずからが体験した出来事にとどまらず、島津家中で言い伝えられてきた伝承・伝説にも及んでいる。聖栄が直接仕えたのは島津久豊からであるが、『山田聖栄自記』には島津忠久以来の歴史が綴られており、それらの多くはこうした伝承・伝説をもとに書かれたのであろう。たとえば、近世島津氏が源氏の末裔を称していたこと、すなわち始祖島津忠久を源頼朝の落胤とみなしていたことはよく知られているが、そうした伝説を書きとめた最初期の史料の一つが『山田聖栄自記』である〔水野二〇〇八〕。

ちなみに島津忠久の頼朝落胤伝説に関わって、次のような伝説も書きとめられている。忠久は、北条政子を憚って、八文字民部太輔の養子として育てられていたが、奥州藤原氏追討にあたって総大将として白羽の矢が立ち、出陣に先立って元服することになった。その際、源氏の恒例ということで「左折之烏帽子」(五十二頁下段)を着用したというのである。源氏の左折烏帽子については盛衰記にもその由緒がふれられており(巻二一「大太郎烏帽子」)、源氏の故実が平家物語や島津家中で伝えられているのは興味深いところである。

『山田聖栄自記』は島津家中では早くから知られた史料だったらしく、数多くの写本が伝えられている〔五味一九六七・一九八三〕。ただし、それらは相互に異同が少なくなく、厳密な校合・校訂が施される必要がある。その点については今後の課題とすることとし、先にふれたように、本稿では『鹿児島県史料集Ⅶ』に翻刻されている鹿児島県立図書館本に拠ることとする。

鹿児島県立図書館本は、冒頭に島津氏及び山田家の系図と、忠久から立久に至る事跡を簡単に列挙した「目安」を配し、その後はいくつかの章段に分けて、忠久から久豊に至る島津氏の歴史を書き綴るという構成をとっている。ただし、必ずしも年代順に叙述されているわけではなく、折々書きためた覚書の集成といった観はまぬがれないが〔松薗二〇一二〕、章段にはそれぞれ執筆年次が付されており、それによれば、文明二年(一四七〇)から同一四年にかけて執筆されたことがわかる。『山田聖栄自記』が聖栄晩年の著作であるとともに、一五世紀後半における武士の著述であることはあらためて確認しておきたい。

三　平家物語になぞらえる

前章では『山田聖栄自記』が一五世紀後半における地方の一武士の著述であることを確認した。「はじめに」でもふれたように、それは中世における歴史叙述という点でも特記されるのであるが、本稿の関心からすれば、そこに平家物語に関する記述が見られることが注目される。すなわち、中世（一五世紀後半）における地方武士による平家物語享受をさぐる絶好の史料とみられるのである。以下、その具体的なあり方を検討していきたい。

1　鬼界嶋

すでにふれたように、聖栄は嫡子忠広に家督を譲っており、忠広の活躍におおいに期待していた様子が窺える。そもそも『山田聖栄自記』も、そうした忠広の活動に資するために書き始められたものであったが、▼注6 残念ながら忠広は早逝してしまう。『山田聖栄自記』には忠広に先立たれた聖栄の慨嘆が次のように記されている。

盛なる忠広か頼に聖栄居候而心安実之道を願計候之処、不慮に中違、於向嶋ニ一日タニモナク候而過候訖、其時節及モ入道不運之由云伝申候事思出シ候、鹿児島より近所之面々共に御暇給罷帰候処ニ、忠広壱人嶋に留、如レ此罷成候事、其昔、成経、泰頼は都へ帰洛有ル処に、俊寛壱人嶋に捨らレタル事を思合候、中ニも云伝に付テモ、

泰頼歌

薩摩かた沖の小嶋に我ありと親には告よ八重の塩風

か様成言に就而も神慮にも叶、二度母に対面有をや、古郷に聖栄か後レ居る、此両年より忘〔妄カ〕念に犯、心気を煩、既に難念ニなると我身ヲ疑程になるに…（五一頁上段）

忠広の死没年や死因はわからない。『山田聖栄自記』の記述から明らかなのは、向嶋（現在の桜島）で独り死去したということのみである。これについては「不慮に中違」という表現をめぐって、忠広が当時の惣領家当主島津忠昌の不興を蒙っていたと解釈する説［五味一九八三］や聖栄と仲違いしたとする説［松薗二〇一二］もあるが、「御暇」などの表現からは、忠広が処罰さ

れていたことは想定しにくい。当時の向嶋（桜島）には島津惣領家の所領があったことを[注7]考えると、忠広は忠昌から向嶋在番などを命じられていたのではなかろうか。そして、ともに在番を命じられた「鹿児島より近所之面々」が「御暇」を賜って帰還する中、ただ独り向嶋にとどまっていた忠広が急逝してしまったのであろう。

　ここで注目されるのは、傍線部にあるように、聖栄はかつて鬼界嶋に流された俊寛のことを想起していることである。独り向嶋にとどまって死んだ忠広のことを、鬼界嶋に取り残され死んでいった俊寛になぞらえているのである。俊寛の鬼界嶋譚は広く流布した話柄ではあろうが、続けて平康頼の歌「薩摩かた…」が引用されていることを考えれば、聖栄が平家物語をふまえていることは明らかと言えよう。

　さらに、この康頼の歌に続けて「康頼はこのような歌を詠んだから、（帰京の願いが）神慮に叶い、再び母に会うことができた」と聖栄が述べていることにも注目したい。

「薩摩かた…」の歌は、平家物語では、帰京を願って平康頼が海に流した卒塔婆に書きつけた歌として取り上げられている。それが厳島社に流れ着き、偶然にも康頼ゆかりの僧に拾われたことが機縁となって、康頼の赦免につながったという筋立てになっている。「神慮に叶」と聖栄が述べているのは、平家物語の筋立て通りなわけであるが、それに続けて聖栄は、「康頼は帰京することができた」とするのではなく、「再び母に会うことができた（二度《ふたたび》母に対面有）」としているのである。

　康頼の卒塔婆流しおよび帰京に関して、読み本系諸本では康頼の母への思いが筋立ての背景にあることが指摘されている〔水原一九七九〕。盛衰記では、「判官入道ハ都ノ恋サモ猿事ニテ、殊ニ七十有余ノ母ノ紫野ト云所ニ在ケルヲ思出侍ケルニ、イトヾ為方ナクゾ思ケル」とする康頼が、「我書流言葉、必風ノ便、波ノ伝ニ日本ノ地ニツケ給、古郷ニオハスル我母に見セシメ給へ」と祈りつつ卒塔婆を流したとされている（巻七「康頼造卒塔婆」）。また帰京後の康頼についても、母の消息を尋ねに使者を遣わしたこと（盛衰記巻十「康頼入道著双林寺」）、もしくは直接母のもとを訪ねていったこと（延慶本巻三「少将判官入道入洛事」）などが記されている。これらは語り本系には見られないところである。

　鬼界嶋譚にふれて、聖栄が「『薩摩がた…』の歌が神慮に叶って、康頼は再び母に会うことができた」と述べていることは、彼がふまえている平家物語が読み本系であったことを示していると考えられよう。

ただし、読み本系諸本でも、盛衰記や延慶本では、康頼が訪ねていく五日前に母は死んだことになっており、厳密には両者は再会できているわけではない。唯一、長門本では、帰京した康頼が六波羅の清盛から呼び出されたことを聞いた母が、康頼の袖に取りすがって歎き悲しんだという話を載せており（巻六「丹波少将康頼入道上洛事」）、康頼と母は再会できたことになっているようであるが、両者の再会がモチーフとなっているわけではない。

2　武蔵左衛門有国

観応の擾乱以降、九州の南北朝内乱は、それまでの武家方・宮方の対立に、足利直冬も加わり、さらに混迷の度を深めていた。武家方の武将として日向に派遣されていた畠山直顕は、大隅の支配をめぐって島津氏と対立していたが、観応の擾乱後は足利直冬方としての旗幟を鮮明にし、島津氏と武力抗争に及ぶようになった。文和三年（一三五四）には、直顕が鹿児島野元にまで攻め込んで島津氏と合戦になっている。『山田聖栄自記』では、その時の出来事として次のような逸話が記録されている。

有時、礼部（畠山直顕）手より詞をかく、嶋津方の手に取分承及候山田弥九郎殿と申人ニ見参仕度候、礼部方の手ニ多田と申す者にて候と名乗、此時ハ左右ニ不レ及とて寄合ス、弥九郎は四尺計之太刀ニ手楯を持んとす、是は何事かと傍輩共云、去ハ我を恋る程之人たり、如何様ニ先上太刀を打むとすらん、手楯を指出し而、楯のはを切せて下をなくへし、ふミより組て勝負をせんと思ふ成とて手楯を持、敵は袖笠注なと取付而殊外はまりて見ゆ、相互に田間之中に出合、敵は不レ知、御方ハ気をせめてさゝへたり、多田ハ長刀之大なるを以、如レ案上太刀ニ成て切而かかる、楯のはを切せてふミより、敵は長刀なれハ、弥九郎か甲のてつへん真向吹返しにそかかりける、両方切しかり、早組んとするなと見へける、後ハ〔の〕兵者共走寄退る、礼部方よりも談合したることくに同寄退る、余所よりハ合戦に及かと見ゆ、相退ニなる所ニ弥九郎返すと云、何之用そと傍輩共云、まさしく敵之袖笠しるし切落しつると覚、扨ハとそ太刀打シ所へ返して注を太刀之先ニつらぬきて差上、是御覚〔覧カ〕せよ、今日之勝負之しるしそと云てときをつくれは、味方もつくる、静り而後、礼部方より花やかなる御振舞哉と褒美有、味方之事は不レ及レ申、島津殿礼部野元合戦、中古迄ハ申伝ル也、此弥九郎と申は、昔源平之合戦ノ時、北国ニ而長井実盛と討死候武蔵三郎左衛門有国か末也、忠久御在国の時人、其子孫也、伊集院日置之内山田与申所を御恩ニ給ニ依て名字ノ

地与成由承伝処なり、御年比也、（五九頁上段）

やや長い引用となってしまったが、島津方の山田弥九郎と畠山方の多田某との一騎打ちの話である。これは聖栄が生まれる半世紀近く前の出来事であり、「島津殿礼部野元合戦、中古迄ハ申伝ル也」とあるように、聖栄は言い伝えをもとに記録しているわけであるが、まさに平家物語の世界を髣髴とさせるような合戦譚である。

それはともかく、ここで注目したいのは傍線部で、この逸話の主人公である山田弥九郎の出自が「かつて源平合戦の際に、北国で長井（斉藤）実盛とともに討死した武蔵三郎左衛門有国の末裔」とされていることである。

武蔵三郎左衛門有国についてはほとんど所見がなく、▼注8現在のところ、平家物語のみにしか見えない人物で、寿永二年（一一八三）の平家の北陸遠征に従い、そこで討死した侍大将の一人として見えている。周知のごとく、同合戦では斉藤実盛も討死している▼注9ので、「昔源平之合戦ノ時、北国ニ而長井実盛と討死候武蔵三郎左衛門有国か末也」という祖先譚は平家物語に拠ったものであると言えよう。

山田弥九郎については十分調査しきれていないが、近世島津氏のもとで編纂された『島津国史』では「山田新介系図」に拠って、「山田氏之先、出レ自二陸奥守平貞盛一、伝二七世一、至二武蔵三郎左衛門尉有国一、有国孫曰二式部大輔有貫一、有貫始事二得仏（島津忠久）公一、領二日置郷山田一、因以為レ氏、弥九郎、有貫之五世孫也、名有家」と記されている。▼注10これは右の引用の傍線部とほぼ同じ内容と言えよう。真偽のほどは不明というほかないが、山田弥九郎は平家物語にみえる武蔵三郎左衛門有国を自家の祖先に仮託した系譜を語っていたのである。これまた地方の武士における平家物語受容の一端とすることができよう。

さらに、そうした山田弥九郎の系譜を、聖栄が「あの斉藤実盛とともに北国で討死にした武蔵三郎左衛門有国の末裔」と語り直していることも見逃すことはできない。山田弥九郎の祖武蔵三郎左衛門有国から、平家物語の斉藤実盛の討死が連想されていることは、聖栄において平家物語は既に定着したテキストであったことを窺わせる。

3　梶原源太の花戦

九州の南北朝内乱は、応安三年（一三七〇）に室町幕府から九州探題に任じられた今川了俊が下向してくると、武家方有利に展開するようになった。ところが、永和元年（一三七五）の水島の陣における少弐冬資謀殺事件を契機に、島津氏久は今川了俊に敵対するようになる［川添一九六四］。こうした状況を打開するため、了俊は一族の今川満範を南九州に派遣し、現地の反島津勢力を糾合して、島津氏を封じ込めようとした。こうして康暦元年（一三七九）三月に勃発したのが都城合戦（蓑原の戦いとも）である［新名二〇一五］。これは「氏久ノ御代ノ内ニも是程之大合戦ハなし」（六二頁下段）とも伝えられた激戦で、『山田聖栄自記』でもその叙述にかなりの量が割かれている。

次はその際の逸話として記録されているところである。

氏久一家御内不レ残今日之合戦ニ極給処也、万一勝れんこと難レ有、於二以後一きかむよりハ先城衆之役たりと而、甲七十計ニ而切て出ル、大勢と云、待勢之中と云、多勢なれハ切負而、讃岐守数ヶ所手負、舎弟弥二郎殿・七郎殿兄弟甲をならへて討死ス、平田新右衛門尉宗親並工藤蔵人ハ、三月一日ノ事なれハ、庭なる桜の枝を折、腰に指太刀打す、切合さんして後、（傍輩共昔の）梶原源太か花戦をまねたる事のおかしいなと、狂言に笑、蔵人、源太か心におとる侍有へきと而、友ハ鏡そと語、打つれたり、中古迄ハ如レ此こそなしミ深けれは合戦もそろひ、高名も有候なり、まなふへし〳〵、（六一頁下段）

島津方が悲壮な覚悟で合戦に臨み、実際に少なからぬ損害を蒙った中で、平田新右衛門尉宗親と工藤蔵人という二人の武士が桜の枝を腰に差して戦ったこと、それは「梶原源太か花戦」をまねたものとして周囲の笑いを誘ったことが記されている。

この「梶原源太か花戦」も平家物語に見える逸話で、一ノ谷の合戦に際して、梶原景季が箙《えびら》に梅の枝を挿して奮戦し、その優美さに敵も味方も感心したとされている。これまた読み本系にしか見えない逸話であり、第1節でみた平康頼説話の場合と同じく、九州の武士たちが接していた平家物語が読み本系であったことを窺わせる。もちろん、これが都城合戦当時の史実ではなく、後世の付会の可能性もあるが、その場合でも九州の武士たちが平家物語になぞらえた伝承を作り出していったことは見過ごすことはできない。

なお、読み本系諸本の間でも少なからぬ異同があり、盛衰記では、梅を挿して戦ったのは梶原景時とされている（巻三七「平三景時歌共」）。一方、この逸話の主人公を景季とする延慶本・長門本は、ともにこれに続けて景季と平重衡との和歌のやりとりを伝えているが、延慶本は景季が箙に挿したのを桜の枝とする（延慶本巻九「源氏三草山并一谷追落事」、長門本巻一六「一谷合戦事」）。

この相違については、二人の間でやりとりされた和歌がいずれも「こちなくも見ゆる物かなさくらかりいけとりとらむためとおもへは」であることから、桜の枝を挿したとする延慶本の方が筋が通っており、長門本等では一ノ谷の合戦が二月上旬であったことから梅に変えられたとする説が提起されている〔麻原二〇一四〕。九州の武士たちは梅か桜かについて頓着しなかった可能性もあるが、右のような異同に注意すれば、彼らが読んでいた（もしくは伝えていた）のは延慶本だった可能性もあろう。

なお、能「箙」は平家物語のこの逸話を題材とする作品であり、応永三四年（一四二七）には「エヒラノ梅」として演じられた記録があることが知られている〔八嶌二〇〇〇〕。『山田聖栄自記』は、武士たちの間でもこの逸話が注目されていたことを示しているが、それが能「箙」の成立と関わることがあったのかも興味のもたれることである。

四 おわりに

『山田聖栄自記』の中から平家物語を直接読みとることができるのは、以上の三箇所である。けっして豊富な事例とは言えないが、山田聖栄ら九州の武士たちは自他の行動や立場を平家物語になぞらえて、もしくは仮託して理解・解釈しようとしていたことが窺えよう。

なかでも興味深いのは、山田聖栄と平家物語の関係である。息子忠広の死からは鬼界嶋の俊寛を想起し、山田弥九郎の祖先「武蔵三郎左衛門有国」から斉藤実盛の討死を連想するなど、平家物語への通暁ぶりが窺われる。これがどの程度、当時の地方武士に一般化できるかはなお検討を要するが、注目される事例と言えよう。

ただし、「梶原源太か花戦」も含めて、俊寛にしろ、実盛にしろ、いずれもよく知られた、また武士が好みそうな話柄であり、そうした偏りにも注意しなくてはならない。その点で、武蔵三郎左衛門有国は必ずしも有名人ではないのが特異ではあるが、これが山田弥九郎の祖先譚という形で持ち込まれていることが注目される。地方の武士社会における平家物語の受容のあり方としては、こうした先祖語りが案外重要だったのではないだろうか。これによって、必ずしも有名でない人物や話柄が掘り起こされていった可能性がある。

最後に、事例がきわめて少ないため確言できるわけではないが、『山田聖栄自記』からは、読み本系の平家物語に接する武士たちの姿が浮かび上がってくることを指摘しておきたい。

注

(1) 南北朝期半ば以降、島津惣領家は奥州家と総州家に分かれ次第に対立するようになっていく（島津氏略系図参照）。このうち山田家が仕えたのは、奥州家である。
(2)「旧記雑録前編・巻二六」正平一三年五月一日島津氏久充行状（『鹿児島県史料 旧記雑録前編二』三五号）。
(3)『鹿児島県史料 旧記雑録拾遺家わけ五』山田文書三五五号。
(4)「旧記雑録前編・巻三四」応永二二年八月二一日島津久豊加冠状（『鹿児島県史料 旧記雑録前編二』九三六号）。
(5) 島津忠昌の元服・矢口開祭については［小瀬二〇一三］参照。
(6)『山田聖栄自記』冒頭の系図および「目安」の末尾には「文明二年三月五日沙弥聖栄　歳七十三是書訖、忠広へ」（四八頁下段）と記されている。
(7) 平凡社地方資料センター編『日本歴史地名大系四七　鹿児島県の地名』（平凡社、一九九八年）「桜島」「桜島町」項参照。
(8)『吉記』養和元年一一月二八日条に、この日の除目で左衛門権少尉に任じられた平有国が見え、武蔵三郎左衛門有国との関わりが指摘されている。
(9) ただし、北陸遠征のどこで討死したかは諸本によりさまざまである。さらに盛衰記では北陸合戦の越前国並末で討死したとする（巻三十「平氏侍共亡」）のみならず、一ノ谷合戦・壇ノ浦合戦でもその討死を記す（巻三八「経俊敦盛経正師盛已下頸共懸一谷」、巻四三「平家亡虜」）。なお延慶本は有国の北陸出陣は記すものの（巻七「為木曾追討軍兵向北国事」）、その討死にはふれない。
(10)『大日本史料』文和三年九月十八日条（第六編之十九、一五八頁）。

参考文献

鹿児島県史料刊行委員会編『鹿児島県史料集Ⅶ 薩摩国阿多郡史料・山田聖栄自記』（鹿児島県立図書館、一九六七年）
鹿児島県維新史料編さん所編『鹿児島県史料 旧記雑録前編二』（鹿児島県、一九八〇年）

鹿児島県歴史資料センター黎明館編『鹿児島県史料 旧記雑録拾遺家わけ五』(鹿児島県、一九九五年)
麻原美子『平家物語世界の創成』(勉誠出版、二〇一四年)
川添昭二『今川了俊』(吉川弘文館、一九六四年)
小瀬玄士「『島津家文書』所収「年中行事等条々事書」をめぐって」(遠藤基郎編『生活と文化の歴史学2 年中行事・神事・仏事』竹林舎、二〇一三年)
五味克夫a「はしがき」(鹿児島県史料刊行委員会編『鹿児島県史料集Ⅶ 薩摩国阿多郡史料・山田聖栄自記』鹿児島県立図書館、一九六七年)
五味克夫b「『山田家文書』と『山田聖栄自記』補考」(『鹿大史学』三一、一九八三年)
櫻井陽子『平家物語の形成と受容』(汲古書院、二〇〇一年)
櫻井陽子「『看聞日記』に見える平家享受」(櫻井『『平家物語』本文考』汲古書院、二〇一三年)
鈴木彰『平家物語の展開と中世社会』(汲古書院、二〇〇六年)
鈴木彰「「佚文」の生命力と再生する物語」(『中世文学』五七、二〇一二年)
新名一仁「康暦・永徳期の南九州情勢」(新名『室町期島津氏領国の政治構造』戎光祥出版、二〇一五年)
松薗斉「中世後期の日記の特色についての覚書」(『日本研究』四四、二〇一一年)
水野哲雄「島津氏の自己認識と氏姓」(九州史学研究会編『境界のアイデンティティ』岩田書院、二〇〇八年)
水原一『延慶本平家物語論考』(加藤中道館、一九七九年)
八嶌幸子「『応永卅四年演能記録』について」(『観世』六七-一〇、二〇〇〇年)
柳原敏昭「中世日本国周縁部の歴史認識と正統観念」(入間田宣夫監修、熊谷公男・柳原敏昭編『講座東北の歴史第三巻 境界と自他の認識』清文堂出版、二〇一三年)

6　静嘉堂文庫蔵賜蘆本『参考源平盛衰記』の注釈姿勢

——奈佐本『源平盛衰記』の引用を中心として——

岡田三津子

一　はじめに

『参考源平盛衰記』は、『大日本史』編纂事業の一環として編まれた『源平盛衰記』の注釈である。[注1] 元禄一五年（一七〇二）にいったんは完成した。しかし、その後も長期にわたって改訂作業が続けられ、浄書本が幕府に献上されたのは、享保一六年（一七三一）九月であった。国立公文書館内閣文庫蔵の写本五〇冊（請求番号167／44）は、その浄書本にあたる。[注2]

現存伝本は、次の二系統に分けることができる[注3]（以下の論において言及する伝本については、その略称を内閣A本のように示す）。

Ⅰ　元禄本（詳本）の系統

・国立公文書館内閣文庫本（請求番号167／39。取り合わせ本五〇冊のうち巻十一～巻四十八）

・鹿児島大学付属図書館玉里文庫本

・史蹟集覧本

Ⅱ　享保本（略本）の系統

1 浄書本とその写し

・国立公文書館内閣文庫本（請求番号167／44、（完本）内閣A本

・国立公文書館内閣文庫本（請求番号167／39、取り合わせ本五〇冊のうち巻一〜巻八）

・宮城県立図書館伊達文庫本（完本）

・無窮会平沼文庫本（四六冊／巻三十五補写／巻四十七四十八欠）

2 浄書本完成に至るまでの中間形態をとどめる本

・宮内庁書陵部本（完本）

・京都大学付属図書館本（一九冊／二巻一冊／巻九〜巻十四・巻十七〜巻四十八存）京大本

・東京大学総合図書館本（二六冊／巻十三〜二十・巻二十五〜三十八・巻四十一〜四十四存）

・津市津図書館有造館文庫本（完本）

・國學院大學図書館本（完本）

3 浄書本をもとに独自の注を加えた本

・静嘉堂文庫本（完本）賜蘆本[注4]

元禄本の系統では、『平家物語』諸本との徹底した対校を行っている。これに対して享保本の系統は、諸本との対校記事を大幅に省略し、人名・地名・年月日等の史実の考証に重点をおいた注釈姿勢を貫いている。[注5]

本稿では、右の伝本のうち賜蘆本を検討の対象とする。賜蘆本は享保本の系統に属しながら、他の参考本（以下、『参考源平盛衰記』を「参考本」と略称する）にはない独自の注釈を有しているからである。さらに、賜蘆本はその注釈に際して従来未知の古本系盛衰記（以下、『源平盛衰記』を「盛衰記」と略称する）を用いていると考えられる。

古本系盛衰記とは、以下に示す五本である。[注6]

慶長古活字本

成簣堂文庫蔵写本（「成簣堂本」と略称する）

静嘉堂文庫蔵写本（「静嘉堂本」と略称する）
蓬左文庫蔵写本（慶長一六年（一六一一）玄菴三級書写。「蓬左本」と略称する）
早稲田大学図書館蔵無刊記整版本に書き入れられた黒川本の本文（「早大書入本」と略称する）

このうち、慶長古活字本の本文は、無刊記整版本をはじめとする流布本盛衰記へと受け継がれていく。これに対して成簣堂本以下の写本は、慶長古活字本と対立する本文を持つことがあり、慶長古活字本とは異なる系統にある。

結論を先に示せば、賜蘆本は慶長古活字本に加えて、古本系盛衰記の写本をも注釈に用いている。賜蘆本は、参考本として特異な位置にあるばかりでなく、江戸期における盛衰記享受の実態に関しても有用な資料を提供しうる。

筆者は、拙稿「『参考源平盛衰記』写本書誌調査報告」において、賜蘆本における独自の注釈のいくつかを指摘し、賜蘆本の位置づけについても見通しを示した。▼注7 本稿では、賜蘆本の注釈に即して具体的に検討し、その注釈姿勢の特徴について言及する。

二　賜蘆本注釈の特徴

内閣A本は、三〇年近い歳月をかけて行われた参考本の改訂作業の完成形態と位置づけられる。その首巻には、凡例・引用書目（注釈に際して引用した資料の目録）および各巻の章段目録を載せる。凡例には、一つ書きによって参考本における注釈の基本姿勢を示している。なかでも「本書有㆓衍脱錯誤㆒而文義難通者、拠㆓異本或実録㆒直㆓刊之㆒」とある点に着目する。これは、「底本とした盛衰記本文に衍字（重複）や脱文および錯誤があって文意が通じにくい場合には、異本あるいは実録に基づいて本文を直《ただ》し刊《けず》る」の意である。底本に誤脱が多いことを十分に承知した上で、諸資料に基づいて本文を校訂することを示している。底本とした盛衰記の伝本は明記していないが、無刊記整版本（片仮名本）によったと考えてよい。内閣A本の凡例にはまた、注釈の際に対校資料として用いた一一種の『平家物語』諸本を掲げている。印本（一方本）・伊藤本・一本（鎌倉本）・八坂本（城方本、八坂系二類本B種）・鎌倉本（康豊本）・如白本・佐野本・南都本・南都異本・長門本・東寺本（東寺執行本）である。巻一以降では、ここに示した一一種の諸本と一一六種の引用書を用いて注釈を施している。

賜蘆本首巻の凡例は、内閣A本と同文であり、対校資料として用いた一一種の『平家物語』も一致している。また、巻一以降の注も内閣A本とほぼ同文である。この点から考えると賜蘆本は、先に示した伝本分類のうち、Ⅱ―1「浄書本とその写し」と同じ特徴を有している。ところが、賜蘆本の注には、凡例に示していない諸本が用いられることがある。これは他の参考本にはない賜蘆本の特徴である。以下に具体例を示す（特に断らない限り、参考本の引用は賜蘆本による。〈　〉は当該箇所が割り注であることを示す。また、当該本文の所在を示すために慶長古活字本の丁・行を目録の下に掲げる。以下、同様）。

【例1】木曾カ嫡子清水〈活字本、作妙美水〉冠者（巻二十八「頼朝義仲仲悪事」9丁表11行目）

【例2】平文ノ狩衣〈齋田本、狩衣作直垂〉（巻十「中宮御産事」3丁裏2行目）

【例3】成頼ハ高野ノ雲ニ身ヲ交へ〈烏丸本云、宰相入道成頼ハ、高野ノ霧ニマシハリ、民部卿入道親範ハ大原ノ霧ニウツモレテ云々〉（巻十二「主上鳥羽御籠居御嘆事」24丁表9行目）

【例4】十五年ノ〈五年当作四年、慶長本、作十四年、為是仁安元年、至治承三年実十四年〉春秋ヲ送リツ、（巻十二「行隆召出事」15丁表4行目）

【例5】花ノ本ニハ此人ヲソスヘキトテ勅書桜町〈奈佐本、町作本〉中納言トソ仰ケル（巻二「清盛息女事」5丁表3行目）

〈　〉で示した割り注部分は、盛衰記本文に対する参考本としての注釈にあたる。右の五例は、いずれも他の参考本には見られない賜蘆本独自の注である。さらに、傍線を付した活字本・齋田本・烏丸本・慶長本・奈佐本の五本は、賜蘆本首巻に掲げた一一種の諸本には含まれていない。

例1は、木曾義仲の子息清水冠者の「清水」の用字に関する注である。賜蘆本の注は、底本の「清水」に対して、活字本では「妙美水」となっていると述べている。これに対応する主要な盛衰記伝本の本文を示す。

元和寛永古活字本　清水（無刊記整版本も同じ）

慶長古活字本　妙美水

成簣堂本・蓬左本　美《シ》妙《ミ》水《ス》

早大書入本　　　　　書き入れナシ（静嘉堂本は欠巻）

元和寛永古活字本以降の流布本盛衰記は「清水」と表記する。これに対して慶長古活字本が「妙美水」、写本は「美妙水」としている。[注8]例1の賜蘆本注にいう「活字本」は、慶長古活字本と一致する。詳しい例示は省略するが、賜蘆本の他の箇所の注において「活字本」として挙げられている本文は、すべて慶長古活字本盛衰記と一致している。このことから賜蘆本における「活字本」は、慶長古活字本を指していると考えてよい。

例2から例4に示した齋田本・烏丸本・慶長本については、現在のところ未詳であるが、注の在り方から当時流布の『平家物語』であった可能性が高い。

次に、例5について検討する。例5は、藤原成範が「桜町中納言」と呼ばれるようになった由来譚の結びにあたる。「桜町」という盛衰記本文に対して、奈佐本では「桜本」としているという注である。桜町の名前の由来として勅書を記すのは、他の『平家物語』諸本にはみえない盛衰記の独自本文である。したがって、例5の奈佐本も盛衰記本文を指していると考えてよい。

当該箇所の古本系盛衰記本文を以下に示す。

慶長古活字本　　　桜町

静嘉堂本・蓬左本　桜本

早大書入本　　　　書き入れナシ（成簣堂本は欠巻）

慶長古活字本の「桜町」に対して、静嘉堂本・蓬左本が「桜本」とする。[注9]静嘉堂本・蓬左本が、慶長古活字本と異本関係にある写本であることは先に述べたとおりである。例5の奈佐本は、古本系盛衰記のうち、これらの写本本文と一致している。すなわち奈佐本は、現在は知られていない盛衰記写本である可能性が高い。

例1と例5は、賜蘆本がその注釈に際して、慶長古活字本に加えて盛衰記写本をも利用していたことを示している。賜蘆本は、古本系盛衰記の本文全体を視野に入れていたと考えられる。

盛衰記研究の立場から、とりわけ注目すべきは奈佐本である。奈佐本という盛衰記写本については、これまで報告されておらず、呼称の由来・伝来も不明である。[注10]しかし、賜蘆本全巻を通じて注釈に奈佐本を用いた箇所は三一ヵ所あり、その大半は例5と同様、底本と奈佐本との本文異同に関わる例である。さらに、奈佐本の引用は巻一から巻四十六までほぼ全巻に亘っており、そこに引用された奈佐本の本文は、すべて古本系盛衰記写本と一致している。したがって、奈佐本は従来未知の盛衰記写本であると考えてよい。

賜蘆本では、底本に本文上の問題がある場合に奈佐本を参照することがある。この点について、以下、具体的に検討する（以下の論においては、参考本の伝本および盛衰記伝本と区別するために、奈佐本を〈奈佐本〉と表記する）。

三　〈奈佐本〉による脱文の補訂

本節では、賜蘆本が〈奈佐本〉を用いて底本の脱文を補訂した例を取り上げる。いずれの場合も、賜蘆本だけに注釈があり、内閣A本をはじめとする他の参考本には注がない箇所である（以下の論では、例として賜蘆本の本文を掲げ、適宜句読点を付す。また、比較のために内閣A本の該当箇所を示す）。

【例6】此局ノ妹ニ侍従ト云女房アリ。則成範卿ノ乳母ナリケレハ、三位思ノアマリニ〈旧本脱侍従以下二十八字、今拠奈佐本補之〉侍従ヲ呼テ（巻二「清盛息女事」2丁裏8行目）

内閣A本　此局ノ妹ノ●侍従ヲ呼テ（●は傍線部を欠いていることを示す。以下同様）

賜蘆本の注にいう「旧本」とは、底本とした盛衰記を意味する。「旧本」では「侍従」以下の二十八字が脱文であったため、〈奈佐本〉によってその二十八字を補ったという注である。この記事も盛衰記の独自本文であるため、〈奈佐本〉は盛衰記本文を指すと考えて良い。当該箇所の古本系盛衰記本文を以下に示す。

慶長古活字本　此局ノ妹ノ●侍従ヲ呼テ

静嘉堂本　此局の妹に侍従《シシウ》といふ女房《ニヨウハウ》あり。すなはち成範卿《シケノリ》の乳母《メノト》なりけれは、三位おもひのあまりに侍従をよひて

蓬左本　此局の妹に侍従《シシウ》といふ女房《ニヨウハウ》あり。すなはち成範卿《ナリノリ》の乳母《メノト》なりけれは、三位思ひのあまりに侍従をよひて

早大書入本　此局ノ妹ニ侍従ト云フ女房アリ。則成範卿ノ乳母ナリケレハ三位思ノアマリニ侍従ヲ呼テ（成簣堂本は欠巻）

「侍従以下二十八字」の〈奈佐本〉は、古本系盛衰記写本の傍線部と同文である。

慶長古活字本だけを読むと、脱文があることには気がつきにくい。しかし、この場面は、侍従が三位の局の妹であり、さらには成範の乳母であることが重要な意味を持つ。この後、侍従は乳母子である成範卿に三位の局の意向を伝え、物語が展開するからである。盛衰記本文としては、三位の局・侍従・成範の関係を記した傍線部を有する静嘉堂本以下の写本が本来の形である。慶長古活字本では、「侍従〜アマリニ」が脱文となったものと考えられる。▼注11

例6の賜蘆本は、〈奈佐本〉によって底本の脱文を補っている。他の参考本では、この箇所は脱文のままであり、本文の補訂は行われていない。

同様の例をもう一例指摘する。

【例7】加藤次ハカクテハ勝負急度アラシト思ヒテ、熊ト請太刀ニナリツヽ二打三打ウタセテ太刀ヲ高モチアケタリツル〈太刀以下、拠奈佐本補之〉其隙ヲ伺テ吾太刀ヲ投捨テ（巻二十「山木夜討事」7丁裏9行目）

内閣A本　加藤次ハカクテハ勝負急度アラシト思ヒテ、熊ト請●其隙ヲ伺テ吾太刀ヲ投捨テ

京大本　加藤次ハカクテハ勝負急度アラシト思ヒテ、熊ト請○其隙ヲ伺テ吾太刀ヲ投捨テ
（「請」と「其」の間に墨書で○を記し、「脱文」と朱で傍書している）

賜蘆本は、「太刀以下」の部分（傍線部）を〈奈佐本〉によって補ったと注している。それに対して、内閣A本は傍線部の本文も注も持たない。京大本は、この箇所に脱文があることを朱の傍書で指摘している。京大本の傍書は、書陵部本・内閣A本へと受け継がれて、参考本注釈の改訂に活用される場合がある。▼注12　しかし、両本の当該箇所には注がないことから、京大本の「脱文」という指摘は受け継がれなかったものと考えられる。例7も盛衰記の独自本文であり、対応する古本系盛衰記本文は、以下のとおりである。

慶長古活字本　熊ト請●其隙ヲ伺テ吾太刀ヲ投捨テ

成簣堂本　熊ト請太刀ニナリツヽ二打三打ウタセテ太刀ヲ高モチアケタリツル（ママ）其隙ヲ

蓬左本　熊ト請太刀になりつゝ二うち三打うたせて太刀を高く持上たりける其隙を

早大書入本　態ト請太刀ニナリツ、二打三打ウタセテ太刀ヲ高モチアケタリツル其隙ヲ（静嘉堂本は欠巻）

例7において、賜蘆本が底本の脱文の補訂に用いた〈奈佐本〉本文は、古本系盛衰記写本と一致している。

次に、長門本と〈奈佐本〉によって誤脱を補った例を示す。

【例8】三枚甲ニ左右ノ小手サシ黒〈旧脱甲以下十字、拠長門本・奈佐本補之〉皮威ノ大荒目ノ鎧草摺長ニ（巻二「額打論付山僧焼清水寺事」19丁表1行目）

内閣A本　三枚●皮威ノ大荒目ノ鎧

賜蘆本の注は、底本では「甲」以下の十字が脱けていたので長門本と〈奈佐本〉によってそれを補ったの意である。対応する長門本および古本系盛衰記本文は、以下のとおりである。

長門本　三まいかふとに左右のこてあるひは大あらめのよろひ（巻第一「額打論」）[注13]

慶長古活字本　三枚●皮威ノ大荒目ノ鎧（参考：元和寛永古活字本・無刊記整版本も同じ）

静嘉堂本　三枚かふとに左右の小手さし黒皮威ノ大荒目ノ鎧

蓬左本　三枚甲に左右の小手サシ黒皮威の鎧

早大書入本　三枚甲ニ左右ノ小手サシ黒皮威ノ大荒目ノ鎧（成簣堂本は欠巻）

賜蘆本の注にある「甲以下十字」は盛衰記写本と一致している。賜蘆本では、本文校訂に有用な異本として長門本を用いたが、長門本は「黒皮威」の本文を持たない。そこでそれを補う資料として〈奈佐本〉を用いたのであろう。現存する参考本伝本のなかで、ここに示した底本の脱文を補っているのは賜蘆本だけであり、賜蘆本の際だった特徴である。

参考本の注釈においては、底本の本文について検討する際、凡例に示した一一種の『平家物語』諸本を参照することを基本姿勢とする。しかし、その記事が盛衰記の独自本文である場合は、これらの諸本は考証の資料とはなり得ない。内閣A本が、例6から例8の脱文に言及しないのは、そのような事情が背景にあったためであろう。

以上の例によって、賜蘆本が底本の不備を補いうるテキストとして〈奈佐本〉を捉え、本文校訂に活用していることを明らかにした。

四　内閣A本と賜蘆本の先後関係

前節では、賜蘆本において〈奈佐本〉を根拠として底本の脱文を補った例を示した（例6から例8）。賜蘆本が参考本の改訂作業途上の本であったならば、これらの本文訂正は、当然浄書本である内閣A本に受け継がれたのではないだろうか。その理由を二点示す。第一に、内閣A本の凡例に「衍脱錯誤」がある場合はこれを正す、と記している点が挙げられる。第二に、ごく稀ではあるが、以下に示すように、内閣A本でも底本の誤りを正す場合があるからである。

【例9】同十七日〈旧脱十字、諸本不日、公卿補任云、師長十一月十七日解官、即被宮城、十二月十一日於尾張国出家、号妙音院〉

（巻十二「師長流罪付熱田社琵琶事」3丁表・4行目。ここには内閣A本の本文を掲げたが、賜蘆本も全く同文である。）

例9は、師長流罪の日付に関する注である。底本は「十字」を脱しており、諸本には日付を記さないが、『公卿補任』には十一月十七日とあることを根拠として、底本の本文を「十七日」に訂正している。賜蘆本は、本文・注ともに内閣A本と同文である。

ところが、例6から例8の場合は、内閣A本では脱文の補訂は全く行われていない。つまり、内閣A本の訂正は賜蘆本に反映されているが、賜蘆本の補訂は内閣A本には受け継がれていないことになる。これは、賜蘆本が内閣A本より後の成立であることを示していると判断してよい。

そこで、内閣A本と賜蘆本とが同一箇所に注をつけている例を取り上げて比較し、その先後について検討する。

まず、賜蘆本が内閣A本の注に、〈奈佐本〉を付け加えたと考えられる例を示す（同様の例は、他に三例指摘できるが、紙幅の都合で省略に従う）。

【例10】次郎ヲモ僧ニ成テ公暁ト云キ〈奈佐本公暁作郷公。按源氏系図、公暁者頼朝孫頼家子、称悪禅師、常盤所生者、隆起義円義経也、此所載誤〉（巻四十六「義経行家出都并義経始終有様事」23丁表7行目）

内閣A本　次郎ヲモ僧ニ成テ公暁ト云キ〈是按源氏系図、公暁者頼朝孫、頼家子、称悪禅師、常盤所生者、隆起義円義経也。此所載誤〉

慶長古活字本　　公暁（参考：元和寛永古活字本・無刊記整版本―公暁）

成簣堂本・早大書入本　　郷公

蓬左本　　郷《キャウ》の公《キミ》（静嘉堂本は欠巻）

慶長古活字本と古本系盛衰記写本で異同がある箇所である。内閣A本は、源義朝の次男を公暁とする底本に対して、『源氏系図』をもとに「此に載する所誤り」と疑義を呈している。賜蘆本はそれを承け、対応する〈奈佐本〉の本文「郷公」を示したものと考えられる。

次に、賜蘆本が内閣A本の注を承け、底本の本文を訂正したと考えられる例を示す。

【例11】暮春三五ノ月〈旧脱五字、今拠〈奈佐本〉〉ヲ相待ツ処ニ、朧々トシテ片雲ナシ（巻二十八「経正竹生島詣並仙童琵琶事」28丁裏11行目）

内閣A本　暮春三〈按此蓋脱五字〉ノ月ヲ相待ツ処ニ朧々トシテ片雲ナシ

松室の仲算という興福寺の学生が、行方しれずになった稚児（仙童）との再会を果たす場面である。内閣A本の注では、おそらく五字が脱けているに違いないと指摘している。この前の本文に「十五ノ夜、禅房ニ参シテ」と三月の十五夜の再会を約束している記事があることによる類推であろう。これに対して賜蘆本の注には、底本では「五字」が脱けていたので、〈奈佐本〉によって補ったとある。当該箇所の古本系盛衰記本文を以下に示す。

慶長古活字本　　暮春三●ノ月（参考：元和寛永古活字本・無刊記整版本―暮春三●ノ月）

成簣堂本・早大書入本　　暮春三五ノ月

蓬左本　　暮春三五の月（静嘉堂本は欠巻）

成簣堂本以下の写本はすべて「三五ノ月」であり、〈奈佐本〉と一致している。盛衰記の本文としては、「三五ノ月」が正しく、慶長古活字本の「三ノ月」は明らかな誤脱である。参考本が底本とした無刊記整版本は、その誤りをそのまま受け継いでいる。

例11の場合は、前後の文脈から明らかに「五字」が脱けていると判断できる。しかし、内閣A本では、「蓋し五字を脱するか」と本文に対する疑義を示すだけで、訂正はしていない。これは、内閣A本首巻の凡例に「本書有㆓衍脱錯誤㆒而文義難通者、拠二異本或実録一直二刊之一」とあることと対応している。裏付けとなる外部資料（異本・実録）が得られなかったため、本文の訂正を行わなかったのだろう。例9において、『公卿補任』を資料として底本の本文を校訂したことと対照的である。他の箇所においても、内閣A本のこの姿勢は変わらない。一方、賜蘆本では、〈奈佐本〉に「五」字があることを裏付けとして、脱字を補っている。これは、例6から例8の場合と同様、〈奈佐本〉を本文校訂に有用な資料として認識していたことを示している。

例11では、内閣A本における底本への疑義を承け、賜蘆本が一歩踏み込んで本文を訂正したという道筋を考えることが妥当であろう。

次に、内閣A本の注の誤りを承け、賜蘆本が本文を訂正したと考えられる例を示す。

【例12】嵯峨天皇ノ御子楊院〈旧誤作陽成院、今拠奈佐本訂之。八坂伊藤本作陽院。按公卿補任、源定号四条、又楊院、又賀陽院。天長五年賜源姓、同九年正月七日叙従三位〉大納言定卿ノ外無其例。（巻十六「帝位非人力事」）

内閣A本　嵯峨天皇ノ御子陽成院〈八坂伊藤本作陽院。蓋陽楊之誤。按公卿補任、源定号四条、又楊院、又賀陽院。天長五年賜源姓、官至大納言〉大納言定卿ノ外無其例。

内閣A本では、「陽成院」という底本に対して三段階で注釈を施している。まず、八坂・伊藤本では「陽院」とすると述べる。次に、「陽」は「楊（楊院）」の誤りであろうと指摘する。さらに「楊院」が正しいことの根拠として『公卿補任』の記事を示す。つまり、内閣A本では、『公卿補任』によって間接的に「楊院」が正しい本文であることを示している。これに対して賜蘆本は、底本が「陽成院」と誤っていたので〈奈佐本〉によって「楊院」と訂正すると述べた後、八坂・伊藤本、『公卿補任』の本文を掲げている。ところが、賜蘆本のこの校訂は結果的には誤ったものとなった。歴史上の人物としての、源定大納言の通称は「陽院大納言」が正しいからである。▼注14

この箇所は、以下に示すとおり盛衰記伝本間においても本文に揺れがある。

慶長古活字本　揚院
成簣堂本　楊院
蓬左本　陽院《ヤウイン》

早大書入本　書入ナシ（静嘉堂本は欠巻）
元和寛永古活字本・無刊記整版本―陽成院[注15]

慶長古活字本では「揚院」としているが、他の箇所においても「木扁」を「扌扁」で示すことがある。このため、この場合も、成簣堂本と同じ「楊院」という本文としてとらえておく。古本系盛衰記における「陽」・「楊」は、字体の混同によって生じた異同であり、〈奈佐本〉は成簣堂本と一致している。しかし、盛衰記の本文としては蓬左本の「陽院」が正しいことは先に述べたとおりである。

例12は、賜蘆本が内閣A本の注を受け継いだことの証左となる。賜蘆本は、内閣A本の傍線部「蓋し陽は楊の誤りか」を承け、それを裏付ける資料として「楊院」という〈奈佐本〉本文を用いたと考えられるからである。おそらく内閣A本が資料とした『公卿補任』には「楊院」という誤った本文が使われていたのであろう。「陽」・「楊」が混同しやすいことは盛衰記の異文からもわかる。賜蘆本は、内閣A本の誤りをそのまま受け継いだ結果、〈奈佐本〉を補強資料として「楊院」と校訂したのであろう。

以上の検討から、賜蘆本は内閣A本よりも後の成立と結論づけられる。

五　おわりに

賜蘆本は、参考本の改訂作業完了後、何者かが独自の注釈を加え、さらに底本の本文も校訂した本と位置づけてよい。そこでは、底本の本文を考証する資料として新たに五種のテキストを参照していた。なかでも注目すべきは、慶長古活字本と〈奈佐本〉である。

参考本の底本は、無刊記整版本であり、本文上の問題を多く抱えている。その一つは、無刊記整版本の段階で生じた本文の誤脱であり、慶長古活字本を参照することで解決できる場合が多い。今一つは、慶長古活字本の誤脱であり、それを訂正するためには古本系盛衰記写本を参照する必要がある。賜蘆本の編者は、慶長古活字本を補いうる盛衰記写本として〈奈佐本〉を捉え、本文校訂に活用していた（例6から例8。例10から例12）。さらに、古本系盛衰記伝本間の本文異同には、どのテキストに拠るべきか単純には結論を下せない場合も多い。賜蘆本では、この場合も〈奈佐本〉の本文を並記している（例5）。本稿では、例5の一例を示しただけであるが、賜蘆本における〈奈佐本〉引用の大半は異文の並記である。これらの例は、賜蘆本編者の盛衰記本文に対する深い理解を示すものと評価できる。その意味では、盛衰記の本文校訂に有益な資料を提供するものとして、賜蘆本の注を再検討する必要がある。今後の課題としたい。

一方、現在は喪われた盛衰記写本が、江戸期には複数存在していたことが知られる。その一つに中御門《なかみかど》宣衡《ひさよし》（一五九〇～一六四一）書写の写本がある。▼注16 元禄本系統の参考本凡例に「宣衡本」として書名が見えるが、その所在は不明である。また、静嘉堂文庫蔵『賜蘆文庫蔵書目』の「雑史上」には、新見正路《にいみまさみち》が所蔵していた複数の盛衰記が載っている。

源平盛衰記	古活字板	廿四
同	御本	十二
同	古写本模写	廿八

十二冊の「御本」、二十八冊の「古写本」が気になるが、いずれも現存しない。

賜蘆本が注釈に用いた〈奈佐本〉と称されるテキストも、喪われた盛衰記写本の一つに加えられる。断片的ではあるが、〈奈佐本〉の本文を賜蘆本の注によって復元できることを評価すべきであろう。

注

（1）主要な先行研究を以下に示す。

1『大日本史の研究』（日本学協会・立花書房、一九五七年）

2 松尾葦江「参考源平盛衰記について」『新定源平盛衰記』第一巻（新人物往来社、一九八九年）

3 松尾葦江「参考源平盛衰記研究ノート（1）～（4）」『新定源平盛衰記』月報1・2・3・5（新人物往来社、一九八九年～一九九一年）

4 拙稿「『参考源平盛衰記』写本書誌調査報告」（『大阪工業大学研究紀要』第54巻1号、二〇〇九年九月）

5 倉員正江「『参考源平盛衰記』編纂事情」（『人間科学研究・日本大学生物資源科学部　人文社会系研究紀要』七号、二〇一〇年）

6『平家物語大事典』（東京書籍、二〇一〇年）「参考源平盛衰記」の項目（岡田執筆）

（2）『内閣文庫国書分類目録』の当該本の項目には、（浄書本）と記している。

（3）注（1）の4・6拙稿参照。

（4）他の参考本と同様、所蔵文庫名を冠して「静嘉堂本」と称するべきであるが、静嘉堂文庫蔵盛衰記写本との混同を避けるために、旧蔵者にちなんで「賜蘆本」と略称する。賜蘆本には、各冊第一丁表右下に「賜蘆文庫」の印記がある。賜蘆文庫は、江戸後期の幕臣新見正路（一七九一〜一八四八）の蔵書である。静嘉堂文庫には『賜蘆文庫蔵書目』（写本三冊）があり、その「雑書九」の項に「参考源平盛衰記 写五十冊」とあることと合致している。また、この記載によって現存賜蘆本は四十九冊であるが、元来は「剣巻」一冊を併せた五十冊の完本であったことが推察できる。

（5）現存本のうち、ここに掲出していない彰考館文庫本二四冊は、対校本・引用書目の少なさなどから編纂過程の早い段階をとどめるものであると考えてよい。

（6）拙著『源平盛衰記の基礎的研究』和泉書院、二〇〇五年、第二篇「古本系盛衰記の伝本」参照。

（7）注（1）の4・6拙稿参照。また、これに先立つ二〇〇八年一一月三〇日(日)「軍記・語り物研究会第三八〇回例会」において「『参考源平盛衰記』所引古本系『源平盛衰記』写本の本文―静嘉堂文庫本の検討を中心として―」と題する口頭発表を行っている（於：青山学院大学）。

（8）拙稿「成簣堂本『源平盛衰記』訓読索引稿」（『大阪工業大学研究紀要』第50巻1号、二〇〇六年二月）。

（9）池田敬子は、「『源平盛衰記』諸本の基礎的研究」において、盛衰記の本文としては静嘉堂本・蓬左本の「桜本」の方がむしろ本来的ではないか、と指摘している（大阪工業大学『中研所報』26巻2号、一九九三年）。「桜町―桜本」は、細かい異同ではあるが、どちらの本文によるべきかという点については慎重に考える必要がある。賜蘆本がこの箇所について〈奈佐本〉の異同を挙げている点は、盛衰記本文に対する深い理解を示すものである。

（10）〈奈佐本〉盛衰記と関わる人物の候補として、幕臣奈佐勝皐《かつたか》（一七四五〜一七九九）がいる。塙保己一の門に学び、和学講談所の初代会頭となった（『日本人名大辞典』講談社）。屋代弘賢とも交流があり（国立国会図書館デジタルコレクション『枕草子』解題）、〈奈佐本〉盛衰記の所持者としてふさわしい人物であると考えられる。しかし、奈佐勝皐の蔵書がどのようなものであったか不明であり、推測の域を出ない。

（11）種村宗八は「源平盛衰記の版本および写本」（『通俗日本全史 源平盛衰記』早稲田大学出版会、一九一二年）において、この脱文について言及している。さらに通俗日本全史本の盛衰記においては、当該箇所の脱文を補っている。

（12）この点については、二〇一三年六月一五日「『参考源平盛衰記』浄書本の成立過程」と題して口頭発表を行った（於：國學院大學）。

（13）長門本の引用は、麻原美子・小井土守敏・佐藤智広編『長門本平家物語』（勉誠出版、二〇〇六年）による。

（14）『公卿補任』（国史大系本）には、「陽院大納言」とする。また延慶本には「嵯峨天皇ノ御子、陽院大納言定卿ノ外ハ不承及」（巻第三「後三条院ノ宮事」）とある。

（15）元和寛永古活字本・無刊記整版本は「陽成院」であり、内閣Ａ本と一致する。この例は、参考本の底本が無刊記整版本であることの証左ともなる。

（16）拙稿「蓬左文庫蔵『源平盛衰記』写本再考―書写者玄庵三級の検討を通して―」（『軍記物語の窓 第三集』和泉書院、二〇〇七年）。

6

静嘉堂文庫蔵賜蘆本『参考源平盛衰記』の注釈姿勢——奈佐本『源平盛衰記』の引用を中心として——

◉岡田三津子

付編
資料調査から新研究へ

源平盛衰記の伝本について

いま我々が読んでいる源平盛衰記の本文はどこまで中世に遡れるのか、日本人の脳裏にひろく浸透している「源平の物語」形成に盛衰記はどのように関わったのか、それらの問題を考究するに当たっては、まず現存する盛衰記の伝本のありようを知る必要がある。近年の盛衰記伝本研究は、渥美かをるの分類から出発し、松尾葦江・池田敬子・岡田三津子らにより基礎的作業が行われた。▼注 殊に写本の書誌情報は岡田三津子の著書に詳しい。

一九九三年の時点で松尾は、未着手の課題として次のような問題を挙げた。

①現存写本の悉皆調査
②盛衰記本文の原態の推定
③慶長古活字版と元和寛永版の関係
④整版本の附訓の由来
⑤乱版の詳細
⑥無刊記整版本の分類

いずれも膨大な作業量を要する課題ばかりで、早急な解決は難しいと思われたが、今回の共同研究を通して④⑤と⑥については解明の端緒が得られた。また②に関しては新資料（長門切）への注目によって、③については古活字版悉皆調査を続ける高木浩明の仕事によって、新たな展開が見込まれる。よってここにその一端を掲げ、今後の研究に加勢したいと思う。

（松尾葦江）

注

松尾葦江『軍記物語論究』四―4（若草書房、一九九六年。初出一九九三年五月）。
池田敬子「『源平盛衰記』諸本の基礎的研究」（『中研所報』、一九九三年七月）。
岡田三津子『源平盛衰記の基礎的研究』（和泉書院、二〇〇五年。写本の書誌に関する論考の初出は一九九六年～二〇〇三年）。

1　源平盛衰記写本の概要

松尾葦江

現存する盛衰記の本文には断簡、写本、版本（古活字版・整版本・乱版）があるが、それらの本文は左のように分類することができる。＊を付したのが写本である。

Ⅰ＊断簡（1長門切　2名和長高文書紙背）
Ⅱ＊古本系写本（1成簣堂文庫本　2静嘉堂文庫本（松井本）　3蓬左文庫本）
Ⅲ古活字版（1慶長古活字版　2元和寛永古活字版　3乱版　＊4近衛本）
Ⅳ整版本（1片仮名整版本　2絵入り平仮名整版本）
Ⅴ＊流布本写本（1浅井了意書写本　2海の見える杜美術館蔵奈良絵本　3版本の写し　4抜書類）

Ⅰ断簡についてはここでは省く。▼注1　Ⅱを「古本」と呼ぶのは、書写は室町末から近世初期ではあるが、版行以前の本文を残しているという点に注目した呼称である。その中、1は三十八巻が現存、弘治二年（一五五六）の識語がある【図版1　成簣堂文庫本】。2は一部有欠ながら十二巻分が現存【図版2　静嘉堂文庫本】、3は全巻が残る。

Ⅱの1は原則として漢字片仮名交じり、2と3は漢字平仮名交じりで表記されている。3は慶長十六年（一六一一）、玄庵三級書写の美装本だが、書写は丁寧ではなく、殊に振り仮名には問題が多い。汲古書院から影印が出されている。▼注2

Ⅲ4【図版3　近衛本】は全冊殆ど平仮名書きだが、慶長古活字版を訓読したものと思われ、概ね整版本Ⅳ1の振り仮名と一致するが、一部相違もある。そもそも整版本の振り仮名がいつ、誰によって付されたかは未詳で、現存本ではⅢ3乱版以降に現われ、Ⅲ4書写の目的や経緯も不明である。

Ⅴについては、抜書や端本を含めれば全国各地に多数存在すると思われ、悉皆調査は行われていない。その中、1は明暦元年（一六五五）の書写奥書があり、石川透によって仮名草子作家浅井了意の筆であると判定された。2は全五十冊の豪華奈良絵本である。▼注3

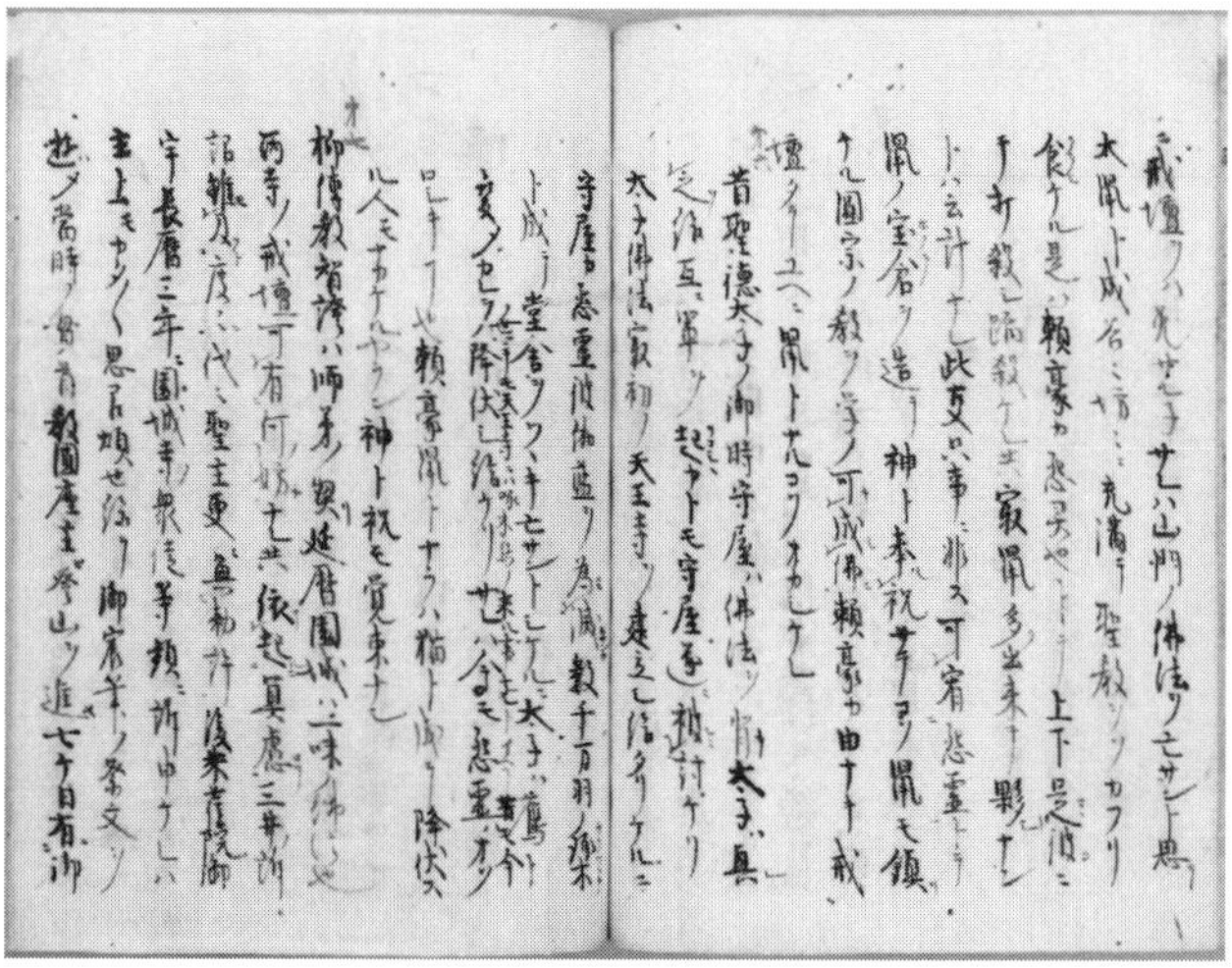

図版１　成簣堂文庫本（石川武美記念図書館　成簣堂文庫所蔵）

図版２　静嘉堂文庫本

ⅡとⅢ1・4には、本文を一字下げて記す、低書部といわれる部分がある。多くは説話や注記的な記事で、Ⅲ2以降は殆ど区別されなくなる。従来の研究では一字下げ形式を保つことが、比較的古態を残す伝本である証拠とされ、つまり、現存伝本は慶長版までと元和寛永版以降とで二分される（但し低書部に当たる記事は増補された部分であったり、校訂・書写に際

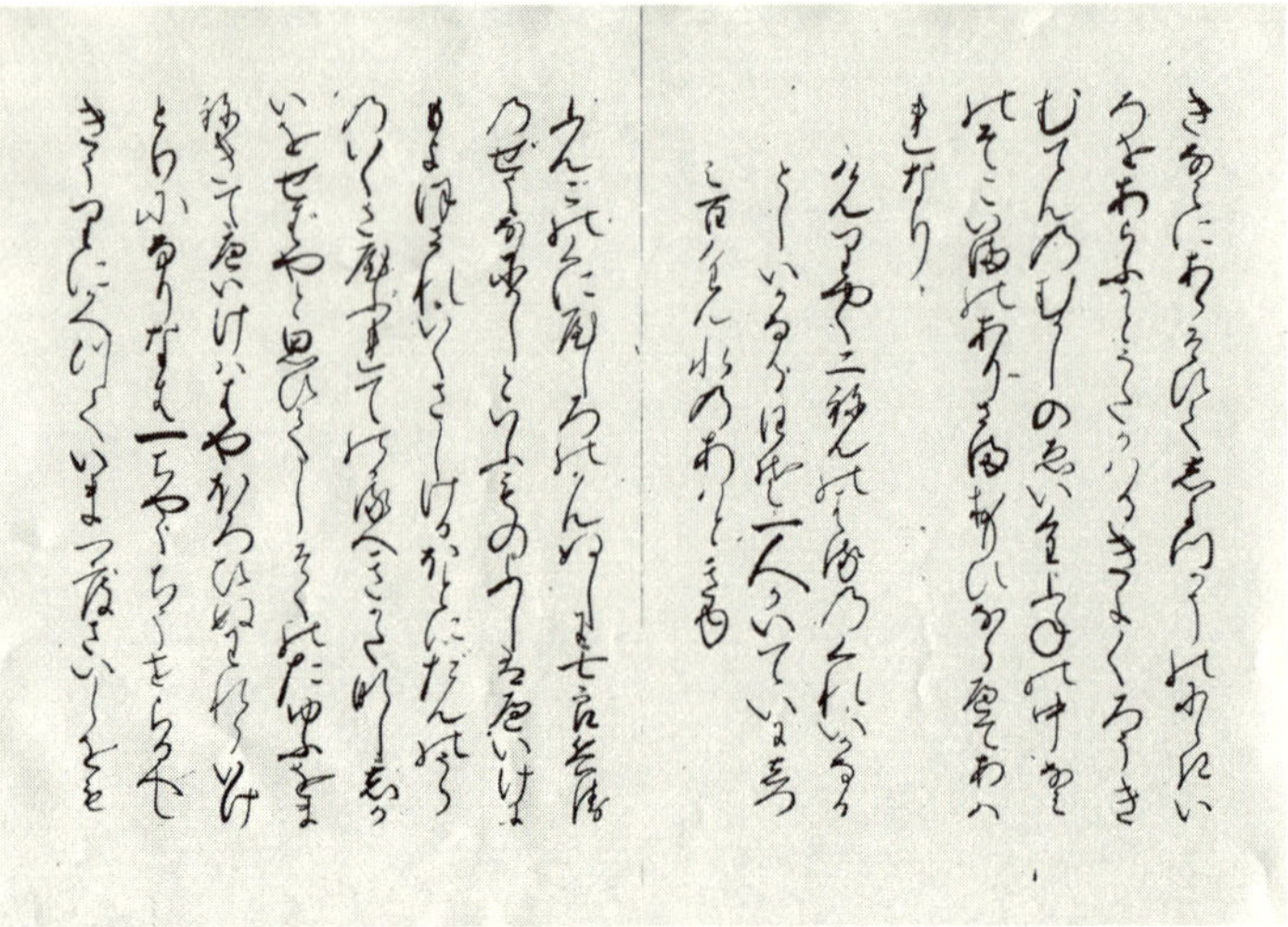

図版３　近衛本（京都大学附属図書館所蔵）

して一字下げされたのであったり、個別の経緯があったものらしい）。

以上の関係を整理すると、ⅡとⅢ1・4は相補う本文を持ち、本文上は同一のグループに分類できる。異同は記事単位や配列に及ぶことは殆どないが、Ⅱの間でも数字・固有名詞・和歌の語句などは相違することがあり、注意が必要である。

なおⅡ2・3とⅢ1は同系統の本文ではあるが、平仮名書き写本のⅡ2・3はやや和文寄り、Ⅲ1は漢文寄りの表記と語彙を有しており、現在の我々の盛衰記観はⅢ・Ⅳの文体や表記法の印象に拠るところが大きい。中世まで遡れば、必ずしも漢字片仮名交じりの漢文臭の強い文体が本来というわけではなく、平仮名書きの本文もさして違和感のないものだったようである。

ⅤはⅣ以降のものが殆どだが、中には嫁入り本の装幀のものもあり、盛衰記が男子の読書用としてのみならず、武家の娘の教養書、調度品としても制作されたことがわかる。

注

（1）松尾葦江『軍記物語論究』四―3（若草書房、一九九六年）、佐々木孝浩「巻子装の平家物語―「長門切」についての書誌学的考察―」（『斯道文庫論集』二〇一三年二月）及び本書所収の平藤幸・橋本貴朗・松尾葦江論文。

（2）渥美かをる解題『名古屋市蓬左文庫蔵源平盛衰記』（一～六）汲古書院、一九七四年。

（3）本書付編「［調査報告］平家物語・源平盛衰記関連絵画資料」及び口絵3・7参照。

2　源平盛衰記の古活字版について

高木浩明

源平盛衰記の古活字版は、川瀬一馬（『増補古活字版の研究』A・B・A・J、一九六七年）のいう、慶長中刊本、元和・寛永中刊本、乱版の三種の存在が知られる。

一　慶長中刊本

慶長中刊本は、『源平盛衰記』最初の古活字版である。刊記はないが、財団法人阪本龍門文庫に所蔵される本に「慶長十一年（丙／午）暦八月廿七日（以下墨消）」という墨筆による識語が記されていることから、刊行は慶長十一年以前に限定できる。双辺無界（本文の四周には匡郭《きょうかく》と呼ばれる枠がある。枠が一本のものを単辺《たんぺん》、二本のものを双辺《そうへん》という。また行ごとに区切りの線（界線《かいせん》）がある場合、これを有界《ゆうかい》といい、ない場合を無界《むかい》という）、一面一一行、一行二〇字内外。漢字片仮名交じり。通常の本文から記事全体を一字分下げて記す「一字下げ記事」（低書部ともいう）が全巻で百箇所以上見受けられる点が特徴である。現存する伝本は以下の通り。

1　函館市立図書館蔵本　原本別置保管、閲覧不可。
2　市立米沢図書館蔵本【米沢善本／一九四】四十八冊。［図①］
3　宮城県図書館伊達文庫蔵本【伊二一〇・三／ケ二】

4　日光山輪王寺天海蔵本【一七二―八〇・二】二十四冊。巻四十一・四十三の過半は江戸初期の補写。
5　国立公文書館内閣文庫蔵本【特一二六―一】四十八冊。
6　静嘉堂文庫蔵本【五〇二―一四―二〇一七二】巻三十三・三十四補写、二十四冊。
7　大東急記念文庫蔵本【七―二〇―一九二四】巻一・二欠、目録補写、二十四冊。
8　石川武美記念図書館（旧 お茶の水図書館）成簣堂文庫蔵本　十二冊。
9　青山学院大学日本文学科研究室蔵本【〇九三：G三―七―一～四八】四十八冊。
10　駒沢大学図書館蔵本【沼―T―四四】　存巻第五―十・十三―二十、七冊。

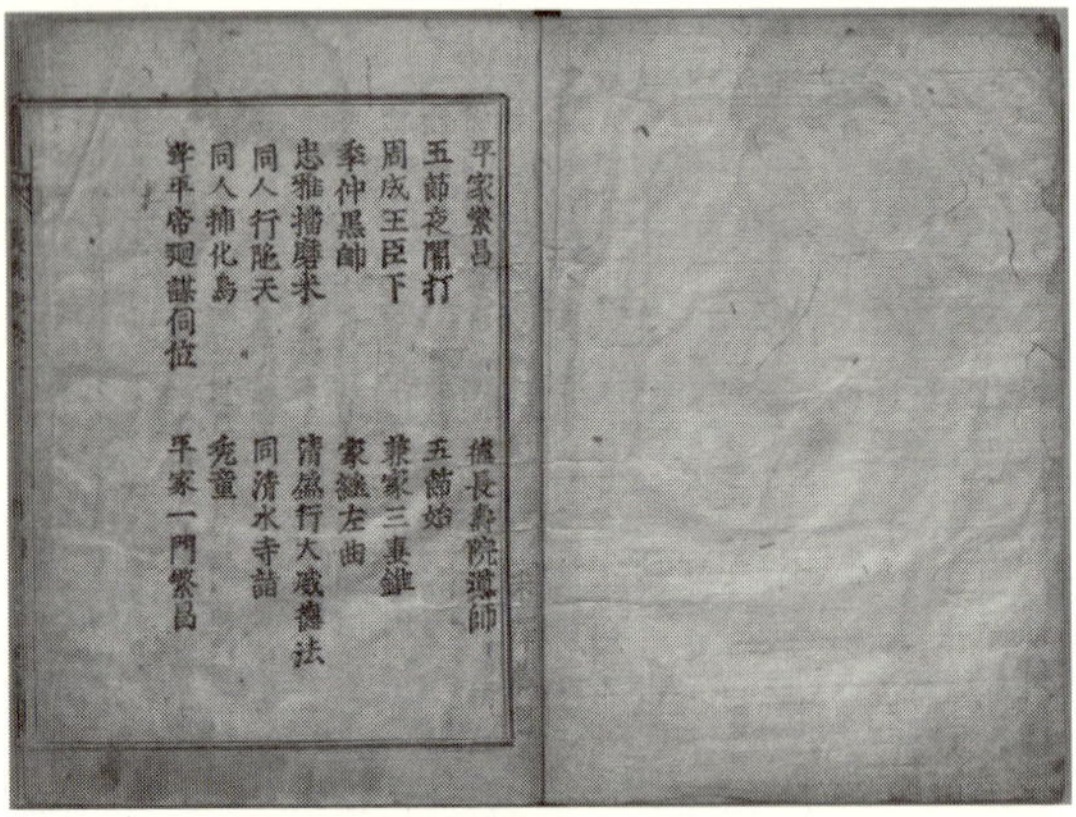
平家繁昌　得長寿院導師
五節夜闇打　五節始
周成王臣下　兼家三裏錐
季仲黒帥　家継左曲
忠雅播磨米　清盛行大蔵懺法
同人行能天　同清水寺詣
同人捕化島　禿童
新平帝廻謀伺位　平家一門繁昌

［図①a］2　市立米沢図書館蔵本
巻第1冊目録（前見返し・1丁表）

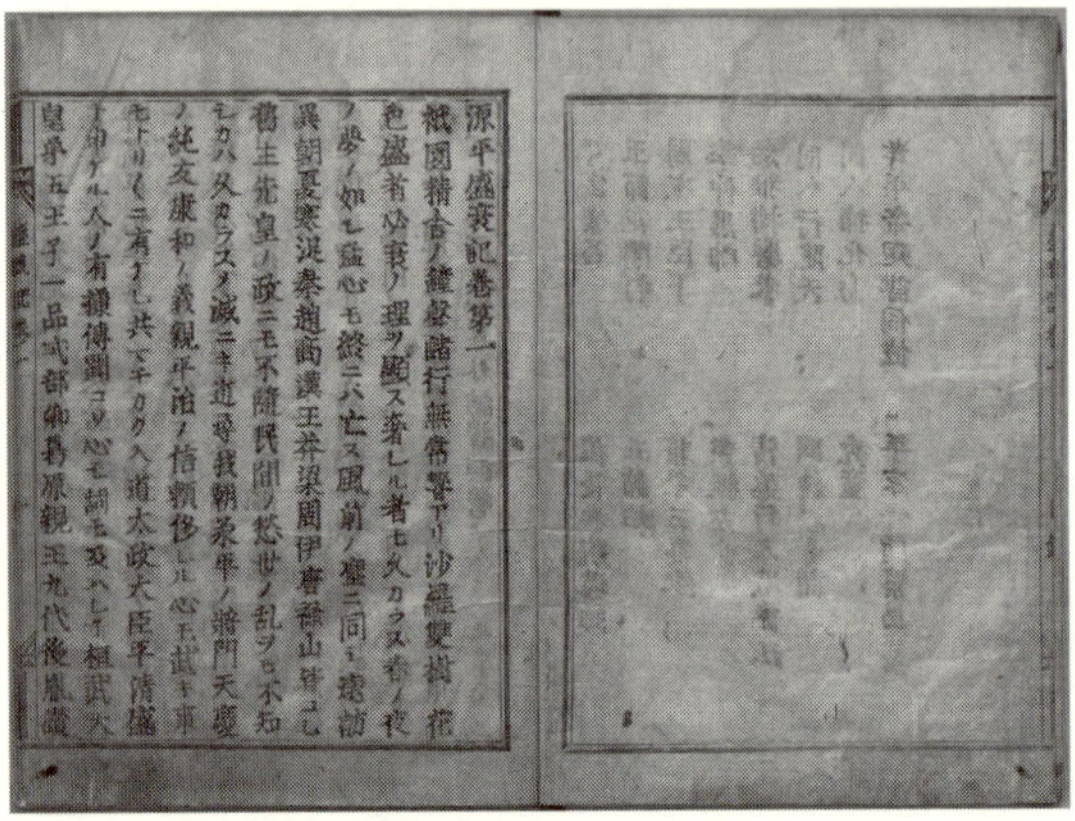
源平盛衰記巻第一
祇園精舎ノ鐘ノ聲諸行無常ノ響アリ沙羅雙樹ノ花
色盛者必衰ノ理ヲ顯ス奢レル者モ久カラス春ノ夜
ノ夢ノ如シ猛キ心モ終ニハ亡ヌ風ノ前ノ塵ニ同シ

［図①b］2　市立米沢図書館蔵本
巻第1冊本文（1丁裏・2丁表）

11　名古屋市蓬左文庫蔵本【一〇四―七九】二十四冊。
12　財団法人阪本龍門文庫蔵本【四二六／五―一六】二十四冊。
13　龍谷大学大宮図書館蔵本【〇二一／三三四／二二】巻一―四欠、二十二冊。
右の伝本のうち、市立米沢図書館蔵本は、図書館のホームページに全冊画像が公開されている他、国立公文書館内閣文庫蔵本の影印が勉誠社から刊行されている。

二　元和・寛永中刊本

慶長中刊本の次に刊行されたのが、元和・寛永中刊本である。使用される活字は稍《やや》小型で、寛永期の古活字版によく用いられている活字のように見受けられ、元和というより寛永になっての刊行の可能性もある。天理図書館には、寛永十六年の刊記がある古活字版と同種の活字を用いているという古活字版の『撰集抄』が所蔵されるが、その表紙（原表紙）裏には、『源平盛衰記』の元和・寛永中刊本の巻第二目録の刷反古《すりほご》が用いられている。このことも刊行年時を考える手がかりの一つになろう。

単辺無界、一面一二行、一行二三字内外。漢字片仮名交じり。慶長中刊本の特徴である「一字下げ記事」（低書部ともいう）が殆ど姿を消し、字詰を全体に詰める傾向がある。その一方で本文中に章段名を記すようになり、以後の版本はこれを踏襲する。現存する伝本は以下の通り。

1　東洋文庫蔵本【三Ａｄ―一五】二十五冊。
2　國學院大學図書館蔵本【貴八六三〜八八七】二十五冊。［図②］
3　國學院大學図書館蔵本【佐／五三五】存巻三―四、十七―十八、二冊。他巻無刊記整版補配。
4　東京芸術大学蔵本【三〇六】二十五冊。
5　尊経閣文庫蔵本【三―四六】二十五冊。
6　藤井隆氏蔵本　存巻十七・十八、一冊。

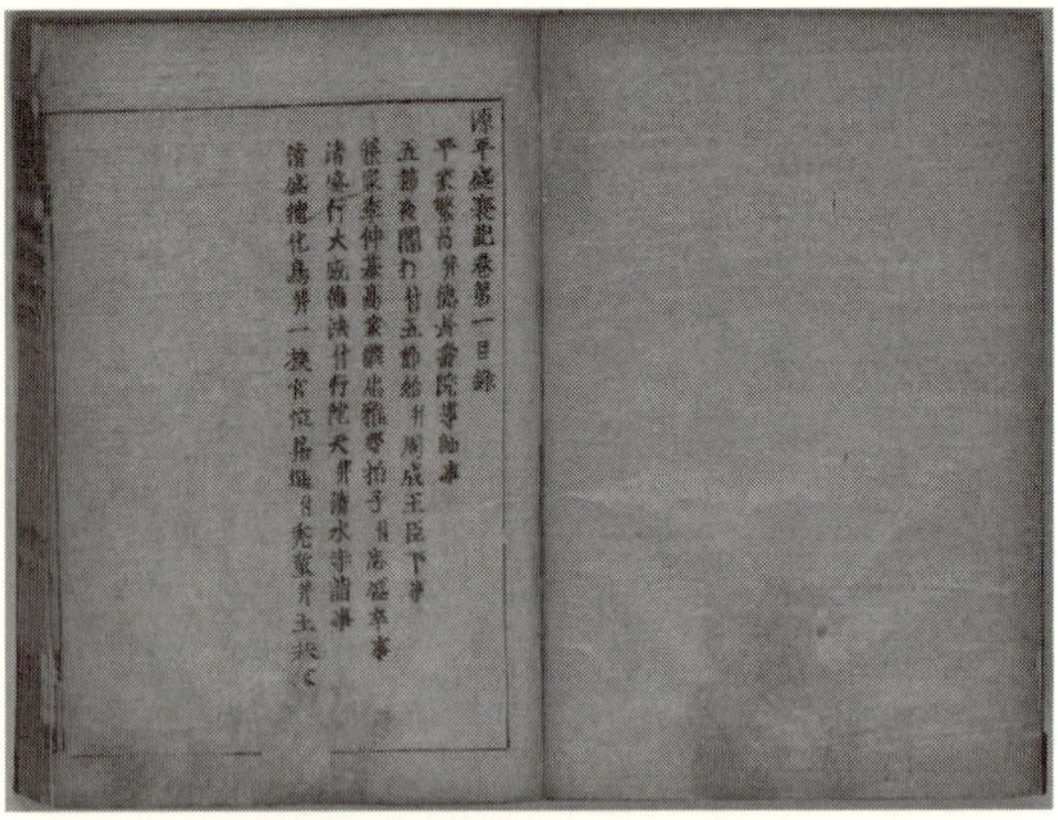

［図②a］２　國學院大學図書館蔵本
巻第１・２冊巻第一本文（前見返し・１丁表）

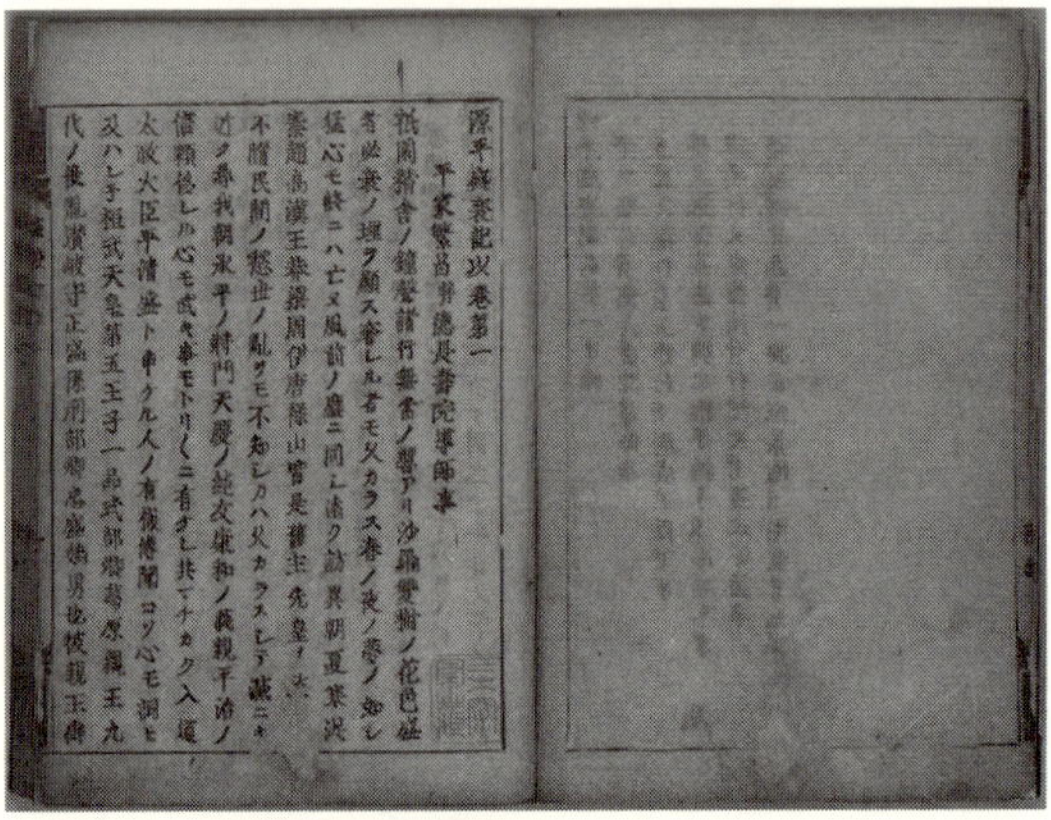

［図②b］２　國學院大學図書館蔵本
巻第１・２冊巻第一本文（１丁裏・２丁表）

7　天理大学付属天理図書館蔵本【二一〇・三一イ三】巻一―二、十九―二十、二十七―二十八、四十七―四十八の四冊欠、二十一冊。

8　金光図書館蔵本【古六一三】存巻十三・十四、一冊。

右の伝本のうち、國學院大學図書館蔵本【貴八六三～八八七】は、図書館のホームページの「デジタルライブラリー」に全冊画像が公開されている。

三　乱版

乱版は、古活字版と整版を取り交ぜて印刷、製本した物で、付訓活字が用いられているのが特徴である。古活字版と整版の取り交ぜ具合は、本編の論文（「古活字版『源平盛衰記』の諸版について」二六七頁）に一覧表を作成したのでそちらを御覧頂きたい。本の性格上整版と認定されていることも多く、今後も新たに見出される可能性がある。

双辺無界、一面一二行、一行二三字内外。漢字片仮名交じり。基本的に刊記はないが、国立国会図書館蔵【ＷＡ七―二七四】本にのみ、「藤本久兵衛開版」（「家重」の黒印）の刊記が押捺されているのが注目される。藤本久兵衛は伝不詳。

現存する伝本は以下の通り。

1　国立国会図書館蔵本【ＷＡ七―二五八】二十五冊。［図③］

2　国立国会図書館蔵本【ＷＡ七―二七二】十八冊　存巻十三―四十八。

3　国立国会図書館蔵本【ＷＡ七―二七四】存巻九―十・十三・十四・二十三―二十八・三十一―四十八、十四冊。

4　石川武美記念図書館（旧お茶の水図書館）成簣堂文庫蔵本　存巻三十五・三十六、一冊。

5　石川武美記念図書館（旧お茶の水図書館）成簣堂文庫蔵本　存巻三十七・三十八、一冊。

6　印刷博物館蔵本【三六七八五・三六七八六】存目録・巻一・二、二冊。天理図書館蔵【二一〇・三―イ一四九】本と僚巻の可能性あり。

7　静嘉堂文庫蔵本【松二五】巻一・二、一冊。目録・巻三―四十八、二十四冊は無刊記整版。

8　財団法人阪本龍門文庫蔵本【四二七／五―一七】存巻十九―二十二・三十一―三十二、三冊。天理図書館蔵【二一〇・三―イ一三五】本の僚巻。

9　天理大学付属天理図書館蔵本【二一〇・三―イ一三五】存巻三十九・四十、巻四十一・四十二、二冊。財団法人阪本龍門文庫蔵【四二七／五―一七】本の僚巻。

10　天理大学付属天理図書館蔵本【二一〇・三―イ一四九】存巻四十一―四十八、四冊。

11　天理大学付属天理図書館蔵本【二一〇・三―イ一六三】巻三十五―三十八・巻四十一―四十二欠、二十二冊

12　天理大学付属天理図書館蔵本【二一〇・三―イ一六五】巻一―四・巻四十一・四十二欠、二十一冊。

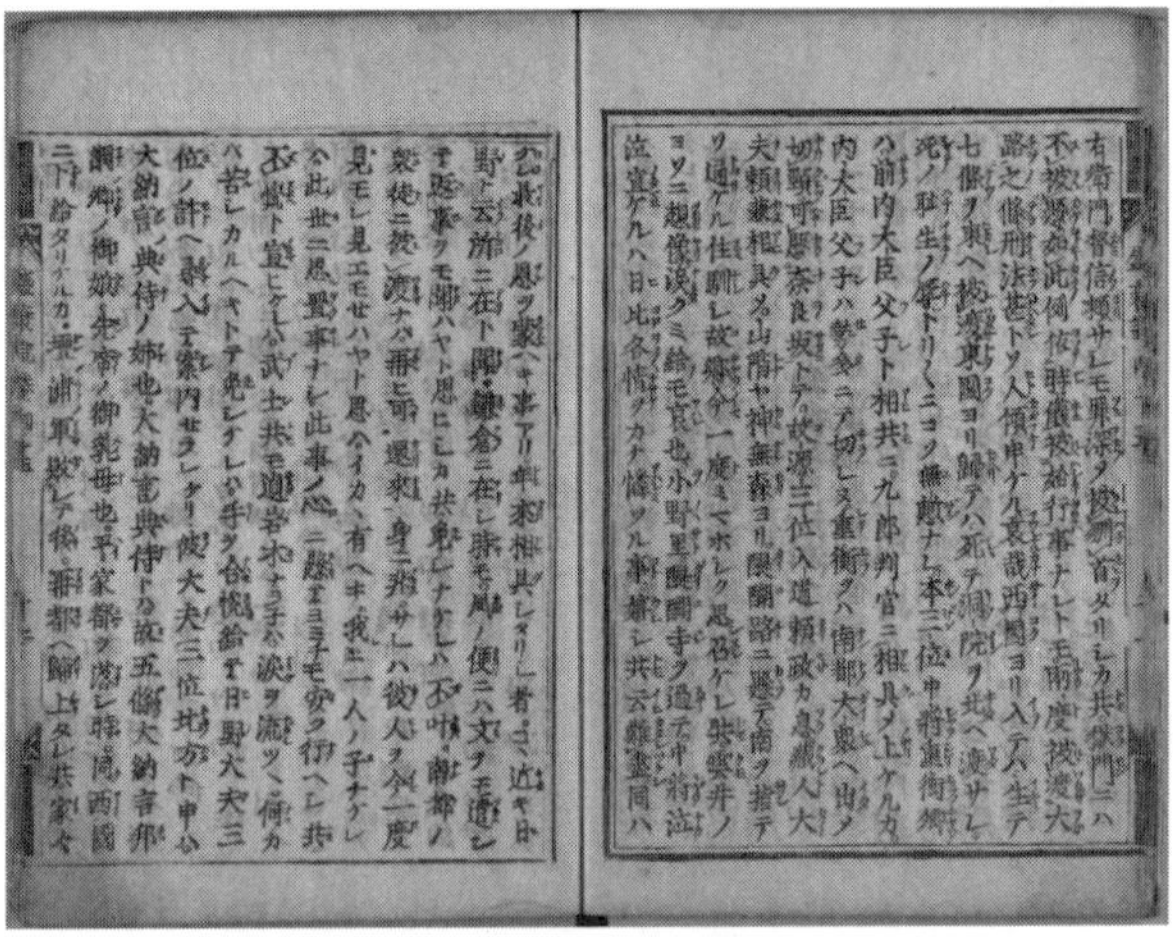

← 整版（巻第45・11丁裏）

→ 古活字（巻第45・12丁表）

［図③］1　国会図書館蔵本（巻第45・46冊）

13　名古屋市鶴舞図書館蔵本【河ケ―七】巻四十三・四十四補写、巻四十五・四十六は別種の整版補配、二十五冊。

14　栗田文庫蔵本　巻一―八欠、二十一冊。

15　藤井隆氏蔵本　存巻三十七・三十八、一冊。

16　神宮文庫蔵本【五―七一四】存巻四十七・四十八、一冊。目録・巻一―四十六、二十四冊は無刊記整版。

右の伝本のうち、国立国会図書館蔵本は、「国立国会図書館デジタルコレクション」にいずれも全冊画像が公開されている。

※［図③］は、国立国会図書館蔵本・巻第四十五「内大臣京上被斬。付重衡向南都被切並大地震事」中の一部。右側の整版丁の最終行十二行目末は「同ハ」。左側の古活字丁の一行目行頭「ケレ最後《サイゴ》ノ恩《ヲン》ヲ蒙《カウムル》ヘキ事アリ。」は「ケレ」に見せ消ちの「◦◦」が付記されている（「ケレ」は衍）。国会図書館蔵の他の二本の乱版（2・3）にも同様の付記があり、天理大学付属天理図書館蔵本（11・12）にも同様の付記がある由であり（大内田貞郎「古活字本乱版考―源平盛衰記の場合―」『ビブリア』第八一号、一九八三年参照）、この見せ消ちは摺刷時から付記されていたものと思われる。無刊記整版本の当該箇所は「ハ最後《サイゴ》ノ恩《ヲン》ヲ蒙《カウムル》ヘキ事アリ。」となっている（「ハ」は衍）。なお一丁前の十丁裏の十二行目末は、乱版（古活字丁）は「可㆓入洛《ベキジュラクス》㆒申タリ」と、無刊記整版本は「可㆓入洛《ベキ　ジュラクス》㆒ト申タリケレ」となっており、原版の制作事情を考察する手掛かりとなる箇所の一つである。

付記　古活字版については本編二六七頁、「古活字版『源平盛衰記』の諸版について」において詳細に検討しているので、御覧いただきたい。

3　『源平盛衰記』漢字片仮名交じり整版本の版行と流布

——敦賀屋久兵衛奥付本・無刊記整版本・寛政八年整版本・寛政八年整版関連本をめぐって——

岩城賢太郎

一　近世期における『源平盛衰記』整版本の享受の様相から

漢字片仮名交じりの『源平盛衰記』整版本は、いわゆる「無刊記整版」「寛政八年版」（寛政八年版は無刊記整版本の後刷・覆刻版）と言われる諸種の整版本の通称であるが、本共同研究（本書「あとがき」参照）を通して調査・検討した結果からは、諸版は改めて「漢字片仮名交じり整版本」という整版本のグループとして一括されるべきものと考えられる（以下、片仮名整版本と略称）。

この片仮名整版本グループを特色づけるものは、『源平盛衰記』絵入り本数種が皆、漢字平仮名交じり本であるのに対して、片仮名交じりの本文である点である。例えば、寛文六年（一六六六）頃から各種版行された『和漢書籍目録』の「十四　軍書」の項には、「廿五冊　盛衰記／四十九冊　同仮名」と見え、目録一冊と本文篇二十四冊（各冊二巻ずつ全四十八巻）の計二十五冊を標準とする片仮名整版本が、寛文五年版行の目録一冊と本文篇四十八冊からなる絵入漢字平仮名交じり整版本の前に掲げられている。同目録に見えている「平家物語」「保元平治」「太平記」等も皆、「同仮名」の平仮名交じり本に優先して片仮名交じり本を掲げているように、近世期版行の軍記関連作品は片仮名整版本が規範とされており、平仮名整版本はむしろ、絵入であることにその特徴が認められていたようである。

なお近世期においては、通史として源平合戦期を俯瞰する軍書としては、『源平盛衰記』が『平家物語』に優先して参照されていた例もある。明和七年（一七七〇）版行の吉田一保編『和漢軍書要覧』は、「凡例」に「和軍書ノ中外題《ゲダイ》ノ上ニ㊀㊁アルハ唯《タヾ》コノ符《シルシ》ニ随《シタガフ》テヨム時ハ将軍ノ興廃《カウハイ》大治乱ノ始末ヲ速《ハヤ》ク暁《サト(ママ)》サシムルノ捷径《ハヤミチ》ノタメナリ」と掲げ、「㊀前々太平記」以下には、「保元平治記／㊄源平盛衰記／参考源平盛衰／平家物語」の順で掲げ『源平盛衰記』を重視している。本共同研究における調査においても、全国各地に数多の片仮名整版本『源平盛衰記』が蔵されていることが改めて確認され、その点数は『平家物語』を上回るかの様相であるが、これも近世期における『源平盛衰記』の流通や需要の事情を反映していよう。

以下、本稿では、本共同研究において調査した片仮名整版本の中から数例を掲げていく。便宜上、次の四つのグループに分類し、近世から近代に至る片仮名整版本の版行・流通の様相を概観する。

・敦賀屋久兵衛奥付本
・無刊記整版本
・寛政八年整版本及びその関連整版本
・明治期版行の各種本

なお本稿は、松尾葦江による片仮名整版本の調査・基礎研究、高木浩明による古活字版諸版の調査、山本岳史による調査支援等、本共同研究から様々の教示を得ていることを明記しておく。

二　敦賀屋久兵衛奥付本概説

片仮名整版本『源平盛衰記』の版行時期については、版本書誌学の研究側からはやく指摘されていた。朝倉治彦は、京の書肆敦賀屋久兵衛による『栄陰比事物語』版行に注目する中で、寛永中期の版行として**静嘉堂文庫蔵本**（10293:25:72-26）の存在に触れている（『未刊仮名草子集と研究（二）』未刊国文資料刊行会・一九六六年）。京都の敦賀屋久兵衛は寛文十年（一六七〇）頃までに活動を終えたと言われ、その版行物には、本文料紙ではなく、後表紙見返しに「京四条坊門通／敦賀屋久兵衛」又は「洛陽四条坊門／敦賀屋久兵衛」と、刊記とも奥付とも区別し難い書肆の所在地と名が摺られている。渡辺守邦・柳沢昌紀により、その奥付の書式や字体の相違からA～E種の五つのパターンに分類され、敦賀屋久兵衛が版元としての活動と並行して、他の版元の本に奥付を摺るやり方で小売業をも手掛けていたことが指摘されている（「敦賀屋久兵衛の出版活動」『江戸文学』16号・一九九六年十月）。さらに柳沢昌紀は、敦賀屋久兵衛による五種の奥付の使用が寛永十七年（一六四〇）をもって終わることから、片仮名整版本の開版をそれ以前のものと指摘した（「軍記物語の出版と版元―近世前期を中心に―」『軍記と語り物』39・二〇〇三年三月）。

敦賀屋久兵衛奥付の片仮名整版本としては、他に**中京大学図書館蔵本**（912.434:G34:1"2）と**山口大学附属図書館棲息堂文庫蔵本**（M913,45:G95:A1"25）の伝存を稿者は確認しているが、静嘉堂本は、渡辺・柳沢分類のD種の奥付を、中京大学本と棲息堂文庫本（後掲［図⑦］参照）は、E種の奥付を有している（E種は、D種に比し「久」字が「又」に近く、「衛」の構えの右側の字形が異なる）。但し高木浩明の調査では、正保三年（一六四六）の刊記を有する敦賀屋久兵衛のE種奥付式の『和歌食物本草』が確認されている。寛永期の版行と断定出来るか、一考の余地はあるのかも知れないが、稿者も敦賀屋久兵衛奥付本の特徴から見て、片仮名整版本の開版は、寛永・正保期を降らないものと見て差し支えないと考えている。

［図①］棲息堂文庫蔵本巻第１・２冊表紙

敦賀屋久兵衛奥付本の三本はそれぞれ、目録一冊と二巻分ずつを一冊に綴じる本文二十四冊の計二十五冊の形態の完本であるが、以下にその特徴の幾つかを、棲息堂文庫本を例に確認しておく。

表紙：朱色地卍繫牡丹唐草文様艶出《しゅいろじまんじつなぎぼたんからくさもんようつやだし》。押し八双痕あり（冊ごとに明瞭さに差あり）。外寸は28.1×19.5糎（目録冊）。四針袋綴。（［図①］参照）料紙の括りと表紙の括りは別だが原装か。

題簽：刷題簽18.2×3.6糎（目録冊）。全冊存だが一部に欠損・破れあり。（こ

の題簽が片仮名整版本の一般的な字体）

料紙：袋綴の楮紙。紙が薄く漉きむらやチリが散見する。下部が裁断でなく千切れたような毛羽立った状態の丁も散見する。

本文・匡郭：漢字片仮名交じり半葉十二行。付訓。匡郭の内寸22.3～22.6糎程度（丁ごとに差あり）。界線無し。版心は中黒口・花口魚尾。枠は双辺匡郭を基本とするが、以下の計二十五丁分は単辺匡郭。

巻第13「八」丁、巻第15「廿四」丁、巻第16「三」・「九」・「十二～十四」・「十八」・「廿三」丁、巻第19「目録」・「二」丁、巻第20「三」・「十二」・「十四」・「十六」・「廿二」丁、巻第27「五」・「十八～十九」丁、巻第28「四」・「七」・「十四」・「二十八」丁、巻第29「二」・「九」丁

棲息堂文庫本は、各冊上欄に朱白文の「徳藩蔵書」印のある徳山毛利家旧蔵本であり、本文の漢字の字句のあちらこちらに薄桃色の附箋のごとき紙片が貼られている。艶のある朱色のいわゆる丹表紙の本であるが、静嘉堂本の表紙は紺地雷文繋雨竜文様艶出《こんじらいもんつなぎあめりゅうもんようつやだし》であり、中京大学本の表紙は縹色地麻葉繋牡丹唐草文様艶出《はなだいろじあさばつなぎぼたんからくさもんようつやだし》である。三本ともに冊ごとに表紙の擦れや状態が異なるものの、多くの冊に押し八双が確認され、次項のいわゆる無刊記整版本とは、一糎ほど大きさの異なる大本である。

但し、摺刷の状態についてはかなりのばらつきがある。本文の巻第1・2冊から版面を見て行くと、確かに一般的な無刊記整版本とは摺りの状態が異なり、鮮明な印象を受けるのだが、以降の冊へと進んで行くと、例えば巻第19・20冊、巻第25・26冊等は摺りの状態の悪さが目立つ。また、匡郭の枠の欠損が既に多くの丁に見える。稿者が調査した敦賀屋久兵衛奥付本の三本の摺刷が、片仮名整版本が開版された時期とどの程度隔たりがあるのかについては考察が及んでいないが、片仮名整版本は寛永・正保の近世前期よりかなりの数の摺刷を重ねていたことであろう。

三　無刊記整版本概説

藤井隆は、「「源平盛衰記」にはこの古活字版乱版を覆刻した寛永・正保頃の整版本が存する」「その本文の大部分は古活字版の覆刻の感じが明かに出てゐるが、中にどう見ても古活字版の覆刻とは思はれない感じの部分が少からず存在し、且つ又全

体的にも整然と続《（ママ）》一された版式の感じではなく、匡郭の寸法も一糎も差のあるものが存したり、極言するとどうも少くも三種或は四種の類似した版式のものが寄り合つたものと断ぜられる。このことはこの版が、整然と続一された古活字版での覆刻ではなく、乱版そのものに基いた覆刻とする方が自然である」（「古活字版及び乱版に関する二・三の考察」『帝塚山短期大学 紀要』第6号・一九六九年三月）として、本稿に言うところの片仮名整版本に、均一的でない複数の特徴が見出せる点を指摘している。そして片仮名整版本を、後述する古活字を含む乱版を覆刻した本と見る説を提示した。

また、池田敬子は、「元和寛永古活字本は、無刊記片仮名整版本の直接の親本であると思われる」「誤解・誤読箇所も発生してはいるが、あくまで元和寛永古活字本に依り、それを読みやすくするという意図は貫かれており、そのため多数の部数を現在に残し得たと言えよう」（「『源平盛衰記』諸本の基礎的考察」『中研所報』26巻2号・一九九三年七月）と、元和・寛永頃の版行と考えられている無訓の古活字本（高木論文に言う「元和・寛永中刊本」）を版下として、訓を付して版行したものが無刊記整版本であるとの説を提示したが、特に乱版との関係については考察していない。

藤井論稿の説く片仮名整版本とは、恐らく、敦賀屋久兵衛奥付本は含まれない、一般的な無刊記整版本を想定してのものと思われるが、片仮名整版本の中でも最も多くの点数が伝存するであろう無刊記整版本（二百点を超すであろう）は、敦賀屋久兵衛奥付本とは、以下の点等に特徴の相違がある。

表紙：縹色、及び藍色の無地が多い。後印本や覆刻本等には栗皮色、黒色、空押しや刷毛目の模様を有する本もある（何れも原装か）。四針袋綴で、外寸は27.0×19.5糎程度（本ごとに大差あり）。

本文・匡郭：漢字片仮名交じり半葉十二行。付訓。匡郭の内寸21.2～22.8糎程度（丁ごとに大差あり）。界線無し。版心は中黒口・花口魚尾で、特徴的な文様を有する丁がある。枠の単辺・双辺の別は敦賀屋久兵衛奥付本とほぼ同様であるが、巻第7丁付「三」丁が双辺でなく単辺で、計二十六丁分の単辺匡郭丁を有する本が多く存する。

なお、各地に蔵される無刊記整版本は、摺刷の早い本、版面の鮮明な本は極めて少なく、調査の過程において、匡郭の寸法等を以て覆刻本を認定することは極めて困難であり、後刷本・覆刻本の別を示すことも難しいという印象を受けた。

無刊記整版本の中には特異な体裁の本もある。**紅葉山文庫旧蔵内閣文庫蔵本**（167-0049）は、第一冊表紙に「総目録／一二

［図②a］架蔵本巻第11・丁付「二」版心

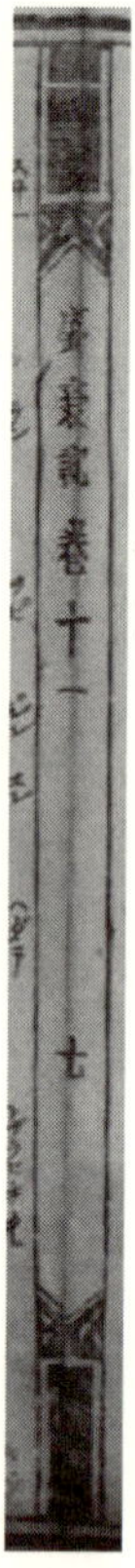
［図②b］架蔵本巻第11・丁付「七」版心

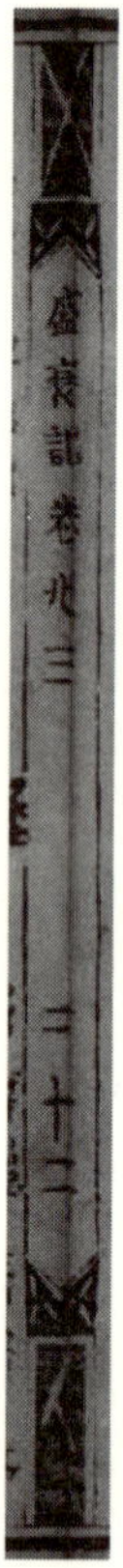
［図②c］架蔵本巻第23・丁付「三十二」版心

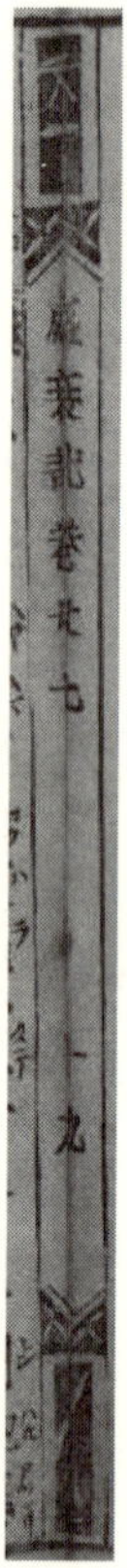
［図②d］架蔵本巻第27・丁付「十九」版心

とあり全冊に題簽が存するものの、目録と巻第1・2とを合綴する全二十四冊である。表紙は明るめの縹色であり押し八双痕も見える（但し一冊目の前表紙のみ他冊に比して明らかに黒ずんでいる）。押し八双は古活字版や寛永期版行物の特徴とも言われるが、同じく押し八双を備え、料紙の質や刷りの鮮明さから比較的、早印のものと見られる**縹色表紙架蔵A本**（巻13・14、巻15・16、巻33・34冊の零本）に比して、版面の刷りの斑や文字の摩滅等からして、とても早印のものとは思われない。紅葉山文庫旧蔵本は全冊の背小口が角裂《かどぎ》レ《れ》様のもので包まれているという、他にあまり例のない装丁でもあり、寛永期頃の表紙を求めて後印本と合わせた改装本の例であろう。

版心については、藍色表紙架蔵B本（巻3～6・巻31～34欠の全二十一冊）から数例を示せば、［図②a～d］のごとく、上下の黒口部に「一／」「一」「×」「人」「天一」「／」などの文様の入った特徴的な版心が複数見られ、その多くは敦賀屋久兵衛奥付本の当該丁の版心にも見える文様であるが、中には敦賀屋久兵衛奥付本とは異なるものもある。架蔵B本は明和三年（一七六六）の識語を有する本であるが、この文様は、寛政八年整版本以下の版に至っても認められる。因みに、元和寛永古活字版の版心には［図②b］のごとく、上魚尾に横一文字の入った模様を有する丁が幾つもあるが、片仮名整版本とは対応しておらず、他の種類の文様は元和寛永古活字版には見られない。

本文については、大半の丁が双辺の匡郭であるが、［図③a］のごとく一部、単辺の丁が含まれる点が注意される。仮に池田論稿の指摘のごとく、匡郭が単辺で統一されている元和寛永古活字版を元としたのであれば、片仮名整版本の本文に付訓し匡郭を双辺化して行く中で漏れたものが二十六丁分の単辺匡郭丁であったと見ることもできよう。但し問題は、［図③b］に掲げた**三原市立図書館櫻山文庫蔵本**（**913.45-G**）や**国立国会図書館蔵本**（**W77-25-N2**）のごとく、巻第7の三丁のみは、匡郭が双辺の本も点数は少ないが存していることである。当該の単辺匡郭丁と双辺匡郭丁とには、両者間に版面の字配りには相違ないものの、付訓の有無、付訓の字句・仮名遣い等に幾つもの相違が認められる。例を挙げれば、以下のごとくである。

（3丁表5～6行）単辺匡郭　去《イン》ジ永-萬元 年ノ春。鳥-羽ノ御-所ニ御-幸アリテ。終日《ヒ子モス》御-遊《ユウ》アリシニ。

双辺匡郭　去シ永《エイ》 萬元-年ノ春。鳥-羽ノ御-所ニ御幸《ゴカウ》アリテ。終日《ヒメモス》御-遊《ユウ》アリシニ。

（3丁裏6行）単辺匡郭　青キ裸《シデ》ヲカキテ。扇ヲ三-本結《ユヒ》立タリ。

双辺匡郭　青キ裸《ホウ》ヲカキテ。扇《アフギ》ヲ三-本結《ムスビ》立タリ。

「終日」の訓は、例えば内閣文庫蔵慶長古活字版に書き入れられた訓は「ヒメモス」であり、寛文五年平仮名整版本も双辺

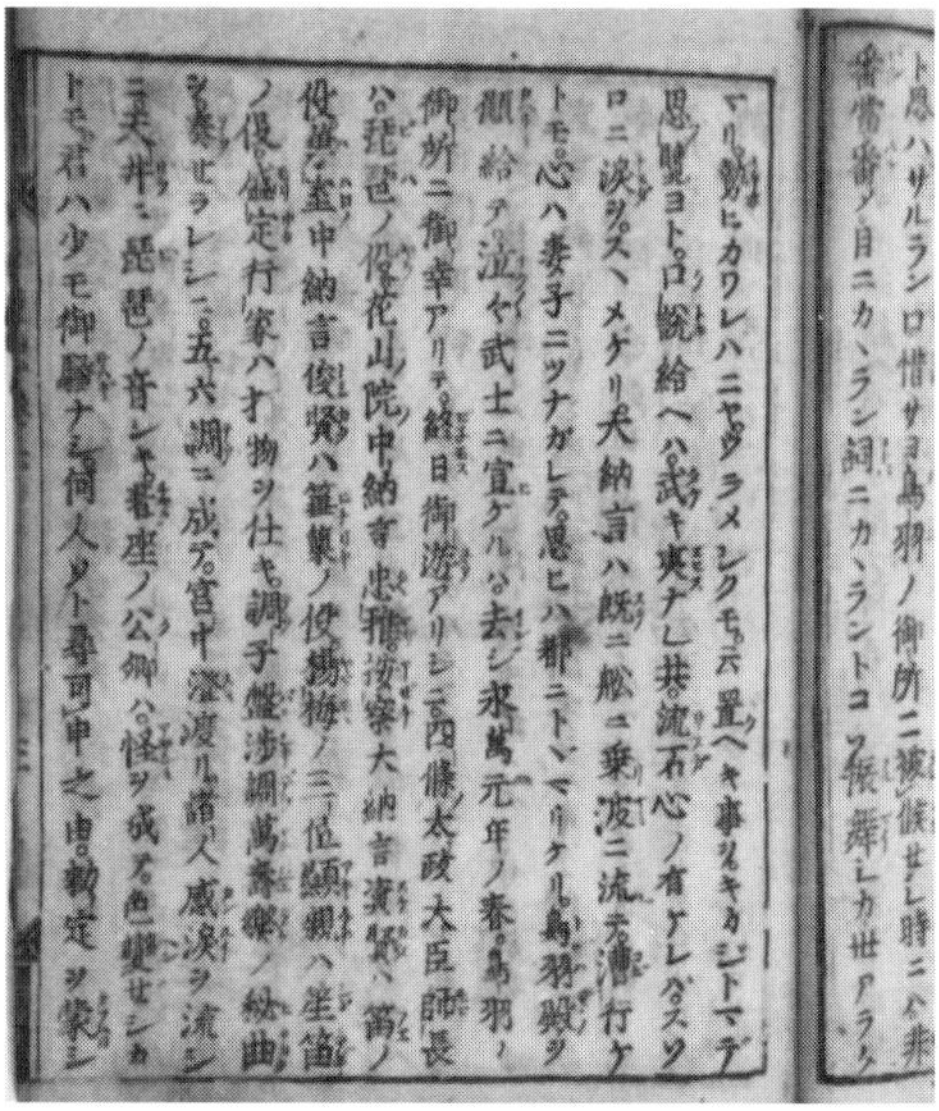

［図③a］架蔵B本巻第7・丁付3表

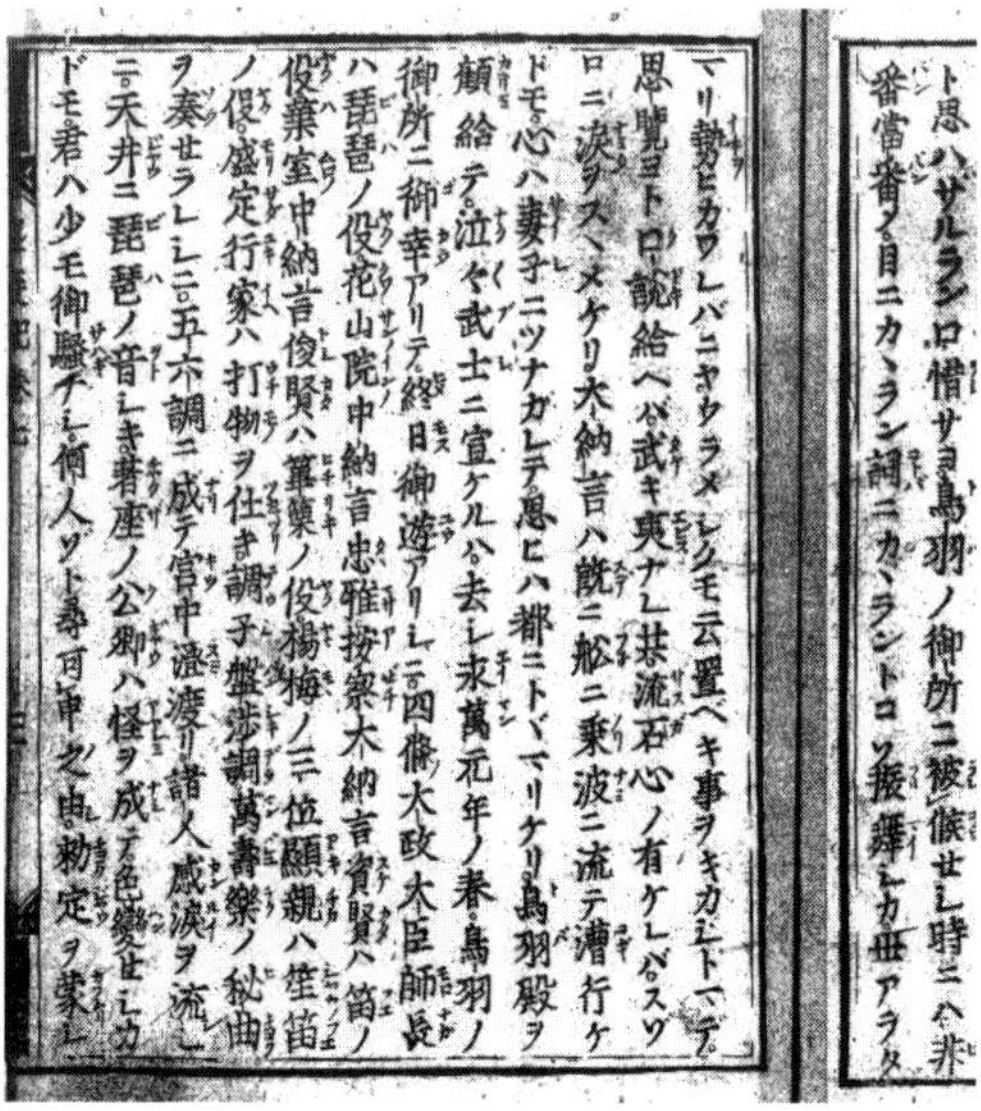

［図③b］櫻山文庫蔵本巻第7・丁付3表

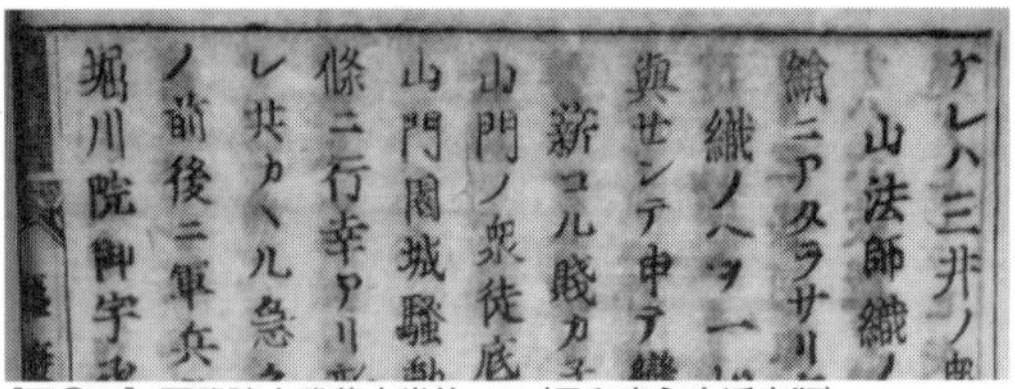
［図④a］國學院大學蔵本巻第14（元和寛永古活字版）

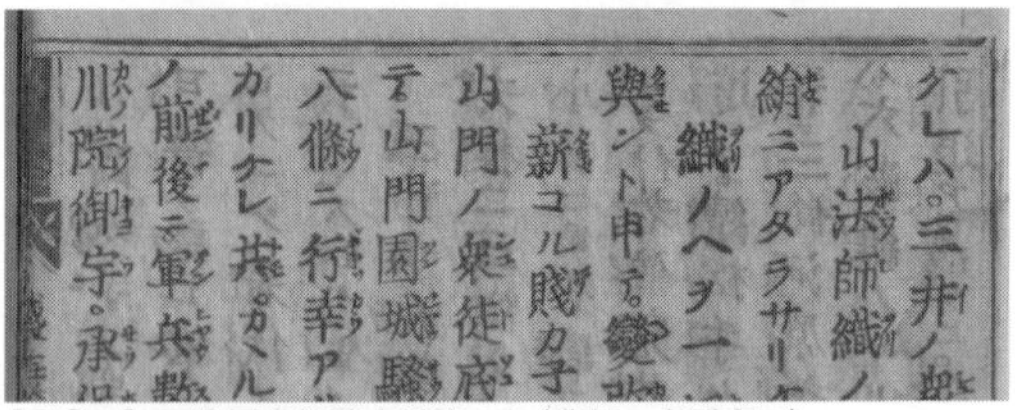
［図④b］国会図書館蔵本巻第14（乱版・古活字丁）

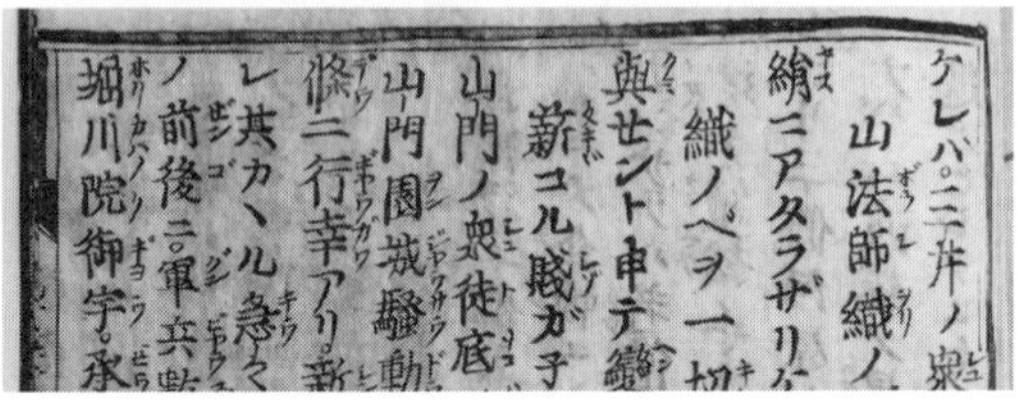
［図④c］架蔵Ａ本巻第14（整版）

丁と同様の「ひめもす」である（但し元禄十四年平仮名整版本は「しうじつ」）。「青キ袷」「結立」の訓も、慶長古活字版の書き入れや平仮名整版本の訓は、双辺匡郭丁の訓に一致し、例外はなくはないものの、丁全体として双辺匡郭丁の訓が他本と一致する傾向にある。

　また注意されるのは、前項の敦賀屋久兵衛奥付本の三本はいずれも双辺匡郭丁であり、かつ乱版の**鶴舞中央図書館蔵本**（河ケ-7）と**国会図書館蔵本**（WA7-258）も、当該丁が双辺匡郭の整版丁であるという点である。詳細の検討は今後に期したいが、敦賀屋久兵衛奥付本や乱版から、無刊記整版の単辺匡郭本が派生したわけではない、或いは両者の版行は同時に並行して行われた関係にあった等、当該丁は、版行の背景や事情を推測し追究する上で鍵となってくる丁の一つであると思われる。

『源平盛衰記』諸本を通じて、漢籍や難語の多い本文をどう訓み下しているかという点は問題であり、何時誰が訓を付したかという点は大きな課題である。単辺匡郭丁が特異な訓を有するものの、伝存する片仮名整版本のうち、圧倒的多数は当該丁が単辺匡郭丁の整版本であるという事実と、双辺匡郭丁の訓の後出性（双辺匡郭丁の付訓から故意に単辺匡郭丁のごとき付訓に改める事由は認め難い）に留意しておきたいと思う。

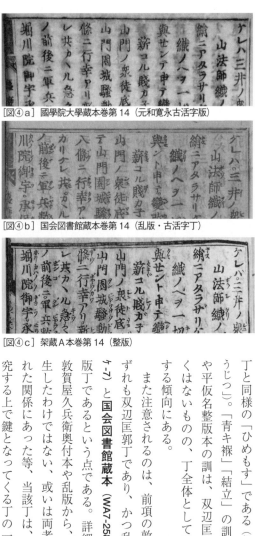

　乱版の版面は、片仮名整版本の成立を考える上で、また付訓の問題を考える上でも、必ず関係してくるため、ここで一言しておきたい。

　まず、片仮名整版本の版下が乱版であったとの藤井論稿の説と、元和寛永古活字本を座右に付訓したとする池田論稿の説であるが、［図④a～c］に元和慶長古活字版・乱版中の古活字丁・片仮名整版本の三本を対照させたように、基本的に何れの本においても、一面内に収められている本文部分が丁を跨いでずれることはないのであるが、一行内の配字、そして表・裏の半葉内に収められる本文部分には相違の見られる冊がある。掲出の巻第14の丁付「十六」表は、歌を三首収めるが、行頭の文字に注目すると、三首目後の八行から十二行にかけて、［図④a］元和寛永古活字本と［図④c］片仮名整版本とは配字が一致するものの、［図④b］乱版とは一致しないことが分かる。同様の傾向は巻第15中の丁付「十三」「十七」にも認められる。もっとも、巻第13の本文を比較してみると、片仮名整版本の配字は、乱版の巻第13中に含まれる古活字丁（計十八丁分）に一致し、元和寛永古活字版の当該丁とは配字が一致しないため、配字に注目すれば、藤井論稿とも池田論稿とも、合致する点としない点とがあるわけである。だが、仮に訓の付されている乱版中の古活字の版面をもとに整版の版面を起こすことを想定した場合、本文にも付訓にも活字を組む制約の無い片仮名整版本が、あえて元和寛永古活字版の版面の配字に戻して、版面を彫り直す理由は見当たらないように思われる。

また、乱版中の古活字丁の付訓等に注目した場合、片仮名整版本と一致しない箇所が多く見られる点も注目される点である。［図⑤a・b］は、巻第13本文の一丁表の冒頭部であるが、この僅か五行を比べても、「源」の字体の相違（一行、内題）、「厳島」の付訓の欠（二行章段名、整版本は「イック　マ」）、「其ノ次一」付訓の仮名遣いの相違（三行、乱版は「ツヒデヲ」整版本は「ツイデヲ」）、「清邦」の付訓の相違（五行、整版本は「キヨクコ」）といった具合に、微細な点ばかりではあるが相違点が幾つも見出せる。「次」の訓の仮名遣いは整版本の方が妥当ではあろうが、他の三箇所については、仮に乱版を版下として整版本の版面が起こされたと想定

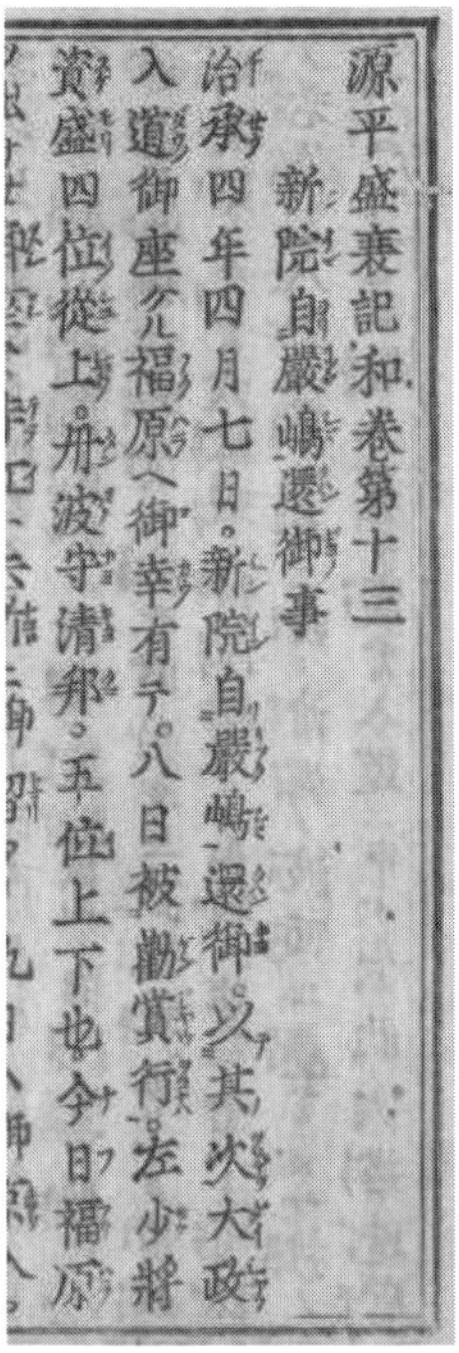
源平盛衰記和巻第十三
新院自厳嶋還御事
治承四年四月七日。新院自厳嶋還御。以其次大政
入道御座ス福原ヘ御幸有テ。八日被勧賞行。左少将
資盛四位従上。册波守清邦。五位上下也。今日福原

［図⑤a］国会図書館蔵本（WA7-274）巻第13・丁付2表（乱版・古活字）

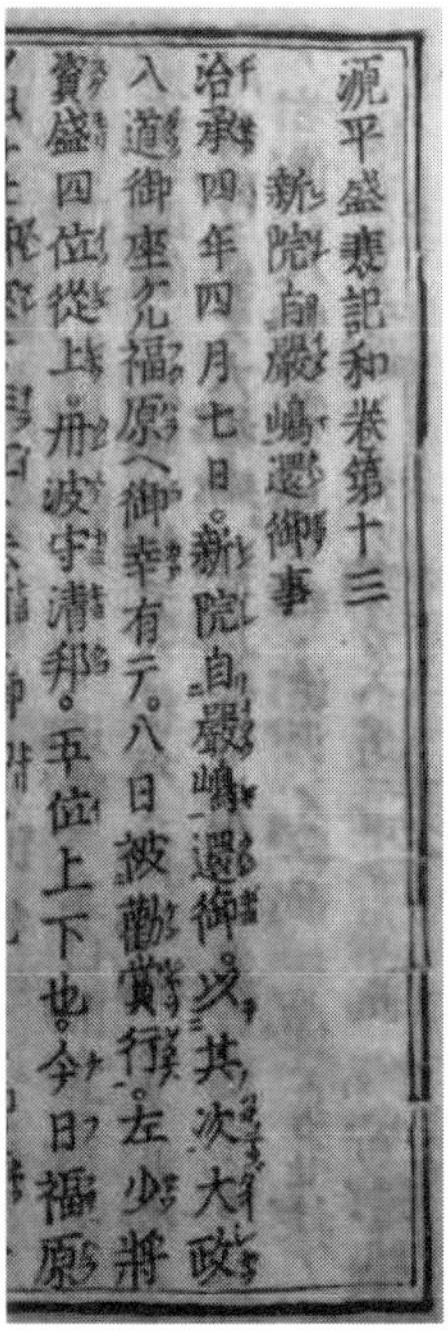
源平盛衰記和巻第十三
新院自厳嶋還御事
治承四年四月七日。新院自厳嶋還御。以其次大政
入道御座ス福原ヘ御幸有テ。八日被勧賞行。左少将
資盛四位従上。册波守清邦。五位上下也。今日福原

［図⑤b］架蔵A本巻第13・丁付2表（整版）

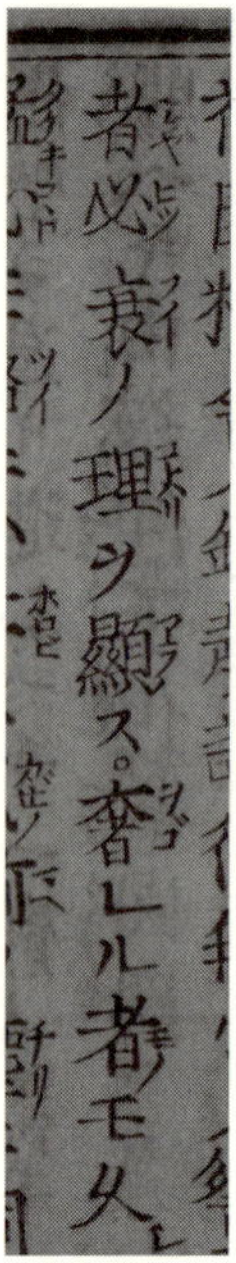

［図⑥a］國學院大學図書館蔵本巻第1・丁付1表4行

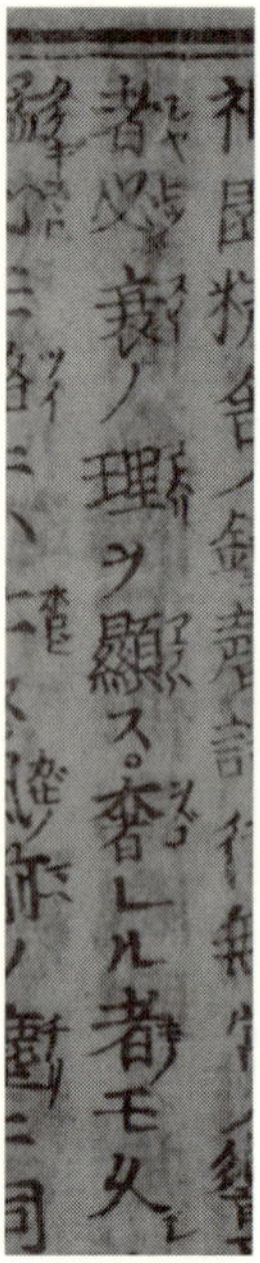

［図⑥b］國學院大學蔵瀬尾源兵衛版行本巻第1・丁付1表4行

した場合は、やはり説明がつかない点が多い。全ての丁について、配字や付訓を検討したわけではないが、片仮名整版本が乱版を覆刻したものであるとする見解は妥当でないと思われる。

片仮名整版本の付訓については、無刊記の片仮名整版本の諸本の中で見出される相違についても問題となる。松尾葦江「源平盛衰記の伝本について」（『中世の文学　源平盛衰記（一）』一九九三年・三弥井書店）は、「ルビの字体などを比較すると、少なくとも二種類以上の異版があるらしい（例えば神宮文庫にある三部は甲類・乙類・その中間形態を示す一本、という風に三種の本文を示す）。しかし、もとは恐らく同一の版から起こしたものであろう」として、片仮名整版本の付訓に注目して甲類・乙類の大別を示し、「寛政八年版はその乙類の後刷らしく、紙も刷りも粗悪である」として、寛政八年整版本は乙類に属するものとの見通しを示した。松尾論稿の見解については、一九九二年三月時点のサンプリング調査（以下、松尾調査）によるメモを稿者は提供されており、また取り合わせ本も想定しうると聞いている。

いま改めて一部の調査を紙焼き写真本で追跡してみたところ、中間形態を示す一本という**神宮文庫蔵本**（5-714）の巻47・48冊は、各丁匡郭の四周が離れている古活字の冊であった。本書所収の高木浩明論文「古活字版『源平盛衰記』の諸版について」に示されている通り、確認されている乱版の巻47・48冊については、目録丁のみ整版であるか、全丁古活字丁であるかの何れかであり、当該の神宮文庫蔵本の巻47・48の一冊は、乱版ということになろうか。目録・巻1～46冊の無刊記整版本二十四冊と乱版の端本とが取り合わされた本なのであろう（巻47・48冊表紙のみ後補の書き題簽であり、第一丁表に他冊に見える印の一種が無い）。

従って、中間形態の一本の想定はひとまず措き、甲類と乙類とについて、いま松尾調査に導かれて確認してみると、相違が指摘されている丁は、巻第1・11・25・41・44・47・48の各巻に渡るのであるが、例えば、巻第1本文の最初の丁から例を掲げると、［図⑥a・b］の相違がある。［図⑥a］**國學院大學図書館蔵本**（913.45:G34）は甲類に相当し、［図⑥b］**國學院大學**

蔵瀬尾源兵衛版行本（913.45:G34）は乙類である。乙類「必衰《ヒッスイ》ノ理《コトハリ》ヲ顕《アラハ》ス」の「必衰」の訓が甲類では「ヒッフイ」、「顕」の訓が「アラノ」となっている。例えば、整版が摺刷を重ねて「ス」や「ハ」の一画が欠損したもの、或いは、付訓部が欠損したものを版下として覆刻したものが甲類であるとも考えられそうであるが、敦賀屋久兵衛奥付本の当該箇所の付訓は甲類と一致している。では敦賀屋久兵衛奥付本は甲類とすべて一致するかと言えば、右の松尾調査の巻二十五の当該箇所は乙類に一致するようである。寛政八年版と乙類が関係していることは確かだと思われるが、片仮名整版本における付訓については、より詳細な比較・検討を重ねる必要がある。

なお、右の［図⑥b］國學院大學蔵本は、［図⑨］のごとく巻第47・48冊の後表紙見返しに「京城書林　瀬尾源兵衛刊行（奎文館）」

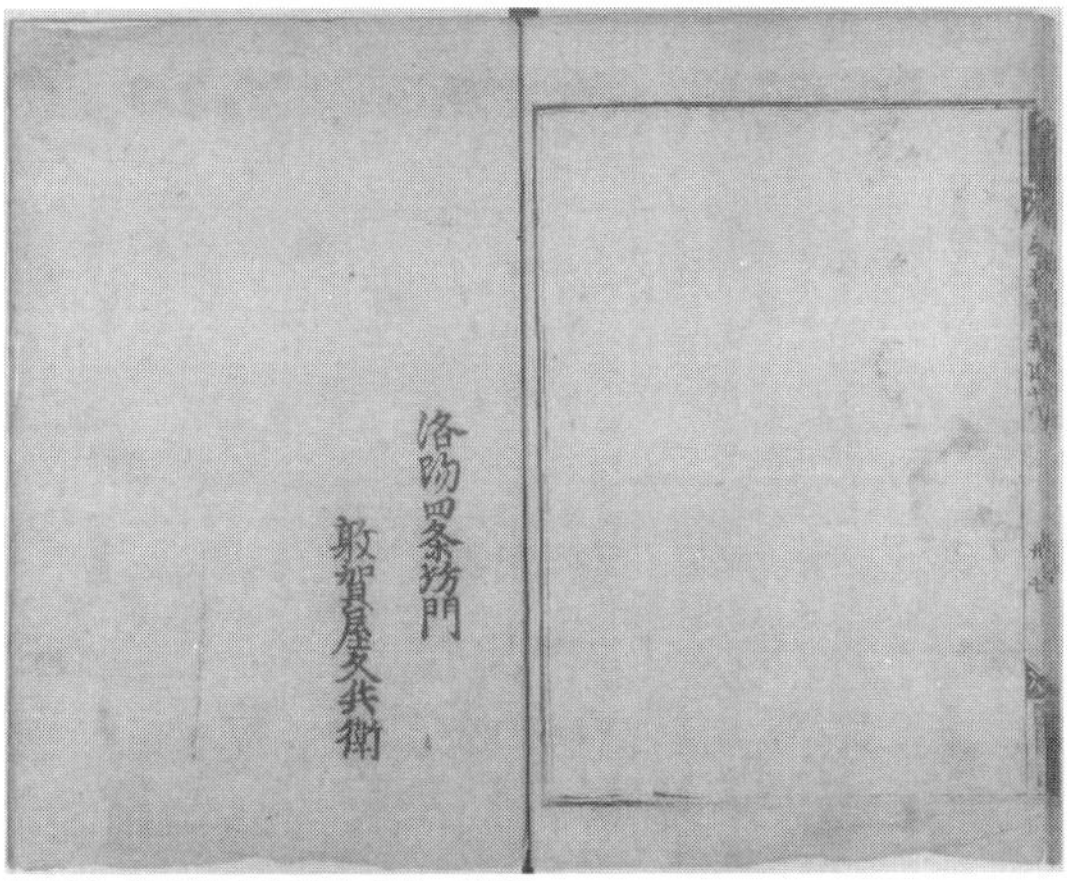

［図⑦］棲息堂文庫蔵本奥付・刊記

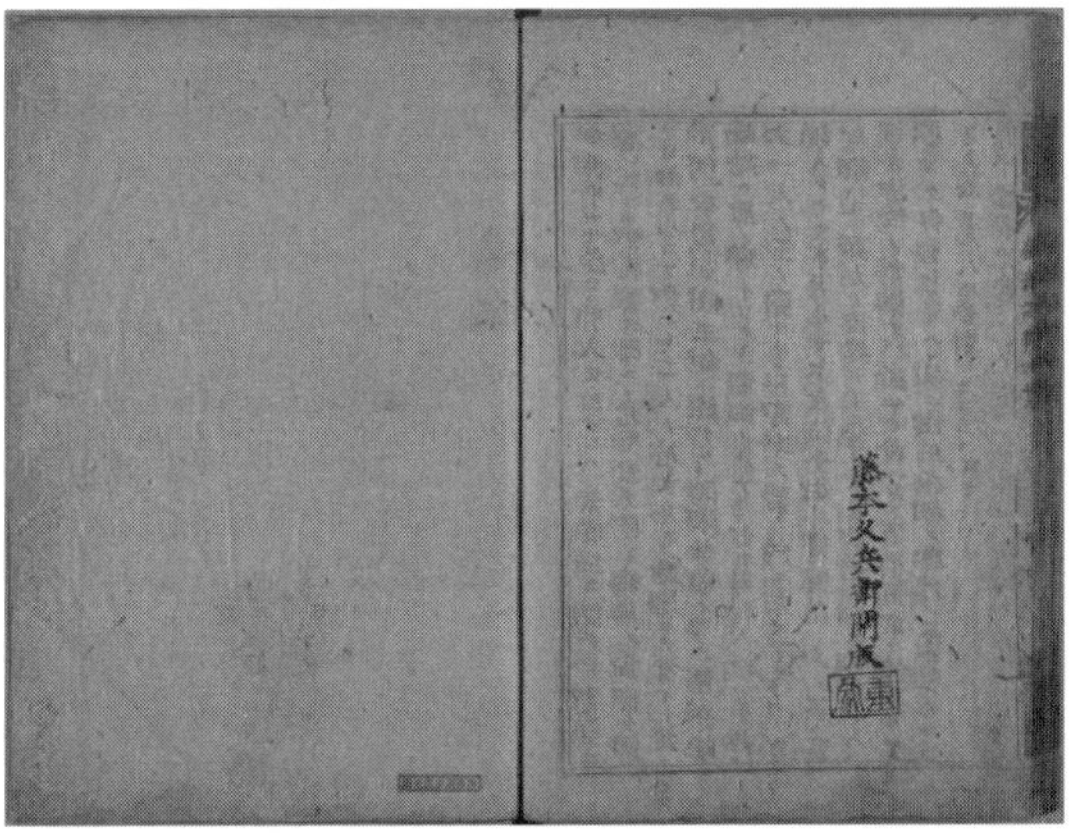
［図⑧］国会図書館蔵本（乱版）奥付・刊記

［図⑨］國學院大學蔵瀬尾源兵衛版行本奥付・刊記

と刷る。見返しに書肆の名が刷られているという点は敦賀屋久兵衛奥付本［図⑦］と同様であり、瀬尾源兵衛が実際に版行したものか、或いは製本や売り出しに関わっただけなのかは知れないが、敦賀屋久兵衛奥付本と同様の奥付式をとる本として注目される（國學院大學研究開発推進機構校史・学術資産研究センター編『國學院大學所蔵古典籍解題 中世散文文学篇』二〇一四年　参照）。

また、［図⑧］の**国会図書館蔵乱版（WA7-274）**は、巻第48本文最終丁の裏に「藤本久兵衛開版（重家）」と、奥付（刊記）が押捺されているという。敦賀屋久兵衛奥付本と同様に、大きさ28.5糎という大本であり、詳細は全く不明の書肆であるが、敦賀屋と同じく「久兵衛」を名乗る。今後、乱版本文や付訓との比較・検討を進める上で注意しておきたいと思う。

四　寛政八年整版本・寛政八年整版関連本概説

版行年が刻された片仮名整版本が初めに摺刷されたのは、寛政八年（一七九六）のことである。無刊記整版本の巻第48は、丁付「廿七」表の十二行目に尾題が来るため、裏は双辺匡郭の枠のみ刷られていたが、その本文のない裏面に［図⑩］［図⑪］のごとく「寛政丙辰蒲月既朔／京師六角通御幸町西江入町／書林　茨城多左衛門方正」と版行年と書肆の名が刷られた。寛政八年整版本は、前掲の松尾論稿が乙類の無刊記整版本の後刷であると指摘しており、その類の無刊記整版本の後刷・覆刻本と見られる。藍色表紙に、題簽の字体も無刊記整版本と同様であるが、概して料紙の質が悪く刷りの良いものも見当たらないが、伝存数は多く版を重ねたと見られる。初刷の寛政八年版の巻第47・48冊の後表紙見返しには枠も刊記や広告等も刷られてはいないが、後表紙見返しに様々な版行年や関係した書肆が刷られた本が幾種類も確認される。詳細な調査・検討には及んでいないものの、寛政八年版行本とその後刷・覆刻本との間には、無刊記整版本の甲本・乙本間のような付訓等の相違は見られないようである。

架蔵天保十年版行本は、「歴代事跡図 折本壱帖」以下の広告後に、「天保十己亥年／江戸浅草茅町二丁目 須原屋伊八／大阪心斎橋博労町 伊丹屋善兵衛」と、寛政八年茨城版の後刷であることを明示して、江戸・大阪二都の書肆が天保十年（一八三九）に版行したものであり、題簽の字体も寛政八年版行本と相違ない。摺刷を重ねて版木の摩滅が進んでいるらしく、刷りの状態は良くない。

この天保十年版よりも少し版行が後れるかと見られる本に、［図⑪］の**静岡県立中央図書館葵文庫蔵本**（K082-7）や**東北大学付属図書館狩野文庫蔵本**（4-11578-25）等がある。巻第47・48冊の後表紙見返しには、伊丹屋善兵衛をはじめ、江戸須原屋茂兵衛・京都出雲寺文治郎・肥前紙屋惣右衛門ほか十書肆が名を列ねている。これらの書肆が名を列ねた嘉永年間の版行物が数点確認され、また伊丹屋善兵衛の住所が「大坂心斎橋通南久宝寺町」に移っていることから、おおよその版行年が推測されるが（井上隆明『日本書誌学大系 改訂増補 近世書林板元総覧』等参照）、この頃の版行には三都の書肆ばかりでなく、肥前佐賀の書肆も見える。但しこの伊丹屋善兵衛らの版は、天保十年版に比して版面の劣化が顕著であり、巻第13の十三丁表・裏の版面には中心よりやや下方に、次の十四丁表・裏の版面にはやや上方に、本文の摺刷を遮断するかのように線が見え、本文も部分的には消えており（後掲［図⑰］参照）、この十三・十四の丁を両面に

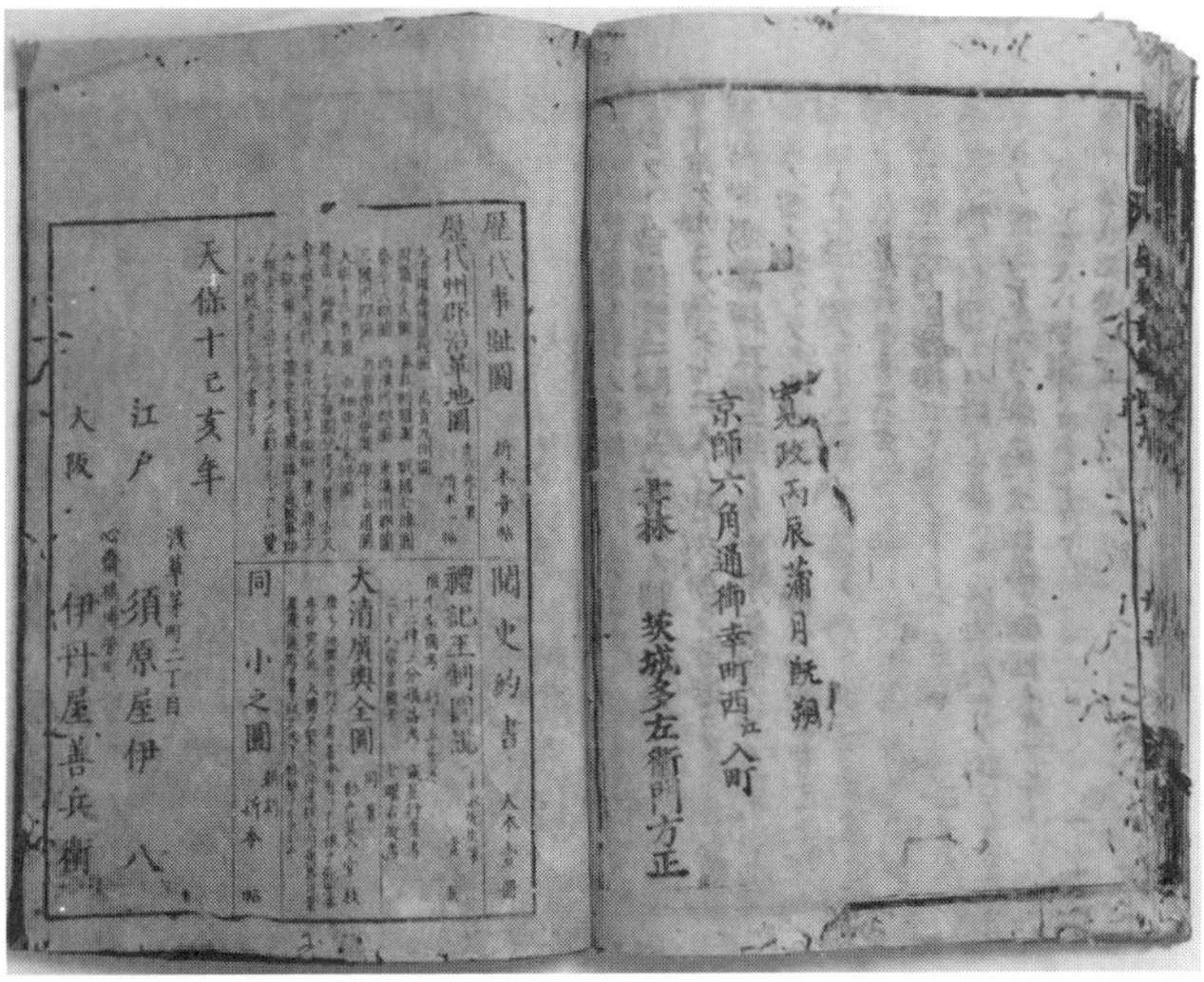
寛政丙辰蒲月既望
京師六角通御幸町西ヘ入町
書林 茨城多左衛門方正
天保十己亥年
江戸 須原屋伊八
大阪 伊丹屋善兵衛

［図⑩］架蔵本巻第47・48冊広告・刊記

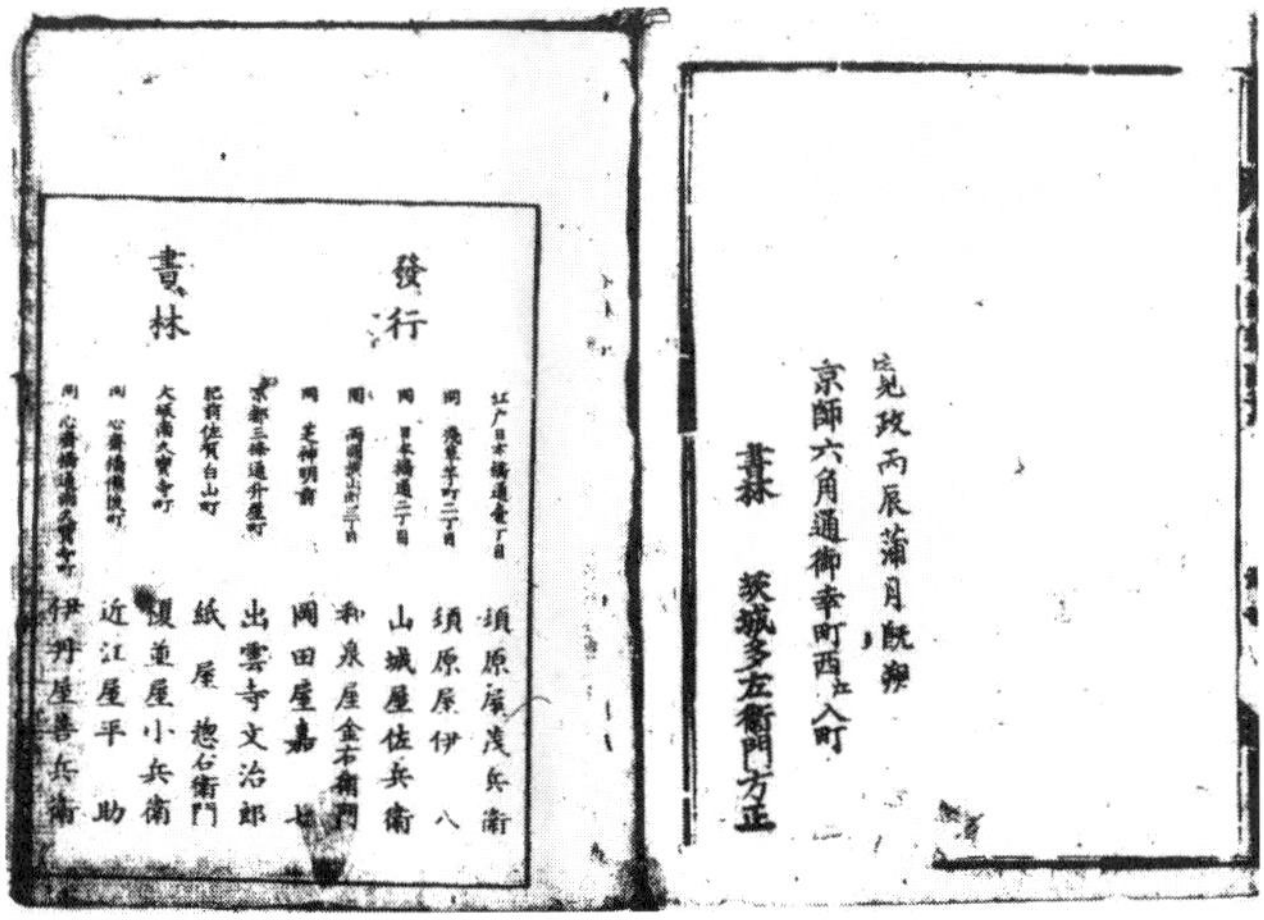
寛政丙辰蒲月既望
京師六角通御幸町西ヘ入町
書林 茨城多左衛門方正
發行
書林

［図⑪］葵文庫蔵本巻第47・48冊刊記

〔図⑫〕一高文庫本巻第47・48冊刊記

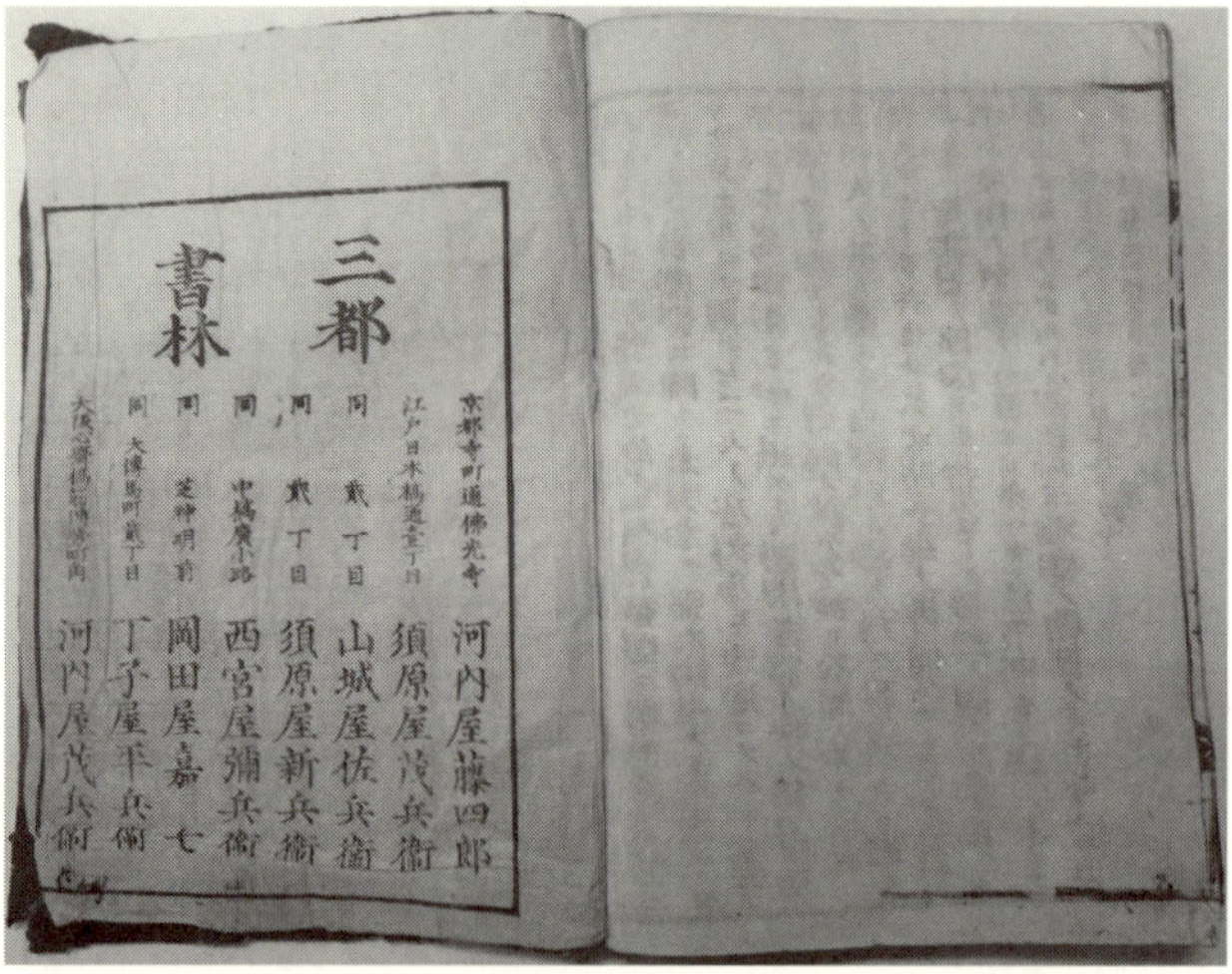

刻した版木が上下に真っ二つに割れた痕が見える。版木がこのような状態になっても改刻はされずに摺刷を重ねたらしい。

　但し、この伊丹屋善兵衛らの版に少し先行する版行と見られるのが、**東京大学駒場図書館一高文庫蔵本**（三-い-95）である。〔図⑫〕のごとく、一高文庫蔵本は寛政八年茨城版の刊記の部分を除いており、後表紙の見返しには共同で版行に関わった書肆の名前が並ぶ。本文は松尾のサンプリング調査の乙類と重なることから、寛政八年版行本の後刷・覆刻本と見てよいと思われる。大阪の河内屋茂兵衛以下、名を列ねるのはそれぞれ、江戸後期から明治期にかけて版行された書物の刊記にしばしば見える三都の書肆であるが、江戸の丁子屋平兵衛が「大伝馬町二丁目」に転居したのは天保十三年（一八四二）頃と言われることからも（『日本古典籍書誌学辞典』藤沢毅担当「丁子屋平兵衛」項参照）、天保十年版よりは後れよう。この一高文庫蔵本が注意されるのは、〔図⑬〕のごとく、深い藍色表紙に無刊記整版本・寛政八年整版本とは異なる字体の刷題簽で「補刻」と刷られている点である。前述の通り寛政八年版の刷りは悪く、後刷・覆刻本の版面が刷りを重ねて劣化して行っている様は顕著であり、一見、補刻がなされても不思議はないように思われるが、その版面を見ると、例えば〔図⑭〕のごとく、もはや本文を読むことさえままならない丁も見られ、摺刷を重ねるのに任せ、部分的な入れ木や改刻がなされた形跡も見出せないようである。「補刻」とは、流通上の書肆の表向きの広告に過ぎなかったのではないかとさえ疑われる。

　しかし、改めて一高文庫蔵本の版面と伊丹屋善兵衛らが版行した葵文庫蔵本の版面とを並べてみると、共に版面の摩耗・劣化箇所はおおよそ対応しており、丁によっては葵文庫蔵本の方が刷りの悪さや版面の劣化が顕著に見える箇所があり、一高文庫蔵本より摺刷が後であると思われる。各版面のより詳細な調査は必要であろうが、片や刷題簽に補刻を称して版行された本が、それより後には補刻を称することなく、寛政八年整版本の後刷であると謳って九州の書肆までも摺刷に関わっていったことが推定され、片仮名整版本の複雑な摺刷過程と流通経路が窺えるようである。

なお刷題簽の字形については、**青森県立図書館工藤文庫蔵本**（ｲ913-G）は盛岡大畑木村屋の蔵書印が捺されているが、[図⑮]のように、他の寛政八年整版本とは異なる刷題簽を有しており、同様の題簽が**岐阜大学附属図書館蔵本**（913.45-6,1-1658）にも見える。工藤文庫本、岐阜大学本共に目録冊を欠くが、工藤文庫本の巻第1・2冊の後表紙見返しには、「尓時安政二乙卯歳五月大阪有田屋手船象通丸江註文」と所蔵者の入手時期と経路に関する補記があり、巻第47・48冊の後表紙見返しには、「右合巻弐拾四冊」とあるから当初から全二十四冊であったらしい。寛政八年版の後刷・覆刻本は、江戸末期の大阪の書肆からは本文篇のみ二十四冊の形態で流通していた例もあったようである。因みに、他に確認している字形の異なる刷題簽としては、文化八年（一八一一）補修の識語のある**教部省旧蔵内閣文庫蔵本**（204-0008）がある（但し同本に寛政八年茨城版の刊記はなく、本文から見ても寛政八年版の後刷・覆刻本ではなかろう）。

[図⑬] 一高文庫本巻第47・48冊表紙題簽

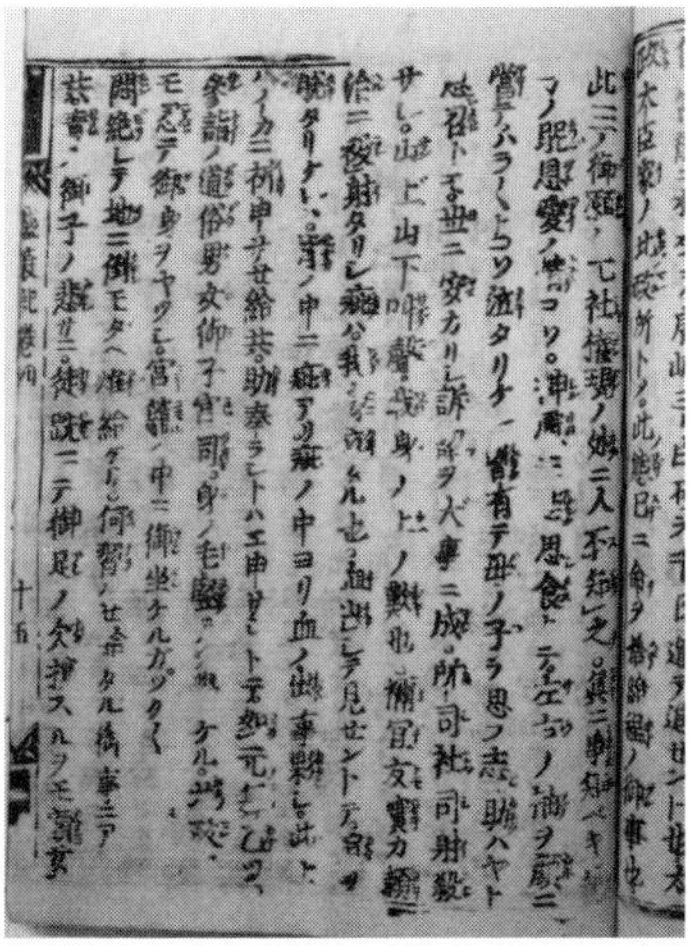
[図⑭] 一高文庫蔵本巻第4・15丁表

[図⑮] 工藤文庫本巻第47・48冊表紙題簽（冊次等は後筆）

以上の諸版以外にも、『国書総目録』には、延岡内藤家に文政六年（一八二三）版が蔵されているとの情報があり、また調査の過程で、文政八年求版の片仮名整版本の売り立て情報に接したこともある。いずれも実見・調査には至っていないが、寛政八年整版本以降も江戸末期まで、諸種の刊記等を有する後印・覆刻本が摺刷されたことが想定され、『源平盛衰記』片仮名整版本の広範な需要と複雑な流通の様相が窺えるように思われる。そうした過程には、類版（海賊版）もあったのかも知れない。

五　片仮名整版本の終焉――近代の『源平盛衰記』本文の版行へ

片仮名整版本は、前項の一高文庫蔵本と同様に「補刻」刷題簽を備えた表紙で明治期に入ってもなお版行を重ねていた。[図⑯]の**太政官文庫旧蔵内閣文庫蔵本**（**167-45**）のように、後表紙の見返しに刷られた刊記に「文栄堂蔵版／東区南久宝寺丁四丁目八番地／阪府書林 前川善兵衛」と見え、大阪に府政が布かれた明治期に入ってからの版行であったことが知れる。同様に「補刻」の刷題簽を有する片仮名整版本が各地に伝存しているようであるが、太政官文庫旧蔵本が、寛政八年茨城版の後印であることを示して刷られているのに対して、**神戸女子大学図書館石原文庫蔵本**（**914.434-Ge**）は、太政官文庫旧蔵本と同様に見返しに前川の刊記を有するものの、寛政八年茨城版の刊記は刷られていない。

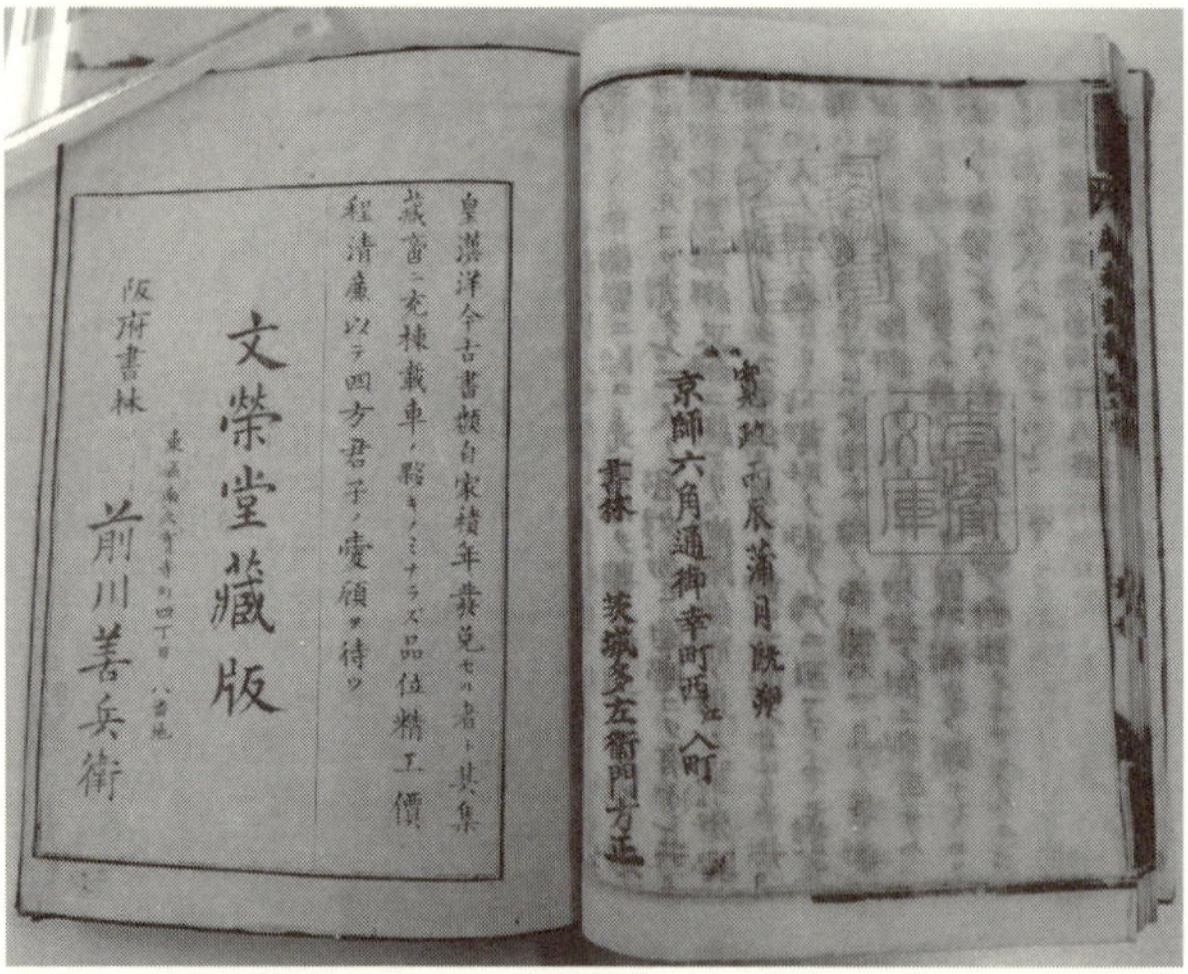
文榮堂蔵版
阪府書林　前川善兵衛
寛政八丙辰蒲月既望
京師六角通御幸町西ヘ入町
書林　茨城多左衛門方正

［図⑯］内務省旧蔵本巻第 47・48 冊刊記

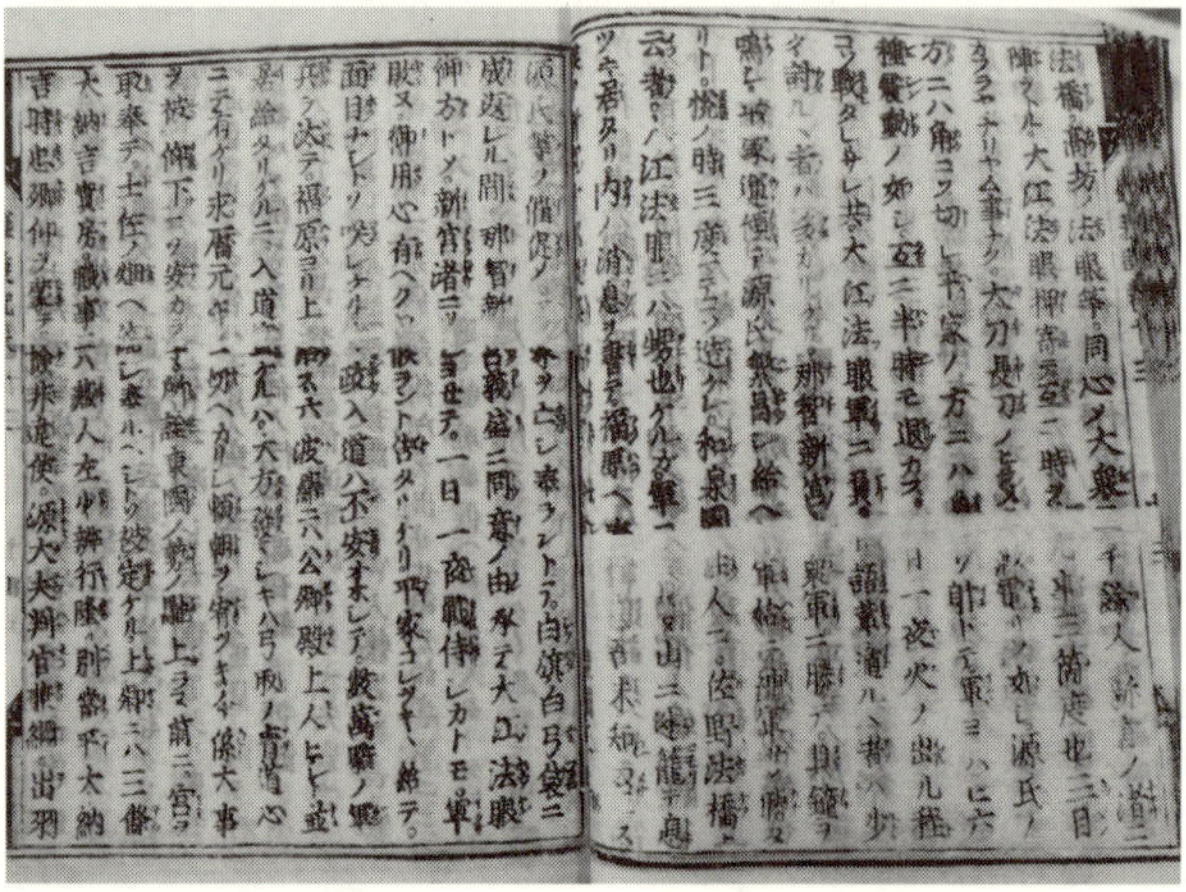

［図⑰］内務省旧蔵本巻第 13・13 丁裏～ 14 丁表

片仮名整版本『源平盛衰記』の版行を最後まで手がけていたのは、この前川善兵衛であったろう。江戸後期から寛政八年版の後刷・覆刻本等の版行に携わっていた伊丹屋善兵衛は、前川姓の文栄堂を称し、文化期以降、大阪の版木市を取り仕切っていたというが（『日本古典籍書誌学辞典』鈴木俊幸担当「板木市」項等参照）、その伊丹屋（前川）善兵衛による版行の終わりは、おおよそ明治十年代後半のことと推定される。明治十六年（一八八三）六月版行『絵本石山軍記』第二編巻之十（早稲田大学図書館蔵）巻末に載る大阪伊丹屋善兵衛の「軍書小説類蔵板目録」冒頭に「源平盛衰記 片仮名 廿五冊」と見えることから、前川文栄堂版は、少なくともこの頃までは片仮名整版本の版行を続けていたと思われる。

一方、時をちょうど同じくして東京では、明治十六年九月から十八年一月にかけ、［図⑱］の和装本の『重訂 源平盛衰記』が報告社から版行されていた。戯作者の渡邊文京義方が同書序文に、「煩簡能く其宜きに適ひ、文程通俗にして婦女童幼にも読み易く解し得るは源平盛衰記に如くものなし、されど此書は昔日木版のまゝにして世上未翻刻の挙あらざれば其書多からず、其値価極めて貴し」と説き、「源平時代の盛衰」を知る良書として、片仮名整版本にかなり忠実な本文を有する近代活字版が版行された。同書の所蔵は、**内閣文庫蔵本**（167-0057）と**国会図書館蔵本**（特40-149）の二点を知るが、いずれも巻第24までを収めた第八冊目までの所蔵である。同書第一冊には序文に続けて「惣目録」を収め、巻第25以降を収める七冊の版行が企図されていたと思われるが、明治十年代後半は、「絵本」を称する『源平盛衰記』が各種版行され始めた時期に当たるため、『重訂 源平盛衰記』の版行は中絶した可能性もあろう。

［図⑱］内閣文庫蔵『重訂源平盛衰記 一』表紙

明治四十三年（一九一〇）には、『源平盛衰記』の「善本」を謳って、内閣文庫蔵慶長古活字本を底本にした国民文庫本が版行され、大正期に入ると、種村宗八が「版本に良書なし」として『源平盛衰記』本文に対する検討や研究を提唱するに至る（『通俗日本全史　源平盛衰記』早稲田大学出版部・一九九二年）。

片仮名整版本の版行は、大阪の前川版をもって終焉を迎え、その本文を求める動きも、同時期に東京で版行された『重訂 源平盛衰記』をもって止んだと見てよいだろう。

片仮名整版本について、その形態面を概観し、版行の流れを追跡してみたが、『源平盛衰記』本文の訓みの問題に関しても、また乱版等の古活字本の成立の問題に関しても、片仮名整版本の成立・版行の経緯は、少なからず示唆するものがあるはずである。今後は、付訓や表記等を含めた、片仮名整版本本文の詳細な分析が必要となってこよう。また、摺刷を重ね、判読に耐えない丁を有したまま、それでも補刻を称して粗悪な刷りの本を捌いていた書肆もさることながら、棚飾本というわけでもないだろうが、片仮名整版本を求める動きは近世期を通して、あったわけである。改めて、片仮名整版本『源平盛衰記』の意義を多角的に検討して行くべきではなかろうか。

付記

諸本の閲覧調査・図版掲載の許可を賜った諸機関にあつく御礼申し上げる。なお一部の諸本調査に、平成26年度国文学研究資料基幹研究「日本古典文学における〈中央〉と〈地方〉」（研究代表者：寺島恒世）より助成を受けた。

4 源平盛衰記 絵入版本の展開

山本岳史

一 はじめに

源平盛衰記の絵入版本は、版種の違いによって次の二つに大別される。[注1]

1 絵入整版本　a 寛文五年版（一六六五）（平仮名交り）

b 延宝八年版（一六八〇）

（aの後刷。最終巻の末尾一丁のみをさしかえ、刊記を変えている）

2 横本　a 元禄十四年版（一七〇一）

（傍注・絵入、平仮名交り。1の絵とは相違）

b 宝永四年版（一七〇七）

（aの後刷。但し刊記により三種以上の刷がある）

ここでは、右の分類にしたがって、寛文五年版・延宝八年版、元禄十四年版・宝永四年版に分けて、それぞれの版種の特徴について概観していく。併せて源平盛衰記の絵入版本の関連作品として、寛政期に出版された読本《よみほん》、『源平盛衰記図会』も取り上げる。

二　寛文五年版・延宝八年版

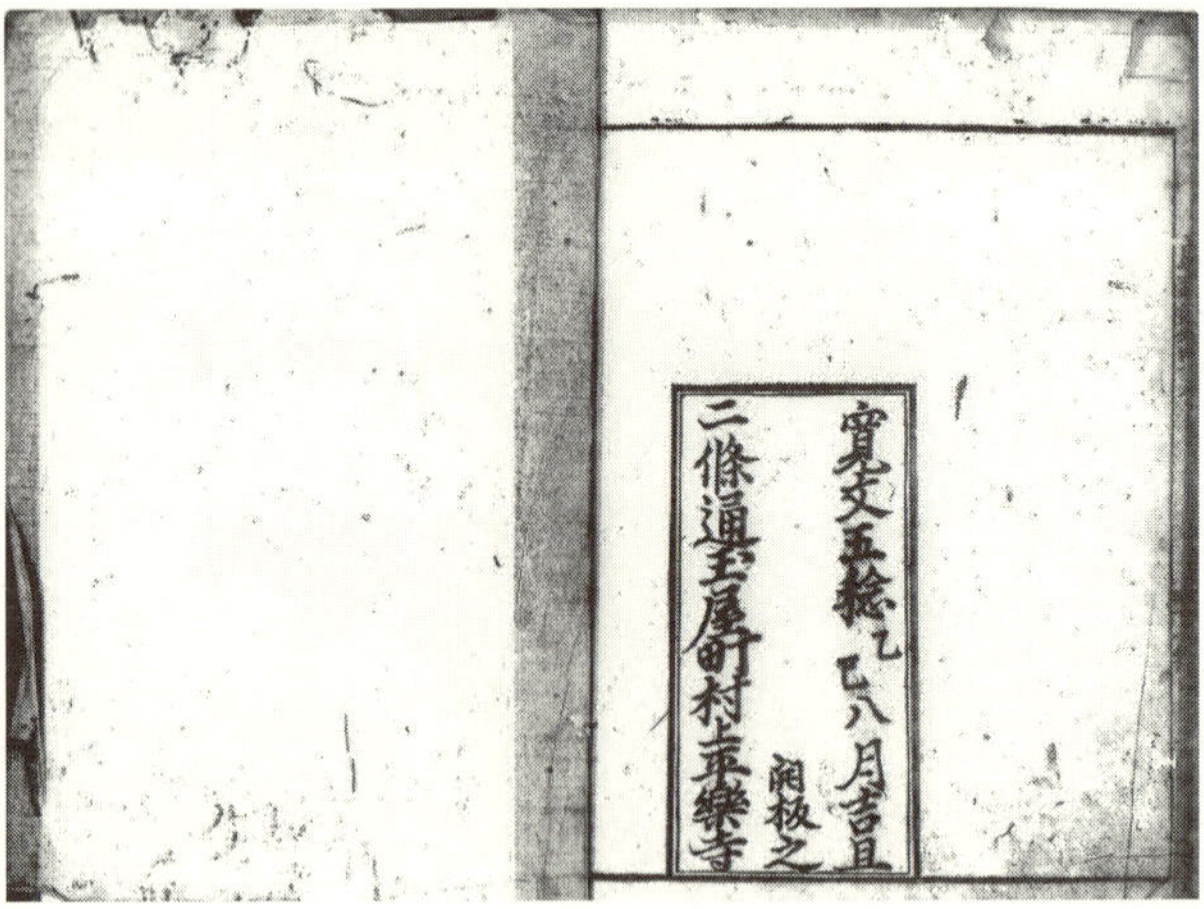

図①　寛文五年版　刊記（杵築市立図書館蔵）

寛文五年版は、はじめて出版された源平盛衰記の絵入本である。それと同時にはじめて出版された漢字平仮名交じり本でもある。刊記に「寛文五稔乙巳八月吉旦／開板之／二條通玉屋町村上平樂寺」とあり（図①）、「村上平楽寺」こと、村上勘兵衛が京都で開板したことがわかる。村上平楽寺は、日蓮宗の仏書を中心に、さまざまな分野の書物を扱う有力な書肆であった。[注2] 軍記物語についていえば、村上平楽寺は寛文五年版『源平盛衰記』の他に、寛永七年版『平家物語』を出版している。

寛文五年版には見開きの挿絵はなく、丁の表裏にそれぞれ一図ずつ入る。挿絵の入る前丁の版心に「次ゑの一」などの指示があり、挿絵の入る箇所が決まっている。出口久徳は、寛文五年版『源平盛衰記』の挿絵について、本文の個々の表現を逐語訳していくかのように挿絵を描くことや複数の挿絵を連続することで物語の展開を表すといった特徴があるという。さらに巻十五「宇治合戦付頼政最後の事」の挿絵（図②）が、画面上部に平等院にいる以仁王を、雲で間を区切って画面下部に合戦の準備をする武士をそれぞれ描いているように、一図の中に二つの場面を描いて同時進行の出来事であることを表現する手法が見られることを明らかにした。またこの時代の絵入本の挿絵には、一目でその人とわかるように定型化した姿形で描かれる人物がいる。たとえば武蔵坊弁慶は、七つ道具を背負い、やや黒っぽい顔で描かれることで、すぐに弁慶だと特定できる。寛文五年版では源頼朝はどの場面でも必ず立烏帽子を被っており、他の登場人物とははっきり描き分けがなされ、定型化している（図③）。出口はこの表現方法から、寛文五年版には頼朝の動向に注目する姿勢がうかがえるとして、江戸幕府につらなる鎌倉幕府成立の歴史を記したテキストとして認識されていた可能性があると指摘する。▼注3

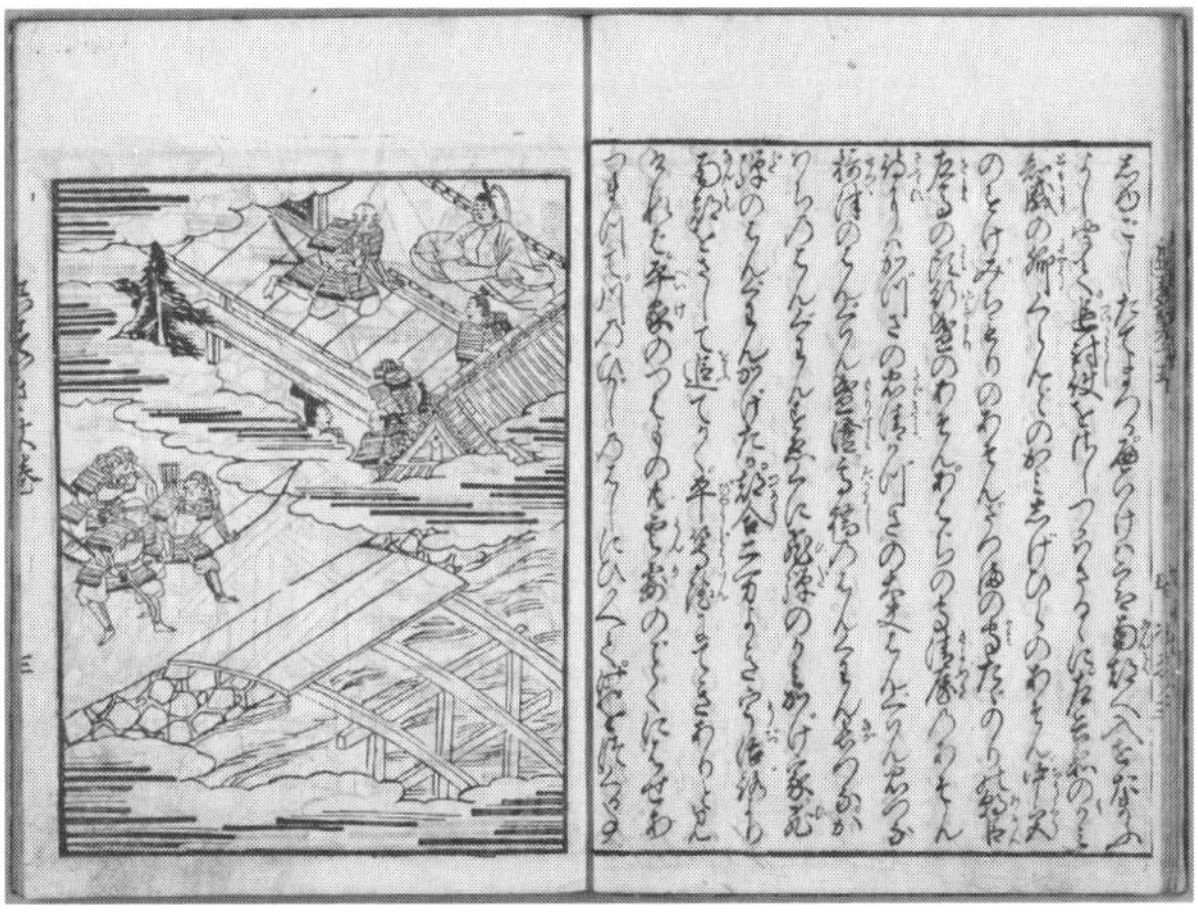

図② 寛文五年版 巻十五「宇治合戦付頼政最後の事」（杵築市立図書館蔵）

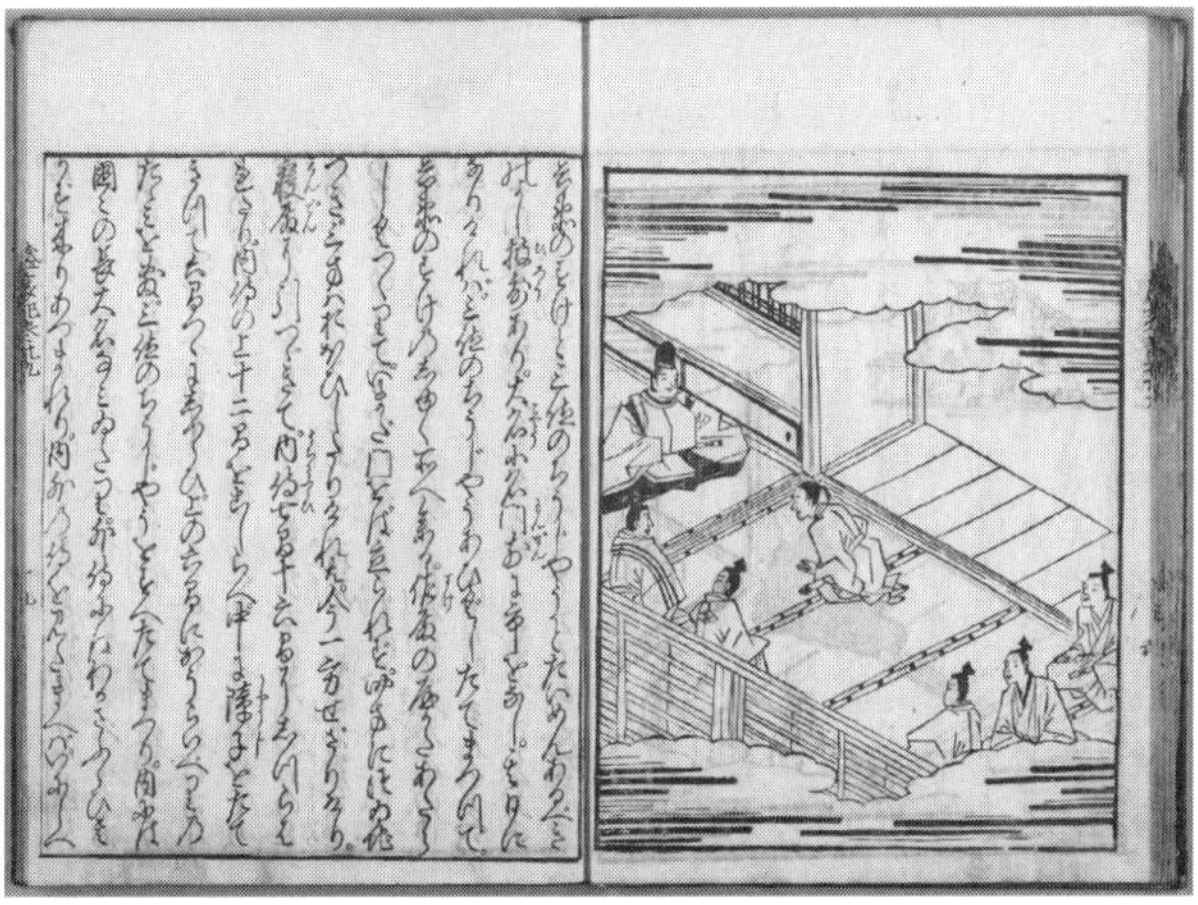

図③ 寛文五年版 巻三十九「頼朝重衡に対面の事」（杵築市立図書館蔵）

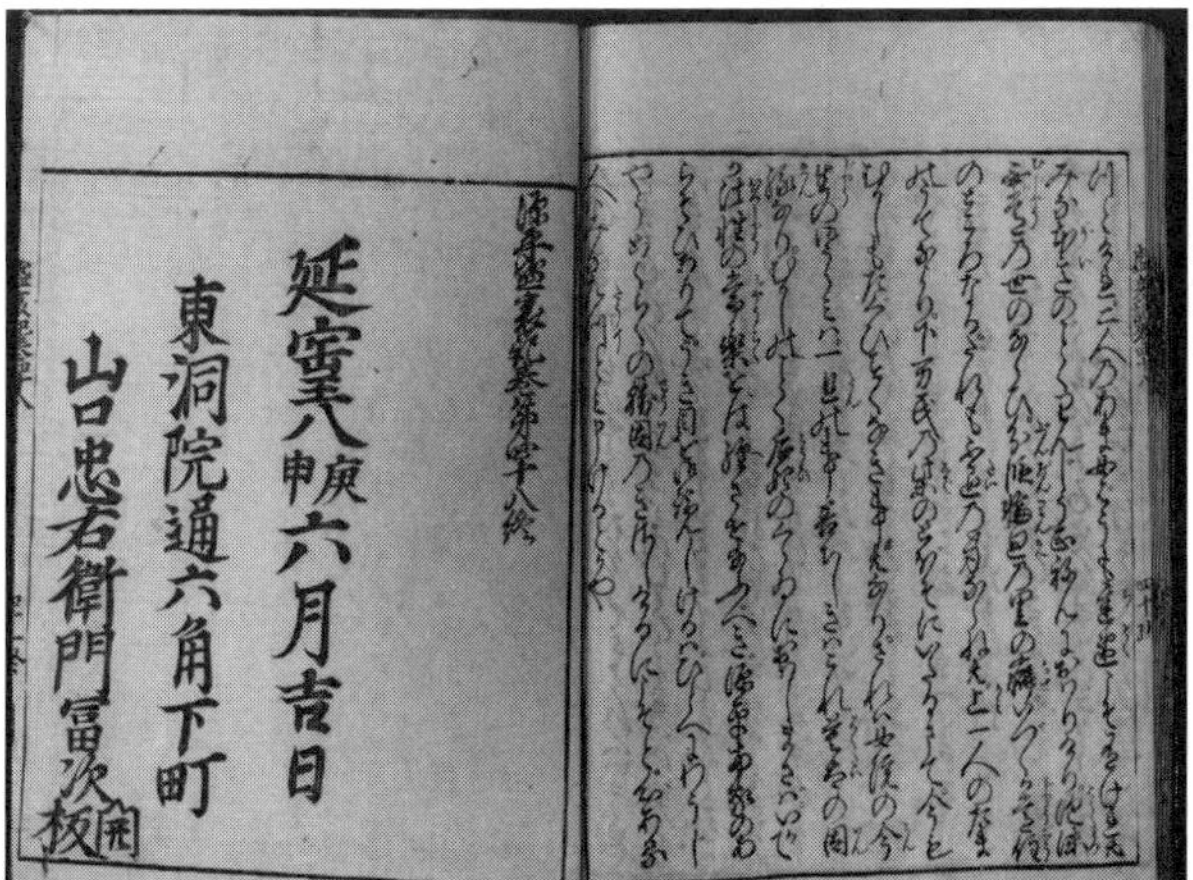

図④ 延宝八年版 刊記（國學院大學図書館蔵）

延宝八年版は、寛文五年版の後刷りで、刊記部分の丁のみを差し替えて出版されたものである。本文、挿絵ともに寛文五年版に基づいている。刊記は「延寶八庚申六月吉日／東洞院通六角下町／山口忠右衛門冨次開板」（図④）とある。

三　元禄十四年版・宝永四年版

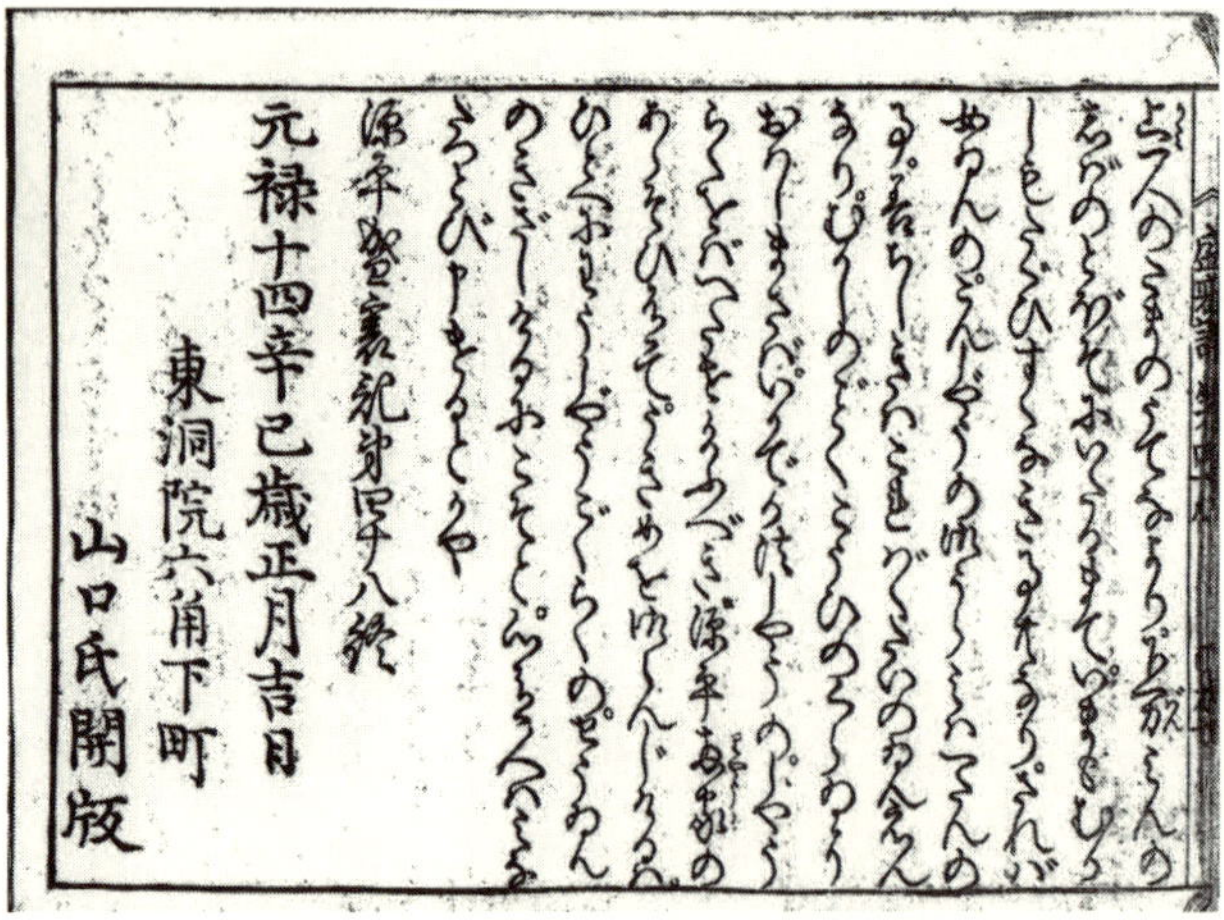
源平盛衰記巻四十八終
元禄十四辛巳歳正月吉日
東洞院六角下町
山口氏開版

図⑤　元禄十四年版　刊記（もりおか歴史文化館蔵）

元禄十四年版は、横本の絵入版本である。[注4] 刊記は「元禄十四辛已《ママ》歳正月吉日／東洞院六角下町／山口氏開版」（図⑤）とある。元禄十四年版は、各巻目録に章段名と「大意」と題した章段ごとの要約文を掲げる点に特徴がある。本文と挿絵の丁付は同じ。挿絵は半葉と見開き両方あるが、圧倒的に半葉の挿絵が多い。見開きの挿絵のほとんどが合戦や行軍の場面である。[注5] 合戦や行軍の場面では、横本の特性を活かし、場面を左右に広く使って人間を多数描き込む、絵巻に通ずるような構図になっている（図⑥）。また、見開きの挿絵の中には、ひとつの場面に複数の出来事を描きこむ例がある。例えば巻三十五「またのゝ五郎并長つなほろふる事」の挿絵（図⑦）は、右に俣野五郎景尚の自害、中央に高橋判官長綱の討死、左に南保二郎家隆が討ち取った長綱の首を持って木曾義仲のもとに参上するところを描いていて、右から左へと物語の展開に合わせて各場面をひとつの挿絵の中に配置している。また、巻三十五「あはづかせんの事」の挿絵（図⑧）では、木曾義仲の最期を右の半葉に、今井四郎兼平の自害を左の半葉にと、左右にそれぞれ一場面ずつ分けて描く例もある。

元禄年間は、源平盛衰記の他にも同じ形態の軍記物語の絵入版本がいくつか開板されている。その作品を刊年順に並べると次のようになる。

A『太平記』元禄十年版（一六九七）
刊記「元禄十丁丑歳十一月吉日／攝城大坂心齊（ママ）橋筋／書肆　保武多伊右衛門梓」
B『太平記』元禄十一年版（一六九八）※A元禄十年版とは異版。

図⑥　宝永四年版　巻三十三「行家平家とむろ山かつせんの事」（國學院大學図書館蔵）

図⑦　宝永四年版　巻三十五「またののゝ五郎并長つなほろふる事」（國學院大學図書館蔵）

図⑧　宝永四年版　巻三十五「あはづかせんの事」（國學院大學図書館蔵）

刊記「太平記の印板世間に数多あり／といへ共諸本往々に誤多し故に今／諸家の秘本を求め有道の人に附／て校合を遂け新に開板せしむる者也／元禄拾壱年／戊寅正月十一日／洛陽書林等開板」

C『平家物語』元禄十二年版（一六九九）

刊記「此平家物語一方検校衆以吟味令開板之／者也類板世に流布すといへ共或ハ繪を／畧しあるひハ仮名の誤なと有により／今更に吟味をくハへ令改正者也／元禄十二巳（ママ）卯歳正月吉日／平安城書林　板行」

D『源平盛衰記』元禄十四年版（一七〇一）

刊記「元禄十四辛巳（ママ）歳正月吉日／東洞院六角下町／山口氏開版」

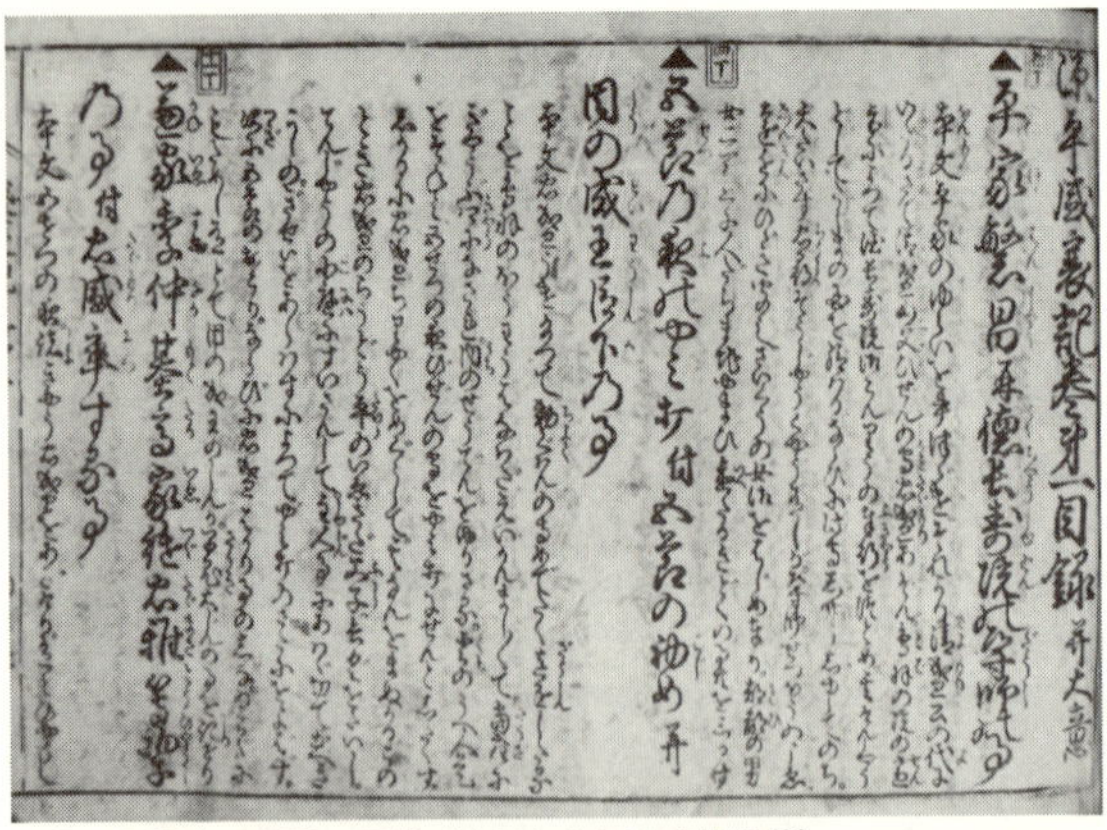

図⑨　元禄十四年版　目録（もりおか歴史文化館蔵）

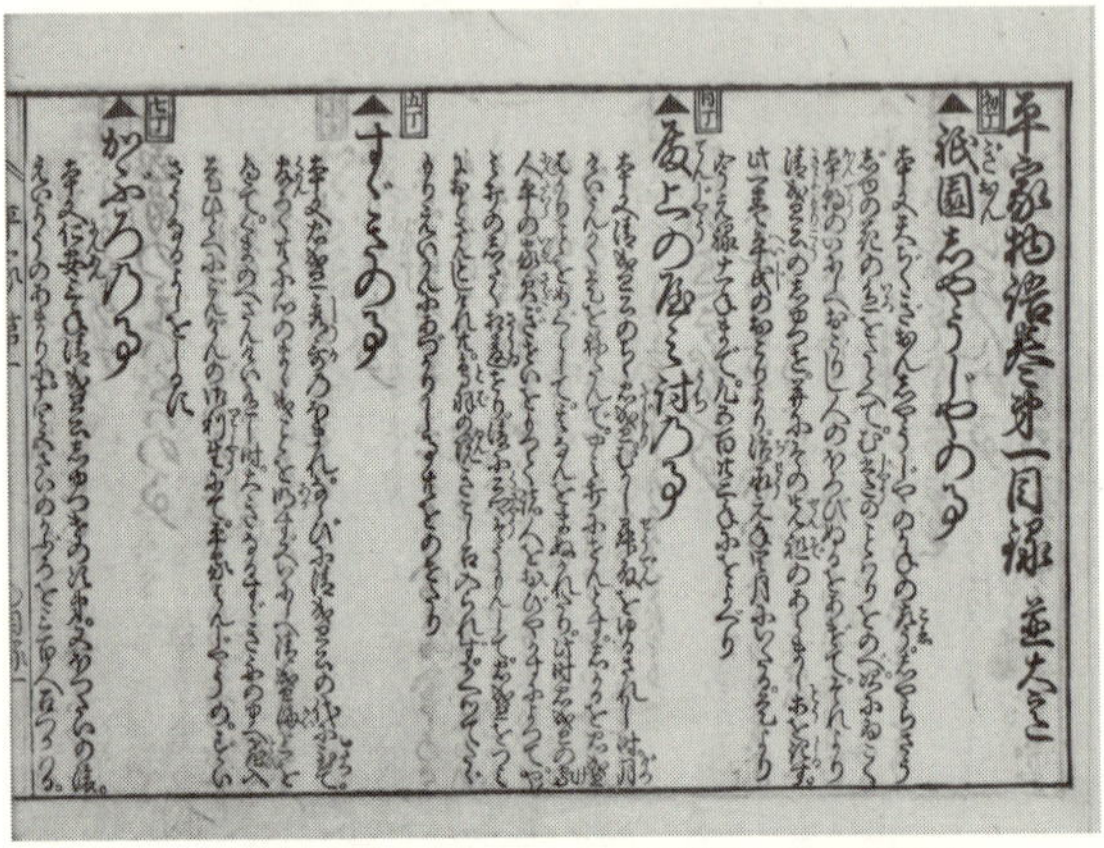

図⑩　元禄十二年版『平家物語』目録（國學院大學図書館蔵）

源平盛衰記を含めたこれら四種の絵入版本は、各巻目録に「大意」を掲げる点で共通している（図⑨⑩）。しかし、あくまでも形態や目録の扱いが共通しているだけで、書肆はそれぞれ異なる。形態が一致するのは時代的流行によるものと見るべきだろう。この一連の軍記物語群は、絵入平仮名本であること、各巻の目録に「大意」を掲げること、そして横本であることなどから、読み易さや親しみ易さ、扱い易さ[注6]といった点を重視して開板されたものと思われる。

宝永四年版は、元禄十四年版の後刷に当たるもので、版式は元禄十四年版と同じである。その刊記には「宝永四丁亥年／季春」とあり、この年記に続く書肆が異なるものが今のところ三種類現存している。三種類の書肆名の箇所だけを挙げる。

「柳馬場二条上ル町／伊藤勘七／押小路御幸町西ヘ入ル町／伊藤七郎兵衛／二條高倉東ヘ入ル町／辻三郎兵衛」（図⑪）

「押小路御幸町西ヘ入ル町／伊藤七郎兵衛／二條高倉東ヘ入ル町／辻三郎兵衛」（図⑫）

「額田勝兵衛／同姓正三郎　合梓」（図⑬）

書肆の住所からわかるように、宝永四年版は元禄十四年版同様、京都で出版されている。額田（伊勢屋）正三郎は、明治の初めまで続いた京都の老舗書肆であり、▼注7 後に寛政十二年版『源平盛衰記図会』の版元にもなっている（四、『源平盛衰記図会』参照）。

大尾
宝永四丁亥年
季春
伊藤勘七
伊藤七郎兵衛

図⑪　宝永四年版　刊記（伊藤勘七・伊藤七郎兵衛・辻三郎兵衛）
（金沢市立玉川図書館蔵）

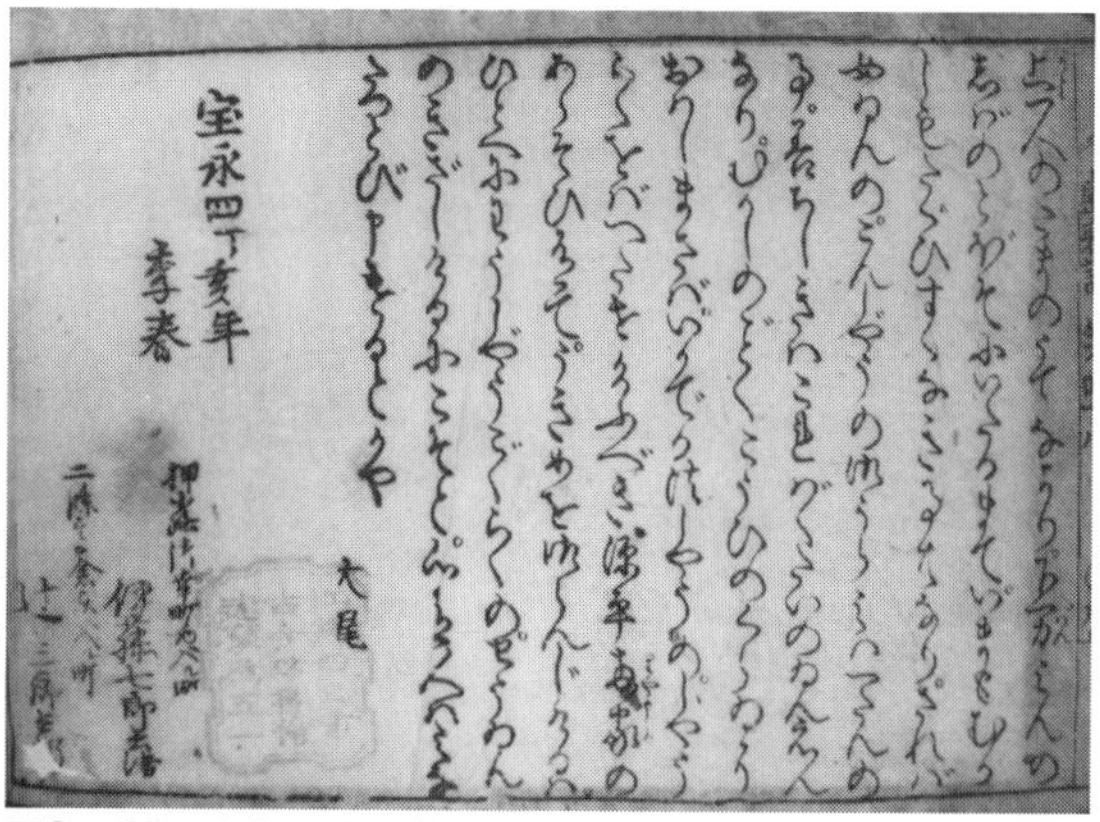
大尾
宝永四丁亥年
季春
伊藤七郎兵衛

図⑫　宝永四年版　刊記（伊藤七郎兵衛・辻三郎兵衛）
（國學院大學図書館蔵）

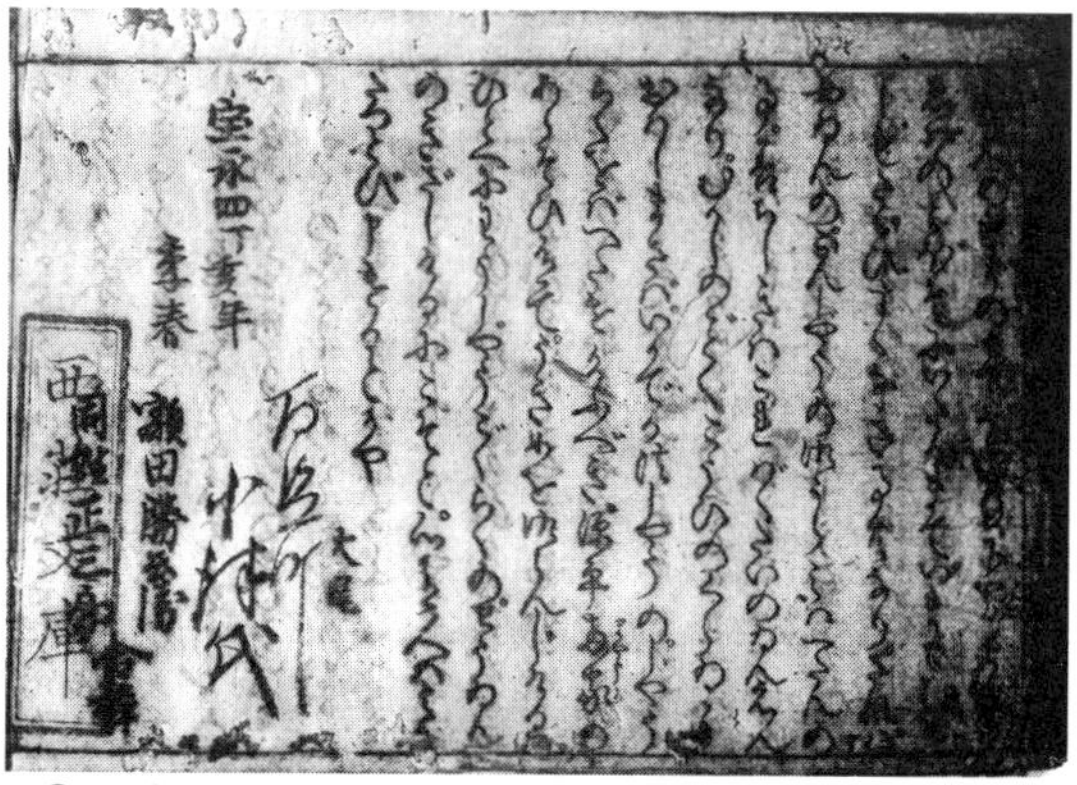
大尾
宝永四丁亥年
季春
額田勝兵衛

図⑬　宝永四年版　刊記（額田勝兵衛・額田正三郎）
（今治市河野美術館蔵・収蔵番号 269-343）

管見の限りでは、伊藤七郎兵衛・辻三郎兵衛版がもっとも多く現存しているようである。

四　『源平盛衰記図会』

『源平盛衰記図会』（以下、『図会』と略す）は、源平盛衰記を題材とする読本である。六巻六冊。作者は名所図会《ずえ》（近世後期に流行した各地の地名や名所、寺社について記した通俗地誌）の制作で名を馳せた読本作者、秋里籬島（生没年未詳）である。挿絵は西村中和（生没年未詳）と奥文鳴（文化十年（一八一三）没）による。秋里籬島と西村中和の二人は、各地の名所図会や『保元平治闘《かつせん》図会』や『前太平記図会』などの歴史図会まで、幅広くさまざまな図会を一緒に手がけている。

初版と目される寛政十二年（一八〇〇）版[注8]には、寛政十一年（一七九九）の序と寛政十二年の自序がある。また、寛政十二年版については、江戸時代中期以降の江戸における開板販売許可の公的記録簿である『割印帳』の「寛政十二年六月五日不時割印」の項に、「寛政十二年申六月／源平盛衰記図会　全部六冊　秋里作　版元名　京　額田正三郎／売出し　江戸　須原屋茂兵衛」と記されており、公的記録に開板に関する情報がある。[注9]寛政十二年版の刊記には七名の書肆の名前が列記されているが、その書肆名の上に「二鳩堂」という堂号がある（図⑭）。この堂号は享保二十年（一七三五）版『謡曲画誌』にも見られ、「二鳩堂」は書林としての実態はなく、複数の書肆による連合体の仮の名前であると推定されている。[注10]

『図会』は寛政十二年版以降、文政六年（一八二三）版、文政七年（一八二四）版、天保十四年（一八四三）版、無刊記整版（書肆が異なるものが複数あり）、明治版と刊記部分を変えて版を重ねている。

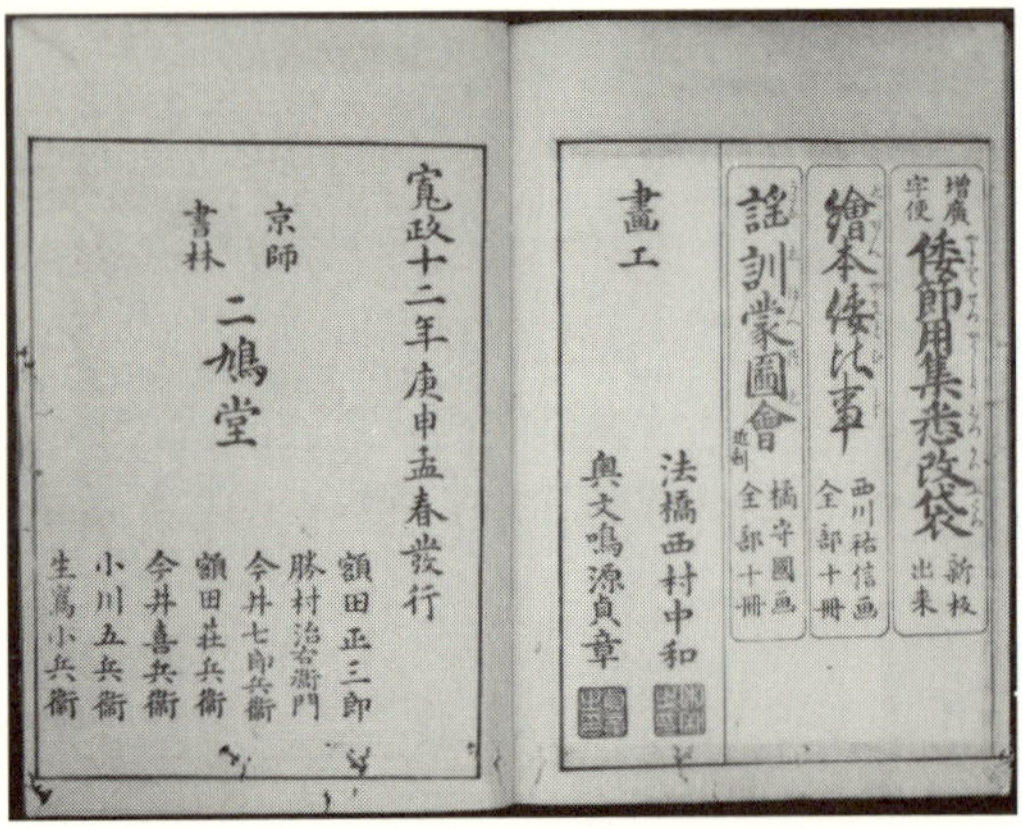

図⑭　寛政十二年版『源平盛衰記図会』刊記
（國學院大學図書館蔵）

図⑮　寛政十二年版『源平盛衰記図会』巻三「平家驚水鳥羽音逃登京都」（國學院大學図書館蔵）

本文は、源平盛衰記の無刊記整版から抜き書きして再構成したものである。一方で『平家物語』や『義経記』、近世におけるさまざまな義経伝説など、源平盛衰記以外からの影響も見られる。

挿絵は巻二〜六の二丁表、巻六最終丁表の「鎌倉御殿」の図を除いてすべて見開きで、各巻に約二十図前後ある。すべての図の上段に簡単に場面の説明書きが付される。また、各図の右下か左下に「中和」あるいは「文鳴」とあり、その図を担当した絵師の名前が記される。挿絵は先行する源平盛衰記の絵入版本に拠って有名な場面のほとんどが絵画化され、場面全体を俯瞰する名所図会風の構図を採るものが多い（図⑮）。なかには近世に流行した芸能や風俗の影響を反映した図もある。

これまでの研究では、『源平盛衰記図会』を含めた歴史図会が原典の本文をほとんどそのまま用いていることから、他の読本と比べて創作性が乏しく、文学的価値は低いと見られてきた。[注11] その一連の歴史図会の功績は、先行する軍記物語などを一般の読者に分かりやすく通俗化して提供した点にあると言われている。[注12] こうした評価をふまえつつ、大高洋司は『図会』の本文を分析して、『図会』に義経とその陪臣を顕彰する意図があったこと、原典である源平盛衰記が持っていた「諸行無常」や「盛者必衰」のテーマが後退していることなどの特徴があることを明らかにした。[注13]

なお、『源平盛衰記図会』（根村熊五郎翻刻、一八八五年）、『日本歴史図会』第五輯（国民図書、一九二一年）に翻刻がある。また『有朋堂文庫　源平盛衰記』（有朋堂書店、一九一二年）には、『図会』の挿絵の一部が掲載されている。

注

（1）松尾葦江『軍記物語論究』四―4「源平盛衰記の伝本」（若草書房、一九九六年）。
（2）宗政五十緒『近世京都出版文化の研究』（同朋舎、一九八二年）、冠賢一『近世日蓮宗出版史研究』（平楽寺書店、一九八三年）参照。
（3）出口久徳「寛文期の『源平盛衰記』―寛文五年版『源平盛衰記』の挿絵の方法―」（『日本文学』五八―一〇、二〇〇九年一〇月）。
（4）『書籍目録』類では、この形態を「枕本」と称している。
（5）巻一「平家繁昌并得長寿院の導師の事」の得長寿院供養の場面、巻四十四「しんけうしんしみやこ入并三しゆのほうけんの事」の八岐大蛇退治の場面、巻四十四「おひまつわかまつ劔をたつぬる事」の後白河院と老松・若松の対面場面は、合戦や行軍の場面ではないが、見開きの図になっている。
（6）寛文から元禄にかけて流行した『書籍目録』や『重宝記』（実用書）は、実用の便を考慮して、小型で扱いやすい横本の形態で刊行されている。
（7）矢島玄亮編『徳川時代出版者出版物集覧』（東北大学附属図書館、一九六八年）、『増訂　慶長以来書賈集覧』（高尾書店、一九七〇年）、矢島玄亮編『徳川時代出版者出版物集覧』（万葉堂書店、一九七六年）、『出版文化の源流　京都書肆変遷史』（海青社、一九九四年）参照。
（8）宮内庁書陵部編『和漢圖書分類目録』（宮内庁書陵部、一九五三年）や『国書総目録』には、宮内庁書陵部に寛政六年版があると記されている（函架番号：二五五・二一五）。宮内庁書陵部本を実際に調査したところ、刊記の箇所に「寛政六年」の年記はなく、複数の書肆名が列記されるいわゆる無刊記整版の一本であることが判明した。版式も寛政十二年版などと変わらない。宮内庁書陵部本の刊記は次の通りである。
「三都／發兌／書肆／江戸日本橋通壹丁目　須原屋茂兵衛／同日本橋通貳丁目　山城屋佐兵衛／同日本橋通貳丁目　小林新兵衛／同日本橋通四丁目　金花堂佐助／同浅草茅町二丁目　須原屋伊八／同芝神明前三嶋町　和泉屋吉兵衛／同芝神明前　岡田屋嘉七／大阪心斎橋安堂寺町　秋田屋太右衛門／京寺町通松原下ル　梅村三郎兵衛／同町　勝村治右衛門板／同寺町通高辻上ル　同伊兵衛」
（9）朝倉治彦・大和博幸編『享保以後　江戸出版書目　新訂版』（臨川書店、一九九三年）。
（10）『謡曲画誌　影印・翻刻・訳註』解説（勉誠出版、二〇一一年。小林保治執筆）、大高洋司「秋里籬島『源平盛衰記図会』―軍記物語「読本」化の一過程―」（『國學院雑誌』一一四―一一、二〇一三年一一月）参照。『謡曲画誌』にも七名の書肆の名前が記されているが、『源平盛衰記図会』の段階で四名の書肆が入れ替わっている。
（11）横山邦治『読本の研究―江戸と上方と―』（風間書房、一九七四年）、浅野三平『近世中期小説の研究』（桜楓社、一九七五年）参照。
（12）前掲注（11）浅野三平著書参照。
（13）前掲注（10）大高洋司論文参照。

5　源平盛衰記テキスト一覧

山本岳史

・この一覧には、一八九三年（明治二六）から二〇一四年（平成二六）八月までに刊行された源平盛衰記、参考源平盛衰記に関するテキストの主なものを挙げた。
・影印、翻刻・校訂、注釈・現代語訳に分類した。抄本の類は採らなかった。
・＊は主として用いられた本文を示す。

一　源平盛衰記

影印

『名古屋市蓬左文庫蔵　源平盛衰記』一～六　古典研究会　一九七三年～一九七四年　＊蓬左文庫本
『古典資料類従一四　源平盛衰記　慶長古活字版』一～六　勉誠社　一九七七年～一九七八年　＊慶長古活字版

翻刻・校訂

『帝国文庫　校訂源平盛衰記』　博文館　博文館編輯局校訂　一八九三年
「評釈　源平盛衰記」　松井簡治　（巻三前半まで）
　『國學院雑誌』六―一・二・四～六・八・一〇・一一、七―二～五・七・八・一一、八―一・二　一九〇〇年二月～一九〇二年二月
『国民文庫　源平盛衰記』　国民文庫刊行会　古屋知新校訂　一九一〇年　＊慶長古活字版
『通俗日本全史　源平盛衰記』上・下　早稲田大学出版部　大石理円校訂　一九一二年　＊無刊記片仮名整版本による

『校註国文叢書　源平盛衰記』上・下　博文館　一九一三年　**＊慶長古活字版による**
鎌田正憲・上野竹二郎・保持照次・小林喜三郎校訂
『校注日本文学大系　源平盛衰記』上・下　国民図書株式会社　一九二六年　**＊流布本による**
『有朋堂文庫　源平盛衰記』上・下　有朋堂書店　石川核校訂　一九二七年　**＊片仮名流布古版本**
『物語日本史大系三・四　源平盛衰記』上・下（『通俗日本全史　源平盛衰記』覆刻版）早稲田大学出版部　一九二八年
『雄山閣文庫　校訂源平盛衰記』一・二（巻一二まで）（『古典研究』別冊付録）橋本実校訂一九三九年　**＊慶長古活字版による**
『岩波文庫　源平盛衰記』（巻七まで）　岩波書店　冨倉徳次郎校訂　一九四四年　**＊慶長古活字版**
『源平盛衰記』（『物語日本史大系三・四　源平盛衰記』復刻版）　藝林舎　一九七五年
『中世の文学　源平盛衰記』一～六（全八冊）　三弥井書店　**＊慶長古活字版**
市古貞次・大曾根章介・久保田淳・松尾葦江・黒田彰・美濃部重克・榊原千鶴校注　一九九一年～（刊行中）

注釈・現代語訳

早川厚一・曽我良成他「『源平盛衰記』全釈」一～九（巻三まで）
『名古屋学院大学論集　人文・自然科学篇』四二～五〇　二〇〇六年一月～二〇一四年一月（刊行中）
矢代和夫解説・岸睦子他訳『現代語で読む歴史文学　完訳源平盛衰記』一～八　勉誠出版　二〇〇五年

二　参考源平盛衰記

翻刻・校訂

『改訂史籍集覧　編外　三～五　参考源平盛衰記』上・中・下　臨川書店　一九八二年
水原一『新定源平盛衰記』一～六　新人物往来社　一九八九年～一九九一年　※通俗日本全史本との切継あり。注部分は抜粋。

6 ［調査報告］平家物語・源平盛衰記関連絵画資料

石川透・山本岳史・伊藤慎吾・伊藤悦子・松尾葦江

一　はじめに

『平家物語』を主題とする絵画資料の中、共同研究【「文化現象としての源平盛衰記」研究―文芸・絵画・言語・歴史を総合して―】（「あとがき」参照）で実地調査したものとその関連資料を中心に、今後の研究の端緒となる情報を左に掲げる。奈良絵本や奈良絵巻・扇面絵、それに近い土佐派の絵巻類などが主なものであるが、特に源平盛衰記に関連するとみられる屏風を三点加えた。ほかにも断簡類は多く、それらや扇面絵は今なお市場に出ることがある（例えば平成二六年一一月の古典籍展観大入札会に出陳された扇面絵の中、一二枚は平家物語に関連すると思われたし、平成二七年三月の京都古裂会には、同様の扇面絵を貼交屏風に仕立てたものが出品された）が、元はどのような形であったのかを含めて、今後の研究が必要である。よって屏風・手鑑などに貼り込まれたり単独で所蔵されたりしている断簡類は、原則としてとりあげなかった。成立年代は大半が未詳であるが、おおよそ白描絵巻は室町時代、斎宮歴博蔵『源平合戦図絵巻』以外は江戸時代前期の制作と考えられる。殊に奈良絵本に関しては、永青文庫本以外はほぼ同時期の制作と思われ、絵師や筆耕など制作環境が共通する例も少なくなかったようである。

調査してみて、依拠した作品が平家物語か源平盛衰記か、区別できるものもあるが、その多くは両方の要素が画面に摂りこまれていることが分かった。さらに義経記や幸若などの芸能からも摂取された要素が、混在していることも少なくない。それゆえ「源平合戦図」とか「源平物」のような旧来使われてきた漠然とした題名の方が、却って実態に相応している場合もあり、屏風を含めれば膨大なこれらの絵画資料のデータベース作成は、時間を要することとなろう。一部は出口久徳の労作（『平家物語大事典』「絵画」の項　東京書籍、二〇一〇年）に掲載されているが、この分野は、所在や書誌の基礎情報がようやく収集され、研究課題の設定と方法の模索が始まったばかりという状況である。なお、ここでは平家物語と源平盛衰記に関連する資料のみを掲出したが、実際の制作環境は作品ごとに限定されてはいなかった。保元平治物語や太平記など他の軍記物語及び舞の本と共通する場面・構図・モチーフがしばしば見られる。さらに中古の物語絵なども背景や建物の描き方は共通しており、それらを総合的に研究する必要があろう。

ここに表示した情報は次の通りである。

作品（資料）名・冊数

①所蔵者（請求番号・公開ＵＲＬ）
②平家物語・源平盛衰記のどんな内容に基づいているか
③伝承作者・伝来や画面・描法の特色など（調査年月日）
④主要参考文献
⑤（本書口絵に載せた資料は）口絵解説（口絵の番号を図1、図2…のように示す）

＊調査に御助力頂いた多くの方々に感謝申し上げます。

二　白描絵巻

静嘉堂文庫美術館蔵『平家物語』一軸

①静嘉堂文庫美術館
②平家物語・巻一
③伝土佐光信▼注1筆の小絵巻。巻一「鱸」「禿童」「吾身栄花」「二代后」の四章段をまとめた一巻本。但し台紙など改装の跡が歴然としており、室町の制作だが近世に台紙を替えたと推測される。本文は京師本・葉子十行本に近似する。箱書に「雅信」の名と「勝川院」の印記があり、狩野雅信旧蔵とわかる。本文の振仮名は墨色が異なる箇所がある。桜町中納言が祈祷をする場面の挿絵は薄墨で満開の桜木を描き、鱸が船に躍り込んだ場面では人々にも鱸にも躍動感がある。二代后が迎えの車に乗る場面では松明やたき火の炎のみ薄い金泥を刷いている。次に挙げる個人蔵本、京都国立博物館蔵本は、本絵巻のツレに当たる。（二〇一三年一二月二〇日調査）
④『美術館開館五周年記念　室町の絵画展』（静嘉堂文庫美術館、一九九六年）

個人蔵『平家物語』三軸

①個人蔵
②平家物語・巻三
③伝土佐光信▼注1筆の小絵巻。巻三「御産」「公卿揃」「大塔建立」（甲巻）、「頼豪」（乙巻）、「少将都帰」（丙巻）の五章段をまとめた三巻本。甲巻・乙巻の箱書に「土佐刑部大輔光信筆」とある。描写は手堅く、丁寧である。本文は京師本・葉子十行本に近似する。（二〇〇二年三月三日展示所見）
④梅津次郎「伝光信筆平家物語絵巻」（『絵巻物叢誌』法蔵館、一九七二年）

京都国立博物館蔵『平家物語』一軸

①京都国立博物館
②平家物語・巻六

③伝土佐光信筆[注1]の小絵巻。巻六「飛脚到来」「入道死去」「築島」の三章段をまとめた一巻本。静嘉堂本同様、白描ではあるが丁寧に描き込まれ、動感のある画面となっている。本文は京師本・葉子十行本に近似する。（二〇〇三年二月二四日調査）
④若杉準治「平家物語絵巻　解説」（『日本歴史』六三〇、二〇〇〇年一一月）

三　絵巻

林原美術館『平家物語』三六軸

①林原美術館
②平家物語・一二巻
③福井藩松平家旧蔵。本文の書写者について、付属の「筆者目録」には「公家」「武家」「滝本坊」「青蓮院御門跡」とあり、小松茂美は一一人による寄合書きと推定する。挿絵は比較的淡泊な色づかいながら、すやり霞には赤・青二種の金砂子が撒かれており、義経など特に注目させたい人物の装束には剪り金が貼り込まれている。海面は藍ではなく青灰色で描かれるが、白い波頭を装飾的に鏤めたように描かれ、人物の衣装の文様なども精密である。殊に集団の人物がぎっしりと描かれ、家屋を表わす線がきっちりしている。植物を描く緑には白や銀が混ぜられている例が多い。巻一二の一部の挿絵に錯簡がある。（二〇一三年八月七日調査）
④『平家物語絵巻』一〜一二（中央公論社、一九九〇年〜一九九二年）

専修大学図書館蔵『古土佐源平合戦絵巻物』三軸

①専修大学図書館（A／／七二一／／G三三）
②平家物語・巻一一
③『平家物語』巻一一「逆櫓」から「弓流」までのいわゆる「屋島合戦」を題材とした絵巻。近世初期（寛永頃）の制作と

推定されている。村岡藩山名氏の印記がある。本文は覚一本系統。冒頭に来るはずの本文に欠落がある。挿絵は、外題・箱中央に「古土佐」とある通り、すやり霞に青と白を用いる典型的な土佐派風である。複数の絵師が分担して制作した可能性がある。挿絵の場面選択に幸若舞曲を中心とした芸能の影響が認められる。(二〇一二年一一月五日調査)

④井黒佳穂子・金子恵里子・西野強「専修大学図書館所蔵『古土佐源平合戦絵巻物』の翻刻と考察(上)」(『専修国文』七七、二〇〇五年九月)

松尾葦江「平家物語と絵画資料研究─國學院大學所蔵資料を中心に─」(『國學院大學　校史・学術資産研究』四、二〇一二年三月)

斎宮歴史博物館蔵『源平合戦図絵巻』三軸

①斎宮歴史博物館(http://www.bunka.pref.mie.lg.jp/saiku/da/detail?id=494368)

②平家物語・一二巻

③平家物語や源平盛衰記から五四の場面を抽出して構成した絵巻。画中にその場面を説明する詞書を記す。幕末から明治の制作かと推定される。平家物語や源平盛衰記、幸若舞曲、義経記などの名場面を選びつつも従来の絵巻・絵本、挿絵とは異なる描き方をしようとしたと思われる。(二〇一四年二月一三日調査)

④『特別展　ヒーロー伝説　描き継がれる義経』(斎宮歴史博物館、二〇〇七年)

国会図書館蔵『平家物語』三軸

①国会図書館(ん五五。http://dl.ndl.go.jp/info:ndljp/pid/2610211)

②平家物語・巻九

③全三巻で、第一巻に「老馬の事」「一二のかけ」、第二巻に「二度のかけの事」「坂をとしの事」、第三巻に「盛としさいこの事」「忠度のさいこの事」と、各巻に二章段分の内容を収める。本文は寛永三年刊平仮名整版本に近似する。挿絵は淡い彩色が施されている。巻一巻末に葛岡宣慶(一六二九~一七一七)、巻三巻末に堤業長(一六三八~一六四二)の書写奥書がある。(二〇一二

年二月七日調査）

④伊藤慎吾「国会図書館所蔵『平家物語絵巻』翻刻と解題」（『「文化現象としての源平盛衰記」研究―文芸・絵画・言語・歴史を総合して―』報告書　第三集、二〇一三年三月）

個人蔵『源平盛衰記』（本文抜粋）**一二軸**

①個人蔵

②源平盛衰記・四八巻

③水戸徳川家旧蔵。『源平盛衰記』全四八巻を均等に一二分割し、源平盛衰記四巻分の内容を一軸に収める。盛衰記の各巻から、四章段から八章段を偏りなく抽出する。各軸第一紙目は詞書のみで、第二紙目以降は絵の上部の金のすやり霞の部分に詞書を記す。詞書は絵の内容をふまえて、その場面の解説になるよう抄出・構成されており、書写者は、プリンストン大学ゲスト東洋図書館蔵奈良絵本『平家物語』や埼玉県立博物館など分蔵の『太平記絵巻』と同一人物と推定されている。章段と章段の間に樹木や岩などを配し、章段の区切りを示す。画中に人名を記した後補の貼紙がある。源平盛衰記の本文を基に絵を作り、その後、絵に合うように詞書が作られたと推測できる。（二〇一〇年七月一〇・一一日・八月一〇日調査）

④『源平盛衰記絵巻』（青幻舎　二〇〇八年）

⑤図1：義経軍は、馬もろとも急坂を下り、平家軍に奇襲を仕掛ける。太夫黒に乗った義経を先頭にして、七つ道具を背負った弁慶らの軍勢が続く。畠山重忠は、馬を背負い、杖をつきながら下る。（巻一〇「よしつねひよとりこえをおとす事」・源平盛衰記巻三七「義経落鵯越」）

國學院大學図書館蔵『木曾物語絵巻』（本文抜粋）**二軸**

①國學院大學図書館（貴三八五三～三八五四。http://k-aiser.kokugakuin.ac.jp/digital/menus/index02.html）

②源平盛衰記・巻二六～巻三五

③源平盛衰記の本文を基にした木曾義仲の一代記。上巻は義仲の生い立ちから北陸合戦、平家の都落ちまで、下巻は義仲入京から義仲・今井兼平の討死を描き、さらに源頼朝の八幡参詣を賞め讃えて結ぶ。本文は巻二六〜三〇の部分は源平盛衰記の逐語的引用、巻三一〜三五の部分は要約で構成している。
④松尾葦江『軍記物語原論』(笠間書院、二〇〇八年)
⑤図2：木曾義仲は、源義経の軍勢が都に乱入してきているにもかかわらず、松殿の娘との別れを惜しみ、なかなか出陣しようとしない。しびれを切らした越後中太能景と津幡三郎は、腹を切って義仲に出陣するよう訴える。屋敷の中に松殿の娘との別れを惜しむ義仲、縁のところにこれから自害しようとする武士が描かれている。(『木曾物語絵巻』下巻第四図・源平盛衰記巻三五「木曾惜貴女遺」)

四　特大縦型奈良絵本

永青文庫本『平家物語』三六冊
①永青文庫(細川家旧蔵　熊本大学附属図書館寄託)
②平家物語・一二巻
③やや大ぶりの袋綴本。本文は葉子十行本に拠っているが、異文注記がある。挿絵は半葉と見開き両方あり、一冊に一五面と多く、貼り付けでなく丁を継いでいる。全体に亘って俯瞰的な構図が多く、一つの場面にたくさんの人物を描く傾向がある。壇の浦合戦の挿絵は全部で七図あるが、すべて場面を俯瞰的に捉えて、見開きいっぱいに源平両軍の船を多数描き込む構図をとる。血や首など、残酷な場面を描くことを厭わない。巻三「有王」や巻一一「嗣信最期」など、物語の展開を順を追って細かく絵画化し、独自の場面選択例が見られる。すやり霞は青灰色に切箔を散らす。絵師は複数か。(二〇一二年六月四〜六日調査)
④山本岳史「永青文庫所蔵奈良絵本『平家物語』解題」(『「文化現象としての源平盛衰記」研究―文芸・絵画・言語・歴史を総合して―』

報告書　第三集、二〇一三年三月）

プリンストン大学ゲスト東洋図書館蔵『平家物語』三〇冊

①プリンストン大学ゲスト東洋図書館（http://pudl.princeton.edu/objects/5d86p097k）

②平家物語・一二巻

③本文の書写者は、『源平盛衰記絵巻』や埼玉県立博物館など分蔵の『太平記絵巻』に同一人物と推定されている。袋綴。巻一一の一連の屋島合戦や巻一二の「土佐房被斬」など、義経や弁慶が活躍する場面の挿絵が比較的多い傾向が見られる。絵は半紙型奈良絵本の真田本・島津家旧蔵本・白百合女子大学本・神奈川県立歴史博物館本などに酷似している。

④マイケル・ワトソン「『平家物語』の絵画化―プリンストン大学蔵『平家物語』絵本を中心に」（『軍記文学研究叢書七　平家物語　批評と文化史』汲古書院、一九九八年）

石川透「軍記物語の奈良絵本・絵巻」（『文化現象としての源平盛衰記』笠間書院、二〇一五年）

⑤図13：建礼門院は、紫雲に乗った天人たちに迎えられ、極楽往生を遂げる。（第三〇冊「女院御わうじやうの事」）

五　半紙縦型奈良絵本

＊フランス国立図書館蔵「源平盛衰記画帖」以外はすべて列帖装、料紙は鳥の子で、本文の下絵に金泥で草花などが描かれていることが共通している。

真田宝物館蔵『平家物語』三〇帖

①真田宝物館

②平家物語・一二巻

③松代藩真田家旧蔵。各帖巻頭目録に「松代文庫」の印記がある。本文の書写者は朝倉重賢か。[注2] 挿絵は半葉と見開き両方あるが、見開きの絵が比較的多い。他の奈良絵本と比べても特に精密に描き込まれており、人物の装束や建物・樹木なども緻密である。合戦の場面や行列を含む集団の描写などを好んで描く傾向があり、物語をよく読みこんで場面を選んでいる。明暦二年版挿絵と一部一致する構図もあるが、全く同じではなく、巻立は他の三〇帖奈良絵本平家物語と同一ではない。すやり霞は金の切箔を散らし、人物の輪郭に金の細線を入れる。（二〇一一年八月九・一〇日調査）

④滝澤貞夫「松代本『平家物語』考」（『松代』一〇、一九九七年三月）

佐藤和彦・鈴木彰・出口久徳・錦昭恵・樋口州男・松井吉昭編『図説平家物語』「絵画化された「平家物語」　真田宝物館蔵『平家物語』解説」（河出書房新社、二〇〇四年）

出口久徳「絵本としての平家物語」（『物語絵画における武士―表現の比較研究と作例のデータベース化―』科研報告書　二〇〇九年三月）

⑤図12：熊谷直実、沖の船に向かう平敦盛を呼び返す。海上で馬を泳がせているのが平敦盛、陸上で赤い母衣を背負っているのが熊谷直実である。（第二三冊「あつもりさいこの事」・平家物語巻九）

個人蔵『平家物語』三〇帖

①個人蔵（神戸市立博物館寄託）

②平家物語・一二巻

③島津家旧蔵。挿絵は細密に描かれ、半葉・見開きの両様がある。人物の輪郭線は黒細線に金細線を重ねている。すやり霞には天地ともに金箔と金砂子を散らす。真田本と画面の構成、色彩の配置などが酷似しているが全く同じではない。海や畳の色も異なる。本文は流布本系か。（二〇一一年一月二三日調査）

④なし

個人蔵『平家物語』三〇帖

①個人蔵
②平家物語・一二巻
③本文の書写者は真田本と同じと思われる。画面の構成、色彩の配置などが真田本に近いが、左右を入れ替えている箇所もある。本書と真田本は、同じ環境で制作された可能性が高い。（二〇一一年一一月一一日展示所見）
④『東京古典会創立百周年記念　古典籍展観大入札会目録』（二〇一一年一一月）

白百合女子大学図書館蔵『平家物語』二八帖（元三〇帖）

①白百合女子大学図書館（九一三・四三四／／H五一）
②平家物語・一二巻。一八帖・二〇帖（巻九相当部）欠。
③もともとは各帖に一〇葉前後の挿絵があったものだが、現在は多くの挿絵が剥がされてしまっている。現存している挿絵は、僧侶が登場する場面や災害の場面が多い（つまり彩色の美しい場面や劇的な場面は喪われている）。挿絵は濃彩で描かれ、人物の輪郭線に金が用いられている。すやり霞は黒細線の上から金泥を重ねている。一部、本文に錯簡がある。
④伊藤慎吾「白百合女子大学所蔵奈良絵本『平家物語』書誌解題」（『「文化現象としての源平盛衰記」研究―文芸・絵画・言語・歴史を総合して―』報告書　第三集、二〇一三年三月）

チェスタービーティーライブラリー蔵『平家物語』二帖

①アイルランドダブリン・チェスタービーティーライブラリー
②平家物語・巻一、巻七～八
③第一帖と第一七帖のみの残欠本。もとは三〇帖か。第一帖は巻一「祇園精舎」から「祇王」まで、第一七帖は巻七「忠度都落」から巻八「名虎」までを収める。挿絵は半葉と見開きとの両方がある。挿絵は明暦二年版に近似するところが多い。
④出口久徳「絵入り本『平家物語』の挿絵をめぐって―チェスタービーティー蔵本を中心に―」（『立教大学大学院日本文学論叢』

一、二〇〇一年三月）
『チェスター・ビーティー・ライブラリィ絵巻絵本解題目録』（勉誠出版、二〇〇二年）

神奈川県立歴史博物館蔵『平家物語』二四帖

①神奈川県立歴史博物館
②平家物語・一二巻
③挿絵には隙間なく緻密に人物・風景・建物が描かれ、金箔や金線、藍や緑青などが使われており、豪華本と呼ぶに相応しい一本。絵は半葉と見開きとの両方がある。真田本、島津家旧蔵本などと構図の一部が共通することもあるが全く同じではない。本文は二人の筆に成り、二四帖のうち六帖は浅井了意▼注3の筆と推定されている。巻一上冊の尾に重出本文があり、ところどころ絵を貼る箇所を誤ったと思われる例がある。（二〇一一年一一月一九日・一二月四日調査）
④石川透『奈良絵本・絵巻の生成』（三弥井書店、二〇〇三年）
石川透『奈良絵本・絵巻の展開』（三弥井書店、二〇〇九年）
⑤図10：木曾義仲は、源義経の軍勢に追われて粟津の松原に逃げ込み、深田にはまったところを石田次郎為久に討たれる。義仲が討死したことを知った今井兼平は、太刀の先を口に含み、馬から飛び降りて自害する。一つの画面に義仲の最期と今井兼平の自害を描き込んでいる。（第一七冊「木曾のさいこの事」・平家物語巻九）

洛東遺芳館蔵『平家物語』二四帖

①洛東遺芳館
②平家物語・一二巻
③柏原家旧蔵。挿絵は半葉と見開き両方あり、すやり霞には切箔を散らす。神奈川県立歴史博物館本・島津家旧蔵本と似ているが、背景の風景・建物・草花などはやや簡略である。一場面に描かれる人物の数も少なく、河や海の色は青灰色に近

い。衣装には金の縁取りがあるが人物の顔にはない。義経は兜の前立によって強調されており、弁慶は七つ道具姿で頻出する。特色は、やや珍しい場面を選択する例があることである。例えば俊寛が出船の纜にすがる場面、二条院崩御、時忠被流などがあるが大原御幸で女院たちが山から下りてくる場面はない。ところどころ絵の貼り直しや貼る箇所の誤りが見られる。（二〇一一年四月一七日調査）

④二〇一〇年秋季展に展示した際の館の説明では、明暦二年版の挿絵に基づくという。

國學院大學図書館蔵『平家物語』一二帖

①國學院大學図書館（貴四二八八〜四二九九）

②平家物語・一二巻

③各冊目録丁に「津軽蔵書」の印記があり、弘前藩津軽家の旧蔵本であったことがわかる。挿絵はすべて半葉。挿絵・本文ともに寛文一二年版（天和二年版もほぼ同じ）『平家物語』を基にして制作されており、現在まで、寛文一二年版（天和二年版）を基にして制作された平家物語の奈良絵本は他に知られていない。各冊ところどころに空白箇所があり、制作当初は今より多くの挿絵が貼り込まれていたものか、未完もしくは貼り残しなのか未審。（二〇一二年二月二二日調査）

④山本岳史「國學院大學図書館所蔵奈良絵本『平家物語』考」（『國學院大學　校史・学術資産研究』五、二〇一三年三月）

明星大学図書館蔵『平家物語』一一帖（元一二帖）

①明星大学図書館（http://ehon-emaki.meisei-u.ac.jp/heike_top.html）

②平家物語・巻一〜巻一一

③挿絵はすべて見開き。挿絵はその場面に必要な要素だけに絞って描いており、植物や調度品など、背景の描写が極端に少ない。異国説話の場面が少ないこと、自害や残酷な場面がほとんどないこと、弁慶の顔が色白で上品に描かれていることなどの特徴がある。（二〇一〇年八月二三日調査）

④山本陽子「明星大学図書館所蔵『平家物語』絵本の挿絵について　附　林原本・明暦版本・真田本・明星本場面対照表」（『物語絵画における武士―表現の比較研究と作例のデータベース化―』科研報告書、二〇〇九年三月）
柴田雅生「明星大学所蔵絵本・絵巻の書誌とその言語的特徴」（『物語絵画における武士―表現の比較研究と作例のデータベース化―』科研報告書、二〇〇九年三月）

海の見える杜美術館蔵『源平盛衰記』五〇帖

①海の見える杜美術館
②源平盛衰記・四八巻
③目録一帖、巻一一を二分冊にして五〇帖に仕立てる。挿絵は寛文五年版（延宝八年版も同じ）源平盛衰記に拠り、すべて半葉。基にした寛文五年版の挿絵は丁の表裏にそれぞれ一図ずつ入っているが、本書は寛文五年版の表裏二図のうちのどちらか一方を採る傾向が見られる。場面選択には一見してわかる原則がなく、有名な場面でも採らないことがある。絵は精密で、室内の調度品や背景の植物、人物の衣装や武具に至るまで、細かく鮮やかに、豪華に描かれている。第一三帖は一〇図、それ以外は一帖各九図。本文の筆跡は、四、五人による寄合書きと推定されている。所々、同筆の傍書がある。（二〇一〇年一二月二四～二六日調査）
④松尾葦江「奈良絵本源平盛衰記のこと」（『新定源平盛衰記　第六巻』月報六　新人物往来社、一九九一年）
石川透「海の見える杜美術館蔵の奈良絵本・絵巻」（『奈良絵本・絵巻の展開』三弥井書店、二〇〇九年）
石川透・星瑞穂編『源平盛衰記絵本をよむ　源氏と平家合戦の物語』（三弥井書店、二〇一三年）
⑤図3：大場景親が伏木の上に立ち、頼朝を探索するよう命じ、大場景時が木の洞の中を探索しようとする。（第二二冊「兵衛佐殿臥木にかくる丶事」・源平盛衰記巻二一「兵衛佐殿隠臥木」）
図7：建礼門院は、紫雲に乗った天人たちに迎えられ、極楽往生を遂げる。（第四九冊「女院六道廻り物語の事」・源平盛衰記巻四八「女院六道」）

フランス国立図書館蔵『源平盛衰記』（絵のみ）二帖

①フランス国立図書館（http://gallica.bnf.fr/ark:/12148/btv1b525009730.r=genpei.langFR）

②源平盛衰記・巻一二～巻二四、巻三四、巻三七～巻四八

③折本の画帖に貼り込まれた、土佐派風の手彩色絵。本文はなく、本来は恐らくもう一帖分あったはずである。背景その他はあっさり描かれているものの、すやり霞には金粉を用い、華麗に彩られている。寛文五年版（延宝八年版）の挿絵に基づき、貼り込まれた順序もほぼそれに則っているが、一部錯簡がある。版本の挿絵と比べると、構図は同じであっても、部分的に適宜アレンジしていることが分かる。有名な場面がない例もあり、あるいは貼り込む前に失われた画もあったかもしれない。同じ版本を見ているらしい海の見える杜美術館蔵奈良絵本とは、画は一致しない。（二〇一一年八月二九・三〇日調査）

④松尾葦江「源平盛衰記と絵画資料―フランス国立図書館蔵「源平盛衰記画帖」をめぐって―」（『源平の時代を視る』思文閣出版、二〇一四年）

伊藤悦子・大谷貞徳「フランス国立図書館蔵「源平盛衰記画帖」の場面同定表」解説（松尾葦江）（『文化現象としての源平盛衰記』笠間書院、二〇一五年）

⑤図4：大場景親が伏木の上に立ち、頼朝を探索するよう命じ、梶原景時が木の洞の中を探索しようとする。（源平盛衰記巻二一「兵衛佐殿隠臥木」）

六　小型扇面

根津美術館蔵『平家物語抜書』（本文抜粋）絵一二〇面三帖

①根津美術館

②平家物語・一二巻

③横長の折帖に、詞書を写してそれに対応する扇面絵を貼り込む。詞書は平家物語の流布本の本文を要約抜粋して作成され

ている。詞書の書写者は朝倉重賢。[注2] 料紙にも精密な金泥の下絵があり、絵は驚くほど細密でふんだんに金を使っている。絵の内容からみると語り本系平家物語、源平盛衰記、その他芸能などの要素が入り交じっている。小さな扇形の中に一場面、時には複合した場面の構図を配するため、空間処理が大胆に行われている。挿絵の構図や画風は、次に挙げるベルリン本や徳川美術館本と近い。全体を通じて、合戦場面は多いが「斬られ」や天災の絵がない。切り首はあるが血は描かれない。（二〇一三年二月二八日調査）

④『平家物語画帖』（根津美術館、二〇一二年）

⑤図14・15：大場景親の軍勢に追われた源頼朝は、土肥の杉山に逃げ籠もる。画面左側に平家の軍勢、画面右下に杉山に隠れる源頼朝が描かれる。景親は花籠を背負っている。（上帖「大庭が早馬の事」・平家物語巻五・源平盛衰記巻二一）

ベルリン国立アジア美術館蔵『扇面平家物語』（本文抜粋）絵五九面詞六〇面

①ベルリン国立アジア美術館

②平家物語・一二巻

③もとは折帖に貼り込まれていた扇面絵（現在はマット装）。東京大学医学部御雇解剖医、ハンス・ギールケ旧蔵。有名な場面を中心に六〇段を選び、一章段を挿絵と詞書で一揃いに構成する。詞書は平家物語の流布本を基に、要約抜粋して扇面の料紙に記しており、根津本よりも短い。「おちあし」と題する四四番目の絵は、平通盛が木村源三成綱・玉井四郎資景と戦う場面であるが、この絵は根津本や徳川本にはない。

④シュテフィー・シュミット「プロイセン文化財団東洋美術館蔵「平家絵」扇面について」（『図説日本の古典九　平家物語』月報　集英社、一九七九年）

『秘宝日本美術大観七　ベルリン東洋美術館』（講談社　一九九二年）

杉野愛「一八八五年収蔵のふたつのやまと絵―《天稚彦草紙絵巻》と《扇面　平家物語》―」（『美がむすぶ絆　ベルリン国立アジア美術館所蔵日本美術名品展』二〇〇八年）

徳川美術館蔵『平家物語図扇面』（絵のみ）**絵六〇面**

①徳川美術館

②平家物語・巻一～巻二、巻四～巻一二

③尾張徳川家伝来の古筆手鑑「尾陽」に貼り込まれた扇面絵。箱蓋表に「古筆御手鑑　壱冊　筆者目録添　裏盛衰記画貼込　茶地金入」との墨書がある。絵のみで詞書はない。現存する絵は、巻に偏りがあり、名場面の多い巻九や巻一一が多く、巻三の絵はない。すべての扇面絵に場面の内容を説明する題簽が付されている。「一のたにおちくち」と題する四〇番目の絵は、巻九「坂落」の源氏軍の奇襲に遭った平家軍が渚に寄せた舟に逃げ込もうとする場面であるが、この絵は根津本やベルリン本にはない。（二〇一三年六月二九日展示所見）

④『徳川黎明会叢書　古筆手鑑篇一　玉海・尾陽』（思文閣出版、一九九〇年）

『桃山・江戸絵画の美』（徳川美術館、二〇〇八年）

龍澤彩「徳川美術館蔵『平家物語図扇面』について」（『武家の文物と源氏物語絵』翰林書房、二〇一二年）

遠山記念館蔵『源平武者絵』（絵のみ）**絵三六面**

①遠山記念館

②平家物語・巻一～巻四、巻六～巻九、巻一一

③久松家旧蔵。金箔で装飾した台紙（もとは画帖）に貼り込まれた扇面絵。画帖の表紙中央に「源平武者繪　土佐筆」と記した題簽がある。絵のみで詞書はない。台紙右上に「入道悪逆」や「小かう殿」など簡単な場面の説明と通し番号を記した題簽を付す。しかし場面説明の内容と絵の内容とが対応していない例がいくつかある。また、常盤が今若・乙若・牛若を連れて伏見の伯母を尋ねる場面（題簽は「常盤大和落」）の絵があり、平成二六年一一月の古典籍展観大入札会に出陳された扇面絵の中にも同じ構図のものがある。そのほかにも徳川本や根津本扇面絵と共通する場面が少なくない。中には同じ画面で場面同定の異なる例もある。（二〇一五年四月一〇日調査）

④『遠山記念館所蔵品目録Ⅰ　日本・中国・朝鮮』（遠山記念館、一九九〇年）
『百華の宴―遠山記念館開館二五周年名品展―』（遠山記念館、一九九五年）

七　屏風

兵庫県立歴史博物館蔵『源平合戦図屏風（三浦・畠山合戦図）』六曲一隻

①兵庫県立歴史博物館
②源平盛衰記・巻二一〜巻二二
③作者不詳。紙本金地著色。一六六・〇糎×三二五・九糎。上段に衣笠合戦（三浦義明出陣の場面など）、下段に小坪合戦（和田小次郎が綴一族を討ち取った場面など）が描かれ、その合間を縫うように、石橋山で敗戦した頼朝主従の動向（土肥の焼亡、真鶴脱出、三浦との再会）が時計回りに時系列で描かれている。頼朝の真鶴脱出場面に、伊東祐親勢の中に万寿冠者と思われる童形の人物が描かれているなど、源平盛衰記を典拠としていることは明らかである。本来もう一隻あって、それには「山木夜討」「石橋山合戦」が描かれていた可能性が高い。（二〇一二年一二月二三〜二四日調査）
④前田徹「当館蔵　源平合戦図屏風（三浦・畠山合戦図）」（『塵界　兵庫県立歴史博物館紀要』二一、二〇一〇年）
⑤図9上：海上で三浦の舟と遭遇し、柴の中から這い出る頼朝。（源平盛衰記 巻二二「佐殿漕会三浦」）
図9中：頼朝主従が舟を出すと、伊東祐親・万寿冠者の勢が押し寄せる。（源平盛衰記 巻二二「佐殿漕会三浦」）

長野県立歴史館蔵『源平合戦図屏風』八曲一双

①長野県立歴史館
②平家物語・巻九〜巻一一、源平盛衰記・巻三五〜巻四三
③作者不詳。江戸時代中期頃の成立か。紙本金地著色。一一三・五糎×三六〇・〇糎。宇治川先陣争いから壇の浦合戦までを

描く。敦盛最期や那須与一などの有名な場面のほか、義経軍と木曾義仲軍の合戦（河原合戦か）が描かれている。典拠の特定には至っていないが、宇治川を渡る梶原景季が弓の弦を口にくわえている描写は源平盛衰記の記述に一致する。部分的には、同館所蔵『平家物語図屏風』と概ね一致する場面や、人物の同定が難しい箇所もある。（二〇一二年九月二三日調査）

④長野県立歴史館編『長野県立歴史館常設展示図録』（長野県立歴史館、一九九四年一一月）

長野県立歴史館蔵『木曽義仲合戦図屏風』四曲一双

①長野県立歴史館

②平家物語・巻六〜巻七

③伝矢野吉重筆。▼注4 熊本藩家老松井家旧蔵。紙本金地著色。九六・〇糎×一九一・〇糎。押絵貼り屏風。絵は右隻第一・三扇に各一枚、第二・四扇に各二枚、左隻第一・三扇に各二枚、第二・四扇に各一枚の計一二枚で、寸法は各三七・〇糎×二九・〇糎。「嗄声」から「木曾山門牒状」までを描く。それぞれの絵の隅に「城四郎」「横田河原合戦」などの付箋が貼り付けられている（一部剥離）が、どの諸本にも見えない「神宮寺合戦」とされる場面があったり、「火打（燧）」を「日内」、「覚明」を「学名」、「倶梨迦羅」を「栗柄」とするなど独特の表記がある。延慶本平家物語には「栗柄」の表記があり、城四郎の出陣時に雲の中から声が聞こえるとする点も一致しているが、「清水冠者」と「火打合戦」の間に「竹生島詣」が描かれている点が延慶本と異なり、絵・付箋ともに典拠の特定は困難である。（二〇一二年九月二三日調査）

④村石正行「木曾義仲合戦図屏風」解説（『長野県立歴史館研究紀要』一一、二〇〇五年三月）

注

（1）土佐光信

室町時代の絵師。生没年未詳。文明元（一四六九）年宮廷絵所預《えどころあずかり》に任じられ、約五〇年間在任した。光信の絵は、全体的に淡い彩色を基調とする水墨画法に基いている点に特徴があると言われている。作品の形態は、『星光寺縁起絵巻』や『清水寺縁起絵巻』といった寺社縁起絵巻や、『平家物語』白描絵巻を含めたいわゆる「小絵」の他にも、屏風や肖像画など、多岐に亘っている。

（2）朝倉重賢

生没年不詳。『断家譜』や『寛政重修諸家譜』などの系図に見られる「某　市之丞」が朝倉重賢に該当するという説もあるが、その人物像については未詳。国文学研究資料館蔵『羅生門物語』やスペンサーコレクション蔵『大織冠』の巻末に、「市丞朝倉氏重賢書之」との書写奥書がある。こうした作品の他にも寛文・延宝年間（一六六一～一六八一）制作と推定される多くの絵巻の詞書を書写した。

（3）浅井了意

江戸時代前期の仮名草子作者。生没年不詳。『堪忍記』（万治二年〈一六五九〉刊）や『狗張子』（元禄五年〈一六九二〉刊）などの仮名草子三〇余部、仏書一五部余の作品を遺している。自身の仮名草子作品の一部は、自ら版下を作って刊行した。その他に、明暦元年（一六五五）の奥書がある個人蔵『源平盛衰記』、海の見える杜美術館蔵『判官都話』や大阪大谷大学図書館蔵『俵藤太絵絵巻』の詞書など、多くの自筆資料が現存している。

（4）矢野吉重

江戸時代前期の絵師。慶長三年（一五九八）～承応二年（一六五三）。雲谷派の雲谷等顔に師事し、熊本藩藩主細川家の御用絵師となる。永青文庫に伝矢野吉重作の宇治川合戦図屏風・一谷合戦図屏風がある。

7　フランス国立図書館蔵「源平盛衰記画帖」場面同定表

伊藤悦子・大谷貞徳

本資料は、一九九四年、「フランス国立図書館新着資料解題」に「橋合戦」の場面と共に紹介されたものである。源平盛衰記の紙本一一五図を折本に仕立ててあり、本文はない。表紙は損傷しているものの錦地で、大きさは23・7×18・0㎝である。「奈良絵本を思わせる一七〜一八世紀土佐派の絵」と説明され、骨董店ドロワから一九九三年三月二六日に購入したことが記録されている。

二〇一一年八月に現物を調査した。もとの形状は分からないが、現態は絵のみを折本の両面に貼り込んで画帖に仕立ててある。表紙（淡緑色錦地）・題簽（「源平盛衰記」）などはその際に付したらしい。見返しは金地布目だが裏見返しは後補か。絵は見開きの例もあり半葉もある。六〇折の両面、表紙・見返しを除き絵が貼ってある。すやり霞は輪郭を描かずに金粉をべったりと撒いており、樹木や波などの描き方はやや雑である。本文はないが、明らかに平家物語ではなく源平盛衰記に拠っている。例えば①「以仁王、笛を演奏」（巻一五№77）、②「祇王を清盛が初めて召す」（巻一七№132）、③「髑髏尼」（巻四七№640〜649）など源平盛衰記独自本文に基づく場面があることから、それが知られる。

水戸藩旧蔵源平盛衰記絵巻とは、絵の共通性はなく、海の見える杜美術館蔵奈良絵本源平盛衰記とは一部共通する構図が見られた。一見しただけでは約半数は場面同定が困難であったが、伊藤悦子・大谷貞徳の共同作業により縦型版本（寛文五年・延宝八年版とも版面は同じ）の挿絵を基にしていることが判明し、概ね版本の挿絵と同じ順に貼り込まれていることも分かった。この点、松尾旧稿「平家物語と絵画資料―國學院大学所蔵資料を中心に―」（『國學院大学校史・学術資産研究』四、二〇一二年三月）

を訂正しなくてはならない。またおそらくはもう一帖あったはずで、現存する一帖は全体の約半分であることも判明した。

さらに、海の見える杜本もまた縦型版本（寛文五年・延宝八年版）を基にしているが、本資料とは直接の関係にはないらしいことも分かった。但し、源平盛衰記の延宝版本と寛文版本とは同版で、延宝版の方が後刷らしいが、挿絵の数や位置が全く同じかどうかは確認の要がある。即ち、本資料が延宝版をもととしたか、あるいは寛文版によったのかは未詳である。また版本、フランス画帖、海の見える杜本それぞれの絵に、必ずしも源平盛衰記本文とは一致しない部分が見られ、この点は今後の研究課題である。なお本資料はフランス国立図書館デジタルライブラリーで見ることができる。

（松尾葦江）

＊本資料の調査に際してはジャックリーヌ・ピジョー氏、ヴェロニック・ベランジェ氏にお世話になりました。記して感謝の意を表します。

【凡例】

一、フランス国立図書館所蔵「源平盛衰記画帖」（フランス画帖と略称）および、寛文五年版（延宝八年版）『源平盛衰記』の絵入版本、海の見える杜美術館所蔵奈良絵本『源平盛衰記』（海の見える杜本と略称）の挿絵の場面同定を行い、場面内容を一覧表にした。

一、対象となる場面は、『源平盛衰記』巻12～24、37～48であるが、フランス画帖には巻34に該当する絵が一枚存在するため、その場面内容も記した。

一、絵入版本・海の見える杜本は、挿絵の場面ごとに連番を振った。フランス画帖の場合は、ストーリー順に絵が並んでいない箇所があるため、画帖に貼り付けられている順で連番を振った。

一、フランス画帖の絵が見開き（二枚で一図）である場合は、一枚ずつに連番を振った。

一、一覧表の項目の内容は以下の通りである。

「版本」：絵入版本の挿絵番号　（注）『源平盛衰記』の寛文版本の後刷りが延宝版である。確認作業には延宝版を用いた。

「海」　：海の見える杜本の挿絵番号

「仏」　：フランス画帖の場面番号

「巻」「章段」「場面」：慶長古活字版『源平盛衰記』（三弥井書店より翻刻出版されているテキストを用いた）の巻数・章段名・場面内容

一、※を付したものは、同定にやや疑問の残るものである。

一、版本・フランス画帖・海の見える杜本それぞれ、画面が『源平盛衰記』本文とは一致しない場面もある。

版本	海	仏	巻	章段	場面
1	1		12	大臣以下流罪	基房、大原の本覚坊の上人を請じて出家
2		1	12	大臣以下流罪	源資賢・通家・雅賢の父子孫三人、流罪となる
3			12	大臣以下流罪	妙音院師長、配流先の尾張国井戸田へ向かう途中、会坂山（逢坂山）を通過する
4			12	大臣以下流罪	師長、勢多唐橋を渡る
5			12	大臣以下流罪	師長、井戸田で詩歌・管弦をして過ごす
6	2		12	師長熱田社琵琶	村人等、師長の奏でる琵琶を聴く
7		2	12	師長熱田社琵琶	師長が琵琶で上玄・石象を弾くと、明神が白狸に乗って現れる
8			12	師長熱田社琵琶	配流途中の師長と童（琵琶玄上の化身）か（※）
9	3		12	師長熱田社琵琶	師長、配所の山奥で琵琶を弾くと鬼が現れる
10			12	師長熱田社琵琶	師長、帰洛後に参内。公卿達の前で琵琶を弾く
11			12	高博稲荷社琵琶	高博が稲荷社に参籠し、琵琶で上玄・石象を弾くと、丱童が現れ燈をかかげた
12			12	高博稲荷社琵琶	源遠業父子、瓦坂の自邸に火を放ち飛び込む
13	4		12	教盛夢忠正為義	崇徳院の夢を見た教盛が清盛邸へ報告に来る
14			12	教盛夢忠正為義	常軌を逸した清盛の振る舞いに、不安を覚える人々か（※）
15			12	行隆被召出	行隆、清盛に呼び出され、おそるおそる出向く
16		3	12	行隆被召出	行隆の許に清盛から数々の品が贈られる
17	5		12	一院鳥羽籠居	後白河法皇、武士等に護送されて鳥羽殿へ御幸
18			12	一院鳥羽籠居	尼ぜだけが鳥羽殿に召される
19			12	静憲鳥羽殿参	静憲、清盛に後白河法皇との面会の許しを請う
20	6		12	静憲鳥羽殿参	後白河法皇、静憲と対面し涙する
21	7		12	主上鳥羽籠居御歎	高倉天皇、毎夜後白河法皇の事を気遣い御神事を行う
22			12	主上鳥羽籠居御歎	宰相入道成頼、後白河法皇の鳥羽殿幽閉を人づてに聞く
23	8	4	12	新院厳島鳥羽御幸	新院（高倉上皇）、西八条の宗盛に鳥羽殿御幸を交渉する
24			12	新院厳島鳥羽御幸	新院、後白河法皇と対面
25			12	新院厳島鳥羽御幸	新院・後白河法皇・尼ぜ、言葉も出ずに涙する
26	9		12	新院厳島鳥羽御幸	新院、舟で厳島へ向かう
27	10	5	13	新院自厳島還御	厳島御幸。新院ら、厳島神社に参詣する
		6			
28			13	入道信同社幷垂跡	清盛、高野山で東の曼陀羅を書く

29			13	入道信同社幷垂跡	厳島明神、内侍に憑き清盛に子孫までも守ると約束する
30			13	入道信同社幷垂跡	新帝（安徳天皇）即位の儀式
31	11		13	高倉宮廻宣	頼政、高倉宮以仁王に謀反を勧める
32		7	13	高倉宮廻宣	高倉宮、平家追討の令旨を下す
33			13	行家使節	高倉宮、行家を呼んで令旨の使者とする
34			13	行家使節	行家、頼朝に令旨を渡す
35	12		13	頼朝施行	頼朝、諸国の源氏らに書状を書く
36			13	法皇自鳥羽殿還御	イタチが後白河法皇の前に現れる
37			13	法皇自鳥羽殿還御	仲兼、イタチの件を泰親に伝え勘文を書かせる
38			13	法皇自鳥羽殿還御	後白河法皇、軍兵等に護送されて八条烏丸御所へ還御
39	13	8	13	熊野新宮軍	大江法眼ら三千余騎が、舟で新宮の渚へ押し寄せる
40			13	熊野新宮軍	清盛、六波羅邸へ軍勢を集めて、高倉宮を捕らえるよう命じる
41	14		13	熊野新宮軍	信連は、高倉宮と宗信を変装させ、黒丸を供奉させる
42			13	熊野新宮軍	信連、高倉宮が忘れた笛を届ける
43	15		13	熊野新宮軍	信連、高倉宮御所で一人敵を待つ
44			13	高倉宮信連戦	官軍の兼長・兼成ら、高倉宮御所へ馬で押し寄せる
45	16		13	高倉宮信連戦	信連、太刀を持ち官軍を追いかける
46			13	高倉宮信連戦	刀が折れて丸腰となった信連に、小長刀で立ち向かう金武
47	17	9	13	高倉宮信連戦	連行された信連の前に、白衣で長押に腰掛ける宗盛か（※）
48			13	高倉宮信連戦	信連、死罪を許され牢に入れられる
49	18		13	同宮籠三井寺	高倉宮主従三人、徒歩で三井寺に向かう
50			13	同宮籠三井寺	三井寺の慶秀・定海ら、高倉宮を受け入れる
51			14	木下馬	宗盛、仲綱に木下（馬）を見せるよう使者を遣わす
52			14	木下馬	頼政、宗盛に木下を譲るようにと、子息仲綱に説得する
53	19	10	14	木下馬	宗盛、酒宴の席で木下を「仲綱」と呼んで披露する
54			14	木下馬	仲綱、頼政に屈辱を訴える
55	20		14	周朝八疋馬	周の穆王が八匹の馬を愛でたことで国が乱れ亡んだ故事
56			14	小松太臣情	重盛、帥典侍との会話中、密かに蛇を押さえる
57	21		14	三位入道入寺	頼政、自邸に火を懸け三井寺へ向かう
58			14	三位入道入寺	宗盛、競を呼び寄せる

版本	海	仏	巻	章段	場面
59			14	三位入道入寺	宗盛、競に小糟毛（馬）を与える
60		11	14	三位入道入寺	競は小糟毛、童は遠山（馬）に乗って、宗盛邸の前を通る
61			14	三位入道入寺	競、頼政の許に参上する
62	22		14	三位入道入寺	小糟毛、たてがみを切られ、焼印を押された後、宗盛邸に戻る
63	23	12	14	南都山門牒状等	三井寺、南都・山門宛に牒状を記す
64			14	興福寺返牒	南都大衆等、信救（覚明）に返牒を書かせる
65			14	山門変改	平家、忠清の計略で山門に院宣を下して貰う
66			14	山門変改	平家、山門に米や絹を送る
67			14	山門変改	山門、僉議を行い平家に寝返る
68			14	山門変改	安徳天皇、山門・園城寺の騒動のため西八条邸へ行幸
69		13	14	三井寺僉議	三井寺の大衆、金堂の前で会合。一如坊真海が長僉議をする
70	24		14	三井寺僉議	大海人皇子、鈴鹿山で老夫婦に出会う
71	25		14	三井寺僉議	大海人皇子、足で水音を立てて三人の不思議の者を欺く
72			14	三井寺僉議	大海人皇子、大友勢に追われるが榎木に隠れて難を逃れる
73			14	三井寺僉議	大海人・大友両軍、中山の東にある河（黒血川）を隔てて合戦
74	26		14	三井寺僉議	三井寺の大衆等、続松を持って夜討に向かう
75	27		14	三井寺僉議	仲綱軍・三井寺の大衆等、それぞれ発向
76			14	三井寺僉議	三井寺の僧等、一如坊へ押し寄せ、真海らと交戦する
77		14	15	高倉宮出寺	高倉宮、金堂に入り蝉折で万秋楽の秘曲を奏でる
78	28		15	万秋楽曲	日蔵、金峰山で修行していると蔵王権現が現れる
79			15	蝉折笛	覚祐僧正、漢竹を加持する
80			15	宇治合戦	慶秀、高倉宮との別れを惜しむ
81	29		15	宇治合戦	高倉宮は平等院に入り、頼政軍は宇治橋の橋板を三間取り外す
82			15	宇治合戦	平家軍と頼政軍、橋を間にして互いに矢を射る
83			15	宇治合戦	平家軍、橋板が外れていることを知らずに押し寄せ川へ落ちる
84			15	宇治合戦	筒井浄妙明春、長刀を持って橋桁を渡る（あるいは矢切の但馬か※）
85	30	15	15	宇治合戦	一来法師、浄妙房の上を飛び越える
86			15	宇治合戦	手負いの浄妙房、鎧を脱いで戦場離脱する
87			15	宇治合戦	荒土佐ら宮方の僧兵、橋詰から扇で平家軍を招く

88			15	宇治合戦	白児党、馬を射られて川に落ちる
89	31	16	15	宇治合戦	足利又太郎忠綱ら、馬筏を作り宇治川を渡る
90			15	宇治合戦	忠綱ら、源兼綱と交戦
91			15	宇治合戦	省、瀕死の兼綱の首を掻き落として川へ沈めた後、切腹する
92			15	宇治合戦	高倉宮、兼綱討死と聞き引き返す頼政に、名残を惜しむ
93			15	宇治合戦	唱法師ら、矢で次々と平家軍を射落とす
94			15	宇治合戦	頼政、自害
95	32		15	宇治合戦	円満院大輔、平等院を脱出する
96			15	宮中流矢	高倉宮、井手の渡りで喉が渇き、小川（水無川）の水を汲ませる
97	33		15	宮中流矢	高倉宮、流れ矢に当たり落馬、覚尊が駆け寄り抱きかかえる
98		17	15	宮中流矢	三井寺の大衆、平家軍と奮戦する
99	34		15	南都騒動始	忠清・景家等、頼政らの首を持って入洛する
100			15	南都騒動始	清盛、忠綱に勧賞を行う
101	35	18	15	南都騒動始	南都大衆、摂政が派遣した親雅軍を追い返す
102			15	南都騒動始	公卿ら、院御所で高倉宮謀叛に関する処罰について僉議する
103			15	宮御子達	八条院ら、訪問した頼盛に嘆く
104			15	宮御子達	自ら出頭しようとする若君に涙する母三位の局達
105	36		15	宮御子達	宗盛、清盛に高倉宮御子の助命を嘆願する
106			15	宮御子達	高倉宮の若君、仁和寺の守覚法親王の許で出家
107	37		16	帝位非人力	前中書王兼明親王、琵琶を弾くと鬼が現れる
108		19	16	帝位非人力	輔仁親王、仁和寺花園に移り住み多くの人の訪問を受ける
109			16	満仲讒西宮殿	満仲、染殿式部卿宮を位に即けようとする計画があることを密告する（安和の変）
110			16	満仲讒西宮殿	僧連茂、検非違使に捕らわれて拷問される（安和の変）
111	38		16	仁寛流罪	千手丸、仁寛阿闍梨の言葉を語る
112			16	仁寛流罪	六条殿の子、以仁王の謀反の影響で出家する
113			16	円満院大輔登山	円満院大輔、仕返しの為に山門に登る
114			16	円満院大輔登山	大輔、放火を止めた理由を札に書き、大講堂の柱に松明を結ぶ
115	39	20	16	三位入道歌等	頼政、保元の乱の勧賞には与からなかったが、歌徳により殿上を許される
116			16	三位入道歌等	ある女房、昇殿を許された頼政に和歌を詠みかける
117	40		16	菖蒲前	頼政、鳥羽院に召される

版本	海	仏	巻	章段	場面
118			16	菖蒲前	鳥羽院、女房三人を並ばせ頼政に誰が菖蒲前かを当てさせる
119	41		16	菖蒲前	鳥羽院、菖蒲前の手を引いて頼政に下賜
120			16	三位入道芸等	信頼、宮中に出現した剣で坪庭の石を切ろうとする
121			16	三位入道芸等	公卿ら、鵺の出現に怯える二条院についての僉議を行う
122			16	三位入道芸等	石川秀廉、鵺退治を命じられるが辞退する
123			16	三位入道芸等	東三条の森から黒雲が現れる
124	42	21	16	三位入道芸等	頼政、鵺を射止める
125			16	同寺焼失	重衡軍と三井寺大衆が合戦する
126	43		16	同寺焼失	三井寺炎上
127	44	22	16	遷都	福原遷都
128			16	遷都	楼御所に閉じ込められる後白河法皇か（※）
129	45		16	将軍塚鳴動	安倍季弘、勘文を書く
130			16	司天台	新都行幸の際、何者かが東寺の門の道ばたに札を立てる
131	46		17	福原京	福原新都の事始めを行う
132		23	17	祇王祇女	祇王、清盛の前で舞う
133			17	祇王祇女	清盛、仏御前を無理矢理引き寄せる
134			17	祇王祇女	祇王、清盛の使者から早く館を立ち退くよう促される
135	47	24	17	祇王祇女	祇王、清盛の命令により仏御前の前で舞を舞う
136			17	祇王祇女	祇王母子、出家して往生院に移る
137			17	祇王祇女	仏御前、往生院を訪ねる
138			17	祇王祇女	祇王母子と仏御前、それぞれ往生を遂げる
139			17	新都有様	福原移住のため、人々が木材などを舟や筏で運ぶ
140			17	隋堤柳	隋煬帝、川の片岸に柳を植え、舟に女達をのせて遊びにふけり政治を怠る
141			17	人々見名所々々	人々、思い思いの場所で名所の月を眺める
142	48		17	実定上洛	実定、大宮御所を訪ね待宵の小侍従と対面する
143		25	17	実定上洛	実定は笛、大宮（多子）は琵琶、待宵の小侍従は琴を奏でる
144			17	待宵侍従	待宵の小侍従、広隆寺に参籠する
145			17	優蔵人	待宵の小侍従、名残惜しい様子で実定を見送る
146	49		17	優蔵人	蔵人、待宵の小侍従の前で和歌を詠む

147			17	源中納言夢	雅頼の侍、雅頼に霊夢の内容を語る
148			17	源中納言夢	行隆、雅頼に侍の居所を尋問する
149	50		17	大場早馬	東国の情勢を知らせる早馬が清盛邸に到来する
150		26	17	大場早馬	早馬の報告を聞く清盛の前で、意見を述べる畠山兄弟ら
151			17	栖軽取雷	栖軽、雄略天皇の命で雷を追いかける
152			17	蔵人取鷺	蔵人、醍醐天皇の命に従い神泉苑で鷺を捕まえようとする
153			17	始皇燕丹・勾践夫差	燕丹、戦に負けて捕らわれの身となる
154	51		17	始皇燕丹・勾践夫差	燕丹が祈ると、角の生えた馬・頭の白い烏が現れる
155			17	始皇燕丹・勾践夫差	燕丹、川へ落ちるが亀に助けられる
156			17	始皇燕丹・勾践夫差	燕丹、田光先生を招いて語り合う
157	52		17	始皇燕丹・勾践夫差	樊於期、自ら自分の首を切って荊軻に渡す
158		27	17	始皇燕丹・勾践夫差	越呂、昆明池に身を投げる
159			17	始皇燕丹・勾践夫差	荊軻・秦舞陽、阿房宮の階段を上る
160			17	始皇燕丹・勾践夫差	荊軻、始皇帝の袖をつかみ、剣を振りかざす
161			17	始皇燕丹・勾践夫差	荊軻と秦舞陽、后の琴の音に聴き惚れる
162	53		17	始皇燕丹・勾践夫差	夏附旦、荊軻の持つ剣に向かって薬袋を投げる
163	54	28	17	始皇燕丹・勾践夫差	会稽山の戦い
164			17	光武天武即位	頼朝挙兵の報に動揺する平家の人々
165		29	18	文覚頼朝勧進謀叛	祐親法師、見知らぬ幼児（千鶴）に気付き、乳母に問いかける
166	55		18	文覚頼朝勧進謀叛	祐親法師の配下の武士ら、千鶴を連れて行く
167			18	文覚頼朝勧進謀叛	頼朝、鬼武を連れて館から逃げる
168			18	文覚頼朝勧進謀叛	北条時政の娘（政子）、頼朝の居る伊豆山に籠もる
169			18	文覚頼朝勧進謀叛	孤児盛遠、童を集めて悪さをする
170	56		18	文覚頼朝勧進謀叛	文覚、霊地を巡り日々修行を行う
171		30	18	孝謙帝愛道鏡	孝謙天皇より宇佐の勅使に任じられる松名（あるいは結果を奏聞する場面か※）
172			18	孝謙帝愛道鏡	松名が叫ぶと、雲の中から俗人姿の宇佐八幡大菩薩が現れる
173	57	31	18	文覚勧進高雄	文覚、後白河院御所で管弦の最中に、大声で勧進帳を読む
174			18	仙洞管絃	文覚、平判官資行の烏帽子を落とし突き倒す
175			18	仙洞管絃	安藤右馬大夫右宗、文覚に掴みかかる
176	58		18	仙洞管絃	文覚、捕らえられても悪態をつく

版本	海	仏	巻	章段	場面
177			18	仙洞管絃	文覚、牢の中で悪口を続け、手を合わせて仏神の助けを念じる
178			18	文覚流罪	文覚、恩赦後も人中で勧進帳を手にして悪態をつく
179			18	同人清水状・天神金	下部らは文覚に言われるまま、硯、紙を用意する
180	59	32	18	同人清水状・天神金	文覚、手書きを呼んで、酒を振る舞う
181			18	同人清水状・天神金	配流の途次、文覚一行は渡辺に宿泊する
182	60		18	同人清水状・天神金	梶取りら、文覚に騙され五条天神の鳥居の左柱の根を掘る
183			18	竜神守三種心	梶取りら、高いびきをかく文覚を揺り起こす
184	61		18	竜神守三種心	文覚、海に向かって海龍王を呼ぶ
185		33	18	竜神守三種心	文覚、領送使国澄の問いに答える
186	62		18	竜神守三種心	下部の一人である明澄、文覚の弟子になる
187	63		18	竜神守三種心	文覚、那智の滝で荒行をする
188			18	竜神守三種心	気を失う文覚を助ける童子二人
189	64		19	文覚発心	袈裟御前、美しく成長する
190		34	19	文覚発心	渡辺の橋の上に立つ盛遠と、輿に乗ろうとする袈裟
191			19	文覚発心	盛遠、衣川に刀を突きつける
192			19	文覚発心	袈裟、衣川からの手紙を見る
193		35	19	文覚発心	袈裟、夫の渡に酒を飲ませる
		36			
194	65		19	文覚発心	盛遠、濡れた髪を目当てに首を斬る
195			19	文覚発心	盛遠、渡に袈裟の首と刀を渡し、自分の首を斬るように請う
196			19	文覚発心	渡と盛遠、自ら髻を切る
197	66		19	文覚発心	衣川、尼となって天王寺を訪れる
198			19	文覚発心	文覚、袈裟の墓を作り供養する
199			19	文覚頼朝対面付白首	頼朝、文覚の庵を訪ねる
200		37	19	文覚頼朝対面付白首	文覚と頼朝の対談
201	67		19	文覚頼朝対面付白首	頼朝、義朝の髑髏を膝の上に置いて涙する
202			19	曹公尋父骸	水神、溺れた父を捜す曹公を憐れみ、父の骸を与える
203			19	文覚入定京上	文覚の入定を聞き、国中の人が集まり拝む
204			19	文覚入定京上	文覚、上京して楼の御所へ光能を訪ねる

205	68		19	文覚入定京上	頼朝、文覚から院宣を受け取る
206			19	義朝首出獄	頼朝、庭に下りて義朝の首を文覚から受け取る
207	69		19	聞性検八員	聞性房、頼朝に山木兼隆を討つよう勧める
208		38	19	聞性検八員	頼朝、米八石・美絹八疋など八種を聞性房に送る
209			19	兵衛佐催家人	頼朝、時政を呼んで挙兵を相談
210	70		19	兵衛佐催家人	時政の言葉通りに軍勢が集まる
211			19	佐々木取馬下向	高綱、馬を手に入れるため紀介に話しかける
212	71		19	佐々木取馬下向	高綱、紀介の馬で川を渡る
213			19	佐々木取馬下向	高綱、刀を抜き紀介を刺し殺そうとする
214	72		19	佐々木取馬下向	高綱、頼朝の許へ参上する
215			20	八牧夜討	佐々木源三秀義と大場三郎景親との対話
216	73		20	八牧夜討	頼朝、定綱を召して兄弟を呼ぶように頼む（あるいは北条時政を召した場面か※）
217		39	20	八牧夜討	関屋八郎が一人で八牧館を弓矢で防ぐ
218			20	八牧夜討	景廉、馬から降りて館内に立つ頼朝の前に参上する
219			20	八牧夜討	景廉、八牧館の前で、頼朝から授かった長刀を時政に見せる
220	74		20	八牧夜討	景廉、八牧館に火をかけさせる
221			20	八牧夜討	関屋八郎、最後の矢をつがえる
222			20	八牧夜討	景廉、関屋の首を取る
223			20	八牧夜討	古山法師、太刀を抜いて景廉に飛びかかる
224	75		20	八牧夜討	景廉、長刀にさした兼隆の首を頼朝に見せる
225			20	小児読諷誦	諷誦を読もうとする小児をとめる乳母
226		40	20	佐殿大場勢汰	頼朝の勝利に近国の侍が集まる
227	76		20	佐殿大場勢汰	三浦義明、頼朝からの廻文を一族の者達に見せる
228			20	佐殿大場勢汰	頼朝の使者である盛長に酒を振る舞う三浦の人々
229		41	20	石橋合戦	景親と時政の詞合戦
230	77		20	石橋合戦	頼朝、佐奈田与一を召す
232			20	石橋合戦	佐奈田与一、自分の亡き後の事を文三家安に頼むが断られる
233			20	石橋合戦	名乗りをあげる佐奈田与一
234			20	石橋合戦	佐奈田与一、取った首を見ると、岡部弥次郎だった

版本	海	仏	巻	章段	場面
235	78		20	石橋合戦	長尾新五、組み合う二人に敵か味方かを問う
			20	石橋合戦	佐奈田与一、俣野を切ろうとするが刀が抜けない
236		42	20	石橋合戦	文三家安、主君の佐奈田与一を探す
237	79		20	石橋合戦	頼朝、荻野五郎に矢を射る
238			20	公藤介自害	狩野五郎、父公藤介茂光を背負うが進むのもままならない
239	80		20	楚効荊保	狩野五郎の前で腹を切る公藤介茂光
240			20	高綱賜姓名	景親・義清、頼朝を追いかける
241			20	高綱賜姓名	景親の童、佐々木高綱の矢で倒れた馬の下敷きになる
242	81		20	高綱賜姓名	頼朝、高綱に、世が静まった後に国の半分を与えると約束する
243			21	兵衛佐殿隠臥木	田代冠者、頼朝を逃す為に木の上から矢を射る
244	82		21	梶原助佐殿	頼朝、六人の従者と共に伏木に隠れる
245	83	43	21	梶原助佐殿	景親、伏木の上に立ち、伏木の中を探索するよう命じる
246			21	梶原助佐殿	景親、伏木の中を弓で探ると鳩が二羽飛び出す
247	84		21	小道地蔵堂	頼朝主従、伏木の中から逃げる
248			21	小道地蔵堂	小道地蔵堂の上人法師、頼朝主従を匿う
249	85		21	小道地蔵堂	景親らに拷問を受ける上人法師
250			21	小道地蔵堂	息絶えた上人法師を膝に乗せ涙ぐむ頼朝
251			21	大沼遇三浦	和田義盛、丸子川の対岸の大沼三郎に馬を渡す
252		44	21	大沼遇三浦	三浦軍、大沼三郎から石橋山の敗戦を聞く
253	86		21	小坪合戦	小坪坂へ移動する三浦軍
254			21	小坪合戦	畠山重忠の使者、和田義盛に重忠の意向を伝える
255	87	45	21	小坪合戦	和田勢五十人が唐笠で招くが、開戦と勘違いする和田小次郎
256			21	小坪合戦	和田義盛、藤平に指南された戦闘方法で戦う
257	88		21	小坪合戦	和田小次郎が波打ち際に休んでいると、綴太郎が近づく
258			21	小坪合戦	綴太郎の首を岩の上に置き、波に足を浸す和田小次郎
259		46	21	小坪合戦	綴小太郎に矢を射られ、手をあげて話しかける和田小次郎
260	89		21	小坪合戦	和田小次郎、討ち取った綴の首を太刀の先につける
261			21	小坪合戦	本田次郎、和田小次郎と戦おうとする重忠を引き留める
262	90		21	小坪合戦	半沢成清、重忠を自分の馬に乗せる

263			22	衣笠合戦	三浦一族、三浦に戻り軍議を開く
264	91	48	22	衣笠合戦	義明、衣笠城で酒肴を勧め、軍配を行う
265			22	衣笠合戦	三浦軍、河越・畠山軍に弓矢で応戦する
266	92		22	衣笠合戦	深田に落ちた敵を、三浦方の杖打の者達が突き刺す
267	93		22	衣笠合戦	金子十郎、和田義盛に射られる
268			22	衣笠合戦	金子与一と三浦与一が斬り合う
269	94		22	衣笠合戦	義澄、出陣しようとする義明を留める
270		47	22	衣笠合戦	義明、子孫らに自分を置いて城を出るように説く
271			22	衣笠合戦	義明を無理矢理輿に乗せようとする郎等
272			22	衣笠合戦	義明を輿に乗せて走る郎等
273			22	土肥焼亡舞	土肥実平、土肥の民家の焼亡を見て乱舞する
274			22	同女房消息	実平、女房から届いた手紙を読む
275	95		22	大太郎烏帽子	烏帽子商人大太郎、烏帽子を取り出して頼朝主従に渡す
276			22	大太郎烏帽子	頼朝、盛長を通じて大太郎夫妻に出世後の約束をする
277		49	22	宗遠値小次郎	土屋三郎宗遠、足柄の関を越え、小次郎義清と遭遇
278			22	宗遠値小次郎	宗遠と義清、二人で甲斐国へ向かう
279	96		22	佐殿漕会三浦	頼朝の隠れる舟と三浦の舟が接近する
280			22	佐殿漕会三浦	三浦、衣笠城のことなどを語る
281			22	佐殿漕会三浦	頼朝、柴の中から這い出る
282	97		22	佐殿漕会三浦	頼朝、安房国の洲の明神へ参詣し、和歌を詠む
283			22	千葉足利催促	頼朝、上総に着き千葉介・上総介に使者を送る
284	98	50	22	千葉足利催促	上総・下総の勢、頼朝に加勢する
285			22	俵藤太将門中違	上総介、館に戻り、頼朝の態度を褒める
286	99		22	入道申官符	清盛、新院（高倉上皇）に源氏追討の院宣を所望
287			22	入道申官符	新院、清盛の要求通り、源氏追討宣旨を下す
288			22	入道申官符	清盛、官兵を派遣させる
289	100	51	23	新院厳島御幸	新院、清盛に厳島詣の意志を伝える（但し、仏No.51は版本巻26「天智懐妊女賜大織冠」の挿絵（清盛が高倉上皇に拝謁）にも酷似している※）
290			23	新院厳島御幸	新院、清盛ら、厳島へ向かう
291	101		23	入道奉勧起請	新院一行、厳島神社で啓白

版本	海	仏	巻	章段	場面
292			23	朝敵追討例	真盛、東国の案内者として先陣を命じられる
293			23	駅路鈴	大僧都尊意、延暦寺の講堂で将門調伏の法を行う
294	102		23	駅路鈴	清原滋藤、将門追討の折、清見関の夜景を詠じる
295	103	52	23	忠文祝神	忠文、小野宮の反対で勧賞に漏れ、内裏を出て大声で罵る
296			23	忠文祝神	忠文の霊を祀る宇治の離宮明神
297	104		23	追討使門出	忠度の許へ女房から小袖と和歌が送られる
298			23	追討使門出	追討使の平家軍、道すがら略奪を重ねる
299			23	源氏隅田川原取陣	江戸・葛西、頼朝の命令で隅田川に浮橋を渡す
300			23	源氏隅田川原取陣	八箇国の大名小名ら、ここかしこより参上する
301			23	畠山推参	重忠、頼朝の許に参上する
302			23	大場降人	逃走中の景親、頼朝軍の情勢について報告を聞く
303			23	平氏清見関下	源氏軍、富士川の東川原に布陣
304	105	53	23	真盛京上	維盛、真盛を呼び、東国武者について質問する
305			23	平家逃上	平家軍、富士川の水鳥の羽音に驚いて逃げる
306			23	平家逃上	源氏軍、平家軍が消えたいきさつを遊女に尋ねる
307			23	新院恐御起請	新院、起請の件を源通親に語る
308			23	新院恐御起請	清盛邸の門前に、富士川の敗戦を揶揄した落書
309			23	義経軍陣来	義経、浮島原の陣に頼朝を訪ねる
310	106	54	23	義経軍陣来	頼朝、義経との対面で涙を流す
311			23	平家方人罪科	景親ら、捕縛されて庭に引き据えられる
312	107		23	平家方人罪科	長尾五郎、出家する
313	108		23	平家方人罪科	頼朝、八箇国の大名・小名を従わせる
314			23	若宮八幡宮祝	鎌倉の鶴岡に若宮を造営する
315	109	55	24	新嘗会	新嘗会では五節の舞だけが行われる
		56			
316			24	山門都返奏状	山門の衆徒、都還りを要求する奏状を書く
317	110		24	都返僉議	清盛、都還りについての僉議を行う
318			24	都返僉議	清盛、勧修寺宗房の意見を聞き、席を立つ
319		57	24	両院主上還御	都還りの人々

320			24	両院主上還御	都還りの騒ぎの中、福原清盛邸の門前に落書
321	111		24	頼朝廻文	平家の人々、頼朝の廻文を見て動揺する
322			24	近江源氏追討使	近江源氏追討軍発向
323	112		24	南都合戦焼失	南都の大衆、妹尾勢を討つ
324			24	南都合戦焼失	清盛の首をかたどり、蹴鞠の様に扱う大衆や稚児等
325		58	24	南都合戦焼失	重衡軍に抵抗する南都の大衆
326	113		24	南都合戦焼失	坂四郎永覚の活躍
327	114		24	南都合戦焼失	人々、大仏殿の屋根に逃げるが、階段が折れて落ちる
328			24	南都合戦焼失	猛火に逃げ惑う人々
329			24	仏法破滅	神仏が工匠や人夫となり、東大寺建立を助ける
330			24	仏法破滅	聖武天皇代、大仏供養の導師に行基が選ばれる
331	115		24	仏法破滅	行基が祈ると、婆羅門尊者が舟で難波浦に現れる
332			24	仏法破滅	大仏開眼の筆に縄を付けて、諸人が取り付く
333	116		24	仏法破滅	鑑真の弟子達、袈裟で顔や頭を隠して鑑真の渡航を止める
334			24	仏法破滅	戒壇院を造立し、鑑真による受戒を行う
335			24	仏法破滅	阿弥陀三尊が難波浦に渡来
336	117		24	仏法破滅	一言主明神前の大木から煙が出る
337		63	34	明雲八条宮人々被討	大進法橋行清、明雲と八条宮の首を盗む
338	118		37	熊谷父子寄城戸口	熊谷父子、一谷の城戸口で名乗りをあげるが、平家方は矢を射懸けるのみ
339			37	平山来同所	成田五郎、平山季重が木に繋いだ馬を見つける
340			37	平山来同所	季重と熊谷父子、城の様子を見る
341			37	平家開城戸口	季重、主従二騎で城戸口へ懸け入る
342	119		37	平家開城戸口	景清、熊谷父子と組もうとする
343			37	平家開城戸口	熊谷父子と平山に近づく者は無く、平家軍が矢を射る場面か（※）
344			37	源平侍合戦	季重、敵の首を取って城戸口を出る
345			37	源平侍合戦	成田、村上らが加わり乱戦となる
346	120		37	平次景高入城	射られた河原太郎を背負う弟二郎
347			37	平次景高入城	真鍋五郎、河原兄弟の首を手鉾に刺して、矢倉から見せる
348		59	37	平次景高入城	源平両軍、生田口で逆茂木をはさんで射撃戦
349			37	平三景時歌共	梅の枝を箙にさす景時

版本	海	仏	巻	章段	場面
350	121		37	義経落鵯越	鵯越へ向かう義経軍
351			37	義経落鵯越	義経軍、鉢状蟻途から崖下を見下ろす
352			37	義経落鵯越	占形として落とした源氏の馬は起き、平家の馬は転倒
353			37	義経落鵯越	義経軍、急坂を落とす
354	122		37	義経落鵯越	馬を背負って急坂を下りる重忠
355			37	馬因縁	義経軍、一谷の城郭に乱入し、平家軍と戦う
356			37	馬因縁	平家軍、舟に逃げ込もうとする
357		60	37	馬因縁	猪俣近平六則綱、越中前司盛俊と組み合う
358	123		37	馬因縁	畦に腰掛ける則綱と盛俊に、近付く塩谷五郎
359			37	馬因縁	則綱、盛俊を深田に突き倒す
360			37	馬因縁	平家方の兵達は舟に向かうが、舟は一杯である
361			37	重衡卿虜	庄三郎ら三騎が重衡を追いかける
362	124		37	重衡卿虜	重衡、海へ逃げるが遠浅である
363			37	重衡卿虜	庄三郎、生け捕った重衡を自分の馬に乗せる
364	125		37	平家公達亡	逃げる忠度を追う岡部六弥太忠澄
365			37	平家公達亡	忠度、忠澄を斬ろうとするところに郎等が現れる
366	126		37	平家公達亡	忠度、十念を唱えながら忠澄に斬られる
367		61	37	平家公達亡	通盛、児玉党に追いかけられる
368	127		38	知盛遁戦場乗船	知盛、井上（馬）に乗って舟へ逃げる
369			38	知盛遁戦場乗船	義経軍、渚から舟の方を見る井上を捕らえようとする
370		62	38	経俊敦盛経正師盛已下頸共懸一谷	直実、扇で敦盛を呼び止める
371	128		38	経俊敦盛経正師盛已下頸共懸一谷	直実、敦盛の顔を見て驚く
372			38	経俊敦盛経正師盛已下頸共懸一谷	直実、敦盛の首を直家に見せる
373	129		38	経俊敦盛経正師盛已下頸共懸一谷	経正、城四郎高家に追われて切腹
374	130		38	経俊敦盛経正師盛已下頸共懸一谷	師盛、豊島九郎実治を舟に乗せようとする
375			38	経俊敦盛経正師盛已下頸共懸一谷	宗盛、知盛の話に涙ぐむ
376	131		38	経俊敦盛経正師盛已下頸共懸一谷	義経、討ち取った平家軍の首をさらす
377			38	経俊敦盛経正師盛已下頸共懸一谷	平家の人々、波に揺られてさまよう
378	132		38	熊谷送敦盛頸	経盛、直実から敦盛の首と手紙を受け取る

379			38	熊谷送敦盛頸	経盛、直実に返事を書く
380			38	小宰相局慎夫人	通盛、車から降りる小宰相をほの見る
381	133		38	小宰相局慎夫人	舎人、通盛の恋文を小宰相に渡す
382		65	38	小宰相局慎夫人	小宰相、滝口時員から夫の訃報を聞き嘆く
383			38	小宰相局慎夫人	小宰相、乳母子の女房に悲痛な心境を語る
384	134		38	小宰相局慎夫人	船人ら、入水した小宰相を引き上げる
385			38	小宰相局慎夫人	通盛の着背長を着せて小宰相の遺体を海に戻す。続いて飛び込もうとする乳母子の女房
386	135		38	惟盛北方被見頸	斎藤兄弟、維盛の首の有無を確かめる
387			38	惟盛北方被見頸	斎藤兄弟の報告を聞いて涙する維盛北の方
388		64	38	重衡京入定長問答	重衡、大路渡し
389			38	重衡京入定長問答	定長、重衡に院宣の内容を伝える
390			38	重国花方西国下向上洛	定長、院参して宗盛の返事を奏聞する
391			38	重国花方西国下向上洛	時忠、花方の鼻を削ぐ
392	136		39	友時参重衡許	友時、重衡と面会するために腰の刀を預ける
393			39	重衡迎内裏女房	友時と再会した重衡が、内裏女房の話を語る
394		66	39	重衡迎内裏女房	内裏女房、重衡を想って嘆く
395			39	重衡迎内裏女房	友時が戸を叩くと、中から童が出てくる
396	137		39	重衡迎内裏女房	重衡、内裏女房からの手紙を読む
397			39	重衡迎内裏女房	重衡、車に寄り内裏女房の手を取る
398		67	39	同人請法然房	重衡、法然と対面する
399			39	同人請法然房	法然、剃刀を重衡の額に当て、戒を授ける
400	138		39	同人関東下向事	重衡、関東下向
401			39	同人関東下向事	重衡、長光寺の柱に名籍を書く
402	139		39	同人関東下向事	北条館で一法房と重衡の対面
403		68	39	頼朝重衡対面	頼朝、重衡と対面する
404			39	重衡酒盛	狩野介、重衡に入浴をすすめる
405			39	重衡酒盛	湯殿に女（千手前）が現れ、重衡の世話をする
406	140		39	重衡酒盛	女は重衡の髪を梳く
407			39	重衡酒盛	狩野介、酒宴を開き女に酌取りをさせる
408			39	重衡酒盛	琵琶を弾き、朗詠する重衡

版本	海	仏	巻	章段	場面
409			39	重衡酒盛	頼朝、親能に歌の意味を問う
410	141	69	39	重衡酒盛	頼朝、千手前に重衡と交情があったかどうかを尋ねる
411			39	重衡酒盛	伊王前、結四手を連れて、重衡の相手をする
412			39	維盛出八島	維盛主従、屋島から舟で紀伊へ向かう
413			39	同人於粉河寺謁法然坊	粉河寺で、一人の僧が維盛主従に話しかける
414			39	同人於粉河寺謁法然坊	維盛、法然に見参したい旨、重景に相談する
415	142		39	同人於粉河寺謁法然坊	維盛、法然と対面する
416		70	39	同人於粉河寺謁法然坊	法然、粉河寺で談義をする
417			39	同人高野参詣・横笛	維盛、高野山に行き時頼入道の坊を訪ねる
418	143		39	同人高野参詣・横笛	横笛、法輪寺にいるという時頼を訪ねる
419			39	同人高野参詣・横笛	横笛、法輪寺で時頼との再会を祈念
420	144		39	同人高野参詣・横笛	横笛の様子を垣間見る時頼
421			39	同人高野参詣・横笛	横笛、衣を柳の木にかけて入水
422	145		40	法輪寺・高野山	空海の弟子道昌、葛井寺（法輪寺）に参籠
423		71	40	法輪寺・高野山	維盛、時頼と対面
424			40	法輪寺・高野山	維盛、時頼の案内で高野山廻り
425			40	観賢拝大師	観賢、奥の院の御廟に詣でて御帳を開く
426	146		40	観賢拝大師	観賢、御廟で空海の髪を剃る
427			40	観賢拝大師	維盛、御廟の前で念誦しさめざめと泣く
428		72	40	弘法大師入唐	空海、三鈷を唐から日本の方角に向かって投げる
429			40	弘法大師入唐	空海、高野山で怪しい老人に出会う
430	147		40	維盛出家	維盛、与三兵衛重景・石童丸に都へ帰るように諭す
431			40	維盛出家	重景、維盛よりも先に髻を切る
432			40	維盛出家	心蓮上人、維盛の髪を剃る
433			40	維盛出家	維盛、武里を呼んで屋島に行くよう命じる
434	148		40	唐皮抜丸	桓武天皇代、慶円が祈祷すると、雲の中から鎧が現れる
435			40	唐皮抜丸	八尺霊烏、主上に笏で招かれ刀を落とす
436		73	40	唐皮抜丸	鈴鹿山のほとりに住む貧男、太神宮に詣でる
437			40	唐皮抜丸	貧男、太刀を木に掛けて一夜を明かす

438	149		40	唐皮抜丸	池から現れた大蛇に向かい、鞘から抜ける名刀木枯と、うたた寝中の忠盛
439			40	三位入道熊野詣	岩代王子で湯浅宗光とすれ違う維盛主従
440			40	三位入道熊野詣	宗光、従者達にすれ違った僧が維盛であることを語る
441			40	三位入道熊野詣	維盛主従、滝尻王子で通夜する
442	150	74	40	三位入道熊野詣	維盛主従、熊野本宮の寂静坊阿闍梨の庵室に入る
443			40	三位入道熊野詣	維盛主従、庵室を発って、証誠殿の御前で再拝念誦
444			40	熊野大峯	維盛主従、本宮を出て、備崎から舟で新宮に向かう
445			40	熊野大峯	維盛主従、花山法皇の旧跡を訪ねる
446			40	熊野大峯	熊野社参の山伏が、維盛や時頼の素性を語る
447			40	中将入道入水	維盛主従、金島に上陸して松の木に名籍を書く
448	151	75	40	中将入道入水	維盛主従、金島から舟で沖へ
449			40	中将入道入水	維盛、妻子に最後の文を書く
450	152		40	中将入道入水	維盛、舟から海へ飛び込む
451			40	中将入道入水	維盛の入水に嘆く武里ら
452			40	中将入道入水	時頼が磯の方へ戻ると、海士達が集まり沖を指差している
453			40	中将入道入水	武里、資盛に維盛の遺言を報告
454		76	41	頼朝叙正四位下	除目が行われ、頼朝が正四位下に叙される
455	153		41	忠頼被討	一条忠頼、宮藤次資経や滝口朝次らに誅される
456			41	頼盛関東下向	頼盛、宗清左衛門尉に関東下向を断る理由を尋ねる
457			41	頼盛関東下向	頼朝、頼盛と対面する
458	154		41	親能搦義広	親能、双林寺で三郎先生義広を捕縛
459			41	親能搦義広	頼盛は大納言、範頼は三河守となる
460		77	41	平田入道謀叛三日平氏	源次能盛・貞継法師と佐々木源三秀義が川を挟んで対陣する
		78			
461			41	維盛旧室歎夫別	維盛北の方、夫の文を手にも取らずに嘆く
462			41	維盛旧室歎夫別	屋島では、建礼門院や二位尼はじめ、女房達が涙にくれる
463	155		41	伊勢滝野軍	平信兼軍、義経軍に矢を射かける
464			41	屋島八月十五夜	平家の人々、行盛の詠歌を聞き涙を流す
465			41	範頼西海道下向	範頼、室の高砂で遊女と遊宴にふける
466		79	41	盛綱渡海・小島合戦	藤戸渡で平家軍が扇を広げて、源氏軍を挑発

版本	海	仏	巻	章段	場面
467	156		41	盛綱渡海・小島合戦	佐々木盛綱、浦人に浅瀬の位置を尋ねる
468			41	盛綱渡海・小島合戦	盛綱、藤戸を渡る
469			41	盛綱渡海・小島合戦	源平が入り乱れて戦う
470			41	盛綱渡海・小島合戦	舟で屋島へ引き返す平家軍と、藤戸の陣へ戻る源氏軍
471	157		41	義経拝賀御禊供奉	義経拝賀
472			41	実平自西海飛脚	範頼軍、緒方三郎の舟に乗り豊後国へ渡る
473		80	41	被行大嘗会	太政官庁で大嘗会が行われる
474	158		41	頼朝条々奏聞	大膳大夫成忠、頼朝奏聞の条々を後白河法皇に奏上する
475			41	義経院参平氏追討	義経、西国発向の前に院参
476	159		41	三社諸寺祈祷	諸寺で平家調伏の法が行われる
477			41	三社諸寺祈祷	知盛ら屋島にいる平家の人々、寄り集まって嘆く
478	160	81	41	梶原逆櫓	景時、義経に逆櫓を取り付けるよう進言する
479			41	梶原逆櫓	義経、景時に反論する
480	161		41	梶原逆櫓	武士等、義経と景時の争いを制止する
481			41	梶原逆櫓	義経の言葉に従う重忠や弁慶
482	162	82	42	義経解纜向西国	義経ら、渡辺から舟で西国へ向かう
483			42	義経解纜向西国	水手楫取、強風に煽られながらも楫を取る
484			42	義経解纜向西国	義経軍、桜間良連の館を攻める
485	163		42	資盛清経被討	豊後国住人ら、舟を揃えて範頼軍を迎え入れる
486			42	勝浦合戦付勝磨	義経、桜間介良遠の館を攻める
487			42	勝浦合戦付勝磨	義経、浦人に地名を尋ねる
488	164		42	親家屋島尋承	近藤六親家、義経の味方に加わる
489			42	親家屋島尋承	義経軍、伝内左衛門尉の留守中に勝宮（新八幡）を攻める
490		83	42	親家屋島尋承	義経主従、勝宮に参詣する
491			42	金仙寺観音講	義経軍が金仙寺に攻め入り、慌て惑う観音講に集まった人々
492	165		42	金仙寺観音講	弁慶、金仙寺で観音講式を読む
493			42	金仙寺観音講	義経一行、屋島の宗盛へ手紙を届ける使者と遭遇する
494			42	金仙寺観音講	義経、屋島への使者を木に縛り、屋島へ向かう
495			42	屋島合戦	平家、武例高松の焼亡を見て、慌てて舟を用意する

496	166		42	屋島合戦	武蔵三郎左衛門尉有国と伊勢三郎の詞合戦
497			42	屋島合戦	義経勢、屋島の家々に火を放つ
498			42	屋島合戦	平家軍は舟から、源氏軍は陸から矢を射かける
499		84	42	屋島合戦	藤次兵衛尉範忠、義経勢に加わる
500	167		42	玉虫立扇	玉虫、扇を射るように招く。源氏、誰を射手にするか議論
501			42	与一射扇	那須与一、扇を挿した舟の方へ向かう
502			42	与一射扇	与一、扇を射止め、扇は宙に舞う
503			42	与一射扇	与一、海へ引き返し家員に矢を向ける
504			42	与一射扇	馬を射られて落ちる丹生屋の前に、長刀を持った武者が現れる
505			42	与一射扇	大胡小橋太、鞆六郎の足を引っ張り海へ落とす
506			42	与一射扇	盛嗣、義経を熊手にかけようとする
507		87	42	与一射扇	義経の弓流し
508			42	与一射扇	義経、小林神五宗行に竜頭の甲を与える
509	168		42	源平侍共軍	宗盛、教経に義経を狙うよう指示
510			42	継信孝養	継信、教経に首の骨を射られて馬から落ちる
511			42	継信孝養	教経、菊王丸をつかんで舟に投げ入れる
512			42	継信孝養	継信、義経に遺言
513			42	継信孝養	義経、僧を請じ、薄墨（馬）を与えて継信の孝養を行う
514			42	継信孝養	源氏は武例高松に布陣し、鎧を脱いで休息する
515		88	42	継信孝養	平家は薙鎌・長刀で歩立ち、源氏は騎馬で戦う
516	169	89	43	湛増同意源氏	熊野別当湛増、源氏と平氏それぞれに準えた鶏を戦わせる
517			43	平家志度道場詣	河野通信、千騎の軍兵を率いて義経軍に加勢（あるいは、平家勢が屋島を出る場面か※）
518			43	成直降人	伝内左衛門尉、伊予に戻る途中、夫男と遭い、平氏惨敗の噂を聞く
519			43	成直降人	伝内左衛門尉、琴造の宮で伊勢三郎と遭遇する
520	170		43	成直降人	船上の平家勢（あるいは梶原らの舟が屋島に着く場面か※）
521			43	住吉社鏑箭	住吉社に様々な幣帛・宝物を奉る
522			43	源平侍遠矢	源氏、引島の平氏を攻める
523			43	源平侍遠矢	知盛、舟の舳先に立ち、「戦は今日を限り」と言う
524			43	源平侍遠矢	知盛、宗盛に心変わりした成良を斬るよう進言する
525	171	90	43	源平侍遠矢	義経が祈ると白鳩二羽が源氏の旗の上に現れる

版本	海	仏	巻	章段	場面
526			43	源平侍遠矢	新居宗長、和田義盛へ向けて矢を放つ
527			43	源平侍遠矢	義経、宗長の矢を持って、射返せる者を探す
528			43	源平侍遠矢	浅利与一、扇を開いて立つ男の舟に矢を射る
529			43	源平侍遠矢	和田義盛が舟をこぎ廻し、次々と矢を射る場面か（※）
530			43	知盛船掃除	知盛、船中を掃除させる
531	172	91	43	知盛船掃除	海鹿の大群が現れ、安部晴延が占う
532			43	二位禅尼入海	二位尼、安徳天皇を抱いて入水
533			43	二位禅尼入海	源氏の武士、海上から建礼門院を引き上げる
534	173		43	二位禅尼入海	源氏の武士、内侍所の蓋をあける
535			43	平家亡虜	行盛、舟の舳先で提婆品を読む
536			43	平家亡虜	教経、近づく者を引き寄せ海へ投げ入れる
537			43	平家亡虜	教経、大童になって義経の舟に飛び移る
538	174	92	43	平家亡虜	義経、教経を避けて隣の舟へ飛び移る
539			43	平家亡虜	安芸太郎ら、三人で教経に打ってかかる
540	175		43	平家亡虜	源氏軍、宗盛父子を生け捕る
541			43	平家亡虜	教盛と知盛、家長に宗盛の様子を問う
542			43	平家亡虜	海上に、平家の赤旗赤符や衣が漂う
543			43	平家亡虜	八代宮神主父子、泳いで戦場離脱
544	176	93	43	平家亡虜	義経、合戦の結果を、京の後白河法皇へ注進する
545			43	安徳帝不吉瑞	人々は餓死寸前となって町中に愁の声が充満する
546	177		43	安徳帝不吉瑞	帥典侍、明石浦で和歌を詠む
547			43	神鏡神璽還向	神鏡・神璽還幸について院御所で議定
548	178		44	神鏡神璽都入	神鏡・神璽が都へ戻る
549			44	神鏡神璽都入	内侍所が、朝所に納められる
550		94	44	三種宝剣	素戔烏尊、稲田姫を見せて大蛇をおびき寄せる
551	179		44	三種宝剣	脚摩乳・手摩乳、素戔嗚尊に引き出物の鏡を渡す（本文に該当場面は無く、絵入り無刊記整版本『太平記』「剣巻」からの流用か）
552			44	三種宝剣	景行天皇代、凶徒等、浮島原で日本武尊を焼き殺そうとする
553			44	三種宝剣	天智天皇代、沙門道行、熱田社から草薙剣を盗み出す

554			44	老松若松尋剣	後白河法皇、賀茂大明神に参籠して宝剣発見を祈る
555	180	95	44	老松若松尋剣	後白河法皇、義経を呼んで宝剣を探させる
556			44	老松若松尋剣	海女老松が求めた如法経を、貴僧を集めて書写させる
557			44	老松若松尋剣	老松・若松、法住寺の庭上で海中での体験を語る
558	181		44	虜平家都入	壇ノ浦で生け捕られた宗盛らが入京する
559			44	癩人法師口説言	造道の南にて、癩人法師らが宗盛を酷評
560			44	戒賢論師悪病	後白河法皇、車中から宗盛の姿を見て涙する
561	182	96	44	戒賢論師悪病	牛飼小三郎丸、宗盛の最後のお供をしたいと義経に願う
562			44	戒賢論師悪病	警護の兵が、宗盛父子の様子を幕の隙間から覗く
563			44	女院移吉田	建礼門院、吉田で心細く過ごす
564	183	97	44	同人聟義経	時忠、義経を娘の婿にする
565			44	同人聟義経	時忠、義経から取り戻した文箱を焼く
566	184		44	屋島内府八歳子亡	宗盛、副将を膝の上にのせる
567			44	屋島内府八歳子亡	別れを悲しむ副将を、乳母冷泉殿が抱き取る
568	185		44	屋島内府八歳子亡	武士に副将を奪われて嘆き悲しむ二人の女房
569			44	屋島内府八歳子亡	駿河次郎、副将を斬ろうとする
570			44	女院出家	建礼門院、出家の布施として先帝の直衣を出す
571	186	98	44	女院出家	建礼門院と大納言典侍、郭公の鳴き声を聞く
572			44	女院出家	建礼門院、吉田に閑居する
573			44	忠清入道被切	忠清、姉小路川原で斬首
574	187		45	内大臣関東下向	宗盛父子、鎌倉へ向けて都を出る
575		99	45	内大臣関東下向	宗盛父子、逢坂の関を通る
576	188		45	内大臣関東下向	宗盛父子、熱田神宮に着く
577			45	池田宿遊君歌	宗盛父子、池田宿で侍従と和歌のやりとりをする
578	189		45	池田宿遊君歌	宗盛父子、田子浦を過ぎる
579			45	池田宿遊君歌	箱根山を越え、湯本の宿に着く宗盛か（※）
580			45	女院御徒然	建礼門院、先帝の手習いの反古を見て涙する
581		100	45	大臣頼朝問答	義経、頼朝と対面する
582	190		45	虜人々流罪	平家流罪の官符が下る（あるいは伊勢勅使・改元について意見を述べる場面か※）
583			45	内大臣京上被斬	義経、宗盛のために金性房湛豪を呼ぶ

版本	海	仏	巻	章段	場面
584			45	内大臣京上被斬	公長、斬首のため宗盛の後ろへまわる
585			45	内大臣京上被斬	清宗、念仏を唱え、堀弥太郎が斬る
586		101	45	重衡向南都被斬	護送中の重衡、大納言典侍との面会の許しを請う
587			45	重衡向南都被斬	大納言典侍、重衡の姿を見て泣く
588	191		45	重衡向南都被斬	重衡と大納言典侍の別れ
589			45	重衡向南都被斬	重衡、馬に乗るが、涙にくれて進めない
590		102	45	重衡向南都被斬	南都大衆、重衡の処遇について僉議する
591			45	重衡向南都被斬	重衡、御堂の脇で最後の行水・洗髪をする
592	192		45	重衡向南都被斬	重衡、処刑の場に現れた僧と話す
593			45	重衡向南都被斬	法華経を読む僧
594			45	重衡向南都被斬	首の無い重衡の死体のそばで、犬二、三匹が争う
595			45	重衡向南都被斬	友時、重衡の死体を輿に乗せて日野へ運ぶ
596			45	重衡向南都被斬	(異説)重衡、浄衣の袖のくくりを解いて、仏の手と結ぶ
597			45	重衡向南都被斬	大納言典侍、裸足で輿に走り寄る
598	193		45	重衡向南都被斬	重衡の首、さらされる
599		103	45	大地震	大地震で家々が崩壊する
600	194		45	大地震	大地震について、天文博士が占う
601			45	大地震	地震に慌て惑う人々
602	195		45	義経任伊予守	建礼門院、訪問客から宗盛や重衡の最期を聞く
603			45	義経任伊予守	建礼門院の住居が地震で傾く
604	196	104	46	南都御幸　大仏開眼	後白河法皇、南都へ御幸
605			46	南都御幸　大仏開眼	東大寺大仏開眼
606			46	時忠流罪忠快免	時忠、比良高峯を通り、堅田浦で蜑の釣舟が浮かぶのを見る
607			46	時忠流罪忠快免	時忠、北陸路を進む
608			46	時忠流罪忠快免	忠快の許に鎌倉から物々しい迎えが来る
609	197		46	時忠流罪忠快免	頼朝、忠快の持仏の厨子の扉を、開き見る
610			46	時忠流罪忠快免	忠快、頼朝からの種々の引き出物を受け取る
611	198		46	女院入寂光院	建礼門院、寂光院へ移る
612		105	46	頼朝義経中違	頼朝、景時に義経追討を命じる

613			46	頼朝義経中違	頼朝、土佐房を呼ぶ
614			46	土佐房上洛	義経、泰経を介して頼朝追討の意向を後白河法皇に奏上する
615			46	土佐房上洛	義経、土佐房を呼び出す
616			46	土佐房上洛	静、禿二人に土佐房の宿所を見てくるよう命じる
617	199		46	土佐房上洛	偵察の女房、土佐房の館の様子を報告する
618			46	土佐房上洛	義経、土佐房の襲撃を受け、馬に乗り館を駆け出る
619			46	土佐房上洛	河原へ逃げる土佐房を義経勢が追いかける
620	200		46	土佐房上洛	義経、院御所へ参上
621		106	46	土佐房上洛	捕縛される土佐房
622			46	土佐房上洛	土佐房、大庭に引き出され義経に尋問される
623			46	土佐房上洛	土佐房、六条河原で斬られる
624			46	義経申庁下文	義経、泰経に緒方三郎らへの院庁下文を願い出る
625	201		46	同人惜女遺	義経、時忠女に忍んで会いに行く
626			46	義経行家出都	義経・行家、都を出る
627			46	義経行家出都	義経、八幡の伏拝所で甲を脱いで拝む
628	202	107	46	義経行家出都	義経一行、摂津源氏などを蹴散らして西へ向かう
629			46	義経行家出都	義経・行家の舟、大物浦や住吉浜に打ち上げられる
630			46	義経始終有様	師の僧、遮那王に出家するよう説得する
631			46	義経始終有様	遮那王の兄弟子が上京し、遮那王の事を語る
632	203		46	義経始終有様	義経、伊勢三郎に下人を一人所望（版本No.633と順序が逆か）
633			46	義経始終有様	伊勢三郎と旅人（義経）、打ち解けて話す（版本No.632と順序が逆か）
634			46	義経始終有様	藤太冠者、頼朝の館の前で、取次に義経の文を渡す
635			46	義経始終有様	藤太冠者、頼朝からの返事を受け取り、義経に渡す
636			46	時政実平上洛	時政、上洛する
637	204	108	46	時政実平上洛	時政、吉田経房を通じて守護・地頭の設置を奏上
638			46	尋害平家小児	平家の子息五人、誅される
639			46	闕官恩賞人々	天下の権を執った時政の許に、諸士が参集する場面か（※）
640		109	47	髑髏尼御前	太刀を帯びた男の肩に乗せられ拉致される小児
641			47	髑髏尼御前	阿証坊印西、馬で小児の母と乳母の女房の後をついて行く
642	205		47	髑髏尼御前	小児の首を卒都婆の地輪に据える武士達

版本	海	仏	巻	章段	場面
643			47	髑髏尼御前	印西、小児の首の前で、泣く泣く阿弥陀経を読む
644			47	髑髏尼御前	印西、小児の母と乳母の女房をなだめて帰らせようとする
645			47	髑髏尼御前	小児の母、蓮台野の地蔵堂で出家
646	206		47	髑髏尼御前	常に小車を取り出して見る髑髏尼
647			47	髑髏尼御前	舟で難波沖に出る髑髏尼
648			47	髑髏尼御前	髑髏尼の死体が沖に浮んで発見される
649			47	髑髏尼御前	天王寺の信阿弥陀仏が、印西に髑髏尼の最期を語る
650		110	47	六代御前	六代の居場所を時政に密告する女
651	207		47	六代御前	六代、犬を追って縁に飛び出す
652			47	六代御前	維盛北の方、六代を抱いて離さない
653			47	六代御前	母から離れ武士の許に向かう六代と、兄を追いかける夜叉御前
654	208		47	六代御前	斎藤兄弟、六代の供をする
655			47	六代御前	維盛北の方、斎藤六が持参した六代の文を見る
656			47	六代御前	六代、斎藤六が持参した母からの文を見る
657			47	文覚関東下向	通りがかりの尼、乳母の女房に事情を聞く
658	209		47	文覚関東下向	乳母の女房、文覚に会い、事情を詳しく説明する
659		111	47	文覚関東下向	文覚、北条館で六代に対面する
660			47	文覚関東下向	文覚、乳母の女房に若君の助命後は高雄に置くように言う
661			47	文覚関東下向	母や斎藤兄弟、大覚寺で文覚が戻らないことを嘆く
662	210		47	文覚関東下向	関東に連行される六代に付き従う斎藤兄弟
663			47	文覚関東下向	時政、斎藤兄弟に帰るように勧める
664			47	文覚関東下向	六代と斎藤兄弟の様子を見て、時政らも涙を流す
665		86	47	六代蒙免上洛	文覚の弟子が頼朝の文を時政に見せる
666	211		47	六代蒙免上洛	時政から馬を受け取る斎藤兄弟（版本No.667と順序が逆か）
667			47	六代蒙免上洛	六代、時政との別れを悲しむ（版本No.666と順序が逆か）
668	212		47	六代蒙免上洛	六代らが縁側で休んでいると、籬の隙間から犬が現れる
669			47	六代蒙免上洛	人が出てきて、六代一行に母らの行方を語る
670	213		47	六代蒙免上洛	母と乳母、斎藤五から六代の無事を聞く
671			47	長谷観音	母と再会する六代

672	214		48	同御出家	建礼門院、出家の布施として先帝の直衣を出す
673			48	同御出家	建礼門院、山郭公の声を聞き涙ながらに和歌を詠む
674			48	大臣父子従鎌倉上洛	建礼門院、人の訪問により宗盛や重衡らの最期の報を聞く
675	215	85	48	女院寂光院入御	隆房卿北方、建礼門院に車二両を用意する
676			48	女院寂光院入御	建礼門院、寂光院に移り、侘びしく日を送る
677	216		48	女院寂光院入御	建礼門院、物音を立てたのは人ではなく鹿だったと知る
678	217	112	48	法皇大原江入御	後白河法皇、寂光院の風情を見る
679			48	法皇大原江入御	後白河法皇、見知らぬ尼（阿波内侍）に建礼門院の居所を聞く
680	218		48	法皇大原江入御	後白河法皇、庵室の様子を見る
681			48	法皇大原江入御	後白河法皇、一巻の巻物（過去帳か）を開いて見る
682	219	113	48	法皇大原江入御	山から戻る建礼門院と大納言典侍
683			48	法皇大原江入御	建礼門院、庵室で後白河法皇と対面し涙する
684			48	法皇大原江入御	建礼門院、後白河法皇にこれまでのいきさつを語る
685	220	114	48	法皇大原江入御	実定、柱に詩歌を書く
686	221		48	女院六道	建礼門院、後白河法皇に六道語りをする
687		115	48	女院六道	建礼門院、後白河法皇を見送る
688			48	女院六道	建礼門院、後白河法皇還御の後、本尊の前で祈る
689	222		48	女院六道	建礼門院、往生を遂げる

あとがき

本書は平成二十二年度から四年間（二〇一〇～二〇一三）に亘って行われた共同研究【「文化現象としての源平盛衰記」研究―文芸・絵画・言語・歴史を総合して―】（科学研究費補助金・基盤研究（B）課題番号22320051）の研究成果報告書を兼ねた論文集である。本書の中でしばしば言及される「本共同研究」とは、それを指している。毎年、冊子体による報告書を出し、ホームページ「中世文学逍遙」に活動報告を掲載してきたが、得られた成果はそれらにすべては盛り込めず、また論文化することによってさらなる進展も見込まれると考え、笠間書院にお願いして論集出版を企画することにした。

科研費の申請に当たっては、およそ以下のような「研究目的」をうたった――源平盛衰記を平家物語の異本としてのみ研究するのではなく、また他の文芸への影響関係を指摘するだけでなく、むしろ源平盛衰記をひとつの「文化現象」としてとらえ、室町時代から近世へ文化の動的な展開を観測する拠点として、そこから他のジャンル、他の時代にも考察を及ぼして行こうとする。

右の方針に沿って調査、研究発表と討議、講演会やシンポジウムなどを行い、また源平盛衰記年表作成のための作業も行ってきた（その結果は、まもなく三弥井書店から刊行される）。但し、当初「室町から近世へ」と見込んだのは誤算であった。長門切の研究が進むにつれ、「文化現象としての源平盛衰記」は室町以降の問題に限定できなくなってきたからである。ひろく院政期から近世まで、平家物語の本文流動から歴史文学のありようまでを抱え込むテーマになっていった。

その上、共同研究は四年間だったがその後の一年間、つまり本書を出すための作業の結果も殆ど四年分に匹敵するほどのものであった。連携研究者・研究協力者の多忙な日常に割り込むようにして行われた調査とその成果の整理は、本書の基底部分の重石となった。付編「調査から新研究へ」に収めた盛衰記伝本研究と絵画資料研究がそれである。粘り強い調査と、未踏の課題に挑戦する「蛮勇」とが開けた突破口から、その先へすでに歩き出している人たちもあり、本書によってさらに新たな飛び地ができることを期待したい。

本編に収めた論考についても、それぞれに自由な題でお書き頂いたが、講演・発表時以降の課題が意識されている。分かりやすいように、Ⅰ文学・Ⅱ言語・Ⅲ芸能・Ⅳ絵画・Ⅴ歴史の五つのセクションに分けて配列したが、Ⅰには平家物語の成立、その背景、説話の伝播・変容、太平記との比較などの諸問題が含まれており、いずれも今日の軍記物語研究で正統的に行われる研究方法に則っているものの、その見定めている射程距離は決して短くない。後年、出発点としてふり返られる論文だと言ってよいと思う。Ⅱには盛衰記の成立年代をめぐってさまざまな角度からの照射が行われている。長門切の科学的年代判定、書写の歴史との関連、盛衰記が普及しそれらしい文体を確定する契機となった近世初期の出版事情、また引用文献との関係や語法変化から検討しうる年代の範囲。それらから導かれる結論はいまのところ一点に収斂していない。この難題をどう解くか、柔軟な試行錯誤が要求される。

ⅢとⅣは従来ならば享受・受容などの用語で一方向的に論じられたであろう分野であるが、本書においては双方向、多方面に視野を広げて考える志向が顕著に見られる。それは盛衰記のように長い期間に亘って流動し続けた作品にとって、必要不可欠な視野だといえよう。Ⅴには歴史学の面白さを改めて味わわせてくれる論考が並ぶ。

巻末に付編を置いたことから分かるように、本書は閉じられていない。科研費による共同研究は終了したが、これまで着手されていなかった数多の研究課題の種が播かれ、いくつかは発芽した。その伸びようとする勢いが本書の第一の魅力となっているが、さらに、文学史の上での中世と近世の隔壁を低くしたこと、盛衰記を始め平家物語読み本系諸本の成立と変貌の契機について再考を迫っていること、絵画や芸能との関係を双方向で捉えること等々、私たちの新しい提案が、将来ある研究者に、また好奇心に満ちた文学愛好家にも届くよう、希って送り出す。

ひとつ残念なのは、この大いなる源平盛衰記を通読しようとしても、現代の研究水準で翻刻された本文が全巻は公刊されていないことである。校訂本文の原稿自体は出来ているが、いささかゆくたてがあって出版が滞っている。関係者の方々に奮起をお願いしたい。

平成二十七年四月二十五日

松尾葦江

執筆者プロフィール［執筆順］

松尾葦江（まつお・あしえ）→奥付参照

黒田　彰（くろだ・あきら）佛教大学教授。【専門分野】国文学（中世）。【著書・論文】『中世説話の文学史的環境』正・続（和泉書院、一九八七・一九九五年）、『和漢朗詠集古注釈集成』全三巻、（伊藤正義と共編、大学堂書店、一九九一～一九九七年）、『孝子伝の研究』（思文閣出版、二〇〇一年）、『孝子伝図の研究』（汲古書院、二〇〇七年）など。

原田敦史（はらだ・あつし）岐阜大学教育学部准教授。【専門分野】中世文学、軍記物語。【著書・論文】『平家物語の文学史』（東京大学出版会、二〇一二年）、「流布本『承久記』の構造」（『国語と国文学』90・6、二〇一三年六月）など。

大谷貞徳（おおや・さだのり）栃木県立鹿沼東高等学校非常勤講師。【専門分野】中世日本文学、特に軍記物語。【著書・論文】「『平家物語』の変容に関する一考察―巻第五「咸陽宮」を中心に―」（『日本文学論究』73、二〇一四年三月）、「『源平盛衰記』における合戦記事の描写について」（『清翔』24、二〇一四年三月）、「屋代本『平家物語』における梶原景時の讒言をめぐって」（『平家物語の多角的研究―屋代本を拠点として』千明守編、ひつじ書房、二〇一一年）など。

橋本正俊（はしもとまさとし）摂南大学准教授。【専門分野】中世文学。【著書・論文】「山王霊験記と夢記」（『論集　中世・近世説話と説話集』和泉書院、二〇一四年）、「口決のかたち」（『中世文学と寺院資料・聖教』竹林舎、二〇一〇年）など。

小助川元太（こすけがわ・がんた）愛媛大学教授。【専門分野】中世文学。【著書・論文】『行誉編『壒嚢鈔』の研究』（三弥井書店、二〇〇六年）、『月庵酔醒記（上）（中）（下）』（共著・三弥井書店、二〇〇七年～二〇一〇年）など。

早川厚一（はやかわ・こういち）名古屋学院大学教授。【専門分野】中世軍記物語。【著書・論文】『平家物語を読む―成立の謎をさぐる―』（和泉書院、二〇〇〇年）、『四部合戦状本平家物語全釈』（共著・和泉書院、二〇〇〇年～現在刊行中）など。

辻本恭子（つじもと・きょうこ）兵庫大学・甲南大学非常勤講師。【専門分野】中世軍記物語。【著書・論文】『保元物語六本対観表』（共著（監修責任者 武久堅）・和泉書院、二〇〇四年）、「乳母子伊賀平内左衛門家長―理想化された知盛の死―」（『日本文藝研究』56・4、二〇〇五年）、「『源平盛衰記』の住吉明神―赤山明神造形に与えた影響について―」（『軍記物語の窓』第四集、和泉書院、二〇一二年）など。

セリンジャー・ワイジャンティ Vyjayanthi Selinger　ボウドイン大学准教授。【専門分野】中世文学。【著書・論文】『Authorizing the Shogunate: Ritual and Material Symbolism in the Literary Construction of Warrior Order,』(Brill Japanese Studies Library、2013)、「換喩から提喩へ―「剣の巻」における歴史の形象」（『國文學　解釈と教材の研究』52・15、二〇〇七年）など。

平藤　幸（ひらふじ・さち）鶴見大学非常勤講師。【専門分野】中世文学。【著書・論文】共編著『平家物語 覚一本 全』（武蔵野書院、二〇一三年）、「新出『平家物語』長門切―紹介と考察―」（『国文学叢録』笠間書院、二〇一四年）など。

北村昌幸（きたむら・まさゆき）関西学院大学教授。【専門分野】中世文学・軍記物語。【著書・論文】『太平記世界の形象』（塙書房、二〇一〇年）、「『梅松論』の政治性―多々良浜合戦の意義をめぐって―」（『軍記物語の窓・第四集』和泉書院、二〇一二年）など。

小秋元段（こあきもと・だん）法政大学教授。【専門分野】中世文学・書誌学。【著書・論文】『太平記・梅松論の研究』（汲古書院、二〇〇五年）、『太平記と古活字版の時代』（新典社、二〇〇六年）、『校訂 京大本 太平記』上・下（共編、勉誠出版、二〇一一年）、『太平記をとらえる』第一巻（共著、笠間書院、二〇一四年）など。

伊藤慎吾（いとう・しんご）國學院大學非常勤講師。【専門分野】お伽草子・仮名草子研究。【著書・論文】『室町戦国期の文芸とその展開』（三弥井書店、二〇一〇年）、『室町戦国期の公家社会と文事』（三弥井書店、二〇一二年）、「延年の開口の世界観について」（『中世寺社の空間・テクスト・技芸）』アジア遊学174、勉誠出版、二〇一四年）など。

池田和臣（いけだ・かずおみ）中央大学教授。【専門分野】平安時代の文学。物語、和歌、日記、説話、漢詩漢文。古筆学。書道史。【著書・論文】『源氏物語 表現構造と水脈』（武蔵野書院、二〇〇一年）、『古筆資料の発掘と研究―残簡集録散りぬるを』（青簡舎、二〇一四年）など。

橋本貴朗（はしもと・たかあき）國學院大學准教授。【専門分野】日本書道史。【著書・論文】『決定版　日本書道史』（共著・芸術新聞社、二〇〇九年）、「鎌倉時代における中国書論受容の一端―「似絵詞」から『明月記』に及ぶ」（國學院大學『若木書法』12、二〇一三年）など。

高木浩明（たかぎ・ひろあき）【専門分野】中世文学・書物文化史。【著書・論文】『中院通勝真筆本『つれづれ私抄』―本文と校異―』（新典社、二〇一二年）、「下村本『平家物語』と制作環境をめぐって」（二松学舎大学『人文論叢』58、一九九七年）、「『百人一首抄』（幽斎抄）成立前夜―中院通勝の果たした役割―」（『中世文学』58、二〇一三年）など。

志立正知（しだち・まさとも）秋田大学教授。【専門分野】中世軍記・伝承。【著書・論文】『『平家物語』語り本の方法と位相』（汲古書院、二〇〇四年）、『〈歴史〉を創った秋田藩―モノガタリが生まれるメカニズム―』（笠間書院、二〇〇九年）など。

吉田永弘（よしだ・ながひろ）國學院大學教授。【専門分野】日本語文法史。【著書・論文】「平家物語と日本語史」（『説林』60、二〇一二年）、「「る・らる」における肯定可能の展開」（『日本語の研究』9・4、二〇一三年）、「古代語と現代語のあいだ―転換期の中世語文法―」（『日本語学』33・1、明治書院、二〇一四年）など。

石川　透（いしかわ・とおる）慶應義塾大学教授。【専門分野】物語や説話を中心とした古典文学・絵本絵巻研究。【著書・論文】『入門　奈良絵本・絵巻』（思文閣出版、二〇一〇年）、『御伽草子　その世界』（勉誠出版、二〇〇四年）、『中世の物語と絵画』（編著書・竹林舎、二〇一三年）など。

工藤早弓（くどう・さゆみ）【専門分野】室町物語・奈良絵本研究。【著書・論文】『奈良絵本』上・下（京都書院、一九九七年、のちに紫紅社）、「ひと口笑話『法師物語絵巻』」（別冊太陽201『やまと絵―日本絵画の原点』平凡社、二〇一二年）など。

秋田陽哉（あきた・ようや）滝中学・高等学校教諭。【専門分野】日本語学・国語教育。

出口久徳（でぐち・ひさのり）立教新座中学校高等学校教諭・立教大学兼任講師。【専門分野】中世文学。【著書・論文】『図説平家物語』（共著、河出書房新社、二〇〇四年）、『平家物語を知る事典』（共著、東京堂出版、二〇〇五年）など。

山本岳史（やまもと・たけし）【専門分野】中世日本文学、特に軍記物語。【著書・論文】「『源平闘諍録』本文考―巻五「南都牒状事」を中心に」（『國學院雑誌』114・11、二〇一三年十一月）、「「國學院大學図書館所蔵奈良絵本『平家物語』考」（『國學院大學　校史・学術資産研究』5、二〇一三年三月）など。

宮腰直人（みやこし・なおと）山形大学准教授。【専門分野】中世文学・物語絵画・語り物文芸。【著書・論文】『義経地獄破り―チェスター・ビーティー・ライブラリィ所蔵』（共著、勉誠出版、二〇〇五年）など。

小林健二（こばやし・けんじ）国文学研究資料館教授。【専門分野】室町期文芸（能・狂言、幸若舞曲、お伽草子など）。【著書・論文】『沼名前神社神事能の研究』（和泉書院、一九九五年）、『中世劇文学の研究―能と幸若舞曲―』（三弥井書店、二〇〇一年）など。

伊藤悦子（いとう・えつこ）【専門分野】中世文学（軍記物語）。【著書・論文】『木曽義仲に出会う旅』（新典社、二〇一二年）、「「源平合戦図屏風」の一考察―いわゆる「一の谷・屋島合戦図屏風」の分類方法について―」（『軍記と語り物』50、二〇一四年三月）など。

岩城賢太郎（いわぎ・けんたろう）武蔵野大学准教授。【専門分野】中世文学、伝統演劇。【著書・論文】「幸若舞曲『鎌田』から近世演劇へ―荒事の渋谷金王丸が形成されるまで―」（小林健二編『中世文学と隣接諸学 第7巻 中世の芸能と文芸』竹林舎、二〇一二年）、「中世・近世芸能が語り伝えた斎藤実盛―謡曲と『源平盛衰記』を経て木曾義仲関連の浄瑠璃作品へ」（『武蔵野大学能楽資料センター紀要』22、二〇一一年三月）など。

相田愛子（あいだ・あいこ）兵庫県立歴史博物館学芸員。【専門分野】日本美術史（仏教絵画）。【著書・論文】「平家納経の世界―平家公達の祈りと造形―」『平家物語を歩く』（JTBパブリッシング、二〇〇四年）、「「平家納経」の思想と装飾プログラム」（『美術史』58・2号、二〇〇九年三月）。「「平家納経」の世界」、高橋昌明編、別冊太陽190『平清盛―王朝への挑戦―』（平凡社、二〇一一年）など。

伊海孝充（いかい・たかみつ）法政大学准教授。【専門分野】能楽および日本中世文学。【著書・論文】『切合能の研究』（檜書店、二〇一一年）、『日本人のこころの言葉　世阿弥』（西野春雄と共著、創元社、二〇一三年）、「王屋謡本の研究（一）―王屋謡本諸本の関係をめぐって―」（『能楽研究』38、二〇一四年七月）など。

玉村　恭（たまむら・きょう）上越教育大学准教授。【専門分野】美学、音楽学。【著書・論文】「能管演奏者の個性はどのように表出されるのか―日本音楽の特質解明の一環として―」（『音楽教育学』43・2、二〇一三年）、「世阿弥の「心」の翻訳可能性―通訳と通約の臨界―」（『能楽研究』32、二〇〇八年）、「遁世と詩歌―鴨長明『方丈記』『発心集』の遁世観と詩歌観―」（『美学』230、二〇〇七年）など。

稲田秀雄（いなだ・ひでお）山口県立大学教授。【専門分野】能・狂言を中心とする日本中世劇文学。【著書・論文】『天理本狂言六義（上巻）（下巻）』（共著、三弥井書店、一九九四～一九九五年）、「鷺流の「古態」―天正狂言本との関連を中心に―」（『藝能史研究』195、二〇一一年）、「山口鷺流台本の系統（一）（二）―春日庄作自筆本をめぐって―」（『山口県立大学国際文化学部紀要』19～20、二〇一三～二〇一四年）など。

後藤博子（ごとう・ひろこ）帝塚山大学准教授。【専門分野】日本近世演劇。【著書・論文】「享保期江戸歌舞伎における屋敷方と芝居町の一様相―加賀藩邸上演記録を中心に―」（『藝能史研究』174、二〇〇六年）、「土佐少掾と元禄歌舞伎―『薄雪』を中心に―」（『近世文芸』87、二〇〇八年）など。

田草川みずき（たくさがわ・みずき）日本女子大学学術研究員。【専門分野】近世演劇。【著書・論文】『浄瑠璃と謡文化―宇治加賀掾から近松・義太夫へ―』（早稲田大学出版部、二〇一二年）、「新出資料・宇治加賀掾跋『八九杖』と竹翁坐像について」（『楽劇学』20、二〇一三年三月）、「宇治加賀掾段物集における謡曲本文の浄瑠璃化について―理論と実践、かざし詞など」（『古典芸能研究センター紀要』8、二〇一四年六月）など。

川合　康（かわい・やすし）大阪大学大学院教授。【専門分野】日本中世政治史。【著書・論文】『源平合戦の虚像を剥ぐ』（講談社、一九九六年）、『鎌倉幕府成立史の研究』（校倉書房、二〇〇四年）、『源平の内乱と公武政権』（吉川弘文館、二〇〇九年）など。

曽我良成（そが・よしなり）名古屋学院大学教授。【専門分野】日本古代中世の政治史・文化史。【著書・論文】『王朝国家政務の研究』（吉川弘文館、二〇一二年）など。

松薗　斉（まつぞの・ひとし）愛知学院大学教授。【専門分野】日本古代・中世史。【著書・論文】『日記の家―中世国家の記録組織』（吉川弘文館、一九九七年）、『王朝日記論』（法政大学出版局、二〇〇六年）、『日記で読む日本中世史』（共編著・ミネルヴァ書房、二〇一一年）など。

坂井孝一（さかい・こういち）創価大学教授。【専門分野】日本中世史。【著書・論文】『曽我物語の史的研究』（吉川弘文館、二〇一四年）、『源実朝―「東国の王権」を夢見た将軍』（講談社、二〇一四年）「中世前期の文化」（『岩波講座　日本歴史』第6巻・中世1、岩波書店、二〇一三年）など。

高橋典幸（たかはし・のりゆき）東京大学大学院准教授。【専門分野】日本中世史。【著書・論文】『源頼朝』（山川出版社、二〇一〇年）、『鎌倉幕府軍制と御家人制』（吉川弘文館、二〇〇八年）、『日本軍事史』（共著、吉川弘文館、二〇〇六年）など。

岡田三津子（おかだ・みつこ）大阪工業大学教授。【専門分野】日本中世文学。【著書・論文】『源平盛衰記の基礎的研究』（和泉書院、二〇〇五年）、『宴曲索引』（共編著、和泉書院、二〇〇九年）、「蓬左文庫蔵『源平盛衰記』再考―書写者玄菴三級の検討を通して―」（『軍記物語の窓　第三集』和泉書院、二〇〇七年）、「面白の海道下りや―宴曲〈海道〉の継承と変容―」（『中世文学と隣接諸学7　中世の芸能と文芸』竹林舎、二〇一二年）など。

文化現象としての源平盛衰記

編者

松尾葦江

（まつお・あしえ）

神奈川県茅ヶ崎市に生まれ、東京都の小石川で育つ。1967年、お茶の水女子大学文教育学部卒。1974年、東京大学大学院人文科学研究科博士課程満期退学。その後、鳥取大学教育学部助教授、椙山女学園大学人間関係学部教授などを経て、2002年から2014年まで國學院大学文学部教授。2003年～2007年まで放送大学客員教授も兼任。1997年、『軍記物語論究』で東京大学の博士（文学）号を取得。専門は中世日本文学、特に軍記物語。

著書は、『平家物語論究』（明治書院、1985年）、『軍記物語論究』（若草書房、1996年）、『軍記物語原論』（笠間書院、2008年）、『源平盛衰記 二』（三弥井書店、1993年）、『源平盛衰記 五』（三弥井書店、2007年）など。

共編著として、『太平記』（大曽根章介と校註・訳、ほるぷ出版、1986年）、『海王宮 —壇之浦と平家物語』（三弥井書店、2005年）、『延慶本平家物語の世界』（栃木孝惟と共編、汲古書院、2009年）など。

執筆者

松尾葦江／黒田　彰／原田敦史／大谷貞徳／橋本正俊／小助川元太／早川厚一／辻本恭子／セリンジャー・ワイジャンティ／平藤　幸／北村昌幸／小秋元段／伊藤慎吾／池田和臣／橋本貴朗／高木浩明／志立正知／吉田永弘／秋田陽哉／石川　透／工藤早弓／出口久徳／山本岳史／宮腰直人／小林健二／伊藤悦子／相田愛子／岩城賢太郎／伊海孝充／玉村　恭／稲田秀雄／後藤博子／田草川みずき／川合　康／曽我良成／松薗　斉／坂井孝一／高橋典幸／岡田三津子（執筆順）

2015（平成27）年5月30日　初版第一刷発行

発行者　池田圭子

装　丁　笠間書院装丁室

発行所　笠間書院

〒101-0064　東京都千代田区猿楽町2-2-3

電話 03-3295-1331　Fax 03-3294-0996　振替 00110-1-56002

ISBN978-4-305-70766-6 C0095

モリモト印刷・製本